明宫十六朝演义

（上）

许啸天◎著

吉林出版集团股份有限公司

图书在版编目（CIP）数据

明宫十六朝演义 / 许啸天著 . —长春：吉林出版集团股份有限公司，2017.11（2022.5 重印）
ISBN 978-7-5581-3410-4

Ⅰ.①明… Ⅱ.①许… Ⅲ.①章回小说—中国—现代 Ⅳ.① I246.4

中国版本图书馆 CIP 数据核字（2017）第 262504 号

明宫十六朝演义

著　　者	许啸天
策划编辑	杜贞霞
责任编辑	王　平　史俊南
封面设计	老　刀
开　　本	650mm×960mm　1/16
字　　数	840 千
印　　张	70
版　　次	2018 年 4 月第 1 版
印　　次	2022 年 5 月第 2 次印刷

出版发行	吉林出版集团股份有限公司
电　　话	总编办：010-63109269
	发行部：010-63109269
印　　刷	三河市京兰印务有限公司

ISBN 978-7-5581-3410-4　　　　　　　定价：168.00 元（全三册）
版权所有　侵权必究

目 录

第一回　碧水桃花魂销胜地　浓云腻雨梦入巫山 …………… 1
第二回　夸神箭倾城卜一笑　亲美色秃马羡双驮 …………… 11
第三回　温柔乡英雄避难　脂粉计儿女留情 …………………… 21
第四回　玉妃万古遗淫迹　烈士千秋传盛名 …………………… 31
第五回　古儿山单身逢侠客　斡难河大被寝红颜 …………… 40
第六回　叔嫂同衾家庭生变　弟兄交恶骨肉相残 …………… 49
第七回　铁木真塞外独称尊　努齐儿村中三盗骨 …………… 58
第八回　获刺客雄主失头颅　逼香奴佳人断玉臂 …………… 68
第九回　鱼磬声中纳番妇　旌旗影里嫁王妃 ………………… 78
第十回　谋明妃误饮鸩毒酒　迎顺帝强匹鸾凤俦 …………… 88
第十一回　一声霹雳定龙穴　满室芳菲诞虎儿 ……………… 98
第十二回　朱太祖凤阳会群雄　常遇春校场演铁盾 ………… 108
第十三回　酿笑话大海闹新房　献绝技花云斗黑汉 ………… 120
第十四回　半夜绸缪艳姬荐枕席　一朝芥蒂嫠妇泄机谋 …… 130
第十五回　君主荒淫明太祖起义　将军勇猛徐天德立功 …… 139
第十六回　成双偶还珠入椟　学六韬投笔从戎 ……………… 148
第十七回　采石矶前擒敌将　兰陵城下败雄酋 ……………… 158
第十八回　九江口火烧陈友谅　白龙潭水淹张士德 ………… 167
第十九回　六寸跌圆温香在抱　十分春色碧血溅衣 ………… 176

1

第二十回	参佛典灵隐逐狂僧　登帝位应天选秀女	185
第二十一回	凤辇龙旌迎宫眷　血影刀光憾万民	194
第二十二回	裙履余芳吴美人擅宠　衾裯遗爱惠妃子拈酸	204
第二十三回	宫廷祸兴胭脂劫　宰府奇谋肱股诛	213
第二十四回	截指割舌云奇殉节　伤心惨目太子亡身	222
第二十五回	夜走铁骑栈道渡蓝玉　魂化杜鹃香冢泣残红	232
第二十六回	传白绫元妃赐缢　吞丹石潭王自焚	241
第二十七回	忆前尘高僧谈禅理　伤往事允炆了宿缘	250
第二十八回	叛北平燕王举白帜　入空门建文遁红尘	259
第二十九回	使出岛国奇珍异宝　频创邪教牛鬼蛇神	268
第三十回	万缕青丝报知己　两行红泪雪沉冤	277
第三十一回	父疑子仁宗暴崩　凤易龙孙妃僭位	286
第三十二回	婉转娇啼西园月黑　灯红酒绿万寿风清	295
第三十三回	阑珊花事悲故主　彻夜笙歌恼直臣	304
第三十四回	张太后愤怒废莲房　于巡抚谈笑定疑案	313
第三十五回	庭院深深青梅竹马　孤帏寂寂流水高山	323
第三十六回	桃李满门王振专权　冰霜载道蓉儿承恩	332
第三十七回	人面桃花书生失丽偶　途穷日暮侠士飞金刀	341
第三十八回	杀云妃禁宫闹鬼　接总管馆驿破奸	350
第三十九回	怀来县巨阉授首　锦鸡栅皇帝被掳	359
第四十回	鼗鼓胡笳英宗陷沙漠　轻歌曼舞蛮女献殷勤	369
第四十一回	柳掩春台皇后见废　香飘月府天子还都	378
第四十二回	骏马游街徐梦兰吐气　紫微入室李太岁扬威	387
第四十三回	苦雨凄风太上皇复辟　夕阳衰草于忠肃埋魂	396
第四十四回	百花洲老处女承恩　疑天阙彭秀才遇怪	405
第四十五回	洞府春深落霞藏色　禁门人静匆荪露情	414
第四十六回	火炙金莲万妃奇妒　水沉玉女宪宗伤怀	423
第四十七回	老王爷啖蝗留古迹　小杜宇斗狮展奇能	432

目 录

第四十八回	伍云潭黑夜探皇宫　韩起凤花朝盗宝氅	441
第四十九回	翠钿白圭外邦聘玉女　秋光银烛藩邸刺徽王	450
第五十回	大公主再醮风流帝　小内监初试云雨情	458
第五十一回	韩起凤对客献技术　魏宫人报主抚孤稚	468
第五十二回	惊圣驾疯妇闹金殿　征瑶窟将军毁藤甲	477
第五十三回	蛮洞苗儿奇风怪俗　天府太监选色征歌	486
第五十四回	拔赵易汉尚书娶丑女　指鹿作马太后辨夫人	494
第五十五回	祷姮娥方道士求雨　剿鞑靼王满奴朝天	503
第五十六回	意态婀娜侠女怀宝剑　情深旖旎英雄惊人头	513
第五十七回	四海民共庆千秋节　两贞女同殉万岁山	522
第五十八回	秋月梧桐寡鹄成禁脔　胡天锋镝老将化飞尘	532
第五十九回	霓裳翩跹正德帝登基　鹰犬驰骤司礼监专政	541
第六十回	鬓影衣香豹房恋美色　杯蛇市虎西厂置奇刑	550
第六十一回	王阳明石棺尝死味　刘贵人梅萼效艳妆	559
第六十二回	遍地樱花正德戏凤姐　半帘素月江彬充龙阳	568
第六十三回	藩王猎艳密设销魂帐　武宗渔色初游石头城	579
第六十四回	翠翠红红江南留韵事　花花絮絮萧寺开经坛	588
第六十五回	扬州看花双龙斗侠盗　金山吊古独臂擒淫僧	597
第六十六回	江飞曼误盗雪里青　王经略大破红缨会	606
第六十七回	毁琼楼脂香随流水　还銮辇豪气逐风云	616
第六十八回	月缺花残凤姐伴碧草　鱼沉雁杳冯妇赴黄泉	628
第六十九回	煮鹤焚琴孤灯寂寞　刻舟求剑众喙纷纭	638
第七十回	情致绵绵世宗入魔窟　忠忱耿耿陆炳赴焰山	648
第七十一回	测字知机严嵩拜相　报怨雪恨杨女谋王	657
第七十二回	荔娘多艳樱口代唾盂　东楼纵欲绣榻堆淫筹	666
第七十三回	叱燕咤莺粉黛争颜色　化云幻鹤羽士显神通	675
第七十四回	纤腰一捻翠琴悲离鸾　金钩双挽尚玉射飞鸿	685
第七十五回	香闺传绝技途杀恶客　禁宫递情牍夜会徐娘	694

第七十六回	绣襦温馨柳生困粉阵　银蟾清冷娟娜遭情魔	703
第七十七回	雪藕冰桃嘉王宴仙春　交梨火枣瑜妃进铅丹	712
第七十八回	奸相抄家珠光宝气　玉人来苑银杏红增	721
第七十九回	戚继光威镇三边地　仇总兵戮尸汴梁城	731
第八十回	花月琴声名士追芳踪　山水诗韵美人殉痴情	741
第八十一回	皇帝昏愦三更驾鹤　海瑞廉洁两袖清风	751
第八十二回	旧雨重逢宸妃投井　昙花一现穆宗宾天	762
第八十三回	春色九重神宗继大统　珠帘半卷刘女侵中宫	772
第八十四回	接木移花冯保雪旧憾　帷灯匣剑张怪刺昏君	781
第八十五回	建翠华迷香听玉笛　游琴台醉酒杀金莲	790
第八十六回	东林党狂儒流碧血　白莲教妖人遭泥孩	802
第八十七回	五岭关杜松斩贝勒　千秋鉴魏朝奸保姆	811
第八十八回	红颜刃仇秀华成眷属　阉竖缔爱魏珰偕鸳俦	821
第八十九回	君臣不识丁邻邦腾笑　妃嫔尽受娠今古奇闻	831
第九十回	十万貔貅血染沙漠　六宫粉黛玉殒红罗	839
第九十一回	云拥香车客氏淫宫阙　泪洒斑竹魏阉乱朝纲	848
第九十二回	遗臭逆宦奸象遍天下　争雄丑类饥氓据山林	857
第九十三回	兵燹天灾繁华成瓦砾　寇警妖异村镇尽荒丘	865
第九十四回	朵朵金兰献忠杀四川　滔滔洪水闯贼淹西乡	875
第九十五回	迁怒幺麽辕门堆死鼠　殃及泉下室内污艳尸	883
第九十六回	风月无边田贵妃制曲　鬓钗留影吴三桂惊艳	890
第九十七回	落花有意艳姬钟情　春水长流英雄气短	899
第九十八回	金屋无人皇亲遣丽质　河桥肠断经略梦香魂	907
第九十九回	铁马金戈洪承畴鏖兵　雪肤花貌文昌后迷敌	916
第一百回	孤帐桐琴佳人歌一阕　绣枕鸳梦才子事三朝	925
第一百一回	血滴玉盘李闯醢常洵　文绣莲瓣崇祯贬田妃	934
第一百二回	云鬟珠兰宫中憾秋扇　荒村古墓棺内走龙蛇	943
第一百三回	玉石俱焚藩王殉难　琴剑飘泊义士拯危	951

目　录

第一百四回　细语莺声三桂杀贤妇　雕弓翎羽永福射闯王……960
第一百五回　花影隔帘倒乱鸳谱　哀声满野折断雁行………968
第一百六回　热泪流红悲谏一篇文　青磷闪碧悖语数行书……977
第一百七回　为国求糈皇亲装穷汉　守城拒寇将士效忠臣……986
第一百八回　巾帼将军云英争父骨　青楼侠女曼仙鸩奸酋……995
第一百九回　晨聚暮散朝士尽蜉蝣　柳翠花红国丈庆耄耋…1004
第一百十回　喋血深宫凄凉悲亡国　伤心月殿遗恨感煤山…1013
第一百十一回　脂粉酬功血溅青罗帐　忠义报主泪洒绿杨天…1021
第一百十二回　拔须炙鼻蠹民现怪象　凿睛敲齿贼将施酷刑…1029
第一百十三回　愤争红颜思引狼入室　忍弃白发为揖盗开门…1037
第一百十四回　鸟语花香九王爷窃玉　剑光灯影文皇后奸情…1045
第一百十五回　风扫残雪三桂夺圆圆　露滴金枝睿王娶嫂嫂…1053
第一百十六回　浅笑轻颦玉人装半面　银筝渔鼓少主宴三更…1062
第一百十七回　花落江南轻舟载美人　色空滇北冷寺栖芳踪…1070
第一百十八回　北风凛凛海道奔黑夜　疑云阵阵噩梦惊深宵…1079
第一百十九回　新仇旧恨清帝入空门　燕唱莺啼吴藩登大位…1088
第一百二十回　水尽山穷永历遁缅甸　吟梅嚼雪明事结全编…1096

第一回 碧水桃花魂销胜地
浓云腻雨梦入巫山

梨花无主草青青，金缕歌残黛翠凝。
魂梦萧萧松柏路，岚光犹自照西陵。
千章灌木绿荫凉，树下巍楼露粉墙。
红紫芳菲依旧在，游人凭吊奠椒浆！

山嶂叠翠，溪水潋滟，绿柳争妍，桃花吐艳。那个时候，正是春风袅袅，吹得百卉都盈盈欲笑。枝头的黄莺儿，也扑着双翅，婉转悠扬地歌唱起来。又有那穿花的粉蝶，迎风飞着，纷纷乱舞，好似天女在那里散花一般。独有衔泥的紫燕，却在树林里或是水面上，不住地掠来掠去，找寻着小的虫鱼，去哺那巢里的雏燕。晨曦渐渐地放开光华来，把草上鲜明可爱的露珠慢慢地收拾过了，便显出很娇嫩的一片绿茵来。

这时，只听得一片大广场里呜呜的角声鸣处，两扇大青旗忽地竖了起来。接着帐篷里一阵鼓声，便是几百个壮丁，一个个弓上弦、刀出鞘，雄赳赳、气昂昂，很整齐地列着队伍，分四面八方排立着。大众又呐喊一声，顿时金鼓齐鸣，几百个壮丁就按着部位排起阵来。但见旌旗招展、刀枪耀目、队伍错杂、人若鱼龙，极尽五花八门的能事，把光平似镜的绿茵，早已践踏得足迹缭乱，连那一朵朵的野花，也被摧落不少呢。

一班壮丁走着阵，变化万端。正在起劲的当儿，猛听得帐篷里面，轰然地一声信炮响，走出一个老头儿来。那老头儿头戴长缨的纬帽，身穿绣花开叉袍，外罩金狮短褂，腰系鸾带，一旁挂着荷囊和一根旱烟袋，右手高高地擎着一面杏黄的尖角旗。打量上去，那老儿约摸有八十来岁年纪。虽是须发如霜雪也似的白，却也是精神矍铄，大有老当益壮的气概。原来那蒙古的人民，没有什么城垣都邑，只拣那土壤肥美，水草茂盛的地方，就盖起帐篷来，聚族而居，算是村落了。这个地方，叫做豁秃里，那老儿便是豁秃里的村长簌尔干。

当下簌尔干将右手的杏黄旗轻轻一展，几百个壮丁，一阵纷纷滚滚，已崭齐地归了队伍。草地上角也不鸣，金鼓不响，霎时鸦雀无声了。簌尔干向四周瞧了一遍，对大众奖励了几句，便传下令来，叫众壮丁较射。这令一出，便由一个小卒去八十步外放了三个箭垛。诸事妥当，簌尔干喝声："射箭！"几百个壮丁各挽强弓射去，金鼓声连绵不绝，十矢中倒中了九枝。蒙人本来专工郊猎，弓箭是他们唯一的绝技；七八岁的童子已是矢无虚发了，何况是征战的壮丁，自然要高人一等了。

簌尔干看了不觉大喜，命取牛羊布帛，赏了一班壮丁，自己又取了一枝九节的熟铜鞭来，对众人说道："俺这枝铜鞭，是幼年随金主完颜氏南征时所得。如今使得纯熟，五步之内打人百发百中。俺仗着他防身，寸步不离，足有六十多年了。现在年已衰老，要这利器也没甚用处，俺且把这鞭法传给你们吧。"簌尔干说着，将右手握住铜鞭，左右前后慢慢地舞了起来。他舞到得劲的时候，众人只觉得风声呼呼，铜鞭化作万道金光，和那阳光映成一片，簌尔干的人影子也瞧不见了，把几百个壮丁看得瞠目结舌，呆了过去。簌尔干舞了一会，才缓缓地停下来，收住了鞭，

第一回　碧水桃花魂销胜地　浓云腻雨梦入巫山

却面不改色,气不嘘喘,兀是没事一样,众人便齐齐赞了一声。

箴尔干当然十分得意,一手捋着髭须,带笑说道:"鞭法既已演过,这鞭究竟传给谁,一时却委决不下,俺如今把这鞭去挂在百步外的竿儿上,谁能一箭射落铜鞭,这鞭就是他的。"箴尔干说毕,小卒们将铜鞭远远地挂着了。这时,几百个壮丁和几个头目,大家都想得那枝铜鞭,便各显身手,拈着弓,搭着箭,觑得亲切射去。那距离不免太远了,有的眼力不及,有的弓软射不到,结果大家束手呆看着,没有一个能够射得落铜鞭的。

箴尔干眼见得这种情形,不由得叹了一口气。方待更换别法时,忽听得帐篷里面莺声呖呖地叫道:"父亲,等我来射落那铜鞭吧!"莺声绝处,早走出一位绿衣长髻的美人儿来,正是箴尔干的爱女阿兰姑娘。她穿着一身新绿的绣花袍儿,碧油的蛮靴,梳了长长的辫髻,两鬓上插着鲜艳的野花,更兼她一头乌油的青丝,越显得她妩媚动人了。她一手拿着金漆的雕弓,一只鱼皮的箭筒,筒里插着几枝雕翎的金矢,便花枝招展似地走了出来。走到箴尔干的面前,就低低地叫了一声:"爸爸!"箴尔干一面应着,一面回过头去,叫小卒掇过一张皮椅来,自己坐下了,把阿兰姑娘的粉臂拖住,一把搂住坐在膝上,一手却抚摸着她的脸蛋儿带笑说道:"好妮子,休射吧!没地闪痛了腰儿,可不是玩的呢。"箴尔干说时,便低头去亲她的脸儿,阿兰姑娘忙伸手一推,笑着说道:"爹爹脸上的髭须又长又坚硬,却刺得人怪痛的!"说着,乘势把柳腰儿一摆,已是盈盈地走下地来。

箴尔干这时只嘻开着嘴儿,眯着眼看那阿兰姑娘。那草地上几百壮丁,也都瞪着眼注在阿兰姑娘一人身上。她却好像风摆杨柳般地跑到草场中间,对悬鞭的标竿望了望,把粉颈一扭,笑对箴尔干说道:"远得很,恐怕射不到呢!"她一面说,左手扬着雕弓,右手轻轻从箭袋里抽出一枝金矢,舒开春笋也似的十指,搭上箭正要向那悬鞭射去。这时篯尔干已立起身来，满心希望他的爱女射着，就是草场上的众人，也个个伸长了脖子，在那里希望阿兰姑娘射中。

说时迟、那时快，阿兰姑娘的箭还不曾发出，早听得弓弦一响，哨的一声，标竿上的铜鞭已射落在草地上了。众人当是阿兰姑娘射的，便不约而同暴雷也似地喝了一声彩。把个篯尔干几乎笑得合不拢嘴来。独有阿兰姑娘很为诧异，想自己并没有发箭，那鞭怎么就会掉下来呢？莫非有人在那里争我的先吗？但只见箭不见人，谅离此地一定很远，那发箭人的技艺也足见不弱了。阿兰姑娘正在出神，那小卒已把鞭拾了来，双手捧给她。阿兰姑娘待要接它，鞭究非自己射落的；如其不接呢，又舍不得这条好鞭。

她正在为难的当儿，猛听得鸾铃响处，蹄声得得，罕儿山上两匹骏马，似风驰电掣般奔下山来。看看走得近了，骑在马上的是两位少年，两人一前一后，一般地穿着猎装，手执着硬弓，飞马而来。前头一个少年，骑着一匹高头红鬃的良驹，一种英雄的气概从眉宇间直现出来，再衬上他一身金黄色的猎装，愈显得唇红齿白、面如冠玉了。那少年一眼瞧见小卒将铜鞭拾去，便控着怒马，一手扬弓大叫道："鞭是俺射落的，村长有令，谁射着的把鞭给谁，你们快把鞭来给俺。"少年说着，马已驰到草场中间，忙跳下马来，对篯尔干行了礼。篯尔干这才知道鞭是那少年所射落的，待要夸赞他几句，那后面骑黑马的少年也赶到了。篯尔干叫拿过皮椅来，请那两少年坐下。接着便笑道："俺今天叫他们射鞭，原是征取人才的意思，不料悬得太远了些，竟然一个也射不中。咱们村里除了贤昆仲有这般的眼力，此外怕找不出第三个人来呢！"那起先的少年便再三逊谢。

偶然回过头去，忽见一位千娇百媚的美人儿，绿袍长髻，杏

第一回　碧水桃花魂销胜地　浓云腻雨梦入巫山

眼含情，桃腮带晕，一双玉手捧着那枝铜鞭，袅袅婷婷地走将过来。篾尔干忙从姑娘手里取过那枝鞭来，递给那少年道："物自有主，咱便把来奉赠。"说时并不见那少年来接，也不见他回答。待留神看时，那少年一双眼睛正盯着阿兰姑娘发怔，倒把篾尔干弄得不好意思起来。还是那后来的少年，将起先少年衣襟上狠命地牵了一下。那少年正在迷惑的当儿，吃他一扯，险些倾跌下去，那种惊愕失措的样子，自然很是好看，因此引得阿兰姑娘格格地笑了起来。这一笑似出谷黄莺，声音又清脆又柔婉，那少年的魂灵儿，又几乎随着笑声飞到九天云外去哩。及至回过头去，见篾尔干递鞭给他，慌忙接过来，一头不住地称谢。篾尔干口里谦逊着，伸手拉住阿兰姑娘的纤手，笑对那少年道："这就是小女阿兰果伦。"又指着那少年，向阿兰姑娘说道："那个便是乞颜的公子，叫做巴延。"指着后面的少年道："他是巴延的兄弟，唤做都忽。"篾尔干说罢，阿兰姑娘对巴延微微地瞟了一眼，忍不住盈盈地一笑。这时的巴延，好像椅上有了刺一般，弄得坐又不好，立又不好，简直和热锅上的蚂蚁差不多了。因蒙古荒漠之地，所有的女子多半是粗丑不堪的，加上阿兰姑娘的容貌，的确是生得沉鱼落雁、闭月羞花，就是汉女中也拣不出来，何况生在蒙古地方，自然要推她第一了，怎么不叫巴延神魂颠倒呢？

当下篾尔干见巴延相貌出众、技艺又高，便有心要把村长的位置让给他，但怕众人不服，所以踌躇了一会，自己向自己说道："有俺在这里，怕他们什么呢？就是众人不服气，放着俺不曾死，自有制服他们的法儿。"篾尔干主意打定，就拱手对巴延说道："咱有一句不中听的话，不晓得两位可以允许吗？"巴延和都忽一齐躬身答道："村长的吩咐自当听从，决不敢有违。"篾尔干大喜道："那是承你们二位的推重了。"说着就顺手取过那面卷着的尖角杏黄旗，递给巴延道："俺自掌这旗儿到现在，算起来足足已四十多年了。在那个时候,俺还是中年哩。如今是八十多岁的人了,叫做人老珠黄,却虚拥着村长的头衔,自己想想毫无建树,真是惭愧!俺总想卸肩,但一时找不到能干的人材。目下有二位在这里,可称得是少年英雄,又是乞颜的后裔,理应出任艰巨,那是天赐给族人们的总特,机会万万不可错过!"篾尔干说罢,又从身边掏出一颗印儿,连同旗子一并授给巴延兄弟。巴延兄弟俩不觉吃了一惊,一齐推辞道:"村长春秋虽高,精神却很健旺,我们后辈叨教的地方正多,怎么说出这样的话来?那是我们兄弟俩断断不敢领受的。"巴延兄弟俩说毕,只低头躬身,再也不肯接那旗印。篾尔干见巴延和都忽都不肯答应,便重复说道:"二位不要误会了,这是俺一片的真诚。倘二位担任村长的职司,俺能卸去只肩,将来一副老骨头得终天年,便是二位的恩典了。"篾尔干陈辞虽具恳挚,奈巴延弟兄俩只是不答应。篾尔干知道苦劝无益,就回过身去,向阿兰姑娘耳边低低地说了几句。阿兰姑娘微笑点头,又回眸对着巴延嫣然一笑。真所谓"一笑百媚生",弄得巴延浑身无主,几乎要软瘫下去,却眼睁睁地望着阿兰姑娘走向帐篷里去了。

  巴延待瞧不见了她的影儿,才如梦初醒过来。美人虽去,那余香犹在,那一阵阵的兰麝香味儿,望着巴延的鼻管里直钻入去,似乎美人立在他身旁一般。再仔细一留神,香味是那枝铜鞭上发出来的。这是方才阿兰姑娘曾拿过那枝鞭,因此染上了香气。巴延暗自笑道:我那枝鞭倒好艳福啊!想着,不觉又呆呆地怔了过去。不料帐篷里一阵的呜呜号角声,却把巴延惊醒了。但见那些壮丁,又齐齐地整起队伍来,在村外的族人也纷纷地归来了。

  原来蒙古的民族,除却充丁卒的,余下的民众平时都在村外游牧或打猎。一遇到有事,只须村长一声号召,他们就立刻回来

第一回　碧水桃花魂销胜地　浓云腻雨梦人巫山

齐集了听令。今天闻得号召的角声，晓得村里有紧急事儿，不一刻的工夫，已都麇集在草场上了。篦尔干立起身来，先拿白旗挥了一转，这是叫大众肃静的暗号。果然草场上的人虽众多，却连咳嗽声音也没有了。篦尔干才收起白旗，一手抚着颔下的银髯，高声对大众说道："俺今天邀列位聚会，可知道俺是什么意思？"众人听了，面面相觑，一时摸不着头脑，却回答不出来。篦尔干便继续说道："俺因为年力俱衰，不愿再担任村长的重任，现在要想告休了。"众人见说，齐声答道："村长去了，叫我们无依无靠的怎样呢？"篦尔干笑道："列位不要性急，等俺慢慢地讲来。须知'天下没有无散的筵席'，俺岂能永生在世上呢？这个职缺早晚要让人的，不如趁列位齐集的当儿，俺把村长让了别人吧！"篦尔干才说完，众人又齐声问道："新村长是谁呀？"篦尔干见问，就回头盼咐小卒把巴延拥了过来，篦尔干指着巴延向众人说道："这便是新村长。而且才智武艺要胜过俺十倍，你们拥戴他做了总特，日后自有无限的幸福！"篦尔干说着，又将都忽一手拉过来，也拥在众人面前："这是新村长的兄弟都忽，也就是你们的副总特。"众人齐应道："老总特的话，想是不差的。咱们快来谒见新总特吧！"

这句话才说毕，早听得一声吆喝，那许多的族人和几百个兵丁，便是齐齐地下了半跪礼。这个礼节是蒙古人最隆重的。他们往常朋友相见，不过握握手罢了；倘逢到了什么喜庆的事，就是递哈达算是最客气了。至于半跪礼呢，叫作"打千"，非谒见王公大臣不肯行那半跪礼的，独对于总特却十分信仰。"总特"是蒙古人统领之意，他们和乞颜一样的尊重。乞颜就是开辟蒙古的鼻祖，所以他们格外信奉。蒙人家家供着一座神位，犹如回教的摩罕默德一般。当下巴延给篦尔干这样的一摆布，弄得他无可推辞，只好勉强承担下来。这里由篦尔干交了旗印，巴延便向众人鼓励了一番，自己又说了几句谦逊的话，就传令散队。

篾尔干备了一席酒，请那巴延兄弟俩，算是庆贺新村长。席间，由篾尔干叫阿兰姑娘出来，一同饮酒。那巴延本来"醉翁之意不在酒"，此时坐对佳丽，更添豪兴。阿兰姑娘是不会饮酒的，三杯之后已是面泛桃花，一双秋水也似的眼睛只向巴延直射。原来阿兰姑娘，今年芳龄正当十九岁，还不曾有婆家哩。她是自幼便没了母亲，篾尔干因只有一个爱女，不愿把阿兰姑娘嫁出去。阿兰姑娘也常常顾影自怜，誓非年貌相等的少年不嫁。篾尔干几次要替她赘婿，都被她从中梗阻。但是，蒙古的地方，美人果然很少，要拣那俊俏的男子更不易得了，以是直延挨到如今。现在见了巴延少年英雄，又兼他目秀眉清，脸若傅粉，在蒙古人中真可算得首屈一指了。阿兰姑娘遇到巴延这样的美貌郎君，怎不教她芳心如醉呢？其时巴延和阿兰姑娘二人在席上眉目传情、两心相印，只碍着篾尔干和都忽两个人，不然他们一对旷夫怨女，早就要情不自禁了。篾尔干却毫不觉察，自顾他一杯杯地吃着。都忽坐在一边也不饮酒，只是默默地瞧着巴延和阿兰姑娘那鬼戏，心上兀是暗暗好笑哩。

待到酒阑席散，已是红日斜西，篾尔干吃得酩酊大醉，由阿兰姑娘扶持他起身。巴延和都忽也告辞出来，小卒已牵过马来，巴延一头上马，回顾阿兰姑娘正扶着她的父亲一步一挨地走入帐篷里去，可是她那双勾人魂魄的秋波，依然盈盈地望着巴延，把个巴延弄得走不远了。身虽骑在马上，那匹马是有名的良驹，一骑到人，便喷沫竖鬃，拿嚼环咬得嘎嘎作响，只是要向前奔驰。巴延却奋力勒住了缰绳，那马要行不能，便团团打起转来了。巴延给马转得头昏，又是酒后，几乎堕下马来。还亏是都忽在旁催促道："哥哥走吧！咱们回去还有事哩。"巴延被都忽一说，方才醒悟过来，这时阿兰姑娘已走进帐篷里去了。自有许多的族人和

第一回　碧水桃花魂销胜地　浓云腻雨梦入巫山

壮丁，来恭送新村长。巴延对他们略点一点头，把缰绳一放，那马奋开四蹄，如飞一般地往罕儿山奔去。

不一刻，到了自己的帐篷，自有小兵出来带住了马，巴延和都忽下了骑，先到里面休息一回。巴延把猎装卸去，换了便服去躺在藤椅上，呆呆地一个人在那里发怔。过了一会都忽走过来说道："哥哥怎么把猎装脱去了，咱们不是还要去打猎吗？"巴延平时听得打猎是最高兴的，今天却淡淡地答道："我刚才多吃了几杯酒，身上很觉不舒服，打算不出去了，你就一个人去吧。"都忽心里明白，不便多说，只得独自一人带了弓箭和枪械，匆匆地走了。

巴延待都忽走后，看看天色晚了下来，便慢慢地踱出帐篷去。只见一轮皓月已高悬在天空，照得那长流的碧水如明镜一般；再看那田野里也是静悄悄的，只有那山谷中的猿啼，顺风一声声地吹来。巴延不觉得长叹一声，想自己正在青年，却已做到了一村的总特，百事都称了心，只少了个美人做陪伴了。又想到日间簸尔干的女儿阿兰姑娘，那是多么的美啊！倘能娶得这样一个美人儿做妻室，也不枉一生了。巴延一头想着，脚底下却信步往前走去。他因有事在心，不分方向，只顾往前直走。看看到一个所在，但见绿树荫浓，野花遍地，微风拂处，一阵阵的花香扑鼻，令人郁勃都消。巴延那时酒也醒了，胸襟异常畅快，便赞到："好一个去处！俺巴延生长此处，倒不曾知道有这样一个好地方，真可算得是世外桃源了！"

巴延正在赞叹，忽一眼瞧见花丛里一个黑影一闪。巴延疑是歹人，忙拔出佩刀，一步步挨将拢去，只听得噗哧一笑。巴延仔细看时，只见花枝下立着一个玉立亭亭的美人儿。那美人不是别个，正是日间席上一同饮酒的阿兰姑娘。这一来，喜得个巴延如天上掉下一件宝贝来，不由得眉开眼笑地说道："姑娘怎么会到这里来?"阿兰姑娘见问,把粉颈一歪,轻轻地笑答道:"这个地方难道就只许你来的吗?"这一句话,倒将巴延问住了,弄得无可回言。怔了好半天,才搭讪着说道:"这里的景色多么好啊!"阿兰姑娘笑道:"咱也是爱这里的景致好,所以常常来玩的。你怎么也会到这儿来?"巴延伸手指着月亮说道:"俺因为贪看月色才错走到此,不期无巧不巧地会逢到了姑娘。今天明月美人,碰到了一起,俺巴延也算得三生有幸了!"阿兰姑娘晓得巴延这话是调侃自己,便斜睨着秋波,抓了几瓣花叶,向巴延的脸掷来,一手把罗巾掩着樱唇,盈盈地一笑,那花瓣却落了巴延一身。

巴延本早已神魂飘荡,怎经得阿兰姑娘一笑,便胸臆迷乱、情不自禁起来,一伸手捉住阿兰姑娘的粉臂。阿兰姑娘已笑得如风吹的花枝,身体歪来倒去的不由自主了。巴延乘势把她一拖,阿兰姑娘站不稳脚,一头倒在巴延的怀里,兀是格格地笑着。巴延这时也酥麻了半截,便一屈腿坐倒在碧草地上,双手却紧紧地搂住了阿兰姑娘。那一阵似兰非兰的香味,只望巴延的鼻子里钻来。他们两人正在温存的当儿,猛听得一阵的怪叫声从林子里传出来。吓得巴延跳起身儿,去草地上寻那佩刀;阿兰姑娘已慌得抖作一团。

不知怪声是什么东西,且听下回分解。

第二回 夸神箭倾城卜一笑 亲美色秃马羡双驮

却说巴延听得怪叫声，不觉吃了一惊，忙把阿兰姑娘一推，跳起身来，向草地上去寻那把佩刀。因为他初见阿兰姑娘影儿的时候，还当是歹人，蒙古的强盗是随处皆有的，所以巴延便拔出刀来防备着。及至瞧清楚是阿兰姑娘，那把刀自然而然地撂在地上了。如今听着怪兽的叫声，急切去找那把刀，一时又寻不着它，急得巴延眼眶的火星直冒出来。亏得月明如镜，巴延觉得眼前白光一闪，定睛看时，那把如霜雪也似的钢刀，分明踏在自己的脚下，因心慌了，只望着四边乱寻，倒不曾留神到自己的脚下面，这时给月光一照便发现出来了。巴延赶忙拾刀在手，再看阿兰姑娘，早吓得缩做一堆。

那怪声却连续不断地叫着，只见西面树林子里，闪出一只异兽来。从月光中瞧过去，身体很是高大，只讲那怪兽的两只眼睛，好像两盏明灯似的直射过来。巴延深怕惊坏了阿兰姑娘，便一手绕起了发髻，拿刀整一整，大踏步迎上前去。怪兽见有人来了，也就竖起铁鞭般的尾巴，大吼一声，望着巴延直扑过来。巴延忙借一个势儿往旁边一躲，翻身打个箭步，已窜在那怪兽的背后，顺手一刀砍去，但听得"劈绰"的一响，似斩在竹根子上，却砍下一段东西来。那怪兽负痛，便狂叫一声，倒在地上乱滚。

巴延正待上去砍它，忽然林子里跳出一个人来，手执着一把钢叉，只一叉搠在那怪兽肚里，眼见得是不能活了。巴延细看那人不是别人，正是自己的兄弟都忽。

当下都忽先问道："哥哥说不出来打猎的了，怎么又会到这里来呢？"巴延见问，就把玩月遇着阿兰姑娘的事约略讲了一遍。又指着死兽说道："俺刚才似砍着一刀的。"说时俯下身去，拾起斩下来的那段东西一看，却是半截箭竿，还有翎羽在上面哩。巴延悄然道："怪道当时像砍在竹根子上差不多了。"都忽接着说道："这是咱所射的药箭，那畜生中箭之后，望这里直窜，咱却顺着叫声追来，它后臀那枝箭吃你截断，箭镞钻入腹里，所以那畜生熬不住痛，便倒下来了。倘使在未受创时，只怕你未必制得它住哩。"

巴延听了，只摇一摇头，便和都忽来看阿兰姑娘。只见她闭紧了星眸，咬着银牙，索索地伏在草地上发抖。巴延看了，又怜又爱，赶忙也向草地上一坐，伸手把阿兰姑娘的粉颈扳过来，望自己的身边一拥，再拿双手捧住她的脸儿，向月光中瞧看。可怜她已是花容惨淡、娇喘吁吁，额上的香汗还不住地直滚下来。巴延便附着她耳边轻轻地安慰她道："姑娘不要惊慌，那孽畜已吃俺杀死的了。"阿兰姑娘听说，才微微睁开杏眼，低低地问道："真的吗？几乎把我的胆也吓碎了。"说着便欲挣起身来，怎奈两条腿没有气力，再也挣扎不起来，重新倚倒在巴延的怀里。巴延笑着说道："姑娘切莫性急，再安坐一会儿，等俺来扶持你回去就是了。"阿兰姑娘一头倚在巴延的身上，却扭过头来对巴延瞅了一眼，现出一种似笑非笑的媚态，似乎表示感激的意思。这时巴延大得其情趣，一个娇滴滴柔若无骨的阿兰姑娘，居然拥在怀里，怎不教人骨软筋酥，何况是初近女性的巴延，自然要弄得魂销意醉了。只苦了个都忽，木鸡似地立在旁边，瞧到没意思时，

第二回　夸神箭倾城卜一笑　亲美色秃马羡双驮

就盘膝坐在草地上，从腰里取下烟袋来，低眉合眼地吸着淡烟，以消磨他的时间。

看看斗转星横，明月西沉了，巴延才扶着阿兰姑娘立起身来。可是她那样娇怯怯的身体，又是受了惊恐之后，怎样能走得动呢？只得把一只玉臂搭在巴延的肩上，巴延也拿一只手搂住她的纤腰，二人互相紧紧地靠着，一步挨一步地向前走去。都忽也立起身来，又捐了钢叉，一手拖着那只死兽，跟在后面。阿兰姑娘走在路上，虽是巴延扶着她，她那双足站不稳，香躯儿兀是摇晃不定。倘那时有人瞧见这副情状，一定要当作一出《杨贵妃醉酒》看哩。当下，巴延扶着阿兰姑娘，直送她到自己的帐篷里，便有蒙古小婢出来接着，搀扶进去了。巴延才回头来，同了都忽回去。两人走到了半路上，碰着了随都忽出去打猎的小兵，牵着都忽的黑马，迎上前来。因都忽出去的时候，本来骑马的，后来为追那野兽，就下马步行，恰恰地遇上了巴延。于是都忽把死兽和钢叉交给了小兵，自己和巴延踏着露水，回到自己的帐篷里去安息去了。

光阴流水，春尽夏初，蒙古的气候，在七八月里已寒冷如严冬了，但在初夏的时候，却又十分酷热。巴延自从那天送阿兰姑娘回去之后，才知道遇见阿兰的地方叫做马墩。那里风景清幽，虽没有山明水秀那么可爱，在蒙古沙漠地方也可算得是一处胜地了。因为阿兰姑娘不时到马墩来游玩的，所以巴延也常常等候在这里。两人越伴越亲热，英雄美人，却正式行起恋爱主义来，一见面就是情话缠绵，你怜我爱的，几乎打作了一团。

一天晚上，巴延打猎回来，卸去身上的猎装，匆匆地望着马墩走来。及至到了那里，却不曾看见阿兰姑娘，巴延便坐在草地上，一面等着阿兰姑娘，一头解开了胸脯纳凉。这样地过了好一会儿，仍不见阿兰姑娘的影踪儿。巴延心下疑惑道："她是从来不失约的，今天不来，莫非出了什么岔了吗？"想着就立起身来，一头系上衣襟，信步望簇尔干家中走去。将近帐篷那里，远远瞧见簇尔干坐在门前，正在举杯独酌，一个小卒侍在旁边斟酒，只不见阿兰姑娘。巴延遥望了一会，不觉寻思道："她难道已经睡了吗？"又想："阿兰姑娘是睡在后面的，何不到帐篷后去瞧瞧呢？"巴延主意打定，也不去惊动簇尔干，却悄悄地兜到了后帐篷来。一眼看见帐篷门儿半掩着，从门隙中望进去，只见烛影摇摇，显见得阿兰姑娘没有安睡哩。巴延大着胆轻轻地把门一推，那门已"呀"地开了，便侧身挨了进去，四面一看，寂静得竟无一人。古时有句话叫作"色胆包天"，巴延这时也不问吉凶，回身将门掩上了，蹑手蹑脚地挨到里面，走过两重帘幕，便是阿兰姑娘的卧室了。

  巴延走到了门口，见一个小婢，在门旁的竹椅上坐着一俯一仰地打盹，室内床前一张长桌上，高高地燃着一枝红烛。巴延潜身蹑过那小婢的面前，走近牙床，但见纱帐低垂，床沿下放着一双淡红色的蛮靴。巴延暗叫一声：惭愧！原来阿兰姑娘果然安睡了。再回头看那小婢时，索兴垂着头呼呼地睡着了。巴延暗想这是千载难逢的机会，岂可错过？当下便伸手去揭起纱帐来，那阵荡人心魄的异香，却直冲过来，早把巴延的心迷惑住了。就灯光下看阿兰姑娘，只见她上身单系着一条大红的肚兜儿，下面穿着青罗的短裤，露出雪也似的玉肤来。巴延恐她醒着，用手去推了推，阿兰姑娘动也不动，她一手托着香腮，依然朝外睡着。那睡中的一副媚态，真是红霞泛面，星眸似凝，双窝微晕却带微笑，不是极妙的一幅《海棠春睡图》吗？巴延看到情不自禁的时候，忍不住低头去亲阿兰姑娘的嘴唇，觉得她鼻子里微微有些酒香。想起簇尔干适才在门前饮酒，阿兰姑娘不会饮的，必定喝醉了，因此这样好睡。巴延晓得姑娘酣睡正浓，就轻轻捉起她的玉藕般

第二回　夸神箭倾城卜一笑　亲美色秃马羡双驮

的粉臂，放在鼻子上乱嗅，又解去她胸前的大红兜儿。巴延这时真有些挨不住了，便趁势一倒身，和阿兰姑娘并头睡下。正待动手，忽觉阿兰姑娘猛然翻过身来，轻舒玉腕，把巴延紧紧地搂住道："你真的爱我吗？"

原来阿兰自认识了巴延，每天在马墩相会，终是情话絮絮。人非草木，孰能无情？弄得她夜夜梦魂颠倒、云雨巫山，醒转来时仍旧是孤衾独宿，不由得她唉声长叹。此时阿兰姑娘将巴延一搂，大约她又在那里入梦了。她万万也想不到，真的会和心儿上人同衾共枕的。当时阿兰姑娘将巴延一搂，又闭目睡着了，巴延自然乘间温存起来。阿兰姑娘从梦中惊醒，睡眼惺忪地向巴延瞟了一眼，便银牙紧咬假装着睡去，一任那巴延所为了。过了一会，阿兰姑娘杏眼乍启，嫣然对巴延一笑道："你怎的会进来？"巴延笑嘻嘻地答道："俺等你不耐烦了，所以悄悄地掩进来的。"阿兰姑娘拿巴延拧了一把道："你倒会做贼呢！"两人说说笑笑，正到得趣的当儿，突然地听到前面帐篷里大叫："捉贼！"巴延吃了一惊，也顾不得阿兰姑娘了，跳起来夺门便走。那在帐外打盹的小婢，已惊觉转来。正打着呵欠回身过来，恰和巴延撞了个满怀。巴延将她一推，把小婢跌了一个筋斗，巴延忙三脚两步飞也似地逃出去了。其时已是四更天气，月色西斜，寒露侵衣。蒙古的气候在暑天的夜晚里却异常凉爽，一到了四五更天时，竟和深秋差不多了。巴延一脚跨出门外，不觉打了个寒噤。又怕他们追来，想自己也算是个总特身分，不幸被人当作贼捉，岂不闹成笑话吗？巴延心中一着急，脚底下越软了，几乎失足倾跌。

这里篾尔干正在醉卧，猛听得家人们呼喊捉贼，酒也立时醒了，忙一骨碌跳下床来，就壁上抽了把宝剑，大踏步赶到前帐篷去帮同捉贼。蒙古的窃贼，本和强盗差不多，一般的带着利器，于紧急时便预备对抗。篾尔干跑到前门，只见十几个家将，已把两个贼人围住了在那里动手。篯尔干正待向前，忽见外甥马哈赍领着数十个壮丁，各执着器械弓矢，一齐赶将进来，迭二连三地喊："有贼！有贼！"篯尔干听得了，知道贼还不止两个，要想招呼几个壮丁，望后帐去时，马哈赍已率领着壮丁，争先往后面去了。因他听说阿兰姑娘的房里有贼，便挺着一把鬼头刀很奋勇地奔入来。马哈赍赶到阿兰姑娘的房中，并没有瞧见贼人，方待动问，那小婢一头喘气，用手指着门道："贼已逃出去了！"马哈赍听了，把刀一挥往外便走，几十个壮丁也蜂拥地跟了出来。

　　巴延正望前狂奔，听得脑后脚声缭乱，晓得有人追来，那条路有三里多长，却是一片的平阳，急得没有藏身之处。巴延没法，只得尽力地奔逃。一口气跑了有半里路光景，马哈赍紧紧追赶，看看赶了一程，追不上巴延，便吩咐壮丁们放箭，几十张弓齐齐望巴延射来。巴延遥闻得弓弦乱响，急急引身避开，后腿上早着了一箭。他仍忍痛奔跑，无奈足筋上被了创，奔走渐渐地缓了。那马哈赍却毫不放松，似旋风般在后赶着，眼见得是要赶着了。巴延一路逃走，瞧见前面已有一座大林子遮住，便暗自叫声"惭愧！"忙连纵带跳地窜入树林子里。把牙咬一咬，恨恨地说道："一不做、二不休，他们既苦苦地相逼，俺就和他们较量较量。"说着，便隐身在一株大树旁，等待着他们追来。

　　那马哈赍和众人赶到林子边，已不见了贼人。众人怕有埋伏，只远远地立着不敢近前。马哈赍愤然说道："他进退不过一个人罢了，怕他什么呢？"说着便扬刀望林子里直扑进去。后面的壮丁，大家一声呐喊，纷纷随着马哈赍冲进林子。巴延在暗中看得清楚，认得为首的是阿兰姑娘的表兄马哈赍，知道是个劲敌，便乘他不防备，突然地窜将出去，飞起一脚把马哈赍手中的刀踢去，只顺手一掌打得马哈赍一跤直跌出林子去。几十个壮丁发声喊一拥上前，巴延却施展出武艺，把前面几个踢翻，夺了一

第二回　夸神箭倾城卜一笑　亲美色秃马羡双骽

口刀在手，来一个砍一个。走得较近的，便被他拖住手脚倒掷入林子边的深潭里去了。这一阵子杀得那些壮丁七零八落，剩下的十几个，早滑脚逃走了。马哈赍吃了个大亏，更兼左肩上受了伤，也爬起身一溜烟走了。

巴延很是得意，才欲回身走时，忽见后面有人声和马嘶声，火光照成一片，却是篾尔干领了家将壮丁，亲自来追赶了。巴延着忙道："不好了！刚才幸得月色朦胧，不曾给马哈赍等瞧清楚。此刻篾尔干燃着了火把前来，倘吃他看了出来，如何对得起人呢？"巴延一头想着，料来逃去是万万来不及的，一时情急智生，便拣一棵大树纵身上去，看枝叶茂盛的桠枝上骑身坐着。不一刻工夫，篾尔干追到，吩咐从人向树林里四下搜寻，只有几个杀死的尸身，此外不见半个人影。那些从人回说贼已遁去了。篾尔干见杀死了许多人，不觉点头道："那贼的本领怕也不小，并马哈赍也被打伤哩！"说罢，令把尸首草草掩埋了，领着壮丁等自回。

但当捉贼的时候，阿兰姑娘不住地坐在床上发抖，又怕巴延被他们当贼捉住了。后来听得获住的贼有两个，知道不是巴延。然不知马哈赍去追巴延是怎样，及至听见马哈赍受伤回来，篾尔干亲自去追赶，不免又替巴延担心。过了一会，篾尔干回来了，却没有追着巴延，阿兰姑娘这才把一颗芳心放下了。

再讲那巴延躲在树上，给寒风一阵阵地吹来，腿上的箭创又非常疼痛，因此伏在丫枝上缩作一团。好容易等篾尔干搜寻过了，掩埋尸首已毕，慢慢地离去了林子，巴延始敢爬下树来。只觉得浑身骨节酸痛起来，便一步挨一步地回到自己的帐篷里，一倒头就呼呼地睡着了。

第二天上，巴延醒来，已是头眩身热，肚里很是不舒适。这是因他干了那风流勾当，骤然吃着惊吓，逃出来时受了凉露侵蚀，腿际既被了箭伤，和马哈赍等狠斗时用力过了度，挣出一身汗来。结果去爬在树梢上，给冷风一吹，寒气已是入了骨了。似这般的三合六凑，四面受攻，任你巴延怎样的英雄，到了这时怕也有些挨不住吧，所以巴延的病一天沉重一天。蒙古在塞外荒漠之地，除了巫师，又没良医，因此不上半月工夫，一个生龙活虎似的巴延便生生地给病魔缠死了。当他临死的当儿，叫他兄弟都忽到了床前，叹口气说道："兄弟，俺如今要和你长别了"都忽呜咽着答道："哥哥，保养身体要紧，怎么说出这样的话来？"巴延摇着头道："俺是不中用了。自恨一世只有虚名，身后却一无所遗。记得俺有一把佩刀，是两千年传下来的宝物，现在留给你做个纪念东西吧！"说时，从枕边取出那把刀递给都忽。都忽一头接着，那眼眶里的泪珠不由得簌簌地直滚下来。巴延一眼瞧见，高声喝道："人谁不死，怎的作那儿女的丑态！不过俺的仇是要你报的，那仇人就是马哈赉。"都忽听了，方待回话，看巴延已奄然逝世了。

都忽大哭了一场，便把巴延草草地埋葬了，一心一意地只想着报仇的法儿。但巴延的死耗，传到了豁秃里村上，篾尔干等都替他叹息。内中的阿兰姑娘，听着巴延的噩耗，早已哭得死去活来。豁秃里的人民以总特巴延既亡，村中不可无主，照例是应该副总特都忽升上去。他们嫌都忽年轻少威望，就公举马哈赉做了总特。都忽见仇人得志，这一气非同小可，便连夜收拾了马匹行装，遣散了兵卒，只身投奔赤吉利部，预备乘隙报仇，只碍着篾尔干，不便和豁秃里人民开衅。

那阿兰姑娘自巴延死后，终是郁郁寡欢。大凡一个女孩儿家，在不曾破身前，倒也不过如是，倘一经近过男性，再叫她去独宿孤眠，便休想按捺得住。阿兰姑娘又是个爱风流的女子，因而月下花前，时时短吁长叹。亏得她的表兄马哈赉，常常来和她亲近，阿兰姑娘这颗芳心，就慢慢地移到马哈赉身上去了。事有

第二回　夸神箭倾城卜一笑　亲美色秃马羡双駼

凑巧，她的父亲篯尔干病笃了，遗言叫阿兰嫁了马哈赍。他们两人趁篯尔干新丧中实行结缡了。可是，阿兰姑娘只和巴延一度春风，早已珠胎暗结，所以嫁了马哈赍之后，不到七个月，却生下一子来。马哈赍见那孩子头角峥嵘，啼声雄壮，心里很高兴，也不暇细诘了，便替那孩子取名叫作孛端察儿。过了几年，阿兰姑娘又迭举两雄，一个叫哈搭吉，小的名古讷特。当古讷特下地的第二月上，马哈赍却被都忽派刺客把他刺死，总算给巴延报了仇。然从此赤吉利部民族和豁秃里村民结下了万世不解的深仇。

韶华易老，日月如梭，阿兰姑娘渐渐地色减容衰，她那三个儿子却一天天地长大起来。眨眨眼孛端察儿十九岁了，阿兰姑娘常对他说："赤吉利部是杀父的仇人。"孛端察儿也紧紧地记着。

一天，孛端察儿和哈搭吉、古讷特弟兄三个，去到呼拉河附近游猎，只见慕尔村的人民正在乌利山下较射。村前围着一大群男女，在那里瞧热闹。山麓中插着箭垛，许多武装的丁勇，弯弓搭矢望箭垛射去，也有中的，也有射不到的；一箭中了，第二矢便射不着了，终看不见有连中的。孛端察儿笑着对古讷特道："你瞧他们的箭术都很平常的。"哈搭吉不等他说毕，忙接口道："那怎及得你来呢！"激得孛端察儿性起，便大叫道："你敢和我较射么。"哈搭吉应道："怎么不敢！"说时，随手取弓拈矢，连发三箭，只听得叮叮哨哨响着，果然齐中红心。这时慕尔村民众的目光都移到三人身上，还不住地喝着采。哈搭吉十分得意，瞧着孛端察儿道："你也射给我看。"孛端察儿侧着头道："似你那正面射，又有甚希罕？你瞧我背射也射着它哩！"哈搭吉当是取笑他，顿时大怒道："你既这样说，射不着时，休怪我鞭打你就是了。"古讷特知道他两人斗劲，又因哈搭吉生性暴躁，就去劝孛端察儿道："自己的兄弟，何必定要较量？"孛端察儿只是微笑着，一手缓缓地去腰里取了弓矢，真个背着身去，接连三箭，也中红心。看得慕尔村的人民齐声赞着神箭。

人群中有一个二十多岁的美人,一双盈盈的秋水,瞟着孛端察儿嫣然一笑,孛端察儿也还了她一笑。这时只气得哈搭吉暴跳如雷道:"你的箭功夫很好,我输给你吧!"说着回身大踏步走了。古讷特在后叫他,哈搭吉连头也不曾回得。孛端察儿要紧瞧那美妇,也不去睬他,只叫古讷特跟着自己就是了。当下,孛端察儿在慕尔村里走了一转,两眼只是向那美妇人注视,那美妇人也望着孛端察儿瞅了几瞅,又微微地一笑掩了门走进去了。孛端察儿恋恋不舍地在门前走了几次,这才和古讷特去乌利山打猎去了。待到回来,经过慕尔村时,村里已静悄悄的寂无一人,再看那刚才的美人,正立在门前徘徊。孛端察儿大喜道:"那不是天作之缘吗?"便令古讷特在一旁暂待,自己潜身上前,跑到那美妇人的背后,轻轻地双手向纤腰中一抱,吓得那妇人慌忙回顾,粉脸恰和孛端察儿的脸碰一个正着。那妇人红着脸道:"这般啰唣,给人家瞧见算什么呢?"孛端察儿见她可欺,便涎着脸笑道:"好嫂子,此时没人瞧见的,还是随着我回去吧!"那妇人把孛端察儿一推道:"怎样好跟你走?难道你是强盗吗!"这一句话倒将孛端察儿提醒过来,就一手牵住她的玉臂,一步步地向草地上走去。那妇人屡屡朝后退缩,孛端察儿如何肯放呢?恰巧那草地上有一匹没鞍马啃着青草。孛端察儿突然地向那妇人肘下一搂,翻身跳上马背,在马股上连击了两掌,这匹没鞍辔的秃马,便泼剌剌地疾驰着去了。

不知孛端察儿逃往何处,再听下回分解。

第三回 温柔乡英雄避难
脂粉计儿女留情

却说孛端察儿挟着美妇人，跨了秃鞍的马飞也似地望着豁秃里村便走。这里慕尔村的人民起初瞧见孛端察儿和那美妇人说笑玩着，还疑他们是素来认识的。后来看见孛端察儿把妇人搂上马背时，那妇人又没叫喊，连放马的主人也当他是搂着玩哩。不料那妇人的丈夫阿尼图正从村外回家，一眼瞧见妻子被人抱在马上，便来拦阻着孛端察儿道："你将我的妻子拥着做甚，还不放手么？"阿尼图大声说着，孛端察儿只当没有听见一般，一骑马直冲出村外去了。那妇人在孛端察儿的怀里，假意叫起来。阿尼图知道这人抢他的妻子，慌忙去告诉村人，放马的主人也忙着备马去追。一霎时间，慕尔村上一片的鸣锣声和人们的呼叫声。不一刻中，村人已多齐集，于是各执着器械，骑马的在前，步行的在后，由慕尔村的村长杜摩下令，和头目纥里、马塞巴等纷纷赶出村来。

这时古讷特还没有晓得孛端察儿闹出祸来，兀是呆呆地等在那里，却被一个眼快的村民看见，指着古讷特对杜摩道："劫人的强盗就是适才射箭的三个少年，他是三人中之一，也是盗党呢！"杜摩听了，便指挥马塞巴来捕古讷特。古讷特见不是势头，要待逃走已是万万来不及的了，只好拔出佩刀和马塞巴动手。村民一声喊,将古讷特四面围定。副头目纥里却帮着马塞巴双斗古讷特。想一个古讷特有多大的本领,早吃马塞巴一棍扫倒,纥里便上去把他获住,登时绳穿索绑的似捆猪般将古讷特捉进村中去了。这里村长杜摩仍领了众人,飞骑来赶孛端察儿。孛端察儿既逃出慕尔村,巴不得那马立时驰到豁秃里村,好和那妇人实行取乐。可恨那匹马却不惯秃鞍的,因此走了半里多路,马的后脚打起蹶来了。他愈是心急,马却越走不快,恼得孛端察儿性发,提起拳头在马股上乱打。正在这当儿,忽听得背后锣声大震,马蹄的声音杂沓,料得是后面追到。再回头瞧时,已远远地望见有四五十骑马似旋风般疾驰而来。孛端察儿知是走不了,便把那妇人挟在左手肋下,右手拔出宝剑,倒骑了秃马,预备且战且走。

慕尔村民已是逐渐迫近,为头一个彪形大汉,手挺长矛一马当先,正是那村长杜摩,后来跟着纥里和马塞巴。杜摩追着大叫:"强人慢走,快快下马受缚!"说时紧一紧手中的矛,望孛端察儿刺来,孛端察儿忙仗剑相迎,才交手得数合,纥里、马塞巴和后面的壮丁一齐杀将上来,就使孛端察儿有三首六臂,怕也不能取胜,何况身畔还带着一个女子,更觉得转侧不灵了。当下孛端察儿拦挡不住,只好催马逃走。忽见村民队里,一个步行的丁勇,手执着蛮牌,用滚刀的绝技,奔到孛端察儿的马前,把马脚上砍了一刀。那马负着痛,身躯前高后低,把孛端察儿和妇人都掀下地来。此人是谁?便是那妇人的丈夫阿尼图。他因为妻子的缘故,所以奋勇向前,格外出力。亏了孛端察儿手脚灵活,一到地上翻身向阿尼图一剑,把他执蛮牌的那只手削去了五指。阿尼图受了伤,只得退后,村长杜摩和马塞巴、纥里等众人虽然猛勇,但孛端察儿已变了步战,他们长枪大戟反不能用力。杜摩便大吼一声,掷去长矛,跳下马去,抢了一把短刀,恶狠狠地战孛端察儿。纥里、马塞巴等见村长下了马,便也纷纷下马,一齐

第三回　温柔乡英雄避难　脂粉计儿女留情

围绕上来，和围古讷特似的将勃端察儿围在中间。孛端察儿只有独臂用劲，又要顾着那妇人，他左突右冲，累得一身是汗，终杀不出重围，孛端察儿心慌，欲要释却那妇人竭力死战，又觉得舍不得。看看围的越逼越近，四面都高叫着："强盗授首！"孛端察儿仰天叹道："我难道今天死在此地吗？"

正在危急万分，猛听得喊声震天，慕尔村人民纷纷倒退，却见一支生力人马，望着西边正面直冲杀进来，孛端察儿精神抖擞，并力杀将出去。里外夹攻，把慕尔村民一阵杀退。孛端察儿见前面的勇士带来百来个壮丁，杀得很为厉害。仔细一看却不是别个，乃是自己的兄弟哈搭吉。其时，哈搭吉杀了半晌，回过头来问孛端察儿道："古讷特什么地方去了？你手搀着的女子又是谁人？"勃端察儿答道："女子是我抢来的，古讷特却不曾看见。"哈搭吉大怒道："你去强抢了人家的女子，闯下大祸来，将古讷特陷死了，还有颜面回家来呢！咱们今天非同去寻着了古讷特，你也休想躲避得过。"哈搭吉说罢，逼着孛端察儿去寻古讷特。孛端察儿素来知道哈搭吉的脾气，倘违拗了他，势必两下里火并，因敷衍着他道："兄弟！你且莫性急，古讷特是决不会遇害的。我们休息一会，再去找寻不迟哩。"哈搭吉大叫道："谁是你的兄弟？你是咱母亲的私生子，又不是咱们的亲手足，怪道你忍心把古讷特害死了！"孛端察儿听了，不禁脸儿一红，大怒道："你诬蔑我是私生子，你却是谁养的呢！"哈搭吉也怒道："难道不承认是私生子么？不要多讲了，你既害了古讷特，咱就先杀你的淫妇。"说罢便一刀望着那妇人砍去。那妇人急忙闪躲着，伸手来挡着刀时，已把一只指头砍下来，那妇人便坐倒在地。孛端察儿怒不可遏，举起手中的剑向哈搭吉似雨点般砍来。哈搭吉叫声来得好，也舞刀相迎，两人一来一往，在平地上斗了起来。

正厮拼着，忽见那边一个人飞奔地走来，口里高叫道："二位哥哥不要自打自，快快杀追兵呀！"孛端察儿和哈搭吉听了，大家停了手看时，只见古讷特气急败坏地奔来，后面慕尔村人飞也似地追着。看看追到，马塞巴一马当先，捻着一枝钢枪，向古讷特便刺，古讷特慌忙避过。这里哈搭吉早大踏步上去迎战，那面纥里也舞起双锤来帮助马塞巴。孛端察儿见了，便仗刀来战纥里。四个人两个骑马，两个步战，似风车般地厮杀着，把慕尔村和豁秃里的人民看得呆了。这时古讷特也去找了一把刀，飞身前来助战，五个人杀得难解难分。那边慕尔村人民后队已经赶到，大众发一声喊，一齐冲杀上来。豁秃里的壮丁正待上去，孛端察儿杀得性起，便大吼一声，挥剑把纥里砍落马下。马塞巴心慌，拨转马头便走。许多民丁见主将败走，也纷纷各自逃命。哈搭吉和古讷特领着壮丁，趁热大杀一阵，那些慕尔村人民只恨爷娘生的脚短，逃得慢的都吃哈搭吉砍倒了。这一场血战，将慕尔村人民杀伤了大半。哈搭吉望着古讷特说道："咱们乘胜索性杀入村中，去掳掠他一个爽快！"古讷特应着，兄弟两个一前一后，带了几十个壮丁飞奔地去了。

  孛端察儿见他们去远了，却回身来看那妇人，只见她坐在地上，花容失色，砍去的手指上兀是流血不止。孛端察儿赶紧替她割下一条衣襟来裹着，一面扶她起身，慢慢地望豁秃里村走去。不一刻到了自己的帐篷里，孛端察儿扶她坐在皮椅上，去热了一杯牛乳来叫她吃着，一面问着她的姓名。那妇人说："小名叫作玛玲，娘家姓雷特氏，丈夫叫作莫拉阿尼图。"孛端察儿听了，便把玛玲拥在膝上，低低地用温言安慰着她。那时哈搭吉和古讷特已饱掠了回来，百来个壮丁都扛着抢来的物件和几个美貌女子。外面人声嘈杂着，惊动了里面的阿兰姑娘，便出来瞧看。听说两个儿子劫了许多东西回来，不觉大喜，忙帮着他们来检点各物。阿兰姑娘问起孛端察儿时，哈搭吉说道："那祸还是他一个

第三回　温柔乡英雄避难　脂粉计儿女留情

人闯出来的，如今他大约和那妇人寻欢去了。"阿兰姑娘见说，忙问什么缘故。当下由古讷特将前后的事略略讲了一遍。正在说着，只见孛端察儿已领了玛玲过来拜见母亲阿兰姑娘。他一眼瞧见了哈搭吉，兀是气愤愤地要和他厮打，经阿兰姑娘把孛端察儿和哈搭吉劝开。可是此后慕尔村民同豁秃里的民族也结下了不解的仇怨来。

这样，一年年地过去，阿兰姑娘死了，孛端察儿和那个玛玲却生下一个儿子，取名叫做赤列兀札。赤列兀札生子迈敦，迈敦生哈不达。哈不达却生了九子，第五个儿子密儿丹，生了三个儿子，大的名兀秃，第二个名叫拖吉亶，最小的唤作伊苏克。三子当中，要算伊苏克最是英雄。便由密儿丹替他娶了个妻子，叫作艾伦。那时伊苏克东征西讨，他的部族便一天盛似一天，各处的小部也纷纷地来投诚。只有那塔塔儿部不服，伊苏克就和他开战，一仗打下来，擒住了塔塔儿部酋长铁木真。伊苏克获了一个大胜，班师归来。恰巧他妻子艾伦生下一个儿子来，伊苏克这一喜，真似比得着宝贝还高兴。又因那儿子生得相貌魁梧，声音洪亮，便对艾伦说道："此子将来决非凡物，他下地时我正打大胜仗擒住铁木真，那么就取名叫作铁木真，算作一个纪念吧！"又过了几年，艾伦又生了三个儿子，一个叫忽撒，一个叫别耐勒，最小的叫作托赤台。铁木真到了六岁上，伊苏克一病死了，遗下了四个孤儿，还都在幼年。伊苏克的两个哥子兀秃和拖吉亶又都是没用的，因而他们的部落便一年不如一年地衰败下去了。

双丸跳跃，铁木真已十六岁了。在这当儿，那慕尔村的民族，联合了赤吉利部族，领兵三万来攻豁秃里村。可怜铁木真内没实力外无救兵，只好同了母亲艾伦和三个兄弟出外逃命。母子四人走在半途上，给乱兵一冲便各自冲散了。弄得铁木真只影单形，好不凄凉。但他孤身一个人要待回去，那豁秃里村早被慕尔

明宫十六朝演义

村民蹂躏得草木无存了。当下，铁木真痛哭了一会，忽然想起他的母亲艾伦本是弘吉刺人。现在母舅麦尼做着弘吉刺的部长，族里十分兴旺，不如去投奔了他，再图慢慢地报仇。铁木真主意已定，便望着弘吉刺部那里走去。弘吉刺的部族本在古儿山的西面，若到古儿山去，非经过那慕尔村的外境不可。铁木真怀着鬼胎，深怕被他们认出来，那性命就要保不住了。铁木真心里是这样害怕着，然而他当时给乱兵冲散，既没有带得干粮，又不曾携得一些费用，跑不上十多里路，已觉得腹中饥渴起来。铁木真一时没法，只好挨着饿，一步步地向前走着。看看到了慕尔村的境界，铁木真怕被人认识，却把衣袖掩着脸，匆匆地望古儿山前进。

走了半里多路，前面有一条小河横着，铁木真口渴极了，便走到河旁，蹲下身去，用手掬着水狂饮。吃了半晌，觉得肚里很是膨胀，就立起身来不吃了。及至回过身来，背后立着一个女郎，手里提了一只木桶，桶里盛着满满的一桶马乳。看她年纪约莫十六七岁，却笑吟吟满面春风地瞧着铁木真吃河水。铁木真见她桶中的马乳，便已馋涎欲滴。他原饿得慌了，见那女郎很和蔼，就做出似笑非笑的样儿，向那女郎央告道："姐姐，你桶里的马乳可能赐一点给我充饥吗？"那女郎见说，把头颈一扭，微笑着说道："这是生马乳，我家有熟的在那里，你就跟着我回去吃吧！"铁木真忙谢道："只是劳及姐姐了。"说时那女郎嫣然一笑，便引着铁木真慢慢地望着家中走去。不一会到了一个大帐篷里，那女郎却莺声呖呖地叫道："爸爸，有客来了。"

那帐篷里面，早走出一个老人来，一头应着，一面问道："是谁来了？"一眼瞧见铁木真，不觉呆了一呆。那女郎便对老人附着耳朵说了几句，老人点点头，回身引铁木真到了帐篷里面，那女郎已捧了一大碗马乳出来，放在铁木真的面前。铁木真也老

第三回　温柔乡英雄避难　脂粉计儿女留情

实不客气，就捧着碗一连气喝了一个干净。那老人等铁木真吃好了，便很慈祥地问道："你不是伊苏克的儿子铁木真吗？"铁木真见说，顿时吃了一惊，知道他是慕尔村人，和自己是对头冤家，正要拿话去掩饰，那老人笑道："你切莫疑心，我和你的父亲也有一面之交，我看见你的时候，你还只得五六岁哩。当你进来时，我看了觉得有点相像，现在越看越对了。"铁木真忙向老人行了一个礼道："小子此次是逃难出来的，望老丈包涵则个。"那老人还礼道："你既到了我的家里，我决不泄漏出去。如今外面捕你的人很多，且在我家里住上几天再说吧！"说着叫他儿子齐拉、女儿玉玲出来和铁木真相见。铁木真才晓得刚才的女郎是老人的女儿玉玲，那老人的名字呼作杜里宁。

其时大家方谈得起劲，忽听得外面人声嘈杂，齐拉出去看了看，慌忙地跑进来，乱摇着两手道："快躲过了！村长绵爽领着民兵来我家搜人哩！"铁木真听了，吓得往草堆里直钻，那老人也慌做一团。倒是玉玲说道："且不要着急，后面的草料棚夹板底下倒可以躲人的，不如令他去蹲在下面吧！"那老人听了，赶紧叫玉玲引着铁木真去躲藏，自己便去迎接那村长绵爽。

那绵爽穿着一身的武装，佩刀悬弓，露出一脸的骄傲气概。一走进门，便向四面望了望道："你们家藏着豁秃里人吗？快把他送出来，让咱们带去！"杜里宁躬着身答道："村长不要错疑了，我们和豁秃里人是世仇，怎敢藏着他不报呢？"绵爽冷笑一声道："明明有人瞧见一个豁秃里人同了你女儿回家来的，怎么说没有？"杜里宁说道："是谁瞧见的？"那绵爽便鼻子里哼了一声，仰天狞笑道："你莫管他是谁看见的，既说没有藏着，咱们可要搜一搜了。"杜里宁说道："村长不相信时，请自己看就是了。"绵爽也不回答，便一挥手叫兵丁四下里搜来。那班民兵便如狼似虎般地向四下里搜寻了一遍，回说没有。绵爽不信，便自己去前前后后找寻了一遍，却指着那堆草料说道："这下面不要躲着人吧？"杜里宁正要回答，绵爽喝令民兵，把草料一齐搬去。杜里宁怕真个被他找了出来，心里十分着急，又不敢去阻拦他，就是齐拉和那位玉玲姑娘，也只是呆呆地在一旁发怔。那绵爽见草堆搬完，不曾有人，似乎很为失望。便搭讪着对民兵们说道："敢是他们看错了。"说罢，慢慢地踱了出去。十几个民兵也乘势一哄地都走了。杜里宁见绵爽去了，便暗暗叫声侥幸，齐拉回顾玉玲姑娘道："倘给他揭起夹板来，我们此刻的性命还有吗？"玉玲姑娘答道："不是么，我终当他要看出来的了，真是天幸呢！"

　　当下杜里宁和齐拉同去打马乳了，吩咐玉玲姑娘须要格外小心。玉玲姑娘应着，等他们父子走出了门，便悄悄地回到草料棚前，把夹板轻轻地揭起来道："他们已去远了，你走出来吧！"铁木真在下面听了，把身体钻将出来。只见他满头的灰尘，脸上弄得七花八竖，竟和偎灶猫一般了。玉玲姑娘忍不住格格地笑了起来，铁木真却摸不着头脑，忙问道："倒没有给他们瞧出来吗？"玉玲姑娘把他脸上一指道："痴子，被他们瞧了出来，你还能够在我家吗？你没有瞧见刚才多么危险，我们一家几乎吃你害了！"铁木真见玉玲姑娘一派的天真烂漫，不觉也笑着说道："多亏了姐姐，将来自然要重重的拜谢。"玉玲姑娘听说，只笑了笑说道："你看天已晌午了，我去取些食物来给你充饥吧。"铁木真谢了声，玉玲姑娘自去。过了半晌，玉玲姑娘果然拿了一碗马乳，几个菠子饼来递给铁木真道："你且慢慢地吃着，吃好了把那碗轻轻打几下，我就会知道的。"铁木真点点头，玉玲姑娘便回身自去。铁木真吃了马乳和饼，因肚里吃饱了，精神顿觉好了许多，正要起身到后帐篷去玩玩，忽见玉玲姑娘慌慌张张地走进来道："外面人声很是热闹，怕又要来捉你了。"铁木真听了，慌得连跌带爬地钻入了夹板下面去了。玉玲姑娘把板盖上，才姗姗地走到

第三回　温柔乡英雄避难　脂粉计儿女留情

外面，只见走进来的却是杜里宁和齐拉，她才把那颗芳心放下了。

光阴最快，眨眨眼已是夜了，这时玉玲姑娘胆已吓小了，不敢把铁木真就放出来，直待夜已深了，杜里宁早去睡觉，齐拉独自出去打猎去了，玉玲姑娘这才燃了火，取了食物，走到草料棚里，将火放在地上，从夹板下叫出铁木真来。一面把食物给他，一头笑着问道："你肚子已饿了吗？"铁木真答道："饿倒还好，只是躲在这夹板底下又黑暗又气闷，实在有点忍受不住。好姐姐，夜里没人来的，请你给我想个法儿，换一块地方躲躲吧！"玉玲姑娘笑道："你倒一经老虎口里脱身，便想上天哩。"铁木真便姐姐长姐姐短地一味哀求着她。玉玲姑娘见他说得可怜，便指着那堆草料道："停一会儿睡在这个上面，比较那夹板下好得多嘛。"

铁木真对着那草堆望了望，引得玉玲姑娘大笑起来。那种笑声好似山谷鸣莺，清脆流利，真是好听极了。可怜，铁木真和女子们亲近，这时还是第一次哩。且这当儿，草料棚里，玉玲姑娘和铁木真之外，又没有第三个人，孤男寡女深夜相对，加上玉玲姑娘那种粉面桃腮、妩媚娇艳的姿态，就使是石头人也要按不住意马心猿了，何况铁木真呢。他见玉玲姑娘笑吟吟地对着自己，不由得心儿上乱跳，忍不住把她的香肩一拘，脸儿和脸儿冲并着，一面便轻轻地说道："这里很冷静的，却叫我一个人睡着，真是怕人得很，姑娘就陪着我坐一回儿吧！"玉玲姑娘笑道："我哪里有工夫，哥哥打猎快要回来了，我还要去帮他开剥野兽哩。"铁木真也笑道："他一个人去打猎，怎么能够就来？我却不相信。"铁木真说道，便一斜身体两人一齐坐倒在地上，玉玲姑娘又不觉嘻嘻地笑了。铁木真趁势将她一按，早把玉玲姑娘玉按倒在草堆里，这时玉玲姑娘已笑得娇躯无力，好在玉玲姑娘也是个情窦初开的女孩儿家，怎禁得铁木真的一逗引，自然而然地半推半就，在草堆上成就了他们的好事。他们俩正在欢爱的当儿，忽听得外面齐拉回来，玉玲姑娘慌忙推开铁木真去开门去了。这里铁木真却假装在草堆上睡着。

  不一会，天色渐渐地明了，杜里宁已起身，齐拉仍到外面去打马乳，玉玲姑娘去捧了饼饵来给铁木真吃。铁木真就拉住她，要她一块儿同吃，玉玲姑娘不禁红晕上颊，微微一笑也就坐了下来。两人都是初尝温柔滋味，好似新夫妇一般说不尽恩爱和甜蜜。过了一刻，玉玲姑娘去了，只见杜里宁背着手，慢慢地踱进来。铁木真忙起身，杜里宁便对他说道："外面风声很紧，你可曾知道吗？"铁木真见说，吓得不敢作声。忽听得前帐篷脚步声乱响，齐拉慌着走进来说道："那村长绵爽领着几个亲信的兵丁又来我家搜人了！"杜里宁听了大惊，铁木真更惊得和木鸡一样。

  不知铁木真性命如何，且听下回分解。

第四回　玉妃万古遗淫迹
　　　　烈士千秋传盛名

却说齐拉从外面奔进来，说村长绵爽领着民兵在附近人家搜寻豁秃里人，铁木真听了大惊。杜里宁忙道："绵爽因有人报告给他，说咱们村里藏着仇人。他昨天搜寻不着，怕不见得便肯干休。我看铁木真躲在咱们家里，终不是良策，须另选一个安全的法儿才好哩。"铁木真苦着脸，央求着杜里宁道："只求老丈成全小子就是了。"杜里宁踌躇了半晌，却找不出什么法子。这时齐拉说道："我倒有个计较在这里，不如将他送到咱们姑母家里去吧。"杜里宁点头道："话虽不差，但怎样能够走出去呢，不怕被人家瞧见吗？那转是害了他了。"玉玲姑娘其时也走了进来，便插嘴道："何不叫他扮做女子的模样，由我同了他出去，只要混过村口，那就不怕什么了。"杜里宁不曾回答，齐拉先拍着手道："那倒不错，你快给他扮起来吧！"玉玲姑娘听了，瞧着铁木真一笑，便很高兴地跑到自己的床前去取了套女子衣服来，替铁木真穿着。又去取出胭脂和粉盒，替铁木真搽在脸上，把弱髻放散了，改梳一个拖尾髻式。装扮好了，玉玲姑娘将铁木真仔细相了相，忍不住好笑。齐拉也笑道："真的好像一个女子！"铁木真用镜自己一照，不由得也笑了，引得杜里宁也笑了起来。

当下，杜里宁对铁木真说道："我有一个妹子，嫁在篾吉梨山下的白雷村，她名叫乌尔罕，丈夫已死了多年，又没儿子，只有一个女儿美赛。白雷村离此不过四五里，因她家里房屋宽大，你去住上几时，待捕你的懈怠了，再设法到弘吉剌去就是了。"铁木真见说，忙向杜里宁拜了一拜："老丈救命的恩典，将来如能得志，决不敢相忘！"回过身来又对齐拉和玉玲姑娘道谢。玉玲姑娘把他一推道："你快去吧！"说着就把铁木真拖着，往门外便走。铁木真这时因扮着女子，讪讪地很不好意思。待跑出了门，回头瞧着齐拉和杜里宁，兀是遥看着他好笑。

那玉玲姑娘同了铁木真，两人携着手，姗姗地望着篾吉梨山走来。才走出了村外，便有慕尔村的民兵过来问道："玉玲姑娘到什么地方去？那女人是你的何人？"玉玲姑娘笑道："她是俺豁秃里人啊。"那民兵也笑道："姑娘笑话了，她分明是你的表妹儿，怎么说是豁秃里人呢？"说着对铁木真打量了一遍道："好一位文静姑娘。"玉玲姑娘瞧着他们一笑，挽了铁木真便走。那几个民兵，兀是在那里做着鬼脸哩。原来玉玲姑娘的做人，平日很为和气，所以村里大大小小的人，没一个不喜欢她的。这时玉玲姑娘和铁木真既脱了虎口，慢慢地向着篾吉梨山走来。

不一刻到了山下，盘过了石窟，就是白雷村了，玉玲姑娘领路，跑到乌尔罕门前。只见乌尔罕正牵着一匹马从里面走出来。玉玲姑娘忙上去，叫了一声："姑母！"乌尔罕回过头来，见了玉玲姑娘，不觉迷花笑眼地说道："是玉姑吗？什么风吹来的？你表妹正想得苦呢！"乌尔罕说时，一眼瞧见铁木真，便问玉玲姑娘道："这是谁家的姑娘？"玉玲姑娘撒谎道："她是我父亲故交的女儿，因家里给人抢散了，无处容身，所以投到我家来的。但父亲说家中狭窄，留着女孩很不便的，叫我送到姑母这里来暂时住几时。"乌尔罕听了笑道："好了！咱们这美赛小妮子，常说冷静没有伴当，现在恰好与她做伴了。玉姑既来了，也一同住上几

第四回　玉妃万古遗淫迹　烈士千秋传盛名

时,再料理回去不迟。"说着便去桩上系住马,邀玉玲姑娘和铁木真进去。一面高声叫道:"美赛!你表姐来了,还同着一个好伴当呢!"

美赛姑娘在里面听了,忙三脚两步跑出来,笑着问道:"妈莫哄我,表姐姐在哪里呢?"她一边走一边说,及至走出来,见了玉玲姑娘和铁木真,不觉笑道:"玉姐姐真个来了,那一位姐姐是谁?"玉玲姑娘笑道:"她是我的世妹,给你做伴当来了。"美赛姑娘笑得风吹花枝般地说道:"给我做伴,怕没有这福气吧。"说时对铁木真瞟了一眼,便走过来搀住了铁木真,细细地端详了一会。玉玲姑娘深恐给她瞧出破绽来,忙一手牵了铁木真,一手拖着美赛姑娘,口里说道:"我们到里面去讲吧。"于是三个人一窝蜂地往里室便走。这里乌尔罕笑了笑,自去挤她的马乳去了。玉玲姑娘等在美赛姑娘的房里,表姐俩有说有笑,谈的很是投机。只有铁木真呆坐一旁,半晌话也不说。美赛姑娘还当她害羞,时时和铁木真闹着玩。铁木真心里暗自好笑,为的自己装着女子,不便放肆出来,已恨着玉玲姑娘,不给他改装。其实铁木真到了这里,已算是一半脱险了,就是露出本来面目也没事。哪知玉玲姑娘怕铁木真一经改装,诸事要避嫌疑,所以在乌尔罕和美赛姑娘面前,始终不把他说穿。这样一来,可就弄出事来了。

红日西沉,天色渐渐地黑起来。玉玲姑娘和铁木真,有美赛姑娘陪着吃了晚饭,美赛姑娘要铁木真做伴,便拉他一块去睡,这里乌尔罕却和玉玲姑娘同炕。玉玲姑娘见说,心儿上很为失望,只苦得不好说明,却暗地里丢一个眼色给铁木真,似乎叫他切莫露出破绽的意思。铁木真会意,略略点一点头,便跟着美赛姑娘自去。

玉玲姑娘睡在乌尔罕炕上,想起到口的馒头给人夺去,弄得翻来覆去地再也睡不着了。那铁木真随美赛姑娘到了房里，他心里到底情虚，只坐在炕边不敢去睡。还是美赛姑娘催逼着他，铁木真没法，就勉强地卸了外衣，往被窝里一钻，把被儿紧紧地裹住，便死也不肯伸出头来。美赛姑娘一笑，也忙脱去了衣服，一面跨上炕去，将铁木真的被儿轻轻揭开，倒身下去并头睡下。铁木真起初很是胆怯，只缩着身体连动也不敢动，禁不起美赛姑娘问长问短，一阵阵的檀香味儿，触在铁木真鼻子里，实在有些难受。又觉美赛姑娘说着话儿，口脂香却往被窝里直送过来。在这时休说是素性好色的铁木真，就是柳下惠再世怕也未必忍受得住呢。这样地挨了半晌，铁木真已万万忍不住了，便伸手去抚摸美赛姑娘的酥胸，这时候见美赛姑娘花容似玉，情意如醉，不觉神魂难舍，不由得把美赛姑娘玉体拥住。美赛姑娘吃了一惊，但这当儿已经娇躯乏力，只好任那铁木真所为了。那时两人学着鸳鸯交颈，唧唧哝哝地讲着情话，在隔房的玉玲姑娘，听得越发睡不安稳了。

原来乌尔罕的房和美赛姑娘的卧室只隔一层薄壁，又是夜深人静，更听得清清楚楚。起先玉玲姑娘听着美赛姑娘一个人的笑声，知道铁木真尚能自爱，芳心很为安慰。及至听了铁木真的声音，疑心事儿已有些不妙。后来铁木真和美赛姑娘窃窃私语起来，玉玲姑娘才知是弄糟了。她深悔自己不给铁木真改装，才酿出这样的笑柄来。

到了第二天上，玉玲姑娘清晨就起身，走到美赛姑娘的房里。见铁木真已坐在床边，瞧见玉玲姑娘进来，心里十分惭愧。再看美赛姑娘时，只有她眼睛惺忪，玉容常晕，正打着呵欠，慢慢地坐起身儿。猛地见了玉玲姑娘，回头来看看铁木真，那粉脸便阵阵地红了。玉玲姑娘也心里明白，只默默地不做一声。三个人你瞧着我，我瞧着你，面面相觑着一言不发。还亏了铁木真，

第四回　玉妃万古遗淫迹　烈士千秋传盛名

便搭讪着说道："姐姐为什么起得这般早，敢是生疏地方睡不着吗？"玉玲姑娘冷冷地说道："我哪里会睡不着，只怕你睡不稳呢！"铁木真听了，又低下头去。美赛姑娘究竟面儿嫩，红着脸一手弄着衣带，只是不做声。玉玲姑娘恐怕她害羞极了，弄出什么事，便做出一副笑容，低低地说道："你们昨天夜里干的什么，我已经听得很清爽。到这个地步，聪明人也不用细讲了。只是你们有了新人，却把我这旧人抛在一边，那是无论如何我也不答应的。"铁木真见玉玲姑娘已和缓下来，忙央告着她道："一切只求姐姐包涵着，姐姐要怎样，我都可以办得到的。"铁木真说时，看那美赛姑娘已哭得同带雨梨花般了。铁木真这时又怜又爱，因碍着玉玲姑娘在旁边，不好十二分地做出来就是了。好容易经铁木真再三地央说，总算是和平解决。从此他们三个人便吃也一块儿，睡也一起，一天到晚过他们甜蜜的光阴。

但是好事不长，玉玲姑娘的家里，忽地着人来叫她回去。那时玉玲姑娘和铁木真正打得火热，如何肯轻轻地离开呢？杜里宁叫人喊了她几次，不见玉玲姑娘回来，心上已有些疑心了。过了几天，杜里宁便亲自到他妹子的家里来，听得乌尔罕说："他们姐妹很是要好，天天在一起寸步也不离。"杜里宁见说，不禁连声叫起苦来。乌尔罕很为诧异，忙问什么缘故，杜里宁恨恨地说道："这都是咱们的糊涂，才弄到这步田地。"因将铁木真男做女扮的事，约略述了一遍，乌尔罕听了，不觉跳起来道："反了！反了！有这样的事吗？"说着忙把玉玲姑娘和铁木真、美赛姑娘等三人一齐叫了出来。乌尔罕一见玉玲姑娘，知道祸都由她一个人闯出来的，哪是先前的客气呢。便顿时放下脸来，大怒道："你怎么把女装的男子，带到了我的家里来！却掩瞒着我去干出这样的勾当来？如今你的老子也来了，看你还有什么脸见他？"玉玲姑娘听罢，一句话也没回答，只是泪汪汪地瞧着杜里宁发怔。乌尔罕又指着铁木真说道:"你既是避难的人,不应该私奸人家的闺女。现在我家却容你不得,赶快改了本装出去吧!"铁木真不敢做声,只有一旁呆立着。再偷眼瞧美赛姑娘,见她粉颈低垂,似暗自在那里流泪。乌尔罕喝道:"你也算是个女孩儿家,现放着男子在房里,却不来告诉我,真是无耻极了,还不给我进去吗?"美赛姑娘听了,只好泪盈盈地一步挨一步地走进去了。这里乌尔罕望着杜里宁道:"那都是你的好心,因为救人,倒被人占了便宜去。但事到这样,也不必多说了,你就领了玉玲姑娘回去吧!"杜里宁点点头,立起身来同了玉玲姑娘自去。

铁木真见他们一个个地走了,自己当然无法强留,也只好脱了他改扮时的衣服,将原来的衣裳整了一整。乌尔罕只是不理他,铁木真便垂头丧气地走出门来。他一路走着,觉得没精打采。走了一会,看看已走出了白雷村,就立住脚寻思道:"我此刻又弄得无处容身了,目下却到什么地方去呢?"又想了一想道:"咱不如仍往弘吉剌部去投舅父麦尼吧。"主意已定,便望着泰里迷河走去。但铁木真和玉玲姑娘、美赛姑娘两位玉人儿一天到晚伴在一起,真可算得左拥右抱了,多么的欢乐哩!偏偏给杜里宁说破,生生地将他们鸳鸯分拆,弄得孤身上路,好不凄凉。其实亏了杜里宁这一来把铁木真赶走,不然拥着两个美人,大有乐不思蜀、终老温柔乡之慨了,还想到什么报仇和恢复那部落呢!现在他这一去,却做出惊天动地的大事业来,此中岂非天意吗?

当下铁木真匆匆前进,心儿上虽舍不下美赛和玉玲,也是无可奈何的事。他奋力地走了一日夜,为的不曾带着干粮,肚里已是饥饿起来。再望那泰里迷河,已差不多远了,便挨着饿,一口气奔过了泰里迷河。过了这条河,就是弘吉剌的地方了。铁木真一头走着,一头问那麦尼的家里,有人指着西面一个大帐篷道:"那就是麦尼的住所。"铁木真谢了一声,望着大帐篷走来。到了

第四回　玉妃万古遗淫迹　烈士千秋传盛名

帐篷面前，早有几个民兵拦住铁木真问道："你找的是谁？"铁木真告诉了他名儿，那民兵进去了。过了半晌，那民兵出来道："咱们总特叫你进去，须要小心。"铁木真也不去理睬他，便低着头一重重地走进去。到了正中，见他舅父麦尼，坐在那里看着册子，铁木真上去叫了一声，麦尼只对他点点头，回顾亲随道："你且同他进了膳再说。"铁木真本早已饿了，听说吃饭，自然很高兴，便同了那亲随到后面去了。

铁木真吃饱了肚子，又来见他舅父。麦尼先问道："你的部落已是散失，我都已知道的了。你怎么过了这许多的时候才到我的地方来呢？"铁木真见问，不能说为了两个女子在路上逗留着，只得支吾着道："因去找寻母亲和兄弟，所以挨延的久了。"麦尼道："你母亲等可曾找到么？"铁木真垂泪道："直到了现在还没有一点消息哩。"麦尼听了，沉吟一会，微微地叹了一口气，便对铁木真说道："你可要报复吗？"铁木真忙道："为的要报仇怨，恢复我父亲所有的部落，故特地来此，要求舅父帮忙才好。"麦尼说道："你果有志气，我这里人少势弱，就是帮助着你，也未必能够胜人，况我现下只有自己顾自己的力量，却没有余力来管别人的事。但你是我的外甥，又不能叫我眼看着你不管。如今我有个两全的法子。这里西去，约百十里叫做克烈部，他的酋长名儿叫汪罕。在你父亲兴盛的时候，汪罕也似你一般的失了部落，亏你父亲帮着他恢复转来。眼下我给你备一份礼物，你到汪罕那里求他，他念前恩定能够帮助你的。"铁木真大喜道："全仗舅父的帮衬！"说着，由麦尼备了些兽皮和土仪，又备了一匹马来，叫铁木真前去。

铁木真辞了麦尼，骑着马飞也似地往克烈部奔来，不消一天工夫，已到了克烈部的外境了。克烈部的规则是外客入境不准骑马的，铁木真便下了马，一路牵着走去。及至到了部中，谒见过了汪罕，把礼物呈上，述明了来意。汪罕慨然说道："你的父亲也曾助过我的，今你穷困来投我，我如何拒绝你呢？"说罢，令铁木真暂时在客舍里宿息。第二天上，汪罕召铁木真进去，对他说道："你要恢复旧日的部族，自然非实力不行。现我发兵两万助你回去，但你以后得了志，莫把咱们忘了就是了。"铁木真大喜，忙向汪罕拜谢，连夜带了两万大兵来攻那赤吉利部。

赤吉利部的民族本不怎么多的，怎禁得数万大军的攻入，早已弄得东奔西逃，自相扰乱了。铁木真自开着仗就获了全胜，便趁势来攻那塔塔儿部。塔塔儿部虽较赤吉利部大，但也不是铁木真的对手，不上几个回合，已被铁木真杀得大败。铁木真挥兵追杀，好似风卷残叶一般。塔塔儿部和铁木真本来是世仇，所以一经打败，把牛羊马匹妇女布帛都吃铁木真掳掠一个干净。经过这两次战争，铁木真的威名居然一天大似一天了。那些平日的部落，也依旧纷纷来归了。铁木真的母亲艾伦和三个兄弟忽撒、别耐勒、托赤台等，都得信归来。他们一家离散，到了这时才算团圆。

豁秃里自铁木真主持后，便着实兴盛起来。当下豁秃里的民族，大家举铁木真做了总特。然那赤吉利部，经铁木真打败它，酋长伊立却异常地愤恨。他逃走出去，纠集了部属，总想报仇。伊立的手下，有一个门客叫作古台的，生得膂力过人，能举二百多斤的大铁锤，他若舞起来转动如飞，许多的将士却一个也及他不来。伊立爱他的勇猛，就留在门下，十分敬重他。古台受恩思报，他不时对人说，伊立如有差遣他的地方，虽蹈火赴汤也不辞的。

一天，听得伊立说起铁木真怎样的厉害，怎样的不解怨仇，古台在一旁说道："部长不要烦恼，俺却有法子去取了铁木真的头颅来献在帐下。"伊立接口道："莫非去行刺吗？"古台道："正

第四回　玉妃万古遗淫迹　烈士千秋传盛名

是呢。"伊立叹口气道："此计倒也未尝不可行，只是没有这样的能人敢去行刺啊！"古台拍着胸脯大笑道："俺蒙酋长优遇之恩，正无所报答，倘若要此计，俺独立担任就是了。"伊立也笑道："得你前去，何患枭雄不授首。只是也须小心，因铁木真那厮很是刁滑，往时防范极其严密，你此去万万不可造次。"古台点首应允了，退出来便对他的儿子努齐儿说道："我身受酋长之惠，不得不尽心报答。今奉命前去行刺铁木真，吉凶虽不可预知，然我终是舍命而往，成了果然千万之幸；如其不成，或是给他们获住，我也唯有一死报酋长的了。倘我死之后，你宜潜心学习武艺，我这仇恨，非你去报复不可，你须切切记着！"努齐儿听了他父亲的话，知道他意志已决，便垂着眼泪说道："吉人自有天相，望父亲马到成功，那时提了铁木真的头颅回来，父亲已算报答了酋长了。从此便山林归隐，不问世事，咱们去渔樵度日，享人间的清福，岂不快乐吗？"古台说道："那个自然。如今你把我的衣装取出来，待我改扮好了，晚上好去行刺。"于是，古台换了一身黑衣，带了一柄铁锤和一柄腰刀。装束停当，看看天色黑了下来，便一飞身无影无踪地去了。

不知古台刺得铁木真否，且听下回分解。

第五回 古儿山单身逢侠客 斡难河大被寝红颜

却说那古台囊刃背锤,放出他十二分的本领来,在路上连纵带跳,飞般地望豁秃村来。看看到了村前,只听得那些民兵打着刁斗,吹着画角,巡逻得很是严密。古台虽是拼着一死前来,他的志愿势在得手,倘无端地枉送性命,似乎有些不值得。所以他见巡查得认真,便去爬在一颗大树上,一时也不敢下来动手。直等到三更多天气,那些巡逻的民兵已渐渐地懈怠了起来。古台暗想道:"我不从此时潜身进去,难道待到天明不成吗?"主意既定,就耸身跳下树来,一个鲤鱼背井势早已窜入了村中去了。

古台既到了村里,四处一望,只见静悄悄的灯火依稀,天空重雾溟濛,显出夜色深沉的景象来。再瞧那豁秃村的正南上,营帐林立,密若坟丘。古台私忖道:"这许多兵篷里面,不知铁木真这厮住在哪里?"古台踌躇了一会,忽见远远地一盏小灯,那灯杆正飘着一面大纛。古台大喜道:"有大帅旗的营中,自然是铁木真的住处了。"当下古台就望着偏西的大营窜来。营前有十几个民兵倚着枪械在门前打瞌睡。古台也不去惊动他们,便潜身来至营后,耸身一跃上了帐篷,窜过几个篷顶,已是中军的所在了。古台便拨开篷帐,望下看时,见那大帐面前放着令箭旗印,桌上置着黄冠宝剑,分明是铁木真的卧室了。

第五回　古儿山单身逢侠客　斡难河大被寝红颜

古台瞧得清楚，做一个燕儿穿帘势，从篷上直窜到地上，随手抽出肩上的铁锤执在手里，用恶虎扑人的势儿，飞向帐里奔去，举起铁锤照准那睡着的人就是一下。他这一锤下去，至少也有七八百斤的气力，便是钢铁人也要击破的了，何况是人呢？但古台下手的时候，不曾看清睡着的是谁，只知帐中卧的定是铁木真了。岂料古台的锤才下去，那人已霍地跳起身来，只听得啪哒地一响，把一张床底击得粉碎。跳起来的那人就一脚把铁锤踏住。古台急切拔不出，忙弃锤取剑，一剑望那人的足上削去。那人蹲身躲过，即折下一根床上的断木，抵住了古台的剑，一面飞身蹿出了帐外。古台仗剑赶来，两人在帐前一往一来地狠斗起来。古台一头动手，就灯下细看那人却不是铁木真。那是铁木真帐下的第一个勇士兀鲁。

原来铁木真往时常常防人行刺，所以中营令兀鲁卧着，自己却去睡在后帐。这时帐外的兵士，听得帐里一声响，已都惊醒过来。于是纷纷地拿起了器械，奔入中军。见兀鲁和一个人相拼，而那人又很是勇猛。众人发出一声喊，一拥上前将古台团团围住。铁木真在后帐，听得中营捉刺客，也领了亲信卫兵亲自前来指挥。他见古台的本领不弱于兀鲁，满心想要收服他，便高声说道："不论谁人，能生擒刺客的自有重赏。"众人听了，越发奋勇。勇士当中有一个叫哲别的，舞动手中铁槊似雨点般向古台打来。古台正战不住兀鲁，又加上一个哲别，自然要手忙脚乱了。哲别乘个空儿，一槊把古台的剑打折，兀鲁飞起一脚，用乌龙扫地把古台打倒。众人齐上，七手八脚地把古台捆了起来。任你古台有飞天的本领也休想脱身的了。

刺客既然获住，天色早已破晓。铁木真坐帐，由哲别、兀鲁推上古台来。铁木真爱他勇猛，忙起身将他解缚，一面说道："将士们无知，得罪了英雄，真是惭愧之至。"古台见说，冷笑着答道："谁要你假仁假义？咱和你几世的怨仇，前来报复。今事不成，惟有待死而已。"铁木真听了，晓得他是个强项汉，便也笑着说道："俺和你素不相识，何来怨仇？你此行必定受人的主使。既是好汉，何妨直说出来，俺决不难为你的。"古台气愤愤地说道："俺主使的人多哩。凡与你有仇的人都要杀你，咱便是众人中的一人。现在不能得手，这是你的罪恶未盈。但咱死之后，将来终有人杀你的一日。"铁木真道："那么今天放了你，你肯投降我吗？"古台笑道："俺拼着一死前来，怎肯顺你？就是你不杀了咱，咱有口气存着，还是要行刺的。"古台说罢，回头见兀鲁腰里佩着刀，便一个冷不防，抽刀上帐向铁木真刺来。慌得哲别和兀鲁忙飞步赶上，把古台两臂执住。古台兀是挣扎着，经左右仍拿他上了绑，这才不能动手了。铁木真大怒道："俺好好地劝你，不但未曾悔悟，反想暗箭算人，你这种没心肝的人，要他何用！"便喝令："推出去砍了！"左右武士就拥着古台出帐，铁木真又叫转来问道："鸟去留声，人死遗名，你姓甚名谁？"古台仰天大笑道："咱既刺你不得，还留什么姓名呢？"铁木真只得叹了口气，挥着手叫把刺客推出去。不一会，那武士已将一颗血淋淋的人头捧着进来呈验，铁木真令从厚安葬了。不觉叹道："这样一个英雄烈汉，可惜他不能为我用啊！"一时帐下的壮士也都同声叹惜。

　　那时铁木真的势焰日盛，自己部中的兵卒已将近十万了。铁木真因汪罕屡次来讨兵，就把借他的二万克烈部的兵丁，叫哲别督着队调还了汪罕，并谢了他些礼物。一面打发兄弟忽撒和托赤台备了聘仪骡马，分头去迎接美赛和玉玲姑娘。忽撒、托赤台正要起身时，那杜里宁已将玉玲姑娘送来了。因为杜里宁打听得铁木真做了豁秃里村的部长，还未娶妻，便弃了慕尔村，同他的儿子齐拉亲送玉玲姑娘来和铁木真成婚。铁木真接着大喜，忙安排

第五回　古儿山单身逢侠客　斡难河大被寝红颜

房室居住玉玲姑娘，一头仍令忽撒到白雷村去接那美赛姑娘。

这天晚上，铁木真与玉玲姑娘行起结婚礼来。蒙古风俗，夫妇行婚礼时，新娘戴着尺来长的高帽，穿着红衣。新郎穿着大礼服，戴的反边平顶帽，夫妻双双不参天地，却去拜那灶神。这时新娘握着一条羊尾巴，拜了灶神之后，就把羊尾巴燃着了，独自磕头三个，叫作祭灶。行过祭灶礼，再去谒见公婆。及到了洞房的当儿，新娘背灯坐着，新郎跪在地上，问新娘的小名。其实新郎晓得新娘的名儿，却故意问着。新娘也明知新郎跪着，也有意装着不肯说。直待过了一炷香的时间，新郎跪得脚踝痛了，新娘还是不做声。结果由新娘的姑娘等出来调解，代说了新娘的名，新郎才叩头起身。铁木真和玉玲姑娘虽算新婚，却是久别重逢，这一夜的恩爱欢娱，自不消说得了。

过了几天，美赛姑娘已经那忽散接到，就充了铁木真的第二位夫人。在铁木真其时左拥右抱，正享不尽的艳福哩。但他志在并吞蒙古的各部，把儿女之情只好撇在一边了。所以铁木真新婚不到一个月，便欲出兵去征赖蛮部。

那赖蛮的部族，蒙古部族当中要推他做领袖了。与克烈部汪罕、麦尔部柏克多，当时号称三大部族。若能把赖蛮部征服，其余的小部落便可不战自降了。铁木真为了这个缘故，常常想把赖蛮部灭去，不过怕它的势大，也不敢贸然从事。赖蛮部却自恃强盛，往往欺凌那些小部落。一天，豁秃里的人民，在古儿山下牧猎，撞着了赖蛮部人，将猎兽和坐骑劫去。村人来报知铁木真，赶紧带了众兵去追，只杀了五六个赖蛮人，猎兽、马匹仍被他们夺去，以是两下里结下怨仇来。那赖蛮部酋阿恒听得豁秃里族日渐兴盛，铁木真独霸一方，心里自然妒忌，也乘隙欲除灭铁木真。胡天八月，秋高马肥。铁木真下令径征赖蛮，着忽撒和托赤台留守豁秃里，二弟别耐勒随行。因别耐勒习得一身好武艺，兼弓马俱精，铁木真带着他保卫自己。临行的时候，又吩咐了忽撒和托赤台，叫他们小心自守。玉玲姑娘同了美赛姑娘也都来送行。铁木真安慰了她们一番，便催动大军，浩浩荡荡地望着赖蛮部来。

军马经过古儿山，铁木真命驻军打猎以充军食。原来蒙古人的行兵，并无粮草辎重，全恃着猎物为生。铁木真见兵士围猎很为起劲，不觉也高兴起来，就佩了弓箭骑着一匹乌驮马，沿着古儿山下飞也似地奔去。他帐下的卫士慌忙来跟在后面。铁木真走了一程，草地上忽地跳出一只野獾来，向马前直蹿过去。铁木真急取下弓矢，望那野獾射去，那獾便应声倒下了。铁木真大喜，正待下马去捕它时，那野獾突然跳起身，拼命般地逃走了。铁木真又气又恨，随即飞步上马，加上两鞭，那马拨开四蹄像流星赶月似地追来。这样的追了二十多里，越过两个山头，那后面卫兵给遗落了，只有别耐勒一人紧紧地随着。看看那野獾愈逃愈快了，铁木真骑的乌驮也跑出了性来。铁木真骑在马上，竟似腾云驾雾一般，连眼旁的树枝都瞧不清楚了。那别耐勒虽也尽力加鞭，怎赶得上铁木真的千里驹呢？不上十几里，铁木真已跑得无影无踪了。

当铁木真追那只野獾已渐渐地追上，野獾吃追得急了，便望着石窟里一跳就不见了。铁木真慢慢把马勒住，四下里一看，那石窟并没有出路，料想野獾仍躲在里面。回顾从人，不但没有一人，却并别耐勒都不见了。铁木真知自己的马快，因而他们皆落后了。心上欲去捉那只獾子，又不曾带得家伙，正无可奈何的当儿，突见那獾子又从石窟中奔出来，背后似有人追逐着一般。铁木真正在纳罕，石窟里忽地跳出一个大汉来。但见那獾走不上几步，"托"地倒了。大汉呵呵一笑，三脚两步走过去，拖着野獾便走。

第五回　古儿山单身逢侠客　斡难河大被寝红颜

铁木真顿时愤不可遏，高声大叫道："你那汉子好不讲理，野獾是俺射倒的，你如何抢了俺东西？"那大汉笑着答道："獾子跑到咱的石窟里来，给咱们打了两拳，它逃出石窟来便死了，怎么说是你射的呢？"铁木真见那大汉相貌魁梧，举止粗率，早有几分爱他，因也笑着说道："你说不是俺射着的，难道是你射着的吗？"那大汉摇头道："咱们是不会射箭的，你既然能够射箭，就请你把箭来射咱，咱若被你射死了，这野獾便是你的；如射不死咱，对不起你，这獾子咱可要拖着回去开剥了。"铁木真大怒道："你这贼汉子！说这样呕人的话，打算俺不敢射你吗？看俺把你射死了，也不怕谁来要俺偿命！"铁木真说罢，真个拈弓搭箭，望着那大汉射去。弓弦一响，却不见那大汉倒地，原来那枝箭已接在大汉的手中了。铁木真益发愤怒，索性挽着弓，悄悄地连射三箭，都吃那大汉接住了。铁木真大惊，那大汉仰天大笑道："你这样的箭术，咱尽你射还射不着，休说是那跑着的獾子哩！"铁木真知那大汉必定是个异人，但恐他是赖蛮部的奸细，只得在马上拱手道："你果然是好汉，请你留个姓名给俺。"那大汉说道："咱们坐不更姓，行不改名，孛儿赤的便是。"铁木真点头道："俺铁木真不识英雄，下次相逢就可以认识了。"说罢，弃了野獾回马便走。

那大汉听了"铁木真"三字，忙追上来问道："你是豁秃里的铁木真吗？咱素闻你是个英雄，要想投奔，未曾得便，今天当面相逢，怎可错过？"那大汉说着，倒身行下礼去。这时别耐勒已赶到了，铁木真怕他有诈，却叫别耐勒下马，去扶那大汉起来。不一会儿，左右卫兵也到了，铁木真令腾出一匹马来给那大汉孛尔赤骑坐。这孛儿赤也是元朝的名将，铁木真在无意中得着的。当下铁木真回到军中，便令收队罢猎，这夜就在古儿山下安营宿息。

第二天上，全军一齐拔寨起行。铁木真兵马越过了古儿山，又行了几日，离那赖蛮部只有三十多里了。铁木真正要下令扎营，忽见前面尘头大起，旌旗蔽天，乃是赖蛮部的人马前来迎战了。铁木真吩咐军马摆开，敌军若来，只拿强弓射去不准交战。兀鲁见了命令，来问铁木真道："敌既当前，为什么停军不进？岂非自示怯弱么？"铁木真说道："俺们军马远来，本已走得疲乏了，敌人以逸待劳，锐气方盛，俺若出战正中他们的计划了。今天只准自守，待安了营寨，休息两天再行出战不迟。"兀鲁听了唯唯退去。这样地过了三天，赖蛮部人日来骂战，铁木真只叫坚守不许出战。部下的兵将已一个个恨得咬牙切齿，要想出去杀他一个爽快，却又不敢违抗号令。

到了第三天上，一般将士实在有些忍耐不住了，纷纷进帐请战。铁木真见敌兵已现懈色，自己的兵丁却摩拳擦掌地要战，知道时机到了，便下令出兵。那些将士巴不得有这一令，便抖擞精神拼力杀了出去。赖蛮部兵卒不防他们出战，及至兵刃相接，铁木真的军马勇猛异常，真是以一当十，把赖蛮军杀得大败，自相践踏起来。铁木真督着兵马，乘势大杀一阵，只杀得赖蛮民兵叫苦连天，尸如山积，血流成渠。铁木真方指挥军马，远远望见大红纛下，阿恒手握着大刀亲自出战，有退下去的赖蛮兵都给阿恒斩首马前。这样一来，赖蛮部兵发一声喊，一齐反杀过来了。铁木真大怒，即跳下马来用鞭击着鼓催军士速进。鼓声起处，兀鲁和孛儿赤双马齐出。兀鲁大叫道："擒贼先擒王，咱们去捉阿恒就是了。"孛儿赤应着，二人两枝枪，好似双龙入海，所到之地无人敢当。兀鲁便直冲入中军，飞马来捉阿恒。阿恒大惊，慌忙回马奔逃。兀鲁紧紧追来，亏了阿恒部下的火列麦，出马挡住兀鲁，阿恒才得脱走。赖蛮部兵马见没了主将，又复大败了。铁木真道："不入虎穴，焉得虎子，咱们乘胜非杀他一个片甲不回，

第五回　古儿山单身逢侠客　斡难河大被寝红颜

恐他锐气一振反不易攻破了。"众将士听了，呐喊一声直向赖蛮部族中杀入去。可怜，这时的赖蛮人马已失了抵抗的能力，竟被铁木真军马杀入部中。凡赖蛮人的财产，都给掳掠过来。强的杀死，弱的做了俘虏。美丽的妇女也给铁木真的兵士占为妻子，年老的妇人吃他们抛入溪中，随着伍大夫去了。

这一场血战，铁木真军马也伤了不少。但赖蛮部的民族，却几乎给他们杀得鸡犬不留了。铁木真既进了赖蛮部，便令鸣金收军。这时，众将来献俘虏了，铁木真一一点过。只见别耐勒左手握刀，右手拖着一个少妇，到了铁木真面前一摔道："这妇人是阿恒的妻子，把来砍了吧！"

铁木真瞧那妇人时，见她青丝散乱，深锁眉头，那满眼泪珠点点滴在玉容上，好似出水的芙蕖，益得娇艳动人了。铁木真虽在戎马之中，他好色的本性是天生的。现在见了这妇人那娇啼婉转的姿态，不由得勾起他一片的怜香念头来了。于是向那妇女道："你是阿恒的妻子吗？"那妇人微微点头应了一声。铁木真又道："阿恒横暴无道，所以俺兴兵来剿灭他。现在阿恒败逃已不知去向，料想已死在乱军里的了。你既被俺们获得，有什么话说，不妨直捷讲来！"那妇人听说，不觉垂泪道："身为女子，手无缚鸡之力，就是捉住了我，于总特也无益；能释放了我，在总特也无害。生死但听制裁就是了！"这一席话，莺声呖呖，清越中带着悲咽，听得雄赳赳的铁木真早矮了半截下去。忙陪笑道："夫人且莫悲伤，俺这里虽然敝陋，不足栖息，但兵戎之余，不得不草率一点。好在阿恒生死不明，不如请夫人在这里暂住几时，待得了阿恒的音耗，再送夫人回去就是了。"那妇人听了，知是身不能自主，只好低头谢了一声。铁木真便吩咐几个掳来的民女，将那夫人接入后面去了。

这里铁木真料理各事已毕，便来后帐看那妇人。只见她低着双眉一语不发。铁木真一头带着笑，轻轻地问道："夫人独自坐在这里，也觉得寂寞吗？"那妇人见问，又扑簌簌地流下泪来道："人亡家破，还说它做甚！"铁木真察言观色，见她并不十分激烈，便挨身下去，和她坐在一只椅儿上，一手去拥她的纤腰，就倒身过去想去亲她的香唇。忽见那妇人勃然变色，"曜"地立起身来。铁木真不觉吃了一惊。那妇人便正色道："我虽兵败被掳，却是一部民族妇女之冠。丈夫既死，自应身殉；现下不知生死，以是苟延残喘。总特怎么无礼相加，未免太污辱我了！"铁木真见她侃侃正论，未免心中惭愧，忙谢过道："夫人的话说果然是正当，但人情的爱好本是天成的，只求夫人饶恕吧！"说着便是深深地一诺。那妇人见铁木真一意相求，因慨然道："我是有夫之妇，如何适人？我有一个妹子也素，尚未有人家，总特如不嫌丑陋，可即着人去唤来。"铁木真听了大喜，立着部兵按着那妇人所指的地方去寻也素姑娘。不到一刻，也素姑娘来了。铁木真细细一打量，的确生得芙蓉作脸，秋水为神。那种妩媚的姿态，似更胜过那夫人。铁木真也不暇说话，便叫左右铺起炕来，放上一床大被，搂住也素姑娘望炕上一倒。

欲知后事如何，且听下回分解。

第六回 叔嫂同衾家庭生变
弟兄交恶骨肉相残

却说铁木真拥着也素姑娘，望着被里一钻，也素姑娘吓得玉容如纸，连叫"救人！"铁木真笑道："姑娘莫慌，你的姐姐也在那里呢。"也素姑娘听了，忙回头去一瞧，果然见她姐姐爱怜，默默地坐在一旁。也素姑娘便问道："姐姐怎么会在这里？"爱怜夫人见问，不禁深深地叹口气道："还讲它做甚！你姐姐家破人亡，姐夫不知下落。现在身为俘虏，幸蒙总特优遇，令我在此暂住几时，所以我便叫你来服侍总特。但这是你姐姐的意思，你是个很聪敏的人，想也不至怪我多事的。"也素姑娘见说，心里已有几分明白，因低垂粉颈，一声也不响。铁木真知她芳心已默许了，便顺气挽住香肩，和她并头睡下。一面慢慢替她解着罗裙，二人就在被里，开起一朵并蒂花来。

那位爱怜夫人，看着他们相亲相恋的情状，不由她心上一阵儿地难受。脸上不觉红一会儿白一会儿，弄得她坐不是立又不是的，真有点挨不住了。铁木真和也素姑娘闹了一会儿，回顾看着爱怜夫人，微笑说道："夫人也倦了，咱们让你睡吧！"说着，竟一骨碌地坐起身来，一手把被儿只一揭，露出也素姑娘玉雪也似的一身玉肤，只羞得也素姑娘望着被里直缩，双手乱抓那被儿去遮盖着，引得铁木真哈哈大笑起来。爱怜夫人很觉不好意思，那眉梢上又泛起朵朵桃花，便忍不住回过头去，嫣然一笑。铁木真是何等乖觉的人，他晓得爱怜夫人已经心动了，就乘势跳下炕来，一脚跨到爱怜夫人面前，轻轻向她柳腰上一抱。这时爱怜夫人身不自主，看她娇喘吁吁地早已软瘫了。铁木真把她松纽解带，爱怜夫人当然乏力抗住，一听铁木真所为，竟做了也素姑娘的第二了。

光阴如箭，转眼腊尽。铁木真因冰雪载途，不便行军，把征塔塔儿、麦尔两部的事，暂且搁起了，将军马屯住在赖蛮部地方，与诸将们度岁。铁木真其时虽在军营里，他日间出外游猎，晚上便和也素姑娘、爱怜夫人饮酒取乐，却再也不想着回去了。

当铁木真出师时，只带了个兄弟别耐勒，留忽撒和托赤台守卫着豁秃里村。但托赤台在兄弟中，年龄要算最小，行为倒要推他最坏。铁木真三个兄弟，忽撒、别耐勒，都已有了妻室，只托赤台还没有娶妇。然托赤台平日，专好猎艳渔色。他自铁木真出征赖蛮，便少了一个管束，竟任性胡干起来。他的母亲艾伦，到底有了年纪，耳目失聪，听闻已失去了自由，还能够去管托赤台吗？两位犹父兀秃和托吉亶，自顾尚然不暇，休说是问别人的事了。托赤台既没人管他，就天天在外面和一班女孩儿们厮混着。后来在外玩得厌了，竟渐渐和自己人也玩起来了。

原来那位玉玲姑娘，虽做了铁木真的正室夫人，然她的性情是爱风流的。铁木真远征在外，玉玲姑娘孤衾独抱，叫她怎样能够忍耐得住？所以每到晚上，终是和美赛姑娘闲话着解闷。不过讲来讲去，还是同病相怜罢了。铁木真的家中，除了他两位长辈兀秃和托吉亶常常进出之外，青年男子只有忽撒和托赤台。那托赤台是个喜新弃旧的色鬼，他见玉玲姑娘举止温婉，姿态妩媚，心里十分爱她。于言语之间，时杂着一种挑逗的情话。玉玲姑娘因托赤台少年魁梧，本有几分心动；又见托赤台对于自己百般地温存体贴，真好算得多情多义了。因此，她见了托赤台，也往往

第六回　叔嫂同衾家庭生变　弟兄交恶骨肉相残

眉目含情，杏腮带笑，把个托赤台更加弄得心迷神醉了。

一天，豁秃里村里，正是祭鄂波的时日。到了那天，必须由村长领头，和一班村民，到大草场去祭鄂波。祭的时候，村长先拜，人民打着大鼓和巨锣，随后村民们一齐拜倒在地。立起身来，村长领路，大家团团地打起圆圈来。这样地转了一会，村长忽然大喝一声，许多村民都向草地上翻着筋斗。一时由数十人而数百人，至于数千人，部族大的多至万余人。这一场筋斗，翻得尘沙蔽天，云霓欲堕，大家乱了一回。那村长把手一指，又复吆喝一声，那翻筋斗的村民便转身一集齐地停着了。翻过筋斗之后，村长就分了胙肉回去了。这里村民，跑马的跑马，射箭的射箭，也有较力角武艺的，霎时万头攒动，好不热闹。蒙古人的祭鄂波，他们十分的至诚。

鄂波是什么东西？是用石块堆出来，塔不像塔的石冢。有堆成方形的，高约三四丈。据蒙俗称它作恶保，又叫做列而得，又呼为十三太保李存孝。听他们蒙古人说，李存孝征沙漠的当儿，很有恩德于蒙人，犹之南蛮人祭诸葛孔明，同是一般的遗迹哩。因秋深祭鄂波，是蒙古人的一桩大事，也是最热闹的一天。豁秃里村祭鄂波，由忽撒和托赤台兄弟俩代表着村长，去那草地上去照例开祭。那村中的妇女，一个个打扮得花枝招展，望那祭鄂波的那里瞧热闹。美赛姑娘听得外面很嘈杂，问起说是祭鄂波，美赛姑娘便来邀玉玲姑娘，同去看跑马角技。恰巧玉玲姑娘患着腹痛，回说没气力出去。美赛姑娘是个好动的人，怎肯轻轻放过呢？她就装扮好了，领着两个蒙古小婢，姗姗地独自出游去了。

这合该有事，那托赤台和忽撒二人，一面指挥民众，托赤台的眼睛，只是骨碌碌地望着那些妇女。他一眼瞧见美赛姑娘来了，却不曾看见玉玲姑娘。忙乘个空，来问美赛姑娘，知道玉玲姑娘却在家里病着。托赤台听了，连祭鄂波的礼也无心行了，竟三脚两步地奔回家来。外面看门的兵役,和内室的蒙古役妇,都认得托赤台的,所以并不阻拦,任他直往内室走了进去。这个当儿,艾伦却从内室出来,问托赤台到什么地方去。托赤台一时不好回答,只把言语胡乱支吾了几句。好在艾伦是耳朵聋了,似听见非听见的,把头点了几下,自己管自己到房里去了。

托赤台等艾伦走后,便向玉玲姑娘的房中走来。他轻着手脚,跨进玉玲姑娘的房门,只见帐门高卷,房内静悄悄的,一点声息也没有。房前的灯台上,放着一只高脚的香炉,香已经燃完了。那余烬兀是绕绕地放出一缕微烟来。看床上时,玉玲姑娘正朝里睡着。托赤台慢慢地走到床前,向着床沿上轻轻地坐下。他正要用手去推,那玉玲姑娘已微微地翻身过来。原来托赤台进房来时,玉玲姑娘早已听到脚步声,她偷眼在帐门横头一瞧,见是托赤台,便朝里假作睡着。这时却故意睡眼矇眬地问道:"你到我这里来做什么?"托赤台见问,搭讪着答道:"外面正在祭那鄂波,十分热闹着,我因瞧不见嫂子,放心不下才回来。嫂子此时身子敢是不爽吗?"玉玲姑娘不觉愁着眉头道:"今天早晨还是很好的,现在不知怎的会肚子痛起来了。"托赤台说道:"天时很不好,嫂子大约受了凉吧?"托赤台一头说着,便用手去替玉玲姑娘按那肚腹。玉玲姑娘似笑非笑地将托赤台的手一推,低低说道:"这算什么样儿!你快出去,给你二嫂子瞧见了,很不像样的。"托赤台涎着脸说道:"嫂子莫愁,二嫂子去看祭鄂波,她这时正瞧得起劲哩!"说着那只手便在玉玲姑娘的胸前抚摩着。

玉玲姑娘本来是个伤春的少妇,这时被托赤台一打动,就有些不自持起来,因斜睨杏眼,看着托赤台微笑道:"你这般地做出来,不怕你哥哥知道吗?"托赤台见说,知玉玲姑娘这句话,是给自己的机会,便忙倒身下去,勾着她的香肩说道:"咱有了嫂子这样的美人儿,立刻叫咱死了也甘心的,怕什么哥哥不哥

第六回　叔嫂同衾家庭生变　弟兄交恶骨肉相残

哥！即便他真个知道了，把咱的脑袋搬离了颈子，也最多了。"托赤台说罢，趁势去嗅她的粉颈。玉玲姑娘也似喜似嗔的，了他们的一段风流孽债。

看看天色晚了下来，玉玲姑娘恐被人撞见，只催着托赤台出去。原来那天因祭鄂波的缘故，家中婢仆等人，大半出去瞧热闹了，所以任托赤台去闹着，竟是一个人不曾碰见。但一到傍晚大家自然要回来了，玉玲姑娘也不得不促着托赤台起身。可是，托赤台其时正在迷魂阵里，哪里还管什么利害呢？他口里答应着玉玲姑娘，身体儿却挨着不动，笑嘻嘻地望着玉玲姑娘道："咱便死在这里不出去了！"玉玲姑娘向托赤台脸上轻轻啐了一口道："痴儿又说疯话了！"

二人方调着情，忽听得脚步声，橐橐地乱响，玉玲姑娘大惊，托赤台也着了忙，跳起来衣裤都不及穿，就往床下一钻。再听那脚步声，却并不到玉玲姑娘的房里来，似往美赛那边去的，玉玲姑娘这才把心放下。又听美赛姑娘那里，也有男子说话的声音，玉玲寻思到：难道不成她也干那勾当吗？

那美赛姑娘的卧室，和玉玲姑娘的房，只隔了一堵木墙，恰巧板上有个小窟窿，露出一线灯光来。玉玲姑娘便望窟窿里张时，正见美赛姑娘，斜坐在一个少年的膝上，二人摩着脸儿，正在那里絮絮地情话。玉玲姑娘瞧得清楚，低声唤着托赤台。托赤台从床下爬将出来，只见他满头是汗，遍身沾了许多灰尘，战兢兢地问道："没有什么人来吗？"玉玲姑娘点点头，一时忍不住好笑，又想起那时和铁木真相遇时，他躲在夹板底下的情形，竟同今天的托赤台一般无二，因此越觉好笑了。

托赤台却摸不着头脑，一面拂去灰尘，便问玉玲姑娘道："你有什么好笑？"玉玲姑娘不便把铁木真的事和他直说，只把纤指向墙上的窟窿指着。托赤台不知是什么就里，也就躬着身，顺着那灯光望窟窿里张去：这时美赛姑娘和少年并坐在床上了。托赤台看得明白，回顾玉玲姑娘道："那不是拖勃吗？他怎的会同二嫂子勾搭起来了？"玉玲姑娘笑道："只有你和人家勾搭，便不许别人做这些事儿吗？"托赤台答道："话不是这样讲的，拖勃这厮，是咱伯父兀秃的儿子。平日在村里，也仗着咱哥的威势，干些不正经的勾当。咱很瞧不起他，常常要想教训他一顿，他终是三脚两步地逃走了。一天他和人赌输了，还偷了咱的马去。现在趁他在这里，咱便问他要马去。"托赤台说着，去床上取了衣服穿起来，要去打那拖勃。玉玲姑娘一把将托赤台拖住道："你自己在什么地方，敢大着胆施威？倘闹了出来，不是笑话了吗？"托赤台不觉恍然，因笑说道："那么便宜了这厮了。"玉玲姑娘也笑道："我们且瞧他们做些什么。"于是，两人在窟窿里，肩搭肩地瞧着。那面美赛姑娘和拖勃，却毫不察觉。二人一会说笑，一会抚摩着，渐渐地共赴那云雨巫山了。托赤台同玉玲姑娘，看到情不自禁的时候，也唱了一曲阳台。这一夜托赤台和玉玲姑娘，自有说不尽地温存缱绻，情义缠绵。

　　从此以后，托赤台得空便和玉玲欢聚，美赛姑娘明知他们的事，因自己也爱上了拖勃，大家患着同病，自然谁也管不了谁。后来，大家索性没甚避忌了。至于那些婢仆们，照蒙人习俗，不奉主妇的叫唤，是不敢进来的，所以尽他们去胡闹着，外面一点也不曾知道。但那玉玲姑娘虽不怕美赛姑娘，拖勃见了托赤台，却不能不避。拖勃和美赛姑娘，两下里本早已有情，到了那天，乘祭鄂波的当儿，便混了进来。不过托赤台于美赛姑娘，也尝下一番功夫，只是不曾得手。他眼看着拖勃和美赛姑娘那样鹣鹣鲽鲽的形状，怎么不含醋意呢？那日晚上，托赤台擦掌摩拳地要问拖勃去讨马，也为了这层缘故。当时亏了玉玲姑娘把他劝住，不然就闹出大笑话来了。

第六回　叔嫂同衾家庭生变　弟兄交恶骨肉相残

托赤台既有这一段隐情在里面，他对于拖勃，自然好似眼中钉一般，一日不拔去，就一日不安枕。在托赤台的心上，是一种得陇望蜀，想把拖勃撵走了，自己好遂一箭双雕的心愿。天下的事，愈性急愈是难达目的。托赤台对那美赛姑娘，一味献着殷勤，美赛姑娘却是似真似假，若即若离的，把个托赤台弄得望得见吃不着，心里恨得痒痒的，不免渐渐地移恨到了拖勃身上去。他每到气愤没发泄的时候，便顿足咬牙大骂着拖勃。

那托赤台有个小厮，叫作歹门的，为人阴险刁恶，能看着风色做事，因而很得托赤台的欢心。那歹门见托赤台恨着拖勃，好似势不两立一样，便来插嘴道："主人为甚这般恨着拖勃？"托赤台见是歹门，就大喜道："好了！咱们正要和你计较哩！"于是将这段事的经过，及美赛姑娘和拖勃的情节，细细地讲了一遍。并说道："你若有法子赶得走拖勃，不但是有重赏，还给你出奴才的籍哩！"

原来蒙古人入奴籍的人们，是永远与人做奴隶，子孙相传，就是做了官或是发了财，一见了旧主人，还是自称为奴隶的。这种入奴籍的人们，本是蒙人初盛的时候，去别个部落中掳掠来的人民，强迫他们做了奴隶。年代久了，这一类民族，变成了奴籍，永远没有做主人翁的资格了。犹如绍兴地方的惰民，一世做着人家的奴隶。平民人家，有了喜庆的事，那惰民们男的去做着鼓乐吹手，女的去充那扶持新娘的喜婆；生出来的子女都去跟着乐班唱戏。这种惰民的种族，只有绍兴地方有，他们也有一段历史在里面。据说，在从前的时候，因这一类民族，都是无职业的，男的不耕，女的不织，专跟了富家的子弟厮混着。国家对于这一块地方，收不着赋税，就贬这一处的民族，叫做惰民。那蒙古的奴籍，性质和惰民相似。不过，他们如要出这奴籍，只要他主人允许，替他到部长那里去赎身出籍，部长在奴籍上除了名，此后就和平民一样了。然出籍时，须得花钱的。惟不得主人允许出籍，奴隶就是自己有钱花，也是不能够出籍的。所以托赤台答应歹门，替他出奴籍，也算是一种酬劳他的意思。

当下歹门听了托赤台的话，不禁微笑道："主人不要忧虑，只须奴才行一条小计，包管拖勃身首异处。"托赤台见说，便叫歹门坐了，笑着问道："你有什么计较，只顾讲出来，事若成功了，咱决不负你。"歹门向四面望了望，低低地说道："拖勃那厮，不是常在罕儿山下打猎吗？他那哥子别儿撒，为人很是暴躁狠戾，现在家里养着一对鹞鹰，非常地厉害。若带着鹞鹰去打猎时，比猎犬胜上十倍，所获得的野兽，也较往日为多。因此别儿撒爱那鹞鹰，较他父亲拖吉宣还要敬重。我们可设法把别儿撒的鹞鹰弄死了，却归罪给拖勃，还怕拖勃不死吗？"托赤台拍手道："计策是很好的，但怎么样去弄死别儿撒的鹞鹰呢？"歹门答道："那主人可不必烦心，只在奴才身上，按着法儿做去，自然一定成功。"托赤台笑着不住地点头，一手拍着歹门的肩胛道："这事全恃你去干，千万要秘密着，咱却等着听好消息吧！"

歹门应了一声，便出来叫了个同伴名阿岸的，跑到外面，低低地说道："你去荒地上面，掘一把赤马苓来，我有用处。快去快来，我在家里等着哩！"阿岸答应着，掮了锄飞一般地去了。蒙古的赤马苓，是一种藤本药草，蒙民把它连根掘来，捣烂了杂在食物里面，把来药那些狐兔飞禽，是百发百中的。因草中含有麻醉性，就是人吃多了，也要醉死，何况是禽兽了。不一刻，阿岸取得那赤马苓回来，歹门接着。将赤马苓舂碎了，去放在肉中，用一幅布裹了肉，一揣揣在怀里，便吩咐阿岸，好好守了门，自己就直奔着那罕儿山去了。

那歹门在罕儿山下，候着别儿撒出去了，就跑到他的屋前，撮着嘴呼起鹰来。鹞鹰当是自己主人呼它，两只鹰扑着双翅，必必地飞到外面。歹门忙在怀里掏出肉来，向空中掷去。那鹞鹰这

第六回　叔嫂同衾家庭生变　弟兄交恶骨肉相残

个东西，是最贪嘴的，一见了肉，就拼命地来争吃着，可怜肉还不曾吃完，那两只鹰已同时倒在地上了。歹门便去捧了死鹰，一路走着，将鹰头拉断，把血和毛沿路洒向过去。看看到了拖勃帐篷后面，只把死鹰一抛，赶忙往树林子里一躲，连爬带跳地逃回去了。歹门既干了这些事，眼巴巴地望着火线的爆发。当歹门抛鹰到拖勃家中时，拖勃也不在家里，只有几个民兵。见天上掉下两只鹰来，大家疑是天赐的，便三三四四地拔毛破肚，慢慢地开剥了，预备把它烹煮。

那面别儿撒回到家里，不见了两只神鹰，顿时暴跳如雷，一班家役也吓得索索发抖。别儿撒跳了一会，问："村里谁来打过猎了？"大家回说没有。别儿撒寻思道："到此地敢来打猎的，除了我们自己人之外，别人一定不敢来的。又想起拖勃那厮，不是常来打猎的吗？他为了赌钱，和我闹上一次，不要他把我神鹰弄死了吧？"别儿撒是铁木真叔父拖吉亶的儿子，和托赤台、拖勃等，都是兄弟行。但他是个性急的人，既没了鹞鹰，在家里闹了一场，牵了猎犬，到村中去寻觅。那猎犬是最灵敏的畜类，它是在地上闻得鹞鹰的血味和毛，就一路引着别儿撒望前走去。这一天，也合该闹出事来，别儿撒虽当时疑到拖勃杀他神鹰，一会儿可又忘记了。偏偏猎犬在前引着路，走到拖勃家相近，却没了血迹。猎犬便四处乱嗅，恰巧别儿撒从拖勃家门前走过，猛见几个民兵，正在开剥着那神鹰。别儿撒仔细一瞧，那鹰分明是自己的了，不觉大怒起来，口里大骂道："拖勃这贼子！果然把我的神鹰打来了，我今天决不与他甘休！"别儿撒说罢，拔出腰刀，望着那几个民兵砍去，只叫拖勃出来说话，吓得那些民兵四散逃走。其时拖勃已经回来了，慌忙赶出来问时，别儿撒见了拖勃，劈头就是一刀。

不知拖勃性命怎样，且听下回分解。

第七回 铁木真塞外独称尊 努齐儿村中三盗骨

却说别儿撒见了拖勃,不禁心上火起,大喝一声,举刀望着拖勃砍来。拖勃大惊,说道:"兄弟为何这样?"别儿撒大怒道:"谁是你的兄弟?你把我的神鹰弄死了,我非取你的性命不行!"拖勃道:"你莫错怪了人,咱何尝弄死你的鹞鹰来?"别儿撒越发气愤道:"你还要狡赖哩。我亲见你家的民兵,在那里开剥着我的神鹰,你怎么说不曾呢?"拖勃道:"那是天上掉下来的死鹰,咱们不知是你的;倘然晓得,也早就送去了。"别儿撒大喝道:"你明明打死了我的鹞鹰,倒说是天上掉下来的。那么你可叫他再掉几只下来,我就相信你了。否则,你这种花言巧语,只好去哄小孩子去。"别儿撒说罢,仍提刀砍来。拖勃一面用佩刀迎住,一面高声说道:"刀枪是无情的东西,咱们既动了手,损伤生死,可顾不得了,你将来不要懊恼。"别儿撒只作听不见,那刀却似雨点般,向着拖勃头上砍个不住。拖勃也觉性起,便舞刀拼力相迎。两人你来我往,约莫战了五六十个回合,拖勃到底气力不加,又因好色的缘故,身体斫伤太甚,所以挨到七十合头上,已有些敌不住了。那别儿撒却心如烈火,管他三七二十一,刀刀只望拖勃的致命处砍来,拖勃一个失手,别儿撒展施个独劈华山,拖勃急忙借势镫里藏身时,别儿撒手快,一刀飞下来,却劈的正

第七回　铁木真塞外独称尊　努齐儿村中三盗骨

着，把拖勃的半个脑袋劈去了。可怜！拖勃也是个好青年，今日枉死在刀下。但起祸的原因，还是为美赛姑娘。这"色"字的确是杀人的利器，我们看拖勃就相信了。

这时，拖勃家里的一班民兵，见小主人被别儿撒劈死，大家发声喊，一齐围将上来，还有几个，忙着去报知兀秃。兀秃却只有这个儿子，听得给侄子别儿撒杀死，便大叫一声，领了百十个壮丁，飞奔来杀别儿撒。他一见了别儿撒，不由得七窍生烟，大骂："逆奴杀我儿子，我来替他报仇了！"说着，挥刀当先，百十个壮丁，也人人愤怒，刀枪齐举，把别儿撒团团地困在中间。别儿撒力斗拖勃，本已有些疲倦，怎禁得兀秃的生力，又是寡不敌众，因此吃兀秃飞脚踢翻，欲待爬起来时，壮丁们刀剑并下，把别儿撒斩作了十七八股。

别儿撒的父亲拖吉亶，虽和兀秃是亲兄弟，因为别儿撒也被兀秃杀死，拖吉亶如何肯休，便立刻带了民兵，赶来和兀秃拼命。他们兄弟俩火并了一会，结果，都为着儿子受了重伤，各人回到家里，查点民兵，都杀伤了不少。兀秃受伤较重，不上一个月就死了。拖吉亶也挨不到半年，追随着兀秃而去。

因托赤台为了美赛姑娘，与厮仆歹门设下了毒计，伤去了几十条性命，甚至骨肉相残，所以托赤台和歹门，都不曾得着善终。那歹门自计杀了拖勃，托赤台果然替他除了奴籍，后来歹门在外仗势骄横，人民恨极了，动起众怒来，将他全家杀死。而为首的人，还是歹门的族侄迈得。迈得以歹门离了奴籍，心里很为妒忌，这时便公报私仇了。歹门教人骨肉相残，他自己也被骨肉所戮，报应可算不爽。

那时，美赛姑娘听得拖勃死了，芳心几乎痛碎，好似哑子吃黄莲，有口难分说。只有托赤台却十分得意，他想拖勃死了，美赛姑娘早晚是自己囊中物了。谁知美赛姑娘，已耳闻得托赤台借刀杀人，用计诛了拖勃，心里深恨那托赤台，益发不肯和他走一条路了。

那玉玲姑娘和托赤台，却正打得火热。不料好事不长，光阴易逝，铁木真出师远征，取了麦尔部，擒住部酋柏克多，灭了克烈部汪罕，把塔塔儿部一鼓扫荡清净，威声大震，四方的部落，纷纷都来归顺。铁木真要想乘着一股锐气，去进取西夏和辽金，参军耶律楚材谏道："咱们连年用兵，久已人疲马乏，万一遇着了劲敌，难保不遭失败。不如班师回去，休息几时，再图远谋不迟。"铁木真行军的谋略，都是耶律楚材的计划，平日很为相信他；所以听了耶律楚材的话，点头说道："参军的话很有理，咱们就择日班师吧！"于是就令耶律楚材选了个吉日，下令全军起行，便押着大军，望着豁秃里村来。

晓餐渴饮，不日军马已到了罕儿山相近。这里忽撒和托赤台，也率着民兵，整队来迎铁木真。弟兄相见，略略讲了些别后的情形，忽撒说起兀秃和托吉亶，因私斗致死，及别儿撒和拖勃起衅的缘由，细细地说了一遍。铁木真听了，不觉叹息了几句。大军驻扎停当，铁木真便领着也素姑娘、爱怜夫人，并十多个蒙古女婢，一齐回到家里，见过了他的母亲艾伦。玉玲姑娘和美赛姑娘，也都出来相见了，大家互相打量了一番。铁木真吩咐仆役们扫除室宇安顿了也素姊妹。

这天晚上，铁木真家中开起了团圆宴，四位美人两边陪着，铁木真却高坐堂皇，一杯杯地豪饮起来。四人当中，玉玲姑娘和美赛姑娘，依然是有说有笑。也素却有些害羞，不曾举箸。爱怜夫人这时想起他的丈夫在日，也是很快乐的光阴，现在弄得家破人亡，不禁泪汪汪的，低垂着粉颈，默默无言。铁木真见她很不高兴，就擎着一杯酒，递给爱怜夫人道："咱们今天也算是家庭欢聚，你且先饮了这杯。"爱怜夫人只得接过来，一饮而尽。铁

第七回　铁木真塞外独称尊　努齐儿村中三盗骨

木真又斟了一杯，去递给那也素时，玉玲姑娘早已心上动了气，瞧她芳容立时变色，回过身去，只作不曾瞧见一般。铁木真已有些觉着，忙也斟了一杯，双手捧给玉玲姑娘道："你也请干了这杯。"话声未绝，但听得"豁啷"一声，那只酒杯已撩到地上了。这时座上的人，大家都吃了一惊。铁木真知道玉玲姑娘生了真气，要待再斟第二杯过去时，那玉玲姑娘已"嚯"地立起身来，姗姗地走向里面去了。铁木真微笑道："任她去吧！咱们且多饮几杯。"说着便斟酒叫美赛姑娘也喝了一杯，自己也是一杯杯地狂饮，直吃得酩酊大醉，才命撤去杯盘。美赛姑娘等各自回到卧室里，铁木真却摇摇摆摆的，往玉玲姑娘的房中，大约去安慰她去了。

第二天上，铁木真出去升帐，早有耶律楚材、哈哒巴，及哲别、兀鲁、木华黎、齐拉、别耐勒等一班武将，齐来劝进，请铁木真正了大汗的尊位。铁木真起身推辞道："俺的德未颁四方，威不遍各部，怎能够妄僭尊号，怕不遗笑邻邦吗？"耶律楚材听了，正要进言，只见别耐勒大叫道："咱们哥哥自出兵以来，战必胜，攻必取，足见威德皆备，就是做了大皇帝也没事。咱们自今天起，拥哥哥做了大汗吧！"耶律楚材也说道："别耐勒的话，确是应天顺人，主子要过于推辞，万一众心涣散，反授隙于人了。"众人听了，同声说道："参军之言正合众意，主子还是允许了吧！"铁木真见人心归己，也就答应下来。当下由耶律楚材拟了大汗的名号，叫作成吉思汗。历史上面，称他作元太祖成吉思汗。

"成吉思汗"，蒙古语是"大王"的意思。时为宋宁宗丙寅十月，也是蒙古人称王的开始。那时铁木真建起雄都，叫做克喇和林，诸事草草停当，命耶律楚材定了礼节和褒封的制度。成吉思汗以玉玲姑娘是德配，便晋封她做玉妃，美赛姑娘封为艳妃，也素姑娘和爱怜夫人，都封了贵人。因她两人是姊妹，不便分什么大小，所以一班侍女们，称也素姑娘作东贵人，爱怜夫人作西贵人，算是称呼上的区别。

成吉思汗加封文武将士已毕，设宴庆贺，席上便提议国事。成吉思汗首先说道："俺既自立为国，却不能不筹进取之道。试看现下的西夏、辽金与宋，他们鼎足立着，那都是俺们的对头。就俺的志向说来，非把这三个国家一一剿灭，终是蒙古的大患。你们可有什么良策，一鼓去扑灭它？"说着便亲自斟了一遍酒。其时耶律楚材起身说道："主子要功成一统，先宜修德，收拾人心，然后出师进取西夏。西夏一破，辽金唇亡齿寒，不难一鼓而下。那时专心对宋，中原垂手可得哩。"成吉思汗大喜道："参军的计划，真是'先得我心'呢！"说犹未了，只见木华黎朗声说道："西夏自拓跋开国，传至目前李安全，荒淫昏聩，人民怨声载道。刻下正好趁它内乱，兴兵往征，不怕西夏不灭。"成吉思汗点头道："行军要速，谋出便行，那么俺就亲自去破西夏吧！"木华黎忙道："割鸡焉用牛刀？主子无须亲征，末将不才，愿当此任。"成吉思汗道："倘得将军前去，俺自可放心了。但望你马到功成，俺就明日给你祭旗饯行。"木华黎拜谢了，自去准备。这里成吉思汗和诸将，畅饮到红日衔山，才尽欢而散。

到了次日，成吉思汗身着吉服，亲到军前祭旗。木华黎已握着大令，盔甲鲜明地立在那里。一见成吉思汗，忙来迎接。到了校场的中心，那将士早把一面绣字的大纛旗，飘飘荡荡地竖了起来。成吉思汗令排起香案，亲自祭过大旗，又斟了上马杯，三声炮响，大军拔寨都起，直向着西夏进发。成吉思汗亲送了一箭多路，和众人等自回和林，去听着木华黎的好消息。

列位，可还记得赤吉利部的部酋伊立，不是差了古台，来行刺过铁木真的吗？古台行刺不着，被铁木真部将兀鲁捉住，铁木

第七回　铁木真塞外独称尊　努齐儿村中三盗骨

真劝他投降，古台非但不肯，反把铁木真辱骂了一顿，因此将古台斩首。但古台来行刺之前，尝嘱咐他的儿子努齐儿道：此去倘事不成，死后须得替他报仇。如其力有不及的，尸骨终得替他设法还乡。然古台死后，铁木真给他从厚安葬，把古台的尸首，瘗在豁秃里村的西面。倘若去取他回来，奈赤吉利部和铁木真是怨仇对头，怎样能办得到呢？所以除去盗骨之外，简直没有别的法子。努齐儿受了他父亲的遗命，一心要去盗那尸骨。不过豁秃里村中，自铁木真称成吉思汗后，村中的巡逻和防守，却异常地严密。在白天里，有别部的民族经过，必得细细地盘诘。至于晚上，更不消说得了，差不多外来的人，休想进得村去。况去掘那尸骨，又不是片刻的事，努齐儿去候了好几次，终得不到一点机会。努齐儿真急了，他咬牙切齿地说道："俺若盗不得亲骨，誓不再在世上做人！"他意志既决，便匆匆地回到家里，备了一个小铁锄，佩上腰刀，乘着夜色茫茫，一路望着豁秃里村里走来。

到了村外，努齐儿怕巡更的察觉，就耸身上了树，从树颠上直蹿入村中。努齐儿寻思道："人是进来了，不知道尸骨瘗在哪一处。"他踌躇了好一会，慢慢地由树上溜下来，在村西四面寻了一转，找不出一些影踪来。在心焦的当儿，忽见茅棚子里一个白须的老儿，掌了一盏半明不灭的油灯，低着头在那里捡他的荞麦子。努齐儿暗想道："看那老人相貌还很慈善，不如上去问他一声，或话知道我父亲的葬处也未可知。"于是一步步地走到茅棚面前，一面行礼，低低地叫了一声老丈。

那老儿方一心顾着自己，被努齐儿一叫，不觉吃了一惊，抬起头来，徐徐地问道："看你的行状，不是本处的人，却深夜到此做甚？"努齐儿忙拱手答道："老丈的话不差，小子现要问一个讯，几年前给本村捉住的刺客，名叫古台的，那尸首不知道瘗在什么地方，望老丈指示，小子就感激不尽了！"那老人听了，捋着须子,想了半晌道:"什么古台不古台,咱倒不曾明白,只记得从前有一个烈士,来行刺咱们的部长,吃兵丁获住,把他斩首。尸身瘗在离此约半里多路。那里叫作五牛滩,有一棵大杉树的下面,就是骨瓮的所在。"

努齐儿见说,谢了老人,飞似地望五牛滩奔去。依着老人指点的地方寻去,果然有一株大杉木在那里。努齐儿大喜,随即取下铁锄来,待动手开掘时,猛然听得背后脚步乱响,一群民兵燃着火把,向自己奔来。为头一个少年,高声大叫道:"盗坟贼休走,咱们来捉你了,还是早早受缚吧!"努齐儿见他们人多,不敢对敌,只得拖了锄飞步逃走。等他们追到,努齐儿已逃出村外去了。

原来那少年是老人的儿子,才打猎回来,听得他老子说起,有人来盗尸骨,便不及脱那猎装,赶紧去报知守村的民兵,一窝蜂来捕努齐儿。虽然捉捕不着,但一班民兵对于那西村,却格外防得严紧了。

努齐儿盗不到骨瓮,心里十分懊丧。他回到家里,痛哭了一场。过了几天,努齐儿实在有点忍不住了。看看天色晚下来,他带了应用的器械,仍望着豁秃里树走去。努齐儿才到村口,忽见一个黑影一闪,努齐儿就隐身躲在树后。他静候了一会,见没甚动作,才大着胆仍从树枝上蹿进村去。这一次可不比以前了,他已晓得了瘗骨的去处,故此沿着顺路,走不到几百步,已至大杉树下。努齐儿向四面瞧了一转,还不曾下锄,突然喊声起处,黑暗中有几十个人,齐望着努齐儿扑来。努齐儿欲要回身走时,只听得"哗哒"的一声响,双脚踏空,跌到陷坑里去了。众人一拥上前,把努齐儿绳穿索绑的,连拖带拽地牵了便走。

到了茅棚面前,努齐儿认得是前次问讯的所在,灯光下面望见捕他的人,正是那第一回追他的少年。那少年名雷平,本是村

第七回　铁木真塞外独称尊　努齐儿村中三盗骨

里一个无赖。努齐儿进村来的时候，瞧见的黑影就是他。雷平见努齐儿蹿入来，知道他定是盗坟，便纠集了数十个无赖，掘下陷坑，埋伏在那里。他捉住了努齐儿，预备到村长那里去讨功。当下雷平将努齐儿绑在茅檐下，笑着说道："你既被我获住，请你暂等一会儿，待天色明了，把你送到村长那里去。此刻我们还须去打猎，恕不奉陪你了。"雷平说罢，和一班无赖，捎着武器打猎去了。

努齐儿一个人捆在檐下，冷清清地很觉得凄凉。想自己是赤列部人，送到村长那里，势必性命不保的了。但父仇既未报得，尸骨也没有盗出，反白白地死在此处，思来想去，不由得痛哭起来了。

努齐儿正哭着，忽听柴扉呀地开了，走出一个老儿，认得就是指点自己葬处的老人。努齐儿忙叫道："老丈救我！"那老儿走过来，执灯向努齐儿脸上照了照，便诧异道："怎么你吃他们缚在这里？"努齐儿把盗骨的事，略略说了几句，求那老人相救。那老人说道："那天你走后，我那畜生回来，我才讲起你时，他没有听毕，回身去叫人追你。我拦不住他，深怕你被他追着了，就要吃他的苦头。后来听得不曾追着，我的心才放下。不然，竟是我害了你了。现在我听了你的话，倒是个孝子哩。那么我就放你逃走了，你下次千万不要再到这里来吧！"老人说着，俯身去替努齐儿解绑。努齐儿一面点头称谢道："承老丈相爱，放俺脱去虎口，真是恩同再造，此去决不敢忘大德。"这时老人已将绑解开，努齐儿松了手脚，就对老人叩下头去。那老儿忙扶起努齐儿道："不必行礼，你快走吧！倘延了时候，我那畜生回来撞见了，再要想救你，可就不能够了。"努齐儿听罢，真个不敢怠慢，慌忙向檐下取了铁锄和腰刀，连跑带跳地逃出村去。

他跑到村口，只见月色沉沉，云黑风凄，便自己向自己筹思道:"我两次进村,终是提心吊胆的,结果却被人获住,现在趁没人瞧见,便去盗了骨瓮走路,不是人不知鬼不觉的吗?"想着,仍回进村中,望着西面走去,转眼已到了大杉树下了。努齐儿见四下里静悄悄的,更不急慢,随手取下锄来,望着杉树底下掘去,足有两尺多深,那锄掘到沙土上,叮叮地响了,努齐儿低头看时,早见沙泥当中,露出了瓶口来。努齐儿大喜,暗暗祝告道:"我父如有灵,护我成功。"说时又拼力地几锄,那只瓶已大半露出在上面了。努齐儿放下铁锄,双手用力去掇,已将那瓶掇起。但在黑暗之中,瞧不清楚,也不管它三七二十一,捐上了瓶转身便走。这时努齐儿的脚步,已比前快了许多,眨眨眼走出村口了。

他正望前直进,不提防山麓里火把齐明,一队兵士拥将出来。只见一个个弓上弦,刀出鞘,看上去很为猛勇。兵士的后面,便是五六骑的高头大马,马上坐着猎装打扮的勇士。努齐儿怕他们瞧见,忙闪身向着树林里一躲,再偷眼看那马上的几个人,正中穿着黄衣的,好似成吉思汗铁木真。努齐儿不禁叫声"惭愧"。心里兀是盘算道:"那不是冤家路窄吗?莫非我父有灵,特地送仇人到我面前吗?"又想了想,觉得自己是个单身,他们却有几十人,即使仇人当前,寡不敌众,也是无益的。

努齐儿一头筹思着,那一队兵士已渐渐走进树林中来了。努齐儿待要避开,一时间无论如何来不及的。他急中生智,把骨瓶向深草中一掷,身体儿望枝上跃去,把手用劲一扳,已是轻轻地坐上了树颠。回头看那一簇人马,离树只有丈把来路了。努齐儿身虽在树上,心儿上十分胆寒,怕的是那队人马瞧出来,一样的保不住性命。他正在战战兢兢的当儿,那人马已走进了林子里面,听得穿黄衣的吩咐道:"咱们走得很是困乏了,就在此地休息一会儿吧!"众人听了,便纷纷下马。那几十个兵丁,也散开

第七回　铁木真塞外独称尊　努齐儿村中三盗骨

队伍,坐的坐、卧的卧,各自在草地上游玩着。还有几个骑马的人,也去林子外面闲步了。这时只有一个穿黄衣裳的人,独坐在树林子里。那坐的地方,正对着努齐儿的脚下。这时努齐儿仇人相见,分外眼红,便寻思道:"那厮不是成吉思汗吗?我此时再不报仇,更待何时?"想着就跳下树来,一刀望着成吉思汗刺去。

不知努齐儿刺得否,且听下回分解。

第八回　获刺客雄主失头颅
　　　　　逼香奴佳人断玉臂

　　却说努齐儿躲在树上，望见下面坐着穿黄衣的人，正是成吉思汗。他想起父仇，不禁怒从心起，便随手抽出腰刀，一个鹞鹰捕兔势蹿下树来，一刀剁去，劈个正着。那穿黄衣的人，连"啊呀"一声也不曾喊出，已是倒在血泊里了。这时，林子外面的几个卫士，听得林子里有杀人的声音，两个头目一个叫列迈宁，一个叫特里的，飞步奔将入来。努齐儿见得了手，方待回身时，觉着脑后一阵的冷风，慌忙闪躲，却是双刀齐下，避去了左边的，右边的刀早将一只耳朵剁下去了。努齐儿知是不敌，一手按住耳朵，拔步逃走。那列迈宁随后紧紧追来。特里也招呼了兵丁，拉马赶来。努齐儿因闹了半夜，身体已经困乏，又是步行奔逃，怎能及得上马力呢？看看特里快要追着了，努齐儿十分着急，跑不到百十步，却是一条大河挡住去路。原来努齐儿心慌不择途，竟跑到古儿呼拉河来了。后面特里大叫道："逆奴快受死吧！看你逃到什么地方去！"努齐儿无处奔逃，只好沿河狂奔，那追兵便四面围了上来，转眼已到了尽头路了，努齐儿把牙一咬，耸身跳去，扑通一声，跃入呼拉河中去了。列迈宁和特里赶到，见努齐儿跳入河里，黑夜水深浪急，眼见得不能活的了。大家对河中望了一会，便领着兵丁回去，到林子里收拾起尸身，叫兵丁舁着自

第八回　获刺客雄主失头颅　逼香奴佳人断玉臂

去了。

努齐儿虽跃入水里，他自己原不想活命的了，谁知偏遇救星，在河流中扳着一根断木，慢慢地沿了木头，爬上沙滩来。坐在乱石堆上定了一定神，呕出了些清水，渐渐地清醒过来。他伸手一摸腰里，那把腰刀已不知掉在什么地方了，不觉想起盗骨杀仇的事来，心里很是得意，精神顿时大振。他一使劲起身时，脚下却是软软的，只得勉强一步步地挨着。东方已现出鱼肚色了，努齐儿才挨到那个树林子里。见那碧草之上还隐隐地染着血迹。努齐儿自言自语道："那不是仇人断头的所在吗？"说着就到那深草中取了骨瓶，一手挟在胁下，望着乌里山进发。

走到月色亭午，进了乌里山麓，忽然一声锣响，大家吆喝一声，几十人民兵，齐齐地把努齐儿围在中间。为首的一个大汉，提着鬼头刀高声喝道："你那汉子是哪一部人？说得明白，饶你性命。"努齐儿这时已精疲力尽，身边又没有器械，惟有束手待死了，不觉仰天叹道："我努齐儿几次遇险，不幸要死在此处吗？"说犹未了，只听那大汉问道："你不是古台的儿子吗？怎的弄到这般狼狈？"努齐儿见问，一时不敢直说，先问那大汉时，知道他名叫密也宽，是从前慕尔村村长杜摩的嫡裔。自慕尔村给铁木真洗荡后，密也宽从乱兵中逃出，年纪还不过八九岁哩。他到了十六七岁，已生得力大身伟，武艺精通。旧日慕尔村逃出的人民，都来投奔他，倒也有一二百人。密也宽便在乌里山盘踞着，做些打家劫舍的勾当。努齐儿因也把盗骨的事，和无意中杀仇的经过，约略地讲了一遍。密也宽大喜道："这样说来，咱们报仇的时候到了。现在快去报知你们的部长，连夜起兵，杀到克喇和林去，乘着成吉思汗铁木真新丧，人心未定的当儿，怕不一战成功吗？你们部中出兵，咱也愿助一臂之力。"努齐儿听了，高兴得手舞足蹈的，当时就在密也宽帐中，饱餐一顿，掮起骨瓶，大踏步望那赤吉利部而来。

其时，赤吉利的酋长伊立已死，犹子忒赛因继立。努齐儿见了忒赛因，将成吉思汗被自己刺死了的事说了。忒赛因跳起来道："他和咱们是世仇，目今既有机可乘，咱就立刻起兵前去。"努齐儿退出，自去瘗他老子的遗骸。这里忒赛因传令，部下大小民兵，准备轻装出发。赤吉利部的民族，听得出兵报仇，一个个摩拳擦掌地去预备着厮杀。

角声呜呜，赤吉利的人马，已越过乌里山了。探马飞报到克喇和林，自然也整队来迎。两军相遇，各自把强弓射住了阵角。忒赛因看那和林的兵马，旌旗蔽天，刀枪耀日，衣甲鲜明，队伍整齐，不觉暗暗称奇。便回顾努齐儿道："你说成吉思汗被你杀了，为什么军中并不挂孝呢？"努力齐儿也皱着眉道："或者他们怕人心动摇，为人所乘，故此瞒着吧？"两人正猜度着，只见对面门旗开处，一骑马飞奔出来，马上的将官，黄袍纬冠，玉带乌靴，在马上大喝道："跳梁鼠辈，无故刺杀了俺的兄弟，还敢兴兵犯界，不是自来送死！快下马受缚，算你们识时务的，不然大兵一到，叫你们全部覆没，那时悔也不及了。"忒赛因见来将不是别个，正是对头冤家成吉思汗铁木真。他那里左有哲别，右有兀鲁，都是威风凛凛、杀气腾腾。忒赛因暗想铁木真那厮，原来仍然未死，不禁心胆皆寒，拨马便走。

赤吉利部的兵士，见主将先走，也一齐望后倒退。努齐儿虽竭力地喝住，那面和林的人马，早同潮水般地直冲过来。努齐儿站不住脚，只好跟着他们逃走。和林的兵马，左冲右突，如入无人之境，追杀赤吉利的部兵丁，似砍瓜切菜一样。忒赛因鞭马逃着，后面哲别飞骑赶来，看看追上，忒赛因部将秃力不花回马去敌住哲别，努齐儿也赶到，双战哲别，不分胜负。不料半腰一刀搠来，正中秃力不花的肋下，秃力不花未曾防备暗算，顿时大叫

第八回　获刺客雄主失头颅　逼香奴佳人断玉臂

一声，翻身跌落马下。努齐儿敌不住哲别，虚晃一枪而逃。哲别捡枪竟奔忒赛因，忒赛因一面招架，一面倒退，哲别却一枪尽力刺来，忒赛因忙躲过，不提防背后一刀飞来。霜锋过处，坐在马上的赤吉利部酋忒赛因，只存了腔子，那头颅早已搬了场。等到密也宽领兵来助，见努齐儿已败，便退回去了。这都是努齐儿一人不好，他错杀了人，几乎把赤吉利的全部人民断送。

原来他那天晚上，树林子里被刺杀的黄衣人，不是铁木真，乃是铁木真的兄弟托赤台。托赤台自母亲艾伦死后，越发横行无忌，弄得人人怨恨。这时玉玲姑娘同美赛姑娘，都已成了半老佳人，各人又生了儿子，把风流事早抛在一边。托赤台却未改本性，虽然一把年纪，他仍到外面去混闹。一天又带了几个卫士和兵丁，去邻村强抢人家的闺女，人倒不曾抢到，回来天色已渐渐昏黑了。不料跑到那林子里，恰巧撞着了努齐儿，错当他是铁木真。因托赤台和铁木真，面貌儿很有些相似，所以代那铁木真做了刀头之鬼，一半也是他杀拖勃的报应呢。

当下努齐儿见忒赛因死了，自己谅抗敌不住，便带转马头，拼命也似地逃去了。成吉思汗挥兵追杀一阵，即令鸣金收军。第二天上，赤吉利部的头目，便来营前肉袒请降，努齐儿不敢在赤吉利逗留，星夜投奔默罕摩特去了。

成吉思汗收服了赤吉利，便和众将设宴庆功，大家欢呼畅饮，正吃得高兴时，忽见一阵大风过去，砉然一声响亮，把竖着的帅字大旗吹折为两段。座上将士无不失色，成吉思汗也吃了一惊，忙令耶律楚材就席上袖占一课。耶律楚材见了卦爻，向成吉思汗致贺道："卦是大吉之象，三日内定有大喜事发现。"成吉思汗和诸将听了，兀是半信半疑，一场庆功宴，弄得不欢而散。过了几天，忽然飞骑报到，木华黎出征西夏，连胜了十一阵，得城七座。西夏主李安全，情愿修表称臣，除年年纳贡外，还将爱女香狸公主献上。成吉思汗大喜道:"参军的神课,真是灵验极了。"便立即遣使,命木华黎停止进兵,准西夏王的请求,着李安全即日进贡,并载女入朝。

这道命令下去,不多几时,木华黎便大军班师,西夏主李安全,遣使臣察巴合,赍了降表,绣幕中载着公主香狸,到克喇和林来觐见成吉思汗。成吉思汗安慰了他一番,命察巴合暂在馆驿中居住了;自己把西夏的贡物一一亲自过目。末了,叫把香狸公主传上来。侍臣们一声吆喝下去,早有四个番女,披发跣足地扶着公主,盈盈地走上台阶来,好似众魔奉观音一般,愈显出公主的娇艳了。只见她到了座前,风吹花枝似的,折下柳腰儿去。成吉思汗慌忙把她扶住,乘间将公主细细打量一会,觉得她神如秋水,脸似芙蕖,玉肤冰肌,柔媚入骨。单讲她身上的一种香味儿,已足令人心醉。成吉思汗自亲女色以来,从来未闻到过这般的香气。加之玉妃艳妃和东西两贵人,本来色衰已久,今天蓦然见这样一个美人儿,怎不叫成吉思汗心荡神迷呢?于是吩咐侍女,扶香狸公主去后宫休息。成吉思汗和诸臣,草草地议了些国事,便踱进后宫来瞧香狸公主。

这时,香狸公主已卸去了礼服,御着一身的便衣,益见她弱不禁风,楚楚可怜了。那公主见了成吉思汗,欲待起身行礼,成吉思汗忙令侍女搀住了,却带笑问道:"公主是李王爷的第几女?怎么倒舍得你到这里来的?"香狸公主见问,不禁泪汪汪答道:"妾父原只有臣妾一个,因惧怕着上国加兵,所以不得不将臣妾上献,冀图一时的安全。臣妾此来只求上国主子,不把兵戎压迫下邦,臣妾愿一生一世侍奉着主子,虽万死也无恨的了。"说罢,那粉颊上的泪珠儿,不由得和珍珠似的纷纷地直滴下来。成吉思汗听她这一段又柔婉又凄楚的话,心里已是十二分的怜惜,再加上她那娇滴滴的莺声,越觉清脆可听了。成吉思汗这时忍不住,

第八回　获刺客雄主失头颅　逼香奴佳人断玉臂

一头坐下，把香狸公主轻轻地抱在膝上，低低问道："你倒不嫌俺衰老吗？"公主看着成吉思汗，微微一笑道："臣妾得侍候主子，已是万幸的了，怎敢别有他意？"成吉思汗见公主说得流利敏慧，越发喜欢她了。这天晚上，成吉思汗令设席在后宫，和香狸公主对饮。两人直饮到夜深人静，这才撤席双双入寝。但一个是二八年华的公主，一个是创国开疆的霸主，英雄美人，自然是相爱相怜，可惜老少相差太远，未免应了俗话所说的"满树梨花压海棠了"。

是年的冬天，成吉思汗又大破了辽金，获得了金国的公主，成吉思汗因其貌不甚美丽，没有香狸那样得宠。那时成吉思汗已有了三个儿子，长子取名崔必特，是艳妃所生；次子阿魁，是东贵人也素姑娘所出；最幼的名叫忒耐，是玉妃所出。成吉思汗自知年纪渐高，要想立嗣，预备将来继统。三子当中，算阿魁最是干练英武，成吉思汗也最喜欢阿魁，欲把他嗣立，因长幼的问题，终是迟迟不决。

不过那赤吉利部民族，虽给成吉思汗收服，心上却十分不甘。以前的部酋忒赛因，误听了努齐儿的话，一场血战，死在阵上。其时，忒赛因的儿子还幼小，一个女儿叫马英，已经十六岁了。忒赛因一死，部中纷纷扰扰，有议出降的，有议逃走的。忒赛因的妻子，还想替她丈夫报仇。一面跪着向部众苦求，一面叫她幼子巴玲哥、女儿马英，跪在地上，只望着将士们哭拜。但部里无人统领，众心涣散，一时哪里还聚拢得来呢？有几个见巴玲哥和马英姊弟两人哭得伤心，也有些不忍起来，但是部众留着不走的还不到百分之一。忒赛因的妻子嘿合，晓得大势已去，独木不能成林，便悄悄地同了几十个部兵，逃往崆塔山里避难去了。然平日，嘿合常对子女嘱咐着，叫他们牢记着父仇。她那女儿马英，到底年纪略长一点，她一个人时时咬牙切齿的，要替父亲复仇，仇人是成吉思汗铁木真。巴玲哥自七八岁上起，天天念着这几句话，甚至闭眼就瞧见仇人，似乎在那里厮杀。

过不上几年，巴玲哥已十四岁了。一天，姊弟俩在私下打算，马英道；"咱母亲只说着仇人的名姓，却不曾说起仇人的面貌和住处。问她呢，终说我们年还幼小，说出来的无用的。这真是拿她没办法的事。"巴玲哥拍着手道："对哩！若知道了住处，连夜就赶去杀了他的，不过不晓得他的面貌怎样。万一仇人从我们眼前走过，咱们不能认识他，岂不当面错过吗？"所以姊弟俩，逢人就问：成吉思汗铁木真住在哪里？他是什么样的一个人？别人见他姊弟傻得可笑，便向他们说道："你要问成吉思汗铁木真吗？他现做着蒙古的主子，好不威风哩！"巴玲哥问道："咱们也能看得见他吗？"那人听了，不禁哈哈地一笑道："要看成吉思汗也很容易，你到克喇和林去，自然看得见了。"马英又问道："成吉思汗是怎样一个相貌呢？"那人益发好笑道："讲到成吉思汗的相貌，真有些可怕哩。他那脸儿是方的，口阔耳大，两目有神，双颧高耸，说话时声如洪钟。单说他的身体，魁梧俊伟，已和常人不同，别的自然不消说了。"马英再要问时，那人便摇摇手，管自己走了。马英和巴玲哥，因打听不到头绪，两人很是闷闷不乐。

这天夜里，马英却问她母亲嘿合道："我听人说起，叫作克喇和林的，不知道在什么地方？"嘿合不晓得马英的用意，随口说道："你那舅舅舅母，不是现住在和林吗？由这里到和林，最多不过三四天的路程罢了。"马英听了她母亲的话，心上暗暗记着。到了第二天的清晨，马英悄悄地对巴玲哥说道："我已问过了母亲，那仇人住的地方并不甚远，只三四天就可以到了。咱们不如瞒着母亲，往那里把仇人杀了，回来再告诉她，也好叫她老人家欢喜。"巴玲哥见说，不觉高兴起来道："事不宜迟，我们今

第八回　获刺客雄主失头颅　逼香奴佳人断玉臂

天就去做吧!"马英笑道:"你不要性急,咱们要赶三四天的路程,拿什么来吃喝呢?"巴玲哥怔了一怔道:"这可怎么办哩?"马英说道:"让我今天晚上,拿瓶去打点马乳来,把母亲藏着的麦粉,装在布袋里。你须帮着我,将这两样东西,去放在后面的草堆中,千万不要被母亲看见!明天早晨,趁母亲还不曾起身,我推说去打马乳,把门开了,你随后出来,咱们就一块儿上路,不是很稳当的吗?"巴玲哥听说,忍不住手舞足蹈地说道:"就这样干吧!"恰巧嘿合走出来,问道:"你们姊弟讲些什么?"马英怕巴玲哥吐了风声,忙扯谎道:"巴玲哥要我去斗车车儿,我回说没有空闲,停一会儿,去捉只雀子给他玩。他正快乐得舞蹈着呢。"嘿合听了,一俯身捧住巴玲哥的脸儿,轻轻地吻了吻道:"好孩子,你姐姐做麦饼子给你吃,快不要替她去缠绕了。"说着,拉住巴玲哥的小手,走向里面去了。

　　红日西沉,天色昏黑下来了。马英果然去打了一瓶马乳,又去装好了麦粉,暗中送给巴玲哥,巴玲哥便去藏在后门草堆里。姊弟两人,把事办妥了,这一天差不多不曾合眼。看看东方发白了,马英就去开门,嘿合已听得门响,问:"谁在那里开门?"马英应道:"母亲,是我去打马乳的。"嘿合在炕上含糊着说道:"何必这样要紧,时候很早哩!"马英低低应了一声。这时,巴玲哥已蹑手蹑脚地出来,马英随手掩上了门。巴玲哥转向后门,取了乳瓶和粉袋,姊弟两人走出崆塔里山麓,便向山下的人家,问了克喇和林的去路,匆匆地望前进发。

　　一路上姊弟两人饥餐渴饮,不多日已到了和林。马英对巴玲哥说道:"咱们先去寻着了舅父,有了安身的地方,再去找那仇人不迟。"巴玲哥点点头,两人就沿路寻着他们的舅父。这个和林的地方,算是蒙古的帝都,较之崆塔里山等乡间所在,自然要热闹上千百倍。马英和巴玲哥,又都是难得出门的,如今到了这样繁华去处,觉得市街上的人,熙来攘往,万声嘈杂,车马如龙,把姊弟两个,弄得似入山阴道上,真的要目不暇给了。尤其是巴玲哥,乐得他嘻开了嘴,一时合不拢来,将报仇的事,早已抛在九霄云外了。还是马英催着他道:"咱们初到这里,地陌生疏,去找舅父,须要问一个讯才找得着呢。"巴玲哥听了,便向路人问道:"我的舅父住在哪里,请你告诉我一声?"路上的人一齐笑起来道:"你的舅父,叫我们怎样能够知道呢?快回去问个明了住处和姓甚名谁,再来问讯吧!"巴玲哥见说,作声不得,只呆呆地立在一旁。马英忙上前,笑问那人道:"我们舅父叫作乌必门,住处却不曾打听明白。"马英说罢,只见内中一个人答道:"你们找乌必门吗?他是我的邻人,你们但跟着我回去就是了。"马英大喜,便和巴玲哥,同那人走到乌必门家里。乌必门见他姊弟两人,便问:"来这里干什么?"马英把复仇的事说了一遍。乌必门道:"你们小小年纪,怎能杀仇人呢?"待要送他们回去,姊弟两人却抵死不肯。乌必门没法,只好留着他们等候机会。

　　那时,恰巧成吉思汗向民间挑选秀女,乌必门把马英送去,居然选进了宫。成吉思汗见马英伶俐,派她去侍候香狸公主。但成吉思汗自平西夏破辽金后,很纵情声色,天天和香狸公主饮酒取乐。一个衰年老翁,伴着妙龄少女,能耐几时呢?不到半年,把个称雄一世的成吉思汗铁木真,已弄得一病奄奄了。又因玉妃玉玲姑娘、艳妃美赛姑娘、东贵人也素都先后逝世,成吉思汗感伤之余,病也越觉加重了。

　　那马英进宫半年,日日想要报仇,奈宫里人多,不便下手,可把巴玲哥在乌必门家里,几乎连脖子也望长了。幸得她的母亲嘿合也赶来,母子两人,只有静听消息。一天晚间,正在说起马英,忽听外面打门,巴玲哥待要去开门时,已见乌必门同了马英

第八回　获刺客雄主失头颅　逼香奴佳人断玉臂

进来，手里提着一包东西。马英带着喘说："咱们已把仇人的头颅取来了，赶紧走吧！明天就要不得脱身，还要累及舅父哩。"嘿合、巴玲哥听了，慌忙收拾起什物，立刻起身，由乌必门送他们出和林。母子三人星夜逃回崆塔山去了。

你道马英怎样能杀得成吉思汗的头颅？原来那努齐儿自赤吉利部败走，投奔默罕摩特那里，他心里终不甘服，便单身到和林来行刺。岂知才得潜身入宫，给侍女们瞧见，大喊起拿刺客来。霎时阖宫里闹得天翻地覆，成吉思汗病在床上，惊厥了过去。这时，众人都去捉那刺客，不曾留心到病人。马英趁这个机会，好似打死老虎一般，将床前的宝剑拔下来，砍了成吉思汗的头颅，悄悄地望后宫一溜烟地逃走了。等到外面获住了努齐儿，回来却不见了成吉思汗的头颅，知道刺客不止一个，宫里又直闹起来。大家乱到天明，仍没有一点头绪。只把个香狸公主哭得死去活来，西贵人也哭了一场。

这时成吉思汗的三个儿子，只有阿魁在和林，听得成吉思汗死了，忙奔进宫来，勉强落了几点泪。他见香狸公主哭得如梨花带雨，不禁触起他惜玉之心，便伸手去把她的玉腕，笑着安慰她道："公主少要哀痛了，还是保重玉体要紧。"话犹未了，却见香狸公主柳眉倒竖，杏眼生嗔，突然地就床边取起血迹模糊的宝剑，向自己臂上砍去。

不知公主的臂受伤否，且听下回分解。

第九回　鱼磬声中纳番妇　旌旗影里嫁王妃

却说香狸公主，本是西夏主李安全的爱女，安全为保持国土计，只得将爱女献给成吉思汗。成吉思汗因她是大邦的公主，也十分看重。那香狸公主呢，不但生得面貌娇艳，只讲她的身上，已和常人不同了。她平日在宫中，梳洗从不曾用一点香料，身体上自会生出一种香味来。每到了暑天，盈盈的香汗，真叫人闻了心醉。这种香味，非兰非麝，异常地可爱。她自己也不知道，那香味究从什么地方来的。安全也为这个缘故，所以取名叫香狸。

那时，成吉思汗的几个儿子当中，除了崔必特守东部，忒耐出镇青海，只有一个阿魁，却住在和林。成吉思汗几次要想立阿魁为嗣，终碍着长幼问题，不曾确实决定。但讲到阿魁的为人，外朴内奸。对于成吉思汗，似乎很尽孝道，成吉思汗也越发喜欢他了。当成吉思汗病时，乏力兼顾朝政，便令阿魁代理，又叫耶律楚材帮助着他。阿魁在初监国时候，要在他老子面前讨好，政事无论大小，终是兢兢自守，就是见了朝里的诸臣也极廉恭有礼。至若宫内外的婢侍小臣，他一样地把珍宝去结识他们。凡得到好处的内臣，无不在成吉思汗面前，替阿魁揄扬。不上半年，朝中都是阿魁的世界了。一班成吉思汗信任的臣子，见大势已经改换，便也来趋附阿魁了。

第九回　鱼磬声中纳番妇　旌旗影里嫁王妃

阿魁见他老子病势日益沉重，想是不起的了，况大权在握，胆也一天大似一天。后来，居然出入宫禁，私下和那些宫嫔侍女，干些不正经的勾当。这样过了一年多，后宫的女子，差不多已被阿魁玩遍了。在阿魁的心理上，原是醉翁之意不在酒。他每到成吉思汗榻前去问疾，那两只贼眼，终不住地瞧着香狸公主。

有一天上，阿魁晋谒成吉思汗，恰巧成吉思汗睡着了，阿魁也不去惊动他，便独自一人到养颐殿里去坐等着。那养颐殿的地方，本是成吉思汗老年办事的所在。到养颐殿来的人，除了左右宰辅，奉召入殿议事外，其余自皇子以下，一概不准擅入。这殿的对面，便是香宫。原来香狸公主浑身是香气，宫里都呼她作香妃，成吉思汗也爱宠她不过，将她所居的地方，题名唤香宫。那天阿魁坐在殿里，觉得很为寂寞，就立起身来，信步望对面走去。他此时本是乱走，原没有什么存心的，谁知合当有事，往日香狸公主，在成吉思汗那里侍疾，差不多寸步不离的，今日忽地想起好几日不梳洗了，趁回宫更衣，令宫女替她梳了一个长髻。洗罢了脸儿，正要走出宫来，却和阿魁碰个正着。阿魁见香狸公主，不禁笑逐颜开，低低地问道："公主什么时候回宫的？咱的父皇可有些转机吗？"香狸公主见问，紧蹙着双蛾，徐徐地答道："主子春秋已高，非得好好地调养，怕一时不易见效呢！"阿魁听说，便"噗哧"一笑，那香狸公主的粉脸已是一阵阵地红了起来。阿魁见她面泛红霞，那种妩媚姿态，愈显得可爱了，因一头笑，一头涎着脸问道："公主这几天独宿，倒不觉得冷静吗？"香狸公主见阿魁说的话已不是路，就正色说道："这话不是太子所应说的，被人传扬出去，就不为太子自己计，难道也不顾主子的脸面吗？"阿魁笑道："深宫里的事，有谁知道呢？公主请放心吧！"说着，伸过手去，拍着她的香肩。

香狸公主大惊，忙将阿魁的手一推，连跌带撞地逃向成吉思汗的寝宫里来。阿魁哪里肯舍，也就在后面赶去。幸喜香宫离寝殿不远，香狸公主慌慌忙忙地跨进殿，未免重了一点，把成吉思汗惊醒了，便探起头来问道："怎么你这般慌忙？"香狸公主恐成吉思汗生气不好实说，便带着喘扯谎道："太子要见主子，臣妾先来报知，不期在毡角上一踢，几乎倾跌，致有惊圣躬，是臣妾该死！"成吉思汗听了，也不说什么，只点点头，便问："太子在哪里？"这时，阿魁也走进了寝殿。原来他见香狸公主逃进寝殿，怕她告诉了成吉思汗，心上很怀着鬼胎，所以蹑手蹑脚地在外听着。及至听见公主一番的谎话，不觉暗自庆幸，还当香狸公主有情于己哩。又听得成吉思汗问起他来，就乘势走了进去，请过了安，父子俩谈些国事，阿魁便退了出来。

　　从此以后，阿魁在香狸公主面前，很下一些功夫，但那香狸公主，终是正言厉色的，不肯稍为留点颜面给阿魁。阿魁兀是不甘心，然一时不到手，只好慢慢地候机会罢了。那天外面闹着刺客，成吉思汗吃了一吓，昏过去了。外面虽然把刺客获住，成吉思汗的头颅，可已给马英割去了。这个消息传出去，阿魁为了继统问题，自比别人赶得早一些儿。他一脚跨到床前，见床上躺着一个没头的尸首，不由得天性发现，也点点滴滴地流下泪来。哭了一会，才收住眼泪，回过头去，见香狸公主已哭得和泪人儿一般，杏花经雨，益见娇艳。阿魁忍不住，便去轻轻攀住她的玉腕，低低安慰着她道："人已死了，不能复生。公主保重玉体要紧！"其时西贵人也伏在那里，哭得死去活来，却一点也不曾留心别的。其余的宫女嫔妃，虽立满在床前，阿魁并不见她们避忌，何况成吉思汗一死，大权已属阿魁，还惧怕谁呢？哪里知道香狸公主的芳心里，主意早经打定，她想成吉思汗死后，自己正在青年，有阿魁这般的人在着，终久是不免的，等他来相戏的时候，给一点辣手让他瞧瞧，也好叫他心死。

第九回　鱼磬声中纳番妇　旌旗影里嫁王妃

阿魁哪里知道公主这样的打算呢？偏偏成吉思汗才死在床上，他别的不问，却先调戏起香狸公主来。那时节香狸公主媚眼生嗔，柳眉中隐隐露出一股杀气。只见她狠命地一摔，把阿魁的手撒开，四处一望，床沿上放着一把带血迹的宝剑，正是马英割成吉思汗头颅用过的。香狸公主更不怠慢，顺手提起了宝剑来。阿魁疑公主要把剑砍他，吓得倒退了几步，香狸公主将剑握在手中，指着阿魁说道："咱虽不是正妃，也和你父有敌体之亲，你却不顾人伦，几次把咱调戏。咱心想告诉主子，奈主子方在病中，一听见你这种禽兽行为，岂不要气坏了主子？所以咱就隐忍着不说，希望你良心发现，早自改悔。谁知你怙恶不悛，且乘主子新丧，又来欺咱了。须知咱虽是个女子，也是一国的公主，平日读书知大义，不似你这灭伦的畜生，全不顾一点儿廉耻。但咱怎肯和你一般见识呢？现今主子既死，你是蒙族的君王，咱就不难为你，总说一句，咱的颈可以断的，志是不可移的，你如其不信，咱就给你一个信给你瞧瞧。"香狸公主说罢，把宝剑扬了扬，随手捋起左臂的罗袖，露出玉也似的粉臂来，却见她把银牙一咬，飞起一剑，向玉腕上挥去。

阿魁和许多宫女嫔妃，及西贵人等，初时听着香狸公主的一番话，觉得义正辞严，心上都暗暗佩服。大家齐齐地瞧着她，只是呆呆地发怔。这时见香狸公主，仗剑要砍左臂，不觉吃了一惊，阿魁也吓得面容失色，忙抢上去夺时，已是来不及了，但听得"哎呀"一声，猩红四溅，落在地上，变作了瓣瓣桃花。香狸公主那只左臂，早挂落在腕上。她在这个当儿，也就是花容惨淡，娇躯无力，因此挨不住身，竟"噗"地倒下尘埃了。慌得一班宫人，忙去扶持她起身。细看那公主，气喘微微，星眸紧合，已是昏过去的了。阿魁很为着急，一面叫人去请太医，一面令官女在公主的耳边呼唤着。叫了半晌，才见香狸公主悠悠地醒转来，那羊脂般的玉容，已和纸差不多。断臂上鲜血还是流个不止。不刻，太医也来了，赶紧用药，替公主敷在臂上，香狸公主只是忍着疼痛，不肯受药。经西贵人和宫女们等再三地劝慰一番，那太医把药掺好了，用布把公主的断臂扎住，由宫女们将她扶进香官去了。

阿魁见公主走后，摇着头吐着舌道："真好厉害呢！"说着便走出寝殿，早见一班文武大臣，伺候殿外，还有一个侍卫，手提着那个刺客的头颅，等待呈验。因捕刺客时人多手杂，已将努齐儿乱刀剁死了。众大臣见阿魁出来，一齐站班请安，阿魁略略点首，叫侍卫把头去埋了。这时耶律楚材朗说道："皇上既已宾天，国不可一日无君，请殿下早正大位，以安人心。"话犹未了，只见亲王推多，高声说道："依下臣愚见，殿下仍旧监国，待诸王齐集，开一御前会议，再定大事就是了。"耶律楚材也大喝道："先皇遗命，谁敢有违？多言者，即请皇命从事！"这话一出，殿前各王公大臣，自默无一言。于是大家便拥着阿魁登大汗位。

阿魁升殿后，便大封功臣：文职如耶律楚材、刘复、何鲁、留人杰等，均晋一等参议，同平章事；宋降将刘整、张士杰、何鲤庭辈授招讨大将军。这时木华黎、兀鲁、哲别以及别耐勒、忽撒诸人，死的死，阵亡的阵亡了。新得蒙汉将领，若史天泽、史天倪、阿术，俱加左将军，拜赤颜为大元帅，养兵训士，准备征伐。又封妻子那马真努伦为晋妃。阿魁又命建起宏文殿来，为诸臣朝参之所。

耶律楚材因蒙人的礼制，非常的不雅，大臣觐见主子，只屈身叩头，把后足一跷身体儿一伏，就算是请安，也是君臣的大礼，但照这种样子，不是很难看的吗？楚材把它提议出来，阿魁汗令参议处议定，无论王公大臣，朝见主子，须按着汉人的礼制，三呼称臣，不自称奴才而不名的陋习，从此革去。故蒙古人

第九回　鱼磬声中纳番妇　旌旗影里嫁王妃

臣，见君主不自称奴才，这是和清朝不同的地方。也亏了耶律楚材，轻轻一议，倒把蒙臣的身价抬高了。后上朝，汉蒙的礼节一般无二，都是阿魁汗时改过的。

那阿魁汗既据了大汗位，崔必特和忒耐处，先报给成吉思汗的噩音，两人各遣使密议，主张是夜回和林奔丧。继接到阿魁汗嗣位的消息，以成吉思汗在日，曾有遗言，自不便争执。过了几天，阿魁汗的谕旨到了，封崔必特为宁王，忒耐为鲁王，两人不敢违命，只好拜受。阿魁汗一面各处颁敕，一面替成吉思汗发丧。文武大臣，循例举哀，和林的人民，也都挂孝三天。但成吉思汗临殁，把头颅失去，若宣传开去，不免骇人听闻。所以由阿魁汗下谕，宫内大小臣工，不许泄露出去，却另用檀木雕了一颗头颅，放在成吉思汗的腔上，才照帝王礼成殓。这一场大丧，热闹得几乎把和林挤翻了。纵横一世的成吉思汗铁木真，至此总算完全了结。后人有诗，叹成吉思汗铁木真道：

一角荒丘葬竹西，夕阳衰草满荒堤。
香奴宫阙今安在？不见雕梁堕燕泥。

三月烟花系主怀，佳人犹忆倚天街。
和林昔日繁华地，二四楼头失宝钗。

阿魁汗初践大位，很想继父未竟之志。所以他继统两年，屡次亲征，得部下的将士用命，接连地破了慕里蛮部、也而鲜部，又联合了宋朝，进窥金国。这时的金主守绪，是个酒色糊涂的君王。他终日和爱妃洒美英，除欢饮取乐外，朝事一点也不问。帝王的政权，都委给了近臣崔立。那崔立的为人，奸佞有余，而保国不足的。亏了皇叔完颜巴克图，竭力地支撑，可是气数已尽，独木难成林，政事一天天地窳败下去。等到蒙古和宋兵杀到汴城，崔立举城投诚。守绪站不住脚，忙与元帅哈达、侍臣杨沃衍、左丞相阿里哈等，黑夜遁赴归德。

这里蒙古兵先进汴城，蒙将布展，下令把京城中的金珠钱物，一齐掳掠了，载入军队的辎重车中。宋师大将孟琪进城慢了一步，却分文不曾取得，便去报知总帅赵葵，赵葵听了愤不可遏，便欲和蒙军反脸。经众将苦谏，才勉强分兵助蒙。阿魁汗登位的第六年上，蒙宋两国，同破了金邦。守绪自知亡国之君，无颜出降，就自经殉国。哈达等俱战死，皇叔完颜巴克图、完仲德，总帅徐永麟，都自刎而死，金国至此灭亡。总计从阿骨打建国，传了六代，换了九个君主，统计一百二十年。

那时，金城里火光烛天，蒙古和宋兵，分东西入城。蒙将布展，遣密使往迎阿魁汗，阿魁汗接着，率铁骑三千驰到金邦，亲自出示安民。又把金城中的储积，尽拨入蒙古名下。凡金国的富户，都令出宝助饷。金国的皇族，有的是钱粮，缺的是人才，以致弄到亡国。阿魁汗这样地一搜刮，真可算是满载而归。等到宋朝兵将察觉，要想如法布置一下，所存的已是余沥，寥寥无几了。为破金邦的缘故，蒙古和宋朝，暗中早结下了仇恨。不过，宋朝终算仗蒙古的扶助，灭却金邦，报了掳二帝徽宗、钦宗之憾。如果没有蒙军，宋兵单独去灭金邦，怕不见得这般容易哩。

阿魁汗与宋朝，名称上是联合攻守，利害相关，其实蒙古兵处处占着便宜。阿魁汗既志得意满，便和宋朝瓜分了金国土地，命大元帅赤颜，驻重兵镇守，以防宋兵的觊觎，自己却下令班师。不日大兵回到和林，一班文武大臣在十里外跪接。阿魁汗进了都城，便大设筵宴，庆功三天。大家正在歌功颂德的当儿，忽快马报道："慕里蛮部叛，守将马亚列门战死。现在百户莫尔嘏蟆，收拾残兵，退守五柳堤上，深沟高垒，不敢出战。但五柳堤

第九回　鱼磬声中纳番妇　旌旗影里嫁王妃

若失，布罗堡必危。虽那里有猛将李云、白蒲禅，恐也未必守得住了。"阿魁汗听报，不觉变色起身，把酒杯掷在地上，恨恨地说道："慕里蛮部这样的奸恶，俺还须亲征。把他的部族，也似这只杯子一般地破碎了，才出俺胸中的气愤！"说着下令，明日军将齐集校场听点。阿魁汗正气冲斗牛，只见左将军阿术，徐徐地致词道："末将不才，愿代主子出师一行。"阿魁汗说道："既是将军愿去，俺叫史家兄弟做你的后军。"阿术拜谢了，退下来自去点兵。阿魁汗又吩咐史天泽、史天魁，各率兵五千，去援应阿术。但阿魁汗出征，足足的两年多才得把慕里蛮部平定。

阿魁汗自破金邦后，未免目空一切，渐渐地有些骄纵起来。他平生的过处，就是迷信太甚，尤其是好和喇嘛亲近。

这"喇嘛"的名称，蒙人谓"高僧"的意思。那喇嘛都崇信佛法，自立成教。他们喇嘛教的起始，是从印度的佛教，传到了吐蕃西藏，便创起一种教来。一般教徒，叫作喇嘛，大家称它作喇嘛教。那时，喇嘛教的势力，渐渐传播开来，蔓延到了蒙古。蒙古的人民，大半无知识的，对于佛教，却非常敬重。阿魁汗以信佛的缘故，也极其尊崇喇嘛。人民见阿魁汗这样地敬奉着喇嘛，大家越发信任了。有句古话：上行下效，阿魁汗因尊僧信佛，那些愚民也极端迷信。喇嘛教在蒙古，一天盛似一天，直到如今，还打不破那种迷信。而且元朝的后代顺帝，甚至于因迷信亡国哩。当阿魁汗的时代，佛教在蒙古算是初盛。和林地方的高僧，没一个不是阿魁汗养着他。内中有了个叫托哒的，阿魁汗奉他做大国师，凡有国家大事，出兵之类，必先问过大国师，以定吉凶。

一天，来了一个吐蕃的大喇嘛，自称为佛子。于是由托哒荐给阿魁汗。那大喇嘛叫卜底休，据说是道术高深，能更改人的性情。一经卜底休施过法术，刚强的可化为温柔，柔弱的立刻刚强，真是十分灵异。还有佛家的秘术，就是一夜能御十女的法子。卜底休说，这秘术本是古时庄子所传，潜心练习，可以长生不死。阿魁汗听了大喜，便跟了卜底休学长生术，将朝政大事，转抛在九霄云外。他学了一会，自信已很明白了，把御女的要道，先行试验着。拿宫中的那些宫女，来做他试验的牺牲品。阿魁汗试了几次，觉得灵验得很，把卜底休当作真的活佛般看待。

然阿魁汗专门和那些宫女玩闹，日久却有些厌起来了。那卜底休对于阿魁汗说道："主子宫里的女子，都是俗骨凡胎，倘要求仙人的长生术，非去找真有仙根的女子不可。"阿魁汗笑道："到什么地方去找？只请活佛指示。"卜底休想了想，忽然笑道："分明有神仙在那里，几乎当面错过了。"说罢匆匆地出去。不一刻，领了一个蕃妇进宫来。但见她黄发蓬松，面目晦黑，脸上却涂满了胭脂，加上她一张血盆的大口，望去真是可怕。阿魁汗看了，诧异道："这便是神仙吗？"卜底休正色说道："主子不要瞧她不起，她的确是具有仙骨的人。大凡仙人，外貌都不扬，若讲到内功，却非常人所及了。"阿魁汗便向蕃妇问道："俺欲求长生，你可有什么法子？"那蕃妇把头一扭，低头笑道："主子要成仙不难，民妇自有妙术。不过仙家秘术，只能意会，不能口传，今晚主子可安排着香案，请大师建起坛来，民妇当将秘术传给主子就是了。"阿魁汗见说，半信半疑，只吩咐内侍，预备起香案。

到了晚上，卜底休领了十几个喇嘛进宫，就宁安殿前，布起佛坛，殿上霎时灯烛辉煌，鱼磬杂作，铙钹叮哨。阿魁汗坐在一旁，看那蕃妇作法。这时那蕃妇已将衣服脱去，腰上缠着青布，红绫包头，赤足仗剑，左手捻着诀，口里喃喃地念个不住。这样地东指西跳，捣了半天的鬼，便退入后坛去了。停了一会，又复出坛来跳着，接连地三次。那蕃妇突然大喝一声，坛上的铙钹，也敲打得震天价响，早见炉中一缕香烟，直上霄汉。坛中的喇

第九回　鱼磬声中纳番妇　旌旗影里嫁王妃

嘛，齐齐宣着佛号。那蕃妇对阿魁汗说道："神仙降临了，快打扫净室，便可传道了！"阿魁汗也莫名其妙，只得一一依她。那蕃妇微微笑了笑，携着阿魁汗的手，走往静室里去了。这里由卜底休，令把神坛撤去。第二天上，阿魁汗居然纳蕃妇做了神妃。谁知他天天跟蕃妇学长生术，不到几年工夫，学得一病不起，竟随了阎罗王做鬼去了。阿魁汗一死，他的儿子贵由还在稚年，总算勉强嗣了位。贵由立不到三年，又复殁死。这样一来，引出臣子娶皇妃的艳史来。

要知后事怎样，且听下回分解。

第十回　谋明妃误饮鸩毒酒
　　　　　迎顺帝强匹鸾凤俦

　　却说阿魁汗死后，他的儿贵由，自幼便是个病鬼，虽然嗣了位，却天天在病中度生活，所以接位还不到三年，已是呜呼哀哉了。贵由既死，和林顿时混乱起来。那时，宁王崔必特、鲁王忒耐，都已亡故，崔必特无子，只忒耐有两个儿子，长的叫别木哥，次的唤作忽必烈。他们兄弟两人，都带兵在外，听得阿魁汗的死耗，因有贵由在那里，大家倒不做别的思想。后来，听得贵由也天殇了，别木哥的参军育黎花进言道："主子新丧，朝事无人主裁。爵爷可领兵直捣和林，以保举新君为名，到了那里，将大兵驻在城外，爵爷可轻骑入城，召集诸王，推举新主。其时和林没人支持，忽然来了大兵，众心当然要惶骇起来；又听得爵主叫他们议事，谅诸王也不敢不到。那么叫他们推举新主时，他们还能够去推别人吗？这大汗的高位，爵主岂不唾手而得？然后再颁敕布告天下，这样冠冕堂皇地做去，谁也不敢说半个'不'字咧！"别木哥听了，不觉大喜道："参军的话不差，就赶紧去做吧！"别木哥立刻整起队伍，望着和林进发。
　　但朝里自贵由死后，阿魁汗的晋妃那马真努伦，居然出头监国。一班文臣留人杰、刘复等，极力地谏阻。那马真努伦愤道："你们既自称读书，难道不知道唐武后的故事吗？"耶律楚材见

第十回　谋明妃误饮鸩毒酒　迎顺帝强匹鸾凤俦

说，正要发话，猛见左丞都喇门，带剑上殿，满面怒容地说道："幼主新丧，朝廷无主，帝后垂帘，古有定制。谁敢异议，即为不臣！"说着把两只眼睛，向四面乱射。诸臣见都喇门这样说，晓得他暗里有人张胆，大家落得做个人情，便都面面相觑，哑口无言。原来那都喇门是阿魁汗的嬖臣，平日出入宫禁，和晋妃那马真努伦，彼此眉目留情，干出些暧昧的事情来。阿魁汗深宠着都喇门，虽然时常见他和晋妃有些不尴不尬的形迹，心上却毫不疑惑。又经晋妃暗中的护持，都喇门的潜势力，渐渐地布满朝中。凡皇族亲贵、蒙汉大臣，投他门下的十有七八。阿魁汗病剧的当儿，晋妃和都喇门终日闭宫密议。晋妃又传谕侍卫官，把阿魁汗私宠的蕃妇，先行撵了出去。还伪托上意，将喇嘛大师等刑杖远戍。其实这些都是都喇门的主张，他恨往时喇嘛大师等夺宠，所以乘机报复。阿魁汗在矇眬中，近侍传给他这个消息，气得阿魁汗几乎发厥，因此挨不上几天，便生生气死。

都喇门见阿魁汗已死，竭力怂恿晋妃垂帘。但有太子贵由存在，不能不令他嗣统。幸喜贵由短命，立不到两年多，就随着阿魁汗同赴泉台去了。当时物议沸腾，说贵由是都喇门谋毙的，以没有证据，无以指实。都喇门见嗣君也驾崩，便一心劝晋妃临朝称制，自己差不多是晋妃的丈夫一般，还愁大权不在握吗？晋妃受了都喇门的蛊惑，竟不计利害，把听政的主见，在当殿发表。都喇门恐皇族大臣有人出来反对，是日令御前卫士，暗里防备着。自己却带剑上殿，力排会议。蒙汉朝臣，畏他的势焰，谁肯来投鼠忌器呢？晋妃察知众人不敢违拗，大着胆登殿受贺，拜都喇门做了辅政右丞相，赤颜为左丞相。晋妃坐朝，都喇门为旁坐。国家大事，生杀臣工，完全是都喇门作主，晋妃好像木偶一样，赤颜也不过附和而已。

这样的过了半个多月，别木哥和忽必烈兄弟两人，先后引兵赶到和林。晋妃听了，大吃一惊，忙召都喇门商议。都喇门说道："他们虽然带兵到此，到底关着婶母和侄子，谅他也不至相逼。即便他们有什么举动，也须敬到了咱，才好去干哩。"晋妃点点头，果然，依着都喇门的话，静待着别木哥、忽必烈的动作。

第二天早上，别木哥和忽必烈，只带五六百骑进城，首来谒见晋妃，问了贵由病殁的情形。这里别木哥和晋妃、都喇门谈着，一面忽必烈已把皇族诸臣邀集，当场命开议会。众人的心上，巴不得这样一来便不约而同地举别木哥继大汗位。忽必烈大喜，随即上殿，代表众意，扶别木哥正位。

晋妃慌得不知所措，要想发话时，忽必烈喝令卫士将晋妃扶出。别木哥既做了大汗，自有众臣上前叩贺。别木哥怕都喇门有变，仍称为右丞相。因朝政兵权，尽在都喇门一人的手里，别木哥初践大位，不得不敷衍他一下。那都喇门跋扈性成，不知自省。他见别木哥尊敬他，还当别木哥惧怕自己，照常地作着威福。这时的晋妃，冷处宫中，觉得异常地寂寞，便私下向都喇门求救。都喇门正踌躇没法，忽然妻子白茉得病死了。都喇门并不悲伤，转乐得手舞足蹈地说道："有了有了，只有委屈晋妃一点罢了！"于是亲自进宫，和晋妃斟酌，也就是一种婚姻的问题。晋妃虑族中干预，都喇门竖着大拇指道："咱不去议别人也罢了，有谁敢议咱哩？"两人秘密定了主张。到了吉期那天，都喇门叫摆起大丞相的卤簿仪仗，来宫中迎那晋妃。堂堂大汗妃子，却做丞相夫人去了。

原来别木哥的意思，以犹子关系，婶子嫁人，亲侄不能去阻拦伯婶母的。这个罪名，只有去加在都喇门的身上。别木哥本要杀都喇门，一时不待机会。现趁他迎娶皇妃，说都喇门目无君长，污蔑帝后，令汉大臣刘复拟罪。刘复据律上章，拟了一个"立决"。那煞风景的别木哥，下谕把大丞相兼新郎的都喇门拿获

第十回　谋明妃误饮鸩毒酒　迎顺帝强匹鸾凤俦

了，连讯也不讯，由武士推去砍了。可怜那位皇妃而丞相夫人的晋妃，依旧弄得冷枕孤衾，反在名节上留了污点。思来想去，不值得极了。她乘着相府里纷乱的当儿，解下衣带，和咸鸭似地挂了起来。等到府中人察觉，晋妃早已玉殒香销了。

别木哥在大汗位九年，也没甚政绩可纪。别木哥逝世之后，便由兄弟忽必烈继统。那忽必烈是忒耐的次子，生得面方耳大，口阔头耸。说起话来，好似空山击着石磬，又清越又洪亮。他在八九岁的时候，族中有个善风鉴的，说忽必烈有人主之度。别木哥在位的当儿，很优遇着忽必烈。这时既登了大位，重用宋朝的降将刘整、张弘范等，拜伯颜做了大元帅，封博罗、阿术为左、右大丞相。中统二年，命伯颜大举入寇宋朝，破了济南。至元三年，元将张弘范进兵襄阳，吕文焕举城投降。襄阳既陷，江南日危。

这时的宋朝，贾似道当国，度宗非常地昏庸，一切全听贾似道去做，把宋朝的江山，断送了一大半。度宗死了，幼帝㬎接位，年纪还不过四岁，由谢太后临朝听政，仍拜贾似道做了太师丞相。元兵主将伯颜，已破了江宁、镇江，宋廷才着急起来，革去贾似道的官职，下诏令各处勤王。江西提刑文天祥，鄂州都督张世杰，领兵入卫，但大势已去。元兵顺流下来，张世杰阵亡，文天祥被擒，宋丞相陆秀夫，见帝㬎被掳，再立益王昰为嗣皇帝。帝昰病死，又立广王昺。元兵进攻崖山，宋兵走投无路，陆秀夫背了幼帝昺，投海死了。宋代到了此时，好算是完全亡国。自太祖赵匡胤开基，到帝昺止，共三百二十年。

元世祖灭了宋朝，便定都燕京，改国号作元朝。过了几十年，世祖忽必烈病死，因太子真金早夭，由皇孙铁木耳接位。那时铁木耳的从兄八剌，见铁木耳登了帝位，心里很是气不过，便和丞相张九思商议，暗中筹划谋害铁木耳的法子。

世祖在日，除燕京的宫殿外，在开平又建起了紫霞宫，预备游幸时驻驾的地方。因此当时称燕京为中都，开平为上都。讲到那个上都的所在，这座紫霞宫造得画栋雕梁，十二分地华美。铁木耳本来也是个酒色之君，宫里七十二嫔妃还嫌着不足，常常到外面去选民间的秀女，充他宫里的贵人。八剌乘着机会，密陈铁木耳道："昔日世祖，建宫上都，原为后代嗣君，做临幸的佳地。现在陛下身登大宝，为天下之尊，不在此时游宴行乐，难道深鄂宫中受罪吗？"铁木耳听了，心上早有些活动起来，奈碍着右丞相伯颜，不好过于胡行。八剌又来进言，铁木耳叹口气道："你的话，深合我心。但大丞相伯颜，他事事终要谏阻，俺看他是先帝托孤的重臣，倒不能不稍为优容了点。谁知他大权在握，竟要来干涉俺的举动了，真是无可奈何他哩！"八剌见说，不觉哈哈大笑道："陛下贵为天子，却忍起一个臣子来，岂不是笑话吗？"于是铁木耳便传下谕去，叫御銮处准备往幸上都，令八剌和御史大夫完颜明等随驾，着右丞相伯颜暂时监国。这道谕旨一出，伯颜听了这个消息，大惊道："皇上受了奸人的蛊惑，轻易离开京城，不是授隙于人吗？"当时便匆匆地进宫来，却被宫门侍卫拦住，不许他进去。急得伯颜在宫外乱跳，任你什么样的说法，侍卫只是不放他进宫。伯颜没法，只好退了出来。

　　第二天铁木耳车驾已经起行，才出得京城，早见伯颜俯伏路旁。铁木耳对于伯颜，原有三分畏惧的，这时勉强停了銮舆，铁木耳亲来扶起伯颜道："丞相有什么事，自去照行就是了，何必定要面陈呢？"伯颜忙跪下，重又叩头说道："老臣并没有别的要事，只求陛下车驾暂时回宫。"铁木耳道："俺此去巡幸上都，不日就回京城的，丞相可无须阻挡。"伯颜道："陛下车驾远出，京中人心惶惶，万一紧急的事发生出来，老臣可肩不起这担子。"铁木耳大怒道："你教百姓们作乱吗？"说着喝令起驾，一班阿谀的贼臣，拥着铁木耳如飞般地去了。剩下赤胆忠心的伯颜，呆呆

第十回　谋明妃误饮鸩毒酒　迎顺帝强匹鸾凤俦

地跪在道上。直待车驾瞧不见，才长叹一声，立起身来，垂头丧气地回去了。

铁木耳到了上都，就在紫霞宫驻跸。那宫里的妃子，都是侍奉过世祖的，虽是半老佳人，却风韵犹存。铁木耳却也照常临幸。今天这个，明天那个，左拥右抱，好不快乐。这里铁木耳天天和宫女们厮混，真有乐不思蜀之概。八剌见铁木耳已入了圈套，忙令飞骑召张九思到上都，密商谋篡大位，并允许张九思事成之后，列土分疆，子孙封王拜相。张九思却想出一个法子来，令八剌在寓中设筵，请铁木耳驾临，叫作君臣同乐。铁木耳很相信八剌，自然一点也不疑。酒到了半酣，八剌令扮好十八个美女出来，袅袅婷婷的，在筵前舞蹈起来。铁木耳已有几分醉意，看了这许多绝色美女，不觉眉开眼笑，坐立不安了。八剌在美女中选出个最妖冶的少女，叫她执着酒壶，去铁木耳席前侑酒。那女子笑了笑，回身就一个侍女的手中，夺过酒壶来，满满地斟了一杯，递给铁木耳道："陛下饮了这一杯，做一个万年的天子。"铁木耳笑道："好口采！俺便做个百年天子也好了，还想万年哩！"说罢，就少女的手里，咕嘟咕嘟地饮个干净。那少女斜瞟了铁木耳一眼，又斟了一杯上来，铁木耳笑道："这杯叫什么呢？"少女掩着口，格格地笑道："那可说不出来了。只算它是个团圆酒吧！"铁木耳也微笑点头，一口气喝干了。这般地接连三四杯，铁木耳觉得头昏眼花，身体儿有些支撑不住，忙放下那个女子，倒身向桌上一伏，呼呼地睡去了。

谁知这壶酒里，八剌暗放鸩毒在里面，铁木耳哪里知道呢？过了一会，铁木耳连呼着腹痛，八剌恐他发作起来，赶紧叫几个御侍，把铁木耳舁进宫。铁木耳其时已痛得缩成一团，才得进宫，已是七窍流血，大叫失声，一命呜呼了。铁木耳自登位到被毒死，共做了十三年皇帝。

明宫十六朝演义

八剌见铁木耳死了,便和张九思、完颜明等,把消息瞒了起来,吩咐宫中内外,不许走漏。一面便召集手下逆党三千人,连夜赶往京都。谁料逆臣,偏偏天不容他,早有一个小御侍,逃出上都,连滚带爬地跑到都中,去丞相府中告变。伯颜听了大吃一惊,不禁顿足叹道:"皇上能容纳咱的苦谏,何至有今日的变乱?"当时匆匆入朝,召集王公大臣,把铁木耳被杀、八剌来袭燕都的话,对众人宣布了。众大臣听得,个个面如土色,半句话也说不出来。只有几个武臣,主张领兵去讨八剌。伯颜说道:"咱们此刻不必去打草惊蛇,只有以逸待劳,他自会来投罗网的。"说着,令秃不鲁率兵千人,在京城左边埋伏;着阿里不花领兵一千,在城的右边埋伏;达札儿带兵马三千,离京城半里外驻屯。但听得京城内炮响,就领兵一齐杀到,不怕逆贼不授首。伯颜分发停当,自己领了御军,在城内守着,专等八剌到来。

那八剌率领着三千逆党,打着御林的仪仗,同完颜明、张九思,以及几个将士,飞奔地望京城进发。到了城下,只见城门紧闭,静悄悄地连人的影儿也看不见。八剌疑惑道:"难道不成他们已得知消息了吗?"张九思说道:"咱们这样地迅速,什么会给他们知道呢?且莫管它,前去叫开城门,咱们赚进了城,就不怕他们了。"八剌点点头,便一骑马直奔到城下,大叫:"城上的守将听着。皇上今日回銮,御驾离此不及半里了,快报给大小臣工,出城迎驾!"八剌连喊了几声,才见城上一声鼓响,立出一个老儿来,但见他白发如霜,银髯垂腹,正是大丞相伯颜。八剌怔了怔,忙拱手道:"銮驾将至,丞相为什么不去迎接?"伯颜冷笑道:"皇上在哪里?为何不先令飞骑报知?"八剌扯谎道:"已有御侍来传谕,怎说不曾有?"伯颜厉声说道:"既是圣驾,你后面带着许多人马做什么?"八剌见说,晓得有些不妙,待回马下令攻城时,忽听得城内连珠炮响,城外金鼓大震,人马遍地杀

第十回　谋明妃误饮鸩毒酒　迎顺帝强匹鸾凤俦

来。八剌大惊道："咱中了奸计了！"回顾张九思等，叫军速退，早已来不及了。左有秃不鲁，右有阿里不花；达札儿从正面杀来，伯颜自领五百御林军，从城中杀出。四方面的人马，把八剌、张九思、完颜明等，团团围住在中央。

八剌的人马，本是些乌合，怎经得官军的一对仗，便各自抱头逃命。八剌喝止不住，就挥着大刀，拼命地冲杀。正杀开一条血路，要打马出去时，当头碰着秃不鲁，一支长枪，似蛟龙般地望着八剌刺来。八剌忙用刀架住，两人就在阵前大杀起来。那完颜明和张九思，也敌住了阿里不花。达札儿举着双锤，飞马助战，还有四五个将士，围住了伯颜厮杀。老丞相伯颜，虽然八十多岁的人了，他那一根九节槊却还不老。看他力战五将，愈战愈精神抖擞，大喝一声，槊起处两将翻身落马。三人中一将扭枪刺来，伯颜让过，轻舒猿臂，把那将拖住勒甲，望地上一掷，兵士上前，绳穿索绑地把他捉去了。还有两个将士，自知不是敌手，飞马落荒而逃，伯颜就马上按住了槊，拈弓搭箭，一箭射去，一将又应弦堕马，被兵士们获住。那一个却逃得远了，伯颜赶不上他，回马来助阿里不花。张九思独战阿里不花，本已有点费力，怎经得伯颜一条槊，好似生龙活虎一般。一个失手，被阿里不花砍在右臂上，只得伏鞍逃走。阿里不花随后追去，伯颜便帮着达札儿，来斗完颜明。

那完颜明是元朝有名的猛将，他因怨恨朝廷不加爵禄，所以和八剌同谋，想争一分土地。这时他力战伯颜和达札儿，全没一点惧色。那一口九环大刀，使得呼呼风响，竟没一点儿空隙。伯颜和达札儿，双锤一槊，也是十分厉害。不料那阿里不花杀了张九思，从斜刺里飞马杀来，一枪望完颜明搠去。完颜明万不料有人暗算，忙闪躲过去，腿上早中了一枪。这里达札儿的锤又从当头打下，完颜明架开锤，伯颜的槊又突然刺来。完颜明不觉"哎呀"的一声，腰里着了一槊,那鲜血似潮般地流出来。左臂上更吃达札儿打了一锤,阿里不花的枪尖,正搠在完颜明的咽喉里。任完颜明怎样的英雄,也有些禁不住了,一个筋斗,跌落马来。八剌方和秃不鲁杀得难解难分,回头见完颜明堕马,心里一慌,手也松了,刀法未免散乱。秃不鲁乘问一枪,刺在八剌的马眼上,那马便直立起来,将八剌掀落在地。恰巧达札儿的一骑马驰到,飞起一锤,把八剌打得脑浆迸裂,一缕魂儿望阎王殿上去了。伯颜指挥军马一阵的战杀,把八剌的三千人马杀得七零八落,积尸满地。

伯颜这才鸣金收军,自和达札儿等策马缓缓进城,早有文武大臣,出城迎接进去。到宁安殿里,伯颜居中坐下,众大臣上前参见毕,伯颜首先说道:"现在御驾在上都宾天,国内无主,须早明大位才是。"里多亲王见说,便起立道:"皇上并无嗣子,继统的事,还须老丞相谨慎从事。"伯颜说道:"储君未定,倘就皇族中选择,本非外姓臣子所得妄言。但老夫受先皇倚托之重,今日不得不从权行事了。就咱的主张,永王答剌麻次子怀宁王海山,宽宏仁德,颇有人君的气度。咱意欲迎立为君,不知列位意见怎样?"众大臣齐声道:"丞相的主见自是不差的,任凭英断就是了!"伯颜见众意相同,便派左丞相赤里乌,持节去迎怀宁王,入都嗣位,一面就在京师,替铁木耳发丧。

那怀宁王海山,是答剌麻的次子,答剌麻是世祖的太子真金幼子,算起来海山是世祖的玄孙哩。铁木耳嗣统,封海山做了怀宁王,令出居绵州。海山的为人,性极和婉,待人接物,也是很谦恭。参军留不哥,常说海山有人君之度。

一天留不哥寿辰,请海山赴宴。海山见是留不哥的事,自然如期前去,他只带了三四个从人,到了留不哥家里,见州尹杜卜等一班官吏,把他迎接进去。当下堂上摆起筵宴来,灯红酒绿,大家就一杯杯地欢呼畅饮。酒到半酣,便有四个蒙古的歌女,打

第十回　谋明妃误饮鸩毒酒　迎顺帝强匹鸾凤俦

扮得红紫青绿，一边唱歌，一边便替海山斟酒。那海山本是个初经女色的少年，见了这种艳丽活泼的歌女，怎不心动呢？又加他有了酒意，两只眼珠儿不住地瞧着四个歌女。那歌女给他瞧得不好意思起来，只得低着头微微地一笑。杜卜在一边，已看出海山的用心，因附在他的耳朵，轻轻地说道："王爷如瞧得起这几个歌女，咱明天就叫他们送去，服侍王爷如何？"海山见说，只是笑着不答，脸儿不禁热辣辣红了。杜卜晓得海山的脸嫩，就唤过一个侍女来，向她讲了几句，那侍女笑着进去了。过了一会，却见进去的侍女，已扶着一位美人儿，姗姗地走将出来，她人还不曾到席前，一阵香味儿先已随着风直吹过来。那美人儿走到海山的面前，便似风吹柳枝般，飘飘地行下礼去，低低地叫了一声"王爷"，她这一声好似初出谷的春莺，觉得尖脆柔婉，令人听了，真是心醉。海山见她行这样的大礼，慌得立起身来，还礼不迭。因忙迫中忘了嫌疑，竟伸手去挽她的玉臂。那羊脂玉般的粉臂儿，又嫩又是腻滑，触在手里，真和绵团儿一样，怎不叫海山魂销呢。他握着美人的玉腕，几乎爱不忍释，引得那美人嫣然地一笑，忙把手缩回去，趁势立了起来。海山回头见杜卜看着他微笑，觉自己酒后失仪，一时很是惭愧。那美人起身去坐在席旁，一手执起酒壶，便替海山斟酒。海山正在逊谢时，忽见留不哥走出来，向杜卜丢一个眼色，留不哥便来陪着海山。杜卜忙离席，领着那美人，姗姗地进去了。

海山因不见了美人，好似失了什么珍宝似的，举止应对，不免乖张。忽听得堂上鼓乐齐鸣，杜卜已匆匆地出来，一手拖了海山便走。跑到堂前，只见红烛高烧，一个华服的玉人，已立在那里。杜卜便推海山上前，和那美人并立了，高唱一声"拜"，那玉人早跪了下去，海山也不知不觉地屈膝去。

不知海山和那美人怎样，且听下回分解。

第十一回　一声霹雳定龙穴
　　　　　　满室芳菲诞虎儿

　　却说海山和那美人，并立在红毹毡上，经杜卜扶着他跪拜起来。海山方摸不着头脑，只听侍女们一声娇喝，拥着海山和美人，望里就走。到了一个所在，但见绣帘高卷，碧毯铺地，牙床上垂着罗帐，瞧上去好似女子的闺阁。那些侍女们把海山同美人一齐推在室内，砰一声，倒合上了门，笑着管她们自己走了。

　　这里海山细看那美人时，见她黛含春山，神带秋水，娇颜似玉，香鬟如云。那种艳丽的姿态，正是刚才席上的美人儿。海山定了定神，看那美人低垂粉颈，比在筵前更觉妩媚可爱了。因微笑着问道："姑娘是留不哥的什么人？为什么和俺做起亲来？"那美人听了，俯首嫣然一笑答道："留不哥便是俺的父亲，王爷难道不知吗？"海山皱着眉道："留不哥在咱的幕下多年，从不曾听见说他有女儿的。"那美人不禁脸一红，徐徐地说道："我本来是杜卜的女儿乌绵，留不哥是我继父，他为爱王爷的人品出众，所以把我嫁给王爷。"海山听了，才得明白过来，不觉笑道："那么他们何不说明了，却要鬼鬼祟祟的，弄得俺如睡在鼓里一般。"乌绵噗哧地一笑道："当时讲明了，怕王爷不肯答应。现在侥幸得配王爷，幸蒙不弃，收为侍妾，也就感激不尽了。"海山听了乌绵婉转温柔的一片话，呖呖的莺喉，听在耳朵里，直叫人心神

第十一回　一声霹雳定龙穴　满室芳菲诞虎儿

得醉。忍不住将她搂在膝上，觉得乌绵的身体，竟轻若无物。海山笑道："古时有个身捷如燕的杨贵妃，今天俺却也相信了。"乌绵掩着樱唇微笑道："我听得父亲说起，只有掌上舞的赵飞燕，倒不曾听见过身轻如燕的杨贵妃。"海山给他一驳，面上早红起来，便搭讪道："俺不曾读过汉人的书，只乱说一会罢咧。"于是两个谈笑了一回，就双双同入罗帏，成就他们的百年夫妇。

第二天早上，海山起来，出去拜见了留不哥夫妻和杜卜，行了翁婿礼之后，留不哥又设宴款待。宴毕，留不哥吩咐府中仆役，备了车辆，送海山、乌绵回王府去。海山和乌绵新婚夫妇，自有他们的乐处。

光阴迅速，转眼已过了半年，伯颜的使者，从都中到了，便来见海山。海山听说铁木耳暴崩，也很为感伤。一面草草束装，和乌绵、留不哥等，将政事托付给杜卜，星夜匆匆登程，不日到了都中，自有文武大臣出城迎接。当下祭过了天地宗庙，海山便正式嗣位，就是武宗。铁木耳庙号谥了成宗，仍拜伯颜为大丞相，留不哥做了御史大夫，朝中文武大臣，都加升一级。这时天下很觉承平，谁知武宗在位，还不到四年，却一病不起。因武宗没有太子，所以由从弟爱育黎拔力八达继立。爱育黎拔力八达只在位九年，英宗硕德八剌立。英宗在位四年，泰定帝也孙铁木耳立。泰定在位五年，明宗继立。明宗在位仅六个月崩。文宗登位，三年又崩。宁宗夏立，宁宗在位不到两个月，却一病夭亡。那时迎妥欢帖木耳继位，就是顺帝。元朝到了这时，却是亡国之君来了。后人有诗叹道：

　　　　绿杨城郭白杨村，又见车骑出北门。
　　　　行色匆忙泣妃后，国亡家破月黄昏。

笙歌聒耳夜未阑，碧水荡舟月已残。
记得当年红绿女，朝朝侍驾五更寒。

碧杨树下，一群的小孩子，在那里驱着牛，一路歌唱着。他们虽然是一种信口无腔的调儿，却也觉得婉转可听。大家唱了一会，内中一个小儿，生得虎额龙姿，面目黧黑中，显出他奕奕的神态来。那一群小孩子里，有几个跳下牛来，去坐在草地上斗石子，正斗得起劲的当儿，忽听得那边一阵的呐喊，那边跑过十几个童子来，手里各拿着柳枝向斗石子的一群孩子打来。这时，骑在牛上的黑脸孩子，也跳下牛背，口里大喝道："你们恃着村中人多，便来欺负我们吗？"说罢，一手执着牛鞭，迎将上去，那坐在地上斗石子的几个小孩，也各折了一条树枝，发声喊，大家跟在后面去帮助。那方面十几个童子，经黑脸孩子上前一顿乱打，打得他们东倒西歪，有的抛了柳条逃走，有的抱着头大哭起来。跟在后面的几个小孩子，见黑脸孩子得了胜，他们便一拥而上，将十几个童子，赶得走投无路，有的连血也被他们打出来了。

黑脸小孩指东打西的，正在得意万分，早听得墙角上有一个老人声音在那里叫道："阿四！你又在这里和人家厮闹了吗？"黑脸孩子见他的父亲来了，忙住手不打，一头却假作哭泣的样儿，对那老人说道："爹爹，你不曾瞧见东村的小孩子，他们纠了许多人来欺我们呢。"那老人便从墙缺里走出来，笑着安慰那黑脸孩子道："你且莫哭，我们现在吃了亏，等一会儿，叫你三个哥哥去报复去，如今快跟我回去吧！"黑脸孩子听了，不禁高兴起来，便去牵着牛，跟他的父亲回家去了。

他们父子两人一边赶着牛，一边慢慢地走着，不到一刻，已走过皇觉寺的面前。只见寺里的昙云长老，提着一串念珠，正立

第十一回　一声霹雳定龙穴　满室芳菲诞虎儿

在寺门口瞧着他们父子走过，便笑着说道："朱老施主，时候还早呢，就在小寺里用一碗茶去吧！"那朱老头儿也招呼道："承长老的见爱！我们回去有些小事，改日再来叨扰就是了！"昙云长老点着头，一手抚着黑脸小孩的头顶道："好一个福相的官儿！"朱老头儿见说，也笑了笑，便和昙云长老作别。父子两人，仍赶着牛前进。到了家里，那黑脸小孩系好了牛，和他父亲走到里面，朱妈妈见了问道："阿四放牛怎么老早回来了，牛可曾吃饱了吗？"朱老头儿答道："什么放牛，他又在外面和人厮打了。"说着，朱老头儿的三个儿子，都砍了柴，挑着从村外回来。朱妈妈便安排出晚餐来，给他们父子五个人吃着。

原来，那朱老头儿名叫世珍，因为避难，才迁到江北的长虹县去，他先世本居在金陵，后来又搬往泗洲，再迁到淮南濠洲府，就是现在的凤阳。但朱世珍初到濠洲，没有亲戚好友，只有钟离县皇觉寺的长老昙云从前和朱世珍很要好，世珍便去和昙云商量，就空地上盖了一间茅屋，给世珍老夫妻和三个儿子居住。又代他买了一只牛，去替东乡富户刘大秀家耕田。世珍的三个孩子朱镇、朱镗、朱钊，却去山里樵柴，一家人很勤俭地度着光阴。那个黑脸小孩子，便是世珍的第四个儿子，名字叫作元璋，小名唤作阿四。但其时元璋还不曾生下来。世珍在东乡做着工，很积蓄了几个钱，想起自己的父亲病死在泗洲，那棺柩却无处埋葬，寄在一个荒寺里，世珍因此心上很不安耽。过了两年，便到泗洲把父亲的灵柩运回了凤阳，暂厝在皇觉寺的草地上。

事有凑巧，那刘大秀的父亲，忽然得病死了。刘大秀是东乡的富翁，为人最是相信风水。他老子死后，却不去安葬，转请了十几个堪舆家，望各处相择吉地。依刘大秀的欲望，那地上葬下去，子孙至少也要封侯拜相。有了这种佳地他才肯把老子安葬。那时堪舆家当中，有一位姓胡名光星的，平日本没甚名望的。刘大秀虽把他请了来,却很瞧不起他,又因胡光星的衣衫褴褛,大家益发对他冷淡了。一天,胡光星出去,相了一转地理,回答告诉刘大秀道:"离东乡半里多路的九龙冈下,有一块龙穴,若是葬下去时,不但子孙贵不可言,三年之内,还有出帝王的希望。"刘大秀听了,冷笑一声道:"我们这种人家,只要出几个秀才举人也够了。想出什么皇帝,不是自取灭族吗?"胡光星碰了这个钉子,不觉面红耳赤,就是旁边的那些堪舆家,也一齐笑了起来。

胡光星很是气愤,悻悻地走了出来,恰巧和朱世珍碰见。那胡光星在刘家,无论上下大小,人人轻视他。世珍在刘家做工,却和胡光星很讲得来。这时胡光星愤怒填胸,一见了世珍,便把大秀看不起他,不相信自己的话,对世珍讲了一遍。世珍安慰道:"胡先生,你不要动气,现在的人,大家都是势利得多,你本领不差,名气却不及他们,只好暂为忍耐一些儿吧!将来等时运机会,再和他们说话不迟。"胡光星听了世珍的话,不觉长叹一声。大凡失时的人,往往不容于众人,若得一二人去安慰他,自然引为知己,还满心地感激着哩。

胡光星见世珍做人厚道,每逢遇到不平的事,终和世珍来谈谈,两人就此慢慢地投机起来。有一次上,胡光星在世珍家里闲话,大家无意中讲起了风水,胡光星拍着胸脯道:"将来你老兄如百年以后,我须替你选一块佳地安葬。"世珍见说,不觉叹口气道:"不要说自己了,连我的父亲,直到如今还没有葬地哩!"胡光星怔了一怔道:"尊翁的灵柩现在什么地方?我倒有一个佳穴在这里,只是看你的幸运就是了。"世珍摇着头道:"地是我也晓得,哪一处没有?可惜不是我自己的罢咧!"胡光星正色说道:"我所说的是块公地,谁也可以葬得的,你如其愿意的,我们明天就去干一下子。"世珍大喜道:"地不论好坏,只要能把亲骨安

第十一回　一声霹雳定龙穴　满室芳菲诞虎儿

顿，我的心也可以安定了。"胡光星连连点头，便别了世珍回去。

第二天的早晨，胡光星一早就到世珍家里说道："我葬地已替你相定了，你们快去舁了灵柩，跟我到九龙冈下安葬吧！"世珍一面道谢，便和三个儿子，扛了他老子的棺木，同了胡光星，望着九龙冈来。好在世珍住在西村，离九龙冈只有一箭多路，一会儿就到了冈下。胡光星先把那相盘定了方位，看看日色亭午，胡光星便指着冈下的石窟，对世珍说道："时辰快到了，你们把棺木推进去吧！"那九龙冈的地方，本是树木荫森，山青水秀，景致非常地清幽。世珍见光星叫他把棺材扛在石窟里，不禁诧异起来道："这里空地很多着，为什么去葬在石窟里呢？"星光着急道："你且莫管它，我自有道理。"世珍心上很是疑惑，再向石穴中瞧时，只见流水铮鈜，好似鸣着古琴一般，越使他徘徊不敢动手了。怎禁得胡光星的催促，世珍半信半疑，真个把父亲灵柩，和三个儿子舁着，推进石窟中去。可是，不放进去犹可，等待棺木一进石窟中，但听天崩地塌地一声响亮，好似青天霹雳，把世珍父子吓得呆了过去，半句话也说不出来了。胡光星在一旁，也不觉吃了一惊，再瞧那石窟的口子，已和虎口一样地合拢了。胡光星点头叹息。后人有诗赞道：

铮纵石窟走江声，二遭天门雁齿横。
遗迹犹存风雨夜，路人遥指说朱明。

世珍怔了半响，才问光星道："怎么安葬有这般响声？却是什么缘故？"光星答道："这叫福人葬福地，人力是挽回不转的。但看二十年后，自有分晓。现在我的心愿已了，从此一去海角天涯，飘泊无定，或者再得相见，也未可知。"说罢便辞了世珍，头也不回地去了。后来，胡光星在青田，收刘基做了学生，教了刘基许多治国的方法。刘基便赶到凤阳，辅助朱元璋开创明基，这都是后话了。

当下世珍留不住胡光星，自和三个儿子回转家中。过不上一年，世珍的妻子朱妈妈，居然肚腹膨胀，又生下一个儿子来，取名元璋，字叫国瑞，就是前面所说放牛的黑脸小孩子朱阿四。在元璋诞生之前，世珍的草棚下，生出几株灵芝草来，一股的异香，只是不散。到了朱妈妈分娩那天，却是香气满室，红光一缕，直上霄汉。那时，村东的人，疑是村西有人家失火，还提着救火的器具，奔到了村西来，四处一找寻，见没有什么火警，心里都十分地诧异。那时濠洲的两个解粮总管，经过村西，就在朱世珍的茅棚前休息。两个总管，见救火的人们很是忙碌，便问到什么地方去救火。内中一个乡民，指着朱世珍的茅棚道："我们远远地望过来，就是这个棚子里着火，跑到这里，都瞧不见火了。"两个总管很不相信，问茅棚中是谁家住着。村中人回说是姓朱的，一个总管就去打门。世珍因妻子正在分娩，还不曾睡觉，听得有人叩门，忙来开了，见是武官装束，慌得行礼不迭。那总管问道："你们家里干着什么？人家当作你棚子里火烧哩。"世珍听了躬身答道："民人家里并不做什么，不过民人的妻子分娩，所以直到此刻还没有安睡。"那总管见说是养小儿，即问是男是女。世珍说道："叨爷的福，是个男孩子。"那总管听罢，默默地走出了茅棚，便对他的同伴说道："这茅棚的人家，正养着孩子，咱们两人不是替他管门吗？将来这孩子定是个非常人。"说着嗟叹了一会，就回身匆匆走了，世珍留他们喝茶也不要，竟自去了。

那朱元璋自下地后，他的大哥子朱镇染疫病死了。朱镗和朱钊，因凤阳连年荒歉，世珍怕立脚不住，便把朱镗、朱钊都招赘了出去，这时家里只有一个元璋了。光阴荏苒，元璋已是十四岁

第十一回　一声霹雳定龙穴　满室芳菲诞虎儿

了。但幼年的时候，却异常地顽皮，每次到村外去终是和人打架，由世珍出去给人陪礼。元璋到了十七岁上，凤阳地方又是大疫，世珍夫妇便相继染疫死了。元璋弄得一个人孤苦无依，只得到皇觉寺里，投奔昙云长老。昙云长老常常对他徒弟悟心说："元璋不是个凡器，你们须好好地看待他。"过不上几时，昙云长老也圆寂了，寺里由悟心主持。悟心听了他师父的吩咐，也很优待元璋。可是寺里的一班和尚，却都和元璋不合，说他吃饭不做事，一天到晚在外面闲逛。悟心听了众人的撺掇，便令元璋充了寺中的烧火道人。那一班知客和尚又是得步进步的，私下逼着元璋去樵柴。元璋自幼虽是贫人家出身，倒从不曾吃过这样的痛苦，现在弄得手穿足破，如何忍耐得住，他因此想起有一个表姊，嫁给扬州的李氏。维扬李姓，本来是个巨族。元璋心上打定了主意。

这一天上，连饭也不吃一点，到了晚上，悄悄地偷了大雄宝殿上的大香炉，一口气走出村口。奔了大半夜，看看天色已渐渐地发白了，他一路狂奔着，又负着一只大香炉，身体自然有些困倦起来。瞧见路旁一个土地祠，就不管三七二十一，走进祠中，便在神座下一倒身，竟呼呼地睡着了。待到惊醒过来，手和脚已给绳子捆住了，忙睁眼看时，正是皇觉寺里的几个知客和尚，他们一面把元璋绑了，一头说道："他既偷了寺里的东西，应该要当贼办的，我们把他送到官里去吧？"说着由两个知客和尚，将元璋抬着，望大路上便走。那路上看热闹的人，却围了一大群，说这样一个少年做贼，真有些儿可惜。元璋只是一言不发，心上是十分地着急。正在无可奈何的当儿，只听得后面有人赶着叫喊，那几个知客和尚回头看时，原来是寺里的主持悟心。那悟心跑到面前，忙叫放了元璋，几个知客和尚不敢违拗，只得把元璋释放。悟心吩咐他们，把那只香炉抬回去，一头对元璋说道：

"你要到哪里去,没有盘费的,也可以和我说明,为什么偷窃我的物件?况这香炉,还是五代时所遗,又是公家的东西,倘村里查起来,叫我怎样应付呢?"元璋听着只是低头不作声。悟心便从衣袋里取出几钱银子来,递给元璋道:"你且拿去做盘川吧!"元璋这时又惭愧又懊悔,要待不接他的,自己又身没半文,一钱逼死英雄汉。没奈何,只得老脸接过银子,向悟心谢了一声,回身便走。

他匆匆忙忙地到了扬州盱眙,便去寻他的表姊丈李祯。及至寻到了李祯家里,李祯却出门去了,他表姊孙氏,见了元璋,问起家中情形,知道是来投奔她的,就对元璋说道:"我们这里,也连岁荒年,米珠薪桂,怎样可以容留你呢?我看你还是到舅父郭光卿那里去吧!"元璋见说,便问舅父现在哪里,孙氏答道:"舅父如今在滁州,他又没有儿女,你去是一定很喜欢的。"元璋点点头。这天的晚上,就在他表姊的家里歇宿。

第二天早上,孙氏又略略给了些川资,元璋别了孙氏,取路望滁州进发。不日到了滁州,打听他舅父的住处。那郭光卿在滁州,做着盐贩生涯,手下也有一二千个帮手,滁州地方很有些名气,所以元璋一问便着。光卿见了元璋,果然大喜,便把他留在家中。偏偏朱元璋的厄运未去,光卿时常在外,元璋住在家里,一家的大小没一人瞧得他入眼。尤其是光卿的堂房侄子,见元璋来了,深怕光卿收他做了螟蛉,分派他的家产,因越发当元璋是眼中钉了。有时到了吃饭的时候,和婢仆们商议好了,不许元璋吃喝,元璋便天天挨着饥饿。亏了他还有一个救星,就是郭光卿的养女马秀英,她见元璋很是可怜,便暗中偷点饼饵给他充饥。这样一天天地过去,元璋勉强挨着,但他的心上,很是感激马秀英。秀英在光卿家里也不是个得宠的人,那光卿的妻子李氏,又十二分地悍恶,婢仆们有些儿过处,就取皮鞭来责打,有时打得

第十一回　一声霹雳定龙穴　满室芳菲诞虎儿

那当小鬟的女孩子们，似杀猪般叫起来。虽是皮破肉绽，鲜血淋漓，李氏竟半点也没有怜惜之心，她那家法的严厉，也就可想而知了。所以秀英在没人的时候，便和元璋诉说着苦处，两人竟是同病相怜了。

有一天的晚上，秀英因元璋不曾有晚饭吃，却悄悄地偷烘了几个饼儿，去送给元璋，不料正和李氏撞见，秀英心慌，忙拿烘饼向怀里一塞，可是那饼是烘得滚热的，又是初秋的天气，放在怀里，怎么不痛呢？把秀英灼得"哎呀"地直叫起来。

要知秀英怎样，且听下回分解。

第十二回 朱太祖凤阳会群雄
常遇春校场演铁盾

却说秀英拿着烧饼,正待去递给朱元璋吃时,不提防才走出内厅,恰恰和光卿的妻子李氏撞见,秀英心里一着急,忙把饼望怀里一揣。那饼本来是炙得热热的,一到怀中竟和贴在肉上一般,秀英灼得痛不可当,便"哎呀"的一声,身体几乎跌倒。李氏见了,忙来问什么事,秀英只好忍着疼痛,扯谎道:"我刚才走出厅来瞧见天井外面,一只斑斓的猛虎在那里,因此吓了一跳,不由得喊出声来了。"李氏见说,回头向天井中看去,望见天井的大石上,却是元璋在那里打着瞌睡。李氏是个没知识的妇人家,平时很为迷信,听了秀英的话说,心里暗想道:"古时那些拜相封侯的人,每每有金龙和猛虎出现。那么元璋这孩子,不要也是个非常人吗?倒不可轻视他的。"于是李氏自那天听信秀英的谎话之后,她对待元璋便不似以前刻薄了。

元璋在郭光卿家中,终算又过了一年。不过那晚秀英给烘饼灼伤了胸口,不知不觉地溃烂起来,但秀英有时见了元璋,并不把这件事提起。元璋感着秀英待他的义气,遇到了秀英时,又是敬重,又是怜爱,那种殷殷的情意,自然而然地从眉宇间流露出来了。秀英也知道元璋不是个寻常的人,便事事看觑着他。只是她那给饼灼伤的地方,恰巧在乳部的顶上。女子的乳头,是最吃

第十二回　朱太祖凤阳会群雄　常遇春校场演铁盾

不起痛苦的东西，那筋肉是横的，一经有了伤处，就要烂个不了。秀英的乳尖上，被饼灼了一个浆泡，便渐渐地溃烂，一天厉害一天。她又怕着害羞，不便在李氏面前直说，只独自一人到没人处去哭泣。她正哭得悲伤的当儿，刚巧给元璋瞧见，疑她家里什么事受了责，便去低低地安慰她。秀英却一言不发地只是啼哭。元璋越发狐疑起来，就再三地诘问她。秀英起初时不肯说，怎禁得元璋催逼着，才把自己怀饼灼伤了乳头的事，略略说了一遍。元璋听了，真是感激得说不出话来，觉得一股酸溜溜的味儿，从鼻子管里直通到脑门，忍不住也扑簌簌地流下几点眼泪来。一面便执着秀英的玉腕，垂着泪说道："我朱元璋如将来得志，决不忘了姑娘的恩德。倘若日后负心，天必不容。"说罢，那两只脚已站不住，早噗地跪了下去。那秀英姑娘的芳心，这时也被一缕情丝牵住，忙盈盈地来扶元璋。元璋哪里肯起身，大家使劲儿一拉，倒把秀英姑娘弄得立足不稳，一个歪身，两人一齐坐在地上。那时四只眼睛，你瞧着我，我瞧着你，心儿上都是相怜相爱，自有一种说不出的情趣，叫作"尽在不言中"了。秀英姑娘忽地想起了自己的身世，眼圈儿一红，竟俯身倒在元璋的怀里，抽抽噎噎地又哭起来了。元璋要想拿话安慰她，急切又想不出甚话来，只好陪着她一同垂泪。

　　两人对哭了一会，还是元璋记起她那伤痕来，便附着秀英姑娘的耳边说道："你不要只管哭了，那灼伤的地方，到底什么样了，停一刻儿我去找些药来给你敷。"说着伸手轻轻地替秀英姑娘解开胸前的钮扣儿，露出一角粉红的兜子，那兜子上已是脓血斑驳，东一点西一块的。元璋蒋把兜子揭起，见她乳部的头上，溃烂得手掌般大小了。元璋不觉叹了口气道："溃烂到了这样的地步，你为什么不早说呢？"秀英姑娘见元璋瞧过了，随手将兜子掩了，慢慢地扣着钮扣儿，那双泪汪汪的秋波，兀是对着元璋，似乎有万千的情绪，不知从哪里说起。元璋也呆呆地望着秀英姑娘。两人又默对了半晌，真有些依依留恋，不忍分别之慨了。元璋和秀英姑娘，正在相对含情，心意如醉，忽听得廊前的脚步声音，秀英姑娘慌忙三脚两步的，向着厨下去了。这里元璋也走了出来，却不曾遇见什么人，这才把心放下。

　　流光驹隙，那时已是顺帝至正十二年，朱元璋已十九岁了，秀英姑娘胸前的溃烂，经元璋拿药来给她搽好，只是乳上永远留着一个疤痕，也算是将来的纪念。其时朝廷奸相撒墩当国，只知道剥吸民脂。那班百姓天天负着苛税重捐，弄得走投无路，大家落草做强盗。因此，徐州芝麻李、山东田丰、蕲州徐寿辉、童州崔德、道州周伯颜、台州方国珍、泰州张士诚、四州明玉珍、颖州刘福通、孟津毛贵、沔州倪文俊、池州赵善胜，这几处著名的盗寇，都纷纷起事。群雄互相争竞，大家占城夺池，把一座元朝的山河，瓜分得四分五裂了。

　　讲到元代的税赋，要算盐斤最重了。朱元璋的舅父郭光卿本做着盐贩的首领，凡滁州地方的盐贩，都要从他门下经过的，故此他手下的徒子徒孙，也有几千，专帮着光卿贩盐。国家对于盐捐，原视大宗的收入。元朝在世祖忽必烈的时候，经理财家安不哥提议出来，直传到顺帝手里，正当上下搜刮的时候，怎肯轻易放过呢？官吏对于贩盐的越是严厉，人民也越是要私运。私过的既多，一经给官厅捕获，处罪也就愈重。郭光卿做着这注生涯，叫作"将军难免阵上亡"，他的徒子徒孙，被官厅捉去治罪的已是不少的了。

　　有一天，郭光卿运着几十艘的盐船，驶过凤阳地方，吃凤阳的守备李忠孝得了消息，便带了五六百个兵丁，把几十艘盐船，一并扣留了起来。光卿吃了一个亏，心里已是十分地愤怒。好在凤阳和滁州，差不了多少路，便星夜赶回滁州来，将盐船被扣的

第十二回　朱太祖凤阳会群雄　常遇春校场演铁盾

事，对盐贩们宣布了，众人听说，个个怒不可遏。当下由郭光卿首先说道："现在的国家，税赋这般的重，叫咱们小民能够负担得起的吗？这事非想一个万全之策。咱们口里的食给贪官污吏们夺完了，将来势不做饿莩不止。"光卿话犹未了，众头目中，一个叫耿再成的，高声大叫道："官吏既要咱们的性命，咱们自不能不自己保护。现在依咱的主见，今天晚上，就杀进滁州去，夺了军械，再连夜杀到濠州，把盐船一齐夺了回来，岂不比坐着受罪和受罚要好得多吗？"光卿见说，便踌躇道："这是灭族的事，关系未免太大了，倒要大家仔细一下子呢。"只见头目郭英、吴良齐声说道："郭首领不必过虑，咱们现有一个计较在这里，不晓得首领可能办吗？"光卿忙问什么计较，郭英指着吴良说道："咱们吴大哥有个结义兄弟，姓郭名子兴，现在离此十里的牛角崖落草，手下也有一千多人。他平日很有大志，咱们去邀他前来，举他做个首领，索性大做起来，成王败寇，轰轰烈烈干它一会儿，首领以为怎样？"光卿听了大喜道："你们有这样的机会，何不早说呢？"于是立时着吴良前去，请郭子兴下山，共同举义。吴良匆匆地去了。这里郭光卿就和郭再成、郭英、谢润、郑三等一千人，暂时在盐篷里安息。当时的盐篷，却和兵营差不多，都是盐枭居住的。

谁知光卿他们商议的时候，因事机不密，被一个州尹衙门里听差的赵二听见，慌忙赶到滁州，来州尹署中告密。州尹陈桓，听了这个消息，大惊道："那还了得吗？"忙叫打轿，黑夜里来谒见滁州参军陆仲亨，仲亨也不敢怠慢，立时点齐本部人马五百名，衔枚疾驰、飞奔来到城外，把盐篷四面团团围住，兵丁发一声喊，大刀阔斧杀进篷去。郭光卿从梦中惊醒过来，看见篷外火把烛天，人声嘈杂，忙跳起身来，就架上抽一杆大刀，奔出篷门时，劈头正遇官兵。光卿知道漏了消息，便仗着一口刀，和猛虎般杀将出去，被他砍开一条血路，冲出了盐篷。只见郑三的尸首已倒在那里。光卿这时已顾不得许多，要紧逃脱了身，去照料家中。才走得十几步，瞧见官兵围着郭英，仲亨执着长枪，亲自来战郭英。因寡不敌众，看看很是危险，光卿便大喊一声，大踏步赶将上去，帮着郭英，力战仲亨。正打得起劲，忽然横空飞来一刀，恰砍在光卿的臂上，光卿"哎呀"一声，刀已撇在地上了。仲亨抽个空，一枪向光卿面上刺来，光卿闪身躲过，不提防脑后又是一刀飞来，把光卿的头颅砍了下来。

郭英见首领被杀，无心恋战，虚挥一刀，回身便走。陆参军指挥兵丁，自己策马迫来。郭英回马，且战且走。沿途逢着了耿再成和谢润，都也杀得满身血污，郭英便告诉他们，首领已被杀死，耿再成也说郑三战死了。三个人联在一起，耿再成道："咱们来已至此，有心闹糟了，但不知郭首领的家怎样了。"郭英见说，接口道："咱们且赶到首领家里去，那时再召集弟兄们，等待吴良回来，替首领报仇就是了。"谢润连说有理，回头见官兵已不来追了，只呐喊着在盐篷中捕人。

耿再成和郭英等，赶到郭光卿家里，却见门户大开，墙壁颓倒，屋中已静悄悄的。三个人走到里面瞧时，内外不见一人，什物也抛得杂乱，箱笼颠倒。那些细软物件，好似同盗劫一般，都扫荡得干干净净。这时又在夜里，连问讯都没处问的。幸亏郭光卿家里一个老仆，慌急中躲在门后，他见了郭英和耿再成，认得是主人手下的头目，便走出来垂着眼泪，告诉郭英，才知州尹陈桓带了宋兵，把光卿家中大小捕捉去了。郭英大叫道："这贼子却如此狠心，咱捉着他必须碎尸万段，才出胸中的恶气哩！"耿再成道："俺们现在到什么地方去住脚呢？"谢润道："吴良还不回来，咱们就找吴良去。"三人议定，吩咐老仆管着门，便出门望牛角崖来。走到林外，听得金鼓连天，好似大队人马在那里

第十二回　朱太祖凤阳会群雄　常遇春校场演铁盾

厮杀。

那参将陆仲亨，杀败了郭英等，正在搜捕同党，猛听得鼓声大震，火把齐明，大队的喽兵奔杀过来。仲亨便燃枪列阵相待，喽兵早赶到面前。当头一员大将黑盔黑甲乌骓马，手捉宣花大斧，威风凛凛，望去似天神一般。仲亨欲待问时，那大将舞起大斧，直奔仲亨，仲亨挺枪挡住，战不到五六合，仲亨抵敌不住，勒马便走。那大将马快，赶上来抓住仲亨的衣甲，一把拖下马来，被喽兵活捉了。官兵见主将遭擒，纷纷逃命。后面喽兵追杀，喊声连天。郭英等也赶到，见马上那黑将，一把大斧，舞得像飞龙似的，杀得官兵走投无路，耿再成不禁暗暗喝彩。

忽听东南角上，鼓声又起，火光明处，现出一队人马，帅字旗飘展，正中一位大将，左有徐达，右有汤和。却是郭子兴领了喽兵，亲自来到。前面引路的，正是头目吴良。郭英大喜，忙和耿再成、谢润等，一齐迎将上去。大家相见过了，郭英把光卿、郑三战死，家属被捕的事，细细说了一遍。吴良听说郭光卿死了，不免嗟叹一回。那黑将已把官兵杀散，绑陆仲亨来见郭子兴。子兴叫和郭英等相见，才知黑将叫胡大海。郭英又和徐达、汤和等通了姓名。

这时大家齐集在一起，吴良进言道："咱们既到了这个地方，且不要休息，不如乘势攻破了滁州，有了立身之地，就容易做事了。"只见胡大海高声说道："小弟愿杀滁州去，提了那州尹来献上。"郭子兴说道："且慢性急，大家计较好了再说。"大海气愤愤地道："还议什么？总是厮杀就是了。"子兴说道："如厮杀时咱要你去，此刻却用不着你多讲。"大海听了，便噘着嘴立在一边。耿再成献计道："现放着一个好机会，得滁州真如反掌。"子兴忙问怎么缘故。再成道："咱们擒住的那个参将，只要说得他投降咱们，叫他去赚开城门，滁州不是唾手而得吗？"子兴连说不差，便令喽兵推上陆仲亨来，子兴亲给他解缚，一面安慰他道："部下人无知，得罪了将军，真叫俺心不安。"胡大海见子兴放了仲亨，便来争道："咱们不容易把他捉了来，为什么轻轻释放他呢？"说得陆仲亨十分惭愧。子兴忙喝道："乱世英雄，胜败常有，俺们将来要共图大事，你这黑厮懂得什么！"当下喝退了大海，邀仲亨上坐，置酒相待。郭英、耿再成做着陪客。

席间，耿再成望着仲亨说道："目今天下大乱，人人可得争雄。看将军一貌堂堂，怎么不自图立身，却去给蒙人尽忠？彼非我族类，占我汉人天下，百姓个个切齿痛恨，咱们何不趁此弃暗投明，他日匡扶真主，博得个荫子封妻、流芳千古，不较帮着异族要胜的百倍吗？"仲亨听了，起身拱手道："非足下一言，我却见不及此，今天真令我茅塞顿开。倘蒙收录，尽愿效命帐下。"子兴、耿再成见说，不觉大喜道："得将军这样，可算是人民之幸了。"郭英忙道："事不宜迟，咱们就进行吧！"于是即刻点起兵马，叫陆仲亨做了前锋，后面郭子兴的大队，却缓缓随着。

到了滁州城下，天色已经微明，只见城门紧闭，城垛上密布刀枪。仲亨一马驰到城下，高声叫道："我已回来了，快开城门。"城上兵士认得是本城参将，忙来开了城门，仲亨领兵入城，郭子兴的大队，也一拥而进。陈桓这时还在署中，得报还想望后衙逃时，喽兵已围住县署，见一个捉一个，把陈桓的一门，都绳穿索缚地捆了起来。

郭子兴进了县署，一面令耿再成出榜安民。郭子兴便亲坐大堂，叫把陈桓推上来，讯问滁州仓库。桓却直立在阶下，只是一言不发。子兴大怒道："你平时索诈小民，今日还敢倔强吗？"说罢，喝令左右，推下去重打五十大棍。左右正要动手，忽见一个少年，掩面哭上堂来道："我舅父郭光卿一家，被他弄得家破人亡，舅母李氏惊死在路上，现在所有人口，都吃他监禁起来，就

第十二回　朱太祖凤阳会群雄　常遇春校场演铁盾

是家私什物，也给陈桓搜刮得干干净净，还求首领替我舅父报仇。"说毕又大哭起来。子兴问那少年是谁，郭英答道："他便是郭光卿的外甥朱元璋。"子兴见说，细瞧元璋，龙眉凤眼，相貌不凡，心上已有几分欢喜，因对元璋说道："你不要悲伤了，这里却是你舅父的好友，那仇自然要报的，你且安心在此，俺决不会亏你的。"说着令喽兵去监中放出郭光卿的家属来。元璋数着，除舅母李氏已惊死外，婢仆人等一个也不少，只不见了马秀英姑娘。问那仆人，回说没瞧见。元璋嗟叹了一会，心里却非常地挂念。

原来当陈桓带领亲兵，去捕捉郭光卿家眷的时候，元璋被人惊醒，一骨碌跳起来身。起初还当是盗劫，及至见了官兵，知事不妙，也顾不得秀英姑娘了，便飞跑到天井里，推倒一堵砖墙，黑暗中望荒地上逃走。所以郭英到郭光卿家里时，见墙也倒了，却是元璋推倒的。元璋既逃出虎口，在树林里躲到天明，便去打听他舅父犯罪的缘由。有晓得情形的盐贩，把郭光卿私通大盗图劫县城的话，说给元璋听了。元璋听得舅父已被官兵杀死，就痛哭了一场。又闻得光卿手下的头目，已借兵来占了县城，所以赶进城来哭到堂上要求报仇。郭子兴答应了，就命元璋在县署里住下。元璋把光卿的家属安顿了，又去寻着他的尸身，就在滁州安葬。

那郭子兴因讯问陈桓，得不着实供，便将陈桓用乱棍打死，一面和徐达等计议进取濠州的计策。元璋听了，便来见子兴道："濠州是我的本乡，首领如派兵进攻，我愿做向导。"子兴大喜，立命徐达、汤和、胡大海、郭英等四人，领兵一千，同了朱元璋去袭取濠州。

兵马到城下时，濠州州尹黎天石和守备张赫，亲自督兵守城。徐达令兵士攻了一天，丝毫也得不到便宜，那城上矢如飞

115

蝗，又伤了好多兵丁。徐达和汤和商议道："凤阳这些小城尚不易得手，将来怎样干得大事？"汤和还不曾回答，元璋便进言道："凤阳濠州城池虽小，却筑得十分坚固，万一久延时日，他们救兵一到，我们就要众寡不敌，眼见得不能成功了。"徐达点头道："这话正合我意。但那郭头领原叫你来此做向导的，不知你可有什么计较。"元璋答道："以我的愚见，此城非里应外合不可，然一时却没有内线。昨日我巡视周围，见西堞最低，可以爬过城去。待我扮作西番僧的模样儿，赚进了城。那里西觉寺的主持，也和我认识的。到了那时，组织起和尚兵，把城门偷开，大队就好进城了。"徐达说道："法子倒还是不差，只是危险一点，本来他们出家人是胆小的，倘将这事前去告密了州尹，你的性命不是难保吗？"元璋沉吟了半晌道："城内的西觉寺，本是钟离村皇觉寺的分寺。从前我在皇觉寺里的时候，知道混进西觉寺中很有几个有胆力的和尚，但不识他们的心意怎样。现下等我进了城，再随机应变吧！如其能够成事，我把书绑在箭上射下来。三天之内没有消息，你们再预备攻城就是了。"徐达应允了，只叫元璋小心从事。

　　当下元璋就回到营后，选了一匹快马，直奔到钟离村的皇寺里，见过了方丈悟心，匆匆寒暄几句，便向悟心要了一套僧衣和鞋帽之类，立时在寺中改扮起来。元璋的身材是很魁伟的，扮起来，倒极似一个西番和尚。元璋打扮停当，在寺里休息一会，看看天色晚了，便上马竟奔城下。离城约半里多路，弃了那匹马，悄悄地来爬城墙。

　　其时城里防备得为严紧，各门上都有兵丁守着。元璋才得上城，已被两个兵士获住，立刻上了绑，拥着去见指挥官。只见一位指挥官，面貌似曾相识，便喝问元璋道："你那和尚，不是来此做奸细吗？"元璋见问，却颜色不变地答应道："小僧是钟离村

第十二回　朱太祖凤阳会群雄　常遇春校场演铁盾

皇觉寺的和尚，到城内西觉寺来探望师傅的，实不敢做奸细。"那指挥官望了元璋一眼道："你可姓朱吗？"元璋应道："正是！"那指挥官笑了笑，吩咐兵丁们，把元璋释放。那旁边一个指挥官说道："他虽是和尚，贪夜偷进城来，恐也不是个好人。"先前的指挥官接口道："这和尚是我同村人，为了家贫，才出家做了和尚。他们出家人是慈悲为本的，任他去吧！"元璋见有人放他，忙称谢了声，回身竟望西觉寺来。他一路走着，想起那个指挥官，原来是幼年时代看牛的同伴。元璋到西觉寺，那方丈名叫悟性，是悟心的师弟，见元璋前来，便留他在寺中安息，一宿无话。

第二天早上，元璋打听得城中苦旱，百姓令西觉寺里的众僧求雨，后天把龙王昇出来巡行。元璋得了这个好机会，他也不和寺僧说明，到了晚间，把信缚在竹竿上，掷出城去，信里说明天午前举事。

到了龙王出巡这天的清晨，已有许多百姓来西觉寺里拈香。及至午响，众人便抬了龙王，寺里的和尚跑着，沿路铙钹喧天，朗诵佛号。元璋也夹在里面。将过西门的当儿，元璋忽然大嚷道："强盗杀进城来了！"一头嚷着抛了手里的法器，竟来开那西门。那些百姓，本和惊弓之鸟一样，听了元璋的话，大家吃了一惊。见元璋去开城门，还当强盗从后边杀来了。大众一拥上前，帮着元璋去开门逃走。守城的兵丁，一时人多阻拦不住，有几个已给众人打倒，西门早已大开。那外面徐达的兵马，呐喊一声，争先冲进城来。大众开了城，原想逃命的，这时见强盗从对面杀来，连连叫苦不迭，各人似没头苍蝇般的，四散乱逃。只苦了西觉诗的一班和尚，弃了龙王，没命地逃走，逃得慢的，被徐达的兵丁砍了脑袋。百姓里面有几个落后的，瞧见元璋去开那城门，放强盗来，便一路连逃带喊："强盗杀进来了，奸细是和尚！"县尹黎天石和张守备，正在南门巡城，听得西面喊杀连天，知道西门有变，慌忙领了一队兵丁，望西门赶来。见百姓们喊着"奸细是和尚"，兵丁们一见和尚就砍。可怜西觉寺里逃得性命的和尚，都被官兵杀了。守备张赫首先赶到了西门，劈头正遇着胡大海，两人交马，只一回合，被胡大海一斧砍落马下，官兵纷纷逃走。黎天石见势头不好，忙开了东门落荒逃命去了。

这里徐达得了凤阳，便飞马报知郭子兴，子兴令耿再成和谢润留守滁州，自己带了吴良来到凤阳，见了徐达、汤和等，再三地嘉奖了一番，便命开起庆功筵宴。徐达在席上，将破凤阳的功绩归了朱元璋，说他胆粗心细，确是能干。郭子兴大喜，就加元璋做了领兵的队长。

这一天的诸将，都欢呼畅饮，席散之后，朱元璋记起借来的僧衣僧帽，便包裹好了，亲自送到皇觉寺，去还给悟心。恰巧徐达、汤和、郭英、胡大海、吴良等几个人，也在城外散步。他们见了元璋，便问到什么地方去，元璋告诉还衣帽的缘故，汤和笑道："咱们横竖没事，听说皇觉寺有汉钟离的遗迹存着，此刻就去玩耍一会儿吧！"胡大海接口道："很好，很好，俺在这里正闷得慌，大家一块儿玩去！"徐达点点头，于是一行六人，一齐望皇觉寺来。

到了寺里，元璋把衣帽还了悟心，陪着徐达等闲游了一会，别了悟心，走出皇觉寺。看看天色很早，六个人信步向那村东走去。出了村口，只见碧禾遍地，流水潺潺，一片的野景，好不清幽。徐达不觉叹道："人生朝露，天天夺利争权，不知何时才得优游林泉，享终身清福哩！"汤和见说，也点头道："可不是吗？世人庸庸扰扰，无非为的是'名利'两字，不过没人看得穿罢了。若能知道结果，撒手西归时一点也带不去的，何必拼命地去争呢？"胡大海听了这些话，便不耐烦起来，道："你们好好的散

第十二回　朱太祖凤阳会群雄　常遇春校场演铁盾

步，怎么说出那酸溜溜的话来，叫人好不难受！"汤和笑道："胡兄弟是直爽人，喜欢谈厮杀的，我们就讲厮杀给你听吧！"胡大海高兴起来道："那么快讲给俺听！"元璋见大海憨得可笑，便也插口道："厮杀的故事多着哩，你却喜欢听哪一朝的？"胡大海把大拇指一竖道："俺最高兴的是杀贼，哪一朝杀贼最多的，就讲哪一朝。"

元璋正要回答，忽听得远远地金鼓震天，徐达遥指道："胡兄弟，那面方在那里杀贼呢！"众人见说，随着徐达指点的地方望去，果然见尘土蔽天，喊声不绝。汤和诧异道："那里怕真有了战事吗？"说时恰巧有一个乡人，担着铁锄走过来，胡大海便迎上去，不问什么，将那乡人一把拖住道："那边可是杀贼吗？"乡人给胡大海臂上一把，痛得似杀猪般直叫起来。汤和忙走过去，叫大海放了手，向那乡人陪礼道："我们这兄弟是莽夫，因此得罪了尊驾，惭愧得很。"乡人一边说不打紧，兀是直着臂膊，连连皱那眉头。汤和安慰了乡人几句，便问："那里为甚有喊声，可是厮杀吗？"那乡人摇摇头道："不是厮杀，那边叫白杨村，村中练着防盗的民团，近来新聘来一位教师，这时正在操演哩！"汤和听罢，谢了那乡人一声，回头埋怨大海道："他是安分的村民，又不是大盗，经得起你把他一拖吗？下次不要再这样得罪人了。"大海噘着嘴道："俺又不曾用力，他自己骨头太嫩了，倒反怪别人哩！"这一句话，说得徐达、郭英等齐笑了起来。

当下六个人，便向白杨村走来。到了村口，早望见一片大校场，场里排列着五六百个团丁。走近校场瞧时，却见一个红脸汉子，正演着铁盾的战术。

不知铁盾怎样的演法，且听下回分解。

第十三回 酿笑话大海闹新房　献绝技花云斗黑汉

却说朱元璋和徐达、汤和、胡大海、郭英、吴良等六人，走到白杨村，来看民团的操演。到了村中的校场里，只见五六百个团丁，一字儿排着。他们的手中，右执着单刀，左握着一面铁盾。正中立着一个红脸大汉，也是一手刀一手盾，在那里朗声说着用盾舞刀和遇敌抵御的法子。大约那红脸汉，是刚才乡人所说的，就是新聘来的教师了。那红脸汉把用法说明了，便演试给一班团丁们瞧。但见他先把刀一摆，将盾向自己身上一遮，一个翻身滚在地上，忽地又立起来。这样的刀盾齐施，倏上倏下，真是神出鬼没。到了后来，只看见刀光闪闪，盾声呼呼，红脸汉子的人已瞧不见了。大家看得眼花缭乱，不由得齐齐喝一声彩。声未绝处，猛听得耇然的一响，那张盾便覆在地上，一动也不动，看红脸汉子时，不知哪里去了，却见盾旁的四周，刀光霍霍地闪着。似这般地过了半晌，才见红脸汉子提了盾直跳起来，向着众团丁说道："这一个解数，叫作狡兔拒鹰，施展的当儿，必至遇见了马上的敌人英勇，自己力不能敌，才用这个法儿，砍他的马足。他马足一受伤，人自然堕下来，那就容易对付了。"众团丁见说，唯唯听命，把观看的一班人，看得吐出舌头来，半晌缩不进去。胡大海忍不住，高声喝着彩。

第十三回　酿笑话大海闹新房　献绝技花云斗黑汉

这一喝好似青天起了巨雷，将众人吓了一跳。那红脸汉也十分注意，便望着胡大海瞧了两眼。徐达埋怨大海道："你可见人家留心你吗？照你这样的莽撞，早晚要闹出事来呢！"胡大海笑道："借喝彩是说他好，又不曾说他坏，却瞧瞧做什么？"说着只见那红脸汉子，已走了过来，笑着对徐达拱手道："你们几位，似从外乡来的，咱这里备着半杯儿淡茶，请诸位到里面少坐一会。"说时便邀了徐达、胡大海，那红脸汉却在前引道。徐达那时不好推辞，只得随着红脸汉，走过村庄中来，回头望着胡大海说道："如何？不是被你弄出事来了吗？"胡大海见面不相识的人来邀他进去喝茶，不知是好是歹，知道是自己喝彩闹出来，便低着头作声不得。后面汤和、郭英等，见徐达、胡大海跟那红脸汉前去，也不识是吉是凶，四个人就慢慢地跟着走。

不一刻，已到了一座庄院里，庄的四周，掘着一条护庄河。庄中危楼高耸，绿树荫浓，正中一条甬道，两边栽着一排儿的柳树。徐达、胡大海随那红脸汉走过护庄河，渐渐到了庄前。只见大门两旁，放着密密的刀枪，一字儿的长凳上，坐着几十个关西的大汉，一个个雄赳赳、气昂昂。他们见了红脸汉子，便齐齐地站立起来，暴雷也似地唱了一个喏。红脸汉子向大汉们略略点头，便回头来让徐达和胡大海先行进了庄门，红脸汉子自己随后也进了庄院。大家到草堂中，红脸汉邀徐达、大海坐下，庄丁一面献茶。那红脸汉却徐徐地向徐达问道："足下莫非是郭子兴首领部下的徐先锋吗？"徐达见问，不觉吃了一惊道："小可正是徐达，不知壮士于何处见过？"那红脸汉微笑道："小子姓常名遇春，祖居濠州，怀远人。昔日在濠州城中，酒肆里曾见过一面，后来匆匆各分东西。现闻得你们将有大举，此次已夺取濠州。小子听了，也很有此志，但一时不敢贸然相投，正在这里候着机缘。"说时指着胡大海道："刚才听得这位黑壮士的喝彩声，一眼瞧见了足下，觉得很是面善，所以冒昧相邀。但不识黑壮士尊姓大名？"徐达答道："这是我的义弟胡大海。"常遇春听了忙问道："莫非那年打武场的胡壮士吗？"徐达点首道："一些也不差，他正为了这件事，才投在郭首领的部下呢！"常遇春说道："听说你们是领兵来的，为什么却这样闲暇？"徐达见问，将自己同诸将士出城散步的话，大略说了一遍。常遇春笑道："你们几位幸而逢见小子，不然给庄中人瞧出了行迹，只怕此刻未必能够脱身哩！"徐达大惊道："这是为何？"遇春大笑道："足下不听见路人传说吗？这个庄里练着民团，是专门防备邻县盗寇的。你们倘被庄民认出来，岂不要为难呢？"徐达恍然大悟道："非壮士一言提醒，我几乎忘记自己是什么人了。"

正说着，忽听庄外人声鼎沸，似有人在那里厮打。常遇春忙赶将出来。过了半晌，便领着朱元璋、郭英、汤和等进来，笑着对徐达道："你们还有四位同伴，为什么留在庄外？倒说庄里人把二位宰割着哩，因此和庄丁们闹了起来。"徐达也忍不住好笑。郭英等见徐达和胡大海没事，气也就平了下去。于是由徐达给常遇春把朱元璋、汤和、吴良、郭英等一一通了姓名。常遇春大喜道："今天无意之中，倒好算群雄聚会了！"说罢吩咐庄丁，立时摆上筵席，常遇春让徐达等入了席，自己便在下面相陪。

胡大海一见了酒，也不管三七二十一，早一觥觥地大喝大吃起来。徐达笑着向常遇春说道："我们这位胡兄弟是个莽夫，不免被壮士见笑。"常遇春也笑道："大家一见如故，似胡壮士般的是快人！"说着便你一杯我一杯的，也都欢笑畅饮。徐达在席上，谈起常遇春的铁盾本领来，不禁赞叹一回。原来常遇春的盾法，本是祖传的绝技。他一手施刀，一手执着盾，无论你是一等好汉，终要吃他的亏。因此到了对敌的当儿，他盾可以护身，刀能够砍人，手脚齐施，真可算得军械中一件利器了。还有最后的一

第十三回　酿笑话大海闹新房　献绝技花云斗黑汉

个法子，是用力一使劲，能把人躲在盾内，敌人如走近去，他就用刀削足，这一下子就是常遇春在校场中演过的，叫作狡兔拒鹰。但别人要想学他，却是万万办不到的。那时徐达在白杨村里，经常遇春留着他们欢饮，大家直吃到月上黄昏，才酒阑席散。又讲了些闲话，徐达等便辞过了遇春，回到濠州城内。

一宿过去，第二天早上，徐达令吴良往白杨村请常遇春来赴宴。不一会，遇春和吴良到了，就排起席来，大家入座。这一次可不比在白杨村了，自没什么猜忌，更吃得较那天高兴。常遇春饮了几杯，便起身告辞。徐达阻拦道："我们还不曾细谈，为什么要紧便走？"常遇春道："今天我们邻村的庄主方子春，他女儿方柳娘在梵村店开擂招婿，清晨就有请柬来的，我们相约是守望相助的，所以不能不去。"胡大海见说，便捋拳擦臂地说道："常大哥说的不是打擂吗？俺就同去瞧瞧如何？"徐达一面邀常遇春坐下，笑着说道："时候还早呢，我们胡兄弟既说要去，等一会儿，大家一块去。"常遇春也笑道："那是最好没有了。"于是众人又饮了几觞，一齐离席。徐达叫兵士们备过了七匹马来，和常遇春等上了马，飞一般地望着梵村走来。

到了村口，徐达对常遇春道："我们只作看客，不必进庄去，足下但请自便吧！"常遇春见说，只得独自走进庄中，自有庄主方子春和他儿子方刚，把常遇春迎了进去。这里徐达一行人，慢慢地走入村来，早见梵村的正中搭着一座七八尺高的擂台，台下那些瞧热闹的人，已挤得水泄不通了。胡大海嚷道："那里已经开擂了，俺们到台前去瞧去！"说时只望人丛中直钻入去。一般闲人，正在大家拥挤着。大海走进去，把两手一挥，已推倒十几人，有几个跌在地上的，险些儿连头也踏破了。徐达忙上去，把大海喝住道："你这样的粗暴，又要闯出祸来哩！"大海听了，这才立着不动。大家看那擂台上时，却是方庄主的几个徒弟在那里打着玩耍，因为开擂的时间还不曾到，几个管台的徒弟，一时高兴起来，就在台上练一会功夫。但见一个使刀，一个使枪，两人在台上较量着，虽说是练着玩，却都有家数。胡大海看得技痒，便回头对郭英道："俺们也上去练一趟吧！"郭英还没有回答，徐达忙拦住道："他们在那里玩着，又不是真的厮打，你上去倘惹出事来，或是被你打坏了，那又算怎么呢？"胡大海见说，只好立在一边。

　　过了好半响，忽听看的人大嚷起来，众人忙看时，只见庄主方子春，同了他儿子方刚，亲送方柳娘到擂台上来，后面的却是一骑马，马上坐着一个豹头环眼的红脸大汉。徐达见是常遇春，便只作不认识似的，并不向他打招呼。那方子春和儿子方刚、女儿柳娘到了台下，看台的徒弟们过来架了小梯，由方刚先行上台，柳娘便跟在后面。方子春回过身，邀了常遇春，到对面的看台里坐下，庄丁们便献上茶来。常遇春一头和子春闲谈，两眼不住地瞧着擂台上。

　　这时擂台上面，方刚和柳娘，分着东西坐下，方刚便望台下说道："今天是咱们开擂的第一天。咱们摆擂的原因，是为了一件婚事起见。"说时手指着柳娘道："这是舍妹柳娘，幼年的时候，也曾跟着俺父亲练过几套拳脚，现在俺父亲要替她招婿，她便设誓，有人能打她一拳或踢她一脚的，才肯把终身托付。俺父亲拗不过她，便设下擂台来征选人材。谅台下不少四海英雄，倘愿上台比试的，万望拳足留情。"方刚说罢，向大众拱了拱手，仍去坐在椅上。其时台下的人，挨来攘去，扰攘得一片的人声。

　　众人正在议论纷纷的当儿，早见一个少年的壮士，头带着武生巾，足登着麻鞋，穿一身紧靠子。只见他耸身一跃，已轻轻地跳到了台上，向方刚哈了哈腰道："俺来陪你练一趟儿。"方刚见说，便慢慢地立起身来，柳娘也走入了后台。看台的忙掇去了椅

第十三回　酿笑话大海闹新房　献绝技花云斗黑汉

子,两人就在台上交起手来。斗到紧急的时候,那少年壮士飞起一脚,恰被方刚接住,顺手一托,少年壮士立不住脚,"噗"地跳落台下,一班瞧热闹的人,不禁齐声大笑了一阵。那少年壮士红着脸儿望人丛中一溜烟走了。众人笑声未绝,又有一个莽汉跑上台去,也吃方刚打败了,一连三四个人,都是如此。

那时把台下的胡大海瞧得眼中出烟,便大嚷一声,直奔到了台下。徐达待要去阻挡时,已是来不及了。只见大海大踏步上了梯子,也不客气半句话,足才踏到台上,就是一拳向方刚面上打去。方刚慌忙用手来抵御,大海却已回头便走。台下的人,只当大海是惧怯,又齐声大笑道:"似这般没用的人,也敢上台打擂了。"说犹未了,那方刚不舍,从后面来追大海,猛见大海回过身来,施展一个黑虎透心势,提起左拳又是一拳望方刚打来。方刚正待解脱来拳,说时迟、那时快,大海的拳头,并不真个打去,他那右足已随拳踢出。方刚见他拳足齐至,急急地向左边趋避,不提防大海飞起左腿,尽力的一腿,把方刚从台上直踢到台下,倒在地上爬不起来了。大海施的这一下解数,叫作环步鸳鸯腿。他起先的一拳,回头便走时,原是诱敌的法子。敌人若追上去,他就回步过来,扬手一拳。敌人只顾着上三路的来拳,想不到他的右足踢来。哪知右足才起,左足继到,任你身手怎样的敏捷,一时终来不及避去。那《水浒》中的武松打蒋门神,便是这个拳势。施展的人,非具有真实功夫,不敢乱用。有了真功夫的人,不遇到劲敌也不肯轻使的。这种把式,本是拳家的秘传,方刚哪里识得,因此吃胡大海的大亏。那些台下的人,又不约而同地喊了一声:"好!"方子春见他儿子跌下台,心里很是着急,忙叫庄丁去搀扶方刚起来。

那台上的方柳娘,见她哥哥被大海打落,顿时芳容变色,蛾眉竖起,便一手卸了外氅,露出一身大红的衣裤来,衬着她那娇嫩的粉脸,愈显得妩媚英武了。当下那柳娘姗姗地走出擂台,也不搭话,飞拳就望胡大海打来。大海见她是个女子,越发不把她放在心上了。谁知柳娘的拳脚很精,不到几个翻身,大海的臂上已着了一拳,两个照面后,又被柳娘踢着一脚。幸得大海忍得住疼痛,双方相持一会,柳娘却"啪"的一掌,正打在大海的脸上,声音很觉得清越。打得大海性起,七窍中火星直冒,便牛吼般地伸手抓住柳娘。那柳娘却忽东忽西地蹿来蹿去,身体儿好似猿猴一样,弄得大海捉摸不定。这时大海已累得满头是汗。徐达等一千人,深怕他受亏,暗暗地替大海着急。那边的常遇春,也代大海捏着一把汗,只有方子春心上却很是喜欢。大海已恼怒万分,恨不得把柳娘也掷下台去。那时大海真急了,忽然地急中生智,故意卖一个破绽,任那柳娘一拳打将入来,大海却引身躲过。柳娘扑了个空,身体儿一倾,险些儿立足不稳,忙收回那个拳头时,纤纤的玉腕已给大海一把握住。柳娘拼命地要想挣扎,还有一只手,捏着拳头,似雨点般望胡大海乱打,大海好似不曾觉得,只是抵住不放。柳娘被他捏得痛不可忍,不由得"哎呀"一声叫出来。

  方子春深恐女儿受伤,慌忙奔到台下,将手乱摇道:"算了吧,算了吧!请壮士放着手,老汉替壮士陪礼就是了!"徐达、汤和、郭英、吴良、元璋以及常遇春等,一齐叫着住手,大海才放了柳娘。只见柳娘已粉汗盈盈、桃花泛面,含羞答答地退入后台去了。方子春一面请胡大海下台,笑着拱手道:"壮士果然英雄,寒舍离此不远,有屈大驾贲临。"大海答道:"你去问俺徐大哥去。徐大哥说跟你走,俺也跟着你走就是了。"子春便问道:"哪里的徐大哥?"大海指着徐达道:"那不是俺的徐大哥吗?"子春见徐达面如重枣,一貌堂堂,知道不是常人,忙过来邀那徐达。徐达知情不可却,只得应允。

第十三回　酿笑话大海闹新房　献绝技花云斗黑汉

当下和汤和、大海等一行人，随了子春到方家庄来。那常遇春已辞了众人，先回白杨村去了。这里许多看热闹的闲人，都随在后面，个个说胡大海的本领高强。大家讲一会，赞叹一会，这样的一传十，十传百，梵村中的男男女女，扶老携幼地到方家庄上，来看打擂的英雄。子春邀徐达、汤和、郭英、元璋、胡大海等到了内院，那院子里已拥满了人，叽叽喳喳地，瞧的瞧、讲的讲，把一座方家庄，阻塞得和铜墙铁壁一般。方子春给他们闹得头昏，命家丁将闲人驱出，把庄院大门关了起来，庄内才得清静。

这时庄丁们忙着献茶哩，送点心哩，子春也十二分地谦恭。徐达等很觉得过意不去，和子春寒暄已毕，各人通了姓名。徐达便向子春陪礼道："我的这个胡兄弟，做事极其卤莽，刚才拿令公子摔下台来，最后又得罪了令小姐，真叫我们抱歉。但不知令公子可曾受重伤吗？"子春见说，忙起身道："小儿只是一点皮伤，毫不妨事的，列位尽可放心的！"说罢，吩咐摆上宴席来，子春亲自斟酒，大家饮过了三巡，子春便停杯发言道："老汉此次命小女设擂开拳，原含着选婿的意思。方才小儿方刚，已在台上声明过了。现在蒙胡壮士不弃，肯驾临垂教，老汉非常地心折。谅胡壮士中馈犹虚，老汉愿将小女侍奉巾栉，以践前言，烦列位明公代作执柯人，不知能俯允吗？"徐达见说，便问大海道："胡兄弟，可曾听见吗？方公现欲招你做个爱婿哩！"大海摇头道："什么爱婿不爱婿，俺是不懂得的。"元璋笑道："那是婚姻巧合，百年夫妻，胡兄弟不要推辞吧！"大海也笑道："俺自幼便没了父母，又无兄弟姊妹，更不必说是夫妻了！"徐达等一齐笑起来，汤和说道："这样讲来，咱们胡兄弟倒是个真童子呢！"众人听了，不觉哄堂大笑。胡大海道："俺是老实人，你们莫欺侮取笑了！"徐达正色道："方公一片的至诚，好在你还不曾有妻室，今天我就替你作主吧！"说着也不由胡大海分辩，伸手把大海襟上的荷包摘下来，递给子春道："客中没有贵重聘物，拿这东西胡乱做个信证吧！"子春接着，便很高兴地走进内室去了。

其时柳娘已从擂台那里回来，子春和他夫人商议了一遍，去问柳娘时，却默默无言。子春晓得她已愿意了，忙出来对徐达说道："我看列位都是国家梁栋，将来戎马疆场，为国自不能顾家了。依老汉的愚见，趁着今晚良辰吉时，不如令胡壮士和小女成了婚吧！"汤和、郭英、吴良等，齐声说道："这话很有理，咱们大家喝胡兄弟一杯喜酒哩！"徐达却踌躇道："只怕郭首领责怪吧？"元璋说道："这又不比临阵娶妇，和背命掳艳是不同的，有甚见怪？"徐达恍然道："那就这么做去就是！"方子春听了大喜，立刻嘱咐庄丁们去筹备起礼堂来。

不到一会工夫，方家庄上，早已挂灯结彩、鼓乐齐鸣。华堂上红烛高烧，毡毹铺地，他们闹得一天星斗，胡大海兀是睡在鼓里。徐达和朱元璋等也不和大海说明，待至黄昏时既到，徐达便叫大海放了酒杯，督促他更换吉服。大海不知就里，迷迷糊糊地穿上，由汤和、吴良等，拥着大海到了堂前，那红毡毯上立着盈盈的一位玉人。汤和等推着大海和那玉人并立交拜。这时的胡大海，已身不自主，任他们去做作。交拜已毕，郭英等拥着，把一对新人送入洞房。但听得砰的一响，新房门被众人阖上了，大家说笑着饮酒去了。

大海到新房里去，见绣幔罗帐，妆台衣镜，分明是女子的闺阁。一眼瞧见床上坐着一个锦裳绣服的人，头上戴着一幅红绫，却瞧不清楚是谁。大海不觉诧异起来，向床上的那人笑道："你和俺闹玩吗？为甚遮着脸儿，不叫俺瞧见？"连问几声，不见答应，大海忍不住，伸手把那人头上的红绫揭去道："俺在这里问你，你为什么不和俺说话？"大海一头说着，便低下头去，细瞧

第十三回　酿笑话大海闹新房　献绝技花云斗黑汉

那人的脸儿。只见她云鬟风鬓，低垂蜷蜍，似乎十分害羞。大海顿时怔了怔，再看那女子，正是日间和自己在擂台上厮打的女子。大海看了，不由得怪叫起来，慌忙三脚两步待奔出房来，那房门又是锁着。大海心慌了，尽力地一攀，把一座房门扳倒下来，便一耸身逃出了房，七跌八撞地跑到了厅上，见徐达等正在猜拳行令，吃得很为高兴。大海就把房中的所见，对众人讲了一遍，连连吐舌摇头地说着怪事，说得徐达等一齐好笑起来。元璋却忍着笑道："胡兄弟，你不要弄错了，今天是你完姻的吉期，咱们还叨扰一杯喜酒哩！"徐达也立起来道："快进去吧，不要误了时辰！"说着便来推胡大海进房。大海哪里肯进去，口口声声说没有这回事，那两只脚已拔步望外逃走。

徐达、元璋忙追上去，大海却飞般地跑得很远了。他一口气向前直奔，不防当头来了一个大汉，和大汉撞个满怀。大海便不由分说，一拳望那大汉打去。

不知那大汉是谁，且听下回分解。

第十四回 半夜绸缪艳姬荐枕席 一朝芥蒂媵妇泄机谋

却说胡大海和那大汉撞了一头，心里大怒，竟劈头就望那大汉打去。大汉忙闪过了，便也大怒道："你这个黑贼，自己走路不留神，反来怪着俺吗？那莫怪俺的拳头无情了！"说着也回手一拳，两人一来一往地在黑暗中交起手来。这里徐达追不上大海，便去和方子春说知。子春令庄丁们燃起火把，分作三队，去到村外找寻大海。

朱元璋和郭英领了十几个庄丁，直奔到西村口来。走到梵村的正西大路上，只见远远地有两人在那厮打。郭英说道："不用说了，那厮打的人，定是胡兄弟无疑。"元璋主户头，大家赶到了路口，正是胡大海和一个大汉，你一拳我一脚地直打得难舍难分。元璋大叫："胡兄弟和那位壮士住手！"两人哪里肯罢手，只管他们打着，任你喉咙喊破，他只作不曾听见一样。这时恼了郭英，便挦起了袖儿，大踏步走向前去，施展一个两虎奔泉势，突然地钻将入去。一个双龙搅海，把大汉和胡大海分开两边。那大汉吃了一惊，便拱手道："你们有这样的能人在那里，俺斗不过你们，情愿服输了。"大汉说罢，回身便走，元璋忙一把拖住大汉道："壮士请留步，咱们这胡兄弟是个莽汉，得罪了尊驾，休要见怪。"那大汉道："事已过去了，谁曾见怪来？"元璋、郭

第十四回　半夜绸缪艳姬荐枕席　一朝芥蒂嫠妇泄机谋

英一齐大喜，便邀了那大汉，并同着胡大海，回到梵村来。子春见大海已寻得，心里早安了一半。元璋和郭英，邀了那大汉进庄，令庄丁们摆起杯盘，重行开怀畅饮。

席上，朱元璋问那大汉的姓名。那大汉说姓花名云，是淮西人，自幼曾投过名师，学了一身武艺，现欲投奔明主，因称雄的人太多了，一时决不定方向。元璋听了笑道："咱们正少花兄这般人物呢。"当下把郭子兴起兵的事，约略讲了一遍。花云不住地点头，又赞成郭英刚才排解厮打时的一个家数。郭英说道："小弟这种劣技，又算什么？从前咱高祖在日，他一个翻身，虽石穴也分裂哩！"花云听说，不觉吐舌道："怪不得似这般地厉害，原来是家传的绝技呢！"三人正在闲话着，外面徐达和吴良等，已陆续进来。汤和一见了大海，便埋怨他道："你这个害人精，什么没来由管自己逃跑了，累得人家却寻得苦了。"元璋笑道："若不是胡兄弟这一跑，却遇不着这位好汉。"说时，将大海和花云厮打的情形对众人说了，又给大众通了姓名，各人说了套话，大家便入席共饮。徐达却正颜厉色地把夫妇人伦的道理，再三给胡大海开导了一番。酒阑席散，重送大海入了新房，徐达、元璋等才各自安息。但胡大海虽勉强进了新房，却连正眼也不敢向床上瞧一瞧了，休说去睡觉了。他眼睁睁地坐了一夜，挨到了天明，只得出房去，拜见了岳翁岳母，又和大舅方刚相见了。大家进了早餐，起身告别。那白杨村的常遇春，也亲自来送行。俗话说"英雄惜英雄"，真有依依不忍分别之概。常遇春见众中多了一人，便问那人是谁。元璋即叫花云和常遇春相见了，方子春要留胡大海住几天，大海执意不肯，只得由他了。徐达等别了方子春父子，又同常遇春等作别了，七人一路回濠州来。

郭子兴接着，便问他们两日不回，是到什么地方去的。徐达就将看打擂和胡大海成婚逃走的事，前后讲了一回，引得子兴也笑起来道:"天下有这样的老实人!"说着,众人都退了出来。郭英望着胡大海笑道:"首领说你太老实了,你起先要逃走,后来的滋味却怎样?"说得胡大海无地容身,那黑脸皮上隐隐显出紫红颜色来,忙掩了耳朵,飞也似地跑了。从此他们在军中没事的时候,总把这件事谈着,把大海当他们说笑的资料。大海被他们取笑得走投无路时,就掩住了两耳,闭着眼睛,只作没有听见的一样。

其时有徐州的盗魁赵大、彭均用二人,前来投奔郭子兴。子兴闻得二人的大名,忙令开大门迎接。原来那赵、彭二人,都是李二部下的将官。李二占据徐州,赵大为定远大将军,彭均用为抚靖大将军。不料元丞相脱脱,亲自带兵来取徐州。李二本是乌合之众,怎当得大兵的压迫,早已四散逃走了。李二只领了三四骑飞奔出城,在路上染了一病,就死在道上了。赵大和彭均用,既没了靠山,二人无处安身,听得郭子兴在濠州起义,便来依在子兴的部下。过了几天,又有辰州孙德崖的,也领兵来投。子兴凡来者不拒,一概收录。但赵大和彭均用两人,素来面和心非。当初在李二部下,也为了二人斗劲,弄得将士离心,李二因此一败不振。现在他二人在郭子兴部下,又发起老脾气来了。赵大在子兴的面前,说彭均用是个没用的人,李二致败都由彭均用弄假成真的。子兴听信了赵大的话,把彭均用看待得十二分地冷淡。彭均用是个市井的无赖,岂有瞧不出的道理,便私下约会了孙德崖,要想去谋郭子兴。恰巧元朝的兵马来攻滁州,徐达等一班武将,都去抵敌元兵去了。在子兴左右的,只有一个朱元璋和郭英了。

一天的早晨,忽接到城外的孙德崖的请柬,邀子兴去他营中赴宴。因孙德崖自投了子兴,把兵马驻屯在城外,如遇有事的时候,由德崖进城来请命。后来德崖势力日大一日,居然和子兴分

第十四回　半夜绸缪艳姬荐枕席　一朝芥蒂嫠妇泄机谋

庭抗礼了。子兴的为人，又胆小又是无用，他见了孙德崖，心里暗暗有些害怕，今天接到了请柬，自然不敢不去。那时郭英在一旁说道："孙德崖的举动，已不似从前了，此去须访有诈。"子兴摇头道："我待他很推诚相见，谅他也不至于负我的。"便不听郭英的话，竟带了十余骑到孙德崖的营中来赴宴。谁知子兴这一去，看看一天不回来，第二天仍不见踪影，接连三四天，连消息也没有了。急得郭英走投无路，就是子兴的妻子张氏，也哭哭啼啼，只求郭英设法。郭英一时也找不出半个计划来，只得四下里来寻朱元璋。

元璋因新收了一个义儿沐英，便在沐英家里住着。郭英寻觅了半天，恰巧在路上碰见。沐英在前面引路，父子两人正在游着街市。郭英一眼瞧见，好似天上掉下一件宝贝来的高兴，忙上前招呼了一声，同到僻静的地方。郭英将子兴被德崖请去至今不曾回来的话，草草讲了一遍。元璋大惊道："孙德崖私和彭均用联络，我原说要防他们有异志，首领不肯相信，现在怎么样了？"郭英点头说道："首领不听好言，咎由自取。但为今之计，怎样去救他出来呢？"元璋沉吟了半晌道："我们此刻竟去见德崖，只问他要人，却不带许多人马，以免他疑心准备。那时用一种迅雷不及掩耳的手段，自然可以把首领救出来了。"郭英道："只要能救首领，一切听你去做就是了。"当下元璋和义儿沐英，同郭英回到濠州署中，亲自去挑选了五十名健卒，备起三匹快马，自己和沐英、郭英，都便衣挂刀，飞奔出城。

到了孙德崖的营中，德崖果然不曾防备。听说子兴的部将，只领了几十名小卒便衣来见，就和彭均用迎了出来，相见之下，认得是朱元璋和郭英，越发不把他放在心上。一面假意邀元璋等入帐中，才得坐定。元璋便脱口问道："咱们首领在哪里？"德崖作出一副诧异的样子来答道："你们首领几时到这里来的？咱们却没有知道。"元璋冷笑道:"分明是你请来的,怎么不知道起来呢?"彭均用道:"俺请你们首领,有谁见来?"郭英便挺身应道:"是俺亲见你营中小校来请的,如何图赖得过?"德崖、均用还不曾回言,元璋向沐英丢个眼色,霍地立起身来,一把握住德崖的左臂,厉声说道:"你既说没有我们的首领,咱们可要烦你和咱一同去找一遍哩!"德崖见元璋这样,一时回答不出来。均用待想回身出去,后面有沐英按剑紧紧地随着。德崖的左右见不是势头,要上帐来帮助,只见元璋一手握着腰刀,怒容满面,大家吓得不敢劝手。

这时早有郭英领着五十名健卒,在帐后四处搜寻,见子兴直挺挺地吊在马棚下。郭英慌忙去解了子兴的束缚,背负着直奔出帐外,口里大叫道:"首领已在这里了!"元璋听了,挽住德崖的手,走出军中帐,沐英跟着,一步步地挨到营门口。郭英负了子兴,奔出营门外,守营的军士欲来争夺,回头见德崖被人监视着,恐伤了主将,只好由他了。元璋待郭英负了子兴上了马,看看走得远了,才释了德崖,拱手说声:"得罪!"便飞身上骑,加上两鞭,似电驰般地追上了郭英,沐英也从后赶到。大家拥护着子兴,进濠州城去了。这时孙德崖和彭均用,眼睁睁地看着元璋把子兴救去,却是束手无策。这一回元璋去救郭子兴,是抄袭了关云长单刀赴会的故事,居然能告成功,一半也是他的侥幸了。

子兴回到署中,已弄得气息奄奄,赵大当时虽不曾有救子兴的法儿,见子兴回来了,便来亲侍汤药,比子兴的妻子还要殷勤。光阴迅速,一过半月,子兴的病就渐渐地好了起来。于是把朱元璋叫到床前,谢他相救的恩德,又将剑印交给元璋,命他总督军马,郭英、沐英也做了军中正副指挥。孙德崖听说子兴病好了,怕他记嫌前仇,连夜和彭均用领兵逃往蠹湖去了。

郭子兴精神复了归,索性自称为濠南王,加朱元璋做了大元

第十四回　半夜绸缪艳姬荐枕席　一朝芥蒂嫠妇泄机谋

帅。一面督促着徐达等，速破元兵，以便别谋进取。又在濠州城中，替元璋建了元帅府，元璋的威权也一天重似一天了。

中秋佳节，月明似镜，子兴亲自打发了卫从，到元帅府中请元帅至王府，庆赏团圞。元璋见了请帖，更不敢怠慢，便带了两个亲兵，吩咐沐英不许出外闲逛，自己匆匆地跟了卫从，竟到王府中来。子兴接着，谈论了一会，就邀元璋至后堂饮宴。两人一杯杯地对饮着，看看一轮红日西沉，光明皎洁的玉兔，已从东方上升。子兴叫把筵席移到花园中去，一面赏着月色，一头和元璋举杯欢饮。酒到了半阑，子兴已有几分醉意，便笑着问元璋道："这样的好月色，咱们饮酒赏玩，倒也不辜负了它。只是眼前少一个美人，似乎觉得寂寞一点罢了。"元璋也笑答道："天下没有十全的事，有了那样，终是缺这样的。"子兴大笑道："你要瞧嫦娥吗？咱们府中多着呢！"说着回头对一个侍女做了个手势，那侍女走进去了。停了半响，只听得环珮声叮咚，弓鞋声细碎，早盈盈地走出一对美人儿来。那人未到，香气已先送到了鼻管中了。子兴见了，便大嚷道："嫦娥下凡了，快来替咱们斟酒！"两个美人听了，都微微地一笑，分立了两边，一个侍奉着子兴，那一个来替元璋斟酒。慌得元璋连连起立来说着"不敢"，引得那美人掩了樱唇，格格地笑个不住。元璋觉得不好意思，子兴微笑道："咱们是心腹相交，和一家人差不多的，何必避嫌呢？"元璋见说，虽然不十分地拘束，但终不敢放肆。

月色慢慢地西斜了，子兴也不问元璋怎样，竟搂着那美人，一会儿亲嘴，一会儿嗅鼻子，当筵温存起来。凡诸丑态怪状，无不一一做到。元璋正在壮年，又不是受戒的和尚，眼见得子兴和那美人百般地调笑，在酒后岂有不心动的道理？再看看立在自己身旁的美人，生得花容玉肤，一双水汪汪的秋波，尤勾人的魂魄。加上她穿着紫色的薄罗衫子，映在月光之下愈见得飘飘欲仙了。元璋这时也有了酒意,不免有些不自支持起来,忍不住伸手去捏那美人的纤腕,只觉得腻滑柔软,触手令人心神欲醉。那美人儿见元璋捏着她的玉腕只是不放,要想缩回去,便使劲一拉,元璋手儿一松,那美人儿几乎倾跌,慌忙撑住,却将一把酒壶抛在地上。那美人已笑得弯着柳腰,一时立不起身来。子兴恐元璋醉了,吩咐侍女们掌起一对纱灯,送元璋到东院里去安息。自己便拥着两个美人,跟跟跄跄地进内院去了。

元璋呆呆地瞧他们去了,只得同了侍女望东院走去,可心上实在舍不得那美人儿,兀是一步三回头地走着。及至到了东院,见院中陈设得非常地讲究。桌上陈列着古玩书籍,真是琳琅满目,又清幽又华贵。就是那张炕上,也铺着绣毯锦褥,芬芳触鼻。问那侍女时,知道这个东院,是内室之一。从前有一位山右美人住着。子兴爱她的艳丽,不时到东院里来住宿。后来那山右美人被子兴的妻子把她送回山右本乡去了,因此这东院终是空着。子兴有时想起那美人来,便独自到东院里来徘徊嗟叹一会。元璋令侍女燃上灯台,叫她把门虚掩了,自己倒身在炕上,觉得褥子的温馨柔顺,是有生以来不曾睡过。但身体在炕上,心想着那美人,翻来覆去地再休想睡得。侧耳听着更漏,时候已是不早了,便硬闭了双眼,勉强睡去。

正朦胧的当儿,鼻子里闻得一股香味儿,直透入心肺,不觉又睁开眼来,却见自己的身边,睡着一位玉软温香的美人儿。元璋顿时吃了一惊,却仰起半个身体,借着灯光下瞧那美人儿时,正是席上替自己斟酒那个穿紫衣的美人。元璋这一喜却非同小可,不由得心花怒放起来。一会儿便自己责着自己道:"王爷待俺不薄,他俯中的姬妾私奔,俺应当要正色拒绝她,那才算得不差,怎么样可以含含糊糊地干那暧昧的事情呢?"元璋想到这里,好似兜头一勺冷水,把刚才的欲念一齐打消了。怎禁得美人身上

第十四回　半夜绸缪艳姬荐枕席　一朝芥蒂嫠妇泄机谋

的异香只阵阵地钻入鼻中，又将元璋这颗心引动了。再细看那美人时，只见她杏眼带醉，香唇微启，粉脸上现出隐隐的桃红来，益显得冰肌玉骨，妩媚娇艳了。元璋越看越爱，一时牵不住意马心猿，轻轻地伸着手抚摩美人的粉颈。那美人一个翻身，脸对着元璋，呼呼地又睡着了。别的不说，单讲她那微微的呼吸，一种口脂香对着面吹来，真叫人难受得很。想一个壮年男子和一个绝色的美人，并头睡着，就是铁石人儿，到了这时，怕也要起凡心哩。元璋那时把名分之嫌，已抛到九霄云外，竟去抚摩着美人的酥胸，一手便替她轻解罗襦。那美人却醒了过来，睨了元璋一眼，只拿一幅香巾掩着粉脸，似乎很害羞的，一会儿就双双同入了巫山云梦。

一刻千金，良宵苦短，窗上渐渐现出红色来。元璋问着那美人叫什么名儿，怎的来伴着自己。那美人见问，横着秋波微微一笑道："俺是王爷府中第一个宠姬樱桃，你难道不曾听人说的吗？因昨夜是佳节良辰，怕一个人寂寞，所以不避男女之嫌，悄悄地来陪伴着你。"元璋听了，不觉笑道："我真有幸，却逢着你这样一个多情的美人。"樱桃不待元璋说毕，早已扑簌簌地流下泪来，慌得元璋忙替她揩着眼泪，再三地安慰她道："你有什么心事，尽管和我说了，我所办得到的，终给你竭力去做。"樱桃这才回嗔作喜道："身被掳掠，充着府中侍妾，父母远离，不知消息。倘蒙念昨晚一宵的恩爱，得间能一援手，妾虽死亦无恨了。"元璋点头道："这事且缓缓地设法。请你放心，我决不负你就是了。"樱桃便在枕上称谢。

两人正在你怜我爱，十分温存的当儿，忽听得靴声橐橐，有人进东院来了。元璋和樱桃万分惶急，那人已"呀"地推门进来，元璋举头看时，来的不是旁人，正是濠南王郭子兴。元璋这时心里很为惭愧，慌忙起身下炕，红着脸立在一旁，说不出话来。吓得那樱桃钻在被里直是发抖。子兴见了这种情形，却并不动怒，只微笑着对元璋说道："小妾既承见爱，咱就做个人情，给你们成了眷属如何？"说罢，便叫樱桃起来，到里面收拾些应用的东西，命打一乘轿子过来，把樱桃送到元帅府里去，又叮嘱樱桃道："你此去不比在咱这里了，须好好地侍奉朱将军，不要负咱一片成全之心。"樱桃含泪称谢，盈盈地登轿去了。元璋见子兴这般地慷慨，真是惭愧又感激，当下和子兴闲谈了几句，便辞了子兴，回到元帅府里。走入内堂，樱桃已搀着侍女，花枝招展般迎了出来。两人都遂了心愿，自有一种说不出的乐处。

其实，这出把戏，都是郭子兴听了赵大的话才做出来的。他说："元璋才能过人，将来必有大为，若得他赤心襄扶，大事可图。但恐他怀了异志。倒是一个大患。"子兴见说，不免忧虑起来。赵大笑道："要收复他也不难。古人道，英雄难过美人关，咱们把美人计来笼络他，不愁他不上钩。"子兴连连点头，当晚便把爱姬樱桃唤出来，和她说明了，令她去系住元璋的心，使他不别蓄异谋。如能大事成功，晋封樱桃做第一妃子。

这樱桃本姓罗，是彭均用从徐州掳来献与子兴的，这时樱桃听了子兴的吩咐，她想起那元璋生得相貌出众，更觉他将来决非常人，所以心上十分愿意，便满口答应下来。子兴大喜，于是借着庆中秋为名，邀元璋饮宴。席上命樱桃出来侑酒，先打动元璋，果然弄得他心迷神醉，不知不觉中上了圈套。谁知赵大见元璋权势日盛，子兴也益加宠信元璋，自己倒反疏远起来，因此由羡生妒，时要中伤元璋。

俗言说"暗箭难防"，小人的诡谋，是很刻毒的。一天，元璋刚走进王府中去，到了二门口，忽见一个少妇向他招招手，元璋认得她是府中的奶妈。

不知那少妇叫元璋做甚，再听下回分解。

第十五回　君主荒淫明太祖起义
　　　　　　将军勇猛徐天德立功

却说元璋见子兴府中的奶妈神色慌张地招着手，忙跟上前去。到了空院里，那奶妈低声问元璋道："将军可是樱桃姐姐的丈夫吗？"元璋很诧异地答道："正是。"那奶妈便附着元璋的耳朵说道："刚才府中的赵参军和王爷在那里密议要杀了将军以绝后患。今天王爷如邀将军入府，万万不可应召。否则就有性命之虞。我和樱桃姐姐是同乡，她在府中的时候，待我们也很好，我到如今也很感激她。不幸将军被人暗算，叫樱桃姐姐去依靠何人？所以我听了这个消息，乘间告诉你知道，将军须要防备着才好。"

元璋见说，不觉吃了一惊，再三谢了那奶妈，也不敢去见子兴了。匆匆地走出王府，跳上马，慌慌忙忙地回到元帅府中。还不曾坐定，子兴请他赴宴的帖子已经来了。元璋暗自叫声：惭愧！真好险啊！倘那奶妈不递这个消息给我，停一会儿，怕已做了刀头之鬼。当下走到后堂来，樱桃接着，便微笑问道："今天见了王爷，可议些什么事儿？"元璋连连摇手道："我还敢去见他？他快要杀我了！"樱桃听了大惊道："这却是为何？"元璋就将奶妈的话，细细说了一遍。这时樱桃和元璋爱情已深，一颗芳心整整地向着元璋，把子兴吩咐她的话，早抛到九霄云外去了，于是樱桃也拿子兴使她来笼络的情由，一股脑和盘托出。元璋听罢，略略点首道："我自有计较。"一面便打发小军去回复郭子兴，推说身体有些不快，不能赴宴，只好改日谢罪。

讲到郭子兴方宠信元璋，为什么要杀他呢？原来是年的九月中，是子兴诞辰，濠州的大小将士，都来叩贺。子兴便全副披挂，到校场中去阅操。他看到高兴的时候，吩咐兵士卸了甲，各赐寿酒一杯。谁知那卫兵出去，高叫："王爷有令，兵士们卸甲赏酒！"连喊了几声，兵干们只顾他们操演，睬也不来睬他。卫兵回报子兴，子兴大怒道："咱的命令他们敢违抗吗？那还了得！"元璋在旁忙起身道："这是我的不好！"说着从袖中取出一面尖角旗来，授给亲随。那亲随执了尖角旗奔到将台上一挥，大声说道："元帅有令，着兵士们卸甲赏酒！"声犹未绝，兵士们暴雷也似地应了一声，三千马步兵丁，齐齐地卸了甲，列着队等候赏赐。子兴令赏酒给他们喝，回头问元璋道："为什么兵士们不听咱的话，倒服从这面小旗呢？"元璋答道："这就叫做军以令行。倘军士不听令，那便是乱军了。"子兴听了虽然点着头，心里已有些不怿，就令兵士停了操，自己便回王府而去。

赵大跟子兴回到王府中，他察言观色，知道子兴对元璋已起了疑心。那赵大本妒忌着元璋，因乘势进谗道："今日王爷可觉得将士们有异吗？"子兴失惊道："这话从何而来？"赵大故意冷笑道："方才王爷命卸甲赏酒，为什么他们不理睬？"这一句话，把子兴说得耳根子直红起来，勉强地答道："那是军令攸关，军中只有知令，这是统兵的纪律，不是他们敢有意违俺的命令。"赵大笑道："那么元璋的权力也大极了，万一他要变起心来，兵士们听他的军令指挥，怕没有人再来听王爷的命令了。"子兴见说，一拳正打中心坎，就低声向赵大说道："这样说来，却如何是好？"赵大道："我原说元璋有过人的才智，蛟龙终非池中物。

第十五回　君主荒淫明太祖起义　将军勇猛徐天德立功

若不早除，将来是个大大的后患。"子兴说道："现在兵权已在他手中，怎样能削去他的兵柄？须得有一个两全的法子。否则打草惊蛇，转是弄巧成拙，岂不糟了吗？"赵大沉吟一会道："王爷果然要除那元璋，只消一封请帖仍叫他赴宴。那时两旁暗伏甲士，饮到中间，王爷但咳嗽一声，咱就领卫士一拥上前，把元璋擒住，命他将兵符交出来。如其不依，立刻砍了他的头颅，去军前号令示众，只说元璋谋叛，现已正法。这样一来，杀一儆百，还愁士兵们不听号令吗？"子兴听了大喜，便吩咐赵大去准备一切。

过了几天，赵大布置妥当，来报知子兴。两人在密室中商议，就在这天的午后举事。赵大悄悄地把武士埋伏好了，着小校去邀元璋赴宴。哪里晓得子兴和赵大密议时，恰巧府中的奶妈抱着子兴的幼子从门前经过。子兴平日，最喜欢这个小儿子，常常搂着他在膝上和诸将们议事，又因奶妈是个乡下妇人，虽进出密室中，并不疑心她会泄露机密。谁知偏偏是她走露了消息，那不是天数吗？

其时徐达、汤和、胡大海、吴良、花云等，出兵滁州。当元兵攻滁州的时候，元将贾鲁领着大军五万，把滁州围了起来。守滁州的是耿再成和谢润，领兵出战，连吃了两个败仗。再成着起急来，忙差了副将张英，乘夜杀出了重围，到濠州向子兴求救。子兴便命徐达等往援，但元兵忽来忽去，虽给徐达打败几阵，却不曾大丧元气。两下相持了半年多，终分不出胜败。元璋在濠州听得这个战讯，便上书郭子兴，愿领兵去扫荡元军。郭子兴自那天邀元璋赴宴不见元璋应召，他越觉疑心元璋。后来几次相请，元璋只是推托不赴。子兴晓得漏了风声，自己反觉不安起来。又怕元璋为患濠州，暗中令赵大时时提防着。现在见元璋请命出兵，正中胸怀。他原巴不得元璋离去濠州，所以便一口允许下来。不知元璋若在濠州倒做不出什么，他一到滁州会合了子兴部下的将领，竟自起义了。待到子兴悔悟，元璋已如虎生翅一般，居然做了群雄的首领了，这且不表。

再说元朝自顺帝妥瓘帖木耳登位以来，政治一天坏似一天，到了垂亡的几年，顺帝越发荒淫无度了。那时四方群盗如毛，只靠着赤胆忠心的脱脱丞相和皇叔赤福寿、右都督白彦图等寥寥几个人拼命地东征西讨。可是灭了那面，又起了这边。外面的臣子弄得精疲力尽，顺帝在宫里却和没事一样。他宠信着嬖臣哈麻、秃木儿等，又把番僧请到宫中拜他做了灵异神圣至宝大法师，教授一种房中秘术，叫作"大欢喜"。令宫女嫔妃都一丝不挂地在毡上舞蹈，男女不分，僧道混杂。大家跳了一会，就一对对地交接起来，这叫作"大魔舞"。顺帝看得高兴了，也挨在众男女中闹一回。宫中的嫔妃玩得厌了，下谕民间挑选秀女。

一班奸恶的官吏，乘势向良民索诈，也有借着圣旨去掳掠妇女的，吓得百姓们家里不敢养着女儿。已经字人的，忙着送给夫家。不曾有人家的，连夜送与人家做妻室。因此那些纨绔子弟，竟有一天中得五六个妻子的，至于妻妾两字，也不问的了。据当时人说："有得把女儿去幽禁在深宫里给那和尚们糟踏，不如送人做小老婆，骨肉倒可以常常相见。若一经被选进宫，父母永远不得见面，好似死了差不多。"百姓一听得选秀女，有女儿的人家，便慌得走投无路，地方官各处这样的滋扰，真弄得民不聊生。后来没得秀女选了，上谕还一选连三地催促。

地方官要保前程，就命胥役们搜捕良家的美貌妇人，不问有夫无夫，搜罗了去，改扮作秀女，送上京中去塞责。贞烈的妇女，投河或悬梁死的，不知其数。百姓们凡是有妻室的人，又吓得心胆俱碎。内中稍有资产的，要保全妻子，弄得倾家荡产。没有钱财的，只好硬着头皮把妻子送去。有几个眼睁睁地瞧着妻子被官兵捕去，却无法挽回，可怜少年夫妻一时舍不得分别，相对

第十五回　君主荒淫明太祖起义　将军勇猛徐天德立功

着痛哭流涕。一班如狼似虎的衙役，不管他们舍得舍不得，把男的打开去，拖了女的便走。有的妇女在半途自尽，有许多男子见妻子捉去了，大哭一场跳在河中寻死。那种凄惨的情形，铁石人看了也要落泪的。人民个个嗟怨。凡是哪一处地方选秀女，那地方终是哭声遍野，说起来真是伤心。

这时闹动了一位好汉毛贵，他也为了妻子被地方官生生捕去，便纠集了三四百人，赶上去夺了回来，把所有夺去的妇女，一个个送他们回家。及至官兵到来，毛贵和百姓们抗拒，人民一见官府兵，个个咬牙切齿，人人摩拳擦掌，将官兵杀死了几百个。毛贵知道祸已闯大了，索性邀了盗匪们入伙，三天之中招集了两万多人，杀了官吏，占了城池，就在孟津起义。

又有泰州人张士诚，是个私盐贩子出身。一天他和兄弟士德，同了百十来个盐丁，车着盐斤往邻县去贩卖，被缉私处官兵瞧见，恐士诚人多，众寡不敌，便去参将署中报告。那参将立刻点起三百个兵勇，飞奔地赶上来。士诚和士德见官兵来势凶恶，忙弃了盐车便走。官兵追了一程，看看赶不上，便推了盐车，奏着凯歌收兵回去。谁知那盐丁本来都是亡命之徒，做盐贩子的人，也和当兵的一样，安分良民决不肯去做这勾当的。士诚觑得官兵退去了，就邀了几百个盐丁，手中各执着器械，从后面袭将上来。官兵却没有提防，给士诚兄弟两人领着盐丁，把三百个官兵杀得七零八落，带兵的参将也险些送了性命。士诚将官兵杀败，仍收拾起盐车，推着往邻县贩卖去了。士诚到了邻县，卖去了盐斤，得着一注钱财，依旧回他的泰州。

但官兵吃了他的大亏，岂肯罢休？便令差役在城内城外以及士诚家的附近，天天有人守候着，要想捉住士诚兄弟，就地正法。士诚和士德好似没事般的，大摇大摆地回家来。他邻舍有一家姓邱的，兄弟几个也都是坏蛋，听得士诚、士德回来了，竟去出头告密。官兵得报,怕士诚兄弟勇猛,由参将带了四五百健卒,悄悄掩至,用迅雷不及掩耳的手段,把士诚的家中,前后左右,围得水泄不通。那参将亲自率领着三十个得力的亲兵,打开大门,来捕士诚兄弟。士德见事危急,踢倒一堵墙,飞身窜将出去,外面的官兵被墙塌下来压死了四五人,士德趁了这个机会,一溜烟地逃走了。士诚正在房内睡觉,听得官兵来了,一时没处躲避,便把身体去钻在一只石灰缸内。官兵四处搜寻,不见士诚兄弟,参将心上尤十分懊丧。士诚平时很喜欢养鸟,家中畜着一只八哥,能够和人谈话了,士诚极其钟爱它,取名叫作八儿。这时那八哥忽然作人言道:"士诚!士诚!躲在缸里。"官兵们听了,忙向缸中去寻,走近石灰缸前,见士诚果然蹲着,好似瓮中捉鳖一样,拿士诚绳穿索缚地捕捉去了。士诚临走的时候,指着那八哥恨恨地说道:"俺好好地养着你,你却恩将仇报。俺如有回来的一日,终把你身上的毛一根根地拔个干净,才出俺这口气,你需要小心了。"士诚说罢,悻悻地随着官兵们出门去了。

　　士诚的家里,既没有妻子儿女,只有一个老母,年纪已七十多了,专门茹斋讽经,不大管闲事的了。士诚被捕去后,家中的事不得不由老母料理。那只八哥是士诚的爱物,老母也天天给食料它吃。有一天的早晨,那只八哥忽然向士诚的母亲叫道:"老太太,老太太,你救了八儿吧!"士诚的母亲诧异道:"你为甚会要我救你?"八哥答道:"八儿自己不好,多说了一句话,吃官兵把主人捕去了。主人说,回来要拔光八儿身上的毛,所以求老太太相救,将八儿的锁链解去,给八儿逃了性命吧!"士诚的母亲是很慈悲的人,见八哥说得可怜,真个解了绳索,放那八哥飞去。那八哥飞在屋檐上,向士诚的母亲谢了一声,振开双翅望半空里飞去了。士诚在泰州的狱中监了已有半年光景,因捕不到他兄弟士德,不曾正法。

第十五回　君主荒淫明太祖起义　将军勇猛徐天德立功

其时泰州有几个做海上盐贩子的,内中一个叫杜五的,他一天载着一船的盐,在海上驶着船,忽听得有叫他名儿的,那声音似人非人,瞧又瞧不见,吓得杜五慌忙停舵落帆,立即抛起锚来,对他的伙计说道:"不好了,今天怕要翻船呢,你不听见水鬼叫着我的名儿吗?"话犹未了,又听得叫道:"杜五,杜五!"把个杜五老大吃惊,吓得那伙计向着船舱底下直钻。杜五见它叫了不住,仔细一听,声音从空中来的,仰着脖子望去,只见桅杆上栖着一只翠鸟,在那里唤着自己。杜五这才大着胆问道:"你是什么东西?为什么也能说话,却知道我的名儿?"那翠鸟答道:"我便是张士诚家里的八儿,我的主人士诚可曾出狱?那位老太太康健吗?"杜五听说,想起从前到张士诚家里去,曾看见士诚养着一只八哥,名字叫作八儿的,能和人说话,但不知道它已经逃走了。当下便随口答道:"你主人犯的死罪,怎样能够出狱?那老太太倒身体儿很好的。"那八哥听了,对杜五道:"我请你带一点东西去孝敬那位老太太,你可以答应吗?"杜五笑道:"张士诚是我的好朋友,既是他母亲的东西,我到了泰州亲自给你送去就是了。"那八哥谢了一声,"嘟"的一声飞去了。停了半响,去衔了一块白石来,掷在杜五的面前道:"便是这件东西,请你不要失落了,千万给我带到的。"杜五点头答应了,那八哥又再三地叮嘱了几句,才拍着翅膀飞去了。

杜五回到了泰州,真个把八哥那块白石送给张士诚的母亲,并说道:"这是你们的八儿带来的。"士诚的母亲拿白石看了看,觉得没什么希罕,不过比较鹅卵石光洁一点就是了。因谢了杜五一声,把那块白石随手抛在香炉上面,只管自己念佛去了。到了傍晚,士诚的母亲天天要来堂前拈香的,及至燃了香,到炉中去插时,那只瓷香炉,早变作灿烂的白银了。士诚的母亲很是诧异,还疑心是菩萨有灵来赐与她的,一眼瞧见那块白石,暗想那八哥千里相寄，不要是这块石子的好处吗？士诚的母亲呆想了一会，就去堂下拾起一块瓦片来，把那块白石去放在上面，谁知才放得上去，这块瓦片已化作白银了。士诚的母亲不禁又惊又喜，从此也不患没钱用了。士诚在监中坐了一年多，士德也经年没有音耗，他们的老母不致成为饿殍，都是白石所赐啊。

光阴一天天地过去，泰州捕捉士德的风声已渐渐懈了，士德打听得没人捕他，便悄悄地溜了回来看望她的母亲。见老母无恙，心上很是喜悦。他母亲又把八哥的事实，一一对士德说了，士德还不肯相信，拿了那块白石，亲自去试了一下，果然变了银子了。士德把白石去请人估看，有识得的说道："此物看似石子，实在不是石子，乃是银子之母，叫作银母石。无论金铜铁锡以及石子，一碰着银母便立刻化成银子了。"士德听了，怀着那块白石回到家里，去搬了许多石块来，把银母在石堆上画了一转，一堆石块，大的小的统已变了银子。士德就将这许多银子去替士诚上下打点。

俗言道"钱可通神"，何况这时的官吏和现在差不多，只要有钱，杀人放火都可以设法赦宥。所以不到三个月工夫，士诚已安然地出了泰州监狱。他回到家中，劈头就问："那只八哥呢？俺要拔它的毛哩！"他母亲说道："你不要恨那八儿了，没有它，你母亲也饿死长远了，你今日也休想脱罪。"士诚便问什么缘故。他母亲把八哥寄于的话，大略讲了一遍，士诚大喜道："咱们正苦的没有钱，有了钱还怕它作甚？"于是士诚在家里，和他兄弟士德，专一结交天下英雄，私下暗暗地招兵买马，又去通同盗寇准备大举。哪知事机不密，被官兵知道了，又来捕捉士诚。士诚便纠集了人马，先把从前出首告他的邱家兄弟杀了，连夜夺了泰州。过了几天，又去攻破高邮，杀了知府李齐。士诚的声势日渐浩大，各处来投奔他的，一天总有几百人。好在他军饷丰足，人

第十五回　君主荒淫明太祖起义　将军勇猛徐天德立功

也越弄越多了，他便自称诚王，就在高邮造起了王府，居然也称孤道寡起来了。

那时朱元璋带了郭英、义儿沐英，领着大兵到了滁州，把元军大杀一阵，还擒了贾鲁。徐达见元璋行军有道、恩威并济，知道是个有作为的人，便来和元璋商议，共图霸业。元璋大喜，恰巧怀远人常遇春，自白杨村带了三十多骑来投元璋，元璋益觉高兴。于是由众人举朱元璋做了元帅，在滁州举旗起义，一面令徐达领五百骑去收服了邻近的草寇。徐达字天德，也是濠州人。其时郭子兴部下的诸将，恨那子兴赏罚不明，寡谋少断，大家都有些面和心叛。这时见新主帅英毅强干，和子兴大不相同，便一起来倾心辅助元璋。那徐达领着人马，一日收服十七寨，得了兵马两万人，元璋的势力因此也大了起来。那一天，元璋正和徐达、常遇春一班战将，商议进取的计划，猛听得天崩地塌的一声响亮，众人都吃了一惊。

要知这是什么声音，且听下回分解。

第十六回　成双偶还珠入楩　学六韬投笔从戎

却说那天崩地塌的一声，把朱元璋和常遇春、徐达等都吓了一跳。正待使左右出去探问，早见警卒飞跑进帅府来，屈着半膝禀道："城外的神龙殿崩倒，地上陷了一个大穴，涌出一块有字的石碑来，不知是什么怪异？"元璋见报，不觉叹了口气道："君主无道，灾异迭呈，群盗如鲫，四海分裂，却要闹到什么时候才休。"说着命小卒随了那探事的去将石碑取来，不一刻已异到了帅府中，元璋和徐达等下阶来看，只见那碑约五尺多长，石色斑驳，好似藏在地中多年了。碑的上面，镌着几行字道："天苍苍，地茫茫，干戈振，古流芳。元重改，阴阳旁，成一统，东南行。"元璋读了一遍，也解不出它的意义。徐达说道："这都是江湖术士弄的玄虚罢了，不必去睬它。"元璋点点头，叫把石碑抛去了，一面仍和徐达等筹划进取。忽报郭子兴在濠州病亡，徐达大笑道："这是主公的机会来了。我们趁着子兴新死，赶紧奔赴濠州，去给郭子兴开丧，并收了他部下的人马，名正言顺谁敢不依？"元璋听了也不觉高兴起来道："时不可失，今夜就须起程，只是辛苦列位了。"于是派定吴良、花云、汤和、耿再成、郭英、谢润等八人，暂时守着滁州，元璋自己同了徐达、常遇春、沐英、吴祯、胡大海等一班人星夜赶到濠州来。

第十六回　成双偶还珠入梼　学六韬投笔从戎

这时郭子兴的儿子郭荣是个没用的东西，子兴一死，部下诸将没人统率，不由得乱乱纷纷起来。虽有赵大出来维持，因他威力不足，将士不肯信服。正在没法的当儿，朱元璋和徐达等赶到。赵大本来害怕元璋，不敢不出城迎接。

元璋到了濠州，一面替子兴治丧，一面料理着政事，双管齐下。果然如徐达所说，诸将没人敢有烦言。等待丧事就绪，诸将见元璋样样如仪，心上已暗暗佩服。加以城中无主，众人反都来劝进。元璋却故意说道："郭公在日，待我不薄，现在郭公西归，濠州的大权，自应归他嗣子主持。但是郭公子年轻，恐无力负担。我承诸公的推爱，只是暂时代为统率部众，将来仍归郭公子率领就是了。"诸将听了，无不感激流涕，颂赞元璋长厚。

其时从前逃走的孙德崖和彭均用，两人已得着了郭子兴的死耗，便商议着袭取濠州。均用知道赵大是不中用的，劝德崖火速进兵。德崖原也垂涎濠州，因无机可乘，只好睁着眼让人。如今有了这机会，怎肯轻轻放过。当下领了部下的兵士，飞奔地赶到濠州来，到了城下，见城上旌旗蔽日，军容齐整，不觉吃了一惊。忙使人去打听，才知道朱元璋已在城中，统领子兴的旧部，做了濠州的统帅了。德崖见报，气得眼睛里出火，暴跳如雷道："朱元璋是何人，敢这样地放肆，俺决不容他安稳。"说罢就要令军士们攻城。彭均用忙劝阻道："主将且不要性急，你要攻城，大家翻了脸，这事便不容易干了。"德崖说道："依你却怎样说呢？"彭均用答道："照我的意思，我们这里设起一席酒筵，去请朱元璋出城，只说庆贺他就职。等朱元璋若来，随手在席上刺杀了他，岂不绝了后患？"德崖大喜道："这事就托你去办吧！"彭均用答应了，退出去自去布置。

这里德崖便备了一分贺礼，着人送进城去，并请朱元璋出城赴宴。元璋收了礼物，对来人说道："承你主将的美意，我随后就来。"来人去了，徐达在旁说道："德崖此来，必不怀好意，主公为何轻易允许了他？"元璋微笑道："我未尝不知他有诈，还不是从前诱郭子兴的故智么？但我岂怕这么么小丑，今天去赴宴，只防备着就是了。"吴祯在阶下挺身应道："俺愿保护主公前去。"胡大海也要去。元璋笑道："你二人跟我同去，却不许多说话，只临机应变，看他们的动作行事。"吴祯和大海应着，各自去预备起来。元璋又叮嘱徐达和常遇春带领健卒千人随后接应，命沐英、郭英固守濠州。

分派已定，便同了吴祯、胡大海并十几个卫士，飞奔望孙德崖营中来。德崖接着，忙来迎了进去，吩咐帐中摆起筵宴，便邀元璋入席。酒到三巡，德崖正要开口，一眼瞧见元璋的背后，立着两个大汉，一黑一白，怒目按剑，威风凛凛，德崖吃了一惊。故意问道："将军背后侍立着的是谁？"元璋答道："这是郭公部下的吴祯和胡大海。"德崖见说，叫赏吴祯、胡大海酒肉，两人也不客气，就在帐下你一杯我一杯地豪饮起来。德崖和元璋在席上，只闲谈些元朝的政事，却毫不提及濠州两字。酒阑席散，元璋起身告辞，吴祯、大海紧紧相随。德崖直送元璋到了营外，元璋作别上马。

德崖回到帐里，彭均用从帐后出来问道："主将既把元璋请来，为什么终不下手？"德崖道："你不看见元璋背后立着两个勇将吗？咱若一动手，自己的性命也就难保了。"均用顿足道："你的胆子也太小了，他到我这里来，任他怎样厉害，也是双拳不敌四手。现在轻轻把他放走，愈显得我们营中无人了。"这一句话，激得德崖耳根子也红了，忙道："如今可有什么计较，去把他追转来？"均用说道："他已经脱身，还肯回来吗？"为今之计，主将快领了人马，趁他去得不远，便上去邀他商议大事。如他不答应，便将他围困起来，咱就暗暗地去袭了城，濠州一得手，两下

第十六回　成双偶还珠入椟　学六韬投笔从戎

夹攻，使他背腹受敌，还愁朱元璋不成擒吗？"德崖连连拍手道："妙计妙计！咱便领兵去追，你快带本部人马，从小路去袭濠城吧！"

于是德崖点起八百军马，尽力来追元璋，看看追上，德崖大叫道："朱将军慢行，咱有军情和你酌议，请你稍留再去不迟。"元璋见德崖飞马赶来，后面尘头大起，知道他心怀叵测，就在马上拱手笑道："孙将军！我们已看透你的鬼计了，只是你不早下手，此刻我已离虎口，岂能再上你的当，你还是弃了这个念头，我们隔日再相见吧！"说毕把马加上两鞭，和吴祯、胡大海等一行人飞般地走了。德崖哪里舍得，也督促兵马奋勇地追着。遥见元璋十几骑人马，走进树林中去，转眼看不见了。

德岸赶到树林外面四面一望，却是绿树荫浓，芦草深密，不觉惊疑道："这里防有伏兵，且不可进去。"话犹未了，一声梆子响，喊声大震，一彪人马杀出，为首一员大将，面如重枣，豹头环眼，挺枪大喝道："孙德崖逆贼，认得常将军么？"德崖大怒，挥着大刀来战常遇春，两马相交，刀枪并举，战不上十合，德崖气力不加，拨马便走。才奔得十几步，那里喊声又起，一将也脸若重枣，蚕眉凤目，横戈拦住去路，大喝："徐达在此！"孙德崖心慌，不敢恋战，奋力夺路而逃，不提防半腰里一将冲出，面如锅底，乌盔玄甲乌骓马，手执大斧，高声大叫道："胡大海来了！"这一声好似半空中一个霹雳，军马纷纷倒退。孙德崖措手不及，被大海手起斧落，把德崖劈做两半，兵士见主将被杀，发声喊各自逃命。大海却挥动大斧，见人便砍，将德崖的兵马，好像切菜一般。徐达忙上去阻住，一面下令道："兵丁们听着，降者免死！"这一令出，那些兵士，齐声说愿降。徐达便招呼遇春、大海集在一起，鸣金收军，计点人马，一千个不缺一人。又把孙德崖的降兵另编了一队。这时元璋已领着十余骑先回濠州。

明宫十六朝演义

徐达、遇春等领了人马，慢慢地回来。离城约半里许，忽听得喊杀的声音，徐达诧异道："谁在那里厮杀？"大海忙道："待俺去看来。"说着一骑马直奔前去，徐达也催动人马速进。那时彭均用领了军马，偷偷地来袭濠州，被沐英和郭英从城中杀出，恰巧元璋也赶到，大家乱杀一阵。均用正在拦挡不住，猛听得一将声如巨雷，把大斧舞得和蛟龙似的，杀入阵来。彭均用见不是势头，便回马败走。劈头又撞着徐达、常遇春，双枪齐至。均用勉强来抵敌，背后胡大海追到，只一斧将彭均用连人带马砍死在那。那些军马死的死，降的降，余下的几个纷纷逃命去了。元璋便收了军队，和徐达、遇春、大海、沐英、郭英等会聚起来，把孙德崖的降卒，令郭英统领了，暂时屯在城外，自己和遇春、徐达等进城。一行人回到帅府，赵大听说元璋得胜回来，便同了一个本城的名士，顺道来给元璋贺喜。

那士人见了元璋行礼毕，自说姓李名善长，是濠州怀远人。又说，在二年前，怀县来了个逃难的女子，问她姓氏说姓朱，因家被官事，一门逃散无处容身，误行到此。善长的母亲就把她收作义女。后来那女子渐渐吐露出来，才知她是朱元璋的夫人。现闻得元帅领兵到此，故特来报知。元璋听了李善长的话，不觉皱眉道："我出入戎马之中，并未娶过妻子，怎么有了夫人来呢？"徐达在旁笑道："或者从前有人曾许亲给主公，一时忘怀了。"元璋说道："我除了郭公相赠的樱桃外，实在没有第二个人。"善长说道："那女子所说，元帅的姓氏面貌却一点也不差的。"元璋见说，沉吟了一会，忽然记起了马秀英来。便恍然说道："不要就是她吧？"当下把在郭光卿家里和马氏怎样的相爱，在后怎样的离散，大略和徐达等讲了一遍。胡大海在那里拍手笑道："怪不得主公在梵村要强着俺娶妻子，原来主公自己早定了一个夫人了。"徐达和元璋想起了大海结婚时的情形来，忍不住也笑了。

第十六回　成双偶还珠入椟　学六韬投笔从戎

当下元璋、善长去接了那个女子，进府来一瞧，果然是马秀英。两人相见之下，自觉得悲喜交集。元璋一面命开起庆功宴和诸将们同乐，又和徐达等商议，准备与马氏结婚。到了这一天上，濠州的元帅府里，挂灯结彩，大小将领们都来贺喜，就是滁州的耿再成、谢润、花云、吴良、汤和等也差人送礼到濠州来。这里常遇春、徐达、郭英、胡大海以及沐英、赵大诸人，大家喝着喜酒儿，足足地闹了三四天，才得慢慢地安静。其时可巧方子春和他儿子方刚亲自来给元璋道喜。元璋留他父子饮筵，就席上谈起胡大海的事来，元璋叫他把方柳娘送入帅府，和自己同居，使大海夫妻团圆。又令方刚随从左右，练习军事。子春很为高兴，便拜谢了自去。从此马氏和樱桃同事元璋，两人极其和睦，这且不提。

再讲那朱元璋自和马氏结婚后，去滁州调了花云、汤和到濠州，拜徐达为行军都指挥，常遇春为先锋，胡大海、花云为左右监军，命李善长为参谋，汤和为濠州总管，郭英、沐英为卫军统带，方刚为护卫官，耿再成、吴良为滁州正副总管，谢润为指挥，暂留守滁州。元璋分派已定，只有赵大不曾有职使。因他是郭子兴的故人，辈分在元璋之先，怎样肯受人支派，所以心怀忿恨，在那里伺机谋变。元璋见他没甚权力，也不把他放在眼里。

元璋一切安排停当，吩咐汤和小心镇守濠州，自己带了徐达、常遇春、胡大海、花云、李善长、郭英、沐英、方刚等一班战将进兵攻取定远。定远守将王聚出兵拒敌，力尽战死。元璋得了定远，又收服了马家堡寨主缪大亨。大亨的部下也有两万多人马。各处的小寨，听得大亨已投诚了，便都率着部下纷纷来归。这样的一来，元璋的威声大震，武将如邓愈、华云龙、郭兴、郑遇春、吕怀玉、耿炳文等齐来归附。这六员勇将中，除了耿炳文是耿再成的族兄，郭兴是郭英的兄弟外，邓愈、华云龙、郑遇春、吕怀玉等四人,系闻名来归,都具有万夫之勇。邓愈更兼文武全材,他是和州人,将来也是明朝开国的功臣。

又有文士如龙泉人章溢、丽水人叶琛、浦江人宋濂、处州人刘基,这几位号为浙东四大儒,又称作四贤。那时章溢、叶琛等见群雄四起,天下大乱,便攘臂奋然道:"大丈夫要辅助明主建功立业,目下是其时了。"于是两个人游历各处,要想择主而事,而在路上却碰着了宋濂和刘基,也抱着投笔从戎的志愿。四个人聚在一起,说说谈谈,互慕着文名,当然十分投机。大家议论了一番,觉得徐寿辉、方国珍、张士诚等一班人都不是成大事的,闻得濠州朱元璋自起义以来,仁慈爱民,礼贤下士,知道是个真主,就星夜来投奔元璋。但四人之中,刘基更是出类拔萃。宋濂、章溢、叶琛等三人也个个是满腹经纶,才堪济世,学足安邦。

单讲那个刘基,字伯温,祖居在处州的琅玕乡。他在十七岁上已中了进士,可算得无书不读,博古通今。浙东的四贤,要推刘基文名最盛。他新中进士的时候,年未弱冠,不免睥睨一切,骄气凌人。和他结交的一般宿儒,都佩服着他的学问。所谓后生可畏,自然让他三分,那刘基便觉得不可一世了。

一天是三月三的上巳日,刘基也效着那古人,往郊外去踏青,顺便去游览灵岩。那灵岩的地方,离琅玕约有二十多里,那里山青水秀,碧树成荫。又值春气融融、百卉争妍的当儿,但见遍地山花照眼,绿波涟漪,云影婆娑,花香馥郁,流泉玲琮。行人到了这里,真要疑是身入了画中哩。刘基也爱灵岩的风景清幽,一时贪玩山色,徘徊了一会,已是倦鸟归林、红日西沉了。灵岩本是处州著名的胜地,春秋佳日,士大夫提酒登临、凭吊古迹的很是不少。刘基见游人纷纷散去,才觉得时候已晚,只得舍了佳景,慢慢地走回去。可是走不上十里,天便昏黑下来,幸得

第十六回　成双偶还珠入椟　学六韬投笔从戎

微月在东，略略辨得出路途。刘基因归意匆匆，却错走了一程，举头四望，见一片的荒地，青冢累累，鬼火磷磷，不由得心慌起来。

正在遑急时，远远瞧见人家的住屋，那灯光从门隙里射了出来。刘基这时好似得着了救星，三脚两步地向那所房屋走去。到了面前，就月光下看去，却是竹篱茅舍，双掩柴扉。听得里面磨声鹿鹿，灯光便自柴扉中吐出。刘基待上前叩门，忽听屋内有人问道："外面来的可是刘伯温吗？"伯温见问，不觉吃了一惊，忙回答道："在下正是刘伯温，不识高士怎样知道的？"说犹未了，柴扉"呀"地开了，走出一个老儿来，笑着说道："我在十年前已经算定了，相候已多时了。"说罢，仰天大笑，弄得个聪明绝世的刘伯温，简直是丈二和尚摸不着头脑了。那老儿便迎伯温进了草堂，早有小童献上茶来。老儿让伯温坐下，伯温一面接茶，便躬身道："敢问仙丈高姓雅号，何以晓得贱名？"那老儿笑道："山野村夫，与草木同腐，本不必有姓名，不比相公，少年名书金榜，谁还不知我们处州有位刘伯温呢？"老儿说时，形色十分谦慕，打动了伯温好胜之心，脸上便露出骄矜的颜色来，口里谦逊道："承仙丈的谬奖了。"老儿笑道："今天贤者下临敝庐，也可算得蓬荜生辉。"伯温道："这是仙丈的推崇，但小可此刻因贪游灵岩，回去天晚，误了路程。日暮途穷，要求仙丈这里打扰一宵，未知仙丈可能见容？"那老儿大笑道："我刚说相候多时了，正希望相公的大驾见顾呢。"

伯温见老儿说话迷离惝恍，方待要问个明白，不曾启口，那老儿却继续说道："刘相公才广学博，方才从灵岩回来，那灵岩的古迹里面，有一座蝴蝶冢，不晓得它建自什么年分？是怎么一回事？老汉怀疑已十多年了，万祈指教。"伯温听了，一时回答不出，嗫嚅了半晌，勉强说道："那蝴蝶冢小可也尝听人说过，有的谓是庄子的化身,其实这一类古迹遗事,谁也不能证实它,无非是前朝好事文人弄的玄虚罢了。"那老儿见说,不禁正色道:"这是什么话,只怕未必如尊意所说呢!"

伯温那时知道老儿有心难他,便寻思道:"等我反难他,看他怎样。"想着忙拱手道:"依仙丈所论,谅来定有根据,敢请见示。"那老儿仰着脖子,微绷道:"讲起那蝴蝶冢来,老汉倒略知一二。什么庄子化身,都是一种推测之辞,况那冢的年代,也不至于这般久远。考这蝴蝶冢由来,是唐天宝年间,宫廷之乱,廷臣梁诗祯株连被诛。诗祯的爱姬蝶奴,也服毒身殉。她死后遗书,自述是本城人,指名要葬在灵岩下。诗祯的家属敬她贞烈,真个运柩回来,替她瘗在岩下,成了她的志愿。那冢的面前,镌着一块碑道:烈姬蝶儿之墓。后人因碑淹没,误传为蝴蝶冢。老汉记得那蝶儿冢墓碑的后背,还镌着一首歌词,很觉哀艳。老汉听人谈着,也就把它记在心上。想当日定也传诵一时呢。"说罢,便念那首歌辞道:

> 禁阙变万炽,强弱自残折。意气许与分君臣,忠心欲奋秋阳烈。摧躯抉股同死君,轰轰义烈薄天云。后人重死不重节,暮楚朝秦何纷纷。蝶儿感恩乃至尔,吁嗟万云不如斯。灵岩山高江水寒,孤冢茫茫历万劫!魂兮不灭,翩翩落花飞蝴蝶。草青膏,山冷冷,犹见山头流水碧。

那老儿念罢,瞧着伯温大笑道:"这不算是最近的事迹,相公却不曾弄得清楚,休说是三坟五典,八索九丘了。"说着又一阵地狂笑。伯温自觉惭愧,那脸上不禁红了起来,当下便起身向那老儿谢过。那老儿捋着银髯微笑道:"孺子可教,老汉和你说

第十六回　成双偶还珠入椟　学六韬投笔从戎

明了吧！"

于是，那老儿自己说是叫作胡光星。还对伯温说："十九年前，曾替人点过龙穴，现今国家将大乱，真主已出。要想选择一两个人材，传授自己的衣钵。所以我待此十年，终遇不着有根器的人。"那胡光星一头说，去里面取出一册书来，递给伯温道："老汉行将就木，留着也没有用。今天和你相逢，也是前世有缘，你拿去勤习，不难做辅弼良臣。"伯温听说，接书随手翻了一遍，见书中六韬三略，行军布阵，定乱治国的道理，无不齐备。伯温大喜，忙收了书向胡光星拜谢，并称他做了老师。伯温又问真主在什么地方。胡光星答道："今日已晚，明天自然告诉你。"伯温称谢，这一夜就在草堂中宿歇。伯温因心上有事，翻来覆去地睡不着。远远的村鸡初唱，伯温正朦胧睡去，忽听胡光星大呼道："皇帝来了！"伯温大惊。

要知皇帝来也不来，且听下回分解。

第十七回　采石矶前擒敌将　兰陵城下败雄酋

却说刘伯温听得胡光星说皇帝来了，便从睡梦中惊醒，慌忙披衣起身，手忙脚乱地走了出来。只见草堂外面静悄悄的，并没有什么皇帝。不觉很诧异地问道："皇帝在哪里？"光星指着门隙里的阳光说道："那不是皇帝吗？"伯温见说，只当他是闹玩笑，便点了点头。胡光星也不再说，只催着伯温快走。伯温便辞了光星走出茅舍，光星却嘱咐道："今日一别，有缘的五年后再见。"伯温说道："我师将往何处？"光星叹口气道："行踪无定，到了那时再谈吧！"后起刘基辅助朱元璋，被陈友谅困住。正在危急的当儿，忽然空中来了三枝袖箭，把敌将射死。小卒拾了那箭来看时，矢上刻着"胡光星"三个字。伯温吃惊道："吾师来了。"忙令人去找寻，却不见胡光星的影踪。再一记年月，整整的五年多了。伯温也叹道："吾师已经到过了，他不愿和我见面，不必强为。"当下望空拜谢了，这是后话不提。

再说刘伯温别了胡光星，回到家里，把那册所授的书尽心学习了三年，也无心去进取功名。这三年里面，居然学得上知天文，下晓地理。元朝都督察木儿不花，闻得伯温的才名，尝着人去邀他出山，伯温只是不应。就是徐寿辉和方国珍，也曾致聘伯温，伯温被他们纠缠不过，索性弃家出游去了。伯温一路留心着

第十七回　采石矶前擒敌将　兰陵城下败雄酋

真主，猛然地想起他师傅胡光星，在茅屋中指着阳光说是皇帝，真皇帝莫非在濠州吗。因濠州古名朝阳今凤阳是也。于是伯温一心往濠州来投奔朱元璋，在路上又遇见了宋濂和章溢、叶琛等，讲起了朱元璋，都说他爱贤如渴，确有人君之度。伯温听了，志意越发坚决了。

刘基等四人到了濠州，朱元璋已出兵走远，由叶琛、章溢来见汤和，汤和忙写了荐书，叫两人去定远晋谒元璋。元璋接着大喜，便亲自写了聘书，备了一份厚礼，令人到濠州来请宋濂和刘基。那宋濂应命往定远，只有刘基却不去。朱元璋知道刘基与别人不同，就命宋濂和胡大海代表着自己来请刘基。第一次上，被刘基拒绝不见，再来又值刘基出去了，恼得胡大海性发，在刘基的门前拍着手大骂起来，慌得宋濂再三地把他劝住了。到了第三天，宋濂和大海又来馆驿见刘基，那大海便大步走上去，将馆驿门打得擂鼓似地。吓得馆童死命地把门拴上，任你打门打得震天价响，只是不开。胡大海顿时愤不可遏，高声骂道："那酸骨头是什么东西，便这般地搭着鸟架子，等俺去一把抓他出来！"说罢拔出了腰刀，望门上直砍入去，宋濂忙阻拦道："主公怎样吩咐着的，你却这样野蛮，把刘先生恼走了，拿什么话去回复主公呢？"大海见说，才插了腰刀气愤愤地道："那么你去见他去，俺可等得不耐烦，先要回去了。"宋濂没法，只得由他去，自己便再来见刘基。呈上聘书和礼物并说了来意，刘基说道："承主公垂青，自当应召。但目下还有些小事儿不曾料理着，烦足下略待几天。"宋濂听了，暗想你倒好放刁，咱们四个人一块儿来的，你偏要人家一请再请，还不肯就起身，却等到几时去，怪不得胡将军要抓你去了。宋濂寻思了半晌道："朱公闻得你名，十分渴想，急于要和你相见。所以令我几次前来，我已着胡大海将军先回去通知了，怎好再挨延时日，使朱公在那里盼望呢？"刘基见宋濂说得有理,便答应次日起程。

第二天,刘基果同了宋濂到定远来见元璋。既到了定远,元璋听得刘伯温来了,便亲自和徐达、常遇春、李善长、花云、华云龙、邓愈、叶琛、章溢等一班文武将领出城迎接。刘基远远见城中拥出一队人马,旌旗招展,刀枪鲜明。马上的诸将个个威风凛凛,正中的一人生得龙眉凤目,熊腰虎背,器宇不凡,知道是朱元璋亲自出城来了,忙立在道旁,由宋濂上前禀白。元璋便跳下雕鞍,诸将也纷纷下骑。刘基过来谒见了元璋,只长揖不拜。元璋大喜道:"得刘先生来此,真是三生有幸了。"刘基也谦让着。元璋叫备过马匹,和刘基并马入城。诸将也上了马,一路护拥着进城。到了定远馆署前下马,元璋邀刘基进了大厅,分宾主坐下。叶琛、宋濂等分坐下首,诸将却旁立在阶下。元璋便说起了诸多仰慕的话,刘基也自谦了一番。两人渐渐讲到了政事,刘基却对答如流,把个朱元璋乐得心花怒放,连连赞叹不绝。

这时东廊下走出了胡大海来,瞧着刘基笑道:"主公那样地看重他,俺只当他有三头六臂的,原来也是个穷酸腮子儿,叫他来有甚用处,值得这般恭敬!"这几句话,说得厅上下的文武将领都忍不住笑起来。元璋勃然变色,大喝道:"你这黑厮懂得甚事,还不给我退出去。"大海见元璋发怒,回身伸了伸舌头,走向外面去了。那大海恨着刘基在濠州不肯出见,所以元璋和众人出城去接刘基,独大海不去。及至见了刘基是个书生,大海越瞧不起他了,一时忍耐不得,从廊下走出来讥笑他几句。刘基听了大海的话,心里自然不高兴,大海被元璋喝退,也有些不服,这是大海和伯温始终不睦的起点。

其时元璋和伯温谈得很是投机,元璋便请教定天下的方略,刘伯温说道:"金陵有王气,取了它作为基础,然后一鼓下西南,天下不难定了。"元璋也笑道:"先生的意思,正和我相同。"说

第十七回　采石矶前擒敌将　兰陵城下败雄酋

着便命摆上筵席来，和伯温对饮，徐达等诸人便都散去。只有一个沐英随侍元璋的旁边。元璋和伯温直吃到鱼更三跃，共入署后安息。

两人连饮了三天，到了第四日，忽然颍州的刘福通遣了使臣前来，并有诏书封朱元璋做大元帅，徐达、常遇春做了左右都督，得专征伐。那刘福通是什么人？怎样好下诏书呢？

当元顺帝至正九年时，有一个栾州人名韩山童的，倡起白莲会，纠那些愚民入会。韩山童本习些左道旁门的邪术，替人符箓治病，很有点小验。无识的乡民奉他做了神佛，百般地崇拜着。这样的韩山童的势力渐渐膨胀起来，凡河南江淮一带，徒众已有两三万了。山童见势日大，便和党徒王显忠、罗文素、刘福通等一班人连夜举义。山童自称是宋代皇裔，建号宋帝。元朝都指挥兀脱帖本儿领兵征剿，一战便擒了山童。刘福通却负山童的儿子林儿逃到河南。那里白莲会的党徒原很不少。福通便号召起来，竟得了四五万人。当时竖起大纛，占了亳州，奉韩林儿做了小明王，国号仍称为宋，建元叫作龙凤。刘福通挟着宋朝的名称，四处去招附着盗寇，凡当时争天下的群雄，都经福通加着封典，一时也有受他的，也有拒绝的，一般草寇归顺他的最多。这时，刘福通的使者到了朱元璋那里，诸将把伪书读了，一齐好笑起来。元璋就把这件事去和刘伯温商议，伯温说道："主公既和群雄角逐，何必要去依赖他人。"元璋点头道："这话不差。"正要打发使者把伪诏退回，只见常遇春进来道："主公独力举义，羽翼还不曾丰足，今趁着刘福通来修好，不妨受了他的，虽不见得有益，做个声援也是好的。"元璋见说，不觉笑道："他能够给我们利用，就名义上附了他！只要根本没有损益，也未不可。"于是令款待刘福通来使，受了他大元帅的诏封，着军中一例称龙凤年号。诸将得了这样的命令，个个不服，来禀元璋道："韩林儿是个山野的牧竖,怎样去附顺他起来。"元璋说道:"林儿出身微贱我也晓得的,不过他现下袭着宋朝的大名,天下人心向宋却不辨真伪,我们也借这个名目,做事容易一点的意思,并非有心去归顺他。"众将听说,这才没有话说。

当下元璋听了刘基的规划,先从东南着手。那时要待渡江南下,却没有船只,就去拘些民船来也载不了多少兵。元璋的心上很觉得懊恼。正在这当儿,忽有水寇廖永安和兄弟永忠、首领俞通海、通渊兄弟等领着部众,来投诚元璋。那廖永安和俞通海等是巢湖著名的大盗,手下有六七百艘战船,二万多名健卒,屡次和元兵为难,官兵见他们很害怕。其时元廷的副元帅朵察耐督着五万水师,收守了湖口。廖永安、俞通海等久困湖中,食粮渐尽,想去劫掠,只是冲不出那口子。廖永安和通海计议以这样地困下去,只有束手待死。若要解去那重围,须陆上援兵从外面杀入,里面水兵杀出,两下夹攻才能成功。但算来算去,惟有朱元璋的声势最大,兵力也充足,距离又甚近,应援比他处便利。故廖永安和俞通海议定,决定来归附元璋,求他前来解围。主意打定,廖俞两人便悄悄地从水口逃出来谒见元璋。元璋问明了来历,便微笑着对徐达说道:"廖永安前来归我,也是求我救应的意思。然我这里正缺乏水军和船只,大可以将计就计,顺势渡江不是一个好机会吗?"徐达也很赞成。元璋便吩咐廖永安、俞通海,约定了日期,并力合攻官兵。

到了那天,元璋亲率兵马,和徐达、常遇春、胡大海、花云等一班战将,拜刘基做军师,星夜来袭取湖口。元将朵察耐只防着湖中的盗寇,却不曾留心背后的来兵。元璋军马杀入,一声暗号,廖永安、俞通海领着部下水盗奋勇地杀出。朵察耐哪里抵挡得住,被元璋的兵马杀得大败,各自奔逃,朵察耐几乎给胡大海捉住。这一场好杀,弄得元兵魂丧胆落。元璋既打败元兵,便传

第十七回　采石矶前擒敌将　兰陵城下败雄酋

令兵士们且沿江屯住，一面令廖永安调齐战船准备应用。廖永安便集了船只回报元璋，元璋着廖永安、永忠、俞通海、通渊领了湖中原有水兵引道做先锋，自己和刘基、徐达、常遇春、胡大海、华云龙、花云、邓愈等率着军马，纷纷登舟在后扬帆进发。船到了半江，元璋下令道："我军此次名为追袭元兵，实在元兵早已走远了。现在的方向，咱们不如先破牛渚矶；牛渚矶一破，那采石矶就不难得了。这个地方都是江中的险要，我们军马渡江却不可不争。"元璋话犹未了，俞通海应声道："某愿去攻采石。"元璋点头道："你去也好，须要小心了。"通海答应着，一手挥动大旗，一手提了大刀督着兵士前进。

那时江流湍急，船在水上好似射箭一般。通海仗着深知水性，挺立船头，直望那采石矶驰来。讲到采石矶的地方，似一座险峻的小岛矗立江中，高出水面约有两丈光景。元将朵察耐在湖上败走后，却来守着这采石矶。他远远望着元璋的兵马驾着大船向矶驶来，便喝令军士放箭。俞通海两番进攻，都被箭射退。那廖永安和弟永忠，因新降元璋，急要立功，便也驾大舟尽力地来攻采石矶，也给朵察耐射走。这时元璋领着众将去夺牛渚矶，矶上还不到三百个人马，徐达和常遇春杀上牛渚矶，把几百个兵士杀得四散逃走。元璋得牛渚矶，留华云龙守着，自己和常遇春等督着人马，并力来取采石矶。那时矶上矢石和骤雨一般，兵丁没一个敢上前。常遇春在船头上大叫道："看俺来争夺头功！"说罢，便挑选了二十个健卒，手里各拿着铁盾，驾了一只小舟飞奔到了矶下，遇春便耸身一跃跳上矶来。不期那朵察耐的副将别也瞧见遇春上矶，觑得亲切，一戟向遇春头上刺来。遇春忙把盾去护时已来不及了，那枝戟恰巧刺在发髻上，戟上有钩，将遇春发髻钩住。别也尽力一提，遇春两脚离空，险些被他牵倒。正在危急万分，遇春忙把短刀望自己的头上削去，竟连发髻和顶肉一齐削落。遇春也不顾痛疼，便仗刀来奔别也。别也大惊，措手不及，给遇春奋勇砍倒，后面兵丁也蚁附上矶。徐达、胡大海、花云等纷纷随上，大家一阵地乱杀，元兵慌得走投无路，落水的也很不少。朵察耐立脚不住，领着三四十人逃到一只小船上扬起布帆，投奔金陵去了。

　　元璋得了采石矶，连夜进兵太平。廖永安和俞通海在采石矶未曾立功，又来讨令攻取太平。太平守将陈野先和他儿子兆先亲督军士死守。牙将方荣进言道："朱元璋来势甚大，孤城死守也不是久计，将军何不前去诈降，理应外合，自然一战成功。"野先称善，便同了方荣来元璋军前请降。元璋大喜，收了降书，约定明日进城。野先退出，暗下使人去报知兆先，叫他随机行事。野先走后，刘基密对元璋道："野先说话时双眼灼灼不定，恐他是一种诈降，主公须要防备。"元璋说道："我也这般想，先生可有什么妙计？"刘基便附着元璋的耳朵道如此如此。元璋大喜，立刻召常遇春、胡大海、花云、缪大亨、吕怀玉、耿炳文等入帐授着密计去了。又令俞通海、廖永安等暂缓围城，把兵马退下十里，明天听得炮响，便回兵杀来，廖、俞两将领令自去。

　　第二天上，陈野先和牙将方荣来请元璋进城安民。元璋自和徐达、刘基、李善长、郭英、郭兴、邓愈、方刚、常遇春、沐英等一班人，同了陈野先、方荣并马望太平城来。看看将到城下，早见吊桥放下，城门大开。这时元璋忽然变色向野先喝道："我倒诚意待你，你怎么却来暗算我！"野先见说，大吃一惊，知道事已泄露，正要去拔佩剑，郭兴、郭英已把野先获住。方荣忙仗刀来救，背后被邓愈一枪刺落马下。沐英从怀里掏出信炮来，燃着"轰隆"的一声，只听得鼓角齐鸣，常遇春、胡大海、花云、吕怀玉、耿炳文、缪大亨等分四面杀出，都来抢城。野先的儿子兆先见城下有变，晓得元璋不是单身进城，忙唤起伏兵来关城

第十七回　采石矶前擒敌将　兰陵城下败雄酋

门，一时哪里还关得上，常遇春、胡大海、花云、缪大亨四骑马争先进城，劈头碰着副将王贲，手挥大刀拦住去路。常遇春挺枪直刺，王贲仗刀接战，胡大海随手一斧把王贲劈落下马。兵丁呐喊一声，随着遇春、大海等拥入城去。

陈兆先见不是势头，领了败兵开了西门逃走。不提防俞通海和廖永安率兵杀到，把兆先围在垓心。兆先部下猛将张均，大喊："兵丁们跟咱杀出去！"便仗着一根梨花枪，飘飘地杀开一条血路，救了陈兆先落荒而走。俞通海不舍，从后紧紧地追赶。张均和兆先渐渐走远，看看将要逃脱，通海十分恼恨，挥动部卒狠命来追。兆先、张均正向前奔走，猛听得斜刺里大叫快擒陈兆先，一队兵马当头拦着去路。马上两员小将，正是方刚、沐英奉了元璋的密令，在这里守候。恰好遇着兆先，二人便双双取兆先，张均忙上来敌住方刚、沐英。后面俞通海杀来，廖永安和弟永忠也领兵杀到。陈兆先背腹受敌，无心恋战，只夺路逃命。沐英、方刚双战张均，又加上一个俞通海，张均虽然力猛，也有些遮拦不住了，那通海的兄弟通渊舞着钢叉来助战。张均一个失手，被通渊一叉搠在股上。张均弃了枪，拔出剑飞身砍去，把通渊一剑斩落头颅。通海见兄弟被杀，恼得眼中火星四冒，大吼一声，提起宣花斧拼力望张均砍来，张均一口剑方御着方刚、沐英两般兵器，再无暇顾及通海。看看斧已到头顶，只好闪身让过，通海却用力太猛了，把张均的坐马砍做两截。张均失了马，翻身落地，沐英、方刚双枪齐下，张均拨开方刚的枪尖，被沐英一枪刺进左臂，通海顺手一斧，把张均连头夹肩劈去了半爿。

三人杀了张均，回马来帮着廖永安，围住了陈兆先。兆先见四面都是敌将，谅来不能脱身，便拔出剑来望脖子上只一抹，猩红四溅，尸身从马上堕落尘埃。通海等杀散元兵，奏着凯歌回到太平城来。这时元璋、徐达、刘基、常遇春等已进城出榜安民。

通海献上张均的首级,并说通渊阵亡,元璋很为叹息,命军中设起祭桌,供上张均的头颅亲奠通渊,大哭了一场,诸将在旁也无不感泣。这时廖永安也来献俘,呈上陈兆先的头,那陈野先已降了元璋,一见他儿子的头颅,不觉痛哭起来。所以到了后来,野先终叛了元璋。

其实元璋得了太平,便令野先、吴祯驻守,自己来夺取金陵。那金陵是江南要区,元朝派有重兵镇守。都督赤福寿拥兵坐守内城,外城是采石矶败走的朵察耐守着。朱元璋兵到城下,朵察耐一面去报知赤福寿,一面和兵丁上城守御。赤福寿得着了消息,亲领着五千名飞虎兵开城来和元璋交战。讲到那赤福寿,原是顺帝的族叔,也是元朝著名的良将,使着一口百二十斤的九环大刀,轮动如风,平常的战将休想近得他的身,大有马前无三合之将的气概。第一天元璋出兵和赤福寿交战,被他杀得大败。

元璋收兵回营,便和军师刘基商议。刘基说道:"主公要破赤福寿,须先剪除他的羽翼,金陵就一鼓可下。"元璋很以为然,当下分兵一半,命徐达带领郭兴、郭英、胡大海、廖永安等进取镇江,这里仍把金陵团团围住。徐达兵连得了镇江、江阴,大兵直捣兰陵、常州。那时泰州的张士诚已破了平江、湖州、兰陵诸郡,兵威大振。那守兰陵的是士诚兄弟士德,能使独脚的铜人,凶猛异常。徐达兵至兰陵,和士德连见数阵,两方都有死伤,不分胜负。徐达愤恨交并,便设下一计要杀败张士德,夺取兰陵。

不知徐达破得兰陵否,且听下回分解。

第十八回　九江口火烧陈友谅
　　　　　　白龙潭水淹张士德

　　却说张士诚陷了松江等郡，袭取兰陵，命兄弟张士德为大都督在兰陵驻守，兰陵就是现在的常州。士诚却在泰州自称为诚王，泰州名定于南唐，即今之淮扬道。徐达得了镇江，便来攻常州。张士德听得徐达兵到，亲领了健卒出城抵敌。士德的为人悍勇无匹，初和徐达对仗，就舞着独脚铜人大呼陷阵，徐达这边胡大海、郭英、郭兴、廖永安四个敌住士德，士德把铜人使得呼呼风响，连水也泼不进一点。五人斗了有二十余合，士德性起，右手舞着铜人，挡住了四般兵器，左手悄悄地去抽出铜鞭来，只是一鞭正打在廖永安的背上，打得永安伏鞍败走。郭兴心慌，手指已给士德打着，弃枪回阵。郭英、大海敌不过士德，方要退下。恰好徐达见四将败了两下，深恐有失，忙鸣金收兵。郭英、大海弃了士德便走。士德乘势把铜人一挥，兵士掩杀过来，徐达挡不住，也只有败走。士德追杀一阵自回，徐达收了败军退十里下寨。这一场的厮杀，算明军和诚兵第一次交手。

　　徐达因这天战败，心上闷闷不乐。到了晚上，便独背着手巡视兵士们的营帐。走出营门，但见一轮皓月当空，天街如洗，万籁无声。遥望兰陵城中，火光烛光犹若长蛇，刁斗声叮哨不绝。徐达不觉叹口气道："素闻张士诚有个兄弟张士德，十分能兵，今日果然不虚。"正在叹着，忽见郭英领了十名小校，掌着灯巡查过来，瞧见徐达一个人立在那里，便问："主将还不曾安息吗？"徐达摇头道："劲敌当前，如何能够安睡？"郭英低声道："末将正为这件事要和主将商议，请到帐中再说。"徐达听了，便握了郭英的手同进中军帐坐下。徐达先说道："我自随主公征战以来，戎马七载，从未有今天这样的大败，说起来真也惭愧。不知郭统带可有甚妙计去破得士德？"郭英答道："本将听说张士德的为人，性急暴戾，往往无故鞭挞士卒，所以部下离心。现有士德的亲随四名，到末将处来投降。据他们说，士德所持的就是独脚铜人，只把他这处兵器盗去，自然容易对付了。依末将的愚见，重赏那四个亲随，着他们混进兰陵盗了士德的兵器，便在那里放起火来，只说敌兵杀进来了。这样的一闹，城中必定自乱，我们趁势攻城，士德也不难受缚了。"徐达见说，不禁惊喜道："果有这事吗？那是天助我了。"当下令郭英唤过士德的四个亲随来，用好言抚慰了一番，叫他依计行事。并约定三天内若城中火起，便领兵攻城。那四个亲随去后，徐达又各营瞧了一转，才回帐带甲假寐。

第二天上传令进兵，到了城下却不和士德交战，只是坚守不出，士德虽裸衣叫骂，徐达命将士不许理他。看看天晚下来，徐达着郭英、郭兴、胡大海等不得卸甲，以便随时攻城。廖永安因被士德打伤，卧病后帐。徐达使他兄弟永忠去服侍永安，不必参与战事。这一夜，徐达眼巴巴地望着天明，见城内没甚动静，日间就帐中安息。第二晚又照样望着，天将四更，仍没一点影踪。徐达自己也有些困倦，便令军士去更番瞭望。这时徐达回帐伏在几上正朦胧的当儿，耳边听得画角鸣，喊声连天。军士来报城中火起。徐达便直跳起来，下令军士火速攻城。

原来士德的四个亲随奉了徐达的密计，偷进城去。第一天却

第十八回　九江口火烧陈友谅　白龙潭水淹张士德

得不到机会，第二天就混入士德的署中，好在士德那里的亲兵护卫都认得的，大家并不疑心。四人中有一个和卫兵要好的，便去和一个卫兵商量，许他厚酬。到了三更时候，待士德睡着了，那卫兵把士德的铜人捐了出来。但一时无处安放，又不能拿出署去，五个人舁着铜人，去抛在署后的枯井里，乘间在马棚的草料堆上放起火来。一时火光冲天，署中大乱，那个卫兵和四个亲随，从署后直奔到前厅，口里大叫敌兵杀来了。士德从梦中惊醒，仓皇寻不着他的兵器，赤着足跑出了大堂，一眼瞧见自己的亲随四五人在厅前喊着敌兵杀来，知道内里有奸细，就飞身过去把手去抓，一手一个捉住了两人，随手往地上一摔，早给他摔死，一个连头也被他摔断了。还有两个亲随和那卫兵慌忙逃了出去，沿路去散着流言。这里士德怒气不息，一面令吹角集队，自己去找了一把大刀，亲来督率兵丁守城。

　　城外的徐达听得城内的角声，晓得士德没有防备，忙迫中在那里齐队，于是催促军士并力攻打，不到一刻，郭英的部卒已打进了西门。胡大海也奋勇上了南门的城墙，兵丁们随后跟了上去，西南两门大开，徐达和郭兴分兵两路进城。士德的军马四散奔逃，互相践踏，城内立时纷乱，喊杀声震天。士德却领着健卒三百名到西门来阻挡，不防南门徐达杀到，士德背腹受敌，只得带了十余骑杀开一条血路，望北门逃走去了。徐达也不去追赶，着兵士救灭了余火，出榜安民。胡大海、郭兴、郭英都来报功，共夺得器械数十车，俘卒六百名，首级三百多颗。那做内线的四个亲随一个卫兵，五人中被士德摔死两个，一个死在乱军中，只剩一个亲随和那卫兵。两人来见徐达，徐达重赏二人。那卫兵不愿受赏，但求收录帐下。问他姓名，说叫赵得胜，徐达立给他做了队长，赵得胜叩谢退去；那个亲随也领了赏去了。徐达既下兰陵，飞马去报知元璋。

这时元璋也攻破金陵，在城中安民了。但那金陵城池巩固，更兼有赤福寿的智勇，怎样会给元璋攻陷呢？那是刘伯温军师的计划，叫军中捏造谣言，只说张士诚袭取濠州。元兵得着这个消息，便来报给赤福寿。朵察耐听了大喜道："濠州是朱元璋的根本，他将领家属也在都那里，若张士诚果然去攻濠州，元璋非渡江回兵救援不可。咱们乘他退兵的当儿，并力追杀他一阵，令他一个片甲不还。"赤福寿见说，也觉得有理，传令兵士们预备追剿敌军。那朵察耐便不时上城，亲自来嘹望元璋的兵寨。到了第四天上，见元璋的兵马一个个身负行装，似要起程的样儿，忙来见赤福寿道："朱元璋的营垒已拔，只怕今夜还要潜行渡江呢！"赤福寿道："元璋平日诡计极多，咱们且看他真个退兵了，再引军去追去不迟。"朵察耐唯唯退出，私下和军士们说道："敌兵受后方的牵制，已无心恋战，此时若出去杀他一阵，包管他们抱头鼠窜。不过老王爷胆小，只恐错过机会。敌兵一过江，那就完了。"兵士们听说，大家摩拳擦掌地要去厮杀。

看看天色晚下来，这里刘伯温便点鼓传将，命常遇春、花云、缪大亨、吕怀玉、俞通海、沐英、邓愈、郑遇春一班战将进帐授了密计，只留耿炳文、方刚等护卫中军，余下都遣发出去。伯温调度停当，自己和元璋、李善长等拔寨起行。城内朵察耐望见，竟去报知赤福寿，领兵欲去追赶。赤福寿阻住道："你在这里守住城池，待咱出兵去追，以便看风做事，免堕他的奸谋。"朵察耐听了，满心地不乐，又不好违忤，只好领命自去守城。

当下赤福寿自引了五千名飞虎兵出城，尾随朱元璋的兵马。他想待元璋兵马一半渡江时才去痛击，使他们首尾不顾，自然大获全胜了。谁知元璋领兵到了江口，便下令道："我们现在前当大江，既没渡船，后面又有追兵，进退同一是死，不如回去和他拼个死活，绝处逢生也未可知。"兵士们听了，齐声说："情愿死

第十八回　九江口火烧陈友谅　白龙潭水淹张士德

战！"元璋大喜，即命前队改作后队，呐喊一声望着元兵冲杀过来，竟是以一当十。飞虎兵哪里挡得住，纷纷地向后败退。赤福寿还不知是计，只当敌兵被迫得急了，是困兽犹斗的意思，所以力喝着兵士不许倒退，并斩了两个队长，却一点也不见效，那敌兵似潮涌般冲杀过来。赤福寿也立脚不住，下令且战且走。才走得半里多路，猛听得一声炮响，元璋的兵马大队杀到，左有常遇春、吕怀玉，右有缪大亨、花云，背后是邓愈、郑遇春杀来，前面朱元璋亲自督同方刚、耿炳文奋勇冲锋，赤福寿四面受敌，五千飞虎兵不待军令，早已大败，各自奔逃。赤福寿大怒，挥着大刀狠命地杀出重围，那面的兵马又围了上来。杀退一重又一重，左冲右突只是杀不出去。

正在危急的当儿，忽然一彪人马杀到，却是朵察耐领了倾城的兵马来救赤福寿。赤福寿惊问道："你如何得知俺兵败被围？"朵察耐道："刚才王爷着人来城下求救，命末将速来相援，故领兵到此。"赤福寿顿足道："这是贼人的奸计，你怎地相信他，咱们快回去保城要紧！"朵察耐听了，也有些心慌，和赤福寿合兵一起，飞奔地杀到城下，只听得那城上一声鼓响，火把齐明。沐英在城楼上大叫道："老王爷不必气恼，俺已占得城池了。"赤福寿大愤，待要令军士攻城，城中的俞通海已领兵杀出，后面朱元璋大军赶到，把赤福寿和朵察耐围在垓心。常遇春、花云等晓得赤福寿勇猛，却不来交战，只把他围住了。令军士们叫道："赤福寿快下马受绑！"气得赤福寿咆哮如雷，几次冲杀出去都被强弩射回。

天气已经发白，赤福寿已杀得人困马乏，浑身血染得里衣都红了，谅来不能脱身，便咬牙对朵察耐恨道："都是你这浑人弄坏的事。"说罢拔出剑来把朵察耐砍作两段。回顾士卒，剩得寥寥十余骑，飞虎兵是一个也没有了。赤福寿仰天长叹道："老臣不能尽心保国，今日惟有追随先帝去了。"说时泪如雨下，便高叫了三声"圣上"，提起龙泉向自己的颈上挥去，可怜一个赤胆忠心的老王爷，一缕忠魂望着阎罗殿上去了。

　　赤福寿既死，元璋令收拾余下的残兵，一面叫鸣金收军。却见赤福寿的尸身兀是坐在枣骝马上，手提着大刀挺然不倒。元璋也诧异道："好一个忠烈的老王爷，我这里兵马进城，断不扰害百姓，并将老王爷的眷属使人护送出城，命他们收葬老王爷就是了。"元璋这句话不曾说完，赤福寿的尸体便扑地倒了。兵士们都摇头咋舌，常遇春等一班将领无不嗟叹。元璋军马进城，安民已毕，请出赤福寿的家眷，告诉他们赤福寿已死节，就帮着他家眷们治丧，用王爷的衣冠盛殓了赤福寿，元璋还亲自哭奠了一番。着沐英护送赤福寿的灵柩和眷口出城，沿途的百姓和赤福寿手下的将校降卒，一齐来哭送，悲声遍野，无限凄凉。这种惨目伤心的景象，真令人看了泪下。

　　元璋得了南京，正在和诸将庆贺，忽警探报来，蕲水徐寿辉被部下沔阳人陈友谅杀死，友谅统其部众领兵东下，迭陷了安庆、瑞州，便攻破了池州，竟来袭取太平。太平守将陈野先和吴祯星夜差人到金陵来告急。元璋得了这消息，不觉大惊道："太平如其有失，江南都非我有了。"当下飞檄徐达，令他赶紧往援太平，元璋自己和刘基、常遇春等亲统大军与陈友谅交战。留花云和沐英暂驻守着金陵。

　　徐达得元璋的命令，叫俞通海屯兵兰陵，便领了郭兴、郭英、廖永安等兼程去救太平。第一次和陈友谅军马相遇，战得一个不分胜负。隔不几天，元璋的大军也到了。友谅的领兵将官傅友德听得元璋亲到，便退兵十里下寨。陈友谅这时已自号汉王，颁檄四方。他闻知朱元璋兵到，傅友德反退十里，不禁大怒道："友德难道有了异心吗？"当下不问皂白，把傅友德的兄弟友恩及

第十八回　九江口火烧陈友谅　白龙潭水淹张士德

妻孥第一齐绑起来杀了。友德在军中得知友谅杀他的兄弟家属，便大哭了一场，连夜领了部众来投诚元璋。元璋用好言抚慰友德，并授为都总官，友德本陈友谅部下骁将，既投了元璋，就各处招降同伴，三日中连降了龙兴、瑞州，又破了池州。

陈友谅闻报大怒，欲亲统大军，来和元璋交战。部将张定边在旁道："元璋声势正盛，若与他争锋，不如捣他金陵，令首尾不及相顾，可以不战自破了。"友谅大喜，于是调动军马，预备起艨艟大舰，顺流东下直扑金陵。那时花云、沐英又来飞报元璋。元璋和刘基商议，觉得不能不回援金陵，只得下令星夜驰归。又恐陈友谅派兵袭后，命傅友德埋伏在要隘，徐达压着大队，慢慢地退去。陈友谅部将罗文干果领兵来追，被傅友德大杀一阵，徐达又回兵杀来，罗文干大败逃去。元璋因急于去援金陵，仍令陈野先、吴祯等兼守太平及龙池诸州。吴祯的兵力太薄，不上几天，龙州等先后被罗文干夺去，只死力保住了一个太平。

元璋兵还金陵，但见陈友谅战船盈江，旌旗蔽空，兵容很为壮盛。元璋大惊道："友谅军盛如是，我们怎样抵敌？"帐下兵士议论纷纷，有的说不如出降友谅，再图机会。胡大海大叫道："俺和主公东征西伐，从未折过锐气，怎么为了一个渔牙子却吓这般光景？你们只顾去降，俺却情愿战死的。"说罢便要领了五十名健卒去和友谅交锋。徐达、常遇春忙来劝住大海，并剑斩了几个说投降的兵士。徐达提了头颅，向军士们宣示道："谁要再说降的，就照这个模样！"全军就此肃然，没人敢再提"投降"两字了。那时由徐达鼓励了将士一番，亲领了三千步兵，驾着大船来战友谅。两下里一接仗，友谅的舟大势重，顺水冲来，竟把徐达的船撞翻。幸得徐达换船快，逃了性命。元璋见己军不能取胜，心里十分懊伤。但那友谅这样地厉害，却是个渔贩出身，所以胡大海骂他是渔牙子。

陈友谅本是沔阳人，和他兄弟友信起初是捕鱼度日。后来因友谅凶悍，一言不对路，就和人刀枪相见。一般渔贩子们也强横不容易对付，只看见了友谅，大家都很惧怕他，情愿各事受他的指挥。友谅做了渔贩的首领，沔阳地方很有些势力。恰巧沔阳有个土豪张三，家里养着教师，专一在那里凌虐小民。一天友谅在酒楼上哄饮，张三也领了家奴来夺座头。两方各不相让，便厮打了起来，引得陈友谅性起，提刀砍倒了张三，杀败一班教师，吓得市上家家闭门。友谅见祸已闯大了，索性赶到张三家里，杀了他一门，劫了金银财物，同着兄弟友信带了五六百个渔贩来投奔徐寿辉。这时徐寿辉正和倪文俊、邹普胜等在蕲水起事。可是徐寿辉为人懦弱，倪文俊想刺杀寿辉自立为王，却被邹普胜得知，和友谅打退文俊，文俊便引了部下自去了。过不上几时，友谅与普胜结合杀了徐寿辉，推友谅做了主帅，居然也占城夺池起来了。

那时出兵夺了龙瑞诸州，友谅便自称汉王，统着大军夹取金陵，元璋出兵抵御，连败了几阵。元璋忧愁万分，刘基进言道："陈友谅精于水上行军，却不曾知道兵法，我看他出战终是横冲直撞。我军舟小，挡不住他的来势勇猛。现下要破友谅，只有火攻的办法。他船大身重，进退不便，一旦遇火，军士必然自乱。我军乘间进扑，足令友谅丧胆。"元璋大喜道："我也想到此计，但军师不言，我却未敢实行。"于是商议停当，先令常遇春驾着小舟，舟内藏了火种，迫及友谅大船，徐达、胡大海、廖永安等做了第二队，元璋自引大军在后接应。

分拨已定，待到黄昏时候，常遇春穿了一身水靠，手执着盾牌，领了五十名健卒飞驰到江面，直奔陈友谅的军中来。友谅因连日得胜，正和军将在大船上高饮，忽然东北风大起，把一面帅

第十八回　九江口火烧陈友谅　白龙潭水淹张士德

字旗吹折。友谅大惊，太尉邹普胜说道："天来示警，须防敌兵夜袭。"说犹未了，军士报有小舟驶近大船来了。友谅吩咐用强弩射去，谁知舟上兵丁个个仗着护盾，飞矢不能伤他。军士见小舟越来越近，又去飞报友谅。友谅其时已有三分酒意，只含糊说道："你们但提防着，不让敌兵上船就是了。"这句话才出口，猛听得来一声大喊，常遇春的小舟上，立时火发，仗着怒吼的东北风，望着友谅大船上烧来。霎时间火箭如雨，友谅的船上已经四处烧着，船上兵士大乱。太尉邹普胜，挟了友谅奔到后船，逃入小船中避火。这时徐达、胡大海、廖永安和元璋等两路兵马杀到。每一只船上，都把火箭射过来，友谅三百号大船差不多一半着了火了。十万士卒也无心恋战，只各顾着性命纷纷逃命，落水死的更不计其数，友谅部下大将张定边扬刀大呼，把战船锁链斩断救了友谅，驾着三十多只船，奔入鄱阳湖中屯住，检点人马，十人里死伤六七。只暂行休养，再图恢复。

朱元璋大获全胜，当下鸣金收军，命徐达、常遇春驻兵外城，元璋自己和刘伯温、李善长等引军还金陵帅府，正在大犒三军，警骑又迭二连三地报到，说张士诚令弟士德统兵攻打镇江。元璋就席上问道："哪位将军去援镇江？"胡大海应声愿往，花云也要去。恰巧常遇春来请命，元璋就令常遇春领兵，大海、花云为正副先锋，星夜领兵前去。常遇春到了镇江，见士德已将兵退去，在白龙潭下寨扼守。遇春相了地势，第二天传令，兵士各拿一沙袋应用。兵士们不知什么意思，又不敢不依，不一刻沙袋备齐，遇春便决水来淹士德。

不知常遇春怎样淹那士德，且听下回分解。

第十九回 六寸跌圆温香在抱
十分春色碧血溅衣

却说张士德屯兵白龙潭口,据着险巇,深沟高垒,足以自守。常遇春劳师远来,利在速战。倘日期一多,师老饷绝就不战也要自退了。这种计划,在士德是以逸待劳的意思,但常遇春也是历经戎马的将材,难道对于这一点也为不识吗?见了士德坚守不出,便在白龙潭的左右相度了地势,令军士各取了一袋沙土,悄悄跑到白龙潭的口上,把水道堵塞起来。那潭中水流本通着大江,水势十分湍急,一经被沙土堵住,立刻增涨得水高丈余。常遇春下令,兵士把沙土挖起,才得去一半,那洪波已是滔滔滚滚,似银河倒泻,奔腾澎湃,望堤岸上直淹上来。

张士德方自幸深得地势,不提防大水冲来,兵丁们连嚷着水来了,声还未绝,水已没膝,顷刻又及肩了。兵士纷纷避水,营中顿时大乱。张士德慌忙上马,水没了马腹不能策骑,又没有船只,正在危急的当儿,常遇春驾着十几艘战船,分作四路杀来。遇春部下副将张勇,首先驶进士德大营,士德正立马水中无计可施,一眼瞧见张勇的船撞入来,便在马上一跃登船。张勇挺戟来刺,士德让过,一手夺住张勇的戟,尽力一拖又一纵,只听得扑通一声,张勇已跌落水里去。士德仗着手中的戟,束迫着军士们驾舟。那些军士见主将已落水,也就呐喊一声,扑通扑通一个个

第十九回　六寸跌圆温香在抱　十分春色碧血溅衣

地跳到水里去了。那战船没人驾舵，就在江心中摆荡起来。幸得张士德是海上出身，他毫不惧怯地跑到船艄上，两腿夹住了舵柄，一手划橹一手打篙，竟望着岸边驶来。

那边常遇春、胡大海、花云领着兵士，纷纷杀入士德的营中。张士德的兵马一半死在水里，余下的都泅水逃命，谁还有暇来抗敌兵。只有张士德独驾一舟，看看离岸边有十几丈，胡大海却从斜刺里撞出，舞着大斧立在船头上来挡士德，士德忙用竹篙来驾，但听得啪哒的一响，竹篙已被大海削断。士德却执了断篙，在船头上面和大海战了起来。大海手下的兵士，大喊杀贼，一齐拥上去把士德团团围住。士德眼明手快，飞脚踢倒了一个兵士，随手夺了一把鬼头刀，恶狠狠地拒着大海，背后花云又驾了大船驶到，两员猛将双战士德。三个人斗了四五十合，士德因为器械不顺手，便虚晃一刀，夹着舵荡开船头，下橹疾驶，一转眼已离开大海、花云十几丈了。

花云对大海道："士德这厮果然骁勇，怪不得徐元帅说他有万夫之敌，今日见面，名不虚传。"大海道："那厮虽厉害，此刻孤身也狠不出来。况且又在水上，咱们趁这时擒了他，免得他再猖獗。"花云点头，两将就督促了兵士奋力划舟，飞般地向士德赶来。士德究属一个人，渐渐给大海追上。张士德大怒，咬牙横刀，奋身跳过大海的船头，一脚把大海踢倒，正要拿刀去刺，花云瞧见也忙跳过船来，挡住士德的刀锋，两人又在船头上厮杀起来了。大海也从船中翻身爬起，持刀望士德脚上便剁。士德慌忙跳开，恰巧花云那只空船驶近。士德耸身飞跃过去，两脚还不曾立稳，忽然斜港里驶出一船，向士德的舟上尽力地一撞，士德站不住脚，一跤跌入江中。船上一员将官，穿着一身的水靠，也噗地钻下水去，拖住了士德的衣甲，兵丁伸下拿钩把士德搭住，那将跳上船头，军士已把士德擒上船来。

花云和大海看那员将官却不是别人,正是水上骁将廖永安。原来军师刘伯温,恐士德勇健,常遇春兵力不足,所以令廖永安带领健卒五百名从水上来接应,正好遇春和士德开仗,花云、胡大海战不下士德当儿,廖永安率兵驶到擒住张士德。这时遇春已收拾了士德的残卒,会合胡、花两将。廖永安来谒见,献上敌将张士德,遇春大喜,上了廖永安的头功。把士德解上金陵,士德半途自刎而死。

这里常遇春下令进取常熟以及丹阳诸郡,不上半月,都一一收服。飞马报知元璋,回檄令花云留守镇江,着常遇春、胡大海、廖永安等出师太平,进夺池州。守池州的是陈友谅部将罗文干,听得常遇春到,一面报与陈友谅,一面却预备着出战。陈友谅闻朱元璋兵马又来挑衅,十分愤怒,便连夜和大将张定边、太尉邹普胜统兵五六万亲自救援池州。遇春见友谅势大,忙飞书向金陵告急。元璋接书,知道友谅卷土重来,非这次把他剿除,将来终是大患。当下命郭英、耿炳文、邓愈、李善长驻守着金陵。自己和徐达、刘伯温等兼程而进。到了池州,遇春、大海、永安等三人出寨迎接。元璋进了军营,问起陈友谅的情形。常遇春说道:"罗文干那厮倒不足虑,只是那个太尉邹普胜却很是悍猛。"元璋点头道:"待明天见他一阵,再定计划吧!"

第二天,元璋领兵出阵,左有徐达,右有常遇春,两旁胡大海、郭兴、吕怀玉、傅友德、方刚、沐英诸将一字儿排开。那边陈友谅也率着邹普胜、张定边摆着阵势。友谅一马飞出,大叫朱元璋答话。元璋便跃马出阵应道:"某就是朱元璋,不知你有甚话说?"友谅用鞭指着怒道:"俺与你并无仇怨,为什么几次来犯俺的疆界?"元璋大笑道:"天下是人人的天下,怎说犯你的疆界?那么你的疆界是从哪里来的?"友谅大怒道:"牧牛儿不识好言,谁给我擒来?"声未绝处,邹普胜应声出马,擎着九级的枣

第十九回　六寸跌圆温香在抱　十分春色碧血溅衣

阳槊，望着元璋直杀过来。元璋正待拔剑相迎，胡大海早已举起宣花斧，接住普胜交锋。那普胜一根槊，真是神出鬼没，大海已是累得浑身大汗，哪里抵敌得住。廖永安忍不住，也奋勇来敌住普胜，两人力战兀是遮挡不住。元璋在马上用鞭指道："普胜非一二人可胜。"说犹未了，常遇春、傅友德、郭兴、方刚、吕怀玉、沐英驰马齐出，八将战他一个。普胜拦挡不住，才扬槊荡开阵角，败回本阵。张定边又复出战，常遇春接着，两马相交，双枪并举，斗到五十余合不分胜负，邹普胜隐在门旗角里，拈弓搭箭，一箭向遇春射来。沐英眼快，大叫："贼人放冷箭！"常遇春忙低头，弓弦响处，将遇春寇缨射落。遇春吃了一惊，虚掩一枪，带马回阵。友谅挥动人马，一齐奔杀过来。

元璋败退十里，收兵扎营。当夜和刘伯温计议道："陈友谅虽不足畏，邹普胜却是一个骁将，须设法除他的羽翼，友谅就容易破了。"伯温笑道："主公要擒友谅，只在今夜。"元璋惊问道："何以见得？"伯温附耳道，只是这般做去，保你一战成功。元璋点头大喜，便召常遇春、徐达吩咐了几句，两人自去准备。又叫胡大海、郑遇春、廖永安、沐英等，也授了密计，四人去了。元璋自和伯温在中军帐坐待。

那陈友谅大胜一阵，收兵回去与诸将庆功。到了晚上，邹普胜献计道："元璋兵败，疑我胜后必然休息，决不防我相袭。现如领兵劫寨，或可擒得元璋，不然也使他知我厉害。"友谅连声道："妙！"于是令三军造饭，二更出兵，邹普胜自为先锋，人衔枚，马勒口，飞奔元璋寨中来。友谅率了部众做他策应。普胜到了元璋寨前，只见人马寂寂，刁斗无声，便和兵士喊了一声，拨开鹿角，冲进寨中，一眼瞧见元璋高坐帐内，秉烛看书，普胜一马当先，挺槊来刺元璋，不提防脚下一蹋，啪哒的一声，普胜连人带马跌下陷坑里去。普胜从坑中跃起，待要回身，拿钩已四面搭住，只一拖把普胜拖倒，赶过如狼似虎的兵丁，将普胜如缚猪般捆了，抬入后营。陈友谅随后进兵，不见普胜的动静，心上大疑道："莫非错走了路吗？"正走之间，忽听喊声大震，常遇春一军突出，把友谅兵冲作两截。郑遇春、徐达、沐英、胡大海、廖永安纷纷四面杀到。友谅大惊，慌忙鞭马落荒而逃。回顾从骑，竟不见一人，只有张定边紧紧相随着。徐达见友谅走远，令穷寇莫追，鸣金收兵。

元璋升帐，左右解上邹普胜。普胜大骂道："牧猪小儿，今日被你所擒，快杀了俺吧！"元璋笑道："你主友谅也不过是渔牙子，倒比牧猪的好么？我看你也是好汉，可惜明珠暗投了。你若归顺，我愿授你重职。"普胜冷笑道："你管我主是渔牙，俺只不降你就是了。"徐达在旁说道："这人倒是硬汉，成就你的志愿吧！"喝令推出斩首。元璋有些留恋，徐达道："此人终不肯服，留他做个后患，不如杀了的干净。"元璋不觉嗟叹了几声，命从厚安葬普胜。这里诸将都献功，元璋一一慰劳，命设筵庆功，一夜无话。

明日的清晨，元璋进攻池州，罗文干镇守不住，弃城逃走了。元璋得了池州，接连又攻下龙、瑞各州，兵至安庆，守将丁普郎竟举城出降。这时候陈友谅已领着家眷逃往江州。元璋进迫江州，两方面又在江上交战。元璋仍施故技，火焚友谅战舰，友谅大败，兵马死伤得几乎全军覆没。友谅仰天叹道："俺自起义到如今，身经百战，不料现在牧奴手里。"说罢大哭起来。大将张定边劝道："主公且勿悲伤，胜败兵家常事。咱们此番再入浔阳江，休养元气，徐图报复不迟。"两人正和楚囚似地对泣，忽地一枝流矢飞来，恰中友谅的额上，把眼珠也贯了出来，便倒在船上死了。张定边见友谅已死，也顾不得他的家属了，只抱着友谅的幼子逃向山中避难去了。

第十九回　六寸趺圆温香在抱　十分春色碧血溅衣

元璋得了江州，晓谕百姓们不必惊慌，并把江州粮仓打开，分给一般贫民，城内外欢声大震。其时廖永安绑了友谅的家属来见元璋，元璋检点人口，见大小共是七人。当下令传友谅的妻子罗氏上来。元璋拍案道："你夫屡屡引兵抗我，现虽兵败身死，似尚有余辜，你既被我所俘，还有何说？"说时回顾左右，取过乱兵所得的友谅首级，给罗氏验看。罗氏见了，已痛倒在地，她一头哭一头说道："妾夫已死，未亡人也不愿偷生了。但先夫尚有一点骨血，望明公垂怜见赦。"元璋怒道："友谅还配有种吗？"罗氏朗声道："妾等身为俘虏，生杀一听明公。妾幼年也读诗书，只知得天下者，不罪人妻孥。"元璋点头道："这话也很有理。"便着左右带罗氏等下去，留去听她自便。

元璋正在吩咐着，忽见沐英牵着一个女子进来，说是友谅的爱姬阇氏。那女子见了元璋，泪珠盈盈，扑地跪下地去。元璋令她抬头，细瞧她的芳容惨淡，愁眉双锁，悲感中现出妩媚来。元璋微笑着问道："你是友谅的爱姬吗？"那阇氏低低地应了一声。元璋道："今年多大年龄了？"阇氏垂着粉颈只答了句"十八岁"。那玉颜上泛出一朵朵的桃花，似不胜羞涩一般。元璋笑道："这女子怪可怜的，我就援她一把吧！"说着望了沐英等一笑，又向那阇氏道："现在把你暂留在这里，你的心上可愿意吗？"阇氏见说，低了头一言不发，那眼泪好似珍珠断线，滚滚地直垂到了衣襟上，又似梨花经了雨露，在那里随风飘摇着。

元璋看了愈觉得怜惜，便命侍女们领着阇氏到了后堂。元璋随在后面，亲自来安慰阇氏道："目今友谅已授了首，你是个伶仃弱女，又去依靠谁呢？"阇氏被元璋这样的一说，不由得呜呜咽咽地哭了起来。元璋忙走过去，轻搂着她的粉颈，把鼻子凑上去微微地嗅了嗅，觉得阇氏的肌肤莹洁腻滑，和那樱桃又是不同。便忍不住将阇氏向膝上一拥，一手提了罗巾，替她去抹着眼泪，笑着对阁氏道："你切不要过于悲伤，万事有我给你作主。"阁氏听了，含泪答道："贱妾本是一朵残花，经风雨相摧，只留得奄奄微息。自顾是蒲柳之质，蒙公垂爱，此生誓当以身相报。但愿公念着今夜的恩情，将来莫同敝屣般地抛撇，也就是贱妾的万幸了。"说罢那泪珠又从眼眶里直滚出来。元璋一面搂着阁氏的纤腰，一头用好话再三地抚慰着她。阁氏这才回嗔作喜，一会儿絮絮唧唧地，两人渐渐地讲起情话来。这天的晚上，元璋便在池州公署里和阁氏共寝。两人自有一种说不尽地恩爱，真是一夜绸缪，情深如海了。

那阁氏在蕲水，果然算得是第一美人，真个杨柳为腰，芙蓉其面，神如秋水，眉若春山。就是有一样不好，她一双菱波，却是莲船盈尺。因此当时的人，又称她作半截观音。偏是元璋的心上独爱着大足，就是那位马娘娘和将来封宁妃的樱桃姐姐，也是金莲八寸。元璋不喜欢纤不盈指的莲钩，也算特别嗜好。他常对人说："妇女纤足，走起路来，弱不禁风，最难看也没有了。而且握在手里，似一把枯骨，有什么趣味。倒不如六寸趺圆，抚摩着又香又温软，其中自有无限的佳处。"元璋尤爱那阁氏的双趺，他虽在戎马之中，一得空闲，便来和阁氏调笑，也不时把玩着阁氏的双足。后来元璋登极，便晋封阁氏做了瑜妃，那时宫里都私下唤她半身美人儿，还演出一段风流的佳话来，这且不提。

当下元璋大破了陈友谅，次第收服了安徽、岳州、广德诸郡，便班师回到金陵。这时元璋声望日隆，万民归心，部下如刘基、李善长、叶琛、宋濂、徐达、常遇春、胡大海等一班文武将领纷纷劝进。元璋见众意难辞，便于顺帝二十四年岁甲辰正月元日在金陵接吴王位。改金陵做了应天府，定文武官阶，立宗庙社稷，并开科取士，征求文儒，规定法律，免所属各赋税，百姓欢声大震。又择吉行庆贺典礼，拜李善长为左丞相，徐达为右丞

第十九回　六寸跌圆温香在抱　十分春色碧血溅衣

相，刘基为国师。常遇春、花云、胡大海、邓愈等为平章政事。沐英、郑遇春、俞通海、廖永安、缪大亨、耿再成、郭兴、郭英、华云龙、吕怀玉、耿炳文、谢润、吴祯，都封侯爵。谢润为总管粮饷官，汤和为总督兵马都总官，镇守濠州。方刚为卫军统领，陈野先为都指挥，与吴祯守太平。各事分拨停当，下谕令徐达、常遇春统大军五万进攻扬州。

在这个当儿，那张士诚却是雄据淮西，并取湖州，陷永嘉，破杭州，势如风扫落叶，附近州县，望风归降。士诚在横行的时候，忽听得元璋的兵马来犯扬州，不觉大怒道："牧竖杀了我的兄弟，还不曾报仇，他倒自己寻上来了。"于是命大将吕珍、王贵领了健卒十万来拒元璋。徐达闻士诚出兵，便和常遇春把军马分作两半，相对着下寨。第二天，王贵来挑战，被徐达前后夹攻大杀了一阵。吕珍立不住脚，败归扬州，王贵却死在乱军中了。

士诚见吕珍败了回来，心里很为懊恼，忙和参谋潘璧商议。潘璧说道："元璋方在势大，若不别谋良策，力战恐难取胜。况他的将领如徐达、常遇春辈皆智勇足备，我军士德死后，无人可以相抗了。"士诚皱眉道："据你说来，咱们就束手待死吗？"旁边叶德新献计道："主公勿扰！某有一计，可败那元璋。"士诚忙道："你能叫朱元璋就擒，俺不惜区区的地盘，立刻把金陵封你做王。"德新说道："那倒不消的，是某应得尽力。想在三年前，某犹在李二部下，不曾来投主公，那时和他的部将赵大很是莫逆。李二败死，赵大出奔濠州，郭子兴甚重用他。自朱元璋做濠州的统帅，把赵大冷落在一边。赵大的心里怀着怨望，几次要想起事，终没有机会。现在只消某致书约他举事，里应外合袭了濠州，滁州也就不攻自破。这样一来，元璋根本动摇，破他不难了。"士诚大喜道："此计若能成功，俺决不相忘。"

叶德新退去，连夜写信给赵大。赵大接了德新的信，自去暗中进行。士诚便派总指挥郎敬，领兵悄悄地来袭濠州。兵到城下，汤和督率着军士守御，一面飞马去金陵告急。公文才得出发，忽然城中内乱，赵大领百姓开了西门，放郎敬进城。汤和不及防备，单骑出走。郎敬得胜，命赵大守濠州，自己连夜进迫滁城。

元璋接得汤和告急书，正要传谕徐达等缓攻扬州先去援濠，不防汤和忽然赶到说明濠州已失，接连又接着滁州耿再成、吴良的求救书。元璋大怒道："盐侩小卒，我誓必捕杀此獠！"说着拔出剑来，砍去一只椅角。刘基说道："主公如今令徐达解了扬州的围去救应滁濠，正中了士诚的奸计。目今可谕知耿再成和吴良，命他坚守勿战。徐达仍攻扬州。濠州的事，主公只有亲自一行。"元璋点头道："这话有理。"于是下令，大小三军准备出师。

明日的早晨，元璋带同汤和、花云、胡大海、邓愈、郭英、沐英等六将，到校场点齐了人马。着胡大海为先锋，花云、邓愈做二队，汤和为第三军，自己和国师刘基率领中军随后。又吩咐李善长监护国政，镇守应天金陵。元璋督着大军，浩浩荡荡杀到滁州。郎敬闻报，领兵来迎。两军对圆，胡大海出马，郎敬挺枪直取大海，大海也舞斧挡住。才斗得三四合，郎敬的后队大乱，却是吴良从城中杀出。前后夹攻，郎敬抵敌不住，大败而逃，连夜奔入濠州，闭门不出。元璋挥动大军，追至濠州城下，郎敬只是不出。却被胡大海爬进城去，开门迎大兵进城，郎敬领了三十余骑，逃往淮东去了。

元璋平了濠州，捕住赵大杀了，仍令汤和守濠州，自己来和徐达合兵进攻张士诚。在半途上接着军报道："徐将军打破扬州，常将军进取高邮，擒了张士诚并他兄弟张士信，连家属也一齐获住了。"元璋听了大喜，便催军兼程，亲来发落张士诚，又演出一场惊人的事来。

要知怎样处置张士诚，且听下回分解。

第二十回　参佛典灵隐逐狂僧
　　　　　登帝位应天选秀女

却说元璋闻得徐达破了高邮，活擒张士诚，便督着大军，赶到高邮来发落张士诚。谁知元璋到时，士诚已经自尽了。徐达和常遇春知元璋亲到，忙出城来迎。元璋向徐达、遇春慰劳一番，又听得士诚已死，很为叹息。当下在高邮城中，设着庆功宴犒赏将士。元璋和刘基、徐达等群臣谈笑，开怀畅饮。

这酒宴直吃到月上三更，才尽欢而散。那时元璋已有了三分酒意，想起阇氏，一时又不在身边，便私下唤过一个侍兵来，问他张士诚的眷属，可曾出署没有。那侍兵倒伶俐，笑着答道："她们因为来不及逃走，现在还逗留着。如今徐将军派兵把他们看守着，要走也走不成了。这诚王（士诚）有五六个美妾，个个绝色。第六个更是出色，真是落雁沉鱼怕还要比不上她呢！"元璋听了，不觉心里一动，又带着酒，便笑着对那侍兵道："你能领我那里去走走吗？"侍兵笑道："爷要去时，小的引导就是了。只是徐将军罚起来，却不干小的事。"元璋翘着大拇指道："老徐有什么话说，我一个人担承。"那侍兵笑了笑，去侍卫室里取出一盏纱灯，点上了红烛，掌在前领路。元璋乘着酒兴，一步一步地望着士诚的行宫中走来。

当士诚兴盛的时候，在高邮建着行宫，宫里也一般地蓄着嫔娥侍女。元璋同了侍兵走进行宫的大门，但见危楼插云，雕梁画栋，金碧交辉，果然好一座宫室。不一会已过了中门，白石砌阶，红毡贴地，愈走到里面愈觉得精致。元璋不由得叹道："士诚这样做着威福，怎不要败亡呢？"走了半晌，已是后层的寝殿，再进便是宫门了。早见那里红灯高悬，有几十个兵士荷戈立着，侍兵走上去，给两个兵士喝住道："这里是什么地方，却是乱闯？"说着元璋已是走近，那两个一眼瞧见，忙过来行礼，元璋只是点点头，那侍兵引着元璋便溜进宫门。元璋四面望了望，都是黑漆的，即低声问侍兵道："什么灯火也没有？"侍兵笑道："诚王没死时，此处夜夜笙歌，真好似白昼一样。如今她们逃难也来不及，还顾什么灯不灯？"元璋见说，心上也起了一种兴亡的感慨。

　　两人又过几层台阶，只见一带的画栏围着一条很长的长廊。廊的两面植着深浓的柳树。那侍兵忽然问道："诚王的宠幸的姬妾很多，不知往哪个宫里去？"元璋笑道："就是你所说的那个。"侍兵便领元璋到了一座嵌花的小宫前，用手指道："这里便是了。"元璋举头看时，见双扉深扃，门内寂然无声。就侍兵手里取过灯来，向门上一照，门额上一块匾写着"永福宫"三个大字。元璋放了灯，轻轻地在门上拍了两下，却没人答应，又叩了几下，仍然不应，元璋焦躁起来，便拳打足踢，把宫门敲得擂鼓似的。又过了好一会，才见两扇门"呀"地开了，一个十六七龄的宫女半披着衣服，掌着一盏小灯，气喘吁吁地问道："半夜三更，谁还来打人家的闺闼？"元璋见她面露惊慌的样子，便笑着安慰她道："你不要着急，我是军营中的带兵官，闲着没事，单身到这里来逛逛的。"那宫女冷笑道："爷们要去逛，城内窑姐儿多着，怎么来闯人家的闺阁呢？"元璋给她一句话问住，倒也回答不出来，却勉强支吾着道："我和诚王是好朋友，这时见他家

第二十回　参佛典灵隐逐狂僧　登帝位应天选秀女

破人亡,我很可怜你们,所以来探望你们的。"那宫女要待再说,元璋已不管好歹,往里直闯,宫女拦不住他,只得由元璋进去。那侍兵把灯搁在地上,去坐在官门的槛上和那宫女问长问短地瞎谈起来。那宫女几番要走,兀是给他拖住。

元璋挨过了宫门,觉得里面很是黑暗。只有张着手东一扯西一摸地,似盲子般挨了进去。曲曲弯弯也不知转过几重,才望见一线灯光来。元璋好似得了救命星,忙顺着灯光走去,却是一所金漆的朱门。跨进门去,见两边放着画屏,转过画屏又是一个花门,却是绣幕低垂,望进去是牙床罗帐,妆台锦笼,大约是闺房了。那灯光便从妆台上射出来。元璋大着胆掀起绣幕,一脚踏进房里,听得娇声问道:"翠娥!外面是谁打门?"元璋知道是问开门的宫女了,自己便假作咳嗽一声,见又有两个宫女从床前走过来,猛然看见元璋,齐齐吃了一惊。元璋一面安慰她们,两只脚便走向床前,早瞧见床上坐着一个娇滴滴的美人。就灯光看去,虽然鬓丝未整,愁容满面,却不减她的妩媚。

这时那个宫女已侍立在床侧,美人便朱唇轻启,徐徐地说道:"俺们是亡国的眷属,你深夜到这里来干什么?"元璋忙笑道:"咱们和诚王有旧,听说大兵破了城池,很放心不下,特来瞧瞧你们的。"美人冷冷地道:"承你好意,但时夜已深了,男女避嫌,还是请你自便吧!"元璋见说,把身体挨近床前,慢慢地坐下来道:"咱若是要出去,这时城门已关了。又是军事方兴,夜行很是不便,咱只好是在这里坐一夜了。"那美人见元璋无礼,想立起身来,那一只玉腕已吃元璋紧紧地捏住,死也不肯放了。那美人用力挣扎,哪里能脱身,那翠袖拂着,一阵阵的兰香透出来,把元璋熏得神魂如醉,忍不住去搂她的粉颈。那美人娇喘微微地说道:"请你放尊重些,贱妾虽是路柳墙花,亡国余生,若是相迫,死也是不甘心的。"元璋见她莺声呖呖,说话婉转柔和,不禁心上格外地怜爱，谅她也逃不了的，那手也就松了下来。那美人得脱了身，一手整着云鬟，元璋仔细瞧看，见她玉容上并不涂脂粉，面腮儿自然泛出红霞，越显得月貌花颜，翩翩如仙了。

正看得出神，忽见那美人柳眉直竖，杏眼生嗔，媚中顿时露出杀气。元璋很为诧异，那美人猛然地回身过去，把床边悬着的龙泉抽出来，飕地向自己的脖子上抹去。元璋吓了一跳，只喊得一声"哎呀"，已溅了满身满脸的鲜血，那美人便噗地倒下尘埃。元璋这时也着了慌忙，和两个宫女去扶那美人，可怜已是香躯如绵，容颜似纸，喉颈上的鲜血还骨都都地冒出来。元璋急扯着衣襟去掩她的伤处，一手在她鼻上试探气息，觉着出气也没了，眼见得是香消玉殒了。那个宫女便放声啼哭起来，元璋也不由得垂泪道："美人！这是我害了你了。"说着，见她的秋波，依旧很愤怒地睁着，元璋用手替她抚摩着道："美人，你放心去吧！你如有家事抛不下，我终给你竭力地安顿。"

正在这样说着，那方才开门的宫女，听得里面的哭声，向侍兵挣脱了身，望房中飞跑进来，见主母死在地上，便一俯身不管是什么，去伏在血泊中嚎啕大哭。元璋知道这宫女叫翠娥，平日间主婢一定很要好，所以有这般的悲伤。这时房里满罩着惨雾愁云，元璋目睹着似这种的悲境，也只有陪着她们流泪的份儿。恰巧那侍兵也进来瞧瞧，其时元璋酒也醒了，觉自己太卤莽了些，好好的一个美人儿，活活地给自己逼死。元璋越想越懊恼，回头对那几个宫女道："你们此刻也不必悲伤了，大家看守了尸体，我明天着人来，从厚盛殓她就是。"说罢，和那侍兵走出宫来。

元璋一路回署，问起那侍兵。他是从前士诚的亲随，对于宫里的路径和宫女侍嫔，是没一个不认识的。元璋说道："这才自尽的美人，她叫什么名儿？"那侍兵答道："她是诚王的第六妃，小名唤作蓉儿。本是浙江人，是诚王破杭州时掳掠来的。当时她

第二十回　参佛典灵隐逐狂僧　登帝位应天选秀女

也不肯相从，诚王要杀她的父母了，她才答应下来，命诚王释放她的父母，情愿身为侍妾。诚王怕她有变，把她父母留在宫中，名声是算供养，实在是防备她有异心。哪里晓得直到今天才自刎呢！"元璋听了侍兵一片话，便长叹一声。到署中，赏了那侍兵自去安睡。一宿无话。

明天元璋便召徐达，问起张士诚的家属，徐达回说，已派兵看守着了。元璋想起晚上叫那蓉儿瞑目，自己替她安顿家事的话，因对徐达说道："士诚的眷口，别的我都不问，只把那侍妾名蓉儿的父母，你立刻去给我传来。"徐达领命去了半晌，引进一对老夫妻来。只见他们愁眉不展，泪眼模糊，**战战兢兢**地跪上阶台。元璋便令起身，却和颜悦色地问道："你们两人是蓉儿的父母吗？姓是什么？你们到这里已有几时了？"老夫妻俩听了，那老儿悲切切地答道："小人姓卢名瑞源，是杭州的奎山人。去年的这时，诚王带兵到杭州来，小人恰在那里探亲，有个女儿叫蓉儿，被诚王在马上瞧见了，便要强娶做侍姬，并把刀架在小人的颈上，逼着答应下去。小人没法只好将女儿献给诚王，满望两副老骨头从此有靠，不至再抛弃荒郊了。谁知天不同人算，诚王给大军前来擒去杀死，昨天晚上，女儿也不知为什么也自尽了。弄得小人两口儿孤苦无依，将来还不是填身沟壑吗？"说罢放声大哭，在旁的将士们听了，都替那老夫妻嗟叹。

元璋见卢瑞源说话伤心，又是自己干了虚心事，忙安慰他道："士诚已败，你女儿死了也不能复生，你不必过于哀痛。咱们和士诚也有半面之交，他今日人亡家破，咱们心上非常地可怜他。现士诚经咱们替他安葬好了，你的女儿也是咱们来好好地给她盛殓，择地瘗埋就是了。你呢，如要回杭州本乡的，咱们派人送你回原籍去。倘不愿意回去的，就替你这儿买一所宅子，你们老夫妻就在此地养老吧！"这一席话说得卢瑞源夫妇又感激又悲伤，只含着一泡眼泪在地上俯伏着不住地叩头道："小人蒙爷这样的厚恩，愿一辈子随着爷，不要回乡了。"元璋笑道："咱们也不是久驻在这里的。"说着唤沐英过来，命他帮着卢老儿去收殓他的女儿，并给他择两所民房，以便老夫妻俩居住。又拨库银千两，给他两人养老。又私下嘱咐沐英道："士诚宫里，有一个宫女叫翠娥的，就在这卢老儿女儿的房中，你把事办妥之后，将翠娥带来给我，万万勿误。"沐英会意自去。

第二天的晚上，元璋从城外犒军回来，天色早已昏黑了，便令一个哈什戈掌了一盏大灯，慢慢地踱回署来。进了二门，转入后堂时，忽见自己的室中灯烛辉煌，榻上坐着一位艳妆浓抹的美女，见元璋进门，便盈盈地立起身来迎接。元璋一时莫名奇妙，不觉怔怔地立在门前，不敢贸然走近去。那美人却嫣然一笑，低低说道："爷已忘了吗？贱妾主母的父亲卢公，感爷恩高义厚，无可报答，经沐将军的说起，卢公使命贱妾来侍候爷的。"元璋听了，恍然说道："哦，你就是那天晚上的翠娥吗？"翠娥便应了一声"是"。元璋想起自己嘱咐沐英，令他把翠娥带来。谅沐英和那卢老儿说明了，所以把翠娥送给我的。一面想着，便走向炕榻上坐下。掌灯的哈什戈，管他自己退出去了。

这里翠娥去倒上一杯香茗，向自己的樱边尝了尝，轻轻递给元璋道："爷，喝杯茶吧！"元璋接过茶杯，手指触在翠娥的玉腕上，觉得皮肤的柔滑又似胜过阇氏。喝那茶时满杯的口脂香味，阵阵地望着鼻上冲来。元璋放了茶杯，一手拉住翠娥的粉臂，令她和自己并肩坐在炕上。便微笑着问道："你今年几岁了？为什么到宫中来服侍蓉儿的？"那翠娥见问，忍不住泪珠盈腮，很悲咽在答道："贱妾今年才得及笄，却是命薄如花，自幼便父母双亡，遗下姊妹两人和一个兄弟。弱女伶仃无依，要想往杭州投奔舅父，不料碰着诚王的兵到，把我姊妹掳来，令往六妃蓉儿房中

第二十回　参佛典灵隐逐狂僧　登帝位应天选秀女

执役。那时诚王府中有个乳妈,那大妃的儿子已长大了,乳妈便要回去。因乳妈是萧邑人,和我家只差得一河,我便求那乳妈把妹子寄到舅家去,经六妃宽容允许了,我妹子便同着乳妈回去了。我孤身在这里已经两年,今日得爷拯出了幽宫,愿终身相随不离,也是贱妾三生之幸了。"

元璋听了翠娥那种缠绵悱恻的话,不禁也替她叹息。翠娥又微微叹道:"想我也不是小家出身,父亲吴深,曾做过一任参政。兄弟吴祯至今不知下落。分别将近十年,现在到底不识他存亡怎样呢?"元璋见说,不由得一惊道:"吴祯还是你兄弟吗?他随我征讨,很立些功绩,目今和陈野先守着太平。这般地说来,你们兄弟姊妹不久就可骨肉团圆了。真叫作踏破铁鞋无寻觅,得来全不费工夫了。"翠娥忙道:"爷这话当真吗?"元璋正色道:"谁来哄你。翠娥这才转悲为喜,一头倒在元璋怀里,要他将来给自己做主。元璋抚慰着她道:"那你可不用忧虑,我是断不负你的。"说着两只手把翠娥的粉腕抚摩起来。翠娥缩手不迭,格格地笑道:"怪肉痒的叫人好不难受。"其时听得更漏三下,元璋把翠娥拥倒在炕上道:"夜已深了,我们睡吧!"翠娥睒着元璋一笑,一手推开元璋道:"这样就算睡了吗?"说罢便坐起身来,伸了伸懒腰,走下炕榻,卸去了钗钿,脱去外衣,露出猩红的袄裤,衬上她那白嫩似雪藕的玉肤,愈觉得妩媚妖冶动人。元璋便从炕上用手来牵她,翠娥也是半推半就,所谓一笑入帏,同做他们的好梦去了。

这时士诚虽克,他的兄弟士信、部将叶德新等却逃往浙江,据着杭州、松江、嘉兴、绍兴诸郡,大有不可一世之概。次日元璋起身,传令进兵浙江,自己带了翠娥从后徐徐进发,先锋官仍是胡大海。前行兵士到了松江,守将周德兴、王弼、陈德费、王志等竟开门迎降。胡大海进城,随后元璋、徐达、常遇春、刘基

明宫十六朝演义

等一班人也都到了。元璋安民既毕,留周德兴守城,大军乘胜直扑嘉兴,诸县闻风出降。嘉兴守将王显弃城遁去。

元璋得了嘉兴,命王志镇守,自己和徐达、常遇春等连夜来攻杭州。张士信闻报,领了叶德新、张兴祖、薛显、顾时、仇成、吴复、金朝兴等八员大将,出城来迎敌。这边元璋的阵上,花云、胡大海双马齐出,叶德新、仇成各挺械相御。才得交马,忽然狂风大起,把士信的军马吹得兵折马奔,人不能睁眼,徐达乘着顺风掩杀过去。士信大败,兵士自相践踏,慌忙地收拾败兵进城。

这天的晚上,张兴祖、仇成、叶升、吴复、薛显、金朝兴、顾时等七人私下议论道:"日间出兵,突起狂风,分明是天意助朱元璋了。咱们看张士信更不及士诚,越发不能成事了。不如缚了士信去元璋营中投诚吧!"七人主意已定,来和叶德新商量,德新大怒道:"你们有了异心么?俺食君之禄不能背义,宁死断头,志是不移的。"说毕,拔出剑来喝道:"谁敢言降,俺就斩他的头颅。"薛显、吴复、金朝兴一齐大愤道:"咱便愿降,你待怎样?"叶德新仗剑来砍,经张兴祖等七人并力上前,乱刀剁死了叶德新,趁势杀入张士信府中,擒住了士信并家将何福、张猛,收拾了印绶卷宗,由张兴祖为头,竟开城来降元璋。元璋大喜,授张兴祖等七人为都司,传令大军整队进城。但见旌旗对对,画角声声,盔甲鲜明,刀枪耀目,沿途的百姓都排着香案跪接。元璋把温言慰谕了一番,令军士严守纪律,不得有犯良民,因此欢声雷动。

元璋定了杭州,安民既已,和诸将设宴庆功,大吹大擂,大小将领无不兴高采烈。酒阑席散,元璋忽然想起了灵隐寺是杭州有名的巨刹,又处于西湖胜地,不觉游兴勃勃,便携了翠娥,令沐英为护卫,带同侍卒十人,步行望灵隐而来。

第二十回　参佛典灵隐逐狂僧　登帝位应天选秀女

这时正是初春天气，微风习习，莺啼声声，西子湖边，果然好一派景色。但见它：

　　桃杏争妍，红紫竞馥；呢喃春燕，百啭黄莺；潺潺流泉，湾湾碧水。山头含来翠色，湖中满眼涟漪。高峰巉巉，层峦叠嶂；峻石崎岩，砑嗟峭壁。绿翳树荫，显出一片清幽；岚气云烟，更觉万点黛色。日光摇红萼，微风拂翠枝。看轻舟荡桨，玉笛声彻云霄；孤鹜齐飞，啼处几同塞北。春堤上俨如金带，露洲前雪练横空；柳塘里疑是桃源，湖亭中虹霓倒影。

元璋一边游赏着，口里不住地赞叹。不一会，到了灵隐。寺中已撞钟鸣鼓，五百多个僧众都身披着法衣，拈香来远远地跪迎。灵隐的住持清缘和尚穿着宝藏大袈裟，舍利金宝冠，亲自来导着元璋随喜，走进大雄宝殿。佛像尊严，殿宇宏敞，果然与别的寺院不同。元璋正和翠娥参着佛像，忽见一个满身垢污的头陀走到元璋的面前高声道："有缘是缘，无缘是孽，施主来做什么？"元璋应道："有缘非是缘，无缘岂是孽。你头陀懂得些什么？"那头陀哈哈大笑道："有缘便合，无缘成孽。龙泉宝剑，犹染美人碧血，怎说不是孽？"元璋听了，想起蓉儿的事，被头陀道着隐病，勃然变色道："嗐！快与我滚出去！"沐英听了，忙过来把那头陀直推出寺门，住持清缘也来向元璋赔礼。元璋被头陀一说，心里十分扫兴，便略略游览一遍，辞了清缘，和翠娥、沐英自归。

过了几天，方国珍和副帅李文忠从金华、严衢州来降。元璋大乐，于是定了浙江自回金陵。元璋即于是年登位，并下旨民间挑选秀女。

要知怎样选秀，且听下回分解。

第二十一回　凤辇龙旌迎宫眷　血影刀光憾万民

却说朱元璋平定浙江并斩了张士信，降了方国珍，着胡大海镇守金、处诸州，以李文忠摄将军印，留守杭州与镇海诸郡。元璋率领着徐达、刘基、常遇春等，及新纳爱姬翠娥，竟班师自回应天金陵。又听了翠娥的纠缠，撒娇撒痴地要见他兄弟吴祯。元璋便传谕花云、朱文逊、王鼎去太平调吴祯、陈野先入京。不多几天，吴祯、野先到了应天，元璋即召吴祯入内与翠娥晤面。姊弟相见，自有一番悲喜情景。独陈野先听知他调回金陵，是为了吴祯姊弟的小事，野先心里老大的不悦，后来终弄出变端来，这且不提。

那时元璋在金陵威望愈著，元廷也日觉奄奄无生气。刘基等一班文武诸臣，又来上表劝进，请元璋尊了帝号。元璋见四方归心，万众崇仰，也就老实不客气，便答应了下来。于是，由国师兼太史官刘基，选定了戊申的正月四日即皇帝位。又经学士陶安定了天子舆服，制冕旒衮服，朱履赤舄。一切的衣冠都照古代的帝王御制。

到了那天，元璋沐浴斋戒，筑坛南郊。坛高三丈，按着三才。长四丈，按四时。阔五丈，按五行。上级三百六十步，名曰"君坛"。中级四百九十步，七七曰"祖坛"。下级一百九十步，

第二十一回　凤辇龙旌迎宫眷　血影刀光憾万民

　　九九为"将坛"。上圆为天，下方为地，中正为人。坛的四周，竖着二十四面赤帜。坛上分五方，东方属木，色青，插青旗十二面。南方属火，色赤，插赤旗十二面。西方属金，色白，插白旗十二面。北方属水，色黑，插玄旗十二面。中央属土，色黄，插黄旗十二面。三层上按八卦竖乾、坎、艮、震、巽、离、坤、兑旗八面。又上列七旗是象北斗；北斗之对面立六旗，是为南斗。四边按二十八宿竖旗二十八面，顶分天干，凡甲、乙、丙、丁、戊、己、庚、辛、壬、癸旗十面。顶下则为地支，分子、丑、寅、卯、辰、巳、午、未、申、酉、戌、亥旗十二面。又设三皇位、五帝座、皇天后土、日月星辰雷雨风云、三山五岳、四海八方之神，及轩辕、尧、舜、商汤、周武之灵，历代圣君，皆列位坛上。坛下奏大乐，继以熙和之曲，文德之舞。那大乐的前面，立指挥奏乐的四人，叫作和声郎。

　　元璋这时由文武百官扶持着上坛，先行祭天礼，台下奏大乐。又行祭地礼，奏太平乐。又行祭祖宗皇帝礼，奏社稷之乐。最后天子上座，受百官朝贺，是行君臣礼，台下奏中和之曲，晋德之舞。和声郎执戏竹，形似拍板，高擎在手里，那戏竹相离，乐即止奏。戏竹对合，乐乃启奏。又有乐工十人，分两旁立，舞郎十八人排列左右。太和之乐既奏，舞郎即起舞，作抚平四夷之舞。又作山川舞，雍穆舞。舞毕，奏皇帝离座乐，百官排班乐，行大礼乐、礼章仪制乐。到了这个当，礼官忽举策，左右的卫官各执静鞭，拍了三下，这时大乐骤止，台上台下，真个雅雀无声。礼官举仪，和声郎合戏竹，乐工奏细乐。丝竹管弦，按着宫、商、角、徵、羽五音杂奏，那乐声悠悠扬扬，令人神往。

　　当下由太史官刘基，宣读国号曰"大明"，建元曰"洪武"，改这年元顺帝二十八年为大明洪武元年。刘基又跪着代诵祝文道：

维大明洪武元年，岁次壬辰，朔越四日乙亥，天下大元帅，皇帝臣朱元璋昭告于皇天后土，日月星辰风云雷雨，天地神祇历代圣君之灵曰：

天地之威，及乎四海；日月之明，昭诸八方。风云之势，万物乃生；雨露之恩，斯民沾惠。伏以上天生民，俾以司牧，遂尔圣贤相承，继天立极，托临亿兆。昔者尧舜禅让，汤武吊伐，行虽不同，受命则一也。今焉胡之乱世，宇宙纷攘，四方有蜂虿之忧，百姓被蛇蝎之祸。群雄并起，豆剖河山，寇盗横生，瓜分郡邑。臣生于淮海，起义濠梁，提三尺利剑以聚英豪，统万众一心而救困苦。幸仗神灵之福，剿灭恶贯之东吴；乃托天地之威，尽殄祸害之北汉。为苍生无主，群臣拥戴；因黎庶鲜归，独勉其难。敬辟不世之基，即皇帝之位，恭为元首，谨治赤子。改元洪武，建国大明。从斯扫尽中原丑类，肃清华夏跳梁。一统乾坤，万年岁月。沐浴虔诚，斋心祈告，专求协赞永荷洪庥。尚飨！

刘基读完了祝文，元璋和百官站起身来，到了坛的正中，由元璋率领着向天地祭祷。那台下的乐声又重复启奏，和声郎命奏中和之乐。乐声细细，和舒中含着英武，又歌着那词道：

昊天苍兮穹窿，广覆载兮庞洪！建圜丘兮国之阳，合众神兮来临之同。念蝼蚁兮撼衷，莫自期兮感通！思神来兮金玉其容，驭龙鸾兮乘云驾风！顾南郊昭格，望至尊兮崇崇。

第二十一回　凤辇龙旌迎宫眷　血影刀光憾万民

歌罢乐止，群臣齐齐地三呼着万岁，和声郎又奏起回宫曲来。元璋缓步下坛，百官俯伏恭送。那坛下銮辇早已侍候着，甲士三十六人，抬銮辇的官监二十四人，前道甲士八人，肃道旗十二面，骏马二十四匹，甲士三十六人。虎豹旗各四面，象旗各四面，虎豹各两只前行，象六乘分左右列。甲士十六人分掌其职，又左右旗六十四面，日旗、月旗、青龙旗、白虎旗，云、雷、风、雨、江、河、淮、济凡旗八面。朱雀、玄武、天马、天禄、白泽旗共五面，金、木、水、火、土五星旗，二十八宿旗，熊黑旗、鸾旗、五岳旗，每旗一面；用甲士五人，一人掌旗，四人佩剑执弓弩护从。又龙旌凤麾，流苏五辂，日月扇、青华伞、珠伞、黄罗伞，黄罗宝盖、华盖，曲柄黄伞、珠伞、大红宝伞，日月掌大掌扇、龙凤金日月流苏、金瓜、卧瓜、立瓜、羽葆幢、信幡、日月幡、龙头竿、隆引幡。以下便是金枪、银钺、剑、戟、刀、鞭、弓、矢、铜、锤、抓、仪刀、金刀、骨朵、金吾杖、仪镗氅、金氅、戈氅、銮仪凡是十八种，每种三件。各用甲士六人，统一百另八人。红衣甲士十六人，白衣甲士十六人，青衣甲士十六人，黑衣甲士十六人，黄衣甲士十六人，彩衣甲士十六人，绣金衣甲士十二人。随后黄罗宝盖四人。金水盆一，金踏脚一，金交椅一，金水罐一，金唾壶一，金唾盂一；左拂子二，右拂子二，金香炉一，金香盒一，校尉十六人，排列分执。又锦衣武装校尉二十四人，执弓弩列队。又金吾卫六十四人，各执着豹尾枪前后拥卫。最后是红纱灯十六对，紫金香炉八对，由内侍二十四人分执。那时香烟缥缈，元璋乘着銮辇回宫。

于是将应天的兵署，暂时改为行宫。定应天做了帝都，分内外皇城。又着内务府发出国帑，大兴土木，建筑宫殿。洪武元年的八月，宫殿落成。因为朱元璋初践大位，万事都从俭朴。那宫殿建设只求雅观，不事富丽。但虽不见得画栋雕梁，却也金碧辉煌。这皇宫的正殿，叫作奉天殿，是皇帝临朝的地方。奉天殿的后面，是华盖殿，最后是谨身殿，为皇帝召见大臣的所在。两边是一带的长廊，直达奉天殿，左为文楼，右名武楼。过此便是宫门，正门叫作乾清门，进了乾清门就是坤宁宫，为皇后所居。两边分建着六宫，一仁寿、二景福、三仁和、四万春、五长春、六永寿。六宫之后，左右华屋六楹，列两殿即凉殿、暖殿，过凉、暖两殿是玄武殿，殿后是宁安门，出宁安门是御花园，中建金水桥、太华池、飘香亭、安乐亭、鱼亭、香草亭、鹿亭、鹤亭。又奉天殿的门外，也建着两殿，左面的叫文华，是将来皇太子御临的所在。右边名武英，是皇帝斋戒的地方。两旁门两重左名左顺，右名右顺。从这里出去是正门一所，就是午门了。午门外是皇城，又建端门、长安门、承天门、庆瑞门诸门。内外宫殿，凡屋宇一千六百三十八楹。

宫殿既造就，由太史官刘伯温选择了一个吉期，明太祖朱元璋登奉天殿正式受百官朝贺，又大封功臣。晋徐达魏国公右丞相，李善长辅义侯左丞相，常遇春郑国公大将军，邓愈卫侯左将军，汤和信侯右将军；胡大海靖安侯，花云崇海侯，郭英平凉侯，耿再成东平侯，沐英颖川侯；吴祯、郑遇春、华云龙、郭兴、吕怀玉、方刚、吴良、俞通海、廖永安，均封将军晋伯爵。陈野先、张兴祖、薛显、吴复、金朝兴、仇成、王弼、叶升等一班降将，都晋为男爵加将军衔。又封死难的将士，若俞通渊、廖永忠都追赠侯爵。晋刘伯温为国师太史公安国公。李文忠、耿炳文，也封了伯爵。又追谥高祖为德祖玄皇帝、高祖妣玄圣太皇后。曾祖为懿祖桓皇帝、曾祖妣懿圣皇太后。祖考为熙裕皇帝、祖妣裕圣皇太后。父朱世珍为仁祖淳孝皇帝，母温圣睿慈太后。封妻马秀英为皇后，姬樱桃为宁妃，阎氏为瑜妃，翠娥为惠妃。当时命瑜妃居了万春宫，惠妃居了仁和宫。一面下旨，令沐英持

第二十一回　凤辇龙旌迎宫眷　血影刀光憾万民

了金节，备皇后的凤辇，全副仪卫去迎那马皇后。令方刚持旌，备皇妃半副仪卫，去迎宁妃。

沐英、方刚领了谕旨带同仪卫，即日出京到滁州来迎皇后和宁妃。不日到了滁州，耿再成、吴良忙出城迎接，后边跟着地方官，远远地跪迎。沐英和方刚进了城，便去晋谒马皇后和那宁妃，外面耿再成、吴良及地方官等在那里照料，还帮着整仪卫，打扫街道，沿路上悬着彩灯，盖起彩棚，凡凤辇经过的所在，地上都铺着黄沙。滁州城中的百姓，听得迎接皇后这个消息，便家家门前排起香案来，准备跪着送凤驾。这里沐英、方刚在滁州兵署请皇后、宁妃各登了凤辇，摆起全副仪仗，直出东璧门。马皇后传谕，把凤舆和朱幕打起，以便百姓们的瞻觐。一时沿途的欢声，好似雷鸣般地，真是万户颂扬哩。

明太祖朱元璋在金陵闻得皇后的凤辇将到，因坤宁和六宫的宫监已征得三百多人，宫女却寥寥几十人，当然不够分配，于是下谕，就应天府治下和江宁、句容、高淳、江浦、六合、溧水、溧阳、上元等八县中挑选秀女。

这条旨意一出，八县的地方官果然忙得走投无路，便是那班百姓，也大家奔走号呼起来。这时给李善长、刘伯温得知了，忙上章来谏阻。元璋读了奏疏，勃然大怒道："身为天子，难道选几个秀女也不能吗？"便不听善长、伯温的话，竟传谕赶紧实行。又令叶衷做了选秀女的总监。当时选得秀女三千七百六十六人，经地方官一度的挑选，选得二千一百十六人。又被选官挑择过，凡录用一千五百四十四人。就把这一千五百四十四个秀女送到了应天，又由叶衷选过，只选得七百二十五人。叶衷即奏知元璋，元璋却坐起了谨身殿亲自选录，好中取好，共选中秀女二百三十三人。那余下选不中的秀女，仍命送还给民家。元璋便把这二百三十三个秀女分派在各宫去侍候后妃。

明宫十六朝演义

　　过不上几天，马皇后和宁妃的凤辇到了应天，元璋亲自率领文武百官出城去迎接。这是元璋自己知道出身寒微，恐内外臣工瞧不起皇后，所以他御驾去亲迎，也是尊重马后的意思。马后的仪卫到了离城十里，和皇帝的仪仗接着，文武百官一列俯伏在道上，齐声三呼着娘娘千岁。那伴驾官喝声起去，文武官员就纷纷起立，武官骑马，文官步行，列队在前面引道。最前是皇帝的仪仗和皇帝坐的銮驾。随后便是马皇后的仪卫，排列着一对对地过去。前导黄麾两对，大朝一对，五色绣幡三对，长戈一对，绣幡三对，锦幡三对，雉尾扇两对，红花团扇两对，曲盖两对，紫方伞两对，由红衣的甲士们执着，共是四十二人。后头是校尉六十四人。列在左右两边是班剑、金吾杖、立瓜、卧瓜、镫杖、骨朵、仪刀、钺斧每件共是两对。又金响节十二，锦花盖四，十六个校尉分作两队，还有十六个校尉戴着大边的珠凉帽，红衣、黄绸腰带、碧油靴，控着骏马，执着豹尾枪徐徐地前进。后面又是宫女二十四人，手里各个捧着金交椅一座，金踏脚一个，金水盆一个，金水罐一个，金唾壶一个，金唾盂一个，金香盒一个，金脂盒一个，也列队过去。以后是武装的宫女，一个个短衣窄袖，各执着五色绣幡、金斧、金骨朵、拂子、方扇、红杖、纱灯、黄花盖、曲盖、金节、青伞之类，共是二十四人。最后宫女十二人，提着明纱灯三对，在凤辇左右。后面便是文武百官，武官骑马列队在前，文官却步行着在后。文武官的后头，即是马后的凤辇。凤辇之后，随着宁妃的仪卫，也列着引幡、清道旗、方伞、金吾杖、立瓜、卧瓜、红纱灯之类算是半副仪仗。后面便是宁妃的凤辇，最后是护卫凤辇的校尉六十四人，武官长两人，率领着兵士六百名，个个是鲜衣美服，刀枪如霜地随后护送。凤辇的仪卫，直进东华门，出西华门，经元武门，走过了长安门，六百个护兵至此停住。凤辇直进午门，前导仪卫红衣甲士至午门前停

第二十一回　凤辇龙旌迎宫眷　血影刀光憾万民

住。凤辇走过长廊，穿过谨身殿，仪仗校尉至此停住。到了乾清门，文武百官停住。

马后下凤辇，宁妃也下凤辇，各改乘宫中的安车。这安车高四尺余，金顶凤头，红帘绣幕，四周金翅十二叶，金轮红辐，专一备后妃宫中乘坐的。这时安车直达坤宁宫，仪仗宫人、武装宫女都停在宫外。马后进了坤宁宫，自有宫女们跪接。宁妃也跟着进了坤宁宫，行了参谒礼，同着皇后在宫中候旨。这时明太祖朱元璋接着凤辇之后，令仪卫回进东华门，自己便在谨身殿里休息。待马后凤辇进了坤宁宫，就离了谨身殿，慢慢地踱进宫来和马后相见。马后和宁妃接驾已毕，元璋即令宁妃居了景福宫，由宫女们引着宁妃去了。

元璋其时做了皇帝，与马皇后又是久别重逢，自然是格外地亲密了。从此元璋于马后之外又拥有着宁妃、瑜妃、惠妃，即樱桃、阁氏、翠娥，天天寻欢作乐。虽然不曾统一江山，却有徐达、常遇春等一班人去克服了各地，元璋倒居然做起太平天子来了。但他是明朝第一个创业的君主，后来谥为高皇帝，庙号太祖，所以历史上称作朱太祖。那朱太祖自登位以后，脾气渐渐地骄傲，对于从前的功臣，不免怀有猜忌之心。而且不时领着亲信的宫监，私下出了御花园的宣安门，到冷巷僻地去打听民间的情形。

光阴迅速，又是新年了。元宵的那天，恰巧常遇春取了山西，遣使入奏。太祖阅了奏章，心里很是喜悦，便和马后、惠妃等设宴相庆。也算是点缀元宵。这天的晚上，万里无云，月光如昼，太祖乘着酒兴，带了宫人廖贞，悄悄地溜出了安宁门，到街市上去玩耍。只见家家灯火辉煌，锣鼓喧天，一般商家还在街道上扎着灯景，堆着鳌山，真个是火树银花，热闹非凡，那元宵闹灯的风俗还是宋朝流传下来。每年到了正月十五那天，东京城里金吾不禁，通宵达旦，任士女游览。当时什么迎灯闹月，到处是城开不夜，直到元末明初，这闹灯的风俗依然没有革除。人民的迎灯争奇斗巧，那灯景越发的精致。

　　朱太祖在路上玩了一会灯，觉得兴致勃勃，忽见景运街的左边设着一个灯虎摊子，一班闲看的人围满了一大堆。朱太祖叫廖贞分开众人走近摊前，见那里悬着十几个谜面，并不是什么四书五经，却是用图画着一种会意谜儿。其中有一条画谜，上画妇人抱着西瓜倚在马的鞍旁，马尾后面横着一只很大的人足。朱太祖瞧着寻思了半晌，恍然大悟道："这一班游民不是在这里讥笑皇后吗？"原来那画谜上含着"淮西妇人，马后足大"八个字义。妇人抱西瓜，是怀西的意思，怀淮谐音，马皇后正是淮西人，又恰是大足，那时朱太祖的心里如何不气呢？但一时却不便发作，只把廖贞一拖，君臣离去了谜摊，望西边的街上走来。

　　朱太祖因为心上着恼，正要寻一点事解闷，一眼瞧见道旁一个相面的摊儿，高飘着白布招旗，旗上大书着四个字道："相不足凭。"太祖念着，很是诧异，便挨上前去，又见摊前一副对联道："风鉴无凭无据，水镜疑假疑真。"朱太祖读了，再也忍不住了，就向那相士问道："你既说是相不足凭，为什么又替人相面呢？"那相士见问，对太祖打量了一遍，微微一笑，指着摊上的下联道："你先生不看俺这句话吗？相貌这件事，实是又假又真，在下的艺术很平常，终揣解不透是真是假，所以借此相尽天下士，看灵验不灵验，就可以定那真假了。"那相士说着，又指着自己道："俺胡铁口的相貌，照书上看起来，今年三十三可以入翰苑，四十七岁还要当国拜相封侯。不过直到如今仍是个江湖术士，那相术足见得无凭了。"太祖听了胡铁口的话，正要再问时，胡铁口又瞧了太祖几眼，忽然竖起大指来说道："俺看你先生的相貌，天地相朝，五岳对峙。分明是个天子相，你现在可做着皇

第二十一回　凤辇龙旌迎宫眷　血影刀光憾万民

帝么?"胡铁口这一句话,把太祖说得吃了一惊,连站在旁边闲看的人们也都掩着耳朵飞跑。因当此朱太祖登基的时候,疑心病很重,稍有一些儿谣言,一般胥吏便捕风捉影,株连多人,尽遭惨戮。谈到"做皇帝"三个字是要灭族的,谁不害怕呢。大家听了胡铁口一说,深恐给那衙役们知道,自己无端地受累,以是一哄地走散了。朱太祖也怕弄出事来,只对胡铁口笑着点点头,趁势和廖贞走开了。

朱太祖沿路乘着灯光月色回到宫里,连夜传出谕旨来,命禁军统领姚深把那景运街的居民一齐逮捕了,立时正法。第二天早朝又下旨去捕胡铁口。

要知胡铁口性命如何,且听下回分解。

第二十二回　裙履余芳吴美人擅宠
　　　　　　　衾裯遗爱惠妃子拈酸

　　却说朱太祖在元宵出游，到了景运街中，瞧着灯谜讥笑着马后足大，心里十二分地恼愤，就连夜传谕，把景运街的百姓，不论男女老幼，一齐捕来，着刑部勘问，胡乱定了怨谤大逆不敬的罪名，旨下弃市。可怜那些百姓，连做了鬼也不知道自己犯了什么罪哩。这一场冤狱，共戮无辜良民七百九十五人，那做灯虎的穷秀才倒不曾死在里面，这时已闻风逃得远远的了。只苦了住着走不脱的良民，去代人受过。西华门外血肉模糊，冤恨冲天。当时眼见的人，伤心惨目，所听的人无不酸鼻。这种忍心残酷的行为，差不多和焚书坑儒的祖龙相仿佛了。

　　再讲那相士胡铁口，元宵那天相了太祖，说他有皇帝的容貌，市上的人都道他浑讲，便一哄地走散。胡铁口做不到生意，自己也觉失言，只得垂头丧气地收了摊，没精打采地回寓。寓主人来算房饭钱，胡铁口说道："今天晦气，一文也不曾弄到手的。"当下把相太祖的一段经过说了出来，那寓主人听罢大惊说道："照你这般地快嘴，迟早是要闹出祸来的。"胡铁口道："那人的确具着天子相，俺是依相直来的，有甚祸患？"寓主人说道："你不知道，现在的新皇帝朱老四，不常的微服私行出宫，你不要真地碰着了他，恐你这条性命也就在眼前了。"胡铁口见说，

第二十二回　裙履余芳吴美人擅宠　衾禂遗爱惠妃子拈酸

也有些心慌，害得他一夜天不曾合眼。

第二日的清晨，胡铁口心想躲在寓中，不出去做那勾当，实在寓主索逼得厉害，还叫伙计做好做歹地要赶逐他出去。胡铁口没法，只得硬着头皮仍到街上来摆相面摊。不料摊才得设好，便有两个将校打扮的上来，大声问道："你是胡铁口吗？"铁口答道："在下正是。总爷们可是来问出征吉凶的吗？"那一个将校笑道："不是咱们看相，有人叫你衙门里去看呢！"说着拖了胡铁口便走。铁口忙道："二位可否等在下收拾了摊再去？"那将校睬也不睬，竟横拖倒拽地把胡铁口和猪般地牵了去。路人瞧见的，都说胡铁口说话太骇人听闻，应得要吃官司。那将校牵着铁口到了刑部大堂，刑部司员不曾得着上谕，不知把胡铁口怎样的办理。忽接到礼部的公牍，把胡铁口提去。这时胡铁口已昏昏沉沉的，自知是吉少凶多了。

不一刻，见一位紫袍纱帽的官儿，把他弯弯曲曲地带到一所大殿的檐下，那官儿便向殿上跪说了几句，却听不出些什么。那红袍官儿退下来，就听得一种又缓又清脆的声音唤道："传胡铁口上殿！"红袍官儿执笏上前，命胡铁口从丹墀下直跪上去，就听见籁籁地一阵响，殿门的珠帘已高高卷起。那殿上似有人问道："胡铁口，你原名叫什么？是哪里人氏？从实奏来。"胡铁口和狗一样地伏着，连正眼都不敢觑一觑，也不晓得殿上是什么官。这时听得问他的姓氏，便徐徐地答道："罪民原叫胡惟庸，祖贯是凤阳蒙城人。"殿上又道："你可读书识字吗？"胡惟庸叩头道："罪民在三年前，也曾讲过学的，为了家贫才弃儒卖艺。"只听殿上朗声道："胡惟庸！你且抬起头来。"惟庸真个昂头望上瞧时，但见殿柱盘龙，金碧映辉，殿门上这块匾额，朱髹泥金，大书着"谨身殿"三个字，殿的两旁排列着戴珠边凉帽、紫衣红带，足登碧靴的校尉。正中端坐着的不是别个，正是昨夜看相时说他有天子相的那个客人。

惟庸这才醒悟过来,知道上面坐的是大明皇帝朱元璋,不觉吓得他魂儿出窍,半晌叫不回来,只是一味地叩头称着死罪。朱太祖却很霁颜地问道:"惟庸,你既是读书之人,朕有个上联拿去对来。"朱太祖本不甚识字,就随便写了一句,由传事监从龙案上取了纸笔递惟庸。惟庸看那题纸上写着上联道:"出字两座山,重重叠叠重庆府",惟庸那时福至心灵,他略为一沉吟,便续下联道:"磊文三块石,大大小小大明州。"惟庸写罢,仍俯伏在地上。传事监下来,把上下联取去呈上,朱太祖读了大喜,立即钦赐翰林学士,着赴礼部习仪三个月。惟庸谢了恩退下,自往礼部衙门去了。后来朱太祖见胡惟庸,常和他说笑道:"你说朕可以做皇帝,你能够做翰苑,现今怎么样了?"惟庸也笑道:"当时若晓得是陛下,臣还是这般说呢,那一定要说陛下是太平天子了。"太祖也不禁大笑,这是后话不提。

再说那胡惟庸,在礼部习了三个月礼,也居然峨冠犀带,和群臣一般的列班上朝。朱太祖每召他问事,惟庸随答如流,往往同上意暗合,因此太祖渐渐宠信惟庸,两个月中连擢升七次,授惟庸为兵部尚书、华英大学士。真是权倾朝贵、气焰薰人。惟庸仗着圣宠有怨必报复,凡贫时不睦的人,都被他杀的杀,遣戍的遣戍,一个个弄得家破人亡。并那寓主人也不肯放过,惟庸恨他逼取房饭金,饬役去捕时,那寓主人闻得胡铁口富贵得志,便收拾起细软,星夜携眷逃之夭夭了。惟庸既这般地横行,朝野侧目,但他于太祖面前却十分趋奉。太祖被他谄媚得头昏颠倒,称惟庸作第一贤臣。太祖又因出宫微行逢着惟庸那样的能臣,他私行的念头越觉得踊跃了。

有一天,太祖恰巧单身出外,遇着一个老头儿在那里讲着太祖的历史,还呼太祖的小名老四,太祖怒他不敬,把那老头儿的

第二十二回　裙履余芳吴美人擅宠　衾裯遗爱惠妃子拈酸

家族亲戚邻人都捕来杀了，无辜株连的又是四百多人。于是应天的百姓人人知道太祖要出来私访，吓得他们连朱字也不敢说了。那时东华门外，有一个卖牛尾汤的王老头，他每天晚上终把担儿挑出来，摆在那里售卖。一天，他停摊在那里，有个中年男子来吃他的牛尾汤，吃完之后，摸摸袋里竟然不带一文。那中年男子笑着对王老头说道："今天不曾带得钱，改日补给你吧！"王老头见他紫衣碧苏，相貌不凡，谅系是官家子弟，忙连说："不打紧的，爷只管自去就是了。"谁知第二天，那中年男子又来了，吃好汤不给钱，只问王老头姓名，今年多大年纪，家里有什么。王老头答道："小老儿姓王，人家都称我王老头，现已七十六岁了，家中并没子女，只有一个老妻。"那中年男子道："你只有夫妇两个，何必这般地巴结，许大年纪还要天天做买卖。"王老头说道："小老头想赚几个钱下来，买块土地，便将来老骨头有归宿。"中年男子听了，向王老头点头笑了笑去了。王老头也不向他要钱。过了四五天，那中年男子又来了，把一碗牛尾汤吃完，从衣袋里掏出两张纸头递给王老头道："一张是还你的汤钱，一张是送与你的。"王老头不知上面是多少钱数，只谢了声，望着袋里一塞。那中年男子自去，从此就不见他再来了。王老头心里很是狐疑，将两张纸儿叫人看时，一张写着内务部支银五百两，一张是紫金山下划地十亩，着该处地方官办理，末脚盖着鲜红的朱印，是"皇帝宝玺"四个大篆。看的人大惊道："这是皇帝的上谕，你从哪里得来的？"王老头见说，也吓得发起颤来。慌忙奔到家里和老妻连夜逃避。东华门外从此没有卖牛尾汤王老头的踪迹了。

不过经这件事传扬开来，太祖微行的消息，到处都传遍了，大臣和李善长等纷纷交章入谏。太祖也怕晓得人多了，被人暗算，只得渐渐地敛迹起来。但太祖不便出外，自然只有踞在宫里，和瑜妃、惠妃等厮混了。

明宫十六朝演义

这样一天天地过去，未免得厌烦了。恰巧这时惠妃翠娥的妹子翠英从杭州来探望她的姐姐。明宫里规例，外戚非奉召不得入宫。惠妃便告诉了太祖，把翠英宣召进宫。她们姐妹相逢，各诉着离衷，十分亲热。到了晚上，惠妃便留她妹子住在仁和宫中。又怕皇帝来打扰，吩咐了宫女，将宫门的竹帘放下，官门外摆上一盆月季花儿。皇帝瞧见就不进宫来了。这个暗号还是汉朝的宫闱中传下来的。凡嫔妃们月事转的当儿，皇帝来临幸时不便忤旨，只拿一盆月季花摆在宫门前。皇帝看了，晓得那妃子正月满鸿沟，不能行事，便不来临幸了。明宫里也袭着这规儿，所以惠妃令放月季花在门前，算是拒绝皇帝的意思。这天晚上，果然被惠妃瞒过，太祖经过仁和宫时不曾进去。至于白天，却不能让皇帝不进来。

明日早晨，太祖有心要看惠妃的妹子，待退了朝，便踱到仁和宫来。其时惠妃和她妹子翠英还在那里梳头，翠英想要走避已是来不及了。直羞得她满面通红，低垂着粉颈抬不起头来。太祖微笑着坐在一旁，瞧她姊妹两人梳。翠英一时慌忙了手脚，把一朵榴花掉到地上，正落在太祖的脚边。太祖便去拾了起来，轻轻地替翠英簪在髻边。这一下子，弄得翠英益觉害羞，几乎无地自容，泪盈盈地要哭出来了。她忙着草草挽髻，三脚两步地逃入后宫。惠妃睨着太祖道："她是个乡间小女儿，不惯和男人们亲近的，皇上今天这样地迫着她，下次就吓得不敢进宫来了。"太祖笑道："俺哪去迫她，因瞧她虽是乡间女儿，倒要比你有趣得多呢！"惠妃见说，知道太祖是不怀好意的，便也看了太祖一眼，微笑着不做声了。太祖默坐了一会，见翠英不肯出来，自己很觉无味，只和惠妃空讲了几句，慢慢地踱出宫去了。那天翠英真个不敢住在宫里，连夜同她姊姊说明了，令官监挽着一乘板舆，把翠英送回府中。

第二十二回　裙履余芳吴美人擅宠　衾稠遗爱惠妃子拈酸

原来吴祯自太平调回京里，太祖登极封了侯爵，加了大将衔。又因他大妹子翠娥做了惠妃，吴祯已是国舅了。太祖便替他在应天建了国舅府，命吴祯把家属接来居住。吴祯是父母双亡，只接了他舅父和二妹翠英伴他的妻子住着。从此他们兄妹手足常常可以叙谈，骨肉团圆十分快乐。吴祯的妻子本是个蒙古人，是淮扬都司帖勃阑的妹子，生得沉鱼落雁，有十二分的姿色。淮扬被张士诚占领，帖勃阑尽忠，妻子祖姑儿氏殉节，剩下妹子帖兰伶仃无依，逃难到了龙兴，给吴祯的部下获住了，献与吴祯。吴祯见她美丽，想自己还不曾有妻子，便和帖兰做了夫妇，他们两人的爱情很为浓厚。况吴祯青年得志，膺着荣封，又做着国戚，天天拥着一个娇妻，真是享不尽的艳福。似这种光阴，怕南面王都及他不来呢。

闲文少叙，那天翠英似逃难般出了仁和宫，回到国舅府中，他哥哥吴祯出游还没有回来，翠英便和她嫂子帖兰闲谈着。不一刻，吴祯从外面走了进来，一见她妹子回来，也随口问了些宫中情形，翠英胡乱答了几句，却把太祖替她簪花吓得逃走出宫的事瞒落了。过了半个多月，正是七月七日，俗传是双星聚会的七巧日。仁和宫的惠妃又打发了宫监，打了乘软轿来迎她妹子翠英进宫去赏花乞巧。翠英要待推说不去，转是吴祯来劝道："咱们虽说是自己姐妹，大妹子究竟是位贵妃，怎么可以违拗呢？二妹子还是去走遭的好。"翠英没法，只得乘了软轿，由内监们直抬入宫来。

翠英坐在轿里，见他们抬着自己仍进那端门，从边廊的甬道上，弯弯曲曲地走着，半晌还不见停轿。翠英这次进宫，不过是第二转，一时也分不出那东西南北。又过了一会，经过了几十重的门户，到了一个所在，轿子才渐渐走得慢了。走不上百步，轿子停住，便有三四个宫女过来打起轿帘，扶了翠英下轿。两个宫女在前引路，领翠英到了个竹轩里，只见四周都是修篁，照得轩中的器物也变了碧色了。走进轩门，是个极猜致的客室，几案整洁，壁间悬着名人书画，书架上满堆着玉简古籍，旁边是个月洞门。宫女领翠英进了月洞，见那室中的陈设比较那客室越发精致了。琴棋书硒，无不具备，案上的古玩都是自己所不经见的。真是满目琳琅，令人眼也花了。靠月洞门的左侧，设着一只小榻儿，罗帐锦褥华丽非凡。正中的圆桌上，摆着杯盘果品，那宫女请翠英坐在榻上，一个宫女早倒上一杯豆蔻茶来。翠英接着，喝了一口，觉得凉震齿颊，香溢眉宇，味儿地甘芳自不消说了。翠英一头吃着茶，便问那递茶的宫女道："惠娘娘怎么不来？"那宫女答道："惠娘娘方侍候着圣驾在那里饮宴，只叮嘱我们陪吴小姐少待一下，等皇上起驾，惠娘娘就可脱身来和小姐叙晤了。"翠英点点头也就不多说了。

到了午晌，宫女们送膳进来，翠英胡乱吃了些，等着她姐姐不至，心里焦躁起来，便走出了竹轩，望四处玩了一转。轩外却是个很大的花园，这时是夏末秋初，没甚可玩的花草，只是阴浓碧树掩盖了一带粉墙，凉风阵阵地吹来，真叫人胸襟为畅了。翠英游览了几处亭轩，看看天色晚了下来，于是回到竹轩中，见那顶圆桌上已排上酒筵，四个宫女很整齐地立在一旁，瞧见翠英进来，都微笑着相迎。翠英因她姐仍没有到，心上早有点不耐烦了，正要动问，忽见月洞门的右侧小门徐徐地开了，环佩声丁冬，盈盈地走进一个美人来。翠英还当是她姐姐，忙起身相迎，再瞧时却是不认识的，不禁怔了一怔。那美人微笑道："吴小姐寂寞煞了吗？"翠英不及回答，那美人又道："惠娘娘给皇上缠住了，看来今天是没工夫来的了，所以叫我来伴着吴小姐，请用了晚膳，那时送小姐回府就是了。"翠英听得她姐姐没空儿，连晚饭也不要吃了，便欲令她们打轿回去。那美人格格地笑道：

第二十二回　裙履余芳吴美人擅宠　衾裯遗爱惠妃子拈酸

"吴小姐且莫心急，既然来了，终须进晚膳去，况我是奉了娘娘的命来侍候小姐的，倘小姐此刻就回了府，惠娘娘见责起来，叫我怎样回复呢？"翠英见她说得婉转有理，只得应许下来。那美人便邀翠英入席，两人对面坐了，宫女们斟了酒，那美人便殷勤劝饮。翠英觉情不可却，勉强饮了几杯，那美人只顾一杯杯相敬，自己也陪着吃酒，看她的酒量很宏。翠英看看已有了醉意，有些支持不住起来。美人才吩咐宫人添上饭来，翠英这时多喝了几杯，不免头昏眼花了，哪里还吃得下饭呢。美人亲自来扶着翠英到那小榻上躺下。一面令宫人收去杯盘，一头附在翠英的耳边低低说道："吴小姐暂时安息一会，我就去打了轿来。"翠英微微点点头，那美人竟自去了。

翠英睡在榻上，渐渐地沉沉入梦。她睡得正酣，忽然给宫中的更漏惊醒。睁眼瞧时，案上烛光转明，宫女们一个也不见了，自己的身边似有人卧着。翠英矇眬中辨认出那人紫衣金带是个男子装束，不由得吓得直跳起来。只苦四肢软绵绵地一丝气力也没有，挣扎了好半天，休想动得分毫，额上弄得香汗淫淫，胸口娇喘吁吁，双足不住地上下乱颠。那紫衣的男人已翻过身来，轻轻按住了翠英的前胸，和声悦气地说道："吴小姐不要心焦，你姐姐也快来了。"翠英忙推开了他的手，细辨声音笑貌，分明是那位皇帝姐夫。便咬着银牙骂道："翠娥（惠妃）这贱婢卖我吗？你设这种圈套，可把我害死了。"说罢就呜呜咽咽地哭起来。

朱太祖见翠英哭了，转把好话安慰她道："吴小姐不要错怪了你的姐姐，这件事都是俺的计划，和你姐姐是毫不相干的。"翠英这时气愤极了，也不管什么皇帝不皇帝，竟含着满脸地娇嗔大声说道："你们用了这种鬼计，要想把我怎么样呢？"太祖见问，带着笑道："并不是把小姐怎么样，实在爱你长得俊俏不过，几乎想死了俺，所以才将小姐赚进宫来。如其小姐肯一心嫁给俺的,俺决不亏负小姐。你瞧你的姐姐,现在封了惠妃,居在仁和宫里,服侍有宫女内监,进出是凤舆安车,吃的是山珍海味,穿的绸缎绫罗,唤一声一呼百诺,一举步前护后拥,多么荣耀威风。那些宦家的女儿,谁不愿嫁俺做嫔妃,俺却一个也瞧不上眼,只是爱着小姐,不知道小姐的心上怎样?"

　　大凡女子心理是没有不爱虚荣的,翠英出身是小家碧玉,她平时闻得自己的姐姐做了皇帝的贵妃,心中未尝不暗暗羡慕,及至进宫和那姐姐相晤时,见她满头的珠光宝气,遍体绣服锦衣,不觉自惭形秽了,艳羡的念头越加高了一层。此刻听了太祖的一番话,芳心不由得一动,又经太祖小姐长、小姐短的,把个翠英早叫得心软下来。太祖见翠英默默不语,知她意已打动,便格外做出温柔的样子,百般地趋奉翠英。说得翠英眉开眼笑,把粉颈一扭道:"我姐姐封了惠妃,我却没得封了。"太祖笑道:"封号多着呢!俺宫里的妃子谁也及不上你那样美丽,俺就封你做了吴美人吧!"翠英很觉喜欢,这才在枕上叩头谢恩。两人说说笑笑,双双同入好梦。

　　明天起来,太祖命吴美人居了长春宫。又谕知吴祯,说册封翠英做了美人,吴祯即进宫谢恩。太祖自有了吴美人,天天宿在长春宫里,把宁妃、瑜妃、惠妃一古脑儿丢在脑后。宁妃和瑜妃倒还不过如是,独那惠妃见太祖专宠着她的妹子,一缕的酸气自丹田直冲到脑门。一天惠妃真有些忍不住了,乘着太祖还没有退朝,竟赶到长春宫来大闹。

　　要知惠妃闹得怎样,且听下回分解。

第二十三回　宫廷祸兴胭脂劫　宰府奇谋肱股诛

却说惠妃因自己的妹子吴美人专宠，心里十分气愤，几次要赶到长春宫来和她妹子拼命，都给一班宫女们劝慰住了。有一次上，她万万忍耐不住，又摩拳擦掌地要往长春宫去，口里连呼着备车，经旁边的宫人劝道："娘娘还是忍气些的好，现在吴美人正在得宠的当儿，虽然是自己的姊妹，不幸她变下脸来，有皇上在那里帮护着她，不是要弄出乱子来吗？那时反悔之不及了。"惠妃听了宫女的话，倒也很为有理，只得忍住了一口气，暗底下却召吴祯进宫来，把翠英的经过一五一十地讲了出来。又将翠英恃娇专宠的行为也说给吴祯听，并说翠英欺负自己，眼孔里竟没有她姐姐了。说罢，眼圈一红，早扑簌簌地流下泪来。吴祯一面安慰着，一面说："娘娘不要过于伤心，须保重自己玉体，这件事只消嫂子进宫来，向吴美人那里劝说一番，或者得她的回心转意也未可知。"惠妃点头答应。

吴祯退出宫去，便和他的妻子米耐帖兰说了，命她进宫来替惠妃姊妹调解。帖兰允许了，吴祯就假托着惠妃宣召他妻子进宫来，打起一乘软轿把帖兰送进宫去。谁知帖兰这一去竟杳无消息，老给他一个不出来。吴祯在外等得好不心焦。看看已七八天过去，仍不见帖兰出宫，吴祯急得抓耳揉腮，自己寻思道："莫不成她们姑嫂要好,把帖兰留着吗?"要待到宫中去打听,却格着外戚不奉宣召不许进宫的规例,不便进去。

这样一天天地过去,转眼一月多了,帖兰仍不出来。吴祯没法,亲自候在宁安门外,向那些内监们探问,都说不曾知道。恰巧一天有个小监出来,吴祯忙上去看时,认得是常常到自己家里来送御赐物的,因招呼他道:"小哥哪里去?"那小监回过头来,认得是国舅吴祯,便答道:"皇上命咱到国公府里送人参去。爷在这里做什么?"吴祯见问,就悄悄地拉他到僻处,掏出一包碎银递给那小监道:"这点儿小意思,给小哥买些果饵吃。"那小监平日不大弄得到钱的,见吴祯送银子与他,不禁眉开眼笑地说道:"咱不曾有什么功绩,怎好受爷的赏赐。"吴祯也笑道:"那是笑话了,你只管收了,我还有事拜托你呢。"那小监收了银子,很高兴地问道:"爷有什么事咱就立刻去干。"吴祯说道:"没有别的,我就问你一句话,我们那位国舅夫人,现在宫中做些什么?"那小监听了,不觉怔了半晌说不出话来。

吴祯见他形状蹊跷,知道内中定有隐情,便去附着小监耳朵低低说道:"你有什么不能告诉人的,尽可对我讲了,我决不为难你的。"那小监想了想,对吴祯说道:"咱老实给爷爷说吧,国舅夫人自那天进宫,如今还住在宫里呢!"吴祯说道:"那是我知道的,但不知道她住在宫中老不出来,却是为什么缘故?"那小监到底年纪小不识好歹,这时听了吴祯的话,便拍手答道:"早哩,早哩!咱看国舅夫人是不出来的了。"吴祯吃了一惊道:"这话怎讲?"那小监笑道:"皇上和国舅夫人天天在永寿宫里饮酒取乐,看他们正好亲热呢,会舍得出来吗?"

吴祯不听犹可,一听了小监说罢,早已气得眼中出火,七窍生烟:"反了!反了!竟会做出这样的事来。俺吴祯不出这口气誓不为人!"他这一叫,吓得那小监面如土色,慌忙说道:"爷这

第二十三回　宫廷祸兴胭脂劫　宰府奇谋肱股诛

样的大闹，不是要连累了咱吗？"吴祯这才忍住了气，回头向小监说道："对不起，小哥。我们再见吧！"那小监也巴不得他有这一句话，便谢了声吴祯，飞般地望国公府里去了。

　　吴祯气冲冲地回到家里，跳进踯出，拍台拍凳地大骂起来，慌得家人奴仆们似老鼠见了猫般地惊得四散躲藏不迭。吴祯正在怒气不息，忽听得左将军傅友仁来相探，吴祯只得出去相见。两人携手进了书斋，谈了些闲话。吴祯于言语之间，说起朝廷很觉怒形于色。友仁几次询问，吴祯只是用别的话支开去。友仁是何等乖觉，晓得吴祯定有什么说不出的隐衷，便起身告辞回来，将吴祯的形状暗暗去说给胡惟庸知道。

　　其时的惟庸已封了太师太傅，权倾四野，朝臣多半侧目。在这个当儿，刘基方罢相，左丞相汪广洋被诛。惟庸不免兔死狐悲，私下对李善长说道："皇上近来心境大不似前，而且多疑善变，朝士皆朝不保夕，我们应早自为计。"原来善长和惟庸已结了儿女亲家，两下交情很密。这时善长听了胡惟庸的话，只默默地不作声。惟庸疑善长心已动，便去勾结了左将军叶升、都督王肇兴、员外郎吴焕、御史徐敬等等，专一收拾人心，招揽同党。惟庸家里蓄着勇力数百人，又在府中深夜打造武器。

　　那时听得同党傅友仁的报告，知吴祯也有异心，于是连夜把吴祯邀至相府，惟庸亲自为吴祯把盏，一杯又一杯，把个吴祯灌得大醉。惟庸趁势用言语激动他，吴祯酒后忘了顾忌，将皇上强占自己妻子的事和盘托出，还说了些不臣的大话。胡惟庸素来知道吴祯的勇猛，有心要收他做心腹，当时见有机可乘，便故意叹道："国舅出入戎马，把生命去争来的功劳，只酬得区区千五百石的侯爵，倒不如刘基这一班人，毫不费气力地转封了他们公爵，那真是不平的事。况国舅夫人又给皇上糟踏了，难道主子不念功臣的辛苦吗？倘外面把这件事传扬开来，叫国舅有什么脸儿

215

立在朝堂呢？"这一席话，把个吴祯说得面红耳赤，拔出佩剑，啪的一声击碎桌上一只酒杯，咬牙切齿地骂道："罢了！罢了！今番俺若得着机会，也叫那牧牛儿和这杯儿一样！"惟庸见吴祯已人彀中，忙摇手止住他道："国舅就要行事，也得秘密一点。你这样地大惊小怪，风声泄漏，不是画虎类犬？"吴祯正色作谢道："全仗丞相的包涵。"惟庸低低说道："不瞒国舅说，我也久有此心，只是没人帮助，不敢举事。"于是把自己谋划细细地和吴祯说了，吴祯大喜道："丞相如果行大事，俺吴祯不才，愿助一臂之力。"惟庸也十分有兴，一面吩咐左右洗盏更酌。惟庸又将傅友仁、叶升、徐敬、王肇兴、吴焕等一干人请来，大家歃血为盟，置酒共饮。

是年的冬月里，胡惟庸的府中大门上，忽然生出一颗灵芝来。术士李俊说道："灵芝是皇帝之瑞，将来必出天子。"惟庸听说，谋乱之心越发高了起来，并邀集吴祯，徐敬、叶升等设筵庆贺。其时李善长罢相，尚书余雄又革职，且遣戍河南。惟庸深怕自己也不保，连夜聚议起来。一方面去邀元朝的后裔马立，命他纠了亡命自外杀人接应。这里叶升去和禁卫指挥曹聚说好了，到那时开了禁城迎入。殿前都尉张先本是惟庸的外甥，当然是同谋了。

再说那吴祯的妻子米耐帖兰，自从那天乘了软轿先到惠妃宫里，姑嫂相逢叙了一番寒温，因惠妃和帖兰还是第一次见面呢，两人谈了一会，帖兰便起身往长春宫来见吴美人，她和吴美人是素识的，因此格外亲热。帖兰满心想替惠妃说几句话，那吴美人只问长道短，帖兰弄得不好开口。两人正在叙谈，忽的圣驾进宫来了。帖兰要待避去，吴美人把她阻拦着，帖兰没法，只有跪着一同接驾。朱太祖叫宫女把她们扶起，一眼瞧见了帖兰，觉得她神如秋水，容光照人，便问吴美人道："那是何人？"吴美人笑

第二十三回　宫廷祸兴胭脂劫　宰府奇谋肱股诛

道："便是臣妾的嫂子。"太祖惊道："吴祯有这样一个妻子，俺倒不曾知道的。"说着就命摆上筵宴来，吴美人拉着帖兰共饮，那帖兰本不懂得什么礼节和廉耻，三杯下肚，说也来了，笑也来了，免不得和太祖眉来眼去。吴美人要笼络皇上，便分外凑趣，有心把帖兰灌醉了，扶入后宫去，太祖便跟来后面，这一夜就和帖兰就成了好事。

　　第二天太祖命帖兰居了永寿宫，晚上便来和她取乐。帖兰见太祖魁梧，又贪着富贵，住在宫中，一天又一天地下去，竟忘记出宫了。但这件事只吴美人和宫女们知道，惠妃却一点也不知情。吴祯在外面等候帖兰很是心焦，便去探问那个小内监，把宫里春光完全泄漏。吴祯听着了消息，私下又一打探，方知帖兰失身的事，一半是吴美人的鬼戏。吴祯恨得牙痒痒地指天划地地骂道："翠英这贱婢子，早晚要死在俺的刀下！"

　　一天的夜里，太祖在永春宫中和帖兰对饮，酒阑灯迤，双双携手入帏，正拟同赴巫山，猛听得宫门外喊声大起，接着又是震天价一声响亮，宫门前脚步声杂乱。太祖在床上一手提着帐门，吩咐宫人出去探问，谁知宫门才开，早有五六个内监，慌手慌脚地直跑进来道："不好了！贼人打进来乾清门了，快请圣驾出宫避贼要紧！"太祖听了大惊道："贼是谁？"这句话还不曾说完，又听得轰然的一声，两个内监连跌带滚地进来报道："乾清门被贼人打倒了，现在侍卫们拼死抗拒着，圣驾速速避贼！"太祖这时也不觉心慌，忙着起身下床。太祖回过头来，心上又是不忍，便一把拖了帖兰，七跌八撞地奔出永春宫，前面六七个内监和一大群宫女，纷纷地随着拥护。太祖和帖兰走出了永春宫的正门，只见南面的谨身殿上，火把照耀通明，几十个侍卫且战且退，贼人便一拥入来，为首的人手执着一口扑刀奋力杀入来，勇不可挡。太祖认得是吴祯，疑他到来救援的，要待叫应他时，再看吴祯,只望着侍卫们乱砍,向着甬道上杀了过来。太祖知是不妙,当下也顾不得帖兰了,便把帖兰往宫女堆里一推,自己往人丛中逃走。

那吴祯领着党人,飞奔地杀入永春宫,寻太祖和帖兰不见,回身出了宫门,又与一大队侍卫相逢,大家在甬道上厮杀着,吴祯一口刀好似猛虎一般,十余个侍卫那里抵挡得住,不到一刻,已被他杀得落花流水了。吴祯杀退了侍卫,竟奔长春宫来。吴美人也闻得宫外喊声,内监接二连三地报贼杀来,吴美人慌得手足无措,旁边几个内监宫女,把吴美人拥着走。才走出宫门,劈面恰恰撞着吴祯,吴祯一见了她的妹子,不禁心头火起,便提刀大喝道:"贱婢认得我吗?你嫂子到哪里去了?"吴美人见她哥哥满脸的杀气,吓得战兢兢地答道:"嫂子在永寿宫里。"吴祯大怒道:"永寿宫俺已去过了。"说着一刀望吴美人砍来,吴美人忙闪躲,哪里还来得及,身上早着了一刀,仆地倒下卧在血泊里了。吴祯也不问她死活,返身杀进甬道,到仁和宫来寻朱太祖。

这时帖兰随一群宫女,也拥在甬道上奔逃。吴祯领了党人,一路追赶着乱剁乱砍,可怜一班娇肤嫩肌的宫女,怎经得如狼似虎地蹂躏,霎时间哭声震天,吃着刀的都倒在地上,有几个受着轻伤的也倚在门沿上啼哭。吴祯其时在宫人中认出了帖兰,一把将她扭住,如提小鸡般捉了过来,方要细细地问她,忽见朱太祖慌慌张张地从右边长廊上转出来。吴祯便一刀剁翻了帖兰,提刀来赶太祖,口里还大叫道:"朱元璋休要逃走,俺来找你算帐了。"太祖听得脑后有人来追,惊得魂灵也出了窍。不敢再走长廊,一回身穿过了景福宫,飞跑出聚景门,逃往御园中来。那吴祯不舍,也拼力地追着,看看要赶上了,太祖跨上金水桥,吴祯也上了金水桥,太祖喘着说道:"吴祯!你不念君臣之义,竟忍心弑朕么?"吴祯大喝道:"你霸占俺的两个妹子,心还不足,连

第二十三回　宫廷祸兴胭脂劫　宰府奇谋肱股诛

俺的妻子也被你玷污了，还讲什么君臣不君臣！"说罢尽力地一刀向太祖剁来，太祖急忙躲避时，吴祯用力过猛，那把刀正劈在金水桥的桥栏上，并刀背也几乎陷没了，吴祯拔那刀急切又拔不下来，。心里又气又恨，狠命地一扯，把桥栏拉折，那刀才得脱离，再瞧那刀口，已是卷缺的了。吴祯提着刀，回头再看太祖，早绕过太华池，去得远远的了。

吴祯还想追赶，忽听得墙外呐喊声连天，火光照着犹若白昼，那宁安门顿时大开，无数禁卫军杀将入来，吴祯的党人也从后赶到，拦住禁卫军厮杀。谁知禁卫军愈杀愈多，这里一队没有杀退，左边又是一队杀到，看看把吴祯围在中间。吴祯大吼一声，挥起了缺口刀，奋勇地冲将出来。恰巧叶升和徐敬，领着三四百个勇士，从宁安门来接应，三个人集在一起，杀开一条血路，一拥地出了宁安门，吴祯尚欲进宫去找寻太祖，叶升劝道："咱们赶快杀出去吧！听说王肇、傅友仁等事机不密，事急都已自尽了。此刻赵翼云将军亲率大队人马，杀进西华门来了。"吴祯惊道："胡丞相怎么样了？"叶升答道："丞相见大事不甚得手，已领着几十个家将管自己退去了。"吴祯顿足说道："罢了！罢了！很不容易得的机会，怎么轻轻放弃了呢？"说着，果然听人喊马嘶，远远地看见殿前指挥王光，大将赵翼云和总管马如飞统着大兵进城来杀贼。吴祯问叶升说道："事既弄糟了，左右不过是死，俺们索性杀上去吧！"叶升还不曾回答，那后面跟着的党人和勇士，本是些乌合之众，听得大军到了，谅也敌不过的，便发声喊一哄地散了。

吴祯越发愤怒，忙向一个勇士换一把腰刀，同叶升、徐敬领了不曾走的三十名勇士，竟来迎大队军马。两边相遇，吴祯气愤地首先陷阵，王光知道吴祯凶猛，也不来对敌，只指挥士卒把他们一队人一齐围在中间。吴祯仗着自己的武艺，左冲右突，那兵士只管围绕上来，一层厚似一层。任你吴祯有多大本领，休想杀得出去。忽然兵队里一声呼啸绊马索骤起，把吴祯绊住。吴桢只向前奋杀，不提防脚下一绊，好似玉山倾倒般地跌了一个斤斗，翻身要待跳起来时，早有拿钩手把他搭住。猛虎似的吴祯这时绳穿索缚地被兵士抬着去了。吴祯既经擒获，叶升、徐敬就容易对付，不到半刻工夫，双双同时被士兵获住。还有三十几名勇士，都吃乱兵砍死，一个也没有漏网。

那元朝的后裔马立，也领着百来个亡命，想杀入城来接应，跑到东华门相近，望见城内灯火通明，东华门前禁军林立，戈戟森严，知道事机已败，城中有备，便悄悄地退去了。

这里赵翼云等令把皇城紧闭，大搜余党，直到天明才收了军士，将吴祯、叶升、徐敬等一干人犯以及家属亲戚之类，一并捆绑上殿来，听太祖亲自发落。其时的文武大臣都进大内来请圣安。

那朱太祖被吴祯赶得走投无路，险些给吴祯追着，幸亏一刀砍在桥栏上，太祖才算脱身，一时慌不择路地去躲在鱼东亭的假山洞里。后来听得贼党已经禁军杀退，太祖惊魂始定，忙来长春宫看吴美人，见宫女们已把她扶在床上，右臂上着了一刀，用幅白绫裹着，面色和黄金纸一样，浑身都染着血污。吴美人一瞧见太祖，不禁呜咽着说道："妾兄叛逆，臣妾罪该万死！"太祖安慰她道："这事不干卿，卿只放心静养就是了。"说罢再三叮咛宫女，叫她们留心服侍，自己便望永寿宫走来。但见那甬道上杀死的宫女，东一个西一个，有的身首分离，有的只砍伤了手足，兀是在那里挣扎。

太祖看了这样的情形，也觉得惨目伤心。忽见那帖兰还睡在宫人的尸体旁边，双眸紧紧合着，面色灰白，肩上的刀伤处血仍汩汩地流个不住。摸摸胸口，尚有奄奄一息，太祖呼那宫监，却

第二十三回　宫廷祸兴胭脂劫　宰府奇谋肱股诛

没人答应，大约都四散逃走了。太祖没奈何，只得亲自去搀那帖兰，可怜她那香体是软绵绵的，哪里能够行动呢！太祖便放出吃奶气力来，把她拥在肩上，一步步地挨到永寿宫里，却扯了一块衣袖，替帖兰包了伤口；又去金壶内取了半盏的清水，慢慢地灌入帖兰口里。过了好半响，才见帖兰星眼乍启，微微一声："痛死我了！"那泪珠儿似泉涌地滚出来。太祖见帖兰苏醒，一把愁肠总算放下，一面也拿话安慰了她。看天色已经大明，宫门口的云板丁冬，知道大臣们来请安了。这时宫女太监渐渐地聚集拢来，太祖吩咐一个内监，叫大臣们不必侍候，又令官人们好好地看护帖兰。

不一会听得景阳钟响，已到了上朝时候，便有二十四个卫仪监拥着銮驾来迎太祖临朝。太祖登了銮驾，太监护着圣驾到得奉天殿上，太祖下銮由殿前太监扶上宝座，文武大臣纷纷列班请安，三呼礼毕，各归了班次。右丞相胡惟庸却托疾不朝。这时大将军赵翼云上殿奏知逆党就获，太祖谕令把吴祯等绑上殿来，丹墀下的卫侍已拿吴祯、叶升、徐敬等三人横拖倒拽地拉到殿前跪下，太祖见了吴祯，不觉冷笑一声道："吴祯！朕不曾有亏待你，为什么纠党行逆？"吴祯听了圆睁怪眼正要回话，太祖怕他说出隐情来，传旨把吴祯、徐敬、叶升等三人并将家属人口一并绑出去砍了。那徐敬却气愤填胸，便攀出李善长、廖永安、曹聚等一千人来。太祖勃然大怒，立刻谕锦衣校尉去捕李、廖诸人。

要知善长等性命如何，且听下回分解。

第二十四回　截指割舌云奇殉节　伤心惨目太子亡身

却说朱太祖闻得李善长、廖永安、曹聚等也通同谋逆，不觉大怒，立命锦衣校尉械李善长等入刑部，讯明回奏。这时的刑部主事陈炎，素和善长不睦，竟胡乱审了一次，入奏善长有谋逆嫌疑，太祖即下诏赐死。廖永安、曹聚两人姑念功绩，着遣戍云南。可怜！李善长是个致任的宰相，年纪是六十多了，免不得三尺白绫断送了性命。这一场的党狱，除了正犯诛族除外，株连枉死的臣工和百姓，共戮一万三千七百六十九人。临刑的那天，红日无光，京城内外满罩着愁云惨雾，怨愤之气直冲霄汉，一时朝野震惊，文武大臣无不互相危惧，真有晨不保暮之概。太祖的心上兀是怒气不息。

马皇后在坤宁宫听了这个消息，不由得大惊道："皇上专好声色，妄戮有功之臣。看来明代江山也要步元人的后尘呢！"当下忙摆起凤驾，亲来谏阻太祖。

太祖既把党人一一发落，便进宫来看吴美人和帖兰，两人已经太医院诊过，敷上了伤药，绷扎住创口，换去了血衣，宫女们便服侍着睡下。太祖也不惊动她们，在长春、永寿两宫转了转，却望仁和宫来。这天晚上宫中闹乱子，因坤宁、景福、万春、仁和四宫离开得较远，坤宁宫的舍宇又深，虽遥听得喊杀声，逆党

第二十四回　截指割舌云奇殉节　伤心惨目太子亡身

只向着永寿、长春两宫中杀人。因吴祯探知太祖只幸这两宫，所以不曾犯及他宫。后来吴祯想着往别宫去找寻太祖时，外面禁军已杀到，也不敢再逗留宫中了。坤宁等四宫，得知宫内有贼犯驾，吓得宫内宫女们将宫门紧闭，连消息都不敢出来探问。幸得那坤宁宫等始终没有惊扰。事后，凡皇后以下都来向太祖问安。内中的惠妃，闻惊驾犯圣的是自己的哥子吴祯，不觉颤兢兢的，见驾十分怀着鬼胎。太祖瞧出惠妃的隐情，便用好言安慰她。惠妃感激零涕，垂泪谢恩。原来依据国法，国亲国戚谋叛，妃子须得赐死或贬入冷宫。朝中大臣，曾上疏请贬惠妃和吴美人，太祖却一概置之不理。这时惠妃见太祖进宫，慌忙起身接驾，行过了常礼，便问："逆党处置得怎样了？"太祖很气忿答道："吴祯悖逆，俺已将他砍了。"惠妃见说，究竟手足关情，不觉流下泪来。太祖冷笑道："这是他自作自受，哭他做什么？"

正这样说着，忽报皇后凤驾到了，惠妃忙着出去迎接。马后进了仁和宫，与太祖相见，只行着一个便礼就在对面的金交椅上坐下。惠妃在一旁侍立着，马后赐她坐了，便由宫女掇过一个绣墩来，惠妃谢了恩才敢就坐。马皇后便向太祖说道："臣妾闻陛下大诛逆党，并李先生（善长）也在里面，他是朝廷股肱，现加戮诛，岂不有失众心吗？"太祖答道："善长逆谋已显，罪有应得，失什么人心？"马皇后道："这样的大臣见戮，株连多人，诸臣皆惶惶不安，却不是人心疏离的明证吗？"太祖听了不觉嘿然。马皇后又说："依臣妾的愚见，陛下宜急下谕旨，于这次的党案，首逆既已受诛，余人一例不问，谁再提党人的即得治罪。不然挟嫌诬告和假公济私的无了期了。"太祖点头道："卿言很是有理，俺就这样办吧！"马皇后见太祖容纳她的劝谏，很是喜欢地起身，仍乘着凤辇回宫。第二天上，太祖果然下了一道停止追究党案的上谕，其时有人控那胡惟庸通同谋逆的，太祖把呈控的人斥退。

这样一来，臣民等始得渐渐安心。

马皇后这一谏，虽救了无数人的性命，也算便宜了胡惟庸。在胡惟庸应该感激知悔，从此不再生妄想，谁知他怙恶不悛，谋逆之心反因此愈炽了。那太祖自经这回党案后，疑惑臣下更比从前厉害了一层。又不时派了亲信近侍，暗中刺探大臣的行动，惟庸心里也愈觉不安了。便又勾通了兵部尚书夏贵、御林军教练马琪、都御史岑玉珍、检事毛纪、将军俞通源等，日夜筹议着起事。

那时刘基致仕家居，得知惟庸漏网，仍在那里结党谋乱，就秘密上疏告变，奏牍经过夏贵的手，便把它塞在袖里，竟来谒见惟庸，将刘基的奏章呈上，惟庸看了大惊道："此人不诛，终是不安。"于是和夏贵商议好了，由夏贵请刘赴宴。刘基不知是计，应召而往，待到宴罢回去，便觉头昏心痛，不上三天就呜呼哀哉了。

话分两头，其时徐达、常遇春等分四路进兵，连破了山东，克了东昌，元平章普颜不花、宣慰使哒利力尽战死。徐达又进取东安，常遇春下了归德。这时明军水陆并进，及破了彰德卫辉，元将李博臣、都事张处仁自尽。徐达督兵进薄青州，元都督达喇花遁去。明兵占了直沽，夺了海口，进军通州。元顺帝闻得通州被围，知道大势已去，便召集六宫三院的嫔妃，命驾起了数十乘的大车，要待出奔，元右相庆童、皇叔伯颜达里等苦谏留驾，顺帝怒道："明兵早晚将到，朕岂愿效宋朝的徽、钦二帝，你们不必多说。"当下把朝事委给庆童等，下谕车驾连夜出了建德门，逃往塞北去了。后来明师北伐，破了开平，顺帝奔至和林，病死行宫。太祖得了顺帝死耗，便谥为顺帝，这且不提。

再讲顺帝出走后，徐达督兵陷了燕都，元丞相庆童、平章迭必失、皇叔伯颜达里都力战受擒，因不屈被杀。徐达定了燕都，

第二十四回　截指割舌云奇殉节　伤心惨目太子亡身

又分兵西略，平了西安诸郡。常遇春也领兵北进，陷了锦州，直趋开平。谁知兵到柳州，遇春忽然得病，一天沉重一天，药石无灵，竟至逝世。常遇春临终的那天晚上，西南角起了巨响，空中有一颗大星自上下坠，到了地上轰然的一声，毫光四射，京城内外的人民都很为惊异。太史飞章入奏，说将星堕殒，三日内必损折大将。朝中便议论纷纷，朱太祖也极忧虑。过不上几天，飞骑报到常遇春病逝的消息，太祖十分震悼。一面下旨，内务府拨银一万两，给常遇春治丧。太祖又亲自祭奠，并追赠遇春为太师太保、上国柱、推诚靖远功成、开封府、中书右丞相郑国公、开平王，谥号忠武。子常荫，永远世袭公爵；孙常保森，加大将军衔封武德侯；遇春德配夫人韩氏封开平晋德王妃；女常秀贞，封仪淑郡主；媳王氏，封一品忠孝夫人。又命塑遇春像入忠良祠，春秋致祭，以慰忠魂。

朱太祖自常遇春逝世后，心上郁郁不欢。谁知一波未平一波又起，忽然太平报到，陈野先潜出京城，袭取太平，花云战死，吴良只身逃命。又得处州警报，胡大海部将刘震、总管蒋英私通了苗酋李佑之，深夜袭了处州、金华、严州诸地，胡大海被刺殒命。又接到镇江警报，巢湖匪颜良大掠江山，俞通海出剿，战殁阵中。朱太祖迭接各处的警信，又闻得花云、胡大海噩耗，不觉垂泪道："花云和大海随朕二十多年，出征必身先士卒，今日犹未蒙恩，身已先死，怎不叫朕心伤！"说罢大哭，一时群臣也无不挥泪。当下追封花云为护海侯，谥勇毅；子花祎封都指挥袭爵。追赠胡大海为英国公，谥忠靖；子胡济德封将军，永袭靖远侯爵。俞通海追赠为宁侯，谥武懿；子俞长源为将军，授久安侯。花云、胡大海、俞通海等三人均塑像入忠良祠，妻晋封夫人，孙荫袭伯爵。及下谕着杭州李文忠进兵金、处，又命滁州耿再成出兵剿除陈野先，又令镇江华云龙讨平巢湖盗寇颜良。

明宫十六朝演义

谕旨颁发，又接到徐达平定燕京，顺帝出走的军报，太祖因忧患重重，也无心庆贺。正在满腹愁肠的当儿，忽报马皇后生了太子，朱太祖听说，不觉开颜一笑。到了三朝，自有群臣致贺，这时宫中大开筵宴，太祖亲抱着太子，祭告太庙，赐名叫作标。光阴如箭，不到一个月，各处告捷的奏章入京，李文忠平了金、处诸州，杀了刘震、蒋英，李佑之请降。耿再成克复了太平，陈野先成擒，太祖命就地正法。华云龙剿平了水寇，巨酋颜良战时死于乱军之中，只把首级赍到应天，太祖着号令示众。这时天下渐归一统，真可算得太平无事，太祖便把徐达召回，封徐达为太师右丞相，在京就职。

一天，尚书左丞相胡惟庸上疏，疏中说自己的家里，花园内忽涌出醴泉，泉水都成甘芳的佳酿，请太祖临幸赏玩。太祖看了奏章也觉得奇异，当即传谕，车驾往幸惟庸府第。于是卫仪监排起銮驾，太祖只带着二十名护驾侍卫，竟出东华门来。惟庸的赐第离东华门不过一箭多路，太祖御驾才出东华门，忽见内使云奇飞马驰来，到了驾前举鞭拦着车驾。因跑得气喘，又是情急，却期期艾艾地说不出话来。太祖大怒，喝令将云奇的舌尖割下。左右侍卫把云奇的口中用刀卷了一转，云奇流血满口，又加舌短，更觉说不清楚了，只一味地呀呀乱叫，口里喷着血，手指点着东南角。太祖愈愤他无礼，在驾前跳嚷，命侍卫截去云奇的指头，云奇又伸出中指来指点着，太祖叫截去他右手的五指，云奇却用左手指点着，侍卫砍去他的左臂，并把金锤望云奇的头上乱击。云奇兀是不顾疼痛，只是狂跳叫嚷，把断臂挥着东南，鲜血四溅开来，染在太祖的袍袖上，侍卫爪锤齐下，云奇眼看锤毙，还看着东南角大喊三声。太祖至此，方才有些诧异，望东南角看去，正是胡惟庸的府第。太祖大疑，下旨回銮。登了皇城遥望惟庸的宅中，隐隐伏着杀气。太祖惊道："惟庸请朕临幸，莫非有诈

第二十四回　截指割舌云奇殉节　伤心惨目太子亡身

吗？"侍驾官李贺当即俯伏奏道："惟庸要想谋逆，已非一日，前此吴祯犯驾也是惟庸主使。陛下方宠信惟庸，群臣不敢入奏。"太祖大怒道："朕未薄待惟庸，他倒敢负朕吗？"于是立命还驾，谕令殿前都尉俞英专同锦衣校五十名，禁军一千名往抄胡惟庸宅第。

俞英领了谕旨，飞也似地带了校尉，点起禁军驰出了东华门，将惟庸宅第团团围住。一千名禁军在外把守着，俞英便领着五十名锦衣校尉，打开了大门进内抄查。

这时惟庸的第中，方张灯结彩，大厅上设着筵宴，左右夹壁内，埋伏着二十名的甲士，准备太祖驾到，在饮酒的当儿甲士齐出，杀了太祖。不料事机显露，被内使云奇得悉，便舍着性命去阻拦御驾，把太祖生生地点醒，即命校尉禁军来捕惟庸。惟庸不曾提防，俞英突入好似瓮中捉鳖一般，把惟庸一家老幼三百多口并二十多名的甲士一古脑儿捆绑起来，由锦衣校尉拥着，械系到了刑部，一面将惟庸的宅第发了封，俞英便去复旨。

这里刑部尚书张玉，见事关篡逆，案情重大，立时把惟庸提讯，结果还用刑审，惟庸受不住苦痛才老实招了供，又攀出尚书夏贵、校尉马琪、都佥事毛纪、将军俞通源、太傅宋景、都御史岑玉珍等。张玉不敢擅专，上达太祖。太祖命按名逮捕，尽行弃市，胡惟庸还灭了九族。这次的党狱，诛连的又是七千九百余人，太祖悉令诛戮，西华门外河流为赤。当时的人民私下通称朱太祖为屠手，杀戮的惨状自不消说得了。事后，太祖才想到了云奇，深赞他的忠诚，便追谥为忠节，封右都御史敬侯，子云忠袭爵，封都指挥使，子孙食禄千石，赐褒忠匾额。

日月如梭，流光不住，这样地一天天过去，朱太祖又纳了淑妃、王妃。这时马后所诞的太子标已十八岁了。宁妃也生了一子名枫为晋王，封在太原。惠妃生了两子，一名樉为秦王，封西安；一名棣为燕王，封北平。瑜妃生一子名梓为潭王，封长沙。淑妃生一子名桢为楚王，封武昌。王妃生两子，一名榑为齐王，封青州；一名檀为鲁王，封兖州。吴美人生一子名橚为周王，封开封。太祖这九个儿子，太子标之外八子都分封各地，免得皇族势力单薄。他那种用意原为子孙永保帝业的设备。又怕后代继统地不肖，被群小蒙蔽，所以立祖训的时候，有皇上如其昏瞆不明，权奸当国时，准许藩王起兵进京清君的左右。惟藩邸设护卫，兵不得过三千，甲不得逾百副，这是防藩王作乱的意思。可是在太祖筹划的人，果然觉得尽善尽美，到了末后，却弄出燕王篡位的一出戏来，那叫作有利必有弊了。

在八个皇子里面，要算四皇子燕王棣最是英武绝伦，太祖也最为喜欢他。还有八皇子潭王梓是瑜妃所生。瑜妃阇氏就是陈友谅的爱姬，当太祖纳阇氏时，她已经怀孕的了。及闻得友谅已死，阇氏便暗祝道："妾含垢从贼，如生子是男，他日必会报仇雪恨。"于是勉从了太祖。太祖登基，封阇氏做了瑜妃，不久便生下潭王梓来。这时太祖见诸皇子已都长大，恐他们互相猜忌，便下谕分封各地。

诸子领了圣旨，各自去携同家眷起程赴封地。潭王梓也受命起身，并进宫来向他的母亲瑜妃辞行，瑜妃问道："你要到什么地方去？"潭王答道："父皇封儿在长沙，自然往长沙去。"瑜妃听潭王呼着父皇，不禁扑簌簌地流下泪来。潭王只当是瑜妃爱子情深，不忍分离，以至垂泪，因忙安慰她道："父皇有旨，准皇子春秋两季进京定省，相见的日期很近，母亲何必这样悲伤。"瑜妃便屏去宫女，垂泪低声说道："你口口声声称那父皇，不知你父皇在哪里？"潭王诧异道："当今的皇帝，不是儿的父亲吗？"瑜妃哭着道："这是仇人，哪里是你父皇呢！你的生父，是从前汉王陈友谅，被朱元璋迫得兵败身亡，儿今身长七尺，不知替父

第二十四回　截指割舌云奇殉节　伤心惨目太子亡身

报仇，反称仇家作父皇，试问你将来有何颜面去见陈氏的祖宗？"瑜妃说罢放声大哭，又说道："你苦命的母亲岂贪着富贵做仇人的皇妃，十余年来，忍辱含羞地过着日子，无非希望你成人长大，有志竟成罢了。你若是忍心事仇的，终算你母亲白白辛苦一场。以后你尽管去受仇人的封赠，也不必再来看你苦命的娘了。"

瑜妃一边说，一边哭，把个潭王气得眼睛发黑，怒发冲冠，高声大叫道："罢了！罢了！俺如今去和仇人算帐去！"说着就壁上抽了宝剑，三脚两步地往外便走。瑜妃大惊道："你到哪里去？"潭王气愤地答道："儿砍仇人的头去。"瑜妃大喝道："似你这般地卤莽，不是要害我么？"潭王说道："儿替父亲报仇，怎说害了母亲？"瑜妃怒道："现在他护从如云，你单身前去，必然寡不敌众，转是打草惊蛇，画虎不成类了犬，还不是害了我吗？你若果真有心报仇，我们慢慢地计较不迟。"

潭王见说，呆了半晌才回进宫中，把剑还了鞘，坐下来问道："依母亲的筹划，怎样去报得这怨仇呢？不幸元璋这逆贼死了，这仇恨的报复不是成了画饼？"瑜妃微笑道："痴儿子，他死了难道没有子孙吗？就我的意思讲来。须设法把他的亲手一个个地剪除了，那个高高的位置自然是你的了。到了那时，朱氏一门九族的生死都在我们掌握中了，这才好算得报仇呢！"潭王也笑道："这样地说来，我们宜先从继统上着手了。"瑜妃笑道："不是的吗？那就叫擒贼先擒王。"潭王皱眉道："这个谋划似乎很不容易成功，你想他们东宫的名分已经册定，我又排在第八个上，倘要把他们一一地收拾干净，那非有极大的势力怕未必办得到呢！"瑜妃向潭王啐了一口道："傻子！谁叫你真的用实力去做。"说着便附了潭王的耳朵道只消如此如此，保管他们没有噍类。潭王听了大喜，当下别了瑜妃，出了万春宫，回到潭王邸中，只推说冒了风寒卧病在床，连夜上疏，要求暂缓遣赴封地。

太祖为了舐犊之情，自然也含糊照准了。

再讲那皇太子标，为人温文有礼，纯厚处很肖马皇后。自册立做了东宫，平日唯读书修德，又和宋濂、叶琛等几个文学前辈研究些经典。闲余的光阴也不过是饮酒赋诗罢了。但诗词歌赋中，他最嗜的唐人七律。一天，他题一幅山水画轴道：

路险峰孤荒径遥，寒风萧瑟马蹄骄。
青山不改留今古，世事浮沉自暮朝。
地瘠藏芜剩鸟兽，村居贫士放渔樵。
可怜裙履成陈迹，独有空丘姓氏标。

这首诗儿，一时宫内传讲遍了，有几个宫人没事的当儿，就把它当作歌曲儿唱。那时传到太祖的耳朵里，听得那诗是皇太子做的，不觉叹道："诗义薄而不纯，恐标儿终非鹤算之人。宋濂等是当代的宿儒，不教东宫治国经纶，却去学些妇女幽怨之词，这岂是圣贤之道？"于是把宋濂等宣至谨身殿上，很严厉地训斥一番。太子闻知宋濂、叶琛等见责，便抛去了韵文，从此不敢再谈诗赋了。

其时也会当有事，太子一天从文华楼经过，见潭王梓正伏在案上做诗。太子读了他的诗句觉香艳绮丽，爱不忍释，因触起所好，不免提笔和了一首。以后太子知道潭王也工吟咏，就将他引为知己，两人一天亲密一天，诗酒留连，竟无虚夕。太子还不时往潭王的府邸，高歌联句，视为常事。有一次上，太子从潭王府邸中归宫，忽然连呼着腹痛，竟倒在地上乱颠乱滚起来。等到太医院太医赶至，太子已是血流满口，肤肉崩裂了。可怜一个温文尔雅的太子，弄得眼珠突出，遍身青紫，死状十分凄惨。这时，太祖和马皇后及六宫妃子，也都来探望，齐声说是中的毒，那太

第二十四回　截指割舌云奇殉节　伤心惨目太子亡身

医院也是这般说，太祖忙追问内监，知道太子方自潭王邸来，立命系潭王问话。

不知潭王怎样回话，且听下回分解。

第二十五回　夜走铁骑栈道渡蓝玉
　　　　　　　魂化杜鹃香冢泣残红

却说朱太祖见皇太子死得可惨，便传集了东宫侍候太子的宫女内侍，追问太子中毒的缘故。宫人们回说，太子从潭王府回来，就喊着腹痛，不到一会就变成这个样子了。这时马皇后和六宫嫔妃们也都齐集在那里，除了瑜妃之外，齐声说是太子中了毒药。太祖大怒道："那分明是潭王下的毒手了。"正要传旨出去，命锦衣尉系潭王回话，忽见那宫监呈上一张笺纸来，屈着一膝禀道："太子在病中说是留达皇上的。"太祖展开瞧时，虽是太子亲笔，却写得字迹潦草，大约在临绝的时候所书。上写着寥寥几个字道："臣儿命该绝，不该八弟之事，父皇勿冤枉好人，标留……"后面还有歪歪斜斜的一行字，都是看不清楚，太子写到这里，想是写不动了。太祖读罢，不觉放声大哭，马皇后更哭得伤心，六宫妃也无不纷纷落泪。一时间宫中满罩着愁云，一片的痛哭声，直达宫外，大家真哭得天昏地暗，马皇后几次昏过去，太祖也只有顿足叹息。把传询潭王的事，因太子留有遗言，太祖知道他死后不忍有伤手足之情，所以也暂时搁起。但拿宫人内监们严鞫一番，也毫无头绪，只得罢了。一方面把太子盛殓了，命宫内外及文武大臣挂孝一天。马皇后痛太子死得不明不白，又目睹他临死时的惨状，心里越想越悲伤，竟郁出一场病来。太祖再三

第二十五回　夜走铁骑栈道渡蓝玉　魂化杜鹃香冢泣残红

安慰她，又去召了天应寺的僧徒百人，追荐太子。凡丧葬的礼仪也格外从丰，太祖又亲题谥号，叫作懿文太子。

时太子的德配元妃，已生有两子，长的夭殇，次的唤允炆，已是十几岁了。太子既死，太祖想册立燕王棣为东宫。当下对诸臣说道："燕王英武毅断，举止酷肖朕青年之时，朕意欲立为太子，众卿以为怎样？"学士刘三吾奏道："国家虽赖长君，但燕王行在第四，如果册立，将置秦（二皇子樉）、晋（三皇子棡）两王于何地？那不是蹈了废长立幼的覆辙？"太祖叹道："这个朕岂不知，奈秦王与晋王，一个柔而无刚，一个刚而无断，都不足付以大事，只有燕王智勇兼备，故朕想立为东宫，以便继统有人。"左都御史王桢争道："燕王虽能，名分上似不当，现皇太子已有子，自应册立皇孙，转觉名正言顺。"太祖听了，忍不住垂泪道："朕也不忍有负东宫，准卿等所奏吧！"群臣领了圣谕，便往迎允炆，册立为皇太孙。

这时马皇后却见孙思子，愈觉伤感，那病便日重一日，到了临终的当儿，握着太祖的左手，只说得望陛下亲贤纳谏，臣妾要去了，说毕就气绝逝世。太祖又大哭了一场，下谕为皇后发丧。又传旨自亲王以下文武大臣，一概挂孝六月，一切庶民人等，也举哀三天，三天之内，禁止肉食，一年中停止喜庆婚嫁。是年的九月，葬马皇后于孝陵。举殡的时候，太祖亲自执绋恭送。可是偏偏天公不做美，临葬时大雨滂沱，太祖满心懊丧，又见地上水深盈尺，太祖一头撩衣涉水，口里说道："皇后一生贤德，恩惠及人，老天倒不能见容吗？"说着露出愤愤不平的颜色来。那应天寺的僧众，各持着幡幢铙钹，随后恭送皇后的灵輀。方丈慧性，见太祖不怿，便随口诵着四句道："雨洒天下泪，水流地亦哀。西天诸菩萨，来接马如来。"太祖听了，不禁化愤为喜，立命石工把这四句镌在陵前，作为偈语。现在的明孝陵里，这石碣还斑驳可见。这且不提。

再说那太祖丧了太子又丧贤后，心上愈觉得郁郁不乐。因马皇后在日，贤淑知礼，讽谏太祖、保全大臣的地方很多。胡惟庸的党案，宋濂的儿子宋璲，坐惟庸党狱被戮，宋濂也械系入刑部。马皇后闻知，忙来谏太祖道："宋濂是皇太子的师傅，又是一代大儒，陛下宜施恩见宥。"太祖怒道："宋濂既属逆党，应受国刑，你们妇女晓得甚事！"说着御厨进膳，马皇后在旁侍食，不能下咽。太祖说道："卿嫌肴馔不精吗？"马皇后垂泪道："妾与陛下起身布衣，当日餍粗糠尚甘，今日怎敢嫌肴馔不精呢！不过妾闻宋先生受刑，他曾做诸皇子的师傅，妾这时不觉替诸皇子伤心罢了。"太祖见说，很为感动，随即传谕，赦宋濂出狱。

又江南的富翁沈万山，绰号叫作"活财神"。太祖大兵取了应天金陵，想筑皇城，只是军饷浩繁，仓库又空虚，一时无力兴工。听得沈万山有钱，便差人和万山商量，借钱来筑城。那沈万山倒很是慷慨，情愿担任城工的一半，作为捐助。太祖十分喜悦，就和沈万山分半筑城。到了结果，沈万山的一半比太祖先完工三天。太祖面子上虽赞美万山，心里却已生了嫉妒。恰巧沈万山修筑姑苏的街道，采山石砌路，极其讲究。太祖微服出行，听得了这个消息，便说他擅掘山脉，下旨处沈万山死罪。马皇后又谏道："沈万山捐资筑城，于国家不为无功。总有死罪，应将功抵赎。"太祖说道："沈万山是个平民，富与国家相埒。他恃财作着威福，在地方是为民妖，历任是为蠹吏，怎可不与诛戮？"马皇后争道："妾只知民富乃国强，也正是国家之福。未闻有民富即为妖，须加以诛戮的。这样说来，天下只有贫民，不许有富民了？民贫国家还能够强盛吗？怕国也要成贫国了。"太祖被马后一驳，弄得无可回答，于是立命将沈万山释放。

又一天，太傅张君玉为诸王子讲经，秦王嘻笑舞蹈，乱了讲

第二十五回　夜走铁骑栈道渡蓝玉　魂化杜鹃香冢泣残红

席，君玉大愤，把界尺击伤秦王的额角。秦王哭诉太祖，太祖大怒道："张君玉无礼。"令内侍传旨，将张君玉系狱。其时缝工进御服，马皇后持着御衣对太祖说道："很好的绫锦，吃他剪得这个样儿，宜把缝工治罪。"太祖笑道："这是他奉命制衣，怎好无辜处罪呢？"马皇后正色道："那么张君玉受上命教训皇子，就使皇子受责，也只好由他，怎么说把他治罪？"太祖恍然大悟，便赦了君玉。

又马皇后居宫，很是俭朴，非大事不着新衣，太祖的罗袜都是皇后亲手所制。又尝绣"女诫"七章，赐给六宫和一班邻妇。逢大兵出征的当儿，马皇后终把戒妄杀的绣额，颁赐与统兵的将士。其他如规太祖修道，训皇子学礼，优视六宫嫔妃，恩遇宫女内侍，种种的美德，一时也记不尽许多。

太祖忆念着皇后，从此不忍册立正宫，只令宁妃权摄六宫罢了。有时嫔妃们谈起马皇后的好处来，太祖听了，不由得暗暗垂泪。一瞧见皇后的遗物，就是楚楚不欢。那时忽报蓝玉班师回朝，太祖心里很得着一个安慰，他思想马皇后的念头才渐渐抛下。

但太祖怎样得着安慰呢？原来当元顺帝末年，群雄纷起，徐寿辉被陈友谅杀死，部将明玉珍便逃到四川，招集了亡命，占据陕西诸省，在蜀西自称为西蜀王。讲到那明玉珍，生得面如满月，紫中带赤，双目重瞳，两手垂膝。元朝争雄的几个人当中，朱元璋做了天子外，要算明玉珍最得民心了。所以他在蜀南，也整整做了几年太平王。等到元璋削平群寇，逐了顺帝，以玉珍地处边僻，不欲动兵远征。明玉珍也自己固守着土地，不出来争什么疆界，大家倒也相安无事。后来，明玉珍死了，子明升接位，他是少年好动，又恃着部下的猛将张良臣、张良弼兄弟两个，居然横行起来。初时，明升只在自己的界域中收伏些有名的盗寇作为羽翼，过不上几时，渐渐占到明朝的疆土上来了。

张良臣领了匪兵，取了陕西凤城。警报到应天，朱太祖忿然道："朕却不去剿灭他，他转来侵犯朕的土地了。"当时便拜蓝玉做了征南将军，领大兵十万，进剿明升。大军到了陕中，张良臣和兄弟良弼也率着倾国之兵，前来迎战。蓝玉的行军敏捷，待良臣兵到，凤城已给蓝玉袭破了。良臣率着三十万军马，号称五十万，真是旌旗蔽天，刀枪耀目，军威很是壮盛。蓝玉测了陕地形势，便同副将王贵商议道："良臣兵势方锐，更兼他兄弟良弼皆有万夫之勇，他七个儿子，蜀中号为七虎，个个骁勇非凡，如和他力敌，恐不能取胜。"王贵说道："将军言甚有理，现下我们单就兵力论，也相去得甚远。"蓝玉摇头道："那倒不是这样讲，行军兵不在多，全仗为将的能调用指挥。目下良臣倾国兴兵，忘了后顾。他那巢穴之中必然空虚。明升虽王西蜀，不过恃着张良臣兄弟。我若一面和张良臣挑战，一面分兵暗渡栈道，直捣他的内部，谅明升无谋，定少防备，那时前后夹攻，任良臣猛勇，也无术两全了。"王贵很以为然，蓝玉便分兵千名，亲自去偷渡栈道。王贵阻拦道："将军冒险前去，怎么只带这一千人马？"蓝玉笑道："我正为冒险的缘故，多带人反惊动敌人，况且千人已足够对付了。你在此和良臣对垒，能支持到半月，我就可以成功。万一出兵不胜，只要坚守为上。"王贵受命，自去安排。

这里蓝玉领了一千铁骑，悄悄地乘夜来渡栈道。那栈道在凤县东北，是个最险峻的地方，汉张子房烧断栈道就是这个所在，又名连云栈，两面山峦重迭，峭壁千仞，真有一夫当关、万夫莫入之概。蓝玉偷袭那栈道，也是明知张良臣等系一勇之夫，决然想不到派兵镇守。好似邓艾偷渡阴平一般，侥幸被他成功。蓝玉既偷偷地渡过栈道，领着一千兵马直扑褒城。那里的守兵疑飞将军从天而降，吓得四散奔逃，有的身跪乞降。蓝玉得了褒城，一

第二十五回　夜走铁骑栈道渡蓝玉　魂化杜鹃香冢泣残红

路进兵势如破竹，不到十天竟平了西蜀。明升果毫无准备。束手就缚。

蓝玉囚了明升，掳了他眷属，遣人通知了王贵，带了降兵三万，并自己的一千兵马，来攻张良臣的背后。双方并力齐上，张良臣只顾着前面，不曾留神到背腹受敌。他正在奋勇御那王贵，不提防后军发起喊来，一支明朝的：生力兵直杀入阵中，为首一员大将，正是赤面长髯的蓝玉。良臣忙分：兵马做了两队，令他兄弟良弼领着一队来抵敌后军，自己率同七子，便大呼陷阵。王贵把军马摆开，等张良臣杀入来，四下里一声呐喊，变作了长蛇的阵势，将良臣围在中间。良臣和七个儿子左冲右突，王贵却不和他厮杀，只令军士一齐放箭。矢如飞蝗似地射来，不到一会功夫，张良臣和七个儿子都射死在阵中。

那里良弼和蓝玉交锋，蓝玉一杆长枪似生龙活虎一样。良弼也操着一口熟铜的大砍刀，使得像泼风般的，来敌住蓝玉。两人刀枪并举，各显英雄，真是棋逢着了敌手。正杀得难分难解的时候，不防王贵射死了良臣父子，:剁了头颅，从斜刺里杀出，良弼那把大刀敌住两员勇将，毫不惧怯。鏖战方酣，王贵忽地虚掩一枪，从马上解下良臣的头颅竟望着良弼的脸上打来，口里还叫着看家伙。良弼觑得亲切，只当是什么暗器，想闪避已来不及，顺手把头颅接着，待还要掷回去，再仔细一瞧，认得是良臣的首级，不觉鼻子里一酸，心早有些慌了，忙左手架开蓝玉的枪头，拨马回身便走。蓝玉怎肯放他，也便拍马追赶。

那王贵把良臣的头颅打良弼，本是一种最刻毒的手段。他见那良弼勇猛，料是不能力敌，便拿良臣的头颅掷去，算是送个良臣已死的信息与他，使他心慌无意恋战。这时良弼果然奔逃，蓝玉望后飞赶。王贵忙抄小路，越过阵地，暗令军士设下了绊马索，等到良弼驰到，王贵打起暗号，绊马索向上一兜，良弼连人带马跌了个倒栽葱。亏他身体灵敏，一翻身跳起，弃了大刀，拔出宝剑来砍断那绳索，那拿钩手早把良弼的丝甲搭住，良弼知道不得脱身，心儿上一横，将宝剑向自己颈上抹去，鲜血直喷出来。王贵指挥军士来捆绑时，只获得一个死良弼了。

这时蓝玉也飞骑赶到，见良弼已死，便传令敌兵有降者免诛，良臣、良弼部下的副将陈毅、张允、钱兴英、云史俊、王革、赵国柱、江天才等纷纷弃戈投诚，那些兵士见主将既死，副将又投诚了，自然也抛了器械，徒手请降。蓝玉下令停刃，鸣金收兵。一面把降兵检点，先后共是十七万人，余下的都逃往山中落草去了。所以蜀中的盗寇独多，剿不胜剿，全是这些逃兵为患。他们恃着地势险峻，官兵不敢深入，居然结党设寨，专和地方上做对，后来终成大患，不过这是后话了。

当下蓝玉编练降卒，列作三十大营，七十余队。命副将王贵统了十营，其它都归自己直接指挥。又令都司张奇，领兵三千去平定了蜀中的小县，自己却统同大军，绕道出了栈阁（邓艾渡阴平，建十二阁，栈阁是其一），择吉班师。大军将至应天，太祖派御史江秀出城远接。蓝玉亲自押着明升的囚车及宫眷三千余人，金银珠宝三十余辆，驼马牛羊十万头，器械盔甲七万副，竟进京来见太祖。

太祖读了蓝玉纪录的册籍，很为喜悦，最令他心慰的，是蓝玉献上那个千娇百媚的美人。于是慰劳了蓝玉一番，着把明升推上殿来，明升挺立不跪，侍卫用枪刺折他的脚骨，明升坐在地上大骂。太祖喝令推去砍了，首级号令示众。所得的宫眷一例入宫，男充功臣家奴仆，女配给出征的将士做妾。金银和器械存库，马驼牛羊统赐与兵士们作为犒赏。蓝玉谢恩出来，第二天谕旨颁下，封蓝玉为凉国公，王贵为靖南侯。余下将士也封赏有差。又命蓝玉代奠阵亡将士，抚恤殉国者的家属。又封王贵为四

第二十五回　夜走铁骑栈道渡蓝玉　魂化杜鹃香冢泣残红

川将军、王晋为四川按察使、马聚仁为陕西布政使、刘愎为陕西将军，即日出京赴任。又谕川陕等郡，着设巡道各职，直隶于六部政务尚书，委撤悉听谕旨，以除滥任的弊窦。

　　太祖颁谕已毕，便往玉清宫来看那美人。这玉清宫是洪武二十一年添建的，蓝玉进献那美人，太祖就令她居住。但那美人是何等样人呢？便是西蜀王明升的爱妃香娘娘，这位香娘娘本姓黄，芳名唤作香菱，是四川的巴州人。那香菱的父亲小名黄老五，在巴州地方开着一所豆腐坊子。老夫妻两个年将半百，还不曾有过子女，黄老五倒也并不在意，天天磨着豆腐，度他安乐的光阴。谁知那黄老妪在五十一岁上忽然生下女儿来，取名就叫作香菱。那香菱下地的时候，满屋子里都是香气。似兰似麝的连四邻八舍也都闻见，齐说这女孩子将来一定非凡。黄老五因半百上得着一个女儿，终算聊胜于无，心上也很为钟爱。又因她生的当儿，香气四播，名儿便唤作香菱。说也奇怪，那香菱到了十二三岁，已出落得玉立亭亭：脸若美蕖，眉同杨柳，秋水为神，冰肌其肤，桃腮念晕，笑靥承颧。单讲她那容颜儿，的确是羞花闭月，落雁沉鱼。一时附近的人见了她，谁不赞一声好。尤其是一班青年的纨绔，个个为了香菱神魂颠倒，凡香菱立在柜上，就是不要买什么豆腐的，也要上去作成她几文，乘势好和她勾搭几句。这样的一来，黄老五的豆腐生涯，顿时应接不暇起来，老夫妻俩个日夜地磨出豆腐来，尤是不够售卖，只好另顾伙计帮忙。不到半年，黄老五的豆腐铺子居然开得比前像样了。

　　流光如箭，转眼春秋，香菱已是十六岁了，替她来作伐的人，几乎户槛也踏穿。偏偏这黄老五的脾气古怪，他认为只有一女儿，非招赘在家不可，任你是公侯的门第，谈到嫁出去三个字，黄老五便一口回绝。试想公侯人家的子弟，怎肯入赘到豆腐店里来呢？有几家肯入赘的，黄老五却瞧不上眼，不是嫌他家贫,就说他人品太坏,高嫌低不就,把香菱的终身,慢慢耽搁下来。

　　有一天上,一个游方女僧走过,一瞧见了香菱,说她身有仙骨,有几年王妃的福分。那香菱一岁岁地长大起来,自视也很尊贵,常常顾影自怜。那些狂蜂浪蝶,到店里来和香菱勾引的人愈多。香菱虽桃李其容,却冰霜其志,同她勾搭的人,两三语后,脸上连霜也刮得下来了。人家近不得她,便取她一个绰号,叫作豆腐西施。又闻得那女僧的话,说她有王妃之分,大家又称她作香娘娘。西蜀王明玉珍逝世,养子明升接位,他也闻得香菱的艳名,便立刻赍了三千聘金,要求香菱做她的妃子。黄老五见是西蜀王的命令,自己在他势力之下,自然不敢不依。不到几时,香菱便做了明升的王妃了。蓝玉平西蜀,香菱也掳在里面,蓝玉几次要犯她,香菱只怀刃自卫。蓝玉见她不从,便进献与太祖,太祖也几次去临幸她,都给香菱涕泣拒绝。太祖虽近不得她的身子,那颗爱她的心,却一点也不曾更易。

　　其时那东宫的皇太孙允炆倒是个少年风流的皇孙。他听得那香菱不但艳丽,简直是遍体皆香,得她一滴唾沫,那香气可以三天不散。允炆不免动了好奇之心,便时时到玉清宫来,他对于香菱也很下一些工夫。香菱见皇孙一往情深,又兼他温柔真挚,真是体贴到十二分。人非草木,孰能无情,香菱因而也渐渐堕入情网中去了。一天香菱和允炆正在玉清宫的假山旁边情话缠绵,两心相印的当儿,恰巧被太祖瞧见,吓得允炆拔步便逃,香菱也泪汪汪地进宫。太祖这时一言不发,只叹口气走了。第二天上,圣谕下来,把香菱用白绫赐死。死后草草地盛殓了,葬在钟山的山麓里。皇孙允炆听得香菱已死,不由得大哭了一场,亲往香菱的坟前去祭奠,太祖闻知,便欲废立。

　　不知皇太孙废立否,且听下回分解。

第二十六回　传白绫元妃赐缢　吞丹石潭王自焚

却说那皇太孙允炆闻得香菱赐死，便放声大哭道："这是俺害了她。"于是打听得香菱葬在钟山，悄悄地带了两名内监，溜出了宫门，往钟山祭奠香菱。他到了城外，雇起三匹快马，加上两鞭，飞奔地望钟山前进。但允炆和内监都是久处深宫的人，大家不知钟山在什么地方。允炆十分心急，令内监敲门打户地去问讯，有一家说钟山是在镇江。

这样东撞西碰地恰巧去问在御史王其渊的家里。外面家人和皇孙说着话，王御史还不曾睡觉，听得声音，心上有些疑惑，忙出来一瞧，见果真是皇孙允炆，不觉大惊道："殿下深夜出宫，到这里来做什么？"允炆见说，一时回答不来，只好支吾着道："你且莫管它，俺此刻要往钟山去，因不识路径才到了这里，你快令认得路的仆人领俺前去。"王御史谏道："钟山地近荒野，又在夜里，殿下不宜冒险轻往。今天不如在臣家屈尊一宵，明日臣当亲自奉陪殿下。"允炆听了顿足道："谁耐烦到明天呢？俺现在就要去了。"说罢，出门飞身上马。慌得王御史忙阻拦道："殿下既然一定要去，待臣派几个得力家人护送。"当下由王御史唤起四个健仆，又备了四匹快马，叮咛他们护着三人到了钟山，仍须护送回来。家人们领命，一路护着皇孙，七骑马疾驰而去。

待到钟山，约莫有三更天气，但见四野无人，老树似魔，空山啼猿，犹若鬼啸。那鳞鳞青萤，从荒冢丛莽中飞出，马皆喷沫，人也毛戴，两个内监已伏在鞍上，一味缩缩地发抖。皇孙允炆自幼儿不曾到过这般荒僻所在，这时也有些胆寒起来。亏了四个健仆护卫着，又渐渐地胆壮了。只是不知香菱瘗在哪里，允炆恐怕招摇，出宫既不曾带灯，王御史家又被他回绝，这天晚上又没有月光，大家唯在暗中乱寻。还是允炆敏慧，叫人们只须找那没树的新冢，认为新冢的碑石定是白的，在黑暗中容易辨别。不上一刻工夫，居然找到一座新冢。允炆下马用手摸着碑文的字迹，上面整整地凿着"黄香菱之墓"五个大字。允炆不待摸毕，早已噗地跪在地上，放声大哭了。两个内监听得皇孙的哭声才从马背上抬起头来，慌忙下马来相劝。允炆正哭得伤心，两个内监哪里劝得住。劝了一会，也只得陪着他垂泪了。还有那四个仆人，却不知皇孙是什么缘故要如此伤感，又不晓得冢中是什么样人，深夜到荒山野地来哭她。弄得四个健仆丈二和尚摸不着头脑，只呆呆地坐在马上发怔。因为王御史不给仆人们说明，四个仆人还不知啼哭的就是当今皇太孙呢。允炆越哭越觉悲伤，直哭得力竭声嘶，连喉音也哑了，这才收泪起身，又向冢前拜了几拜道："卿如香魂有灵，俺和你十五年后再见。"允炆说罢，满眼含着泪，还留恋不忍离去。内监着急道："殿下如挨到了天明，皇上知道了，奴辈的罪名可担不起呢！"允炆没法，便懒洋洋地上了马，兀是一步三回头地直等那碑的白石在黑暗中望不见了，方控马快快地回去。

到了王御史的府第中，王御史却眼巴巴地等待着，见皇孙回来，便请他在府中暂住。允炆不听，竟辞了王御史匆匆地奔回宫来。三个人到了城门前，还了马匹，要想进城，那城门已关上了。经内监叫起城门官，验了进出的腰牌，便开城放三人进去。

第二十六回　传白绫元妃赐缢　吞丹石潭王自焚

允炆和两个内监偷进了皇城，潜归宫中。幸喜得人不知鬼不觉，允炆方把心放下。

哪知第二天的早朝，王御史突然地上本，说皇太孙夤夜微服出宫，私往钟山祭坟。皇太孙身为储君，似欠保重，万一遇着危险，这罪谁人敢当？王御史又奏，皇孙曾经过臣家，所以不敢不言。太祖阅奏，勃然大怒道："允炆这般轻狂，如何托得大事？"便提笔来欲拟废立的草诏。这时大学士吴汉方出班奏道："皇太孙自册立以来，并无失德，不应为些微小事，遽尔废立，令天下人惴惴不安，这可要请皇上圣裁。"一时群臣纷纷保奏。太祖因想起太子平日的德恭，不禁垂泪叹道："诸卿不言，朕亦意有不忍。但皇孙年轻，荒业好嬉，宜稍与警惩，使其自知悛改。"当由太祖下谕，贬皇太孙入武英殿伴读三月，无故不得擅离。这道旨意一下，众臣知道不必再谏，于是各自退去。

其时徐达和李文忠又病逝，太祖更增一番悲悼，即晋徐达子徐蒙为侯爵，追封徐达中山王，谥号武宁，配享太庙；李文忠追封护国公，谥文勤，子李义和袭爵。这时朝中开国的功臣多半相继死亡，或遭杀戮。后起的廷臣，要算凉国公蓝玉威力最大了。他自出兵平了西蜀，接着又远征沙漠，功成归来，太祖便赐给他铁券，以奖励他的功绩。蓝玉经这样一来，越觉比前专横了。因蓝玉的妻子是常遇春的妻妹，遇春的女儿便是太子的德配元妃。蓝玉仗着这一点连带关系的亲戚，便依她做了靠山。

那元妃自皇太子死后，仍退出了东宫，去住在太子的旧邸中。不幸皇太孙允炆又册立为东宫，元妃自愈见孤凄了。况正当青春少艾，独宿空衾，绵绵长夜，情自难堪。大凡一个女子，在十七八龄时守寡倒还可以忍耐得住，一到三十上下的年纪，是欲心最旺的时期，也是最不易守寡的关头。这是什么缘故呢？因男女到了三十左右，本来是血气方盛的时候，阴阳交感又是一种天性,所以有许多做翁姑的强迫着儿媳守寡,或是困于礼教,耻为再醮妇,私底下却去干些暧昧的勾当,转弄得声名狼藉,这都是被寂灭人道的旧礼制所束缚,结果酿出了不道德的事实来了。

至于妇女们守寡的为难,还有一个最可信的引证。那时元朝有个陆状元的太夫人,她在十九岁上已做了寡鹄。据说陆状元是个遗腹儿,那太夫人青年守寡,倒也自怨命薄,志矢柏舟。但她到了三十三四岁的一年,陆状元已有十四五岁了,还请一个饱学的名士在家里教读。一天的晚上,陆太夫人忽然动起春心来,自念家中内外,没有可奔的人,只有那个西席先生年龄相仿佛,面貌也清秀,又近在咫尺,于是便望着书斋里走来。到了门前又不敢进去,只得缩了回去,叹了口气,要想去睡,翻来覆去地休想睡得着。勉强支持了一会,实在忍不住了,便悄悄地又往书斋中去,到了那里,却被耻心战胜,又忍着气回房。及至第三天上,觉得一缕欲火直透顶门,这时一刻也挨不住了,就把心一横,咬着银牙竟奔书斋中来。此时的陆太夫人仗着一鼓勇气,直往书斋中来叩门。里面的那个教读先生倒是个端方的儒者,他听得叩门,便问是谁,陆太夫人应道:"是我。"那先生听出声音是陆太夫人,却朗声问道:"夫人深夜到书房里来做什么?"陆太夫人一时回答不出,只得支吾道:"先生但开了门,我自有话说。"那先生一口拒绝道:"半夜更深,男女有嫌,夫人果然有事,何妨明天直谈。"陆夫人老着脸低声说道:"那不是白天可做的事,我实怜先生独眠寂寞,特来相伴。"那先生听了这句话,晓得陆太夫人不怀好意,就在隔窗正言厉色地说道:"夫人你错了!想俺是个正人君子,怎肯干这些苟且的事?况陆先生在日也是位堂堂太史,夫人似这般的行为,难道不顾先生的颜面吗?现下令公子已十五岁了,读书很能上进,将来正前程无限,夫人终不为陆先生留颜面,独不给公子留些余地吗?夫人幸而遇着俺,万一逢着不

第二十六回　传白绫元妃赐缢　吞丹石潭王自焚

道德的人，竟污辱了夫人，那时不但名节堕地，也贻羞祖宗。不过今天的事，只有天地知、你我知，俺明日也即离去此地了，然决不把这事说给第三人知道，以保夫人的贞名，夫人尽可放心的。俺此后望夫人洗心，再不要和今天的生那妄念了！夫人好好地回房，也不必愧悔，人能知过即改，便是后福，且依旧来清去白，正是勒马悬崖，还不失足遗恨。俺言尽于此，夫人请回吧！"

那先生侃侃的一席话，说得陆夫人似兜头浇了一桶冷水，满腔的欲念消灭得清净，垂头丧气地回到房中，自己越想越惭愧，不由痛哭起来。陆太夫人哭了半夜，几次要想自尽，觉掉不下十五龄的孤儿；又想这样一死，未免不明不白，倒不如苟延残喘，待儿子成人长大了，再死不迟。陆太夫人主意打定，这一夜便昏昏沉沉地睡去。第二天的早晨，仆妇们传话进来，说那教读先生不别而行。陆太夫人心上情虚，也不说什么，只叫另请一个西席来就是了。

后来陆状元大魁天下，陆太夫人年已半百多了，等到临终的那天，陆太夫人没有别样盼咐，只拿出一百文大钱来，上面把一根红绒线儿贯着。大家瞧那钱时，已摩弄得光滑如玉，并钱上的字也不大清楚了。其时儿孙满堂，都不识太夫人的用意。只见陆太夫人奋身坐起，高声说道："我已垂死的人了，却有一件事如骨鲠在喉，使我不吐不快。"陆状元也在一旁问是什么事，陆太夫人道："我有句最紧要的话，你们需牢牢记着。我死之后，如子孙们有青年夭殇的，遗下寡妇，万万不可令其守节，宜于断七之后，立刻给她再醮；谁若违我遗言，便是陆门的不肖子孙。"陆太夫人说着，就把自己守寡的难忍和私奔教书先生的事，细细地讲了一遍。讲完了这件事，又继续说道："我受了那教书先生的教训，心上又气又悔，把'私奔'两字决意抛撒在脑后。但长夜孤眠，如何挨得过这满室凄凉呢！当下想出一个法儿，拣了一

明宫十六朝演义

百文的大钱,在每夜睡不稳的时候,把一百个大钱一齐撒在地上,然后吹灭了灯火,去跪在地上一文一文地把钱摸起来。初撒下的当儿,地上钱多容易摸,摸到八九十上头,钱也少了,又撒开在各处,就不容易摸得了。不过我咬定牙根,非把百文钱都摸起了决不睡觉。有时摸得九十九个,为了一文钱东碰西撞的,弄得满头是疙瘩块,我却不以为苦。待到百文钱摸齐,我人也很困倦了,自然倒头便睡,再也想不着别样念头了。我似这般的工作,一年三百六十天,每天如此,足足的二十多个年头,你们瞧这一分来厚的大钱,不是已摩抚得和纸一样薄了吗?守节有这种难受的日子,所以凡我子孙有寡妇,速即使她再嫁,切勿强着她守节,致做出偷墙摸壁的事来,倒不如再嫁的堂皇冠冕了。"陆夫人说罢,又再三地叮咛一番,方瞑目逝世。便由陆状元把这段事迹著了一篇传纪,勒在陆氏的宗祠里。

以后有陆氏的子孙天殇,无论有子无子,悉令改嫁。有几个夫妇爱情深的,情愿替丈夫守节时,须经族长出来劝她再醮。有的矢志抚孤,不忍有负前夫,族长强她不得,便由女子的翁姑亲自慰劝。万一劝不醒的,待过了一年半载后,又由女子的父母来劝她改嫁。如经过这几度手续后,果然志操冰霜,不肯改易的,族中人公共出资,捐与节妇四十亩,房屋若干、钱若干,给她作为养老送终之用,和翁姑脱离了,自去独居守贞。江南的陆氏,他们族中的规例,直传到了现在,还是这个方法,几百年来不曾改变过。我们就陆太夫人的一番经过看来,便可知道守节的为难了。

那皇太子的元妃也是个少年寡妇,天天度着只影单形的光阴,怎能不把她叫做怨女呢?幸得那位凉国公蓝玉常到太子邸中来走动,使元妃很得到一种安慰。两人一天亲密一天,京城中的谣言,也讲得到处沸腾,把蓝玉和元妃的丑事和秽迹,当作一种

第二十六回　传白绫元妃赐缢　吞丹石潭王自焚

闲谈的资料。说蓝玉系替元妃濯足，元妃还私往蓝玉的府中游宴。蓝玉的夫人闻知，便赶到太子邸中来捉她丈夫的奸。

一天，蓝玉推说出城阅兵，却去躲在元妃的房中欢饮。蓝玉的左右已得着了蓝夫人的重贿，就私下去通了消息。蓝夫人听了，立时带同十几个家将和二十多个勇健的侍女，飞也似地奔向太子邸中来。到了邸前，不问好歹，一群人蜂拥进去。邸中的卫士校尉见他们来势凶恶，谅自己人少，也不敢阻挡。蓝夫人随着眼线，路径很是熟谙，一口气直奔到了后院。到底太子的底邸，房屋深邃，蓝夫人赶到元妃房里，排闼直入，谁知那蓝玉已闻风望后门溜走了。蓝夫人见并无她的丈夫在那里，心里早有些寒了。想自己带了这许多的人，冲到太子邸中来吵闹，这罪名可不小呢。元妃见蓝夫人发怔，便娇声喝道："你是何等样人，擅敢到太子府来混闹。现今太子虽已归天，我也是一位殿下的妃子，却轮到你们来欺侮吗？校尉们还不给我抓了，明天到金殿上算账去！"蓝夫人被元妃这样一说，弄得哑口无言。那外面如狼似虎的校尉便要上来拿捕，蓝夫人惊慌失措，正在为难的当儿，一个宫女眼快，忽指着黄缎椅上一幅白绫问蓝夫人说道："这绫带不是爵爷束里衣的吗？上面还有夫人亲手刺的花朵呢！"蓝夫人见说，忙取白绫来瞧看，果是蓝玉的东西。元妃要待来夺时，蓝夫人已塞在袖里。这时她证据已得，胆也壮了，便指着元妃骂道："你这个淫妇，现藏着人家的男子，还要这样的嘴硬，咱们正要找你到金殿上算账去呢！"说着伸手来拖元妃，那几个校尉见元妃已被人喝倒，自然不敢动手了。那时的元妃给蓝夫人骂得面红耳赤，默默地一声不吱，任那蓝夫人指天画地骂个不休，直闹到她自己也觉得乏力了，这才领着家人侍女们回去。

明天的早朝，都御史张宾受了蓝夫人的委托，上本弹劾蓝玉，说他玷辱宫眷，应加罪谴，又把那幅白绫作证。太祖看了奏疏，虽觉愤怒，但一时却未便谴责蓝玉，只召蓝玉入宫，当面训斥了一顿。又在赐给他的铁券上镌了蓝玉罪状。太祖这种手段，不过想让蓝玉改悔罢了，偏偏蓝玉不知自省，暗中仍和元妃往来，蓝夫人又赶到太子邸中去大闹，还拿着蓝玉的那幅白绫和市招般地到处给人瞧看，逢着了官眷就将元妃同蓝玉的丑史，原原本本讲一个痛快。元妃吃她闹得无地容身，到了晚上，悬：起三尺白绫，竟自缢而死。蓝玉深恨蓝夫人无情，乘她睡着的时候，悄悄地把蓝夫人刺死。那消息传出去，廷臣大哗，齐劾蓝玉逼死皇妃，刀刺发妻，其他的罪案也不下几十起。太祖虽爱蓝玉英武，奈众口同声，无法给他保全，只好下谕令蓝玉自尽。蓝玉接到了旨意，便端起整整半杯鸩酒一口饮下，竟追着元妃和蓝夫人到阴间去大闹去了。蓝玉和元妃既死，一桩风流案也慢慢消沉了。

再说那潭王自毒毙太子后，见太祖并不深究，胆量渐渐地大起来，要实行他阴谋的第二步了。其时，恰巧周王樆出游云梦，事被潭王闻知，说周王弃国越境结党，太祖心疑，便将周王迁往沛城，死于道中。秦王樉私自进京探母，又吃潭王知道了，贿通谏台，劾秦王擅离封地、无故进京，太祖下谕囚了秦王。潭王又百般地设计，把秦王生生地磨死在牢狱里。还有鲁王檀也逗留京师，不曾赴兖州封地。潭王一味地虚心下气去结纳鲁王，再三地迎合，务使鲁王欢心。

鲁王本有一种嗜好，喜欢缔交术士，炼气吐纳，把金银铅石炼成了金丹，服了可以长生不死。其实这一类的邪术，只不过是御女壮阳的媚药罢了。鲁王却自诩有仙骨，对于那炼丹是最相信也没有了。潭王思投所好，亲自荐一个方士给他。谁知鲁王吞了那术士的金石丹，忽然两眼发赤，心地糊涂起来。不到三四天，鲁王竟成了疯病，逢人就打，口口声声说是"潭王谋害我的"。

第二十六回　传白绫元妃赐缢　吞丹石潭王自焚

潭王荐去的方士见势头不妙，已滑脚逃走了。

这时合该潭王恶贯满盈，却脑了惠妃，说潭王药死了皇太子，陷死了周王，谋毙秦王，现在又把鲁王弄疯了，这般的狠毒行为，不知他心存何意。于是由惠妃哭哭啼啼地来诉知太祖。原来秦王是惠妃所出，她劾潭王，是替秦王报复。太祖听了惠妃的话，一侦查潭王的举动，确有几分可信。这里还未拟定罪名，潭王已得着了消息，他自己心虚，怕太祖见谴，便乘夜放起一把火来，将姬妾王妃先行烧死，末了自己也投在火中。等到兵马司起来救灭了余火，那一座潭王府第，早烧得干干净净了。

太祖听得潭王自焚，猛然想起了陈友谅的事来，不禁倒抽了一口冷气，便到万春宫来追究瑜妃。太祖进了内殿，方穿过长廊，忽见三四个宫女慌慌张张地奔出来，面色急得如土。她们一见太祖，忙一齐跪倒，连说"不好了，请陛下定夺"。

不知宫女们说些什么话，且听下回分解。

第二十七回　忆前尘高僧谈禅理
　　　　　　　伤往事允坟了宿缘

　　却说那宫女们见了太祖，忙跪下禀道："不好了！瑜娘娘在宫中自缢了，求陛下作主。"太祖听说，止不住下泪道："这真是何苦来。"说着便进宫来看瑜妃，只见她衣裳零乱，两目瞪出，口鼻流着血，形状十分可怕。太祖也：不忍再瞧，吩咐内监传出旨去，命用皇妃礼盛殓了瑜妃，从丰安葬。

　　这时，太祖因后妃迭亡，皇子夭折，情绪越觉得无聊起来。他每到无可消遣的当儿，总领着内监出宫去街市上闲逛。一天，太祖走过市梢，天色已是昏黑了，忽听得书声朗朗，顺风吹来。太祖便循着书声一路寻去，走不上百来步，早有一座荒寺列在眼前，那书声是从寺中出来的。太祖跨进寺门，忘记看了门额，再回身出来瞧看，原来那寺年久了，门额都已朽坏了。太祖没法，只得和两个内监慢慢地踱进寺里，见东厢中灯光闪动，一个士人在灯下读书。太祖令内监侍立在门外，自己便推进东厢去，那士忙抛了书卷，噗地跪下，俯伏着说道："陛下驾到，臣民未曾远迎，死罪、死罪！"太祖吃了一惊，不待那士说毕，便去扶起他道："先生错看了，俺不过是个商人，怎的当作了天子看待呢？"那士人听了，不觉怔怔地看着太祖道："我们这位老师是不会算差的，他说今天黄昏时分必有紫微星临此，叫我在这里等候的。

第二十七回　忆前尘高僧谈禅理　伤往事允坟了宿缘

大人既不是皇上，想是不曾到那个时候吧！"说时便邀太祖坐下。

两人谈谈说说，那士人倒也应对敏捷。太祖见他案上燃着油灯，便指着那根燃火的灯芯出一联语，道："白蛇渡江，头顶一轮明月。"那士人想了想答道："我就拿称东西的秤来做对吧！叫作'乌龙挂壁，身披万点金星'"。太祖赞道："好对！"便又指着那盏灯道："月照灯台灯明亮，"那士人答道："风吹书架书翻飞。"太祖正在点头，猛听窗外有人应道："何不'风吹旗杆旗动摇？'"话声未绝，走进一个小沙弥来，口里问那士人，道："皇帝来过没有？"士人答道："没有。"那沙弥回身便走道："咱们师傅说你福薄，你不要当面错过了呢！"说完竟自去了。太祖问道："那沙弥是什么人？"那士答道："他是我老师的徒弟性明。"太祖问道："俺正要问你，你的老师究是何等样人？"那士答道："我们那老师，本是个有道的高僧，他还是去年到这寺里来挂搭，有时好替人谈休咎，却很为灵验。这里附近的人齐称他作老师，所以我也这样地称呼他一声。"太祖说道："不识那位老师可以请出来相见吗？"士人说道："丈人来得无缘，他刚在今日出门去了。"太祖道："大约几时回来？"士人答道："他是四方云游，归期却没有一准的，怕连他自己也不能断定。"太祖听了，便问："这寺是什么名儿？"士人答道："此寺为唐武后所建，原名护国禅寺。"

太祖点点头，起身和那士人作别。那士人忙阻拦道："陛下不必匆忙，咱们再谈一会儿去。"太祖听他呼着"陛下"，不觉笑道："你又弄差了，俺不是什么皇帝，皇帝还在后呢！"那士人仰天大笑道："陛下可晓得咱们老师的名儿吗？"太祖方要回答，那士人将头上的方巾儿一脱，把手敲着光头笑道："老师便是咱，咱就是老师；陛下是皇帝，皇帝正是陛下。皇帝陛下就是和尚，和尚还是皇帝。"

太祖被他这样一说，蓦然地回想到自己也是个和尚出身，从前在皇觉寺里做和尚的情形立时映满在脑海之中。怔了半晌，才徐徐地说道："老师是和尚，和尚是老师；俺也是和尚，俺也就是老师。和尚是读书的士人，士人是讽经的和尚，和尚住在这寺里，寺里住了和尚。书里也有和尚，和尚是读书的，也是讽经的。经是书，书是经；经里有书，书里有经。结果是个读书讽经的和尚，和尚便是皇帝，皇帝也就是和尚做的，那是和尚皇帝。"和尚听了笑道："什么皇帝，什么和尚，什么是寺，寺里没有和尚，和尚不住在寺里，皇帝也不是和尚了。高高山上的明灯，一阵大风吹来，灯也破了，火也灭了，灯杆也倒了。山上没有明灯，明灯也不在山上了。风过去，灯又明了。那是灯，那是明灯，若是没风吹，便是不生不灭。"太祖说道："吹灯的不是风，风吹的也不是灯。灯不怕风，风不吹灯。它依旧很光明地在那里。灯不是灭的灯，风是无形的风。风无形，灯不灭，和尚却圆寂了，只存着和尚的皇帝。"和尚益发大笑道："和尚是圆寂了，和尚是皇帝，皇帝是和尚，还是和和尚一样。"太祖听了，回身出了东厢，对一个内监附着耳朵说了几句，那内监飞也似的去了。

太祖仍走进东厢，见适才的小沙弥笑嘻嘻地送进一杯茶来。太祖一头喝茶，口里说道："一杯清水是江河湖海的来源，在杯中是这样，下了肚里还是这样，这才是不生不灭。水是清清的，并没一点儿渣滓，这才是不垢不净，这是仙水，这是佛水，是甘露，是和尚的法水。和尚也饮的水，皇帝也饮的水。这水是皇帝的，是和尚的。天下是皇帝的天下，不是和尚的天下。和尚自和尚，皇帝自皇帝。和尚圆寂了，圆寂的不是皇帝，是和尚。"和尚正色说道："水是地上的，水是清的，水是浑的。清的是山林草木，浑的是荣华富贵。山林草木是和尚住的所在，荣华富贵是皇帝享的福禄。山林草木、荣华富贵都浮在地面上。地沉了，天

第二十七回　忆前尘高僧谈禅理　伤往事允坟了宿缘

翻了，天地混沌了，和尚圆寂，皇帝圆寂。圆寂的是和尚，是皇帝。到底是皇帝圆寂，也是和尚圆寂。"说罢哈哈大笑。

这时太祖差去的内监已经来了，把两个鸡蛋递给太祖。太祖授与和尚道："和尚是茹素的，这是桃子，是皇帝送与和尚的，和尚就吃了吧！"和尚接了鸡蛋，囫囵望口里一丢，咽咽地咽了下去，一边念着四句道：

陛下送双桃，无骨又无毛。
随俺四方去，免得受一刀！

和尚念完，太祖笑道："和尚是茹素的，这是鸡蛋，和尚错吃了。"和尚答道："这是桃子，是皇帝说错了，不是和尚吃错。"太祖说道："这是桃子，是皇帝说错了；这是鸡蛋，是和尚吃错了。"和尚应道："和尚吃的桃子是鸡蛋，在和尚肚里了。和尚肚里有桃子，有鸡蛋，和尚把这桃子鸡蛋取出来还了皇帝吧！"说着，一手一个蛋，仍还给太祖。太祖诧异道："这是和尚的法术，是和尚预备下的。"和尚笑道："正是和尚预备下的，也是镜明预备下的。镜明是老师，老师是读书的相公，相公也就是和尚，和尚是预备下了，是和尚圆寂，和尚便预备的圆寂。"说罢，盘膝望椅上一坐，太祖忙拉他时，那镜明和尚已跏趺圆寂了。

太祖也不再说，只看着镜明笑了笑，便和两个内监悄悄地回宫。第二天传旨，褒封护国寺镜明和尚为真宝大师，内务府拨银三千两，替镜明和尚建塔，把他的遗蜕安葬在塔的下层，并颁谕重建护国禅寺。从此以后，太祖极相信那禅理，不时召有道的高僧进宫谈禅。又诸皇子中，燕王、楚王、晋王、齐王，并后纳马、郭两妃所生的湘王柏、岷王楩、代王桂、蜀王椿等，每派高僧一人，做皇子的师傅。派往燕王府中的和尚，法名道衍，本姓

明宫十六朝演义

　　姚名广孝，习文王六壬术，能知吉凶，又精风鉴。他一见燕王，便咬定是个太平天子。因此燕王起兵篡位，弄得同室操戈。这是后话，暂且按下不提。

　　再说那皇太孙允炆自那天私自出宫去哭奠香菱的青冢后，被太祖知道，几乎翁孙拈酸，把皇太孙废立。幸得众大臣的保奏，算免了废立，只将允炆贬入御书房伴读三月。光阴很快，转眼过了三个月，允炆仍去住在东宫。那时他对于香菱，依旧是念念不忘，常常书空咄咄，长吁短叹。又亲笔替香菱撰了墓铭，暗中令石工镌在墓前的碑上。其词道：

　　　　汝菊汝梅，汝是水仙。芳兮馥兮，永播千年。呜乎香菱！不生不灭，万世长眠。山兮水兮，相伴在此间。一腔碧血化为虹，悠悠魂魄其登天。莲房兮堕粉，海棠兮垂纷。有荣必落，无盛不衰。维汝在地下，虽经风霜雨露未改颜。卿癯乎是，香魂有灵兮，来伴吾参禅。

　　这首墓铭又传在太祖的耳中，说允炆的为人很有父风（指懿文太子），而且文辞间的山林气很重，恐也不是福相。以是太祖心上愈是不喜欢允炆了。

　　讲到那皇太孙允炆，的确有点出家人风味。往时住在宫里，空下来便独自一个人去坐在蒲团上讽经。侍候太祖的高僧等到下了讲席出来，允炆便邀他们到自己的宫中，探求经典的奥妙。那些高僧们无意中和太祖说起，太祖听了，越恶允炆的不长进，下谕将允炆宫内所有的经典禅书，一齐搜出来烧了。允炆却对着被焚的禅书，竟放声大哭起来。又有内侍去报给太祖，太祖只长叹了一声。以后不论允炆怎样，再也不去干预他了。但允炆被太祖烧了他的禅书以后，满心说不出的懊丧。又经蓝玉的案子，元妃

第二十七回　忆前尘高僧谈禅理　伤往事允炆了宿缘

见迫自缢死了，允炆究属情关母子，自然十分悲痛。又闻得元妃和蓝玉有一种暧昧的关系，允炆以颜面问题，一肚的牢骚真是无处可所发泄了。他郁勃无聊时，便来御花园里走走，不是金水桥边垂钓，就是去飘香亭上看舞禽。

有一天上，允炆正在鱼亭里观游鱼，忽听得呖呖莺喉，一阵阵地顺风吹来，只觉得非常地好听。允炆不由起了一种好奇心，细听那歌声，却从假山背后出来。允炆便提轻着脚步走到假山面前，从石隙中望去，只见一个妇人，淡妆高髻，素履罗裙，斜倚在石上，慢声唱道：

春光三月是芳辰，脉脉含情情最真。
为郎宽衣郎欲笑，并肩相对有情人。

寒往暑来又一秋，深情一片为君留。
沧桑易改人情变，荒草斜阳冷墓游。

允炆听了这抑扬宛转的歌声，衬着那清脆的莺喉，真有绕梁三日、余音袅袅之概，便忍不住叫一声："好！"倒把那妇人吃了一惊，忙回过头来，瞧不见什么人，面上很是慌张。允炆乘间细看那妇人，原来是个半老徐娘。因此心里大失所望，就有好无好地转过假山去。那妇人见是皇孙，忙来叩见道："臣妾放肆，污了殿下的贵耳。"允炆微笑着道："你是哪一宫的？进宫有几年了？"那妇人低垂蜷蛴，泪盈盈答道："贱妾是从前东宫的宫侍，屈指进宫已十五年了。昔日蒙太子不以蒲柳见弃，也尝施雨露之沾。不幸太子暴崩了，贱妾从此冷处深宫，眨眨眼又是六年了，回首前尘，怎不令人伤心呢？"那妇人说罢，眼泪直和雨后瀑泉似地涌了出来。她那玉容，哀感中带着妩媚，泪汪汪的一双秋水,越觉得流利动人,虽是佳人半老,风韵犹存,素服淡妆,却不减粉黛颜色。允炆本是个情种,这时不免起了怜惜之心,便俯下身去亲她的粉脸,那妇人也不峻拒,唯含泪说道:"贱妾已承恩太子,自悲命薄,不能再侍奉殿下的了。殿下却这般多情,妾身非草木,宁不知感激,现在有个两全的法子,但请殿下稍待片刻。"那妇人说着,盈盈立起身来,走向里面去了。允炆不知她是什么用意,只呆呆地坐在假山石边等着。

过了好半晌,见安乐轩的角门呀地开了,一片格格的笑声,笑声过去,便有三四个小宫女一路追将出来。允炆深怕惊了她们,把身体隐在假山的石窟里,回头见两个小宫女向一个宫女狂追,那前面的宫女被追得急了,飞也似地绕过香华亭,径奔假山中来。到了假山面前,却没处躲藏,又转入假山背后,慌慌忙忙地向那石窟里一钻。那宫女要紧避去她的同伴。不曾留神到有人在里面。后头追赶她的两个宫女也走过了假山,一头走一头骂道:"这小蹄子的,不晓得她藏到哪里去了。你不要给我们找着,那时小心你的骨头!"她们说着,就坐在假山石上休息。那石窟里躲着的宫女,连气也不敢喘一喘。允炆缩在里面,宫人却瞧不见他,他从里头望出来,倒是十分清楚。见那宫人云鬓燕服,两鬓低垂,额角掩齐眉,肩头拖的旒须,脸上薄施脂粉,红中透白,白里显红。打量她的年纪,不过十三四岁,那娇媚的姿态,已隐隐从眉宇间流露出来。允炆越看她越觉可爱。

这时坐着的两个宫女,口里带骂带笑地走了。躲着的宫人便悄悄走出石窟,四面望了望,微微一笑。正要回身走的当儿,不提防石窟里一个人直窜出来,把她的粉臂轻轻拖住。那宫女也大大地吃了一吓,再看见是皇孙,才徐徐地拍着胸前道:"吓死我了!"说着便挣脱要走。允炆这时细把那宫女一瞧,不禁怔了过去,再也说不出话来——因为那宫人的容貌举动,竟似那缢死的

第二十七回　忆前尘高僧谈禅理　伤往事允炆了宿缘

香菱一般无二，所以把允炆看得呆了。那宫人要走时走不脱，被允炆对着她痴看，弄得她那粉脸一阵阵地红了起来，忍不住噗哧地一笑道："殿下痴了吗？只是看着我做甚？"允炆给她一说，不觉如梦初醒，便一手拉着她，同在假山石上坐下，一面笑着说道："你是侍候谁的？今年几岁了？"那宫女见问，低着头答道："臣妾是派在永寿宫的，自米耐娘娘（帖兰）逝世后，便由王娘娘来居住，现在王娘娘处侍候，前后算着进宫还不到三个年头，臣妾十二岁到这里，今年已是十四岁了。"允炆听了说道："你是哪里人？叫甚名儿？家中可有父母？"那宫女见提起了父母，眼圈便红了，却泪盈盈地答道："臣妾本是淮扬人，小名唤作翠儿，父母都在淮扬。妾是由叔父强迫着送进宫来的，到如今家里音息不通，不知道妾的父母怎样了。"说罢垂下泪来。允炆忙安慰她道："你且不要悲伤，将来我自替你设法，给你骨肉相见就是了。"翠儿见说，回嗔作喜道："殿下不哄我的吗？"允炆正色道："谁来哄你呢！"翠儿才收了眼泪，两人便说笑了一会。

翠儿是个情窦初开的小女孩儿，被允炆一勾搭，二人就絮絮讲起情话来了。看看天色晚下去，那个妇人仍没有出来，允炆知道她是脱身之计，于是也不去等她，竟手携着翠儿一同回宫。两人这夜的光阴，自然异常地甜蜜。第二天上，允炆便令内监通知王妃，说翠儿是皇孙要她了，现留在东宫侍候。王妃听了，也没有什么话说。但允炆虽有了翠儿，对于那天唱歌的妇人依旧不能忘情。

明宫中的规例，每到了三月三日，宫人嫔妃们都在御花园里拍球、打秋千，这天的皇上便率领着六宫在那里看宫人们游戏。其时皇孙允炆也在旁边侍驾，远远瞧见唱歌的妇人，方持着轻罗小扇在花丛里扑蝶。允炆不由得心上一动，只推说身体不适，悄悄地抽空出来，到了花亭边，一把拖了那妇人的衣袖，望花亭里便走。那妇人方伺着蝶儿，不防允炆这一拖，几乎失足倾跌，只得随着允炆到了亭上，花容兀是失色，并娇喘微微地说道："殿下怎的专为吓人？"允炆笑道："你好乖刁，为什么哄我等在那里，你倒一去不来了？今天又被我候着，你还有什么话说？"那妇人叹口气道："妾蒙殿下的见爱，此恩恐今世不能报答的了。自念残花败柳，只可茹素参禅，妾心已如死灰，再不作意外的想念了。殿下倘能相谅，赐妾一所净室，使妾得焚香礼佛，终老是乡，便是妾的万幸了。"允炆见说，也觉有些感动，当下欣然答道："你既有这个心，我也不便强你；况人各有志，我就这样地办吧！"那妇人忙跪下叩谢。允炆问了她的宫名和名儿，才知那妇人姓汪氏，名叫秋云，十九岁进宫的，现住在玉清宫里。从前虽经太子临幸过，却不曾有封典，所以直到如今，还是一个老宫女。允炆问明之后，和汪秋云走下花亭，送她到了玉清宫，允炆便也自回。

　　这天因宫人们多不在宫中，差唤的人很少，允炆却不曾说出。明天的清晨，允炆一早起身，亲督率着宫人们打扫起一间净室来，室中的陈设极其精雅，正中的壁上挂着观音大士像，案上置着鱼磬之类，把一座宫室弄得和庵堂寺院一样。翠儿见了，很是诧异，便来问允炆，允炆回说是供养高僧。于是布置妥当，由允炆暗暗地把汪秋云接来住着。一面将宫门深扃了，饮食都从窗中递给，无论何人，没有允炆的手谕不准进去。翠儿也不知允炆捣什么鬼。汪秋云在里面住了一年多，宫中大大小小一个也不曾知道的。大家只听得宫中的鱼磬声，不晓得是僧是道，到底是什么人。日子渐渐地久了，宫中都称这所宫室作密室。

　　那时允炆时常到密室里去，一天正和汪秋云厮缠着，忽听打门声如雷，外面内监大叫皇孙接旨。

　　不知是什么谕旨，且听下回分解。

第二十八回　叛北平燕王举白帜　入空门建文遁红尘

却说皇孙允炆在密室里面，听得内监大叫接旨，慌得三脚两步地出来跪在地上，听宣读上谕。原来是皇帝病剧，召皇太孙速往仁和宫。允炆这时不敢怠慢，忙穿着冠服，随着那内监到仁和宫来了。到了那里，大臣黄子澄、齐泰等已在榻前受了遗诏，那朱太祖早已驾崩了。允炆便大哭了一场，当下由黄子澄等依着遗诏，扶皇太孙允炆登了御座，朝臣也登殿叩贺新君，改这年洪武三十一年为建文元年。一面替太祖发丧，追谥为"高皇帝"，庙号"太祖"。又命文武百官一例挂孝。是年的八月，奉太祖的梓宫往葬在孝陵。朱太祖自濠城起义，至此晏驾，在位凡三十一年。允炆既登了帝位，便拜黄子澄为右丞相，齐泰为左丞相，李景隆为大将军，大赦天下，文武官吏，均加品级有差。

那时藩镇的诸王听了太祖崩逝的消息，都要回京奔丧。左丞相齐泰谏道："诸王出封各地，难保不蓄异心，万一令其进京，一朝有变，将如何收拾？"建文帝听了，很以为然，便下谕各藩王，静守封地，不必回京奔丧。诸王接了谕旨，都觉怏怏不乐。尤其是燕王，以为建文帝有心离异骨肉，使自己不能尽父子之谊，心里便十分气愤。钦使到了那里，燕王未免怨忿见于辞色。使者把燕王的情形，老实奏知建文帝。建文帝大惊道："燕王是朕的叔父,他如心怀怨恨和朕为起难来,却如何是好。"右丞相黄子澄奏道:"诸王之中,本要算燕王最强,而燕王与齐王又极要好。从前太祖在日,尝谓燕王好武略,齐王善谋,两人若合,必不易对付。如今之计,欲燕王不生异心,须先除去他的羽翼。"建文帝道:"卿有什么良策?"黄子澄道:"依臣愚见,可暗令大将军李景隆统领御林军一千,扬言出巡,只要一声暗号,兵士围上把齐王擒住,星夜械系进京,杀纵悉听陛下圣裁就是了。齐王若除,燕王也就心寒,还怕他不敛迹吗?"建文帝大喜道:"卿言有理,照准,这样去办吧!"当下传下密谕,命李景隆率着御林军出巡各地。又暗底下密嘱李景隆依着黄子澄的计策小心行事。

李景隆又是李文忠的次子,为人很有谋略、他接了这道旨意,知道建文帝听信了权臣的游说,自相摧残骨肉。欲待不奉诏,又恐获罪谴。后来他在路上想了一个两全的法子,即暗中递消息给齐王,令他在事前逃走。等那李景隆兵马到了青州,齐王已不知躲往哪里去了。谁知同时在这个当儿,建文帝已别遣将军常泰领兵去捕了湘王,又把代王械系进京。这风声传到北平,燕王越觉得不自安了。于是私下和僧人道衍(姚广孝)、术士袁珙、金忠等密议自保的良策。道衍进言道:"目今皇上无主,妄听臣下的滥言,擅意削夺藩封,先是致乱之道。殿下如要不为阶下囚,非实自立不可。"燕王叹道:"俺未尝没有此心,但力有不足,怕未必能成大事。"袁珙说道:"衍师的说话极是,而且事宜速图。今殿下有猛将朱能、张玉、庞来兴、丁胜等诸人,只令秘密招募壮士以防不测。"燕王听了大喜,立召张玉、朱能进内,授了密谕,命招募兵士若干,编列队伍,以备应用。朱能、张玉自去。一面又在王府后园,饬匠打造军械。

其时北平长史葛诚便把燕王不臣的行为上奏朝廷。建文帝读了疏牍,忙召黄子澄议事。黄子澄奏道:"燕王虽心怀不臣,叛

第二十八回　叛北平燕王举白帜　入空门建文遁红尘

状未露，陛下只派兵将四出守御要隘，免仓卒不及，致为所乘。"建文帝点头称善，便令指挥张信、谢贵为北平都司，着都督耿巘防堵山海关。又命徐凯屯兵临清，又命都督宋忠收燕王卫兵，入隶宋忠帐下。这样的一来，北平风声也日紧，都说朝廷将捕燕王进京。燕王益自惴惴，还装作疯癫的样儿去到街上，夺人民的食物，醉后睡在溪沟里，高唱入云。都司谢贵又把燕王疯狂的情形，密报右丞相黄子澄。子澄来见建文帝，说燕王的疯病必非真疯，宜格外预防。建文帝便谕知指挥张昺员，与都司谢贵暗中设法图谋燕王。

时燕邸使臣王景赍疏进京，被左丞相齐泰执住，严刑拷问，王景熬刑不过，把燕王谋乱的计划大半说了出来。齐泰录了口供，即入奏建文帝。建文帝大惊，忙传旨给谢贵、张昺，立缚燕王邸官进京。又命都司张信，逮捕燕王。哪知张信的官职本来是从前燕王保举的，这时听得命自己去捕燕王，如何肯受命呢？当下连夜来见燕王，将建文帝令他逮燕王的密旨呈上。燕王看了，半晌说不出话来。张信说道："殿下尽可放心，臣决无他意。"燕王起身谢道："这事若不是足下，俺已身受桎梏了。"说着，急命传道衍、袁珙、金忠等入府。燕王向道衍说道："俺不负人，人将图俺。事已火烧眉睫，老师可有妙计？"因把张信所缴谕旨给道衍看了，又拿张昺、谢贵来逮府中官属的话略略讲了一遍。道衍失惊道："事既迫急，殿下委张玉、朱能的事怎样了！"燕王命传朱能、张玉进府。不一刻，朱能、张玉齐到。燕王问道："你们奉令招募壮士，现共集得几人了？"张玉禀道："连日陆续招得，约九百余人。"朱能回说："八百余人。"燕王奋然道："若并合府中卫士，足有两千多人，难道还不能抗拒吗？"说罢，吩咐张玉、朱能各领了招得的壮士在府中左右埋伏，专等张昺、谢贵到来。

第二天的近午，忽探马来报，钦使来提官属了，现在离北平还有二里，快要到了。燕王即遣丁胜前往，伪说王府官属一例就缚，请钦使亲来府点名。张昺、谢贵听说大喜，两人并马至王府。燕王出迎，相见礼罢，燕王故意问道："不知皇上差二位到此做甚？"谢贵诧异道："皇上命提官属，适才王爷不是着人来说都已就逮了吗！"燕王变色道："俺府中的官属究犯了何罪，却要把他们逮解进京？这分明是你们一班奸臣在那里蒙蔽圣聪，令俺骨肉生嫌。左右何在，还不给将奸臣拿下！"燕王说犹未了，两厢朱能、张玉各率着壮士一拥上前，把谢贵、张昺立时逮获。燕王冷笑一声，喝令推出去砍了。又命朱能带着部众，去围住张昺、谢贵的家中，杀了他们一门。一面又命张玉率壮士收服了卫兵。

北平指挥使彭谦闻得燕王杀了钦使，果然谋变，忙领了部众入城救援。当头正碰着朱能，两人就在城边大战起来。不提防张玉、庞来兴、丁胜等又引兵赶到，将彭谦困在当中。彭谦奋勇冲突不出，被朱能杀死。彭谦的余众齐声说是愿降，朱能便令停刃，和张玉等收了彭谦的残部，大获全胜，竟来报知燕王。燕王慰劳张玉一番，令将士暂行退去休息。到了未牌时分，邸中忽然传下谕来，命朱能、张玉、丁胜、庞来兴等率同全体兵士在校场听点。张玉等不敢怠慢，慌忙张号集队，齐赴校场。不一会燕王到来，上了将台朗声说道："目今皇上懦弱，奸臣当道，志在削去朝廷羽翼，以便谋篡大位。所以他们第一和藩王作对，数月以来，代王、周王、齐王、湘王死的死了，逃的逃走，咱们如不自卫，将来朱氏族中宁有噍类？况太祖慈训，有'君不明，则藩王得起兵以清君侧'。祖训上既有这一条，俺为保障国家及安全诸王计，不得不兴兵靖难，冀皇上省悟，永保大明的锦绣江山。"燕王说明，声泪俱下，真是慷慨誓师，将士人人愤激，个个摩拳

第二十八回　叛北平燕王举白帜　入空门建文遁红尘

擦掌。燕王见士气可用，便下令出兵，直薄通州。

这时守通州的指挥房胜，一听燕王兵到，并不迎战却开门投诚。燕王得了通州，顺流而下，又克了蓟州，陷了遵化。北兵已抵居庸关，关上守将余瑱、都指挥马宣，弃关逃走。都督宋忠闻北兵势大，不敢交锋，引兵退至怀来。北军赶到，宋忠勉强出战，大败进城。北军随后拥入擒了宋忠，由朱能出示安民。次日燕王自领着大队进了怀来，命朱能、张玉、丁胜、庞来兴等分头袭取龙门、开平、云中、上谷诸州。不上半月，各处纷纷报捷。

警耗和雪片一般传入京中，建文帝大惊，即时召集文武大臣，筹议讨燕计划。当下拜老将耿炳文为大元帅，统兵十万，以宁凯、李坚为先锋，星夜起兵，浩浩荡荡地杀奔北方而来。左丞相齐泰恐兵力尚嫌不济，又命江阴侯吴高、安陆侯吴成、都指挥盛庸、潘忠、徐贞、杨松、陈文安等领兵五万，在后接应。又令王宇晖为运粮总管，专一接济粮饷。燕王打听得南兵众多，不敢轻进。

那耿炳文领着十万大兵，在滹沱河隔岸屯住，也不向北军挑战。在耿炳文的意思，欲暗遣铁骑去抄袭燕王的背后，待北军心慌退去再渡河追击。耿炳文部下副将张达原系北平人，便弃了炳文来投降燕王，把耿炳文的谋划与军中虚实一齐和盘托出。燕王见说，惊得面如土色，忙起谢张达道："得将军来此，是天助俺成功。倘耿炳文这般诡计，若非将军见告，俺这里必然全军覆没了。"于是立加张达为都指挥，又派了十几个细作，赶往京中捏造流言，说耿炳文停军不进，是得了燕王的贿赂，意在观望，左丞相齐泰得了这个消息，忙来奏知建文帝，下谕催耿炳文火速进兵。耿炳文接着上谕，不觉长叹一声道："君主不明，权臣当国。将帅为人掣肘，吾辈恐没葬身之地了。"说罢便下令，渡河进剿北军。原来耿炳文本已派了先锋李坚偷袭燕王的背后，这时也等不到双方并进了,只得单独渡河来和北军交战。

那燕王见南兵旗帜乱动,知道建文帝必信了流言,逼迫耿炳文出兵,谅来早晚要渡河了。便吩咐朱能领兵去埋伏河边,张玉在后接应。又命庞来兴领兵一千去上流埋伏了,只是擂鼓呐喊作为疑兵。又令丁胜引兵五百去守住滹沱河河沿,望见南兵渡过一半,就鼓噪起来奋力杀出,自有大兵来接应。丁胜、朱能、张玉、庞来兴等都领兵去了。这里燕王亲率三军准备交战。

那耿炳文督着兵马正在济河,忽听得上流人喊马嘶,炳文猛然道:"咱们渡河,须防北军截击。"先锋宁凯道:"我兵多北军十倍,谅北军也没有这般胆量。"耿炳文道:"素闻燕王好武,用兵如神,不可不预备。"说犹未了,上流鼓声大震,喊杀连天。南军忙整戈待战,却又不见一人,大家疑惑了一会,依然渡河。上流喊声又起,鼓声复鸣,南兵急来看时,连鬼也没一个。宁凯大笑说:"这是北军的诡计,他不敢和我对敌。只把疑兵来吓人罢了。"兵士们听了,也一齐笑起来,竟大着胆渡河。将至一半的当儿,河沿上呐喊声大起,丁胜领着五百军士望河沿上杀来,宁凯便分兵迎敌,一面继续渡河。不提防河边朱能杀出,上流庞来兴杀来,后面张玉又杀到。南军这时手足无措。耿炳文虽然老将,因误信宁凯的话说,也失了指挥的能力。正在为难时,北军阵后尘头大起,燕王自领三军前来接应。南军其时早没了纪律,只纷纷弃戈逃命。耿炳文独立阵前,连斩牙将六员,仍是喝止不住。宁凯见不是势头,回身便走。南军大败,落河死者无数,不及过河的便向北军投诚。燕王领着兵马,乘势大杀一阵,真是尸横遍野,流血河水为赤。北军正在追杀,南军的后军吴高、吴成等赶至,燕王见来了生力军,恐众寡不敌,随即鸣金收兵。

这一场的大战,杀得南军魂丧胆落。败兵的消息传到京中,建文帝十分忧惧,因召丞相齐泰进宫。建文帝叹道:"耿炳文随

第二十八回　叛北平燕王举白帜　入空门建文遁红尘

高帝出征，也算一员名将，今天却败在北军手里，他们的兵力也可想而知了。"齐泰奏道："耿炳文年衰昏愦，本已不足恃。臣荐一人，有文武全材，可以破得北军。"建文帝问是谁，齐泰答道："便是那李景隆。"建文帝说道："卿既保荐，想无谬误。"于是即拜李景隆为征北大将军，领兵五万去替耿炳文回来。

那时耿炳文在滹沱河败后，驻兵杨树堡，犹未进兵，恰好李景隆到来，耿炳文以李景隆是后辈，心上很是不悦，即草草地交了印绶，带了十几个亲兵匆匆回京。那李景隆接收了兵马粮草，自准备和燕王开兵。燕王闻知耿炳文去职，却调了李景隆来领兵，不禁大笑道："老将耿炳文颇晓兵法，俺尚有三分畏惧他。今换了李景隆这小辈，俺却不怕他了。"

南军自调了主将，军士早已离心，况李景隆用兵，远不如耿炳文，第一次出兵便被燕王杀得大败。以后屡战屡溃，二十万大兵死伤过了半数，锐气丧折殆尽。先锋宁凯死在乱军之中。还有耿炳文差去暗袭燕王背后的李坚，也被燕王擒住了。江阴侯吴高、安陆侯吴成先后遭擒，不屈被杀。都指挥盛庸败走，徐贞阵亡，陈文安投河自尽，杨松兵败在逃，潘忠和顾盛两人争夺先锋，自相残杀。南军的营中，将佐死伤，好好一座大营，弄得落花流水。李景隆也自觉无颜，看看兵败将丧，便自刎而死。燕王乘势长驱直入，各州郡多望风归顺，这话且不提。

再说建文帝自登极后，册立德配马氏为皇后，翠儿晋为真妃；追赠黄香菱为贞妃，把钟山的坟墓重行修葺一番。又替她立祠塑像，春秋祀祭。还有那个汪秋云，建文帝几次要立她做个皇妃，秋云只是不答应。有时追得她急了，她终是泪汪汪地说道："陛下如果欲相逼，妾惟以一死报知遇罢了。"建文帝见她矢志不移，越觉得敬重她了。越是敬重也就越爱，那秋云却只是淡淡的，任建文帝怎样用情，秋云还是这般。而且她常常对建文帝说:"妾和陛下,算是神交,也是风尘的真知己。"建文帝听了,面子上是很赞成她,心里终不以为然。但秋云的志不可夺,这也是桩最没法想的事。

那时节燕王率领着强兵猛将,一路破德州,陷大名,又诈入了大宁城,逐去宁王,命大将潭渊、房宽袭取了松亭关。又令都指挥邱福、张武去取了永平、真定,一路行军所致,势如破竹。不到半年工夫,北军已取了凤阳、淮安诸郡,徽州、宁波、苏州、乐平、永清等地也相继失守。警报飞达应天,侦骑络绎道上。都是报北军得胜,南兵败绩的消息。南军的统帅盛庸、副帅何福,连失各地,大败回京,来建文帝面前请罪。建文帝叹道:"这事不于卿等,实朕不德所致。"说着不禁流下泪来。不多几天,忽闻燕王大半渡江,统领陈植率兵相抗,被部下都司金成英杀了陈植,投奔燕王。燕王便破了江阴,陷了镇江。朱能攻进兰陵,张玉领着健卒,直抵应天,燕王自领大军随后也到。

这时应天的城下,大兵云集:东门有张玉、朱能的兵马,西门是燕王次子高煦的兵队,南门是潭渊的军马,北门是张武、邱福的兵马,正中是燕王的大营,左是庞来兴、丁胜的禁军,右是邹禄、冯颧的骑兵营。建文帝登城瞭望,但见北军营中,火光烛天,相照不下百里。兵士刁斗画角之声,震喧达于霄汉。建文帝不觉吃惊道:"燕军势大如此,怪不得南兵屡败了。"编修方孝孺奏道:"目下北军锐气正盛,京城虽有大兵二十万,似不可力敌。为今之计,直令城外百姓拆去房屋,搬运木料入城,并力上城守御。一面陛下即颁诏四方,举兵勤王,等待各处义师会集,就不怕他了。"建文帝听说,下谕百姓一例拆房,迁进城中。谁知一班百姓,大都不愿搬迁,一闻到谕旨,便各自放火攻房,竟逃往别处去了。建文帝见了,又长叹几声。还有那勤王的诏书,颁发下去,虽有几处勤王师前来,都被燕王用计袭破。

第二十八回　叛北平燕王举白帜　入空门建文遁红尘

　　建文帝没法，命谷王、安王到燕王营中讲和，愿割地息兵。燕王不应，仍令兵马攻城。看看外城已陷，内城人心惶惶，建文帝大哭道："朕不曾负于燕王，他却如此相逼，承祖宗托付之重，今日只有以身殉国吧！"说毕拔剑自刎。学士宋景忙拦住道："陛下且慢，臣忆高皇帝在日，尝把一铁柜悬在谨身殿后，并嘱咐内务总管保守，须等子孙患难迫急时开看。莫非中有妙计，陛下何不一试？"建文帝听了，也想起这件事来，忙叫总管把铁柜取至。打开来瞧时，却是僧衣、僧帽两套，度牒两张，白银十锭，剃发刀一把，朱书一纸，上写着一行道："游僧两名，应文、应云；白银十锭，速出鬼门。"建文帝看了，叹道："朕年号建文，牒上名叫应文，是大数已定，明明叫朕出家了。只是不知应云是谁？"其时汪秋云已从密室中出来，听得建文帝的话，忙跪下来说道："妾名秋云，正是应云了，就陪着陛下出家吧！"建文帝呆了半晌，便命内监把自己和秋云的发剃去，改了装束，悄悄地逃出鬼门去了。

　　要知后事怎样，且听下回分解。

第二十九回　使出岛国奇珍异宝
　　　　　频创邪教牛鬼蛇神

却说建文帝更名应文，汪秋云改名应云，立时命内侍剃去发髻，改装做了出家人，一僧一尼，收了度牒和银锭，依了朱书所说，从鬼门里出去。这个鬼门在内城的太平门内，是修理御沟时所进出的，门高不过三尺，宽只得尺余，人若经过，必伛偻着侧着身而出。

这时众臣之中，还有侍郎廖平、金焦、检讨稍亨、中书舍人梁忠节、钦天监正王芝臣、镇抚牛景等十余人，见建文帝要出走，便一齐伏地痛哭。建文帝也垂泪道："你等也不必伤心，只将来好好地去侍候新君吧！"梁忠节听了，大叫："臣愿舍生报国。"说罢，一头撞在石柱上，脑浆迸裂而死。建文帝看他，点头叹息。忽然真妃来牵住衣袖大哭道："陛下去了，遗下臣妾怎样呢？万祈指示。"建文帝愤愤地说道："此刻还是顾你们的时候吗？"说时指着宫后的眢井道："你如无可依归，这便是你归宿的地方了。"真妃即翠儿，听说，忙跪下谢了恩，立起来奋身望着井里一跳，可怜鲜花般的美人霎时玉殒香消了。建文帝目睹着这种惨状，又忍不住下泪。霎时众臣无不放声痛哭。建文帝方待回身出门，忽内监报宫中火起，马皇后自焚了。最可怜的是建文帝的长子文奎，其时只有七岁，也随着他母亲葬身火窟。建文帝听

第二十九回　使出岛国奇珍异宝　频创邪教牛鬼蛇神

了内监的话，反倒弄得不哭了，只说了两声："好！好！这是帝皇家子孙的结果！"那相随的诸臣，谁不是呜咽欲绝。镇抚牛景牵住建文帝的衣袂，叩头流血道："愚臣愿随陛下同去。"侍郎金焦也说要去，建文帝说道："众卿忠诚相随，令我非常感激，但我已做了出家人，况在逃难的时候，人多了反觉不便。我此行若得安身之所，再来招你们前往就是了。"牛景和金焦抵死不舍，建文帝只得允许了。

于是建文帝在前先出了鬼门，秋云跑在后面，最后是金焦和牛景，末后便是廖平等一干人在后相送。建文帝到了鬼门外，那里便是御沟的河埠口。由王芝臣去找了一只小舟来，建文帝上了小船，又扶秋云下去，接着牛景、金焦也下了船，众臣又在河埠口相对大哭了一场，那只小船便慢慢地荡开埠头，渐渐到了河的中央。不上一刻工夫，只见那烟波浩渺，那只小舟已去得无影无踪了。廖平等呆呆地望了半晌，始零涕自回。各人到家里闭门不出，后来一个个被燕王假罪诛戮。

当下建文帝出鬼门时，燕王的北军已攻破了皇城，朱能、张玉攻入东门，守城的安王和谷王见东门火起，正在惊疑，又见宫中也火光烛天，知道大势已去，便开了南门迎接燕王进城。城中的百姓多半望西门逃走，恰巧张武、邱福的兵马冲来，被北军乱杀一阵，杀伤了人民无数。有的还纷纷闭门，算是拒绝的意思。燕王瞧在眼内，心上大怒，几乎下令屠城，亏了朱能、邱福等力谏，才谕知将士把闭门的百姓，一齐捕来斩首号令。燕王同了安王、谷王并马入城，到了五城兵马司署中暂驻，又下令扑灭了东门及宫中的余火，出了安民的手谕。

那一班负恩忘义、热心利禄的官吏，听得燕王进城，便都冠带来见。燕王首先问道："少帝（建文）现在甚么地方？"兵部尚书袁镜答道："当宫中火起时，想少帝已自焚了。"燕王故意长叹道:"俺此番兴兵,原为救国靖难,清除奸臣起见,所以行军终竖着白帜,此心可表天日。无如少帝不谅,竟尔身殉,教俺怎样对得起祖宗呢?"说罢也流下几点泪来。便令学士张肃撰起祭文,燕王亲自带同将士,到宫中来祭建文帝。由张肃朗读祭文。读毕,燕王伏地放声大哭,诸将在旁也无不流涕。燕王祭罢,命就瓦砾场中寻那建文帝的尸骨,谁知骨殖很多,也分不出男女,更不识哪一副是建文帝的,只是胡乱找出两副来,算是帝后的遗骨,葬以帝后的礼节,也葬在孝陵,但不曾追赠谥号。直至清代的乾隆年间,方追封为恭闵惠皇帝。燕王这时巡视了宫殿一周,见金碧辉煌的皇宫大半成了瓦砾焦土,只有那奉天殿、谨身殿、文武楼、武英殿、仁寿宫、万春宫不曾毁去,好在高皇帝的诸妃也都逝世,各宫本来是空着的。燕王看了一遍,不禁也点头叹息,随即率领着众臣,仍回到兵马司署中,一宿无话。

第二天的早晨,燕王升了军帐,大犒军士,又命设起庆功宴来,和有功的诸将开怀畅饮。正吃得兴高采烈,尚书茹瑺首先俯伏叩头劝进。诸臣也顺水推船,齐齐地跪在地上,劝燕王即日登了大宝。燕王命诸臣起身,自己便执杯说道:"俺举兵靖难,志在除奸,今少帝捐躯,俺已负罪祖宗。况天下之人,必将疑俺威逼少帝,使俺永蒙不臣之恶名。所以这个大位,俺决不妄想,列位还是别选贤能吧!"茹瑺忙跪陈道:"殿下乃太祖嫡嗣,功德薄于海内,正宜应天顺人,早登大宝,以副众望。"茹瑺说犹未了,侍御王朗、刑部主事黎天民、御使铁宏、尚书江太玄、少监周忠、将军冯翔等都跪下来奏道:"茹瑺之言,正合天心,望殿下勿再固辞。"燕王见众口同声,知道时机不可失,便也答应了。众臣齐声欢呼,便拥着燕王登奉天殿受贺,群臣三呼礼毕,分班侍立。

于是由燕王下谕,改是年建文四年为永乐元年,册立德配徐

第二十九回　使出岛国奇珍异宝　频创邪教牛鬼蛇神

氏为皇后，长子高炽为东宫。又大封功臣，晋朱能为成国公，张玉为韩国公，邱福为淇国公，张信为隆平侯，房宽为思恩侯，张武为成阳侯；丁胜、庞来兴均晋伯爵。又封次子高煦为汉王，幼子高燧为赵王。又下谕即日祭告太庙，大赦天下。又封解缙为侍读，杨士奇为编修，杨荣为修撰，入直机务，时定为内阁。又命编修黄淮、胡广入直文渊阁。又捕齐泰、黄子澄等尽行杀戮，并诛九族。又传谕复了安王、谷王等封地，下令洗宫三天。

那时燕王即登了大位，心里怀恨着建文帝，把他旧日的大臣统加重罪，有的还置之大辟。又疑建文帝不曾焚死，消息传来，说建文帝逃往海外去了。燕王想斩草除根，便下密谕，命各处的地方官认真侦缉，那建文帝却隐名埋姓，始终没有被他们获住。直待燕王崩后，太子高炽即位，建文帝方才入京，不过这是后话了。

再说燕王篡位，便是历史上的永乐帝，又称为成祖，又称太宗。当他初崩时，谥为太宗文皇帝。到了嘉靖年间，又改庙号为成祖。这太宗皇帝的为人，英明果断，极似太祖。所以太宗在位，群臣不敢蒙蔽。但他疑建文帝在世，心上自觉不安，又听得他逃往海外，便差了宦官郑和、王景等，假名出使海外，实是暗中探访建文帝的踪迹。

那郑和、王景奉了上谕，督造起几十只大战船，带了五万名健卒，沿海起程，经过了福建、浙江等诸海岛，竟至南洋四处寻觅，并无建文帝的影踪。郑和和王景商议道："这番咱们寻不着建文帝，怎样地去复旨呢？"王景答道："俺瞧海外的岛国很是不少，莫若借着上谕，诏他们归诚天朝，倒也未尝不是功绩。"郑和大喜道："这话有理！"于是领着五万兵士扬帆望各海岛进发。

第一处到了三佛齐国，国王刘彰义本是山西人。听得天朝的使者前来，又见他带着大兵，那三佛齐国只是一个小岛，连军民人等，一古脑儿还不满三千人，当然不敢抗拒。国王刘彰义亲来迎接，又大排筵宴，款待郑和等。郑和在三佛齐国中住了几天，劝他入贡，刘彰义一口答应，临行时还送了郑和、王景等许多宝物。郑和离了三佛齐国，又到巴拉望岛。那里的国王名叫亚尼，为人短小精悍，生得紫髯碧眼，十分地凶恶。他闻知有什么天使领兵前来，亚尼大忿道："俺和天朝从没往来，又不曾有干犯他们，却带了兵来威吓俺吗？"登时就张号集队，亚尼亲督着兵士来御郑和。郑和也愤道："咱们所经的岛国，谁不望风归顺，这里小小的海岛，倒敢来抗天兵吗？"说着，便传令战船拢了岸，兵士排着队一齐杀上岸来。亚尼也叫兵士摆开与郑和对阵。岛上的兵士虽然猛悍，到底寡不敌众，被中国军马杀得落花流水。亚尼失足遭擒。郑和命斩了亚尼，在岛中别选了一个酋长，令他做了岛主，定了岁岁入贡的条约。郑和这才去了巴拉望岛，又往尼拉岛、尼科巴岛、麻尼拉岛，都给他收服了。其中有一个大岛国，叫作苏门答剌的，初时也出兵相拒，又被郑和杀败，废了他的国主，另立一个新主，一般也定了朝贡的条约。这一场出使外邦，收服的岛国不下七十多处。郑和直到了小吕宋，适逢吕宋内乱，郑和替他平定了，那吕宋国主很为感激，自愿遣使入贡。郑和见有了许多的成绩，也就心满意足，从吕宋解缆回国。

  郑和回到京中，觐见太宗，说没有建文帝的踪迹，又把劝谕各岛国归顺的话细细讲了一遍。太宗大喜，亲加慰谕几句，重赏了郑和和王景。过不上半年，海外的岛国果然纷纷入贡，真是奇珍异宝，罗列满前。太宗看了，自然说不出的高兴。单讲那吕宋国王贡来的东西，珍珠宝石之外，有两件宝贝，一样是只五色的灵鸟，能够和人一般地说话，还能预知人的姓名。朝中文武官员，不论是什么人，一到了面前，那灵鸟便叫得出他的名儿和官衔。太宗皇帝喜欢它不过，便打了一只金丝笼儿，把它豢养着，

第二十九回　使出岛国奇珍异宝　频创邪教牛鬼蛇神

赐名灵鸟。太宗临朝时，就拿灵鸟放在御案上，登辇时挂在旒苏上面，或命内监捧着它，可算得寸步不离了。

还有一样，是幅八尺来长的画儿。画上也是一百只五色的鸟儿。那鸟虽是画的，却画得只只羽毛生动，形状活泼，有在枝上的，有在草地上寻虫蚁的，远远望去，要当它是一群真的鸟儿呢。只是正中一只鸟儿，却不曾画眼珠。太宗看了，深叹画工的精妙，但不识其中的一只鸟儿，为什么不画眼珠。据那吕宋的使臣说："这画不但画精妙，而且那鸟还是活的，只要将画悬挂起来，拿一把米撒在地下，画儿上的鸟儿便会飞到地上来啄米吃的，确是一件无价之宝。"太宗听了，似信非信的，挂起画来试验，都内监才把米撒去，画上的鸟儿果然飞下来吃米了。太宗留神细瞧，那九十九只都在地上吃米，只有一只不曾画眼珠的鸟儿，却独自栖在树枝上动也不动。那九十九只鸟儿吃完了米，仍飞到画上去了。太宗不禁起了好奇心，说那没眼珠的鸟儿不是太苦恼了，便令内侍取过墨笔来，替它在眼上点了两点，没眼鸟变了有眼鸟了。太宗又亲自撒去米去，画上的鸟儿齐齐飞下来吃米，看那只没眼珠的鸟儿已不在画上，大约也杂在群中了。那一百只鸟儿把米吃完之后，并不飞上画去，却东一队西一群的，在殿上闲走起来。太宗叫内侍去捕捉几只，内侍赶来赶去地捉了半晌，半只也不曾捉得。太宗笑着说道："把它驱到画上去吧！"内侍就找了一根竹枝去驱那鸟儿时，谁知呼地一声响，百只鸟齐飞出殿外，凌空飞去了。太宗只当它要飞回来，等了半天，影踪全无，不觉诧异起来。再瞧那画上，惟剩下树木和碧草，鸟儿一只没有了。太宗忙差人去问那使臣，使臣惊道："画上一百只鸟儿，只有九十九只鸟儿是飞不远的，就是飞走了，也自己会飞回来的。"那内侍把太宗画眼珠的事对使臣说了，使臣顿足道："鸟王一有了眼珠，自然领着那九十九只飞去了，这样说来，那鸟儿是逃走的了。"说罢连连叹息。内侍见说，慌忙回报太宗，太宗听了也懊悔不迭。

又有苏门答剌进贡来的一只紫檀的木盒，盒子里面是一个高七寸方八寸的戏台，只要把机栝一开，便叮叮哨哨地五音杂奏，打了一场闹场锣鼓，锣鼓停止，却奏起拉起管弦丝竹，台上走出那唐明皇来，次是高力士、安禄山、杨贵妃、李太白等。自唐明皇选霓裳起，到贵妃醉酒止。长生殿上，歌舞毕真，举止状貌，活泼无伦，就是不会开口罢了。一时目睹的人，宫里宫外，无不叹为观止。

又有一样是尼科巴进贡来的，是一口极大的漏钟。钟的前面，画着更点的刻数，一到起更时候，那钟便当当地打了三下，似乎报给人家知道一般。及至到了几更几点，那漏钟自会开门，门内走出一个千娇百媚的美人，手里提着金钟，执了金锤，叮叮地敲了更数，便走进去了。这时却走出一个童儿来，头上挽着双髻，手中击着锣，报告是几更几点，就击锣几下。末了是一个虬髯的丈夫，手握着大喇叭，从钟门内直吹出来，约有几分时光，随后略停一停，再吹时便是报刻数了，几刻就是吹几下。钟上又有一个汽管，管中灌着汽质，雨天汽往上腾，更漏敲着大钟。天晴汽往下沉，漏声击的小钟，种种的变化，一时也说不尽许多。

又有麻尼拉进贡来一盒翡翠的玫瑰花。那花内叶瓣儿纯是翡翠缀成的，玫瑰花朵却是红玉琢成。放在案上，红绿分明，非常地好看。更有一种异处，就是那红玉的玫瑰花朵儿，每到了四五月里，花朵儿自为开放出来；里面的花心是用五色的宝石缀成，灿烂夺目。太宗的吴妃最是爱它了，常常把这盆花放在妆台上，当作是案头的清玩。又有一件，是个孔雀翎穿成扇儿，看看也不过是把寻常的扇儿，若在暑季用起来，只令一个宫女远远地把扇扇着，那凉风便袅袅满室，真是胸襟为爽呢！

第二十九回　使出岛国奇珍异宝　频创邪教牛鬼蛇神

更有一种名叫"返魂香"。这个返魂香大都出在海岛里的，但产生的地方，必是个咸水的所在。因香的性质是不能近淡水的，以是携带的人非常为难，尤其是不能多带。倘把香放在船上，船行到淡水的地方，须将香预运在岸上，人向离水远的地方行走，至少须相距十丈方才无碍。不然便要连人飞在水里，好似有什么东西把他牵扯下去一样。倘是放在船上，并船也要沉下水去呢。所以入贡的人也不敢多带，惟海外都是咸水，那香遇见咸水是犯克的，一入了中国境地，淡水的河流多了，携带就不容易了。至于那香有什么好处呢？凡在暑天，宫中嫔妃等患了急痧，或是昏去，只要把香燃着，将病人卧在榻上，垂下帐门，放一碗井水在枕边，那香的烟儿好似一条白线，虽离开得很远，那一缕烟气像长虹般的，由炉中直射入帐中的水碗里，久久不散。待工夫多了，帐内满布着香烟，病人闻了香味，打几个喷嚏，病就自然而然地好了。那时把炉中的香吹熄了，和水碗中接连的一缕白烟便渐渐淡了下去，终至自行消灭。据使臣说，无论什么样的重症，经那香烟一熏，立时可以起死回生，因此唤作返魂香。又有一样用处，是妇女们的难产，小孩不能下地时，拿那返魂香燃起来，产妇闻到了香味，只打一个喷嚏，小孩就应声而下，又可保母子的安全。那香的确是宝贝呢。总而言之，那进贡来的东西，没一样不是稀世奇珍。做书的一枝笔也不能一描写它，只将大略记了一点罢了。

再说那太宗本来是个好大喜功的人，他见海外归心，越觉得雄心勃勃了。其时恰巧交趾国内乱，太宗令使臣责他朝贡，反被杀死。太宗大愤，立谕平西侯沐晟出兵往讨，却吃了一个败仗。太宗越发忿怒，便点起了大军三十万御驾亲征，平了交趾，又回军平了沙漠，还在斡难河边勒碑纪功，大军才行班师。从此以后，使四方来归，天下清平，太宗居然做了'安乐天子。

明宫十六朝演义

  光阴荏苒，这样地过了十几年，到了永乐十八年上，山东地方忽然酿出了大乱子来。那时山东有个农民叫作林山的，他的妻子唐赛儿本是个烟花出身，也粗识几个字。她自嫁了林山，常有彩凤随鸦之憾。后来林山一病死了，赛儿便和邻村的秀士名宾鸿的，两下里勾搭起来。那个宾鸿初时是个落第举子，不知在什么地方弄着了一册画符念咒的异书，里面都是些撒豆成兵、剪纸做马的邪术，无非是左道旁门罢了。宾鸿却十分虔诚，一心习学，渐能替人治病，什么驱鬼捉狐，很有灵验。唐赛儿也随着宾鸿习练，不到半年工夫，技术更比宾鸿精进。于是夫妻两人定起一个名儿，唤作"红莲圣教"，并正式开堂收徒。凡是要入教的，须纳银三两。当时一般愚夫纷纷设誓入教。唐赛儿又能代人医治奇症，用符篆做药石，虽是沉疴，可以立起。因此乡间远近的人民愈觉相信她了。赛儿又常常外出。一天，吩咐她的门徒道："你去把门外的柳木砍一枝来，我有用处。"那门徒听了赛儿的话，真个去砍了一枝柳木来，递给唐赛儿。

  不知唐赛儿把柳木做什么，再听下回分解。

第三十回 万缕青丝报知己
两行红泪雪沉冤

却说那唐赛儿令那门徒折了一条柳木来，赛儿取在手里，削成二个人的形状，轻轻去放在一只锦盒里面，又命盛了一碗清水，把一枝小柳枝架在碗口，将一片柳叶儿浮在水碗当中。布置已毕，向那门徒说道："这锦盒和水碗，你须小心看守，不要离开。那锦盒也不许偷看，碗里浮着的柳叶要时时留心，切莫被风吹动了碰着碗边儿。"门徒一一答应，赛儿便匆匆出门去了。那门徒还不过十五六岁，很有些孩子气，他等赛儿走后，心想锦盒里不知是什么东西，非瞧他一下不可。看看天色晚下来了，那门徒燃着烛儿，在那里守着水碗儿。忽然一阵风过去，把烛吹灭了，忙再来瞧那柳叶儿，已碰在水碗的边上，忙用手去拨开时，手指儿一带，将碗上的柳枝又碰落碗中，那门徒慌忙从碗里捞起来，仍照着原状摆好。猛听得打门声甚急，外面守门的开了门，只见宾鸿满身透湿，拖泥带水地进来，对那水碗里望了望，便去换过衣服，又往外去了。

那门徒独坐着无聊，却偷偷地取过锦盒，开了盒盖瞧看。见赛儿削成的两个木人，并坐在盒中的小屋里，屋是白纸糊成的，什么床帐器具，无不齐备。那门徒看了半晌，觉得这东西很好玩，害得他爱不忍释起来。谁知烛上的火星迸开来，恰恰落在盒中，那纸糊房屋顿时烧了起来。门徒连连扑灭，早已烧去了一角。他才不敢再玩，盖了锦盒，依旧在旁边坐守着。到了四更天气，赛儿和宾鸿回来了，向那门徒骂道："叫你不要开盒子儿，为甚么私自偷看的？"那门徒掩饰道："师傅走后，我一动也不曾动过。"赛儿愤愤地说道："你没有动过，咱们住在路上的房子，怎么会烧了起来呢？你又把水碗中的柳叶、柳条，都去弄沉在碗里，害得你师傅渡江时，船也沉了，桥也倒了，这不是你不留心吗？似你这样误事的人，俺实在用你不着，快给俺滚出去吧！"那门徒只得忍气吞声，不敢做声。又过了几天，那门徒在室中闲走，瞧见那酒瓮盖开着，恐怕师傅回来骂他不做事，就顺手将瓮头盖上。到了晚了，唐赛儿回家来，又骂那门徒道："俺在官署里探消息，没处藏身了，便去躲在酒瓮里，你却把盖盖上，几乎将俺闷死。以后家里的物件，不准你乱动。"那门徒连声答应了，心上很是诧异。诸凡这样的奇事，也说不尽它。

那时投奔赛儿的人一天多似一天，不上半年工夫，她的门徒居然有了三四万人，又有各郡的人千里来相从的，赛儿的声势便渐渐地大了起来。一班捕风捉影的胥役都得着了唐赛儿的贿赂，有的爱着唐赛儿的妖艳，大家眼开眼闭地过去。诸城的游击马如龙，听得宾鸿和赛儿私下里买马招兵，风声很是不好，就派兵前去捕捉，却被唐赛儿指挥着门徒一阵地乱杀，把三百个官兵杀得七零八落，四散逃命。宾鸿见祸已闯大了，索性张起白旗，领三四万的门徒直杀人诸城，将县尹仇绪击死，逐走了游击马如龙，竟占了诸城，又接连陷了益都，威声大震。

青州都指挥高凤领着五千健卒，来剿灭唐赛儿。兵到益都，两阵排开，高凤跃马出阵，这边唐赛儿部下董彦杲拒战，不上三合，那董彦杲等无非是乡村的流氓，又不懂什么武艺的，如何敌得住高凤？当下被高凤手起刀落，劈董彦杲作了两爿。高凤便驱

第三十回　万缕青丝报知己　两行红泪雪沉冤

着兵丁，大杀过来。忽见唐赛儿披发仗剑，飞马直前，口里不知念些什么，只听得一声响亮，无数的青面獠牙的鬼怪也仗着利刀，望高凤军中杀来。兵丁们见了，吓得回身便走。唐赛儿乘势掩杀，高凤大败而逃，退五十里下营。一面飞章入报。太宗看了奏牍，勃然大怒道："妖民这样的胡闹，地方官难道任他养痈为患的吗？"于是下谕，令柳升为安远侯，掌大将军印；刘忠为副，督着大兵十万，浩浩荡荡地杀奔山东。

大军将至卸石栅，柳升吩咐立寨。谁知才得安营，柳升坐在帐中，忽觉地上大震，暴雷也似地一响，平地陷落了丈余，二个丈余长的神将，金盔、银甲，从地窟中直跳出来。帐下将士四散奔窜。柳升传谕兵士们莫慌，只把那些马矢掷去，一霎时把两个神将赶得走投没路，似泰山般地倒下来。军士乱刀齐上，剁了一会，再细瞧时，却是两个泥人，身体还不到一尺，穿着纸的衣甲，已给刀剁得粉碎了。兵士们见了，都笑了起来。柳升便对将士们说道："这些妖术原是一种左道邪术，可以用正气破他。你们上阵，切不要胆寒。想汉代时黄巾贼作乱，比现在要厉害得多，尚且弄得一败涂地，何况这小小的鼠辈，怕他则甚！"兵士们见说，知道妖术是假的，又目睹刚才的泥人，所以胆也大了。

这夜的军营中，几次闹着鬼怪，一会儿猛狮来了，虎狼来了，都被柳升破去。看看天色微明，兵士们方要安睡，忽听得喊声大震，唐赛儿和宾鸿亲领着妖兵杀到。柳升叫军士不许妄动，只把硬弓射出去。妖兵也不敢近前，远远地摇旗谩骂。柳升和副将刘忠命兵丁备下了犬羊血及污秽的东西，在营中坐待。到了日中，赛儿的士卒渐渐地懈了，大半下马休息。这时柳升便披甲上马，和刘忠分两面杀出。唐赛儿忙整军来迎，官兵个个奋勇直前，赛儿大败。宾鸿落马受擒，又是想驾云逃走，被刘忠把犬血泼去，宾鸿从半空中掉下来，跌得脑浆迸裂地死了。唐赛儿也施法术，兵丁用犬羊血洒去，鬼怪都变了纸人。赛儿见法不灵，只得回马逃走。柳升挥兵追杀，可怜那一班徒众本是些乌合，吃官兵杀得尸积如山，血汙道路。柳升乘胜克复了益都、诸城、莒州等地，获住贼酋三十余人，一例军前正法，只逃走了唐赛儿不曾捉住。后来被山东的士人杀死，把头来献与柳升。柳升领着部众班师回京。

太宗见山东平定，因蒙酋阿噜台恃着勇力，抗拒天使，掳掠边地，太宗下谕御驾亲征。是年的秋天，出师塞外，足闹了三个多月才得安静。明年是永乐十九年，太宗以蒙人狡诈，须就镇慑，便传旨迁都北京。那时北京宫殿已经落成，正殿仍名奉天，右顺、左顺门外又增建太庙、太社及社稷坛、先农坛等等，壮丽宏敞，远胜南京。又添建清宁宫为太后奉居。皇城东南建皇太孙宫。乾清宫、坤宁宫后面又建了交泰殿。又建设景福、景和、仁和、万春、永春、永寿、长春等宫，备六宫嫔妃的居住。

那太宗的德配徐皇后是中山王徐达的长女，貌很艳丽，性又贤淑。太宗在藩邸的时候，几次获罪太祖，多亏徐皇后从中设法调停，太宗得不受罪谴。太祖在日常说："棣（太宗）有贤妇，终身享受不尽了。"太宗登极，便册立徐氏做了皇后，平日非常地敬爱。徐皇后又著《内训》二十篇，都是规诫妇女的格言。又拿古人的言行录，编成书本，颁行四海。徐皇后本识字知书，对于朝政，辅助太宗的地方很是不少。但偏偏天不假年，这时忽然一病不起，竟至逝世。太宗想起皇后的多才贤淑，心上很是悲伤，一面替皇后发丧，又命有道的高僧，建坛设醮超度皇后。七月中旬，太宗亲送灵舆，葬在长陵，并谥号"仁孝皇后"。

那时徐达还有一个幼女，芳名唤作妙锦，便是徐皇后的妹子，年纪已二十一岁，不曾适人。太宗闻得妙锦的才貌更胜过徐皇后，便饬内臣，下币致聘，要想立妙锦为皇后。妙锦的哥子徐

第三十回　万缕青丝报知己　两行红泪雪沉冤

祖辉见是上谕，不敢违拗，一口就应许下来。谁知那妙锦的性情倒十分古怪，她却不愿做皇后，坚持着不肯答应。徐祖辉没法，只好从实上闻。太宗听了，又派了女官，来中山王府里向妙锦劝驾。妙锦任她们说得口吐莲花，她老是一个不答直。

太宗又派内史来劝妙锦，见妙锦没有转意，便亲自驾临王府，由祖辉出来迎接进去。太宗坐定，便召妙锦面陈。不一会，妙锦盈盈地来见驾，礼毕侍立一旁。太宗细瞧她的容貌，果然不差，虽是淡妆素服，却觉得艳光照人，太宗很和蔼地问道："朕欲立卿为皇后，为甚这样地见拒？想徐皇后在日，和朕也很雍睦。卿是姊妹，难道不知道吗？"妙锦低头说道："臣妾非故违陛下，自思质同蒲柳，不配做天下母，以是不敢应选，乞陛下洪恩，恕妾慢上。"太宗待要回答，妙锦又道："臣妾福薄，既蒙陛下知遇，望赐寸地，妾得终身礼佛，就感激不尽了。"太宗知妙锦固执，谅来不能强做，不由得叹息一声，便命起驾回宫。祖辉和妙锦在后跪送，太宗心里很为懊恼，但还希望妙锦回心过来：回宫之后，不时令女官、内侍们颁赐珠玉珍宝与妙锦。妙锦勉强受领，都用竹箧把所赐的东西一一封锁起来。

这样地过了半年，太宗又提起立后的事来，再派女官来劝妙锦。妙锦也叹道："皇上不能忘情于我，总算是我的知己。那么我就把半生的幸福，报了知己吧！"妙锦说着，忽地将云鬓打散，提起金铰剪来，飕飕地几下，把万缕青丝剪在手里，用黄袱裹好，递给那女官道："烦你上达皇帝，说我已削发，从此遁入空门，不能再侍奉皇帝的了。"那女官呆了半晌，只得回奏太宗。太宗也无可如何，只得令马妃暂掌六宫，誓不别立皇后，空着这个位置，算是报答妙锦的。后来妙锦死了，太宗命照皇后礼节也安葬在长陵。这是后话。

太宗自丧了徐皇后，妙锦又削发为尼，弄得他两头脱空。正在满心不乐的当儿,忽然高丽入贡,内有美女两人。一个叫权英的,面貌艳冶,举止妩媚。太宗看了大喜,便立时选入后宫,当夜召幸。那权英不但美丽,又工媚术,太宗因此越发宠幸,就晋封她为玉妃。那玉妃的肌肤腻滑莹洁,伸出手来,真和羊脂一般,又白又嫩。不说别的,只就看她一身的玉肤,也要令人魂销了。太宗笑问她为甚皮肤这样娇嫩,玉妃回说:"自幼儿便把玉当作食品,所以肌肤格外地细腻。"太宗惊道:"那玉是石质的,怎样可以吃的?"玉妃微笑道:"高丽地方原是产玉的所在。不过那种玉和市上做珍玩的又是不同,颜色有黄的也有白的,式样也有大小和厚薄。'这一类的玉大都产在河中。高丽地方,有种人专在河中掏玉,掏着了便来卖给人家。黄的算为上品,白的略次一点。吃玉的人把玉取来,涤洗干净,放在罐里煮着,过了半晌,再将白菖草和玉煮。待玉煮软了,再把白菖草取出,这时的玉已煮得和膏一般,又加上香料糖汁,吃起来味儿又鲜洁又香美,无论什么东西,终比不上它的。"太宗听说,很是诧异道:"那煮玉的白菖草又是哪里来的?"玉妃答道:"这是高丽的特产,出在产玉的河边上。有了这草,河中必然有玉,那卖玉的人掏了玉来卖时,顺便拔了那白菖草,算是买玉时附赠的。这白菖草和玉,性情极其相反,不管怎样厚的玉,一经和草煮,便柔软如绵的了,大约也是一种相生克的意思吧!"太宗笑着问道:"你幼时便这样煮玉吃的吗?"玉妃微笑道:"臣妾的老父,那时爱妾如掌上明珠,还特雇了一个老妪,专一替妾煮玉,自三四岁上直吃到十八九岁。老父死后,家景渐渐中落,也没有闲钱再去买玉吃了。今年高丽国王挑选美人进贡,见臣妾生得肌肤莹洁,便也选在里面。现得侍候陛下,不是妾的万幸吗?"太宗点头道:"你既喜欢吃玉,朕就命那里的官吏去采办去。"于是传谕,令宦官永禄专往高丽采玉。

第三十回　万缕青丝报知己　两行红泪雪沉冤

那永禄领了旨意，开了一只大船，上插着红旗，大书"奉旨采玉"四个大字。一路上绣帜飘扬，锦帆满张，直达高丽。那面的地方官吏，自忙着迎送。永禄也乘间勒索，高丽的人民不胜他地滋扰，暗中纠集了无赖恶党，举旗作乱，又戕了明朝守将，杀死永禄。太宗闻报大愤，立饬英国公张辅出师高丽。自永乐十九年三月往征，直到九月班师。太宗仍命内监赴高丽采玉，时人称为取宝船。每一个月中往高丽采玉一次。玉妃得玉，便亲自调煮，等到煮好，先进太宗。太宗尝了玉的滋味，果和别的不同，从此和玉妃有了同癖。据内务的报告，只就采玉这一项，耗费报销月支五十五万余两。当时已这样的奢靡，怪不得明廷要穷奢极欲了。

一天，太宗携了玉妃往游西苑。这个西苑是在河东，距御花园约半里许。太宗迁都北京，便命建一个大花园在河东，赐名叫作西苑。那西苑里面有无逸亭，有温玉泉，有秋辉夕照，有漪涟池，有清芬尽在，有风月无边楼、雪玉亭、明镜湖、玉树翡翠榭、放鹤亭、松竹梅三清轩。种种名胜都是清幽壮丽，无美不俱的。当落成的第一日，承造西苑的是司礼监余焜，便来请驾幸西苑。太宗见奏，带了玉妃和几个内侍宫女，竟往西苑中来。

这时正是三春的天气，碧柳丝丝，红花如锦，千花万卉，共斗芳菲。又加上苑中的画栋雕梁，愈觉得景致的幽美了。太宗一面游看，只是赞不绝口。正在有兴的当儿，忽听得园外一阵的嚷声，接着便是脚步声杂乱，一个蓬头散发的女子领着三个孩子、一个女儿望着园中直嚷进来。太宗很是不懂，方在怔愕着。那女子一见了太宗，便拖住衣袖大哭，还不住地把头向太宗身上撞去，太宗吃了一惊，再仔细瞧时，却是自己的妹子宁国公主。太宗忙说道："你有什么话，尽管可以好好地讲，为什么要弄成这个样儿？"宁国公主又大哭道："还讲什么话，你只把梅驸马还俺就是了，否则情愿撞死在你面前。"太宗见她说不明白，又有那三个孩子、一个女儿，也来缠绕着太宗，啼哭着向他要爹爹。太宗这时十分为难，又不好变脸。正当无可奈何，恰巧杨士奇和杨荣因蒙裔阿噜台卫率领部众又寇边疆，守臣都指挥哈蜜飞章入奏，急求援兵。杨士椅、杨荣两人方主持内阁，接到了奏疏不敢怠慢，便进西苑来见太宗。正好宁国公主在那里和太宗拼命，杨士奇便上前相劝。宁国公主把梅驸马失踪事，对杨士奇略略说了一遍。士奇也心里明白，只得劝宁国公主道："木已成舟，公主也不必悲伤了。"杨荣也来安慰，经两人说得舌敝唇焦，宁国公主才答应了，要求把杀驸马的潭深、赵曦立时正法，三个儿子统赐爵禄，女儿照郡主例遣嫁。太宗见说，只得一一依允。并亲书了谕旨，付给公主，命刑部立逮赵曦、潭深，即日弃市。又加赠梅驸马为靖远公，三子袭侯爵，女儿由奉旨配婚。宁国公主见事事如愿，才领着三子一女，含泪自去。

　　这宁国公主是太祖的长女，嫁给驸马梅殷。当日太宗举白帜靖难，梅殷引兵抗拒，太宗连吃他几个败仗。太宗登基，下诏召梅殷进京，梅殷只守着兖州不肯奉诏，太宗越发恨他了。其时几次要发兵去征他，都被徐皇后挡住。又太宗初入京城，命建文帝旧臣方孝孺草诏颁布天下。孝孺不但不肯动笔，反把太宗大骂一顿，说满朝文武，驸马梅殷之外，尽是贼臣。太宗大怒，杀了方孝孺。梅殷是孝孺同党，杀梅殷的心也越切了。那潭深、赵曦，是梅殷部下的正副指挥。太宗密传谕旨，令潭、赵暗图梅殷。赵曦和潭深便私下议好了，借名操兵，请梅殷校阅。梅殷不知是计，竟和潭、赵两人并马出城，到了护城河边，两人一声暗号，把梅殷推下河去。部下的卫兵慌忙下桥去救，潭深拔剑大喝道："谁敢救援梅殷，俺就砍下他的脑袋。"卫兵们听了，知道梅驸马是他两人谋死的，便呐喊了一声，大家纷纷走散了。内中有几个

第三十回　万缕青丝报知己　两行红泪雪沉冤

心腹的人，连夜去报给宁国公主，说了潭深、赵曦谋害的情形。公主听了放声大哭，就领着她三个儿子、一个女儿哭到宫里来和太宗拼命。太宗做了这虚心的事，不觉也有些愧对公主，只好由她闹着。幸得杨士奇和杨荣进来，才解了这场的围。

公主领着上谕出宫，立刻捕了赵、潭两人，亲见他们把赵、潭断头。公主又命摘取了两人的心肝，向梅驸马的灵前致祭。这里太宗和杨士奇等，议定出兵征阿噜台，太宗雄心勃勃，便下谕即日亲征。杨士奇等再三阻谏，太宗不听。第二天上，太宗命皇太子高炽监国，自己到御校场来，点起三十万大军，出塞北征去了。

这一次的亲征直到了永乐二十二年，总算把阿噜台征服，太宗下谕班师。大兵到了白邙山，忽京中的警报到来，是玉妃逝世了。太宗听说死了玉妃，不由得悲痛欲绝，因此哀毁太甚，圣躬也有些不豫起来。回到榆木川时，太宗的病越沉重了，便召杨荣、夏原吉、金幼孜三大学士及英国公张辅等到了榻前。太宗嘱咐了后事，令太子高炽即位，杨荣等顿首涕泣受命。这天的晚上，太宗忽然睁眼问内侍海寿道："到北京还有多少日路程？"海寿跪禀道："须至七月中可到。"太宗长叹一声道："看来等不得了。"说罢便闭目不说了。海寿见太宗形色不妙，忙去报知侍驾的大臣。杨荣、张辅、金幼孜等慌忙进御帐来问安时，太宗早已驾崩了。杨荣等痛哭了一场，却不给太宗发丧，只令内侍海寿星夜进京。

要知后事怎样，且听下回分解。

第三十一回　父疑子仁宗暴崩　凤易龙孙妃僭位

却说那内侍海寿飞骑到了北京，当殿宣读遗诏，皇太子高炽，再拜受命。于是由大学士杨溥等，即扶太子登了大宝，百官上殿叩贺，改是年永乐二十二年为洪熙元年，尊谥太宗为"文皇帝"，庙号"太宗"。封太宗王妃为恭献贤妃，马妃为仁慈贤妃，追谥玉妃为昭献贵妃。又册立妻张氏为皇后，长子瞻基立为皇太子。又晋杨士奇、杨荣、杨溥为内阁学士。夏原吉为尚书，金幼孜为文渊阁大学士。黄维为礼部侍郎兼华盖殿大学士。张辅世袭英国公，加封太子太保。一面替太宗发丧，草诏布告天下。杨士奇等将太宗遗体安置前锡裨里面，上护着翠盖，扶丧回京。那高炽既然继统，便是后来的仁宗皇帝。这时仁宗闻得太宗丧车将到，忙遣太子瞻基先去迎接。当由杨士奇等及朝中文武百官，护着太宗遗骸，直进东华门，至仁智殿停住。仁宗亲来祭奠，照皇帝礼盛殓了，择吉安葬长陵。

再说这仁宗皇帝，做太子的时候，太宗出征塞北就委他监国，前后计算起来足有廿多年。所以对于官民的营私利弊，没有一样不知道的。又引用杨溥、杨士奇、杨荣等，时人号称"三杨"，杨士奇名为西杨，溥名为南杨，荣名东杨。这三人的确有治国的才干。又任金幼孜、黄淮、夏原吉等要职，这几人也是一

第三十一回　父疑子仁宗暴崩　凤易龙孙妃僭位

时的人杰。这样地一来，自然时贤毕集，奸邪远避了。

还有那个太子瞻基，也是天姿聪颖，为人仁智英毅，在诸皇子当中，无人可和他颉颃。当太宗在日，瞻基方十一二岁，太宗批阅奏牍，瞻基侍立一边，见有害人民的奏疏，便把它指摘出来。太宗欢喜他不过，竟递一个奏折给他，令照他的意见批答。瞻基居然下笔，所批的句语更洞中窾要。只有一样疏忽，不曾把疏上的讹字圈出。太宗笑道："你批奏牍，怎么不留心文字？"瞻基答道："那是无心笔误，只要大事不差，这些小错误，何必苛求他呢？"太宗连连点头道："这才有人君之度。"又问瞻基道："天降灾眚，还是祈禳，还是修德？"瞻基应道："为君的修德，宜随时留意，也随时可以修德。若等见了灾眚，修德已经晚了，还去祈禳它吗？"太宗大喜："好儿子！你准备做有道之君吧！"

太宗立储，本欲册立高煦，因燕邸出兵，高煦异常出力，太宗许他事成立为太子。后来太宗登基，见长子高炽也很英明，高煦却勇而无谋。况废长立次，金幼孜、张辅、杨士奇等又极力反对。太宗忽然想起了皇孙瞻基，说他将来必是个盛世天子。瞻基是高炽的儿子，太宗立储，方决意定了高炽。但高煦为太宗的次子，靖难的当儿，太宗亲口允他做个储君，高煦每出阵时就拼命战，汗马劳绩很是不小。现在太宗忘了前言，事成后高煦只封得一个汉王，他心里怎样不怨恨呢？惟碍着太宗，不好过于胡为。到了仁宗继位，又是内外大治，高煦虽满心要反，倒也没有机会可乘。仁宗也知道高煦衔恨，终必作乱。大学士黄淮曾入奏仁宗，述高煦的坏处，并请早加诛戮，以靖后患。仁宗明知是好话，然不忍伤手足的情分，又恐廷臣多说，便召黄淮至谨身殿，仁宗正言厉色地说道："卿身为大臣，不教朕修政补过，反劝朕摧残骨肉，起箕豆的嫌疑，算是什么道理？且文皇帝只有朕弟兄三人。昔日文皇帝兄弟有二十四人，朕如其同室操戈，那文皇帝当时弟兄有这许多，不是要闹得连江山也送掉了吗？"黄淮听了不便回奏，只好诺诺连声地退了下来。那时朝中的诸臣闻得黄淮受了责斥，谁也不敢再提及"高煦"两字，仁宗的手足情算是始终保住。不过高煦自恃勇猛，谋乱的念头却一日不能去心。他常常向部下说，能将十万大兵横行天下，无人敢抗。

其时高煦晓得太子瞻基英武，便悄悄地命参赞王斌来见瞻基。瞻基知高煦因叔侄的关系，对王斌自然格外优容。王斌时把话打动瞻基，令他在内筹划，高煦愿为外援，里应外合，保瞻基登极。瞻基是何等的乖觉，听了王斌的一番话说，知高煦有意煽惑自己，弄成父子猜忌，他就于中取事。以是任那王斌怎样地说得好，瞻基只是不睬。谁知那王斌便捏造流言，说太子有篡位的举动。那话传进仁宗的耳朵里，也不能不略有疑心。过了几天，忽然地下一道上谕，命太子瞻基去留守南京，不奉召唤，不准入朝。这种计划原是仁宗恐太子真有异志，特地调开他，以杜内变的意思。哪里晓得太子瞻基才到南京，北京的仁宗皇帝已得了暴疾晏驾。内宦海寿又忙着奔往南京，飞诏太子瞻基入都。

瞻基拜读了遗诏，大哭了一场，星夜赶到北京。将近良乡，金幼孜、黄淮等一班大臣捧着宝玺来迎。君臣相见，又痛哭一会，瞻基便匆匆奔至燕京，由杨士奇等扶太子瞻基登位，这就是宣宗皇帝。追尊仁宗为昭皇帝，庙号"仁宗"。尊母张皇后为皇太后。仁宗自登基到崩逝，在位不过一年。这时改洪熙元年为宣德元年，册立胡氏为皇后，孙氏为贵妃，把杨溥、杨荣、杨士奇等三杨同时重甩，晋受内阁大学士，掌要政机务。金幼孜、黄淮为尚书兼大学士。任蹇义、叶春为大理寺少卿。那时真是天下承平，万民同乐，盛世的景象果然和别朝不同。宣宗又留意文雅，闲来便和大臣等吟诗作赋。大理寺卿叶春诗名最噪，宣宗的赋诗作歌，多半是叶春捉刀。记有一首《采莲曲》道：

第三十一回　父疑子仁宗暴崩　凤易龙孙妃僭位

美人家住沧州道，翠尽红妆似莲好。
旧岁花开与郎别，郎不归兮花颜老。
十里清香日过午，采莲桨荡过南浦。
采着莫并莲子摘，莲子丝牵妾心苦。
花谢花开总是空，妾情一片水流中。
从今抛却伤心事，一任芙蕖扬晚风。
秋日花儿娇，墙外杜鹃红。
采莲采莲，扁舟入莲丛。

　　读这首词曲，就知道宣宗那时的快乐荣华，应了当日太宗的话说，真个做他的太平天子了。
　　其时汉王高煦听得仁宗晏驾，宣宗继统，便跳起来道："孺子倒好幸运，这口气俺是要出的。"当下就齐集了部下的兵士，举旗起事。警报从乐安直达京师，宣宗看了叹道："朕预知他有今日的。"大学士杨士奇奏道："高煦无礼，是推测皇上年轻，必不能出兵远征，所以敢放胆横行。今陛下如出其不意，御驾亲征，高煦自然惊走了。"宣宗很以为然，于是亲统六师，命武阳侯薛禄为先锋，少傅杨士奇、太保张辅、太傅杨荣、少师杨溥、尚书吴浃、侍郎张成，悉随驾出征。又命郑王瞻埈、襄王瞻墡和定国公徐永昌、彭城伯张昶、广信伯侯成、尚书黄淮、大学士金幼孜等留守京师。宣宗自和诸大臣领兵进围乐安。高煦见宣宗亲到，不觉大惊。部下的兵士听得皇帝御驾亲征，早已没了战心，只各自收拾起行装准备出奔。高煦虽是勇猛，究竟孤掌难鸣，只得来宣宗军前请降。一时群臣多主张把高煦正法，独杨士奇和杨荣极力争执，说太宗只有三子，今昭皇帝已晏驾，所存的汉、赵两王，岂可再加诛戮，自兴骨肉的嫌怨。宣宗也不欲重究，但将高煦废为庶人，械系军中，择日班师回京。

不日到了京中，把高煦拘禁狱中，那高煦坐在天牢里却极不安分，并向狱官硬索酒肉。到吃饱了酒时，便大喝大叫，一伸手一抬足，铁链和囚枷纷纷地崩折下来。狱官怕弄出事来，忙禀闻巡监御史，拿头号的铁叶大枷，将高煦枷了起来，可是一经高煦的拉扯，那铁叶枷又崩裂了。弄得狱官没法，便据实上闻。宣宗听得，命在西安门内，建筑起一座石室来，那室的四围都用最大的石块铺成，式样好似鸟笼一般。石室落成，宣宗传谕把高煦去囚在里面，取名那石室叫作逍遥城。

这样地将高煦囚了一年多，宁王上疏，请赦宥高煦。宣宗读了奉牍，也起了骨肉之情，就亲往逍遥城来瞧高煦，希他改过自新，仍复他的原爵。当宣宗到逍遥城来时，高煦正赤着一双脚，披头散发地在那里乱舞乱跳。宣宗令内监去喝阻他，高煦只当不曾听见。宣宗便走至石室面前，还没有说话，高煦忽然伸出一只脚来，乘间一勾，正勾在宣宗的足肢上。宣宗不防他暗算，因此倾跌在地。内侍和校尉慌忙过来扶持。宣宗大愤，吩咐甲士把殿前的铜钟舁来。那口铜钟还是元顺帝时，崇信喇嘛，建那喇嘛殿的当儿所铸，上面镂着龙纹凤篆，重约三四百斤。宣宗令开了那逍遥城，把铜钟去覆在高煦的身上。高煦本来很有勇力，竟把钟在头上顶了起来。宣宗忿道："他能够将钟顶起，朕却叫他顶不动。"说着，唤过几个内侍，搬了木柴来，一齐堆在铜钟的四周，放起一把无情火。那柴顿时烈焰腾空，将一口铜钟烧得同炭一般地红。高煦在钟内，起先还是叫喊着，后来也不喊了，大约被火烧死在钟里了。宣宗看柴烧完，着移去铜钟，钟内只剩得一堆乌焦巴弓的炭屑，想是高煦的尸体了。宣宗指着笑道："你现在还能顶那铜钟吗？"当下命拾起高煦的遗骸，照汉王的礼节把他安葬，这且不在话下。

第三十一回　父疑子仁宗暴崩　凤易龙孙妃僭位

再说那宣宗的胡皇后，是锦衣卫胡荣的女儿，生得静穆端庄，又极贤淑，平日间的举：动，却不苟言笑。还有那位孙贵妃，是孙主簿的女儿，在三四岁的时候，给匪人拐去，卖在张太后的母亲手里。太后的母亲进宫，便带了孙氏同去。张太后见她生得俊俏，留她在身边做了宫侍。宣宗既立为：东宫，照例须选妃子，由张太后作主，正妃选了胡荣的女儿，将孙氏也选为从嫔。那孙氏渐渐地长大起来，出落得秋水为神，芙蓉其面，加上一身雪也似的玉肤，愈见得妩媚娇艳，宫里大大小小谁不爱她？孙氏的性情又是活泼，尤善伺人的喜怒，宣宗登基，就册立孙氏做了贵妃。

明代的立后，原用金宝、金册，贵妃是只有册却没有宝的。宣宗因宠爱着孙贵妃，给她定制着金宝，也赐与孙贵妃。凡是册立的礼节，差不多和胡皇后并驾齐驱。胡皇后的为人很是懦弱，任那孙贵妃怎样地做出来，她好歹一个不做声。孙贵妃见皇后可欺，自然越发放肆了。又放出她狐媚的手腕来，把个宣宗迷惑得死心蹋地，心里眼里竟完全没有胡皇后了。那时宣宗已年逾而立了，常说胡皇后患了暗病，不能生育，要想别纳嫔妃，只是碍着孙贵妃，不便再另选妃子。总讲一句，惟有望孙贵妃生子的一条路了。谁知天竟从了人愿，孙贵妃的肚子居然一天大似一天，宣宗大喜，一面安慰她道："你自己好好地保养，待生了太子时，朕便册封你做中宫。"孙贵妃口虽然谦让着，心上就此存下了做皇后的念头。由是私下和内宫张青、赵禄密筹夺后的计划。到了十月满足，孙贵妃临盆，竟生下一位太子来。内监忙报知宣宗，一时宫中的内侍、宫女等都来替宣宗叩贺。及至三朝，宫中便大开筵宴，朝中的一班文武大臣也分班入贺，宣宗命在仁乐、丰登两殿赐宴。这一场的庆贺筵宴，足闹了半个多月。

光阴如箭，看看太子已经周岁了，宣宗亲自抱持着去祭告宗庙，即赐名为祁镇。孙贵妃既生了皇子，要宣宗践那前言，立她为后。宣宗这时有子，把应许孙贵妃的说话早已经忘了。孙贵妃却刻不去心，不时把闲话来讥讽宣宗，宣宗记起了前事，一时倒觉为难了。因胡皇后是张太后亲自指婚的，又不曾有失德的地方，若无故废后，在情理上也说不过去。怎经得孙贵妃的絮聒，宣宗被她缠得无法，便悄悄地召杨士奇、杨荣、杨溥、蹇义等至无极殿里。宣宗满面笑容地问道："朕欲废去胡皇后，卿等可有异议？"杨士奇、杨荣齐声答道："今胡皇后并无失德，陛下岂可轻言废立？"宣宗正色道："皇后身有奇疾，不能生育，怎说没有过失？"士奇顿首道："这非是失德，也不足据为废立的要旨。"杨溥接口说道："即使皇后患有奇疾，将怎样地布告天下？"宣宗愤愤地道："历代帝王不曾有过废后吗？"蹇义答道："那是有的，昔宋仁宗废郭后为仙妃，当时大臣如范仲淹等也曾苦谏，宋仁宗虽毅然决行，后来到底自悔的。但流传到今，史册讥评，都不以仁宗的废后为然。臣愿陛下宸衷独断，无信小人的谗言，将来成一代有德的圣君。"宣宗听了，不觉含愠道："朕的主见，你们既不赞成，就暂时缓议吧！"于是三杨和蹇义等便谢恩而退。

第二天上，宣宗被孙贵妃催迫不过，又召三杨进宫议废后的良策。宣宗说道："废后恐遭外议，可有两全的方法吗？"三杨起初默默不答，宣宗却再三地追问，三杨便互相推诿，到了杨溥，杨溥推给杨荣，杨荣无可再推，只得说道："陛下如决意要行，只有请皇后托疾，病中上书辞让中宫，就不致受废立的讥笑了。"宣宗忙拱手道："谨受先生的赐教。"三杨这才辞出。不上几天，就听得胡皇后称疾，并上疏请让后位。宣宗准了她的疏，下谕封胡皇后为慈钦大师，出居长清宫礼佛。一面册立孙贵妃为皇后。满朝文武又有一番庆贺，内中只有大理寺卿蹇义不肯上表称贺。宣宗倒没有计及，那孙贵妃却已知道，说蹇义瞧不起她，便把蹇

第三十一回　父疑子仁宗暴崩　凤易龙孙妃僭位

义记恨在心。

宣宗自废了胡皇后，虽从了孙贵妃的心愿，那张太后便非常地气愤，说："胡皇后是当年懿旨指名册立，既未有失德，何以妄行废立？"宣宗把胡皇后自愿让位的话，勉强来支吾张太后。太后怒道："倘没人去逼迫她，皇后断不至自让的，那还不是孙妃的鬼戏吗？"宣宗说道："胡皇后是母后指婚，孙妃也是母后所立，谁贤谁不贤，母后必然知道的了，何用再问别人呢？"说罢就起身出宫。张太后给宣宗一言，不觉塞住了自己的嘴，回答不出话来。过后回想，心里越想越气，母子之间从此便生了一种嫌怨。宣宗和张太后不睦，再添上那内侍宫人们的挑拨，两下里愈见疏离。况废胡皇后的事，面子上是胡皇后让位，外议终说是废立的，对于宣宗不无讥评的地方。宣宗把这些话听在耳朵里，心上更加烦恼，他在没精打采的时候，总是带了内监微服出宫。

一天的晚上，杨士奇的家里，忽然来三个商人叩门求见。门上的仆人回说相爷已经睡了，那商人一定要见。门仆问他姓名，三个人都不肯说，只是要见相爷。门仆怒道："你们是哪里来的市侩，深夜到相府中来吵闹，告诉了咱们相爷，立刻把你们送官，至少打上两百板呢！"那三个商人齐答道："正要你去告诉相爷，你去说给了相爷知道，看谁怕他。你快去唤杨士奇出来就是了。"门仆见三个人无理，去摸着门闩，开了侧门，直打出来。三人中早有一人上前，夺了他手里的门闩，一拳把他打倒在地。那门仆吃了痛苦，不禁大叫起救命来了。

这时相府里的仆人听得门上的人喊救命，便一窝蜂地赶出来，不问情由，捋臂便打。先前打门仆的那商人，见他们人来得多了，竟一点也不惧怕，只连说了两声："好！好！"便奋起两只拳头，似雨点般打来，相府里的十几个家人，被那商人打得东倒西歪，鼻肿脸青。有几个乖觉的，溜空去到里面招呼同伴。不上一会工夫，里面早奔出三四十个健仆，各人手里拿着一根木棍，发一声，喊并力向那三个商人打来。那三个商人见他们用家伙动手，那先打门仆的商人，飞起一脚跌倒了两个，夺下两根木棍来，一根递给后面的一个商人，两个人两根木棍，好似双龙搅海一般，把一班健仆直打得抱头乱窜，都入相府中去了。这里两个商人也乘势追赶进去，仆役们待把大门闭上，已是来不及了。慌忙逃进二门，才关得半边，还有半扇却被商人的棍子撑住。仆人们只得弃了二门，奔进第三重门，将门关得紧紧的，一面由三四个家丁爬在墙上，悄悄地敲起锣来。

这时杨士奇还没有安睡，一个人坐在书房里看公文。忽听得外面人声嘈杂，待唤仆人去问时，任你喉咙叫破，没人答应。士奇慌忙跑到外面，见那两个商人打进来。士奇大惊，喝令家人们住手。

不知商人是谁，且听下回分解。

第三十二回　婉转娇啼西园月黑
　　　　　　　灯红酒绿万寿风清

却说杨士奇在书房里听得外面震天地一声响，慌忙赶到前厅来看，却是打倒了中门，一群的家人往四下里乱奔，外面两个人直打入来。士奇看见，忙喝令家人们住手，一面向那两人招呼。接着两人的背后，又走进一个人来，大笑着说道："杨先生真好自在，咱们倒来惊扰你了！"这时厅上灯烛辉明，士奇从灯光中看出说话那人的面貌，不觉大吃一惊，要待上前行礼，那人一把抱住士奇的右手笑道："咱们自己人，用不着客套的。"士奇会意，吩咐家人们把大门关起来，又令将门外聚集的闲人驱散了。因适才相府里的仆人鸣锣，附近的居民疑是盗警，所以纷纷地赶来。正要帮着动手，忽见士奇亲自出来，把家人喝住，大家弄得莫名其妙，就是府中的仆人也一个个面面相觑，只得劝散众人，将中门收拾好了，各自走散。

士奇邀三人到了里面，向说话的那个人叩头请安。原来三人之中，两个是伴驾武官：一名是张英，一叫吕成，还有一个便是当今的宣宗皇帝。当时士奇顿首说道："陛下是万乘之尊，怎地深夜轻出？"宣宗笑道："太平时世，朕效法宋太祖访赵普的故事，有甚要紧。"士奇忙谢道："陛下有太祖之圣，只是臣无赵普之才就是了。"说着，令家人排上酒宴，君臣四人谈笑对饮，直吃到三更，宣宗才带醉回宫。

一路上由张英、吕成扶持着，进了西苑门，走到浮香榭的前面，忽听得有女子声音在那里哭泣。宣宗乘着酒兴，命那张英、吕成退去，自己便轻轻地蹑进浮香榭的东轩，那哭声越觉清楚，好似就在宝月阁里。又听着一个女子的说话，却在那里劝慰。那女子一头哭，口里呜呜咽咽地说道："她现在做了皇后，就这般地威风起来，只请问她那个皇后是怎样得来的。倘没这个假太子，怕也不见得这般容易。"旁边劝慰的女子忙把手掩住她的口，道："你不要这般地胡说。皇后的脾气你也是知道的，她一时生气，不管是什么人，连皇上也要让她三分，何况是你了。"那女子忍住了泪，恨恨地说道："俺偏不怕她，看俺性发时，把那件事替她在宫前宫后宣传一下子，看她拿俺怎样，看她有甚脸儿做皇后！"那劝慰的女子听了，只冷笑几声，竟自去了。

宣宗在外面听得明白，从窗隙里望进去，灯光下认得那啼哭的女子是孙皇后宫里的宫侍小娥。宣宗因听得"假太子"三个字，心上起了一种狐疑，想去盘问她的究竟，便咳嗽了一声，放重着脚步走进宝月阁来。自有阁中的内监出来接驾，那小娥不及走避，也杂众人里面跪接。宣宗令太监等一齐退出阁外，单携了小娥的手，同进宝月阁的西厢。

那里是两楹偏舍，绿竹映窗，明月入帘，平时是宣宗午酣的所在地，地方非常地清幽，宣宗御题匾额，叫做"绿云清芬"。那小娥随着宣宗到了"绿云清芬"里面，芳心中又喜又惊。看宣宗坐下了，小娥重又行礼起身，很小心地侍立在一边。只见宣宗满脸堆笑地问道："你这才和谁斗气？好好地说出来，决不罪你。"小娥吃了一惊，不由得怀着鬼胎，战兢兢地答道："婢子不曾和谁斗气。"宣宗笑道："你不要隐瞒，还是老实说的为是。方才你不在宝月阁啼哭吗？朕已亲耳朵听得了，不必狡赖吧！"小

第三十二回　婉转娇啼西园月黑　灯红酒绿万寿风清

娥听说，一味地推诿。宣宗盘她不出，顿时变下脸来，带怒喝道："你若不肯实讲，朕便叫侍卫打死你！"小娥吓得啼哭起来，道："婢子受了皇后的责打，不过自己怨恨自己，不曾敢说诽谤的话。"宣宗冷笑一声道："你说什么做了皇后，假太子不假太子的，那又是怎么一回事？"小娥知道隔墙有耳，真个给他听得了，谅也瞒不到底，便索性直说道："那可不干婢子的事，都是赵总管一个人干的。"于是把孙贵妃当初怎样谋夺中宫，怎样和赵总管商议，孙贵妃怎样地设计，后来生下了女儿，怎样地她令王太监运出去，赵总管怎样地抱了男孩进宫，怎样地拿孩子放在木盘里，从御沟中浮进来的，又说自己去捞起那个孩子，乘夜抱进孙贵妃宫里，便是现在的太子。余下的事，都一概不知道了。

宣宗不听犹可，听了这一片话，不禁无名火起，直透顶门。面上却装着笑容，仍携着小娥的手走出"绿水清芬"，经过宝月阁的西厢，宣宗四面望了望，见内监都躲在南轩下打盹，宣宗忽问小娥道："你啼哭时劝你的是谁？"小娥道："那也是孙娘娘宫中的侍女香儿。"宣宗说道："她也知道这件事吗？"小娥答道："香儿只帮着接一接木盘罢了。"宣宗点头微笑道："你话不打谎吗？如其果然不差，将来必定重重地封赏你。"小娥忙跪下谢恩，宣宗一把拖住她的玉臂，仰望着天说道："今天的月色，怎么昏黑得很？"小娥也昂着脖子瞧看着，不提防宣宗飞起一脚，正踢在小娥的小肚子上，但听得"哎呀"的一声，袅袅婷婷的一位姑娘儿，经得起这一靴脚的么？自然是香消玉殒了。

那南轩里的太监，都被小娥的惨叫声惊觉，便和那值日的侍卫飞般地赶到宝月阁里，见皇上独立在西厢的空场上，慌得他们忙过来见驾。因要紧向前，不曾留心到地上，脚下给小娥的尸体一绊，为首的两个太监先跌倒下去，后面的一群好似放木排般地，人绊人也绊倒了。宣宗眼看着他们，心里忍不住地好笑。那一班太监和值日的侍卫深怕见责，七手八脚地爬起来请罪，也顾不得地上睡着的人。宣宗并不动怒，只微笑着指着小娥的尸首道："那宫人想是急病，忽然地死了，你们赶紧把尸身移去了。"太监侍卫们听说，才敢回头去看，见直挺挺地躺着一个宫女，大家才想着刚才的跌跤，还是给那宫女绊倒的。当下由为首的太监指挥着，把小娥的死尸舁着，往千秋鉴中自去盛殓了。四个值日的侍卫也仍退回南轩。

这里宣宗闲立了一会，慢慢地踱回原路，转到清凉殿中，便令内侍传进司礼监赵忠来。宣宗也屏去了侍监，勃然大怒道："朕倒信任了你，你却干得好事！"赵忠想回答时，宣宗又喝道："孙贵妃的那事发觉了，你可知道吗？"赵忠听了，好像冷水浇头，到底是老奸巨滑，他心里虽寒，神色依旧很镇定地说道："陛下所说的是什么事？奴才一点也不明白。"宣宗冷冷地道："你自己做的事难道就会忘了吗？"说着去殿上抽下一口龙泉，亲自来砍赵忠，吓得赵忠面如土色，在阶下不住地叩头道："这事是孙娘娘的主意，奴才不过代觅了一个孩子进宫，化去四十两银子，也是孙娘娘拿出来给与杨村农家的，现还有见证在那里。"宣宗见赵忠实供，那换太子的事是千真万真了，不觉把牙恨得痒痒地道："这都是你们几个阉奴瞒着朕做的事，还去图赖它什么！"于是唤过内监来，命锦衣卫把赵忠带去，并捕了王永，一并系在天牢里，再行发落。

当宣宗责问赵忠时，早有内侍悄悄地去通知孙皇后。孙皇后听说赵忠被谴，不知为着什么事，心里自然有些惴惴不安，一面又私嘱那个内侍再去细细地探听了，立刻来报知。哪里晓得内侍才走，宣宗已进宫来了。

这时孙皇后已迁居在西苑的宝凤楼中，楼凡大小五楹，建筑十分华丽。在胡皇后未废时，宣宗常常同着孙皇后来游西苑。孙

第三十二回　婉转娇啼西园月黑　灯红酒绿万寿风清

后爱那宝凤楼精致，便和宣宗说了，即日就搬过来。宣宗其时对于孙皇后正在宠爱的当儿，为了孙后住在宝凤楼的缘故，御驾也时时临幸。后来索性也驻跸西苑，每天就在西苑的宝华殿上临朝。待到退朝下来，便来和孙皇后并乘着銮车同游各处。孙皇后还把这个假太子拥抱在膝上和他调笑。那假太子大约有些儿福分的，所以倒也活泼得很能讨人欢喜。宣宗对着美后娇子，觉得心满意足，不免感想到太后身上，究属性关母子，便把张太后也接到西苑，住在宁清宫。只苦了那贤淑的胡皇后，冷清清地禁在深宫里参佛。偏偏天理昭彰，孙后换子夺嫡的事竟会泄漏出来。

当下宣宗踱进了宝凤楼，孙皇后领着宫侍香儿忙来接驾。宣宗不露声色，把方才的事绝不提起。孙皇后见皇上颜色开霁，心先放了一半，便放出她平日狐媚的手段，竭力奉迎着宣宗。宣宗这番却不比往时了，处处留神察看，觉孙后的待人色笑，处处是假的；又见她那种妖冶的形状，和胡皇后的稳重自持，两下里相较起来，愈显得佻荡轻浮，正是同初宠孙后时，厌弃胡皇后一般景象了。那宫侍香儿进上宝玉膏来，宣宗吃着问："太子怎样了？"孙后回说："已和保姆睡去了。"宣宗点点头，笑着对孙皇后道："朕今夜觉着高兴，和卿去太液池赏月去。"孙后笑道："陛下记差了，今日是月晦，那里来的明月呢？"宣宗大笑道："朕倒真个忘了，这样就在澄渊亭上吧！"孙后不敢违拗，即传谕出去，令在澄渊亭上设宴。孙后一面重整铅华，领了香儿，陪着宣宗到澄渊亭上来。

这个澄渊亭的地方，四围是水，只有一条石梁横跨着，下面的河流由玉泉山引入，经过太液池环绕皇城，再转入沟渠，慢慢地流入海中。在亭上远远地望去，堤岸上一带，绿柳成荫，老槐盈盈。若在暑季到亭上来游时，真是清风袅袅，胸襟为畅；但一过了夏天就不足玩了。那时恰交秋老冬初，金风阵阵，玉露清寒，那澄亭上四面是水，比各处要差两三个月天气，宫里的宫人内监们早去躲在抱膝轩中了，谁到这种地方来吸西北风？以是一至冬天，澄渊亭周围半亩余的地方，竟鬼也没有一个，连守亭的小监知道皇上不会来游幸的了，偷懒往暖热的所在去了。

　　这天晚上，宣宗皇帝却拣这样清冷的地方去设宴，不是明明作梗吗？还有那些太监宫人，见皇上驾临，不好不去侍候着。孙后同了宣宗到得澄渊亭前，孙后才上石梁，已连连打了两个寒噤。宣宗回顾笑道："你敢是怕冷吗？快叫她们去取鹅氅来御夜寒。"香儿应声去了，这里宫监们燃起银灯，摆上酒馔，宣宗和孙后对坐了，一杯杯地豪饮起来。不一刻，香儿把鹅氅取来了。但见华光灿烂，五色缤纷。原来这袭鹅氅是朝鲜皇后的遗物，朝鲜要结好明朝，便把这袭鹅氅作了进贡之物。

　　讲到鹅氅的好处，无论大寒天，只要披在身上，任你走到冰窖雪谷中去，也不觉一点儿寒冷。氅的上下完全是火鹅绒毛所织成，又温软又轻盈，里面还衬着一层的火浣布，四襟镶着鲛纱，倘在月光下瞧时，光彩射开来，简直是睁不开眼睛呢。据使臣说，照这样的氅衣，全天下不过一件半。怎么有半件头呢？因织那衣服的人，中年忽地死了，一件已完了工，一件只织就得一半。她一生为人，唯织这两件氅衣，别人是续不下去的。朝鲜国王听知，出三万多银子，把那一件半氅衣买来，整件地赐给皇后，剩下的半件国王便把来改作小衣。到了严冬，朝中文武大臣御了皮衣还嫌冷，国王却只穿件薄薄的夹衣，觉得常常汗流满头。朝鲜的气候本来和别处不同些，然而由此可知那鹅氅的宝贵了。这样说来鹅氅实是件无价之宝，织氅衣的后人不肖，三万多两银子便卖了。

　　至那朝鲜国王把这宝贝进贡明朝，也有一个缘故。因国王的皇后世称朝鲜第一美人，不幸夭亡，国王十分伤感，一见了皇后

第三十二回　婉转娇啼西园月黑　灯红酒绿万寿风清

的遗物便要哭得死去活来。于是由朝臣设法，将皇后的遗物潜自移去。那件氅衣也是皇后的遗物，又是件宝贝，内中有个大臣提议道："皇后的遗物，留着徒给国王伤心，不如把氅衣充中国的贡物，也可以藉此结好明朝。"众人听了都十分赞成，当即派了使臣，星夜进贡明朝。宣宗看了，也知道它是一件宝物。别的不必说它，只瞧那氅衣的光芒射人，就可断它不是件凡衣了。那时宣宗爱孙贵妃不过，便把这件氅衣赐与她。

这天，宣宗和孙后在渊亭上开筵，怕孙后凉，便吩咐那香儿去取来。其时孙后三杯下肚，脸泛桃花，额上已香汗盈盈，也不觉着寒冷了。只把氅衣往旁边一摔，一面仍和宣宗饮酒谈笑。宣宗渐渐地有了醉意，酒入腹中、心事上头，竟屏去了内监宫人，令那宫侍香儿去抱了那太子来。孙后忙阻拦道："夜寒侵人，太子年稚，恐受不起这冷气，还是不去抱吧！"宣宗带醉笑道："朕要抱他来，看看相貌和朕怎样？"孙后听了，顿觉刺着隐事，面色不禁有些改变。只得勉强说道："那是陛下的龙种，自和陛下一般。"宣宗冷笑道："那怕未必吧！"孙后见宣宗话说有异，方要拿言语话来支吾，忽见宣宗霍地立起身来道："你说没有月色，那不是月光吗？"说着走出澄渊亭外，孙后也跟了出来。宣宗乘她不备，提起来就是一脚，孙后一个翻身，扑通跌入河中去了。可怜，似孙后那样的娇弱身体，跌在水里几个翻身，已是一命呜呼了。

待那香儿同了保姆来时，宣宗吩咐保姆仍把太子抱去，那香儿不见了孙后，正在诧异，宣宗猛然说道："皇后在那里等着你，快去侍候。"香儿忙走出亭外。宣宗也照孙后的法子，将香儿一样地踢下河去。这时夜静更深，又是很冷静的地方，孙后和香儿生生地淹死在河中，竟一个人不曾知道。宣宗见心事已了，叫内侍上亭，收拾了杯盘之类，自己便带醉去临幸宫嫔去了。

第二天上,宫中不见了孙后和宫侍香儿、小娥,内务总管姚正忙令宫中内侍们向官内四外查看,不一会千秋鉴的太监来报,宫侍小娥倒毙在宝月阁,验得身受致命重伤,现已收殓。又有西苑的内监来报道:"孙皇后和宫侍香儿,在澄渊亭前湖中浮着。"姚正听说,不觉大惊道:"宫中出了大乱子了!"于是七跌八撞地来奏知宣宗。宣宗故意惊道:"哪有这等事!"当下命驾幸澄渊亭,亲自去察勘了一遍,传谕用贵妃礼殓了孙后,赐葬金山;宫侍香儿,送往千秋鉴收殓。一面吩咐姚正留心察访凶手。这样的一场大事,只轻轻地掩饰了过去。那姚正等见皇上淡淡的,对于孙后投河的事不加根究,大家自然也懈怠下来。后来孙后的这件事始终成了疑案,这事暂且不提。

再说宣宗杀了孙后,又恨那总管赵忠、内监王永助着孙后作奸,便暗饬锦衣卫赍了鸩酒到天牢中,把赵忠和王永毒死在狱中。是年的十一月里,是张太后五十万寿。宣宗下谕,到万寿的那天,群臣须一例锦衣入朝,并叩贺皇太后万寿。群臣得了谕旨,自然格外地踊跃,文的由太师杨溥为首,武的是英国公张辅为首,各掏私囊去制些奇珍异玩,准备万寿的那天进呈皇太后赏玩。那时宣宗正在盛世,各国及海外附属的岛国也纷纷筹备进贡的物件。在张皇太后万寿的三天之前,京中著名使馆巨驿,都被一班使臣占得满坑满谷。各国的贡车和各省文武官员贡献寿仪的车儿络绎道上,绵亘二百余里。

到了张太后万寿的正日,宣宗皇帝戴冕冠,衣衮龙袍,白圭朱舄,亲赴太庙致祭列祖列宗。祭祀既毕,銮驾仪卫直进东华门。一面命排起张太后的仪仗,龙旌、凤帜、白旄、赤节、红杖、青炉、金斧、银钺、立瓜、卧瓜、雉扇、曲盖、黄伞、赤伞、方伞、紫盖、骨朵、响节、团扇、锦幡、仪刀、金吾仗、金节、小雉扇、大雉扇、日月旌、六龙旗、北斗七星旗、五行旗、

第三十二回　婉转娇啼西园月黑　灯红酒绿万寿风清

寿龙白虎旗、朱雀玄武旗、八卦真武旗，御前卫士、锦前卫士、锦衣卫、校卫、侍卫、御林军、禁军，白纛、大钺、银旄、女侍宫娥、绣衣卫、金踏脚、金盂、金壶、金交椅、金水罐、金炉、金脂盒、金香盒、拂子、方扇、黄麾、戟、纱灯、弓弩、班剑、掌扇、方扇、天旌、地麾、锦幡、香柄、黄龙扇……一对对地在前过去。后面是皇太后的凤舆，张太后戴着双凤翔龙冠、金绣龙凤锦披，穿着大袖龙凤真红绣袍、金龙霞帔，髻上龙凤饰，金玉珠宝钏镯，翡翠大珮，红罗长裙，望上去真是威仪堂皇。张太后端坐在辇中，脸上微微带着笑容。又把辇上的珠帘高卷，自乾清门起驾，往东西华门游行了一周，由宣宗皇帝亲自迎接太后的凤舆，直上万岁山受文武百官的朝贺。宣宗又替太后称觞上寿，百官齐呼："万岁！""皇太后万寿无疆！"

这时国外岛国的使臣以及各省进献仪的官吏，纷纷呈献贡物，什么真珠宝玩，玉石金银，器具杂物，食品酒醴，种种奇花异样，争胜斗丽，说不尽的五光十色，叫人眼也看花了。宣宗便奉着太后，登皇殿亲检寿仪。又传谕文武大臣，在华盖殿赐宴，又命杨溥等接待外邦使臣在交泰殿赐宴。各省来京贡仪和祝寿的官吏，着在宁安殿、仁寿殿、怀仁殿、育德殿等四处赐宴。张太后在皇极殿上，目睹着许多奇珍异宝，只是嘻开着嘴，笑得合不拢来。

不知这些寿仪怎样安插，且听下回分解。

第三十三回　阑珊花事悲故主　彻夜笙歌恼直臣

却说张太后万寿，各外邦进献珍玩及各省、府、州、县等所呈献上寿礼物，一时也记它不尽。就是文人学士，知道宣宗皇帝好风雅，便大家咬文嚼字地撰了'许多的寿文寿序、诗词歌赋，都来进献。还有那些寿屏、寿幛、寿联之类，也堆积如山，真可算得是琳琅满目、美不胜收了。宣宗传谕，凡献诗词的学士，不论优劣，一概赐寿绢一端。

那寿屏里面，有一幅广东某宦的女儿，用锦织成回文诗百首，不但是字字珠玑，绣织的工夫也非凡手。宣宗看了，赞不绝口，立命赐黄金百两，寿绢千匹。又有新会吕氏女，进献丝绣弥勒佛图一幅，像高可与人齐，却绣得眉目生动，姿态活泼，宣宗叹为绝技，也赏给金银等物。乡里中传说，都以吕氏得皇帝赏赐为荣耀。从此广东工绣的名气，也由这一遭上著名起来。此外各省州县民女所献的绣物正可车载斗量，只不过是些平常的作品。宣宗皇帝也无心一一细瞧，但令内务府计点件数姓名，待检齐了，便按着姓名赏赐，每人给黄绢一端，算是一种酬劳。

又有外邦贡献进来的珍玩，其中有一样宝贝，是一尊珍珠的寿星，长约四寸，朱履金冠，银髯如雪，装在楠木的小盒里。另一只小盒置金禅杖一根，倘把：弹杖取出来，放在寿星的手里，

第三十三回　阑珊花事悲故主　彻夜笙歌恼直臣

那寿星便能自由行走，前后七步，把杖取去便不能走动。所以禅杖要别用小盒装开，如置在一起，恐寿星拿了禅杖就要遁去了。又有巴拉赛岛国，进贡来的一只金狮子，高三寸、长四寸余，金光灿烂，十分耀目。又有小金锣一面，金锤一个。那金锣不过铜钱般大小，拿金锤击起来，声音尖锐清越，金狮听了锣声便从金丝笼里直跳出来，依着锣声的疾徐往来跳跃，锣一停止，狮子也就不舞，仍走入金丝笼里去了。据使臣说，尝有小偷把那金狮窃去，却没有偷得金锣，失主只拿金锣敲起来，那金狮不论在几千里外，立刻就顺着锣声跳回来了。另一样是鲛绡的帐儿。鲛绡是出在南海的，又称为龙纱，把来做了帐子，在暑天挂起来，虽艳阳当空也立觉满室生凉。

其他各省的寿仪里面，很有几样宝贵东西。如广西省进献的是一只大箱橱，橱高三丈，大门三十六，小门七十二，抽屉凡二百四十只，自冠裳服履，直到栉沐的杂物，一切妇女的用品，差不多都齐备的了。武昌进献的是一顶珠冠，冠上一粒大珠，戴在头上，坐在黑暗中，那珠能发出光芒来，十步之内竟和白昼一般。

还有各州县的特产品，一样样地检点着，要算四川的云雾茶、山东的阿胶、吉林的人参、湖州的细锦、青州的银毫。这几样的土产，从前没有进献过，自张太后寿，人民进献充作寿仪后，宣宗见这些土仪很不差，便下谕着那里的地方官，限定要每岁进呈若干。因浙江乌龙茶和徽州的云雾茶本来是很有名的，那乌龙茶当泡得来时它的热气上腾，会现出一条龙形；云雾茶的水气上蒸，似云雾般地隐隐不散。至茶叶的甘芳，气息的芬馥，自不消说得了。又有山东的阿胶，是用阿井的井水把黑驴皮煎熬成胶质，也是一种滋补的佳品。那阿井在山东的东阿县，井水纯厚，水色碧绿如玉，一经把黑驴皮煎熬成胶，胶的颜色变作了琥珀色一样了。这阿胶有一样佳处，就是妇女经期到的时候，只要煎一碗吃下去，两小时内便干干净净。皇宫里面，嫔妃们都有预备着的。为的怕天癸来时，皇上忽然临幸，势不能抗违旨意，只好勉强应命，那时便煎起阿胶来吃了，虽是身上不洁净，也不会弄出病来的了。

当下，宣宗皇帝奉着张太后亲检寿仪已毕，又同着太后驾起御舟，环游三海。在万岁山那里停留片刻，又往太液池里游行一转，游兴即阑，命太监们拢了御舟登岸，宣宗亲奉太后回宁清宫。

第二天上，群臣又复进宫，替太后补寿。第三天，各国的使臣来辞行回国。第四天，各省、府、州、县的官吏至乾清门谢恩辞行。这样一天天地直闹了一个多月，才算慢慢宁静下去。

宣宗皇帝这时忽然想起胡皇后来，便和张太后说知，命内侍持节往迎。不到一刻，葫'皇后来了，只见她黄冠法衣，俨然是个女道士的模样。张太后看了，忍不住下泪，宣宗也觉感伤，胡皇后便哭得和泪人儿一般。于是张太后命胡皇后更了衣服，同着宣宗回万安宫。明日宣宗下旨，仍令胡后复了后位，废去孙后名号，收回宝册。从此宣宗和胡后依旧言归于好了，这且不提。

再说那山西的大同府，是个很有名的都会，三公六卿也不知出了多少。只讲那个地方是山明水秀，六御三市热闹非常，楚馆秦楼到处皆是。这个大同府本是唐时出塞必经之路，使臣络绎往来，都在那里就馆。乘闲走马看花，及时行乐，必玩得一个心满意足才启程回国。当唐玄宗时，刘景然做着大同节度使，以塞外使臣往还，多在大同栖息，应设置乐坊、乐户，既便异邦之臣，也显得中国的繁华富丽。玄宗准奏了，在大同奉旨设立教坊，顿时笙歌彻夜，莺燕相聚，江南金粉连袂而来，大有廿四桥无边风月之概。以是相传下来，宋元至于明代，这烟花风月一点也不

第三十三回　阑珊花事悲故主　彻夜笙歌恼直臣

改，且因此越盛了。

更有一种画舫，是在水面上的。那里有条江叫作菱湖，又称为婴哥湖，也有几十丈的水面，青山绿水，不亚西子湖。宋朝的王安石，尝荡舟游览菱湖，还领着一班名士吟风弄月，一时倒也很多佳作。又因那湖水澄碧，便题名叫作晴碧。那江上的风景很是清幽，这些画舫就依山靠水地系着缆。水上烟花很有几个佳丽，王孙公子落魄销魂的也是常有。江上的画舫都以姓氏做标帜作为区别。其中最有名的，要算王家舫和钱家舫；又有那杜家舫的，舫上几个姑娘也还过得去。还有一艘成家舫的，舫既大，姑娘又多，而且个个是明眸皓齿、玉肤冰肌。那舫中的主鸨成姓，人家都称她作成妈妈的，她在年轻时，曾做个皇宫里的保姆，也认识了几个王公大臣，据她自己说还亲乳过某皇子。所以她借着这个名头，在江上操那神女生涯，很有些势力。凡到她舫上去玩的，多半是官家子弟，公侯的后裔，若市贾常人，任你怎样地花钱，她还是大刺刺地瞧不起人。俗语说道"势利的鸨儿"，真是不差的呢！

那时成家舫上，新来了一位姑娘芳名凤奴的，生得桃腮杏睑，容颜似玉，杨柳纤腰，临风翩翩，真是凌波仙子一般。当时那些探花浪子，闻得凤奴的盛名，都想吃天鹅肉，好似穿花蛱蝶，大家往来成家舫上纷纷不绝。偏是那凤奴的性情拘执，对于庸人俗客一例拒绝不见，必风雅的文人，才肯接待。但一见面之后，有的以貌不扬，有的话不投机，凤奴便不管是什么人，竟然下令逐客。可怜一班王孙纨绔，平日里只恃着有钱，至于文字生活是从来不曾研究过，因此大遭凤奴的白眼。这样一来，把凤奴当作了禁脔看待，想尝禁脔的人越多越是尝不到她，凤奴的芳名也越噪了。

有一天上，成家舫上忽然来了一个客人，穿着一身华服，年纪约五十光景,看他谈吐隽雅、举止不凡,成妈妈知道他不是个常人,自然殷勤招待。那客一开口就指名要凤奴出见,成妈妈晓得凤奴的脾气,怕她得罪贵客,便叫别个姑娘来侍候,那客人连连摇头。成妈妈没法,只得令凤奴出来,还再三地嘱咐,叫她切莫慢客。谁知那凤奴见客人,竟和素识似的,大有一见倾心之概。成妈妈在一旁看了,暗暗称奇,又因凤奴能改了脾气,不禁格外高兴。那客人和凤奴谈谈说说,又讲了些诗文,两人愈说愈觉投机,渐渐地两心相印,结为风尘知己了。于是由凤奴吩咐舫上摆上筵席来,和那客人把盏高饮起来。酒阑席罢,凤奴居然留髡,掌着红烛和那客人双双入寝。

第二天上,那客人便取二千两银子来交给那成妈妈,叫她预备下酒席,那客人便飞笺召客,一时应召而来的客人都是本城的三司大吏,如布政司、巡粮道、佥事、参议、提刑按察使、都转运使、同知、知府等,跻跻跄跄挤满了船。舫中设不下许多筵宴,由成妈妈去和王家、杜家的舫上商量,借他们的舫中设席。这一场请客酒,凡水陆上有名的姑娘都被征来侑酒,浅斟低唱,好不热闹。大家直吃到月上黄昏,众官才来辞别主人,纷纷散去。成妈妈见那客人举止豪迈,不知他是什么路道。私下去问那官吏的仆役,只知那客人姓云,也不晓得他的名儿。成妈妈料他必是京中王公贵人的公子,或是袭爵的公爷,所以越发奉承得起劲了。

那客人一连住了八九天,天天似这样地请客,把个菱湖上闹得乌烟瘴气,大同的城内城外,谁不知道成家舫上来了一个阔客,包着凤奴,天天高歌豪饮?本城的官员也个个闹得头昏颠倒,只是征花吃酒,把公事反抛在一边。那些百姓们闲着没事的,每天到江边来瞧热闹。瞧了回去,便将所见的事当作一样新闻讲,后来巷议街谈,四处传遍。脑筋敏锐的人各自胡乱揣测,说那客人还是当今的皇帝。流言愈传愈多了,尤其是那些纨绔子

第三十三回　阑珊花事悲故主　彻夜笙歌恼直臣

弟，因达不到凤奴的目的，暗地里更妄造谣言。于是有的竟疑那客人是个汪洋大盗，劫着了皇家银子来结纳官场的。

那时巡抚山西的是于谦，浙江衢人，为政清廉，刚正不阿。大同的官吏天天在菱湖上选色征歌，把那公务抛荒下来，不免人言藉藉。这消息传在于公的耳朵里，不觉大怒道："身为治吏，不思整饬风化，反去效那纨绔的行为，不但有玷官方、耽误政事，尤干国律。俺如不知道便罢，况既事实俱闻，非设法把那些画舫驱走不可。"于公口里虽这样说，心上却很踌躇。以江上征妓的官吏，有大同三司在内，和自己是同寅，职务也不相上下，怎好去禁止他们呢？经他筹思了好几夜，一天的晚上，于公令胥役备起一艘大船，亲自到江边来察看。果然见灯火辉煌，笙歌悦耳，许多官员团团坐着猜拳行令，兴高采烈。于公看了半晌，点头叹息，忽然叫过一个胥吏，命他伸上手来，在他的掌心里写了几句，吩咐胥吏如此如此。那胥吏奉了命令，跑到江边来大叫道："巡抚于公有紧急公文在此，请大同全体司官接受！"舫上的官吏闻得于公的公事，不敢怠慢，齐齐地立起来瞧时，那胥吏只伸着手掌，给众官瞧看，见上面写着四句道：

舫上笙歌陆上孤，乌纱红粉两相呼。
为何打桨江南去，煮鹤焚琴是老夫。

众官读罢，个个面面相觑。大家知道于公是个无情的铁面，他既出来干预，那可不是玩的。当下草草地终席，宾主弄得不欢而散。舫上的那个客人和凤奴谈笑对饮，酒兴正豪，忽见众官仓惶走散，心里十分诧异，方待来问时，按察使马俊突然走到舱中，一把挽了那客人的手臂，回身便走。两人出了画舫，盘过旁边的小舟，匆匆地解了缆，望着城中进发。那客人一时摸不着头路，再三地问着马俊，马俊才说道："咱们的事，被巡抚于谦出来干预了，我恐你强项吃了老于的亏，所以不和你说明，令你暂时离去那里再说。"那客人听了，直跳起来道："于谦敢是要驱走画舫吗？如此俺那凤奴怎样呢？"马俊笑道："这且明天再看了，今夜就宿在我的署中吧！"那客人见说，很是怏怏不乐。不多一会儿，小舟拢岸，马俊领那客人上陆进城，到了按察公署。马俊家丁打扫书斋，留那客人居住。一宿无话。

第二天的清晨，那客人起身盥漱了，连点心也不吃，便要出城瞧那画舫。马俊劝他不住，只得备了三骑马，令两个健仆陪他前去。那客人很是性急，一出城门就马上加鞭向菱湖疾驰，到了那里看时，不由得吃了一惊。但见湖中寂静，画舫一只也看不见了。那客人慌了，逢着路人就打听，才知道今天的五鼓，被巡抚于公派了六名马弁，持着令旗，督迫着二十几艘画舫迁往江南去了。

那客人和凤奴两情投合，正打得火热的当儿，一朝生生地叫他离开，好似乳孩失去了亲娘，怎样不难过呢。这时他听了路人的话，呆呆地怔了半晌，说不出话来。还是那两个仆人劝他进回城去再行商议，那客人如梦方醒地口里应着，兀是控住马缰不走。想起昨夜还和凤奴谈笑，今天却变成了人面桃花，只剩下滔滔的碧水，依旧不住地流着。那客人坐在马上，不禁悲从中来，竟伏鞍放声大哭。两个仆人看得又好笑又是可怜他，两人一前一后，替他代控了丝缰，三骑马很扫兴地回城。

及至到了署中，那客人一见马俊就大哭道："糟了！糟了！俺的凤奴也吃那于贼驱走了。"马俊听说，也觉得于谦的手段太辣了。便劝那客人道："事已这样，哭也无益，不如星夜赶往江南，或者还能够和凤奴相见。除了这个法子，没有别的路可走了。"那客人便止住了哭，即命雇起了小舟，并力望江南进行。但只说一句江南，地方正多，什么维扬、姑苏，哪处不是烟花所

第三十三回　阑珊花事悲故主　彻夜笙歌恼直臣

在，那客人从何处寻觅呢？可怜他东奔西走闹了三个多月，非但成家画舫找不到，并成家同业的画舫也没有寻着半只。那客人似有神经病的，竟来见扬州知府罗裕昆，命他就境内饬役访查。罗裕昆见他痴痴癫癫地，命衙役赶他出去。那客人却大声说道："俺便是弃国的建文帝，成家舫子里的凤奴是俺所眷，你们快给俺找来。"罗裕昆听了大惊，忙把他接待进去，一面飞报入金陵。

其时守金陵的都御史龙英闻得这个消息，忙令罗知府陪着他同至金陵。那龙英是个新进的后辈，也认不得建文帝，看来这件事不易解决的了。于是由龙英上疏入奏，宣宗皇帝看了奏牍，虽知道建文帝是不曾烧死，但这个自称建文的不识是真是假，也弄得莫名究竟，便把奏章给杨溥看了。杨溥奏道："建文逊国已久，当太宗皇帝宾天后，他穿着僧装入都，仁宗皇帝怜他无家可归，敕建宁国寺给他居住。不到半年，他便蓄了发私自出京，不知去向，现在却又在那里出事，终不怕他做出什么大事来。到底他做过四年的皇帝，似这般在外招摇，很觉骇人听闻。陛下宜谕知龙英，将建文押解进京，先辨别他的真伪，如其果是建文，陛下不忍诛戮他时，可把他设法软禁以终其天年，免得他飘泊天涯，别生枝节。"宣宗帝见说，点头称善，随即谕旨下去。

不日龙英解着建文帝到来，当日觐见宣宗，建文帝但直立不跪，宣宗便令朝臣辨认，却一个也认不得他。因为建文帝在二十多岁出亡，只仁宗登极时回京过一次，如今已是五十多岁了，朝中又都是新进，谁认得什么建文帝？宣宗忽然想起了内监吴亮曾侍候过太宗皇帝，想他一定认识建文的，命内侍召吴亮上殿，吴亮也认不真切，摇头说是不像建文帝。建文帝在旁大喝道："你不是吴亮吗？当年俺在仁寿宫进膳，掉一只肉球在地，俺说了声可惜，你就去伏在地上把肉球吞下肚去，还说替俺增福，你难道忘了吗？"吴亮听了，忍不住去捋建文帝的左臂道："倘是故主，左腕有一粒朱痣的。"说着见腕上果有红痣，吴亮忙跪下大哭起来。

宣宗见是真建文帝，自己是他的侄辈，不便于难为他，当下和三杨计议，封建文帝为愍王。又下谕道："皇叔允炆，着令在西苑宁寿轩居住，无故不得擅离。"建文帝这时才得了安身之地，那随他出亡的汪秋云早死，其他如牛景、金焦等一班臣子，闻说建文帝进京受封，他们也各自散去了。后来建文帝直到七十多岁上病死，总算得着善终。

再说宣宗皇帝自杀了孙贵妃，复了胡皇后的中宫位置，眼前六宫嫔妃没一个出色的，心里非常地不怿。司礼太监谭福窥透宣宗的心事，将侄女罗妹献进宫来。那罗妹也有五六分姿色，宣宗便纳为侍嫔，又过了几天，晋罗妹为贵人。一天，宣宗私行出宫，在西华门外遇见一簇的官眷，往宝庆寺进香。宣宗无意中随着他们前进，忽见官眷里面有个妙龄的少女，皓齿明眸，容貌很是妩媚，杂在众妇女中好似群星捧月，愈显得她的娇艳出色了。宣宗呆呆跟着，不觉看得出神。直待那些妇女烧好了香，在寺里随喜了一转，便走出大雄宝殿、宣宗忘了所以，竟去走在妇女们一起，被三四个健仆把宣宗直推出寺外，一群妇女就在大殿上登轿，家人拥着，飞也似地去了。宣宗回到宫中，命内侍去一打探，才晓得那女郎是锦衣卫王成的女儿莲姑。宣宗便谕知王成，说要纳他女儿做妃子。王成不敢违忤，立时将莲姑护送进宫，宣宗即册封莲姑为贵妃。

那王贵妃为人善于献媚，及能吹弹歌唱，宣宗把她宠幸得什么似地，天天在西苑里赏鉴那王贵妃的轻歌妙舞，足足有五六天不理朝政。那时恼动了兰台直谏的徐弼，他说君王纵情声色，必然国亡无日，便捧着奏疏来西苑叩宫直谏。

不知徐弼怎样进谏，且听下回分解。

第三十四回　张太后愤怒废莲房
　　　　　于巡抚谈笑定疑案

却说宣宗皇帝自纳了王成的女儿莲姑，即日册封为贵妃，圣眷非常地隆重，把以前所眷的嫔妃都抛撇到脑后去了。那莲贵妃果然生得蛮腰盛鬋，秀靥芳姿，宣宗越看越爱，连半步也舍不得离开她。莲妃又善歌舞，绿杨庭院，檀板珠喉，自觉余音绕梁。宣宗听了，不由得心醉神迷，便令宫女们也学着歌唱。不多几天多已学会了，莺声呖呖地歌唱起来，分外见得悦耳赏心，把个宣宗皇帝乐得手舞足蹈，竟多日不去设朝，唯一天到晚和莲妃在宫中饮酒取乐。又因莲妃嫌宫中气闷，宣宗命在西苑的南院，建起一座花房来。

这座花房，共分大小屋宇四十几楹，有楼十八，什么烟霞楼、听雨楼、琴楼、凤楼、落虹楼、夕照楼、清旷楼、醉香楼、风月无边楼、飞虹楼、醉仙楼、鱼跃楼、芭芳楼、烟月清真楼、玉屑楼、望月楼、赏雪楼、九九消寒楼等。为阁凡八，如寻芳阁、稼云阁、月阁、映水阁、藏春阁、水云阁、飞絮阁、桃园阁等。又有兰亭、芰荷亭、秀云亭、观鱼亭、岚镜亭、碧云精舍、香稻轩、涵秋墅、印月池、九曲池、天宇空明轩、映水榭、柳浪轩、钓鱼矶、石亭、桃花坞、拥翠轩、玉春池等。正中一座大楼，宣宗皇帝亲题，叫做"蓬壶佳镜"，下面一方小匾，题着

"莲房"两个大字,就是莲妃居住的所在。对面是一带的石堤,堤边种着桃柳,西边砌着假山,东边凿着鱼池,题名叫做"柳林"。池的正面也是一座高楼,题名"翠微",是宣宗和莲妃游宴的地方。总计这许多楼阁亭台,有胜景二十四处,真建筑得画栋雕梁,堂皇富丽。那工程虽是浩大,完成得却极其迅速。这些差使都是内监汪超一手承办,化去国帑至七百五十余万两。

宣宗这时游着胜景,对着美色,越发徘徊不忍去,大有乐不思蜀的概况。那时满朝的臣工,见宣宗沉湎酒色、荒废朝政,大家很有些惶惶不安,便都来谒见太傅杨士奇,相国杨溥、杨荣,要求他们上疏入谏。杨士奇见说,就在相国府中开了一个会议,由三杨领衔,六卿署名,连夜上本,请宣宗临朝。谁知奏牍上去,好似石沉大海,一点影踪都没有。

当下恼了都御史徐弼,气愤愤地说道:"满朝文武,一个个尸位素餐,贪生怕死。皇上这样地酒色荒政,竟没一个叩宫苦谏,坐视着国事日堕,将来有甚面目立在朝堂,也无颜见地下的先帝。俺既身为台官,怎可哑口不言?"于是亲自草了奏疏,袖入西苑来见宣宗。宫门的侍卫不肯放徐弼进去,徐弼大喝道:"俺有国家大事面奏皇上,你敢耽误俺的工夫吗?"那侍卫被徐弼喝住,任徐弼直进西苑。到了拥翠轩前,又被内监拦住,依样给徐弼叱退,竟望着"蓬壶佳境"处走来。到了楼下,早有两个内侍阻挡道:"皇帝有旨,无论国戚大臣,非奏诏不得进内。"徐御史晓得宫禁的规例,只得说道:"烦你代奏皇帝,说都御史徐弼有紧急大事面陈。"说着,一个内侍匆匆地进去了好半晌,出来问道:"徐御史可有奏疏?"徐弼答道:"疏是有的,却非面呈不可。"那内侍听说,又进去了好一会,才出来说道:"皇帝谕令徐御史暂退,有疏可进呈。"徐弼见说,只有把袖中奏章递给内侍,却在楼下叩头大哭道:"皇上荒弃朝政,臣下惶急,愚臣今日冒

第三十四回　张太后愤怒废莲房　于巡抚谈笑定疑案

死进谏，不避斧钺，如见不得圣容，愿死在楼下的了。"说罢又哭。

那内侍捧着疏牍，进呈御览。宣宗皇帝接了奏疏，听得外面的哭声，便问内侍，知道是徐弼。宣宗就拿奏疏展开来，见上面写着道：

> 臣闻尧舜之君，不事宴乐；圣德之主，远佞辟邪。昔仪狄献佳酿，帝禹喻为亡国祸水；世民游隋苑，魏公叱为堕政淫巢。周有褒氏之宠，纣因妲己之嬖。越进西子而吴国殄灭，唐爱杨氏而胡虏猖狂。夫酒色之害，帝王嗜之则亡国，臣民好之则破家。汉武建柏梁，三月不朝，灾象迭见；魏主修铜雀，六政未备，肘腋祸生。今吾皇上，仁德聪明，英毅图治，伏祈宸衷独断，即日临朝，以释群臣惶惑之心，安朝野人民之念。臣愚昧无知，冒死陈辞，终粉身碎骨，但得国家安宁，虽支体亦所不惜。惶恐待命之至！

宣宗读了徐弼奏疏，向着地上一掷道："徐弼老贼，将朕比那魏主和唐明皇吗？朕如不念他开国功勋后裔，立时把他正法，以儆谤诽君上。"说着令内侍掷还徐弼的奏牍，即刻驱逐出宫。内侍奏谕，唤进两名侍卫来，拖了徐弼往外便走，任你徐弼大哭大叫，谁也不去睬他。那侍卫把徐弼拖到西苑门外，自去复旨。徐弼没法，只得在门前叩头大哭了一场，明日便挂冠回里去了。

杨溥等闻得徐弼被宣宗逐出，想苦谏是无益的，当由杨荣提议，还是去谒见张太后，或者能够劝宣宗照常临朝。于是三杨和黄淮、蹇义等齐到宁清宫来见张太后，把宣宗皇帝新宠莲妃、不理政事的话老实奏陈了一番，张太后听了大惊说："皇上这般胡闹，我如何会一点不知道的？"说罢命杨士奇等去侍候在宝华殿上，撞起钟来，不到一刻，百官纷纷齐集。

宣宗皇帝正在莲房里看歌舞，忽听得景阳钟叮当，不觉诧异道："谁在那里上朝？"内侍方要出去探问时，恰巧张太后驾到，慌得莲妃忙整襟来迎。张太后坐下，宣宗也来请安。张太后劈口就说道："皇上这几天为什么不设早朝？"宣宗还不曾回答，张太后又道："祖宗创业艰难，子孙应该好好地保守才是。俺朱氏自开国到现在，不过五朝，不及百年，政事便败坏到这样，休说世代相传，看来这江山早晚是他人的了。"张太后说罢，忍不住流下泪来，吓得宣宗不敢做声。这时莲妃呆呆侍立在一旁，张太后回头喝道："你这无耻的贱婢，狐媚着皇帝，终日酒色歌舞，抛荒朝政，今日有什么脸儿见我？"骂得莲妃噗地跪在地上。张太后吩咐宫侍看过家法来，宣宗见不是势头，便来求情道："母后请息怒，这事都是儿的不好，只求恕了她的，儿就去视事去。"说着出了莲房，令仪卫排驾，匆匆地望宝华殿而去。这里张太后又把莲妃训斥一顿，并传懿旨削去莲妃的封号降为宫嫔，一面着退出莲房，命内侍封锁起来，又收了莲妃的宝册，才自回宁清宫。

那宣宗到了宝华殿，杨士奇等三呼既毕，把外省的奏牍捧呈进来，堆在御案上，差不多有尺把来高。宣宗勉强理了几件，很有些不耐烦了，就令卷帘退朝。从此以后，宣宗便天天临朝。那莲贵妃虽降为侍嫔，因是太后的懿旨不好违忤，只得慢慢地再图起复。

一天，御史王铉来替自己的儿子告着御状，要求伸雪奇冤。宣宗看了他的冤状，却是王铉的儿子王宾去调戏同村卞医生的女儿琴姑，卞医生亲眼瞧见了，拔了一把菜刀去杀王宾，王宾一时情急，夺了刀转把卞医生杀死。那时邑令捕了王宾，王宾却不承

第三十四回　张太后愤怒废莲房　于巡抚谈笑定疑案

认杀人，还说连调戏的事也没有的。这件官司，换过十几个审事官，都讯不明白。王御史也力辩，说自己儿子不会杀人的。

讲到这桩案件的原因，是卞医生的女儿琴姑，一天和邻家的王寡妇同立在门前闲看，恰巧王御史的儿子王宾走过。琴姑已十七岁，正是情窦初开的时候，见了王宾那种风度翩翩的样儿，不禁含情脉脉地，那一双秋波只盈盈地瞧着王宾，王宾却并没留心，竟低着头走过了。王寡妇在旁边已瞧出了琴姑的心事，便顺口扯谎道："姑娘看适才走过的少年多么俊俏，俺却认得他的，是王御史家的公子，如今还没有妻室。姑娘倘是：看得中的，俺便叫王公子到你家来求婚，你看怎样？"琴姑听了，正中心怀，面子上却觉得害羞，只低着头一言不发。过了一会，王寡妇回去，琴姑只当她话是真的，伸着脖子一天天地盼望，终不见王公子家的冰人来求婚。以是朝思夕想地，竟弄出了一场病了来。王寡妇听得琴姑有病，忙来探望时，琴姑在矇眬中见了王寡妇，脱口就问王公子的事怎样了，王寡妇见问，知道琴姑把假话当了真事，却又不便说穿，只得拿话安慰她道："俺这几日穷忙，不曾到王公子家里去，再过几天俺亲自去说，保你成功就是了。"琴姑还当她是真话，微微的点头称谢。

那王寡妇回到家里，将这事对他的姘夫胡秀才讲了，还说世上有这样的痴心女儿，想了王公子想出病来了。说着大家笑一阵。谁知那胡秀才平日本看上了琴姑，苦的没有机缘去做。他这时听得王寡妇的话，竟悄悄地溜到卞医生家里去叩琴姑的房门，琴姑问："是哪个？"胡秀才应道："我是王家公子。"琴姑说道："既是王公子，为甚不遣冰人来，却深夜到此做什么？"胡秀才打谎道："我恐姑娘志意不坚，今天来和姑娘握臂订盟的。"琴姑就扶病开了门，胡秀才直跳进去，一把搂住琴姑，任意抚摩起来，琴姑慌了手脚，愤愤地说道："王公子是知书识礼的人，为甚这般无理?"说时病中站不住脚,一回身倒在地上。胡秀才见她病体柔弱,谅不好用强,便随手脱了琴姑脚上一只绣履,匆匆地走了出来。到王寡妇门前,叩门进去,摸袖中的绣履,已不知落在什么地方了。王寡妇见胡秀才形状忙迫,再三地盘问他,胡秀才瞒不过,把冒名王公子取了琴姑绣鞋的事略说了一遍,两人燃着火出来寻觅,连些影踪也没有。胡秀才叹了口气,这一夜被王寡妇唠唠叨叨地直骂到五鼓还不曾住口。

　　第二天起来,闻得琴姑的父亲卞医生吃人家杀死在门前,凶手不知是谁,但尸体旁边,凶刀之外又弃着一只绣履,卞医生的妻子认得绣履是自己女儿的,弄得做声不得。那四邻八舍听了这话,晓得卞医生的被杀,定是为了他女儿的奸情,于是由邻人前去报官,把琴姑捉将宫里去了。王寡妇闻得这个消息,疑卞医生是胡秀才杀的,又来细细地盘诘他。胡秀才说,脱她绣鞋是有的,人实在不曾杀。王寡妇回想胡秀才也不像个凶恶杀人的人,事过境迁,渐渐地把这事忘了。

　　然而,杀卞医生的究竟是谁?原来胡秀才有个邻人徐老五,是个著名的恶棍,他垂涎王寡妇的姿色,几番和她勾搭,都被王寡妇拒绝,老五便记恨在心。他私下打听得王寡妇同胡秀才结识,愈觉愤火中烧,要想乘他两人幽会的当儿,打门进去大闹她一场。有一天上,徐老五正到王寡妇的门前来候胡秀才,跑到门口,脚下似踏着一样东西,忙拾起来瞧时,见是一只绣鞋。又从窗棂中听得胡秀才讲那冒着王公子去调戏琴姑的事,徐老五早已明明白白。后来见胡秀才和王寡妇开门来寻绣鞋,老五拔脚便走,一口气望着卞医生家里走来。待到跳进墙去,徐老五不识路径,错走到卞医生的卧室里,把卞医生从梦中惊醒,连声喊着有贼,一头执着一把菜刀赶将出来,后头卞医生的妻子也帮着叫喊。徐老五慌了,夺下卞医生手中的刀,一刀砍在他的脑门里,

第三十四回　张太后愤怒废莲房　于巡抚谈笑定疑案

卞医生便倒地气绝。徐老五见闯了大祸，乘势逃走，忙迫中把绣鞋掉在地上了。等到邻人赶至，卞医生已死，妻子哭得死去活来，女儿琴姑也带病出来哭着。邻人们便拾了那把凶刀和绣鞋，连夜进城去报官。

邑令听说出了命案，第二天出城来相验，见卞医生妻说绣鞋是她女儿琴姑的，邑令自然认为是奸杀案，立刻将琴姑带堂，琴姑却直供出王公子调戏她，并脱去一只绣鞋；又说出去时必被父亲听得，当他贼捉，所以把父亲杀死。琴姑这样地供着，拿当日和王寡妇说的话，恐连累她，竟一句也不提，只一口咬定了王公子。可怜！她哪里知道调戏她的是胡秀才，不是真王公子呢。邑令拘捕王宾到堂，王宾弄得摸不着头脑，但呼着冤枉罢了。邑令见王宾是御史的儿子，不敢用刑拷问，亲将他解到府里，府又解到省中。其时山东的巡抚李家珍接到这件案子，不管青红皂白，把王宾屈打成招，依着图奸杀人例定案。

这样一来，把个王御史急坏了。忙着去托人设法，四处走门路，要想把案子翻过来。偏是那巡抚李家珍硬要做清官，任凭谁来求情说项，他一概拒绝着，说是照律判断。王御史急得没法，只得免了冠服，穿着罪衣罪裙去告御状。宣宗皇帝批交刑部复审，刑部尚书吕毅当即亲提王宾和琴姑讯问，那琴姑见了王宾就是涕泣痛骂，把个王宾骂得无可分辩。吕毅细看王宾，文弱得和处女一般，谅他决不是杀人的凶犯，要待推翻原案，一时又捉不到正凶。况吕毅和王御史素来莫逆，似乎关着一层嫌疑在里面，越发不好说话了。第二天吕毅入奏，说案中不无疑点，须另派正直的大臣勘讯。宣宗皇帝听了，忽然想起了山西巡抚于谦，闻他善于折狱，人民称他作于神明，这时正进京陛见，还没有出京，于是宣宗皇帝下谕，令于谦去承审这件案子，限日讯明回奏。

于谦接到了谕旨，就假着刑部大堂，提讯人犯。第一个先把王宾提上去，问他结识琴姑的起因。王宾供说，并不认识琴姑，只有一天在卞医生门前走过，瞧见一个少女和中年妇人立着，自己匆匆经过，也不曾交谈，却不知怎样地会攀到自己身上。于谦听说，令王宾退去，又带上琴姑来，于谦拍案怒道："你供认识王公子，王公子说并没有和你交谈过，当日他经过你门前，旁边立着的中年妇女又是谁？"琴姑见问，知道隐瞒不过，只得说出王寡妇来。于谦便签提王寡妇到案，故意说道："卞氏供和王公子成奸，是你从中牵引的，可是这事吗？"王寡妇忙呼冤道："这丫头自己想人家的男子，我不过同她说几句玩话，她却当真生起病来了，后来的事实在并不知情。"于谦见案已有头绪，又提琴姑问道："那天夜里王公子叩门进来，脱去你的绣鞋，你那时面貌可曾瞧清楚？"琴姑回说："只听得他自称王公子，至于面貌在黑暗中都没：有看明白。"于谦拍案道："这先是一个大疑窦了。"当下又提王寡妇问道："你和卞氏说笑后，可对第二个人讲过？"王寡妇说没有，于谦喝叫夹起手指来，王寡妇熬痛不住，供出曾和姘夫胡秀才说过。于谦又提那胡秀才到案，当堂喝道："王氏供你去调戏卞氏，杀了卞医生，可老实招来！"胡秀才听说，吓得面如土色，料来抵赖不去，把冒认王公子脱了琴姑的绣鞋一一说了出来，但不承认杀卞医生。于谦见胡秀才温文尔雅，想来也不见得杀人，因问他脱了绣鞋是放在什么地方的。胡秀才回说，当时到王寡妇家叩门，似还在袖里，后来才知失落，忙去寻觅，大约是落在门前，必被人拾去了，所以终找寻不着。

　　于谦听了，知道杀人是另有其人，当下把王宾释放，一面又提王寡妇问道："你除了结识胡秀才之外，尚有何人？"王寡妇供和胡秀才幼年相识，自丈夫死后，实不曾结识过别人。于谦笑道："我看你也决不是个贞节的人，难道连口头勾搭的人也没有吗？"王寡妇想了想道："只有村中的无赖顾九、徐老五、王七等

第三十四回　张太后愤怒废莲房　于巡抚谈笑定疑案

曾逗引过自己，当时都把他们拒绝。"于谦叫把顾九、徐老五、王七等三人传来，哄着他们道："夜里梦神告我，凶犯不出你等三人，现将你们去囚在暗室里，谁是凶身，神灵会到背上来写朱文的。"说着命拥三人到了暗室，过了一会，把顾九等三人牵出，于谦指着徐老五笑道："这才是杀人的正凶呢！"

原来于谦令差役在暗室的壁上满涂着煤炭，那徐老五心虚，怕神灵真在他的背上写字，所以狠命地把背去靠在壁上，沾染了一背心的烟煤。王七和顾九却心头无事，袒着背去面壁立着，背上不曾沾染什么。于谦从这个上瞧出了真伪，便释了顾九、王七，喝令把徐老五上起刑架来。老五忍不了疼痛，只得将当日拾着绣鞋后，想去调戏琴姑，误入卞医生的房里，因被迫得急了，才夺刀杀死了卞医生的经过从实讲了一遍。于谦道："你怎样会拾得绣鞋？怎样起意想到卞医生的女儿？"徐老五又把挑逗王寡妇被她拒绝，心里怀恨，那天晚上想去捉奸，却在地上拾到了绣鞋，又听得胡秀才正和王寡妇讲那冒了王公子调戏琴姑的事，平日素来知道琴姑的美丽，以是起意前去。

于谦录了口供，把徐老五收了监，就提起笔来书着判词道：

>　　胡生只缘两小无猜，遂野鹜如家鸡之恋。为因一言有漏，致得陇兴望蜀之心。幸而听病燕之娇啼，犹为玉惜；怜弱柳之憔悴，未似莺狂。而释么凤于罗中，尚有文人之意；乃劫香盟于袜底，宁非无赖之尤？蝴蝶过墙，隔空有耳；莲花卸瓣，堕地无踪。假中之假以生，冤外之冤谁信？是宜稍宽笞扑，赐以额外之恩。姑降青衣，开彼自新之路。徐老五魄夺自天，魂摄于地，浪乘槎木，直入广寒之宫；径泛渔舟，错认桃源之路。遂使情火熄焰，欲海生波，刀横直前，投鼠无他顾之意；寇

穷安往，急兔生反噬之心。风流道，乃生此恶魔；温柔乡，何有此鬼蜮。即断首领，以快人心。琴姑身虽未字，年已及笄，为因一线缠萦，致使群魔交至。葳蕤自守，幸白璧之无玷；缧绁苦争，喜锦衾之可覆。嘉其入门之拒，犹洁白之情人；遂其掷果之心，亦风流之雅事。仰彼邑令，作尔冰人；冤哉王生，宜其家室。王婪片言相戏，泄漏春光，虽未为两性之情牵，姑与以三分之薄惩。此判。

要知于谦判案后怎样复旨，且听下回分解。

第三十五回　庭院深深青梅竹马
　　　　　　　孤帏寂寂流水高山

却说于谦判断了这件奸杀案，令琴姑嫁了王宾，徐老五斩决，胡秀才革去头巾，王寡妇薄责了事。一面又将这件案子的前后情形，草成了奏牍入报宣宗，宣宗帝看了，便下旨嘉奖。当时朝野哄传，都说于谦是宋代的龙图再世。宣宗帝便将于谦内调，加为兵部侍郎。

光阴如箭，自宣宗帝杀了孙贵妃，是年贤妃吴氏竟生下一个太子来。宣宗对于那个假太子，本来满心不悦，因已册立东宫，不好废黜他。现在既有了亲子，自然喜欢得了不得，就拿张冠李戴的法子把假太子移出东宫，赐名祁钰，封为晟王。贤妃所生的真太子，却袭了东宫位置，仍名祁镇。这样地长幼互换了一下，在宣宗是心满意足，只是吃亏了那个假太子，阿哥反做了兄弟，不过算做了一年多的储君交椅，这时便生生地让给了人家。宣宗干这件事，很是秘密的，但朝里的亲信臣子，终瞒不了许多，不免要传扬出去，后来晟王长大了。，闻得幼年的经过，知道自己也册立过东宫，因此起了一种妄想，弄出兄弟篡位的事来，这且不提。

其时尚书金幼孜和学士蹇义前后病死了，侍郎黄淮也致仕家居，朝中的大事都由三杨主持。宣德第十年，宣宗忽然圣躬不豫,召太师杨士奇等托付了大事。是夜宣宗驾崩,凡在位十年,寿三十八岁。杨士奇等进行举哀,一面奉太子祁镇即位,以明年为正统元年,这就是英宗皇帝。又追谥宣宗为"章皇帝",庙号"宣宗"。尊张太后为太皇太后,胡皇后为皇太后,生母吴氏为贤太妃。改封弟祁钰(前太子)为郕王。

时英宗还只有七岁,太皇太后垂帘听政,英国公张辅、杨溥、杨士奇、杨荣等四大臣辅政。上朝的时候,太皇太后南面坐,英宗侍立在东首,四大臣立在西边下首。群臣奏事,太皇太后就殿上裁判。逢到了大事,和四辅政大臣酌议,议毕才宣读谕旨。英宗立在一边,只是嘻嘻地笑着,有时去捋着张辅的须道:"你这髯倒很长,取下与我做马鞭子玩吗!"慌得张辅把袍袖掩住须子往外便走,英宗直追到了宫外,被内监门劝住,才算罢手。

那时翰林学士郑恒,太皇太后命为太傅,在御书房授英宗读书。皇帝的授经,不是和蒙师教童子般,放着书本子和口授的。那御书房里,须由太傅及授经的学士先到,随后皇帝来了,太傅率着一班学士,对皇帝行过了君臣的礼节,然后皇帝行师生礼,向太傅长揖,太傅避位还礼。有时皇帝只向书房中的先帝遗像行礼,或对至圣先师行礼,就算是行师生礼了,太傅也要避位还礼的。行礼既毕,皇帝南面高坐,太傅东向坐,翰林院侍讲和侍读分左右立着。例如今天讲授的经典,太傅先翻开了书本子,御书房的首领太监,忙去御案把书展开,侍读侍讲的面前也各放着一本经书。太傅出题,应讲是第几章,由太监在御案上翻出第几章来,端端正正地放在皇帝面前,当时那旁边立着的侍读便高声把第几章朗诵一遍。诵毕,侍讲便将这段经义从头至尾约略地讲过一遍,再由太傅拿经中的要义细细地诠解一番。皇帝坐着静听,遇着不明了的地方,并不当场和村童似地询难,只把朱笔放在书上圈出,待到散讲席时,由御书房的太监把书本递给侍讲,由侍

第三十五回　庭院深深青梅竹马　孤帏寂寂流水高山

讲逐一解答，书在菊花笺或牡丹笺上，俟第二天开讲时再进呈御览。那太傅侍候皇帝读书，至多讲到一章便散讲席。

英宗读书的当儿，太傅郑桓之外，杨溥、杨士奇、杨荣等也更番侍读。一个月中，英国公张辅进御书房讲授武略四次。这五人当中，算郑桓规例最严，英宗也最是怕他；士奇和杨溥两人，英宗还有三分畏惧；若张辅、杨荣两人见了小皇帝十分优容，所以一点也没有怕惧。英宗常常和张辅闹着玩，杨荣在讲经时，英宗听得不耐烦了，把书本子望着杨荣面上一掷道："你自己去读了吧，俺却不喜欢听这劳什子了！"杨荣没法，只好把书本拾起来，看那英宗，已是跳着出去了。逢到了英宗高兴时，把纸做了鬼脸儿，涂上黑墨和朱红叫杨荣套在脸上，迫着他学剧中的跳加官，杨荣本来很是肥胖，平时走路已觉蹒跚不堪，再戴上一个假脸儿，乌纱紫袍衬上他那双厚底朝靴，活像阎王殿上的大判官，引得一班学士傅士、侍读侍讲及太监等都忍不住大笑起来了。英宗又令太监把曲柄华盖在杨荣的背后张着，弄得御书房里规仪尽失，笑声不绝。

内侍忙去报知太皇太后，不一会太皇太后驾到，见了杨荣那种形状也觉得有些好笑。那英宗瞧见太皇太后，早溜出御书房去了。杨荣听得太皇太后来了，慌得他没处躲藏，伸手把头上的鬼脸套乱扯，才去得一半，太皇太后已走进御书房中，杨荣硬着头皮来见驾，面上却很为惭愧，那扯不去的半边鬼脸兀是在额上荡来荡去，那些侍读侍讲等忍笑立在一边。太皇太后徐徐地说道："皇帝稚年无知，有得罪太傅的地方，望太傅包容一些儿。"杨荣忙碰头道："老臣蒙先皇知遇，历任三朝，敢不尽心任事！"太皇太后道："我也知太傅忠义，不过皇帝一味地童骏脾气，似这般地混闹着，实在太不成模样子。"说着令官侍去取了紫金鞭来，递给杨荣道："皇帝有不好之处，太傅尽可以严责。"杨荣拜受了,把鞭去悬在御书房的正中。太皇太后又把侍候的太监责骂一顿,自回宁清宫去了。英宗皇帝觑得太皇太后走了,又来书房里闹玩。那枝紫金鞭儿只算是摆摆威的,谁敢真个责打皇帝呢?

英宗在书房里玩得厌倦了,又跑到后宫去玩,那些十来岁的小宫女和小太监都是英宗的伙伴。一般宫女太监本是乡间来的,把乡间小孩子的玩意儿一齐搬了出来,什么捉迷藏、捉盲、打罗汉、翻金刚、跳八仙、跳龙、捕仙人之类,英宗有了这些伙伴,自然越发玩得高兴了。

那时小宫女中,有一个叫钱秀珠,一个叫马雪珍。秀珠是钱塘人,年龄和英宗相仿佛。雪珍为淮扬人,已有十一岁了。这两人都生得天真烂漫的,又是桃腮粉脸。英宗最喜和雪珍、秀珠玩耍,三个人常在一起拍球斗草,没有一样不玩到了。英宗的两个保姆、四个保护的内监、四个看护的宫人虽然随在后面,英宗不愿意他们来护持。有时英宗去爬在八角亭上,秀珠、雪珍在下面拍手笑着,还把带儿抛上去吓着他,惊得那保姆太监面色如土,慌忙去把英宗抱下来,要待责骂雪珍和秀珠,英宗便来护着两人,不许保姆多说话。秀珠又教英宗燃放鞭炮玩耍,乡间的玩童们往往把小鞭炮燃着抛在瓦瓮里,"乒乒乓乓"地很觉好听,英宗令内监去办了大鞭炮来,燃着掷在瓮内,盖上了木板,自己和秀珠、雪珍去立在木板上面,轰然地一响,鞭炮把瓮震开,三个人一齐从瓮上直跌下来,慌得保护的太监忙过来扶持不迭。再瞧英宗的额上,已跌起一个鹅卵块了。那保护太监便去埋怨办鞭炮的宫监,英宗却一点也不觉痛,只对着秀珠、雪珍痴笑。那许多内监宫人见了这顽皮的小皇帝,又不敢得罪,更不好不与他闹玩,真是弄得人人害怕了。

然英宗也有时玩得困倦了,和雪珍、秀珠两人去坐在草地上,讲些无意识的说话。秀珠比雪珍来得聪明,又捏造些童话故

第三十五回　庭院深深青梅竹马　孤帏寂寂流水高山

事出来说给英宗听，把个英宗听得嘻开了嘴，瞪着两只小眼珠儿，眼不转睛地瞧着秀珠的脸儿。看她小嘴里一句句地吐出来，说到奇异或是好笑的地方，引得英宗直跳起来，有时竟笑得打跌了，顺手搂住了雪珍，两人并倒在草地上嘻嘻地笑着。后来秀珠的童话把英宗听出了味儿来，竟不大顽皮了。一到散了讲席，便拉着秀珠、雪珍两人去讲那童话故事，又强着雪珍也讲给他听，雪珍因自幼没有姊妹的，不曾有什么故事听见过，英宗一时迫着她讲故事，雪珍搜索枯肠，终想不出什么来，就是勉强讲出一两个故事来，也不及秀珠讲的好听。英宗以是越喜欢秀珠，渐渐把雪珍冷落起来。

雪珍心下着了忙，便私下和宫人们去商量。有几个乖觉的宫人，对雪珍说道："西院里的王公公，他肚子里的故事很是不少，你只去哀求着，他若肯教你时那就好了。"雪珍见说，真个去向王太监恳求着，要他教些童话故事，便王公公长、王公公短地叫个王太监心软起来，把雪珍的小脸儿轻轻地捧住亲了个嘴道："你要了这些故事去讲给谁听？"雪珍便老实说了，是讲给小皇帝听的。王太监记在心里，只随口教了雪珍几段故事，雪珍欢欢喜喜地去了。第二天，雪珍又来王太监处请教，王太监却打迭起精神，把有趣味的儿童故事搬出来讲给雪珍听，雪珍又去转传给英宗。

英宗本来是很颖慧的，他往日见雪珍不会讲什么故事的，如今忽然口若悬河地滔滔不绝，比会讲的秀珠更讲得好听了，知道一定有人在背后教她，于是等雪珍讲完了，英宗便问雪珍："这些故事是谁教的？"雪珍不知王太监的用意，老实把王太监说了出来。英宗立刻唤内监去传王太监。不一会王太监来了，英宗叫他讲那童话，王太监便把最好听的神怪故事说给英宗听，又加上些笑话在里面，仗着他的莲花妙舌，真说得天花乱坠，听得英宗张口结舌，津津有味。王太监讲完了一段，英宗催着他再讲一段，这样接一连二地讲着，英宗听得茶饭也无心了，只听着王太监讲故事。从此以后，秀珠、雪珍的童话英宗也不要听了，一天到晚要王太监讲。

那王太监原是内恃王充的假子，本姓佟氏，自幼便是天阉，因跟随着王充，也就冒姓为王，小名阿振，进宫之后才改名王振。这王振的为人，有小才又多机诈，善能侍人的声笑。在宣宗的时候，王振不甚得宠，心上常常郁郁不乐。现在闻得英宗稚年好嬉，想弄些事出来去博英宗的欢心，以便将来英宗亲政时，自己可借此出头。但是要使小孩子喜欢，倒比成人的难弄，讲到把胁肩谄笑的手段，去施在孩子身上，完全是无益的，又不能用美色去献媚，王振思来想去，终转不出什么念头。一天，小宫人雪珍要他来教童话，王振探了雪珍的口气，知道英宗喜听人讲儿童故事，王振便心里一打算，将最好听的童话教给雪珍，他料定英宗必要盘究根底，那雪珍是个小女儿家，懂得什么进出，当然把他举出来，那时还怕英宗不来求教他呀？既有了这个机会，第一步门槛算已踏进的了。王振似这样地想着，果一一如他的心愿，而且英宗听了他所讲的种种故事，觉得较秀珠所讲的更是好听，竟和王振寸步不离，天天在一块儿，比吃乳孩子见了保姆还要亲热。

王振见英宗这般爱听童话，就找些神话来讲给英宗听，道："从前孙悟空保他师父往西天取经，路过那子母河时，忽然来了一头马首龙身的怪物，将他师徒四人拦住去路。孙悟空察它的形状，不似噬人的，便走上去叫它让路，那怪物只是呜呜地叫着，也好像在那里说着话，悟空听不懂它，唤猪八戒、沙和尚去听，两人听了半晌，更是莫名其妙。悟空没法，只得请师傅上去，听听也是不明白。急得孙悟空抓耳挠腮，不住地在云端打转。后

第三十五回　庭院深深青梅竹马　孤帏寂寂流水高山

来，被他想起了懂得鸟语的公冶长来，那公冶长有个亲弟叫作公冶短，却是懂得百兽的说话，公冶长住在前山，公冶短和他隔一个山头，便住在后山。当下孙悟空别了师傅，翻起斤斗云，把公冶短硬拖了来，叫他去听那些兽说些怎样话。公冶短听了一会，皱眉道：'这畜类是海外种子，言语钩辀磔格地很觉难听。'于是又侧耳听了一刻，公冶短已听懂了，回头对孙悟空说道：'这就是太昊伏羲皇帝时，龙马负图的龙马，目下龙王命它来通个消息与你，若要渡过这子母河，须把这河水一口气吸干，才放你西去；如其吸不干，对不起，把你师傅留下了去孝敬龙王吧！'悟空见说，不由得心头大怒，一面谢了公冶短，自己忙钻到水里去东海找敖家兄弟算账。

"谁知在半路上碰见了敖家的晁龙，便问大圣到哪里去，悟空气愤地答道：'你家主人叫什么龙马来对俺说，命俺把子母河水吸干，不然就要吃俺的师傅，所以俺这时找老敖拼命去。'晁龙忙道：'大圣莫错怪了人，那子母河的龙王本来是妖怪，并不是在四海龙王属下的。不过大圣要吸干那河水，我倒有一个法子，只要去觅了弄海干来，约略地一弄，海也要干了，休说那小小的子母河了。'悟空大喜道：'什么叫弄海干？'晁龙道：'这东西也是样宝贝，在不巅山下阳货的家里，阳货见孔子不得，心下老大地不高兴，回去就炼成了弄海干，要想把鲁国的河流一古脑儿吸干它。幸而他这宝贝炼就时，孔圣已死了五百多年，他报不到怨恨也只好罢了。目下大圣要去取他这样宝贝，须白天等他睡着的时候去盗他，保你得手。'孙悟空又谢了晁龙，真个到不巅山下把那弄海干盗来，随望河中一晃，却失手把那弄海干掉在河里，只听得轰地一声，不但子母河干涸，竟把天下的四海也一并弄干了。"

"这样一来，慌得四海龙王走投无路，忙着来向孙悟空求救。

悟空见闯了大祸,心里也着忙道:'俺只有弄海干,没有回复海水的本领。可是天下没了水,许多百姓不是要干死的吗?'孙悟空真有些急起来,连忙一个斤斗翻到南海去拜求观音菩萨。观音菩萨听说,知道几万万的生命都要干死了,那可不是玩的,赶紧叫善才童儿捧着杨枝水瓶,拿瓶里的水一齐去倒在海中,但见一阵地银涛滚滚,海水已变过了原状来。悟空见大事已了,保着师傅过了子母河,那龙王也不敢来阻拦,任他们师徒四个西天去了。然孙悟空走了,他把掉在海里的弄海干不曾捞起,那海水从此时时要干涸了,经观音菩萨大发慈悲,便天天叫善才童儿来倒一瓶水在海里,所以那海中的潮水时涨时落,落时就是海干了,等到潮水涨时,便是观音令善才来倒杨枝水的时候。杨枝水本来是碧波澄清的,因瓶里倒出来,由上冲下,把海底的泥土冲得往上泛起来,海水就一年到头是浑浊浊的了。"

英宗听王振这神奇古怪的话,真是闻所未闻,喜得他张着小嘴,一时再也合不拢来。待王振把这段故事讲毕,便手舞足蹈地去告诉他母亲吴太妃。

那吴太妃是丹徒人,生太子的那年,芳龄还只得十九岁。宣宗帝晏驾,吴太妃正届花信年华,虽说儿子做了皇帝,吴太妃终觉得孤寂清冷,簟枕凄凉,到了万分无聊时,就焚起了一炉好香,把那只青铜的古琴取下来,慢慢地调起宫商,叮叮冬冬地操着解闷。吴太妃的琴技,在明代可算得第一个高手,可惜她垂髫时进宫,不能在外一显所长,一手的绝技竟至淹没不彰。当初宣宗帝纳吴太妃时,也在后宫听得琴声嘹亮,才问起谁在那里操琴,内监回禀是吴宫人。宣宗帝也嗜琴成癖,听那吴太妃弹着乱声十八拍,就中的一首叫作《秋夜》,弹得声韵凄清,令人神往。那《秋夜》的琴词道:

第三十五回　庭院深深青梅竹马　孤帏寂寂流水高山

　　秋夜月明风细，碧云淡淡天际。此明无限愁心，那是更莎虫鸣砌。

　　北榻羲皇梦醒，南山雨过云停。一派洞庭秋色，满窗月透疏棂。

　　宣宗皇帝听到这里，忍不住喝一声彩。慌得吴太妃按住丝弦，忙出来接驾。宣宗帝细细瞧那吴太妃，生得丰容盛鬋，眉目如画，那妩媚姿态，不减旧时的孙妃。宣宗帝大喜道："那不是十步之内的芳草吗？"是夜便召幸，第二天即册立为贤妃，就是现在的吴太妃。

　　吴太妃自宣宗帝宾天，常常悲叹命薄，每当月白风清的时候，便取出青桐琴来，弹一曲流水高山。一阕既终，不禁又黯然零涕。又想到宣宗在日，徘徊花下，谈笑对酌，又命宫人们穿着舞衣，翩翩地歌舞着侑酒。吴太妃又鼓琴相和，真是声韵铿锵，宣宗帝抚掌叫绝。如今青桐琴依旧，知音的人已杳，吴太妃想到这里，不由得倚着琴痛哭。生别死离，本来是人间最伤心的事。不论是什么人，到了吴太妃的境地，谁能不凄楚欲绝呢？

　　一天，吴太妃正抚着桐琴，想起了物在人亡，便伏在琴桌上呜呜咽咽地哭了起来。那旁边的宫侍见吴太妃哭得悲伤，也帮着流泪，一面把种种的话说来慰劝她。吴太妃哪里肯听，反越哭得悲哀了。这时忽见英宗皇帝笑嘻嘻地直奔进宫来，因走得太忙迫了，一个失足跌了个倒栽葱，在地上爬不起来了。

　　要知英宗跌得怎样，且听下回分解。

第三十六回　桃李满门王振专权
　　　　　　　冰霜载道蓉儿承恩

却说吴太妃正在啼哭，忽见英宗直跌入门来，慌得宫女们忙七手八脚地把英宗扶起，只见他身上那件黄龙袍已把一条襟儿扯碎了。吴太妃方要埋怨他几句，英宗不待她开口，只对自己的衣服瞧了一眼，一头嘻嘻地笑着，又望外跳着走了。吴太妃不觉叹了一口气，便传给护卫太监，叫他们小心保护皇帝。

　　那英宗到吴太妃的宫里来，本要想说些童话故事给他母亲听，哪里晓得走的太急促了，门槛把两足一绊，直跌了个倒栽葱。英宗恐吴太妃见责，便起身一溜烟走出宫来，找着了王振，又去讲那山海经去了。英宗自有了王振，将秀珠和雪珍渐渐地疏远了，后来又觉得孤寂起来，仍去找了秀珠和雪珍两人，叫她们一起坐着听王振讲故事，到听到厌倦时，便和雪珍、秀珠去踢一会儿球，踢一会儿毽子。玩得乏力了，又来坐着听王振说书。这样地春去秋来，一年年地过去了，英宗已有十四岁了。太皇太后自度年衰耳聩，不愿听政，当下召集三杨及英国公张辅等，嘱他们善辅皇上，太皇太后就于那日起归政与英宗。

　　英宗亲政的第一天，便命王振掌了司礼监，统辖内府的诸事。又称王振为先生，朝见时并不呼名。王振以英宗年幼可欺，乘间广植势力，逐渐干预起政事来了。当明代开基时，太祖鉴于

第三十六回　桃李满门王振专权　冰霜载道蓉儿承恩

元朝的阉夺专政因致亡国，所以宫口悬着圣旨牌道："宦官不准干预政事，违者立决！"又在祖训里面也载着这一条训谕。那英宗却懂得什么？王振那时威权日重，他见宫门口的圣旨牌悬着，很觉得触目惊心，竟把它私下除去了，藏在御园的夹墙中。

英宗这时虽然亲政，那孩子脾气一点也不改，空下来就和秀珠、雪珍去玩耍。王振等英宗游戏正酣时，将外臣的奏牍故意进呈，英宗不耐烦道："这些事都交给你去办吧！"王振巴不得有这一句话，便很高兴地捧着奏章出来，任意批答。御史王昶见王振越弄越不像话了，连夜上章，痛陈宦官专政的利害。王振读了奏疏大怒，也不和英宗说知，便矫旨把王昶下狱，暗地里令狱卒下毒，将王昶生生地药死。纪广本是个刑部衙门的小吏，以阿附着王振，擢他做了都督佥事。大理寺卿罗绮、翰林院侍讲刘球、国子监祭酒李时勉都为瞧不起王振，王振又将罗绮等下狱。驸马都尉石景、内使张环，因事触怒了王振，当场击毙杖下。其时杨溥已死，杨荣老病居家，朝廷只有杨士奇一人，被王振屡屡讥讽，气得士奇一病不起，不久也就逝世了。谁知天佑逆臣，不多几时，张太皇太后又崩，英宗照例痛哭了一场，收殓既毕，择日安葬。当三杨在阁的时候，因他们是托孤的元老，王振还有些畏惧，又怕太皇太后出来为难，只好于暗中专政。待到三杨一去，太皇太后又崩，朝中各事，悉听王振一人的处置，谁敢说一个不字。

王振自揣势力已经养成，索性施展出威权来，凡依附他的便晋爵封官，稍有违逆，就是矫旨下狱。轻的杀死在狱中，或是坐戍边地，重的立刻弃市，甚至诛戮阖门。朝中一班识时务的官吏，纷纷投靠王振。兵部尚书马巍向王振投义子帖子，工部侍郎耿宁也拜王振做了干父。王振不过三十多岁，马巍和耿宁都已须发斑白了。一时稍有气节的人，都把马、耿两人的事去训谕子孙，说情愿闭门饿死，莫学马、耿无耻。

　　那时朝中大小臣工，见马巍、耿宁也是这样，于是六部九卿一齐来王振门下投帖，有拜他做太师傅的，有称他作义父的。只讲那门生帖子，足足有七千三百多副。王振叫家人把门生帖子拣起来，都掷在门外道："谁配来做俺的学生！"一般投门生帖的人，至少位列九卿，自称门生，他要算得自谦极了。现被王振掷出来，早一个个吓得和寒蝉似地不敢则声。后来又细细地一打听，才知道英宗皇帝称王振为先生，王振自认为是皇帝的先生了，怎肯再做臣下的先生呢。于是投门生帖子的又改称王振为太师傅，或是太先生，王振才把帖子收下。

　　当时胁肩谄笑的小人趋炎附势，都来阿谀王振。工部郎中王祐蓄了须又把须剃去，人家问他为甚要剃须，王祐只推说有妨太岁。谁知他第二天去见王振，自称为不肖儿，并把剃去胡须的下颏仰着给王振瞧道："儿愿学爷，终身不蓄胡须（太监无须）。"王振听了大喜，即擢王祐为工部侍郎。副使林堪如认王振做了姑丈。一日，天下大雨，王振坐着八人舆过街上，林堪如远远地瞧见，忙去跪在路上，把一身的新衣弄得遍体泥泞。王振在舆中看得很清楚，命左右把堪如扶起。王振微笑道："你这样不顾肮脏，不是把衣服糟蹋了吗？"堪如答道："侄儿尊敬姑丈，就是火中也要跪下去，何妨是污泥中？"王振见说大喜，便擢林堪如为都御史。又有内史陈衡，常侍王振的左右，王振咳吐痰沫溅在衣上，陈衡忙跪下，伸着脖子将唾沫舐个干净，还笑着说道："爷的余唾好比甘露，又香又甜美，吃了可以长生不老。"说毕故意把王振吐在地上的浓痰也一口口地吃下肚去。王振也笑对陈衡道："好孝心的小子，俺便给你升官。"隔了几天，陈衡居然擢了大同都指挥上任去了。

　　那时满朝的文武大臣，没一个不是王振的心腹。国家大事须

第三十六回　桃李满门王振专权　冰霜载道蓉儿承恩

先禀过了王振，得他的应许才去奏知英宗，把个英宗当作了土人木偶一样听王振在那里拨弄。好在胡太后很是懦弱，吴太妃也似聋似哑，听王振一个人去混闹。王振又在朝阳门外建筑起一座巨第来，大小房室统计三百多间，也用龙凤抱柱，一切布置都依皇宫的式样，真建造得画栋雕梁、金碧辉煌。

到了落成的那天，王振叫他养子王山、媳妇马氏搬去住在里面，又大发请柬，庆贺落成典礼。王振的意思借此看朝中大臣，有没有和他反对的人。待到筵席初张，灯火耀辉，朝中自三公以下，六部九卿以及大小侍官，各部司员无不连袂往贺，门前车水马龙，热闹非凡。王振嘱咐义子王山，暗中稽录各官的姓名。酒阑席散，王振一检纪名簿上，见都佥事王婴、吏部给事中赵珊、御史王贲、翰林院侍读毛芹，这四个人都托疾不到。还有各部的职官，以不能擅离职守因而不到的有三十余人。王振便连夜纪名，把他们一个个地降调。

王振这庆贺酒宴足足闹了七天，朝中大小臣工也没有一天不去，只有王婴、赵珊、王贲、毛芹等四人终不赴宴。王振遣人去一打听，赵珊染病很重，王婴出查湘中，王贲在那里嫁女儿，毛芹托病，有人见他领着爱姬游智化寺。王振愤愤地说道："毛芹不过是个侍读，他却这般傲慢，王贲那厮的都佥事是俺保举他的，他嫁女儿便较俺庆贺紧要吗？俺看他嫁得好嫁不好。"说着气冲冲地走进后堂去了。

过了三四天，王振又柬邀朝臣，特开赛宝会。什么叫"赛宝"？就是朝鲜进贡的宝物，王振并不进呈，把所有的珍宝一古脑儿留在自己家里，到了这时就大开筵宴，名叫赛宝会。将所有的珍珠宝贝陈列在大厅的正中，两边一字儿排着百桌筵席，王振穿着蟒袍玉带，亲自招接众官。一班无耻的朝臣，多半膝行参见，王振吩咐文东武西，各依了秩序坐下。酒过三巡，王振率领着众官赏览宝物，直是奇珍异宝，令人眼眩神夺。众官看了一遍，都啧啧赞美；一面仍复各归坐位，举觞欢饮。将至半酣，王振忽然擎杯微笑道："俺还有一样异珍，新自昨日获得的，现在取出来请列位赏鉴一会何如？"众官听说，齐声应道："王公爷赐观，某等眼福真不浅了。"王振略略点头，回顾一个侍卫道："你等就去扛出来。"那侍卫应了一声去了。

过了半晌，见四个甲士抬着两只黑柜，那个侍卫在后押着，一路吆吆喝喝地从二门前直抬到中厅，至滴水檐前停下。王振便立起身对众官笑说道："咱们看宝去。"说罢命甲士揭去柜盖，叮叮地一阵铁链声，柜中早钻出蓬头散发的两样东西来。再仔细瞧时，才看出是两个人。那两个人不是别人，正是那都金事王贲和侍读毛芹。众官看了，大家面面相觑，做声不得。王振大声道："把这两个妖孽的心肝取出来，看是什么颜色的，也好与众人解醒。"王贲和毛芹听了，戟指大骂，四个甲士不由分说，将王毛两人依旧纳柜里，盖上了盖儿，四甲士并力地一推，猛听得哗喇的一响，把众官齐齐地吃了一惊，只见那黑柜崩裂开来，恰恰分作了四截，里面的王贲和毛芹已拉作了两段，鲜血骨都都地直冒，淌得地上都是。内中一个甲士，抽出一把钩刀，望尸身的肠中一钩，钩出一串血淋淋的五脏六腑，向着阶前一摔，血水便四溅开来，那肺中的一颗红心，兀是必必的跳动着。这时众人看得且瞪口呆，有的不忍看了，把衣袖掩着脸，有的嗟声叹息，也有垂泪的，那王振不禁哈哈大笑道："谁敢看轻了俺，这就是一个榜样儿。"说着又连声大笑，仍邀众人入席。众人其时个个吓得脸上失色，又目睹着这种惨况，谁还吃得下酒去，只勉强终了席，纷纷起身辞去。王振送了众官走后，令把王贲、毛芹的尸身收拾去了，自去安寝。一宿无话。

第二天的早朝，廷臣中上本乞休的不下三十余人。王振看奏

第三十六回　桃李满门王振专权　冰霜载道蓉儿承恩

牍，冷笑一声道："他们这样怕死，咱偏叫他们活不成！"当下把乞休的本章一一批准了，却私下遣锦衣校尉去等在要道上，见携眷出京的官吏，不论他是谁，一概砍头来见。可怜那三十几个乞休的官吏，满心想逃出网罗，反做了刀头之鬼。京城里报官眷被杀的无头案，日有数起。王振只令推说是遇盗，其实辇毂之下哪里来这许多的强盗？唯有一班未去职的廷臣，心上很是明白。谅辞职也是死，而且死得快，于是大家相戒不敢辞官了。王振这时威权愈炽，三公六卿见了他和狗般俯伏听命，连四朝元老的英国公张辅都任王振呼唤起来，其他的新进后辈，越发不在王振眼中了。

流光如驶，转眼是英宗正统九年，英宗皇帝已有十七岁了。胡太后见英宗渐渐长成，便主张替他立后。由胡皇后下谕，指婚工部尚书钱允明的长女锦鸾为皇后，御史云湘的女儿小云为贵妃。并择定吉期，为英宗册立后妃。到了那天，英宗饬英国公张辅持节往迎钱皇后和云贵妃。不一会，鸾仪和凤舆由英国公张辅前导着，直进乾清门。到了养心殿前，凤舆停下，钱皇后和云贵妃下舆，早有一群宫侍拥护着上殿参谒了天地祖宗，次行君臣礼，再行了夫妇礼，由英宗亲授皇后金宝、金册，贵妃也授了金册（贵妃无宝）。宫女们又上去，鼓乐、纱灯、红杖、响节等前引，一路拥着皇后入坤宁宫，贵妃入仁寿宫。英宗又封幼时的伙伴钱秀珠、马雪珍两人各做了贵人。秀珠居永春宫，雪珍居晋福宫。英宗从此左拥右抱，越不把政事放在心上，大小事都委那王振去办，因而将一个吴太妃生生地气死。

原来吴太妃稍有不豫，宫中去召那太医院，到了宁安门前，看门侍卫不放那内监出去，内监回禀吴太妃，太妃命盖上宝章。内监领着太妃的懿旨出宫，宁安门的侍卫仍不答应，说没有王公爷的命令，就是皇帝也不能通过。内监又回转了，竟老老实实地

明宫十六朝演义

把侍卫所说对吴太妃诉说一遍。吴太妃听了如何不气,忙把这桩情形去报知英宗。英宗已听了王振的一片鬼话,反来慰劝吴太妃道:"宁安门是宫中的要道,若是不严紧些,一旦出了变故,这罪名准也担当不起的。王振忠心为国,虽然忤了懿旨,也正是他执法不阿的地方。"吴太妃大怒道:"祖训上有宦官不准干政的一条,如今王振这样无礼,怕连皇帝也要他做快了。"英宗代辩道:"母亲莫错怪了人,那不是王振干政,因宁安门是内官的责任,应该是如此的。"吴太妃越觉愤怒道:"王振这阉贼决不是个好人,将来误国必是他无疑了。"吴太妃说到这里,一口气回不过来,昏厥过去了。慌得宫女们七手八脚地掐唇中,散头发,又附着耳朵叫喊,闹了半晌,吴太妃才悠悠地醒转来,不禁长叹一声道:"皇帝年轻无识,一味地信任着王振,恐他日被王振所害,那时悔也迟了。"是夜吴太妃逝世,英宗也不悲伤,只令照后妃礼成殓了,即日去往葬寝陵,并追谥吴太妃为贤淑孝贞妃,家族颁赐爵禄不提。

再说英宗自册立了后妃,足迹不出宫门,凡二十余日,天天和云妃等饮酒取乐。后来日子渐久,不免有些厌倦起来。那时朝中内外政事都由王振一个人擅专,正应了吴太妃那句话,皇帝差不多是王振做了,英宗不过拥个虚位罢了。王振又怕英宗出来掣肘,想把美色系住他,以便自己独断独行。于是和中官王恩、内侍郭敬,并义子王山私下密议,令王山在京城内外觅取绝色的女子,选进宫来献与英宗。王山奉着王振的命意向各处搜寻,拣来拣去,只不过是几个色艺平庸的女子,却没有出色的角儿。王山见没有什么美女可选,便去回复王振。王振又和郭敬等商量,王恩主张向外省去找,郭敬也是赞成,王振听说,就打发王山带了重金,往外省去选美女。

王山赍金出了京城,去四下里一打听,知道江南的地方山明

第三十六回　桃李满门王振专权　冰霜载道蓉儿承恩

水秀，往往出绝代的佳人。于是就星夜望江南进发。不日到了江南的苏州，王山便择一处大馆驿住下，一面在门前悬起奉旨选美女的大旌。苏州的地方官闻得王山是奉旨前来，谁敢不巴结，一切饮食起居都由地方官供给。王山又趁势作威作福，大施他勒索的手段，只苦了那些官吏，不敢不应酬他。王山明知地方官惧怕他，索性把选美女的职务委给了地方官去办。那苏州府彭间侯，唯有奉命而行。当下由彭知府下札，召集了各属县的保甲，叫他们将乡邑中的民女，拣有才色的传来应选。不多几天，各处纷纷把美女送到，彭知府去报知王山，王山拿百来个美女细细地一瞧，竟一个也选不中。彭知府笑道："本郡的美女尽在这里了。"王山皱眉道："没有再好的吗？那可糟了。"彭知府道："江南的地方很大，苏州没有美女，别处正多着呢！"王山被彭知府一言提醒，不觉恍然道："俺记得从前有个隋炀皇帝尝到过扬州，去看什么琼花。那里听说美女很多，不知扬州离这里还有多少路程？"彭知府接口道："扬州距此地很近了，卑职当派人和王总管同去。"王山大喜道："那最好没有，俺回京时便好好地保举你。"彭知府谢了，忙去备起一艘大船，令两个健仆随同王山前往扬州。

其时守扬州是纪明，由翰林出身，为人十分方正。王山到了扬州，侍从投进帖子去，纪明见是王振的假子，心上已先不高兴，只得勉强出来迎接。进了署中，王山说了来意，纪明寻思道："他这种举动不是来扰百姓吗？"当时也不和王山说明，只留他在馆驿中住下了。暗地里令心腹家人悄悄地把扬州所有的乐户一齐传来，吩咐他们道："你等将最出色的姑娘逃选三十名来，明天须要齐集的，不得违误。"那些乐户听了，疑是纪知府请什么贵客，召三十名妓女来侑酒的。于是各人回去，把扬州最有名的姑娘都选在三十名里面。

纪明等妓女到齐了，便去请王山来挑选。王山并不晓得是妓女，照例一个个地细看，在三十名姑娘中，居然选出一个美人来了。那美人姓徐，芳名叫蓉儿，年纪还只有十八岁，却生得杏眼柳眉，冰肌玉肤，在扬州地方本算得一个花魁。那时江南江北醉心蓉儿的士大夫很多，可是蓉儿的眼界甚高，凡人她的妆阁，只许诗酒唱和，不肯灭烛留髡，否则就要寻死觅活，鸨儿也拿她没法，只好听她。这时蓉儿被王山选中，听说去侍候皇帝的，自然十分愿意。王山见美人已选得，即日匆匆起身。适值岁暮天寒，一路进京却纷纷地落着大雪。王山恐冻坏了美人，便去制了一座毡车，载着蓉儿进都。

不知蓉儿进宫怎样获宠，且听下回分解。

第三十七回　人面桃花书生失丽偶　途穷日暮侠士飞金刀

却说那于谦自谳明琴姑和王宾的疑案后，宣宗擢他做了侍郎，又判过几桩无头案（案情具见蒲留仙《笔记》，琴姑一案即留仙所记之《胭脂》）。后来于谦忽然生起病来，足有三年多不曾起床。等到于谦病愈，正当王振专权的时候，王振闻得于谦的才干，要想收他作为帮手，便矫旨擢于谦为吏部尚书，令他来京就职。于谦只当是皇上的旨意，不曾晓得是王振的鬼戏，当时在处州原籍，匆匆地起身入都。

于谦到京的那天，就是王山载送蓉儿进都的当儿。因王山载着蓉儿，沿途风霜满地，越近北方天气愈寒，其时只有一种骡车，蓉儿坐在骡车里面，她那娇嫩的身体儿，如何经得起这样严寒呢？致冻得她樱唇变色，索索地抖作一团。王山怕她冻坏了，特地替她去雇了辆毡车，令蓉儿睡在车中。那种毡车是北地所独具的，四面把最厚的软毡铺垫起来，又是温暖又是柔软，人睡在当中真是四平八稳，十二分地妥当。又把极大的温水鳖放在车的四边。那温水鳖是苏州彭知府所献。当王山选中蓉儿时，苏州同来的两名健仆忙去报知了彭知府。彭知府见天寒水冻，便送上两对大温水鳖来备路上的应用。王山便辞了纪知府、谢了彭间侯，匆匆地北上。到了北京就去报知王振，王振亲自来看蓉儿，见个芙蕖粉脸，秋水为神，不禁大喜道："这才算得美人呢！"于是命他假媳马氏将蓉儿梳洗起来，重整膏沐，再施香脂，更穿上那绣裳锦服，愈显得她容光焕发。

第二天上，王振便打起了一辆安车，把蓉儿送进宫中。英宗正在后宫和云妃等在牡丹亭上赏雪，王振便悄悄地上去，向英宗附着耳朵说了几句，英宗微笑点头，就随着王振望西苑中来。其时西苑中的莲房，自被张太后封闭了，莲妃降为侍嫔，不多几时就郁郁病死了。宣宗见莲妃已死，心里很是感伤，也不愿意再到西苑。那莲房便深深锁闭着，所谓金屋无人见泪痕了。现在王振要迎合英宗，私下把莲房开了，打扫得干干净净，令那蓉儿在里面住着，自己便去请英宗临幸。

英宗跟随王振走进莲房，见正殿上还悬着宣宗的遗像，忙跪上行礼，究竟父子天性攸关，英宗忍不住流下泪来。王振侍立在旁边，也只好跪下相劝。正在这当儿，忽听得环佩丁东，屏风后面转出一个盈盈的美人儿来。王振一把挟起了英宗，纳他在椅上坐下，那美人便走到英宗面前，花枝招展似地拜了下去。英宗觉得一阵阵的兰麝香味，直扑入鼻管中，却故意回头对王振说道："这个就是蓉儿吗？"王振答道："正是臣儿进献侍候陛下的。"原来王振要替他义儿王山讨功，所以推说那蓉儿是王山进献的。英宗这时细细地把蓉儿一打量，见穿着一身绣花的锦服，外罩着貂毛的半斗篷，长裙垂地，玉肤如雪，红中泛白、白里显红，真是玉立亭亭、临风翩翩，把个英宗瞧得出了神。蓉儿却是含情脉脉，脸带娇羞，只俯首弄着衣襟。王振轻轻地把英宗袖上牵了一下，才把呆皇帝拉醒过来。于是搭讪着君臣两人，慢慢地出了莲房，就往谨身殿上略略谈了一会政事，王振自退出宫去。英宗又往园林中去玩了一转，到了晚上，便在仁庆宫内，令内监召尚寝局的太监进来。

第三十七回　人面桃花书生失丽偶　途穷日暮侠士飞金刀

那尚寝局是专司皇帝安寝的，有首领正副太监两人，普通太监十六人，小太监十二个。至皇帝召幸妃子时，由尚寝局的太监捧着一盘绿头签和一本朱册子，走到皇帝的面前屈膝跪在地上，把盘子和册子顶在头上。那绿头签和朱册子里都写着六宫妃子的名儿，皇帝要召幸哪一个妃子，只须拿册子上的那个妃子的名折转一只角，又将写着那个妃子名儿的绿头签也夹在角里，太监便顶着盘儿和册子回到尚寝局里，看了绿头签和册子上的名儿，便依着皇帝所点的妃子，捧着绿头签去宫中宣召。其时由管总门的宫监验过了签子（绿头签是尚寝局所独有的），放那捧签的太监进去。不一刻便领着妃子出来，到了皇帝的寝殿左侧，就有两个老宫人出来接了那妃子进检验室，由那两个老宫人把那妃子的遍体搜检一番，不论是发髻里、鞋袜中，连脚带都要放开来瞧过了。见没有什么凶器，才由老宫人帮着那妃子重整云鬟，再施脂粉。待妆饰妥当，又有两个掌寝殿的宫人，出来接那妃子进御。这个规例还是元朝的宫中所流传下来，因当初元泰定帝召幸汉女，不防她身上藏着利刃，泰定帝几乎被她刺中。从此以后，宫里皇帝召幸妃子，须经检验室的搜检过才准进御。

这时英宗召尚寝局的太监进来，那首领太监照常顶着绿头签和朱册子上呈。英宗要召幸蓉儿，那签上和册子里却没有蓉儿的芳名，当下拣了一支空白签子，英宗提起朱笔来，亲自填上名儿。首领太监知道皇上又有新宠了，忙捧着盘儿册子，回到尚寝局，先将签上的名儿去填写在朱册上，然后命普通太监捧着绿头签儿去莲房中召那蓉儿。蓉儿自然姗姗地跟着太监，望着仁庆宫来。

及至到了仁庆宫的外面，循例由老宫人接入偏室里去检验。谁知那蓉儿虽然是妓女出身，却很怕羞，老宫女要去解她的衣纽，蓉儿把双手紧紧捺着，抵死也不肯放松。但蓉儿愈是这样，老宫女也愈是疑心，也愈是搜得仔细，大家做好歹地把蓉儿的上身衣服解开搜查过了，待去检她的下身小衣，吓得蓉儿缩作了一团，竟放声大哭起来了。那两个老宫人只当蓉儿是心虚，万一她真怀着利器闯出祸来，这灭族的罪名可不是玩的。于是由一个老宫人劝蓉儿住了哭，把宫的规例对她说了，蓉儿还是不肯，两个老宫人又再三地解释给她听，蓉儿被她们说得没法，只得背过身去自己去脱下小衣来，又慌忙地把斗篷乱扯地扯着去遮掩。那两个老宫人如何肯放过她，一个随手将斗篷子一拉，一个便去搜检。蓉儿这时真急了，紧抱着酥胸，缩着香躯，弄得她无地藏身，口里一味地哭喊着，把两只凌波纤足不住地在地上乱蹬。两个老宫人见了这副形状，知道她是真的害羞，不禁又好气又是好笑，就草草地搜检过了，替她梳了云鬓，又洗去了玉容上的泪痕，施上铅华。领她出了检验室，早有仁庆宫人出来接了进去。英宗其时拥着绣被倚在榻上，蓉儿由宫人领着走到龙床前面，那些宫人便退出宫去。蓉儿料想免不了这一着，只得含羞带愧地一笑入帏。一个是淮扬名花，一个是风流皇帝，碧罗帐里双双做他们的风流好梦去了。一夜恩情似海，英宗和蓉儿两人，这天晚上自有说不出的一种爱好。明天英宗就命蓉儿居了仁庆宫，封她为灵妃，后又改封作慧妃。这且不提。

再说王振的假子王山，赖他老子的吹嘘，只将进献慧妃的功绩让他，英宗便擢王山做了都尉。王山想起了苏州的彭知府、扬州的纪知府，就私下对王振说了，不多几天上谕下来，命彭间侯巡抚山东，纪明调署金华道。这样一来，那些同寅的官吏都十二分地羡慕。有几个痴心妄想，希望也遇到这种好机会，就可以升官发财了。自彭间侯调到山东，继他后任的是华阴人朱立刚。讲到立刚的为人，官迷很深，天天盼望着和彭知府一样立刻就飞黄腾达。哪知真有天从人愿的，第二次王总管又到苏州来选秀女

第三十七回　人面桃花书生失丽偶　途穷日暮侠士飞金刀

了，朱立刚听得，忙去十里外迎接。

这时的王总管却由陆路来的，骑着高头大马，后面仆从如云，前哨四个卫兵，掌着奉旨选秀女的大黄旗，沿途开锣喝道，好不威风。朱立刚把王总管迎入馆驿，一切的供给比较彭间侯的时候更来得丰盛。但立刚初次到任，不曾刮着什么油水，只得去亲戚朋友中贷钱来应酬。一面也传集了保甲，令选了美女，到驿中备选。这一次各处选到的美女有四百九十三人，王总管却一个也看不中。

这一下子不打紧，却把个朱立刚急坏了，便私下和他的幕府商量。那幕府叫徐伯宁，腹中很多机智，和朱立刚还是连襟兄弟。立刚未任知府时，伯宁在溧阳县充幕宾。立刚到任后，闻得伯宁的才能，致书溧阳县要人，溧阳知县见是邻郡的上司，怎敢违拗，忙派人送徐伯宁到苏州。立刚接着，自然很为喜欢，便把署中的紧要公务都归给伯宁掌管。伯宁要显自己的手段，起首就替立刚办了一桩要案，弄得非常地妥当。立刚大喜，竟倚伯宁如左右手一般。这时朱立刚碰了王总管的钉子，深怕前程不保，忙着来和徐伯宁商酌，伯宁沉吟了半晌道："且限某三天，容慢慢地去打听，成功与否，到了那时再说。"立刚又再三地拜托了，伯宁点头自去办理。这里立刚去慰留着王总管，请他暂时等几天，如再选不到真美女，自送总管起行。王总管也就答应了，立刚只望着伯宁的好消息。

直到了第四天的午后，伯宁笑嘻嘻地来见朱立刚道："美人是有一个，然非花三四百两银子不行。"立刚连连说道："以前扬州的纪知府，选了妓女蓉儿，不是也花去三百两身价吗？现在他换得一个道台去上任了，俺难道不如他吗？你快去给俺唤来，要多少银两依她就是。"伯宁低声道："这事还有一样不妥。"于是对朱立刚附耳说了几句。立刚踌躇道："那可怎么办呢？"伯宁微笑说道:"只须如此如此,保你一箭定天山。"立刚拱手道:"全仗老兄的妙才。"当时去库中提出了四百两银子,递给伯宁去干事。

明天朱立刚便坐堂理事,将这几天延搁下的公务一件件地审理起来。其中有一桩盗案,是本处犯案的大盗,在泗阳被捕役获住,解到苏州来归案的。那强盗叫作裘只眼,天生的独眼,人家便取他这个绰号。只眼在苏常一带犯案极多,性又凶悍,逢到了抢劫终是杀伤事主,捕役们见他都害怕的。不知怎样的天网恢恢,会在泗阳被获。朱立刚命提裘只眼上来,一复审招出苏城还有同党在胥门外,叫做侯沐生的,是个坐地分赃的窝家。立刚听说,即发捕签,把侯沐生捕来。沐生到了堂上极力喊冤,立刚也不去睬他,吩咐将沐生收监。

案件判完,恰巧徐伯宁把那美人领来。朱立刚见那美人果然生得落雁沉鱼,不觉大喜道:"有这样的美人,还愁王总管选不中吗?"当时问了姓名,知道那美人叫尤飞飞,朱立刚便亲自送尤飞飞到馆驿中来。王总管拿尤飞飞打量一番,见她杏眼里含着泪珠,双黛紧蹙却不减妩媚的姿态。王总管看罢,回顾那朱立刚道:"有劳贵府了,俺回去自当重谢。"立刚谦让了几句,忙去备下船只,恭送那王总管下船进京。

王总管去了,朱立刚以为这件事干得十分得意。他回到署中,从监中提出侯沐生来,很和蔼地对他说道:"俺已打探清楚了,你并不做什么强盗,必是人家误攀你的。俺现在释放你出去,要好好地读书,莫再与坏人结交,致受无辜的罪名。"侯沐生见说,心里非常感激,便拜谢了朱立刚出署。回到家里,只见他岳母尤氏泪汪汪地说道:"你倒脱了罪出来了,害我的女儿却陷入地狱里去了!"说罢放声大哭起来。沐生惊道:"飞飞哪里去了?"尤氏带哭说道:"自你给捕役捉去,女儿急得要死,赶紧去

第三十七回　人面桃花书生失丽偶　途穷日暮侠士飞金刀

衙门里一打听，说你犯的是盗案，早晚要和那裘只眼同时正法。女儿闻得这个消息，几次要寻自尽，都被我们劝住的。后来邻人张伯伯听她哭得凄惨不过，就私下来和我说道：'你女婿的案子犯得太大了，若要设法救他，非走大门路不可。俺闻得南京的三爵爷（指谷王第三孙），他那郡主少一个美丽的侍女，有令嫒这样的容貌，保他一看就中意的，那时再哀求郡主去向爵爷设法，怕你女婿不轻轻地脱罪吗？'我听了张伯伯的话还有些打不定主意。谁知给我女儿听见了，她救你的心切，一口就答应愿去。那张伯伯替她去走了路道，第二天便着我女儿去了。如今你真个回来了，我的女儿却不知要到几时才得脱身呢？"尤氏一头说、一头哭，眼泪鼻涕淋得满襟。侯沐生这时不见了他的心上人，怔怔地呆了半天，想起了往时的爱情和奋身救他的情深，也忍不住涕泪交流，同尤氏两人效起楚囚对泣来了。

原来那尤飞飞也；龟淮阳的名妓，去年逢着了侯沐生，便一见倾心，沐生试她是真情，就卖去了祖产替飞飞赎身。飞飞又说有一个假母，从前是抚养自己的，现在没有子女，应该去接她来一起居住。沐生依了她的话，把那假母也接了来。飞飞自幼父母双亡，连自己的姓氏也不晓得了，因为假母姓尤，她便袭了假母的姓儿。但飞飞虽是妓女出身，跟了沐生后却一心一意地做着人家，再也不想别的念头了，所以两人的爱情可算得十二分的浓厚。谁知好事多磨，偏偏平空弄出一桩天大的祸事来，将他们一对好夫妻生生地离散。沐生思前想后，几乎想痴了，唯希望飞飞得乘间脱身回来。看看过了两个多月，飞飞竟音息全无。

沐生又往四下里去一打听，这才知道飞飞并未到南京去充什么王府侍女，却被选秀女的骗往北京侍候皇帝去了。那裘只眼的误攀沐生，完全是慕宾徐伯宁贿嘱出来的。一面把沐生收监，一面令沐生的邻人张老儿，用计去哄尤飞飞上钩。飞飞急于援救沐生，一点也不曾疑心，由张老儿领她见了徐伯宁，伯宁带她到了府署，朱立刚就把飞飞送往驿馆，那王总管一看就选中，即日将飞飞领上大船，一帆风顺地去了。这样地三四个转手，飞飞一心当作王府里选侍女，以是服服贴贴地跟着他们上船，只为的一念救夫，却去上这样的大当。

那时沐生听了这一段话，半信半疑地去找那邻人张老儿时，已在两月之前搬往别处去了。沐生知那话是真的，不由的急得眼泪滚滚，跺脚大哭道："这遭可糟了！俺那飞飞到皇帝家里去，那还有出来的日期吗？只恐今世不会相见的了。"飞飞的母亲尤氏，她想靠这义女送终的，一听得沐生这样说，更哭得披头散发地要去找那张老儿拼命。沐生也垂泪道："张老儿也不知他逃到哪里去了。"尤氏大哭道："我女儿也被他们骗去了，横竖不怕什么，索性去寻那狗官去。"说罢往外便走，沐生忙拦住她道："他是现在知府，你去和他胡闹是得不到便宜的。"

尤氏哪里肯听，竟似发狂般地直奔到府署里，望大堂上抢将入去，口口声声找徐伯宁、朱立刚还我女儿来。朱知府正在审案，见尤氏来势凶恶，慌忙退了座，那顶案桌已被尤氏推翻，案卷朱签、笔墨砚台等散了一地。尤氏一头哭，两脚在地上乱踏，气得朱立刚咆哮如雷。一般衙役和受审的人犯只呆呆地瞧着尤氏发怔，朱立刚喝道："你们还不给我把这疯妇打出去！"这一喝将呆看的衙役喝醒，众人齐上，一顿的乱棍，打得尤氏倒在地上乱滚。衙役们不管他三七二十一，拖着尤氏直打到了署外，望着地上一摔，各自进去了。

尤氏被这一摔，摔得头昏眼花，有心要再进去拼命，被大门上的衙役拦住，尤氏觉着浑身无力，只坐在署前痛哭。那朱立刚吃尤氏这一闹，也弄得莫名其妙，忙检点人犯，少了一名本城著名的积盗，大约乘着鸟乱时，溜出去逃走了。朱知府大怒，这时

第三十七回　人面桃花书生失丽偶　途穷日暮侠士飞金刀

衙役已整好了案桌，朱知府重行升座，叫把管门的传进来，重笞了五十，便草草地退堂。那尤氏在府署前哭骂了一场，直哭到力竭声嘶，看热闹的人哄了一大堆。署中的差役正要拿棍木驱逐她，可巧沐生来，就扶着尤氏一步一颠回到家里。可怜她经这一顿乱棍打伤了，不到半月便一命呜呼。

沐生安葬了尤氏，一个人越觉孤凄，于是卖去家私什物和房屋，一路上到了北京，想候个机会打听飞飞的消息。他也花了几个钱，结识着两个小内监，打探那尤飞飞的音耗，都回说宫中没有这个女子，连名儿也不曾听见过。沐生只当飞飞改了名，便把王总管挑选美女的事细细说了一遍。小内监听了，将沐生的话传入宫中，一时内外都传遍了，渐渐到了英宗的耳朵里，立刻召王振责问道："朕并未叫你去选美女，你为什么私下派人南去，强取人家的有夫妇女，落朕好色的恶名？"王振失惊道："这话从哪里来的？"英宗把宫中传说的话对王振说了，王振顿首道："待老臣去查明了回奏。"说罢退了出来，派中宫郑芳南下去调查不提。

再讲那侯沐生在京里住半年，所带的川资已经用尽，尤飞飞仍然影踪全无。沐生愈想愈气愤，便独自一个人痛哭了一场，踽踽地跑到望海村的丛林中，解下衣带来自缢。正要把颈子套上那根带子去时，忽然空中飞来一道金光，把他悬着的带子割作了两段，沐生从树上直跌下来。

要知沐生性命怎样，且听下回分解。

第三十八回 杀云妃禁宫闹鬼
接总管馆驿破奸

却说沐生凄凄惶惶地走到树林里，见一轮皓月、万里无云，四边静悄悄地，除了风送松涛外，连鬼影子也没有半个。沐生深深地叹了口气道："俺侯沐生到了今天，家破人亡，途穷日暮，不死更待何时？"说罢解下一根丝绦来，拣一枝结实的树干系紧了，向南哭拜几拜，正要上去自缢，忽听得耳畔呜呜的几声，叫得非常的凄切。沐生听了，不觉遍身起了寒栗，便自言道："俺还没有死，鬼倒已经上来了吗？"再细听时，却是枭鸟出巢，乘着月色夜啼，它的鸣声本来是鬼啸一般。沐生恨恨地道："管它什么，就是真的鬼来了，俺也不过是一死！"于是心里一横，咬着牙齿，紧闭了两眼，伸着脖子望那根丝绦中钻了进去。

沐生刚刚双足腾空，猛觉得眼前一缕的金光，那根丝绦平空断下，把沐生直跌到地上来。接着树林里走出一个短衣窄袖的少年，便来扶起沐生道："好好的人，为甚要寻死觅活？咱替你想想也不值得这样。"沐生瞧了他一眼，低头去拾起那条丝绦道："俺自有俺的心事，还是死了干净。"那少年笑道："咱既遇见了你，须把你的心事告诉了咱，否则咱就不许你寻死。"沐生诧异道："俺自己寻死，却干你甚事？"那少年说道："咱本不来管你，只要你说了寻死的缘故，咱便放你去死。"沐生叹道："俺对你说

第三十八回　杀云妃禁宫闹鬼　接总管馆驿破奸

了也是没用的。"说着和那少年在树下,把被诬失妻的事细讲了一遍。并说现在身落异乡,举目无亲,弄得穷困极了,所以才萌短见。

那少年听了,气愤地说道:"天下有这样不平的事?咱若眼看着你,也算不得是英雄好汉了。"说时把一裹东西揣在沐生的怀里道:"离此半里多路,有一座云林寺,那里只有一个老和尚挂搭着,你去暂住在寺里,咱给你进宫去打探你妻子的消息。"沐生听说,忙跪下磕头道:"俺和壮士萍水相逢,蒙这般高义,叫俺如何报答?"那少年笑道:"咱们师弟兄十二人,专在江湖上打不平事,锄强扶弱是咱们的天职,本算不了什么的。"那少年说罢,回身便走。沐生待着问他姓名,眼前觉得金光一闪,那少年已不知去向了。沐生才知道遇了侠客,心上又惊又喜,再摸怀里那一裹东西,却是五锭的黄金。沐生又望空拜了几拜,磕头起来,望着云林寺走去。见了那老和尚,就住在寺的西厢,静待那少年的好音。

再说那英宗皇帝自封蓉儿做了慧妃,便异常的宠幸,凡慧妃要什么,英宗总是百依百顺。当王振未进蓉儿的时候,英宗又新纳了一个瑞妃,一个璘妃,并云妃、马贵人(雪珍)、钱贵人(秀珠)。六宫嫔妃中,要算云妃最是得宠。钱皇后以下,宫内的一切杂事都是云妃做主的。自蓉儿进宫,英宗又移宠到了蓉儿身上,把云妃早抛在脑后。一班宫女内监见慧妃较云妃得势,手头也来得阔绰,小人的眼孔本来只晓得一个利字,于是往时奉承云娘娘的,这是都去捧那徐娘娘蓉儿(姓徐)去了。云妃一旦失宠,又受侍嫔们的奚落,心里如何不气呢?事从根脚起,还是慧妃一人的过处。倘慧妃没有进宫,英宗眼中只有一个云妃。现今好好的一碗满饭,平白地被慧妃夺去了。云妃恨得牙痒痒的,假使能够把她吞下肚去,也早就不留她到今日了。从此以后,云妃时时在暗中捉那慧妃的错处。

　　有一次是春节,照明宫的规矩,春节算是一年之首,这天的皇后领着六宫嫔妃亲上省耕勤桑台,试行育蚕,令百姓在台下观看。这照例是当年太祖马皇后所传,是劝人民勤蚕种桑的意思。等到皇后从勤桑台回宫,宫女内监都来叩贺,皇后便拿金银缎彩等分赏给她们,呼作"赏春"。那天钱皇后回宫,照例分赏与宫人们金银缎匹,却赏得微薄了些,宫人内监们很觉心里不高兴。那慧妃青年好胜,宫女们对她叩贺,慧妃却格外从优给赏,皇后赏给锦缎一匹的,慧妃便赏给两匹。这样一来,宫女太监们欢声雷动,齐齐颂着慧妃的美德。云妃在旁看了,实在气愤不过,就去撺掇钱皇后,说慧妃那种举动分明是压倒钱皇后。钱皇后听了,果然大怒起来,只碍着皇帝的面子,不好把慧妃十分得罪。皇后的心上,由是对慧妃就存下一个裂痕来了。

　　第二天是英宗出去祭先农坛。慧妃往清凉寺进香,恃着自己是宠妃,排起全副凤驾的仪卫,一路威风凛凛地出了西华门,望皇城里绕了一个大圈。文武官员瞧见了,当作是钱皇后的鸾驾,迎送时齐声呼着娘娘万岁,慧妃也老实受领他们的。这消息传到宫里,云妃首先得知,暗想这是她的大错处了。当下便来报知钱皇后,将慧妃恃宠目无皇后的话,正言厉色地说了一遍。皇后听得已有些忍耐不住了,又经云妃怂恿道:"皇后如今日不把慧妃重重惩儆一下,将来怕不酿出胡太后和孙贵妃的事来吗?因现在的胡太后,宣宗宠孙贵妃时曾见废过的,后来张太皇太后万寿时才复位。"钱皇后被云妃这一言,正打中了心坎,不由得变色道:"慧妃欺我太甚了,难道我不能请祖训吗?"说着吩咐宫人,请出太祖的训谕和高皇后的家法来。钱皇后命云妃捧着祖训,自己亲奉着家法,立刻升坐凤仪殿,专等慧妃回来。看看到了半晌,远远地闻得谨身殿后喝道的声音,宫监来报:"慧妃回来了。"钱皇

第三十八回　杀云妃禁宫闹鬼　接总管馆驿破奸

后令传慧妃，那慧妃闻得皇后在凤仪殿上召唤她，却毫不在意。那些宫女太监晓得规例的，暗暗替慧妃捏一把汗。

原来那凤仪殿是皇后行大赏罚的所在，历朝的皇后如宫中妃嫔们没有什么大罪恶，决不轻易坐凤仪殿的。太祖时，高皇后贬宁妃曾坐过一次，钱皇后在册立的那天，犒赏宫人也升的凤仪殿。慧妃只知傲视六宫，对于宫廷的规例是完全没有头绪的，所以她接到钱皇后懿旨，竟卸了宫妆来见。

到了凤仪殿前，忽见钱皇后坐在上面，云妃侍立在一旁。慧妃寻思道："她今天摆起皇后架子来了。"但要待上去行礼，因云妃立在旁边，自己去跪在地上，未免过意不去，索性硬着头皮不跪。钱皇后娇声喝道："你可知罪，还不跪下吗？"慧妃吃了一惊，也就朗声答道："我有何罪，值得皇后这样动气？"钱皇后见慧妃倔强，便立起身来，双手奉着家法，命云妃请过祖训来，高声朗读。那祖训里面说："嫔妃有越礼不规则的行为，准皇后坐凤仪殿以家法责罚"云。云妃诵着，慧妃听得读祖训，平日见皇帝也要起来跪听，自己只好跪下。

明宫的规例，在皇帝未曾临朝之前，天才五鼓，由司礼监顶着祖训来宫门前跪诵。皇帝就披衣起身，在床上跪听，听毕便须离床梳洗，然后乘辇临朝。宣宗帝时，这规例已经废去，英宗嗣位，张太皇太后以皇帝年轻，要使他晓得祖宗立业的艰辛，于是旧事重提，再请出祖训来，依照着建文帝时办法实行。张太皇太后崩逝，王振掌着司礼监，威权虽大，到底不敢擅废遗规，仍照太皇后在日的规律办事。不过读祖训时，王振并不亲到，令另一个下手太监代职罢了。这样的太监天天来读祖训，慧妃已听得很熟了，这时见云妃朗诵着，惠妃谅知不是玩的，就勉强跪着。

钱皇后捧着家法，把慧妃滥耗内务珍宝，妄行赏罚（指春节事），擅摆全副仪卫，冒充国母受大臣的朝参等罪名，一一数说了一遍，责得慧妃低头无言。钱皇后喝叫宫人褪去慧妃的外服，单留一件衬衣，这也是祖宗成例，不把衣服尽行褪去，算是存嫔们的体面。当下钱皇后亲自下座，执着家法，将慧妃隔衣责打了二十下。那家法是高皇后所遗，系用两枝青藤，上面有五色绒线缀出凤纹，尾上拖着排须，拿在手里甚觉轻便，打着身上却是很痛。幸得钱皇后身体纤弱，下手不甚着力，可是打在慧妃的背上，她那样娇嫩的玉肤，怎经得起和青藤相拚，任钱皇后怎样的打得轻浮，慧妃已觉疼痛难忍，伏在地上哭着，泪珠儿纷纷似雨点般地直流下来。钱皇后又训斥了慧妃几句，随即起辇回宫，云妃也自去。凤仪殿上静悄悄地，两边侍立着几个宫人内监，都呆呆地一声不则，只有慧妃的饮泣声，兀是不住地抽咽着。

　　过了半晌，才有慧妃的近身宫女两个人，一前一后地放大了胆把慧妃搀扶起来。可怜慧妃的两条腿早跪得麻木过去，哪里还立得起身呢？由两个宫女左右扶持着慢慢地回转身儿。慧妃看那殿上时，钱皇后和云妃都不见了，那祖训同家法还供在案上，不由得长叹一声，扶着两个宫女一步挨一步地回到仁庆宫里，向着绣榻上一倒。自己想起有生以来从未受过这样的耻辱，往时又是个傲气好胜的人，今朝偏大众面前丢脸，更被云妃在一旁窃笑。慧妃越想越觉无颜做人，心里也越是气苦，竟翻身对着里床又嚎啕大哭起来。正哭得凄楚万分，忽听得侍卫的吆喝声，宫女来报皇帝回宫了，慧妃只做没有听见似地，反而掩着脸越哭得厉害了。

　　英宗这天驾幸先农坛，循例行了皇帝亲耕典礼。又去圣庙中拈了香，祭告了太庙，往各处游览了一转，才命起驾回宫。车驾进了乾清门，直到交泰殿前停住。英宗下了辇，那些护卫官和随驾大臣各自纷纷散去。锦衣侍卫也分列在殿外轮班侍候，只有几个内监仍不离左右地跟随着。英宗一路望那仁庆宫中走来，到了

第三十八回　杀云妃禁宫闹鬼　接总管馆驿破奸

宫门前，不见慧妃出来迎接，连宫女也没有半个，内外很寂静地，只隐隐闻得啼哭的声音从寂静中传将出来，格外听得清楚。英宗十分诧异，便大踏步走进宫去。见宫女们立着一大群，都呆呆地在那里发怔，绣榻上躺着慧妃，身上脱得剩下了一件里衣，脸朝着里哭得很是悲伤。

英宗瞧了这副情形，弄得丈二和尚摸不着头脑。只得走到榻前，坐下低声说道："你且不要啼哭，有什么吃亏的事，朕替你做主就是了。"慧妃听得皇上叫她，不好过于拘执，就慢慢地坐起半个身体，低垂着粉颈只是痛哭。英宗见她青丝散乱，脸上胭脂狼藉，一双杏眼已哭得红肿如桃，涕泪沾着衣襟上湿了一大块。这时春寒尚厉，英宗怕慧妃单衣受了冷，忙随手扯了一条绣毯拥在她身上，一面说道："朕只出宫去祭了一会先农坛，还不曾有半天功夫，怎么你已弄成了这个模样了？"慧妃见说，自然越发哭得伤心，便一头倒在英宗的怀里，又去解开了衣襟，一手把领儿褪到后颈，似乎叫英宗瞧看。英宗向慧妃的背肩上瞧时，见那雪也似的玉肤上面，显出红红的几条鞭痕来。英宗吃惊道："这是给谁打的？"慧妃一味地哭着不做声，宫女中有一个嘴快的，便上前将慧妃受责的情节，从首至尾陈述了一遍。

英宗听罢，心上明白了八九分，知道这事是慧妃自己不好，擅自摆了全副仪仗，虽然受了责，照例讲起来，还算是种刑罚，倘被廷臣瞧破出来，上章交劾，至少要贬入冷宫，重一些儿腔子也搬场呢。再看慧妃，哭得和泪人一般，英宗又是怜她又是爱她，便把好话安慰她道："你吃了这样的苦痛，朕也很觉不忍，这口气早晚要替你出的。但你身体也要自重点儿，倘悲伤太甚了转弄出别的病来，愈叫朕心上不安了。"说着袖里掏出罗巾来，挽着慧妃的粉颈轻轻给她拭泪，又伸手去抚摩着肩上的伤痕。一头又附着慧妃的耳朵，低低地说了好一会，慧妃才渐渐止住了哭。由两个宫女扶她下了绣榻，又有两个宫女过来，忙着替她挽髻。英宗斜倚在黄缎的龙垫椅上，看那慧妃梳髻。梳好髻，慧妃亲自掠了云鬓，宫女捧上一金盆的热水，又摆上玉杯金刷各样漱口器具，待慧妃盥漱洗脸。又由一个宫女捧上金香水壶和金粉盒、白玉胭脂盒等，慧妃搽脂抹粉，洒了香水，画好蛾眉，才往藏衣室里，由司衣的宫人代她换去了那件肮脏的单衣，更上绣服，司宝的宫人替她戴上了钗钿。慧妃仍打扮得齐齐整整，盈盈地走了出来。

真是人要衣装，慧妃这样的一收拾，和刚才蓬头涕泣时好像判若两人了。英宗看了，不觉又高兴起来，吩咐："摆起酒筵，朕替妃解闷。"慧妃忙跪谢道："臣妾适才无礼，陛下并不见责，反劳圣心，使臣妾蒙恩犹同天地，此身虽万世也报不尽的了。"英宗笑道："卿是朕所心爱的，说什么恩不恩，有什么报不报，只希望你生了太子，这就是报朕了。"慧妃听了，斜睨着英宗嫣然地一笑，这一笑真觉得千娇百媚，冶艳到了十二分。把个英宗皇帝笑得骨软筋酥，忍不住将她搂在膝上，一边令官女斟上香醪，两人你一口我一口地喝着。

英宗越吃越高兴，便叫换大杯来喝。慧妃把一只箸子击着壶上的金环，低低地度着曲儿给英宗侑酒。但听得珠喉宛转抑扬，余音袅袅，尤觉悦耳，英宗连连抚掌喝彩。这样的直闹到鱼更三跃，英宗已有些醉意，看到慧妃也脸泛桃花，秋波水汪汪地瞧着英宗，她那芙蓉面上给酒一遮，愈显出红白相间，媚态动人了。英宗扶醉起身，搭住慧妃的香肩，共入罗帏。这一夜的爱好自不必说了。

明日英宗临朝后，回到仁庆宫中，慧妃催着他实行那件事。原来英宗在酒后答应慧妃，也照样惩办钱皇后，慧妃当是真话，便来催促他。英宗不禁噗哧地笑道："老实替你说了吧，那天的

第三十八回　杀云妃禁宫闹鬼　接总管馆驿破奸

事实是你自己不好。皇后请了家法还算便宜了你，万一她通知了大臣，在朕的面前劾奏你一本，那时叫朕面子上更觉下不去。怕不依着祖宗的成例办你吗？"慧妃听了，好似当头浇了一勺冷水，弄得浑身冰冷，从此把报复钱皇后的念头慢慢地消沉下去，却渐渐移恨到云妃的身上去了。后来又闻得钱皇后责打慧妃，完全是云妃一个人撺掇来的，由是慧妃和云妃结下了不解的冤仇，时时想乘隙中伤她。英宗皇帝有时去临幸仁寿宫，慧妃心里终是说不出的难受。

那云妃的为人很是聪敏，到底宦家女儿出身，平日间识字知书，也能哼几句诗儿，虽不见十分佳妙，六宫嫔妃中比较起来，还要算云妃最是通畅了。她又有一种绝技，就是善画花卉，什么鸟兽人物，都画得栩栩如生。英宗宠幸慧妃之余，也常常顾念起云妃，又在慧妃的面前赞美云妃的画。慧妃听了，愈觉嫉恨万分。

有一天，英宗从仁寿宫回到仁庆宫，身体觉得有些不快，就倚在榻上，手玩着云妃所画的纨扇。扇上画着一幅猫蝶图，图上那只狸奴昂首伺着蝴蝶，姿态活泼有神，就是颜色也渲染得非常适当。英宗瞧着，赞不绝口。正值慧妃端上一碗参汤来，忽然失手倾侧，把一半泼在扇上。英宗说声："可惜！"慌得慧妃忙把罗巾来揩拭，那纨扇已湿了一块。那汤是温热的，逢着颜色四散化开，将一只猫眼睛弄模糊了。英宗很觉不舍，仍拿了纨扇翻看，蓦见那潮湿的猫头上，隐隐地露出几个篆文字迹来。英宗不禁诧异，便微微将扇面的矾绢揭起来，早落出一张菊香笺，取笺看时，笺上朱书着生年八字，旁边画着鸟纹的符篆。英宗细读生年八字，分明是自己的。便递给慧妃道："你瞧，这是什么鬼戏？"慧妃略为一瞧，惊得花容失色，忙跪下说道："这是苗人的诅咒术。妾父在日尝遇着过，几乎被人咒死。现在有人诅咒陛下，必是心怀怨恨，才下这样毒手。幸得陛下洪福齐天，居然发现，否则定遭暗算了。"说得英宗直跳起来，再辨那字迹，极似云妃。不由得怒骂道："这贱婢！朕不曾薄待她，她却忍心出此吗？"慧妃说道："那可对了。妾闻下诅咒术时，要放在本人最心爱的东西里面才有验，陛下爱那把扇儿，险些上了当了。但她既做了这事，难保不再做别样，那倒要留神防备呢！"这几句话把英宗的无明火提起，气愤愤地骂了一顿，心里便存下一个杀云妃的念头。

这晚英宗在仁庆宫饮酒，慧妃乘着英宗酒后，又提起云妃诅咒的事来。英宗已有几分醉意，被慧妃激得怒发冲冠，亲手把一条白绫掷给内监，叫他去勒死云妃，还一迭连声地说着："快去！"那太监去了半晌，回来复旨，可怜月貌花容的云妃，竟死在白绫之下。宫中自云妃死后，夜夜闻得鬼哭，内监宫女们不时见鬼。

其时王振奉着英宗的谕旨，派中官郑芳南下去调查冒选秀女的事。不多几时，便接到池州知府鲍芳辰的奏报，破获冒选秀女的太监王仁山。又过了几天，鲍芳辰亲自押解王仁山到京。王振等到早朝，把王仁山带到殿上，请英宗发落。

原来那王仁山也是宫里的太监，因得罪了王振，被王振驱逐出宫。王仁山出宫后，心里怀恨王振，他听得王振曾派义子王山南下挑选美女，王仁山待王山回京，他忙忙地收拾起行李，约了两个同伴，又雇起十几个仆人，冒着王山的名儿，假说奉旨选秀女，一路上很被他索诈些油水。到了苏州，恰巧彭知府调任，来了个倒霉的朱立刚，拼命地巴结仁山，白白地吃他把尤飞飞骗去，还拆散了侯沐生的夫妇。王仁山在苏州得到了好处，又到池州去依样画葫芦，却被知州鲍芳辰在馆驿中瞧破机关，便将王仁山擒住，亲自解进京来。

不知却把王仁山怎样处罪，且听下回分解。

第三十九回　怀来县巨阉授首
　　　　　　　锦鸡栅皇帝被掳

却说王仁山冒称选秀，在苏州骗得尤飞飞后，复往池州去施他的故技。那池州知府鲍芳辰，倒是个精明干练的人。他闻得探报王总管自京师来池州选那秀女，芳辰忙出城去迎接王仁山进城。一面请仁山就馆驿中住下，却暗暗和幕府商议道："我瞧那王总管的来历似乎很不正当。他那许多从人，多半是无赖形式。还有一件可疑的地方，我闻那王总管是王振的儿子，并不是太监，现在那人分明是个宫监，只怕有诈吧？"幕府笑道："这个很容易明白的，他既称是奉旨来的，当然有皇上的手谕。明天相公去见他，可向他要上谕验看。如其拿不出时，将他拿住解进京去，不是个钦犯吗？"芳辰点头称是。

　　第二天便去谒见王仁山，芳辰要验他的上谕，仁山推说藏在行箧中，检视不便，须缓几天呈验。芳辰心上愈疑，迫着仁山立时去取来，仁山变色厉声道："知州相公敢是疑俺吗？这是朝廷所命，有谁敢大胆假冒，把头颅去尝试！但知州万一不放心，俺即征别处就是了。"仁山说罢，便吩咐从人打起行装要待起身。芳辰恐他乘间逃走，忙再三地认罪，慰留住仁山，却密令左右，在馆驿四围监视。谁知王仁山自己心虚，晚上想从后门遁走，被芳辰的左右拦阻了，又去飞报芳辰。芳辰见他伪迹已露，便放下脸儿把仁山拘囚起来了。又过几天，接到京中派来郑中官的公文，叫各处地方官吏注意奸人冒充钦使选秀，如其发见，即逮捕解京。鲍芳辰看了文书，不觉大喜道："果不出我所料。"于是将州事委给了幕府，亲解王仁山进都。

　　这冒充选秀女的案子破获后，消息传到苏州，知府朱立刚听得，好似当头打了个霹雳。他自送王仁山走后，天天伸长着脖子望着京中的好音，准备升官。那里晓得眼也望穿了，不见有什么调任的上谕下来。朱立刚和徐伯宁说起，还当作王总管把他忘了。徐伯宁只是安慰立刚，说必定没有空缺，所以迟迟不见上谕。立刚被伯宁一说，心花又怒放开来了。如今得知第二次选秀的王总管不是前次的王山，乃是冒充太监王仁山。朱立刚直气得手足冰冷，半晌说不出话来。又经徐伯宁竭力地劝慰，立刚只长长地叹了口气。不多几日就患起肝痛症，竟至一命呜呼。

　　再说鲍芳辰解王仁山到京见了王振，由王振嘉奖了几句，就带着王仁山来见英宗发落。王振的意思是要辨明自己不曾派人去选秀女的，以是把人犯押到殿上，令英宗亲讯。谁知英宗这几天宫中闹着鬼，弄得他神魂颠倒的，哪里还有心审什么案件。只叫王振一手去包办着，连朝中的政事也一概叫王振去做，英宗和木头人般地不过摆摆空样罢了。这时恼了六部中一位大臣于谦，便连夜草成了奏疏，把阉臣专权、欺压公卿，进献美女、迷惑圣聪，凡王振所有弊端，如卖官鬻爵、营私纳贿等事，一古脑述在里面，而且说得异常的痛切。英宗阅了奏牍，随手递与王振道："于尚书说卿舞弊，可是真的吗？"王振接过来读了一遍，气得目瞪口呆，半晌才跪下磕头道："于谦的话都是旁人的讹传，老臣实不敢舞弊。"英宗冷笑道，"于谦是卿所保举的，怎的无故陷害你呢？"这一句话，把王振的一张嘴堵塞住了，再也回答不出来，英宗便拂袖回宫。

第三十九回　怀来县巨阉授首　锦鸡栅皇帝被掳

当宣宗的时候，于谦因痼疾致仕，还处州本籍。英宗登基后，王振闻于谦病愈，就保他人阁。那于谦自到部后，不但不去阿附王振，转事事和王振作对。王振以于谦是自己所举荐的，弄得哑子吃苦瓜，说不出的苦处。现在又碰了英宗一个大钉子，直是又气又恨，回到家里就托病不出。

那时宫中闹鬼也愈闹愈凶了。内监们多亲眼瞧见云妃颈子上拖着白绫，在仁寿宫中走来走去。原来那天晚上，英宗醉后听了慧妃的撺掇，不觉心头火起，令一个内监持着白绫去勒死云妃。那内监还只得十九岁，从来不曾干过杀人的勾当，加上他胆又是很小的，英宗命他去勒云妃，那内监不敢推诿，上去接了白绫望着仁寿宫来。到了宫门，前一脚跨进门去，守门的宫人把他拦住，那内监拿白绫扬了扬道："俺是奉皇上谕旨来的。"守门的宫人进宫已有十几年了，是个老于掌故的人，一眼瞧见了飘飘的白绫，知道不是好事，忙侧身避过，让内监进去。

这时云妃还没有卸去晚妆，和一个老宫人对坐着在灯下对弈。那内监走到云妃的面前，心里已跳个不住，勉强屈着半膝，要想禀知，不知怎的声音会发了颤，牙齿捉对儿厮打着，口里兀是说不清楚。云妃是很乖觉的，见那内监的形状，心中料想有些不妙，偏偏那内监再也说不明白，挣了好一会，才断断续续地吐出"皇上命娘娘自裁"一句话来。云妃听了，惊得花容如纸，啪地把棋盘掀去，棋子散了满地，云妃也昏倒在绣椅上了。那老宫人和宫女们忙着来救云妃，叫的叫，拍的拍，灌参汤的灌参汤。大家鸟乱了一天星斗，云妃算悠悠地醒转来，不禁垂泪问那老宫人说道："我自册立至今，也未尝有过大过失，皇上却毫不顾情分，竟令我自裁了。这定是有人在那里陷害，我死若有灵，必不使他们安宁的。"云妃说罢，掩面大哭。害得老宫人和阖宫的宫女也无不零涕，宫内只听得一片的涕泣声，惨雾愁云，满罩了一空。那赐白绫的内监，起先还是呆呆地跪着，瞧见云妃昏厥，他也暗暗着急。待云妃醒过来痛哭，宫人们一齐哭了，那内监慢慢地立起身来，也不住地陪着众人下泪。

大家哭了一会，那内监怕时候多了，皇帝见责，只得又半跪着将一幅白绫进与云妃。云妃接在手里，泪珠儿和珍珠断线似的，连头也抬不起来，哪里有这股勇力自裁呢？她越想越悲伤，也越哭得凄惶万状。内监见云妃不肯自裁，不由得发急道："时候不早了，请娘娘快自决了吧！"云妃其时知道无人来救援的，又经那内监的督促，看来万无生望，倒不如死了清净。主意打定，发了一个狠，提起自绫向着粉颈上一套，打了结扣，把两只玉臂张开，死命的拿白绫一拉，觉得喉咙里梗塞住了，气望上逆，非常地难过，手儿一松劲，香躯往床上便倒。你想照她这样的勒法，怎能够勒得死呢？那内监还当作云妃死在床上了，忙向前瞧看，却见云妃依旧呼呼地喘着气。那内监到了这时也顾不得许多了，便闭着两眼咬紧了牙齿，耸身跳上绣榻，在云妃的酥胸上一伏，两手绕住了白绫的两端，用死劲地拉着。可怜云妃被内监捺着，上身一些也不能转动，只把两只凌波的小脚，在床沿上乱蹬乱敲，老宫人和一班宫女们不忍目睹，都回过头去，掩着脸低声饮泣。约有一顿饭时，看看云妃的脚已跺蹬不动，两条腿软绵绵地躺着。那内监才松了自绫走下床来，云妃早直挺挺地死了。

照例宫监勒死了人，将白绫在死人的头上打一个对结，再割下死者身上的衣襟拿着前去复旨；然后由千秋鉴的太监检验一过，又去奏知皇上，禀明死者无讹，这才用棺木收殓。这时的内监他还是第一次勒死人，见云妃气绝，要紧走下绣榻，忘了把白绫打结，待到想着，忙俯身去拉那白绫时，这一吓把那内监的魂灵儿吓得飞上九天。因那内监勒云妃的当儿，闭着眼睛咬紧了牙

第三十九回　怀来县巨阉授首　锦鸡栅皇帝被掳

齿，不曾瞧见云妃的形状，此时回眼再瞧，见云妃粉脸青紫，额上满绷着红筋，两眼瞪出在外，舌吐寸许，青丝散乱，鼻孔中鲜血直流，嘴角边也淌着紫血，头上那幅白绫，东一块、西一块地遍染着血渍，几乎白绫变作了红绫了。那内监本来已用尽了气力，加上这一吓，手足越觉瘫软下来，半晌动弹不得。那老宫人恰巧回过头来看见云妃的惨状，"哇"的一声哭了出来。内监被她哭声一激，如梦方醒，只好硬着头皮把自绫在云妃的颈子上打了结，又扯了一方小襟，匆匆地复旨去了。英宗那时已喝得酩酊大醉，内监向他禀白，半句也没有听得，唯含含糊糊地点点头，内监便退出了仁庆宫，就门前的著衣镜里照，见自己的身上、脸面、手上都溅满了血迹。他不禁想起云妃临死的面目来，心里兀是害怕，忙望空跪下磕了一个头，祝告道："奴才是奉的上命，身不由己，娘娘在冥中切莫见怪。"祝罢，立起身自回他的伺候室去。

　　明天的早朝，英宗勉强出去听政，便有那千秋鉴的太监首领，奏陈已验明云妃的尸身，来请旨盛殓安葬。英宗听说云妃死了，不觉吃了一惊，把昨夜醉后所干的事一点也想不起来。赶紧退了朝，到仁寿宫来看云妃。走进宫门，就觉着阴惨惨的一种景象，宫女们都一个个哭得两眼红肿。那妆台上燃着一对绿烛，一阵阵的纸灰气味触鼻，绣榻上直挺挺地睡着云妃，身上遮盖着一幅红罗，黄缎掩着脸，情形很是凄惨。英宗走向榻前，忍不住去揭开那幅黄缎来。

　　这时云妃的玉容，已完全变了紫色，粉颈上系着的白绫依旧不曾解去，那种瞋目吐舌的形状，把英宗吓得倒退了几步。想起好生时的那样花容月貌和往日的情分，鼻子里一阵酸溜溜的，也不禁纷纷地垂下泪来。当下仍将黄缎盖上，回顾宫女们问那云妃的死状，由宫女将昨夜内监奉旨勒死云妃的经过禀述了一遍。英宗听了才想起晚上的事来，似乎约略还有些儿记得，只是不甚清楚。又把那赐绫的内监传来，那内监也照样陈说一番。英宗顿足叹道："这是朕的不好，叫云妃受了屈了！"说着滴了几点眼泪，吩咐尚仪局从丰收殓了，照贵妃例安葬。又亲下谕旨，追封云妃为贤孝贞烈穆贵妃，家族荫袭男爵，兄云龙擢为殿前都尉。英宗又以云妃死得惨苦，并诏天应寺方丈建醮四十九日，算是超度云妃。

英宗自误杀云妃后，深怪慧妃在醉中唆着自己，心上很是郁郁，足有两个多月不进仁庆宫。又为了怪慧妃的缘故，间接着又恨王振。所以值于谦参奏王振，英宗正触动牢骚，乘怒将王振训斥了一顿，气得王振在家里生病。

当云妃勒死的第三天，宫中就闹起鬼来，头一个见鬼的人，正是那夜勒死云妃的内监。那内监平日胆小，一到了天昏就不敢经过仁寿宫了。这天的晚上竟忘了那件事，走过仁寿宫的门前正当云黑风凄的时候，又不曾带着灯火，猛见云妃满脸血污，项上拖着白绫，立在仁寿宫门口。那内监吓得怪叫一声，跌倒在地上人事不省了。仁寿宫内的宫女等听得宫门外的喊声，掌了一盏纱灯，七八个宫人一齐拥出来。瞧见那内监倒在地上，嘴里的白沫吐得有三四寸高，大家当他是中了风，便七手八脚地把内监扶起来，由一个宫人去取了还魂香来燃了，在内监的鼻子里薰了一会，渐渐见他苏醒过来，大叫："吓死了！"睁开眼睛，见宫女们围绕着他，便颤着说道："可曾瞧见云娘娘吗？"众宫女听说，都呆着发怔，不提防那内监直跳起来，连连叫着："有鬼！有鬼！"一路带跌带爬地逃出去了。一般宫女也大半是胆小的，给内监这样一说，也抛了纱灯，吓得望四下里乱逃。

自那天起首，宫中天天闹鬼，初时不过仁寿宫的左右，渐渐闹到了晋福宫去。不多几天，长春、仁庆、永福、永春等宫，也

第三十九回　怀来县巨阉授首　锦鸡栅皇帝被掳

都闹起鬼来了。尤其是仁庆宫里闹得最厉害，慧妃不敢住在仁庆宫。其余的宫中往往桌椅自行移动，白日听得啾啾的鬼叫，晚上辉煌的灯火，转眼变了绿豆般大小，碧焰闪闪的，霎时鬼气森森，令人可怕。夜里到了三更天，宫墙上终有一阵的金光滚来滚去。那金光一闹，鬼声也就绝迹，待到金光没了，鬼又啾啾唧唧地闹起来，两下里好似约会好了一样。其实这金光并不是鬼，就是那侯沐生遇见的少年侠士来宫里找寻尤飞飞的踪迹，但是在各宫寻遍了，不见尤飞飞的影踪。

其时恰巧池州破获冒名选秀的王仁山，由知州鲍芳辰逮解到京，王振扶病起身，带了王仁山来见英宗皇帝。英宗命王振自去办理，王振又将这事委给兵部，由兵部尚书袁舟铭亲加勘鞫。仁山供出曾骗获秀女尤飞飞，现赠与南京某王。又勒索到金珠财帛若干，都积存在南省某处。袁舟铭录了口供，回报王振，王振又去进见英宗，把王仁山的所供从实奏闻。英宗见牵涉到南京的某王，恐酿出大狱来，便也不欲多事，只下谕磔死王仁山，余党处了绞决，将仁山的所有财资充公，牵涉株连的人一概免究。这道谕旨下来，那少年侠士得了消息，便去林寺中告知侯沐生，将仁山的案对沐生讲了，又说尤飞飞并不在宫中，实被王仁山骗去送给金陵某王，今飞飞还在王府里面。那少年侠士说罢，又赠了沐生盘缠，令他自回江南向某王去交涉，把飞飞要回来。沐生再三地拜谢，那少年侠士又化作金光走了。

谁知沐生到了金陵，闻得某王府里果然有一个侍姬尤飞飞，只可惜已于半年前自尽了。因王仁山把飞飞送往某王府时，飞飞知道受绐，不过还希望能乘机脱身出来和沐生破镜重圆。哪里晓得某王不肯放过她，时时和飞飞缠绕，甚至恐吓她要强做了。飞飞见不是势头，怕真个受了污辱，便偷个空儿跳在甃井自杀了。沐生听了，哭得昏过去几次，爱人既死，自己觉得生在世上乏味,竟去跳在河中,到水府里找尤飞飞去了。

再说宣宗八年,出师塞外剿平了鞑靼兀良哈。部众被明兵杀得七零八落,兀良哈部就日渐衰微,他的复仇之心却一日不去。这时正当英宗十四年,宫中钱皇后生了太子,英宗很为喜欢,弥月祭告太庙,赐名见深,即日册立为东宫。这里群臣正在致贺,西北的警报进京,却是兀良哈部结连了瓦剌部也先,兴兵入寇,把一座大同府城围得铁桶相似。西宁侯宋英、武进伯朱冕出城迎战,都大败一阵,朱冕阵亡,宋英受了重伤,入城后伤发身死。总兵杭艺、参将王良急得没法了,忙飞骑入京求救。

英宗接到奏报,不觉也着了慌,即招王振进宫,和他商议拒寇的策略。王振进言道:"从前先皇征服沙漠,都是御驾亲征的。目今陛下正在英年,若亲统六师,不但御了贼寇,也足以威服化外,使边地永靖,不是两全其美吗?"英宗听了,不由的兴致勃勃,随即下谕御驾亲征。又命郕王祁玉监国,尚书于谦、王直相辅,自和英国公张辅、侍郎邝野、监督王振等一列随驾。

当下统领着大兵五十万,浩浩荡荡杀奔塞北。兵至居庸关,兵多粮少,军马乏食,饿死的堆满道路,随驾群臣请御驾驻跸,王振只令进兵。将近大同,天忽狂风大雨,平地水深三尺,兵马在水里奔走,怨声遍地。王振下令,兵马改道宣府。正要起行,警报贼寇大至,王振命成国公朱勇分兵五万先去拒敌。那瓦剌部部酋也先,暗饬兵士埋伏在鹞子岭左右。朱勇兵到,也先两下杀出,朱勇抵挡不住,大败逃回,飞马报贼兵追来了。王振还在那里打算拖载辎重,群臣请驾走紫荆关,又被王振骂退。不一会,探骑如蚁附般来报,也先统领大兵来追。随驾诸将都准备迎敌,一面令兵马疾行,看看将到怀来县,群臣又来禀请道:"贼兵在后将到,不如暂入怀来县避锋。"王振大喝道:"你们晓得什么!"说罢只令兵马屯住,以便拒战。哪知也先的部众如潮涌般地追

第三十九回　怀来县巨阉授首　锦鸡栅皇帝被掳

来，逢着了明军，好似风扫落叶。大家无心御敌，只发声喊四散逃走。

这时王振也弄得手足无措，随驾的武臣如朱勇、张辅、陈宁、王贵、梁隽、徐宽等奋力挥械迎战，也先部众并力射箭，矢如飞蝗，不上半刻工夫，张辅等一班老臣，一齐死在阵中。御前护卫保着英宗逃遁，到了锦鸡栅，再看王振时，却伏在马鞍上索索地发抖。恼了御前卫官樊忠，指着王振骂道："你这丧心的逆贼，也有敛威的一天吗？这时贼兵四集了，你何不设法去退敌呢！"骂得王振一声不则，只把衣袖拭着颜上的汗儿，可是愈拭愈多，汗珠如黄豆般地直滚下来。樊忠越看越气，随手一掌打在王振的脸上，连牙齿也拍下了两个，满口是血，因此坐不住雕鞍，一个倒栽葱跌下，直跌得头破血流，王振便抱头大哭起来。樊忠愈愤道："如今是哭的时候吗？你既只有哭的本领，为甚要强掌兵权，陷害故人呢？"说道就腰间拔下一个铁锤，向着王振的头上只一下，任王振的头颅怎样地坚固，也击作了两半，脑浆迸裂死在地上了。

那时敌兵愈来愈多，也先望见黄罗伞盖，知是明朝的皇帝，便挥着兵士围上来，竟把英宗获住。

欲知英宗怎样得脱，再听下回分解。

明宫十六朝演义

（中）

许啸天◎著

吉林出版集团股份有限公司

第四十回　鼙鼓胡笳英宗陷沙漠
　　　　　　轻歌曼舞蛮女献殷勤

却说瓦剌部的人马把英宗团团围住，护卫樊忠战死，诸将多纷纷中箭落马，校尉袁彬、哈铭死力保着英宗突围。敌兵愈来愈厚，只望着黄罗伞盖围上来，看看兵将折伤垂尽，英宗还是困在里面。那时四边喊杀声震天，英宗坐在马上终日，已有些支持不住，由袁彬护英宗下骑，暂时在草地上休息。忽见卫兵呐喊一声，各自抱头乱窜，背后一员大将，挺枪骤马直杀入来。一眼瞧见英宗穿着黄袍，戴着金冠，知道是明朝的领军统帅，便喝令兵士们把英宗拥着便走。其时英宗的左右，死的死了，逃的逃散，只有袁彬、哈铭和内使王直、译官吴童官等紧紧地随着。

那掳英宗的大将，是也先宫中的前锋赛坡，当下拥着英宗来见也先。也先的兄弟伯颜见了英宗，忙私下对也先说道："俺瞧此人相貌不凡，决非是个常人。"参谋吕受也说道："某看他的装束，金冠龙服，不要是明朝的皇帝吧？"也先跳起来道："俺常思统一中国，至今未曾如愿。倘真能获得大明皇帝，那是俺夺取中国的时候到了。"于是令内监王永往认英宗。王永本明宫的太监，因和王振不睦，便愤投也先营中。这时王永至塞坡的帐中，不敢直入，只在外面张望。远远看见英宗闭目盘膝坐在地毡上，袁彬、哈铭诸人旁侍。王永看得清楚，慌忙来报给也先道："果然是明朝的皇帝。"也先大笑道："这是俺仗祖宗的灵祐，居然把大明天子也会俘来了。"伯颜在旁说道："明朝皇帝犹之神庙里面一个首领的木偶罢了，俺们把他掳来又有什么用处？他们皇族的子孙很多，难道不会再立别个的吗？况我们在塞外虽然算得强盛，到底是一个部落，明朝闻得皇帝被人掳去，他起倾国的兵马前来，俺们以卵敌石，怕不给他们洗荡干净吗？"也先正在兴高采烈的当儿，被伯颜这一席话说得好似当头浇了一勺冷水，呆呆地望着伯颜，半晌才说："依你又怎样的办法？"伯颜说道："依俺的主见，不如把明朝的皇帝送还了他，这样一来他们也自然见情，既不失和气，又可以免去俺们寇边开衅的罪名，岂不一举两美吗？"也先听了，踌躇说道："且缓着再议了。"于是就命伯颜把英宗皇帝带去，用礼节看待他不提。

　　再说英宗被掳的消息传到了京中，郕王、于谦等都吃了一惊，胡太后和钱皇后，以及璥妃、瑞妃、慧妃、钱贵人、马贵人等，一齐痛哭起来，宫中顿时一片的悲声。大家哭了一会，只是面面相觑地毫无办法。忽接到怀来县的奏报，说也先有牒文前来，愿送还英宗，但需金珠万万两作为交换品。这时贼势正盛，边庭的将领没人敢出兵交锋。朝廷也弄得十分为难，当下由胡太后、钱皇后并六宫嫔妃等把宫中所有金珠宝物都搜括起来，装了十二大车，派使臣赴也先的营里。谁知也先接到了金珠，仍拥着英宗北去。明朝的将士没奈何他，眼睁睁地瞧着也先把英宗掳去。这里由都指挥郭懋收拾起败残人马驻屯怀来。

　　那时京中人心惶惶，朝野皆惴惴不安。侍郎杨善等又上章请诛王振余党，郕王犹豫未决。中官马顺力言不可，众公卿齐声大骂，马顺也和内侍等回骂。尚书王直大喝道："马顺是王振的余党，应该先把他处罪。"声犹未绝，六部九卿的象笏并上，马顺挥拳相迎，到底寡不敌众，王直的一笏正击在马顺的额上，将额

第四十回　鼗鼓胡笳英宗陷沙漠　轻歌曼舞蛮女献殷勤

角击碎，眼珠突了出来。众官又一阵地乱踢乱打，把马顺击死在奉天殿上。杨善又倡议乘势捕逐逆党，一呼百和。大家奔到殿上，见王振的私人，不论是内监相卿，扭住便打。奉天殿上霎时人声鼎沸，秩序大乱。郕王慌忙躲人谨身殿内，外面众官鸟乱得一天星斗，连奉天殿的御案也推翻了。

这样地闹了一阵，众官又要求郕王下谕，将王振灭族籍家，郕王吓得不敢出声，由兵部尚书于谦护着郕王升殿，令内监金英传旨着锦衣卫往逮王振的家属及同党各官，立即正法。锦衣卫陈镒领了上谕，赶到王振的家里，捕了他义子王山、媳妇马氏和婢仆等，凡一百三十余口，并中官王永、毛顺的家眷，一并绑出市曹斩首。

那郕王经于谦、王直等护卫，胆子就渐渐地大了。他觑得英宗被掳未还，大位空虚，要想篡袭那个皇帝的位置。当时和中官金英等密议，着锦衣卫岳谦赶往怀来，只说是探望英宗，回来时假传英宗的旨意，命郕王祁玉嗣位。众官闻知也乐得做个人情，便纷纷上章劝进，郕王再三推辞，又由胡太后下谕，命郕王正位。郕王见时机已至，就老实受领，择吉登殿继统，百官三呼叩贺，这就是景帝。改正统十四年为景泰元年，立王妃汪氏为皇后，尊胡太后为上圣皇太后，晋钱皇后为圣皇后，追谥孙贵妃为皇太后，又尊英宗为太上皇。

其时也先又挟着英宗至大同，勒索金珠等物。广宁伯刘安搜括家资和文武众官所有的金银，一并车入也先的军中。也先又拥着上皇北去，刘安十分懊丧。内监蒙古人喜宁又偷出京城去投也先，把中国的虚实地理都告诉了也先，令他从紫荆关进兵，直入北京，驱走景帝，乘间定都燕京。也先听了喜宁的话，长驱往紫荆关。守关总兵谢泽领兵迎战，被也先杀败，谢泽阵亡。也先又借着送上皇还京的名目，赚开紫荆关，大兵直驱北京。经过良乡将至卢沟桥时，正值都督于谦率兵来迎。

当也先兵进紫荆关，都中警报好似雪片一样。景帝听报慌了手脚，忙拜于谦为大都督，总制天下兵马，率师御寇。于谦又请赦免都指挥石亨、总兵官杨洪。景帝准了奏本，着石亨、杨洪两将带罪立功。因英宗在锦鸡栅兵败，飞檄调大同人马，石亨正留守大同，恨英宗不明，令阉宦王振掌着兵权，他不愿听王振的指挥，所以坐视英宗被掳，石亨和杨洪竟拥兵不救。等到景帝登位，败兵回来把石亨、杨洪的罪名上控兵部。御史刘恒上书弹劾，景帝令大同总兵郭登捕石亨、杨洪下狱。如今得于谦的保奏，石亨、杨洪出狱后，便召集了部下劲兵，星夜来援京师。

这里于谦领着兵马杀出德胜门，行不上几里，已和也先的兵马相遇，两下里就大战一场，不分胜败，至天晚收兵。是夜于谦宣张轨、张辂两将进帐，授了密计，又对众兵士痛劝一番，真是说得声泪俱落。第二天的清晨，于谦便慷慨誓师，将士个个奋勇出兵和也先死战，张轨、张辂又从两边杀出，也先部众大败。于谦方挥兵追赶，又逢着杨洪、石亨的兵马自大同杀到，三路大兵奋力杀上，也先抵挡不住，领着败残人员连夜逃出紫荆关，仍拥着上皇匆匆地出塞去了。那于谦大胜一阵，收兵驻屯了三天，班师回京。各地闻京中获胜，自然人人争前，又大破了也先的余众，国内渐见平静。景帝因乱事以平，命开筵庆功，大封功臣，要算于谦为第一，加两级，晋少保衔。杨洪、石亨晋伯爵，张轨、张辂封子爵，士兵也各有犒劳。

那时上皇英宗被掳出塞，住在伯颜的营中，虽蒙竭力的优遇，皇上总觉得不惯。幸得校尉袁彬、蒙古侍监哈铭两个人不离左右。伯颜又把上皇移往自己的家里，进汤调羹都是伯颜的妻子亲自动手的，上皇心里很是感激。不过塞北的习俗无论是官是民，都住在牛皮帐里的，帐外便畜着牛羊马匹，人民不以财资为

第四十回　鼗鼓胡笳英宗陷沙漠　轻歌曼舞蛮女献殷勤

重，唯牛羊马匹愈多就算是富户了。盗贼劫夺也专掠牛羊马匹，人民备有枪械，往往和强盗对敌。如捕获盗贼时，并不报官讯鞫，只把获住的强盗载在牛车里，由事主派家丁多名，解往土官那里。一路上牛车慢慢地进行，家丁就拿强盗一个个地杀着，杀到土官的署门前，将杀下来的头颅计点了数目报与土官，土官便在册子上纪了年月日，杀盗若干名等字样，就算了事。

塞外的风俗似这般的野蛮，那上皇做惯了中国安乐尊荣的皇帝，叫他去住在这种沙漠地方，居处的是帐篷，饮食的是牛酪马乳、羊羔兽肉，骚膻腥味触鼻，怎样能够下咽呢？后来实在饿得没法，勉强拿些马乳充饥。上皇又时时想起了六宫的后妃，总是嗟叹下泪。袁彬和哈铭在旁又百般地慰劝，并伴着上皇往游塞外的名胜，如汉代的苏武庙，庙中遗有苏武牧羊所持的节竿和神像。

又有汉时的李陵碑，碑下记有宋将杨业尽忠的年月及宋将潘美破番奴的遗迹。又有昭君庙，庙塑昭君像，容貌栩栩如生。旁立两个侍女，一捧琵琶，一个执着金幡，前后殿宇很是壮丽，汉人往来此地，都要徘徊凭吊一番，才叹息而去。上皇这时翱游塞外风景，倒也稍舒忧肠，然每到了晚上听得那些呜呜胡笳声音，不禁又黯然下泪。正是有唐人所说的"不知何处吹芦管，一夜征人尽望乡"的概况了。

那伯颜的为人却不似也先，他对上皇非常地尊敬。依照伯颜的主意早就把上皇送还明廷了，偏是那太监喜宁和王永两人在也先面前竭力地阻挡。上皇得知，恨不得将喜宁、王永砍为肉泥。伯颜见也先没有还上皇的诚意，便亲自来安慰上皇，谓将来得机会终要送还中国的。上皇听了，很为见情，又常和伯颜谈谈塞外故事，两下里倒十分投机。伯颜又恐上皇寂寞，便替上皇去选了五六个番女来陪伴上皇。这五六个番女当中，算一个叫木猊的长得最是俊秀，还有一个叫玉米的也很是风骚。上皇在无聊的当儿，令番女们唱歌解闷。

到了三月的中旬，胡人祭石塔也算是个佳节。伯颜设宴给上皇称觞，伯颜的妻子阿剌哒哈喇亲来与上皇把盏。那哈喇也有几分姿色，上皇不觉开怀畅饮。正吃得高兴，急听得蛮靴橐橐，一个月貌花容的番女从帐后转将出来。只见她穿着一身藕色的舞衣，云鬟斜髻，脸上薄施着脂粉，显得她体态轻盈，妩媚多姿。上皇已有了酒意，目不转睛地瞧着那美人。哈喇便唤那美人过来参见了上皇，又命她在筵前歌舞起来。那美人嫣然地一笑，摆开了舞衣翩翩地带舞带歌，直是飘飘欲仙。上皇看了，赞赏不绝口。哈喇早瞧出了情形，笑着对上皇说道："这是奴婢的妹子，皇帝如不嫌她菲陋，不妨收她做个侍奴。"上皇微笑点头，哈喇便说道："可伦，快过来侍候皇帝。"可伦正在舞着，听得她姊姊叫唤，忙停了歌舞，盈盈地走到上皇的身旁，轻舒玉臂，执着金壶侑酒。上皇令可伦坐下，添上一副杯盘来，两人一杯杯地对饮着。

这一场酒宴，直吃到夜阑才把席撤去。哈喇出帐，上皇命袁彬、哈铭退下，就拥了可伦进后帐安寝。袁彬和哈铭侍在帐外未曾安睡，猛听得帐内一声的怪叫，袁彬拔了一把刺刀慌忙抢入帐中，哈铭急切间寻不到器械，竟掇了一把木椅随后追入，早一眼瞧见上皇赤身奔将出来，手臂上已鲜血淋漓，后面的番女可伦握着一把匕首，赤着上身，下体只掩着一幅红绸，气焰汹汹地直追出帐外。上皇大叫："袁彬救驾！"袁彬仗着刺刀大喝一声，将番女可伦拦住，那番女口里叽叽咕咕地骂人，苦地不懂她说些什么，意思大约要刺杀上皇。可伦一面骂着，飞身赶那上皇，袁彬更不怠慢，挺着刺刀阻可伦不许上前。可伦大愤，把匕首向袁彬刺来，袁彬用刺刀隔开，奋力执住她的粉臂，顺势一拖，"咔哒"

第四十回　鼗鼓胡笳英宗陷沙漠　轻歌曼舞蛮女献殷勤

地一响，可伦已直挺挺地跌倒在地，袁彬上前，把可伦捺住。

这时哈铭也已赶到，见袁彬将可伦打倒，便抛了木椅帮着来捉可伦。谁知可伦倒有几分蛮力，不提防她突从地上直跳起来，袁彬按不住她，反被可伦掀了个斤斗。可伦得了空，一刀向袁彬刺去，哈铭喊声"哎呀"，要想去阻隔是万万来不及了，赶忙窜身上去，把可伦的两腿尽力地一扳，可伦站不住脚，如玉山颓倒地仆了下去，恰巧跌在袁彬的身上，袁彬掷去手中的刺刀，趁势将可伦抱住。可伦只把匕首乱刺，袁彬腾出一只手来，死命地捏住可伦手腕，两人在地上争做了一团。上皇在一旁看得呆了，哈铭却奔入帐内，取了一条绳子，先拿可伦的两条腿缚住了，和袁彬一人执住可伦的一只手，将她反绑转来，捆得结结实实。

袁彬这才爬起身来扶上皇进帐更衣，又令哈铭扬着刺刀，吓逼那可伦招供。哈铭是蒙古人，懂得可伦的说话的，起初可伦不肯吐实，被哈铭在她腿上戳了一刀，痛得可伦在地上打滚。哈铭又被迫她招出来，可伦才直认是受也先的差遣，伯颜和哈喇是不知情的。

原来，也先的妻子密哈知哈喇、可伦两人算是表姊妹亲。也先掳住上皇，本想据为奇货的，哪知真应了伯颜的话，明廷已立景帝，也先挟着上皇竟是废物，所以起了加害之心，然碍着伯颜夫妻的面子不便下手。于是私下着他妻子密哈贿通可伦，命她迷惑了上皇，乘隙刺杀了他。事成之后，允许可伦做个王妃。可伦听了密哈的一片花言巧语，自给她说得心动！便当面答应了。去要求哈喇，愿终身侍候中国皇帝，哈喇见她妹子肯这样，哪里有不赞成的道理，就在佳节的那天叫可伦出来与上皇侑酒，晚上令她去侍寝。岂知可伦怀了歹念，身畔暗藏着利刃，上皇醺醺的回帐，带醉去替可伦解松了罗襦，轻轻搂她的纤腰，可伦往后退让开去，上皇索性两手把她一抱，那可伦围着的红绸上，恰恰插着一口匕首，上皇那手臂弯过去搂她，正抱在匕首的尖头上，因过于用力了些，刀尖刺进臂中有半寸来深，痛得上皇怪叫起来，忙释手往外飞逃。可伦见事已败露，抽出匕首来追，劈头撞着袁彬，又经哈铭一帮助，任你番女最厉害些，到底敌不过两个壮年男子，就此被哈铭绑住了。

当时哈铭听了可伦的口供，便来陈知上皇，袁彬不觉叹口气道："俺们奉皇帝住在这里终是很危险的，俺看伯颜倒尚有忠义肝肠，明天大家哀求他设个法儿，送皇帝还了朝罢！"哈铭说道："咱们也是这样想，只是处在也先的势力下面，怕未必办得到呢！"两人说着，上皇却默默不语。哈铭又道："现把番女绑着，怎样发落她？"袁彬道："且将她拖入后帐，待明日伯颜处置就是了。"上皇略略点头，两人便到帐外来拖可伦，可伦只当是要拿她处死了，却同杀猪般叫喊起来。

正在这个当儿，忽听得上皇又在帐中叫唤。袁彬早听得清楚，三脚两步地直蹿去，只见一个番儿，短衣窄袖，红面饱鼻的，方仗着利刃向上皇头顶上劈去。袁彬喊得一声"哎呀"，自己手里又没器械，真是危急极了，只得奋臂去挡住番儿的刀口。说时迟、那时快，袁彬的手臂迎上去一抵，擦的一声把手臂砍了下来。上皇已乘此从袁彬的臂下钻过，飞奔跳出帐外，哈铭已仗着刺刀赶入来，一手推开袁彬便和那番儿交手。袁彬被砍去一支左臂，痛得他几乎昏倒，就咬紧了牙齿去帐中寻了一把铜锸，狠命地来斗那番儿。那帐外的王真和吴童官也被可伦的喊声惊醒，两人忙赶入帐中，正逢见上皇很慌张地逃出来，两人知是有变，飞奔到后帐来瞧，灯光下看出哈铭、袁彬和一个人厮打，可是王真和吴童官两个人都是文职，不敢上前帮助，只遥立着呐喊助威。

这样地一闹，那帐外的守兵和伯颜夫妻两个都惊醒过来。伯

第四十回　鼗鼓胡笳英宗陷沙漠　轻歌曼舞蛮女献殷勤

颜提着大砍刀，哈喇掌着灯，夫妻两人也赶入上皇的帐中。哈喇眼快，已瞧见上皇躲在篷角里索索地发抖，忙叫："皇帝在这里了！"伯颜听了，晓得帐内出了岔儿，仗着大砍刀飞身跑到后帐，恰遇哈铭和袁彬敌不住那番儿，一步步地倒退出来。伯颜大喊一声，打个箭步上前，挥刀接住番儿交战。那番儿如何敌得住伯颜，不到三个照面，被伯颜一腿扫倒，守兵们蜂拥进来，将那番儿获住。伯颜喝令绑出帐外，哈铭已扶了上皇回帐，袁彬只捧着断臂坐在竹笼上，面色白得似金纸一般。伯颜同哈喇一面安慰着上皇，回头叫把番儿推上来。伯颜细看，认得他唤作亚木儿，是也先帐下的卫卒。伯颜心里明白，一时倒觉得有些为难起来。不料哈铭又去拖了可伦到伯颜的面前来一摔，伯颜见了可伦，不由得大吃一惊，两眼只瞧着哈喇，半晌说不出话来。哈喇方要问哈铭为甚绑着可伦，还没有启口，忽听帐外喊声大震，也先一马当先杀入帐来。

不知也先为怎样杀来，且听下回分解。

第四十一回　柳掩春台皇后见废
　　　　　　　香飘月府天子还都

　　却说可伦侍候上皇，伯颜经哈喇告诉他，当时伯颜也很赞成。现在见可伦赤体被绑，很觉摸不着头脑。正在呆呆地发怔，忽听得帐外喊声大震，也先领着猛将赛坡、塔迷列并一千名兵士在帐外团团围住，大叫伯颜出来答话。

　　小校飞报入帐中，伯颜听了，提刀上马，见也先立马在门旗下，指天划地地痛骂。伯颜也领三四十个小校在帐前摆开，大踏步抢上前去，高声说道："大兄深夜带兵来此做甚？"也先喝道："谁有你这个兄弟！俺几次叫人来砍那瘟皇帝的脑袋，你为什么偏要和俺作对？如今俺的卫士亚木儿哪里去了？快好好地送出来，免伤往日的和气。否则俺便指挥人马杀进你的帐去，那时休怪俺无情了。"伯颜见说，冷笑道："咱当作什么大事，要这样大动干戈，原来只为了一个卫卒，却值得这般小题大做，那么咱们保护明朝的皇帝，不是要天也翻转来吗？"也先正恨伯颜保护上皇，这时见他直认不讳，不禁越发大怒道："你敢是真替瘟皇帝保驾吗？"伯颜笑道："那是你委给咱的，怎敢不尽心竭力呢？"也先气得咆哮如雷道："反了！反了！俺今天和你势不两立，大家就拼一下吧！"说着挥刀似泰山压顶般望着伯颜的头上劈来，伯颜叫声好家伙，也舞起大砍刀相迎。兄弟两个一来一往，一马

第四十一回　柳掩春台皇后见废　香飘月府天子还都

一步，战有五六十个回合。也先坐在马上和伯颜交手，觉得十分吃力，便大喝一声，奋力一刀挥来，伯颜急忙闪过，也先已借个空儿，翻身下马，就兵士手里换了一把鬼头刀，飞步来斗伯颜。两人又战有二十回合，仍不分胜败。也先部下的将领塔米列，看看也先战伯颜不下，忍不住舞动点钢枪也来助战。伯颜力敌两将倒还不放在心上，谁知那边的赛坡，竟指挥军士齐上，把伯颜围在垓心。这里哈铭和袁彬也立在帐前观看，见伯颜被困，袁彬因臂伤不能出阵，只有哈铭一个人不敢远离上皇，眼睁睁地瞧着伯颜四面受敌却无人去救他。伯颜力战也先和塔米列已累得浑身是汗，怎经得兵丁齐上，叫他怎样抵挡得住。

正在危急万分，忽然东南角上喊声又起，也先的人马都中箭落骑。只见一队生力军奋勇杀进阵来，为首一员大将，仗着一口三尖两刃刀，杀人如砍瓜切菜一样，塔米列大吼一声，舍了伯颜来奔那员大将，步马交手只一合，那大将手起刃落，把塔米列砍翻在地，一骑马直驰到中央。伯颜看得清楚，正是自己的儿子小伯颜。这时伯颜的精神陡振，奋勇杀败也先，父子两人东冲西突，如入无人之境，看得个哈铭和袁彬立在帐前哈哈大笑。原来伯颜和也先斗口的当儿，哈喇看出也先的来意不善，慌忙从后帐溜回家里，立即唤起她儿子小伯颜，令他领着五百名健卒，先去救应，自己率领着伯颜的部将，押着大队在后徐进。

伯颜的父子两人把也先的人马大杀一阵，也先大败。猛将赛坡保着也先走脱。伯颜大胜一阵，当即鸣金收兵。哈铭、袁彬忙来接他父子进帐，才得坐定，又听得帐外人喊马嘶，箭声乱鸣，伯颜惊道："也先那厮又来了吗？"只见小校来报，却是伯颜夫人亲统大兵到了，伯颜才得放心。不一刻，哈喇同了部将纪灵、马斯、布勒、邓靓等进见伯颜，各人慰问了几句；上皇也从后帐出来，再三地向伯颜道谢。伯颜又命将亚木儿带出去，可伦经伯颜夫人讨情,当即付给哈喇带去。

这时帐篷里黑压压地站满了人,除了伯颜夫妻和小伯颜外,有四个部将,哈铭、袁彬、吴童官、王真,并侍候上皇的六个番女,都起来看热闹。伯颜定了喘息,对四个部将说道:"也先虽然败去,他一定心里不甘,明天必来报仇。烦列位小心拒敌,莫被他占了便宜去。"四将领命,便行礼退出。伯颜笑着向上皇道:"陛下勿忧,也先的兵力大半在俺的地方,现既和他翻脸,就始终坚持到底,料他也做不出什么大事来的。"上皇点头微笑,又赞着伯颜父子的英武。伯颜正色道:"俺不是自己说大话,在十四的那年,俺父王做着瓦剌部酋,要选一个武艺高强的人,拜他为大都督,但要举得起殿前的一座石塔,也先那厮只能托起离地三尺,俺偏举了石塔在殿前走了一转,部落中著名的勇士也看了咋舌。今已人老珠黄,壮年的事只好算过去罢了。"说罢仰天大笑。哈铭等也赞叹一会。天色已渐渐破晓,营中呜呜地张早餐号了。伯颜吩咐侍兵严守帐外,自己和上皇暂人后帐休息。

那也先被伯颜战败,匆匆收兵检点人马,三停中折了两停,一千名只剩得三百多个。也先愈想愈气,便和赛坡商议道:"伯颜竟和俺反脸了,但俺的兵权却完全在他手里,那可没有办法了。"赛坡道:"这样说来,和他变脸是不值得的,不如替他议和,咱们就暗中取事,不是比较开战好得多吗?"也先想了半晌,觉得也只有这条路。于是命参军乌利向伯颜去议和。伯颜是个直性的人,究竟是自己手足,当下设了一席酒筵,和也先释去前嫌,重归旧好不题。

再说景帝登位,封德妃汪氏为皇后,旧有的两个妃子,一个封桓妃,一个封纪妃。那个纪妃是盐城人,她的父亲纪正言,从前在宣宗时做过一任武职,后来和他儿子纪雄因出征塞外,阵亡军中。景帝为郕王的时候,听闻纪正言的女儿珊珊艳名甚盛,便

第四十一回　柳掩春台皇后见废　香飘月府天子还都

下聘做了妃子。论到桓妃和纪妃，两人里算纪妃最美。郕王未娶汪后之前，纪妃已经入门了。等到汪后娶来坐了正妃的位置，纪妃就此压倒下来，凡纪妃平日的权柄渐渐被汪后夺去。纪妃心上如何肯甘？因而两下里不睦，暗斗异常地剧烈。郕王登极，汪氏又做了皇后，纪妃只封得一个妃子，纪妃越发觉得不高兴了，私下便遍布党羽，要和汪后捣蛋。妃子同皇后两下里几次闹翻过，经景帝从中调解，算不曾闹出事来。

这时景帝又纳了个琼妃，圣眷很是隆重。那琼妃是冀州人，姓杭氏，芳名唤作薏蓁，年纪还只有十六岁，出落得花容月貌，如洛水神仙。景帝爱她不过，便正式册立为琼妃，又替她盖造起一座紫云宫来。这座宫殿建筑得极其讲究，什么草木花卉、楼台亭阁，真是五光十色、应有尽有。别的不去说它，单建那座紫云八角亭，足花去了几十万的国帑。亭的四周都拿水晶嵌缀起来，把五色的宝石、最大的珍珠去镶嵌在壁里，全用白石砌阶，翡翠嵌出各种花彩。人若走入亭花中，珠光宝气、耀目欲眩，晚上燃起灯来，霞光灿烂，十步内休想瞧得清亭中的人物。亭边又有一个温泉，下直通宝带泉，泉水微带温热，将泉水洗浴可以祛病延年。无论是厉害的疮疥毒症，一入这泉里洗过两三次，疮疥立刻消去，尤其是没有疤痕。琼妃自小就有洁癖，天暑天寒，终得洗个澡。景帝为的琼妃要洗澡，特地建亭凿池，那池底通着宝带，当时工程也可想而知了。如今那宝带泉的遗迹，还在北京笔架山的平壤中，俗名唤作汤泉，泉水含有硫质，所以热度很高，清朝时亦为禁地。泉的四周围着白石雕栏，旁有浴室，建筑很是精致。至民国温泉开放，任人洗浴，那泉水的确能治皮肤症。因硫磺质有杀虫的功效，疥疮等溃烂都是微生虫巢在人体的毛孔上才弄成腐溃起来。倘把虫杀灭，也自然痊愈了。这是闲话不提。

再说那紫云亭既这般精美，琼妃竟为澡堂一样，亭的左侧置有一个白玉的宝座,琼妃从温泉里洗罢起身,由宫女扶上紫云亭的宝座上,琼妃便伸手躺腿地睡着。宫女们拿轻软白绫,替她周身揩拭,又把高丽进贡来的海绒上下擦遍了,打开一匹碧罗,给她轻轻地披在身上。那海绒的佳处,能收干水气,可以使肌肉温柔。加上琼妃的雪也似的一身玉肤,经那海绒摩擦,愈觉得细白腻滑了。景帝到了高兴时,就来坐在温泉的石墩上,叫宫女张着华盖,看那琼妃洗澡。待她洗好,宫女们扶持她上紫云亭,景帝也跟着她到了亭中,四周的水晶光回映出来,变成了五六个琼妃的倩影。她那玉肤给晶光一耀,益显出她肌肤洁白柔嫩了。景帝瞧到了情不自禁起来,便挥去侍候的宫女,和琼妃在亭上玩一会儿。至天时寒冷,温泉上可以张起暖篷,一点风也不透的。紫云亭里四周有百叶螺旋门装着,预备冬天遮蔽风雪。亭底本是掏空的,可通亭外的暖房。暖房里面,烧着几十盆燃炭,把一杆铜管去置在紫云亭的四壁,那一缕温热从铜管中送到亭内,坐在亭中的人,好似二三月里的天气,虽大雪纷飞也不觉得寒冷了。琼妃坐的那个白玉宝座,又是天生的温暖,冬暖夏冷,盛暑的时候坐上去,汗下如雨的人立刻两腋风生,凉爽无匹;严寒的时候坐在玉座上面,薄衣能够御寒。有这几种好处,琼妃爱得什么似的。紫云亭上,琼妃一个人之外,只有景帝能去游玩,其余的无论是什么人,休想上得亭去,简直连正眼也不敢觑一觑。

纪妃见景帝宠任琼妃,乘势也来凑趣,把个琼妃奉承得万分的喜欢。琼妃见纪妃对于自己总是低头顺气,当她是个好人,常常在景帝面前替纪妃说些好话。景帝听了琼妃的枕上言语,把纪妃也就另眼相看,一个月里总召幸她一两次。纪妃愈要讨琼妃的好,遇到景帝临幸时假意推让着,景帝很赞她贤淑,琼妃闻知,自然越真信纪妃是真情对己了。独有那桓妃却瞧不出风头,为了一句话触怒了琼妃。不到三天,景帝的谕旨下来,贬桓妃入了景

第四十一回　柳掩春台皇后见废　香飘月府天子还都

寒宫。

　　这景寒宫是宣宗时的莲房，因多年没有修葺，弄得荒草满径，走进去很是凄凉。桓妃虽是不愿意，但圣旨岂可违忤？只得硬着头皮去居住。你想偌大一座景寒宫，前前后后两个管门的内监，桓妃的两个老宫女之外，再找不出第五个伺候的人来。黄昏人静，飞萤入帐，阶下虫声唧唧，风吹落叶萧萧，一种寂寞孤凄的景象，真令人悲从中来。何况桓妃又是个失宠的贵妃，昔日繁华，转眼犹如尘梦。悲咽抑郁，渐渐地染成了一病，竟死在景寒宫中了。景帝听得桓妃死了，回忆前情，命依贵妃礼安葬。那两个侍奉的老宫女晦气，做了桓妃的殉葬品，一丘荒冢旁，替她多了两个女伴，想桓妃死的孤魂倒不至于寂寞的了。

　　自桓妃贬死，六宫的嫔妃谁不心惊胆战，人人有朝不保暮的概况。琼妃也恃着宠幸，愈发施弄威权，宫女等稍有违逆，即令下杖，可怜一般红粉娇娃，枉死的也正不知多少。那琼妃毫不在意，而且逐渐霸到汪皇后的头上去。汪皇后的为人也是个狡谲诈伪的能手，只准她去制服别人，岂肯她被人制呢？起初琼妃进宫，尚按着礼节到朔望去朝皇后，后来圣宠日隆，琼妃便夜郎自大，竟不把汪后放在眼里了。汪后是何等乖觉，她觑知琼妃获宠，势焰方张，自己不便去捋虎须。所以琼妃胆也越肆，不但朔望不朝，并佳节元旦也不去向汪后行礼了。汪后却打定主意，只把人不犯我、我不犯人做前提，自己顾自己，她做她的贵妃，我为我的皇后，倒也相安无事。

　　谁知那不守本分的纪妃，是愁太平、巴有事的一类人物。她心里和汪后不睦，自知势力薄弱，就暗下来撺掇琼妃，设法弄倒汪后。琼妃其时欲心渐炽，满心想坐那中宫的位置，恨那汪后没甚坏处捉着，不好在景帝面前进言。现见纪妃和自己一路，当她是唯一的帮手。于是两人日夜密议，要把汪后推翻，琼妃便掌正印,纪妃做嫔之长。她们自己支配好了,便贿通了总监廖恒、司衣监项吉,叫他们觑见皇后的间隙,得着了消息即来报知琼妃。琼妃便召纪妃商议,四个人在那里暗算着汪后,汪后连做梦也想不到的。

一天事有凑巧,正值汪后的幼弟云生随着彤史内监何富,进宫翱游各处。依明宫的规例,外戚不奉宣召是不准进宫的。从前太祖的时候,国舅吴桢曾杀过一回宫眷,太祖恨极了,在祖训里面载着:"凡是外戚,须皇帝有谕旨方许进宫,如系皇后的懿旨,也须有皇帝御宝为证,不然作引奸入宫论。"云生因认识何富,欲进宫去探望他的姊姊,却又碍着规例。经何富替他设法,好在云生是个未冠的童子,就命他装成宫女的模样跟随何富进宫。汪后接着云生,姊弟相见,自然十分亲热,讲了些闲话,云生要求往各宫游览,汪后仍令何富导引。太监和宫女同行原是常有的事,但云生究属改扮的,形色上到底有些两样,恰恰被司衣监项吉遇见,瞧出了云生的形迹,便问何富:"这宫人是哪一宫的?"何富心虚,被他一口就问住,呐呐地答不出话来。项吉越是疑心,忙去报知总监廖恒。廖恒立即派了内监两名,把何富和云生扣留起来,一面差内监去飞报琼妃。

琼妃借此奏陈景帝,谓汪后私引男子进宫,加上些不好听的话,说得景帝果然大怒,命提云生、何富亲自勘鞫。云生供是汪后的幼弟,改装宫女是实;何富也承认引导是奉汪后的懿旨,把一场祸事却推在汪后一个人的身上。景帝见云生是外戚,有心要宽宥他,偏是琼妃在旁怂恿,景帝又复怒气勃勃,随即下谕,云生遣戍,何富腰斩。琼妃竟代景帝在云生的名下判了一个斩字,可怜云生一条小性命,就此保不住了。第二天早朝,大约又是琼妃的鬼戏,景帝突然提出废黜汪后的事来。廷臣如于谦、王直、杨善、李实等,纷纷交章谏阻,景帝格于众议,也只得暂时

第四十一回　柳掩春台皇后见废　香飘月府天子还都

搁起。

及至到了明年的春二月里，正百花齐放，万紫千红的时候，琼妃居然生下一个太子来了。景帝这一喜非同小可，朝中连日大张庆筵，景帝亲祀宗庙，赐名见济。琼妃自生太子后，威权愈大，圣眷也益隆，景帝便下旨废去汪后，立琼妃杭氏为皇后。虽有群臣苦谏，景帝只是不听。兵部尚书于谦侍景帝夜宴，突然垂泪，景帝诧异道："卿有什么心事吗？"于谦顿首奏道："汪皇后未有失德之处，今陛下无故废立，愚臣蒙圣恩位列六卿，将来史笔直书，必詈愚臣等不能规君于正，转导君于恶，后世恐被唾骂，以是很觉自愧，不禁垂泪，幸陛下恕。"景帝听了于谦的讽谏，沉吟半响，毅然决然地道："朕意早决了，卿且勿多言。"于是实行把汪后废去，正式册立杭氏（琼妃）不提。

再说上皇英宗在伯颜的营中，那也先常派人行刺，终不曾得手，也是上皇命不该绝，一半是伯颜保护得周密，令奸人计不得逞。上皇以哈铭是蒙人，命他致意伯颜的夫人哈喇，劝伯颜早送上皇还国。哈喇就拿话激伯颜道："也先虽与你和好，但他却对左右说：'伯颜敢送上皇回都，俺必不使他成功。'"伯颜听了，大怒道："也先料我不敢，咱偏要这样做。自明天起，咱便亲送上皇回国去。"是年八月，伯颜即大张筵席给上皇饯别，哈铭、袁彬、昊童官、王真等都欢欣鼓舞。伯颜又亲与上皇把盏，令那六名番女出来，歌舞侑酒。上皇见回国有日，也开怀畅饮。酒阑席散，伯颜就点起五千名健卒，着邓靓、布靳为先锋，小伯颜居中锋，伯颜自己督队，上皇的车驾列在中间，一路上旌旗招展，戈戟森严，直向居庸关进发。

有一天，经过苏武庙，将至黑松林地方，天色已晚了下来，伯颜传令，人马暂时扎营。这天的晚上，伯颜又和上皇痛饮，并拔剑起舞，亲唱骊歌一曲，伯颜歌来，声韵凄怆，上皇也不由得下泪，酒罢安寝。一宿无话。明日破晓，伯颜令军士造饭已毕，拔队齐起，正行之间，忽听得弓弦响处，"飕"的一箭飞来，恰巧中伯颜的咽喉。伯颜翻身落马，兵士就此鸟乱起来。上皇大惊，待要跳下车来逃命，只见哈铭骤马至驾前，喘息着道："贼兵来追，咱们快往野狐岭躲避吧！"说毕挽了上皇的车驾飞奔上岭。

不知是哪路人马追来，再听下回分解。

第四十二回　骏马游街徐梦兰吐气
　　　　　　　紫微入室李太岁扬威

却说哈铭和小校拖着上皇的车驾避入野狐岭，不到一会，袁彬、王真、吴童官等也陆续上来。大家登岭遥望，但见旗帜蔽天，人马汹涌，正是也先的军马。上皇惊得面如土色，回顾哈铭道："现在伯颜已死，也先又来，这却如何抵御？"哈铭未曾回答，早见小伯颜领着布靳、邓靓两将飞马杀出，大叫："也先还俺的爸爸来！"也先挺刃骂道："乳臭小子，你老子一世英雄，尚死在俺手里；似你这般小孩子，莫来送死，快回去安守本分，俺念手足情饶你的狗命。"也先话还未毕，小伯颜的马快转眼已跑到也先面前，恶狠狠地一刀劈去。也先忙挥刀架住，小伯颜用力过猛，也先的虎口几乎震开，身体坐在马上乱晃。赛坡在旁也仗刀来迎，这里布靳、邓靓两将并上。

　　五个人、五骑马，风车般地团团打战。小伯颜的一口三尖两刃刀更使得神出鬼没，看他一手把刀舞得水泄不透，左手却潜去腰里抽出一枝竹节钢鞭来，扬鞭只是一下，打得那赛坡大喊一声，弃了刀伏鞍败走。布靳不舍，紧紧地追去，看看赶上，不提防赛坡暗暗抽箭在手，就鞍上取下雕弓拈手搭箭，觑得亲切，向布靳一箭射来，布靳只当他受伤甚重，不曾提防他放冷箭，待矢到眼前，要想闪躲已是不及，"哎呀"的一声中箭落马。赛坡见了大喜,便兜转马头,跳下坐骑,拔刀来取布靳的首级。正俯身下去,猛见布靳从地上直跃起来,随手一刀刺入赛坡的前胸,刀锋直透后心,布靳才翻身栽倒。原来布靳中的是毒药箭,为塞外交战品中唯一的利器。这箭如着在人身上,立时见血封喉的。不知布靳怎么会死而再起,刺中赛坡。赛坡忍痛割下布靳的头颅,自己也忍不住扑地倒下。

也先前见赛坡中了小伯颜一鞭,也无心恋战,便策马落荒而逃,邓靓加鞭欲赶,小伯颜道:"布靳还不见回来,俺们就穷寇莫追吧!"邓靓真个不追,只把也先的余众大杀一阵,其他都说愿降。小伯颜和邓靓收了人马,却失了布靳,慌得小伯颜要亲自去寻,邓靓再三地阻拦。忽听小校来报,布靳与一敌将,并死在草坡下,那首级还在敌将手里。有追去的马弁,把布靳中箭落骑刺杀敌将的话,从头至尾说了一遍。小伯颜顿足大哭道:"布靳是俺父亲部下四杰之一,今初次领兵就折丧了一个,叫俺有甚面目对得住诸将,俺不如也随布将军去吧!"说毕拔剑自刎。吓得邓靓忙扳住宝剑道:"为将难免阵上亡,布将军战死是替国宣劳,又不是小爵爷害他的。王爷新丧,小爵王要再有长短,是令王爷成了一场空,那更觉对不起祖宗了。"小伯颜听说,慨然说道:"俺没邓将军提醒,几乎误了大事。"当下便令小校把敌将的尸首拖过来,小伯颜亲自动手,先一剑砍下赛坡的头颅,又挖出心肝五脏,设了香案。小伯颜奉着布靳的灵位,叩首致祭。祭罢放声大哭,将士都为下泪。一面又命备了上等棺木,依汉族的礼节葬殓。诸将见小伯颜待人仁厚,个个心上感激,此后每逢到了出兵,人人争先冲锋,奋不顾身地去效死。那都是小伯颜善于用人,和老伯颜可算得是父子,所以终成大事。

那时小伯颜见各事料理妥当,领了邓靓往谒上皇,哭拜在地,将老伯颜被也先暗算,并布靳阵亡、杀败也先的话细细奏

第四十二回　骏马游街徐梦兰吐气　紫微入室李太岁扬威

陈，上皇安慰小伯颜道："你父为朕尽力，尤见忠诚。朕得安然还都，必定重重地酬谢。"小伯颜听了转悲为喜，忙叩谢了上皇，即传令护驾起行。这时太监喜宁从也先军中逃回，上皇想起他的前恨，假意以好言抚慰，令先赍书入报景帝和胡太后，书中暗记着喜宁的罪恶。喜宁到了京师，捧书入朝，景帝读了上皇的手牍，入白胡太后，即下谕朝林院侍读商辂，太常寺卿许逐荣，侍郎高毂、御史王文、大学士高颜等，赴居庸关迎驾；一面又将太监喜宁磔死市曹。喜宁自谓赍书有功，大叫无罪，监斩官马雄叱道："没有你怂恿也先，上皇早就归国了，还说无罪吗？"喜宁才低首受戮。

光阴如箭，不日上皇的车驾到京，仪仗护卫因景帝不许铺张，故此很是简单。其时景帝闻报，亲自出城十里相迎。上皇忙下车，见了景帝，握手流泪，景帝心里自觉惭愧，不由得也垂下泪来。其余胡太后以下，钱皇后、慧妃、璷妃、瑞妃、钱马两贵人以及文武大臣等，无不伏地痛哭。上皇也挥泪安慰。景帝便推让帝位，上皇哪里肯答应，只令众大臣起去，自己奉了胡太后，领了钱皇后、慧妃、贵人等等，竟回南宫居住。这所南宫，本在东华门外，还是从前建文帝时的行宫。

上皇既已归国，便大赦天下，又亲下谕旨，封小伯颜为瓦剌部都督。当日随同去塞北的蒙人侍卫哈铭，擢为殿前都指挥。袁彬断去一臂，晋爵武进候。吴童官和内史王真均加伯爵。又命特开恩科，征取人材。是年正逢大考，各地会试的举子纷纷进京，因为这科场上面就弄出事来，酿成上皇和景帝大家起了猜忌之嫌，以是发生出后来夺门复辟的怪剧，那是后话不提。

再说浙江的定海县中，有个秀才叫徐梦兰，平日为人很不安分，专好教唆讼事，他就于中取利。定海一县的人没有哪个不晓得徐梦兰的，人家怕他的一枝笔头厉害，绰号称他为"徐老虎"。

梦兰也自恃才学，越发舞文弄墨，凡新任的知县到来，须先去拜望梦兰才得相安无事。但梦兰如有什么讼事来署中委托，不论是非，至少要给他占着三分面子。倘若得罪了梦兰时，他便想出促狭法儿来，使得知县为难。再不然寻些疑案子出来，弄到你连官也做不成了。那徐梦兰在定海县里独霸一方，渐渐把他的名儿传扬开去，一班做官的也都知道了，有到定海做知县的，将拜望徐梦兰的事看得和圣庙拈香一样地重要，深怕获罪这位徐老虎，那官就做不安稳了，不得不向他低头三尺。

浙江的巡抚杨朝荣素闻徐梦兰的才名，尝遣人致聘他为幕宾，梦兰拒绝道："我要做官时，皇帝来请我才去；若论做幕宾，我却嫌杨巡抚的官职还小，他署中恐容我不下呢！"使者把徐梦兰的话据直回复了杨抚台，气得个杨朝荣须儿根竖起，拍案大怒道："俺当徐梦兰是个才子，所以不惜降尊前去邀请，哪里晓得是一个狂生，俺要他来署中，竟学刘四骂座吗？"这时有和徐梦兰不睦的胥吏，或是吃过梦兰苦头的致仕官僚，乘间在杨抚台面前讲徐梦兰的坏话，说他包揽诉讼、唆人斗殴、盗卖公产、迫良为娼等，种种劣迹一齐搬出来。杨抚台听了，越觉忿怒，恨不得把徐梦兰逮捕到省，当场痛责他一番，以出诽谤自己的恶气。

事有凑巧，恰有个济宁人叫俞印的，号叫五刚，奉宪谕分发定海。俞五刚做知县，这次已第七任了，为人干练明察，善于断狱，官声也极好，本应早升知州，奈他生性刚愎，不肯奉承上司，做了二十多年的官，仍然这样调来调去，依旧是个县尹。这一番往宰定海，还是布政使袁尚保举他的。杨抚台知他做官清廉，等俞五刚到署中谢委的时候，便把徐梦兰的事嘱咐他，叫他获得徐梦兰的赃证后切勿留情，只管按律惩办。

俞五刚辞出抚署，即日起身到任。他进县署的第一天，胥吏私下照知俞五刚，命他循着前任的规例先去拜会徐梦兰。俞五刚

第四十二回　骏马游街徐梦兰吐气　紫微入室李太岁扬威

不听犹可，一闻得"徐梦兰"三字，不禁勃然大怒道："俺官职虽卑却是受朝廷之命，只知安民治案，不知什么的缙绅。况这徐梦兰是一种破书党的余孽，俺身为父母官倒去拜望一个秀才不成。"胥吏等见五刚言语倔强，知道他不曾尝着徐梦兰的辣手，未必肯心愿尽服；又是事不干己的，何必同本官争执，于是大家冷笑退去。俞五刚见了这样的情形，料想胥吏们都和徐梦兰通声气的，候着他一个错处，须先打他一个下马威。五刚似这般打算，徐梦兰那里已有差役前去报知。

梦兰坐在家中，专等俞五刚来拜会他。谁知一天不到，第二天又不来，三天过去了，还是影踪没有。那时定海县中，徐老虎是打出天下的，新知县到任须要先谒徐梦兰的，现在一个姓俞的知县竟不去睬他，那些好事的人当面讥笑徐梦兰，说他逢着对头，绰号徐老虎，可碰着打虎的来了。梦兰听了他们的含讪带讽，心里如何不气，就拿俞五刚恨得牙痒痒地，说他看轻自己，早晚要叫他尝尝徐老虎的滋味。

徐梦兰有个堂房嫂子马氏，是个青年寡妇，幸而生了个遗腹子，马氏便志矢柏舟，尽愿守节抚孤，把十只指头去做针线生活换了钱来养那个孤儿。时城内富户王常，新近断弦，想娶一个继室，拣来拣去不合意。一天的清晨，王常出城催租，遇见了徐梦兰的堂嫂马氏，不觉惊为天人。一打听是个少年嫠妇，心里不胜高兴。后来又得知是徐梦兰的嫂子，吓得王常摇头吐舌，连话不敢请教。乡村里那种虔婆生涯的人倒也很多，听说王常看上了马氏，大家垂涎王常有钱，忙来和王常道："员外如真个看得对的，不怕徐老虎凶，只要有银子，什么事做不到？"王常见说，心里又活动起来，嘱那虔婆慢慢地图机会。

那虔婆也是个有名的悍刁妇人，胆又是大，竟连夜去见徐梦兰，直接同他商量。梦兰要的是钱，便索价一千两，少一钱就不愿意做这勾当。虔婆回复王常,居然依了梦兰的话。梦兰看在钱的面子上,硬自出头遣嫁堂嫂马氏。族中人素畏着梦兰无赖,谁敢到虎头上来搔痒?不料马氏得知了消息,大哭大跳地抵死不从。徐梦兰没法,暗下去告知王常,令他带几十个健仆把马氏劫进城去。那马氏坐在一乘小轿里面,手攀着轿杠一路只喊着"救命",正值那俞五刚的轿子出来,喝叫停住轿儿,令把小轿里的妇人和抬轿的一干人,统传到了轿子面前。先问马氏:"为什么叫救命?"马氏乘间将堂叔徐梦兰逼嫁寡嫂的情形,带哭带诉地说了一遍。俞五刚听了,也不多说,但命衙役把马氏和十几个健仆一并带入署中。

　　王常眼巴巴地望那新妇到来,忽见家人来报,新妇大喊救命,被知县带到衙门里去了。王常本是个胆小的人,闻说要吃官司,先吓得屁滚尿流,忙去求徐梦兰设法,梦兰似毫不在意地说道:"这件事若闹起来,罪名是俺一个人的,俺且在家里等候他,看那俞五刚拿什么样的手段出来。"正在这样的说着,早见两个差役跑来。大家都认识的,那差役对徐梦兰说道:"徐相公闲着吗?本县的太爷要请你说话,烦你劳一会驾吧!"梦兰笑道:"俞五刚请俺,可有柬帖吗?"差役不敢取出朱签来,推说忙迫不曾备的。徐梦兰仗着平日的横势,谅俞五刚决不敢难为他的,以是昂然进城,同了那差役来见五刚。

　　五刚方在坐堂,听说徐梦兰传到,立刻命带上堂来。梦兰上堂也不行礼,便问:"请俺来做什么?"话犹未绝,俞五刚把惊堂一拍,喝道:"你身为秀才,不知闭门读书,却学那无赖行为,强迫寡嫂嫁人,你可知已犯了法吗?"徐梦兰见五刚认真起来,也就冷笑一声道:"俺在定海,罪名也不止这一点点,你若要办俺时,只怕你的官儿小,办不了俺的许多罪恶罢了。"梦兰说毕,拂袖下堂要走,俞五刚喝声:"拿下!"差役齐上,一把拥住徐梦

第四十二回　骏马游街徐梦兰吐气　紫微入室李太岁扬威

兰。梦兰大叫："士可杀不可辱！"俞五刚冷笑道："你休仗着这顶头巾，俺要革去你的也很容易。"这时令左右褫下梦兰的方巾，随即捆打三十鞭。一班衙役相顾不敢动手，俞五刚大怒，亲自从案上立起来，把签筒里的签儿一起倒下。衙役等没法，只好将梦兰拖下去，足足打了三十下。可怜徐梦兰有生以来未尝受这样的重刑，因此打得他皮开肉绽、鲜血直流，伏在地上半晌说不出话来。过了一会，才有些苏醒转来，瞧着俞五刚低声说道："俺与你势不两立的了。"俞五刚和徐梦兰本没甚冤仇，梦兰犯的究竟不是什么死罪，不过恨他平日为恶，将他惩儆一番罢了。这时便笑着问徐梦兰道："任你怎样地做出来，俺虽然官卑职小，你要到俺的地位，就是赤了脚也赶不上的了。"说着即判王常罚款三百两，作为马氏的养老费用；徐梦兰已受责，免究；虔婆打五十棍，枷号示众。五刚判毕，随即退堂。徐梦兰因两腿受了棒伤，一时立不起来，经熟识的胥吏把梦兰搀扶了，一路送回家去。

梦兰既革去秀才，又当堂吃了一顿鞭子，真是又羞又气，从此也无颜见人。闭门下帏读书，足足凡七个年头。改名徐兰香，仍去赴童子试，竟取了案首，秋间又领了乡荐，取捷成了进士。等到进京会试，闻得俞五刚已升任顺天府，徐梦兰抖擞精神，准备夺取状元，以便报复俞五刚三十鞭的怨恨。

原来北京是帝都，顺天府为天下首府，做顺天府的人好算是各府的领袖了。俞五刚由一个知县升到了顺天府，也是很不容易的。但依明朝规例，会试一甲第一名的状元，得奉旨骑马游街，当上马的时候，顺天府尹须带马递鞭。徐梦兰为了这个问题，一心想争夺状头。谁知殿试后唱名，状元偏偏是陕人魏良辅，徐梦兰中了个一甲第二名，不觉大失所望。其时正值上皇还都、大赦天下，特开恩科取士，徐梦兰却似发了疯般地竟上疏南宫，谓今年的状元魏良辅是错点的，应该要徐兰香才配中状元。

这种狂妄的话，在理是要砍脑袋的，偏是上皇看了他的疏牍，起了好奇之心。群臣都说徐兰香言语悖谬，宜革去榜眼，即行正法。上皇说道："他既口出狂言，谅有些真实本领。"便传谕令状元魏良辅和徐兰香当殿面试。两人奉召到了南宫，上皇闻得新状元魏良辅工诗词，命各人做七律百首。徐梦兰领旨，也不假思索就握管疾书，顷刻吟成百首。魏良辅拼命地追赶，还只有做成四十四首。自思新科状元乃被徐兰香压倒，这面子怎样地卸得去呢？心里一急，眼前觉得昏黑不见一物，口中的鲜血直喷出来，卧倒在地上了。上皇令把魏良辅扶下，着内监送他回寓。一面读那徐兰香的诗儿，真是字字珠玑，不由的惊叹道："此人确具状元之才！"无如今科状元已定魏良辅，是天下皆知、万不能更改的。于是由上皇钦赐徐兰香贡花玉带，算是恩科状元，也奉旨游街。

徐梦兰欢欢喜喜地出了南宫，插花披红去奉旨游街。到了飞龙桥边，顺天府尹俞五刚已带马立在桥头，因事隔多年不认识徐梦兰了，也不知徐兰香就是当年的徐梦兰，梦兰却认得五刚，他一脚跨上雕鞍，等俞五刚递上马鞭的当儿，梦兰执鞭在手，笑指着俞五刚说道："你说俺赤足赶不上你，你今天可给俺递马鞭子了。"说罢抖起缰绳，蹄声得得地游街而去。俞五刚听了徐梦兰的话，猛然地想起十年前定海责打徐梦兰的事来，乃知徐兰香便是徐梦兰，不觉吐着舌头道："梦兰那厮好生厉害，为了一句话，直到现在来报复，将来俺早晚是要死在他手里的。"当下俞五刚回到署中，便悄悄地走入书房里，竟自缢死了。

俞五刚死后，身上留有冤状，把自己和徐梦兰的经过说得明明白白。这件事传在景帝的耳朵里，就欲把梦兰处罪，奈上皇力保，景帝心上十分不满，和上皇就此生嫌起来，并下旨群臣不许朝参上皇。弄得个上皇荒庭凄寂，无聊万分，便带了两个内监，

第四十二回　骏马游街徐梦兰吐气　紫微入室李太岁扬威

私出南宫，也学着风流浪子去寻花问柳。不久在烟花中结识了个名妓云娘。云娘有个旧相识李刚，绰号李太岁，是兵部侍郎李实的兄弟，专一恃势横行，鱼肉人民。有一天，上皇正在云娘的妆阁中坐谈，恰巧被李刚撞见，不禁醋性大发，立时领了一群狐群狗党，把上皇捆绑起来。

要知上皇怎样地脱身，且听下回分解。

第四十三回　苦雨凄风太上皇复辟
　　　　　　　夕阳衰草于忠肃埋魂

却说云娘本江南的土娼，生得很有几分姿色，京都繁华之地，楚馆秦楼林立，庸脂俗粉里面，要算那云娘为个中的翘楚。日下（京都别名）的士大夫，醉心云娘的很是不少。侍郎李实的兄弟李刚，也钟情于云娘，差不多寸步不离妆阁。上皇选色征歌，无意中遇见云娘，两下里一见倾心，当夜就移烛留髡。妓女的恩情自和六宫的嫔妃不同，上皇渐渐地被她迷惑起来，缠头金的奢靡自是不消说得。

有一天上，李刚来探云娘，时云娘犹和上皇并枕高卧。李刚见了，那一缕酸气直透顶门。当下纠集了十多个无赖，长棍大棒地打到云娘的家里，吓得那鸨儿龟奴四散躲避不迭。李刚挺身当先，打进妆阁，把上皇绳穿索缚般捆了，将云娘也反背绑住，一群无赖，吆吆喝喝地拥着上皇到了天井中。李刚喝叫取过一根鞭子来，指着上皇骂道："你是何处的杂种，敢占据俺李太岁的爱姬？"上皇也朗声应道："妓馆娼家是公众的娱乐去处，谁能管谁的行动？咱到这里也花钱来玩的，却干你甚事？"李刚大怒道："你这厮也不探听一下子，此地是谁的地方！"说罢提起鞭子，望着上皇打去。

忽听得门外人声嘈杂，二十多个禁军抢入来，不管三七二十

第四十三回　苦雨凄风太上皇复辟　夕阳衰草于忠肃埋魂

一，见一个绑一个，十几名无赖一并缚住，只剩下了李刚一个人，兀是挥拳来打，任你是太岁多么勇猛，自然双拳不敌四手，转眼被众人打翻。李刚似虎般地大吼，连屋宇也飒飒地震动。禁军拿李刚结结实实地捆扎了，向着地上一丢。早有两个内监忙替上皇解了绳索。上皇也不多说，只吩咐禁军的什长，叫他把李刚和十多个无赖送往兵马司衙门里，着依法惩办。那什长也不知上皇是什么官职，惟诺诺听命，就回顾军士一齐动手，抬着李刚等去了。

原来上皇被困时，两个内监慌了，忙往五城兵马司署中去要了二十几名的禁军，飞奔地前来救援。于是上皇令释了云娘的束缚，自和太监等回南宫。第二天，五城兵司马署里接到了上皇的圣谕，命重办李刚。其实李刚已向他哥哥李实求救，经李实一封书去，将李刚从兵马司署中讨回，万不料上皇谕旨要办李刚，吓得兵马司又把李刚捕去，大家才知道李刚当日吊打的还是太上皇帝。这消息传开来，李实第一个闻知，先去奏陈景帝，景帝听了惊道："上皇这样放浪，万一弄出事来有谁担当？"便谕令卫士，把南宫的大门守住，不准无故出入，这样一来，弄得上皇好似罪囚一般，和宫外断绝了交通。廷臣也不敢去南宫朝觐了。景帝又将上皇的太子见深废去，封为沂王，立自己琼妃所生的儿子见济为太子。朝中群臣大半上章谏阻，景帝只是不听。偏偏见济没福，做了三个月的储君，便呜呼哀哉了。廷臣又请重立沂王，景帝以自己还在壮年，希望育嗣，不肯重立见深，群臣都有些愤愤不平。那琼妃这时做了皇后，因死了儿了见济，天天痛哭，景帝也不免心伤，渐渐地染起病来，凡八九日不设朝政，百官皆惶惶无主。

正在这个当儿，武清侯石亨、太监曹吉祥、太常卿许彬、都御史徐元玉、都督张轨等这几个曾征也先的功臣，在私下密议道："景帝病已沉重，如有不测，又无太子，不若乘势请上皇复位，倒是不世之功。"徐元玉自谓识得天文，是夜元玉仰观天象，见紫微有变，忙去报知石亨道："帝星已见移位，咱们要干这件事，须得赶快下手。"石亨听了，又去和许彬商量，许彬也主张即行。石亨便遣人请张轨到家，把徐元玉、许彬的话对他说了。大家议定，准明日三更举事。又暗下通知太监曹吉祥，叫他做宫中的内应。各事筹备妥当，只等时候一至，就拥着上皇复位。

一宿无话。到了第二天上，石亨等又大忙了一天，曹吉祥在宫中也密嘱心腹内监准备接应。看看天色晚下来，石亨设了一桌筵席，请许彬、徐元玉、张轨等痛饮。直到天交二鼓，石亨提起酒盏往地上一掷道："咱们走吧！事成拜爵封侯，失败和这只酒盏一样！"说着众人飞奔出外，张轨便去调了两百名劲卒，石亨当先，一齐往南宫而来。

到得门前，却是重门紧闭，侍卫官一个也不在那里。徐元玉手握着铁锤，把大门打得和擂鼓一样。敲了半晌，因屋宇宽敞，里面深邃不过，任你打折了天也是听不见的。众人束手无策，还是徐元玉叫兵士拆了民房的石柱，悬在宫墙上尽力地碰撞，宫门仍丝毫没有损毁，倒把墙垣撞坍下来，只听得天崩地塌地一响，倒下一堵墙来。徐元玉挺身领头从墙缺瓦砾中奔入，石亨、许彬、张轨令兵士舁了乘舆，纷纷从后跟入。

到了后宫，见上皇正在看书，听得宫外的巨响，正要使内监出问。徐元玉等不管好歹，拥了上皇便走。到了殿前，又推上皇登舆，众人蜂拥着向东华门进发。到了城下，守门卫士阻住，石亨大喝道："奉上皇进宫，谁敢阻挡！"卫士见果是上皇，慌忙开门，任石亨、元玉、张轨、许彬等一拥而进。及至宫门，又被太监拦阻，徐元玉高声叫道："曹吉祥在哪里？"吉祥在门内听得，领着一群内监，打走那守门的太监，把乾清门大开。石亨扶持上

第四十三回　苦雨凄风太上皇复辟　夕阳衰草于忠肃埋魂

皇乘舆直进乾清门，竟赴奉天殿上。其时正细雨濛濛，天色黯黑，大殿上伸手不见五指，徐元玉寻那宝座不得，急得和热锅上蚂蚁似的，在四面乱转。亏了石亨瞧见宝座在殿角上，原来景帝好久不曾设朝，殿上各物杂乱。石亨便把宝座拖在正中，由太监曹吉祥督率着内监燃起灯来。许彬、张𫐄扶着上皇登座，元玉就去当当地撞起景阳钟。

群臣疑是景帝病愈临朝，便先后到了朝房，排班入贺。再向殿上细看，见是太上皇英宗，众官惊得目瞪口呆。徐元玉高声喝道："太上皇已经复位，文武大臣速来朝见！"百官听说，只得一齐跪下三呼万岁。许彬即传英宗谕旨，命少保于谦、大学士陈循，草诏布告天下，大意谓"景帝监国窃位，擅立储君。孰知上天不祐，嗣子见济夭殇。现在祸及己身，朕得臣民推戴，重践国祚"云。英宗又第二首谕旨，废景帝为郕王，削去杭皇后封号，改景泰八年为天顺元年，把故太子见济仍改谥世子，孙太后改谥贵妃。到了亭午，英宗第三道旨下来，逮少保于谦、大学士陈循、都御史萧镃镃、侍读商辂等下狱，谕中说于谦依附景帝作奸，罪在不赦。徐元玉、许彬、张𫐄、曹吉祥、石亨等算是大功告成。

英宗下谕，晋石亨为忠国公；张𫐄为太平侯；徐元玉为吏部尚书，晋武功伯；许彬为兵部尚书，晋英毅伯；曹吉祥世袭锦衣卫，晋崇敬伯。又随英宗左右的哈铭、袁彬也各进位公爵，子孙皆得荫袭。石亨等又列上复辟的功臣名单，大小职官不下三千余人，英宗一概赐给爵禄。于谦等在狱中，由兵部尚书许彬承审，硬陷于谦上章易储，迎立外藩。于谦坚不承认。石亨和于谦有仇，便嘱许彬捏辞入奏，徐元玉也与于谦不睦，乘势在英宗面前怂恿，英宗犹豫道："于谦打败也先，国家实有大功，似应在赦免之列。"石亨厉声道："今日不杀于谦，难保他不再助着景帝窃国。"这一句话引起英宗的忌讳，立即将于谦弃市。陈循削为庶民，萧镃贬为饶州通判，商辂削职留任。一面令张轨为监斩，狱中提出于谦，绑赴市曹。

当行刑的时候，日色无光，飞沙走石，京中的人民无不替于谦呼冤。霎时哭声震天，惨雾愁云满布道上。那张轨毫不在意，斩了于谦，正骑马去复命，忽然一个斤斗跌下马来，七孔流血地死在地上了。于谦的尸首弃在市上，有千百成群的乌鸦围绕在于谦的尸旁，赶也赶它不走，足有七八天尸身并不腐溃。经于谦的同乡人陈逵收了于谦的尸体，把他带到杭州，葬在西子湖边，题着一块墓碑道："少保于公墓。"后来英宗醒悟过来，杀了石亨、徐元玉等，回复于谦原官，追封谥号"忠肃"。现在西湖边上，有于忠肃公墓，一丘荒冢。春日游人经过，都要徘徊凭吊一会，真是"一片荒草埋孤坟，忠名流芳传千古"了。

再说景帝病卧宫中，闻得钟鸣鼓响，忙问谁在那里临朝，左右内监说道："太上皇复位了。"景帝听了，搥床恨恨地道："他们做的好事！"说了这一句，颜色逐渐惨变，挨到夜半便气绝身死。英宗闻景帝已死，令照郕王礼安葬在金山，又令有司替故监王振建祠。

那时忠国公石亨自恃着复辟的功绩，事事擅专，朝廷的群臣谁敢和他颉颃；宫中内监曹吉祥也仗着复辟时曾为内应，所以渐渐横行无忌。英宗内外被石亨、曹吉祥掣肘着，心里虽然怀恨，只是说不出的苦处。大学士李贤见石亨、曹吉祥两人权倾一时，便密陈英宗道："石亨权柄太重，又有曹吉祥为党，恐一旦有变，必不可收拾。"英宗叹道："朕未尝不知，但他们有夺门复辟的功劳，朕不忍将他淹没。"李贤顿首奏道："复辟夺门，石亨等有何功劳可言。须知景帝崩逝，自应请陛下复位，名正言顺，何必夺门复辟？这分明是小人想得功罢了。"英宗大悟道："非卿点醒，

第四十三回　苦雨凄风太上皇复辟　夕阳衰草于忠肃埋魂

朕被他们蒙混过了。"由是英宗对石亨、曹吉祥辈，慢慢地疏远起来。石亨也有些觉着，心里十分恐惧，忙去和张軏的兄弟张輗，暗暗地商议道："咱们当初用尽心机扶持了上皇复位，如今他登了大位，就拿出烹功狗的手段来了，叫咱怎肯甘心。"张輗说道："俺的哥哥也为了斩于谦身死，皇上却不念前功，只封俺一个文安侯。相公若肯相助，俺情愿替相公出力。"石亨大喜道："将军能为臂助，何愁大事不成。"当下石亨遣人邀曹吉祥，三个人密商了一会，由石亨拿出钱来，命张輗招募勇士，又另招铁工百名，昼夜赶造军械。

京城风声日见紧急，都说石亨要造反了，廷臣惧怕石亨，不敢上闻，所不知道的只有英宗一个人。内使王真得了石亨不轨的消息，忙来奏知英宗。英宗大惊，即召李贤进宫议事。李贤奏道："石亨结连曹吉祥等谋叛已久，群臣恐石、曹势大，因此噤口不言。现要防备石亨，满朝文武当中，唯将军徐懋最是忠诚可靠，而且是智勇双全，石亨几番勾结都被他拒绝。陛下宜重用徐懋，命他防止石亨，自然能化乱为安了。"英宗点头道："徐懋是功臣徐达的后裔，朕也素知他忠心，今就依卿所说吧！"李贤便传英宗谕旨，传徐懋进宫，英宗亲自解下玉带来赐与徐懋，嘱咐他谨防石亨有变。徐懋感激零涕，顿首谢恩而出。英宗又和李贤谈了些政事，自回仁庆宫。

其时慧妃居在永福宫，英宗每想到云妃，终是垂泪叹息，慧妃有杀云妃的嫌疑，便也不甚得宠。那仁庆宫的妃子姓韩，芳名唤作落霞，也是个妓女出身，英宗爱她艳丽，就纳为妃子。又因韩妃善于奉迎，慧妃的宠幸几乎被她夺去。英宗以太子给景帝废为沂王，这时又去沂州迎了回来，仍立沂王见深为东宫。

可是京中风声越恶，竟有说石亨定某日劫驾的消息，慌得徐懋调兵遣将，手忙脚乱。到了这一天，总算安然无事。英宗心里很是狐疑，下旨贬去石亨官职，曹吉祥褫夺封爵，一概家居。石亨见英宗进迫，深怕祸起不测，和都督张軏谋乱也益急。

适值是四月初八，相传佛诞生的期日，宫中照例设着香案，供了素果，六宫嫔妃都去叩拜。宫中这一日不饮荤酒，英宗也很高兴。晚间摆上素筵来，和宫内韩妃、慧妃及瑽、瑞两妃、钱马两贵人等开怀畅饮。酒到了半酣，英宗说道："今天是佛生日，朕倒很觉有兴。乘着这一天好月色，大家来各吟一句吧！"韩妃笑道："臣妾是不会做诗的。"英宗笑道："一人只吟一句，不过其中要两字数目相连，末一个字要联得下去的，就好交令了。等朕来做令官。"说着便唤内监取过一把牙签，英宗执着牙签朗声吟道："何处来寻廿四桥。"吟毕把牙签授给慧妃，慧妃想了想，接口道："桥楼十二居金钗。"说罢把牙签递与瑞妃，英宗笑道："这句诗勉强极了，应罚酒一杯。"慧妃饮了酒，瑞妃接吟道："钗钿十二都寥落。"英宗道："诗意太衰颓了，也罚一杯。"瑞妃举杯饮尽，把牙签传给瑽妃，瑽妃接牙签吟道："落花随水流千里。"英宗笑道："千里字算不得数目，该罚两杯。"瑽妃只得饮酒，一面递过牙签去，轮到马贵人，把了牙签吟道："里中三五梅花开。"吟罢过令，英宗说道："这句也是勉强的，便宜了你，罚了一杯吧！"马贵人饮了，钱贵人接令吟道："放鹤亭边三更月"英宗说道："这句诗不但更字算不了数目，而且鬼气太重，非罚酒三杯不行。"钱贵人不服道："人家一个字不是数目，只罚得两杯，怎么轮到了我就要罚三杯了？"英宗还不曾回答，瑞妃笑道："大家一例的，至多不过罚两杯，为甚钱贵人要多饮一杯，这令官不公平。"韩妃接口道："令官处罚不公，也得罚酒。"说着斟一杯酒来，英宗一头饮酒，笑对韩妃说道："你自己的难关快要到了，莫管闲事吧！"慧妃也笑道："过了难关的在这里，令官须罚足两杯。"说时又斟了一杯。

第四十三回　苦雨凄风太上皇复辟　夕阳衰草于忠肃埋魂

英宗饮了酒，轮到韩妃接令了。韩妃就钱贵人手里接过牙签，低声吟道："日映水底双双月。"说罢将牙签交给英宗，英宗笑道："双双不算数目。"韩妃争道："单和双怎么不算数目？"英宗道："就算你是数目，等令官收令吧！"便随口吟道："月照竹影千万个。"韩妃笑得格格地道："这'个'又算什么东西，没有那种名儿的，照例罚两杯。"英宗笑道："这酒是不罚的，'个'是一个字，月照竹枝映在地上，好似千万的'个'字，谁也知道的，怎说没有的？"慧妃驳道："单是一个'个'才算得个字，两个'个'字就要算竹字了，如今千万个'个'字，不是成了什么东西了，那罚酒是应当的，怎样可以混赖过去？"英宗说她不过，也就罚饮了两杯，不觉笑道："做令官是不算的，转被小兵们做倒了。"说罢哈哈大笑。

大家正吃得兴趣横生，猛听得宫门外震天价一声响亮，接着就是喊声，五六个内监飞奔地跑来禀道："不好了！贼人杀进宫来了！"英宗听了，不由分说，一把拖了韩妃往后宫便走，只见一个内监又来禀道："后宫也有贼人杀来了，陛下快避往宁安殿去！"英宗听说，也有些心慌，忙令那内监领路，竟望宁安殿奔逃，一路经过泰和、仁和、宝华等殿，见宫人太监等纷纷向四下乱逃，都说贼人有四五千，把宫墙围困得水泄不通了。英宗大惊，那两条腿顿时像棉花做的似的，半步也跨不动了，幸得一个内监和韩妃一人一面，搀扶着英宗向宁安殿中走去。到了殿前，望见门外火光烛天，喊杀声愈近，宫监们似潮涌般逃进来。听说贼人打进宫门，侍卫领袖王勇堵住了门在那里死战，看看寡不敌众，步步败退，贼人快要杀进来了。英宗知道宁安殿也不是安稳地方，忙回身向东，往崇义殿里躲避去了。

再说外面贼兵，正是石亨的从侄石彪领了五百名兵丁，直扑到乾清门而来，武士侍卫等把宫门闭上，又去拆下御墙的砖石，

明宫十六朝演义

将门堵截起来。石彪用大铁锤打门,急切又打不开它。忽然轰地一声响,宫门坍倒下来,压死了十几个兵士,石彪的左肩也被大门压伤。但门虽倒了,里面的砖石却堆得和土城差不多,石彪下令:"兵士爬墙搬石!"墙内的侍卫听了,忙把余下的砖石从墙上掷将出来,又打伤了好些兵士。石彪顿足大怒道:"小小的宫门也打不进去,休说是占城夺地了。"说罢亲自动手,握着一杆大铁钩,想钩倒那座砖墙。因堆得太高了,石彪一个人哪里扳得倒,反把铁钩钩断了,另得仍令兵士搬运砖石。任卫士的石块抛出来,兵丁还是前仆后继,搬到了三四尺光景,石彪大吼一声,飞身上墙,舞着鬼头扑刀,直杀进宫来。兵士见主将上墙,自然也纷纷攀登。那时宫中又把第二重门关闭,石彪令放火烧门。

那里石亨自领着一队军马,从长安门打进来,守门军士大开城门,石亨的人马一拥而进,竟向西朝房而进,劈头就碰着了恭顺侯吴瑾领着七八个家将前来迎战。石亨一马当先和吴瑾交锋,石亨素号勇猛,不上三个回合,一刀砍吴瑾落马,兵士大喊一声,也一齐杀进宫来。

不知石亨杀进宫去怎样,且听下回分解。

第四十四回　百花洲老处女承恩
　　　　　　　疑天阙彭秀才遇怪

　　却说石亨杀进宫中，正值石彪焚毁宫门杀进奉天殿去，两下里合兵一处，竟来搜寻英宗。城外都督张𫐐，也从东华门杀来。曹吉祥领着一队人马，自西华门奔入，恰好遇着西崇侯张英。两马相交，只一合被张英擒下马来。兵士把吉祥反绑了，张英便领着兵马望东华门来截张𫐐。其时将军徐懋闻得宫中有变，慌忙跳起身来，骑着秃鞍马，跑到营中点起了一千兵马，飞般地进了东华门。正遇张英和张𫐐叔侄两个交锋，徐懋跃马上前夹攻张𫐐。张𫐐虽然猛勇，到底敌不住两人，战到三十余合，被张英一枪刺中肋下，徐懋又是一刀，把张𫐐的右臂削去，张𫐐大叫一声翻身落马。张英忙割了首级，和徐懋合兵，到乾清门捕石亨。
　　其时石亨叔侄两人已打进了谨身殿，方要杀入后宫，徐懋的人马赶到，将石彪团团围住。石亨听说救兵到来，石彪被围，便无心再往前进，忙回身来救石彪。当头逢着张英，石亨大声道："张英！你的侄子也投顺了咱，你却和咱作对吗？"张英也不回答，挺枪直取石亨，因禁宫里不便骑马，两人就在殿上步战。石亨骁勇，张英如何是他对手，力战有五十多个回合，石亨一枪刺在张英的腿上，又顺势一拖，原来石亨枪上有刺钩的，张英吃他一把拖倒。兵士发声喊，七手八脚将张英捆起来。石亨便奋勇冲

明宫十六朝演义

进重围，徐懋正战石彪不下，又加上一个石亨，怎样抵挡得住，只得拖枪败走。石亨、石彪并力地追上来，转把徐懋围住。

正在危急的当儿，忽然士兵杂乱，一个少年挺着一根铁棍，狠命地打将入来。当头逢着石亨，两人交手，那少年却没棍法，只一味地蛮打，被石亨手起一枪刺在他的臂上。那少年好似不曾觉着一般，反拼力地一棍扫来，石亨躲避不及，半个天灵盖吃他扫去了。石彪见他叔父阵亡，手里便有些慌张，徐懋把枪紧一紧，乘势一枪刺去，不提防那少年又一棍扫来，打在石彪的腿上，和玉山颓倒样地跌翻在地。徐懋举枪待刺，那少年早直抢上去，只一棍把石彪的脑袋打得粉碎，脑浆迸裂地死了。徐懋用枪一招，兵士齐上，又加那少年的一根铁棍，打得那些兵士叫苦连天，口口声声说是愿降。徐懋忙下令停刃，那少年杀得他性起，哪里肯听徐懋的号令。舞得一根棍像入海似的，只望人丛里乱打。徐懋大叫："少年壮士，贼已杀尽了，快住手吧！"说着张英经兵士解了缚，从大殿上奔出来。少年举棍便打，张英慌忙闪开，待要寻器械还手，徐懋大踏步赶上，把少年的臂膊扳住道："那是自己人，壮士不要打错了。"少年听了，才算住手。看他的意思，似乎还嫌杀得不爽利，最后让他再乱打一阵。那只臂上的鲜血兀是点点地流个不住。徐懋知他是个浑人，便笑着问他姓氏，那少年回答道："俺是没有姓名的，人家都叫俺阿憨，进宫来在更漏室里当差，已有七八年多了。"徐懋听说，才晓得他是管宫漏的更夫，当下便安慰他几句，令仍回宫漏室，听候封赏，那少年掮着铁棍去了。这里徐懋收了人马，安插了降兵，和张英一同入宫见驾。

这时英宗心神略定，回升奉天殿，朝中文武大臣都来请候圣安。徐懋上殿，奏陈杀贼经过，英宗令将石亨、石彪、张𫐄三人首级号令各门。曹吉祥被张英擒获，这时绑上殿来，只是流泪叩

第四十四回　百花洲老处女承恩　疑天阙彭秀才遇怪

头，向英宗求饶，英宗叫把吉祥凌迟处死。又命将石亨、张𫐓的家族捕获，一并斩首。唯张英杀贼有功，特予赦免，但得不到封赏。徐懋晋爵护国公，子孙荫袭。徐懋又把杀石亨叔侄的少年据实上闻，英宗即宣召宫漏处太监来，问那少年的来历。太监叩头奏道："此人姓马，并无名儿，是盐城人。因他力大，所以收在宫漏处担水撞钟。又为他食量极宏，一人兼五六人的饭量，在别处做工是万万养不起他的。"英宗听说，欲待召见，太监又叩头奏道："此人不识礼仪，恐有惊圣驾，不宜令他朝觐。"英宗才点点头，即封他为指挥官，仍在宫漏处当差。一场反叛案就算了结。

英宗自受了这次惊吓，身体就觉有些不豫。又逢胡太后驾崩，英宗又是番悲恸，病就一天沉重一天。便召太子见深至榻前，叮嘱了几句，便瞑目驾崩了。英宗在位十四年被掳，复辟后又是八年，共登极二十二年，寿三十八岁。太子见深继统，是为宪宗，进尊英宗为仁显皇帝，庙号英宗，晋钱皇后为慈懿皇太后，慧妃等均晋为太妃。又替英宗发丧，即日奉梓宫往葬寝陵。

那宪宗自登位后，便由钱太后专主，给宪宗立后，指婚大学士吴瞻的女儿为皇后，又册立柏氏、王氏为妃。那时钱太后的宫中，有一个宫侍叫艾儿，宪宗见她生得不差，就立为瑾妃。宪宗还只得十七岁，一后三妃，左拥右抱，自然十分快乐。

有一天上，他独自一个在御园里游玩，忽见两个宫女似飞一般的追出来，一头格格地笑着，两人一前一后，带笑带逐。那前头一个宫女，才得跨上金水桥，因为笑得太起劲了，身上乏力，一失足竟跌下水去。宪宗倒吃了一惊，忙叫内监们去救援，早有水榭中的太监荡开一只小舟，飞桨到了桥边，把那宫女捞了起来，那宫女已和落汤鸡一般了。宪宗立在桥上观看，其时正当炎暑天气，那宫女穿着一身的纱衣，给水一浸都紧紧裹在身上，那酥胸上高高地耸起两个鸡豆来。宪宗看了不觉心动，等那宫女忙忙地回身，宪宗也轻轻地跟在后面，看那宫女却是望百花洲内进去了。

原来这百花洲的地方，是英宗复位后命内务府监造的。里面是小楼五楹，临着御河，英宗常常领着韩妃到这里来游玩的。自英宗宾天，百花洲就此冷落了。宪宗到了百花洲里面，见正中一间是书斋，四壁挂着琴棋字画，左边两间设着书案，案上陈设的都是白玉古玩。右首是一个月洞门，须转过一个弯才瞧得见内室。室中设着妆台床帐，设置极其雅洁，刚才跌在水里的宫人，正在那里更衣。

宪宗也不去惊动她，只在外里走了一会。等那宫女梳洗好了，重匀铅华，再施胭脂，收拾得整整齐齐，袅袅婷婷地走了出来。宪宗故意负着手也向里面直冲进去，恰恰和那宫女撞个满怀。那宫女疑是同伴，一时把她撞昏了，不曾瞧得清楚，便娇声骂道："促狭鬼，你的眼珠子到哪里去了，却走得这样地忙迫。"说犹未了，抬头见是宪宗，吓得她玉容变色，慌忙跪在地上，连连叩头称着死罪。宪宗带笑把她扶起道："适才掉在水里的正是你吗？"那宫女低垂了粉颈，轻轻地应了一声。宪宗细细地把她一打量，只见她约有二十来岁年纪，却生得雪肤冰肌，柳腰杏眼，芙蓉粉面，秋水有神。一种娇嫩的姿态实是令人可爱。宪宗不由的心里一动，便伸手去挽了她的玉臂，同到百花洲里坐下。觉得她的肌肤滑腻如脂，触在手上非常地温软。宪宗一面抚摩着，笑嘻嘻地说道："你进宫有几年了？"那宫女屈指算了算，答道："妾记得是十八岁进宫，已有二十九年了。"宪宗惊道："你今年多大年纪，却来了这许多年份？"宫女微笑道："妾进宫的时候，睿皇帝还在襁褓，现在妾已四十八岁了。"宪宗听了，呆呆地望着她半响，摇摇头道："这话是假的，不见得有那样大的年

第四十四回　百花洲老处女承恩　疑天阙彭秀才遇怪

龄。朕瞧你至多也不过二十三四岁。"那宫女把头一扭道："年纪怎好打谎，皇上如不相信时，可问问这里的老宫人双双就知道是真的了。"

说着恰巧那宫人进来，见了宪宗忙跪下。宪宗叫她起身，笑问道："你唤什么名儿？"老宫人答道："贱婢叫作双双。"宪宗指着那宫人道："她呢？"老宫人说道："她叫万贞儿，是青州诸城人，进宫也有二十多年了。"宪宗道："你有多大年纪了？"双双答道："贱婢今年四十二岁了。"宪宗说道："你年纪比她要小五六岁，怎么你倒较她衰老得这许多了？难道她有长生术的吗？"万贞儿笑道："连妾自己也不知道，人家都说臣妾不像四十多岁的人，到底不识是什么缘故。"宪宗笑道："昔人说麻姑颜色不衰，你大约得了仙气，才能这样的不老。"说罢回顾双双道："你去传知司酝局，令在百花洲设宴就是。"双双听了，已知宪宗的意思，便笑了笑回身自去。

宪宗便去坐在榻上，命万贞儿也坐了。万贞儿却故意去坐在绣椅上，宪宗把她一拉，两人并肩儿坐着。因笑说道："你今天陪朕饮几杯酒吧！"万贞儿娇羞满面地低头说道："陛下的谕旨，贱妾自当遵奉。"宪宗点点头立起身来，两人手携手地走出轩榭，到对面的月洞门内，那里设着石案金墩，黄缎毡儿铺着地，人走在毡上连一些儿声音也没有。这个幽静地方，本是英宗午睡的所在。万贞儿忙去拖开一只黄缎绣披的躺椅来，宪宗坐了，又令万贞儿也坐下，两人躺在一只椅儿上。

不一会，司酝的太监领着四个小监，手里各捧着一只古铜色描金的食盒，也走进月洞门，后面双双跟随着。那太监行过了礼，吩咐小监把盒内的肴馔取出来，都是热气腾腾的。宪宗笑道："这般热的天气，那热酒怕喝不下吧！"万贞儿忙说道："臣妾有冷的佳酿藏着，正好敬献陛下。"说时看着双双，双双便到外面去捧进一瓶酒来。那太监留下两个小监侍候宪宗,自己向宪宗请了个安,领了还有两个小监去了。

万贞儿接过双双的酒瓶,从椅上起身,请宪宗坐在上首的绣龙椅上,万贞儿便在下首的绣墩上坐了。一手揭开了瓶盖,替宪宗斟在白玉杯里。那酒色碧绿好似翡翠,质地也极醇厚,芳馥的气味一阵阵地直透入鼻管中来。宪宗执杯饮了一口,觉甘芳不同常酿,就问万贞儿说道:"这酒是你酿的吗!"万贞儿摇头道:"不是的,那还是睿皇帝幸百花洲时留下,如今已有三年多了。听宫中内监们说,这酒是朝鲜的鲁妃亲手所酿,春采百花蕊儿,夏撷荷花儿捣汁,秋摘菊花瓣,冬取梅花瓣,这样地捣合起来,杂酿蜂蜜在里面,封好玉瓮,埋在活土下四十九个月,再掘起蒸晒几十次,到了秋深时埋藏在地窖中,明年春上开出来时就变成佳酿了。朝鲜人称它作'百花醪',只有皇宫里有。朝廷的大臣们必到了元旦朝贺赐宴的时候,才得尝着一两杯。那时由皇后亲自开瓮,先进献皇帝三杯,次及皇后公主,再次是亲族王公,末了才赐及大臣,这酒的郑重可知了。就是进贡到中国来,也不过一二十瓶罢了。"宪宗听说,又把酒嗅了嗅道:"这酒味确是不差。"于是两人你一盏我一盏地饮着,足足把百花醪喝去了大半瓶。

宪宗已有了醉意,万贞儿也渐渐儿红晕上了眉梢,斜睨俊眼,愈显得妩媚冶荡。宪宗乘醉立起来,由万贞儿搀扶着进了百花榭,双双忙去铺床迭被。外面侍候的小监便去收了杯盘,把榭中的明角灯一齐燃着,榭门光耀竟似白昼一般。这一夜,宪宗便在百花洲里临幸了万贞儿了。这年届半百的老宫侍,居然得承恩少帝,真是连做梦也想不到的。可怜她自进宫以来,三十个年头,今日还算第一次被临幸呢!枕上温存,蓬门初辟,宪宗见她还是个处子,愈觉欢爱,说不尽绸缪委婉,无限柔情。从此宪宗

第四十四回　百花洲老处女承恩　疑天阙彭秀才遇怪

居在百花榭中，再也不到别宫去了。

那时京城里，谣传有什么夜鲛儿出世。听说夜鲛儿是个绝色的美女子，专喜欢的是青年男子，若吃她摄去，把精血吸尽了，便抛在荒野地方，十个倒有九个是死的。但少年俊美的男子，得夜鲛儿的怜爱，到将死未死时，就放他出来，立刻请名医调治，或者还有救星。至于生得面貌平常的人一经摄去，是必死无疑的了。京中那些纨绔王孙，被摄去的很是不少，过了一两个月，便在冷僻的所在发见，也有死的，也有活的。给医生治好的人，人家去问他夜鲛儿是什么样儿的，他就死也不肯说出来。由是都下的少年子弟，多半躲在家里，不敢出门半步了。即使有不得已的事儿要出去，也非三仆四役跟随着不可。那夜鲛儿似也知道人们防备她，她便不摄本城人了，渐渐地弄到外方人的身上去。凡是别处来京的少年，不知都中有这件事，自然一点也不预防的，因此外乡人在京时失踪的又时有所闻。

恰巧陕西有个彭纫荪秀才，他的家里十分清贫，听得他舅父在京中做着员外郎，便收拾起行装，赶到京师来投奔舅父。谁知他急急忙忙地到了都下，又值他舅父外调江淮。彭纫荪扑了个空，心上很是懊伤。况进京的川资都是挪借来的，只好抱着既来则安的念头，暂时在京里住下，待慢慢地凑着机会。但旅居客邸很不经济，便去假定长安门外的荒寺安身。

那荒寺唤作青莲禅院，建自唐代的天凤年间，距离长安有三里多路，寺中佛像颓倒，墙垣倾圮，只有一个西厢的僧舍，还能蔽得风雨。纫荪寻着了这个所在，横竖是不要钱的，就把行装搬进了僧舍，暂为栖息。可是这样大的一个寺院，独个住着不免胆怯，当下去城中雇了一名老仆相伴着，日间执爨，夜里司阍，倒也相安无事。

这样地住了半个多月，彭纫荪在每天的晚上，总是掌灯读书，不到三四更不肯就枕。有一天的晚上，纫荪正在朗诵古人的名著，忽听得外面的颓墙下，瓦砾窸窣作起响来。纫荪探头就窗内望出去瞧时，借着月光看见对面倒下的墙缺上，立着一个皎发苍苍的老儿，负着手在那里听他读书。纫荪打量那老儿，年纪当在六十左右，只是颔下中心濯濯，连一根须儿也没有的。那老儿听了一会，见纫荪不读了，便走下墙缺去了。似这般地有四五天光景，那老儿逐渐走近窗口，还不时向窗隙中偷看纫荪。纫荪不知他是人是鬼，弄得疑惧交进，晚上等那老儿来时，就叫醒了老仆同看，老仆也识不准是人是鬼，吓得彭纫荪不敢再读书了。

又过了三四天，那老儿听不到纫荪的书声，竟来叩门求见。纫荪不好拒绝他，仍唤醒了老仆，开门把老儿迎入。两下里一攀谈，觉得那老儿谈吐非常隽雅，纫荪心里暗暗佩服。这样的又是六七天，两人已谈得十分投机。那老儿也极其渊博，纫荪问难，老儿有问必答，好似无书不读，腹中藏着万卷。不过言辞之间，常有一种道家气于不知不觉中流露出来。彭纫荪细察那老儿的举止行动，终疑他不是人类。

有一天上，那老儿似已觉得纫荪疑惑他，便老老实实告诉纫荪，说自己是个得道的狐仙，现在天上经营着历代的经史子集，天上将要晒曝书籍了，所以得暇到下界来游戏。鼓纫荪听了，因相交已久并不畏惧，反而愈加敬重他了。当两人谈到得劲的时候，纫荪便问他天上什么样儿的，那老儿便指手画脚地说得天花乱坠，听得个纫荪心痒难搔，忙问天上他可以去游玩吗？那老儿笑道："这有什么不可以，只是到了天宫里时，切莫动凡心就是了。"纫荪便要求老儿带他去游玩一会，那老儿允许了，说候着机会的时候即带你同去。纫荪连连称谢。

到了一天夜里，天空星月无光，道路上昏黑不见对面的行人。这时那老儿忽然匆匆地跑来，笑着向纫荪道："上天的机会

第四十四回　百花洲老处女承恩　疑天阙彭秀才遇怪

到了，咱们快走吧！"纫荪说道："上天须要月明如昼的时候那才有兴。"老儿笑道："你看下界这样昏暗，天上却依然是星月皎洁，光辉似白昼般呢！"纫荪似信非信地随着了老儿出门，才走得百来步，老儿嫌纫荪走得太缓，便一把拖了纫荪的衣袖向前疾行，足下七高八低，走的路都是生疏不曾经过的。好在纫荪本来是外方人，对于京中的道路不甚熟悉的，走了半晌，那老儿忽然喝了声："快闭了眼，要上天了！"纫荪真个紧闭了双目，身体儿就不由自主，昏昏沉沉地似睡去一样了。

不知纫荪怎样上天，再听下回分解。

第四十五回　洞府春深落霞藏色
　　　　　　　禁门人静纫荪露情

却说彭纫荪随着那老儿一路疾奔，走得他几乎上气接不着下气，不由的心上着疑道："难道不成就是这样地走上天去吗？"忽见那老儿说道："天阙快要到了，你就闭着眼吧！"纫荪听了，真个紧闭了两眼，鼻子就闻得碧草青香，身体儿不由自主头重脚轻，好似立在云雾里一般，耳边也听见有波涛澎湃的声音。纫荪又惊又喜，知道自己腾云在空中，听人讲过，和仙人驾云是不可开眼瞧看的，否则就要从半空里跌下来的。所以他狠命地合眼，一些儿也不敢偷看。这样地过了一会，似睡去一样的，竟昏昏沉沉地失了知觉了。

待到醒转睁眼瞧时，那老儿早已不见了，自己却坐在一张绣缎椅上。两边立着四个绝色的美人儿，见纫荪醒了，一齐格格地笑起来道："好了！醒了！"内中一个美人便去倒了一杯碧绿的茶儿，双手递给纫荪。纫荪接在手里，心上很摸不着了头脑，托着茶只是呆呆地发怔。那个美人向纫荪的臂膊一推道："快饮了吧！"纫荪被她推醒过来，便搭讪着问道："和俺同来的老人家哪里去了？"四个美人儿都笑着说道："老人家多着呢，谁是你同来的？"纫荪仔细一想，自己和那老人缔交了一个月，倒从不曾问过他姓名，这时给两个美人一问，便吃她问住了。再向四面一

第四十五回　洞府春深落霞藏色　禁门人静纫荪露情

看，见那空中星光万点，一轮明月照耀如同白昼，距离地上不过丈把来高，耳畔淘淘的涛声犹自不绝。纫荪心里寻思，自己疑真到了天上，回顾背后却是一座石壁，壁上经月光照着，隐隐露出"疑天阙"三个大字。纫荪看了半晌，举杯饮那茶儿，便觉清凉震齿，连连打了几个寒噤。一个女子笑道："这是琼浆，饮了长生不老，祛除疾病的。"纫荪听说，勉强吸了两口，便由那个美人接去杯盏。

忽然月光辉顿增数倍，内外更见辉明。四个美人儿齐说道："仙夫人来了。"就拥着纫荪出去迎接，四个美人跪下，纫荪也跟着跪在后面。他偷眼瞧看，只见明灯如电，一对对地排着。雉羽翠旌前拥后护，十多仙女围绕着，环佩声丁东。正中一个仙夫人，凤翅金冠，云霓蟒服，脸上兜着一层轻纱儿，却瞧不出她的庐山真面。那夫人渐渐走近，护卫仙喝声起去，四个跪着的仙女徐徐地扶挟着纫荪起身。又有夫人身旁的仙女把一具藤质的东西，向着了地上一洒，嘎地一声变成一把五色灿烂的金绣躺椅。众人扶仙夫人坐下，由一个仙女传话，问了纫荪的姓名和年岁，家里有什么人，纫荪一一对付了。那仙女又道："夫人谓你身有仙缘，必须在此暂住几时，等到缘尽了自然送你回去。"纫荪其时也不知怎样是好，惟唯唯地听命罢了。那仙夫人叮嘱四个仙女，小心服侍彭相公，众仙女嘤咛一声，拥着夫人去了。

纫荪方回头过去，一转眼间，那星光和月色便慢慢地黝暗下去，霎时室中尽黑，伸手不见了五指。那一个仙女已燃上巨烛来，一个仙女笑着说道："星月都归去，时候不早了，俺们引着彭相公安息吧！"说着四个仙女导着纫荪到了一个去处，也是一样的黑暗，四边并无几案桌椅，只有两只矮凳儿，一张绣榻。榻上鲛帐低垂，那仙女撩起帐门，便有一股异香直钻入鼻孔。四个仙女，一人去铺床褥，一个掌着晶烛，遂有两人竟来替纫荪脱衣解带，把他身上的衣服一件件地脱去了，又代纫荪卸去里衣。纫荪很觉有些忸怩，两个仙女吃吃地笑了一阵。一个指着纫荪的下体，掩口笑道："似这样不雅观的东西，也带到了天上来吗？"三个仙女听了，忍不住哄然大笑起来。害那纫荪弄得不好意思，低了头不则一声。

那时很热的天气，纫荪却觉着似深秋时候，因问那仙女道："这里怎么如此凉爽？"一个仙女答道："天上七日，世上千年，你来时是暑天，此际已是隆冬了。幸而在这里，要是住在外面，至少要穿着棉衣了。"纫荪见说，半晌说不出话来。那四个仙女又是一阵嬉笑。纫荪被她们笑得脸儿红红的，只把头去缩在绣被中。觉榻上的绣褥温软轻盈，不识它是什么织成的，总之是生平所不曾经过就是了。那四个仙女又和纫荪闹了一会，才灭了烛火散去。

纫荪这时也有些困倦了，不禁沉睡去。朦胧中似有人在自己的身上抚摩，温香阵阵触鼻，情不自禁也伸手去还抚她，只觉着手处腻滑如同温玉一般，酥胸宛然新剥鸡豆，才知是个女子，苦得满室黑暗，瞧不出她的颜色。忽然那女子回过身来，玉臂轻舒，钩着纫荪低声说道："你认识我吗？"说时，口脂香味熏人欲醉，纫荪早按捺不住那意马心猿，便也回身低应道："未曾睹仙人玉容，实不知仙姑是谁？"那女子噗哧地一笑道："你方才跪着迎接的是谁？"纫荪听了，慌忙翻身起来，待要在枕上叩头谢罪，口里不住地说道："原来是仙夫人，恕某不知，真是该死！"那女子将纫荪一搂道："我和你是前世的夙缘，良宵苦短，快不要多礼吧！"纫荪见说，乘势和她并头睡下。仙凡异路，襄王云雨巫山，枕席上的情深，自不消说得了。

过了一会，纫荪又睡着了，待到醒来，美人已杳。探手去摸那床外，壁间屼崒，好似石穴一样。纫荪很是莫名其妙，究不知

第四十五回　洞府春深落霞藏色　禁门人静纫荪露情

是天上、是人间。正在冥想，又见星月都明，昨日那四个仙女，手里各捧着盥具，姗姗地进来，便促着纫荪起身，说是天明了。纫荪诧异道："白天怎会有星月的？"一个仙女笑道："天上是以晓作夜，以昏作晓的。人间红日当空，正值天上星斗交辉的时候。你是凡人，哪里知道。"纫荪又问夫人到什么地方去了？又有一个仙女答道："仙人各有职使，夫人供职天庭，自去办公事去了。"又问："夫人去干什么公事？"仙女答道："专管天下男女姻缘，补世间缺陷不平的怨偶。"说着纫荪披衣下床，四个仙女忙着进巾栉、递漱具。等纫荪梳洗已毕，一个仙女进上香胶汤，又有一盆似酒非酒的东西叫作石髓，饮了能够延年益寿。停了一刻，又进午膳了，那肴馔的丰美，虎掌熊蹯，甘腴异常。纫荪一头吃着，和那四个仙女说着玩笑，大家比初时亲热了许多。

午餐之后，纫荪闲着没事，斜倚在绣榻上，四个仙女便替他捶腿捏腰。纫荪随手去搂着一个仙女，一面亲着樱唇，问她叫什么名儿，那仙女回答唤作月蟾。纫荪就月光下见她粉脸桃腮，一双秋波更盈盈地动人心魄，忍不住去抚摩她的香肌。那仙女笑道："穷措大一经得志，就要得陇望蜀吗？"纫荪也笑了笑，却用手去呵月蟾的痒筋，引得月蟾笑个不住，缩作一堆。

光阴如矢，星月又见暗淡下去，仙女们又进晚餐。膳毕，便由那月蟾捧着香巾衣服之类，领着纫荪去天河里沐浴。到了洗澡的所在，见是一个天然的温池，不过两尺来深，月蟾代纫荪解了衣服，扶入池中沐浴。纫荪洗了一会，觉得十分有兴，竟拉着月蟾同沐，两人在温池里玩了好半天。忽见一个仙女飞奔地来说道："仙夫人来了！"吓得月蟾忙上池手慌脚乱地穿了衣服，纫荪也草草地洗完了，跟着那仙女到了卧室里。室中星光全无，仍然昏暗得不辨面目，听那仙夫人已拥衾坐待着。幸喜她不曾追问，于是有仙女给纫荪卸了外衣，自上榻和仙夫人并枕去了。

明宫十六朝演义

这样地一天天过去，也不知经了多少的时日，纫荪住在安乐窝里，几乎忘了岁月。那服侍他的四个人早晚和纫荪耳鬓厮摩，那时未免有情。日间仙夫人出去了，他们就做些抱香送暖的勾当。纫荪左拥右抱，大有乐而忘返的概况了。但每到了晚上，仙人一来，终是满室里暗无天日地。纫荪因瞧不见仙夫人的颜色，心里很是没趣。

有一天上，纫荪忽然问仙夫人道："某和夫人做了这许多时日的夫妻，却不曾睹过仙容，不知可能赐一缕光线，任某赏览一下吗？"仙夫人听了，立命掌上一枝红烛来，纫荪就烛光下瞧时，见面前立着一个盈盈的美人儿，雪肤花貌，容光焕发，一种艳丽的姿态，真是世上罕见。纫荪看得吃了一惊，转眼那烛光渐渐暗灭，室中又暗黑如前了。只听得仙夫人笑道："枕边人的容貌可看清了吗？"纫荪又喜又疑，也不知说什么是好。这一夜两人自然倍见爱好了。

天上无岁时，看看又过了多日，彭纫荪过着这样有夜没有日的光阴，星月一出，算是白天，便和四个仙女厮混，一至黑暗的时候，就去陪仙夫人睡觉。虽夜夜朝朝在温柔乡里，凡事到了经久，是没有不厌倦的，纫荪却有些不耐烦起来。

一天蓦然地想起了，向那月蟾说道："某听见世人讲过，天上有三十三天，什么有离恨天等名目，为什么咱们来了许多时候，走来走去，还是这点点地方，不晓得可有别处吗？"月蟾笑道："天上地方大着呢！"纫荪接口道："那么可能出去玩耍吗？"月蟾眼望着侍月，侍月只是摇头。月蟾便道："相公如真个要出去玩，须问过了仙夫人，夫人如其允许的，那才可以出去。否则天上的规例森严，弄出了事来，叫我们怎样担当得住？"纫荪听了，就点头记在心上。待仙夫人来了，欢会既毕，纫荪慢慢地说起想出去游玩的话，仙夫人迟疑了半晌，才对纫荪说道："你要

第四十五回　洞府春深落霞藏色　禁门人静纫荪露情

出去玩也未尝不可，但天上比不得人间，稍为一个不小心，就得有性命出入。依我说起来，还是不出去的好。"纫荪忙道："夫人的话怎敢不依，可怜其实在闷得慌了，只求夫人的原宥。"仙夫人道："既是这样，且待有了机会，我着星官来领导你游玩。唯要听他的指挥，不可过于贪恋，以致惹出祸事来，那时连我的罪名也不小呢！"纫荪一一受教，两人又温存一会儿，听得远远地鼓声隐隐，仙夫人便匆匆披衣自去。

纫荪见夫人去了，知道天已明亮，到钟声响时，夫人回来，晓得天色已晚，这样地记着早夜。又过了三四天，一天钟声响处，不见仙夫人回来，纫荪心里正在疑惑，忽见望月和侍月同一个宽衣博带、圆帽拂尘，好似太监般的男子进来。侍月说道："这是仙夫人差来的星官，相公要出去游览一会，只跟着他走就是了。"纫荪见说，直喜得他手舞足蹈，大踏步抢出来，随着那星官便走。侍月在纫荪的背上轻轻地拍了一下道："早出要早回，莫贪看景色忘了饥饱。"纫荪微笑点头，和那星官一路走出去。转了三四个弯，猛然觉得眼前豁然大放光明，再定睛看时，已是走出外面，正见一轮旭日初升，雾散烟消，天空晴碧。回顾所居的地方，分明是一座洞府。那星官便领着纫荪，沿着一带的青溪走去，但见重楼迭阁，舍宇连云。

那些殿庭却是雕梁画栋，金碧生辉，把纫荪看得连声赞叹，暗想天上人间，果然是不同的，世上哪里有这样的好去处！那星官又领纫荪到了一座殿中，殿宇的建筑异常讲究，四边尽是石雕的佛像，刻工精细，似非凡间所有。正中一尊弥勒菩萨像，高有十几丈，盘膝坐在莲台上，形状如生。纫荪不住道："天上也供着佛像吗？"那星官听说笑了笑，也不回答。又领他到了一处。绣幕低垂，香烟氤氲，门前一截齐的雕栏，栏外一座几丈见方的莲池，金莲朵朵，亭亭水上，大约和车盖一样。走进里面，室中陈设的尽是白玉翡翠和五色的宝石。案上一座玉塔，塔高五尺余，四围挂着碧玉的铃铎，微风拂处，丁东作响，塔顶系一精圆珍珠，大若龙眼，光芒四射。塔共七级，每级有门，门内各置玉佛一尊，形容毕肖。又有玉磬一具，星官谓是周时所琢，以手指微弹，渊渊做金石声。其他如各色美玉，目不胜击。纫苏也看得眼花缭乱，似丧魂魄。经过此处，又是一个大殿，殿上所供的，都是古代遗物。若周爵、禹鼎、簋、篹、筜、篆无不具有，琴、瑟、笙、箫是其余事。还有不识其名的东西很多。

　　正在这个当儿，忽见偏殿里面又走出一个人来，和那星官的打扮一般无二的。那人来和星官附耳说了几句，星官回顾纫苏道："俺适有一点儿事来了，你就在这里稍等一下，俺一会儿便来。你却万万不可走到别处去，不然要闯出祸来，俺可不能救你的。切切牢记！"纫苏连连答应，那星官又叮嘱一番，方回身同着那人去了。

　　纫苏独人立在殿上，很觉寂寞，看看日色过午晌了，仍不见那星官前来。纫苏背着手又在殿廊下踱了几转，遥见东边的月洞门外，碧草如茵，野花遍地，香气顺风吹来，令人胸襟为畅。那流泉玲琮的声音，如鸣桐琴，如击清磬。纫苏侧着耳朵细听，不禁心旷神怡，竟忘了所以。花气也越香了，泉声也越觉好听了，不由得一步步地向那月洞门中走去。才经过那个月门，顿时豁然开朗，红花碧树，照眼鲜明，流水瀑泉，一泓澄碧。门前一片草地，地上洒着金丝草，排列成花彩。纫苏信步走着，见一座八角的晶亭，白石砌阶，雕石作栏。亭上一架玉椅，晶莹皎洁，左右列着绣龙黄缎椅子。纫苏到了亭上，徘徊了一会，立在亭阶边，望见翠楼一角从绿树荫浓中映了出来，便下亭寻看路径，望那楼中走来。到了楼下，都是锦缎铺级，幌幕高张。纫苏循级上楼，见楼上布置精洁，四壁都罩着黄绢，右首一只大理石的琴台，台

第四十五回　洞府春深落霞藏色　禁门人静纫荪露情

上一张古桐翠黛的焦尾琴，锦囊绣缬，光彩如新。纫荪顿触所好，微微地把手指一勾，叮然一声，清越幽远，不类凡品。纫荪识得古时有一只焦尾琴，算得琴中的宝贝。当下便大着胆弹了一段风送林声，自己听听也觉悠扬悦耳。

纫荪愈看愈爱，不免流连徘徊，不忍离去。又凭楼遥望，只见巍棨高阁，黄瓦朱檐，此景疑非人间，必是瑶台玉宇。纫荪方瞻眺得目迷神夺，忽见东南角上羽晕杂沓、雉旌相辉，隐隐似有车辇行动。纫荪突地记起那星官和仙夫人叮咛的话来，便回步下楼，想从原路回去。谁知寻东查西，哪里还有什么月洞门，当时游过的殿庭又都是新建的，大半没有匾额的，这时竟毫无头绪起来。

纫荪心里已有些着急，愈急也就认不得路径，只好越过草地，乃是一条很长的长廊，也是白石为级，红毯铺地，赤栏金柱，建得着实壮观。纫荪四瞧阒然无人，长廊的侧首正是一个月洞门，纫荪当作就是那个月洞门儿，喜得大踏步跨进去。举头看时，又是一座大殿，殿上双龙抱柱，红泥砖砌地，正门上一块朱红金字的大匾额，写着"宏光殿"三个大字。纫荪呆了一呆，见那殿上高高地置着一驾宝座，绣帏披着龙案，里面也不见一人。寻思自己不曾走过这座殿庭，谅来又是走错了。回顾宏光殿西首，又有一所依样的月洞门，纫荪想这个定然是来路无疑。走到月洞门前，那额上题着"虫二"两字，大约含着"风月无边"的意思。出了月洞门，自一个大天井，正中又是一座巍巍的大殿。额上题着"太极殿"三个大字，殿内一般的设有宝座龙案，丹墀多了两大鼎，天井里有两个大狮子左右列着。纫荪也无心观览，急急穿过了太极殿，就是一个圭门，过了圭门，又是一个正殿，额上书着"太和殿"三字。这殿的陈列又和别殿不同，殿上宝座龙案之外，两庑排着金瓜银钺，响节云翚。望去廊下一字儿列着刀枪剑戟，寒光森森，怵人心胆。

纫苏到了此时，越觉得慌张起来，弄得团团转，和热锅上的蚂蚁似的，几乎走投无路。忽听得殿外唵唵的呵道声，渐渐走近殿来。纫苏又想起夫人再三吩咐的话，心里更是着忙，一时无处藏躲。正在进退不得时，殿门前一阵的塌塌脚步声，一队红衣甲士弓矢佩刀，掌着云旌，已列着队走进殿来，后面便是仪刀、响节、卧瓜、金瓜等仪仗。纫苏早被红衣甲士瞧见，一声吆喝，把纫苏捆住，交给执仗侍卫，侍卫又交与驾前的锦衣卫。

那时銮辇已到，锦衣卫将纫苏绑至驾前，纫苏当是天帝，吓得跪在地上不敢抬头。于是由驾前内监传谕，问纫苏姓名、年岁、籍贯，怎样私进皇宫？是谁带来的？宫中现有何人？纫苏战战兢兢地把老人带他上天，现住在天宫里和仙夫人做了夫妻，跟星官出宫游玩迷路的话说了一遍，又历叙姓名、年龄、籍贯毕。銮辇见纫苏供辞诡异怪诞，命搜他的身上，又没有凶器，只腰间悬着一颗玉玲珑，倒是稀世的珍宝。卫士呈上，皇上看了，知道事涉宫闱暧昧，谕令把纫苏交给总管太监王真，着即讯问明白回奏。由侍卫押着纫苏出殿，銮辇又喝着道东去。

纫苏被两个侍卫拥到总管署中，王真听得是钦犯，哪里敢怠慢，立刻升堂，那两个侍卫自去复旨。这里王真拿纫苏细细地一勘问，纫苏照前讲了遍，王真忽地放下脸儿，大声喝道："你敢在俺这里扯谎吗？"

不知王真怎样拷问纫苏，再听下回分解。

第四十六回　火炙金莲万妃奇妒　水沉玉女宪宗伤怀

却说王直听了彭纫荪的口供，把惊堂一拍道："你这话不打谎吗？"纫荪颤巍巍地道："小子不敢扯谎。"王真便案上取下一面银牌，叫小内监持着，把西苑的太监一齐召来。不多一会儿，堂前阶下黑压压地站满了太监。王真命纫荪仔细认来，可是星官在里面，纫荪立起身去一个个地看了一遍，回说没有。王真说道："你可认清楚了吗？"纫荪说都已认清了。王真皱着眉头道："只有韩娘娘那里四个内侍了。"于是一挥，令众太监退去。众人闻命，一哄出外，鸟飞兽走般散去。王真又着小内监仍持了银牌，把韩娘娘宫中的四个内侍召来。不一刻，四个内侍随着小内监到来，走上阶台，纫荪便指着内中的一人说道："这个正是领着小子游玩的星官。"王真看时，却是内侍莫龄。当下指着莫龄喝道："你可认识彭纫荪吗？谁叫你假充星官，导引他私游宫禁的？"莫龄惊得面容失色，谅想是瞒不过的，只得把受韩娘娘嘱咐的话老实诉说了。

王真听了口供，不觉吃了一惊，随即亲自下座，带了纫荪，令莫龄引路，往那天宫里去查勘。由莫龄导着进了西苑，直到一座洞府面前。王真举头瞧去，原来是紫光阁下的假山洞，是英宗皇帝的时候，辟着这几个洞儿，在暑天乘凉的。这时莫龄先进洞去，王真随后，两个小内监押着纫荪跟着。转弯抹角到了正中，只见洞顶悬着无数的蚌壳灯，当中一盏最大，光辉耀目，就是宫女们骗纫荪当作星月看的，这一来可都拆穿了。洞后洗浴的石池，也不是天河水，只不过把从前琼妃洗浴的温泉引些进来罢了。还有月蟾、月香、侍月、望月四个仙女，见了王真，慌得她们连连叩头，也不敢自称是仙女了。纫荪目睹了这番情形，才知道自己在皇宫，并未到什么天上，那仙夫人想必是宫中的嫔妃了。只有那天赚他的老儿到底是什么人，其时还没有明了。王真四面瞧了一转，冷笑了一声道："倒亏他们想出来，真是好做作。"说着又到隔壁的石洞里，也一般的设备，一样有四个宫人伴着个面黄肌瘦的少年在那里。又到第三个石洞里，却只有宫女，不见少年男子。据宫女说，那少年新自昨夜病死，抛在御河里了。王真听罢，深深地叹了口气道："一念之欲，不知枉杀了多少的青年性命了！"

当下由王真将这件事的始末奏知宪宗。宪宗听了大怒，便欲召韩妃诘问，王真忙阻拦道："韩妃虽然可诛，然事若张扬出来，攸关宫闱秽迹，也涉及先帝圣誉，望陛下审慎而行。"宪宗想了想，觉得王真的话有理，便提朱笔来，书了"按律惩处"四个字给王真看了，并说道："一切由你去办理吧！"王真听了，磕一个头下来，回到总管署里。第一个先命小内监把三个石洞府封闭起来，又令将洞内的十二名宫女暂时幽囚了，侍月、望月等四人当然也在里面。又把纫荪和那带病的少年吴朗西及内侍莫龄等，一并械系在狱中。

王真又令将侍候韩妃的亲信宫人传来，问韩妃怎样地去引诱那些少年进宫。初时宫人不肯实说，经王真威吓着，那宫人才直供出来，说都是白云观的道士弄的玄虚。王真见说，便不动声色地把白云观道士一齐逮捕了，用刑拷问起来。老道士紫靓，承认

第四十六回　火炙金莲万妃奇妒　水沉玉女宪宗伤怀

改扮了异人去迷惑美貌的青年。至迷人的法儿，有迷信神仙的，就假充了仙人去蛊惑他；有好诗词的，便拿文章去投其所好，然后渐渐讲到丹汞之术，引人入毂；也有嗜琴棋书画的，老道士去搜罗专这一门的人材，借端和那少年缔交，待至十分莫逆时，再诱他进宫。大凡青年男子，大半好声色的多，老道士揣透了一班少年人的心理，把房中术去诱惑他们，十个中竟有八九人上当。结果，被老道士把蒙药将他迷倒了，暗暗地送进宫中。

王真录了老道士的供词，往白云观里去一搜，搜出无数的蒙药和麻醉剂等。又有一本小册子，上面记着被惑少年的人数及年月，前后统计送进宫中的，连彭纫苏、吴朗西等共是八十八人。王真看了大怒，即令将老道士紫靓等一十四人尽械系刑部正法，一面又来奏闻宪宗。宪宗也十分忿怒，下谕贬韩妃入景寒宫，十二个宫女悉处绞罪，内侍莫龄腰斩。惟彭纫苏和吴朗西两人身受迷药，不由自主，罪恶非出本心，似在可赦之例。

王真顿首奏道："彭纫苏与吴朗西情有可原，皇上圣慈，自不欲妄杀，然恐一经释放出去，难保不把这事泄漏，事关宫闱暧昧，及朝廷威信，那可如何是好？"宪宗拍案道："非卿提醒，朕几忘了。"于是把彭纫苏和吴朗西两人也处了绞罪。并说两人虽受人迷惑，但身为秀才（吴朗西也是秀才），妄交匪人，显见平时的不安分，所以皇上格外赐恩，令其全尸。王真领了谕旨，自然去一一办理。只可怜彭纫苏、吴朗西两人，享了一个多月的黑暗富贵，便在三尺白绫下毙命。那吴朗西还是个单丁，这一来并断了吴氏的香烟了。

宪宗杀了纫苏和朗西并十二个宫人，以为灭口了。谁知天下的事，要人不知，除非莫为。不上几时，京中早已传遍，把韩妃引诱少年男子进宫的事，大家当作了一件新闻谈讲。

原来英宗在日拿韩妃异常地宠幸，自英宗宾天，韩妃晋了太妃的尊号。在宪宗本来瞧不起她，只封了瑞妃、谳妃、慧妃等，不愿加封韩妃，经廷臣抗议，算勉强封赠。那韩妃终是个妓女出身，独处在深宫里怎耐得住性情，更过不了寂寞凄凉的岁月，由是假进香为名，和白云观的道士紫靓商量好了，替她把少年男子引诱进宫，任意纵欲，一般少年都被她缠得骨瘦如柴，到了一病奄奄时，便着心腹内侍将病人拖出去抛在荒地上，有的掷在御沟里，多半是死无疑了。也有给那家族在荒草地上或御沟中寻获的，忙抬回去医治，十个中有不得一个活的。家中问他到什么地方去弄成这个样儿，却是死也不肯吐露，因怕说出来事关奸污宫眷，罪要灭族的。以是都下起了一种谣言，谓有夜鲛儿摄取青年子弟，害得失去儿子夫婿之家，大家疑人疑鬼。自韩落霞（韩妃名儿）这件案子败露，京里少年子弟也没了失去了，夜鲛儿的谣传也自然而然地息灭。只韩妃的那桩事儿，巷议街谈，增资添料，讲的人故甚其辞，分外说得离奇怪诞，把韩妃竟说得来去御风和妖怪一般，并那白云观的道士也说得他和神仙一样了。还说老道士紫靓受刑的时候，头颅落地，颈中有白气上腾，化作一个小紫靓，哈哈大笑三声，驾云向西而去。这种神话且按下不提。

再说宪宗在百花洲临幸了万贞儿，过不上几时就册立她为贵妃。又把百花洲对面的海天一览改建为万云宫，令万贵妃居住。光阴如驶，又过了一年，万贵妃恃着宠幸，潜植势力，渐渐权侵六宫，连皇后都不放在她眼里了。吴皇后见万贵妃专横，心下已万分难受了。

有一天上，万贵妃领着六宫往祀寝陵，吴皇后闻知倒还容忍。待至行礼时，万贵妃争先，将吴皇后挤在后面。吴后大愤，当时也不行礼了，怒冲冲地回到宫中，便传万贵妃到凤仪殿，把她训斥一顿。哪知万贵妃自恃皇上深宠，反而责吴后失礼。吴后越觉忿不可遏，令宫女褪去万贵妃的上衣，请出家法来，把她痛

第四十六回　火炙金莲万妃奇妒　水沉玉女宪宗伤怀

答了十下，打得万贵妃珠泪盈盈，回转万云宫里赌气睡在绣榻上，足足哭了一天。

宪宗阅罢政事回宫，见了万贵妃的形状，忙问什么缘故，经万贵妃带哭带诉地说了一遍，又说吴后祀陵不曾行礼便回，自己失礼不知，反训责别人。宪宗听了，气往上冲。原来吴皇后与柏妃、王妃的册立，都是钱太后的主意，宪宗于吴皇后本不甚合意。又吃万贵妃撒娇撒痴地撺掇一番，宪宗越觉愤怒，便亲自赶到坤宁宫，和吴皇后大闹了一场。竟去见钱太后，说要废立吴皇后，将万贵妃册为中宫。钱皇后道："你如定要废去吴氏也轮不到万氏册立，还有王妃和柏妃比万氏早立，自应两人中择一为后，才是正当。万氏年龄已经老大，册立了她不怕廷臣们见笑吗？"宪宗沉吟了半晌，知道情理上说不过去。只得下谕废了吴后，暂命王妃统率六宫，并不册立正后。在宪宗的用意，要替万贵妃凑机会，得着时机便立万贵妃做中宫。

这时万贵妃虽不能如愿，吴皇后却废去，总算给万贵妃出了一口恶气。万贵妃见皇帝为了她废去皇后，从此威权愈大，名称是贵妃，实行的是皇后制度。那王妃又甚懦弱，毫无统驭六宫的权力，一切都让万贵妃去做主。万贵妃又生性奇妒，她在宫中专宠，不许宪宗再临幸他妃，宪宗偶然和宫女谈笑，被万贵妃瞧见，立即把那宫女传来，一顿的乱棒打死。宪宗也因爱生惧，渐渐地有些害怕万贵妃起来。

六宫中有个瑜妃，本是宪宗自己册立的，远在万贵妃之前。偏是万贵妃看她不得，满心要和她作对。讲到瑜妃的容貌，在王、柏两妃之上，唯妖冶不如万贵妃罢了。万贵妃生怕她夺宠，把瑜妃作眼中钉般的看待。又兼宪宗天天和万贞儿厮混，不免有点厌倦了，就往瑜妃的宫中走走，万贵妃知瑜妃年纪比自己要轻一半，论不定宪宗受她迷惑，以是心里恨得痒痒地。正在没好气的当儿，宪宗在瑜妃处连幸了三夜，把万贵妃气得忍无可忍。第四天的清晨，乘宪宗出去临朝，她便领着五六名宫待，各执着鞭儿蜂拥到仁和宫中，将瑜妃遍身痛打了一顿。万贵妃还亲自动手，在瑜妃的小腹上狠狠地打了几拳。适值瑜妃有娠，被她这样一殴辱，就当夜堕胎，又生了一个多月的病症。万贵妃听知瑜妃堕胎，心中暗自庆幸。只苦的自己年纪太大了，天癸断绝，不能生育了，所以也不许别人生育。妃子中谁若有孕，万贵妃恐生出太子来，皇帝要移宠到别人身上去，故此百般地设法，非把那妃子弄得堕了胎不罢手。又禁止宪宗去临幸他妃和另立妃子。宪宗闻瑜妃受责堕胎，为了惧怕万贵妃，不敢明说，只有暗自垂泪叹息。

俗语道："私盐愈捕得紧愈是要卖。"万贵妃把宪宗和罪囚似的监视着，哪里晓得偷偷摸摸的事却愈多。平常一个酒肉市侩，多赚了些臭铜钱，也要想娶三妻四妾及时行乐，何况是一个堂堂的皇帝，粉白黛绿当然要满前了。宪宗在面子上虽畏着万贵妃，暗底下不能没有别个宠幸。万贵妃微有些觉着了，在宫中秘密查询，又遍布了心腹宫女内侍，留神宪宗的行动。不到几天，被万贵妃侦察出来，知道万安宫的宫侍慕珠，仁寿宫的宫女水云、柳叶，长春宫的宫女楚江，永春宫的宫侍金瓶，晋福宫的宫女宝凤，这一班宫人都经宪宗临幸过，一齐纳为侍妃。那柳叶和金瓶似有册为妃子的消息。

万贵妃打听得明白，一缕酸气几乎连脑门也钻穿了，便吩咐内侍去预备下一座空室。布置既毕，命宫侍把慕珠、柳叶、宝凤、水云、金瓶、楚江等六人一并召到了。万贵妃高座堂皇地娇声骂道："你们这班淫婢子，敢瞒了俺家迷惑皇上吗？今天俺如不给些厉害你们瞧，将来宫里怕不让了你们这几个狐媚子！"万贵妃说罢，命宫人们把金瓶等六人的罗袜褪去，卸下缠带，露出

第四十六回　火炙金莲万妃奇妒　水沉玉女宪宗伤怀

瘦削蜷屈的玉足来。万贵妃命在地上排起铁链，又烧起两座火炉子，等炉火烧着了，钳出鲜红的炽炭，铺在铁链的四面。不一会并铁链也红了，万贵妃叱令官人扶着慕珠等六人，赤足上了铁链，强她们在链上一步步地走着。可怜纤弱的金莲，碰在这通红的铁链上，"嗤"的一声，皮肤都贴牢在链上，一阵阵的青烟望上直腾，臭气四散触鼻。慕珠等惨呼了一声，齐齐地昏了过去。万贵妃又命将冷醋泼在链上，把金瓶等薰醒转来，笑指着她们说道："你们还要狐媚皇帝吗？"金瓶等已痛彻心肺，哪里还答应得出，只不住地口里哼着。万贵妃冷笑了两声，自回宫去。

这里，金瓶和慕珠、楚江、水云、宝凤、柳叶等纤足被炙得乌焦糜烂，鲜血模糊，不能步履了，只坐在地上相对着痛哭。宪宗闻报，忙赶来瞧看，见了这样凄惨的情形，也觉心上不忍，不由得流下泪来。一面令太监们扶持了六人，令太医院去诊治。后来只一个水云治不好，溃烂时毒气攻入心脏，叫号毙命。余下的慕珠、金瓶等五人终算治好了。然两脚都成了残疾，已不能和常人般地行走了。

万妃似这样奇妒，宫中谁不见她畏惧，可是过了几时，六宫的宁妃又怀妊了。被万贵妃暗令内侍，把宁妃的肚腹上用藤杆滚了一下，又弄得堕下胎来。偏是王妃争气，她怀着身孕恐万贵妃算计她，很秘密地把白绫紧紧地捆着。柏妃也一般地效法，竟不曾吃万贵妃瞧出破绽的。到了十月满足，王妃生了一个女儿，柏妃却产下一个太子来。宪宗听了，自然很有兴，廷臣也都来叩贺，宪宗命在太极、太和、宝和等殿上大开筵宴，赏赐内外臣工。正在兴高采烈，谁知宫女慌慌张张地来说，太子忽然七孔流血死了。总计生下地来还不到三天，便往阎王殿上去了。宪宗这一气，几乎平空地跌到下来，只好痛哭一场，用皇子礼瘗往金山，与夭殇的诸王同葬。

宪宗悲抑还没有去怀，幸得王妃的女儿却甚强健，宪宗有了这个小公主，也算聊胜于无了。但过不上三个月，保姆抱着小公主在金水桥畔玩耍着，一个失手，扑通的一声堕在桥下，内监官人忙着去打捞起来，这位小公主已是两眼朝天，追随那小太子往阴中作伴去了。宪宗闻知。又是一番的伤感，独有那王妃哭得死去活来。宪宗常常叹息道："朕的命中似这样多舛，连个女的也招留不住吗？"王妃听了，转去劝慰宪宗，不必过于悲哀。宪宗也觉没法，唯付之一叹罢了。

是年的冬季里，王妃又怀妊了，宁妃也说有孕，又有嘉贵人、惠贵人也都有了六七月的身孕。到了第二年上，王妃居然生了太子，惠贵人和嘉贵人又先后生了皇子，宁妃生了女儿。宪宗见一年中添了三子一女，这喜欢是可想而知了。于是祭太庙、开庆筵，足足忙了半个多月，才得平静下去。当时王妃生的皇子最早，将来预备立为东宫的，便赐名祐贞，惠贵妃生的赐名祐荣，嘉贵人生的赐名祐权。惠、嘉两贵人因生了皇子，都晋为妃子。宁妃生的女儿，赐名金叶。

日月流光，太子祐贞已能够呀呀地学语了。宪宗异常地爱他，时时把太子抱在手里，临朝的时候，又命太子坐在龙椅的旁边；退朝下来，抱他同坐在辇上。那太子却不时要啼哭，但一坐在辇上就停住不哭。宪宗笑道："吾儿他日该坐銮辇的。"便令木工，替太子定制了一轮小车，在御园的草地上推来推去，引得太子嘻嘻地笑个不住。一天，那推车的太监用力太猛了，一时把持不住，直入金水桥下去，慌得宫女卫士赶忙救护，幸得太子不曾淹死的。然经这一吓之后，渐渐生起病来，不上一个月就一命呜呼了。王妃又哭得要寻死觅活，宪宗悲感万分，令将当日推车的太监以及护卫的内监、宫女、卫士等一并斩首。岂知一波方平、一波又来，惠妃所生的皇子又患七孔流血的病症死了。宪宗

第四十六回　火炙金莲万妃奇妒　水沉玉女宪宗伤怀

又是悲伤、又是孤疑。万不料嘉妃所生的皇子祐权，经宫女替他沐浴时，又不知怎样的会在浴盆里淹死了。宪宗这里，真是又急又气又是伤感，三方面交逼扰来，也酿成了一病，足有三个月不能起床。看看病势稍轻了些，又报公主金叶忽然倒地死了，死的时候遍身发了青紫色，好似中了什么毒一样。宪宗听得病又加增起来，他有气没力地叫识得伤痕的内监细细地把公主金叶一验，回说是中的蛊毒。宪宗这时也病得昏昏沉沉，只含糊答应了一声就算过去。

直到明年的春末，宪宗病才慢慢地好起来。由坐而步，至自己能够行走了。于是旧事重提，将服侍祐荣的宫人、内监并和轧权沐浴的宫女，及侍候金叶的内监宫人，一起传到了面前，由宪宗亲自勘讯。哪里晓得着实追问下去，都不承认侍候太子，是什么样儿的也不曾见过，转弄得宪宗倒是丈二和尚摸不着头脑起来了。待后仔细一诘问，才知道当日服侍太子的宫人内监都被万贵妃迁出宫去，宪宗正病得头昏颠倒，万贵妃暗地里偷天换月，他竟一点也没有得知。这是溯本求源，把万贵妃的奸恶行为完全显露了出来。宪宗如梦方醒，虽然恼恨万贵妃，只是心里畏惧她，不敢发作罢了。

其时襄王祁璿，忽然从河南递进一本奏牍来，宪宗看了疏言，不禁纷纷地落泪。

要知宪宗为甚伤感，再听下回分解。

第四十七回 老王爷啖蝗留古迹 小杜宇斗狮展奇能

却说宪宗看了襄王祁璿的奏疏，忍不住流泪对大学士汪直说道："老皇叔为拯万民，竟身与灾虫相抗，以至殉灾。这样的耿耿忠忱，死得也真可悯了！"汪直听说，就御案上瞧那疏文，却是襄王祁璿的遗疏，述那河南的蝗灾情形，真叙得惨目伤心，痛哭流涕，结末说自己悲悯百姓受灾，将以身殉灾的主旨，讲得极激烈感慨。汪直看毕，也不由点头叹息。

原来襄王祁璿是瞻墡的儿子，从前瞻墡就封在长沙。瞻墡逝世，长子祁璿袭裁爵，便改封在河南。瞻墡在英宗朝也很立下些功绩，当英宗被掳北去，回国后隐居南宫，景帝谕令大臣不准朝觐，瞻墡尝上书景帝，劝他按礼朝参。等景帝见废，英宗在奏疏当中寻出瞻墡的奏章来，不觉十分感动。从此便对于瞻墡就格外器重。宪宗受英宗的遗训，命改封襄王祁璿往河南。祁璿奉谕后携眷入觐。襄王的爱妃秦氏（祁璿的妃子）和钱太后是表亲，乘着进京的机会，便进宫朝谒钱太后。那时宪宗恰巧在侧，见襄王妃生的雪肤杏肌、花容月貌，不觉心动。又值襄王妃是夜留在宫中，宪宗很是恋恋不舍，只碍于礼节和钱太后的眼睛，不好任性做出来，勉强地退出宫去。宪宗回到寝殿，也不召幸妃子，独自

第四十七回　老王爷啖蝗留古迹　小杜宇斗狮展奇能

呆坐了一会，和衣睡着。第二天又忙忙地临朝罢，赶往钱太后的宫内想去看那襄王妃秦氏，不料秦氏已早出宫去了。

宪宗扑了个空，心里闷闷不乐，经日短叹长吁，好似失了一件宝贝一般。内侍黎孙见宪宗昼夜不安，微微地被他窥出了心事，先把言语来试探一下。宪宗叹口气道："朕的心里有事，与你说了还是无益的。"黎孙忙跪下道："奴婢受皇上的厚恩，虽有蹈火的事，也要去干他成功；至若小事，更不必说了。"宪宗因黎孙说得恳切，就把看中襄王妃子的意思约略讲了，又说王妃是自己的婶子，即能实行，于人伦上似乎说不过去。黎孙笑道："陛下身为天子，有什么事不可以做得？况那襄王妃又是太后的表亲，只要慢慢地想法，没有做不到的。"宪宗笑道："黎儿，你如其能够替朕把这件事干得好，自然重重地酬答你。"

黎孙领谕出宫，竟自去见襄王，将宪宗看上王妃的话直捷痛快地说了一遍。襄王听了，觉得事出意外，不免非常地惊骇。经黎孙反复陈说，把其中的利害比喻得十分透彻，又说："皇上既起了此意，王爷如过于拗执，必至祸生不测，就要弄得骨肉相残了。"黎孙说时，声色俱厉，襄王不禁动容。沉吟了半晌，慨然叹道："他这样不顾人伦，俺亦何惜一妃子。"说罢便进内去了。不到一会，襄王出来向黎孙道："俺和秦妃商量，她为保全俺的幸福生命，并免骨肉猜忌起见，自愿进宫去侍候皇帝。你并回去复旨，俺在三天内送秦妃进宫就是。"黎孙大喜道："王爷大度，必蒙皇上宠任，将来后福无量。"襄王连连摇头，令黎孙速去。

当下黎孙别了襄王，也不进见宪宗，只在宫内静待消息。到了第三天的午晌，果见襄王亲自送了秦妃进宫，黎孙忙去接着，便捏传上谕，命襄王退去。黎孙导引秦妃进了宁远门，暂在水月轩中等待，自己却挨到了晚上来见宪宗道："美人已经来了。"宪宗跳起来道："有这样容易的事？朕可不信你的话。"黎孙故意迟疑了一会道："陛下可下旨召幸,看来的是不是,便立见分晓了。"宪宗笑道："她在王府里,怎样地去宣召?"黎孙只催着谕旨,宪宗即命尚寝局递一枝绿头签给他,黎孙领了召签,去导秦妃进了寝宫,照例经过检验室,两个人把秦妃接了进去。

宪宗就灯下望去,见确是秦妃,真是又惊又喜,便暗暗佩服黎孙的手段敏捷。但宪宗在未见秦妃之前昼夜坐卧不安,这时真见了秦妃,究竟攸关名分,转觉心下惭愧起来,点点地做声不得。秦妃兀坐着也是一语不发,也不向宪宗行礼。两个人默拼了好半天,到底色胆包天的宪宗皇帝搭讪着对秦妃问长问短,引秦妃开了口,两人渐渐地有说有笑,回答相应,慢慢地亲热了。结果是同进罗帏,了却五百年前的宿债。两人把这笔帐算讫,宪宗问起秦妃的年龄和芳名,秦妃回说是十九岁,小名芸香,陕西人,嫁襄王才得三年。宪宗听说,心上便起了一个疑问,以钱太后不是陕人,和秦妃同是兖州籍,现在秦妃自说是陕人,地方就是不对。况襄王祁璿,十五岁便立妃子的,秦妃自谓只嫁得三年,就算她十九岁,也已嫁得五年了,这是第二桩疑窦。不过面子上,暂时不去说穿她。

宪宗自幸了这个婶子妃子,几次要册立她做贵妃,秦妃怕惹人笑话,坚辞不肯受封。这样地过了一个多月,襄王已就河南封地去了。宪宗宠爱着秦妃,天天召幸无虚夕。有一日,宪宗和秦妃并枕睡着,到了司礼监来宫门前朗诵祖训,宪宗起身跪听,觅得床上空虚无人,听训已罢,回头唤那秦妃,不见答应。其时天初破晓,灯光暗淡,朝曦未升,宫中昏暗不明。宪宗令宫人掌上明烛,四觅不见秦妃,宫人等在宫内外、更衣室、淋浴室、装饰笼薰香室、彤史、司膳、尚寝等都找遍了,没有秦妃的影踪。宪宗很是诧异,一面检视秦妃的私藏,并宪宗馈赐的珍宝,也一样不曾移动。于是立即召总管太监王真来侦查,仍无下落。宣那司

第四十七回　老王爷啖蝗留古迹　小杜宇斗狮展奇能

阍的太监侍卫询问,回说宫门下键后,便无人敢擅自进出。

宪宗见大家忙了一天的星斗,依旧毫无头绪,只得上辇去临朝。待到视政毕,又回宫查察,秦妃还是消息沉沉,又不敢去白钱太后。宪宗纳幸秦妃本瞒着太后的,因秦妃与钱太后是表姊妹行,今宪宗纳为妃子,在太后面上似太没交代了,不得不隐瞒了太后做事。当下宪宗失了秦妃,勃然大怒道:"禁阙中竟然会失踪妃子,内外大小宫监侍卫,却一人也不知道的,那还了得吗?现限三天,必须寻得秦妃回话,否则自总管以下,一例处罪。"

这道旨意一下,总管太监王真和各宫各殿各门的太监首领和各宫女领袖,都慌得同船头上跑马般地走投无路了。幸亏那总监王真,稍得宪宗的信任,再三地叩头要求宽限,甚至痛哭流涕。宪宗才终限十天,十天之内如没有秦妃的消息时,就要砍去脑袋的了。王真见宪宗正在盛怒,不敢再求,只好领了谕旨出来,和各处的首领太监商议,有的说秦妃投井或投河自尽的,有的说必是襄王派了有本领的人,蹿进宫来把秦妃盗去了。王真见两说都有些意思,以自尽当必不出宫外,只命小内监向宫廷各处花池流泉中细细地去打捞;一面去告知五城兵马司,将内外皇城紧闭起来,挨户搜查;又行文各郡邑关隘,认真侦查。这样地闹了四五天,连秦妃的一点影儿都没有,把个王真急得要死。

宪宗失了爱妃,也终日愁眉双锁,还时时把秦妃的遗物取出来把玩一会,叹几声。似这般地虚空咄咄,忽在秦妃的镜奁里面,寻到了一张花笺,笺上用小楷书着两首诗词,上款是"芸香吾妹",下款是署"知心陇西生上"。那诗句道:

　　寂寞秋将暮,凄惊独夜舟。
　　人比黄菊瘦,心共白云悠。
　　诗苦因愁得,残灯为梦留。

明宫十六朝演义

不堪思往事，逝水少回流。

——暮秋

莲花莲叶满池塘，不但花香叶亦香。
姊妹折时休折尽，留他几朵护鸳鸯。

——采莲

春色桃花秋海棠，夏莲心苦怨银塘。
一楼霜月晶查帘，总为清吟易断肠。

——题画

春雷发地见天根，春色巫山季女魂。
蝴蝶梦中三折径，枇杷花下一重门。
莎汀沙软眠兔子，菜圃香清接稻孙。
却怪漫空飞柳絮，化萍点破小潮痕。

（陇西生作）

年年新绿长新根，春暖香迷蛱蝶魂。
刚伴杏花开二月，恰承翠辇三重门。
随风拂拂侵裙履，带雨离离认稻孙。
最好深闺小儿女，多情携侣伴苔痕。

（芸香和作）

宪宗读了诗笺，恍然说道："据诗中的口吻，却不似王妃，竟是个别有情人的小家碧玉。怪不得她自谓是陕西人，想其间必有一段隐情在里面。那署名陇西生的，当是她的心上人儿，倘若彻底根究起来，定有什么艳史情迹存在着呢？"宪宗默念了一阵，

第四十七回　老王爷啖蝗留古迹　小杜宇斗狮展奇能

把诗笺袖在袖内，慢慢地踱出了寝殿，正见王真走来。宪宗方要取诗给他瞧，王真已跪着禀道："秦娘娘的消息有了。"宪宗惊喜道："现在什么地方？"王真说道："适才接得葭州府的报告，谓自跪诵上谕后，即认真查访，到了第三天上，便有一个少年书生自称是陇西生投案。"

据说秦妃是陕人名芸香，姓华，年十九岁，和陇西生自幼订有婚约，后被襄王选入王府充襄王妃的侍女。陇西生几次设法，总不获有情人成了眷属。襄王进京，不知怎样地移花接木，把芸香送进皇宫。闻皇帝已纳为妃子，陇西生颇有佳人归沙吒利之叹。忽一天遇见一个黄衣少年，自喻是昆仑奴一流人物。陇西生便把芸香入宫，和自己一段情史，细细说了一遍。黄衣少年便担承替他取回芸香，说得陇西生似信非信的，和黄衣少年敷衍了几句。不料少年去后，不到半个月，一天的夜里，居然负着一个大包袱，从屋檐上飞奔地下来。陇西生忙去迎接，那黄衣少年将巨袱授给陇西生道："快去看心上人吧！"陇西生把大包袱打开，见里面睡着一个绝色的美人，穿着一身的宫妆，星眸微启，柳腰娇懒，似十分的困倦，再仔细一瞧，正是昼夜盼望的芸香。陇西生这一喜，几乎连眼泪都笑出来，忙去谢那黄衣少年，已不知他往哪里去了。只得望空拜谢，疑是神助。及至和芸香叙谈，谓"那天晚上与皇帝并枕卧着，忽然觉得昏昏沉沉，耳边听得呼呼风响，开眼看时，见（你指陇西生）立在我的面前。"陇西生见说，屈指计算，自芸香那天五鼓被失出宫，晚上已到葭州了，才知真个遇见了侠客。如今陇西生听得朝廷谕旨颁发各处，侦查秦妃失踪，知道这事隐瞒不过，就来投案自承。

葭州知州孟鄞见案关盗窃宫眷，情节重大，不敢擅专，于是将陇西生和华芸香（秦妃）亲自械系进都，投柬入兵部。尚书汪直不在都中，由司员转报知大内总管府。总管太监王真即提讯一过，进宫奏知宪宗。并把陇西生和华芸香关系的前后情形，以及陇西生所供侠客援芸香出宫的经过细述一番。宪宗听罢，想起了诗笺上的置名和王真听说的话似合符节，不觉暗暗点头。便吩咐王真，将陇西生释放了，华芸香既已有夫，自不便夺人之爱，着令随陇西生回去择日成婚，又令襄王祁璸把秦妃的隐情从实回奏。这道谕旨一下来，陇西生和华芸香两人，果然十分高兴，就是京师的士大夫也都去探望陇西生，诘询他和华芸香的情史，仕女们还来与芸香缔交。陇西生的寓所，几乎户槛为穿。一时巷议街谈，拿这件事讲得到处皆知。陇西生嫌他们麻烦不过，悄悄地乘夜回往陕西去了。

　　再讲那个襄王祁璸，接到宪宗的上谕，惊得目瞪口呆，别的不去说他，只秦妃的事实，已犯了欺君的罪名。当下忙召谋士柳梅贤进府商议。梅贤说道："某看皇上，断不致加罪王爷的，因皇上纳幸王爷的妃子，名分人伦两有乖张，谅来是瞒了太后干的事。唯王爷如在奏疏上辩白，恐不能得皇上见谅。最好王爷亲自进京走一遭，将内容直接上陈，某可保王爷安然没事。"襄王皱眉道："无故擅离封地，不要获咎的吗？"梅贤正色道："王爷只说进京待罪，怎得谓无故？"襄王想了一会，觉除此也没有别法，便进内和秦妃说知，星夜收拾了行装，把府事托给了谋士柳梅贤，自己匆匆进京。到了都中，适值宪宗御的便殿，襄王入觐，伏地大哭，自述欺君有罪，把华芸香冒充自己的秦妃进献皇宫的缘由，据实上闻。

　　原来芸香和襄王妃的面貌非常相似，襄王爱她容色酷类王妃，强迫选为侍女。有时芸香和王妃易装，连襄王都辨不出真伪来，只王妃的粉颊上有一粒小小的黑痣，算是区别。倘若粗心瞧看，简直判不出轩轾。内监黎孙突去王府，将宪宗见爱秦妃的话从直叙述，襄王骤听很是为难，后来忽记起芸香来，就满口应

第四十七回　老王爷啖蝗留古迹　小杜宇斗狮展奇能

承。过了三天，命芸香改作王妃的装束送进宫去，宪宗被他瞒过了。万万想不到芸香还有情人在外，一出秘剧竟至拆穿。现在襄王直认不讳，宪宗以襄王这个主见倒免却了自己乱伦之嫌，心里转是不过意。所以这时反安慰了襄王几句，说他此举颇晓大义，命他安心自回封地。

临行的时候，又赐赉金珠玉带、锦袍缎匹并外邦进贡来的珍物，及人参十斤、鸾笺千册、百花酿十瓶等。襄王受这样的重赏，真觉出人意外。那时内监黎孙已升了锦衣侍尉，闻襄王蒙旨奖揄，想自己的官职，是从襄王根本上来的，于是就来走贺。襄王当然谦虚了一番，即日辞行起行起程。他回到河南，和秦妃讲起，极感激皇上的厚恩，常想乘间图报。

是年河南地方，五谷结实，异常的丰茂，农民以为坐享丰收，乐得人人高歌，家家腾欢。哪里晓得天灾将到，田稻分外起色了些。一天的清晨，猛听得东南角上一阵黑云，直向河南飞奔而来。到了头上，但闻空中若怒潮汹浪，万马奔腾，天色也为黝暗无光。人民疑是大雨来了，却不是下雨，遥望上去，好似天雨冰雹，黑斑点点，上不上、落不落的不知是什么东西。百姓们慌作一团，大家闭门不敢出来。直到第二天的午晌，天空里才见清净。众人猜三嚷四，拥着一堆，讲昨日的现象。有说妖怪经过的，有谓天呈变象的，有几个农民走过田里，只叫得一声苦，不知高低。不一刻，农人愈聚愈多，各人到自己的田中去一瞧，一齐叫起苦来。原来那田里很丰茂的禾穗，被那蝗虫啮得断梗折穑，七零八落了。方知昨日清晨似云似雹的，乃是蝗虫入境的缘故。农民便携了网兜等器大家下田捕蝗，谁知越捕越多，弄的满田都是，甚至树木竹林上也栖遍了。百姓到此时，不禁束手无策。眼睁睁地看着将熟的禾穗给蝗虫咬坏了，心里怎的不痛苦呢？只有瞧着田中发声大哭，田野里霎时哭声震地，真是男啼女号万分伤心。

襄王在府中听得外面哭声大震，亲自出来询问，见是蝗虫为灾，便纠集了无数的乡民下田捕蝗。襄王也执着布旗督工，捕蝗一斤，卖钱三十文。岂知今天捕去了一万，明日待生出两万来。襄王大愤，叩头祷天，尽愿已身代灾，依旧无灵。襄王忿怒极了，大踏步下田中，捉住蝗虫往口里乱嚼，吃了有千百只光景，肚里胀闷欲绝，不上半天，蝗毒发作起来，襄王就弄的头青脸肿，竟死在地上了。

襄王死后，尸身旁外满栖着蝗虫，渐渐地愈聚愈多，堆积好似山丘一般，田里的蝗虫却一只也没有了。这样的过了三天，积聚的蝗虫都化了清水，露出襄王的尸身来。由王府里收拾起襄王的尸首，一面上章奏闻。宪宗见了奏疏，也十分感伤，谕令照王礼厚葬。河南人民感襄王的赐惠和驱蝗的恩典，就在襄王身殉之处，建起一座庙宇来，叫作朱王庙，后人传讹，呼它作驱蝗庙。从此凡河南患蝗，只要往朱王庙祈祷，蝗虫便立时消灭。如今庙貌犹存，古迹流传，春秋佳日，士大夫多登临凭吊呢。

宪宗成化十三年，尚书汪直奏请宪宗驾幸林西，效古天子的春秋郊猎。宪宗阅奏，自然高兴，当即批准，并命汪直领兵三千护驾，銮辇竟向林西进发。林西本是个荒僻未经开化的野地，山君（虎）猛兽极多，御驾到半途上，忽然扑出一头野狮，望着人丛里乱咬起来，兵丁被伤了五六十人，侍卫也相顾逃命。正在危急时，驾前的掌伞杜宇，蓦地撤了紫伞，大吼一声，挥拳直奔那野狮。野狮舍了众人向杜宇扑来，杜宇急忙闪过，随手一把将狮子的尾巴抓住了，奋力往下摔去。这时那些兵士侍卫都看得呆了。

不知杜宇怎样地获住猛狮，且听下回分解。

第四十八回　伍云潭黑夜探皇宫 韩起凤花朝盗宝氅

却说尚书汪直本来是个后宫的太监，因他迎合了万贵妃，也得宪宗的宠幸，由锦衣卫擢到了侍郎。不多几天，便加了兵部尚书衔，居然令汪直入阁办事。其时朝臣当中，只大学士商辂还敢说几句话；余如侍郎王恕、御史李震、吏部尚书白圭等都为了弹劾汪直，弄得戍边的戍边、降职的降职。宪宗又命汪直设西厂，以访查民间的情形。当太宗篡位后，怕百姓有什么不服的议论，就设起一所东厂来，专一派内监往各处各地察访私情。直传到了英宗时代，把东厂停止，裁去冗职的内监，人民欢声载道。但在宪宗时宠容汪直，添设一座西厂，命尚书汪直兼任监督，厂中置首领太监两人，小太监六十四人，多轮流出外侦察。

汪直要讨好万贵妃，不知在哪里找了一个姓万的老儿来，自称是万氏遗裔，排起来还是贵妃的族叔。万贵妃自幼进宫，正恨没有母族受她的荫封，忽闻得有个族叔，自然十分喜欢，当时便诉知宪宗，把那老儿授为都佥事，并赐名万安。这万安是个市井无赖，一旦贵显，仗着万贵妃的势力，在外鱼肉人民。又为固宠起见，私下强取民间美女，进献宪宗。又将房中秘术，书订成册，进呈上去。把个宪宗乐得手舞足蹈，欣喜得了不得。

万安见宪宗乐此不疲，越发趋奉得厉害，什么淫书春册，凡能辅助淫乐的东西，无不搜罗上进。宪宗久处深宫，哪里晓得民间有这样许多的行乐名目，所以把万安进献的器物都当作宝贝般看待。又将万安的官职屡屡升擢。不到半年，已做到了工部侍郎，并时时召万安进宫，研究房术。万安便拿淫剂剧药劝宪宗吞服，居然一夜能御十女，宪宗赞他的仙剂，由是更信任万安了。

汪直觑得万安获宠，深怕自己的权被万安夺去，就和小监何和密商良策。何和的为人，倒也是狡谲，他听说万安进献房术，便劝汪直搜罗了美女送进宫去，算是和万安对抗。恰巧内监江训奉了上谕，往潞州采办花石，汪直亲自委托江训，南去时代办几个美女回来。江训一口答应了，一路经过泗阳等诸地，各州邑官员多来迎送，江训嘱令选就美女十名，待进京时带去。那些地方官吏巴不得奉迎中官，一接到了命令，当然唯命是遵，立刻向各处搜罗起来，凑成了十名，收拾一所馆驿给美人居住，只等江训一到，便好送去复命。

过了一个多月，江训从潞州回来了，泗阳的官吏忙着去迎接招待，又将十名美女交给江训。江训看那十个美人儿，个个有绝色艳姿，不觉大喜道："俺此番回去，可以对得住汪监督了。"当下江训和各处州官酬酢了几天，载着御选的花石和美女，匆匆就道北上。到了京中，把花石进呈了，然后去见汪直，把美女献上。

汪直谢了江训，把十名的美女又亲自过目，十人中选出最好的两名来，一个叫殷素贞，一个叫赵虞娟，两人一般的生得妩媚艳丽，姿态宜人。汪直便把两人装饰好了，驾起了两辆香车，小监前呼后拥地护送进宫来。宪宗见了这样的一对绝色佳人，喜得他抓耳揉腮，心中说不出的快乐。偏是那万贵妃不服自己年老，一心想专宠下去。她见宪宗临幸他妃，心下已是难受，又为了襄王秦妃的事和宪宗闹过几场，险些儿弄得两下决裂。幸而宪宗有

第四十八回　伍云潭黑夜探皇宫　韩起凤花朝盗宝氅

三分畏惧她，不曾过于逼迫的。后来秦妃也失踪了，万贵妃得知，快活得什么似的。因此当时宫中的嫔妃，疑秦妃的失踪是万贵妃的玄虚。宪宗也疑惑到这一层，只是不敢证实它，不过暗暗衔恨罢了。这时殷素贞和赵虞娟进宫，汪直护送进来，冠冕堂皇的，谁也不知是汪太监献的美女。宪宗随即下谕，册立殷素贞、赵虞娟做了妃子。

消息传递到万贵妃的耳朵里，满肚的酸意没处可以发泄，要待把从前的老手段施出来，如今的宪宗不比往日了，他在殷妃、赵妃的宫门前，都用侍卫防护着，若无谕旨，不论何人一概不许进宫。万贵妃没法可想，只在宫中捶胸顿足地痛哭着。宪宗念她昔日的情好，有时也亲自来安慰她几句。但万贵妃的妒嫉是天生的，任宪宗怎样地劝慰，她哪里能够去怀。不到半个月，竟渐渐地酿成一病，卧床不得起身了。万贵妃病倒了，宪宗的耳边也乐得清爽一点，索性和殷妃、赵妃攒在一起，再也想不着有万贵妃的病人。

讲到殷妃和赵妃，两人一般的美丽，两美中再一比较，殷妃似胜赵妃一筹。宪宗的宠幸，自然把殷妃格外地另眼相看。但殷妃自进宫中，终是愁眉不展，好像有十二分的心事一样。宪宗要博殷妃的喜欢，命汪直在外面雇了一班伶人进宫，在西苑的艺林里令伶人昼夜演剧，替殷妃解闷。殷妃见戏剧做得热闹的时候，勉强的一顾盼，就不愿意再瞧了。宪宗又想出别种玩意儿来，取悦殷妃。殷妃看了，也不过微微地一笑，事后仍旧是愁眉苦脸地想她的心事了。宪宗百般地逗引她，终不见她有嘻笑的时候。正弄得宪宗没奈何的当儿，忽汪直奏请郊猎，恰中宪宗的心杯，便即日上谕实行。于是带同了殷妃、赵妃，龙辇凤舆同向林西进发。谁知还没有围猎，半途上就撞着一只猛狮，摇头摆尾地望着人丛中扑来，吓得侍卫各自四散乱奔，有几个抵敌一下的，便被那猛狮咬伤。

这时御驾已危急万分,随驾臣工大呼:"快救圣驾!"猛见那掌伞的小监杜宇攘臂直前,竟取猛狮。那猛狮回转身躯向杜宇扑来,杜宇急忙闪开,随手就是一拳,打得那猛狮子连吼几声,似人一般地立起来,一爪向杜宇的顶上击下。侍卫们都替杜宇捏把汗,只见杜宇一个箭步去蹿在狮子的背后,一把将它尾巴拖住。那狮子到底力猛,泼剌剌地一个大翻身,杜宇也随着它转了过去,但他的两手仍紧紧抱住狮子尾巴,死也不肯放手。那狮子尾上被一个人拖着,转身着实不便,不由得弄得它性发,奋起兽王的威猛,将一枝尾巴和铁杠似的直竖了起来,杜宇也被它掀在空际。驾前的侍卫大臣,一齐大惊失色。看杜宇时,兀是紧抱在狮上。那狮子见掀不下杜宇,一时倒也走不远了,只把身体团团地打转。其时由锦衣尉王纲一声吆喝,抢着手中的大斧,大踏步飞奔野狮,后面的那些侍卫也蜂拥上前,杜宇在狮尾上一手拖住尾端,右手拔出佩剑来,望着狮子的臀上乱刺。王纲和侍卫等只候那空隙时才敢砍着一两下,因怕失手劈在杜宇的身上,所以不施力。那野狮被杜宇在臀上刺得痛极了,又吃王纲斩了两斧,侍卫也扎着了五六枪。野狮虽然雄壮,被一枪刺在肚腹里面,脏腑受了创,挨受不住,狂叫一声倒在地上打滚。杜宇随着它滚着,弄得头昏颠倒,只得释了狮子尾巴,跳起身,来助着王纲等并力地一顿刀枪,总算把那狮子击死;一面来驾前报告。

随驾诸臣都向宪宗请安。宪宗心神略定,急问:"殷妃、赵妃可曾受惊?"不一会,内监回报,两位姑娘的凤驾距离斗狮处较远,未曾受着惊恐。宪宗听了才觉放心。其实赵妃的车儿去銮辇很近,她首先瞧见猛狮,吓得玉容惨淡,半晌说不出话儿。经宫女们说打死了狮子,赵妃的香魂方慢慢地返舍。内监怕宪宗忧急,特地将这话隐瞒。至于殷妃的凤舆,的确随在最后,她不曾

第四十八回　伍云潭黑夜探皇宫　韩起凤花朝盗宝氅

受惊的。

　　当时那汪直把禁卒屯驻了，也来叩谒宪宗，自认死罪，宪宗并不责难他。汪直谢了起身，宪宗忽然说道："驾前二百四十名侍卫和校尉，只一个王纲还能见危不惧，其他的人都顾自己逃走，使朕几遇不测。但不知那独斗猛狮的少年是谁？"汪直跪下磕了一个头，道："他也是侍候陛下的，便是愚臣的义子杜宇。"宪宗笑道："卿有这样一个好儿子，快叫他来见朕，听候赏赐。"汪直领谕起身，去领了一个小监来。跪叩三呼毕，宪宗见他眉清目秀、齿白唇红，娇艳得如处女似的，不觉诧疑道："这就是斗狮的杜宇吗？看他如此温柔，哪里来的气力？"汪直说道："连愚臣也不晓得他有那样的武艺。"宪宗即问杜宇自己，杜宇便把老子是个拳教师，他在幼年曾下过苦功，得着他父亲的真传，所以略有几分勇力，前后朗朗地奏了一遍。宪宗大喜道："你既具有真实本领，又有打野狮的功绩，朕就封你做个驾前护卫使吧！"杜宇谢恩起来，侍立一旁。从此杜宇充了宪宗的贴身卫士，逐渐把他宠幸，酿出后来一段风流史，按下不提。

　　再说宪宗车驾到了林西，汪直已设有行宫，是日即在行宫里驻跸。宪宗以王纲勇猛搏狮，也重赏了他。于是在林西住了半个月，天天出外打围，可是那殷妃依旧闷闷不乐。宪宗以殷妃不嗜行猎，自然没有什么兴趣留恋。过不上几天，传旨回銮。不日到了京师，万安率着群臣出城跪迎。宪宗进城，便升奉天殿受众臣的朝参，毕后退朝回宫。宫内的太监宫女又都来叩见过了，宪宗去看那万贵妃时，见她病已稍愈，只是花容憔悴，比前衰老了许多。宪宗嘱咐她静养，自回赵妃的宫中。

　　这一夜仁庆宫内，忽然地闹起刺客来。慌得一班嫔妃、宫娥、内监等抱头乱蹿。不到一会，万春宫瑜妃、万云宫万贵妃、长春宫王妃、晋福宫宁妃、永春宫惠妃、雍仁宫嘉妃、仁寿宫瑨妃、永寿宫江妃、照仁宫赵妃等一齐嚷:"有刺客!"宪宗从梦中惊觉,忙披衣下榻,连声呼:"小杜(杜宇小名)快来!"那杜宇保护着宪宗,早晚不离左右,宪宗也十分喜欢他。凡临幸妃子,无论往何宫,杜宇总是在外侍候的。这时听得宪宗呼唤,杜宇知道必然有紧急事儿,便跳起身来,仗着一把钢刀,直抢入昭仁宫中,见宪宗手指着窗外颤巍巍地说:道:"刺客!刺客!"杜宇也不回答,转身又奔出宫外,星光下瞧见一条黑影儿望着槐树旁边蹿去。杜宇瞧得亲切,挺刀大喝道:"贱徒慢走,俺杜宇来了!"说罢,连跳带纵地赶将上去。兜过槐树亭子,觉得那黑影一闪,接着就是一声:"看家伙!"杜宇晓得是暗器,急往树边闪过,"啪"的一下,却是一根槐树皮儿。杜宇不由得好笑,谅他是没有暗器的,不过吓人罢了,就大着胆向前追赶,忽听"疙瘩"一响,一枝袖箭飞来,直贯杜宇的耳边。杜宇吃了一惊,眼中火星四迸,两条腿在地上也奔得越快了。

看看将要追上,杜宇恐自己力弱,不能擒住刺客,回头见背后火光通明,足步声杂沓,侍卫、内监一窝蜂地追来,只距离还很远。杜宇胆却壮了许多,竟奋臂舞刀取刺客,刀光飞处,那刺客也回身来战。两人刀战刀,在光明殿的丹墀下交手。那刺客的刀法纯熟,把一口九环刀舞得呼呼风响,杜宇手里招架,心中寻思道:"那刺客想必有些儿气力,否则黑夜行刺,总以轻捷为宜,携带的武器不是单刀就是宝剑之类,从不曾见带九环刀的。要不然,他不是诚心来行刺,或者特别地到皇宫里来献些本领的。"杜宇正这样地想着,那刺客忽虚晃一刀,望着回廊中便走,管廊的太监闻得刀声,掌着灯出来探望,那刺客疑是拦捕他,随手"咔嚓"一刀,头颅下地,尸体扑地倒了,那盏灯兀是擎在手里,这真是算他晦气了。

刺客杀了太监,抢步越过雕栏,绕着光明殿从月洞门中穿出

第四十八回　伍云潭黑夜探皇宫　韩起凤花朝盗宝氅

去，恰逢守门的侍卫方在举斧来拦，那刺客已一刀劈去，究竟侍卫是个武进士出身，懂得解数的，见刺客刀至，引身躲过了，乘势一斧拦腰砍还过去，那刺客无心恋战，托地跳起数尺，仍向前狂奔。后面杜宇飞步赶到，侍卫也提着银斧帮助杜宇追赶。将到香宸殿时，刺客似路径很熟谙的，他并不超越香宸殿，却弯向一泓流水处而逃，那里有一座石梁，要往稻香榭出宁清门走御花园，非得经过这石梁不可。正值宫中的侍卫绕出小径，预在石梁上守候。一见刺客逃过来，大家吆喝一声，提着手里的家伙准备厮杀。那刺客背腹受敌，料想是寡不胜众，便"哗啷"地抛了口九环刀，耸身一跳，"扑通"地一声响，跌落河中去了。石梁上的侍卫忙伸下拿钩去，只一搭已搭住了刺客的衣领，由两人并力地拖起来，此际那刺客弄得双脚落了空，任你有多大的技艺也休想施展得出。于是七八个侍卫手忙脚乱地将刺客捆好，杜宇在后押着，解往光华殿来。

内监先去禀报宪宗，上谕下来，令杜宇押往总管府里囚禁了，待明天在便殿御驾亲鞫。杜宇领命，解那刺客到了总管署。王真接着，即械系刺客囚入牢中，杜宇自回复旨。其实宫中议论纷纷，这一夜的闹刺客，除了坤宁宫无人居住没有声息外，只昭庆宫殷妃沉寂无事。那些内监都说是来行刺皇帝的，幸得皇上洪福，未遭毒手。但不知刺客是受谁的唆使，明天鞫讯起来，自有分晓。内监们这样地说长道短，大家闹到了天色破晓，皇帝将临朝了，才算安静下去。

宪宗视朝完毕，御了便殿，命杜宇往总管府中提了那刺客来讯鞫。不一会儿，杜宇押着铁索银铛的刺客到了殿前。那刺客在丹墀下恭恭敬敬地行了三跪九叩礼，只是身上带着铁链，起跪很是狼狈。宪宗厉声道："好大胆的逆徒，敢到禁阙地方黑夜行刺吗？你系受何人的指使？从实供了，朕有好生之德，若情有可原的，就赦你无罪。快把你的姓名和缘由供来！"那刺客听了，连连叩了几个响头，含泪奏道："罪民此番私闯皇宫，并非谁人指使，也不敢行刺圣上。罪民实有一段隐情在内，真是罪该万死。"说罢，又叩头不住。宪宗说："你有什么隐事，只管直陈就是了。"那刺客俯伏着徐徐地说道："罪民姓伍名云潭，是泗州人，现在泗阳的县署中充一名办案的都头，也尝破获过几桩大盗巨案。县主见罪民小心从事，又会些小技，便倚作左右手一般。罪民在襁褓的时候，已定下了亲事，原是指腹论婚的，女家姓殷，也做过县中胥吏。这样地过了十几年，罪民家境清寒，乏力婚娶。直至今岁的春间，承县主帮衬了些银两，罪民就回家定姻。忽接得女家的消息，说他的女儿殷素贞已被州尹强迫选去，送往京师充皇帝的嫔妃去了。罪民坚不肯信，待到仔细一打探，才知道真有其事。罪民的邻人彭监生未婚妻赵氏也被选入宫，气得他寻死觅活，和罪民正是同病相怜。那彭监生愤极投江自尽，被罪民救了起来，商议同入京师，一来是候有什么机会和妻子通个信儿，二来顺便在都下找个亲戚做些小本营生。惟选秀女是圣上之意，谁敢违忤。罪民也没有别的奢望，只望今生与妻子见一面，虽死也心甘了！但不该自恃微技，擅进禁阙，希和妻子晤叙，谁知路径走差了，连找几处，终没有罪民妻子的影踪，因至绝路遭擒，罪民实是该死！"伍云潭陈毕，泪垂声下。

宪宗察言观色，知系实情，不觉很为怜悯他，便霁颜对伍云潭说道："你妻子进宫已久，朕已册立为妃子了，看来不能再适民间。今且恕你无罪，和彭监生各赐千金，回去另行婚娶吧！以后你不得再生痴想，妄入宫廷，否则就获决不宽恕的了。"伍云潭听说赦宥不杀，心下万分感激，忙叩头谢恩。宪宗吩咐锦衣尉带伍云潭下去，又命内务府发银二千两，赐与伍云潭、彭监生二人，着即日出京。那伍云潭因昨天落水，湿衣服还不曾更换，这

第四十八回　伍云潭黑夜探皇宫　韩起凤花朝盗宝氅

时踉踉跄跄地跟着校尉下殿去了。

宪宗退殿回宫，方要想把这件事去和殷妃说知，走到宫门口，忽见宫女含泪报道："殷娘娘自缢了！"宪宗听了大惊，慌忙三脚两步地赶到昭庆宫，只见殷素贞已直挺挺地卧在床上，头上带子还没有解去，大约已气绝了。好一会，浑身冷得似冰，一缕香魂早往地下去了。宪宗痛哭了一场，才悟殷妃平时愁眉不展的缘故。只得谕令司仪局，按照贵妃礼盛殓，往葬金山，并追谥为贞义贤淑贵妃。原来宪宗勘问伍云潭时，宫人们三三两两地在那里私议，被殷妃听得，忙亲来探看，见果是伍云潭，谅他必无生理，想起此生已了，即回宫遣开了宫人，投缳自尽。

宪宗自丧了殷妃，很是闷闷不乐，正没有消气，又得内侍禀报，昭仁宫中失窃，别的一样也不少，单单不见了那袭朝鲜进贡来的孔雀氅。那盗氅的人在尚衣局里留有姓名，写着"二月十二日韩起凤到此，取孔雀氅而去"十六个大字。宪宗看了大怒道："辇毂之下，有这样的事吗？而且常在宫禁内的，朕要朝中这班尸位素餐的群臣何用？"当下立刻下一道严厉的谕旨，令限日侦获。

要知怎样缉获孔雀氅，且听下回分解。

第四十九回　翠钿白圭外邦聘玉女　秋光银烛藩邸刺徽王

却说宪宗见失了孔雀宝氅，十分忿怒，谕令内外臣工，限日缉获。这道严厉的谕旨一下，宫内忙坏了主管太监王真，外臣自督抚以下，都惶惶不知所措了。大家闹得乌烟瘴气，盗贼既没有影踪，那件宝氅自然更无下落了。

讲到这孔雀宝氅，是朝鲜老国王进贡来的。宣宗的时候，把宝氅赐给了孙贵妃。孙妃见诛，氅衣缴还，一直藏在内府的尚衣局里。英宗继统，赏赐与慧妃（容儿），慧妃有杀云妃之嫌，中道失宠，那氅也就追缴回去，仍去藏在衣库中。景帝时又把来赐与琼妃，英宗复位，将宝氅追回，从此深藏内府，足有七八年没人去提及它。待宪宗嗣立，宠幸了万贵妃，太监汪直又说起这件宝氅，宪宗便赐与万贵妃。万贵妃色衰，宪宗纳了殷、赵两妃，令把宝氅向万贵妃索还，要待赐给殷妃，恰巧赵妃在侧，见那宝氅光彩耀眼，不由得暗暗叹羡，把视不忍释手。宪宗晓得赵妃爱那宝氅，不便强夺下来去赐与殷妃，况殷妃、赵妃一般的见宠，就将那件氅衣赐了赵妃，赵妃不胜的喜欢。宪宗因殷妃终日愁眉，想博她的欢心，私下和赵妃商量，命将宝氅转赠与殷妃，赵妃心里果然不舍，但是上命，不得不叫她割爱。谁知殷妃以宝氅不是皇上所赐与，系出私人的授受，转不把它放在心上。殷妃自

第四十九回　翠钿白圭外邦聘玉女　秋光银烛藩邸刺徽王

缢后，赵妃分外宠遇了，她第一件事就先把那件宝氅收回来，藏在昭仁宫的司衣室里。宫中的规例，公物大都置在内府的，一经赐了臣下或是嫔妃宫娥，那物件便算是私人的东西了。所以赵妃取回宝氅并不交给尚衣局中，就是这个缘故。哪里晓得过不了十几天，宝氅竟至失窃。

当宝氅失去时，赵妃自己还不曾得知，经尚衣局的太监发现了韩起凤的十六字揭帖，首领太监忙来谒见赵妃，把尚衣局揭帖的话陈说了一遍。赵妃即令司衣宫人检视。去了半晌，那宫人慌慌张张地来报："氅衣不见了！"赵妃听了，花容顿时失色，一面召总管太监侦查，又着内侍去报知宪宗。宪宗见说，怒不可遏，立命搜查宫廷，又谕知外臣严缉。其时宫内闹得天翻地覆，仍影响全无。宪宗怎肯便罢，只促着外臣协缉，并给期限三个月，必须人赃两获；倘若误期，二品以下罚俸，四品以下一例革职远戍，或另行定罪。这样一来，外臣为保前程，谁敢怠慢，督抚去追着臬司，臬司又去督促他的部下，只苦了那些小吏，天天受责遭笞，弄得怒气冲天，依旧没有一些儿头绪，且按下暂时不提。

再说徽王见涛，本卫王瞻埏的幼孙，也是蕲王祁磷的儿子，宪宗把他封在宣德。那徽王见涛的为人，专好结交名贤能士，凡有一技之长的去投奔于他，或是假贷资斧，无不慨然应命。由是徽王好客的名气盛传各处，四方闻名来相依的，可算是无虚夕了，一时有孟尝君的雅号。那时徽王住在京中，进出和交接的朋友整千整百地多起来，出门时总是前呼后拥，朝野渐渐议论纷纷，宪宗虽知他不致别生异念，然经不起廷臣的参奏。宪宗见他闹得太不像样了，便下一道上谕，把徽王封在宣德，令他即日就道。徽王接了谕旨，毫不迟疑留恋，星夜就往封地去了。他到了宣德，一班门客当然随往，有的自后赶去。不多几时，仍旧是宾客满座了。

那时徽王有个爱妃蔡氏，忽然得急症死了，徽王十二分地感伤，哭得勺水不进有三四天。那些门客再三地婉劝，才肯略食一些汤粥。又有几个门客，忙着去替徽王打探香闺名媛，再续鸾胶，希解除他的忧闷。徽王的目光甚高，拣来拣去，一个也选不中意。

那时有个门客杭子渊，是著名的画师，新从朝鲜回来，带有一幅美人的倩影，是朝鲜大公主的玉容，被杭子渊偷描下来的。这时把那帧倩影进呈徽王，徽王看时，只见芙蓉其面，秋水为神，妩媚多妍，含情欲笑，姿态栩栩如生，确是绝世佳丽。徽王瞧得出神，不觉拍案叹道："天下果有这样的美人吗？那不过是画工妙手罢了！"杭子渊正色说道："某在朝鲜，亲手给大公主描容，所以乘势依样画一张下来。那时某见大公主坐在帘内，容光焕发，在座的人都为目眩神夺。就这画上是呆滞的，然已觉令人可爱。假使是个活泼泼的真美人儿，她那容貌的冶艳当要胜过几倍呢！"徽王听了，呆呆地怔了一会，笑对杭子渊道："据你说来，真有这个人儿了，俺只是不信。俺那蔡妃也算得天下女子里面数一数二的了，难道她较俺蔡妃还要美丽吗？"子渊答道："不敢欺王爷，朝鲜的大公主的确生得不差，在从前要算公主的祖母称为朝鲜第一美人，现在第一美人的佳号却轮到了大公主了。据他们朝鲜的人民说起，去年那国王陈燦的寿诞，凡王公大臣、内外治吏的眷属都进宫去叩贺，陈燦就令官眷们在皇宫里开了个联袂大会，总计妇女老少共三百七十四人，由众人当场推出领袖，以外交大臣江赫的女儿最美，大家正要举她做领袖，不期大公主和三公主（其二为日升王子）姊妹姗姗地出来，众官眷但觉耳目一新，弄得人人自惭形秽。见大公主姊妹艳光远映十步之外，真有'六宫粉黛无颜色'，霎时压倒了群芳之概。单讲大公主身上的那袭舞衫，金光灿烂，已足使众官眷气馁了。结果，大公主做

第四十九回　翠钿白圭外邦聘玉女　秋光银烛藩邸刺徽王

了领袖，她第一美人的名儿，也就在这时大噪起来了。朝鲜士大夫及一班公侯爵相，醉心大公主的人很多，如近日的伯爵贝马，因垂涎大公主，竟至生相思病身死；其他王孙公子为了大公主，想死的也不知多少。听说大公主已设誓过了，非天下第一人，她尽愿终身不嫁。这不是自己谓是第一美人，在那里作痴想吗？"徽王见杭子渊说得有声有色，谅不是假的，忍不住笑了笑道："那真是痴想了，她要嫁天下第一人，除了俺中国的皇帝还有谁呢？"说着自进后殿。

徽王自蔡妃死后，万分觉得无聊，今日杭子渊一说，不禁心动，便在袖中取出大公主的玉容来细细瞧看，不由得越看越爱，连带着忆起了蔡妃，又悲悲切切地哭了一场。此后徽王和一般门客交谈，言语间时时把心事吐露出来。众人得了口风，暗暗地一打听，知道有杭子渊进画的引线。又将杭子渊唤来一问，得悉朝鲜端的有个大公主，出落得和天仙一般。众人互相密议，就中有个山西的孝廉陈朴安，向众提议道："古时孟尝君好客，临危见援于鸡鸣狗盗，客多自惭。春申君迎珠履三千，及为难时终得门客的救援。这样说来，徽王有心事，我们应该分忧。安知我们今人不如古人？"

一席话说得众人齐齐地拍手赞成，都愿听陈孝廉作主。陈孝廉便把徽王丧偶，没有合意的美人续鸾，现在想着朝鲜的大公主，我们须得设法替他斡旋，撮合成这段姻缘的话说了一遍。众人说道："朝鲜虽是我们属国，但远在外邦，又是国王的公主，恐能力上所办不到的。"陈孝廉正色说道："事在人为，天下没有做不到的事儿，只怕众志不坚，人各一心，那就糟了。不过这件事如其干好，我们一班食客的脸上，谁不添着一层光彩呢？"众人觉得陈孝廉的话有理，大家摩拳擦掌地跃跃欲试。当下推陈孝廉为头，说定大家齐心协力，共同去谋干进行不提。

那时徽王经杭子渊进了美人图，把朝鲜公主说得和洛神无二，世间寡俦。由是打动了他爱慕之心，将画像展玩得不忍释手，渐渐地虚空咄咄，往往独自坐在书斋里发呆。一天，他正在那里自言自语，忽见陈朴安孝廉笑着走进来，拱手说道："恭喜！王爷的姻事成功了！"徽王怔了怔道："哪里的姻事？"陈孝廉笑道："便是那朝鲜的大公主，她已允许嫁给王爷了。"徽惊喜道："谁去说妥的？却这般容易？"陈孝廉这时着实得意，便翘着大拇指儿道："不但和朝鲜国王说妥了，并经我们已替王爷行礼下聘，订定了日期，只要王爷那时派人亲迎，准备做新郎就是了。"徽王听得直跳起来，把着陈孝廉的手臂道："这话可是当真？"陈孝廉道："怎敢哄骗王爷，那都是我们一手承办的，而且有朝鲜国王盖宝玺的允婚书可证，岂有假的。"徽王忙问："你怎样去说成功的？"陈孝廉见问，把自己筹算的计划从头至尾讲了一遍。

原来陈孝廉和众食客议定了，各人纠出若干银两来，先派人去朝鲜一打听，大公主果然有嫁天下第一人的那句话。消息回来，陈孝廉立刻在众人中选了两个致仕的知府，扮作使臣，向朝鲜国王求婚，只说中国皇帝闻公主艳名，愿聘为中宫。朝鲜王陈灿，得悉宪宗自废了吴后，尚未立有正宫，所以伪使臣的一派巧言，倒也相信。于是留住使臣，回宫去和大公主商量。大公主见正合了自己嫁第一人的誓言，心里自然愿意。到了第三天上，陈灿临朝，召使臣进见，一口允婚。又把大公主要的事，对使臣宣布道："大公主谓天下第一人，娶外邦的第一美人，聘礼多寡不问，惟有三样贵重的东西，是万万不可少的：第一，要从前朝鲜老国王进贡中国的那件孔雀氅衣；第二，是秦汉时的玉鼎一座，备大公主早晚烧香之需；第三是大公主好武，必具宝剑一口，昆吾、太阿、巨阙、紫电、青虹，或龙泉、干将、莫邪、松纹、谌卢、鱼肠等，大小不论，得一即可。"陈灿说罢，置酒送行。并

第四十九回　翠钿白圭外邦聘玉女　秋光银烛藩邸刺徽王

也派使臣两名，随了明使入朝，专候佳音。陈孝廉都筹备下了，朝鲜使臣如来，直导他入都，在馆驿中留住了，不令他朝见天子。陈孝廉自己也伺候在京中，听得伪使臣来报，朝鲜使臣已到，陈烁允了婚，皆不出陈孝廉所料。因大公主誓嫁天下第一人，陈孝廉便投其所好，冒称皇帝求婚，果然一说便成。但对于大公主要求的三样物事，倒都是希世之珍，剑和玉鼎还可以出重价购求，那第一样的孔雀氅是禁宫里的，先是办不到了。

陈孝廉见使臣已来，势成了骑虎，只得星夜溜回宣德，又和一班食客去商议。众人听说，其中有个徐子明的，首先发言道："徽王斋中有一只玉鼎，是秦汉时物，大公主既未指定若何大小，此鼎就可充数。"又有一个叫王勋的，自承祖传下来有一口宝剑，名唤青霜，是汉代物，吹发可断，削铁如泥，也是一样珍物。陈孝谦大喜道："徐公指示，王公馈赠，三样中两宝已具，独那孔雀氅在皇宫里，这却怎样是好？"话犹未了，座上一人朗声说道："仆虽愚陋，愿取孔雀氅以报徽王。"说时声音洪亮。陈孝廉和众人忙看时，正是拳棒教师韩起凤。陈孝廉笑道："韩师傅莫非效盗裘救孟尝吗？"韩起凤点首道："便是这样办法。"陈孝廉大笑道："韩师傅如肯臂助，何患不得成功。"当下韩起凤就欲起程，被陈孝廉一把拖住道："公将出马，吾辈应先为设帐饯行，以代远送。"韩起凤坚辞不可，只好暂留。是日由陈孝廉作东道主，大排筵宴，替韩起凤送行。大家直吃得酩酊大醉，尽欢而散。

次日，韩起凤辞别众人，背了衣包，挎了腰刀，提着朴刀，藏了暗器，大踏步往京师进发。不日到了都中，拣一座冷僻的云栖寺住下。第二日便往西华门外，一般内监游乐之处，如茶楼酒肆等地，起凤也去品茗沽酒，乘间和那些太监们交谈，借此探听宫中的藏宝室的路径。起凤本是老于江湖的人，他当初在此地一带有名望的，也收过百来个门徒，专一替往来客商保护财货。绿林中的弟兄要见韩起凤的旗帜在车上,谁也不敢正眼觑他。后来为了一桩不平的事,杀了土豪和县令,便亡命在外。听得徽王好客,特来投奔,也借此避难的意思。这时奉了陈孝廉的命令,往宫中盗氅,一来算是报答徽王的德惠,二来是也显显自己的本领。当下把宫中路径探明了大略。

到第三天上,看看天色晚下来,起凤便换了一身夜行的衣靠,施展出往时的技艺,直奔宫中的尚衣局。谁知找来找去,只是没有这件宝氅。韩起凤的转机何等敏捷,知道是摸错了路径,忙退出宫来,明日又往茶坊酒肆里去讨那内监的口风。讲起那件宝氅是人人晓得的,一个内监把赐给昭仁宫赵妃的话,无意中说了出来。起凤听了,到了晚上,又蹿进皇宫,在昭仁宫中东寻西觅,直闹到三更多天,被他在司衣内找着了宝氅。起凤大喜,匆匆地打了个包,拴在腰上,方待出宫,又想大丈夫不做暗事,重跃入尚衣局里,题上十六个大字,才出宫到了云栖寺,人不知鬼不觉地连夜起身赶回宣德,把那件氅衣献上。

陈孝廉接着,不胜的高兴,便带了玉鼎、宝剑和那件氅衣到都下。其时京中正闹着皇宫失盗氅衣,查缉很是严紧。陈孝廉怕风声泄漏出来,忙忙地打发了朝鲜公使起身,仍派两个假使臣随去,并带了三样宝物,算是下聘。不多几天,两个假使臣回来,还带了朝鲜国王的亲笔允婚书。

陈孝廉见事已干妥,就进邸谒见徽王,把这件姻事的始末从头至尾和盘托出,听得徽王嘻开了一张大嘴,休想合得拢来。直待陈孝廉讲完,徽王才定了定神,慢慢地说道:"倘被皇王知道,可没有罪名吗?"陈孝廉笑道:"婚姻大都是骗成功的,王爷只要上疏还京完婚,那有甚妨碍。"徽王连连点头,便和陈孝廉议定日期,一面饬人示知朝鲜国王,令送大公主至皇都。徽王又亲自上了进京续娶的奏疏,宪宗当然允许。徽王就起身进京,在旧日

第四十九回　翠钿白圭外邦聘玉女　秋光银烛藩邸刺徽王

的邸中住下了。

在吉期前几天，邸中内外结彩悬灯，异常的华美壮观。朝鲜送大公主进境，徽王派半副銮仪去迎接，朝鲜陪辇的使臣首先质问道："迎皇后为何用半副銮仪？"首领太监答道："皇上因路远不便，所以减省卫仪的。"及至到京中，朝鲜使臣见并不在皇宫内成礼，又提出质问，主事太监回说："是避太后国丧，皇帝特地在行宫成礼。"时值钱太后新丧，加上明代郡王的一切仪卫扈从和皇帝只去一等，礼节甚是隆重，由是把朝鲜的使臣倒也轻轻地瞒过了。谁知那大公主却很留心，她晓得皇帝正在壮年，徽王已将半百的人了，脸上十分苍老，大公主早狐疑的了。

光阴如箭，徽王娶大公主已有半月，不见徽王去临朝，也没有臣下来朝参，大公主越发疑起来。一天，徽王和大公主对饮，有了三分酒意，把自己张冠李戴、冒名顶替的话竟吐露出来。大公主听了，又惊又气，想自己誓不适第二人的，如今却被奸人暗算，弄得木已成舟，真是说不出的恼恨和懊丧。大公主越想越气，心里渐渐动了杀机，等徽王喝得酩酊大醉，大公主扶他进了卧室，忙忙地卸了晚妆，把宫人侍女打发开去。看看徽王睡得正浓，大公主推他不应，暗自顿足骂了一声，就去箱箧中取出那口青霜宝剑，提在手中。不觉垂泪道："俺要了这样宝贝来，没料到今日是杀奸贼用的。"说罢咬一咬银牙，撩起了云帐，拨去烛上的残煤，又剔起灯上火焰，仗着手中的青霜宝剑，望着徽王的头上砍下。

不知徽王性命如何，再听下回分解。

第五十回 大公主再醮风流帝
　　　　　　　小内监初试云雨情

　　深宵寂寂，万籁无声。微风吹在芭蕉叶上，拂着窗棂，窸窣作响，把斜入的月光也遮得一闪一闪的，似鬼影在那里婆娑舞蹈一般。这时徽王醉卧在绣榻上，鼾声呼呼，睡得十分酣畅。那大公主想起受他的欺骗，失身与一个垂老的藩王，心里怎的不气。因恼生恨，不由得蛾眉倒竖、杏眼圆睁，一缕杀气直透到天庭，便霍地掣出那口霜锋宝剑，舒一舒玉腕，迈开莲步，竟扑向榻前，随手扯一角绣被蒙住了徽王的脸儿，飞身上榻，跨在徽王的小腹上，提着宝剑，奋力当胸刺去。只听得徽王狂叫一声，胸口的鲜血骨都都地直冒出来。又经大公主在身上，一时动弹不得，只把双脚在榻上乱颠，两手狠命捏住剑口，因痛极了没处用力，致把十只手指也几乎割断下来，大公主也抵住剑梢不放。这样地过了一会，徽王的两脚渐渐颠得缓了，那十只血淋淋将断未断的指，兀是鹿鹿地抖着。

　　那时外面的官侍婢女被徽王的狂叫声惊醒，都来门外声唤。大公主带喘回说："王爷醉后梦魇。"宫女等又听得榻上的颠扑声蓬蓬不绝，好一会才停止下去，大家很有些疑心，便不敢去安睡了，只在门外悄悄地静听着。

　　大公主见徽王已经气绝，才释手跨下地来，灯光下瞧那榻上

第五十回　大公主再醮风流帝　小内监初试云雨情

的绣褥和自己的衣服沾染得都是鲜血，徽王的心口还在那冒血。罗帐飘拂，阴风凄惨，灯光暗淡如豆。这时大公主不觉也有些胆寒起来，手足也软绵绵地娇怯无力，就在睡椅上休息一会。忽地想着自己横竖拼着了一死，有什么大不了的事，想到这里，又觉勇气陡增地胆壮了一半，便去锦箧内取出那袭宝氅，在灯下端详一会，披在身上，到着衣镜面前呆瞧了半晌，卸下来往地上一摔，把纤足踏住了氅衣，猛力地一拉，嘶的扯作了两片，索性一顿地乱撕，一件孔雀宝氅，被大公主撕成七片八块，还是娇嗔不息。又去案上捧下那只汉代的玉鼎来，望着地上只一下，"砰"的一声响亮。几百代流传下来的宝物，就此打得粉碎。

那门外的宫人侍女，闻嘶嘶的撕衣声早有点忍耐不住，又觉一阵阵的血腥触鼻，便忙去唤醒了值夕的太监和卫士，告诉他们说："王爷有怪叫声和腥膻味儿。"太监见说，领着卫士们来门外潜听，忽闻里面砰然的巨响，那太监失声喊道："不好！"便连叫王爷不应，令卫士掇去了屏门，众人一拥进去。但见大公主浑身血污，怔怔地立着。那太监奔到床前，掀帏一瞧，见一床都是鲜血，王爷直挺挺地睡在血泊里，一口明晃晃的宝剑，还插在胸口。那太监大叫一声，惊倒在地，众卫士鸟乱地拥到榻前，揭去徽王脸上的被儿，只见他瞪着两眼，露着牙齿，头发散满面，鼻管里淌着鲜血，形状好不怕人。众人看了个个倒退，吓得那几个宫女跌跌撞撞地乱逃，众卫士一面把那太监扶持着喊醒过来。府中的总管太监领了六个小监匆匆地走进来，见了这样的情形也觉骇惧万分，吩咐小太监和宫人把大公主暂时看守住了，待天明奏报朝廷。

不一刻，徽王的胡、袁两妃也来了，抱着尸身痛哭一场，回身扭住大公主拼命。幸得总管太监劝住道："她刺死亲王，自有朝廷发落，此时咱们且不要去睬她。万一逼得她急了，因此自尽，倒反便宜了她。"胡王妃和袁王妃这才放手，大家只守着徽王的尸首哀哭。

看看天将破晓，总管太监已入朝去了。待到辰刻，总管太监领了谕旨，带着两名锦衣卫士来王府里：逮那大公主入朝发落。胡王妃和袁王妃也随着去觐见，由锦衣卫押着大公主，并王府总管太监等一行人直进午门。经乾清门，宪宗御谨身殿，袁王妃和胡王妃碗在丹墀，垂泪诉奏，要求伸雪。宪宗点头，令退立阶下。内监吆喝："带凶妃见驾！"锦衣卫与王府总管太监拥着大公主到丹墀跪下。宪宗喝道："你是朝鲜国王的大女儿吗？"其时大公主已吓得战兢兢的，只应得一声："是的。"

原来锦衣卫押解大公主入朝，一路见殿宇巍峨，黄缎铺地，朱檐金柱，壮丽非常。当袁、胡两妃入奏，大公主侍候在阶下，抬头瞧那殿上金碧交辉，黄瓦红墙，丹凤朝阳，双龙抱柱，雕梁画栋，玉阶丹陛。大公主虽然是外邦的公主，何尝见过这样富丽的所在。自思上国和小邦果是大不相同了。又见两旁列着金节银钺，一字儿立着二十四个锦衣粉靴的校尉，殿中又是十六个碧衣宽边凉帽的侍卫，阶前置着钟鼓，殿中设着御案，高高坐着一个绣金黄龙袍的男子。金冠白面，飘飘的五绺乌须，那一种威仪之状，自然而然地令人不寒而栗，更被那御前太监的一喝，把大公主吓得不敢抬头。

宪宗又道："你叫什么名儿？为何刺杀徽王？和徽王有甚冤仇？"大公主听了，泪盈盈地说名叫富燕儿，遂将徽王赚婚的经过徐徐地奏述了一遍。宪宗说道："你既嫁了徽王，不应行凶把他刺死。"大公主回说："誓适与天下第一人，不愿嫁给徽王，以是将他刺死。"宪宗见说，命抬起头来，细瞧她的芳容。只见黛含春山，神如秋水，雪肤花貌，粉靥娇鬟，虽带愁容，仍晕笑涡。脸上的血迹还没有拭去，艳丽中具有十分妍媚，婀娜足压倒

第五十回　大公主再醮风流帝　小内监初试云雨情

六宫粉黛。宪宗看了半晌，暗想天下有这样的美人儿，见涛好艳福，可惜他不得消受。想着，不禁起了爱慕的念头，便下谕："将罪犯富燕儿交给总管王真复讯回奏，候旨发落。"于是由两个锦衣卫带着大公主去了。这里，宪宗慰谕胡、袁两王妃，令她退去候旨，即起驾回官。

那时赵妃接着，宪宗说道："徽王被爱妃刺死。"赵妃道："那女子也太狠了，怎样下得这只毒手？"宪宗笑道："你还不曾看见她的容貌，比朕那殷妃还胜十倍。"赵妃也笑道："天下的真美人，心多是狠毒的。但看纣的妲己，唐的武后，都多么残酷！"宪宗摇头道："那也不可一笔抹煞了。千古美人儿，好的也正是不少，未必个个是妲己、武曌一类人物吧！"说着，命摆上酒筵来，便和赵妃对饮。宪宗三杯下肚，忽然想起那件事来，就起身出了昭仁宫，往昭庆宫去了。赵妃也不知是什么缘故，不敢阻挡。

那昭庆宫自殷妃自经后，里面只住着几个宫人，宪宗好久不临幸了。其时突然到了昭庆宫，传管事太监进宫，吩咐他如此如此，那管事太监自去。宪宗叫司膳太监在昭庆宫内设了宴，自己便独酌独饮。过了一会，总管太监王真匆匆地进宫，跪禀几句去了。又过了好一会，管事太监来复旨了，后面四个老宫人，搀扶着一位如花的美人儿走进昭庆宫来。那美人见了宪宗，行了礼去，宪宗含笑着令一旁赐坐。老宫人掇过一个蟠龙的绣墩放在当筵，那美人谢恩坐下，却只垂着粉颈，似很羞愧一般。宪宗叫老宫人斟了一杯香醪，亲自递给美人，那美人忙起身跪接，宪宗笑道："朕要和卿欢饮一宵，不必这样多礼！"那美人忸怩低声答道："罪女蒙陛下赦宥，已深感天恩洪大，怎敢再有失礼？"宪宗微笑道："朕许卿无须多礼，卿但体会朕意就是了。"那美人听了，瓠犀微露嫣然地一笑，便端起那杯酒来，咽嘟咽嘟呷个干净。宫女又斟上一杯，宪宗逼着她共饮，两人说笑对谈，逐渐忘了形迹。

原来那美人不是别个，正是朝鲜的大公主富燕儿。当下两人越讲越亲密。那大公主本来是贪富贵、爱虚荣的女子，叫她侍奉中国皇帝，有什么不愿意。这时便拿出她献媚的手段来，把宪宗迷惑得十二分的欢心。大公主又将自己本心想嫁皇帝的话，尽情吐露，把要求三件宝物的经过都说宪宗听。又说那三样东西，只有一口宝剑算是凶器，如今大约留在总管府里。宪宗听说毁了孔雀氅，也很为可惜。

天色慢慢地晚下来，宫女掌上灯烛。宪宗喝得醉醺醺的，挽了大公主的玉臂同进后宫。宫女提着明灯前导，到了宫中，早有侍候的宫女替大公主卸装，宪宗在一边瞧着她。宫女代大公主去了绣花藕色的外衫，里面衬着金黄的短袄，紫酱平金的裤儿，外罩八幅的长裙，解去裙儿，露出一双鲜艳瘦小的凌波，真是纤纤不过三寸，看了几乎爱煞人。又脱去金黄的袄儿和小衣，里面穿着一身淡雪湖的春绫衫裤，酥胸隆起，隐隐显出红缎的肚兜儿来。大公主一面脱着衣服，又伸手将云髻打开，重行挽了一个沉香髻，宫人打上半金盆的水来，大公主便去了脸上的胭脂，再施薄粉，袒开着前襟，露出雪也似的玉肤。单讲她两只粉臂，好像玉藕般的又白又嫩，宪宗愈看愈爱，不禁捏住大公主的玉腕，只是嗅个不住，引起大公主缩手格格地笑起来。那旁边的几个老宫人，也各忍不住掩着口好笑。宪宗索性去拖了大公主的玉手共入罗帏。是夜，就在昭庆宫中临幸那大公主了。

第二天，宪宗临朝，便册立大公主为纯妃。只苦了徽王的袁、胡两妃，天天候着宪宗惩凶的谕旨，左等右等还是消息沉沉。后来打听得大公主册立做了妃子，知道这口怨气是化为乌有的了，只有暗暗流儿点眼泪罢了。

第五十回　大公主再醮风流帝　小内监初试云雨情

宪宗自立了纯妃，比从前的殷妃更见宠幸，并赵妃也不放在心上了。又为大公主常常要想起朝鲜故土，宪宗特地给她在西苑外，盖造起一座皇宫来，里面的布置陈设，都仿朝鲜的格式。又雇了几十个朝鲜伶人，歌唱朝鲜古剧，所有内外宫女，一概选雇着朝鲜人。时纯妃迁出昭庆宫去居住在新皇宫内，太监宫人等就称那座皇宫为朝鲜宫。

其时万贵妃的病也好了，听得宪宗又纳了什么朝鲜妃子，心里很觉难受。她的妒心本是极重的，但自己知年老色衰。敌不过那些年轻的妃子，弄得发不出什么威来。讲到万贵妃的为人，除了奇妒之外，又贪风月，她虽已年近花甲，性情却还和少女的妇人一样。可是宫中有的是宫女和净身的太监，竟没人能够商量。偏又是天不遂人愿，忽然生起病来，几乎不起。这一病三年多，宪宗一会纳秦妃，不久秦妃失了踪，万贵妃心下暗暗庆幸，宪宗又纳了殷妃、赵妃，把万贵妃越觉冷淡了。殷妃自经，宪宗十分伤怀，曾临幸过万贵妃宫中。万贵妃便竭力献着殷勤，希望宪宗感念到旧情，由是回心转来。哪里晓得又来了个朝鲜公主，宪宗的宠爱远胜过万贵妃当日，简直形影不离的。连赵妃宫中也没了宪宗的足迹，何况是年老的万贵妃，还想沾什么雨露之恩。

这样的一来，把个万贵妃气得要死，又是含酸，又是恼恨，到了伤心极处，就是抽抽噎噎地啼哭一会。可怜此时的万贵妃深宫寂处，孤衾独抱，不免有长夜如年之叹了。所以每到月白风清的时候，终是扶着两个小宫女，不是去焚香祷月，便是倚栏吟唱，算是自己给自己解闷。

有一天上，万贵妃又到御园中的真武殿上去烧夜香，前面两个小宫女掌着纱灯，前后随着一个老宫人，携了烧香杂物，万贵妃便莲步轻移，慢慢地望那真武殿上走去。那真武殿在御园的西偏，和百花亭只隔得一条围廊，殿既不甚宏敞，地方也极冷僻。

六宫嫔妃到了朔望勉强来拈一会香，平时好算得是人迹不到的去处。又因英宗的爱妃徐氏，在英宗宾天后惧怕殉葬，竟缢死在百花亭上。谁知英宗遗诏，有废止嫔妃殉葬的一语，徐氏死的太要紧了，即使不自己缢死，也不至于令她殉葬的，那不是死得冤枉的吗？太监们传说，常常见徐妃的鬼影出现，在百花亭上长啸，吓得胆小的宫人太监，连白天都不敢走百花亭了。不多几时，又有一个宫女为了同伴呕气，也缢死在那亭上。一时宫中的人齐说是徐妃讨替身，大家也越觉相信了。万贵妃自觉情绪无聊，悲抑之余，倒并没有什么惧怕。她往往到真武殿上来烧香，求签句，打阴阳茭，非闹到五更半夜不休。那不是万贵妃好迷信神佛，其实她借此消遣长夜罢了。

这一天，万贵妃向殿上烧香回来，经过百花亭的围廊，绕到藕香轩前，只见花门虚掩着，檐下的石级上面隐露着男女的履迹。万贵妃看了，心里一动，暗想这时还有人玩藕香轩吗？当宪宗幸万贵妃时，在暑天终到藕香轩来游宴的，一过了炎夏，就把藕香轩深扃起来，并鬼影也没有一个的了。值此深秋天气，不是游藕香轩的当儿，即有人来玩，倒也定是干些苟且勾当，断非正经的宫妃。万贵妃是几十年的老宫人出身，这点的关子也会不知道吗？当下万贵妃一头着想，脚下便走得缓了。将走过藕香轩，旁边是绿荷榭了，忽听得吮吮的笑声从窗隙中直送出来，万贵妃立刻停住脚步侧耳细听了，好似男女调笑的声音自绿荷榭内发出来。那绿荷榭也是炎暑游玩的所在，一般地闭锁着。门上纤尘不动，那绿荷榭和藕香轩是相通的。想里面的人，必是从藕香轩进去的。

万贵妃这时轻轻地止住了宫人，自己蹑手蹑脚地到窗前。听那男女的笑谑声似很熟稔，只听得男的声音说道："姐姐的宫里，那个人很凶狠，俺瞧见了她，心里终是寒寒的。若没有姐姐在那

第五十回　大公主再醮风流帝　小内监初试云雨情

里，俺不是设个誓儿，就便割了俺的脑袋也是不去的。"那女的笑道："你真心地为了我吗？"男的也笑道："姐姐嫌俺不真心的，俺少不得把心肝吐出来给你了。"说罢，故意在那里恶声呕着，那女的似忙用手掩男的嘴儿。听得男的乘势握住玉腕道："姐姐的手指怎么这般娇嫩？"又嗅着臂儿道："姐姐的粉臂怎地这样的香？"那女的笑得轻轻地道："怪肉痒的，休得这样啰唣。"就听得那男的低声道："好姐姐，你就依了这个吧！可怜俺受了师傅的教训，今年十六岁了，还第一遭违背师训。"又听得那女的撒娇道："似你那样的又白又嫩的脸儿，姐妹们谁不爱你，谁不喜欢你，你至少和那银线这婢子勾搭过了，还来哄我吗？"那男子急了道："俺自幼学艺的时候，师傅和父亲都叮嘱着，说长大了近不得女色，否则功夫便要散败的。俺直到如今，不敢和女子亲近。银线那丫头她虽有意，俺却是无情。但见姐姐，不知怎的就会心神不定起来。俺这话有一句虚假，叫俺不得善终。"声犹未绝，那女子似又来掩他的口了，又听那女子笑道；"你真这般老实吗？"男子接口道："见别人是老实，见姐姐便不老实了。"说到这里，那男子真有些儿忍不住了，似已搂住那女子，两人扭作了一团，一会儿笑，一会儿似娇嗔，唧唧哝哝地闹了半晌，只听那女子吃吃地笑声不住，两人的说话很低，似在那里耳语。

万贵妃再也听不到他们说些什么，一时也耐不得起来，便轻轻地把一扇窗格子的绢儿用金针尖儿挑破，变了个小小的窟窿。万贵妃就从这窟窿里张进去，里面并不燃灯烛，幸得有一缕的月光射入室中，见两人一块儿斜倚在蟠龙椅上，嘴对嘴脸摩着脸儿，很亲密地低声在那里说话。万贵妃认识女的是自己宫里的宫女雕儿，那个男的是汪直的干儿子杜宇。万贵妃暗骂一声："刁小厮，倒在这里捣鬼！"这时，把个万贵妃的心上弄得和十五六只吊桶七上八下一般，要待任他们去干，觉得太便宜了两个小鬼

465

头,不如喝穿他们的,好叫两人贴心诚意地服侍自己。想着便令小宫女掌着灯,重行回到藕香轩的门口,轻轻地掩进门去,竟往绿荷榭走去。

　　那杜宇眼快,早瞧见灯光一闪,吓得跳起身来,雕儿也慌了,一手按着衣襟,一手牵着杜宇的袖儿发抖。正值万贵妃姗姗地进来,娇声喝道:"你们干得好事!"这一喝把杜宇惊得面如土色,雕儿见是万贵妃,便泪汪汪地走过来,噗的碗在地上,杜宇也跟着跪了,两人一言不发,雕儿只是索索地发颤。万贵妃见她鬓丝纷乱,酥胸微袒,满脸挂着泪珠,好似雨后的海棠,不禁也动了一种怜惜之心,就令雕儿立起来,却正色对杜宇说道:"你是个小内监,敢引诱宫人,秽乱宫廷,非把你重惩一下不可。"杜宇知道这话不是玩的,一味伏在地上,蓬蓬地碰着响头,只求饶恕了初犯。雕儿在旁边看了,心里也是难受,只好老着脸儿,跪下来替杜宇哀告。万贵妃暗想,不趁此时收服了他们,过后就是他们的话说了。于是故意放下脸来说道:"你们既是悔过了,我不欲多事,但以后如再有这样的事做出来,我可要将你两人捆送总管处的。"杜宇见有了生路,又磕个头道:"自后倘有妄为,悉听娘娘的发落。"雕儿也再三地哀恳,万贵妃才叫杜宇起来,两个小宫人掌灯在前,便带了雕儿和杜宇,令随着那老宫人一同回万云宫。

　　原来那小杜(杜宇)经汪直收为义儿,十二岁上便送进宫中,充一名掌伞的小监。当时因他年幼,又有汪直的靠山,并没有去留心他是否净过身。那小杜进出宫闱,只推说是天阉,其实和常人一样。那年宪宗驾幸林西,忽遇见野狮惊驾,小杜仗着家传的武艺和蛮力,向前与猛狮相搏,侥幸不曾受伤。宪宗很是喜欢他,即命小杜充作护卫,进出不离宪宗左右。又拿过一回刺客伍云潭,宪宗越发信任他了。这小杜年龄慢慢地长大起来,自恃

第五十回　大公主再醮风流帝　小内监初试云雨情

着皇帝的宠任，少不得和一班年轻美貌的宫侍们干些暧昧的勾当。到底宫禁地方，大家只有眉目传情，却不曾有实行的机会。这天觑着一个空儿，便和雕儿去真个销魂，恰被万贵妃撞见。

不知万贵妃带了小杜去怎样，且听下回分解。

第五十一回　韩起凤对客献技术　魏宫人报主抚孤稚

却说万贵妃带了小杜和雕儿回宫，就命别的宫女退去，只留雕儿、小杜两人侍候着。雕儿便替万贵妃卸了晚妆，什么递水打髻，忙得手脚不停。小杜在一边呆呆地瞧着，又不好上去帮忙，真弄得他手足无措起来。又见万贵妃留着他不放，深怕有什么变卦，因此满肚子怀着鬼胎，不觉立着发怔。

万贵妃收拾好了晚妆，雕儿又去榻上迭好枕被，等万贵妃安睡。万贵妃就更上睡衣，望着榻上一倒，唤小杜上去给她捶腿儿。小杜当然是奉命维谨，真个爬上床来，盘膝儿端端正正地坐了，举起粉团似的拳头，在万贵妃的腿上轻轻地捶着。万贵妃又叫雕儿替他抚摩胸口。过了一会，万贵妃嫌雕儿摩按得太轻，小杜捶腿的手势却忒重了，令两人更换一下，小杜去按摩胸口，雕儿捶腿。万贵妃又故意斜侧着身体，使小杜按摩不便，而且非常吃力，只得也斜顺了上身，一手横撑在褥上，一手慢慢地按摩着。万贵妃噗哧地一笑，随手将小杜一拖，叫他并头睡着按摩。这时小杜的心里不由得必必地跳个不住，脸上白一阵、红一阵地两眼只望着雕儿。雕儿只当作没有看见，面向着那窗棂，手里还是管她捶腿。万贵妃却一会摸摸小杜的脸，又问长问短地说着。小杜的胆也渐渐大了，便去扶着万贵妃的玉臂，觉得肌肤细润腻

第五十一回　韩起凤对客献技术　魏宫人报主抚孤稚

滑，远胜过雕儿等几个处子，简直不像个年近花甲的老妇人。小杜心中一动，不免起了一种妄念，较前已放肆了许多。万贵妃更是忍不得，索性袒开了酥胸令小杜按摩，两人逐渐亲密起来。雕儿目睹着这种怪状，心上又气又酸，一股醋味直透到鼻管里，把一双秋波，酸得水汪汪地快要流下泪来。万贵妃也为的雕儿在旁边碍眼，吩咐她先去睡了。

在起初万贵妃留他两人，原是遮掩众人眼目的意思，否则只留住小杜，似乎太不像样了，所以叫雕儿也一并侍候着。如今宫女们都去安息了，万贵妃着实显出了醉翁之意，打发雕儿出去，自己好和小杜共入巫山云梦。雕儿不敢违拗，撅起了一张小嘴，恨恨地自去。这里万贵妃令小杜闭上闺门（宫门形似圭），双双入寝。从此，万贵妃每夜少不得小杜，小杜也不嫌她年老。其实万贵妃是天生尤物，人家望上去，至多说她是半老徐娘，决不当她是个衰年的老妪看待。至于宪宗，他天天和那些妙龄女郎亲近着，自然觉得万贵妃年老了。那小杜到底是初出茅庐的孩子，懂得什么柔情蜜意、老少的风味。他日间去跟随御驾，晚上来侍候着万贵妃，也算是臣替君职，代为宣劳，好说是忠心耿耿了。

只有雕儿在旁，满心想分尝杯羹，偏偏逢在万贵妃的奇妒手里，连小杜向雕儿说句话，都不敢大大方方的，其余也就可想了。这样的一来，把个雕儿怨恨到了万分，背着人常常讲万贵妃的坏话。哪里晓得隔墙有耳，雕儿的说话传入万贵妃的耳朵里，便将雕儿唤到了面前，没头没脸地痛骂一顿。骂得万贵妃性发，连打了雕儿两个巴掌，打得雕儿泪珠滚滚，一口怨愤没处去伸雪，只躲在后宫，抽抽噎噎地哭了一日两夜，粥汤也不肯呷一口儿。小杜听得好不肉痛，又不敢去劝慰她。乘着万贵妃高兴的时候，将雕儿的话提起来，说她已两天不进食了。万贵妃见小杜似乎很贴念雕儿，脸上立时变色，又要施出醋性来了。后来仔细转想，觉得自己有了年纪，究竟情虚一脚，于是令宫女去把雕儿唤来，亲自用温语慰谕一番。雕儿疑万贵妃悔悟了，或者有意外的希望，所以趁风转舵，也就止住了哭，照常进了饮食。谁知事过境迁，万贵妃依旧占住小杜，不许有第二人和他亲近，雕儿又弄得大大的失望。

一天晚上，小杜在外面喝了几盅酒，带醉到宫中来。那宫里的内侍宫女，谁不知道他是万娘娘的得宠孩子，小杜益发肆无忌惮了。当他进宫时，万贵妃正在晚妆，终是格外地讲究，什么抹粉涂脂、洒香水、薰兰麝，身上配的芸香，嘴里含的口香，差不多无处不香、无香不具了。以是害得服侍她的宫女，晚上便得全体站班。只有那些内监们，横竖用不着他们，乐得偷安，各人去闲耍去了，并管宫门的也走开。这叫"上不正下参差"的缘故，由是闯出事来了。

万贵妃晚妆的当儿，小杜在旁瞧着。等万贵妃妆好起身，小杜只是觑着嘻嘻地笑。笑得万贵妃不好意思起来，随手向小杜脸上轻轻拍了一下。小杜已有四五分酒意，便也大着胆，一把将万贵妃的玉腕抓住，用力一拖。万贵妃立不稳纤足，倾身过去。小杜乘间拥住，亲亲密密地接了一个香吻，引得宫女们都笑了。万贵妃红了脸，带笑来拧小杜的嘴儿，不防足下一绊，翻身仆在蟠龙的躺椅上。小杜不料万贵妃会倒在椅上，他兀是回身扑过来，却扑了个空。因来势太猛了，又兼酒后两足无主，走路跟跟跄跄，吃立着的小宫人一推，小杜站不住脚，摇摇摆摆倒退过去。被躺椅一绊，如玉山颓倒般去扑在万贵妃的身上，宫人们一齐大笑起来。万贵妃急了，狠命地一挣扎，要想把小杜掉在下面。这时小杜几个翻身后，早弄得头重脚轻的，酒已直涌上来，四肢乏了力，居然被万贵妃翻将过来，转把小杜压在下面。小杜便把万贵妃死命地揪住不放，两个人扭作了一团。"啪"的声响，蟠龙

第五十一回　韩起凤对客献技术　魏宫人报主抚孤稚

椅侧翻了，两人一齐倾在地上，宫女们忍不住放声狂笑。一面笑着，大家七手八脚地来扶持。怎奈两人死揪在一起，不比一个人跌倒的容易扶起。加上宫女们格格地笑着，手上越发没劲，才把两人扶得起一半，大家一笑，手就松了，连宫女也牵倒在地上，五六个人跌作了一堆。有几个宫女笑得肚痛，在那里喘息揉着，索性不来扶了。

正在笑声满腾一室，忽听得宫门外靴声橐橐，明晃晃的纱灯一耀，在宫门外止住。一个伟岸的丈夫，负着手独自踱进宫来，宫女们定睛细看，吓得四散逃走。在倒着的躺椅角上，心慌绊跌的也有，又有碰在妆椅上的，大家乱撞乱跌，一霎时逃的鸦雀无声。那时睡在地上的只有一个醉汉小杜和万贵妃了。万贵妃见宫女等狂奔，心知有异，忙仰起头来瞧时，正是久不临幸的宪宗皇帝。

万贵妃这一惊几乎吓得要死，慌忙推开小杜。小杜不知是宪宗来了，醉眼朦胧地扭着万贵妃哪里肯放。万贵妃真急了，用狠劲将他一拧道："该死！皇帝来了！"这一句话好似晴天霹雳，把个小杜吓瘫在地上爬不起来了。万贵妃已是玉容如纸，跪在地上，那头好像有几千百斤重，休着抬得起。

宪宗早瞧得明明白白，只看着万贵妃冷笑了几声，一面叫小杜起来，宪宗含怒说道："朕道你年幼，命你随侍左右，授为护卫，已是十分侥幸了。谁料你不思忠诚报恩，却在宫禁里胡闹。朕现在且不来罪你，快离去此地，从今后不许你进宫！"宪宗说罢，唤过一名内侍，令将小杜交给外面侍卫，立刻押出宫去。那小杜得了性命，磕头谢恩起身，跟着内侍出宫。到了宫外，内侍便唤过值日的侍卫，传了上谕，侍卫就带了小杜往外便走，将至仁和殿前，忽见传谕的内侍又追上来，对侍卫附着耳讲了几句去了。侍卫仍押了小杜前进，出了宣仁殿就是御河的石梁，小杜一心往前走着，不防侍卫在背后大喝一声："去吧！"霍地执出刀来，望着小杜的头上只一刀，头颅落在石梁下。侍卫杀了小杜，回到宫中，起先传谕的内侍还等在那里，验了血刀才去复旨。

原来小杜和万贵妃的事做得太不避人眼，弄得阖都传遍，渐渐地宪宗也得知了，一时也无心去搠破他。那天晚上，宪宗自东海回到朝鲜宫去。经过万云宫前，听得隐隐的笑声不绝，便心里生起疑来，命掌灯太监导入万云宫中。到了内宫门前，笑声越发清楚了。掌灯太监照例侍在宫门前，不便进去，由皇帝独自入宫。所以宫人们只见纱灯一闪，随后就见宪宗走进来。但据情理说起来，若在白天，宪宗经过宫外，决不会听见笑声的，因内宫门和外宫门离得很远，无论如何没有这样的尖耳朵。可是夜深人静了，万籁无声的时候，远处声音就格外要清楚一点的，以是宫人们的笑声恰巧被宪宗听得。又有人说：万贵妃奇妒，杀人太惨酷了，这笑声是冤鬼传出来，特意给宪宗听见的，那是迷信话了。不过万贵妃自己也太大意了，循例皇帝进宫，管门的内侍去报内宫门值日宫女，那宫女再去通知了妃子出宫跪接圣驾。那天管门内侍都去玩耍了，万贵妃却并不知道，宫里连管大门的人也没有，那不是大意吗？第二是那天内宫值日宫女，无巧不巧是个冤家对头的雕儿，她先看见纱灯一闪（明宫例，皇帝夜行有大红纱灯四对前导，东宫及后妃，惟轻纱灯一对而已），若赶紧去报知万贵妃，令小杜躲避起，一面出去接驾，原是很来得及的。大宫门和内宫门距离好一段路，如宪宗一进来就去通知，断不会出这场岔儿。偏是雕儿恨着万贵妃独占小杜，她眼看着宪宗进宫，故意去避在宫后更衣，弄得万贵妃措手不及，被宪宗撞个正着。这也算雕儿报复万贵妃，在那绿荷榭撞破奸情的怨恨了。

宪宗当时打发了内侍带小杜出去，只令交给侍卫押出宫门，却并不难为他，因明知小杜有些武艺和几分蛮力，恐怕急则生

第五十一回　韩起凤对客献技术　魏宫人报主抚孤稚

变，受他的眼前亏。待到内侍回来复命，宪宗又叫他去追上侍卫，秘密谕知，令他在半途上杀了小杜。内侍领旨去了半晌，才回来禀知侍卫杀了小杜，尸首抛在御河里。宪宗听了点点头，便出了万云宫，太监前呼后拥地往朝鲜宫去了。

万贵妃跪在地上，只是发怔。宪宗去后，宫女慢慢地拢来，大家把万贵妃扶起，才如梦方醒地知皇帝已去，不禁长叹了一声，扑簌簌地垂下泪来。万贵妃哭了一会，收泪问晚上的管门内监和值日宫女，不一刻都已传到。万贵妃令把内监先杖责了一百，再瞧值日宫女却是雕儿，万贵妃冷笑一声道："我和你也是前世一个冤家，我现在已被你害了，横竖这冤结解不开，趁我有口气，这笔帐我们到阴曹去算吧！"说毕，喝令宫女下杖，雕儿大叫："冤枉！"说那时进内更衣，实在并没见圣驾到来。宫人也替雕儿求情，万贵妃哪里肯听，连叫下杖，可怜一位如花的小宫女，竟血肉横飞地死在杖下了。

万贵妃打死了雕儿，尤是余怒不息，这一夜也不曾安睡。看看天色有些破晓，远远地钟声乱响，过了一会，太监高叫："万贵妃接旨！"万贵妃知是不妙，两条腿顿时像棉花做的，瘫软得半步也移不动，由宫女扶着，到宫门外跪下，听读圣旨。万贵妃一边跪听，身体又似铜丝绕成的，遍身索索地颤个不住。那上谕中，令万贵妃服鸩自尽。太监读罢谕旨，旁边小内监捧着杯盏和鸩酒，太监便斟上一杯，立逼着万贵妃饮毕，自去复旨去了。宪宗听万贵妃自鸩，不觉忆起从前的情分，也为之流下几滴眼泪。那万安听知万贵妃赐死，吓得请假不敢入朝，连汪直也有些胆寒。

宪宗退朝后，回到朝鲜宫中，把万贵妃和小杜的事讲给纯妃大公主听，纯妃说道："妃嫔和宫监们的暧昧事本是宫闱中所常见的，就是朝鲜的宫廷里，宫女太监还不满三百人，那淫恶事却不时发见的。一个小国的宫中尚是这样，休说是天朝的宫禁了。"宪宗见说，很为感叹，于是又谈说了一会。宪宗忽然想起了那件孔雀宝氅，是徽王曾充作聘大公主的礼物。这件宝氅是宫中传代宝物，徽王要赚婚大公主，饬人来宫中盗去的。宪宗问纯妃道："深宫里能盗去宝氅，此人技艺一定非常，不知他姓甚名谁？"纯妃答道："这事听得徽王说起，盗氅的人好似姓韩，倒不曾晓得他名儿。"宪宗点着头，把他记在心上。明日就唤一名校尉，宣到徽王府里的总管，问他当日入宫盗宝氅的那个人是谁，总管便把韩起凤举出来。宪宗令召韩起凤，总管回说韩起凤已南往应天。宪宗听了，命总管退去，即亲自下谕传知应天府，着韩起凤进京觐见。应天府接到了上谕，自去找寻韩起凤不提。

　　再说自徽王被朝鲜大公主刺死，一班食客纷纷散去，只剩下陈孝廉朴安、韩起凤等几个人，想替徽王报怨，以后闻宪宗已册立大公主为妃，大家心早灰了，便悄悄地各奔前程。韩起凤见了这种情形，自然也不住足，只得离开北京，也不往宣德，竟自往南京去了。

　　当徽王在宣德封地，因娶大公主进京最盛的时候，门客多至六七百人，藩邸之外馆驿也住满了。但徽王好文，文客大半是儒人，武士的寥寥可数，出类拔萃、技术高强的不过一个韩起凤，还有一个头陀展雄。

　　徽王每到宴客时，把酒席摆作一字儿，自正厅中起，接连几百桌酒席，直到二门口为止，门客也一排排地入席，大家欢呼畅饮。徽王见酒到半酣，便请韩起凤献技。起凤也不推辞，霍地立起身儿，掣过一根镔铁钢枪，在厅前阶下，飘飘地舞弄起来。看的但见几万个枪尖在空中乱飞，起凤越舞越快，到了后来，竟然脚步腾空离地有四五尺高低。忽地"砉"的一响，那根枪直竖在地上，起凤跷足立在枪尖上，身体好似风车儿一般滴溜溜地转

第五十一回　韩起凤对客献技术　魏宫人报主抚孤稚

着，愈转愈快，直到瞧不出枪尖的人形。大家正拍手喊好，又闻得"啪"的一响，韩起凤执着枪，端端正正地立在人丛里，气不喘息，面不更色。众人又齐齐喝了一声采，起凤就倚枪入席。忽见席上飞起两个苍蝇儿来，起凤拉过枪杆，轻轻地一挥，两只苍蝇整整地刺在枪尖上，众人又说一声好。韩起凤笑道："这不过艺术上重如泰山、轻如鸿毛的意思。俺的枪尖重可以拨千斤，轻时虽纤微的小虫也不会漏去了的。"众人听了，又赞叹一会。

只有那头陀展雄不服气，在那里冷笑一声道："你那枪法，只好算江湖上的花枪术，不是真实技艺，又有什么希罕。"说着就腰间抽下一个铁锤来，对众人扬了扬道："咱们也来献丑了。"一头说时，就飞身下厅，东一锤、西一锤，慢慢地舞起来，听得呼呼风响，头陀的浑身上下都是锤影遮掩着。那头陀愈舞愈近，逐渐舞到了席上，忽地翻身，望着韩起凤一锤打来，这一下唤作泰山压顶，起凤要是趋避是万万来不及的，便扑地倒下身去，伸起两足把铁锤架住。那头陀见一击不中，料想敌不过起凤，便弃锤往外飞奔，起凤跳起身来哈哈大笑，也不去追赶，仍入席饮酒。当时席上的人，谁不佩服起凤艺高量大，徽王也很敬重他。

时庭前的大桂树上，忽然呀呀地鸦噪起来，徽王说了声："可厌！"起凤正吃着莲子，便含在口中，向着桂树喷去，就"啪啪"地掉下六七只乌鸦来，众人捉鸦瞧时，莲子粒粒嵌入在乌鸦的粪门里，大家又连声称赞。据起凤自己说，幼年学打弹，自大石打木人起，至百步外用米粒能打着飞虫蜉蝣，止须要发出去百无一失，才算得艺术成功。又学镖时，打一块木板，板上画了人形，用镖按着穴道打去，夜里燃火绳作为记认。学到后来，拿棉花搓成小团，将鸡子画了黑点，二十步内，棉花团打鸡子能够把外壳打穿。手势至此，一镖出去有二十斤气力，若离开三十步能打穿鸡子，便有三十斤的力量。然技艺最高的，终不过三十五步,可是小小一支镖儿,飞出去已有三十多斤了。韩起风自己说,只能打到三十一步,再上便不能够了。众人听了多不相信,便由一个门客擎一枚鸡子在手内,叫起风把棉花团打过去,"啪"的一声,鸡子打破了,掉到了三四丈外,门客的手臂也震疼了。大家才信起风的话,那棉团的确有几十斤的力量。

这一番起风由北而南,是去找他一个徒弟的。其时接得应天府尹的谕示,知道当今皇上宣他进京,起风便带了一个门徒,匆匆北上。

是年是宪宗成化十二年,那天宪宗把万贵妃赐了鸩酒,谅她必死无疑,便叹气对司礼监怀恩说道:"朕登基已十几年了,还没有后嗣,从前育了几个太子,都被那妒妇谋害了。如今妒妇死了,朕不知几时再得抱太子,那岂非是桩恨事!"怀恩听了,忙跪下奏道:"陛下现有太子已六岁了,怎说无嗣?"宪宗大惊道:"朕的儿子在哪里?"怀恩答道:"景寒宫中魏宫人抚养着的不是吗?"宪宗见说,弄得半信半颖,摸不着头脑起来。忙令宣魏宫人见驾,不一刻,魏宫人姗姗地来了,手里挽着一个五六龄大的小孩子,见了宪宗"哇"地哭了,便扑在宪宗的怀里。宪宗把那小孩抱起来,定睛细看,觉得眉目酷肖,头角峥嵘,不由得失声道:"这真是朕的儿子!"便询那魏宫人,怎地抚养着太子,是谁生的。

不知魏宫人说出什么话来,且听下回分解。

第五十二回　惊圣驾疯妇闹金殿　征瑶窟将军毁藤甲

却说宪宗一手抱那孩子搂在怀里，细看他的神情举止毕肖自己，不禁喜得眼泪都笑出来，连连呼着："朕的儿子！"一面便问那魏宫人："太子是谁所生？怎样地你抚养着他？"那魏宫人见问，便跪下奏道："太子是纪嫔人诞生的。"当吴皇后（宪宗之正宫）为万妃所谮见废，退居景寒宫，未几病殁。退居景寒宫时，纪嫔人尚居西苑，经宪宗临幸后即有身孕，然恐万贵妃知道，又要设计堕胎，纪嫔人就推说患的鼓疾，愿往景寒宫去服侍吴废后。万贵妃见她真个有病，横竖留着没有用，乐得做个人情，命与吴皇后去住在一起，病嫔、废后倒也安闲度着光阴。

不期到了十月满足，纪嫔人忽然临起盆来，待产下瞧时，居然是个太子。纪嫔人怕风声泄漏，万贵妃如其晓得，必至性命不保。以是不敢抚育，要想把太子运出宫外，托亲戚哺养。吴皇后听了，忙阻住道："今皇上无子，此儿正是嗣续储君。岂可轻易领出宫外。你（指纪嫔人）既没有胆力抚养，俺吴后自称是个见废的皇后，生命早置之度外，等俺抚养着。万一事败，无论铁戳铜砍，斧钺之诛，俺一个人去承当就是，皇帝的宗祧却不可不保的。"纪嫔人见吴后说得痛切，便将太子交给吴后扶养，魏宫人是吴皇后的亲信宫侍，往来传递饼饵，异常的秘密。好在景寒宫是座冷宫，皇帝不去临幸，太监宫女多半是势利宫人，所以鬼也没有上门。万贵妃只要宪宗不到那里去，便不疑心宫中会有嫔妃怀孕诞子的事。纪嫔人把太子与吴后，自己要避嫌疑，忙离去景寒宫，去住在碧霞楼中，但不时偷空去觑看太子。

　　吴皇后尽心抚育，到了太子四岁的那年（成化十年），吴皇后忽撄小疾，渐渐地一天沉重一天。吴后自知不起，便泪汪汪地抱着太子，垂泪对他说道："我的儿！做母亲的今日要和你分别了。可怜你苦命的母亲沉恨含冤七年，我儿若将来继统时，千定不要忘了你母亲的仇人万……"吴后说到了万贵妃的名儿，就哽咽着说不下去了。又挣了半晌，指着魏宫人，和太子说道："她是你抚养的恩人，你母亲死后，你还须倚仗她，快替做母亲的磕一个头。"太子听了吴后的说话，好似懂得般地呀呀几声，扑向魏宫人的怀中。吴后流泪道："我儿全仗你扶持，我死也是瞑目的。"说罢溘然长逝了。太子像晓得他母亲死了，就"哇"地一声哭起来，魏宫人也忍不住泪如雨下。又恐百忙中料理吴后的丧事，进出的人多，把这事漏风，忙去打开暗室藏好了太子，才敢出来做事。那也是天灵相祐，太子独人坐在黑室里，终日一声儿也不曾啼哭的，所以始终没人知道。内监之中，怀恩是魏宫人的义父，惟他得知魏宫人抚育太子的事。魏宫人继皇后之志，小心抚养太子，看看又是两年光景，听得万贵妃赐鸩，魏宫人心里一喜欢，怀恩在这时便和宪宗直说出来。

　　宪宗宣到了魏宫人，见太子果肖自己，但不知是谁生育的，给魏宫人一提，宪宗忆起了临幸纪嫔人的事来。那时纪嫔人在西苑，工诗好吟咏，宪宗喜她温婉宜人，在西苑的翠云楼上临幸过一次，不期竟诞下一个太子。宪宗一面想着从前的事情，便传唤彤史首领太监把册籍取来，打开一查，成化七年的二月里录着皇帝在翠云楼幸嫔人纪氏，初五日，太监在下面署着名。宪宗计算

第五十二回　惊圣驾疯妇闹金殿　征瑶窜将军毁藤甲

日期，和太子诞生的年月日一点儿也不差的，不觉眉开眼笑。再看太子的头上，虽然六岁的孩子，依旧是胎发蓬松，乃知当时因惧怕万贵妃，并太子的胎发也不敢叫内侍剃去。宪宗想起了万贵妃，便顿足愤恨起来。又把魏宫人夸奖一番，加封为圣姑，仍命保护太子。令内侍往碧霞楼宣召纪嫔人，随即册立为淑妃。宪宗又深悔听信万贵妃废了吴皇后，此时就追封吴皇后为圣德慈仁纯孝皇后，命改葬在皇陵。又选了吉日，宪宗亲抱着太子，叫宫女就在膝上替他梳洗好了，父子乘辇，同赴太庙祭祀，由礼部定名作祐樘。宪宗行礼既毕，回辇进乾清门，升奉天殿，册立祐樘为东宫。

储君已定，大臣纷纷叩贺，宪宗也令赐王公及内外臣工筵宴。这时兵部郎中黄信从午门带进一个壮士来，三呼舞蹈见贺。正在这当儿，猛听得奉天殿后面震天价一声响亮，内监们一齐往外奔逃，大臣们都昂首向内瞧看，绿衣侍卫立时排班，在驾前护住，锦衣校尉握着手中器械，一字儿列着准备捍御。奉天殿上，霎时人声杂乱，文官惊避，武官攘臂，如临大敌。

陡见锦屏后脚步声杂乱，一蓬头赤足的妇人手拖着两名宫女，似旋风般抢将出来，到了殿庭正中，便举起两个宫女飞身狂舞。那两个宫女好似杀猪般喊起来，喊得妇人性起，把两个宫女向人丛中抛掷。众大臣定睛细看那妇人，认得是新经赐鸩毒死的万贵妃。大家疑是冤魂出现，便呐喊一声，也顾不得什么朝仪，各自弃了牙笏，撩袍逃命。宪宗瞧得清楚，不觉也大吃一惊，慌忙推开御案，跳下宝座逃遁。那些近身侍卫和锦衣卫大都认识万贵妃的，见她的魂灵作祟，谁敢抗拒，都吓得手松脚软，连器械也掉在地上。锦衣卫仇诚失足仆地，众人急于逃命，不管地上有人没人，一阵的践踏，把仇诚踏作了肉饼。宪宗幸得那个见驾的壮士胆力较壮，死命地拥护着逃出了奉天殿，向西往太和殿中暂避。

殿上那妇人却大闹大叫，把御案推翻，宝座打折，座后的屏风都吃推倒。殿外的甲士执着戈矛，见殿上闹得落花流水，颇有跃跃欲试之概，只是未奉诏令，不敢擅入。内外武官都认万贵妃是鬼魂，以是所向披靡，没人敢上前打鬼。幸得万云宫的内监自后直奔出来，向外面的侍卫等说道："万贵妃疯了，你们快捉她。"说完了这句话，怕万贵妃把他抓住，就忙忙地逃进去了。众侍卫听了那内监的话，才知道万贵妃还是个人，胆子就此大了，于是吆喝一下，各仗器械上前，满心想把万贵妃打倒。谁知万贵妃的气力异常凶猛，她独人在殿上乱嚷乱叫，见侍卫等持械对着她，便大吼一声，似猛虎般地扑将过来，两手乱舞乱拨，枪刀都吃她打折，侍卫们和潮涌似地倒退下来。

那时武臣中，恼了抚宁伯朱永，抢过一口镔铁的大刀，奋力向万贵妃劈去。几个翻身，刀已被万贵妃夺住，向着里只一拖。朱永捏不牢刀柄，两手一脱，一个倒栽葱，直跌到丹墀下。许多武臣都暗暗吃惊。万贵妃也不追杀出来，只把那口镔铁大刀连柄折作了四段，望着人多的地方掷来，安远侯马靖的额角给断刀柄掷伤，鲜血流了满面。这样一来，大家知道了厉害，武臣多袖手不敢尝试。还是朱永，从阶下爬起身来，招呼外殿的勇士和几十个锦衣卫士，全仗着家伙四面围将上去。其时后宫的内监也各人枪的枪、棒的棒、木棍的木棍，一窝蜂地从后面打将出来。一班勇士及锦衣卫等见双方夹攻，顿觉有了威势，便大喊一声，前后并力拥上，刀枪棍棒同雨点一样，向着万贵妃打去。不防万贵妃奔到了殿上，举起蟠龙宝座当作军器，在大殿上团团飞舞，舞得风声呼呼，但见满殿尽是宝座影儿，瞧不见万贵妃的人在哪里。最好笑的是勇士和内监们，手中的器械不是被万贵妃的宝座打落，便是折作半段，不到一刻工夫，早被万贵妃打得七零八落。

第五十二回　惊圣驾疯妇闹金殿　征瑶窜将军毁藤甲

抚宁伯朱永在殿上指挥众人，眼见得这许多的勇士竟敌不过一个妇人，朱永心里很是诧异，呆立在殿前发怔。哪里晓得万贵妃已打退了众人，顺手将朱永一把抓住，这一下吓得朱永魂飞天外，大喊："快来救人！"众勇士没命地上去攫夺。万贵妃一手提着朱永，一手把宝座扫将过来，众勇士和排山倒海地跌翻在地，万贵妃乘势拿朱永向人堆里一抛。靖远伯赵逊、武进伯丘成两人齐出，总算接住了，朱永不曾摔伤的。但朱永已给她转得头昏目眩，立时呕吐起来，口里只叫："厉害！厉害！"

这时文武官员、侍卫校尉、内侍太监凡有几分气力的，都吃过大亏，又弄得无人上去。殿上只剩下万贵妃一个人，兀是把宝座大舞特舞。舞了一会，见没人和她敌对，索性弃了宝座，牛冲虎撞地抢进偏殿中来。众官慌着逃跑，侍卫忙闭上了殿门。万贵妃在门外，把门打得雷鸣似的，忽地尽力一推，天崩地塌的一声震动，偏殿门倒了下来。万贵妃从门上跳将进去，众大臣与侍卫武官早逃进了光明殿中，大家商议着，赵逊说道："可取绊马索把她绊倒了，拿钩并力搭住，然后一拥而上，那疯妇不难受擒了。"众人听了，齐说妙计。由内监去备了绳索拿钩，暗暗布好了绊索，十几名太监掌着拿钩，候万贵妃倒下时奋力搭住。

布置已毕，武官前去诱万贵妃进来，绊马索齐起，万贵妃翻身跌倒，太监的拿钩方要搭着，绊马索都已被万贵妃扯断，霍地跳起身儿，举手向众人乱打。众太监慌得丢了拿钩便走，众人也回身狂奔，一群人望着太和殿的偏殿上拥进去。宪宗却避在太和殿正殿上，见众大臣和内监侍卫逃进来，吓得又要溜脚；那壮士却气往上冲，大喝："疯妇休得猖狂，看俺来擒你了！"，说罢，大踏步上前，挺身拦住去路。万贵妃也不管好歹，一味挥拳打来，那壮士见她来势凶恶，就引身避过了，忽地跃在万贵妃的背后，施展一个泰山托顶，右头叉进万贵妃的小裆里，只向上顺势往上一托，把万贵妃从偏殿中直摔到正殿的丹陛上面，把个万贵妃跌得发昏章第十一，满脸都是鲜血。众侍虽见壮士得了便宜，到底和打慌狗似的还不敢上前。只见万贵妃从地上爬起来，目光闪闪地找人厮打。那壮士已在偏殿里奔出来。万贵妃瞧见，飞步抢将上去，尽力一头向壮士撞来，那壮士不慌不忙地挺着肚皮迎她的头颅，只听得"啪"的一响，两个里撞个正着，万贵妃的头被壮士运内功吸住。当不得万贵妃的蛮力如虎，狠命地一顿乱撞，那壮士怕气力不敌，将肚子一收一放，又把万贵妃跌出在两丈之外。

万贵妃恼得吼声如雷，这一番来势可不比前两次了。只见她瞋着双眼，恶狠狠地举起左右手，拳头似骤雨相类，看着壮士乱打。那壮士见来得太凶，只偏身避她。万贵妃打了半晌，一下子也不曾打到，怒气几乎冲破脑门，便觑个空儿，又是奋力把头向壮士的胸口撞去。那壮士疾身闪过，随着一路余势，瞧准万贵妃的谷道上一腿飞去，踢个正着，万贵妃立不住脚步，往前直撞过去，一头恰好磕在阶前的石龙柱上，磕得眼珠迸出，脑袋分裂，花红脑浆一齐流出来，这才一跤倒在地上。侍卫等方敢拥上，万贵妃还在地上乱滚，五六个侍卫不能近得她的身。那壮士赶过来，在万贵妃的小腹上踹了两脚，算把万贵妃踹得动弹不得，喉咙里的气息依旧牛喘似的，好一会才得气绝。

宪宗见万贵妃给壮士打死，心神略定，由内侍扶持着升了太和殿。大小臣工都来跪请圣安，武臣皆自愧无能，俯伏请罪。宪宗受了惊恐，脸上还没有转色，良久才徐徐地说道："万氏朕已赐鸩令其自尽，此时始知她还活着，这是朕的失察，不干众卿之事。"说罢，命宣那壮士上殿。当时因慌忙中未曾将姓名奏闻的，于是由兵部郎中黄信跪下奏道："其人就是陛下下诏召进京的韩起凤，今日自应天赶至投到兵部，臣特带领起凤进朝觐见陛下

第五十二回　惊圣驾疯妇闹金殿　征瑶寇将军毁藤甲

的。"宪宗点头，黄信起去。韩起凤上殿俯伏丹墀，自称罪民。宪宗好言慰谕道："朕闻你武艺甚好，召你面试，不料第一遭便立下救驾的功绩。那疯妃子阖朝武臣没人能制服她，你倒把她打死，本领自然不差了。"宪宗说着，便授起凤为殿前都指挥。起凤谢恩，退立武臣班中。宪宗又命传那日赐鸩酒的太监汪旋上殿。汪旋是汪直的侄儿，这时战战兢兢地跪上丹墀，自承粗心，误取了疯魔大力酒，致万贵妃饮了发狂。

这疯魔大力酒本是蒙古乡民所制蛊毒的一种，性质非常猛烈，人若饮了一杯，立即中了蛊毒，就要发疯和猛兽般的噬人。又经喇嘛锻炼一番，制成了药酒，毒也愈烈，不但饮的人发狂疯，而且力大犹如猛狮恶豹，虽几百人不能近身。此酒系元朝顺帝所遗，当初喇嘛进献顺帝，将酒饮一班谏臣，令他们自相斗殴，至力尽并死。顺帝在旁看了，以为笑乐。又饮失欢的宫人，着赤身空手去和猛虎或蒙古野兽厮并。结果，打死了几只野兽，力尽被野兽吃了，顺帝诧为奇观。明兵攻打京师外城时，顺帝把药酒饮了兵丁，出阵时以一当百，锐不可当。徐达尝大败一阵，便留心瞧敌人的兵丁，被徐达瞧破机关。原来这班疯兵只知上前打人，却是不受约束的，及得了胜仗，各人往四处乱走，兀是持着器械在那里寻人厮杀。经元营的主将用白布四周围起来，那些疯兵知识聪明的孔窍已闭，见了白布当作是墙壁走不通了，总算给他们拦入营中。徐达看在眼里，次日出兵，见元军又驱疯兵过来冲锋，徐达令神机铳当先，砰砰蓬蓬地一顿乱放，一班疯兵听了，不知是什么东西，吓得回身就逃，见了自己人也分不出来，只知互相残杀。这一场杀得元兵血流成渠，尸积如山，都是自己杀自己的疯兵。元顺帝以一次失败，心还不死，又要想行第二次时，那兵士们见同伴死得惨苦，尽愿身犯军令，不肯饮那药酒。主将吧哒八黎没法，抽刀选杀两个头目，兵士愤愤不平，大家发声喊,一倡百和,杀了主将全军哗变了。顺帝听得此计又不成,知大势已去,到了晚上,悄悄地偷出京城逃走了。这段话是历史野乘所遗漏的,按下不提。

当时宪宗听汪旋说错把疯魔大力酒当作了鸩毒,不禁勃然大怒道:"你这一误,几乎连朕也被你害了,要你这种糊涂东西何用?"喝令侍卫推出去腰斩了,随即起驾回宫。众臣也各自退去。

做书的趁个空儿,把万贵妃发疯的情形叙述一遍。要知嫔妃赐死,司仪局会同千秋鉴便去验尸收殓的,何以万贵妃却挨了多日呢?因万贵妃饮了鸩酒后,只有闭目:待死,谁知睡在床上,已过了半天,司仪局太监来检验见还有气息,不敢收殓。依宫中的规例,人生只有一死的罪名,如鸩死后再转来,得向皇帝宥死的。为了这个缘故,万贵妃奄卧了三天,宫人们见她不曾气绝,就不许司仪盛殓。这样到了第四天上,万贵妃忽然直跳起来,好似发疯一般。宫女见她复活,要待去奏知皇帝,正值宪宗获着亲生的太子,满朝里都是欢庆之声,谁敢把死人的事去打扰他的高兴?这样地一天天挨下去,万贵妃的疯也愈发愈厉害了。大约这药酒年代多了,性质迟缓了,所以慢慢地发作。万贵妃的疯病一天不如一天,起初宫女们还关得住她,后来已有些制不住她,到了册立太子的那天,便推倒宫门往外面直打出去,险些儿把圣驾也惊坏了。宪宗受了这一惊,就此圣躬不豫,足有一个多月才能临朝。其时忽接湖广总督李震的奏牍,谓广西瑶众猖獗,连破了高雷、电白、化县诸地,官兵屡败,要大兵往援。宪宗看了,和群臣商议,众大臣多举韩起凤。宪宗便下谕旨,命抚宁伯朱永为行军总兵官,韩起凤为都督,朱英、王强两指挥为先锋,即日出兵往征苗瑶。

韩起凤奉谕,择个吉日,全军披挂,带了他的门徒王蔚云和朱永等同赴校场,点起十五万大军,浩浩荡荡地杀奔广西来。不

第五十二回　惊圣驾疯妇闹金殿　征瑶酋将军毁藤甲

日到了云川，总督李震率同布政司寇渊深、按察使墨璘、参政刘知真、副使马锦秀、副将王蔺如、游击江剑门及高雷总兵云天彪、参将何旭、都指挥墨贝、常冠军等亲迎接大军。朱永、韩起凤、朱英、王强并王蔚云等各人都相见了。李震说起苗瑶狡猾异常，官军往征，此出彼没，十分棘手。瑶众首领牛鼻子，又是骁勇善战，官兵常吃他的败仗。原来瑶众的兵卒，身上多穿的藤甲，一刀枪不能伤他，以是往往吃亏。韩起凤听了暗暗点头。第一阵见仗，起凤却袭了诸葛武侯火烧藤甲的故智，把瑶众烧得抱头鼠窜，次日就克复高雷。瑶酋牛鼻子闻知大怒，便亲自领瑶兵来战。

不知韩起凤怎样征服苗瑶，再听下回分解。

第五十三回　蛮洞苗儿奇风怪俗　天府太监选色征歌

却说韩起凤胜了苗瑶一阵，欲进兵荔浦，总兵官朱永怕深入蛮地，水土不服，只推说身体孱弱，自在高雷养病。起凤见他是个没用的人，跟着反觉碍手，乐得任他去偷懒，自己转可以爽爽快快地进兵。于是留了三千军兵镇守高雷，起凤率领大军并朱英、王强、王蔚云。高雷总兵云天彪和都指挥墨贝，两人很具将材，起凤便飞疏进京，调云、墨两人为征苗副都督，共参军机。不日上谕下来，云天彪与墨贝准以原职随征瑶军立功，班师之日，另行封赏。一面着都指挥常冠军升任高雷总兵，以游击江剑门擢为都指挥；又调王江为高雷都指挥，以营副朱龙升任游击并命择有功把总，补营副的缺额。

韩起凤调了云指挥和墨指挥，领兵进扑荔浦。那里守将苗瑶副酋大狗一闻官兵到来，忙率瑶众迎战。两阵对圆，瑶阵上大狗跃出，手仗一杆铁骨朵，骑一头红毛牛，竟来冲锋。官军的阵上朱英出马，方才交手，那大狗的红毛牛口中忽然喷出沫来，把朱英的坐骑吓得往后倒退，只得回身便走。王蔚云看了大怒，忙飞身下马，舞着一口刀愤愤来步战。一牛一步，两人兵器并举，战有二十多合，不分胜败。墨贝便暗自取弓抽矢，飕的一箭正中大狗的颊上，坐在牛上晃了两晃，几乎坠下来，忙勒牛逃走。王蔚

第五十三回　蛮洞苗儿奇风怪俗　天府太监选色征歌

云眼快，乘势一刀已砍在大狗的腿上，大狗负痛领了瑶众大败而逃。官兵追杀一阵，便鸣金收军。大狗败回寨中，紧闭木栅不出。

韩起凤得了胜仗，吩咐众将不许解甲，恐瑶众乘夜劫寨，诸将领命皆枕戈休息。看看天色晚下来，一轮明月初升，起凤按着宝剑，亲自出营巡视。但见左右前后营中柝声不绝，刁斗相应，守卫很为严密。再看云天彪的营中，灯火四耀，兵士环甲而待，守望得宜，防备谨慎，韩起凤不觉点头赞叹。四顾自己身后，见王蔚云跟随着，起凤指着天彪的大营道："云总兵可以称得知兵，你须留心学习，他日报国建功都在这个上头。"蔚云听了，唯唯答应。

起凤仰观天空如洗，万里无云。忽见东南角上一群晚鸦向着明月飞鸣，韩起凤惊道："苗瑶必来偷寨，破荔浦就在今朝呢！"说罢，同了蔚云回寨，即点鼓升帐。诸将都来参谒，韩起凤首先发言道："俺知今夜当有苗瑶临寨，彼料俺军得胜，必解甲安息，想半夜前来偷营，俺应预为防备他。"于是令朱英领一千人马，伏在大寨左边；王强领一千军马，伏在大寨右边；墨指挥引军马千五百名，埋伏在寨后。但见中营火起，便会同朱英、王强并力杀出。又命云总兵率兵五千，从小路抄往苗瑶大寨，望得后军火发，可与兵士们奋力抢寨，夺得瑶营算是头功。云天彪奉命自去。韩起凤分拨已定，自与王蔚云在中营坐待，专等苗瑶到来。

将至三鼓，月色朦胧，浓雾渐渐迷漫得对面不见人影。忽闻远远马嘶人语，起凤叫蔚云备着火种，就帐前堆起柴草来。那苗瑶酋长大狗领着大头目猫儿眼、小头目左千斤，趁着昏夜疾驰地望官军的大营杀来。到了营前，只见四面静悄悄的，也不见一个巡营的兵士。大狗下令，瑶众拔开鹿角，发声喊杀将进去，前营却是空的。大叫快退出去，喊声未绝，"啪哒"的一响，小头目左千斤已连人带马跌落陷坑，被官兵活捉去了。这时王蔚云在中营早燃着火种，霎时火光烛天，王强、朱英左右杀出，墨贝又从后杀来，韩起凤和王蔚云领着大军由营中杀出。四面夹攻，瑶兵虽然悍勇，哪里抵挡得住，大狗拨马先走，官兵奋勇追杀。猫儿眼落荒而走，被朱英一眼瞧见，飞马去赶。猫儿眼无心恋战，鞭马疾奔。朱英恐被他逃走，拈弓搭矢只一箭，正中猫儿眼的左臂，翻身落马，兵丁赶上把他捆绑起来。这里起凤等大杀瑶众，大狗死命逃奔，看看将到自己的大寨。突然的一声梆子响，一大队军马摆开，为首一员大将，脸如锅底，手执两根银锤，拦住去路。大狗不敢回寨，只夺路而走，经云天彪押众追赶，并飞出一锤，打在大狗的背上，满口流血，伏鞍逃命，云天彪即勒兵不追。大狗回顾人马，只有百余骑相随，不禁仰天叹道："咱自出兵以来，从未有这般大败，如今七千骑剩得百人，叫咱怎样地去见主将。"说罢痛哭起来。不提防林子里一棒锣响，又是一军拥出，为头的少年将官正是韩起凤部下的新授千总王蔚云，舞着一枝竹节钢鞭直取大狗。原来蔚云从僻路绕到大狗的面前，这时等个正着，大狗怎敢迎敌？又兼背上受了锤伤，只好望斜刺里奔逃。蔚云也不去追他，只把从骑乱杀，不上一刻，百来骑人马杀得一个也不留，唯大狗一人单身走脱。

韩起凤大获全胜，占了荔浦，令王强守着，自领大军进攻修仁。那里也有一个瑶人的首领唤流星子，为人勇悍有余，谋略毫无，见了韩起凤的兵马，立阵未定便大呼冲杀过来。韩起凤见他来得凶猛，一声号令，兵马分作两下，任流星子杀入来。起凤只把旗一展，阵图立时变换，将流星子困在垓心。流星子自恃勇猛，左冲右突，双刀舞若蛟龙，经不起官兵阵上箭如飞蝗一般，拿个有力如虎的流星子生生地射死阵中。起凤射死了流星子，挥兵并进，尽力冲寨，瑶兵抵挡不住，弃寨逃往天藤峡去了。

第五十三回　蛮洞苗儿奇风怪俗　天府太监选色征歌

修仁既破，韩起凤下令，兵士休息三天，便望天藤峡进兵。其时瑶人主将牛鼻子听得荔浦、修仁俱失，两处警报齐至，正值大狗只身逃回，而且受着重伤，牛鼻子命回大寨调养，自统苗瑶健卒五千，亲自来拒官军。韩起凤兵至三里浦，倚山靠水下寨。

次日牛鼻子便来挑战，起凤出兵相迎，双方排就阵势。但见瑶众并无规例，东三西四地杂乱列队，正中一面大红麾盖，牛鼻子身骑白象，手握金刀，银盔锁子甲。左有狮儿，右有黑虎，都生得面目狰狞，双孔撩天，雄赳赳地立在阵前。官兵队里韩起凤挺枪而出，云天彪和墨贝分立两边，朱英监住中军，王蔚云督着后军，兵威壮盛，队伍齐整。起凤回顾墨指挥道："久闻牛鼻子善于将兵，今日宜杀他一个下马威。"墨贝见说，更不回答，挺枪骤马，竟取牛鼻子。那边狮儿、黑虎两马并出，云天彪忙舞起银锤敌住狮儿，墨贝力战黑虎。约有三十余合，墨贝卖个破绽，任黑虎一刀砍将入来，墨贝随手一把抓住丝绦，将马鞍只一蹬，轻轻提过马来，望地上一掷。兵丁一拥上前执住，黑虎霍地跃起丈余，劈手夺了小兵佩刀，砍翻了凡人，望着本阵便走。朱英在后阵瞧见，忙拈弓射去，一箭正中黑虎背心，噗的倒在地上，墨贝飞马上去，一枪结果了性命。狮儿大战云天彪，见黑虎被擒走脱，仍吃墨贝刺死，心里万分忿恨，一口刀如泼风般向天彪顶上乱砍。天彪抡着双锤，也抖擞精神迎敌。两人棋逢对手，战有百合上下，不分胜负。

墨贝杀了黑虎，跃马前来助战。牛鼻子大喝一声，舞手中金刀拦住墨贝。起凤立在阵上观战，深恐云总兵有失，令朱英飞马相助。牛鼻子怕狮儿吃亏，便奋起威风，一刀横飞转来，正劈着墨贝的坐马。那马负痛，和人似直立起来，将墨贝掀在地上。牛鼻子方要把刀来剁，韩起凤眼快，忙举手一镖打在牛鼻子的右腕上。牛鼻子吃了一惊，刀势稍缓，墨贝早跳起身儿，步行回阵。

牛鼻子拔去腕上金镖，大骂："没廉耻的小人，专拿暗器伤人！有本领的过来，与咱交战三百合。"话犹未了，起凤已一马跃出，举枪直取牛鼻子，两人放起对来，刀枪并施，各显英雄。

这里云天彪同朱英双战狮儿不下，杀得天彪性起，一手迎战，左手扣住锤儿，探怀取出流星锤来，飞索打去，却被狮儿接着。大家用力一挣，崩的一下，链已扯断。狮儿回锤反打天彪，天彪疾忙闪过，锤链却绕住了朱英的枪杆。狮儿一面拖住锤链，一手举刀便砍。朱英措手不及，被狮儿一刀削去肩膊，翻身落马。狮儿待要结果朱英时，吃云天彪死命抵住，官兵齐出，把朱英救回。起凤见朱英受了伤，自然无心再战，只得虚掩一枪，退回本阵。云天彪也且战且走，牛鼻子挥众杀了一阵，打着得胜鼓回营。

韩起凤收了人马，计点马步各队，折伤三四百人。忽报先锋朱英伤重身死，起凤甚是感伤，不由得叹道："大功未成，折了猛将，是俺无能的缘故。"总兵云天彪进言道："都督自出师迄今，已破要隘，行见寇势日弱，今日的小败本是兵家常有的，何必把它放在心上。"起凤点头道："话虽有理，但俺也不能无罪。"当下便令草奏上京，请自贬去都督，仍统所部将功赎罪。上谕下来，只令罚俸一月，贬职毋议，并命速平瑶寇，以靖边陲。

起凤接了上谕，和云天彪议道："俺看苗瑶勇悍喜战，牛鼻子等皆无谋匹夫，破他本是容易。俺昨相地形，察勘路径，牛鼻子依仗着黄牛峡险峻，在那里结营，俺军仰攻，非常为难。今如有人能领兵五百，袭他背后，从黄牛峡间道杀出，那时牛鼻子防前不虑后，必然败他无疑。不过此任重要，似非俺亲自去不可。"云天彪阻拦道："主将督领王师，责任非轻，不可冒险。小将不才，愿充此职。"起凤大喜道："如将军肯去，俺还有什么话说？"于是命天彪挑选五百精壮，去袭敌人背后。约定吹角为号，并再

第五十三回　蛮洞苗儿奇风怪俗　天府太监选色征歌

三叮嘱小心，天彪领兵自去。起凤又传令，墨将军领兵五千，去伏在黄牛峡对面的青龙岩下，但见红旗飘动，即并力攻打瑶寨。分发已定，起凤自统大军，把黄牛峡团团围住。

牛鼻子因折了黑虎，坚守不出。他在峡上遥望官兵来围，只令瑶众把石灰擂木炮打将下来，官兵并不近前，只远远地立着呐喊。看看日色亭午，隐隐闻得山峡后角声呜呜，韩起凤叫把红旗张起，墨贝、王蔚云两人率着兵士来攻山峡。牛鼻子见官兵来势猛烈，将镖枪抛掷，官兵纷纷中枪下堕，前仆后继。这样地相持一个时辰，忽听峡上喊声大震，瑶人四散乱奔，镖枪也立时停止，官兵乘隙一拥而上，砍开木栅杀将进去。云天彪领着劲卒自峡后杀来，两面夹攻，瑶兵大败，堕崖死者不计其数。牛鼻子见守不住黄牛峡，只得弃了大寨，和狮儿两人领着三十余骑，逃入大藤峡去了。

韩起凤自与墨贝、王蔚云、云天彪等合兵一处，杀散了瑶众，占住黄牛峡。一面收兵，计点人马，虽得了许多器械马匹，官兵却伤了两千余人。韩起凤便亲督兵士掩埋了尸首，并把牛酒之类大犒军士。诸将庆贺一天，再筹进攻良策。那黄牛峡的地方，是个瑶众总口子，也是行军的要隘，黄牛峡如有失，大藤峡已不能固守了。其时黄牛峡下的苗民闻官兵到来，忙具了牛肉羊乳等物来跪接王师。韩起凤把他们安慰一番，苗众十分感激，都罗拜退去。

讲到这黄牛峡下，也有四五百户的苗瑶，因地近都邑，也和汉族卖买往还，有些苗瑶懂汉语的，一切婚丧礼节尽根据着汉族。苗瑶的小孩子，一般的也读汉文，与汉人缔婚的很是不少。他们这种苗瑶有生熟两类的区别：黄牛峡的苗瑶近于汉地，一也懂得些礼仪，时人称作熟苗。至若大藤峡进去，苗民和汉人素不相通，举动也极野蛮。偶然见了汉人，他们都呼为妖怪，汉人如误入他们峡中，便被他们杀死。由是汉苗相仇，里面的也不敢出来，外面的自然不敢进去。两下里弄得断绝交通。这住在里面的苗瑶，就是汉族称他作生苗的。其实生苗虽性情野蛮，起初与汉族并没什么仇怨，只不过是束有别装言语不通。生苗是没知识的，见了汉族衣冠以为可怪，因怪生疑，恐汉人要加害他，他就先下手为强，似这样的互相误会，遂结成了世世不解之仇了。广西沿苗峡居住的汉人，懂得熟苗言语的甚多，他们喜欢和汉族往来，卖买都极公平。熟苗在汉族的市上交易，大都腰上系有一条红布，我们一望就晓得他是苗人，但懂得生苗话说的，百人中不获一个，有熟谙生苗言语的人，改装作生苗的模样，带了红绿绸布等，偷进峡去和生苗相卖买，倘是碰着幸运，一次上可以发财，一生吃着不尽了。以是进峡去虽是危险，冒险的人却是常有的。

　　生苗那个地方，山岗瘴气极重，苗人是习惯的了，汉人触着气味便要身死的。那里虎豹毒虫又多，生苗进出都带着刀，也不甚畏死的，唯见了汉人的红绿绸布却异常欢喜，往往有胆大的生苗到汉人市上来抢夺，被汉人打死了，将尸首掷进峡中去。这样的事，一年中终有好几十次。汉人乖觉的，揣知生苗的心理，学了苗语，装作苗人，把红绿绸偷进峡中。苗人不知卖买，只拿宝石、珍珠、沙金、人参等东西来掉换，任他给与多寡不得争执的。苗人有金珠无用，汉人得着可以发财了。汉人贪利，做这项买卖的大有其人。不过进峡去有好几样危险的事，一逢到了一样就不得生还。譬如偷进峡去时，被峡中的苗瑶知道，照苗例不得和汉人往还，违者并汉人一起杀戮。或是撞着了无理的生苗，把你杀死了，将所有细布抢个干净，那叫偷鸡不着蚀把米，白白送了性命。又有一样是触着瘴气，或是遇见猛兽毒虫，自然是准死无疑了。有以上这几个缘故，利虽优厚，害也不小。如果要和生

第五十三回　蛮洞苗儿奇风怪俗　天府太监选色征歌

苗做卖买，非将性命置之度外不可，故去干这勾当的人，必是个无挂无碍的光蛋，侥幸获利回来，便娶妻成家，置产购屋。不幸死在峡内，只算是世上少生了这样的一个人罢了。

生苗的居处习俗和汉族相去甚远，男女不穿衣服，上身披个树叶的坎肩，下体遮一圈紫叶，就算是衣服了。居住的地方，大都是石穴洞府，并没有房舍屋宇，很有上古时风气。男女进出佩刀，一言不合便用性命相搏。苗俗的奇特，诸如此类的，真有不可胜纪之概。

当时韩起凤破了黄牛峡，次日就攻进大藤峡，擒住牛鼻子和狮儿，杀散苗瑶，砍断峡口的藤梁，从此生苗不能再出。韩起凤因生苗不服王化，未易处治，所以也不深入。只封峡令汉苗隔绝，一面知照高雷朱永、荔浦王强，即日班师。

大兵一路北还，经过济南，不见济南府等来接，起凤很觉诧异，便召附近问保甲话，保甲回说："现值汪公来此开府，大小官员都经更调过了。如今布政司、按察使等方伴着汪公在妓馆饮酒，以是没有闲工夫来接待过往官吏了。"起凤问汪公是谁，保甲叩头道："就是讳直字的汪公公。"韩起凤听了大怒道："汪直是一个太监，怎地开起府来了？待俺亲去拜望他。"说罢，命那保甲引导，吩咐云天彪将兵马扎住，自己带了那保甲直入济南城中。到了望江楼前，保甲遥指道："那边红楼高墙的，是汪公歌宴的地方。"起凤见说，叫保甲侍候在那里，便独自向那高墙走去。远远闻得笙歌聒耳，杂着清脆的莺声，似在楼上弹唱，起凤不由的心头火起，就大踏步望着红楼直奔上去。

不知韩起凤上楼怎样，再听下回分解。

第五十四回　拔赵易汉尚书娶丑女
　　　　　　　指鹿作马太后辨夫人

　　花香满院，鬓影钗光，往来的都是莺莺燕燕，笙歌复奏，夹杂着一阵阵的笑语声，粉白黛绿地围满了一桌。那个开府太监汪直俨然地坐在正中，两边藩臬司及参政、知府、副使等在那里相陪。十几个姑娘，一个个打扮得袅袅妖妖的，各捧了金壶慢慢地斟着酒。汪直的身后，又是三四个绝色的姑娘，抱着琵琶弦索，顿开娇喉低低歌着小曲。汪直满面春风地左顾右盼，怕南面王还没这样的得意。

　　正在志高气傲的当儿，忽听得楼下龟儿大嚷起来，楼便蹬蹬的一阵乱响，走进一个箭袍武士巾的丈夫来。汪直定睛细瞧，却又不认得的。原来韩起凤赴京时，汪直已受命巡抚山东，不曾和起凤见过面，起凤在徽王府中倒认识汪直。这时韩起凤已眼中出火，指汪直大喝道："皇上命你巡抚鲁地，你倒带了阉城官吏在此酒色逍遥。似你这种误国负恩的阉贼，也配做地方的治吏吗？"汪直听了，弄得摸不着头脑，不知他是何等样人。末了听见骂他阉贼，大凡做太监的人最忌人家说他是阉人，因此汪直也不由得大怒道："你是何处的狂奴，敢来管咱的事，快给咱滚了！"说罢，连呼："卫兵何在！"隔房早抢出二十多个护兵，各执着藤鞭木棍，望起凤头上身上似雨点般打来。起凤便霍地回转身儿，挥

第五十四回　拔赵易汉尚书娶丑女　指鹿作马太后辨夫人

起拳头只一顿地乱打，打得那护兵东倒西歪纷纷往楼下退去。还有四五个来不及逃跑的，都被韩起凤掷下梯去。

其时楼下瞧热闹的人已站满了一大堆，把一条很宽广的大街拥得水泄不通。街上人们纷纷传说，汪太监恶贯满盈了，今天在妓院中，给一个外路人打得落花流水。此刻护兵持着臬司大人的令箭，想是调兵去了，这外路人单身独汉，恶龙斗不过地头蛇，怕不吃个大亏吗？那保甲刘老二在望江楼下等候韩起凤，听得路上人的话说，知道韩起凤必然发火，深恐酿出大祸来，只得三脚两步忙忙地赶至妓院中。正值起凤按住了汪直痛打，藩臬司及副使、参政、知府等官员，见韩起凤来得凶猛，怕吃了眼前亏，就乘空溜下楼梯，巴巴地望救兵到来。刘老二抢上妓院，见了臬司罗成章，也不及行礼，只低声说了几句，又往外奔出去了。

这里罗成章把韩起凤大兵过境，见无人迎送，因而动怒，便亲自来闹妓院的话，对藩司周君平说了。君平大惊，成章也慌得手足无措，他如参政副使、知府、同知等更吓得目瞪口呆。又听得汪直在楼上已被打得力竭声嘶，连救命也喊不动了。罗成章见不是了局，拖了周君平硬着头皮上楼。一面劝住，一面向韩起凤再三地谢罪陪不是。韩起凤知两人必是本城的官吏，见他们这样地低首下气，心上愤气早平了一半。便把汪直只一推，一个倒翻斤斗，骨落落地跌下楼梯去，被护兵们接着救去了。

罗成章和周君子即邀起凤入座，吩咐妓院中排上筵宴来。于是大家诘询姓氏，起凤才晓得罗、周还是藩、臬两司，就也自谦卤莽。楼下的副使等陆续上楼来参见，起凤一并邀他们入座。不一会，那保甲刘老二也回来了，上楼侍立起凤的背后。酒到了半酣，周君平叫妓女们一齐出来歌唱侑酒。那几个粉头，当时见起凤动起武来，吓得她们魂飞天外，有几个往桌下乱钻，胆最小的粉头慌得她们哭了。此刻听得打已停止，又要唤她们出来，倒不好违忤,只好大着胆来侑酒,大家见了韩起凤犹是害怕。臬司罗成章忽然记起一件事来,忙唤保甲刘老二近前,附耳吩咐了几句,刘老二答道:"刚才小人出去就为的这事,现已止住了。"罗成章点点头,起凤便问什么事,成章很惭愧地说道:"适才汪公公命去调兵,如今是用不着了,所以叫刘老二去阻止。"起凤听说,微微地一笑。原来护兵持了臬司的令箭到参将衙门,参将王由基立刻点起了三百人马,风卷残云地赶来。劈头正撞见保甲刘老二,把韩都督班师过境的话细细说了一遍,吓得王参将屁滚尿流,竟带了兵士逃回衙中去了。起凤和罗成章等高饮到了日落,始各尽欢而散。

第三天,起凤拔寨起行,满城文武都来相送,只有汪直被起凤打伤了,不曾来的。起凤便重赏了保甲刘老二,别了众官,统兵北进。不日到了京师,起凤把人马扎住在校场,自己和总兵官朱永入朝见驾。宪宗当面慰劳一番,又问起凤殴打汪直的缘故。原来汪直的草奏比韩起凤的大军早到五日,所以宪宗已经知道了。当下韩起凤将汪直在妓院行乐,并剥削山东人民,怨声遍道路的话从实奏闻,宪宗不觉大怒道:"朕只当他忠心为国,谁知这逆奴如此不法。"那时宪宗本很疑汪直,经御史陈兰、侍郎项朋等上章劾了几次,宪宗已有点不快,今又被韩起凤把汪直的坏处和盘托出,宪宗见起凤所奏,与项朋、陈兰等弹章中无二,知汪直罪名确实,不禁恼恨万分,便命起凤等退去,宪宗起驾回宫。

明日圣旨下来,加抚宁伯朱永为宁远侯;韩起凤擢为将军,晋靖远伯;王强为都总管;云天彪擢为大将军,赠子爵;墨贝为丰台总兵;王蔚云授为参将;阵亡指挥朱英擢为都副使,谥封绥宁伯,其子朱云为指挥。所获苗酋牛鼻子、狮儿等九十三人及苗奴家属九十余人,一并斩首示众。巡抚汪直削去御前奏御官,追

第五十四回　拔赵易汉尚书婿丑女　指鹿作马太后辨夫人

夺铁券，革去伯爵，废为庶人。

这道上谕一下，山东一境人民欢声犹如雷动。汪直自觉无颜，带了行装黑夜出城，被人民查见了，大家一声吆喝，打的打、骂的骂，有的甚至痛咬，不到半刻工夫，把个势焰熏天的汪直太监咬得身无完肤，遍体是血，大叫数声、吐血斗余而死。死后人民又将他的尸体挂在城边，剖出五脏六腑来悬在树上喂鸟。过了一个多月，汪直尸首已变风干的人腊，百姓才一把火烧他成了灰烬。宪宗又以济南藩司周君平、臬司罗成章等依附汪直，便下谕纷纷降调。

光阴流水，转眼是宪宗成化二二十三年的春季。宪宗因身体略有不豫，命大学士马文升代往祭天，宪宗和纯妃朝鲜大公主在宫中石亭上对弈。双方布成阵势，各按步位进攻，看看纯妃将输，被宪宗拦上一子，纯妃受困不得活路，左思右想，猛然悟到一着，纤纤玉指夹着一子下去，向着总隘上一摆，转把宪宗的一角活子围困起来，宪宗拍案道："这一下可输了。"纯妃志得意满，高兴得了不得，便莺声呖呖地大笑一阵。哪里晓得太喜欢过了分，这一笑竟回不过气来。两手紧握，杏眼上翻，花容渐渐惨变，娇躯儿坐不住金交椅，慢慢地蹲了下去。旁边的宫女慌忙来搀扶着，宪宗也亲自去扶持。再瞧纯妃时，朱唇青紫，瞳人已隐，肌肤冷得和冰一般，霎时香消玉殒了。宪宗一面垂泪，口口声声说："没有死得这样快的，速去召太医来诊治。"内侍便飞也似地去宣了太医院院使，并太医院院判，及御医两人。先后诊了纯妃的脉搏，齐声说魂离躯壳往游太虚，不可以药救的了。宪宗见说，又是奇疑又是悲伤，含泪下谕：谥纯妃为孝德皇妃，命司仪局照贵妃例，从丰安殓，附葬寝陵。

从此这位宪宗皇帝，好似有了神经病一般，每见宫人太监及文武大臣等，便睁着眼说道："不信！不信！没有这般死得快的。"一天到晚只说这两句话。幸喜太子祐樘已经十七岁了,大学士马文升、尚书李省孜等上书请太子监国,由纪皇后下懿旨,令太子祐樘登文华殿视事。宪宗也渐渐卧床不起,夏末初秋,转眼已是香飘桂府,宪宗病症益重,只瞪着两眼不能说话。到了八月的十八那天,宪宗驾崩在朝鲜宫,在位二十三年。

于是大臣奉了遗诏,扶太子祐樘正位,是为孝宗皇帝,以明年为弘治元年,晋母纪妃为皇太后,王妃为太妃,尊宪宗为孝纯皇帝,庙号宪宗。封弟祐杬为兴王,裙樗为岐王,祐榆为雍王(三王皆王妃所生);晋大学士马文升为太傅,以吏部司郎刘大夏兼文殿大学士,都御史刘健为工部尚书。金事李东阳、翰林院编修谢迁,孝宗在东宫的时候,已知道两人的贤能,此时继统,便召谢迁和李东阳奏对,很是称旨。即擢李东阳为礼部尚书,谢迁为兵部侍郎。过了几天,又擢谢迁为兵部尚书,以户部主事李梦阳为兵部侍郎。并斥佞臣万安、梁芳、李省孜等。群臣又交章弹劾,孝宗将万安下狱,梁芳腰斩,李省孜充戍边疆,死在半途。又革万贵妃戚党官爵,汰去侍奉官和冗职凡大小三千余人,朝中小人一清。

这时孝宗励精图治,群贤毕集,如马文升、刘大夏等均是忠直老臣,刘健、谢迁、李东阳、李梦阳、戴珊等亦是一朝的名臣,时人称谢迁、李东阳、刘健为朝臣三杰。孝宗除敬礼马文升、刘大夏外,以谢迁、刘健、李东阳三人为最宠信,一时又有谢论、李谋、刘善断之说。谓谢迁工读论,李东阳善谋,刘健更善于决断大事也。孝宗又当纪太后承议,立尚书张永升的女儿张氏为皇后,立金氏、戴氏为皇妃。其时上有英主,下有贤臣铺治,真是百废俱举,大有天下承平的气象。孝宗也极力效法宣宗,奖励风雅,闲暇时和李东阳、谢迁等一班文臣吟诗作赋,都下文风为之一振。时朝臣三杰中,要算兵部尚书谢迁建白最多,

第五十四回　拔赵易汉尚书娶丑女　指鹿作马太后辨夫人

连宫中纪太后都很器重他，常常在宫中道及谢先生的。

那谢迁是浙江上余人，号叫恭仁。在未达的时候，家中极其贫困，幼年还替人家看过牛。但他生性喜欢读书，听得人家的小孩念着书，谢迁也记在肚里，到了赶着牛回来，就坐在茅檐下高声朗诵。村中设帐的是位孝廉公，见谢迁很肯上进，便去对他的封翁高云说："令朗将来必是大器，某愿不取修：金，教他读书。"谢封翁听了，即命谢迁去随着孝廉读书，谢迁果然刻苦功读，暑天怕蚊虫螫他，便燃了一油灯，身体蹲在翁头中读书。这样的七个年头，出去小试童子试，居然列了案首。谢封翁也不胜喜欢，替谢迁定下一门婚事，是同里的刘老大的长女儿。

到了这年的秋季，谢封翁去通知了刘家，给谢迁完姻。谁知道得迎娶时，刘老大的长女抵死也不肯登舆，她说："谢家小子是牧牛儿，我至死不嫁这种村童的。"刘老大：和他妻子再三地劝说，他大女儿就要寻死觅活，弄得刘老大束手无计。外面谢迁又来迎亲，几次催着要起身，急得刘老大老夫妇两个好似热锅上的蚂蚁，真是走投没路了。正在万分着急，刘老大的次女在旁说道："父母之命不可违，姐姐还是好好地上轿吧！"大女儿忿忿地说道："你肯嫁与牧牛郎吗？"次女冷笑道："当初父母如把我许配谢氏，今天自然是我去了。"这句话说得大女儿哑口无言，倒将刘老大提醒过来，忙一把掩住了次女，垂泪地道："你姐姐不肯，叫俺两老为难，现在怎样去对付谢家？俺想你是孝顺老子的，不如你代了姐姐嫁过去吧！"次女见说，慨然答道："只要将来谢家没有话说，女儿就替姐姐前去。"刘老大道："这是秘密干的事，决不使谢家知道的。"于是把次女妆扮起来，匆匆扶上了彩舆，由谢迁导着，吹吹打打地去了。

及至夫妇交拜毕，新人送入洞房，坐了床帐，喜婆才搀了新妇出房参见翁姑时，亲友嚷着大家瞧看新人。面红才去，众人都吃了一惊。原来新娘满脸的麻黑点，掀着鼻子，异常地难看，更加她的头顶患过疥癣，青丝寥寥可数，愈觉丑陋不堪，古来的无盐谅也不过如是了。谢迁见妻子这般丑恶，心里十分懊丧。只碍老父的命令，不敢违拗。那些亲戚多暗暗好笑，连谢封翁也老大的不高兴，深悔自己莽撞了，会冒冒失失地聘了这样一个丑媳妇。

韶光流水，转眼过了三朝，谢迁因娶了丑妇，独自坐在书室里纳闷。忽听得外面人声杂乱，打门似雷鼓般的，正要出去开门，却见四五个红缨短衣的报子，飞也似地抢入来，见了谢迁，齐声道："孝廉公恭喜！"便跪在地上讨赏。谢迁瞧那板条，却是自己中了秋试乡榜，上面大书着"第九名举人"的字样。谢迁这一喜，倒把妻子的心事抛掉了，便亲自去包了几钱银子，赏了那报子自去。不一会，亲戚族人又都来向谢封翁父子道贺，又把丑陋夫人相夫的古话，劝慰着谢迁，谢封翁也道："新妇面貌虽不佳，福分谅来不差的，她进门三天，就做现成的孝廉夫人了。"说罢哈哈大笑。谢迁听了这话，稍稍地对他夫人和睦了一些。但这位刘夫人倒是外浊内清的，平日不轻言笑，上能侍奉翁姑，下敬夫婿，一切的举止处处以礼自侍，什么进巾递栉，颇有举案齐眉之概，夫妻间端的相敬如宾。谢迁见他夫人庄凝稳重，是贤而无貌，原不足为病的，由是把刘夫人渐渐地重视起来。他那读书，也越发用功，翌年成了进士，待到进京会试，连捷入了词林，授翰林院庶吉士。不久又迁翰林院编修。

这时的谢迁，当然志高气扬，就在京师纳了两名美妾，一面请假回乡扫墓，顺道接眷属进京。这位刘夫人也凤冕蟒袍的归宁去辞别父母，刘老大夫妇笑得连嘴都合不拢来。还有那些亲戚近邻来给刘老夫妇贺喜，有知道从前代嫁这件事的，都笑那大女儿没福，大家赞叹不决。更有那邻人的女儿媳妇们拥围着刘夫人，

第五十四回　拔赵易汉尚书娶丑女　指鹿作马太后辨夫人

有说的，也有笑的，有赞美的，好像群星捧月，艳羡声和欢笑声嘈杂得不知所云。正在欢腾一室的当儿，忽见刘老大的小儿子从里面哭出来道："不好了！大姐姐在房中吊死了！"众人听了齐吃一惊，慌得刘老大夫妇两个带跌带爬地赶进去，已见他大女儿高高地吊在屋椽上，忙去解得下来，早已经手足冰冷，气息全无了。刘老大的妻子便一把眼泪一把鼻涕，一声声地哭起肉来。众亲戚听得大小姐自经，个个地替她叹息。

原来那大女儿不愿嫁与谢迁，重许给一家富户，岂知丈夫是个纨绔子弟，父母一死，吃着嫖赌皆备，一年中把家产荡光，竟患着一身恶疮死了。大女儿弄得孤苦无依，只好回她的娘家。后来得知谢迁成了进士，心里已懊悔得了不得，今天见他妹子做了翰林夫人，回家来辞行。她看在眼里如何不气呢？暗想这荣耀风光本都是自己享受的，只恨一念的骄傲，眼瞪瞪瞧着人家去享富贵。这样地越想越气，躺在房里呜呜咽咽地哭了一场，乘外面杂乱无人瞧见的当儿，解下带子来自缢而死。总算刘老大晦气，等她次女儿起身，恨着替大女儿买棺盛殓。那时刘夫人代她姐遣嫁的事，始逐渐传扬开来。落在谢迁的耳朵里，对刘夫人笑道："你姐姐小觑我是看牛的，其实是她红颜薄命的缘故。"刘夫人听说，不觉启齿一笑。她自嫁谢迁到如今，此刻算得第一次开笑脸。

谢迁接着进京，做了几年编修，宪宗皇帝宾天，孝宗嗣位，便把谢迁提为侍郎，再迁尚书，一时宠信无比。有一天上，纪太后在景寿宫设宴，懿旨召各大臣的命妇进宫赐宴。众臣奉谕自去知照眷属，一时如李东阳的胡夫人，刘健的何夫人，马文升的陈夫人，刘大夏的管夫人，李梦阳的许夫人，戴珊的魏夫人，都纷纷进宫。只有谢迁的刘夫人，谢迁觉她的容貌太陋，恐见笑同僚，便私下令爱姬杭氏穿戴着一品命服乘舆进宫。当众夫人晋谒纪太后时,到了谢迁的冒充夫人杭氏。纪太后忽然说道:"你不是谢尚书的正室夫人,快去换了正室的来见哀家。"杭氏被一口道破,到底是心虚的,慌得粉脸通红,只得含羞带愧地退出宫去。见了谢尚书,把纪太后的话讲了一遍,谢迁没奈何,又把第二个美妾褚氏改扮了进宫,仍被纪太后看穿。弄得谢迁实在不得而已,只好请出这位刘夫人来,也穿着命妇冠服,乘舆进得宫去。纪太后看了,这才笑道:"那才是尚书夫人来了。"其实在座的许多诰命夫人,都疑纪太后有预知之明。刘健的何夫人有些耐不住,便离了席,请求纪太后的明示,众夫人也都要明白这个疑团。

不知纪太后说出些什么来,再听下回分解。

第五十五回　祷姮娥方道士求雨
　　　　　　　剿鞑靼王满奴朝天

　　却说纪太后见何夫人等求示辨别尚书夫人的缘故，纪太后不觉微笑道："这个没甚奇异的，因方才冒充的尚书夫人，哀家见她举止轻佻，不像个诰命夫人。况谢尚书是个正人君子，家庭中规模一定很好，断不会有这样的正室夫人，所以哀家就揣测她一下，恰好猜个正着。致第二次猜她还不是正室夫人，是照情理上体会出来的：譬如他第一次令姬妾为冒替，就可以晓得他正夫人必不甚出客，是恐怕被人见笑，便饰了出客的来代充。怎奈第二次进宫来的，虽不如前人的不稳重，面貌儿却如花似玉，比前人更见得出色，既有这般相貌，何必要他人冒替？由此可知来的还不是真的。末了才是真的尚书夫人了。你们看了，认为怎样？"何夫人、魏夫人、许夫人、陈夫人、胡夫人、管夫人等都齐声称赞道："太后的明见如神，是臣妾等万万不及。"说着大家又谈了一会家务。

　　纪太后也是小家出身，对于这班命妇，特地格外优容一点，所以有说有笑的。这席御筵吃得很是有乐，只有刘夫人低着头默默不语。纪太后偏是器重刘夫人，说她资质淳厚，福泽远出座间的诸夫人之上。待到了宴毕，各人均有赏赐，唯刘夫人的赏赉比众人独厚。大家叩谢了赐宴及赏赉，分头出宫去了。自后刘夫人常蒙纪太后宣召，有时留在宫中三四天不归。命妇不准出入禁阙的旧例，是纪太后所打破的，且按下不提。

再说孝宗自登位以来，远佞近贤，天下大治。弘治三年，张皇后生下一位皇子来，孝宗青年获麟，分外地兴高采烈。于是到了弥月，循例祭告太庙，由礼部拟名，叫做厚照。朝中文武大臣都上章称贺，孝宗命赐喜筵，并经张皇后升了凤仪殿受贺，大犒禁中的内监宫人。这样地忙碌了一番，才得安静下来，戴妃又生了皇子，取名叫作厚炜，这时宫中又是一番的热闹。孝宗见有了两子，自应早定名分，便召李东阳、谢迁、刘建等商议，册立皇子厚照为东宫，诏令颁布天下。内外臣工又纷纷上贺表，较前更是闹盛。还有许多大臣的命妇也进宫向纪太后、张皇后、戴妃叩贺，纪太后命在宫中，召伶人演剧助兴。又闹了有十多天，把那些宫人太监忙得屁滚尿流，终日手脚不停地奔驰。待到空闲下来，大家已是力尽筋疲，东倒西歪的了。

孝宗以自己有子，便想到了幼年的事情，把抚养他的吴太后又重加谥号。更记起了那个魏宫人，也有几年抚育的功绩，经当日宪宗封她为圣姑，仍保护着皇太子（即今之孝宗），誓不嫁人。如今魏宫人已死多年。孝宗回忆，不禁十分感伤，即追谥为"恭俭贞烈仪淑大圣姑"，另建坟墓，春秋祀祭，配享太庙。又下谕寻访魏圣姑的家族，以便加爵封官。

魏宫人是咸阳人，地方官四处探访，找着一个魏宫人的族弟，在乡间务农度日的。那地方官却不管好歹，把他送进京来，孝宗亲临便殿召见。那农人叫作魏宝，自幼没有读过书，询他祖宗三代都回答不出的。宪宗见他这样蠢笨，如何做得官？随即下一道上谕，令咸阳大吏给魏宝建一所住房，赐官田两顷，金三千两，黄金五十锭，子孙世袭千户。他日如子弟知书的，文捧监司，武任把总，俟有功勋再行封赏。那魏宝是个勤苦的乡农，忽

第五十五回　祷姮娥方道士求雨　剿鞑靼王满奴朝天

然平空来了这般好处，真是一交跌在青云里了。他回到家中，和妻子女儿讲讲笑笑，一天到晚合不拢嘴了，渐渐患了欢喜过度的神经病，见人便放声大笑，指手划脚地说自己见过当今的皇帝，皇帝叫他坐了喝酒等，胡七乱糟地说了一会，似这样地闹了半年多，竟一病呜呼了。穷人没福消受这句话应在魏宝身上。

那孝宗做着太平天子，与民同乐，可算开明代未有的盛世了。这样一年地过去，转眼已弘治九年，孝宗的图治精神慢慢儿有些懈惰下去。他恃着外事有谢迁、李东阳、刘建以及王恕、彭昭、戴珊等，内事有马文升、徐溥、刘大夏、李梦阳等，人材济济，孝宗乐得安闲游宴，把朝政大事一古脑委给刘大夏、李东阳等，自己拥着金贵妃，不是翱游西苑，便是徜徉万岁山。又在万岁山上盖起一座摘星楼和毓秀亭来，那建筑的工程都由内监李广一手包办。李广又去搬些民间的山石花木、虫鸟等东西进来，取悦孝宗。

深宫的皇帝哪里有这些东西看见，经李广上献，便不辨好坏一概给与重赏。李广又百般地献媚金贵妃，贵妃在孝宗面前，自然替李广吹嘘，说他能干老成。孝宗听信金贵妃的话说，逐渐把李广宠任起来。李广要在宫中植些势力，又引出同党杨鹏，一般地侍候孝宗。过不上一两个月，孝宗也把杨鹏信任得和李广一般。李广、杨鹏两人有了搭挡，少不得狼狈作奸，先拿那些内监宫人们一个个地收服了。自恃着皇上信任，和各处的首领太监做对，不到半年，凡宫中太监所任的重要职役，都更换了李广、杨鹏的私人。

杨鹏见李广权在己上，暗中也狠命地结党，两下里互生猜忌，暗斗非常地剧烈。一时宫中的内监宫人，有李党、杨党两派，捉着一点儿的差事，各人在孝宗面前攻讦。孝宗不知他们的儿戏，也有听的，也有不听的，两党的争执不曾分出高下的。李广见斗不下杨鹏，心里老大的不甘服，以为杨鹏得自己提拔起来的，现在居然要分庭抗礼了，岂不令人活活地气死。由是李广和杨鹏争宠的心也益切了。后来，李广默察孝宗的心里很相信释道的，就去都下旧书肆中搜罗些炼丹的书籍来置在案头。孝宗看了爱不忍释，天天披阅着道书，想研究那长生的方法，终得不到个要领。

有一日上，孝宗瞧见一册《葛洪要著》，觉得内容离奇光怪，苦不识他的奥妙，回顾李广侍立在侧，便笑着对李广道："你可懂得这书中的玄理吗？"李广忙跪陈道："奴婢是凡胎浊眼，哪里能够省得。陛下如要参透它，非神仙点化不可。"孝宗摇头道："神仙不过是世上传说而已，人间哪有真的神仙呢？"李广正色说道："若讲活佛世间或者没有，至于神仙，奴婢倒遇见过的，确是位法力浩大的金仙。"孝宗惊道："这是真话吗？"李广叩头道："奴婢怎敢打谎？"孝宗道："如今那神仙在哪里？"李广故意皱眉道："既做了仙人，自然行踪无定的，什么方壶圆峤，罗浮蓬莱，都是他们的栖息之处。一时要寻他很不容易的。"孝宗不悦道："这样说来，还是找不着的，讲他作甚！"李广忙道："那倒并不是定没有找处。求神仙第一要心诚，第二要有缘。有缘的人就是不去找他，他自己会寻上门来的。心诚的只须望空求祷起来，神仙自会知道的。虽在五岳三山，相距几千里，立刻便可见面。"孝宗说道："怎样叫作诚心？"李广答道："陛下如真要求那活神仙的，须要斋戒沐浴三天，再在宫中收拾起一间空室来。到了晚上，焚香在室外祈祷，若是有缘，那神仙就会降临室中的。"孝宗犹疑半晌说道："姑且试他一下。你就去园中打扫净室，预备起香案来，等朕今夜便来祈祷，看有神仙没有。"李广领了谕旨唯唯退去，自去吩咐小监们收拾净室，安排香案不提。

到了夜里，约有两三更天气，孝宗便带着两名小太监，往御

第五十五回　祷姮娥方道士求雨　剿鞑靼王满奴朝天

园中去求神仙。李广接着，导至净室面前，在案上燃起香烛，孝宗亲自对天默祷。祷毕，推进净室瞧时，静悄悄地寂无一人。孝宗不觉失望，回头对李广说道："如何？朕知这样空祷，哪里会有神仙？"李广跪禀道："这是陛下不诚心的缘故，倘依着奴婢的话说，自当有应验。"孝宗听了，默默不言地领了小监竟自回宫。这里李广和他党羽仇雯等足足忙了一夜。

第二天的黄昏，孝宗真个沐浴斋戒，只同了李广一人向净室前祈叩。由是每夜如此，转眼三天，孝宗已忍耐不得，便望净室的窗隙中偷瞧，见里面隐隐似有人影，孝宗嚷道："仙人来了！"说着推开净室大门，借着外面的烛光，看见室中的蒲团上端端正正坐着一个披发的道人。孝宗不禁呆了呆，高叫李广掌上灯烛，那道人早立起身来，向着孝宗长揖道："陛下驾到，小道有失远迎，乞恕死罪！"

孝宗细看那道人，生得广额方颐，童颜鹤发，两目灼灼有神，银髯飘飘脑后。身穿紫袍，腰束杏黄丝绦，背负宝剑，肩上斜系着一个葫芦，足下登着粉底云鞋，右手持着青棕拂尘，真是道骨仙风，俨然有出尘之姿。孝宗不由得暗暗称奇，便问："仙长高姓法号？现在何处修炼？"道人稽首答道："小道姓方，名如仙，素居在泰山极蜂上。连朝望见陛下宫中香烟冲上霄汉，算出天子虔诚祈祷，所以不避尘嚣，特来和陛下晤会一面，天明就要进身回山的。"孝宗忙道："仙长既来则安，为甚这般局促？今且请仙长临紫云轩一谈。"说罢，由李广引路掌灯，孝宗与道人携手并行。

到了紫云轩内，孝宗南向坐了，赐道人金墩，那道人也不拜谢，竟长揖就坐。小监已奉上香茶，孝宗首先说道："仙长在名山潜修，必然道法高妙。朕现欲研究内典玄功，望仙长指示。"道人微笑道："讲到修炼的人，要不染红尘，抛去一切挂碍，静心自摩，日久心地自会慢慢地光明起来。陛下富贵繁华之身，欲效心同枯木的野人，这是第一桩所办不到的事，怎样能够修炼得来？"孝宗道："昔日黄帝潜修《内经》，也曾仙去，历代帝王难道没有成仙佛的吗？"道人答道："黄帝登仙，只不过后人传说；汉武好佛，终以身殉。故陛下要求延年祛病则可，成佛成仙是万万不能的。至若玄功内典，为彭祖所留传，其法以御女为途径，此种补采之术，虽得成证果，也必遭大劫的。就小道看来，无非是旁门左道，以是彭祖至八百岁，仍败道而死，就可以晓得它不是正道了。"孝宗说道："仙长见识高明，不同凡俗。但既不用黄帝内典，又不习彭祖之术，不识仙长是怎样修炼的？"道人朗声说道："道家以炼气为主，赖元神为体，心身为形。气凝则元神聚，元神聚则心神自宁。久而神与神合，心中虚无杳渺不存一物，心清而神亦清，化成一炁。此气如天地混元，无影无形，亦有形有影，皆随心之所欲而成，能够历万劫而不磨灭。道而至是，可算成功的时代了。"孝宗道："延年却病是怎样的？"道人答道："这只好算道家入门的初步，也不脱凝神参坐罢了。"说毕，取下肩上的葫芦，倾出一粒金丹，很慎重地双手奉给孝宗道："这就是蟠桃会上的九转丹，小道费去十年心血，成了三粒金丸，两丸已赠给两个仙友，今剩此一丸，敬奉陛下，并祝万寿无疆！"孝宗接丹一看，觉得金光灿烂，果然与凡俗有别，因大喜道："仙长见惠，定是佳品。"说着就把丹丸掉在口内，"咽"的一声吞下去了。一面又令李广去谕知司膳太监，备上一席筵宴来。李广便问荤素怎样，道人举手："出家修心炼气，不避荤酒的，不闻阿难、罗汉哪一个不肉食饮酒，吃素是形式的伪修，小道是最鄙弃了。"孝宗点头赞叹。

李广奉令自去，不一刻，四五个内监舁着食盒来了，李广帮着一样样地摆列起来。只见热气腾腾，都是些熊蟠鹿脯，海味山

第五十五回　祷姮娥方道士求雨　剿鞑靼王满奴朝天

珍。那道人在旁已馋涎欲滴，巴不得孝宗叫他入席，就低着头箸不离指地据案大嚼。孝宗见他吃得豪爽，以为仙人应当这样的，只有李广却暗自好笑。那道人直吃得酒醉肉饱，看天色早已大明，一会儿窗上射入晨曦，道人忙起身告辞。孝宗哪里肯放，重又邀道人坐下。这天孝宗也不临朝，竟伴着道人谈禅。那道人口若悬河，滔滔不绝地讲些离奇怪异的事，听得孝宗目定神怡，异常地佩服。

日月转易，又将垂暮，孝宗和道人整整讲了一天。红日西易，又将沉，东方升起玉兔，孝宗忽指着一轮明月说道："朕闻唐明皇是个风流天子，尝上天游过月宫，不知那月殿里的嫦娥，究竟有怎样美丽？仙长可能大展法力，给朕见一面吗？"道人见说，迟疑不敢回答，李广一旁插嘴道："有仙长那般神术，什么样的事儿办不到，休说嫦娥，就是王母娘娘也能请得到的。"道人接口笑道："陛下只要见得嫦娥，待小道略施小技，明天晚上陛下但准备和仙女把晤就是了。"孝宗这时真有说不出地喜欢。晚餐后，和道人又谈到鱼更再跃，令小太监领仙师往白云榭安息，孝宗也自回宫中。

明日朝罢，孝宗又忙忙地来找道人谈话。那道人言语之间，鉴貌辨色，句句能称孝宗的心意，以是越发信奉他了。月上黄昏，由李广引路，依旧到前夜请道人的净室面前。那里香案早设，灯烛辉煌，道人就披发仗剑，向东方吹了一口气，书着黄纸符箓，约有半个时辰，听得净室内崩然有声。道人又焚了符儿，才同了孝宗推进净室的偏门，一阵的兰麝香味已直冲出来，蒲团上面坐着一位如花似玉的仙女，双眸紧合，好像睡着一般。道人喝声："快迎圣驾！"把那个仙女惊醒，姗姗立起身儿，盈盈地向孝宗行了个稽首，便侍立在一边。道人笑道："仙凡路异，却是有缘，好好地侍候皇上吧！"说罢和李广等退出净室。孝宗便握住了仙女的玉臂，仔细儿端详一会，确是月貌花容，柔媚入骨，那种轻盈的体态先已令人心神俱醉了。孝宗微笑着，问她姓氏名儿并天上的景致，仙女只是含笑不答。被孝宗逼得无法时，只把天机不可泄漏的一句话来遮掩过去，孝宗见问不出什么，只得罢了。这一夜孝宗在净室中和那仙女共效于飞，孝宗自吞了道人的金丹，精神顿时畅旺了十倍。加上那仙女的应酬远胜过宫中的嫔妃，把个孝宗快乐得神魂颠倒，不住地赞着道人的神通。那仙女却吃吃地笑个不停，孝宗也摸不着头路，一等到天明，深怕那仙女要去，忙令内侍往谕仙师，叫把仙女暂时留着。

从此，孝宗日间和道人研究道术，夜里往净室中和仙女取乐，把政事更不放在心上了。那李广乘了这个当儿，大施威权，强干国政。廷臣除李东阳、谢迁、刘健、刘大夏、马文升、王恕、徐溥、李梦阳、戴珊等几个大臣之外，竟任意斥黜起来。一天，孝宗设朝，瞧见李梦阳的奏疏弹劾太监李广的不法，及谏止孝宗宠信方士、蛊惑邪说，言辞极其痛切。孝宗把本章愤愤地一掷道："区区太监，何能乱宫闱？朕好仙道又有甚害处？"说毕拂袖回宫。

这时，孝宗在宫中供养着方外道士、夜里和仙女相会等事，由宫监们传说出去，大臣们都已得知。刘健很是忧虑，便和李东阳、谢迁商议。其时正值天气亢旱，人民呼号求雨。李东阳献计道："俺闻宫中的道士法术高强，连仙女也召得到，何不令他求雨？倘是灵验，便救了百姓；万一不灵，就说他邪术欺蒙上皇，而且借此使皇上省悟他妖术是假的，岂不一举两得吗？"谢迁拍手笑道："人说李公善谋，这计果然不差。俺就来起草，明日早朝上他一本。"大家议定，联衔署名，刘健为首，疏中说得那道士神通广大，众臣保举他求雨。

次日上朝，刘健把本章呈上去。孝宗看了，连连点头，即下

第五十五回　祷姮娥方道士求雨　剿鞑靼王满奴朝天

谕从后宫宣那道士方如仙上殿，命他建坛求雨。那道人不敢推却，只好勉强领旨。孝宗令将天坛做了求雨坛，一切布置妥当，择定第二天为求雨日期。到了那时，御驾亲自临坛，刘健、谢迁、李东阳等一班大臣陪侍。那道人峨冠博带，仗剑上坛。孝宗限了午时见雨。那道人只管舞剑焚符，看看到了近午，还是阳光猛烈，连一片黑云也不见，急得道人面红耳赤，头上的汗珠如黄豆似的滚下来。李广在一旁眼睁睁地瞧着坛上，心里更是着急。

日色已经过午，哪里有什么雨点，众官纷纷议论，孝宗也有些疑惑。看那道人，尤是拍案打牌地在坛上捣鬼，刘健等一班大臣又是气又是好笑。正在这个当儿，忽见武臣班中，一位雄赳赳的官儿大踏步抢上坛去，一把抓住道人，大呼："捉纤细！"将那道直掼下坛来。孝宗吃了一惊，众大臣也都失色，细看那坛上的武官，正是勇宁侯韩起凤。

起凤摔了道人，慢慢地走下坛来，在驾前跪下奏道："这个道人是广西苗瑶首领牛鼻子的军师，为人无恶不作，臣征苗瑶时被他逃走未获，不知陛下何以把他供奉在宫廷？狼子野性倘有不测，这重任谁敢负担？"孝宗听了，知起凤在宪宗时曾征苗立功，谅非谎言，于是唤侍卫带上道人来勘问。那道人已被起凤掼得头昏眼花，便老实直供出来：自己和太监李广串同，混进宫中，冒称神仙；至于请来的仙女，也是李广设法弄来的，是个西华门外的土妓。孝宗听了道人供词，真是又羞又气，喝令武士将李广拿下，又命校尉去提出宫中的土妓，两人一并绑了，连同道人，立刻推出斩首。一时群臣也都称快，孝宗便起驾回宫。

那时京中把这件事传扬开来，皇帝玩土娼，大家当作一桩奇谈。再说孝宗虽诛了假仙女，心上不无留恋，觉得六宫嫔妃没有一个能称意的。方在闷闷不乐的时候，忽然王越征鞑靼回来，孝宗却得着一个大大的安慰，把那仙女早抛撇在九霄云外了。

王越的还京，于孝宗怎会得着安慰？原来鞑靼的首领小王子恃强寇边，王越奉命出征，把小王子杀得大败。王越直追到贺兰山，将小王子的眷属获住。小王子已北遁去了，可是那眷属里面，有个小王子的爱妃叫作王满奴的，容貌非常艳丽。王越把满奴带回京中进献给孝宗。孝宗见了王满奴，不由得神魂飘荡，忙令送入后宫，以便临幸。谁知那满奴不肯顺从，终日在宫中啼哭不休。

要知满奴究竟依从否，且听下回分解。

第五十六回　意态婀娜侠女怀宝剑　情深旖旎英雄惊人头

讲到那鞑靼部的小王子，在诸部落中要算得是雄中佼佼者。在英宗的时代，鞑靼部酋叫作雅失里，是个蒙族中的老王爷，资望和实力都在各部族之上，大家尊他为鞑靼汗（汗者，蒙语谓王也）。雅失里死后，他的儿马拖孩继立，却是个没用的庸夫，被瓦剌部的也先杀得七零八落。马拖孩走投无路，只能来通好明廷。偏偏逢着总兵周钰手里，他见鞑靼部势穷，便也下井投石，开了关又把马拖孩大杀一阵，斩了五六百颗首级，并获器械马匹千余件，自去朝廷报功。可怜马拖孩受了这样的大创，弄的不能成为部落，身体又被了枪伤，再加上心里一气，不久就一命呜呼了。但他临死的当儿，说起兵败的经过，倒不恨那瓦剌部的也先，却把明朝恨得咬牙切齿。说他们欺凌残弱，留言与子孙，此仇不可不报。不过马拖孩的儿子也不是个肖子，自他老子死后，连一个村落都守不住，被别部的毛列罕夺去了。鞑靼部在这时期中要算是最败了。

这样地日月流光，一年年地下去，到了马拖孩的孙儿失里延出世（即小王子），鞑靼部又逐渐强盛起来。那失里延的为人多智善谋、英姿奕奕，在诸部落中，好算得一个后辈英雄了。他逢到上阵打仗，骑了一匹胭脂马，使一枝钩镰枪，冲锋陷阵，勇不可当。因此汉军中替他取个绰号,叫作"小温侯"。那胡人族中,以失里延是老王爷雅失里的后裔,大家就称他一声小王子(以下概称失里延为小王子)。小王子在十四岁的时候,只在毛列罕部下当个小兵。过了两年,毛列罕和马因赛部寻仇。马因赛部势大,把毛列罕部打得落花流水,就此殄灭。小王子便潜逃出来,招集了旧部新军,声称给毛列罕报仇,一仗将马因赛部杀得大败,一般地吃小王子把马因赛部灭去,自己立起了一个部落来。凑巧又有马可儿与脱罗两部互相仇杀不止,马可儿大败,闻知小王子英雄,便来向小王子求援。小王子提出条件,如灭去脱罗,得平分其部落,马可儿急于复仇,竟一口答应下来。小王子就统率自己的部属和脱罗部大战,马可儿从旁夹攻,杀败脱罗部众,擒住部酋那嘛赤吉,脱罗全部齐声愿降。小王子收了部卒,想和马可儿分派略地。谁知马可儿事后食言,只把牛羊等物犒赏小王子的兵士,算是报酬,将分地这句话早轻轻她赖去。引得那小王子性起,乘夜袭入马可儿部中一阵的乱杀。马可儿不及抵挡,慌忙上马逃走,被小王子追上擒获,枭了首级示众。马可儿部见部酋已死,大众无主,尽愿投降小王子。

小王子收服了马可儿和脱罗两部,声势大振。那附近的小部落,都纷纷前来投降。小王子的威声愈大,真是兵强马壮、将勇粮充。小王子想起祖父马拖孩的遗言,便攘臂跳起身来说道:"俺不趁此时报仇,更待何时!"当下点起强兵猛将,来犯明朝的边地。时明总兵谢文勋出兵和小王子交锋,吃他杀得大败,逃进关中,闭门不出。一面告急文书到京,宪宗皇帝命抚宁侯朱永统兵拒寇,总算把小王子打退。到了宪宗十六年,小王子又来入寇。其时汪直当权,令兵部尚书王越率兵出剿,大败小王子于青葱岭。捷报到京,授王越为三边总制(明以甘肃、宁夏、延绥谓之三边),着其拥兵坐镇。小王子怎肯甘服,又屡次寇边。到了

第五十六回　意态婀娜侠女怀宝剑　情深旖旎英雄惊人头

孝宗嗣位，王越已坐汪直党嫌，贬职家居。那时三边总制换了朱瀋，威名远不若王越，胡人见他不惧怕，便今日攻那边、明天寇这边，常常缠扰不休，把个朱瀋弄得疲于奔命。

孝宗九年，小王子又大举入寇，朱瀋出关受了重创，边疆岌岌可危。朝臣纷纷举荐王越，孝宗即下谕，起复王越原爵，加征北大将军，统师往抚三边。王越年已七十多岁，老将领兵，威名尚在，胡人望见旗帜，相顾惊骇道："金牌王又来了！"（胡人称王越曰"金牌王"，以越上阵，常用黄牌也）于是不战而奔。幸得小王子善于用兵，屡败屡振，直至孝宗弘治十一年上，才把小王子杀得大败，王越领兵竟捣贺兰山，掳了小王子的眷属等，只小王子却已领数十骑逃脱，往投千罗西部去了。王越得胜，孝宗有旨召回，班师进关。王越进京，要讨好皇上，把小王子的爱妃王满奴献上。孝宗见满奴生得凤眼柳眉，冰肌玉肤，自然十二分的喜欢。几次要想临幸，满奴只是不肯领旨。

原来王满奴和那小王子也有一段风流史在里面。这满奴本是汉产，她的父亲叫郎崄峰，为桂林人。中年负贩到塞外，与一个蒙女努努别仑的相识，遂做了露水夫妻。哪里晓得好事不长，努努别仑忽然怀娠，到了十月满足，就产下那个满奴来。但努努别仑的夫妇间太要好了，等不到满奴弥月，夫妇两个去干了一会风流勾当。天明起身，努努别仑就觉得头昏目眩，遍体作冷，那病便一天天地沉重起来。郎崄峰慌了，忙去邀了一个汉人医士来诊治，医士断是产后色痨，不易治疗的。不上几日，努努别仑真个弃了她丈夫和女儿，一缕香魂往极乐世界而去。可怜遗下这不上两个月的满奴，郎崄峰不免见子思母，忧忧郁郁地也酿成一病，竟追随他爱妻努努别仑去了。

其时满奴还不过周岁，由保姆赛芮氏把她抚养着。直到满奴十二岁上，才卖给汉人王英充当一名使女。那王英在塞外是个很有面子的富商，专一巴结各部族的部酋，自己也借此立足。满奴到了十八岁上，正是一朵鲜花初放，亭亭玉立，出落得朱颜粉姿，艳丽如仙。王英很是垂涎，时想染指。偏是他那位夫人阿轵祐氏（也是蒙人）防范严密，不获下手。阿祐氏恐祸水（指满奴）在家终非结局，便令满奴认自己做了义母，由阿祐氏专主，将满奴遣嫁与毛列罕部酋莫都鲁为第二房福晋（满蒙人称王妃为福晋）。王英惧怕他的夫人，只好任她去做，自己但暗叹口气罢了。满奴是自幼失怙恃的，本来有名没姓，这时袭姓为王，芳名仍叫满奴。

莫都鲁自娶了满奴，把大福晋和三四个爱姬视作了粪土一样。心中眼里有的是王满奴，满奴要怎样，莫都鲁无不依从的，香口中的命令比皇帝圣旨还要灵验。满奴又喜欢行猎，莫都鲁当然亲身奉陪。又特地去北方搜罗最佳的坐骑，好在塞外有的是牛马牲畜，不多几天，部属中献上十匹高头细足的大宛马来。就中的一匹生得红鬃赤骏，遍身如火一般红，自头至尾并无一茎杂毛。单讲它的四足，高约五尺有奇，嘶声甚是洪亮，平常的马匹闻见它的嘶声便要吓得倒退。据部属的小校说，这匹马是多年老驹所产，的确是一头良驹。

莫都鲁看了那匹马，不禁大喜道："马是好马，恐怕性儿猛烈一些，力气小的人未必驯得它住。"说罢，回到帐后，挽着满奴的玉臂一同出来看马。莫都鲁指着马笑道："福晋爱出去围猎，俺已替你备下一匹最好的坐骑在这里。只恐你没这劲儿骑坐它，俺可以再拣一头性子善耐的给你骑坐。"王满奴把粉头一扭，微微笑道："贝勒倒替咱这样留心。不要管它怎么样，等俺来试骑一会儿，看能驾驯它不能。"说时盈盈地走到马前。细看那马高头雄肩，形状伟健，心上已是万分爱慕。莫都鲁早令小军来扣上丝缰，安了嚼环，又放上一个明朝皇帝钦赐的紫金雕鞍（毛列罕部尝朝贡明廷，

第五十六回　意态婀娜侠女怀宝剑　情深旖旎英雄惊人头

故有此赐物），垂下一双蟠螭的金踏蹬，马项下系了一颗斗大的红缨，再缀上二十四个金铃。装束停当，那马愈觉得伟骏不凡，真是人中蛟龙、马中赤兔，谁看见了也要喝三声彩的。

这时王满奴在旁，也不要人扶持，只见她撩起绣袍，踏上一足，翻个身儿已轻轻地跨上雕鞍，莫都鲁忍不住喝了声："好！"王满奴便舒开玉臂，带起丝缰，只略略地一抖，那马顿时放开了四蹄，泼剌剌地望着碧草地上风驰电掣般跑去了。莫都鲁怕那马跑出了性，满奴收不住缰绳，忙唤过几个近身护兵，选了三四匹好马，飞也似地赶上去保护。满奴的马快，护兵们加鞭疾追，越追越远，王满奴已驰过山坡了。护兵们只得大叫："请福晋少停，贝勒有话在此。"看满奴时，犹是伏在鞍上疾驰，好像不曾听见，竟自下坡去了。

三四护兵直赶得满头是汗，及到了山坡上，下坡便是一片的沙漠广地，连林木也没有半株的，东边是塔漠儿河，西面是座小小的土冈子，冈子也有三四十户居民的帐篷子。那护兵在坡上瞭望，只不见满奴的影踪。护兵心慌，一齐鞭马下冈，大家商议着，不知满奴是往哪一条路去的。东边是河，当然不会去的，正北有百来里的沙漠，谅来跑得没有这样的快。只有西面的土冈那里，或者蹿过冈子，人和马被土冈掩住了，所以看不见了。护兵等议论了一会，断定满奴望土冈那方去的，于是并力西追。赶上了土冈子向北望时，只叫得一声苦。原来土冈子那边也是漠漠无际的沙漠空地，哪里有什么满奴的影儿？护兵们四下找近了一遍，不见满奴，大家没法，慌忙回去报知莫都鲁。莫都鲁听说大吃一惊，便亲自带了五六十名健卒，向西边的土冈子下，挨户一家家地搜查。任你找穿帐篷底，也休想寻得满奴的影踪来。

做书的趁这莫都鲁搜导的空儿，且把王满奴叙一下。当时王满奴要在莫都鲁面前逞本领，出个冈子给他瞧瞧。谁知那马性子暴烈，一经跑出火来，便不肯受人们的羁勒，非把气力跑完自己不要走了才能住足。王满奴坐在马上，觉得愈跑愈快，耳边呼呼风响，睁开眼来，见四面的东西一点也瞧不清楚，弄得满奴头昏目眩，伏在鞍上不住地喘着气。一会儿听得背后有人呼喊，心里虽是明白，要想答应却是抬不起来，又不肯虚心喊救援，一味地任那马儿腾云驾雾地跑着。

　　正在昏昏沉沉的时候，忽觉身体儿已离了空，有人在她耳畔低低唤着，微微开了星眸一瞧，是一个陌生男子立在自己的身边，一手扶着她笑嘻嘻地说道："姑娘不要慌，那马已被俺扣住了，你且定一息神吧！"满奴听了，重又闭上两眼，那男子便轻轻放她在躺椅上睡下。满奴才有些�嚎咙咙，身体儿似又有人搀扶起来，一阵的杏仁香味触鼻，似有杯子凑在口边，满奴不觉樱唇轻启，竟一口一口地呷了下去，仍又倒头睡下了。这时遍身松爽了许多，只骨节很是酸痛。

　　又过了一刻，精神渐渐回复转来。满奴便睁眼偷瞧，见自己卧在一个碧油的帐篷里，那帐子虽然不大，却非常地清洁。那中间正设着几桌，沿壁摆列几座书架，一张精致的胡床，床边悬挂着琴剑，想那男子断非俗人。回顾见方才的男子，正含笑着呆呆地对自己瞧看。羞得满奴忙掉过头来，便欲挣扎起身，不知怎的，手足都是软软的。那男子见了，伸手搭住香肩，扶起满奴，一面笑道："姑娘受惊了，还是再息息起来，俺就送姑娘回去。"

　　满奴见说，想起自己骑着了劣马，弄得知觉也失了。必是那男子扣下来了，承他给自己饮了一杯杏酪，才得清醒过来。满奴想到了这里，芳心中又感激又是害羞，待把话来道谢那男子，一时又想不出，正不知是说什么话好。再偷眼看那男子，年纪至多不过弱冠，却生得面如傅粉，唇若涂朱，隆准广额，长眉入鬓，两眼有神，英姿奕奕，那仪表真有霁月光风之概。更加上他微微

第五十六回　意态婀娜侠女怀宝剑　情深旖旎英雄惊人头

带着笑容，愈显出他齿白唇红，如临风玉树了。满奴不由的心上一动，暗想世间上有这般俊美的男子，倘和那莫都鲁比较起来，乌鸦与鸾凤真是天渊之判了。又想起他殷勤扶持，亲递汤水，素来面不相识的，竟有这样多情，也是男子中所少见的，女子能嫁到这样的好丈夫，才算不枉一生。

满奴心里骨碌碌地想着，粉脸已红晕上了眉梢，便低着头默默不语。两人很寂静地相对了一会，看看帐外红日西斜，那男子忽然说道：“时候不早了，俺送姑娘回去。”满奴听了，微微点头，想立起来时，两条腿似棉絮做成的，一点劲儿也没有。又是那少年男子，挽住了满奴一只玉臂，扶持出了帐外。见两匹一般红鬃的骏马，同系在帐篷鹿角上。满奴认得金蹬雕鞍的是自己骑来的，那男子先去解了丝缰，慢慢地搀满奴上了马，自己也一跃登鞍，一手代带住满奴的缰绳，两人并马而行。

桃花马上，一对璧人样的美男女，在路上走着，谁不羡慕一声。满奴听在耳朵里，一缕芳心不免转绕在少年男子的身上。两人坐在马上，渐渐谈起话来。各人询问姓名，才晓得那少年男子是老王爷雅失里的后裔，叫作失里延，时人都称他作小王子的，现在莫都鲁部下，已由小兵擢为巴罗了（巴罗蒙语是牙将，亦勇猛的意思，犹满人之巴图鲁是也）。满奴也闻莫都鲁常常说起，称赞小王子的勇猛，出征各部，每战必胜，莫都鲁倚他为左右手。自古美人自爱英雄，英雄也终怜红粉。满奴本已看上了小王子，如今又知道他是个英雄，心上更增了一层爱慕。两个人骑着马，肩摩肩儿，已较前亲密了许多。小王子见满奴垂青于自己，怎有不领感情的道理。

两人正在缠绵着情话絮絮的当儿，猛觉脑后暴雷也是的一声大喝，当先一骑马飞来，正是莫都鲁，身后随着五六十个如狼似虎的劲卒，不由分说，众人一拥而上把小王子拿下了，吓得马上的王满奴花容失色，不住索索地发抖。莫都鲁看了着实怜惜，忙兜转马头，和满奴并骑立着，一脚踏住了鞍镫，霍地将满奴拥抱过马来，微笑着慰她道："你不要惊慌，失里延那厮无礼，俺只把他砍了，不干你的事。"满奴垂泪道："失里延并未无礼，咱如没有他时，此刻怕见不着贝勒了。"因拿骑马溜缰的经过前后说了一遍。莫都鲁哪里肯信，回过从骑，将小王子带去监禁了，自己拥着满奴，加上了一鞭，竟自回去了。

　　莫都鲁这天晚上，在帐中设宴和满奴对饮，满奴只是愁眉不展的，杯不沾唇，莫都鲁诧异道："福晋敢是有什么心事吗？"满奴忽然扑簌簌地流下泪来，噗地跪在莫都鲁面前，蓦地从怀中掣出一口宝剑，含悲带咽地说道："贝勒先把咱砍了吧！"莫都鲁惊道："福晋何故如此？有话尽可以讲的。"满奴朗声道："小王子确是冤枉的，贝勒如要将他杀戮，咱必被人讥为不义，还不是早死了的干净。"说罢，仗剑望着喉间便刎，慌得莫都鲁忙把它夺住，一面随手把满奴挟起道："福晋莫这般心急，俺们且慢慢地商量。"满奴才坐下来。莫都鲁只管一杯杯地饮着，满奴方才的话，半句也不提。原来莫都鲁当时见满奴与小王子并马而行，心里已老大不高兴了；这时又见满奴肯把性命保那小王子，由是越发狐疑起来。满奴也趁风转舵，仍如没事一样。莫都鲁喝得大醉，扶了满奴入寝。

　　再说那小王子因在监中，独自坐着纳闷，想自己为好成怨，真是太不值得，不禁唉声长叹。细听谯楼正打四鼓，眼见得天色一明，自己性命就要难保。又想起祖父仇怨未报，空有七尺身材，却没来由为救一个女子枉送性命。思来想去，心里似滚油熬煎，也忍不住流下几滴英雄泪水。小王子正在悲伤，突见监门呀地开了，掩进一个人影，手中持着寒光闪闪的宝剑，小王子连声叹道："罢了！罢了！莫都鲁使人来谋死俺了。"说犹未了，觉那

第五十六回　意态婀娜侠女怀宝剑　情深旖旎英雄惊人头

人并不来杀自己，转将镣铐削断，把宝剑授给小王子，一手牵住衣袖往外便走。小王子会意，跟了那人走出牢门。那帐篷前立着两名逻卒，小王子挥手一剑一个砍倒了，和那人飞奔出帐，就在将沉未沉的淡月下细瞧那人，不是王满奴是谁？小王子已心中明白，此时不暇细说，两人乘着月光，一口气走了三十多里。满奴虽是天足，到底女子力弱，渐渐地走不动了，由小王子负着她赶了一程，待到天色破晓，已至马因赛部落那里。

马因赛的部酋方与毛列罕不睦，便收留了小王子。莫都鲁闻知大怒，立刻驱了部属，和马因赛部交兵。小王子帮着马因赛部把毛列罕部灭去，杀了莫都鲁，终算和王满奴有情人成了眷属。不到几时，小王子翻转脸来，又和马因赛部龃龉，推说替毛列罕部复仇，灭了马因赛部，竟自立起了部落。由是声势便日盛一日，屡屡入寇明边，一时很为明患。这番被王越杀败，小王子立脚不住，领了三十余骑北走。王越追至驾兰山，虏了他眷属并马匹粮草，班师自回。那眷属中，偏偏这位花艳玉润的王满奴也在里头。小王子怎样舍得，忙去向干罗西部借得兵来，王满奴已被王越献入京师。小王子又上疏明廷，愿纳金珠宝物，赎回满奴。孝宗阅了奏牍，批答不准。

这时满奴被幽在深宫，经孝宗几番召幸，满奴只是不肯奉诏。孝宗怎肯心死，仍又嘱咐老宫人去慰劝满奴，并把小王子求赎，被皇上驳回的话对满奴说了，以绝她的念头。满奴听到这个消息，呜呜咽咽地啼哭了半夜。到了次日，孝宗又亲自去看满奴，才跨进宫门，蓦见老宫人捧了一颗血淋淋的人头，跪下禀道："王满奴已自刎了！"孝宗大吃一惊，吓得倒退了几步，半响才问那老宫人："满奴怎样会自刎的？"老宫人便把满奴未死前的遗言细诉出来。

要知老宫人说什么话，且听下回分解。

第五十七回　四海民共庆千秋节　两贞女同殉万岁山

却说孝宗追询王满奴自刎的情形，那老宫人泪汪汪地禀道："昨天的晚上，婢子侍候着王夫人（指满奴），还服侍她好好地安息。约莫有初更天气，王夫人呼地起身，唤婢子到榻前叮嘱道：'咱们有两桩事儿委托你，不知可能给咱办到吗？'婢子问是什么事，王夫人垂泪道：'咱自到宫中，已有三个多月了。这百天之中，受皇上的威迫，嫔侍们的讥讽，是你亲眼所见的。咱们似这般忍耻受辱，是希望得脱牢笼，夫妻能够破镜重圆罢了。如今咱知道今世已了，看来要死在禁阙。'王夫人说到这里，呜咽了半天，从怀中掏出一封东西，授给婢子道：'烦你呈上皇帝，早晚颁赐与失里延，那就感激不尽了。还有一样最是紧要的物事，也恳你缴呈，算是咱们报答皇帝知遇的。'说罢又悲悲切切地啼哭起来。婢子问她是什么紧要东西，王夫人说明日自知。到了今天的清晨，见王夫人不知在什么时候自刎在枕上，头颅落在枕畔，乃知她托将婢子的就是这颗人头了。"

孝宗听了，怔怔地呆了半晌，把老宫人所呈的那封东西拆开来瞧时，却是一张蒙人的文字，都和蚯蚓蜘蛛般的，不识她在上面说些什么。孝宗命传译官吕董翻译出那张蒙文，原来是致失里延的情书，孝宗把蒙文译成的细细诵读，那文中说道：

第五十七回　四海民共庆千秋节　两贞女同殉万岁山

书上失里延吾夫：

我们结缡三年，不幸如劳燕的分飞，真是件铭心刻骨的憾事！我自进宫已百天多了，本该早寄书给你，第一是禁宫似海，不便通消息；第二是恐伤了你的心，所以妻我始终没有致书与你。如今是我报答夫妻情分的时候到了。想起我和你花晨月夕、携手同游的情景来，令我悲哽幽怨一齐涌上了心怀，觉得不能不留最后的一言和你作别，也算是一种纪念的话说，也是安慰你的话说。我现下身在明宫，死后的尸体也在明地，我的灵魂却是在塞外的。不但我的灵魂在塞外，简直是常常在你的左右，护持你的身体康健，并佑你的事事胜利。

更有一句末了的叮嘱，天下无不散的筵宴，好花没有日日红的，红粉即是骷髅人，人生焉有永久不死的。那么，我虽遭逼迫而死，死是为吾至亲爱的夫婿尽节，希望你不要悲哀，只当没有我这个薄命人一样。塞外不少美人，愿你美满姻缘，有情人早成了眷属。这样，我死决不怨你，我反而欢喜，我在九泉下也安心瞑目了。

最亲爱的失里延，我们要分别了！明天的此时，是我断头的日期。那头不是明帝要我的，乃是我自己把刃刎下来的。这颗头颅，算已报效了明帝，我已是个无头的人了。我死后没有儿子，你将来如有了儿子，和他们说："还有一个母亲，死在明宫里的。"子孙有志，取了我的尸骨回去，安葬在塞外，我是不愿在关内做鬼的。而且异乡做鬼，寒露风霜非常的困苦，叫他们不要忘记！

失里延吾夫，你他日伉俪合欢，莫见新人忘旧人，要记冥冥中有为你而死的苦命人，子女们也要使他们知道有个断头的母亲。我书到这里，实在伤心得支持不住了。

　　王满奴灯下绝笔

孝宗读罢，也不觉叹道："想不到沙漠荒臣，倒出这样的一个烈妇。"于是命司仪中将王满奴的尸体收殓了，以王妃礼从丰安葬。那蒙文书，交给塞外使者，带给小王子失里延不提。

孝宗自王满奴自刎，心上常是恍恍惚惚，好似失了一样什么紧要东西一般。宫中嫔妃，金、戴两氏之外，六宫粉黛没有一个合孝宗心意的。在两三年之中，孝宗又立了一个常妃、一个马妃。但这些都是庸脂俗粉，怎及得满奴那样风流冶艳，只不过可望不可即，结果连望也没有了，真令孝宗懊闷欲绝。

弘治十五年的春间，正值孝宗三十岁大庆，时马文升已卒，徐溥目疾致仕，刘大夏也老病家居，朝中唯谢迁、刘健、李东阳、李梦阳、戴珊、王恕等。当由李东阳首倡，举行孝宗万寿。孝宗自然十分有兴，并命工监在万岁山搭了彩楼，自山顶直至山下，上皆五色彩绢作篷，地衬大红锦缎毯，从山脚起至安武门止，十色五光，极尽壮丽。刘健又为帝草诏颁布四海，一时外郡大小官吏、士夫庶民，纷纷进京叩祝万寿。外邦如阿里那、陀罗、罗马、柏赖塔、咖喇佛国、珠格葛沁、蒙古托赖、呼图克图大喇嘛、西藏教王、鄂勒部、满住卫、沙葛淋、佛图克等诸邦，便都臣贡遣万寿典礼。

其中有一个国度，叫做天竺佛国的，即今之东印度也。印度古称天竺，释迦氏诞生其地，又称佛国。国王乌利茄氏，和明廷从来不通朝贡的。这番闻得中国皇帝万寿，乌利茄欲结好于中国，特央西藏教王领带也来朝贺，还贡进一样宝物来，名叫"千

第五十七回　四海民共庆千秋节　两贞女同殉万岁山

秋竹"，算是贺万寿的仪礼。那乌利茄进千秋竹，一来是替皇帝取个佳兆，藉敦邦交，二来是通好明廷，假此入中国宣传他的佛教，而且显出他天竺佛国有这样的宝物，叫中国人民更进一层崇佛之心。于是西藏教王饬使臣领着六名天竺佛徒，载了千秋竹进献明廷。孝宗见从未通朝贡的国度也会来祝万寿，不觉满心快乐。内监王安禀道："蛮夷戎狄闻风来归，足见陛下德薄海外，辟先皇未有之盛。宜额外施恩优容，以昭示来兹，亦所以令若辈知感，正是天朝开附德的门径，怕不化外竭诚来归吗？"孝宗听了大喜，立即传旨优待外邦来使，无须拘泥礼节，只依据各国习尚，互行其便就是。这道上谕下来，谢迁第一个不赞成。以谓使臣各行其便，不拘礼节，有失天朝威仪。然因孝宗方兴高采烈的当儿，并异邦来归，难得有这样的盛事，何必去杀风景，以是谢迁也就默忍了。

　　那时西藏使者朝觐孝宗，奏陈有天竺国附带朝贡，孝宗也一般地召见，六名佛徒只行躬身三顿首礼，献上千秋竹一棵。孝宗听得名称甚好，细瞧千秋竹，种在波罗耶瓢盆中，高约七尺，粗不过盈把，枝叶犹如翡翠，竹梗却似白玉，自顶至踵，凡二十四节，一股清香的味儿阵阵扑鼻。孝宗知道那竹不是常品，便笑着向那佛徒道："此竹名目耶瓢，不知它还有什么好处？"其中一个佛徒稽首禀道："此竹也称佛杖，是释迦氏为小王子时，宫中进膳。有人鱼煮竹笋一味，净饭王（即迦昆罗卫国国王，释迦氏之父）道它味甘，赐给太子（即释氏）。太子见鱼头人面，连说，'善哉！'便把鱼倾在池内，笋倒在地上。明年鱼又重生，竹也再活，就是这个千秋竹。但要五十年才长一枝，百年长成七尺、二十四节，按日月五星七政二十四节气，枝凡九九八十一干，叶共六十四大叶，三百八十四小叶，是六十四卦三百八十四爻之意。自释迦氏成佛，留下千秋竹三枝，一枝是被二世祖取去（二世祖为阿难),做了禅杖,所以后人称为佛杖。剩下的两枝,直到如今不生不灭。下邦国王乌利茄氏,闻得上国天子万寿,特采一枝进献,并祝千秋万岁。至这千秋竹的佳处,能祛除疾病,不论何症,折叶一片,含在口中,病就立愈。又能醒酒,衔叶舌底,虽千百杯不醉。无事常含竹叶,可以延年,壮筋健骨。他如风雨晦明、日月蚀、水旱灾、火患气候等等,细验竹节,都会显呈出来的。又如需用竹叶,因而摘尽,只须灌清水一杯,明日叶即自出,补满缺少的数目,终不出三百八十四叶之外就是了。"佛徒说到这里,又在竹节上把头轻轻叩了二十四下,忽听那竿节中发出二十四种声韵来,悠扬铿锵,如鸣桐琴、如击清磬,似远而实近,似近而实深远。殿上殿下都听得呆了。佛徒再击二十四记,那竹声戛然而止。孝宗欣然说道:"瞧不出它倒是样宝物。"说罢命使臣、佛徒等退出,一面谕知外邦来使,概在静园赐宴,孝宗自回后宫。

到了万寿的正日,孝宗穿了祭天冠服,祀了天地宗庙,便奉了太后纪氏,并张皇后、戴妃、金妃、马妃、常妃等登万岁山(即今之北京景山,在神武门之北),御寿皇殿受群臣朝贺。东宫皇太子厚照已有十二岁了,皇次子厚炜时年十一岁,兄弟两个一对玉孩儿似的手携手来与皇帝叩头。孝宗笑嘻嘻地左右手把着两个皇子说道:"好儿子!快给圣母太后磕头!"两皇子真个伏在纪太后面前,磕了三个响头。纪太后笑得嘴都合不拢来,忙吩咐侍从太监,赏赐两皇子果饵等物,令即护送回东宫读书,两皇子谢了赏自去。这里孝宗大开筵宴君臣同乐。这样地忙了十多天,孝宗又择了个吉日,替纪皇太后祝千秋圣寿,并把那棵千秋竹献上。纪太后也十分欢喜,命将千秋竹供于山下行在门前,这是千古罕有的佛竹,准万民观瞻,也算与民同乐之意。

到了那天,万岁山下真是人山人海,帝皇銮辇在人丛中往

第五十七回　四海民共庆千秋节　两贞女同殉万岁山

来。人民都伏在道上，瞻仰圣容，齐呼："圣皇太后、皇帝、圣后万岁！"孝宗奉着纪太后坐在辇上，看了人民至诚，不觉大乐。令太监将彩缎金银分赏与人民，一时欢声雷震。纪太后又传懿旨，宣大臣们的眷属至万岁山上，在斗姥宫赐宴。那些官眷，多半携着女儿同来觐仰太后慈颜。就中大学士王恕、吏部尚书王永两位夫人各带着小姐，一个叫玉英，年九岁，是王永的女儿；一个叫作眉贞，年八岁，是王恕的义女。这两个小姐一般的出落得玉貌芳姿。纪太后很是喜欢，把两人拥在左右膝上说长说短地讲了好些话。太后命各赐金钏一副，玉玲珑一对，绣花锦披一个，镇玉狮儿一对，桃花纨扇各一柄，泥金妆盒一个，凤钿一对，紫金花瓶各一个，白玉水壶各一具，象牙梳篦等两副，玉镜各一座，粉奁一具，脂金盒香盒各一枚，圆珍珠各十枚，葡萄仙人各一个，竹雕狮龙玩物多种，佛香伽珠各一副，舍利十枚，玉镯各两副，汉玉指环各两枚，银盅一对，金项链各一枝，其余的贵重品物和游戏的玩物，更不知其数。

　　原来纪太后见两位小姐都生得伶俐活泼，王恕的女儿尤其端庄，虽说还是孩子，对于礼节却一点也没有失仪。纪太后心里想预为东宫选妃，觉两位大臣的女儿很是合意，赐赍也就格外丰盛。众大臣的眷属在侧，不知纪太后的用意，见两王（王恕、王永）的女儿赏赐独厚，大家不免又羡慕又是妒忌，气坏了张吏部的小姐剪柔，王御史的小姐灵素。这两位小姐，尝同窗共过笔砚，一样的性情骄傲，无论什么事，是不大肯落在人后的。今天被两个王小姐占了先，灵素、剪柔心里不服。剪柔在暗中牵牵灵素的袖儿，两人乘个空儿，潜行出斗姥宫，拣一个僻静的所在私相议论着，剪柔气愤愤地说道："俺们同是大臣的女儿，俺父亲的官职不见得小似他们，太后为何对他们这样优厚？难道俺们父亲不算皇帝的臣子吗？"灵素也噘着嘴道："王家的两个小婢子脸儿生得讨人欢喜，咱们没他们那么妖样儿，只好瞧着人家获宠。"剪柔笑道："又不是甚么姑娘儿，讲脸子好坏的。"

两人一头说着，脚下不知不觉地走去。到了一个小室面前，见那里有佛像塑着，门上一块小额，写着"碧霞宫"三个大字。剪柔回顾灵素道："这里也有碧霞元君殿，我们就进去参谒一会。"灵素应着，一同进了碧霞宫，但见门前的偏殿塑着山门如来，东首是普贤真人等，西面是观音大士，正中的佛龛内端端正正地坐着碧霞元君。剪柔和灵素参拜过了，见后面还有寝殿，灵素说道："咱们索性到寝殿上去。"说时早跨入后殿，剪柔也跟了进去。

那寝殿共是三间小轩，左右两榭打扫得十分清洁。剪柔走得有些足倦，便在寝殿的拜台上坐下。灵素也待要坐，忽听得佛橱的幔帐里面，有吃吃的笑声。灵素吃了一惊，剪柔也听见了，扭过头来瞧那幔帐，突然的幔帐中伸出一个女子的头来，吓得两人面容失色，还当是碧霞娘娘显神，剪柔跌跌撞撞立起身来便走，灵素更是胆怯，紧拉着剪柔的衣袖。两人狼狈相依地才走得三四步，脑后的幔帐门儿蓦地揭开，跳出一个精赤的丈夫，虎吼般地直抢到灵素的跟前，一把拖住道："姑娘慢些走，跟咱玩一会儿去！"那时幔中更跳出一个女子，便来扭住剪柔。剪柔和灵素又羞又气，一手掩着脸，死命地望外奔逃，却又挣扎不脱。转眼灵素已被那大丈夫拥住，拉拉扯扯地倒退回去。剪柔与那女子相持，两个人扭作了一团。猛见灵素大喊一声，霍地绕过身去。那男子手劲一松，灵素乘势一头撞在殿柱上，噗地倒了。男子便舍了灵素，帮着那女子来拖剪柔，剪柔这才真急了，狂喊起救命来。那女子慌了，被剪柔挣脱了身，往外殿飞奔，那男子怎肯罢休，仍赤身来追赶。剪柔才逃出前殿，看看已将追着。剪柔恐吃获住，身必受辱，急迫中没处躲藏，只得咬着牙儿，奋身望着岩

第五十七回　四海民共庆千秋节　两贞女同殉万岁山

下跳去。那男子道声"可惜"，便和那女子回进殿中去了。

那剪柔跳下去的地方正是万岁山的九层台，台上的六部大臣在那里赐宴。大家开怀畅饮，忽见半空中堕下一个女子来，"砰"的一响，不偏不倚地跌在席上，杯盘打得粉碎，十几位大臣溅得满身汤汁。剪柔由席上堕到了地上，人已跌得昏昏沉沉的了。众大臣吃了这一吓，大家呆了半晌做声不得。于是由侍候的内监忙去把那女子扶起，看她玉容如纸，一息奄奄，张吏部在侧声道："这不是俺的女儿吗？怎会在上面掉下来的？"剪柔听得她父亲的声音，星眸乍启，不禁泪流满面的，只用手指着顶上，口里又说不出话来。张吏部明白她的意思，便和伺候太监等扶着剪柔拾级上去。经过寿皇殿时，各大臣夫人赐宴已散，王御史夫人与张吏部夫人正在寻觅各人的女儿，忽见剪柔由太监扶持着上来，张夫人大惊。剪柔一见她的母亲，就哇地哭了出来，两眼向上一翻，已昏厥过去了。张夫人带哭带唤，剪柔慢慢地醒过来。张吏部把剪柔跌下来的话说了一遍，王御史夫人也说女儿不见了，不知可曾跌下去。

纪太后眼瞧着一班官眷们在殿陛上鸟乱，忙令宫女来探询。张夫人便上殿哭诉，纪太后听了十分惊异，欲待语问剪柔，那剪柔早已不能说话。张吏部着太监等相随，两名宫人扶着剪柔小姐，就她所指点的地方寻去。到了碧霞宫的寝殿上，猛见阶前躺着一个直挺挺的女尸。后面跟着的官眷吓得个个倒退，内中的王御史夫人，认得是自己的女儿，便号啕大哭地直扑上去，细瞧灵素小姐，脑浆迸裂地死了。剪柔又指指神橱，竟两足一蹬、呜呼哀哉了。张吏部见他女儿也死了，忍不住垂下眼泪。张夫人已赶来，一把搂住了剪柔小姐大哭。碧霞宫中就起了一片哭声，大小臣工的官眷一时莫不称为奇事。张吏部因剪柔曾指过神橱，亲自走到橱前，将神幔揭起，里面坐着碧霞元君雕像，其他没有别的

529

东西。张吏部也觉这事奇怪，但又找不到什么证据，只好去回奏纪太后和王御史夫人等，各将自己的女儿的尸身舁出了碧霞宫中，自去盛殓。可怜那王夫人半生没子嗣，唯这位灵素小姐，如今死得不明不白，真哭得她死去活来。尤其王御史真传，听得女儿随夫人进宫，死在万岁山的碧霞殿上，直气得他咆哮如雷，连夜上疏要求伸雪。

当出事之后，纪太后忙责内监们查询，弄得毫无头绪，太后以多事不如少事，不曾将这件事上闻。这时孝宗阅了王御史的诉奏，不由得拍案大怒，立即宣总管太监王安，传集那日值班太监追究此事。总管太监王安还是孝宗万寿那天新升的，接事不多几天就出了这样疑案，慌得他手忙脚乱，传齐了领班太监究诘碧霞宫值日的是谁。公务簿上记着太监钱福，王安即召钱福回话，钱福说当日并未离开过碧霞宫。王安怒道："你没有离去碧霞宫，那尸骨又从什么地方来的？"钱福只是不承认，恼得王安性起，喝令捆打钱福百鞭，再问他到底怎样，钱福仍照前般话说。王安也弄得决断不下，便将勘得情形进宫回奏。孝宗叱道："钱福说没有这事，你便依他么？分明是钱福捣鬼。你可将他唤来，待朕亲自勘鞫。"哪知钱福见了孝宗，抱前口供不易，孝宗命甲士下杖，甲士下手重了些，将钱福打得回不过气来，已打死在丹墀上了。

钱福一死，那日的事越发死无对证，由是延搁起来，几乎成为疑案。孝宗虽令内监们追查，怎奈都是一班酒囊饭袋，并现成事也缠不清楚，休说是这种疑案了。怎经得王御史和张吏部思女情切，就横一本竖一本地要求雪冤。言辞间涉及宫闱琐事，孝宗恼怒起来，叫把张吏部贬职，王御史削禄。这样一来，这件两女殉身的事更是沉冤海底了。那时廷臣中很有几个不服气的，然也为了事无佐证，谁肯无故滚入旋涡中。凑巧李东阳又请假回籍，

第五十七回　四海民共庆千秋节　两贞女同殉万岁山

刘健病不入朝，只有一个谢迁算最是前辈，却也孤掌难鸣，不便出来多嘴。倒是个李梦阳来得鲠直，独自上本请勘万岁山一案，谓钱福至死不变口供，先是一个疑窦，须从严追究。孝宗览表，准委他去办理。

不知李梦阳判得疑案否，且听下回分解。

第五十八回　秋月梧桐寡鹄成禁裔
　　　　　　　胡天锋镝老将化飞尘

那时大堂之上，高坐着一位峨冠博带的大臣。案上签印并列，两旁站着宽边红帽的旗牌。阶上直至堂前，都是高帽、藤棍、皮鞭的皂役，一字雁行般排着。霎时间三声吆喝，好不威武，任你胆大包天的英雄好汉，到此也矮下三寸了。平常人少不得要魂魄飞荡了。

这位大臣是谁？正是都宪李梦阳在那里勘讯万岁山的案子。忽听李梦阳把惊堂一拍，喝道："将钱小山带上来！"左右啊了一声，拿一个上镣的少年，横拖倒拽地牵至堂下跪倒。梦阳喝道："你把雍王的使者怎样和你父说话老实供了，免上大刑。"只见钱小山已惊得面色如土，连说不曾有雍王使者来过罪民家。梦阳怒道："你忘了昨日酒后的大言吗？谅你不吃刑罚也不肯直说。"唤左右："夹起来！"慌得钱小山不住地磕头求饶，于是将雍王怎样遣使来家与自己老子密谈，听得那使者说："事成之后，不但终身富贵，任你要求怎样都可以办到的。不幸败露出来，那要各听天命。"使者说到这里，声音便低了下去，只闻得自己的老子不绝地应着。末了，那使者又道："倘你受祸，雍王替你设法解救，家里也替你照顾，只是千万不可吐露！"使者说着，又密嘱了几句，出门自去。钱小山供毕，又磕个头道："后来罪民的父亲，

第五十八回　秋月梧桐寡鹄成禁裔　胡天锋镝老将化飞尘

令罪民去告知使者，说太后千秋圣寿为期，什么事并不道明的。最后怎样，罪民实在不知道了。"梦阳见供，冷笑了一声，吩咐皂役仍将钱小山打入监中，自己便拂袖而退。

那么，做书的把这钱小山交代一下。原来，张剪柔、王灵素两位小姐死在万岁山上，李梦阳都宪对于那值日的太监钱福十二分的疑心。他觉钱福咬定没有离开碧霞宫，何以灵素小姐会死在里面？想来想去，钱福必是知情的。不幸被孝宗一顿乱棒将钱福打死，倒弄得死无了对证，这案子就棘手了。当下李梦阳又在私下打听钱福的余党，打探出钱福是半途净身的，还有一个儿子钱小山和媳妇纪氏住在殷驸马街。因钱福好赌，中年穷得不得了，才净身入宫充了太监。所以是有儿子、媳妇的。梦阳得知这消息，大喜道："此案昭雪，全在钱福的儿子小山身上。"你道怎的？大凡太监行私作弊，宫中闲杂人不能进去的，双方接近很是不便，如其有家的太监，当然在家里接头。钱福家中既有儿子、媳妇，他和人串通作弊，儿子、媳妇哪个还会不知道的吗？李梦阳由这层上着想，便装作儒者会试的模样，到钱小山家里租赁余舍。钱小山住宅本有空室关闭着，也是梦阳去探得来的。小山贪图租金优厚，允分租一间偏厢。

梦阳赁定寓居，迁入行李，从此早晚和小山相见。小山不识他是位都宪相公，梦阳却晓得他是太监的儿子，有心要结识他。凡小山所喜的，梦阳即便赠与。小山嗜的是杯中物，梦阳就天天和他对饮。这样地不上半个月，两人已十分莫逆了。梦阳每乘他酒后，暗暗探小山的口风，故意问他："你们钱公公（太监尊称）在的时候，可缔交些朝贵亲王？"小山乘醉大言道："先尊生前，不大好交接朝士的。自从雍王的使者光顾几次后，不到十天，先尊已遇祸死了，那说不定是雍王连累的。"小山说时，忍不住流下泪来。梦阳讨得口风，连夜将小山拘禁，一面上疏，愿勘讯万岁山疑案，孝宗立刻批准了。

梦阳回署，升了大堂，提钱小山鞫询，要他招出雍王同他老子钱福作奸的事来。小山初时并雍王的使者却不承认，经梦阳还出他酒后的话说，钱小山抵赖不得，将雍王使者来家和他老子钱福曾接洽过几次及隐约听得的谈话一并供了出来。最后小山奉了钱福的命去知照雍王的使者，有"太后千秋圣寿为期"一语。万岁山的案子正出在圣寿的一天。梦阳知道这件疑案与雍王有极大的关系，但他是个王爷，明朝的郡王和皇帝的仪从制度、服御等等只差得一筹，一切的礼节都极其隆重。李梦阳职虽都宪，到底是个臣子，没有那么大的势力去扳倒他，只有慢慢地候着了机会，再设别法罢了。

再说孝宗自王满奴殉节后，没一天不在愁云惨雾之中度日。他举行万寿千秋圣寿，也不过借以解闷而已。然在万寿的同月前，也曾干过一会风流事，做书的不把它提出来，读者怎能知道？如今且叙它一叙吧。

那在万寿升迁为总管太监的王安，本是一个小太监。岂有在万寿那天，使臣进贡迎合了孝宗一句话就升擢得这般快吗？不是的。王安做到总管，正是风流案中功臣的缘故。从前的宣宗皇帝，不是常领了内监便服出禁门去游玩的吗？此风原辟自太祖高皇帝，宣宗步武学效。孝宗记得这桩故事，于烦闷无聊时，也领着内监微服出行。替他做向导的人，就是还没有做总管时代的王安。

一天，王安随着孝宗同出右顺门外，那里有个叫象鼻胡同，中有三四十家住户。有几家是个私娼的所在，也是王安领着孝宗不时进出的地方。土娼中有名徐小雪子的，是个淮扬产，容貌还很艳丽。小雪子有两个嫂子，大的褚氏，第二个尤氏，一般的袅袅桃夭，亭亭柳翠。尤氏更是出色，而且是个寡妇，十九岁上便

第五十八回　秋月梧桐寡鹄成禁裔　胡天锋镝老将化飞尘

没了丈夫，今年还只得二十一岁。她自叹命薄，今世是矢志不嫁的了。孝宗时常进出，就此看上了尤氏。尤氏知道孝宗不是个常人，也不免眉来眼去。孝宗因私下和王安商议，把重利贿通了小雪子的鸨母，居然与尤氏成了好事。这样地过了几天，孝宗越发舍不得尤氏，足足一个月中没有虚夕。当两个情好弥笃，在枕上竟无话不谈，孝宗将自己的形迹老实吐露了，只叫尤氏不许告诉别人。尤氏是何等乖觉的女子，心里渐想到非分，要求孝宗带她进宫。孝宗又和王安说了，向那鸨奴讲妥，悄悄地把尤氏偷接入禁中。

从此，孝宗也不再出去，早晚与尤氏聚在一块儿寻欢取乐。尤氏的富贵心太切，屡屡向孝宗求封。孝宗觉得她到底是个土娼，如滥晋妃位，礼仪上似说不过去，恐被廷臣讥笑，所以含含糊糊地答应她，怎经得尤氏的絮聒，孝宗便晋尤氏为侍嫔。明宫规例，侍嫔不与宴会的，犹之民间的小妾终身不得冠服见尊长一样。尤氏心中哪得甘心，尽夜地在孝宗耳边噪闹。一个土娼出身的侍嫔，竟和皇帝反目过好几回。恼得孝宗性起，立刻将她贬禁。尤氏这才晓得皇帝的厉害，懊悔不及，弄得独自一个人荒庭寂处，坐对着冷月凄风，真是万分的伤感。

一天，尤氏方孤坐着垂泪，忽然一个老宫人进来，牵了尤氏的衣袖便走。尤氏只当是皇帝纪念旧好，仍来召幸了，芳心里很是安慰。走出宫院，有一辆篷车待着，有个太监侍候在一边。那老宫人不由分说，拥尤氏上了车，拉好篷儿径去。侍候着的太监即背了车绳飞般地前进，所经过的路途也是极冷僻的。不一会车辆自由下向上，半响车便停在半道。那太监唤尤氏下车，领着她拾级上去，到了似一所庵庙的地方。太监令尤氏进去，自己便退了出去。

尤氏一头走，心正摸不着头路，听得殿内有咳嗽声，一个黄袍金冠的丈夫走出来。尤氏当是皇帝,仔细定睛一看,不由得呆了一呆。那丈夫忙携着尤氏的纤腕微笑道:"自你结识了皇帝,使俺想得好苦!谁知你竟忍心舍俺进宫,害得俺几乎成病。如今俺花了多少的心血,才得和你相见,但不知你在那里也是这般地想着俺吗?"尤氏听了,记起自己身处冷宫的凄凉,忍不住哇的一声哭出来,一扭身倒在那丈夫的怀里。那丈夫一面搂住尤氏安慰着,两手抚摩她的香躯道:"你的玉臂比在宫外的时候怎地已消瘦了许多?"尤氏含着一泡眼泪,将失宠贬禁冷宫的话细细说了一遍,并要求那丈夫超拔她。那丈夫叹口气道:"俺未尝没有这样的思想,唯须缓图机会才行。"尤氏道:"咱们只当皇帝是怎样多情的,哪里知道他欢恶不常,和那平民百姓中的薄幸男子一样儿的。"那丈夫笑道:"做皇帝的谁不这样,俺若到了这种地步,怕不和他一般吗?"两人说笑了一会,又并肩坐在拜台上,接吻咂舌地温存起来。尤氏又是个久疏的怨女,被那丈夫一逗引,不禁娇体如绵、芳心似醉,两只水盈盈的秋波只睨着那丈夫,一阵红霞从耳根子直透到粉颊,和雨后桃花似的愈见得鲜艳可爱了。那丈夫也觉情不自禁,便和身拥着尤氏双双走进神橱里,自去成他们的好事。

　　两人正在怜爱万分,耳畔好像有女子说话的声音。尤氏心慌,忙推开那丈夫,昂着半身揭起神幔来张望时,恰恰和剪柔小姐打了个照面,吓得她往外逃走,灵素也回身飞奔。尤氏疑两人是宫中的嫔妃,慌得手足皆颤,说她们出去必告诉别人,咱们的性命就要不保。那丈夫听说是两个弱女,霍地跳起身来道:"一不做、二不休,索性把她两个拖住了入伙!"于是便赤身来搂灵素,尤氏帮着拦住剪柔。四个人扭了一会,不提防那丈夫失手,这灵素小姐趁势在殿柱上碰死了。尤氏吃了一惊,两腕早没了劲,吃剪柔挣脱身子逃出殿去。两人往后追赶,剪柔急得耸身一

第五十八回　秋月梧桐寡鹄成禁裔　胡天锋镝老将化飞尘

跳，竟跃下九层台去了。那丈夫见已闯祸，去寻方才推车的太监，却在偏殿上打盹，便将他推醒了顿足埋怨道："谁叫你不去守牢殿门，现已闹出事来了，快送尤侍嫔回去！"太监见说，瞌睡也吓醒了，忙去搀了尤氏仍从后山下去，上了那辆篷车，飞也似的推入宫中；那丈夫瞧见车子去远，自己也一溜烟望后山逃走。待到张吏部夫人到来，他们已逃得无影无踪了。

做书的说了半天，还不曾将那丈夫的姓氏讲来。你道和尤氏相叙的那个丈夫是谁？便是孝宗的第四个弟兄雍王祐樗。孝宗有三个兄弟，一个封兴王（祐杭），一个封岐王（祐榆），雍王要算最幼，都是王太妃诞生的。雍王的为人，平日喜欢渔色，在京城中常常强纳良家妇女做妃子。人家势力不敌他，只得忍气吞声罢了。那象鼻胡同的小雪子，雍王也不时去光顾，并和尤氏订有私约，早晚要娶入藩邸。万不料王安的牵线，导孝宗也去玩小雪子，一样地看上了尤氏。雍王闻知孝宗在那里走走，吓得他退避三舍。尤氏这种女子，只贪富贵，有甚真情实意，见皇帝要她，自然把雍王撇在脑后了。偏得那雍王终把尤氏念念不忘，又不能进宫去和尤氏晤会，一个土娼家的寡妇，自进皇宫就成了禁脔了。雍王千方百计地设法想与尤氏见面，却得不到这样一个好机遇罢了。雍王心终不甘，又去委托那太监钱福，令她从中转候时机，一得到了空隙便通知雍王。恰值太后圣寿，在万岁山上领班的太监是钱福。钱福和雍王预先约定了，祝过太后的圣寿便去碧霞宫中等待，由钱福推着篷车，将尤氏接出来，从山后送到碧霞宫与雍王相会。不期被剪柔和灵素两位小姐瞧破，弄出了一场人命案子，真是谁也料不到的。出事之后，雍王叮嘱钱福，令他咬定牙关，只说当日不曾离去碧霞宫，也不见有人进殿。这样的一来，大家疑神疑鬼地使这件事变成悬案。过了几天，钱福又被孝宗打死，那事越发没佐证了。

雍王方私心窃喜，忽接得李梦阳都宪的请柬，是邀雍王赛棋。雍王对于博弈，号称黑国手，梦阳也精此道，特邀雍王比赛。雍王年轻好胜，欣然带了五十名卫队，赴都宪署博弈。梦阳令卫队在府前门户中赐酒席，自己和雍王对棋弈。从未刻直弈到黄昏，只下了一盘和局。梦阳便设宴款待，畅饮到了三更。梦阳亲自掌灯，送雍王出后堂。才过暖阁，将至大堂，蓦然的一阵风过去，灯火惨淡，鬼声啾啾。吓得梦阳躲在一边，早见两个披发蓬头的女子拖住雍王讨命。这时雍王也惊呆了，口里只说："俺和你们无仇。"两女子齐声道："你忘了万岁山上的事吗？"雍王道："那是俺好意叫你们坐一会儿，你们自己胆小自尽的，干俺甚事！"说犹未了，那两个女子都笑起来。霎时大堂上灯火齐明，衙役一声吆喝，梦阳升堂，叫把雍王带上来。雍王惊魂方定，不觉大怒道："梦阳！你赚俺到此，却犯了什么罪名，也配你来讯问？"梦阳笑道："咱就要审王爷在万岁山杀张、王两小姐的事。"雍王佯喝道："你可有什么证据？"梦阳大笑，把雍王方才对女鬼说的话已录在纸上，朗朗地读给雍王听，并说道："王爷好意叫两位小姐坐一会儿干什么？"这一句话，问得雍王哑口无言。梦阳即便下座，这夜暂留雍王在署中。

原来梦阳明知雍王和万岁山案有关，但因他是个王爷，虽有钱小山做见证，却不能把雍王提讯。于是想出赛棋的法儿来诱雍王至署，预令两名妓女扮着女鬼惊吓雍王，待雍王对付女鬼的话就录作口供。万一雍王真个不知情的，只推在女鬼神灵上，谅也不能见罪梦阳。哪知雍王心虚，一吓便吐出口风，梦阳便据为事实。当夜梦阳将雍王软禁，次日早朝上闻。孝宗即命锦衣尉赴都宪府提到雍王，雍王无可抵赖，自承调戏剪柔、灵素两小姐，两人被逼自尽，只把与尤氏私会的事轻轻瞒过了。孝宗见供，着刑部拟罪，循律须绞决，经王太妃缓颊，改为戍边。那时雍王的五

第五十八回　秋月梧桐寡鹄成禁脔　胡天锋镝老将化飞尘

十名卫队已逃回藩邸报信，雍王妃忙着入宫求援，雍王早逮解起身了。这件案子了结，都下人无不称梦阳神明；又因他不避亲王权贵，一时直声满天下，号梦阳为"李龙图"不提。

再说那小王子接到塞外使者携来的满奴之手书，小王子失里延读罢，置书放声大哭。又因新值兵败，越想越心伤，真哭得满营凄惨，部下亲信的将士也一个个流下泪来。小王子哭了半天，才收泪和诸将商议，要想取回王满奴的遗骸。经遣使入天朝，明廷又不许。使者回报，气得小王子咬牙切齿的，拔出宝剑来砍去一个指头儿，恨恨地说道："俺和明朝势不两立，倘报不得掳俺眷属的仇怨，尽愿死在疆场上的。"说罢，又欲整顿人马杀入边地，计点自己残卒不满三千人，并干罗西借来的军马也不及万人。部将纳拉沙进道："贝勒出兵，屡次遭挫，锐气已失。今若要复前仇，非有大队生力军不为功。"小王子抚膺叹道："这话俺岂有不知？无如俺部族兵力已尽在于此，幸而胜地，还可以支持一时，不幸而败，俺也拼着这一死就是了。"纳拉沙道："那话不是这样讲的。想贝勒世代相传，威名播远近，祖宗立基也不是容易的事。贝勒如一死，咱们部族之亡可以立待。且贝勒半生英雄，败于一朝，宁不贻笑后人吗？"

小王子正要回答，参军模树林献计道："贝勒勿忧。某有一策，可破明兵。"小王子大喜道："计将安出？"模树林说道："某闻桂林苗瑶与明廷结怨极深，我如肯以礼招致，彼必欣然来附，否则我去附他。但得复仇，虽低首于人亦何害？况苗瑶大都无识，只求与我合，慢慢地收服他，不难听我们指挥了。"小王子连连点头道："此计甚妙，咱们就这样办吧！"于是派模树林为使，即日赴桂林苗窟，和苗瑶首领瞿鹏接洽。双方议定，小王子但求复得前仇，子女玉帛悉归瞿鹏取去。苗瑶是最贪财的，听了模树林的话，便允许了，约定日期出兵。模树林星夜奔回，把苗瑶答应相助的话说了一遍。小王子大喜,当下择了个吉日,祭旗出师。

这明廷三边总制吕文律,见小王子又来寇边,忙整兵出迎。那里小王子与苗瑶已会师一处。苗瑶统帅木油儿与左将领阿蛮右苗酋瑶犇子,都有万夫不当之勇。吕文律领兵与苗瑶交锋,大败进关,一面闭门坚守,一方面飞章告急。

时王越已死,老将韩起凤犹在。孝宗便授起凤为征虏大都督,带同副将康弼、魏晋臣等出师兰州,直趋边地。正与小王子兵相遇,两下方得列阵,后面苗瑶直冲过来,油木儿令燃药炮,向明军阵上轰来。韩起凤不知药炮厉害,正立马指挥军士,忽然一炮飞来,连人带马打得粉碎。明兵大败,副将魏晋臣也被乱兵杀死。康弼且战且走,退了五十余里才得扎住,收了败残人马,计点人数,五停中折了三停。康弼见支持不住,分骑进京求发救兵。孝宗得报,大惊失色。

要知怎样靖得边患,再听下回分解。

第五十九回 霓裳翩跹正德帝登基 鹰犬驰骤司礼监专政

却说孝宗接到韩起凤的败讯，慌忙召刘健、谢迁、李东阳等商议。谢迁奏道："小王子结连苗瑶，锐气正盛。现欲破他，须分兵两路，一出桂林，直捣苗人巢穴；一路仍出兰州虚张声势，但看苗瑶的举动。他如闻知巢穴被围，必回兵返救，我见苗瑶退去，即进兵痛剿，小王子不患不破。"孝宗如谢迁所奏，下谕以定国公朱宁为征苗经略使，统兵十五万径趋广西；谕武伯江永领兵五万以出兰州，随机进剿。两路兵马奉了谕旨，各自分头进行。

定国公朱宁率着大军到了桂林，苗瑶酋长瞿鹏忙整了部落来迎，朱宁也列兵相待。两下交锋，苗瑶忽纷纷倒退，指挥朱忠便挥兵欲追，朱宁阻住道："苗人不战自退，当有狡计。"说犹未了，苗阵上群象列队冲出。明军抵挡不住，回身便走。朱宁传令，军士从后帐搬出画成的虎狮布皮蒙在马头上，一齐驱将出去。群象疑为真狮，吓得望后狂奔。苗众大败，自相践踏。朱宁与副将张恂、指挥朱忠，乘势大杀一阵，苗瑶乱窜，死者无数。瞿鹏收了苗众，深沟坚垒，不敢再出。一面着苗骑去飞报木油儿，令其回师救援。木油儿得知这个消息，当夜便下令退兵。

那时江永扎营白石川，瞰得苗众一个个身背器具，知道广西明军已经发动,便召都指挥马成、顾滋两人吩咐道:"你二人可领兵三千预伏白石山下,闻得炮声连响即率兵杀出。"又令游击李佑之领兵一千,埋伏在枣木岭;倘苗兵过去一半,与兵丁冲他作两截,然后和马成、顾滋合兵一处,并力杀贼。又令行军参将常如龙,引兵二千抵御小王子,防他救应。江永分拨已定,自统大军接应李佑之等。

苗帅木油儿与左右副酋阿蛮、瑶犇子等匆匆还兵。苗人只知勇悍直前,毫不预备明军的追袭。正行之间,人马将上枣木岭,阿蛮进言道:"此处地势险恶,要虑设伏。"木油儿笑道:"就有三五百个敌卒,怕他则甚!"话还不曾说完,猛听得鼓声大震,李佑之领着一千人马,在岭上突出。苗人尚未列阵,李佑之已直冲过来,把苗兵冲作了两截。兵士乘间放起信炮,马成和顾滋分两面杀出。兵士人人奋勇,木油儿忙令瑶彝子、阿蛮也分两边御敌。木油儿自引苗众来战李佑之,不提防江永领大队自后杀到,苗众大乱,瑶犇子中箭落马。阿蛮正和顾滋力战,见自己军伍已溃,便虚掩一枪,纵马而走。恰巧木油儿被江永杀败,两下相遇,合兵一处。后面李佑之跃马来赶,马成杀了瑶犇子也来助战,顾滋又自左边赶到,木油儿与阿蛮遮拦不住,各领着三百余骑落荒而逃。

江永督在阵上,当当地鸣起金来,马成、李佑之、顾滋就止住兵士不追。顾滋便来诘江永道:"苗瑶败走,小将等正好追杀立功,都督为甚收军?"江永说道:"苗人归心如箭,其势已穷。古云'穷寇莫追',况常如龙独当小王子,未悉胜负。不幸如龙败敌,小王子自后杀来,彼苗众被追太急,则忧困兽之反噬,其势必猛,那时吾背腹受敌,转为贼人所困了。"顾滋与众将听了,不觉心折。于是收了大军,专等常如龙回来,再行定夺。

不到半天,常如龙已来缴令,并献上苗帅木油儿首级。江永

第五十九回　霓裳翩跹正德帝登基　鹰犬驰骤司礼监专政

大喜，问怎样擒得木油儿。常如龙道："小将奉命去御小王子，彼已失了苗人扶助，军心涣散，一战便行败走。小将追了二十多里，经过黑松林地方，正值苗人远远地败退下来。小将即率兵士埋伏在林中，并掘下陷坑。苗酋木油儿中伏堕马，兵士把他擒住，只逃走了一个苗酋阿蛮。"江永听了，上了常如龙首功，马成缴下苗酋瑶犇子首级，顾滋、李佑之等亦各献俘虏，并器械旗帜等物，江永也一一记功。当日令将士勿得解甲，防小王子偷寨。

到了次日，江永督军进战，小王子早领了残兵，不知逃往哪里去了。江永就在边地料理军事善后，一切妥当，择吉班师。那里朱宁也剿平苗众，大军不日回京。孝宗见两处都以平靖，下谕大犒将士。朱宁、江永自晋爵禄外，马成、顾滋均擢总兵，李佑之擢都指挥，常如龙授将军，张恂晋副总兵，宋忠为桂林都总管，余下将士亦各有封赏。

是年为弘治十八年。孝宗忽然圣躬不豫，看看日渐沉重，便召大学士李东阳、尚书谢迁、少帅刘健等至榻前，孝宗垂泪道："朕病已入膏肓，谅来不起的了。众卿皆朝廷股肱，幸为朕善辅太子。"说罢命宣东宫。不一刻太子厚照来了，时年十五岁，见了孝宗病态憔悴，父子关于天性，不由的纷纷落泪，跪伏榻前不起。孝宗指着刘健、谢迁、李东阳等顾谓太子道："诸先生忠心为国，将来须尽心受教，莫负朕意，今可向诸先生叩头儿。"太子听了，便对着谢迁等跪下叩拜，慌得三位大臣还礼不迭。孝宗令内监扶起谢迁等，并喘着气道："诸先生犹世交父执，受了一礼何害？"李东阳等叩首道："微臣受陛下厚恩，自当尽力以报。"孝宗点头，挥手令太子等退出。

是夜孝宗驾崩，由李东阳等扶太子厚照继位，是为武宗，改明年为正德元年。晋刘健、谢迁、李东阳等三人为太师太傅上国柱，太后纪氏为太皇太后，皇后张氏为太后，太妃王氏为太皇圣妃，金妃、戴妃为太妃，马妃、常妃等亦晋太皇妃，弟厚炜封为蔚王。又以内监刘瑾为司礼监。

讲到这个刘瑾，旧系苗种，为中官刘忠养子，袭姓为刘。武宗在东宫稚年好戏，刘瑾由宫外弄些鹰犬鸟兽之类进宫，以博武宗的欢心。武宗但知玩耍，因倚刘瑾为左右手，片刻都离他不得。这时武宗继位，便封刘瑾为司礼监，统掌皇城内一应仪礼并刑名钤束、门禁关防诸事。刘瑾欺武帝年幼，便乘间广植势力，渐渐地干预政事。虽有李梦阳、刘健、谢迁等一班托孤之臣竭立把持，但刘瑾自恃宠信，易于进言，往往欺凌大臣。谢迁见政事已现乱象，心里着实忍耐不得，当时上章切谏，劝武宗整饬辰纲、节止游戏。大学士上国柱刘健，攻讦刘瑾擅干国政、私斥勋臣，请旨究办。李东阳更当殿面陈宦官专权、朝纲败坏，谏武宗勤修政事，远避佞邪。这位正德皇帝到底年轻脸嫩，怎经得诸阁臣正言厉色地切谏？把个正德皇帝弄得面红耳赤，嗫嚅了好一会才讷讷地说道："诸先生且退去，容朕慢慢地照办就是。"李东阳等下朝。

正德帝回到宫中，自思幼时到如今从不曾受过谁的话，现在做了皇帝，倒转被大臣们掣肘起来，不是比较做太子时，反觉不舒服了吗？正德帝越想越气，忍不住放声大哭起来。那些老宫人和内监们在旁相劝了几句，这位年轻皇帝是十分任性的，怎肯就止。正哭得心伤气急，恰好刘瑾进宫来，连忙跪在地上叩问缘故。正德帝就把大臣阻谏的话和刘瑾讲了一遍，刘瑾正色说道："陛下身为天子，万事自由宸衷独断，何至受大臣们的欺凌。"正德帝叹口气道："他们是顾命之臣，不得不略与优容。"刘瑾道："那不是这样讲的，倘阁臣专横、不奉上命，难道也就容忍了吗？况臣权过重，下者骄上，尤须防有不臣之行。这是历代所恒见的

第五十九回　霓裳翩跹正德帝登基　鹰犬驰骤司礼监专政

事,元朝的泰定帝便是榜样。"正德帝听了,一拳正打中心坎,不由的点头自语道:"这话很是有理。"从此正德帝对于众大臣言辞间不大听从,所有奏疏,只批"闻知"两字,十事中没有一二样照办。刘健、谢迁、李东阳等自己觉得无趣,大家早存下一个去心。

一天侍郎王鏊在朝堂论及信阳蠲免赋税,刘瑾在旁谗言道:"丰岁妄报荒年,那都是刁民的做作和地方官的得贿,不能据为真情。最可疑的是信阳籍的朝臣,安知他们不通同舞弊。"王鏊正是信阳人,听了刘瑾的话,怎能容忍得下?就抗声说道:"刘公公莫信口雌黄,灾荒的事众目所共睹的,何能以假报真。而且是公众呈文要求,即思作弊也理有所不能,岂可任意含血喷人。"刘瑾冷笑道:"公既非作弊之人,何必这样发恼,使旁人听得还疑公是虚心了。"王鏊不及回答,詹事杨芳也是信阳人,见刘瑾无理,便挺身说道:"作弊要证据的,谁能凭三寸舌诬人,难道公理也没了?"刘瑾正没好气,被杨芳半腰一驳,顿时怒不可遏,瞪着了两眼大声喝道:"你算什么东西,配你在朝房中乱嚷?"杨芳也大怒道:"俺乃朝廷大员(刘瑾为司礼监,系正四品,杨芳詹事为正三品,其职固高于瑾也),不在朝房说话,倒是你阉竖来多说吗?"刘瑾听得骂他阉竖,触着了所忌,面上立时涨得通红,竟不管好歹,举起手来只一掌,打得杨芳掩脸怪叫。刘瑾又喝令伺候室中侍卫把杨芳绑了起来。初时刘健、李东阳、谢迁等尚侍相劝,到了这时,谁也忍耐不住,一齐大哗道:"太监可以如此放肆的,朝廷的法律都没有了!"刘瑾怕众怒难犯,乘着乱哄哄的时候,一溜烟逃走了。

这里由刘健为首,气冲冲地扯了杨芳入奏皇上。景阳钟鸣,静鞭击过,刘健、谢迁、李东阳、李梦阳、戴珊等纷纷跪下,杨芳便哭奏刘瑾殴辱的缘故,王鏊奏陈刘瑾语衅舞弊。刘健顿首道:"陛下不惩刘瑾,臣辈不能受阉奴欺凌,自当挂冠归里。"正德帝见众口一词,知道刘瑾似太过分了,只得刑部拟罪。谕旨下来,众臣才行散去。

谁知正德帝回到宫里,刘瑾已伺候在门前,一见正德帝进来,噗地双膝跪倒,放声痛哭。正德帝本甚信宠刘瑾的,如今见他这般悲伤,并安慰他道:"你有怎样话尽可以直陈,自有朕替你作主,不必悲哭到这样地步。"刘瑾含泪磕头道:"阁臣骄横无礼,詈奴婢为小人,谓以飞鹰逐犬的坏事导陛下于不规,这不是明明压制皇上,先把奴婢来做开端吗?陛下若不立下英断,奴婢头颈里没有铁裹着,以后不敢再侍候陛下了。"正德帝本是个一味孩子气的人,最怕大臣们要阻挡他的游戏,这时听了刘瑾的撺掇,不由得心中火发,拍案大怒道:"谁敢干预朕的私事?你且不要惧怕,朕赦你无罪就是。"刘瑾忙叩了个头起身,当夜便劝正德帝重设东厂,自己兼领东厂监督。这东厂在孝宗初年废去,多年没有提及了,现又组织起来。刘瑾又在正德帝面前定了人数,专一刺探官民隐情。稍有风吹草动,小太监便去报给东厂。监督刘瑾擅自专主,不论大官小民,任意逮捕,公报私仇,株连无辜,真是不可胜计。这是后话。

且说第二天早朝,刘健、谢迁、李东阳等满心望惩办刘瑾,哪里晓得刘瑾不办倒还罢了,反授他为东厂监督。谕旨宣布,刘健、谢迁、李东阳等不觉冷了半截,下朝后即上疏乞休,有旨慰留,疏再上、三上,许刘健、谢迁致任,李东阳仍留原职。

这样一来,朝中又少了两个老诚硕望的名臣,刘瑾作事比前爽快了许多。不到一月,接连添设西厂,置太监探事二十四员,监督还是刘瑾。一班小太监,大家要讨刘瑾的好,无事也捕风捉影,不是说谤毁皇上,便是诬讥讪监督,把京都的安分良民弄得受累无穷,东西厂审事室中捞掠酷刑日必数十起,惨呼号痛声四

第五十九回　霓裳翩跹正德帝登基　鹰犬驰骤司礼监专政

野皆闻。百姓人人怨恨，刘瑾反视为笑乐。又去安庆地方觅了几十个男女伶人，进献宫中，令他们鲜衣美服的演唱戏剧。正德帝所好的是歌舞，骤见了这些伶人的歌唱，喜得他手舞足蹈，并昼夜学习，甚至废忘寝食。幸而正德帝的资质却很聪敏，只学得一两个月，居然也能引吭高歌。至兴致勃勃时，请纪太皇太后、张太后、王太皇妃、马太妃、常太妃等到御苑中来观剧。正德帝亲自袍笏登场，大唱其蔺相如完璧归赵。真个唱得有声有色，淋漓尽致。看得太皇太后、张太后等无不击节赞赏。其时纪太皇太后年衰，不甚问闲事的了。张太后是懦弱无能，只有个王太皇妃，见正德帝天天似这般胡闹，忍不住对正德帝说道："皇上年轻，应与大臣们专究经文，参询政事。不当如此嘻乐，致荒废国政。"正德帝见说，不好回话，以后演剧就不去请王太皇妃了。

　　正德帝玩了一会唱戏，日久自然有些厌烦起来。又是刘瑾去办了几十只的铁嘴的神鹰来，和蒙古种最灵敏的猎犬，另雇人工畜养着。到了闲来，便请正德帝去郊外打猎。正德帝是从不曾干过这样把戏的，待至野外，由鹰奴放出神鹰，犬厮释去猎犬，凡空中的飞鸟、地上的狡兔，都被犬鹰扑的扑杀、咬的咬伤。好算那些禽兽晦气，吃这位促狭皇帝弄得它们走投无路。正德帝高兴极了，差不多没有一天不去行猎，京城中人竟呼他作猎户皇帝了。但是京师野外的兽类能有多少，怎经得正德帝天天去搜罗，渐渐地打不出什么来了。于是越打越远，带着五百名的禁军备了蒙人的行帐，路远不及回来，正德帝就在营帐中住宿。

　　有一次，正德帝去打猎竟打到林西去了（今之热河区域）。那个地方是荒野无有人烟的所在，猛兽野狮更是不少，从前的宪宗皇帝几乎在那里被猛狮咬伤。朝中大臣如李东阳、王鏊、戴珊等听得正德帝冒险前去行猎，忙各人选了骑快马疾驰到了林西，大家跪请圣驾回京。李东阳再三地哀恳，甚至涕泗交流，正德帝也觉动容。好在自己对于打猎已有些玩疲了，乐得许了众臣的请求，当日就和李东阳等起銮还宫。

正德帝静养了好几天，又想寻点事儿玩玩，见刘瑾侍立在侧，颈上挂着一个黑布的口袋，罩在外衣里面，被正德帝瞧了出来，便问："袋里是什么东西？"刘瑾回说是鹌鹑。正德帝不懂那个名儿，经刘瑾解释到："鹌鹑是只鸟儿，养着以备厮斗，也分出优胜劣败来。唯这鹌鹑的性极畏寒，必须要人气去辅助它，它得着了人身上一股精气，斗起来就有劲了。"正德帝诧异道："朕只闻得古时有斗鸡的，怎么鸟儿也能斗吗？"刘瑾笑道："有什么不能，鸟儿较鸡斗起来，端得要厉害上几倍。"说着将布袋中的鹌鹑取出来，正德帝看了不信道："似这样小的一只鸟儿能有多大的力量？"刘瑾笑了笑，令小太监又取过一只鹌鹑，一并置在案上，刘瑾一手把着一只，只将手一松，两只鹌鹑就互相对扑了。正德帝在旁瞧着，但见这一地鹌鹑起先不过张了翅膀各自扬威，不一会两下伸着嘴乱啄，慢慢地愈啄愈猛，斗到起劲的当儿，就是爪喙齐施，上下翻腾，忽左忽右，奋力颠扑，好似狠斗的猛汉，不顾生命一味地死战。正德帝看到得意时，不觉拍手哈哈大笑。忽见那鹌鹑托地跳起身，一只黑的去啄住白的颈子，那白的狠命地扑着两翅，霎那间羽毛纷纷乱飞，唶唶的几声，那只白的鹌鹑已被黑的啄去眼珠，一爪击在脑门上，头颅粉碎，脑浆迸出地死了。正德帝不禁咋舌道："好狠的东西，真是见所未见的！明天你去搜罗几对来，待朕亲自斗它一下。"刘瑾巴不得正德帝欢喜，连连笑应着出去。

第二天，刘瑾便献进二十多对鹌鹑。正德帝叫宫中的内监每人畜一只，做个布囊挂在颈子上。好在那些太监多半是养过鹌鹑的，倒也不见什么累赘（清代太监，进出茶坊酒馆，多胸囊鹌鹑，皆明宫遗风也）。每天的午后，正德帝令把鹌鹑放出来，一

第五十九回　霓裳翩跹正德帝登基　鹰犬驰骤司礼监专政

对顾一对地斗着。就中有一只白色的，浑身如雪，目红若火，紫爪青嘴，形状和人般的十分威严。正德帝将这只白鹌鹑与别的鹌鹑斗，不到三四个翻身，其他的鹌鹑一只只地拖翅败走，没有一只是它的对手。正德帝很爱那只白鹌鹑，赐名叫作"玉孩儿"。又有一只是纯黑的，生得红爪朱目，战斗力也还不弱，正德帝便唤他为铁将军。

但只有宫里的十来对鹌鹑，斗来斗去，那鹌鹑逐渐打乏了，没有什么劲儿斗出来，正德帝又觉得无甚兴趣了。经刘瑾四出搜求，凡民间有佳种的鹌鹑，能献宫中赢得皇帝所畜的那只玉孩儿，赏给千金。这话一传十、十传百的，满京里都知道了。北人畜鹌鹑的很多，大家想发这笔横财，各地所爱的老鹌鹑纷纷自来投献，由管门的太监一一递入宫里，正德帝便兴高采烈地放出鹌鹑来相斗。那些鹌鹑都是平常的品格，经不起一斗，早已败走了，难有一二只好的，终斗不过铁将军，休说是玉孩儿了。

一天，来了一个外方的黑汉，囊着一只鹌鹑，自称是江西人，谓有一只鹌鹑，名叫金翅元帅，尝走过十二行省，未逢过敌手，闻得宫中有只玉孩儿的佳种，特来比赛的。太监问他要鹌鹑时，那黑汉说道："咱的鹌鹑与众不同，如要开斗，须咱亲自把持，否则那鹌鹑不肯斗的。"门上的太监不信黑汉的话，忙去报知刘瑾。刘瑾询明了缘由，将那黑汉的鹌鹑和那平常鹌鹑试斗，见黑汉的鹌鹑却伏着一点儿也不动，任凭对方鹌鹑怎样地引扑，它只是不来回啄。刘瑾笑道："它这只东西是不会斗的。"那黑汉听了，便来持住自己的鹌鹑，叫刘瑾也放出一只鹌鹑来，那黑汉说声："斗吧！"他手里的鹌鹑就直扑过来。

不知黑汉的鹌鹑胜负如何，且听下回分解。

第六十回 鬟影衣香豹房恋美色
杯蛇市虎西厂置奇刑

说刘瑾细看黑汉手中的鹌鹑，遍体羽毛如黄金一般，双目灼灼有光，两爪钩蜷似铁，只是不肯战斗。经那黑汉把持着，轻轻说声："斗吧！"那鹌鹑便扑起双翅奋力啄过来，这些平常的鹌鹑见了它的形状已先吓得缩首垂尾，拖着翅败走了，哪里敢和它相斗。刘瑾看了也觉奇怪，知道它必是英物，便去奏知正德帝，把那黑汉的异事说了一遍。正德帝听得有好鹌鹑，忙叫把那黑汉带上来。

那黑汉循例三呼已毕，把那鹌鹑献上。正德帝将他的鹌鹑瞧了瞧，觉得那黑汉来得古怪。令卫士搜他的身上，并无利器，才命他持了鹌鹑。正德帝也取过铁将军来和那黑汉的鹌鹑放对，两下只奋力一扑，铁将军便回身逃走。正德帝微笑道："果然厉害的。"立命放出玉孩儿来，但见雪羽朱睛，怒态可掬，那黑汉赞了一声，也把鹌鹑放过来。一白一黄，双方搏击，腾踏飞叫，兔起鹘落，真是棋逢了敌手，只见得一场的好斗，正德帝与刘瑾都看得呆了。

正在斗的狠猛，看看玉孩儿已将乏力，搏击虽急，却不甚有劲，正德帝方替自己的鹌鹑着急，蓦见那黑汉霍地从口中执出一口剑来，飕的一剑望着正德帝剁来。正德帝眼快，慌忙闪开，飞

第六十回　鬓影衣香豹房恋美色　杯蛇市虎西厂置奇刑

步向案旁逃走。这时刘瑾也着了忙，阶下的侍卫甲士一齐上殿来捕刺客。那黑汉见一剑剁不中，哈哈大笑一声，耸身上了殿檐，眨眨眼已去得无影无踪了。正德帝心神略定，不觉大怒道："禁辇之下，敢有强徒假名行刺，这定是有人指使的。"回顾刘瑾道："速去与朕查来，务要获住指使和那刺客，将他碎尸万段。"刘瑾奉命，匆匆地出宫，传谕紧闭皇城，按户大搜刺客。城外一般殷实的人民，无幸被指为嫌疑，乘间索诈，百姓不堪其扰，弄得怨苦连天。似这样地闹了三四日，刺客毫无影迹，倒捉弄了一番小民。这且不提。

正德二年，皇帝大婚，册立大学士王恕养女夏氏为皇后。夏后本侍郎夏说之女，夏说在孝宗弘治九年，坐罪戍边，家无妻室，唯一老女婢与幼女，王恕念为同寅，便收养其女。孝宗三十岁万寿，王恕之夫人携女进宫赴宴，纪太皇太后见她温柔有礼，特加厚赐。到了这时，就指婚王恕的女儿，仍袭原姓，便是夏后。又立尚书王永、侍讲何庶两人的女儿为妃。当大婚的时候，自有种种热闹，那是不消说的了。刘瑾趁正德帝新立后妃，暗中大结党羽，若宦官谷大用、魏彬、张永、马永成、高凤、邱聚、罗祥等都依刘瑾为领袖，时人并刘瑾号称为"八虎"。

那正德帝自经立后妃之后，于放鹰逐犬的事不甚放在心上，渐渐地纵情声色起来。又常常带了张永微服出宫，到那秦楼楚馆之地陶情作乐。往往误认良家妇女为娼妓，任意闯进门去，纵情笑乐。

有一天上，正德帝仍和张永出宫。经过西华门，天色已将黄昏，灯火万家，街市上正当热闹。正德帝方徜徉市上，忽见一所大厦，灯晶光辉，笙歌聒耳。从大门上望进去，都是些绝色的女子和美貌的童儿，却不见半个男子。正德帝回顾张永说道："咱们且进去瞧一会，看是在里面干些什么。"张永不及回话，正德帝已望里直冲进去，吓得那些妇女儿童七跃八撞地四散乱走。正德帝也不管三七二十一，拖住了一个就在大厅上坐下。那里已设着酒席，正德帝令张永斟上酒来，自己和那美人并肩儿坐着，一杯杯地豪饮起来。那美人似很娇羞，低垂着粉颈，只是弄她的衣带。正德帝劝她同饮，那美人儿红着脸儿不肯便饮，怎经得正德帝再三地缠嬲，那美人拗不过他，勉强喝了一杯，喜得正德帝眉开眼笑。再回头看那些女子，约有二十多个，都拥在屏风背后，指手划脚、交头接耳地在那里窃窃私议。正德帝笑道："咱不是噬人的，你们不要害怕，就出来和咱共饮一杯。"

说犹未了，只见那些女子齐齐地拍手说道："老公公来了。"正德帝不知谁是老公公，忙定眼瞧看，张永指着外面道："刘瑾也来了。"早见刘瑾匆匆地走入来，一眼见是正德帝，便过来行了礼，起身向屏风后喝道："万岁爷在此，你们还不快出来叩头。"这句话才说完，屏风里面娇娇滴滴齐应一声，袅袅婷婷，花枝招展般走出二十几位一样打扮的美人儿来，一字儿向正德帝行下礼去，慌得方才和正德帝并坐着的美人儿也去杂在众人中行礼。大厅上霎时间莺莺燕燕，粉白黛绿，围绕满前。美人的背后，又走出十几个美貌的童子，也都来正德帝前磕头。这时的正德帝左右顾盼，真有些目不暇接了。

那二十几个美人一头嘻笑着，大家蜂拥着过来，抢那案上的金壶斟酒。又有几个美人便挨身坐了，顿开娇喉低低地唱着。还有不会唱的，去捧了琴筝箫笛，吹的吹、弹的弹，悠悠扬扬，歌乐声齐作。十几个美貌的童子，排着队伍，东三西四地学那些魔舞，又一声声地唱着歌儿。看得正德帝连饮三觥，乘着酒兴，拥了一个美人在膝上，一头亲着粉颊，一面饮酒，微笑问那美人叫什么名儿，回说唤作月君。正德帝又向刘瑾道："你怎么会到这里来？"刘瑾屈着半膝禀道："不敢欺蒙陛下，此处是奴婢的私

第六十回　鬓影衣香豹房恋美色　杯蛇市虎西厂置奇刑

宅，美人童儿也都是奴婢购买来的"正德帝不待他说毕，接口说道："你养着许多美人，倒好艳福。"刘瑾忙道："奴婢哪里有这般福分，本来是预备着侍候陛下的。正德帝听了说道："你可是真话吗？"刘瑾答道："奴婢怎敢打谎？"正德帝大喜，便命撤去酒筵，自己拥下那美人竟去安寝。一宿无话。

第二天上，正德帝也不去临朝，只着刘瑾去代批章奏，重要的事委李东阳办理。从此正德帝天天和那些美女、娈童厮混着，把那个地方题名叫作"豹房"。那时刘瑾见正德帝沉迷酒色，乐得代秉国政，往往等正德帝游兴方浓的时候，刘瑾故意把外郡奏牍呈览，正德帝怎会有心瞧看，吩咐刘瑾去办就是。刘瑾巴不得皇帝有这一话，就老实不客气，将大吏的奏折，随意批答。又把廷臣们也擅自斥逐，凡不服刘瑾处置的，一概借事去职。如大理司事张彩，每见刘瑾即远远拜倒在地，膝行上前，口中连声呼着："爷爷！"刘瑾微笑道："这才是咱的好儿子。"于是不多几天，擢张彩为吏部尚书。又有兵马司署小弁焦芳常往刘瑾私第侍候刘瑾，十分小心。刘瑾因他勤慎，升他为光禄副司事。焦芳得列各朝班，侍奉刘瑾越发兢兢，不敢稍有失礼。

一日刘瑾骑驴上市，焦芳方朝罢回去，忽见刘瑾骑驴过来，慌忙就地磕了个头，腰中插了象笏，竟朝衣朝冠地替刘瑾拉驴，引得市上的人都掩口嗤笑。焦芳一点也不知羞耻，反昂着头，似乎以拉驴为荣。倒是刘瑾以四品京卿朝服在前牵驴招摇过市未免太不像样了，令焦芳去换了朝服再来。焦芳正唯唯退去，半腰里又来了刘宇，官衔比焦芳更来得大，是一位都宪御史，也是刘瑾的门人。值他下朝出皇城来，恰好撞着刘瑾。刘宇本是个无耻小人，他已认刘瑾为义父，常常对着刘瑾自称孝顺儿子。当时见刘瑾骑着驴儿，也不顾得什么仪节，竟做了焦芳第二。一时市上的人瞧着都宪太爷替太监拉驴儿，谁不掩了鼻子，刘瑾见去了一个又一个来了，弄得自己都好笑起来了。

刘瑾权力既日大一日，又恐别人在他背后私议，便派高凤为西厂副使，专一探听外面的议论，有稍涉一点宦官的，就去报知刘瑾，刘瑾命把议论的人立时提到厂中，即用厂刑拷问。刘瑾又嫌国刑太轻，有几个硬汉还能熬刑，因和高凤私自酌议，拟好几种极刑来。

第一种叫做猢狲倒脱衣：系一张铁皮，做成一个桶子，里面钉着密密层层的针锋。加刑时将铁皮裹在犯人身上，两名小太监一个捺住铁桶，一个拖了犯人的发髻从桶中倒拉出来。但听得那犯人一声狂叫，已昏过去了。看他的身上时，早被锋利的针尖划得那肤肉一丝地化开。旁边一个太监持了一碗盐汁等待着，问人犯招供否，如其不应，就把那盐卤洒在血肉模糊的身上。可怜这疼痛真是透彻心肺，不论你是一等的英雄好汉，到此也有些吃不住了。

第二样叫作仙人驾雾：将一具极大的水锅，锅底把最巨的柴薪架起火来，锅内置着满满的一锅醋儿，待煮得那醋沸腾的时候，把犯人倒悬在锅上，等拿锅盖一揭，热气直腾上去，触在鼻子里又酸又辣，咳又咳不出。这种难过非笔墨所能形容得出来，也不是身受的人可得知道其中厉害的。做书的不过听见人家讲过，到底怎样却是不曾晓得底细的。

又有一种叫作刳茄子：把一口锋利无比的小刀刺进人们的肠道中去，那痛苦也就可想而知了。最是伤心惨目的，要算披蓑衣了。什么叫做披蓑衣？是把青铅融化了，和滚油一齐洒在背肩上，肌肤都被灼碎，血与滚油迸在一起，点点滴滴地流下来，四散淌开，好似披了一袭的大红蓑衣一般。

更有一种名挂绣球，是令铁工专一打就的小刺刀，刀上有四五个倒生的小钩子，刺进去是顺的，等到抽出来时，给四五个倒

第六十回　鬓影衣香豹房恋美色　杯蛇市虎西厂置奇刑

生的小钩儿阻住了，如使劲一拉，筋肉都带出来，似鲜红的一个肉圆子，以是美名叫挂绣球。其余若掮葫芦、飞蜻蜓、走绳索、割靴子之类，多至二十几种，都是从古未有，历朝所不曾见的毒刑。只算京师内外以及顺天一郡的百姓受灾，略为嘴上带着一个"刘"字，就对不起你，马上要受这种刑罚了。有许多畏刑的人民，尽愿自己屈招了，只道不会受那刑罚，谁知刘瑾生性狠毒不过，不管你有供没供，凡是捉到了犯人，劈头就要施刑，以为这样做去可以惩儆后来。一般被冤蒙屈的人民怨气冲天，奈满朝文武大半是刘瑾的党羽，虽受了奇冤也无处诉苦。吓得市上的人，一闻刘瑾的名儿，就变色掩耳疾走？唯恐不及。

刘瑾心里还觉不足，亲自改装作一个草药医生，向街衢市廛一路上打听过去，说起刘瑾，众口一词地赞美。到了海王村中，撞着了个念佛的老妪和那里几个人讲闲话，不知怎地提起了刘瑾，老妪便怒气勃勃，指手划脚地大骂道："刘老奴这个贼阉宦，人们收拾他不得，将来必定天来杀他了。"刘瑾听了，假意含笑地问道："老婆婆和刘公公有甚冤仇？却这样怀恨？"老妪咬牙切齿地说道："我的丈夫只说了一句闲话，被刘瑾这贼奴用天剥皮的极刑害死的。我长子也死在这刘贼手里。如今一个小儿子远逃在他方，三个月没有音耗了。我好好的一家骨肉团聚，被刘贼生生地拆散，不是仇不共戴天吗？"老妪越说越气，含着一泡眼泪，又狠狠地大骂了一顿。旁边的村民深怕惹出祸来，各人早已远远地避去了。刘瑾也不再说，看着老妪冷笑了几声，竟自走了。明天，海王村的那个老妪便不见起身出来。直到红日斜西，仍不闻室中的声息。邻人有些儿疑心，打门进去瞧时，一个个惊得倒退出来，只见那老妪不知在什么时候被人杀死在榻上了。幸得老妪的小儿子从外郡回来，悄悄地把老母收殓了。安葬即毕，从此出门一去不返。那时海王村的人民才知那天和老妪谈话的是刘瑾所遣的侦事员，还不曾晓得是刘瑾自己。可是一班人民，大家钳口结舌，再也不敢提及那位天杀星了。

有一次，刘瑾随着正德帝豹房去，西华门外，一个汉子狂奔进来，拔出利刀，向着刘瑾便刺。随从的侍卫当他犯驾，立刻把他获住，交与大臣们去严讯。承审的是李梦阳都宪，听那汉子供是行刺刘瑾的，专为报杀父母的仇恨。这汉子是谁？便是海王村老妪的儿子。李梦阳有心要成全他，只说汉子是个疯人，从轻发配边地。好在刘瑾并未知道汉子是要行刺他，倒也不来追究。总算那汉子运气，保得性命，后来居然被他报仇。这是后话了。

当正德帝迷恋豹房的当儿，正刘瑾势焰薰天的时候。金事杨一清、御史蒋钦、翰林院侍读学士戴说、兵部主事王守仁、都金事吕翀等上疏劾刘瑾。刘瑾阅了奏牍，大怒道："他们活得不耐烦了吗？"即矫旨罢杨一清职，下戴说、蒋钦于狱，贬王守仁为贵州龙场驿丞。不多几天，戴说、蒋钦都死在狱中。刘瑾矫旨摘夺各官，是瞧疏中弹劾他的言语轻重以定罪名的，所以杨一清、王守仁两人只批了个致仕和降职。就中的都金事吕翀，却并未处分。原来刘瑾未得志时，常得吕翀的赒济，一时未便翻脸。结果，吕翀又上章劾他。恼了刘瑾，也把他下狱，直到刘瑾事败才获出头。其时刘瑾的威权，不但炙手可热，简直炙手要乌焦了，朝野士夫无不侧目。

一日，正德帝下朝回豹房，在地上瞧见一张无名的诉状，是劾刘瑾大罪三十三条，小罪六十条；每条都注释年月日，说得非常仔细。正德帝看了，立召刘瑾至豹房，把这张诉状掷给他道："你可自去办理了，明白回奏。"刘瑾取状读了一遍，见事事道着心病，不由得面红过耳。怔了半晌，忽然跪下垂泪道："这都是廷臣妒忌奴婢，故意捏造出来的。倘其事果有实据，何不竟自出头，却要匿名投诉？这样看来，奴婢早晚要被他们陷害的，不如

第六十回　鬓影衣香豹房恋美色　杯蛇市虎西厂置奇刑

今天在陛下面前尽了忠吧！"说毕，假作要触柱自尽。正德帝听了他一番话，觉得很有道理，想刘瑾真有如此不法行为，怎么无人出头，那分明是隐名攻击了。正在想着，闻刘瑾要触柱，忙令内侍把他扯住。正德帝笑着安慰他道："你只去好好地干，百事有朕在这里；朕若不来加罪，谁敢诬陷你。"刘瑾感激零涕，不住地磕头拜谢，退出了豹房，飞谕宣六部九卿至朝房。

文武大臣闻得刘瑾相招，疑有什么紧要的谕旨，大家不敢怠慢，慌忙入朝。不一会，诸臣毕集，刘瑾就高声说道："咱们有一句不中听的话要诘问诸公。想刘瑾与诸公往日无冤，近日无仇，有话不妨明讲，为什么在皇帝驾前投匿名诉状，这事是谁干的？好男儿承认出来，冤头债主，莫连累了众人。"文武大臣见说，各人面面相觑，半晌回答不得。刘瑾又厉声道："今天如究不出投状的人，只好得罪诸公，暂请此处委屈一下了。"吏部尚书张彩、侍郎焦芳、御史刘宇，都是刘瑾的私人。张彩也狐假虎威地厉声道："即敢写到匿名诉状，断不是无名小吏，何不竟出来和刘爷面谈，悄声匿迹地算不得人类。"众大臣哪里敢吱声，大家默默地拥在一起，连坐也不敢坐下。御史屠庸已忍不住了，向刘瑾跪下叩头道："下官素来不敢得罪刘爷的，谅不会做这那昧心的事，求刘爷鉴察。"刘瑾点点头将手一挥，屠庸又叩个头，扬长地出午门去了。翰林马知云，也来跪求道："下官是修文学的，本于国政无关，怎会攻讦刘爷，尚祈明鉴。"刘瑾鼻中哼了一声，吓得马知云似狗般地伏着，气都不敢喘。张彩在旁把脚在马知云头上一踢道："快滚出去吧！"马知云闻命，如重囚遇了恩赦，抱头鼠窜地出朝而去。刘瑾又道："你们还没人自首吗？"这时众大臣又急又气，真弄得敢怒而不敢言。又值榴花初红的天气，正当懊闷，一个个穿着朝衣，戴着朝冠，挨得气喘如牛，汗流浃背，大家只有抱怨那投诉状的人。

明宫十六朝演义

　　户部主事董芳见两班文武甘心受辱，没半个血性的人，不禁心头火起；更瞧刘瑾那种骄横的态度，俨然旁若无人，气得个董芳七窍中青烟直冒，便掳起了袍袖，挺着象简抢到刘瑾的面前，戟指着大喝道："你为了一张匿名的诉状，却擅自召集大臣，任意得罪，俺老董是不怕死的，且和你一同见圣驾去。"刘瑾也怒道："你是谁？可报名来。"董芳笑道："你连俺董芳都不认识，怪道你如此飞扬跋扈了。"刘瑾冷笑道："咱在六部中不曾闻得你的名儿，小小一点职役，也配你说见驾吗？"董芳咆哮如雷道："俺是朝廷的臣子，何必定要你阉竖知道！"说着便来拖刘瑾，张彩、焦芳齐出，攘臂阻住董芳，董芳举象简就打，大家扭作了一堆。

　　不知董芳打到怎样地步，且听下回分解。

第六十一回　王阳明石棺尝死味
　　　　　　　刘贵人梅萼效艳妆

却说董芳举着象简，只望刘瑾打去。吏部尚书张彩、光禄寺卿焦芳忙护住刘瑾，也把象简还击董芳。侍候刘瑾的小监挥拳齐上。董芳究竟是个文官，又兼双拳不敌四手，转眼被小监们拖倒，打得血流被面，董芳兀是破口大骂。看看小监等拳足交加，董芳已声嘶力竭，武臣班中恼了靖远伯王蔚云，奋拳大喊一声，大踏步打将入去。焦芳回身来迎，被蔚云一拳正打中鼻梁，鲜血直喷出来。张彩不识厉害，要在刘瑾面前讨好，他见焦芳受伤，飞起一脚来踢蔚云，吃蔚云将足接住，顺势一掀，张彩由朝房的东面直跌到西边，仰面睡在地上爬不起身了。蔚云又把小监们一阵地乱打，打得小监们一个个鼻塌嘴歪，抱头逃命。蔚云便去扶起董芳，令他在侍朝室里暂息。刘瑾眼见得武臣们来动手，心里越发大怒，即召殿前甲士捕人。

其时伺候室中的值班侍卫听得外面声声嚷打，忙出来观看，认得是靖远伯在那里动武，自然不敢逮捕，只好上前相劝。偏是那些殿前甲士，但知奉刘瑾的命令，真个拥将上来，把蔚云围在正中。蔚云大喝道："谁敢捕人！"说犹未了，双拳并举，早打倒两个甲士。又是一腿，踢倒了两人。那些甲士吃了这样的大亏，怎肯干休，况又是刘瑾的主意。当下内中一个甲士便鸣起警号来,召集了值日的甲士,殿内外不下六七十名,和虎吼般蜂拥来捉蔚云。平西侯王强、将军常如龙、殿前指挥马成梁等看了都有些不服,一声吆喝,并力上前。那些甲士不过恃着蛮力,又不懂什么解数的,因此给王强等一顿的乱打,把六七十名甲士早已打得落花流水,四散狂奔。

蔚云见甲士打退,抢前去抓刘瑾。刘瑾满心想甲士们去捕人,不防众臣一齐动手,朝房做了厮打地,一场好斗,甲士纷纷逃避。刘瑾觑得不是势头,方要滑脚逃走,门上被一班文官拥塞住了,连一点儿隙地都没有;待往正殿上逃,恐受众臣的讥笑。正在进退踌躇,不提防蔚云直抢过来,一把抓住刘瑾的衣领,大叫:"一不做、二不休,大家索性爽爽快快打他一顿。"众臣听了,凡和刘瑾有怨气的谁不愿意打他几下?董芳虽然受了伤,还一拐一跷地出来帮打。刘瑾被蔚云捺住地上,任众人打死老虎似的。直打到刘瑾叫不出救命了,大家方才住手。

平西侯王强等众人齐集了,乃发言道:"今天大打刘贼,果然是痛快的。但他是皇上的幸臣,怎肯受这场辱?俺知大祸既已酿成了,要死大家同死,到了那时休得畏缩。"将军常如龙道:"咱们趁此时再去警诫他一番。"说罢回顾刘瑾,已由小监一溜烟抬往私第中去了。如龙笑道:"这贼逃得好快,今吃他脱身,祸就在眼前了。"众臣见说,又都你看我我看你的,各自抱怨着当时太莽撞了。王蔚云高声叫道:"俺拼着这靖远伯不要了,又没有杀人,有甚大事?英雄一人做事一身当,你们且莫鸟乱,等俺独自一个对付他就是了。"说着气愤愤地走了。众人又商议了一会,觉得没有良策,大家也只好渐渐地散去。

到了第二天的早朝,大家料定刘瑾必已进宫哭诉过了,因此各怀着鬼胎,准备了贬罚受处分。谁知退朝下来,并不见正德帝有甚谕旨,一时很觉诧异。众臣正在互相推测,只见王蔚云在那

第六十一回　王阳明石棺尝死味　刘贵人梅萼效艳妆

里暗笑。大家晓得其中必有缘故，于是围着了蔚云询问，才知蔚云学了他师傅韩起凤的故技：当夜悄悄地跳进刘瑾的私第里，留一张警告他的柬儿，又将一口锋利的钢刀轻轻地置在刘瑾的枕边。待刘瑾醒转过来，觉颈旁有些冷飕飕的，把手去一摸，摸着了钢刀和红柬，吓得刘瑾魂飞魄散。次日只去正德帝前告病，拿这场殴打的事，不敢提起。大家算白打一顿，很大的风波，竟得无形消灭。

再说兵部主事王守仁，是浙江余姚人，孝宗弘治间成进士，正德二年才做兵部主事。现在为了弹劾刘瑾，被谪为贵州龙场驿丞。守仁到了贵州，在修文县北将东洞改为石室，题名叫做阳明洞，以是后人称他做阳明先生。

说到王阳明的学问，可算得有明一代的大儒。他在未成进士之前，和陈白沙（献章）的弟子多相往来，还随着娄谅游过学。到了成进士后，又与广东人湛若水研究学问。不多几时，因两下的主见不同，便分道扬镳，各人讲各的学说。王阳明的主张是以良知良能为本，又说"致良知"、"知行合一"。这"知行合一"的本旨，以为天下万事只从口里说得到，事实上所办不到，就不能称为知。办得到的事可以说得是知，这知也就是实行，所以叫做"知行合一"。阳明这一类的学说，从前就是名学派。这名学派流入了旁的一派，便是诡辩学派公孙龙、关尹子类人物。南北朝时称做玄学，南北朝时史、文、儒与玄学并驾。宋代称为理学，又名道学，也就是今人所称的哲学。哲学在宋代显明，朱熹、陆象山、程明道、程伊川是其最著者。到了明代，要算是最盛了。国初如宋濂、方孝孺等传朱氏的学说。永乐以后，如吴与弼、薛瑄为开辟明代哲学基础的人。若陈白沙、娄敬齐、胡以仁等，都从吴与弼游过学的。王阳明讲学的时候，算明代哲学最盛的时期。他的学说，自少时至中年、衰老，分三个时期，尝变更过几次。

这位阳明先生是明代大儒,作书的不惮烦杂,特地说明他一下:阳明在少时很是好道,他主张人们的学问须从道的上面求来。于是把游方的羽士、居家的黄冠一并请在家中,苦苦拜求他们。谁知这些茅山道士一类的人,哪里懂得什么学问,除了念几句讲不通的死经以外,简直说不出别的文字来,更谈不到学问两字了。原来阳明的求道士,想从老子入手。(老子道教为古九流之一,名列三教,非道士也。今之羽士之流,其鼻祖为汉五斗米教之张道陵,亦近世之张天师,与老子完全不同。后人误以羽士为三教之道教,不亦谬乎!)及至见道士没甚伎俩,才知自己走歧了路,便弃了从前的观念,随着娄谅游学,这是他学问变更的初期。自阳明成进士后,以娄谅的学说是崇拜宋代朱文公的,嫌他道学气太重(王阳明学说不以礼教自守,故其弟子如王栋、王艮颇多猖狂之论),就改与湛若水交游了。湛若水是陈白沙(献章)的弟子,对于礼教本来不甚重视的,所以对阳明的学说,似很相近。未几,王阳明由兵部主事谪贬做了贵州的龙场驿丞(龙场驿在贵州修文县北),他的学问又更变了,而且比以前高深了许多。他的"致良知"就在这时悟出来的。

当时贵州地方有一种苗人,很赞成他的学问,阳明便把"知行合一"的本旨慢慢地解释给他们听。阳明既主张知就是行、行就是知,知即行的根本,行也即是知的精微。又说自己的善恶是自己能够知道的。进一句讲,凡是人们的是非善恶,都是自己可以知道,更无须别的身外之物来证明,只自心观心便能明白的。阳明在龙场驿时悟出了"知行合一",天下万事以为非行不知,也无事不可以实行。实行的结果,是知的原素。天下万事都能行,也都可以实地试验,可以达到一个知。就是个死却不能行,也不可以实地试验。因到了实地试验死时,人已失了知觉,当然

第六十一回　王阳明石棺尝死味　刘贵人梅萼效艳妆

不能算知了。

　　王阳明把那死看作天下最奇怪的一件事，以为世间做人，不论是疾病灾厄、刀枪水火，没有一样是可怕的。只有那死，算最可怕了，以是他诚心想把那死来实地试验一下。那时贵州的苗民，常听阳明讲学，大家成为一样习惯了。一天，众人方聚立着在署中听他讲释，忽听外面一阵吆喝声，两个驿卒押着十几个民伕舁进一具石棺材来。众人大惊，不知这石棺材是做什么用的。大家正在怪诧，阳明便把自己的意思对众人讲了，说是要尝试那死的滋味。众苗民觉得阳明这种举动是很奇怪的，各人的心理上都起了一种不可思议的幻想。要想解决这件问题，须看阳明怎样去实地试验，怎么去尝那死的况味。

　　只见阳明令将石棺抬到大堂上，很端正地置在堂中，自己便整冠束带地打扮好了，恭恭敬敬地卧进石棺里去。他又吩咐驿卒和苗民道："你们听得石棺中有弹指声时，速即把棺盖揭开，千万勿误！"这是阳明临死的遗言，大家领命。看阳明在石棺里安睡好了，驿卒就慢慢地拿石棺盖掩上。于是大家寂静地侍立着，等候棺材中的动静。看看过了不少的时候，不见石棺材内有什么声息。又过了一会，仍没甚举动，也不曾听得弹指声。众苗民私议道："爷爷（苗民称阳明为爷爷）不要真死了吧！"众人心下狐疑起来，大家忍不住了，一齐上前，将石棺材盖揭开瞧时，见阳明已满头的大汗，两只眼睛往上翻了白，嘴里的白沫吐得有三四寸高，摸摸鼻中，早气息毫无了。大家这才发了急，忙着把阳明舁出石棺，喊的喊、推的推。苗民有种木香，专治昏厥症的，当时也焚烧了，在阳明的鼻中熏着，又在他的面上喷了冷水，才见阳明悠悠地醒过来，睁眼一看，连连摇头说："乏味，乏味！"

　　阳明从石棺中出来，就呆呆地坐了三天，被他悟出静坐和观心。谓静坐观自己的心，初时觉心在脏腑中荡动不已。到了后来，那心动的力便愈动愈大，越跃越高，那周身的血液，好似大海洪波，訇涛澎湃，其声犹雷轰一般。这时的心，又似海中的蛟龙，夭矫颠簸，在心血潮中忽上忽落，倏左倏右，纵有几千万斤的气力，恐怕也捉不定它。这样的猛跳狂跃了一会，由高至于低，由猛至于弱，由动入静，由大至细，渐渐至于纤微。血液和心，此际由动荡至于沉寂时代了，什么波涛蛟龙，也自消灭于无形，心地中觉渐入空微。反神内观，胸臆中顿时觉得天地澄清，大地光明，虽毫发也不能隐蔽了。到了这时，心海中又变了一个境地，但觉内外空空洞洞、杳杳渺渺，万千境界变了个虚无渺茫之境，可算是内外俱忘了。

阳明这一路学说和佛学似很相近了。王阳明自证到了观心打坐，思想更较前增进。与苗民门生们说起他卧入石棺材尝死的滋味时，便摇头道："人们到了死，是最无意思的事了。当吾卧入石棺时，心地中已抱定一个尝试的主意，所以毅然决然地睡进去。又怕万一受不了，预嘱驿卒们听得棺中一有声息，立时揭去棺盖。谁知待到棺盖掩上，即觉得昏昏沉沉，里面气息异常的逼仄。渐渐地气闷起来，要待呼唤，觉这样的一下子，算不得尝死的滋味，于是忍气耐着。愈忍愈是气迫，竟至呼吸都不灵便了。正欲唤驿卒们开棺，蓦觉一阵的昏愦，就此沉沉地和睡去一般，怎么都觉不着了。他们把我舁出棺来，也一些儿知觉也没有。乃至面上觉察有一股冷气，那时他们已拿冷水把我唤醒了。人们的死是无知无觉的，好算是最没意思了。"

总而言之，我们对于王阳明的学说，就佩服他能够实行，"知行合一"。不是现代的西洋哲学，文字上说得果然精微到了十分，能实地上和科学那般试验的，可说是没有。那么，西洋哲学只好算它是文章的美，并不是实地上的精美。犹之西洋哲学是纸上谈兵，行军布阵说得百战百胜，就是不能实用。结果还是那种

第六十一回　王阳明石棺尝死味　刘贵人梅萼效艳妆

书生之见，能说不能行的。我们中国的哲学是临阵上过战垒的，紧要的时候还可以抵挡一阵。阳明于自观的主旨，只准有一心，不许有二；只有一念，是没有第二念的。所以我们说它和佛法很相近，因佛说也只有"一心"。而且把这种观念去将兵，是最好没有了。兵贵于临事有断，只有一心一念，自然没别的疑虑了。阳明在明代的文臣中，算得第一个知兵的。正德年间起任佥都御史，巡抚赣南，平大帽山贼寇，又定宁王宸濠之乱，死封新建侯，谥号文成。这样说来，王阳明不但是明代大儒，也是一朝名臣了。那是后话，暂且不提。

再讲那正德皇帝，自有豹房，日夜和一班美妓娈童宣淫。不到一年，早已厌倦了。这时的刘瑾，差不多皇帝是他做了，为了轻微的一桩小事，将朝中大小官吏三百余人一齐囚入狱中。李东阳闻知大惊，忙上章援救。刘瑾哪里肯听。直待他自心发愿了，才把三百多名官员释放。三百人中，如推官周元臣、翰林庶吉士汪元深、主事钱钺、礼部司事马君德、礼部礼官周昌、进士丁公谖、江砚臣等二十余人，在狱中受了疫疠，出狱时都呜呼哀哉了。合当刘瑾恶贯满盈了。那主事钱钺，是内务监督太监钱宁的胞兄，弟兄间极其亲密的。如今钱钺被刘瑾下狱病死，钱宁得知，哀痛非常。

讲到钱宁，正德帝十分地宠他，甚至饮食相共，同衾寝卧。钱宁面儿似处女，娇嫩如脂。正德帝爱他不过，收为义儿，赐国姓为朱。刘瑾自知貌陋年长，敌不上钱宁，内务自愿退避三舍，只独揽着外政。钱宁因刘瑾杀他胞兄钱钺，就和刘瑾结恨，时时在正德帝面前攻击刘瑾，刘瑾便渐渐地有些失宠起来。

正德五年，安化王寘鐇结连大盗作叛。这寘鐇是太祖高皇帝的第十五皇子名榜的曾孙，老安化王秩炵的嫡孙。秩炵的儿子青年夭折，由寘鐇袭爵。那时宁夏地方，有个著名的风鉴家殷五的，相人颇有奇验。他说寘镭的相貌有帝王的福分，如须长到腹，便是登极的预兆。其实殷五是个江湖术士，不过阿谀寘镭，借此赚些钱罢了。他私下对人讲寘镭乃是虾蟆相，虽然大贵，但不可生须（蟾有须，必受人刮酥）。如有一有须儿，必至过铁（杀头也）。须如过腹，那时死期到了。但当了面，反誉寘镭有五九之分。寘镭信以为真话，暗里贿通了指挥丁广、千户何锦、大盗杨六杨七等，都结为死党，准备乘机起事。

到了正德的五年上，寘镭真个须长及腹，不觉想起相士殷五的话，便拜殷五为军师，丁广为都督，何锦为总兵官，杨七、杨六各授为都指挥，总兵周昂为大将军，连夜兴兵起事。寘镭将历年所积的军器搬出来充了军用，藩库做了粮饷，杀了巡抚安惟学、大理卿督粮漕官周东、总兵姜汉、督理太监邓广等，占据宁夏诸城，声势浩大。

正德帝得陕西将军吕良弼的飞奏，忙召群臣会议，令成国公朱刚往征，竟至全军覆没，关中大震。正德帝看了雪片般的章奏，也觉得有点着慌了。吏部主事杨廷和主张前都御史杨一清复职，令统师平乱。正德帝准了，擢杨一清为右都御史兼提督军务，以太监张永为监军，即日出师。杨一清奉了上谕，便点起大军十万，偕同张永飞奔陕西。

讲到杨一清，是文武俱备的。到了陕地，第一阵把丁广、周昂等杀得大败。接连几战，斩了何锦等，生擒了安化王寘镭。那个狗头军师殷五见势不好，已一溜烟走得无影无踪了。捷报到了京师，正德帝大喜。授杨一清为陕甘总督，坐镇边地。命张永统了大军，押同叛藩寘镭班师回京。张永临行的时候，杨一清设筵相送。张永在席上讲起刘瑾怎样的专横，怎样的揽权，言辞很是愤愤。张永当初与刘瑾同党，本是八虎之一，这时因暗中大家夺权，怨仇结得很深。杨一清见张永确是真情，嘱他进京后伺隙除

第六十一回　王阳明石棺尝死味　刘贵人梅萼效艳妆

去刘瑾，张永统兵还都，在献俘虏的当儿，把刘瑾不法的事，密禀正德帝。钱宁在旁也怂恿了几句。正德帝便下手谕，当夜逮系刘瑾。从他的家中抄出金珠宝物、银钱粮糈、器械军服等不计其数。正德帝闻奏大怒。立命将刘瑾，并羽党张彩、焦芳、刘宇及家族三十余人一并弃市。

巨阉见诛，内监钱宁又复得势。恰巧霸州大盗张茂作乱，游击江彬擒了张茂，逮解进京，又贿通了内监钱宁，把著名歌妓刘芙贞献入豹房。那刘芙贞生得妖冶艳丽，姿态明媚；又善唱词曲儿，不论是旧调新声，一经她上口，便觉音韵悠扬，听得人回肠荡气，更衬上她的呖呖珠喉，唱起来如莺簧初转，格外比别人好听。正德帝这时方厌弃豹房，蓦然间瞧见一个明眸皓齿的美人儿，云鬟鬘鬘中隐隐显出点点梅花，愈见得雪肤花貌，可人如玉了。那美人遥看着正德帝，只微启朱唇嫣然地一笑，万般的媚态都从这一笑中流出来，把个好色如命的正德皇帝看得半截身儿麻木了。半晌才悄悄地去问小太监，回说是（钱爷钱宁为帝义儿，宫中悉称之曰爷！）送进来的。正德帝笑了笑，忙走入后院。见那美人倚着石栏，看金鱼池中的鸳鸯。正德帝蹑脚蹑手地走到那美人的背后，伸着脖子去瞰池中，却是一对鸳鸯在水面上飞逐着。正德帝忍不住待去钩那美人的香肩，不提防那美人猛然地回过香躯，怪叫了起来，倒把正德帝大大地吃了一惊！

不知那美人为甚怪叫，再听下回分解。

第六十二回　遍地樱花正德戏凤姐　半帘素月江彬充龙阳

春风和舒，袅袅地播送着花香。那些蜂儿蝶儿，都翩翩地从下风舞蹈，随地去寻找它们的工作。深沉的院落里，阶前红卉初艳，池中金鱼跳跃。正是明媚的大好春光，万物都呈着一种快乐的景象。那时的美人儿，方倚栏瞧着池内的戏水鸳鸯，呆呆地发怔。蓦见池水，映着的倩影背后，又添映出一个白面金冠的男子来，把那人吓了一跳。忙回过粉脸儿去，见是正德帝，不由得红晕上颊，风吹花枝般地盈盈跪下，说道："臣妾刘芙贞见驾，皇帝万岁。"这两句莺声呖呖又娇脆又柔软的话说，将院落中的沉寂空气打破了。

正德帝便伸手搀起芙贞，觉得她身上的一阵异香，直扑入鼻管里。正德帝神魂早飞上了半天，只牵着芙贞的玉腕，同入侍月轩中。正德帝坐下，芙贞待重行见礼，正德帝微笑把她捺在椅儿上，就问长道短地胡乱讲了一会。内监们进御膳上来，正德帝笑道："怎么天已午晌了？朕的腹中很饱，大约是餐了秀色吧！"芙贞见说，也笑了笑，便替正德帝斟上了香醪，自己捧着壶儿侍立。正德帝叫再设一副杯盏，令芙贞侍膳。名称上是侍膳，实在是对饮罢了。芙贞的酒量极洪，那种小小的玉杯子放在她什么心上，一举手就是十杯。正德帝见她吃得豪爽，命内监换上高爵

第六十二回　遍地樱花正德戏凤姐　半帘素月江彬充龙阳

儿。这爵杯可就大了，一杯至少要一升以上。芙贞又连喝三杯，不觉有些半酣。

俗话说酒能助兴。芙贞多饮了几杯，引起她一团的高兴，便把象箸儿击着金钟，顿开娇滴滴的喉咙，低低地唱了一段《雁儿红》，正德帝连连喝采不迭。芙贞知道皇上素性好歌，这时显出她的所长，又唱了一出《玉环怨》，真是凄楚哀艳兼而有之。歌罢犹觉余音袅袅不散，听得正德帝摸耳揉腮坐立不安起来，口里还哼着"此曲只应天上有，人间哪得几回闻"的老调，两只眼珠子骨碌碌地只瞧着芙贞，斜着嘴儿，涎着脸，霎时间丑态毕露。芙贞见正德帝那种怪模样，忍不住噗哧地一笑，樱口中所喝的半盅香醪一齐喷在席上，索性格格地大笑了一阵，香躯儿直笑得前俯后仰，柳腰轻盈摆动，几乎要扑翻身去。正德帝不禁亦哈哈狂笑，引得侍候的内监都个个掩着嘴好笑。

正德帝和芙贞呆笑了一会，命撤了杯盘。内监递上金盆，洗漱好了，正德帝一把拖了芙贞，走进侍月轩的东厢，是正德帝平日午倦安息的所在。两人斜倚在榻上，正德帝怎能制得住意马心猿，便等不得到晚上了。芙贞也有了几分酒意，自然是半推半就，于是任正德帝在这侍月轩中临幸了。

此后正德帝宠幸那芙贞，不论饮食起居，好说是非芙贞不欢。又亲下谕旨，把芙贞晋为刘贵人，宫中都称她做刘娘娘。正德帝听说刘娘娘是江彬所进献的，又因他有擒张茂的功劳，由游击擢为副总兵。江彬乘间要求太监钱宁，把自己带入豹房，谒见正德帝。正德帝细看江彬，不过二十多岁的人，却是齿白唇红、面如敷粉，又见他应对如流，不觉很为喜欢，即令江彬为随驾供奉。不上几天，又认江彬做了义儿，也赐国姓朱，宫中称江彬为彬二爷。

这江彬本是宣府人，出身纨绔。时值太监谷大用监军大同，江彬贿他三千金，授为游击。可是他那个文弱浪子，怎能做得武职？适逢张茂作乱，江彬和张茂还算姑表亲，便假说附顺张茂，领着部下出城，设筵相庆。张茂不知是计，只带了十余骑赴宴。酒到了半酣，江彬一声暗号，左右并上，将张茂获住，又杀了十几个无辜的百姓，便诬他们通盗，便取了首级，亲自解张茂进京报功。张茂正法，他部下闻知，举刘廿七做了首领，在大同官府一带大肆掠劫起来，几酿成了大患。都是江彬把百姓当强盗，以致真盗养成势力。这罪名应该是江彬的，至少判个剐罪。但他仗着正德帝得宠，天大的事也不怕，休说这点点小罪，谁敢去扳倒他？真是老虎头上拍苍蝇了。

江彬又在正德帝面前赞扬宣府的热闹，说得那个地方怎样的好玩，美人佳丽又怎样的多，把个宣府形容得和天堂一般。说得正德帝心里痒痒的，要想到宣府去游览它一回，只恐大臣们谏阻。大凡皇帝出行，什么仪仗扈从、伴驾大臣、护辇大将军等，便要闹得一天星斗。正德帝以这样一来，不免太招摇了。况有大臣们在侧，动不动上章阻拦，仍然和在京师一样不能任情去游戏。于是与江彬密商好了，乘着黄昏，更换了微服，悄悄地混出德胜门，雇了一辆轻车，连夜望宣府进发。

这里都下文武大臣第二天早朝，直俟到日色过午，还不闻正德帝的起居消息。大家正在彷徨的当儿，忽见内监钱宁满头是汗地跑出来，报告圣驾已微服出宫往宣府去了。御史杨廷和、内阁学士梁储等忙问皇上带多少扈从，钱宁回说："只带了供奉江彬一人。"梁储顿足道："你身为内侍，皇上的起居都不知道，直到这时方才晓得圣上出宫，你在那里是干什么的？"说得钱宁目瞪口呆做声不得。杨廷和说道："现在且莫讲旁的话，大家快去追回圣驾要紧。"当下由梁储等匆匆出朝，选了几匹快马，也疾驰出了德胜门。跑了有十多里，后面杨廷和等也飞骑来，众人就并

第六十二回　遍地樱花正德戏凤姐　半帘素月江彬充龙阳

在一起追赶。看看过了沙河，还不见正德帝的影踪，大家十分诧异，便向旅寓酒肆一路打探过去，方知皇上是昼夜兼程的，算起时日，大约已出居庸关了。梁储建议道；"不到黄河心不死，且到了居庸关再说。"杨廷和等都说有理，众官又复纵马追赶。

再说正德帝同了江彬驾着轻车，不分早晚地赶着路程，不日已到了居庸关附近，暂在馆驿中安顿了。一面飞报关吏，令开关放行。时守关御史张钦听得正德帝要微服出关，不觉地大惊道："胡虏寇边的警耗正风声鹤唳的时候，怎么圣驾可以冒险出关？"忽关吏来报，皇上有使臣前来传旨开关。张钦也不出去迎接，命召进使臣，高声喝道："你是何人？敢冒称皇使来赚本御史！希图出关通敌吗？"使臣抗声道："现有皇命在此，怎敢冒充。"张钦大怒道："你瞒得常人，怎瞒得俺。如果是皇帝驾到，有仪卫扈从、护辇百官，今都在哪里？似这样的销声匿迹，还不是假冒圣驾吗？"使臣待要辩驳几句，张钦已霍地掣出剑来，向使臣说道："你识时务的快给俺出去。若不听俺的好言，就砍了你的头颅送进京去。"吓得使臣不敢回话，抱头鼠窜地下关，去禀知正德帝，说了守关御史无礼的情状。正德帝听罢，又气又恨。只是张钦恃着奉命守关、职责攸归的那句话，一时倒也无奈何他，只好忍耐着。

第二天又命使臣去宣谕，张钦仍是不应，正德帝忿怒万分。这样的几个转侧，梁储、杨廷和等已经赶到。大家跪在馆驿门前，涕泣请正德帝回銮：倘皇上不予允许，众臣愿永远跪着不起身。正德帝正犹豫不决，见驿馆又捧进一堆奏疏来，都是京卿劝还驾的。正德帝没法，只得下谕，令众大臣随辇，即日起驾回京。

正德帝到了都中，第一道谕旨便把守居庸关的御史张钦调为江西巡抚，着大同监军太监谷大用兼署居庸关督理。张钦奉到了皇命，不敢违忤，自去摒挡，往江西上任。那时朝廷大臣，如李东阳已弃职家居，李梦阳削职为民。内阁大臣更了梁储、蒋冕、杨廷和、毛纪等数人，杨一清远镇宁夏。朝中不过一个杨廷和最是忠直，但也独木难支。大权悉归内监钱宁、张永辈掌握，阁臣在旁附和而已。

光阴如驶，转瞬到了春社日，正德帝循例往祭春郊。大小臣工，自六部九卿以下，都随辇陪祭。待到祭毕，群臣各自散去，正德帝也乘辇回宫。次日早朝，众大臣齐集朝房，方要升陛排班，见内监张永匆匆地捧着上谕出来。群臣跪听宣读，谕中说道"朕此次暂离宫阙，国政着内阁大臣梁储、杨廷和、蒋冕，会同张永斟酌处理，无负朕意"云。群臣听罢，面面相觑，一句话也说不出来。梁储说道："圣驾私行，必定往宣府无疑。俺们宜仍望居庸关追赶。"于是与杨廷和、毛纪、蒋冕等三人带了五六个从人，驰出德胜门，马上加鞭，疾如雷电般地追赶。到了居庸关相去三四里地方，早有太监谷大用迎上前来，代传上谕道："皇上已出关去了，你们众大臣无需追赶，好好地回都监国，回銮时自有封赏。"梁储、杨廷和等听了，才悟皇上调去守关御史张钦，是预备出关的后步。这时大家呆立了一会，梁储说道："皇上既已出关，追赶也是无益，只有回京再从长计议。"杨廷和等也觉有理，大家懒洋洋地怏怏还京。

却说那正德皇帝，自被众臣强劝回銮，心里老大的不高兴，游览宣府的心也愈炽了。正德七年，江彬密遣家仆往宣府知照家属，在那里盖建起一座极大的府第来，题名叫作国公府。又把豹房中的乐女娈童暗暗用骡马载出京城，去安插在国公府中。诸事置办妥当，便密奏知正德帝。君臣两个酌议定了，乘着春祭的机会，江彬预先雇了两匹健驴，侍候在德胜门外。正德帝祭郊已毕，书了草诏交给张永。自己忙忙地更换衣服混出宫门，大踏步

第六十二回　遍地樱花正德戏凤姐　半帘素月江彬充龙阳

往德胜门来。见江彬已牵驴相待，当下跨上日行三百里的健驴，似飞般地望居庸关进发。不日到了关前，由谷大用出来接驾，便大开了关门，放正德帝出关。等到梁储、杨廷和赶到，正德帝已出关两日了。江彬随了正德帝出发，一路上做了向导。

正德帝至宣府，就在那国公府中住下。正德帝见府中女乐歌童无一不备，地方又比豹房精致，画栋雕梁，朱檐黄瓦，一切的装潢比较宫中要高上几倍。乐得个正德帝心花怒放，连声叫江彬为好儿子。江彬又导着正德帝往游各地，但见六街三市富丽繁华，确与都下不同。宣府最多的是秦楼楚馆，因该处为塞外使臣必经之路，官府特许设立乐户教坊，专备外邦使臣游燕之所。正德帝到了那里，真是目迷五色，心旷神怡。每天到了红日西沉，便与江彬徜徉街市。见有佳丽，竟排闼直入，不问是否良家妇女，任意调笑留宿。倘是合意的，就载入国公府中，充为侍女。

这样地闹了一个多月，宣府地方谁不知道圣驾出游关外？那些州县治吏也都十分注意。那消息传到京中，大小臣工深恐被胡虏闻知，因此闹出大祸来，又纷纷交章请皇上回銮。正德帝哪里肯听，只把群臣的奏疏一起交给江彬收藏了，连疏上的姓名也不愿去看它，休说是阅奏章了。日复一日地过去，正德帝在宣府居久了，路径已很熟悉，有时竟不消江彬陪伴，往往单身出游。

一天，正德帝独自一个人信步出了宣府的东门，沿途游览景色。其实正当春三月的天气，关外已若初夏。但见道上绿树荫浓，碧草如茵，风景异常的清幽。正德帝爱看春景，只顾向前走去，渐渐到了一个市集，约有三二十家住户，却是村舍临湖，长堤上一带的樱花开放得鲜艳可爱。那一条小湖中，片片的满堕着花瓣，大有桃花随流水的景象。

正德帝沿堤玩了一转，不觉口渴起来，遥望市集中有处小村店，酒帘招飘，分明是卖村酿的。正德帝跨进店门，见两楹小室虽不宽广，倒收拾得很是清洁。正德帝坐了半晌，不见有小二来招呼，忍不住在桌角上拍了两下。忽听得竹帘子里面莺声呖呖地问了一声："是谁？"帘儿微微地掀起，走出一位袅袅婷婷的姑娘来。虽是小家碧玉，却出落得雪肤香肌，脸儿上薄薄地施着脂粉，穿一件月湖色的衫儿，青色的背心，系一条绯色的湘裙，素服淡妆，愈显出妩媚有致。那姑娘并不走到桌前，只斜倚在竹帘旁，一手掠着鬓儿，含笑问道："客人要什么酒菜？酒可是要热的？请吩咐下来，俺替客人打点去。"正德帝也笑着说道："你们这里有什么酒？有什么下酒的菜？把来说给俺听了。"那姑娘答道："俺们乡村地方，有的是村醪蔬菜，客人要山珍海味是没有的，只好请到大市镇上去了。"正德帝笑道："咱们所爱的是村醪蔬菜，敢烦姑娘打一壶村醪，弄几碟子蔬菜来，等咱慢慢地尝那乡村风味。"那姑娘睨着正德帝嫣然一笑，搴起竹帘儿进去了。等了好一会工夫，竹帘动了，那姑娘一手托着木盘，一手执了酒壶，斜着身躯从竹帘旁挨了出来，盈盈地走到桌边，放下酒壶，将木盘中的蔬菜一样样地摆好，低低说了声："客人用酒吧！"便托了木盘儿竟自走进去了。

  正德帝拿起壶儿，斟了一杯黄酒，细看碟子里面是豆腐、青菜、黄豆芽、咸竹笋之类，果然都是素肴。正德帝平日吃的鹿脯熊掌，本来有些腻口了，难得吃着这种乡村蔬菜，转觉得非常可口。自斟自饮地喝了一会，不免有些冷静起来，便把箸子叮叮地在杯儿上敲了两下。那姑娘扳着竹帘问道："客人敢是要添酒了？"正德帝将壶摇了摇道："酒还有半壶。"那姑娘道："那么要添菜？"正德帝答道："菜是不曾下过箸的。"那姑娘说道："酒菜都有，客人却要什么？"正德帝见那姑娘口齿伶俐，有心要和好打趣，便涎着脸儿说道："咱要问姑娘一句话儿。"那姑娘道："客人有什么话说？"正德微笑道："这里可有好的姑娘？"那姑娘

第六十二回　遍地樱花正德戏凤姐　半帘素月江彬充龙阳

笑道："好的姑娘到处都有，客人问她做甚？"正德帝笑道："咱独自一个饮酒，又乏味又是冷静。烦你替咱去找一个好的姑娘来侑酒。"那姑娘正色道："俺只当客人打听姑娘儿，给人家做什么冰人，哪里晓得说出这样的混话来。客人想是喝醉了，人家好好的黄花闺女，怎肯给客人侑酒，不是做梦么？"

正德帝笑道："什么是黄花闺女？咱们在城中的酒肆里，哪一家没有姑娘侑酒？"那姑娘噗哧的一笑道："那是粉头了。"正德帝接口道："正是粉头，咱们燕中是叫姑娘的。"那姑娘嘤嘤地笑道："俺们乡村地方，是找不到粉头的。要她们侑酒，也得到城中去。俺的哥子又不在家里，俺一个女孩儿家，怎么去找。"正德帝笑道："你家姓什么？你哥子是做什么的？"姑娘答道："俺家姓李，俺的哥子叫李龙，兄妹两个就是设着这家村店儿度日的。"正德帝道："你哥子往哪里去了？"那姑娘答道："早晨便进城去买些下酒菜儿，快要回来了。"说着回眸一笑，帘儿一响，又自进去了。

正德帝自己寻思道：这妮子很娇憨可爱，横竖闲着，乐得打趣她一会。想罢又击起杯儿来。那姑娘只得姗姗地走出来问道："客人又有怎么话讲？"正德帝笑道："咱们忘了，不曾问得姑娘的芳名儿。"那姑娘把粉头一扭道："俺们乡村人家，女孩儿的名是很不雅的，说起来怕客人见笑。"正德帝说道："人们都有姓名儿，自然各人不同的，有什么好笑。"那姑娘道："那么俺就告诉了客人罢，俺的哥哥叫李龙，俺便叫凤姐。"正德帝哈哈笑道："真好名儿！一个是龙，一个是凤，取得巧极了。"那姑娘红了脸儿："俺不是说客人要笑的。"说着又待掀帘进去，正德帝忙拦住道："慢些儿走，咱还有话说哩。"凤姐真个立住了。正德帝假装着酒醉，斜眼涎脸地说道："咱们想乡村地方没有粉头，独饮又是很冷静的，就烦凤姐替咱斟几杯酒吧。"凤姐听了，立时沉下脸儿道:"客人放尊重些!俺是女孩儿家,怎替你斟起酒来了?"正德帝笑道:"斟几杯酒喝喝,又打什么紧?"凤姐说道:"客人是读书人,难道忘了《礼》书上的'男女授受不亲'那句话么?"正德帝道:"你还读过《礼经》?咱们是当军人的,这些哼哼调的经书,早撇得不知去向了。"凤姐道:"不论读书不读书,这句老古话是谁也知道的。"说罢一掀帘儿,姗姗地进去了。

其实正德帝一头讲着,见那凤姐说话,粉颊上微微晕着两个酒窝儿,更兼她樱桃般的一张小嘴,愈觉十分有趣。正在有兴的当儿,凤姐忽地走进竹帘里去了,正德帝怎肯舍得?便摆出皇帝莅宫的架子,也在后掀帘跟着进去。凤姐听得脚步声,回头见正德帝跟在背后,忙变色问道:"客人进来做甚?"正德帝笑道:"咱要和姑娘说几句话。"凤姐道:"讲话请到外面,这里不是客人乱闯的所在。"正德帝道:"你哥哥又不在家中,咱就进来和姑娘玩玩,怕他怎的?"说时想伸手去牵她的玉腕。凤姐见正德不怀好意,忙忙缩手不迭,蓦地转身,三脚两步地逃进闺房,砰的一声把门关上。

正德帝上去扣门,她死也不肯来开,正德帝没法,只好退了出来,眉头一皱、计上心头,故意把脚步放重了些,高声嚷道:"哦!你就是李龙哥吗?失敬了!失敬了!"凤姐听得他哥哥回来,呀地将门开了,不提防正德帝隐在竹帘后面,凤姐一开门,恰好挨身进去,倒把凤姐吃了一惊,不由的娇嗔道:"青天白日,闯入人家的闺闼,不怕王法的么?"正德帝笑道:"咱们皇帝的宫廷也要直进直出,休说是你小小的闺房了。"凤姐啐一口说道:"好个夸大的油头光棍,俺不看你是酒后胡闹,便叫将起来,被四邻八舍听得,把你捆绑了送到当官,怕不责你三十大板么?"正德帝仰天呵呵大笑,将外罩的青缎披风卸开,露出五爪九龙灿烂的绣花锦袍来道:"这是油头光棍应穿的么?"凤姐怔了怔道:

第六十二回　遍地樱花正德戏凤姐　半帘素月江彬充龙阳

"俺向闻皇帝是着龙袍的，你难道不成是皇帝吗？"正德帝道："不是皇帝是什么？"

凤姐常听见他哥哥说起，当今皇帝现方私游宣府，往往践入民家闺阁的事，耳朵里也闻得烂熟的了。这时见正德帝风仪不凡，举止英爽，芳心中早有几分羡慕。又见他服着灿烂的衮龙袍，知道有些来历，那双膝不知不觉地跪了下去。正德帝笑道："小孩子！怎么跪起油头光棍来了？"凤姐道："那叫做不知不罪。"正德帝道："好个利口的丫头，咱就不来罪你，快起来吧！"凤姐还是跪着道："要求皇帝加封。"正德帝道："你求咱封你，哪有这般容易。皇帝晋封妃子，须大臣持节授册，怎可如此草率？"凤姐见说，含着一泡珠泪起身说道："不封也就罢了。"正德帝原和她作耍的，此刻见她当了真，就带笑说道："痴妮子！咱怎会不封你？你且听了，咱现封你做了贵人吧！"凤姐这才破涕为笑，盈盈地跪下来叩谢。正德帝乘势将她一把掖起，轻轻地搂在膝上道："你如今是咱的人了，万一你的哥哥回来，又怎样地去对付他？"凤姐微笑道："皇帝若肯加恩，授他一官半职，好等他娶妻成家，还有什么话说？"正德帝点头道："这样等你哥哥回来，叫他把你送到城内国公府候旨吧！"说毕放下凤姐起身出门，竟离了那市集，自回国公府。

江彬上来请安，正德帝将酒肆遇见凤姐的事，和江彬讲了一遍。侍役摆上酒菜，君臣谈说对饮。酒到半酣，正德帝忽然想起了内监钱宁来，当在豹房的时候，正德帝每夜枕着钱宁的大腿儿睡觉的，真是温软如绵，好不乐意。这时酒后，不免又忆着钱宁了。江彬见正德帝有些不高兴，便凑趣道："钱大哥远在京师，不识彬二爷可以代职吗？"正德帝巴不得江彬有这句话，不禁眉开眼笑地说道："使得！使得！"当夜便拥了江彬入帏安寝。原来江彬自入豹房，经正德帝收为义儿，因碍着钱宁，还不曾充过弥子瑕的职役。今日正德帝故意提起钱宁，把来打动江彬。江彬幼年本做过娈童的，也乐得趁风使舵。讲到江彬的脸儿，胜过钱宁几倍，正德帝早已看上的了。今夜的正德帝居然遂了卫灵公的心愿，自然快乐到了万分。

　　两人直睡到次晨红日三竿还没有醒来。猛听得门前人声鼎沸，一阵地呼打，就闻得有个男子的怪叫声和众人的吆喝声。江彬正要唤侍役询问，接着就是天崩地塌的一声响亮，把正德帝也惊醒了。

　　不知道是什么声响，且听下回分解。

第六十三回　藩王猎艳密设销魂帐
　　　　　　　武宗渔色初游石头城

　　却说江彬听得国公府门前轰然的一声，接着人声嘈杂，家人们在外边乱嚷。江彬吃了一惊，待要起身唤亲随去探询，右臂儿被正德帝枕着，恐怕惊动了，只好耐性等待。适巧正德帝也给那响声惊醒，矇眬着两眼问："是什么声音？"江彬还不曾回答，一个家人在幕外探头探脑地张望，似想进来禀报。见里面没有声息，不敢冒失，只在门外侍候。江彬回头瞧见，喝问道："你这厮鬼鬼祟祟地干些什么？"吓得那家人慌忙抢上一步，屈着半膝禀道："回二爷的话，外面有少年壮士，载了一位美女，说是他妹子，清晨便拥了车儿，硬要推进府中。小的们去阻挡他，他就不问好歹，也不肯通姓名，竟抡起了拳头逢人便打。小的们敌他不得，将大门闭上了，不知他哪里来的气力，并大门也推下来了。如今还在府门前厮打，小的不敢专主，特来报知二爷。"江彬听了，正是丈二的和尚摸不着头脑，忽见正德帝霍地抈起身来，一手揉着眼儿道："那少年不要是李龙兄妹两个？四儿（江彬行四）可出去探个明白。"

　　江彬领命，披衣匆匆下榻，随了那家人便走。到了大厅前，已见家人们纷纷逃了进来，一个黑脸的少年挥起醋钵般的两只拳头雨点似地打将来。江彬见他来势凶恶，忙站在厅阶上高声叫道："壮士且住了手，咱这里有话和你讲。"那少年闻得有人呼唤，才止住不打。抬头见厅上立着一位鲜衣华服的美少年，知道不是常人，就走到阶前唱了个肥喏道："他们这班贼娘养的，欺俺是单身汉，半句话也没说得清楚，一哄地上来和俺动手了，不是可恶么？"说着又把拳头扬了扬道："谁再与俺较量三百合，俺便请他喝一杯大麦酒。"江彬见那少年说话是个浑人，就笑了笑安慰他道："壮士不要生气，他们的不是，等咱来陪礼就是。但不知壮士高姓？到这里来有甚贵干？"那少年指手画脚地说道："你们这里不是国公府吗？昨天有个汉子到俺家，说是什么的鸟皇帝，俺妹子说要嫁给他的，所以俺一早就把妹子送来的。"说时又拍了拍胸脯道："宣府地方，谁不认得俺李龙大官人，那门上的几个没眼珠子的偏不认识俺，竟来太岁头上动起土来，直把俺要气死了。"江彬听了他的一番话，不觉暗自笑道："世间有这样的混蛋，他的妹子也就可以想见了，不知皇上怎么会看中的。"于是命家人开了大门，叫李龙把他妹子的车儿推进来。

  李龙应声出去，不一会已拿车辆推到大厅的台阶下。江彬定睛细看那车上的美人，不禁吃了一惊，半响做声不得。心下寻思道：那美人儿果然生得妩媚温雅，和她那黑脸哥子相去真是千里。所谓一母生九儿，各个不相同了。江彬正在发怔，里面的正德皇帝已梳洗过了，亲自出来瞧着，一眼见凤姐坐在车内，笑着说道："正是她兄妹两个来了。"江彬也回转身来，说了厮打的缘故，一面使歌女们搀扶了凤姐下车，姗姗地走到厅上，向正德帝行下礼去。正德帝微笑掖起凤姐道："你哥哥也同来了么？"凤姐低低地应了一声。正德帝令传李龙上来。江彬阻拦道："此人鲁莽不过，恐冲犯了圣驾，还是不见的好。"正德帝点头道："有他妹子在这里，且叫他来见。"江彬没法，只得亲自带了李龙上厅。李龙见了正德帝，也只唱了个喏说到："皇帝哥哥，俺这儿见个

第六十三回　藩王猎艳密设销魂帐　武宗渔色初游石头城

礼吧！"正德帝看那李龙身长八尺，深紫色的面质，狮鼻环眼，相貌威风，不觉大喜道："李龙虽是莽撞些儿，倒像个猛将。四儿替朕下谕，送李龙进京，往礼部习仪三个月，即着其回宣府护驾。"江彬听了，领了李龙自去办理。这里正德帝携着凤姐的玉腕，同进后院，寻欢作乐去了。

再说宁王觐钧，是太祖高皇帝十四皇子（名权）的第五世孙。那时宁王权被燕王（太宗）改封江西，总算他能销声匿迹安分守己，不曾受怎么罪谴。燕王反北平时，赚宁王离去大宁，及至登极，对于宁王很觉抱愧，所以宁王总保得性命。自宁王权传至四世，就是觐钧了。说到觐钧的为人，是个没有主见的懦夫，平日除了纳妓听歌之外，其他的事一些儿也不知道的，休说是国家政事了。

这宁王觐钧邸中姬妾很多，只有两个最是得宠。那大的一个是许氏，本是妓女出身，却生了两个世子，长的名宸浔，幼的名宸濠，宁王都十分欢喜。那许氏恃着有了儿子，把宁王的正妃胡氏，看做半文小钱也不值，还不时和胡妃厮闹。胡妃是个忠厚妇人，怎能够与做妓女的去斗嘴。许氏又讥笑胡妃生不出儿子。大凡妇人家，最痛心的是她不会产育，这样是人工气力所办不到的事，万不能勉强的。胡妃挣不来这口气，只好由她许多讥讪，自己暗暗地忍气吞声，捋一把眼泪罢了。世间的妇女谁没有妒忌心？宁王的胡妃虽嫉着许氏，因自己不曾生育过一男半女，许氏却叠连诞了两个世子，这样一来胡妃已话不嘴响了。她的心里当然有说不出的怨恨，又时受许氏的冷讥热讽，胡妃越觉得自怨自艾，不久便郁成了一病，竟呜呼哀哉了！许氏见胡妃已死，藩邸中的大权由她一人独揽。好在宁王又是个糊涂虫，哪有这精神来管家事。邸中的诸姬和用人等见许氏虽算不得正妃，暗中完全是摄行王妃职务，于是大家便尊她一声大夫人。许氏即揽了邸中全权,一时也不好向宁王要求扶正,横竖姬妾中算做了领袖,正不必争王妃的虚名了。

这许氏是宁王的大爱姬。还有第二个爱姬,也是青楼翘楚,芳名叫做娇奴,年纪比许氏要轻得一半多,青春不过十八岁,宁王娶她还不到一年。这娇奴在宁王邸中权柄果然不如许氏,宁王的宠幸,倒要胜过许氏十倍。邸中的大小姬妾仆役们对待娇奴,竟与许氏不相上下,也称她一声二夫人。当宁王纳娶娇奴的时候,许氏和宁王也狠狠地闹过几场。到了后来,势力终究敌不过媚力,宁王仍旧把娇奴迎回邸中。

许氏实在气不过她,便去找娇奴厮闹,被娇奴笑她年纪太大了,如要争宠,须得拿鸡皮换了玉肤来再说。这句话说得许氏暴跳如雷。但人的衰老,是和不会生育是一般的气力大不出,直气得许氏一佛出世、二佛涅槃,几乎患成了鼓症,一病不起。天理循环,娇奴可算替胡妃间接报仇了。

那两位世子宸浔、宸濠长成到了十七八岁,举止很有父风。弟兄两个最肖宁王的是喜欢嫖妓,讲起嫖经来谁也望尘莫及,惟谈到史书两字,却连连要嚷头痛了。宁王溺爱过甚,由他弟兄两个去胡闹,只做没有听见一样。

许氏见两个儿子成了人,心里怎么不快活,而且满心望宸浔、宸濠代她去出头,不难把娇奴压倒下来。谁知这两位宝贝一见了那个二夫人娇奴,不但不记他母亲许氏的仇恨,反是眉开眼笑的,口口声声叫娇奴做庶母,形色上的侍奉,比较自己的母亲还要恭敬。许氏瞧在眼里,这一气又是非同小可,真好像一拳打着了心窝,说不出里面的苦痛。

有一天上,许氏正值新病初愈,扶着一个侍婢在回廊中闲步,走过一所空房,听得里面有说话的声音。许氏诧异起来道:"这里是堆积木器的空室,怎会有起人来了?"又猛然地记得三个

第六十三回　藩王猎艳密设销魂帐　武宗渔色初游石头城

月前，有个婢女被自己痛打了一顿，到了晚上就缢死在这处室中。许氏想着不由得毛发栗然，正要避开那间房，又听得一阵的笑语声，是很稔熟的。许氏有些忍不住了，自己不敢上去，只叫那侍婢向窗隙中去窥探。那侍婢戳破了窗纸，望着里面张去，恰好那日光照在空室的天窗中，把阁室映得通明。侍婢在窗洞里瞧得毫无发遗，却又不好声张，只装着哑手势，令许氏自己来看。许氏见那侍婢这样鬼鬼祟祟的，知道空室的笑声中定有缘故，忙亲自步到窗前，闭了一支左眼，把右眼在纸窟窿中张将进去。这许氏不看犹可，看了之后立时满面绯红，半晌做声不得。

原来空室中的木榻上卧着一丝不挂的一对少年男女。男的是谁？是世子宸濬。女的当然不消说得，怕不是阁邸称她二夫人的娇奴么？许氏这时又气又恨，心想怪不得两个逆子（指宸浔、宸濬）都和妖精（指娇奴）十分要好，哪里晓得他们暗中干些禽兽的行为。不过要进去捉破他们，因碍着宸濬儿子，似乎不好意思。如任他们做去，眼瞪瞪放着冤家娇奴，不趁这个机会报仇，更待何时？

许氏呆立在窗外，倒弄得进退两难了。这样过了一会，听得空室内已声息俱寂，许氏再向窟中瞧时，宸濬已不知在什么时候走了，剩下娇奴还在榻前整衣。许氏见儿子已去，正好进去把娇奴羞辱一番。偏是那娇奴嘴强，以许氏骂她无耻，便生生地要她拿出赃证来。许氏转被她堵塞了嘴，气愤愤地自回房中。那娇奴却哭哭啼啼的，声言许氏讲她的坏话，便寻死觅活的要去和许氏拼命。

正在这个当儿，宸浔从外面进来，一听见娇奴吃了亏，不问事理，一口气跑到内室去和他母亲许氏大闹。许氏见自己的儿子居然替娇奴出头，气得她发昏，使出平日的泼性，把宸浔拍桌拍凳地大骂一场。好容易宸浔才得骂走，宸濬又来寻事，而且比他哥哥宸浔更闹得凶了。许氏明知宸濠和娇奴有暧昧的事情，心里越想越气，便抢了一根门闩，望着宸濠没头没脸地打过来。宸濠也知道自己母亲的性情，怕真个吃了眼前亏，乘着家人们劝住许氏，宸濠便一溜烟地往后门逃走了。

　　许氏被两个儿子闹得她头昏眼花，正在没好气，不料那宁王也听了娇奴的哭诉，怒气冲冲地来责骂许氏。才发作得两三句，许氏早从房里直抢出来，望着宁王怀里狠命地一头撞去，接着把头发也打散了，两手只拉住宁王乱哭乱嚷，将宁王的一袭绣袍都扯得拖一爿挂一块的。气得宁王面孔铁青，连声嚷道："怎么……怎么世上有这般撒野的妇女，左右快给俺捆绑起来！"家人们哪敢动手，只在旁边相劝。宁王这时老实人也动了火，便勒胸把许氏向地上一摔，回身往外便走。许氏待赶上去，被家人们拦阻住了。许氏就一头倒在石级下大哭大骂，在石砖地上滚来滚去，竟似村妇使泼一样，哪里有一点王爷夫人的身份，把那些婢女仆妇也都看呆了。许氏似这样地直闹到了黄昏，气力也尽了，喉咙也骂哑了，才由侍女们将她扶进房中，足足睡了三昼夜，还不曾起床的。宸浔、宸濠闻知母亲发病，你推我挨的，都不肯来探望。宁王是巴不得许氏早死一天，自己早舒服一天。

　　但天不由人算，许氏病了一个多月，慢慢地能扶杖步行了，那宁王自己倒病重起来，一日沉重一日。半个月后，看看是不中用了。那位二夫人娇奴索性不来奉承了，只知和宸濠在一块鬼混。宁王虽病得开不出口，心里是极其明白的。他把娇奴和宸濠的形迹看在眼里，心中越发气闷了。到得临死的几天，宁王病室里连鬼都没有上去，药水茶汤也没人递了。晚上灯火都不点一盏，室中黑魆魆地好不怕人。幸而有个宁王的老保姆，年纪已九十多了，一天夜里，无意中到宁王的室中去探望时，只见房中几案生尘，似好久没人来收拾了。再瞧那榻上的宁王，却是直挺挺

第六十三回　藩王猎艳密设销魂帐　武宗渔色初游石头城

　　地卧着，口鼻中气息早就没有了，也不知道是什么时候死的。老保姆眼见得这样凄惨情形，不禁流泪说道："一个堂堂王爷，临末的结局却如此，说来也是可怜。"于是由老保姆去报知许氏。许氏便扶病起身，召集邸中的姬妾仆人，替宁王发丧。

　　那时宸濠和娇奴正打得火热的当儿，闻得宁王已死，大家乐得寻欢作乐。这两位世子，直待宁王入了殓，才见他们兄弟两个勉强出来招待吊客。略一敷衍了几句，宸濠先滑脚走了。宸浔也耐不住了，打一个招乎一溜烟出了后门，自去进行他的计划。那宁王还不曾出殡，两位世子已弄出了大争点来了。

　　原来宁王一死，这袭爵应该是宸浔的了。宸濠想夺这王爵，暗中不免要和宸浔争竞。那宸浔对于这爵禄倒不在心上，他第一个和宸濠势不两立的，就是为的娇奴。弟兄二人，一个觊觎爵位，一个志在美人，各有各的心事，互显出暗斗的手段来。宸濠因要夺那王爵，把宁王的死耗瞒了起来，暂不去奏知朝廷，以是这袭爵的上谕始终没有下来。好在宸浔也不放在心上，只和一班羽党谋弄那娇奴到手，他就心满意足了。那里晓得这个消息有人去通知了宸濠。宸濠听了，一面要对付谋那爵位，一面又要照顾那娇奴，害得他忙得了不得。

　　一天晚上，宸濠和几个心腹私下议论，想把娇奴弄出藩邸，另用金屋藏她起来，免得宸浔别生枝节。内中有一个家仆说道："这事世子须要秘密，否则子纳父的爱妾，于名义上似说不过去。"宸濠笑道："那个当然的。"于是大家酌议好了，由宸濠备了一顶软轿等在藩邸的后门，预嘱娇奴在三更天乘人熟睡悄悄地出邸登轿，去藏住宸濠的私宅。当时那押轿子的仆人到得藩邸后门，直等到四更多天，还不见娇奴出来。又等了一会，看看天色已将破晓，仍不见娇奴的影踪。那仆人没法，抬着空轿回来，报与宸濠。宸濠知是有变，慌忙赶入藩邸，亲自去探看娇奴，却是桃花人面，玉人已不知哪里去了！

　　这一急把个宸濠急的满头是汗，比失了一件什么宝贝还要心痛。当下咆哮如雷的，派了家人四下去打听，方知宸濠藏娇的计划被宸浔的家人探得，由宸浔也备上一乘轿儿。月上黄昏，已到了宸邸的后门，正遇着娇奴的小婢。宸浔的仆人打个暗号给她，小婢去禀知娇奴。娇奴迟疑不信道："二世子约在三更天的，怎么这样早就来了？"小婢又出来诘问，宸浔的仆人扯谎道："二世子（指宸濠）怕迟了漏泄消息，所以把辰光改早的。"娇奴信以为真话，即匆匆收拾好了，潜出后门登舆，仆人们昇了便走。到得那里，娇奴问："二世子可来？"只见宸浔应声出来，涎着脸笑道："二世子不来，大世子倒在这里了。"娇奴听见吃了一惊，心知已受了宸浔的骗，只得低头忍气地服从了宸浔。宸浔得了娇奴，满心的欢喜，天天和那些羽党饮酒相庆。及至第三天，宸浔喝得酩酊大醉地回到私第，忽然狂嚷着腹痛，望了地上一滚，七窍流血而死了。

　　宸浔既死，宸濠也替他哥子发丧，说是暴疾死的。一面上闻朝廷，奏知宁王觐钧逝世，世子宸浔暴毙。圣旨下来，自然由宸濠袭爵。这样一来，不但王爵被宸濠荫袭，就是他老子的二夫人娇奴也为宸濠所有了。南昌江西属的人民谁不说宸浔死得奇怪？然也没人敢来替他出头。

　　那宸濠自袭爵宁王（自后称宸濠为宁王），渐渐地不守本分，并私蓄着勇士，往往强劫良民的妻女。又从高丽去弄到一座锦椅，椅的四围都垂着绣缎的锦幔。这座椅儿底下藏着机栝：如遇到倔强的妇女，哄她坐上椅儿，将机栝一开，任你是力大如牛的健妇，也弄得骨软筋疲无力抗拒，只好听人所为了。宁王因题这座椅儿叫做"销魂帐"。后来宁王作叛，事败被擒，这座"销魂帐"为王守仁经略所毁，今暂且不提。

第六十三回　藩王猎艳密设销魂帐　武宗渔色初游石头城

却说正德帝在宣府，左拥江彬，右抱凤姐，真有乐不思蜀之概。不期这位李贵人凤姐身体很是孱弱，三天中总有两天是生病的。忽京师飞马报到，纪太皇太后驾崩。正德帝听了，虽不愿意还京，但于礼仪上似说不过去，只得匆促回銮奔丧。凤姐有病不能随驾，正德帝嘱她静养，自己和江彬、接辇大臣等即日起驾还京。正德帝到了京师，便替太皇太后举丧，一切循例成礼。是年的六月，正德帝亲奉太皇太后梓宫安葬皇陵。

光阴荏苒，眨眼到了中秋。正德帝久蛰思动，下旨御驾南巡。这道谕旨下来，廷臣又复交章谏阻。其时朝野惶惶，人民如有大难将临之景象，一时人心很是不宁。于是大学士杨廷和、太师梁储、翰林院侍读舒芬、郎中黄巩、员外郎陆震、御史张缙、太常寺卿陈九皋、吏部主事万超、少师梁隽等纷纷上疏，谓灾异迭见，圣驾不宜远出。正德帝怎能听从，反将万超、黄巩、陆震、张缙等一并下狱。陈九皋、舒芬充戍云贵，杨廷和、梁储、梁隽等三人一例贬级罚俸。这样的一来，群臣谁敢多嘴？正德帝即传旨：驾幸江南，自津沽渡江，以金陵旧宫改为行宫。

谕旨既颁发，正德帝于是年八月带了刘贵人、江彬并护驾官李龙（为凤姐之兄，在礼部习仪后尚未遣往宣府，故得随行）、将军杨少华、蒙古卫官阿育黎、侍卫郑亘、右都督王蔚云、女卫护江飞曼一行二十余人，渡江南行。不日到了石头城（楚之金陵，在上之县西，即今之江宁县），早有金陵守臣裕王耀焜、蔚王厚炜（正德帝之弟）及大小官员远远前来接驾。正德这时也无心观览风景，只和裕王、蔚王并马进城。至金陵行宫前，蔚王待扶正德帝下骑，忽一道光寒，正德帝已翻身落马。众官大惊。

要知那寒光究竟，再听下回分解。

第六十四回　翠翠红红江南留韵事　花花絮絮萧寺开经坛

却说正德帝到了金陵行官,方要下骑进去。这时城中的百姓扶老携幼地前来瞻仰圣容,只远远地遥看着,不敢近前。蓦听得人丛中一声大喝,一个汉子疾趋直出,便有一道寒光向着正德帝飞来。将军杨少华眼快,连忙叫声"不好",急拔腰刀去隔御,一霎间哪里来得及。正德帝也觉目前寒光一闪,慌忙跃下坐骑。"疙瘩"的一响,鲜血喷射,一人中刃落马。护驾李龙也抽刀在手,早把那刺客截住。杨少华、王蔚云、郑亘、爱育黎、江飞曼等五人并上,那刺客招架不住,一刀被李龙搠着,大吼倒地。杨少华忙上前按住,护驾禁卒已七手八脚地把那刺客捆了起来。再看正德帝已避人行宫。众人将受创堕马的人扶起瞧时,却是蔚王厚炜,面如金纸,气息奄奄,由杨少华等把他搀进行宫大门。还不曾到得殿上,只见蔚王两脚一伸,眼往上翻,呜呼哀哉了。

正德帝闻蔚王死了,不禁垂泪道:"朕才得到江南,便丧了一个兄弟,叫朕怎样地回京去见得太后!"王蔚云奏道:"刺客刀中蔚王,这是皇上的福大,也是蔚王命该如此,于陛下何涉?"说着江彬护了刘贵人到了,听说有刺客,便问:"可曾捉获?"正德帝道:"朕倒几乎忘了。"喝令把刺客推上来。李龙应着,拥刺客到了正德帝面前。那人直立不跪,李龙在他的足弯只一扫,那

第六十四回　翠翠红红江南留韵事　花花絮絮萧寺开经坛

人站不住脚，噗地坐在地上。正德帝怒道："朕与你无怨，胆敢在白日行刺朕躬。你系受何人指使？据直供来！"那刺客瞪着眼道："老爷要刺便刺，有谁指使？今日被获，算老爷鸟晦气。快把咱的头砍了，不必多讲，否则咱要骂人了！"正德帝待要再说，江彬插言道："这种浑人，交给地方官去勘谳就是，何必陛下亲鞫？"正德帝点头，当下由李龙把刺客带下去，交给南京都金刘建山，着讯明回奏。

次日，刘建山将刺客施严刑拷问，讯得该刺客名李万春，系受宁王宸濠的指使。前在京师，假借斗鹌鹑为名曾行刺过一回（事见五十九回），因匆迫没有得手，这番是第二次行刺，因力尽被获。建山录了口供，据实上闻。正德帝听了大怒道："宸濠是朕叔父行，朕未尝亏待他，为什么一再使人暗算？"说罢，传谕李万春磔尸，并颁知江西巡抚张钦，令监视宸濠行动，待御驾还京再行发落不提。

那时正德帝在金陵翱游各处名胜，怕招摇耳目，便改装做商人模样，只带了刘贵人及李龙、杨少华、江彬等三人。余如爱育黎、郑亘、江飞曼、王蔚云等一概留在行宫。一路上正德帝自称朱寿，刘贵人改刘夫人，每到一处寺观，施舍很多。凡寺里的佛像绣袍、神龛绣幔等，一例更易。正德帝和刘夫人各署名在上面，有"朱寿、刘夫人同助"字样（今犹存钟鼓于天宁寺，钟鼓皆铜制，上镌正德帝与刘贵人名）。

一天，正德帝游览雨花台。台在江宁县的南面，据冈埠最高处，遥眺大江，好似长蛇盘绕一般，下瞰石头城，小若盘匜。正德帝临高四瞩，不觉胸襟俱旷。细辨民间庐舍，类沧海之粟，所谓登泰岳而小天下。正德帝见景生情，便口占两诗道：

遥从山北望江南，秋色西来天蔚蓝。

城市餐霞云梦楼,回首远瞰洞庭柑。

澎湃腾溶走江声,二道长垣雁齿横。
古寺至今风雨夜,铁沙依旧照波明。

——朱寿题

正德帝吟罢,令杨少华逐字用剑头镌在一个石嶨上,算是登临的纪念。于是率着刘贵人等下了雨花台,再上聚宝山。

那聚宝山就在雨花台的侧面,山上的细碎小石有光洁和宝石似的,澄黄和玛瑙一样,颜色鲜艳灿烂,所以称它为聚宝山的。这座山势,遥望高出云表,山形很是巍峨巉峻,但走上去游览时却不和茅山似的难行。到了山巅,俯瞰金陵城中,真是了如指掌,犹之三国黄忠的夺定军山必先争天荡山一样。江宁的聚宝山原为行军必争之地,元朝时上筑炮台,驻有营兵。军事时代,聚宝山是极重要的。这座聚宝山如有失,金陵就在囊中了。正德帝眺望了一会,徘徊赞叹,又游览了山麓的梅冈。冈上正值黄花遍地,香郁袭人。这梅冈本是江宁胜地,到了冬天,梅花数十株,芳馥之气四溢山麓,雅人高士踏雪寻梅的络绎不绝。正德帝因戏折了几枝黄菊,替刘贵人簪在头上。大家流连半晌,才循路下了梅冈。又在山村里玩了一转。见农民男耕女织、孜孜不辍,正德帝叹口气道:"今日得目睹乡景,方知黎民劳苦以生财,供国家征取赋税,安然不以为怨,这才算得是良民。若化外胡儿,横蛮不知礼仪,甚至集众抗拒王师。一样的民族,其相去真是天渊。"说到这里,不觉中心有感,又咏山韵即景诗道:

乡村峡道路回环,满地菜荑碧水湾。
蹊径踏来游未倦,回瞰又见小金山。

第六十四回　翠翠红红江南留韵事　花花絮絮萧寺开经坛

正德帝一路游览，随处题咏，都由江彬记了下来。回京之后，经翰林学士毛啬删整，刊行御制南游诗集，这是后话。

当下正德帝和刘贵人、江彬、杨少华、李龙君臣四人观山玩水，好不快乐。其时正德帝游了梅冈，又经几区乡镇，遥望绿荫丛中红墙一角，好似什么宫殿。正德帝指着红墙，回顾江彬道："那是什么地方？"江彬怔了怔，弄得对答不出来。因他是宣府人，于关外路径和风俗人情自然是很熟悉的，正德帝巡幸宣府时，都是江彬做的向导；如今来到江南地方，怎会有头绪呢？正德帝忘了江彬为关外人，平日间问惯的了，这时向他问起江南的路径来，把这个江彬挣得面头红涨，一时不好捏造出来回话。幸得杨少华是江都人，对于江宁的名胜古迹略为有些儿头脑。他看那江彬的窘状好笑，忍不住代应道："那里大约是天宁寺了，俺们且进寺去休息一下吧！"正德帝见日色已近晌午，便点点头，令少华在前引路。

转眼到了一所大寺院面前，匾额上大书着"敕建天宁寺"五个斗来大的字，上款是"唐天凤元年建，元皇庆（元仁宗年号）年间重修，大明洪武十二年臣朱钧（太祖从侄）再修"。正德帝笑道："这寺建自唐武后年间，也好称得古刹了。"江彬道："倘使是近代建起来，那佛像断断及不到从前了。只瞧它们前的四大金刚，塑得多么威严雄壮！"杨少华笑道："这四金刚岂是泥塑木雕的？"江彬说道："不是木雕或是泥塑的，是怎么？"少华道："俺听得老辈里讲，江宁的天宁寺中，四金刚是白石凿成的。"江彬惊骇道："石头能凿得这样细致，真是鬼斧神工了。"正德帝见那金刚长有四丈余，少华谓是石凿的，也觉有些不信，便与大家走进头山门去实验，果然是石头所凿就的（江宁天宁寺，尝见毁于洪杨，后虽重建，石像多半毁裂，所制乃远不如前矣）。君臣互相叹诧，惊为奇工。于是同入大雄宝殿，殿宇也异常的宏敞。

这时后殿走出一个知客僧来，见正德帝等进去，忙上前打了问讯，即邀入方丈。小沙弥烹上香茗，正德帝执杯呷了一口，觉茶味清芬甘芳，和御前常饮的迥然有别，因笑着问道："和尚的茶味儿甚好，不识这叶儿是出在哪一处的？"知客僧笑道："出家人有甚好东西，有的也都是檀越们所布施下来。这茶叶也是一个施主馈与老和尚的。那施主是姑苏洞庭山人，叶儿就是那里的土产，唤做洞庭碧螺春。老和尚嫌它太好了，怕没福消受，所以把来藏着，专备给游寺的檀越们解渴。"正德帝听了，不住地点着头。

忽听得咳嗽声响亮，知客僧说道："老和尚来了。"话犹未了，只见西院的月洞门中走出个形容古怪的老僧：须发如银，眉长垂睫，年纪当有八九十岁，步儿却极轻健。那老和尚走到正德帝等面前一一行礼，各通姓毕，自述法号叫做禅明，本四川人，避明玉珍之乱才来江南，今年二百四十五岁，当初来江南时已九十多岁了。正德帝见说，不禁吃了一惊。原来明玉珍据蜀西，太祖高皇帝犹未定鼎，就年分算来，老和尚至少也有一百三四十岁了。

江彬立在一旁撇嘴儿，似乎不相信老和尚的话。那老和尚的耳目甚是敏锐，江彬的举动似已觉察。正德帝怕老和尚没趣，忙搭讪着说道："和尚藏着的茶叶真不差，俺们应当道谢。"老和尚微笑道："一杯清茶，何必相谢。况茶叶是土中所出，清水取诸地泉，都是檀越们土地上的东西，老衲不过转个手儿，借花献佛罢了。"

说时知客僧呈上缘簿，要求布施，正德帝笑了笑，方提起笔来，待写下去，老和尚阻住道："檀越果慷慨施舍，老衲却不敢消受。但愿得檀越早还家乡，赐福与万民，比施给老衲的区区阿

第六十四回　翠翠红红江南留韵事　花花絮絮萧寺开经坛

堵要胜上几千百倍了。"正德帝见老僧说话带骨，便拱手道："和尚可能知过去未来？"老和尚笑答道："过去的人人皆知，未来的不可泄漏。老衲只略谙风鉴，与诸檀越一谈吉凶何如？"正德帝大喜道："君子卜凶不卜吉，幸直言无讳。"老和尚正色道："朱檀越（指正德帝，因其自称朱寿，故称）富贵已极，似无他求，惟不久虑有惊恐事发生，敛迹自能躲过的。"又指着刘贵人道："这位夫人，年轻多福，须忌被蛇螫。"谓李龙道："施主忠勇，将来当成其志。"顾杨少华道："富贵寿终。"未了看到江彬，老和尚凝视了半晌，皱眉道："江施主的相貌特奇，他日威权必震朝野，只可惜天庭透有煞纹，这倒是很要小心的。"江彬被那老僧说得呆呆地发怔，恰好小沙弥来请吃斋，老和尚便起身告退。

　　正德帝和刘贵人一席，江彬、李龙、杨少华等别设一席。大家胡乱饱餐一顿，由江彬掏出三两纹银来授给那个知客僧，即起身出了天宁寺。行不上几步，只见小沙弥追上来道："咱家老师拜上诸檀越，银子是不受的。倘夫人还愿时，只把佛殿的佛像再装一装金身，是蒙惠多了。"说罢将银两仍递与江彬，竟头也不回地去了。江彬说道："那老和尚似有邪术的。"正德帝接口道："那不是这样讲的。山寺野村，每多有道的高人。这老僧倒非常缁流，莫把他看轻了。"江彬唯唯喏喏，心里却十分不赞成。

　　这时刘贵人已足弱行不得了，杨少华便去唤了一乘椅轿来给他乘坐。看看到了牛头山下，那山有两个尖峰，遥遥对峙，叫做双阙。时人见东西两峰矗立霄汉，好似牛角一般，因唤它为牛头山。宋时金邦的兀尤入寇，宋将岳武穆（飞）尝于这牛头山下埋伏了几千健卒，败兀尤雄兵十万（六合县亦有牛头山，与江宁之牛头山殊）。山势的险巇足以设置伏兵，地据要隘可知。正德帝亲自寻得岳武穆杀贼处与扎营的遗迹，欷歔凭吊，徘徊叹息道："岳氏尽忠赵氏，至今犹传芳名。做臣子的怎不要忠心报国！"因

明宫十六朝演义

吟一首七绝,刻在山石上道:

> 春秋昔传古名相,清风今播宋贤良。
> 历朝祠宇都寥落,抚读残碑字几行。

经过了牛头山,便是一个大市集,那里叫做集贤村(岳武穆屯兵御寇处,今已更名。古迹淹没不彰,惜哉!)。到了村中,见那乡民童叟妇女都打扮得衣裳整洁,纷纷望着村西去,似赴什么集会去的。正德帝看得不懂,令江彬上去探听。那些乡民不懂他的关外口音,言语不通,险些儿闹了起来。杨少华忙去打了招呼,乘间问他们往西村去的缘故。一个乡民答道:"今天是斗姥生诞,白云长老在西村的荒寺里开坛讲经。据说和梁武帝时的宝志法师一样,讲到了妙处,天上会雨下花片儿来,沾一瓣在人身上,可以延年却病、祛除不祥的。以是举村如狂,男女老幼没一人不想得点好处。此刻闻本邑的人民都知道了,各村镇上人也赶了来,说不定连寺也挨塌呢。咱们赶去抢花瓣儿,迟了恐怕不及,恕不和你多谈了。"那乡民说完话,一脚两步地向西而去。江彬听了半晌,一句也不明白,倒不比方才天宁寺里的老和尚说话,倒有一大半懂得的。少华对江彬笑了笑,回来把乡民的话禀知正德帝。正德帝笑道:"那又是什么和尚捣鬼,随着他们去瞧瞧热闹也好。"李龙听得有新鲜事儿瞧,他第一个最高兴。于是由江彬、杨少华引道,正德帝居中,李龙护了刘贵人的轿椅,一行五人也望西村进行。

走了有半里多路,早见一座黄墙惨淡的大寺院赫然呈在眼前了。其时寺面前的人拥挤得水泄不通,幸大寺四周都是荒芜空地,那空地上满搭着布棚帐篷。这些布篷帐棚中也有卖茶的、卖食物的,凡是酒肆莱馆,一应俱有。那西边的草场上,都是一班

第六十四回　翠翠红红江南留韵事　花花絮絮萧寺开经坛

走江湖的人：什么卖拳的、卖狗皮膏的、走绳索穿火圈的、针灸科、祝由科等等，真是星罗棋布。再瞧那座寺院，门上匾额的字迹多半剥落，只隐隐辨得出是"上方禅院"四个大字儿，原来是座年久失葺的古庙。寺门口拥着的人一个个仰了脖子、张开着嘴，两只眼睛直向寺中瞧看。正德帝要看个究竟，只是挤不上去。李龙便很踊跃地大吼一声，两臂往四下里一挥，那些人民跌跌撞撞地一时避让不迭，多被李龙推倒了，众人齐声大骂起来。李龙也不去睬他们，但护着刘贵人的轿椅往寺中直冲入去。后面接着是杨少华当先，江彬断后，拥护了正德帝进寺。

到得寺中，却是一带长廊，大雄宝殿还在里面。于是再把众人分开，长廊走完，正是大雄宝殿了。殿上设着一座三尺高的经坛，坛上四面坐满了僧人。正中一只长案，供着诸佛菩萨的神马，一截齐摆了九只铜香炉，炉中香烟缥缈，僧众寂静无哗。经坛是南向的，坛的后方，设有一只莲花宝座，虎皮毡子，绣花垫褥。座下置着一对金漆的狮儿，是作为踏脚的。座上空着，知道讲经的长老还没有登坛。那坛下的四周，排列着百来把绣垫的缎椅，大约是备本邑官眷和绅士眷属们坐听讲经的。有十来个知客僧招呼着在坛后的木凳上坐着，以分男女的界限。至那平常百姓，只好在大殿廊前廊下立听。坛前有七八尺高的一只大炉子，焚着满满的一炉绛檀，烟雾迷漫的，殿上听讲的眷属都熏得眼泪鼻涕刺刺扯扯地挥个不住。

正在这个当儿，忽见一个小沙弥飞奔下来，向坛中的首席和尚附耳讲了几句，匆匆进去了。那和尚就拿起槌儿当当地连击三下玉磬。下首的和尚也把木鱼相应，接着是撞钟擂鼓，霎时间铙钹锣鼓一齐敲打起来。经坛上共有四十九个和尚，坛下擂鼓打钟的小和尚不在其内。这四十九个和尚每人手里敲着一样法器，丁冬镗鞳，把人的耳膜也要震破了。这样地大闹一场，在众响器杂沓中，忽听得当的一响，真所谓众浊中的清磬，又清越又尖锐，直冲破了嘈杂的空气，超出众法器之外，锣鼓铙钹不约而同地戛然停住。那清磬再鸣，继这磬石声而起的是幽静的丝竹声音了。什么笙、箫、管、笛、胡拨、琵琶、筝篌、锦瑟，悠悠扬扬地杂奏起来，凤鸣鹤唳，虽皇帝春祭时的细乐也不过如是了。

细声既作，众人晓得那长老快要登坛了，大家眼瞪瞪地争着瞻仰佛容。不到一会，听得殿后院中一般的奏着细乐，便有十二个小沙弥衣穿五色百家衣，秃头黄鞋，手里各掌着六对大红纱灯。随后是十二名的知客僧，法衣黄帽黄鞋，手中都提着香炉。这样一对对地在前走着，导引那长老上坛。众听客一齐站了起来，但见那长老年纪不满三十岁，却生得面如满月，唇若涂朱，双目有神，长眉似蚕；更兼他的悬胆鼻，方口大耳，头戴紫金毗卢帽，两旁垂着绣花套云的飘带，衣披一袭云锦绣金的袈裟，望上去光华灿烂；足登衔环炖形的朱履，双手白得和粉琢般的，手上套着一串云母珠的念珠，上缀舍利子九枚，光芒四射，念珠下端垂着马铃式的一颗红樱。这一副打扮，先已和平常的僧人不同。加上那长老的相貌不凡，坐在经坛上谁不赞一声端的如来转世呢！

那长老上坛，诵了召神咒毕，开卷讲大藏宝诠。一头讲着，那两只眼珠儿只望着一班妇女的座中乱瞧。蓦地看见了刘贵人，那长老故意吃了一惊，立即停止讲经，竟亲自走下坛来，向刘贵人连连打着稽首说："女菩萨是菩萨的化身，小僧何缘，乃蒙菩萨驾临，真是万幸了！"说罢便请刘贵人进后院，实行香花供奉。李龙在旁，也弄得莫名其妙。刘贵人被那长老说得心动，脚下不由自主地盈盈地随了那长老同入后院。一般听经的人个个惊诧，一时议论纷纷的都跟入后院。

要知那长老请刘贵人做什么，且听下回分解。

第六十五回　扬州看花双龙斗侠盗
　　　　　　　金山吊古独臂擒淫僧

　　碧轩晴窗，精室里洁无纤尘，书架上片签满列。庭前三四枝凤竹，一株老干槎枒的虬松。阶下种着半畦的黄菊，正在放华的时候。这样幽静清寂的好去处，的是隐士高僧所居，真可以说是"红尘不到静中飞，树碧花香是隐居"了。

　　其时那个长老领着刘贵人走进这静室里面。"啪"的一声，室门便自己闭上了。外面听讲经的一班本邑缙绅并县丞姜菽水。远远地跟在那长老到后院，背后护卫官李龙、正德帝、江彬、杨少华等也随着进去，还有在经坛外的许多百姓，却似潮涌般拥入殿内，只碍着有官员（县丞）在里面，不敢十分放肆，只挤在院门前探视。

　　正德帝等进了院中，不觉诧异起来：在寺院的外貌似多年颓圮的荒寺，那个内院却髹漆得金碧辉煌。但见庭中松柏参天，阶下植着无数的奇花异卉，架上的鹦鹉声声唤客。晶盆中畜着金鱼，书案上狸奴打盹。庭院深深，落花遍地。正德帝失声道："好一座院落！"李龙手指着说道："那长老引了刘娘娘进这所静室里去了。"江彬道："那和尚想是不怀好意，咱们紧跟着他，保护刘娘娘要紧。"正德帝点点头，李龙和杨少华便大踏步上前。

　　这时那些绅士和县丞都走入静室，人多地狭，顿时拥满了一屋。杨少华与李龙也挣着挤进静室去瞧时，却不见那长老和刘贵人。李龙、少华齐吃一惊，忙举头四顾，才瞧出静室的南面还有一头侧门，只是深深地扃着。那长老和刘贵人进去，门就关上。县丞和众绅士不得进去，大家立在门外大哗道："青天白日，和尚领着良家妇女闭门不出，那算什么？"县丞姜菽水为人很是迷信，他以为那长老是高僧，那妇人或是真的菩萨化身。绅士中有性躁的，便欲打门进去，姜菽水就阻拦道："你们且莫慌，再等一会儿看他怎样。咱想那长老定是施展什么的佛法，不然他妄引妇女入室，当着这许多人，谅他也没有这样的胆大。"众绅士听了姜菽水的话说，尚觉有理，果然忍耐了起来。独有李龙咆哮道："人家的妇女，被这贼秃关在里面，你们还在那里说什么宽心话。"杨少华也喝道："咱们只顾打进去就是了。"

姜菽水见李龙怒气冲冲的，知道是那妇人的家属，便也不敢阻挡。由杨少华和李龙两人并力向前，把门打得擂鼓似的。打了半晌，不见那长老来开门。李龙大叫，飞起一脚，轰的一响，那扇侧门早倒了下来。李龙便当先抢入去，见室内陈设幽雅，案堆诗书，壁悬琴剑，花种阶下，树植庭前，人到了这里，几疑别有洞天了。

李龙四面瞧了一转，哪里有什么长老？刘贵人更是影踪毫无了。杨少华也赶进来，见没了刘贵人，两人都着了忙。这时众绅士已拥入里面，正德帝和江彬也来了。听说不见了刘贵人，把个正德帝急得连连顿足。众绅士都大诧道："分明看着那和尚同了妇人走进去的，怎么会遁走了？难道那和尚有隐身术的么？"大家正在鸟乱，忽听杨少华失声道："逃了！逃了！"众人定睛看去，见那杨少华一手托着画轴，画背后有一扇小小的石门，平时把画掩盖着，人家只当是墙壁，万万想不到壁上还有这头小门。那长老领了刘贵人进内，乘杂乱的当儿，望壁上的小门中逃走

第六十五回　扬州看花双龙斗侠盗　金山吊古独臂擒淫僧

了。众绅士才恍然道："那和尚眼见的不是好人。他推说讲经，却来拐骗妇女的。"县丞姜菽水立在一边不住地咋舌，正德帝却万分愤怒。

杨少华与李龙已飞奔出寺去追赶，半晌先后回来说道："村东村西都找到尽头，没有和尚的踪迹。询那村中的人民时，他们方才也到寺中来听讲经，不曾见有什么和尚走过。"正德帝见说，怔怔地好一会说不出话来。江彬也木立不知所措。李龙很是没好气，一眼见了县丞姜菽水，便一把将他抓住道："咱们主翁的夫人不见了，须得你去给咱找出来，否则老爷可不饶你的！"菽水大怒道："你是哪里来的野种？自己不小心，被和尚把人骗去，却来这里撒野！"李龙喝道："你这厮还要狡赖，当和尚入室的时候，众人就要打门进去，都被你阻拦着，致那秃驴得安然远逃。若没有你阻隔，也不怕他飞天上去。这样看来，贼秃是你放走，你这厮还和他是串通的。"说得姜菽水跳起来道："反了、反了！俺职司虽卑，也是此地的父母官，怎说俺拐起妇女来了，那还成个话说吗？"菽水说罢，叫进两个差役，要想来捕李龙。引得李龙性起，抓住两名差役，只一手一个，望着人丛里直掼出来。外面又抢进五六名捕快，袖里各拿出铁尺等器，蜂拥般地上来厮打。院里的众绅士和人民见闹了祸出来，吓得四散夺门逃走。院门前又挤着多人，院内的人似排山倒海地奔将出来，外面的人退后不迭，跌倒的很是不少。一时人众力巨，谁还拦挡得住？霎那间哭的笑的，人声沸腾。

那大殿上的四十九个和尚，兀是很恭敬地侍候在坛上，女客座上的官眷们，因妇女们不便来趁热闹，只坐在那里交头接耳地私议。忽听得内院哭喊声并作，人民纷纷地逃出来，接着是大队拥出来了。于是坛上的和尚、坛下的妇女，都立起身来瞧看。不料人多地窄，似倒木排般地倾斜过来，屹塌一声，经坛被众人挤倒，四十几个光头从坛上直跌下来，无巧不巧地都跌在官眷堆里，那些少妇和光头大家扰做了一团。有几个光头跌得额破血流，也有被坛上铜香炉压伤的，有的被坛前的大鼎灼伤。最苦的是一个青年和尚，把光头去戮在蜡烛杆上，刺得鲜血淋漓，因此昏了过去。

其时李龙正把那些捕快由内院打到外殿，捕快们怎敌得过李龙，一交手就被打倒，只好爬起来往外奔逃。李龙追将出来，不觉打得性起，不管是谁，逢人便打。殿上殿下秩序混乱到不可收拾。杨少华深怕打伤了百姓，忙来劝住了李龙。两人回到内院时，院中已逃得鬼也没有半个，只正德帝和江彬还呆呆地坐在静室里。正德帝见了少华、李龙进来，便没精打采地说道："刘贵人恐非一时寻得到的，不如回去再说。"江彬等也说不出别的，于是大家跟着正德帝出院。

那大殿上的众僧这时也走散了，宫眷们都经家属接去，惟经坛依旧倒在那里，钟磬法器之类满地都是，还有香烛果品并供神的素馔等狼藉殿上。正德帝是满肚的不高兴，四个人走出上方禅院，早有两名舆夫来索取工资，就是方才抬刘贵人来的。江彬随意打发了几十文，两个轿夫称谢而去。

正德帝君臣四人匆匆地回去，所谓乘兴而来、败兴而返，一路上也无心观览风景，但低头疾行。待到金陵行宫，时已万家灯火。王蔚云、郑亘、爱育黎、江飞曼等随着裕王耀焜出来迎接进去。蔚云因不见刘贵人，心下很为诧异，又不敢动问。正德帝上殿坐下，众人分两边侍立。正德帝令裕王也坐了，就讲起游览的情形，把上方寺听讲经被和尚骗去刘贵人的话细细说了一遍。裕王惊道："这秃贼的胆也大极了，不过他假经坛引诱妇女，室中装着机关门户，想其筹画也不止一天了，受他害的当不止江宁一处，别地定有照样上当的。他这番万一漏网，不久必往别处去施

第六十五回　扬州看花双龙斗侠盗　金山吊古独臂擒淫僧

故技，那是可想而知的。陛下但密颁谕旨，令各处地方官暗里侦察，不消半个月，这妖僧不难授首了。"正德帝点头称善，当下命江彬草谕颁发。一面通知江宁县，着侦缉妖僧，并令将县丞（姜菽水）捆赴南京都督府，治以故意纵盗罪。江彬一一办妥，正德帝自还后宫。这里王蔚云、杨少华等和裕王又议论了一会，才各自去安息。

翌晨起身，正德帝以刘夫人失踪，心上怏怏不乐，日间只同了李龙等在金陵街市上游玩一转，便回行宫。第三天，江宁县尹梅谷亲来行宫禀见，谓当日接得上谕，派通班捕快往城镇各处茶坊酒楼、旅寓馆驿，凡足以藏垢纳污之区，无不遍查，毫无妖僧行踪，想系闻风已远窜出境了，至于县丞姜菽水亦在事后弃职潜遁，现已通牒查缉。正德帝闻奏，令暂退去。四日，又得溧水县尹报禀，言在两日前，见有游方道人带一美妇过江。事后方知道人实和尚改装，正要派人追赶，适谕旨领到，急遣快马往追，不及而还。大约该妖僧当不出镇江、淮扬两处云。正德帝听了，便和江彬商议，决意亲赴扬州侦探那和尚的消息。于是带了李龙、郑亘、爱育黎、江飞曼等，并江彬一行七人，悄悄地起程往扬州。

不日到了那里，住了馆驿。当日玩了一天后土祠，赏玩琼花。那后土祠的琼花本唐时所植，厚瓣大叶，光莹柔泽，色微带淡黄，芳馥之气远闻数里。宋改后土祠为蕃釐观，花旁建一亭，名无双亭。迨宋仁宗时将琼花掘出移植禁中，不及半月，那琼花便自枯死。弃在道上，被扬人瞧见，仍把它载回来植在后土祠里，渐渐地枝叶扶疏，居然复活过来。到了元朝，琼花又自己萎死。那时蕃釐观中有个道士叫金雨瑞的，把琼花的枯根铲去，种上了聚八仙"花名"，倒也很是茂盛。那聚八仙的形式和琼花颇有点相似，所以后人仍称它为琼花。

明宫十六朝演义

　　正德帝游过了后土祠，次日又去游万寿观。那座观系建自六朝，殿宇十分巍峨。正德帝与江彬、杨少华等先就偏殿游历了一转，正要游大殿，忽听殿角上砉然一响，一把剑飞来直奔正德帝。接着跳出一个大汉，那把剑似蛟龙一般。江飞曼急拔刀隔住，当的一声，火星四迸，两人就在大殿下狠斗起来。李龙看那大汉勇猛异常，也大喊一声，飞步上前助战。那大汉一口剑抵住两般兵器，似尚绰然有余。杨少华笑对郑亘道："看雌雄两条龙兀是斗不下那大汉（飞曼又称龙女），俺们莫给他逃走了。"郑亘应道："咱们上去吧！"于是杨少华、郑亘两人并出，围住那个大汉，五个人风车儿似地打转，愈斗愈急。蒙古卫官爱育黎也要去帮助，江彬拦道："你在这里护驾吧！不要有武艺的都走开了，御驾没人顾及，被人暗算。"爱育黎听了就也止住。

　　那里杨少华等逼着大汉，一步紧一步。那大汉看看抵敌不住，忽地向屋上一跃，腾跃跳越，沿着屋檐逃走，江飞曼、杨少华也上屋追赶。李龙、郑亘是不会纵跳的，只好眼睁睁望着他们。飞曼和少华并力追那大汉，那大汉故意献些本领，偏择屋檐最窄的地方跳着，飞曼和少华已赶得气喘汗流。那大汉呵呵大笑了几声，霍霍地三四个翻身，弄得飞曼、少华眼花缭乱，待定睛看时，那大汉早已无影无踪了。两人知道大汉的技艺远出己上，也不去追赶，仍下屋回到殿上。郑亘、李龙齐声道："刺客逃走了么？"飞曼一笑道："那人好货儿，倒要留神他一下。"因把刺客逃走的情形，禀知了正德帝。江彬怕再遇危险，劝正德帝早还馆驿，正德帝应允了。一行人前护后拥的，回到馆驿中休息。

　　到了晚间，江飞曼提议道："今天的刺客谅必是受人的指使，或者已瞧破俺们的行踪也未可知。适才在日间又不曾把他擒获，夜里难保不再来尝试。俺们须要防备才好。"杨少华道："飞曼的话有理，我们夜间护驾，可分班轮流做事。诸位以为怎样？"爱

第六十五回　扬州看花双龙斗侠盗　金山吊古独臂擒淫僧

育黎道："咱和杨将军值前半夜，飞曼与郑侍卫值后半夜，互相呼应就是了。"话犹未毕，李龙接口道："俺难道不配有职使么？"飞曼笑道："你且莫性急，要做的事儿多着，你只问杨将军，自然有需你的地方。"李龙便眼瞧着少华，少华笑道："别的都齐了，还少一个巡风的人，不识你可愿意充这个职役？"李龙正色道："都是为主子的事，有甚不愿意？"少华道："那就好了，烦你辛苦一点罢！"大家分派停当，各人去结束预备。

这天夜里，星月无光，迷雾重重，对面不见。这种天色正是干夜行生活的好机会。不论是江洋大盗、绿林响马以及穿窬小偷、行刺寄刀等事，大都拣着漠濛大雾天做的。其时约莫有三更的光景，正德帝忆怀那刘贵人，不能安睡，重行披衣起身，和江彬燃烛对弈。驿卒击柝鸣锣，报告过了更点，要待顾自已去睡觉，猛听得院中李龙嚷道："刺客来了！"里面值班保护的是江飞曼与郑亘，忙挺刀出来问道："刺客在哪里？"李龙说道："俺亲眼瞧见屋上一个黑影子。大约这一嚷，他已躲起来了。"正在讲着，那杨少华和爱育黎换班下来还没有安睡，听得叫有刺客，两人先后抢出来，见无甚动静，心上稍宽。李龙说道："如今只要防刺客下来，他既探得路，必不肯空手回去的。"爱育黎道："那么现在倒是最得的时候了。"

大家方说得热闹，忽闻内室大声道："刺客已在这里了！"好似正德帝的声音。众人大惊，慌忙争先赶将入去。李龙当头一脚跨进正德帝的卧室，蓦见正德帝跟前跪着一个大汉，灯光下辨出他颔下有髭，正是日间的刺客。李龙早已心头火起，不管好歹，一声大喝，抢刀便剁。那大汉不及避让，又没器械抵御，忙迫中把臂往上一迎，嚓的声响，左臂砍落在地。李龙还要上去结果他的性命，正德帝亲自起身阻住，再瞧那大汉已痛倒地上了。正德帝埋怨李龙道："谁叫你这样莽撞的？他并非是坏人，误听人家的唆使，前来行刺，此刻他已悔悟过来，情愿到朕的面前自首，你怎么将他砍伤了？快去弄些金创药来给他搽了，扶他去休养。"李龙被正德帝一顿埋怨，不觉目瞪口呆、做声不得，及至正德帝命他去找金创药，才如梦初觉。正待回身时，那江飞曼和杨少华、爱育黎、郑亘等都立在旁边，听正德帝责那李龙，这时见李龙要去找创药，飞曼唤住道："咱这里有上好的创药，把来搽吧。"李龙就止住脚步，俯身搀起那大汉来，江飞曼随手取药，给大汉涂在断臂上，裂一条药布绷扎好了。那大汉称谢，又向正德帝谢了恩，自去静养。

原来那大汉是江湖赫赫有名的侠盗，叫做马刚峰，绰号飞天大圣。他因受宁王宸濠的嘱托，令刺死正德帝。马刚峰奉命进京，值正德帝南巡，便也赶往南京，不获行刺的机会。一日见正德帝偕着五六人下船解缆离宁，刚峰也买舟追随，到了扬州，和正德帝先后登陆，正拟这时下手，又被别事打混过去。一日在万寿观内，觑得护驾的四散闲游，一剑飞去，满望成功，忽给一个女子把剑阻住。马刚峰本疑江飞曼是个文弱的妃子，万不料也是护驾的女卫士。既见一击不中，心早冷了一半，又想正德帝驾前女子竟能保护他，足证他命不该绝。且女护卫的本领这样强，男护卫的技艺可知，当下飞身逃走，向后又去一探听宁王的为人，凌辱黎民、占夺寡妇，种种劣迹，言人人殊。马刚峰不觉深悔自己明珠暗投，便乘昏夜来见正德帝，力述悔过自首。正德帝察他心诚，戏说了声"刺客在这里"，被李龙冒冒失失地剁去一臂。

其时刺客案已了，众人心神略定。忽正德帝传江彬，连呼不应，不禁诧异道："闹刺客的前头，与朕对弈的，怎么会不见了？"杨少华等四处一找，却在正德帝的榻下，呼呼地睡着了。众人一齐大笑起来，忙唤醒了江彬。方知他见刺客马刚峰进门，吓得往榻下直钻，工夫多了，就此睡去。众人又笑了一会，各自

第六十五回　扬州看花双龙斗侠盗　金山吊古独臂擒淫僧

散去。由是正德在扬州终日与江彬寻柳看花，章台走马。这样的玩了一个多月，刘贵人的消息杳然。正德帝已有些厌倦了，闻得镇江名花极多，便雇了艘大船，往游镇江。

到了那里，顺着访金山寺的古迹。这时又多了个马刚峰，君臣一行八人步行上山，直达金山寺前。寺在山麓，果觉殿宇巍峨，十分庄严。寺内铙钹叮咚，大殿上也设着醮坛，坛上高座着一个大和尚。杨少华眼快，指着那正中的和尚道："他不是妖僧么？"李龙已大吼拔刀上前。那和尚见正德帝等，似已觉察，欲下坛逃走。杨少华、江飞曼、郑亘、马刚峰、爱育黎等都跟李龙杀上，把那和尚团团围住。那个和尚忽地从袈裟中掣出双剑，舞得如旋风一般，众人休想近得他。不到一会，李龙、郑亘都吃和尚砍伤，爱育黎剁去一指，江飞曼的刀被削断。杀得马刚峰性起，索性叫杨少华也跳出圈子，自己仗着独臂，舞动一口鬼头刀从剑光中直滚入去，只喝声："着！"和尚叫声："哎呀！"扑地倒了。刚峰抢上一步，一脚踏住和尚的胸脯，和尚睡在地上犹飞剑乱砍，被刚峰用刀逼住，少华等并上，才将和尚擒住。

要知刘贵人有下落否，再听下回分解。

第六十六回　江飞曼误盗雪里青　王经略大破红缨会

却说马刚峰展施出武当山的秘传滚刀术，把和尚一刀搠翻。那和尚还想倔强，被杨少华等并力上前，将那和尚获住。急切中又找不到捆缚的绳索，经李龙四面寻了一遍，见大殿上悬着一根巨绳，约有碗口来粗细。李龙大喜，忙提刀割下那根绳来。只听得轰隆一声响亮，大殿的正中坠下一件东西，热油四溅，弄得殿上满地是火。正德帝和杨少华等都不觉吃了一惊，大家定睛看时，才知坠下来是大殿上的一盏琉璃灯。那系灯的绳索被李龙割断，琉璃灯便直掼到地上跌得粉碎了。众人很是好笑，李龙也不管它怎么，仍拖着那根巨绳来捆和尚。可是那绳太粗了，很不容易捆缚，于是七手八脚的，硬把那和尚缚住。正德帝见首恶已获，想到贵人当有着落，所以十分高兴，便携同江彬在前后殿随喜了一会。

这座小金山寺，是在江苏丹徒县的西北，那金山矗立在江心，形势极其高峻。古时本名浮玉山，有一个头陀僧裴飞航的，掘山土，获到了金子，后人就改名为金山。山的西南麓下有一口冷泉，世称天下第一泉的，泉水澄澈清碧，把来烹茗，味淳而甘，和平常的泉水相去天渊。金山寺筑在山麓，香火很盛。寺的后院建有望海亭，登高一眺，长江泛澜，犹若银练横空，水天相

第六十六回　江飞曼误盗雪里青　王经略大破红缨会

接。浩淼烟波中帆樯隐约，水凫飞翱，远瞰舟鸟莫辨。这种景致，非亲历的不能知道。寺的左偏，又有一座钓鼋矶，是从前张侯钓鼋的地方。

唐天宝中，张侯挈眷舟过金山，泊舟山下进食。舟人相诫道："江中有大鼋，舟上忌烹肉物。"时张侯登山游览，眷属忘了前言，竟然烹起肉来。忽见波涛掀天，白浪如山。浪里拥出一只头和小丘似的大鼋，张口把泊舟拖入海里去了。待到张侯回下山来，不见了船只。有一个舟子，从洪波中逃得性命的，来禀知张侯，谓侯属等已饱鼋腹。张侯听了，悲哽欲绝，便蓄心要报此恨。当下重行雇舟，回到城中打起了一千多斤的铁链，链上装了几百斤的铁钩，把钩纳在豕肚里，一端铁链系在金山的石矶上。其时金山的四面还没有陆地（今海沙涨起，已有陆地）。张侯布置妥当，投豕入江，山下煮着肉物，香气四溢。大鼋踏浪而来，见了豕肉，霍地吞下肚去。谁知豕上有钩将脏腑钩住，再也吐不出来。那大鼋性发起来，在江中腾跃跳跃，波浪山涌，直淹半山。似这样的颠扑了七昼夜，那鼋才肚腹朝天地死了。张侯便令人工把大鼋拖到岸上，慢慢地宰割了，亲尝其肉。那只鼋，身长凡五丈有奇，周围有二百七十余尺，重三千九百斤。单讲那个鼋壳，足有七百多斤。这样一来，江中也算诛了一个大害。那张侯由是心志俱灰，不久就削发入山，不知所终。后人因他有杀鼋的功绩，在山寺旁的石矶上镌"钓鼋矶"的名儿留做纪念。金山寺里也有石碑记着这件事，曾经游过的大都晓得的。

闲言少叙，再说正德帝等在寺中各处游览。这时寺里的和尚见他们使起刀枪来，吓得屁滚尿流，一个个地躲在禅房中死也不肯走来。及把那和尚获住，正德帝和江彬游到方丈里，将他们的警钟撞个不住，才有寺中的拜经禅师出来。正德帝询他寺内僧众都往哪里去了？禅师答道："他们听得大殿上住持和尚被人厮打，怕累及自己，所以都躲过了。"正德帝道："你们这住持叫甚名儿？到这里有几时了？"禅师道："据他自己说，还是半途上出家的，法名叫镜远。当初我们寺里本有住持僧的，上月中吃这和尚杀死，投尸江中，他便做了本寺的住持。"正德帝道："那和尚杀了住持，你们不去出首么？"禅师摇头道："谁敢呢？就是去控他，他有靠山在背后，地方官也是不准的。"正德帝忙道："他靠着谁，有这样势力？"

禅师踌躇了半晌道："罪过！出家人又要饶舌了。"说着便对正德帝道："施主是外方人，知道也不打紧的。这个恶僧，谁不晓得他是江西宁王的替僧。他在外面作恶，都有宁王帮他出头的。闻得这镜远和尚还到处假着讲经的名儿招摇，引诱那些美貌妇女入寺，把蒙药蒙倒，任意奸宿过了，便去献给宁王。那镜远在这里也闯出过几桩拐案，地方官吏只做不闻不见。好在本处江浙两处的大吏，没一个不是宁王的党羽，大家自然含糊过去了。据说宁王的潜势力已很大，有江西的红缨会帮助着，将来必一发不可收拾。那时宁王早晚登基，镜远和尚就是国师了。你想宁王这样宠信他，那些手下的党羽谁不趋奉他，还惟恐不及咧！"正德帝听了，点头说道："你这人说话很诚实，俺就给你做本寺的住持，你可叫什么？"那禅师不知正德帝是怎么样人，竟派自己做起住持来；又想他敢捕捉镜远和尚，必有是些来历的，于是笑笑道："小僧名尘空，人家都称我做尘空和尚的。"

正德帝记在心上，便别了尘空，与江彬出了后殿，见大殿上的杨少华、马刚峰、郑亘、爱育黎、江飞曼、李龙等六人，在那里守着那个和尚。正德帝吩咐下船，自己和江彬、少华、爱育黎、马刚峰、江飞曼等先走，由李龙和郑亘抬了那和尚在后。一路扬帆，到了镇江的馆驿门前。正德帝暂就驿中住下，令江彬草了谕旨，着李龙、杨少华押了镜远，往见镇江府王云波，命讯明

第六十六回　江飞曼误盗雪里青　王经略大破红缨会

镜远回奏。王云波领了旨意，当即坐堂勘鞫。李龙和杨少华自回复命。次日，知府王云波率领着各邑县令来馆驿中谒驾。云波禀道："镜远业已招供，在江宁拐的女人自称是皇帝侍嫔，镜远不敢私藏，已献入宁王府中去了。"正德帝见奏，着将镜远凌迟处死，金山寺住持，准令尘空和尚充任。王云波领谕自去办理。

这里正德帝与江彬等商议。正德帝说道："如今刘贵人已有消息，只是在江西宁王邸中。朕拟将宁王削爵籍家，谕知江西巡抚张钦帮同处置，尔等以为怎样？"杨少华道："素闻宁王阴蓄死士、私通大盗，久存不臣之心。现若骤然夺爵籍家，必致激变，不啻促他起叛了。依臣下愚见，宜先去他的禁卫兵权，是摧折他的羽翼。他如自置卫兵，那时削爵有名了。万一再不受命，即出王师讨贼，一鼓可擒。但在叛状未露前，无故削夺藩封，易起诸王猜忌。昔建文帝的覆辙可鉴，自应审慎而行的。至于刘贵人在邸中，下谕征提，宁王必不肯承认的。只有别派能人，设法去把她盗出来，是最为上策。"正德帝道："朕为堂堂天子，怎做那盗窃的事。"江彬在旁奏道："杨将军的议论，最是两全了。因刘贵人的失踪，是和尚所骗去，这事如张扬开来，本非堂皇冠冕。大家以私去私来较为稳妥。否则小题大做，宁王横竖是要图赖的。倘不幸被他预防，移藏别处，转是弄巧成拙了。"正德帝沉吟半晌道："就依卿等所奏。谁去任这职役？"杨少华、爱育黎、江飞曼、李龙四人齐声说要去。正德帝笑道："干这个勾当，要胆大心细的人去，李龙太嫌鲁莽，爱育黎形迹可疑，都不宜去的，还是少华和飞曼去吧！"飞曼、少华大喜，便去收拾停当，辞了正德帝起程去了。

正德帝自杨、江两人去后，在镇江各处又游玩了三四天，即带了江彬、爱育黎、李龙、马刚峰、郑亘等仍回金陵。裕王耀焜、都督王蔚云便来问安，并呈上京师赍来的奏疏。正德帝当即批阅，见其中有御史干宝奏的一则，谓宁王宸濠隐结了红缨会匪，辅助盗精，意图不轨，请事前防止。正德帝看罢，递给江彬道："宸濠居心欲叛，天下已尽人皆知，足证世上的事要人不晓得，除非自己莫为了。"江彬细读奏章，和尘空和尚的话相仿佛的，便也微笑道："星火燎原，不如预防于未然。"正德帝道："朕也正是此意。"于是下谕，令江西巡抚张钦把宁王府中的卫卒遣调入总兵周熙部下，以厚御寇的兵力。

明朝的祖制，藩王封典极隆，仪从的煊赫与皇帝相去一筹。藩王府邸也准设卫兵，惟不得过三千。故太祖高皇帝的祖训上面，有"君不明，群小弄权者，藩王得起兵入清君侧"一条。宁王府邸的卫兵，明是二千人，暗中实有三四千名。当时接到谕旨要调去卫兵，宁王吃了一惊，忙召军师刘养正、参议汪吉秘密商酌。养正说道："皇上调我们卫兵，分明是剪除我们的羽翼了。"汪吉道："俺们现今一事未备，倘若抗旨，彼必加兵。这样看来，似不能不暂时忍受，再别图良谋吧！"养正犹豫了一会，也觉没有善策。宁王知道自己势力未充，只好接入使者，眼瞪瞪地看着卫队长把花名册呈上。使者点卯一过，总兵周熙也到了，收了兵符印信，别过宁王，上马去了。宁王便深深地叹了口气，当夜传剧盗首领凌泰、吴廿四、大狗子、江四十等，并红缨会大首领王僧雨、副首领李左同、大头目杨清等商议进取。众人当场议决，以洞庭大盗首领杨子乔英名播于海内，由宁王饬人聘请为行军总都督，大狗子为副都督，吴廿四、凌泰为都指挥。又拜红缨会首领王僧雨为大师公，李左同为副师公，杨清为总师父。大众群策协力，训练兵马，准备与明廷相抗不提。

再说江飞曼与杨少华两人奉旨往江西，去劫取刘贵人。两人晓行夜宿，不日到了南昌。其时宁王将叛变的消息盛传各处，南昌城中更是风声鹤唳，人民一夕数惊。少华、飞曼不敢往住城

第六十六回　江飞曼误盗雪里青　王经略大破红缨会

内，只在近城的荒寺中息足了。到晚上，两人换了夜行衣服，爬城而进，至宁王府邸中。但见逻卒密布，柝声与金声连绵不绝。少华和飞曼计议道："似他们这样防备，一时很不易下手。"飞曼说道："你等在墙上巡风，待咱进去探个消息。"少华答应了。飞曼便轻轻纵上墙头，施展一个燕子掠水势，早已窜进院内去了。少华在外面看得明白，不觉暗暗喝声"好！"便潜身在墙垛上，静待飞曼的回音。等了有一个更次，见墙内黑影一闪，少华恐是敌人，忙整械在手，定睛细看，方知是飞曼出来了。少华低声道："风色怎样了？"飞曼应道："大事快要得手，咱怕你心焦，特地来和你说一下。"少华点头道："俺自理会得，你放心进去。"飞曼也不回话，两个窜身，又自进去了。

这一去工夫可久了，左等不见，右等不来。少华焦躁道："莫非出了岔儿么？又不听得有什么变乱的声息。"看看到了五更，仍没有变乱的影踪，弄得个少华疑惑不定。盯盯眼村外鸡声遥唱，天快要破晓了。少华这才着急起来，因自己和飞曼都穿着夜行衣服，再挨下去，天色明了，在路上很是不方便的。况南昌正在风声紧急的当儿，被邸中瞧见，势必要当奸细捉去，那不是误事么？少华方万分慌急，忽见屋顶上一个人似猿猴般地疾赶下来，正是江飞曼，背上负了一个大包袱，气喘吁吁地打个手势与少华。少华晓得已得了手，急从墙角上起身，两人一齐跳下墙头，踏着了平地，一前一后，施展飞行术，向前疾奔至城上，放下百宝钩，相将下城。路上飞曼力乏，由少华更番替换，负那巨包。幸城内外都不曾撞着什么人。

待到馆驿中时，天色恰好微明。两人喘息略安了，吃些干粮之类，又坐谈了一会，已是辰刻了，飞曼就去解那榻上的包裹。及至解开来瞧时，不觉呆了。少华也过来，看见包裹上蜷卧着一个玉肤香肌的美人，只是星眸紧合，颊上微微地泛着红霞，好似喝醉了酒似的,鼻中呼呼打着鼾息,正好浓睡。大约是受了飞曼的五更鸡鸣香,才醉到这个地步。再瞧那美人的脸儿,却不像个刘贵人。飞曼也看出不是刘贵人,所以在那里发怔。这时两人面目相觑了一会,做声不得。忽见那美人略略转了个身,慢慢地醒过来了。飞曼顿足道:"咱方才好好地负的刘贵人,怎么会变了个不认识的了?"少华笑道:"这定是你一时忙迫,错看了人了。"飞曼自己也觉好笑。只见那美人睁开秋波向四面看了看,很有惊骇的样儿。少华望着飞曼道:"人虽弄错,刘贵人的消息,倒可以假她的口中诘询出来了。"

飞曼被少华一言提醒,便走向那美人的跟前。那美人十分诧异地问道:"我怎么会到这里来的?"飞曼笑答道:"是咱负你来的。你夜里忘了窗上的怪声么?"那美人如梦才醒,忙下榻相谢道:"素与夫人无半面之交,今蒙援手,真是感激不尽。"飞曼说:"这且莫管它,咱只问你姓甚名谁,为什么也在宁王邸中?"那美人听了,不禁眼圈儿一红,含着眼泪答道:"贱妾姓郑,小名雪里青,是靖江人。自幼失怙,寡母误嫁匪人。妾在十六岁上,便被后父载赴淮扬,强迫身入烟花。老母弱不敢抗拒,贱妾也因为了老母,不得不忍辱屈从。今岁的春间,突来了一个北地客人,出巨金留宿,等到天色大明贱妾醒来,觉已睡在舟上,心里是明白的,但不能开口和动弹。这样地在水道上行了六七天,离船登岸,便是陆路,又走了好多日,才到宁王的邸中。妾自进邸至今已半年有余,不曾和老母通得音息,不知还可见到面么?"

雪里青说到这里,呜呜咽咽地哭起来了。飞曼安慰她道:"你且不要伤心。咱们将来回去,经过扬州,把你带去就是了。"雪里青又复称谢。少华忍不住接口问道:"姑娘可在宁藩府中见过姓刘的夫人?"雪里青应道:"怎么没有?她便住在我的隔房。据那位刘夫人自说,倒还是一位皇妃。昨天夜里她正和我对谈

第六十六回　江飞曼误盗雪里青　王经略大破红缨会

着,听得窗户上有呼呼的怪声,那夫人是很胆小的,便忙忙顾自己回房去了。后来我也睡着,醒时已到了这里了。"飞曼听说,知自己过于莽撞,因当时在屋上瞧见刘贵人,还和一个女子讲着话。飞曼在外面等了两个更次,恐怕天明偾了事,急中智生,装着鬼声吓她们,果然那女子走了,不期走的正是刘贵人。飞曼往榻上负人时,室内一些儿火光都没有,以为必是刘贵人无疑,那里晓得偏偏误负了雪里青。这时飞曼见空花了心血,觉得没精打采,勉强和雪里青闲讲了一会,预备到了天晚再去。

双丸跳跃,又是一天过了,早已月上黄昏。飞曼与杨少华改装好,仍出门竟奔宁王府。这番路径比昨夜熟谙了。由飞曼前导,领了少华到了雪里青住过的隔房檐上,探身往室中瞧着,却是黑魆魆的不见一物。杨少华疑惑道:"昨夜他们失了雪里青,不要是亡羊补牢,把刘贵人也藏过,那可糟了。"飞曼也觉有些不妥。两人潜步下去,撬开窗户蹑到室中。飞曼就百宝囊内掏出火绳,向四边一耀。阁内空空洞洞的,一点没有东西。飞曼低低说道:"莫非在那边的隔房么?"说犹未了,一声锣响,室门大开,抢进十几条大汉来,口里骂道:"盗人贼又来偷谁?咱们王爷果然算得到的。"说罢刀枪齐施,将飞曼和杨少华围住。少华恐众寡不敌,打个招呼,飞身跳出窗外,江飞曼也随了上去。不想窗外也有人守着,蓦地一刀砍来,少华躲闪过了,正砍中飞曼的右腿。"哎呀!"喊了声,几乎跌到。

少华且战且走阻住敌人,等飞曼从屋上下了平地,已走得远了,才虚晃一刀,飞跃落地,奋力赶上飞曼。两人狠命地逃了一程,飞曼受了刀创,渐渐走不动了。幸喜后面敌人不追,安安稳稳地出了城垣。路上少华对飞曼说道:"俺们这样一闹,宁王必严密防备,刘贵人看来盗不成的了。即使能混进府去,又不知刘贵人藏在什么秘密地方。待打听出来,也不是三天五天的事。俺看不如回去再说吧！"飞曼听了，只得应允。少华又笑道："俺们回去，虽盗不到刘贵人，倒也弄着他一个美人。这雪里青的名貌很熟，大约是扬州的名花，看着她的容貌十分可人，俺们在皇上面前也好塞责了。"江飞曼笑了笑，指着刀创道："咱却吃了亏的。"少华不禁好笑道："这是你的晦气。"

两人说笑着到了馆驿前，叩门进去，走进房里，只叫得一声苦。那榻上睡着的雪里青连被儿去得无影无踪了。两人正发怔，不提防房外一声呐喊，十几个打手把房门阻住，大叫捉贼。飞曼和少华慌了，弃了室中的行装，各仗器械，并死杀出去。好在那些打手武艺不甚高强，被两人冲出室外，耸身上屋逃走。少华当先冲杀，只手腕上中了两枪。这打手是哪里来的？是驿卒见飞曼、少华一男一女，日来夜去的，形迹很是鬼祟。又见昨夜平空多一个女人，忙来窗下窃听，知道是宁王府里盗来的，便悄悄地去报知。宁王即着派了家将十名先把雪里青接回去，令家将埋伏在室中捕贼。飞曼、少华哪会知晓，险些儿受了暗算。

当下两人逃出馆驿，身上都受着微伤，也不敢再去冒险。只好弃了衣履等物，垂头丧气地星夜赶到镇江。又闻御驾已回金陵，便又趱程赶去。到得金陵，见了正德帝，把误盗刘贵人，重进藩府，飞曼受伤，馆驿被暗算等经过，细细奏述一遍。正德帝听了，不由得长叹一声，命江飞曼、杨少华退去。忽报京师飞章到了，是大学士兼监政大臣梁储奏闻宁王宸濠已叛，南昌、南康失守，已起擢前兵部主事王守仁为左都督，即日进兵江西。又叙江西巡抚张钦抗贼殉难的情形，很为凄惨。正德帝大惊道："宸濠这厮果然反了。"屈指计那日期，江飞曼和杨少华离开南昌的第二天，宁王便率众起事。

再说王守仁奉了监国命令，领兵直趋豫章。时丰城已陷，守吏望风响应。宸濠闻得王师已到，分兵相御。那冲头阵的是红缨

第六十六回　江飞曼误盗雪里青　王经略大破红缨会

会的人马，统率的大将是师父杨清。两下相遇，红缨会自恃勇猛，立阵未定便冲杀过来，被王守仁施的火攻，把红缨会杀得大败，一昼夜克复了新城。捷报至京，转上正德帝，着授王守仁为经略使，即令经略江西。

做书的抽个空儿，且把宸濠部下的红缨会来历细的叙一叙。

要知红缨会怎样的来历，且听下回分解。

第六十七回　毁琼楼脂香随流水
　　　　　　　　还銮辇豪气逐风云

却说那个红缨会，便是燕王朝的红巾教匪白莲党唐赛儿的遗裔。自赛儿授首，她的徒众漏网很多，一时在山东立不住脚，便悄悄地往江西，改名叫做红缨会。当时有个大头伍如春，手腕极其灵敏，交际上也很圆滑。凡赣西上自督抚，下至邑令县丞，都和他通声气的。伍如春落得大胆干一下，于是创起这个红缨会来。入会的不论男女老幼，只要纳香资金两百文，就可承认为红缨会的会徒。做了会徒有几种好处：如是贫民，会里有施米、施茶，病了有药，冬天有衣被，一概把来施给贫苦人家，以是一般贫民真趋之若鹜。伍如春死后，由他的徒众承受衣钵。这样一代代地传到了王僧雨手里，和他的结义兄弟李左同、杨清等，把红缨会大大地整顿起来。有来入会的，改香资金二百为米一斗。以杨清为枪棒教师，教授徒众拳术。那些无赖流民争先入会，他们学会枪棒，就好去厮打索诈。

红缨会的会务一天兴盛一天，徒众也日多一日。一班不肖的会徒，渐渐依仗着会中的势力去欺压平民、武断乡里。闯出祸来，被人将会徒绑赴有司，只消会里头首领的一张红柬，立刻可以释放的。因为江西的布政使袁馥为人很是迷信。他的夫人江氏忽然患了难产，经王僧雨一阵地捣鬼，竟获母子俱安。江氏感激

第六十七回　毁琼楼脂香随流水　还銮辇豪气逐风云

不过，便也入了红缨会。袁馥本有季常癖的，见他夫人这般虔信，自然也十分赞成。还赠了红缨会一方匾额，称为近世的神教。江西的人民见布政使老爷都来提倡了，大家越把红缨会当神佛崇奉了。王僧雨又得袁馥的推荐，投在宁王宸濠的门下，这样一来势力不大也大了，地方官谁敢违忤他。江西各州郡说起王僧雨的大名，人人知道，也人人害怕他。

讲到这红缨会，是信奉道教的，他们会里的祖师是太上老君。红缨会的规则，起初的时候定得严厉异常，会徒在朔望要去谒祖师，不准茹荤酒，不得犯奸淫，疾病不求医药，只在祖师面前哀祷。不应死的，祖师会夜入病家施给仙丹，无论什么重症，便可不药而愈。婚嫁又要报知祖师，祖师若不答应，就终身不许婚嫁。祖师在香盘上写出"可以"两字，这是祖师答应了，于是才去预备婚嫁。到了迎娶的那天，乾宅须请祖师至家，由师公代祖师莅临（红缨会大首领称师公），新郎新妇排着香案，跪接入新房。新郎叩头退出，师公吩咐新娘把门闭上，室中灯烛一齐熄灭了，师公和新娘在暗里摸索，名唤传道。这样的直到天色大明了，师公开门出来，新郎新娘俯伏恭送。当师公在室中和新娘传道时，新郎并亲戚眷属一例远僻，不许私自窥探，否则祖师就要降灾祸的。传道后的新娘，人家询她与师公干些什么，那新娘便涨红了脸，虽对自己的丈夫父母，也不肯实说的。

那时有个浮滑的会徒心里终觉有些疑惑，等到自己娶亲那天，师公循例到他家里，闭了房门熄灯和新娘传道。那会徒却悄悄地爬在窗口上探首进去瞧看。但见火光一闪一闪的，隐隐望见新娘一丝不挂地倒在榻上，双足挺出在帐外。那个师公跪在榻前，低着头，伸着脖子，嘴里喃喃地似乎在那里诵咒祷告一般。那会徒看得浑身肤栗，不禁怪叫了一声，室中火光立时消灭了。眼前的现象也随着火光而隐。第二天上，师公出来，责骂会徒窥探他的神秘。那会徒再三地狡赖。师公气愤愤的，头也不回地去了。过不上两天，那会徒便被人杀死在路上，大约就是祖师所降的灾祸了。自此以后，师公往人民家中传道，谁也不敢私窥了。还有求子女的，也和传道相似。一般的请师公到家里，经师公和无子女的妇女闭了门祷那祖师，听说有验有不验的，那是命中有子无子的关系了。总说一句，那祖师是喜欢阴性的。不论去求什么事，妇女去祈祷最好，美貌的妇女更来得灵验。还有那些会徒，都要听师公的命令。师公说怎样就怎样，不得稍有违拗。

那时红缨会的大师公王僧雨、副师公李左同很有点神通，又能符箓治病，甚是灵效。更有大师父杨清习得一身好武艺，寻常几百个壮汉休想近得他身。杨清自己说："舞起那口大刀来，千军万马都如入无人之境。"他所使的大刀，是鄂州关帝殿里的，系纯钢镔铁打成，要有一百四十四斤。杨清拿在手里好像灯草儿似的，展施得五花八门，呼呼风响。待到停住时，面不改色，气不喘嘘，端的好本领。江西地方都称他为"杨大刀"，没一个人斗得他过。杨清在红缨会中职使已很不小了，王僧雨、李左同下来就要算着杨清，所以称他做师父。师父比师公只小得一肩。师公最大，祖师（指太上老君）以下第一是大师公，次副师公，再次为师父，师父以下概称师兄。又有称师弟的，是较师兄更小一辈。其他如师子、师孙等，那是越加小了。那些师兄们犹之军队中的排长什长之类，专门管辖师弟们的。师弟又似军中正目、副目，管领师子、师孙，统辖师兄、师弟的就是那师父杨清。杨清又兼任着拳棒教师，把拳术、刀枪剑戟各样兵器的用法教授那些师兄、师弟，真是人人学得武艺精通，手脚敏捷。

宁王闻得红缨会的盛名，满心要结交他们，以便将来充作军队。于是布政使袁馥要讨好宁王，把王僧雨举荐与他。宁王得了王僧雨，当他和神佛般地敬重。自正德帝命江西巡抚调去宁王的

第六十七回　毁琼楼脂香随流水　还銮辇豪气逐风云

卫队后，宁王忙和王僧雨商议，叫他弄些会徒来保护藩邸。王僧雨答应了，发令下去，便开来红缨会的师兄两篷，共是三千五百名，由大师兄红孩统带，驻扎在宁王府的左右。宁王见那些会徒的打扮，一例白衣黄帽、短衣窄袖的，帽顶上缀斗那么大的一颗红缨，一个个雄赳赳气昂昂，都是英雄好汉。看得宁王欢喜得了不得，立叫饷银科每名赏给纹银二两。这些师兄们都经杨清亲自教授过，的确个个了得。不过大半是无赖出身，有了钱就要滥嫖狂赌的。

宁王府前。自到了红缨会的两篷师兄，南昌城中走来走去，满眼都是黄帽白衣拖红缨的人了。初到时和人民尚觉相安，日久渐渐地显出狐狸尾巴来：见了美貌的妇女，任意在当街调笑；取了人民的东西不肯给钱；三句话儿不对胃口，拨出拳头便打。一班平民百姓哪里敢回手，只好忍气吞声地算了自己晦气。红缨会的势焰熏天，小百姓却怨声载道。大师兄既管不了这些帐，宁王也只当不听见。可怜南昌的小民，真是有口难分说，含冤没处伸，人人叫苦连天。有的携着家眷往别处去谋生去了。所以王经略（守仁）下南昌的时候，城中已十室九空了。

再说王守仁奉旨经略江西，即日下了新城，大败红缨会的师父杨清。师公王僧雨、李左同亲自领着大兵和守仁开战。宁王宸濠也派了都督大狗子、指挥凌泰前来救应，守仁兵进丰城，王僧雨统了徒众迎战。这班亡命的会徒预听了王僧雨的鬼话，谓上阵只顾向前冲，自有神兵救应。于是大众不顾死活地争前杀上。王守仁怕他来势过凶，令兵士分做两下，任王僧雨的人马过去，突然两翼杀出，将僧雨并徒众团团困在内。后面李左同望见，忙率兵救应，不提防守仁部下的指挥边英分兵从斜刺里杀出。那些会徒平日但知欺凌平民，哪里经过什么战事，到了这时已吓得魂飞魄散，各自弃械逃走，守仁和边英挥众追杀。

这一场大战，直杀得人仰马翻，尸积拥途、血流成渠。尤其是一样特色，就是会徒们头上的红缨一时堆弃满地。王僧雨与李左同各自杂在乱军里逃命。正走之间，一枝流矢飞来，射中李左同的面颊，仆地倒了。王僧雨大吃一惊，待要救他，又被自己的败兵冲上来，王僧雨立脚不住，只得回身再逃。约走了有半里多路，忽当头闪出一彪人马。王僧雨大惊道："罢了！俺家今天死也。"蓦地听得败兵欢呼起来，僧雨定睛看时，来的不是敌军，乃是大师父杨清在新城败走，收拾了余众，尚有三万多人。杨清遂整顿一番，重振旗鼓，卷土再来。闻得丰城受困，便率部众前来救应，恰好逢着王僧雨败下来。杨清让过王僧雨，摆开人马，迎住王师。劈头遇着指挥边英。杨清跃马舞刀大喝："敌将慢来，杨大刀在此！"边英也不打话，挺枪直取杨清。两人交马大战三十余合，不分胜负。王守仁挥着兵马赶来，见贼众有了接应，随即鸣金收兵。边英不敢恋战，勒马自回。杨清也不追赶，忙收集徒众，和王僧雨的残卒缓缓地自还丰城。

这里王师阵上，指挥边英回马向王守仁说道："咱正要擒拿贼将，为甚鸣起金来？"守仁答道："我兵力却猛贼，困乏已极，虽仗得胜的锐气，怎敌得他的生力军。且穷寇勿迫之太急，急则拼死，我军被其反噬，因而受挫，这不是贪功的坏处么？所以我见机而作，不致自取其咎了。"边英唯唯。忽报马指挥已复得丰城了。守仁拈髭大笑道："果不出吾所算！"边英惊问，守仁笑道："我知贼众无谋，战必倾城而出，特着马指挥领一千人马袭他的城池。竟唾手克复了丰城，贼无容身之地了。"边英不觉拜服道："经略神机，下愚等所不及。"

且说杨清和王僧雨会兵一处回往丰城，猛见东西两方杀出两队人马。王僧雨魂魄俱丧，忙拨马先逃，败众随之。只有杨清一队兵马，与大师兄红孩儿分兵两路迎敌。待到走近，细看旗帜上

第六十七回　毁琼楼脂香随流水　还銮辇豪气逐风云

是副督王、都指挥凌泰，方知是自己人马。当下都督王大狗子、都指挥凌泰便下马来与杨清相见，谓宁王闻新城失守，特着某等来助战的。杨清大喜，忙招呼了王僧雨，也和凌泰、王大狗子相见了。

王僧雨见骤添许多兵马，胆也比方才大了些。于是三路兵马取车城大道而进，不一会到了城下，王僧雨一马当头，大叫开门。城上忽地一声鼓响，一将立出敌楼，乃是守仁部下的指挥马群，高声大叫道："俺已占了丰城，你等快下马投降吧！"王僧雨这一惊，几乎堕下马来，不由得心上大愤，把鞭梢指着城头上大骂。马指挥拈弓搭矢，只嗖的一箭，正射中僧雨的耳朵，把耳边戳破，那枝箭滴溜溜地飞过去，不偏不倚地却巧射在王僧雨背后的大师兄红孩儿颈上，翻身落马。徒众急忙去扶持起来，看那红孩儿已奄奄一息，眼见得死在阵上了。这个马指挥本特擅穿杨，能开五石硬弓，射出的矢力很强，所以一伤两个。把个王僧雨气得暴跳如雷，下令徒众攻城。杨清便一跃下马，抡起手内的大刀，大踏步跃过吊桥，亲自来抢城池。城上的马指挥只令军士放箭，硬弩矢如飞蝗，射得那些会徒纷纷倒退下去。杨清也臂中两矢，忙回头奔回本阵。王僧雨见城上守护很密，咬牙拍马愤道："俺今天不夺归这座城子，死也不回去的了。"说得王大狗子、凌泰等怨恼万分。

当下王僧雨传令，军士暂行休息，预备傍晚时抢城。军士们巴不得有这一令，便一拥地散队，各自扎营休息。天色将晚下来了，王僧雨令军士造饭，饱餐一顿再行攻打。谁知营里的徒众一听到休息令便一齐卸甲坐卧，连饭也懒得起来吃了，休说是再叫他们攻城了。那王大狗子和凌泰的军队一般是乌合之众，散队后和没事一样，笑的笑、唱的唱，那里有什么军队的样儿。待王大狗子的大营里传下上灯令，司事兵连张了好几道的号鼓，还不曾见他们集队。

城内马指挥是个惯战的能将，他望见敌营里灯火散乱，不觉笑道："贼兵一点纪律都没有，怎好成得大事？"于是和副指挥马荣、游击赵秉臣、副总管杨义等暗自商议道："贼人新败，得援军，锐气很盛。但他日间攻城受挫，人心已懈。俺们不如乘他们的不备，分四路杀出去，大家总集了去踹他的大营，怕不杀得贼众片甲不留。"赵秉臣拍手道："这计划很不差，某愿去打头阵。"杨义也说要去。马群大喜，即着赵秉臣带兵三百人，从敌人右营杀到左营前集合；又命杨义领兵三百人，自敌人左营杀至右营，也在大营前会合；又唤郎千总率兵两百名，专在贼人大营后擂鼓呐喊，不必交战，以疑敌军；又嘱咐副指挥马荣守城，如有敌人来攻，只拿强弩射住，休要出战。马群分拨已定，自己领了一千人马悄悄地去踹大营。

这天的夜里，云黑风凄，星月无光。王僧雨因心中纳闷，和杨清置酒对饮。约有二更天气，左营中忽然有人声嘈杂起来。王僧雨令左右去探视，回说树林里似有敌人踪迹，兵士大家疑扰。王僧雨道："凌指挥在那里？""凌将军正在弹压。"杨清道："要防敌人劫寨，宜小心些儿。"王僧雨大笑道："他城中不满一二千人，敢出来么？"杨清正色道："王守仁极多诡计，他万一乘夜前来，倒是很可虑的。"王僧雨越发大笑道："守仁屯兵的地方，距离此处有八九十里，除非他兵马能够飞行，否则警骑哨巡在三十里外，他一举动咱们先要知道。"话犹未了，右营中鼓声大震，喊杀不绝。杨清惊道："莫不是真个有变么？"说着左营喊声并起。杨清慌忙提刀上马，只见当头一彪人马杀进大营，逢着人就砍，勇不可当。杨清知不是势头，想往后营奔去，猛听得鼓声如雷，呐喊喧天，黑暗中不知敌人有多少人马。杨清不敢再走后营，拨转马头，舞着一口大刀，保护王僧雨冲出前营。官兵到底

第六十七回　毁琼楼脂香随流水　还銮辇豪气逐风云

人数有限，被杨清杀开一条血路，望东便走。劈面正逢着总管杨义，两人交马战有二十余合，杨义无心恶战，只顾夺路而逃。又值赵秉臣自右营杀出，忙来拦住杨清。

马群恰好从大营里兜转出来，见一将使着一柄大刀，奋勇异常，所到之处人马纷纷四窜，只见得头颅滚滚、热血飞溅，赵秉臣、杨义两将和那使大刀的厮拼，兀是赢不得他。马群不由得暗暗喝采道："贼人中有这样的好本领，真是可惜了。"想着便在雕囊中抽出铁胎弓，扣准矢弦望那使大刀的咽喉射去，箭已在弦，马群忽然感到英雄爱英雄的一念，转想自己和他无仇，何必定要伤他性命。因把箭头略一低偏了些，当的一箭飞了出去。这马群是著名的神箭，说一是一，没有虚发的，何况又是暗箭。杨清苦战两将，那里留心到暗算，马群的那枝箭射去，正中左膊，翻身跌下坐骑来。杨义眼快，一枪杆扫去，杨清还没有站稳，被杨义一枪杆打倒。兵士并上，立时捆绑起来，抬着走了。

马群见擒住那个勇将，就把鞭梢一指，军士大喊杀上。杨义、赵秉臣和生龙活虎一般，杀人似切菜砍瓜，霎时间积尸满道。那些会徒恨不曾生得两翅，飞不上天去，都吃官兵杀死。杨义尽力追杀，王僧雨已趁杨清被擒的当儿，从斜刺里逃走了。剩下的王大狗子和凌泰，一个自右营逃出，一个从左营遁去。两人集兵一处，往南康疾驰。想不到在大营后擂鼓呐喊助威的郎千总，闻得王师获胜，也想立些功绩。便带着两百名小兵在羊肠窄道上抄过去，劫截些败兵的旗帜、器械、马匹之类，倒十分得手。正夺得起劲，蓦见一大队败残人马冲下来，为头的正是王大狗子，挺着一枚画戟直杀将来。大狗子本欺郎千总人少，毫不放在心上。偏偏郎千总的武艺不弱于王大狗子，他见大狗子的画戟来得凶猛，赶忙让过了戟锋，回手就是一铜锥。大狗子把戟去一抵，虎口几乎震碎，叫声："好狠！"将手中的画戟紧一紧，接二连三地向郎千总刺去。郎千总也不慌不忙地举锤相迎。不图凌泰在一边看得焦躁起来，大喝一声，半腰里跃马横枪突然地刺将过去。郎千总却不曾提防的，胁下扎个正着，坐不住鞍蹬，一个倒栽葱跌落马下。大狗子趋势一阵掩杀，两百名小卒一哄时都走散了。

那里杨义、赵秉臣、都指挥马群等正在搜寻余贼，遥望东南角上火光映耀，喊杀声隐隐可闻。马群指挥说道："这郎千总吃贼兵围困了，俺们快去救他。"杨义应声向前，兵士尤其奋力。待得赶到那里，郎千总已被凌泰结果，正和大狗子两人追杀两百名小卒。方大显威风的时候，杨义一马飞至，后面赵秉臣和马群并上，把凌泰围住。大狗子急策马待走，马群舍了凌泰，迫着大狗子交锋，只两三合，早被马群带住勒甲丝绦轻轻一拖，便活捉过马来。凌泰给赵、杨两将逼得气喘汗流，回头见狗子有失，心里一慌，赵秉臣金刀飞起，削去凌泰的半个天灵盖。秉臣以为这功劳是自己的了，谁知当他的刀劈着凌泰脑袋时，杨义枪尖也刺入凌泰前胸，直透后心了。杨义使劲拔那枝枪，赵秉臣霍地下马，割了凌泰首级，等杨义抽出枪来，赵秉臣把凌泰头颅悬在自己马项下了。

杨义眼看着赵秉臣这样夺功，心中大怒，便放下脸儿大喝："赵某把人头留下了。"秉臣也恨杨义抢他擒杨清的功绩。因杨清就缚虽是马指挥的一箭力量，假使杨义不争功，秉臣也能砍倒他的。如今经杨义才敏眼快，一枪杆把杨清打翻，秉臣到手的馒头吃他攫去，心里本身有些不甘。这时见杨义变脸，秉臣怎肯相让，不觉冷笑一声道："贼将是谁杀的？只配你有这本领，别人便不许立功么？"杨义愈愤道："明明是俺刺死的，你怎的赖俺的？"秉臣也怒道："贼顶的脑盖是你枪尖能劈去的么？你这一枪是打死老虎，谁不趁现成！"杨义听见说他打死老虎，不禁心头

第六十七回　毁琼楼脂香随流水　还銮辇豪气逐风云

火起，更不回话，举枪就搠。赵秉臣大叫道："你敢动手么？"杨义又是一枪，秉臣万分按捺不住，便挥刀相迎。两人一来一往、一去一还，刀对枪御地大战起来。

马群擒了王大狗子，指挥兵士杀贼，猛见赵、杨两将自己向自己厮杀，慌得跃马骤驰过来解劝，一支枪想逼住两般兵器使他们分开，于是施展一个双龙人海势搅将进去，赵秉臣的刀倒逼住，杨义枪却不曾的，被杨义乘间一送，正中秉臣的咽喉，喊得半声"哎呀"，倒撞下马鞍死了。马群大吃一惊道："我不杀伯仁，伯仁为我而死，这可怎处？"杨义仰天叫道："丈夫一人做事一身当，咱自去见经略去，断不累及他人的。"道罢策马自去了。马群只得收了兵马，暂入丰城。次日王守仁大兵已到，马群把他迎接进城，述了破贼的经过，又将赵秉臣、杨义的事说了。守仁令传杨义，已不知往哪里去了。当下王守仁亲率三军进扑南康，一面把杨清、王大狗子两名逮解进京。

时王僧雨逃入南康，守将江四十、吴廿四等两指挥见王僧雨全军覆没逃回，吴廿四、江四十早已胆寒，竟在黑夜潜出东门逃去。王僧雨一人如何敢留，也只有溜走。王守仁兵不血刃得了南康。宁王宸濠闻了各处警信，胆魄俱丧。又探知江四十、吴廿四、王僧雨等均远遁无踪，宁王慌得手脚俱颤，忙令邀谋士养正、参议刘吉。左右去了半晌，来回报称刘军师等不知在什么时候，已去得无影无踪了。宁王听了越发举止无措，又顿足大骂："王僧雨、刘养正、吴廿四、江四十、刘吉等这班无良心负义的逆贼，吃俺捉住了，亲把他们一个个地碎尸万段。"宁王正在恼恨，忽小监跄踉来报："琼楼火起了！"宁王大惊，急叫家将们快去救火。又见兵马总管飞奔进府，喘气说道："王守仁大兵已围住城下，大都督杨子乔已被敌人遣刺客刺死了。"宁王愈惊道："守仁兵马怎的来得这样快？"于是他也顾不得什么琼楼了，颤巍

明宫十六朝演义

巍地上城瞭望，但见旌旗耀目，剑戟如林，一座南昌城围绕得和铁桶相似了。宁王忍不住打了一个寒噤，回顾见琼楼上烈焰冲天，眼见得那些美人一个个被烧得走投无路，都向着湖中便跳。可怜这一班红粉佳丽，从此香埋于水去了。这座琼楼本是宁王新建得没有几时，专给艳姬美人居住的。那筑造和髹漆内外极其讲究，真是画栋雕梁、玉阶朱陛。就是陈设上也无一不是名宝的古董和异样的奇珍。这时尽付之一炬，叫宁王怎不心痛。

当夜，守仁令军士撤去北门，使宁王逃走。却预在十里的要隘上，着指挥边英埋伏了，俟宁王到这里时，人困马乏，一鼓擒住。其余的各门，命兵卒乘夜力攻。看看到了两更多天，忽然东门上喊声大振，城门大开，一员大将高叫："予将献城！请王经略大兵进城。"王守仁听了，方要跃马向前，指挥深恐有诈，忙阻止道："经略且慢冒险，容某去探察情形再说。"说罢军马进城，那大将在前引导，后面兵马一拥而入，竟毫无阻挡。才知宁王率领三百余名卫卒逃出北门，兵将等也各自散去了。

王守仁进了南昌，就在宁王府升堂，下令扑灭余火，一面出榜安民。又令把那献城的大将传进来，马群在旁吃了一惊，那大将不是别个，正是刺死游击赵秉臣的副总管杨义。那杨义又见了王守仁，扑的跪下，叙述刺死赵秉臣后，自己知道罪大，连夜逃出丰城，在南京散布流言，惊走吴廿四、江四十等。还觉功不抵罪，又混进南昌，刺死都督杨子乔，并放火焚烧琼楼，以乱他的军心。是夜又大闹东门，放王师进城，冀将功抵罪。说着探甲把杨子乔的首级呈献，王守仁点头道："你有这样的大功，足赎愆了。"杨义拜谢，起身侍立。不一会儿，边指挥解宁王和侍姬秋娘及家人婢仆，凡七十余名。王守仁命一并钉镣收监。第二天上，南昌的河中浮起十余个女尸来，个个是月貌花容、面目如生，都是宁王琼楼中的神仙眷属，谁不说声可惜！王守仁便委马

第六十七回　毁琼楼脂香随流水　还銮辇豪气逐风云

群、边英两指挥办理兵灾善后，自己却带了三千二百名健卒、五百名护卫，押着宁王的囚车，往杭州来献俘。

再说正德帝在南京到处游幸，不把宁王变乱的事放在心上。朝中大臣却极言御驾远游人心不安，将来必酿大乱，宁王还是乱事的先声，劝正德帝审度利害，从速还都。正德帝仍是不听。又经纪梁储、毛纪等亲到南京跪伏行宫，要求正德帝下谕回銮，否则不肯起身。正德帝命都督王蔚云慰免几次，令暂行退去，梁储等只是不应。正德帝无法，只得传旨翌日圣驾起行。梁储等领了谕旨，自去筹备回銮的杂事。

到了第二天御驾起程，裕王耀焜并阖城文武都来俯伏恭送。裕王又派将军罗兆先率兵马五营护驾。其时随御的有大学士梁储、吏部尚书毛纪、都督王蔚云、将军杨少华、御前供奉官江彬、蒙古护卫官爱育黎、女护卫江飞曼、殿前指挥使马刚峰、侍卫官郑亘、护卫官李龙等，真是幡幢载道、旌旗蔽天。一路上人民多排香案跪接。正德帝命车驾自金陵过镇江，经淮扬至苏州驻跸。由苏至杭游西子湖，然后再行北还，哪里晓得天不由人算，正德帝才经扬州，便闹出一场大祸来。

要知正德帝闹什么祸事，且听下回分解。

第六十八回　月缺花残凤姐伴碧草
　　　　　　　鱼沉雁杳冯妇赴黄泉

　　秋光晴碧，湖水如镜，鸿雁排空，桅樯林立。崔巍的金山寺矗立江心，一叶渔舟出没烟波深处。山巅远眺，景色似绘，真是一幅极佳的江山画图！人们到了这种青山碧流的所在，谁不要徘徊瞻览一回，赏玩山水的佳景。这时金山的一带舟楫连云，旗帜飘空，正是那正德皇帝重游金山寺的时候。正德帝游过金山，下谕驾幸扬州。梁储、毛纪辈见正德帝已有回銮的旨意，不便过于干煞风景的事，只好随驾到处逗留游览。

　　不日到了扬州。其时的扬州府鲁贤民，倒是个爱民如子，两袖清风的好官儿。当下闻得御驾入境，忙率领扬州文武各官，远远地出城跪接，把扬州的琼花观（宋称蕃厘观）作为正德帝的行辕，对于一切的供张上都很菲薄。正德帝却不甚计较，倒是那供奉官江彬嫌鲁贤民做事悭啬，偏偏百般地挑剔，弄得清廉不阿的贤太尊几乎走投无路，甚至典质了妻女的钗钿裙衫来供应这穷奢极欲的皇帝。在鲁贤民已是竭尽绵力，江彬心里还是一个不满意。

　　一天，正德帝驾舟出游，经过那个汎光湖，见湖光清碧，波平如镜，湖中游鳞历历可睹。正德帝不禁高兴起来，回顾江彬笑道："倘在这个湖中网一会鱼儿，倒是很好玩的。"时知府鲁贤民

第六十八回　月缺花残凤姐伴碧草　鱼沉雁杳冯妇赴黄泉

侍驾在侧，江彬正要寻他些事儿做，因忙回禀道："扬人的水上生活本来是极有名的。皇上如要亲试，叫扬州府去预备就是。"正德帝越发喜欢，即命鲁贤民去办渔舟网器等物，立待应用。贤民不敢忤旨，顷刻间把网罟、海兜、渔箬、离置诸物置备妥当了，又雇了三四十名渔夫，并三十艘捕鱼的小舟，便来见驾。正德帝由江彬扶持着上了大艇的头舱，舱前早安放了一把虎纹锦披的太师椅，正德帝坐在椅上远眺江心茫茫一片，日光映照如万道金蟮上下腾跃，更觉奇观。于是江彬在船头高声下令捕鱼，只见三十艘渔艇齐齐驶出，艇上渔人各张鱼网抛向湖中。不止一刻，扯起网来看时，大小鱼儿已是满网，倾在舟中夭矫踊跃，煞是好看。三十艘渔舟雁行儿排在御艇面前，高呼万岁献鱼。

正德帝令赏了渔夫。又见那些金色灿烂的鱼儿实在可爱，正德帝欲待亲自下渔艇去尝试网鱼的滋味，鲁贤民忙谏道："皇上乃万乘之尊，怎可轻舟去蹈危险，望保重为宜。"正德帝哪里肯听，江彬也不阻拦，竟任皇帝去冒险。这时因正德帝巡幸江南，未曾携带内侍宫监，在旁侍候的除随驾官外，都是护兵们司役的。这天正德帝荡舟游湖，只带了二十名护兵，及供奉官江彬。如护卫李龙、侍卫官郑亘、女护卫江飞曼等一个也不令跟随，侍驾的惟知府鲁贤民和三四名署役罢了。那鲁贤民见阻不了圣意，只得选了最结实的一艘渔艇，与三名亲随搀正德帝下船。船上一声嘡哨，二十九艘渔艇团团护着御舟，渐渐地荡了开去。

一叶小舟荡漾湖心，遥望湖西，水波泛澜，长天一色，虽不是破浪乘风，倒也涤荡胸襟。正德帝是生长北方的人，本不惯水上勾当，幸得屡经舟楫，不甚畏惧。把个随在舟尾上的江彬，惊得手足发颤。艇身转掉，害得他目眩头昏，捧着头哪里敢看一看。知府鲁贤民是镇海人，很熟谙水性的。他瞧见江彬不会乘舟，乘势要报复怨恨，便故意叫亲随把艇尾时时掉头，弄得舟身摇荡不定。江彬坐不住艇尾，伏在舱舷上呕吐。正德帝却很有兴，还嫌四边护卫的小舟碍事，令他们各自撒网，谁的鱼网最多，另行重赏。这些民伕所贪的是钱，巴不得有这命令，就一哄地将艇四散，奋勇去打网鱼儿。这样一来，那二十九艘渔船在江面上往来驰骤，翻江搅海，平镜般的湖水，被二十九艘艇儿扰得水波激射。舟上的人兀是前仰后俯地站立不稳，那江彬更不消说了，几乎呕得他肚肠也要翻断了。中舱里的三四名亲随伴着正德帝网鱼，鲁贤民立在船首上撑篙。他们一网网的，倒也打着了好些大鱼。

正德帝看人家撒网有趣，竟从亲随手里拖过一张鱼网来，网的四周都缀着锡块，很是沉重。因有了锡块，撒网时有劲，也就容易散开和撒得远。正德帝体质被色酒淘虚的了，能有多大的力量去撒这半亩大小的鱼网，但一时不好下台，硬着头皮尽力地抛掷出去，网往前撒出，回势激过来很猛。正德帝经这一激，当然立脚不住，且奋身撒网出去，眼前已觉得一黑，再被回力一激，身不自主地往后便扑。这小小的渔艇也经不起似这般大做，以是倾侧过来，"扑通"的一响，正德帝翻落河中。船首上的鲁贤民吓得面色如土，大叫："快来救驾！"二十名护兵也慌忙飞桨驶来。大家七手八脚地一阵鸟乱，正德帝已经三个亲随捞获。一个捧头，一个抬脚，当中一人顶在腰间，把正德帝托出水面，慢慢地泅至御舟上，由护兵等接着，舁进舱中。这里鲁贤民打着竹篙，将渔艇靠拢御舟，从船舷上扶攀上去。

大家忙着救护正德帝，那湖中的二十九只渔艇上的民伕，还四处打捞，忽然都发起喊来。鲁贤民和护兵等把正德帝抠衣沥水、採肚揉胸，已有些苏醒了。猛听得渔舟上喊声，回头瞧看，却是四五个渔夫，舁了江彬上御舟来。贤民方知江彬被正德坐艇倾侧，他没有留神，也同时落水。因救皇帝要紧，谁还去顾到什

第六十八回　月缺花残凤姐伴碧草　鱼沉雁杳冯妇赴黄泉

么江彬。这是江彬不应命绝,所以给渔夫们的铙钩搭住捞了起来。三名知府的亲随浑身淋漓地去救江彬,见他两眼向上,口鼻里塞满了污泥,气息若有若无的,差不多要哀哉尚飨了。亏的几个亲随皆老于世事的,一面拿污泥拭去,又把他的身体倒搁在船舷上,徐徐揉着肚腹。江彬的口中就呕出一斗多清水,手脚渐见温暖,便悠悠地醒转来了。

于是由鲁贤民赏了那些渔夫,吩咐护兵们加力摇橹。赶至后土祠前,王蔚云等早就在那里侍候,听说正德帝落水,慌忙抢上御舟来问圣安。其时正德帝略略能够说话,身上还穿着湿衣,王蔚云、李龙、郑亘等将正德帝扶进琼花观。梁储、毛纪都去埋怨江彬,圣上冒险,不去谏阻。继见江彬经护兵们扶着,也弄得头青脸肿的,衣服污泥沾遍,倒不好过于责难他。一面召扬州名医替正德帝诊治,可是药石纷投毫不见效。正德帝转是昏卧着,终日不言不语的,急得梁储及随驾各官员和热锅上的蚂蚁一般。毛纪还把扬州府唤到观中大骂一顿。鲁贤民回说:"江供奉的主意,卑小官吏不敢不从。"毛纪又传江彬,江彬已是复原了,也被毛纪责骂了一场,江彬再三谢罪。

是夜,梁储在观内集随辇文武诸臣密议善后。毛纪力主还京,都督王蔚云也赞助回辇。梁储说道:"如今圣体不豫,似不宜舟车劳顿。然逗留在这里也不是了局,倘有不测,这责任谁敢担负?"江彬听了这句话,心里也有点胆寒,默默地不敢假名阻挠。梁储见众议一致,即传谕扬州府,备了轻快巨艇五艘,篷舫十二艘,亲兵两百名,立待分拨。又令裕王派来的南京留守将军罗兆先带兵马五营,仍开还应天,无庸护送。

第二日清晨,扬州府备亲兵船只进观请命。梁储便拣了一艘最大的船只作为御舟,舟内铺着黄缎锦毯,上盖绣幔,艇首插了一面百官免朝的黄旗,所有麾钺黄盖一概收拾起来。御舟上只梁储、毛纪、江彬三人伴驾，并供役亲随六名，船役十二名；其他王蔚云都督、郑卫官、江护卫、马指挥、爱侍官、杨少华将军、李护卫等分乘五船；两百名亲兵在篷船上支配；留出一艘，充为膳房。遴派已毕，才扶正德帝下艇。随驾官如李龙等巴不得北还，大家纷纷上船。扬州府率领着三州七县的属吏都来跪送。

　　这时后土祠前后，看的人人山人海，道上拥挤得水泄不通。梁储恐怕匪徒乘间犯驾，预令两百名亲兵自排列至观门，五步一哨，三步一逻。又着护驾武官张起黄幔掩护正德帝，下船就解缆荡开，外人一些也瞧不见，不知哪一艘是御舟，都当悬百官免朝旗的是假充的。御舟离扬州时，的确有几个红缨会的羽党，要想得隙行刺，只为看不准哪一艘是圣驾所乘，未敢冒失而去。这是梁储的细心处。于是梁储等随驾起碇，轻车就道，又遇着顺风，张帆疾驶一昼夜，行三百，不日已至顺天的北通州（非江苏南通州）。由李龙乘着快马，进京报知监政杨廷和、蒋冕等，备齐仪仗銮辇，星夜出京往通州来迎圣驾。

　　这时正德帝病已好了八分，经梁储、蒋冕等扶正德帝登辇，从北通州起驾。一路逶迤进京，前导是甲士旌旗、麾纛曲盖，继以马侍卫、锦衣校尉，再次是幡幢宝帜、步行侍卫、指挥使等，随后是金瓜、银钺、卧瓜、立瓜、金挝、银瓜、金响节、白麾等，又继以仪刀、红杖、黄衣武护卫官和侍从武官等，又后是黄罗伞盖、紫盖、黄幢、曲盖、曲伞、黄盖、紫幢、青帜等，又继以碧油衣帽的殿前侍卫、值班侍卫、女侍卫等，以下便是红纱灯、金香炉、金唾壶、玉盂、白拂、金盆、金交椅、玉爵、金水瓯、玉杯、金鼎、金烟壶等。后面是白象两对，背驮宝瓶、宝盆等，距离御驾约十丈，徐徐地走着。象的后头又是护卫官、亲王、郡王、驸马都尉、皇族国戚等等，以下是护驾大将军、都督、侯爵世袭等武臣，再后是中官、都总官、内务总管、监督、

第六十八回　月缺花残凤姐伴碧草　鱼沉雁杏冯妇赴黄泉

内监总管、司礼监、御前供奉官等，这才轮到陪辇大臣，随着銮辇的左右是皇上的御驾了。随驾的又是文武大臣、掮豹尾枪的侍卫、御林军、锦衣卫、禁城的禁卒、戍兵。督队的是五城兵马司，骑着，高头骏马，全身贯甲，金盔银镫、左弓右矢，横刀扬鞭、威风凛凛，好不得意。正德帝御驾直进中门，祀了太庙、社坛，又绕行了禁城一周，才入乾清门登奉天殿，受百官的朝觐。

是年是正德十四年。正德帝自七年出巡林西，不久还辇。九年出幸宣府，十一年太皇太后驾崩回京奔丧。到了是年八月，又出巡江西，直到十四年九月回銮，足足在外游幸了四年。十四年中，倒七个年头不视朝政，只在各处游幸，所以时人称他为游龙。不好听些，简直是个荒政淫乱、沉湎酒色的纨袴皇帝。

那时正德帝退朝还宫，去谒张太后，自然十分欢喜。只有戴太妃想起自己的儿子蔚王厚炜出驻南京，被刺客李万春戳死（正德帝初幸南京便遇刺客，误刃蔚王，见六十三回）。她见了正德帝，益觉触景伤怀，忍不住掉下泪来。又转念刺客是宁王宸濠指使，便把宁王顿足愤骂，嘱咐正德帝处惩宁王时，要将他的心脏剖出，祭奠蔚王，说时竟失声哭起来。正德帝忙拿话安慰戴太妃。出了慈庆宫，皇后夏氏和何妃、王妃、云贵人、龙侍嫔等都来参见。

正德帝这时被戴太妃一提，蓦然记着了宁王谋叛的事来。又见了何妃、云贵人、龙侍嫔等，不由得想起月貌花容的刘贵人芙贞，经那恶僧镜远赚进宁王邸中，江飞曼往南昌盗取，受伤奔归，从此消息沉沉。现下王守仁擒获叛藩，逮及眷属，刘美人定有着落了。于是正德帝重行出宫，召杨廷和至便殿，诘问宁王的处置。杨廷和回奏："宁王犹未囚逮京，现囚在刑部大牢的，只不过连党王大狗子、杨清两名正犯。闻王守仁已亲押赴杭州，预备圣驾幸浙时献俘。"正德帝说道："这样卿去传檄王伯安（守仁字伯安），着即递解逆藩进京发落。"杨廷和领谕，飞檄浙江。王守仁接着，不敢怠慢，星夜押了囚车进京。不日到了都中，首先去谒见刑部，这是明朝的向例。

第二天早朝，由刑部尚书夏芳奏陈守仁逮叛到京。正德帝下旨："文武大臣随驾，在乾清门受俘。"王守仁觐见毕，武侍卫押宁王并侍姬秋娘及家人等七十余名，跪到石陛下，一一点名。正德帝满望刘贵人也在其内，谁知等到人犯唱名完了，不见刘贵人的影踪。正德帝心下很不高兴，又不好说明，因故召王守仁问道："逆藩在江西作恶，专一劫夺良民的妻女，想他姬妾不止这区区十几人。"王守仁便把琼楼被毁、众姬妾大半投江自尽的事从头至尾奏述一遍。

正德帝知刘贵人也逃不了这劫厄，不觉愤气冲冠，指着宁王喝道："朕未薄待你，你却三番五次地遭刺客行刺朕躬，还敢举众称叛。今日遭擒，死有余辜。且看你有甚面目去见列祖列宗！"宁王听了，自知有死无生，乐得冲撞几句，便也朗声说道："厚照！他莫闭了眼睛胡诌，忘了本来面目。俺虽犯国法，是犯太祖高皇帝的，不是犯你的法。你说我背叛朝廷，你的祖宗燕邸，还不是篡夺建文的天下么？俺见不得列祖列宗，不知你的祖宗燕王也一般没脸去见太祖高皇帝。且从前燕邸是建文的叔父，俺也是你的叔父。今不幸大事不成，否则俺怕不是燕邸第二么？"正德帝听了宁王的一番无礼话说，直气得面容发青，回顾刑曹，速拟罪名。刑部尚书夏芳谓："律当凌迟炙尸，家族一例碎剐。"正德帝也不暇计及祖训，立命锦衣卫把宁王拖下去。

据明朝旧例，亲王没有斩罪的，赐死不过白绫鸩酒，最多处了绞罪。宣宗时以铜炉炙死汉王，已经违了祖制。正德帝杀宁王，因一时愤极了，和处置小臣一样，还管他什么祖制。所以后来的历史上很有非议于刑部尚书夏芳，史中都论他是违法的。

第六十八回　月缺花残凤姐伴碧草　鱼沉雁杳冯妇赴黄泉

再说正德帝受俘戮叛事毕，病体也大痊了，又想着那个安乐窝，和江彬重行豹房。其时太监钱宁已失宠了，又经江彬在旁撺掇，说钱宁曾私交宁王。正德帝大怒，将钱宁拿赴刑部。夏芳与钱宁本来是怨恨很深的，肥羊落在虎口，能逃得脱身么？只略为鞫讯一下，便拟成罪名上闻。正德帝判了一个斩字，势焰熏天的钱宁自然头颅离颈了。

正德帝游了几天豹房，天天想到刘贵人，也间接记起了宣府的凤姐，又欲驾幸宣府。正值鞑靼小王子率兵第十一次寇边，廷臣派行军总管朱宁去征抚。正德帝笑道："边寇狡猾，怙恶不悛，朕当亲出征剿。"都御史兰寘忙奏道："蛮夷不驯，自应遴派大将痛剿。陛下是天下至尊，岂可轻冒矢石？"正德帝不悦道："朕便不能统师将兵么？"当时就提起笔来，自授为镇国威武大将军、总督天下兵马，即日出师居庸关。又颁布镇国威武大将军朱寿的诏令。皇帝忽称臣子，自做官自喝道的笑话，也只有这位正德皇帝做得出去。大学士梁储等虽上疏切谏，正德帝急于游幸宣府，哪里把这些奏牍放在心上。于是点起兵马五万，只带了护驾官李龙、供奉官江彬，随辇大臣蒋冕、毛纪等，浩浩荡荡地师出居庸关。

不日到了大同，总兵周凤岐来迎，奏陈小王子的兵马闻御驾亲征，已率了部属夜遁了。正德帝听了不觉哈哈大笑，下谕驻屯了人马，和江彬、李龙潜赴宣府，仍往国公府中，见了凤姐，自有一番亲密。过了几天，毛纪、蒋冕也出来，苦请回銮。正德帝没得推托，只好传旨还驾，大军班师，一面把銮舆迎接凤姐进关。谁知那凤姐又染起病来，坐不住銮舆。正德帝命改乘卧车，着李龙护持。这样地由陆路起程，看看将到紫荆关，凤姐的病症一天重似一天，日间清醒，晚上就气喘汗流，神志模糊了。

正德帝令暂住馆驿，来看凤姐，只见她粉面绛赤，咳哮不止,形色似有些不妙。在行军倥偬中又没有宫人侍女服侍,三四名塞外的丫头,都是不解事的。正德帝方在烦恼,恰好江彬进来,听了正德帝的话乘势禀道:"臣妾现在后帐,可叫来侍候李娘娘就是。"正德帝大喜,即传江彬的侍姬进来,见她生得玉肤硃唇,容貌十分冶艳,先有些心上喜欢了。

哪知榻上的凤姐忽地翻过身来,微睁杏眼叹口气道:"臣妾福薄,不进关也罢。"正德帝安慰道:"你且静养着,身体好了,朕带你进宫共享富贵去。"凤姐摇头道:"村野的女儿,哪里有这样福命,今天恐怕要和陛下长别了。愿陛下早还銮辇,以安人心,臣妾死也瞑目。"说罢掉下泪来。正德帝也忍不住垂泪。又见凤姐她瘦骨支离的玉臂,握住正德帝的左手,流泪说道:"臣妾死后,没有别的挂怀;只有一个哥哥,望在臣妾分上,格外施恩。"凤姐说到这里,已呜咽得说不出话来。粉脸更觉绯赤,气喘愈急。勉强支撑了一会,哇地吐出一口紫血,两眼往上一翻,双脚挺直,呜乎哀哉!正德帝叫她不应,不由得失声痛哭;李龙在外面听得,也直抢入来抚尸嚎咷。正德帝哭了半晌,下谕就馆驿中替凤姐开丧,依嫔妃从丰盛殓。这几日中,正德帝没情没绪的,晚上便拖着江彬的侍姬冯氏侍寝。

又闹了三四天,蒋冕、毛纪等力请回銮。正德帝令将凤姐的灵柩载在凤辇上,竟入紫荆关。到了都下,正德帝又命排列全副仪卫,迎接凤姐的灵柩,直进京城正门。这样一来,廷臣梁储、杨廷和、蒋冕、毛纪等上疏极力阻谏。时吏部侍郎杨一清新从宁夏调回,也力阻不可。正德帝决意要行,众臣便议改东门,正德帝还不满意。君臣争执了好几日,才得议定:把凤姐的灵柩从大明门而进。一路上仪卫煊赫,为历朝后妃所不及,这也算凤姐死后的荣耀了。灵柩进了城,厝在德胜门内的玉皇殿中,天天有百来个僧道建坛超度。直待过了百日,正德帝又替她举殡,祔葬皇

第六十八回　月缺花残凤姐伴碧草　鱼沉雁杳冯妇赴黄泉

陵。又经群臣苦谏，算改葬在北极寺的三塔旁，并建坊竖碑。那座墓形，极其巍峨壮丽。正德帝还要给凤姐建祠，到底怕后世讥评，只得作罢。

正德帝自凤姐死后，也无心再往豹房，更不住大内，只和江彬的侍姬冯氏终日在西苑厮混。江彬盼望冯氏回去，早晚伸着脖子望着，还是消息沉沉，未奉旨意，又不敢进西苑去探听。只有候个空儿，向那些内监探问冯氏的音耗。左等不来，右等不见，江彬这时深悔自己当时举荐的不好。

一天，西苑中的小太监出来，江彬忙又去探听冯氏。小监回说："冯侍嫔已死了。"江彬见说，大惊道："怎么就会死了？"小监冷冷地答道："冯侍嫔自己投水死的，为的什么事，咱却不知道了。"江彬听罢，几乎昏倒。

要知那冯氏怎样死的，再听下回分解。

第六十九回　煮鹤焚琴孤灯寂寞
　　　　　　　刻舟求剑众喙纷纭

　　碧草如茵，花开满院，万紫千红，真好算得遍地芳菲了。这禁中的西苑，还是宣宗朝所整葺的。什么奇葩异卉，种植得无处不是。一到了春光明媚、莺啼燕唱的时候，人立在万卉中，香风袭衣，花飞满袖。罗衣翩翩的美人儿，处身在这个花雨当中，不是当她天上的仙女，也定要疑她是个花神了。

　　正德帝自宣府回銮，转眼又是春景（正德十五年）。他见景伤怀，就要想到刘芙贞和凤姐了。幸得那江彬的侍姬冯氏经正德帝纳为侍嫔，倒也还能解忧。逢着正德帝伤感时，便找些消遣的事儿出来，把郁闷空气打破，竟能逗开正德帝的笑颜，不是也亏了她么？这样地一天天地过去，正德帝渐渐有些离不了冯侍嫔，自然慢慢地宠幸起来了。冯侍嫔的人又聪慧，做一样似一样的。有时袭着舞衣，扶了两个小监，效那玉环的醉酒，故意做得骨柔如绵，醉态婆娑，轻摆着柳腰，斜睨了两只秋波，万种妩媚。倘使杨妃当日，也不过如此了。引得旁边的宫人内监都掩口吃吃地好笑，把个酷嗜声色的正德皇帝看得眼瞪口歪，忍不住哈哈大笑起来。一面儿冯侍嫔又学西子捧心；又效戏剧中的昭君出塞，手抱琵琶，骑在小马上，身披着雪衣红氅，伸出纤纤玉手拨弄琵琶，弹一出如泣如诉的《昭君怨》，凄惋苍凉，宫女们都为之下

第六十九回　煮鹤焚琴孤灯寂寞　刻舟求剑众喙纷纭

泪。正德帝只是击节叹赏，命太监斟上半盏玉壶春来，赐给马上的"昭君"，算是饯别的上马杯。冯侍嫔真个一口喝了，正德帝自己也饮了三爵道："这叫做连浮三大白，激赏美人的琵琶妙曲。"冯侍嫔下骑谢了，便一席共饮。似这般的君臣调笑，无微不至，可称得极尽欢娱了。

冯侍嫔又善各样的妆饰，什么飞燕轻妆、貂蝉夜妆、洛水神女妆、西子淡妆、大小乔的浓妆、素小青的红妆、苏小小的素妆、娥皇的古妆、虞美的靓妆、木兰的武妆、齐双文的半面妆、杨木真的艳妆、寿阳公主的梅花妆，诸美人的妆饰淡雅浓艳，无不别致。尤其是双文的半面妆（齐帝常眇一目，双文妃作半面将侍之。后陈圆圆事闯王亦然），把半边脸儿搽得红红的，鬓光钗整，的是个浓艳的美人。还有半面却涂了黄水，满现着病容，更兼发髻蓬松，又似乡间懒妇。一个人变了阴阳脸孔了。正德帝每看了冯侍嫔的半面妆，虽在极懊恨的当儿，也往往破颜为之一笑。

又闻那冯侍嫔的房术甚精，据她自己说，是江彬亲授的。她第一佳处，就是花信芳龄的少妇，依旧是个好处子。进一步讲，已经破过瓜了，还是和处子一般无二。而且真的处女，经过半年三月就有变异的象征，她这充做女孩儿，是永远这样，不会变更的。正德帝起初不相信冯侍嫔的话说，日久觉夜夜搂着处子，这才有些诧异。若然她自己不道破，谁也辨不出真伪来。正德帝使她将这个妙术传给宫人们，冯侍嫔笑道不肯吐露。正德帝当她是自珍，冯侍嫔正色说道："这是从前彭祖的房术，非人尽可授了。必其人有适当的根行，才得学习。获到这种异术的人，大都身具仙骨，只要悉心研习，自然得成正果。但所忌的是犯淫乱。夫妇大道，君子乐而不淫，那才配谈到正道上去；如其贪淫纵欲，元神耗虚，仍旧天促寿限，挨到一百岁也是没益的。彭祖修道，确获长生,后纳孀妇被美色迷恋,忘却八百年的功行,任情纵欲起来,只三个月便断送了。显见得功行无论怎么深远,一涉雅淫,就要挫败的。"

正德帝听了,不觉栗然。半晌方说道:"江彬家里似你这般的有多少人?"冯侍嫔笑道:"江二爷依了古法,派人往各地去遴选七八年中,千万个女子里面,只臣妾一人。江二爷在臣妾身上不知花去了几多心血。今日忽的来侍候陛下,江二爷正不知他要怎样懊丧和悲痛!"冯侍嫔说到这里,眼圈儿已早红了。正德帝微微笑了笑,点头说道:"江彬这厮,放着奇术自己享受,待朕明天叫他进宫来,把内外嫔妃宫女都命他选择一下,看谁是能习学那异术的,立刻跟他学习去。"

冯侍嫔见说,又暗暗替江彬捏一把汗,深悔自己说话不慎,岂不又害了江彬。因冯侍嫔自十九岁做江彬的侍姬,两人恰好一对璧人。冯侍嫔果然出落得冶艳,江彬也是风姿俊美。妇女们谁不喜欢美貌郎君,所以她对于江彬最死心塌地的,誓当偕老,两人爱情的深密也就可想而知。偏偏不识相的正德皇帝,一见了美妇便人伦不顾的,什么婶母父妃都要玩一会儿,休说是嬖臣的姬妾,当然老实不客气地占了再说。冯侍嫔不敢不从,芳心中兀中牵挂着江彬。她侍寝君王,恩承雨露,枕上常常泪痕斑斑。有时被正德帝瞧破,推说思想父母,忆怀故乡。正德帝很觉疑惑,以是不大得宠。否则以冯侍嫔那样容貌,怕不压倒六宫粉黛么?有一次上,正德帝恶她善哭,几乎贬禁起来。冯侍嫔受了这番的教训,就一变她的态度,一天到晚嘻笑浪谑,又弄些花样儿出来,什么炫妆、歌唱之类,将声色两字,博正德帝的欢笑,或者得乘机进言赐恩获与江彬破镜重圆,这是她私心所希冀的。那正德帝本来是个嗜好声色的君王,冯侍嫔的一拳,正打着了红心,果然把个淫佚昏愦的正德皇帝逗引得日夜地合不拢嘴来,冯侍嫔也渐

第六十九回　煮鹤焚琴孤灯寂寞　刻舟求剑众喙纷纭

渐得宠了。

正德帝每晨在西苑中坐端纯殿受朝，朝罢回宫，便来看冯侍嫔梳髻。宫侍们忙着梳发刷鬘、搓粉调脂、打水递巾的，至少有半天的奔走。正德帝躺在绣龙椅上，静悄悄地瞧着冯侍嫔上妆。待宫女们罩好了珊瑚网，正德帝便去苑中花棚里亲自摘些鲜花来，替冯侍嫔簪在发髻上，这是素日的常事。宫女和冷落的嫔妃们把皇帝簪花视为殊宠，在冯侍嫔却看惯了，当它是桩极平淡的事儿。可怜那班失宠的贵妃，还盼不到皇帝的一顾，幸和不幸真差得天渊呢！正德帝在清晨看冯侍嫔梳髻，一到晚上，又来坐着看她卸妆，待至卸毕，就携手入寝。

这样一天天的过去，竟似成了老规例一般。那老宫女们也伺候惯了。早晨到冯侍嫔起身，妆台边已设好了龙垫椅，妆台上摆好了各样果品珍饼，银炉中烹茗，鸡鸣罐里煮着人参汤，杯中备了杏酥，金瓯中蒸着鹿乳。正德帝退朝回宫，循例来坐在妆台边，一面看梳头，一面吃着点心。宫女先进鹿乳，是苑内老鹿身上，由司膳内监去采来，专供给正德帝晨餐的。每天的清晨，内监持着金瓯去采了鹿乳，探知皇帝昨夜留幸哪一宫，便交哪一宫的宫女。皇帝夜宿在哪里，退朝后必往哪里早餐的。早餐毕，才得到别宫去。倘皇帝事多善忘，听政回宫时记不得昨晚所宿的地方，自有尚寝局的太监预候在宫门（总门），一是侍卫散值，便来导引皇帝，到昨夜临幸的宫中。因怕皇帝错走别宫，那里不曾预备晨餐的，不是叫皇帝要挨饿了？譬如鹿乳等物，每天不过半瓯，皇帝哪里宿，司膳太监便递在哪里，别宫是没有的。万一仓卒到了别宫，不知这些东西在哪一宫，宫院又多，一时查也查不出来，必召司膳太监询明了，才知道在什么地方。待去转弯抹角地取来，已快要午晌了。所以皇帝宿哪一宫，即由这个宫中置备，又有内监导引。祖宗立法，真可算得美备无阙了。当下正德

641

帝饮了鹿乳，宫女们又把冲上两杯杏酥，这可不比鹿乳，侍嫔也得染指了，和皇帝各人一杯。它如参汤、鸡仁、虎髓冲，嫔妃一般地在旁侍餐。最后便是一盅香茗，给皇帝和妃子漱口。到了晚上，皇帝所幸的宫中也烹茗煮汤地侍候着，都是宫闱的惯例。

正德帝在冯侍嫔那里，黄昏时来看卸妆，便斜倚在躺椅上，一头呷着参汤，还和冯侍嫔谈笑，这也是日常的老花样了。可是这天夜里，不见正德帝进宫，想是往幸别宫去了。本是没有什么希罕的，偏是冯侍嫔不能安心，唤老宫女去探看，回说："皇上独坐在水月亭上，仰天在那里叹气。"冯侍嫔见说，不由得惊骇道："莫非外郡有什么乱事，皇帝心上忧闷么？"于是不敢卸妆了，竟扶持着两名宫人，盈盈地往水月亭上来。

这座水月亭子当初是水榭改建的，里面很觉宏敞。孝宗三旬万寿时，亭上还设过三四桌的酒筵。正德帝驻了西苑，把亭子截做了两间。外面的小室，有时也召对相卿。后室却较宽大，正德帝令置了一张牙榻，作为午昼憩息的所在。又因御驾常幸，内监们收拾得窗明几净，真是又清洁又雅致。正德帝也偕了冯侍嫔到这里来谈笑坐卧的。这里冯侍嫔是走熟的地方，便带了宫人来见圣驾。正德帝似不大高兴地，只略略点头。冯侍嫔察言观色的本领很强，知道正德帝心里有事，就搭讪着瞎讲一会儿。正德帝倒被她挖开了牙齿，慢慢地谈了起来。冯侍嫔细探口风，知正德帝的不怿，多半是为了政事，不过词锋中好像还有一桩什么委屈的事隐含在里边，一时倒猜不出它了。

大家说了半晌，正德帝见一轮皓月当空，不禁笑道："这样的好月色，如吹一回玉笛，歌一出佳剧，不是点缀风景么？"冯侍嫔要正德帝欢喜，巴不得他有这句话，忙叫宫侍取过琵琶来，春葱般的玉指拨弄弦索，和了宫商，唱了一段《明月飞鸿》。正德帝屏息静，忽尔颔首，忽尔拍手，听得佳处，真要手舞足蹈

第六十九回　煮鹤焚琴孤灯寂寞　刻舟求剑众喙纷纭

了。其实醮楼打着两更三点，内监们都去躲在角中打盹，只有两个老宫女侍候着。正德帝吩咐一个去烹茗，一个去打瓮头春，并命通知司膳局置办下酒品，两个老宫人奉谕各自去了。正德帝起身推开亭下的百叶窗，望着湖心正把皎月映在水底，微风吹绉碧流，似有千万个月儿在那里激荡。正德帝叹口气道："'人生几见月当头'，咏的是佳景不常见。又说'今人不见古时月，古月依旧照今人'，人寿能有几何？月阙常圆，人死便休，怎及得月儿似的万世不灭？"

冯侍嫔见正德帝感慨人事，怕他忆起刘芙贞和凤姐来，故而伤怀，便也来伏在窗口上，笑着说道："人家谓李青莲是个酒仙才子，他为甚的那样愚呆，会到水中去捞起月儿来？"正德帝大笑道："你说他愚呆了，他到底有志竟成，结果被他把月儿捞着了。"冯侍嫔也笑得和风摆杨柳般地说道："哪里有这么一回事？"正德帝睁着眼道："你不信么？朕可和你现试的。"冯侍嫔方要回话，正德帝蓦然地叉过手来，乘冯侍嫔两脚腾空的当儿，只在股上一托，冯侍嫔没有叫出"哎呀"，香躯已从窗口上直摔出来，噗隆咚的一响，但听得湖中捧捧的划水声和咽咽的灌水声，约有好半息，才渐渐地沉寂了。正德帝背坐在百叶窗下，不忍去目睹。

那两个老宫女已烹茗打酒回来，瞧见亭儿的水窗下有样东西泳着水。一个宫女低声道："湖里的大鼋又出水来了。"那一个应道："湖中只有拜经的老鳖，没见过什么大鼋。"起先的宫女笑道："老鳖是要啮蚌的，你须得留神一下。"那一个啐了口道："丫头油嘴，等一会儿不要挨鞭起来，看你说得有趣。"两人一面说着玩，立在亭前的石梁上，看到水里的东西不见了。冯侍嫔想是没顶下沉，两人才走进水亭，觉亭内静悄悄的，听不到正德帝和冯侍嫔的说话声音，疑是往别处散步去了。正德帝却装做打盹，两个宫女似很惊骇地四面瞧了一转，不见冯侍嫔，只有正德帝瞌睡着，忙回出亭去找寻，正德帝暗暗好笑。

两个老宫女寻不到冯侍嫔，心里有些着慌，一路唧唧咕咕地走回亭来。正德帝假作惊醒的样儿，说："冯嫔人在哪里？"两个宫女不好说找不着，只把"大约回宫去了"来支吾眼前。正德帝令一个宫女去传唤，去了半响，便三脚两步地回来报道："宫里也没有冯嫔人的踪迹。"宫人内监们议论纷纷，方才的两个老宫女说起湖中的响声，众太监就疑心到投湖的把戏。由总管太监钱福，命备了拿钩铁搭，四下里往湖中打捞，不到半会工夫，竟捞获一个女尸，不是冯侍嫔是谁？因宫中投河自尽的事本来是常有的，也没甚希罕，倒是一班的宫侍们窃窃私谈，当做一桩奇事讲起来。

当下内监们捞着了冯侍嫔，便来报给正德帝知道。正德帝听了，似也不甚悲伤，只下谕司仪局，依嫔人例，从丰葬殓。但这天晚上已是来不及了，命两个小内侍看守尸体，预备明晨盛殓。正德帝独自水月亭上呆坐了一会，便冷清清地回宫中。

第二天的清晨，西苑里喧传起一件怪事来，原来冯侍嫔的尸身忽然不知去向了。总管太监钱福把守尸的两名小监再三地盘诘，甚至加刑，吓得两个小太监哇地哭出来了。据两名小监说："奉谕守在这里，后来渐渐地睡着了，待到醒来，那尸首已看不见了。"总管太监钱福讯不出什么头绪，只有据实上闻。正德帝听说，也觉有些奇怪。然人已死了，一个死尸有什么重要，所以只淡淡地命钱福查究，并不促得过于严厉。那些内监们乐得你推我让地鬼混一会儿，把这件事就算无形打消。

但那冯侍嫔的尸体，到底给谁弄去的？因当时江彬听了小太监的话说，几乎气得昏倒。又不知冯氏为什么要投河，一时又打探不出。正在没法的时候，恰好碰着了管事太监毛坚，平日和江

第六十九回　煮鹤焚琴孤灯寂寞　刻舟求剑众喙纷纭

彬本十分要好的，将冯氏从河中捞起、已经气绝的话约略讲了一遍。冯氏究竟怎样死的，毛坚也不知底细。以是江彬便让毛坚拿冯氏的尸首盗出来，许他重谢。毛坚是个死要钱财的人，真的去找了两名小太监，等到半夜，乘着守监睡着时悄悄地舁了尸身，潜出后宫。好在宫门的钥匙都是毛坚掌管着的，人不知鬼不觉地把尸体交给了江彬。江彬接着，自去盛殓埋葬不提。

再说正德帝自杀了冯侍嫔，眼前自觉清冷寂寞，心上逐渐有点懊悔起来。至于他要杀冯氏，为的冯氏言语行止上不时牵挂着江彬，常常念念不忘，以致引起了正德帝的醋意，心中一恨，就把冯氏推入河中。从此正德帝的身边没有如花似玉的妃子了。

这位正德皇帝，平素是风流放诞惯的，怎能过得冷冷清清的日子？所以一天天地忧郁气闷，慢慢地染起病来。这样的正德十六年的春季，正德帝还扶病去行郊祀，待回到了豹房，已眼瞪舌结地不能开口了。豹房的侍监忙去报知张太后。幸得奉祭大臣未曾散值，一闻正德帝病剧，都纷纷奔集豹房。不一会，张太后也到了。看正德帝时只剩得奄奄一息，见了张太后，微微点了点头，就瞑目晏驾。

张太后痛哭一场，当即命拟遗诏。其时梁储、蒋冕等多已致仕，唯杨廷和还在。于是杨廷和受了遗诏，与阁臣等密议继统的人物。正德帝在位十六年，寿三十二岁，没有子嗣。大臣皆主张于皇族的子侄辈中择一人承祧正德帝，然后再议继位。杨廷和独排众说，把兄终弟及的祖训抬出来，依照英宗被虏、景帝继统的故例，谓宜迎兴王入嗣帝统。兴王祐杬，是宪宗的次子，和孝宗为亲兄弟。孝宗诞正德帝的隔年，兴王也生了世子，取名厚熜，与正德帝算是隔房弟兄。兴王祐杬逝世，世子厚熜袭爵，仍居湖北安陆州。这时杨廷和提议迎立兴王，张太后也同意，群臣自不便争执。当由杨廷和草诏，往安陆州迎兴王。

明宫十六朝演义

不多几天，兴王厚熜到了都下，杨廷和忙令礼官拟了嗣位的礼节，出城迎接，呈上兴王。因礼节上和太子继位相似，兴王看了便要回车。众大臣叩询缘故。兴王含愤说道："礼节照太子嗣统办法，俺难道是来做太子的么？"众臣劈头就碰了个大钉子，只得去报知张太后，由张太后传出懿旨，大开中门，迎接兴王入城，一切依着新君登位的礼节。众臣奉了兴王在奉天殿接位，是为世宗。追谥正德帝为武宗，改明年为嘉靖元年，大赦天下，罢革弊政。人民无不踊跃欢呼。

第二天上，世宗命尚书毛纪赴安陆州，迎接生母蒋氏（祐杭妃）、妃子陈氏进京。蒋妃和陈妃到了京师，世宗着礼部拟两太后尊号，当晋张太后为慈寿皇太后，生母蒋氏为兴国太后。册立陈氏为皇后，武宗后夏氏为庄肃皇后。还有皇太妃王氏（兴王祐杭生母）晋为寿安皇太后。太后的名号既定，又要提议兴王祐杭的谥号了，由是引起极大的争端来。

世宗以兴王是自己的生父，要想尊为皇考。大学士杨廷和上疏，请依武宗例，以孝宗为皇考，兴王祐杭、王妃蒋氏只可称为皇叔父母。这样一来，世宗变了入嗣孝宗，和武宗成了亲兄弟，兴王不是无后么？杨廷和谓以近支宗派益王的儿子厚烨为兴王的嗣子。这本奏疏上去，世宗看了大怒道："父母弟兄，可以这样胡乱更调的么？"就毅然提起笔来，批驳杨廷和的疏牍，仍主兴王为皇考。上谕传下来，廷臣大哗。翰林学士杨慎说道："皇上如考兴王，于孝宗皇帝未免绝嗣。某等叨立朝廷，这个大题目倒不可不争。"时太师毛纪、吏部尚书江俊、兵部尚书郑一鹏、礼部尚书金献民、侍郎何孟春、都御史王元正、都给谏张翀、上柱国太傅石瑶、给事中陶滋、侍读学士余翱、大理寺卿荀直、光禄寺监正余觉等六部九卿凡二十七人、御史二十一人、翰林二十四人、给事十九人，并各司郎官九十五人，统凡大小官职三百五十

第六十九回　煮鹤焚琴孤灯寂寞　刻舟求剑众喙纷纭

九人，纷纷上章谏阻。世宗只做没有听见一样，把所有奏疏一概搁起，一面下旨替兴王立庙。进士张璁、吏部主事萼桂又阿谀世宗，请为兴王修撰实录。世宗大喜，立擢萼桂为兵部尚书，张璁为翰林学士。

世宗以兴王为皇考的谕旨宣布，廷臣如张狲、陶滋、余翱、何孟春、王正元等凡三百七十四人，大会朝士，与张璁、萼桂等互相争辩，呶呶不绝。大家争了半天，兀是争不出什么来。于是学士杨慎为首，领着三百多个朝臣去伏在奉天门前，齐声大呼高皇帝、孝宗皇帝。人多声洪，声震大内。世宗皇帝听了，就大怒起来。

要知世宗把朝臣怎样，且听下回分解。

第七十回　情致绵绵世宗入魔窟
　　　　　　忠忱耿耿陆炳赴焰山

　　玉阶丹陛，黄瓦朱檐，双龙蟠着柱，巍巍的龙凤纹雕石牌楼显出威武庄严的帝阙。这巍峨的阙下，雁行儿一排排地跪列着无数的官员。在前的袱头象筒、朱舄紫袍，第二列是穿红袍的诸官乌纱方角，最后是穿绿袍的、蓝袍的，一字儿列着班次跪在那里，高声大呼高帝、孝宗皇帝。人众声杂，直透宫阙。

　　世宗帝在宫内听得奉天门外喊声喧天，便令内侍探询，回禀是众官员在那里跪着号呼。世宗帝心下大怒，耐了气吩咐内监传谕，着众官暂行退去。杨慎等怎肯领旨，还是高呼不绝，呼到力竭声嘶时，索性放声大哭。一人哭了，众人继上，奉天门前霎时哭声大震。壮丽堂皇的天阙，立刻罩满了愁云惨雾。似这般悲哀怆恻的哭声，听在世宗帝的耳朵里，不由得愤不可遏，拍案大怒道："这班可恶的厮奴，朕想留些脸面给他们，他们转来虎头扑蝇了。"于是即宣锦衣校尉，把奉天门外所有跪哭的官员一齐逮系了，驱入刑部大牢，明日早朝候旨发落。锦衣尉奉了谕旨，如狼似虎地将众官桎梏起来，赶牛样地一并监进狱中，自去复旨。

　　到了第二天，世宗帝坐了奉天殿，叫内监录了大牢里众官的姓名，凡三百七十七人。当将为首的王充正、何孟春三十三人一例戍边。其他官员，四品至五品夺俸，五品以下的廷杖贬职。大

第七十回　情致绵绵世宗入魔窟　忠忱耿耿陆炳赴焰山

学士杨廷和降级，太师毛纪、太傅石瑶概令闭门自省三个月。这样一场大风潮总算被世宗的专制手腕罚的罚、责的责，勉强了结。兴王称皇考的议论，六部九卿没一个再敢多讲了。

世宗见众官已经慑服，乘势定了大礼。以兴王为献皇帝，蒋妃为章圣皇太后，孝宗皇帝为皇伯考，孝宗后为皇伯母，并亲自草诏，颁布天下。又命翰林学士张璁主祀献皇帝，以兵部尚书萼桂为主祭官。不到一个月，献皇帝的庙貌落成，世宗亲题庙额，所示隆重。

那座庙宇丹阶玉陛，建盖得异常的华美。到了大祭的时候，上有郡王公侯相卿，以及各部司员，无不莅庙与祀，其时的热闹也可想而知。所以献庙的街衢中，每至春秋两季的祀日，庙前后左右，红男绿女都来瞧着，借此瞻仰皇帝的圣容。这个看祀祭的举动，后来竟成了风习。都下当时有逛庙的名称，就起自这世宗皇帝朝。流传到如今还没有革除，人民称献皇帝庙为世庙，居京中各庙之冠。直到崇祯间李闯入京才把世庙毁去，这是后话不提。

再说世宗定了父母（兴王祐杬与蒋妃）的尊号，建了世庙，并由张璁做了修篡主任，修辑实录，种种都已做到了，心里自然十二分的快乐。然有一样事儿是美中不足的，就是那位皇后陈氏，为人性情冷僻，不苟言笑，和世宗的意见很是隔膜。以是世宗常弄得气闷闷的，想在宫侍里面选一个有才貌的淑女立为贵妃。

一天，世宗帝从慈寿宫出来，经过大明宫时，见石廊的对面有一座没匾额的大殿。殿门深扃，还在金环上交扣着一把大锁，下隐隐有一张朱印的小封条儿。世宗对于宫中的殿宇，本来是很生疏的，便诘太监问："为什么把那座大殿锁着？"就中有一个老太监禀道："这殿是历代相传，镇压宫内妖怪的，所以永久封闭着。"世宗不信道:"天子禁阙,怎么有起妖怪来?那定然是你们秘定作奸的所在,却推说什么妖异。快将锁开了,待朕亲自验看。"那老太监吓得战战兢兢地说道:"奴婢怎敢有谎陛下,实在是镇着怪异的。"世宗帝大怒喝道:"你敢阻拦不开么?"老太监见世宗帝发怒,不觉慌了手脚,忙去总管太监赵鄞那里去取锁钥。赵鄞又不肯便给,竟同那老太监来谏阻世宗。吃世宗顿足痛骂了一顿,骂得赵太监诺诺连声地退了出去。

当下那老太监硬着头皮开了殿门上的大锁,把封条揭了,慢慢地把门打开,身体早和雪天绵羊似的索索地发起抖来。世宗帝看了,又是好气、又是好笑,便也不管什么,领了两名小监昂然地跨进殿去。那两个小监心里当然畏惧,只是不敢不走,一路上时时你推我让的,各人想缩在后面。这时已进了大殿的中门,但见大殿上塑着普贤、观音等像,像高五六丈,气象十分庄严。再看殿下,槐树亭边有一块白石的碑儿竖着,字迹多半模糊了,只略约辨出年月,还是元代顺帝时所建。经过大殿,再进就是中殿,也有弥勒、伽蓝等像,佛像上都是尘埃堆积,蛛丝布满。殿阶的石上,青草萋芜,虫蚁之类把佛龛蛀蚀得快要颓倒了。中殿进去是寝殿了,那里的佛像和大中两殿又是不同,什么罗汉阿难等像,是铜浇成的,日光映射在殿上金光灿烂,无异新铸的。世宗诧异道:"大殿上那佛像多是尘垢,这里却干净得这样,眼见得是人迹常到的了。"说着又转入后殿去,是六扇的花格门,也紧紧地关闭着。从门隙中望进去,门上还遮着素帘儿,似嫔妃居住的宫院差不多。世宗令小监推门进去,又卷起了帘儿,见殿上殿下所供的佛像都是男女并坐着,约有四五十尊。一对对的像身,完全用白玉琢成的,洁白粉嫩,一点儿尘沙也不曾沾染。

世宗帝赏玩了一会,转身再入后殿,还有六间巨室,室门上加着铜锁,那锁匙都一个个地挂在门边。世宗叫小太监上去开锁

第七十回　情致绵绵世宗入魔窟　忠忱耿耿陆炳赴焰山

时，两个小监互相推诿，大家不肯去开。世宗当他们两个不会开的，那一个小监说道："因常听得宫中传说，这殿中藏着妖怪，外殿的还不甚厉害，若最后锁着的六间小殿，里头的妖魔可就不得了，所以不敢开门，否则妖怪便要跳出来吃人的。"世宗笑道："你们不要胆小，方才大殿、中殿都走过了，你们可瞧见什么妖怪么？那是宫人们的谣言，有甚凭证？"两个小监没法，只得各人去开了一间，砰地将门一推，让世宗帝先行进去，两人怀着鬼胎，跟随在背后。世宗帝走进小殿，见殿中的佛像系白石凿成的，男的、女的各种形像都有，像身并不穿衣服，一概精赤着，立的、坐的、卧的统计有五六十尊。世宗笑了笑，又走进第二个小殿，也一般的石像，像的面目有獠牙的、有张眉吐舌的，奇形怪状，很是可怖。世宗帝瞧了半晌，笑着对小监们说道："你们所说的妖怪，这就是了。它会吃人么？"那两个小监到了这时胆也比适才壮了，到底是小孩子，贪看这些石像，竟不怕什么妖怪了。世宗命去开那第三殿时，两个小监抢着上前，一个开第三殿，那一位已把第四殿大门开了。

世宗先便去游第四殿，走进中门，早瞧见殿监的佛像是拿粉质所捏成的，面貌如眉目口鼻塑得生动，和生人一般无二，着那粉质的颜色也与常人的肤色一样，一定要当他是个真人。那两个小监本极胆小，又甚冒失，猛然地瞧见了粉像，吓得倒退，回身往外便走。世宗帝带笑喝道："你们逃什么？这里也是石像，怕他怎的？"两个小监听了，勉强站住了脚，远远地跟在后面，一时不敢走近。及见世宗帝照常地走到石像那里瞧着，两人才放大了胆也走进殿中。殿上的许多人像不但一丝不挂，还男女拥抱着，横竖颠倒、穷形极状，各有各的姿势，形态活泼，举动逼真。世宗看了，不觉叹道："这殿是元代所建，清净的佛地去塑这样的春像在里面，怪不得元朝要亡国了。"说罢回出了第四殿，不便再绕回第三殿里去，索性去游那第五殿了。只见第五殿内的佛像更觉得奇异了，却是粉质塑的人像兽像，大家拥在一起，有美人和骡马相配的，和牛犬相配的，有丈夫和豕羊相耦的，有俊男与狸奴强合的，那些光怪陆离的像形，真是见所未见。大殿的正中又有一块方匾，书斗大四个字道："欢喜佛缘"。

世宗玩了一转，正要回出殿去，忽听得佛龛中轰然地一声响亮，接着是呼呼的嘘气声，好似牛喘。世宗吃了一惊，两个小监更是惊慌，三脚两步、连跌带爬地奔出殿外。世宗帝虽说胆大，到底也有些疑惧，不敢近前。恰巧两个内侍奉了章圣太后的谕旨，来阻止世宗帝莫入魔殿。世宗便令两个内侍向佛龛中去探看，蓦见巴斗那么大小的一个蛇头，双目灼灼地伸龛上嘘气。两个内侍吓得往后倒退。原来这座殿庭建自元末，太宗燕王时命封锁起来，不论谁人，未奉旨不准私入。因此殿中人迹不到，野物就踞在里面了。

世宗帝恐那大蛇留着害人，即传集了内外宫监，各持器械奔到殿中，去扑那大蛇。那大蛇见有人去打它，忽地昂起头来，把身体一绕，五六尺高低佛龛已吃它绞得粉碎。佛龛既碎，现出蛇身，长约两丈多，有蒸笼似的粗细，张开了血盆那么大的口，对着人呼呼地吹气，口里喷出一阵阵的黑烟来。为头三四个太监闻着了烟味，都倒在地上死了，其余的内监就遥立着呐喊。世宗帝也远远地瞧着，见内监们不得上前，吩咐把殿门暂行关闭了。一面下谕颁布都中，将大蛇的形状绘成小图，谓有能捕杀大蛇，赏赉千金。谕出三日，无人应招。那殿中的大蛇，兀是盘着不去。又过了三四天，给事中王康带着一个短髯如戟的大汉，来禀陈世宗。大汉自说能够捕蛇。世宗帝大喜，令王康领了大汉退去，明日赴魔殿捕蛇。

到了次日，世宗帝亲带了宫监十几人，往魔殿来看捉蛇。那

第七十回　情致绵绵世宗入魔窟　忠忱耿耿陆炳赴焰山

时文武百官并嫔妃宫侍等，听得捉蛇的事，都随了御驾去瞧热闹。章圣太后怕有什么危害，劝世宗不要亲往。世宗帝好奇心切，哪里肯听，一叠连声地只叫备辇。内监们不好违忤，只得拥了世宗帝，从大明殿起，直往魔殿中来。后面随驾的武臣紧紧地护着。不一会到了魔殿，王康和那大汉已预先俟在那里，世宗传旨捕捉。但见那个大汉脱去身上的衣服，赤膊短裈，握了匕首，口内衔了解毒草，雄纠纠地抢上殿去，将大门推开。那条大蛇却盘在大殿正中，团团地拥满了一地。大汉立在廊下，把口里的药草嚼烂，和洒雨一样地喷进去，草汁溅了蛇身。那蛇忽然怒目张口，霍地飞起，直向大汉扑来。那大汉忙闪过，被蛇尾横扫过去，正打在脚骨骨上。大汉站立不稳，翻身倒地。那蛇便将大汉缠住。众官员和内监等都替大汉担忧，因为蛇的绞力极大，佛龛还给它盘碎了，休说是个人体。这时那大汉就尽力鼓气，一边把身躯狠命地打着滚。似这样滚了半天，蛇身慢慢地松缓下来，大汉也愈滚得急了。看着蛇力渐乏，大汉乘间抽出他的右手，将匕首刺入蛇腹。鲜血四射，那蛇怪叫一声，由地上直跃起来，尾巴击在殿檐，瓦砾乱飞，蛇身散开，那大汉已掷出三四丈外，也瘫在地上爬不起身了。那蛇颠簸了一会，逐渐缓了。世宗命持械的内监一哄上前，刀剑齐下，把大蛇剁做几十段。一时血肉狼藉，一阵阵的腥恶气味，触鼻难受。内侍宫人等都俯着头不住地呕吐。护辇大臣恐世宗帝被毒氛所侵，忙令御驾退后。

世宗帝见毒蛇已诛，命甲士等入殿，拿六殿的佛像概行焚毁了，又赏了大汉。那大汉卧在廊下，动弹不得，由甲士们把他舁出殿去，才到门口，已毒气攻心死了。甲士回禀世宗帝，世宗叫给他收殓了，谕知王康，优恤大汉的家属。那时内监甲士等把魔殿的佛像和死蛇的躯壳一齐搬往郊外，举火焚烧，臭秽之气，远播四处。于是都中盛传宫廷中有怪异出现，谣诼纷纭，似真有其事一般。那些人民以为宫阙变异，是国家的不祥，恐有大祸发生，人心多惴惴不安。京师卫戍将军兼五城兵马司袁宽见无赖市民借是招摇，深怕弄出事来，当时颁出布告张贴各门，中述宫中捕蛇的经过，谓并无妖异的事。哪里晓得空言就有实在，真个酿出一场大变乱来了。

嘉靖四年的春上，世宗命举行郊祭大典。是年的礼仪，较往岁格外隆重，自相卿以下，都随辇往祀。故事春祭礼毕，御驾必巡游各名胜地方一周，在圣庙午膳。膳罢，由衍圣公召集都下士人、孔门弟子等，在大殿开筵讲经一章，皇帝及众大臣等都列坐殿下听讲。直待讲完，有旨宣布散席，于是衍圣公以下，各部大臣都纷纷散去，銮驾也就还宫。

这天世宗回宫时红日已经西斜，司膳局正进晚膳，猛听得乾清门外一声巨响，震动内外。世宗帝听出是炮声，便回顾内监康永道："哪里放炮？"康永方要出去探询，又听得轰天也似的一声，接着就是喊杀声。世宗帝忙起身瞧看，见乾清官前火光烛天，照得四处通红。世宗帝大惊道："敢是有什么变端么？"说犹未了，两名太监抢将入来，喘息禀道："贼杀进宫墙的二门了，陛下速速走避。"世宗帝不觉心慌，忙拖了康永往承光殿狂奔，喊声却越近了。报警的太监好似穿梭一般。世宗也无心去听他们，且顾逃走要紧。

出了承光殿，对面便是大明殿，世宗想越过围廊，绕到慈庆宫去看看章圣太后。一路上见宫监侍女们都和惊豕骇狼似的牵三拉四，五个一群、三个一党地纷纷从外逃进来，口里嚷道："不好了！贼人杀进宫了。"世宗帝听了心里愈加着急。

才出得大明殿，忽见三五个太监慌慌张张地逃着，口口声声说慈庆宫烧了。世宗帝惊道："慈庆宫如被毁，太后的性命一定难保。"康永说道："这时没有真消息了，等到了慈庆宫再说。"

第七十回　情致绵绵世宗入魔窟　忠忱耿耿陆炳赴焰山

世宗点点头，和康永携手疾行。慈庆宫距离坤宁宫不远，须经过华盖殿、正大光明殿、涵芳殿、华云阁、排云殿等，世宗帝因慌不择路，只望间道上乱走。康永也弄得头昏了，君臣两个忙忙似丧家狗似的见路就走。

将至正大光明殿时，侍卫宫马云匆匆地逃进来道："贼人势大，值班侍卫恐阻拦不住，要调御林军马来才行。"世宗帝道："慈庆宫怎样了？"马云应道："慈庆宫也怕被贼人围住了。"说着自往后殿出宫迁兵去了。世宗又和康永前进，见护卫统领袁钧满身浴血、步履蹒跚地走过殿外，世宗帝也不去睬他，竟自走过了。到得华云阁前，遥望排云殿上火光甚炽。内侍邱琪抢来道："贼人杀进银光殿了！"世宗帝高声道："慈庆宫可以去么？"邱琪连连遥手道："去不得，去不得！"一头说毕，只管自己逃向后殿而去。接着是侍卫牛镜走过，眼看着世宗帝，慌乱中也不行君臣礼，只顾各人逃命。

其时排云殿上，已到处是火，宫人内监都从烈焰中逃出来。世宗帝和康永木立在偏殿门口，见火星四进，也辨不出什么路径。不多一会儿，墙垣倒了，断砖瓦砾把一条甬道塞满了，越发不能走了。世宗帝却一心挂念那慈庆宫，不由得急得眼泪滚滚，巴巴地望火早熄下来，好去瞧着章圣太后。呆呆地瞧了半晌，并偏殿也都烧着了，世宗立脚不住，待退入涵芳殿去，回头从仪仗道上走去，走出那条长道，抬头看时，只叫得一声苦。康永也惊得面如土色，身体索索地发抖，一句话也说不出来了。

却是为何？因涵芳殿里也遍地是火，对面的宫院墙上照耀得一片红光。画栋雕梁尽付一炬，身边只听得必必剥剥地红焰乱射，直是好一场大火。世宗帝被困在火当中，前无出路，后面又是烧上来。眼见得要葬身火窟了，幸得康永急中生智，忙向世宗帝说道："事急了！奴婢记得涵芳殿的左侧有一个狗窦，是从前武宗皇帝畜犬时，专一供犬进出的。此刻已万分危急，也顾不得许多，只好望窦中钻出去吧！"世宗帝道："狗走的墙窦，人怎样钻得过去？"康永道："可以走的，那时的犬奴驱狗进窦，也从这窦中经过。"世宗帝说道："那么快去找这个壁窦吧！"康永见说，飞步到石窦面前，那里有烟无火，还能存身。

　　康永便俯身开了窦上的小门，欲要探身过去尝试时，不防那面拒着一方大石，康永的头伸出去，恰好撞在石上，碰得眼中火星四迸，辨不出天南地北，几乎昏倒，方悟这个石窦在正德帝末年，方士张恂谓是窦有碍宫中的风水，所以在那面把巨石堵塞住了。康永定一定神，奋力去推那块巨石时，好似蜻蜓撼石柱一样，休想动得分毫。

　　世宗帝立在阶陛上，火势越烧越近，浑被烈焰迫得汗珠和黄豆般地落下来，不觉顿足着急道："石窦找到了么？"康永这时见石窦不通，直急得他要死，忙来回报世宗帝道："洞是找到一个，如今已是不通的了。"世宗帝道："除了这石窦，还有别处可通么？"康永愁眉苦脸地说道："只有那个正门了。"世宗帝着慌道："正门早经烧断了，去说它做甚！"这时康永也已绝望，痛哭之外，再无别法。世宗帝见走投无路，想起章圣太后，今生谅不能会面，心里一酸，和康永抱头大哭。正哭得伤心，忽见侍卫官陆炳冲烟突火地奔将入来，大叫："陛下莫慌，小臣救驾来了。"说罢负了世宗便走。

　　不知世宗逃得出火窟否？且听下回分解。

第七十一回　测字知机严嵩拜相
　　　　　　　报怨雪恨杨女谋王

　　却说世宗帝困在火窟中，正和内监康永痛哭的当儿，忽见侍卫官陆炳飞步抢将入来，见了世宗帝喘息说道："何处不寻到，陛下却在这里。火快要烧到了，还是冒险出去吧！"说毕，不管三七二十一负了世宗帝，往外便走。康永见有了救星，忙跟在后面。陆炳背了世宗帝在前，突烟冒焰地向着烈焰中飞奔，康永也随后疾走。脚底下的瓦砾都被火烧得通红了，走在上面，靴履倾刻灼穿，肤肉受焚，痛疼万分，但要性命，不得不忍痛力行。待到出得火窟，康永的两脚已红肿非常。陆炳救出了世宗帝，双脚也被火所伤，须发一齐焚去。陆炳平素本称美髯，如今颔下于思于思的，变为牛山濯濯了。

　　当下世宗帝经陆炳冒火负出，在涵清阁坐下，看陆炳时，遍身尽是火泡，两足也站立不住，扑的倒在地下。康永也弄得灼伤好几处。世宗帝便亲自去扶起陆炳，令他坐在龙垫椅上。这时陆炳已昏昏沉沉地，竟人事不省了。世宗帝点头叹息，再听外面，喊声渐远，心神始得略定。不到一会儿，宫侍内监等慢慢地走集，涵清阁中就此患了人满。又见内侍杨任来报，贼人已被都督朱亮臣带了御林军马杀退了。世宗帝听了，这才放心下来。又过了一刻，朝中内外大臣纷纷来宫门口请安，世宗帝传谕，着侍候在华光殿。又报都督朱亮臣杀散贼众，并获住首逆，请旨发落。世宗帝也命在华光殿候旨，一面令请太医院来与陆炳及康永两人诊治。世宗帝又带了五六名内侍，登辇赴慈庆宫，谒见章圣太后，昭圣太后（张太后）也在那里，世宗帝见两太后皆无恙，心中很是安慰，于是和章圣太后略讲了几句，便升华光殿。

群臣请过圣安，都督朱亮臣即出班跪奏道："团营都督兼京师兵马总监江彬举叛，胆敢率领部下劲骑赚开禁城，杀进乾清门，毁了排云、涵芳两殿，又焚去紫光阁、玉皇阁等，经臣闻警急驱羽林军和他厮杀，当场格杀叛贼部下副总管杰臻美、都监王云芳、副将张达、副指挥罗公亮等。江彬见事败要想逃走，被指挥刘光云擒获，现并其家眷十三人，均就缚待罪。"世宗帝听了，勃然大怒道："江彬是先帝嬖臣，以市井无赖叠授显爵，不思报主，反敢拥众变叛，实属罪不容诛了。"说着回顾杨廷和说道："江彬逆罪已显，无须再经刑谳的了。"杨廷和点头，世宗帝就提起笔来，书了一个"斩"字，由内监将谕旨递给朱亮臣。世宗帝令朱亮臣为监斩官，把江彬一门十三人，着尽行弃市；江彬一人，拟凌迟处死。还有王云芳等一千人，既死应无庸议，余党概行免究。又令内务府拨帑将排云、涵芳两殿，及紫光、玉皇阁等重行建筑，限日竟工。

这件大逆案了结后，京师的人民转危为安，都佩服世宗的英毅果断。那时上有英主，下有能臣如杨廷和、毛纪辈，世宗帝又起复前大学士杨一清、尚书王守仁等，真是万民庆幸，天下很有承平的气象。世宗帝也益加励精图治，对于外来章疏，虽经阁臣的批阅，世宗帝尚须亲自过目。而且批答奏牍，多洞中窍要，为老于政事的臣工所不及。只是有一样缺点，就是和陈皇后不睦，常常相勃豀的。所以世宗帝欲另行册立贵妃，宫侍当中，却没有一个看得上眼的。

第七十一回　测字知机严嵩拜相　报怨雪恨杨女谋王

一天，世宗帝忽地记起从前武宗不时微服出行，今自己要选立贵妃，也可以私行出宫，往民间去选择，怕不弄他一二个称心如意的美貌佳人。主意打定，便携了内监胡芳，改装出宫，一路望着大街上走来。这天是四月初八，俗称是浴佛节。京师风习，到了浴佛节的那天，不论男女老幼都往名观巨寺进香，红男绿女无不拜倒蒲团。以是一般纨绔浪子也打扮得和花蝴蝶似的，往来寺观中，借此饱餐秀色。那些荡妇淫娃，乘间晤会情人。当时寺观里的热闹，真是罄竹难书。粉白黛绿的妖艳冶丽，也非笔墨所能描摹。还有各寺观的左近，江湖技术、医卜星相都来趁势做些买卖。

世宗帝由胡芳引导，先往拈花寺中去游玩。这座拈花寺在东安门外，为京师有名的大寺，香火之盛，都下寺观中可称得首屈一指了。世宗帝便进寺随喜了一会（随喜，游寺也）。见进香的妇女千百成群，老少妍媸各自不同，但都妆饰得袅袅婷婷，脸上涂脂抹粉，煞是好看。世宗帝从不曾瞧见过这种打扮，就是在兴邸的时候，一年中只有出来一两次，每次总是仆从们拥护着，前后左右差不多把他的视线也遮蔽了，哪里有这样的散漫。世宗帝看了那班妇女离奇光怪，不由得笑了起来。

其时拈花寺的两旁，满列着江湖上人的篷子，如卖拳的、售药的、看相的、测字的。就中一个术士，布招上大书"严铁口知机测字"。世宗帝生性好奇，若强着要开魔殿之类，逢到了可异的事，往往喜欢亲自尝试的。这时见严铁口的测字很有些奇特，便和胡芳拥上前去，分开众人，在严铁口的摊旁坐了。严铁口见世宗举止不凡，忙笑着说道："尊驾敢是要测字还是问字？"世宗帝笑道："俺就问字怎样？"严铁口道："如其问字，请书一字出来，在下就能测知来意。"世宗帝随手写了个"也"字。严铁口笑道："尊驾是为选内助而来的。"世宗帝见说，不觉暗自纳罕道:"朕要选贵妃,怎么他已知道了。"想着故意沉着脸道:"怎样见得是来选妻子的?"严铁口说道:"尊驾这个'也'字,是文辞中的语助词、如焉哉乎也。这字既是助词,'也'加'土'又是个'地'字,坤为地,是女子,所以咱自知尊驾觅内助来的。"世宗帝连连点头道:"你这个字果然测得不差,但俺现今已有内助了,不识可好么?"严铁口笑道:"就'也'字看来,恐怕难得和睦。因'也'字加'人'为'他'字,尊驾有'也',无'人',不成其为'他'字,是有内助,实和没有内助一样。又'也'加水为'池',加马为'驰',今言'池'而无水,言陆而无马(驰也),是夫妇不能水陆并行,明明是不和睦了。现在的贤内助可是三十一岁么?"世宗惊道:"不错!确是三十一岁(世宗陈皇后时年卅一岁)。"严铁口笑道:"尊驾的'也'字,很像'卅一'两字,既然讲到内助,咱就测机猜一下。"世宗帝道:"俺眼前气色怎样?"严铁口道:"咱不能看相,不知气色是什么,只就字论事,尊驾必已受过惊恐,这是小人的作祟。以'也'字加虫为'虵',虵是妖的意思,想尊驾是被妖捉弄过了。"

　　世宗帝见严铁口论事和看见的一般,不禁相信他到了十二分,随手又写了个"帛"字道:"你看俺是做什么的?"严铁口正色道:"'帛'字具皇者之头,帝者之足,尊驾当是个非常人了。"世宗帝怕他说穿了,被路人注目,忙拿别话把他支吾开了。于是给了润笔,问严铁口姓名,铁口回说:"叫做严嵩,别字山岳,号叫仙峰,是分宜人。弘治(孝宗年号)十六年曾举孝廉,以家里清贫,流落江湖,测字糊口。"世宗帝记在心上,别了严铁口,又去各大寺院中游览了一遍。在昭庆寺中看见两个女郎,罗衣素服,都生得月貌花容,很是娇艳。世宗帝本来是要选嫔妃,就和内侍胡芳随着女郎们慢慢地回去,见两人并肩走进丞相胡同去了。

第七十一回　测字知机严嵩拜相　报怨雪恨杨女谋王

世宗帝记忆了地名，是日匆匆还宫。第二天即颁下两道上谕：一道去召测字的严铁口，一道去丞相胡同，致聘昨天目睹的两个女郎。不一会，致聘的内监回来说，那两个女郎，一个是方通判的女儿；一个姓张，是张尚书的侄女。方通判和张尚书的家属听说是皇帝要选做贵妃，自然不敢违忤。当时验了谕旨，由方通判及张尚书的兄弟，两家亲自同了内监，把女儿送进宫中。世宗命两个女郎入觐，果是那天所亲见的，便一并纳做嫔人。其时严铁口也宣到了，世宗帝立时在便殿召见。严嵩的奏对十分称旨，授为承信郎。不到一个月，已擢严嵩为户部司事。

严嵩自入仕途，于各部上官竭力地逢迎，又能钻谋，做事可算得小有才，阿谀的本领却极大。这时的礼部尚书夏言和严嵩恰好是同乡。严嵩借了桑梓的名目，见了夏言真是小心兢兢，口口声声自称小辈。一个人谁不喜欢阿谀献媚？夏言以严嵩的为人诚朴而且自谦，还当他是好人，在部中事事提挈他。那些同寅，因严嵩是皇上所识拔的人，本来已予优容了，又见夏尚书这样地成全他，当然格外另眼相看了。不到半年，严嵩骤擢为吏部主事了。那时杨一清又致仕，杨廷和罢相，王守仁被张璁进了谗言贬职家居，朝中大臣换了新进。夏言和顾鼎臣同时入了阁。严嵩是夏言所提拔的，值夏言为相，礼部尚书一职就举严嵩。谕旨下来，擢严嵩为礼部尚书。这样一来，严嵩一跃做了尚书，紫袍金带，高视阔步起来了。

世宗帝最信的是佛道，自登基以来，宫中无日不建有醮坛，光阴荏苒，又是秋深了。世宗命黄冠羽士在宫中祈斗，须撰一篇祭文，命阁臣拟献。顾鼎臣本来是个宿儒，奉谕后立时握笔撰就。那个夏言虽是科甲出身，学问却万万及不上顾鼎臣，他自己也知道自己的，欲待不作，又未免忤旨，猛然想着了严嵩，他笔下是很敏捷的。便召严嵩到家来，把这件祭文的事委他。严嵩是何等奸刁的人，他获着这样的好机会，将尽生本领也一齐施展出来，做成了一篇字字珠玑、言言金玉的好文章。夏言是个忠厚长者，他哪里晓得严嵩的深意。当时看了严嵩的祭文做得很好，心下还欢喜得了不得，以为是严嵩帮助自己。谁知这祭文呈了上去，世宗帝的心上只要文词绮丽，古朴典雅的反视为不佳。严嵩揣透了世宗的心里，把那篇祭文做得分外华美。严嵩的才学原不甚高妙的，独一的是虚华好看罢了。偏偏世宗帝很是赞成他，不但看不上顾鼎臣的，还说夏言的祭文不是他自己做的。夏言见事已拆穿，索性实说出来。世宗帝大喜，立召严嵩奖励了几句。从此这位严尚书，一天胜似一天地被宠幸起来。

严嵩既得着世宗帝的信任，暗中就竭力营私植党，将自己的同乡人如赵文化、鄢懋卿、罗齐文等三人都授了要职。又把长子世蕃也叫了出来，不多几天，已位列少卿。讲严嵩的儿子世蕃，为了聪敏多智，不论什么紧急的大事，别人吓得要死，独世蕃却颜色不变，谈笑自若。有时世宗的批答下来，每每好用佛家语。大臣们须仔细去详解，一个不留神，就得错误受斥。严嵩见了这种奇特的批语，弄得丈二和尚摸不着头脑了，于是递给世蕃看。世蕃一看便了了，还教他老子怎样怎样地做去。严嵩听了他儿子的话，照样去做，果然得到世宗帝的欢心。以是严嵩竟省不了世蕃了。但世蕃的贪心比他老子严嵩要狠上几倍，差不多纳贿营私，视为一种正当的事儿，严氏的门庭终日和市场一样了。

日月流光，不到一年，夏言罢相归田，世宗命严嵩入阁，代了夏言的职司。严嵩自当国后，威权日盛一日，又有他的儿子世蕃为虎作伥。凡大臣的奏对不合世宗的心理的，只要严嵩一到，大事就可以立时解决。倘有决断不下的事，最迟到了第二天，严嵩便对答如流，一一判别了。这都是回去和世蕃商量过了，世蕃叫他怎样回答，自能事事得世宗的赞许。严嵩于世蕃的话真是唯

第七十一回　测字知机严嵩拜相　报怨雪恨杨女谋王

命是听,从来不曾碰过世宗的钉子。原来世蕃在闲着没事的时候,把世宗帝的批语行为举动细细地揣摩,什么事怎么做,什么话怎样答,一一地集合起来,先叫他老子严嵩去尝试。这样的一次两次,见世宗很是欢喜,以后世宗的心理,竟被世蕃摸熟了。所以他们父子得专朝政二十多年,廷臣莫与颉颃了。

那时朝鲜内乱,世宗帝曾派大臣代为弭乱。国王陈斌感激明朝,把著名的朝鲜第一美人送进中国来。这位美人姓曹,芳名唤做喜子,生得粉脸桃腮、媚骨冰肌,一副秋水似的杏眼,看了令人心醉。世宗恰好少个美丽的妃子,见了曹喜子,直喜得一张嘴儿几乎合不拢来。于是当夜就把曹美人召幸,第二天便封她做了贵妃。这曹妃带着两名侍女,一个叫秦香娥,一个叫杨金英。两人的面貌虽不及曹贵妃,倒也出落得玉立亭亭,很可人意。世宗帝见两个侍女生得不差,各人都临幸过一次。但那个曹贵妃妒心极重,深怕两个侍女夺他的宠,心里暗暗怀恨。每逢到了两人做的事,曹贵妃终是挑挑剔剔的,非弄到两人不哭泣不止。可是多哭了,曹贵妃又嫌她们厌烦,命老宫人把秦香娥和杨金英每人杖责四十。两人似这般地天天受着磨折,又不敢在世宗帝面前多说一句话,真是有冤没处伸雪,只好在暗地里相对着哭泣一会罢了。可怜那个秦香娥受不过这样的磨难,到了夜里,乘宫人太监们不备,一纵跳到御河中死了。秦香娥一死,剩下了杨金英一个人,越觉比前困苦了。曹贵妃不时动怒,动怒就要加杖。秦香娥没有死时,两人还可以分受痛苦,如今只杨金英一个人担受了,不是格外难做人了么?偏是那位贵妃又不肯放松,而且防范上更较平日加严,因恐杨金英也和秦金娥似的寻死。杨金英的一举一动,都有老宫人监视着的。

一天,曹贵妃又为了一件小事把杨金英痛笞了一顿,还用铁针烧红了灸煅金英的脸儿,弄得白玉也似的肌肤乌焦红肿,异常地难看。世宗帝突然见了杨金英，竟辨不出她是金英了。杨金英见了世宗帝，只是一言不发地流泪。世宗帝心里明白，知道这是曹贵妃的醋意。因贵妃正在得宠，不能说为了一个宫人便责贵妃，那是势所办不到的事。幸得过了几天，杨金英面上的火灼伤慢慢地痊愈了，只是红一块白一块的疤痕，一时却不能消去。金英引镜自照，见雪肤花容弄到了这个样儿，心上怎样的不恨！大凡美貌女子大半喜顾影自怜的，金英本来自爱其貌，无异麝之自宝其脐。好好的玉颜，几乎不成个人形，在金英真是愈想愈气，哭一会叹一会，和痴癫一般了。曹贵妃毫不怜惜她，反骂金英是做作。那金英由愤生恨，因恨变怨，咬牙切齿地说道："俺的容貌也毁了，今生做人还有什么趣味？就使侥幸得出宫去，似这样一副嘴脸，怎样去见得那人？"

要知这杨金英自幼儿和邻人的儿子耳鬓厮磨，常常住在一起的。待到长大起来，私下就订了白首之约。后来金英的父母贫寒不过，把金英鬻与一家富户做了侍婢。不知怎的，转辗流离到了朝鲜，被曹贵妃瞧见，爱她娇小玲珑，便代给了身价，把金英留在身边。曹妃献入中国，金英自然也随同进宫。金英是淮阳人，她随曹妃进宫，心喜得回中国，将来候个机会好和她的情人团圆。谁知金英的情人，倒是扬州的名士，家里穷得徒有四壁。及金英被她父母鬻去，这位名士早晚盼望，咄咄书空，茶饭也无心进口，书也不读了。功名两字更视做虚名，哪里还放在心上！这样的忧忧郁郁，不久就酿出一场病来。名士的父母家中虽贫，却只有此子，把他痛爱得如掌上明珠一样。名士的病症一天重似一天，他的父母疑心起来，向他再三地诘询。名士见自己病很沉重，只得老实说出是为了杨金英。他的父母以金英被她父母鬻去，久已消息沉沉，也没法去找寻她。眼看着儿子病着，唯有仰屋兴嗟罢了。不多几时，那名士就一瞑目离了恶浊的尘世，从他

第七十一回　测字知机严嵩拜相　报怨雪恨杨女谋王

的离恨天而去。这名士逝世的那天，正是金英回国的时候。可怜两下里地北天南，哪里能够知道。倘在金英回国的当儿能递个佳音去给他，或者那名士还不至于死。名士死了，金英还当他不曾死的，心上兀是深深地印着情人的痕儿。如今金英痛着自己容貌已毁，不能再见他的情人，芳心中早存了一个必死的念头了。

有一天上，曹妃带了两名老宫人往温泉中沐浴去了，宫中只留金英一个人侍候着。恰好世宗帝听政回宫，见曹妃不在那里，就在绣榻上假寐一会，不由得沉沉睡去。这时凑巧那个张嫔人（张尚书侄女，和方通判之女同时进宫者）来探望曹妃，走到宫院的闱门前，已听见里面有呼呼的喘气声，异常的急迫。张嫔人有些诧异起来，想睡觉的呼吸决不会有这样厉害的，便悄悄地蹑进宫去，蓦见宫女杨金英很惊慌地走下榻来，张嫔人愈加疑惑，忙向榻上一瞧，见世宗帝直挺挺睡着，颈子上套了一幅红罗，紧紧地打着一个死结。张嫔人大惊，说声："不好！"急急去解那条红罗。

不知世宗的性命怎样，且听下回分解。

第七十二回　荔娘多艳樱口代唾盂
　　　　　　东楼纵欲绣榻堆淫筹

却说张嫔人见杨金英慌慌张张地跑出去，心里已万分疑惑，便走得榻前来一瞧，见世宗帝的颈上系着一幅红罗，还打了个紧紧的死结。张嫔人大惊，立时声张起来，外面的宫人内监一齐纷纷奔入。张嫔人忙去解开世宗帝项上的红罗，一面使宫女去报知陈皇后。不多一刻，陈皇后乘了銮舆飞奔地到来，帮着救援世宗。这时的世宗帝只剩得气息奄奄，喉间一条系痕深深陷进肤中，约有三四分光景。倘若张嫔人迟到一步，世宗帝已气绝多时了。一半也是世宗命不该绝，更兼杨金英是个女子，手腕不甚有力，否则世宗帝还得活么？

张嫔人和陈皇后救醒了世宗帝，并令太监去请太医院来诊治。那太医按了按世宗的脉息，回说因气闷太过，血搏膨胀，只要静养几天，一到气息宽舒时就可以复原的。于是书了一张药方，由内监去配制好了，陈皇后亲自煎给世宗帝喝下。看看世宗的眼睛已能转动了，但是不能说话。陈皇后咬牙切齿地恨道："好心狠的逆奴，竟敢弑起皇上来了！"说着曹妃已沐浴回来。当曹妃方入温泉沐浴，忽见宫人来报："皇上在宫中假寐，几乎被杨金英所弑。"曹妃听了，慌得手脚都冰冷，要待起身去瞧，那身上的衣服已经脱去，穿戴是万万来不及的。可是心里一着急，

第七十二回　荔娘多艳樱口代唾盂　东楼纵欲绣榻堆淫筹

哪里有什么心洗浴，便匆匆地穿着好了，随着宫人三脚两步地赶入宫来。

陈皇后见了曹妃，把平日的一腔醋意从鼻管中直冲到了脑门，就把脸儿一沉，含着娇怒喝道："皇上待你不薄，你为什么要存心弑主？快老实供了。"曹妃见说，惊得目瞪口呆，半句话也回答不出。张嫔人和曹妃往时感情是很好的，她见陈皇后要诬曹妃弑主，忙走过来替曹妃辩白，把目睹杨金英的话向陈皇后讲了一遍。陈皇后命内监去捕杨金英。那内监去了半响，才回来禀道："杨金英已自经在宫门上了。"陈皇后说道："这是她畏罪自尽了。不过杨金英是曹妃宫中的侍女，她胆敢弑主，必是皇妃指使，是可想而知的了。"于是喝叫老宫女着过刑杖来。曹妃要待自辩，陈皇后不等她开口，令宫女们先将曹妃责了五十杖。可怜娇嫩的玉肤，怎经得起这样的杖责？早已打得皮裂肉绽、血染罗裳了。曹妃哭哭啼啼地，口中只呼着冤枉。陈皇后大怒道："皇上在你的宫中被人谋弑，你怎么会不知道？要不是你主使，这话谁相信？似这般大逆的罪名，你还仗着花言巧语，脱去你的干系么？俺知你不受重刑，是不肯实说的。"曹妃带哭带诉地说道："这事贱妾的确是不知情的，娘娘莫要含血喷人。"张嫔人在旁也觉看不过去，便跪下代求道："金英既畏罪自经，这弑主的主意是金英自己所出，和曹贵妃不曾同谋可知，否则金英怎肯自杀？至少也要把曹贵妃攀出来的。"陈皇后不待说毕，娇声喝道："你能保得住曹贵妃不生逆谋么？不干你的事，不要多嘴！"吓得张嫔人撅起一张樱唇不敢作声。

陈皇后吩咐宫人，拿曹贵妃的上身衣服脱去，赤体鞭背，只鞭得曹贵妃在地上乱滚，口里抵死不肯招认。陈皇后冷笑道："俺晓得受刑还轻，以是咬定不招。"回顾宫女道："去凤仪殿上把大杖取来，叫太监们用刑。"太监们奉了命令，不敢留情，这一顿的大杖，打得曹妃血肉飞溅，"哎呀"一声，昏过去了。陈皇后着内监将曹妃唤醒，强逼她招供。曹妃知诬招也是死，反落得一个骂名，所以星眸紧闭，索性一声不则。陈皇后连问了几声，曹贵妃始终给她一个不答应。恼了陈皇后，霍地立起身儿，亲自执杖来打。太监们也挺杖齐下，似雨点般地打在曹妃的嫩肤上。可怜金枝玉叶的曹妃一口气回不过来，竟打死在杖下了。

太监们杖了一会，见曹妃初时身体还有些转动，到了后来渐渐不能动弹了。内中一个太监去试曹妃的鼻息，一点气息都没有了。当下跪禀陈皇后道："曹贵妃已经气绝。"陈皇后听说，似乎有些不信，亲自去验看时，见曹妃花容惨白，那玉肌上的鲜血兀是滴个不止，鼻子里的呼吸果然停止，分明是气绝多时了。陈皇后却声色不动地对太监们说道："这贱婢既死，算便宜了她，赐个全尸吧！快把她舁出去。"太监们就一哄地抬了曹妃的尸体出宫，自去草草地收殓。

陈皇后打死了曹妃，到绣榻上来瞧世宗帝，哪知世宗帝口里虽不能说话，心上是很清楚的。陈皇后拷问曹妃，并杨金英畏罪自经等，他已听得明明白白，知道曹妃是冤枉，陈皇后一味用刑强迫，完全是公报私仇。所以这时陈皇后走到榻前，世宗帝恨她把爱妃打死，便回身朝内，只做不曾看见一样。陈皇后哪里晓得，且因眼中的钉已拔去，心下转十分快乐，就很殷勤地来服侍世宗帝：什么递汤侍药、嘘暖问寒，事事必亲自动手。世宗帝却抱定了主意，无论陈皇后怎样的小心，她总是一百个不讨好。

光阴迅速，看看已过了三天，世宗帝的精神慢慢地有些复原过来了。他病体一愈，不觉要想到了曹妃，每念到曹妃，就要恨着那陈皇后了。一天陈皇后在旁侍餐，世宗帝无意中提起了曹妃。陈皇后变色说道："这种谋逆的贱婢，还去讲她则甚？"世宗帝听了，不由得心头火起，把手里的一碗饭向着地上猛力一摔

第七十二回　荔娘多艳樱口代唾盂　东楼纵欲绣榻堆淫筹

道："你说她的谋逆，可曾有什么证据被你执着了？朕看你和曹贵妃究竟有何不解的仇恨，你却要诬陷她。如今她已被你杖死了，还不肯饶放她么？"世宗帝说话时声色俱厉，陈皇后不防世宗帝会这样的，又吃摔碗时吓了一跳，这时真个有点忍不住了，便一倒身伏在案上呜呜咽咽地哭了起来。世宗帝越发动气，在案上一拍道："你喜欢哭的，回宫去哭个畅快，不要在这里惹朕的厌恶！"这一拍又把陈皇后吃了一惊，弄得她坐不住身儿，只得搀扶着宫人，一步挨一步地回宫。

陈皇后本来已有了三个月的身孕，被世宗帝连吓了两次，回宫后就觉得腹痛，不到一刻，竟愈痛愈厉害了，只在床上不住地打滚。宫女内侍们慌了，一面去请太医，一头去报知世宗帝。那世宗帝听说皇后腹痛，拍手骂道："她这个恶妇，生生地把曹贵妃害死了，朕不去收拾她，天快要不容她了。"陈皇后由内侍将世宗的话传给她听，气得陈皇后手足发颤，几乎昏厥，更兼腹痛加剧，当夜就此堕胎。陈皇后胎虽堕了，人却病了起来，一天沉重一天，不到半个月工夫，也追寻曹贵妃，到阴间去争闹了。

世宗帝见陈皇后已死，她杖死曹贵妃的这口气，也算消去了一半。于是命司仪局照皇后礼安葬，谥号为"孝安皇后"。一切丧葬的仪节，都十分草草。陈皇后葬毕，世宗帝以六宫不能无统率的人，急于重立皇后，于是在张、方两嫔人中，指定张氏，由世宗帝下谕，册立张氏为皇后。这且按下。

再说严嵩自入阁后，长子世蕃也擢升为户部侍郎。朝中的政事，不论大小，均须禀过了严嵩，然后入奏世宗帝。严世蕃仗着他老子的势力，便大开贿赂，凡要夤缘做官，只须走世蕃的门路：每官一员，纳金若干两；候补者又若干两。倘要现缺的，必加倍奉纳。金银的多寡，定官职的大小。吏部主事王涌不过一个举人出身，他投世蕃的门下，开手就纳金二万两。世蕃骤得他的多金，觉得无可报答，就在三个月中，把王涌叠擢六次，居然做到了吏部主事了。又有世蕃的同乡人牛贵的，只献给世蕃千金。不多几日，部中公示出来，授牛贵为溧阳县知县。这样的一来，官职有了价钱了。譬如穷寒的典吏，只要凑足了千金去献给世蕃，马上就可以做一个现成的知县。但自经王涌一献二万两之后，世蕃的胃口愈大了。在初时不过几百两，最多也只有几千两，王涌起手就是两万，世蕃知道做官的人没一个不剥削百姓的，手头自然很丰富，乐得敲他们一下。由是钻谋官爵，动不动要上万了。至若几千两、几百两，世蕃眼睛里也不斜一斜。

世蕃既有了多金，什么吃喝穿著，没一样不是穷奢极欲，单讲他所住的房屋，室中的陈设富丽堂皇，和皇宫里差得无几，有些地方实是胜过皇宫。他厅堂中直达内室，都是大红毡毯铺着地。壁上嵌着金丝，镂成花纹，镶着珠玉。还有姬妾的房里，不但是画栋雕梁，简直是满室金绣。珠光宝气，照得人眼目欲眩。

世蕃的家里，共有姬妾四十多人，这四十多人中要算一个荔娘最得世蕃的宠幸。那荔娘是青浦江畔人，年纪还不到二十岁，生得雪肤花貌、玉容艳丽，性情又温柔聪敏，凡世蕃的穷奢极欲，都是荔娘所想出来的。如玉屏风、温柔椅、香唾壶、白玉杯等，名目出奇，行动别致，有几样的花样镜，真是历史所未有的。就是玉屏风，说来也很觉好笑。什么叫做玉屏风？世蕃每和姬妾们饮酒，一头拥了荔娘，一杯杯地饮着，一面令三四十个姬妾，一个个脱得一丝不挂，雁行儿排列着，团团地围在酒席面前。每人斟一杯酒，递给世蕃一饮而尽。酒到半阑时，便抽签点名，谁抽着签的，就陪世蕃睡觉。他们在那里取乐，这三四十名的姬妾仍团团围绕着，任世蕃点名，更换行乐。一年三百六十天，没一日不是如此的，就叫做玉屏风。

又有一种香唾壶，世蕃每晨起身，痰唾很多，自唾醒至下

第七十二回　荔娘多艳樱口代唾盂　东楼纵欲绣榻堆淫筹

床，唾壶须换去两三个。经荔娘想出一个香唾壶的法子来：到了每天的清晨，姬妾们多赤体蹲伏床前，各仰起粉颈，张着樱口接受世蕃的痰唾，一个香口中只吐一次，三四十个姬妾掉换受唾，直到世蕃唾毕起身为止。这个香唾壶的名称很是新颖别致，想在那时已有这样的奇行，怪不得现在的人，没有一样做不出了。

又有所谓白玉杯的，是在酒席台上应用的。譬如世蕃今日的大宴群僚，除了令美貌的姬妾照例侑酒外，大家饮到有三分酒意的时候，世蕃便叫拿白玉杯上来，只见屏风后面嘤咛一声，走出三四十个姬妾来，都打扮得妖妖娆娆，身上熏着兰麝，口里各含了一口温酒，走到席上，把口代了杯子。每个人口对口和接吻似的，将酒送入宾客的口中，似这种温软馨香的玉杯儿，那酒味当然是别有佳味了。这样地一来，不论是什么的鲁男子，到了此时怕也要情不自禁了。他们正当入温柔乡的当儿，世蕃又是一令暗号，这三四十个人的樱口玉杯就纷纷地集队，仍然排列着走进去了。这时的宾客，个个好似中了魔毒一般，谁不弄得神魂颠倒，几乎连席都不能终，大家再也坐不住了。世蕃见那些宾客局促狼狈的情形，忍不住哈哈大笑。一班宾客也自觉酒后失仪，被这玉杯儿引得意马心猿丑态毕露，所以往往不待席终，多半逃席走了。

世蕃的恶作剧，大都类是。他每宴会一次，必有一次的新花样。这花样儿务要弄得宾客人人神魂飘荡，情不自禁为止。因而那些赴宴的同僚闻到了世蕃宴客，大家实在不愿来受他的捉弄，但又畏他的势力，不敢不赴。同僚中谈起世蕃的宴客，谁不伸一伸舌头，差不多视为畏途。

讲到世蕃的为人，性情既是淫佚，姬妾们到了他的手里，无论什么事都做得出来。尤其是那个荔娘，更其为虎作伥，想出许多的法儿来，辅助世蕃的淫乐。世蕃最好迎新弃旧，一个姬妾至多不过玩过一两夜，到了第三天夜上就要换人了。而且他玩妇人，往往是白昼宣淫的。不管是什么时候，高兴了就玩一个痛快，玩过之后仍出去办事。办了一会公事，又去和姬妾们闹玩了。人家说昼夜取乐，独有世蕃，可算得时时取乐。俗语说"当粥饭吃"，世蕃的淫妇女，简直好说是"当粥饭吃"了。

那么世蕃家里的三四十个姬妾，日久不免厌了，自然要往外面去搜寻。凡是良家妇女，世蕃所瞧得上的，不去问她是官家是百姓家，那些如狼似虎的家人抢将上去，把女子拖了便走。待到世蕃玩过三四天，有些厌起来了，依旧命家人把她送还。他这样强劫来的、人家送给他的和出钱买的，一年之中，真不知要糟蹋多少妇女呢。世蕃自己也记着一种数目，叫做"淫筹"。这淫筹是每奸一个妇女，便留一根淫筹在床下，到了年终时，把那淫筹取出来计点一点数目。听说最多的数目，每年淫筹凡九百七十三只，是世蕃这一年中，算玩过九百七十三个妇人了。一个人能有多少精神，照上面的数目看来，每天至少要玩三个妇女了，不是很可惊么？这话不是做书的凭空捏造出来的，有一个的的确确的见证在这里。什么见证？就是那时的青州府王僧缘，他是曾亲自见过淫筹的人。

当时王僧缘的授为青州府，也是向严家门中营谋得来的。他要上任去的那天，往严世蕃的家里去辞行。僧缘和世蕃本是通家，和平常宾客是不同的，一进门听说世蕃还没有起身，僧缘就一口气走到世蕃的房里。世蕃正拥着荔娘高卧，只含含糊糊地命僧缘坐了，世蕃仍旧昏昏睡去了。僧缘自幼在乡间读书，从不曾看见过这样华丽的去处。但见金珠嵌壁、宝玉镶床，地上统铺了绸绫，案上无非是宝物，青罗为帐、象牙雕床，人们走进室中，就觉得珠光灿烂、宝气纵横、五光十色，连眼都要看花了。僧缘走着没甚消遣，就在宝中东瞧西看的，各处玩了转，凡这室中所

第七十二回　荔娘多艳樱口代唾盂　东楼纵欲绣榻堆淫筹

有，都是僧缘所不经见的东西。忽见世蕃睡的床边，放着一个明瓦的方架，架上叠着白绫的方巾，一块块的约有半尺来高低。僧缘随手取了一方去窗前细看，那白绫有二尺见方，边上绣着花朵，瞧上去似十分精致。僧缘以为是女子的手帕，横竖这许多在那里，取他几幅想来是不要紧的，便暗暗地偷了三四方，把来纳在袖中。不多一会，世蕃已起来了，和僧缘寒暄几句，即留僧缘午餐。席上肴馔的精美，自然不消说得了。餐毕王僧缘便辞别了世蕃，匆匆地登程，自去上任。

到了任上过不了几天，恰巧逢着同僚中宴会。席间有人提起了严嵩父子，同官中都很是羡慕，只恨没有门路可以投在严氏门下。因那时的严氏谁不闻名？人人知道，阿谀了严嵩父子，即可升官发财了。王僧缘听了同僚们的话，他便很得意地说道："不才在京的时候，倒和世蕃交往过，也不时到他的家里去的。"于是将他家中怎样的华丽、怎样的精致，真说得天花乱坠。听得一班同僚都目瞪口呆，赞叹声啧啧不绝。僧缘讲到起劲的当儿，令家人取出所窃的手帕来，传示同僚道："这是世蕃府中姬妾们所用的帕儿，是拿明瓦架子架着的，差不多有四五百方。俺爱它绣得精致不过，随手取了几方。你们瞧瞧，这帕儿多么讲究？"同僚们看了，又称赞一会。末了递到一个知县手里，约略看了看，忙掷在地上道："这是妇人家的秽亵东西，怎么可以在案上传来传去？"同僚们见说，个个愕着问故。那知县笑道："世蕃每玩过一个妇女，必记淫筹一只，将来年终时，总计淫筹若干，就是玩过若干女子，把来记在簿上。据他自己说：'他日到了临死的时候，再把簿上的妇女计算一下，看为人一世，到底玩过妇女多少了'。这一方方的白绫，就是淫筹。世蕃在交欢毕，用这白绫拭净，置在床边。家中专有一个姬妾，管这淫筹的事，如计点数目，分别颜色。每到月终报告一次。怎么淫筹要分别出颜色来

673

呢？因为玩少妇和处女，淫筹各有不同。凡处女用过的淫筹，是有点点桃花艳迹，少妇是没有的。所以世蕃府中，淫筹有处女筹和少妇筹两种。记起簿子来，少妇筹若干，处女筹又若干，都要分开的。那么总计起来，少妇和处女，就可以比较多寡了。"那知县说罢，把座上的同僚一齐听得呆了。那知县又说："王知府所取的手帕。就叫做少妇筹。"

要知那知县还有什么话说，再听下回分解。

第七十三回　叱燕咤莺粉黛争颜色
　　　　　　　化云幻鹤羽士显神通

却说那知县说起严嵩的家事异常地熟谙，还把淫筹分别出颜色来。王僧缘却不曾知道底细的，还当做了女子的手帕。如今被那知县说穿了，倒弄得不好意思起来了，连连把那幅方巾摔在地上。这时有个同僚刘通判的，便笑着问那知县道："严家的闺闼，你何以晓得这样的细？"这句话转把那知县问住了，半晌回答不出，过了一会，就借着更衣告便，竟自逃席走了。

那知县走后，刘通判笑着对同僚们说道："你们可知那知县的历史么？"众人都说不知。刘通判笑道："他说起严世蕃来似数家珍一般，原来他是严嵩的同乡人（分宜），自严嵩进京，那知县便投在严氏的门下，充一名小厮，为人却十分勤俭，很得严老儿的欢心。他从十三四岁跟严氏到现在，于严氏家里的事，当然一目了然了。到了去年，他就哀求世蕃，要些差使做。世蕃因他是不识字的，没有过高的职司可做，在今岁的春间，才委他做了本处的知县。"众同僚听了，不由得倒抽了一口冷气。刘通判也叹道："人情有了势力就好做事，像这样的一个家奴，也配做百姓的父母了。我们读书人，不是只好去气死么？"说着就散了席，众同僚也各自回去不提。

再说世宗帝自陈皇后堕胎死后，继立了张氏，但是六宫粉黛从此便无人受娠了。世宗已是三十岁的人了，对于这宗桃上，常常系念着。他巴不得妃子皇后们生下一男半女来，聊慰眼前的寂寞。可是天下的事，越是希望得切，越觉得办不到。看看过了一年，宫中的嫔妃仍没一个怀孕的。世宗帝心里懊闷不过，便暗中嘱那心腹内监怀安，去探访诞子的方药。那个怀安本是个市井无赖出身，因嗜赌如命，把家产荡得精光。看看有些过不下去了，就发愤入京，投做了阉寺。这时奉了上命去求异方，他就和莲花庵的道士去商量。那道士便举荐他的同道，叫做邵元节的，说元节有呼风唤雨的本领，令他设坛求嗣，是百发百中的。只是不在京中，现居太华山麓，须得有上谕前去，他才肯下山。怀安听了，忙来回禀世宗。这位世宗皇帝所相信的是道士，见怀安说有道士能够求嗣，不觉眉飞色舞，高兴起来。便亲自下谕，晋邵元节为道一真人，赐黄金千两，着速即来京求嗣。并委怀安做了钦使，赍了圣旨前往太华山敦请，这且按下。

那时世宗又听了张璁的话，谓宫中宜多置嫔妃，以求早生太子。世宗传谕：民间选择秀女，献进宫中选为侍嫔。这首上谕下去，各处地方官忙得屁滚尿流，直闹得乌烟瘴气，乱了一天星斗，还是小百姓的晦气。不多几时，外郡纷纷进献秀女，绣车络绎道上，脂粉红颜满载车中，沿途相望，真是好看极了！都下每天闹着看秀女，凡外郡的车辆进城，看的人便拥挤道上，都嚷着："看秀女！看秀女！"那位世宗皇帝终日忙着点秀女。内外宫监也为了秀女弄得手忙脚乱，把外来的秀女接进来，等世宗帝选过了，内监又忙着送出去。选中的留在宫中，选不中的退还地方官，令仍然送归民家。

这样地鸟乱了三个多月，多处的秀女统已献齐了。世宗帝临翠华轩，把选中的秀女又重行选择一遍。三百六十名秀女中，只选得一十六名，一面交给检验处，将这一十六名秀女一一检验过

第七十三回　叱燕咤莺粉黛争颜色　化云幻鹤羽士显神通

了，可以充得嫔人的只有九名。余下的三百五十一名，悉把来分发各宫，充做宫侍。世宗拿合格的九名，尽行纳做嫔人。那九名是：郑淑芬、王秀娥、阎兰芳、韦月侣、沈佩珍、卢兰香、沈碧霞、杜雅娘、仇翠英。这九位嫔人，一个个出落得月貌花容，非常的娇艳。内中的杜嫔人，更生得落雁沉鱼、羞花闭月。还有那卢嫔人，也一般的冶艳无双。世宗帝对于杜、卢两嫔人，比较别个侍嫔格外来得宠幸。他如郑嫔人、王嫔人、阎嫔人、韦嫔人、沈嫔人、沈嫔人、仇嫔人等，世宗难得临幸一两次。一个月中，杜嫔人召幸至二十次，卢嫔人四五次，挨到仇嫔人等，一个月中还不到一次，有时一次也不会召幸。

宫闱的规例虽严，这争夕拈酸的风习，帝王家的嫔妃和百姓家的妻妾是没有两样的。况且女子们的性情，狭窄妒忌是天生成的。一样是个嫔人，杜嫔人何以这般得宠，韦嫔人等怎么如此冷淡呢？这样一天天下去，不得召幸的嫔人，自然要由恨生妒、由妒而怨，大家就要慢慢地暗斗起来了。

讲到韦嫔人、沈嫔人（佩珍）、沈嫔人（碧霞）、王嫔人、郑嫔人、仇嫔人、阎嫔人，这七位嫔人里面，学问要推韦嫔人，聪敏伶俐要算王嫔人，奸恶狠毒要算沈嫔人（佩珍），乖觉是阎嫔人，郑嫔人最是忠厚，仇嫔人极其和蔼，沈嫔人最是呆笨（沈嫔人指碧霞）。七个嫔人中，性情行为各别，容貌却是仿佛的。可是做人，总是聪敏伶俐的占先一点，乖觉的也还不吃亏。

王嫔人虽不十分宠幸，但恃着她的聪敏，想出许多妆饰的花样儿来，打扮得和天仙似的。俗言说得好，三分容貌七分妆，王嫔人本来算不得丑恶的，再加她善于修饰，真觉得玉立亭亭，临风翩翩了。一天世宗帝驾游西苑，九位嫔人都侍候着，那位王嫔人立在众人当中，自和别人不同。世宗帝定睛细看，只见她艳光照人，妩媚可爱，不由得心上一动，便伸手拉住王嫔人的玉臂，细细地打量一下，愈看愈觉可爱，赐王嫔人坐了，世宗帝就和她同饮起来。嫔人见皇帝，无论她是怎么样宠幸，皇帝不赐坐，嫔人是不敢坐的。所以世宗帝叫王嫔人坐了，最得宠的杜嫔人和卢嫔人倒在一边侍立着。还有沈嫔人等，更较杜嫔人立得远了。最是可恼的，是世宗帝命沈嫔人（佩珍）斟酒，沈嫔人斟过了世宗帝的酒，不能不给王嫔人斟酒，王嫔人虽低低谦逊一句，在沈嫔人的心上已老大的不高兴了。想同一是个嫔人，为什么一个饮酒，一个和侍女般的在旁给她斟酒呢？这是谁也咽不下的。当时是世宗帝的旨意，不好违忤的，任你沈嫔人怎样的刁钻，也有些倔强不来，只得硬着头皮勉强去做。这天的晚上，世宗帝就着王嫔人侍寝。自后这位王嫔人也渐渐地得宠了。还有那个乖觉的阎嫔人，因她能侍世宗帝的喜怒，深得世宗帝的欢心，还常常称赞阎嫔人的为人伶俐。这样一来，那个阎嫔人也跳出龙门了。

于是杜嫔人、卢嫔人、王嫔人、阎嫔人四个人一样得宠，可算得是并驾齐驱了。这四位嫔人暗地里又争妍斗胜，各显出狐媚的手段来笼络那个世宗皇帝。只有那两个沈嫔人和韦嫔人、郑嫔人、仇嫔人这五位嫔人，始终爬不上去，心里怎么不愤恨呢？尤其是那个沈嫔人佩珍，在背地里不时地怨骂，结果施出她狠鸷的心计来，弄得最宠幸的杜、卢、王、阎四位嫔人互相猜忌，大家在世宗面前互相攻击，几乎两败俱伤。你想沈嫔人的为人厉害不厉害？

杜、卢、王、阎四位嫔人暗斗的开端，是卢嫔人首先失败，在世宗帝讽经的当儿，匿笑了一声，触怒世宗，就把卢嫔人贬入冷宫。第二个是阎嫔人，过不上一年，诞下一个太子，赐名载基，世宗帝倒十分欢喜，阎嫔人的宠幸几驾杜嫔人之上。谁知她没福消受，满月后载基一病死了，世宗帝心上一气，将阎嫔人立时幽禁。杜嫔人也险些儿被王嫔人倾轧出宫，幸得她的肚子争

第七十三回　叱燕咤莺粉黛争颜色　化云幻鹤羽士显神通

气,忽然生下一个太子来,世宗帝又高兴得了不得。接连王嫔人也生了一个皇子。杜嫔人生的赐名载厚,王嫔人生的赐名载壑。在冷宫中的卢嫔人也生了一个皇子,赐名载玺。

世宗帝接连生了三个儿子,这快乐是可想而知。当时还亲自抱了三个皇子,去祭告太庙。到了弥月的那天,把三个皇子的日期定在一起,朝中大小臣工纷纷上章庆贺,外郡官吏都来献呈礼物。要算浙江抚台进的那座长命百岁龛最是讲究了。

那座神龛是金丝盘绕成的,龛中一个南级仙翁像系珍珠缀出的,两旁福禄两位星官,福星拿着如意,禄星捧了寿桃。龛下有个小小的机栝,只要把手指儿微微的一捺,龛门自会开了,走出福禄两星。一个将如意一摇,变成了一座小亭。亭中一只白鹿,衔了一朵灵芝,名唤"灵芝献瑞"。那禄星的蟠桃也化开了,变成一株梧桐。桐树上栖着凤凰,树下伏了一只麒麟,名叫"麟凤呈样"。到了最后,南极仙翁出来了,手里的一根龙头杖儿,只略略地一挥,变成了一幅黄缎的匾儿,匾上大书"长命百岁"四个金字。这时机捩也止住了,须得再拨一下,才得恢复原状。世宗帝看了,很叹他造得精工,便把这样玩意儿赐与皇子载厚。世宗帝所最喜欢的是载厚,爱屋及乌,那位杜嫔人依赖着这个聪敏伶俐的皇子,由嫔人一跃而为贵妃了。

那时内监怀安往太华山去请道人邵元节,待到得太华山,邵元节已往四川峨嵋山去了。于是又赶到那峨嵋山,适邵元节又往泰山去了。怀安又赶到泰山,仍逢不到邵元节,再行一行探,方知他往江西龙虎山,拜会张天师去了。怀安没法,重又赶往江西,才得和邵元节见面。呈上聘金,开读了圣旨。邵元节回说:"一时没得空闲,须三个月之后,方能一同赴京。"怀安没奈何,只得耐着性儿,在江西等了三个月,始得与邵元节登程。这一路上,怀安借着奉旨的名儿到处索诈,地方官吏被他弄到叫苦连天。他经过临清时,硬责地方官吏供应。其时临清的知县海瑞别号刚峰,为人刚愎倔强,做官却很是清廉。他自到任临清,已做了三年多的官了,依旧是两袖清风,一副琴剑而已。这时他闻得怀安太监经过,勉强带了个差役出城去迎接。

那怀安偕着邵元节,沿途是作威作福惯了。差不多的府郡县邑,听得怀安是皇帝亲信的内侍,又是奉旨的钦使,谁不想巴结他一下。凡一切的供应铺张,务求奢华,以博取怀安的欢心。所以把个怀安奉承得趾高气扬,几忘了自己的本来面目。他所经的州县,那些知府县尹除了挖自己的腰包竭力供应之外,至少要送他一千和八百。怀安的行车上,后面累累的,都是金珠宝物,数十车接连着行走。引得一班绿林中人一个个涎垂三尺。但怀安到一个去处,地方官总是派兵护送出境的。到了邻县,自有该县的地方官派了亲兵来接。宵小没有空隙可乘,只好望洋兴叹。

谁知到了临清,不是县尹饬人来接,怀安心上很是诧异。那邻县护送的兵士见已出了自己的境界,照例辞了怀安自回。怀安眼巴巴地望着临清县有人来迎,走了半晌,鬼也没有半个。怀安不觉大怒道:"这瘟知县难道聋了耳朵、瞎了眼的么?为什么还不来接咱?"说罢回顾从人道:"你们给咱把那个瘟知县抓来,等咱来发落!"从人领命,正要回身去临清县署狐假虎威地发作一会,遥见远远的两个敝衣破履,和乞丐般的乡民从大路上一步一蹶地走来。看看走近,怀安大声问道:"你那两个花子,可知本县的知县在什么地方?"那两个当中,一个面色白皙略有微须的人拱手说道:"卑职就是本县的县尹。得知张公公(怀安姓张)驾临,特来迎接。"怀安听了,不觉呆了半晌,才高声喝道:"你这厮穷形极相的,这样阘茸的人,也配做得父母官么?"那人正色说道:"为吏只要廉洁爱民,岂在相貌的好坏?"怀安被他一句话塞住,弄得开不出口,怔了好半息,又喝问道:"你既是本处

第七十三回　叱燕咤莺粉黛争颜色　化云幻鹤羽士显神通

的父母官，为什么装得这般穷乏，连做官的威仪都没了。你自己看看，可像个什么样儿。"那人笑道："本县连年荒歉，百姓贫苦得了不得，知县为人民的父母，应该要与人民同尝甘苦的。况卑职生性是不愿剥削小民的，只有拿自己官俸去赒济小民，怎么不要穷呢！"怀安听了，也拿他没法想，便问："你叫什么名儿？"那知县应道："卑职就是海瑞。"

怀安猛然地记起海瑞的名儿。一路上听人道起，他是个清廉官儿，也算得是个强项县令。知道今天到了这里，只好认了晦气，看他那个样子，是敲不出什么油水的了。于是垂头丧气地，和邵元节两人一同跳下马来，跟着那知县海瑞到了馆驿。但见驿中也没有驿卒，只一个老妇、一个少女在那里当差。怀安便问海瑞，为什么不用男仆？海瑞笑道："那些仆人嫌这里穷不过，做不到几天已自潜逃走了。卑职不得已，令老妻和女儿暂来此处侍候公公。"怀安见说，方知这驿中的老妇少女还是知县的太太小姐哩。及至走进馆驿里面，见一张破桌，四五只有底没背的竹椅儿，两张半新不旧的卧榻，榻上各置着一床粗布的被儿。怀安看了，一味地摇头。过了一会，海知县供上午餐来，却是黄虀淡饭，非常的草率。怀安在平日间穿的绮罗、吃的肉食，似这般的粗茶淡饭，他哪里能够下咽。还是邵元节，算勉强吃了一些。到了晚上、夜晚也是一样的。海知县又亲自掌上一盏半明不灭的气死风油灯来。怀安到了这时，好似张天师被鬼迷，有法没用处了。这一夜冷清清的，在破窑似的馆驿里面，寒风飒飒，村外的犬吠猎猎，野树上的鸦声恶恶，那种凄凉的景况真是生平所未经的。又睡在这粗布被上，不盖又冷，盖了实在有些难受。把个穷奢极欲的怀安弄得翻来覆去的，一夜哪里睡得着。好容易听得远远的鸡声三唱，天渐渐地破晓了。怀安似坐了一夜牢狱，巴不得天色早明。忙忙地起身，胡乱梳洗好了，和邵元节两人带了从人,匆匆地赶往别处去了。

怀安离了临清,刚出得临邑的境界,走不上半里多路,忽然地一声喊起,十九个大汉驰马飞来,不问皂白,把怀安载着的金银珠宝拥了便走。从人要想上去争夺,被一个大汉挺刀搠翻了三四个,余下的就不敢上前了。怀安见遇了暴客,性命要紧,便弃了所有的东西空身逃走。狂奔了一程,邵元节也追上来,看到后面不见强盗赶来,大家才把心放下。不一刻,从人等也齐集了,受伤的三四人及索诈来的金珠一样也没了,并车辆也被强盗抢了去。怀安这时的懊恼,比宿临清的时候更要加上几倍。但是强盗的事,他们是不畏王法的,任你怀安怎样的威风也拿他们没法的。只得兼程赶往邻县,前去报失。那知县虽竭力地替他去查缉,一县的差役忙得一天星斗,仍是毫无影踪。怀安限定他们一个月破案,到了期上,休说是强盗了,竟然连小窃也不曾捉着半个的。算晦气了两个差役,把两股几乎打烂了。怀安等得不耐烦了,便择日起身走路。那知县虽然巴结怀安,无如捉不到强盗,也是没奈何的事。只好等怀安临行的时候,拼拼凑凑地送了他三千两。在那知县已挣出一身大汗,怀安却连正眼都不觑一觑。他以为多也失去了,这点儿自然不放在心上了。不过怀安自经过这次巨创,把那个海瑞恨得牙痒痒的。他恨的是海瑞不派从人护送,以致多日的收罗亡于一旦。

当下怀安一路进京,他搜刮和剥削兼施,手段愈弄愈凶,务要把失去的金珠依旧搜刮转来。这样游游宴宴地到京,果然满载而归。那时已冬末春初,又是一年了。总计怀安去请邵元节,足足一个半年头,才把邵元节请到。于是领了邵元节觐世宗帝,将路上寻觅的经过细细地述了一遍。好在世宗帝的几位嫔妃已生了太子,无须邵元节求嗣了。

元节见了世宗帝,礼毕。世宗帝问过了姓名,看那邵元节道

第七十三回　叱燕咤莺粉黛争颜色　化云幻鹤羽士显神通

骨仙风，与平常的道士不同，就问他长生的方法。邵元节说是寡欲清心。世宗帝很嘉许他这个意思，就把邵元节留在宫中，替他建起一道真人宫来。又在内宫特地筑了一座醮坛，邵元节天天登坛祈祷，世宗帝亲自叩头礼拜。只见得香烟缥缈中常有一只仙鹤，翱舞烟雾中，护住那个炉鼎。世宗看了，暗暗称奇，由是越发信任邵元节了。世宗帝因一心求那生长生方儿，日间听政回宫，就来坛上行礼。晚上只宿在坛下，什么杜贵妃、王嫔人等，好久没有召幸了。

一天，世宗帝和邵元节谈禅，直到三更多天方回坛下安寝。其时经过那个坛台的左侧，叫做青龙门，见有三四个少女在那里打着秋千玩耍。世宗帝也看得她们好玩不过，呆呆地立在青龙门边，一声不则地瞧着。那几个少女你推我拥地闹了一会儿，就中一个十五六岁的才攀上秋千，只甩得两下，秋千的绳儿忽然断下来，把那少女直抛出丈把来远，恰好撞在世宗帝的身上。世宗帝怕她闪痛了，慌忙伸手把她扶住。那少女直笑得前仰后俯，莺莺呖呖地，一时立不起身来，蓦然回过她的粉脸，见是世宗帝立在她旁边，不由得吓得花容失声，低了头花枝招展也似地跪了下去。世宗帝一面把她扶起来，细看那少女，一张娇小的脸儿，觉得她很是娇憨可爱。世宗帝忍不住心里微微的一动，牵着那少女纤纤的玉腕，到了坛下的禅室里，就在雕牙床前捺她并肩坐了。世宗帝一头搂着她的酥胸，笑嘻嘻地问道："你唤什么名儿？进宫几年了？"那少女似惊似喜地红着脸儿答道："民女叫萍儿，青柳人，那年和杜娘娘（杜雅娘）一块儿选进宫来的。"世宗帝想了想，却又记不起来，因又笑说道："你可有姐妹兄弟？家中还有父母没有？"萍儿低低地答道："民女是自小没父亲的，家里很清贫。这次选秀女，被县令钱如山强行指派的。母亲只生了民女一个，心上很是舍不得，又没银两去孝敬县令，母女两个只好生生地分离了。似隔壁陈家五小姐的，他们有钱去贿那县令，便好设法不致被选了。"萍儿说时，不禁想起她的老母来，眼圈儿一红，扑簌簌地流下泪来。

世宗帝一面从袖中掏出罗巾替萍儿拭泪，口里安慰她道："你不必伤心，将来朕也封你做个嫔人，你想可好么？"说着故意把脸儿似笑非笑地，瞪着两只眼睛，一眨一眨地对着她。萍儿本来还是天真烂漫的孩子气，吃世宗帝这样一逗引，眼泪还挂在眼下，却噗哧地笑出来，自己觉得不好意思，向世宗帝手中抢过罗巾，掩住她半个粉脸，望着世宗的怀里一倒。世宗帝哈哈大笑，萍儿伏在世宗帝的膝上也格格地笑起来。世宗帝趁势将她一抱抱在膝上，俯身去嗅她的粉颊，嗅得萍儿倚身不住，倒在榻上打滚，那香躯被世宗帝捺住了，萍儿动弹不得，只把两只凌波的纤足一上一下的乱颠。世宗帝还伸手到萍儿的怀中去呵她的痒筋。萍儿挨不住痒，索性放声大笑。两人在禅室里正在得趣的当儿，不提防禅室门外啪的一响，跳进一样东西来。世宗帝和萍儿都吃了一惊。

不知跳进来的是什么东西，且听下回分解。

第七十四回　纤腰一捻翠琴悲离鸾
　　　　　　　金钩双挽尚玉射飞鸿

秋水盈盈,春情如醉,脂香阵阵,意绪缠绵。精致的禅室里充满了洛阳春色,那呖呖的珠喉,发出一种娇憨的笑声来,真似出谷的黄莺,令人听了心醉神荡,情不自禁。这萍儿是个情窦初开的小女儿,天真未泯,憨态可掬。世宗帝和她闹着玩,引得萍儿笑声吃吃,媚眼带妍,香颦微晕,似有情又似无情的。小女儿家往往有这样的现状。世宗帝正和萍儿打着趣,不防门外跳进一个神头鬼脸的东西来,把萍儿和世宗帝都吓了一跳。只见那怪东西似人非人的,慢慢地走进榻前,往灯光下望去,更觉得十分可怖。萍儿素来胆小如鼠的,这时已吓得往榻上乱躲,将一幅绣被掩住了头脸,索索地发抖。世宗帝倒还胆大,待那个怪东西走近,便从榻上直跃起来,只飞起一脚,把那怪东西踢了一个斤斗,早哇地哭出来了。世宗很是诧异,忙拿灯去照看时,却是一个十二三岁的小宫人,反披了一件绣服,将罗裙系住两肩,头上套了一个鬼脸,遥望去似巨木的一段,又兼在夜里,突然地和它遇见了,谁也要吓得跳起来咧。世宗帝看了也觉好笑,问:"谁叫你扮得这个样儿?"那小宫人见是世宗帝,慌得她身体打战,含着一泡眼泪答道:"外面的姐姐们听得室中笑得起劲,特地推我进来吓人的。"世宗帝听说,回身向门外瞧看,那些宫女已逃得无影无踪了。

原来一班宫女,闻得禅室中格格的笑声,辨出是萍儿和人闹玩,又知道她是胆小的,所以叫小宫人扮了鬼脸来吓她。及至瞧见世宗帝从榻上跳起来,方知萍儿是和皇帝玩笑,吓得一个个魂不附体,回转身来没命逃向僻处去了。

当下世宗帝也不动怒,只唤那小宫人起身出去,随手把禅室门轻轻地掩上。再看榻上的萍儿,兀是在那里发抖。世宗帝向她肩上微微地拍着说道:"痴儿休要惊慌了,那不是怪物,是宫侍们扮着鬼来吓你的。"萍儿听了,才敢钻出头来,眼对着灯火只是呆呆地发怔。世宗帝晓得她惊魂乍定,尚有余怒,就顺势把萍儿的粉臂一拖,拥在怀里安慰她。过了好一会,萍儿渐渐回复了原状,依旧有说有笑的,显出她一派的天真烂漫来。世宗帝一面和她说笑着,一头替她解去罗襦。这时的萍儿,又似喜欢,又似惊惧状态,就是有十七八个画师,怕也描写不出来哩。是夜萍儿便在禅室中侍寝,但她年龄到底还在幼稚,不懂得什么的情趣,只知一味的孩子气。这一夜在禅室里,一会儿嘻笑,一会儿又啼哭了,似这般地直闹到鸡声乱唱,才算沉静下去。世宗帝很宠爱萍儿,从此命她侍候在禅室里。世宗帝每晚奉经,萍儿就在旁侍立。等世宗帝诵完了经,方携手入寝。那萍儿到了此时,却不似前日的啼哭了,世宗帝也愈加怜爱。又谕总务处,赐给萍儿的母亲黄金二千两,作为养老之费。

一天,世宗帝无意中问萍儿道:"你们民间的女儿,为什么听见选秀女时都要害怕?难道将来不去嫁丈夫的么?"萍儿把粉颈一扭道:"充秀女和嫁丈夫差得远咧!女孩儿们嫁了丈夫,虽说和父母暂时别离,不久就可以见面的。若是做了秀女,一经被选进宫,永世不能与父母相见的了。那么有女儿和没有女儿,又有甚分别?所以女儿被官吏选中,做父母的只当那女儿死了,倘

第七十四回　纤腰一捻翠琴悲离鸾　金钩双挽尚玉射飞鸿

幸得到京里选不中，退回来时，好算得是再生了。那时做父母的重得骨肉相逢，像天上掉下一件宝贝来，也没有那样地欢喜。可是选中的人家，眼睁睁地瞧着别人的女儿回来了，自己却消息沉沉，这时的伤感和悲痛，就是心头刲一块肉也没有这般地难受。"世宗帝见说，不由得恻然道："生离死别，本是人生最伤心的事了。"于是下谕，命总管太监，凡宫中所有的宫侍，在二十岁以上的，一概给资遣回原籍，令其父母自行择配。

这道谕旨下来，阖宫的宫侍欢呼声不绝。由总事太监一一录籍点名，满二十岁的，便列在这遣归的籍中。那些宫妇拔簪抽珥的，纷纷贿那太监，巴不得已名早列籍中。可怜深宫里面，竟有年龄在三四十岁以上的老宫人，半世不见天日了。一朝得到这首恩旨，真连眼泪都几乎笑出来。管事太监录名已毕，共得一百九十二人。有四十几名还是孝宗朝的老人，都有四十多岁了。世宗帝着将一百九十二名老宫人，每人赏白银三百两，各按籍贯，令该处的地方官查询宫人父母的名姓，即日遣归。到了遣散宫人那天，车辆络绎道上，那老宫人款段出都，大半是半老徐娘，所谓来时绿鬓青丝，归去已是白发萧萧，当时确有这种景象。她们回到家中，父母多已亡过，忆起和父母分别，今日回来，只剩得一抔荒土，麦饭胡浆，欷歔奠吊，凄凉状况，真有不堪回首之叹了。

世宗帝既遣散了一百多个老宫人，自然要添进新宫人，于是选秀女的风潮又闹得乌烟瘴气。这一次挑选宫侍，经世宗帝亲自过目，四百五十二人中只选得一百十七人。一个个都丰姿秀丽，美目娇盼。单讲就中一个宫女，是青阳地方人，芳龄还只有十九岁，生得秀靥承颧、眉目如画，一捻纤腰、轻身若燕。世宗帝见她妩媚动人，便把她留在禅室中侍候。这个青阳人的宫女，姓徐，名唤翠琴，为人很是伶俐，尤其是善侍色笑。不过每逢到世宗帝和她说笑时，终愁眉苦脸，不是推托趋避，就是默默地垂泪。世宗帝细察翠琴的形色，知道她一定别有心事，但是盘问她时，再也不肯吐露。

光阴荏苒，转眼又是春初。鸟语花香，微风如暖，人们最好的光阴要算是春天了。世宗帝这时除了参禅之外，就是携着杜贵妃、王嫔人等翱游西苑。那个聪敏伶俐的王嫔人采了百花，酿成了一种香酿，世宗帝称她的酒味甘美，特在西苑的涵芳榭里设了一个百花酿会。自王公大臣、后妃嫔人，每人赐三杯百花酿。世宗帝又传谕，大臣各吟百花诗一首，君臣王相唱和。直饮到日落西山，王公大臣由太监掌上明角灯送出宫门，各自乘轿回去。

世宗帝待大臣们散去，见东方一轮皓月初升，照着大地犹同白昼一样，不觉高兴起来，命嫔妃们侍着，重行洗盏更酌。这时那个张皇后也在旁侍饮，她见世宗帝闹酒，越喝越起劲了，心里早有几分不悦的了。恰好那个宫女翠琴也侍立在侧，世宗帝命宫侍赐给她一杯百花酿，翠琴谢了赐，才起身把酒喝了。但她是个不会饮酒的，一杯下肚便脸红桃花，白里显红，红中透白，愈见她娇艳可爱了。世宗帝已微带酒意，忍不住一伸手拖了翠琴的玉臂，抚摩展玩，看了又看，嗅了再嗅，大有恋恋爱不忍释的概况。张皇后在旁边目睹着世宗帝这样的丑态，心里很是难受，那一缕酸意由丹田中直透脑门，便霍地立起身来，把手里的象箸向桌子上一掷，回身自自地悻悻走了。世宗帝是素来刚愎自恃的，又兼在酒后，怎肯任张皇后去使性，当下也勃然大怒道："你那时不过是个侍嫔，朕册你做了皇后，也没有薄待你，你倒在朕面上来发脾气了。看朕不能废了你么？"说罢，擎起了手中的玉杯，望着张皇后掷去，亏得张皇后走得快一些，还算不曾掷着，只衣裙上的酒汁已稍微有点儿溅着了。张皇后回到宫中，心上越想越气闷，不禁放声大哭起来。这里世宗帝也怒气不息，立命内监取

第七十四回　纤腰一捻翠琴悲离鸾　金钩双挽尚玉射飞鸿

过笔砚来，下了废去张皇后的手谕，盖了玺印，吩咐内侍早期颁示阁臣。

那翠琴怔怔地立在一边，见世宗帝对于皇后尚且这样的暴戾无情，其他的嫔妃可想而知。人说帝王多是弃旧怜新的，一厌恶就弃如敝屣，毫无情义的，这话的确可信。翠琴呆呆地想着，心里十分胆寒。忽见世宗帝拟好了谕旨，醉醺醺地走过来，一把握着翠琴的手腕，往禅房里便走。两边侍候的太监慌忙掌灯引导。世宗帝不等太监燃灯，已乘着月色走出涵芳榭去了。翠琴见世宗帝酒气直冲，不敢借故推托，致触怒于她，但是芳心之中却必必剥剥地乱缩。正不知世宗帝听得脚步声，回头见四五个内监手里都掌着灯，便叫他们退去，不必来侍候。太监们领会，就立住脚不走，直等世宗帝去得远了，他们才回身各自散去。

翠琴察觉世宗的举动似有些不妙了，他连侍候的内监出屏去了，这不是明明要翠琴去侍候么？看看到了坛下的禅室面前，世宗帝和翠琴并肩走进禅室，令翠琴闭上了门，就老实不客气地呼她解衣侍寝。翠琴见说，这一惊非同小可。他所怕的是那个话，今天瞧透世宗帝是心怀不善，这一着道儿，或是不能免的，现在果然不出翠琴所料。此刻的翠琴真有点为难了，她要是不领旨，那时违忤了上意，罪名很不小；倘然低首应命，岂不是白璧受玷？思来想去，一时找不出一个两全的法儿来。翠琴心里和十七八只桶似的上上落落，身体僵立不动。世宗帝上榻，拥着绣被，一迭连声地催促，弄得聪敏伶俐的翠琴，好似船头上跑马走投无路了。

世宗帝见她还是立着挨延，当她女孩儿家怕害羞，故意在那里作态，于是赤体跳下床来，一把拥了翠琴，往那榻上一捻，一手就替翠琴去松钮解襦，差不多要用强了。翠琴万不料这位堂堂的皇帝，竟会做出急色的手段来的。这时翠琴着急得了不得，又不敢高声叫嚷。即使你叫喊起来，任你叫破了喉咙，也不会有人来救援的。值此千钧一发的紧急当儿，翠琴忽然柳眉倒竖、杏眼圆睁，娇嗔一声，罗裤中蓦的掣出一把锋利的尖刀来，向着世宗帝的喉间刺去。世宗帝眼快，灯影下觉得白光一闪，忙将头避过，颈上已划了一条刀痕，鲜血直流出来。世宗帝颈上觉微有疼痛，用手一摸却是湿腻腻的，灯下瞧出是鲜血，不禁喊了一声："哎呀！"这一声喊，恰巧侍卫总管陆炳从坛下巡过，听得世宗帝的喊声，不是无故而发的，好似惊骇地极叫。陆炳是个心细的人，他自前番在火焰中救出世宗帝之后，两脚受了火灼的伤痕，经太医院给他治愈。世宗帝嘉他的忠勇，授为伯爵，又擢他做了侍卫总管兼京营的兵马都督。陆炳既做了侍卫总管，他在每晚的黄昏必亲自进宫，往四下里巡逡一转，叮嘱那些侍卫小心值班，自己再出宫回都督府。这是陆炳平日的规例，风雨不更的。这天的夜里，陆炳为了应酬同僚，进宫迟了一点。那也是世宗帝合当有救，所以喊了声"哎呀"，正被陆炳听得。

　　这陆炳是心细的人，他听得声音有异，心里先已疑惑的了，便昂起着脖子，向那禅室的窗洞中来张望。不张犹可，这一张之下，吓得陆炳魂灵儿飞上了半天。原来他往窗内望进去，见世宗帝精赤了身体，颈上胸前都是鲜血，榻上一个美貌的女子，手里执着明晃晃的一把尖刀，正从床上跳下来，一手似在那里系着衣襟，粉脸上杀气腾腾，一双杏眼瞪着世宗帝，好像要动手的样儿。这时陆炳已知道间不容发了，便大叫一声："休得有伤圣体！"只尽力一脚，那禅室门被他踢倒下来。世宗帝和翠琴都吃了一惊，乃至见是陆炳，世宗帝忙道："卿快来救朕！"话犹未了，陆炳已大踏步抢将入来，叉开五指向翠琴抓去。翠琴瞧见陆炳雄赳赳的那副形状，深恐受辱，就反过尖刀，望自己的喉中便刺。陆炳怕翠琴一死，没了活口，追究不出主使的人来，怎肯轻

第七十四回　纤腰一捻翠琴悲离鸾　金钩双挽尚玉射飞鸿

轻地放过她呢？说时迟、那时快，翠琴的尖刀才到项前，陆炳急忙扳住她的粉臂。翠琴见不是势头，索性一刀对准了陆炳的头上刺来。陆炳把头一偏，翠琴戳了个空，又兼她用刀太猛，香躯儿和刀一齐直扑过来，刀尖巧巧地刺在陆炳的右腕上，鲜血骨都骨都地直冒。陆炳也顾不得痛了，骂一声："好厉害的泼妇！"两手将翠琴的粉臂只一搭，想翠琴那样弱不禁风的娇女儿，怎经得陆将军的神力，早被陆炳掀翻在地，纤腕握不住尖刀，当啷地一响，已抛出在丈把外的门边上了。

陆炳搏住了翠琴，一手就自己身上解下一根丝绦儿，把翠琴的两手结结实实地缚好了。回身来瞧世宗帝，见世宗帝赤身蹲在榻边，两眼只是呆瞪。陆炳知他受了惊恐，忙俯身下去，把世宗帝扶上了牙床，取个枕儿做个背垫，合斜坐在那榻旁，又拉一幅绣被替他轻轻盖上了，低声说道："陛下受惊了么？"世宗帝已噤了口不能答应，只略略点了点头。陆炳回头去倒了一杯热参汤，递给世宗帝慢慢地饮着。自己三脚两步跑到警亭下面，叮叮当当地打起一阵云板来。这警亭的云板，非有紧急事儿是不打的。当时阁宫的太监、宫人、侍卫纷纷奔集。陆炳令侍卫退去，一面只吩咐内监去召太医，又选了几个灵敏的宫女，去禅室里服侍世宗帝。

且慢，做书的讲了半天的混话，几乎要前文不对后话了。因为世宗帝在禅室中，难道连宫人太监都没有一个么，却要等陆炳来打云板传唤？世宗帝身边的那个萍儿，又到什么地方去了？这都有个讲究的。须知禅室不比宫廷，是世宗帝参佛的禁地，太监、宫人不奉召唤是不敢进来的。在世宗帝回禅室的时候，本来有五六名内侍跟着，都被世宗帝和翠琴回复走了。那个萍儿，自翠琴进宫，世宗帝是嫌旧爱新的，便命翠琴在禅室中侍候，萍儿封了嫔人，另居别宫去了。陆炳在匆促中，不知道传唤哪一宫的太监,所以只好去打云板了。

过了一会,太医来了,诊脉已毕,处了药方,内监忙熬煎起来,给世宗帝饮下。又过了好半晌,世宗帝心神渐渐地定了,才能开口说话。那时太医替世宗帝把头上的伤痕裹好,拭去血迹,起身退出。太医去后,世宗帝令陆炳把翠琴拥过来跪在榻前。世宗帝徐徐地问道:"朕和你有甚仇怨,却来持刀行刺?朕看你身上带着利刀,起意已不止一天了,你系受谁人的指使?从实供出来,朕决不要难为你的。"翠琴朗声答道:"今天的事,全是出自我自己的主意,并没有谁指使的。至我要刺你,不是和你有怨,更不是与你有仇,实在你逼人太甚了,我才拔出刀来自卫的。"陆炳在旁禀道:"陛下无须多问,侍臣带她到部中去刑讯去。"世宗帝摇头道:"朕已明白她的用意了,只传总管太监进来,把翠琴领到景春宫去暂居。"

这景春宫就是从前的景寒宫,为专贬嫔妃的所在。是夜,陆炳留在宫中,到了明日的上午方行出宫。世宗帝居禅室里养伤,足有三天没临朝政。那个翠琴被禁在冷宫,知道世宗帝不加杀戮,尚有不舍之意,但自己终抱定了主旨,无论如何,宁死不辱就是了。这翠琴为什么要如此坚决,后文自有交代。

再说嘉靖年间,有个著名的北方大侠叫做红燕的,是顺天人。他生平没有名姓,江湖上都称他做红燕。这红燕往来大江西北,都行些侠义的事儿,专杀贪官污吏,干下了案子,就留一只红绒的燕子在事主家里。红燕的声名,由是远震四方。一般做官的闻得红燕的名儿,一个个魂销胆落。那时也曾派得力的探捕四处侦红燕,不但红燕捕不到,承担这差使的捕役倒已被他杀死了。这样的一来,捕役们要顾性命,从此谁也不敢去尝试了。

一天,这红燕经过通州,见一群少年在那里练武,其中一个美少年使一对虎头钩,虽不见得十二分的高妙,却也算得后起英

第七十四回　纤腰一捻翠琴悲离鸾　金钩双挽尚玉射飞鸿

雄了。那群少年使完家伙，各人比箭，凑巧天上有一阵鸿雁飞过，那美少年连射了三矢，三只雁儿先后堕下地来。这时看得全场的人暴雷也似的喝一声采。红燕看了，不觉暗暗点头，便上去和那美少年打了招呼，问起了姓名。那少年说姓尚，单名一个玉字，是本处人。红燕与尚玉一交谈，倒是很投机，两人就缔起朋友来了。

要知红燕和尚玉怎样，且听下回分解。

第七十五回　香闺传绝技途杀恶客
　　　　　　　禁宫递情牍夜会徐娘

却说红燕见尚玉技艺不弱，就和他叙谈起来，两人的主张很相契合。尚玉也久闻红燕是个侠士，心里十分倾倒。

那尚玉自幼便没了父母，依他的族叔过活。但他五六岁时，已喜欢舞枪弄棒，不大高兴读书。他那族叔说道："目今天下太平了，用不着什么武艺，还不如弃武习文的好。"尚玉答道："俺学了武艺，即使不替国家出力，专诛那乱臣贼子，给百姓除害也是好的。"他族叔听了点点头，从此也不去禁止他习武了。后来，尚玉投着了一位名师叫做李胜芳的，是个有名的拳教师，十八般武艺样样皆精。胜芳在京中专教那些官家子弟，俸金极大，普通人家是请不起的。他生平的弟子，在疆场上立功业的很多。如靖远侯永希，做到三边总制，也是胜芳的弟子。他那许多荫爵封官的弟子，都要叫他做官，胜芳却是淡于名利，除了授徒自给外，真是个一芥不取的硬汉。严嵩父子专政，严世蕃出重金延聘胜芳，命他教授家将，胜芳只推说年衰力竭、技术荒疏，坚辞不就。世蕃再央人去请他时，胜芳已负了旅囊，跨着一匹健驴，回他的通州原籍去了。

尚玉闻得胜芳告老还乡，知他的技术很好，便要求投拜门墙。胜芳再三地不答应，说自己年老，回家息养，从今以后不再

第七十五回　香闺传绝技途杀恶客　禁宫递情愫夜会徐娘

收弟子的了。怎经得尚玉苦苦哀求，胜芳见他心诚，不觉有些动容，于是就允许尚玉做他的最后徒弟。哪知尚玉很是聪敏，胜芳也因尚玉是老年的关门（谓不再收徒也）弟子，尽心极力地指授他，又教他使一对虎头金钩，端的有神出鬼没的技能。不到三年，胜芳的所有本领，十分中尚玉已学会了九分了。胜芳以尚玉伶俐，又肯用心，说他将来定有大为，所以就把最小的亲生女儿嫁给他。尚玉既学得一身好功夫，又获得一个美丽的娇妻，他这时的心上还会不快活的么？原来胜芳有三女儿，终身没有儿子，把生平的绝技都教授给他三个女儿。不过三人之中要推小女儿本领最强，面貌也最美，以是尚玉高兴得了不得。

　　得到迎娶的那天，亲朋都来贺喜，一半是看看新娘的绝技。这新娘芳名叫做珍姑，是胜芳老头的得意女儿，附近村庄中谁不知道珍姑负着好身手。尚玉迎娶过门，一到了三朝，许多的亲朋都嚷着要新娘献技，否则大家不走，非等新娘献了本领才行。尚玉也急于要瞧瞧他妻子的武艺，便帮着亲友们去劝珍姑，叫她胡乱使一会刀或枪，好令亲友们死心塌地。珍姑被逼不过，吩咐婢女，箱筐中取出两把宝剑来，又命将两枚鸡子去放在地上。珍姑便卸去了外衣，露出一身银红的紧身袄裤，拿手腕掳一掳，仗着两把宝剑慢慢地走出房外，轻启朱唇地嫣然一笑，说声"献丑了"，飞身上了鸡子。那一双凌波的纤足踏在鸡子上面滚滚如飞，手中的剑光霍霍，直舞得呼呼风响，寒气逼人。亲友们看了，都为战栗。

　　珍姑舞了一会，房中那婢女笑嘻嘻地撮了一笆斗的黄豆出来，分给一班亲友，令他们各抓一把，向珍姑掷去。但听得洒洒的豆声不绝，等到豆撒完了，珍姑的剑也舞停了，却屹然地在鸡子上，颜色不变气儿不喘。再瞧黄豆时，离珍姑一丈以内，一个圆的大圈子，圈子里面连半粒黄豆屑也没有的，圈子以外却堆有

明宫十六朝演义

半寸来高；而且那黄豆不偏不倚，整整地斩做了两半，一斗多黄豆，竟找不出一个囫囵的来。这时那些亲戚朋友忍不住齐声叫好。珍姑在这喝彩声中跳下鸡子，一笑进房去了。亲戚们才纷然散去，口里兀是赞叹不绝。

尚玉在旁，见他妻子有这样的绝技，是自己所万万及不到的。于是早夜求着珍姑，要她教授技艺。珍姑正色道："你保身本领已足够了，还要学它则甚？况你的性情暴急，艺若过精，必然招祸，那又何苦。"尚玉哪里肯听，一定要她传授。珍姑没法，只得说道："你如学会了我的技术，倘出去闯了祸回来，我自会知道的，那时你休怪我，我可要终身不许你出门一步了。"尚玉急要学艺，诺诺连声答应。自后尚玉便随了他的妻子珍姑天天习武，这样的有两年光景。尚玉的族叔欲作客山西，命尚玉护行。尚玉因自己是族叔抚养长大的，不好违忤，于是叫珍姑料理了行装。尚玉想把金钩带在身边，珍姑不肯道："你有了钩在身畔，又要出去闹事么？"尚玉只得把钩留下。临行的那天，珍姑嘱咐道："你此去有叔父相随，自然不至于胡为。但回来的时候，你只剩得单身了，我怕你没有耐性，因而受别人的亏。须知天下多奇人，能的还有能的，你万事不可莽撞。"说罢，在尚玉的臂上，用指掐了七下，现起七点红痕。珍姑说道："这红痕便是记号，你一闹事，红痕就要消去，七点如消去其五，你从此休来见我！"又把一对象箸塞在尚玉的靴统里道："这是你的护身器具，切莫遗失了。"尚玉一一受教，护着他族叔起程。

光阴流水，不日到了山西，他族叔自去营业，尚玉就辞别回家。一路上忽水忽陆，倒也不曾逢着什么。尚玉自己暗笑道："珍姑谆谆嘱俺不要惹祸，就是这样的往往来来，俺不去扰人，人也不来惹俺，有甚鸟祸去闯出来？真是愚人多虑了。"尚玉在陆地上走了两天，前面是玉带河了。这河虽不甚大，却没有石

第七十五回　香闺传绝技途杀恶客　禁宫递情牍夜会徐娘

梁，须得人民的渡船渡过去的。尚玉慢慢地走到河岸上，见二十几艘渡船一字儿排在那里。尚玉便择一只最空广的，落船坐在舱中。坐了一会，渡船上客已坐满了，那船还是不开。一船上的乘客一齐哗噪起来。那船夫忙来安慰道："客人们莫性急，如今不比往时了，没有和尚爷爷的命令，是不敢开船的。"内中一个客人，雄赳赳地大声道："什么的秃驴？咱不怕他，快替我开船！"船夫不肯答应，那客人就破口大骂。

早有和尚的恶党飞也似地去报知那和尚。不多一会，那个和尚来了，生得身长面黑、身体魁梧，相貌极其凶恶，右手提着一根铜钱绾就的铜鞭，长约五六尺，后面跟随了十几个无赖，蜂涌般地赶到船头，恶狠狠地问道："谁敢骂和尚，和尚便与他来较量较量。"那船上的客人蓦地从船中直跳起来，手里抡着一条木棍，竟奔那和尚。和尚忙把铜钱鞭相迎，打了有四五个照面，那客人的木棍被和尚一鞭打断，乘势一鞭扫来，将那客人的足骨扫折，倒在地上爬不起来。和尚哈哈大笑道："这样的囚囊，也想在太岁头上动土么？"和尚说罢，倒拖着铜鞭走了。

那二十多艘船上的客人见和尚仍不令开船，众人都有些愤愤不平，但畏和尚勇猛，谁敢多一句口？尚玉坐在船上，不觉心痒难搔，要待试试自己的手段，记起了珍姑的嘱咐，就此忍耐了下去。看看日色过午，船依旧停泊着，毫无动静。有几个客人悄悄地去问船家，据说不到日落，不见得会开船，因和尚的命令要到那时才下来咧。众人听了面面相觑，做声不得。那些有要事的客人，差不多要哭出来了。且除了这个渡口，又不能飞过江去。只好耐守着，等那和尚的吩咐。

等到日色斜西，和尚影踪全无。尚玉真有点忍不得了，就立起身来低低向那些客人说道："你们要立时过江去么？"众齐声道："怎么不要？可是那和尚厉害不过，也是没法的事。"尚玉笑道:"俺能除这个和尚,你们肯助俺么?"众人说道:"我们都是手无缚鸡力的,怎能相助?"尚玉道:"俺不要你们动手,和尚自有俺去对敌,只是他有一根铜鞭,俺急切弄不到家伙,就空拳和他厮斗,唯恐和尚凶猛,一时制不住他。你们见俺往来趋避时,各人将铜钱一把撒向地上,并齐声叫道:'和尚铜鞭打散了!'那时俺自有法儿打倒他。"众人听了,见尚玉神采奕奕,知不是个没本领的人,于是都点头答应了,各人去预备把钱,眼睁眼等着。

　　尚玉便走到船艄上,故意做出要解缆开船的样儿,又大喝船夫道:"快给俺开船!和尚来时,俺去对付他就是。"船夫也听了尚玉的嘱咐,巴不得将和尚打死了,他们得自由渡人。当下船夫真个去拔篙掠船。那和尚的党羽又去飞报,和尚提了铜鞭赶来,高声叫道:"谁敢不奉咱的命令开船?"尚玉挺身应道:"是俺说的。"那和尚见尚玉是赤手空拳,谅来是有几分本领的,便微笑道:"刚才使棍的被咱打倒了,你是瞧见的,此刻你空手来和咱较量么?"尚玉看和尚的背后,跟随着的不下三四十人,深怕众寡不敌,因激和尚道:"你持器械,俺是空拳;好汉只独自放对,不许叫人相助。"和尚欺尚玉空手,欣然说道:"要人帮助的,算不得英雄好汉!"说罢令众羽党退下去,扬一扬手里的铜鞭,望尚玉的头顶和泰山般打下来。尚玉忙闪过,回手就是一拳,和尚用鞭架开了。一僧一俗,两人在空场的地上往往来来地斗了起来。这样地战到三四十合,和尚越斗越勇,拿一根铜鞭舞得水也泼不进去,端的使得好鞭法。尚玉到底是空手,斗到五六十合,渐渐地有些乏力了,便忽地变了一趟猴子拳,只上下左右地跳跃趋避。和尚哪里肯舍,他想自己用了家伙还打不败尚玉,心里又急又气,那根铜鞭更使得神出鬼没的,一步紧一步地向尚玉逼来。尚玉这时已累得一身是汗,手里虽和那和尚狠斗,却只能遮

第七十五回　香闺传绝技途杀恶客　禁宫递情牍夜会徐娘

拦架格，并无还拳的力量。

　　正在危急的当儿，船上一班客人和船夫见尚玉逐渐倒退下去，似有些不济的样儿，于是发个暗号，各人将铜钱抓了一把，豁郎的一响，齐齐撒在地上，口里大嚷道："和尚的铜鞭打散了！"那和尚正使鞭如风，猛听得众人说他鞭散了，不觉吃了一惊，忙抬头看那鞭时，蓦然狂叫一声，倒在地上乱滚。和尚的党羽要想来救，被尚玉一顿的拳脚，直打得落花流水，四散逃个干净。众人再瞧那和尚，已睡在地上动弹不得，眼孔中插着两只象箸，眼珠突出，箸尖直透脑后，流着花红脑浆死了。

　　原来尚玉令众人撒钱，齐嚷和尚铜鞭散了，知道和尚一定要着急顾鞭，尚玉趁和尚向上看鞭的空儿，从靴统中抽出象箸，戳人和尚的眼中，手脚的敏捷迅速，真出人意料。众人当时瞪着眼看着，只见尚玉略一俯身，和尚已倒在地上了。哪知有本领的人，眼儿斜不得一斜，就被人乘了隙去了。这时二十艘船上的客人，无不赞尚玉的技艺精极。船夫见和尚已死，便解缆开船。从此这个渡口，人民随时可以安渡，没有人来阻挡了。众人渡到对岸，都向尚玉称谢，船夫也再三叩谢尚玉替他们除了一害。尚玉头也不回的顾自己走了。

　　又走了几天，看看将到家了，瞧手上的红痕，消去了四点。及至到了家里，珍姑验看红痕，七点消去了四点，便诘问尚玉闹了什么事？尚玉不好隐瞒，把用象箸戳死和尚的经过说了一遍。珍姑大惊道："这个和尚，是我父亲的同师兄弟，叫做乌钵和尚的，你如今把他弄死了。他还有一个徒弟金灵子，本领十分高强。他打听得是你下的毒手，金灵子不要来报仇的么？"尚玉见说，急得面色如土，半晌说不出话来。珍姑叹口气道："我叫你路上不要多事，现在真的闯出祸来了。倘我父亲尚在（李胜芳时已逝世）倒不必害怕，目今我父亲已死，金灵子若来，没人敌得他过,那可怎么好?"尚玉道:"俺打死那和尚,又不曾宣布姓名,金灵子怎会晓得?"珍姑顿足道:"交手时你所用的象箸,这一路秘传,除了我父亲,谁都失传的。内行人一瞧,就晓得是我父亲手下的人,还要打听姓名做甚?"尚玉见珍姑似这般地着急,料想不是假的,心里很是忧虑。

韶华不居,又是春尽夏初了。一天通州来了个少年和尚,沿路问李胜芳家里。有人来告诉珍姑,珍姑惊道:"金灵子来了,等我前去会他。"尚玉说道;"他又不寻上门,俺们转去找他么?"珍姑说道:"他既来了,躲也是躲不过的,终是有一番厮斗的,不如和他去拼一下再说。"于是珍姑匆匆地结束停当,带了应用的利器,竟自出门去了。

尚玉在家里眼巴巴地望着,自辰到了午后,还不见珍姑回来,尚玉心里万分着急。看看日色西沉,明月东升,珍姑依旧影踪没有。尚玉不由得心慌起来。正要出门去探视,忽听檐上瓦声一响,珍姑跃下地来。灯光下见她玉容苍白,一言不发地走进室中,扑地倒在炕上,沉沉地睡去。直到三更多天,尚玉翻来覆去地睡不着,蓦见珍姑从炕上跃了起来,叹了口气,似又睡下。过了好一会,才回身转来,握住了尚玉的右手,垂泪说道:"我和你三年恩爱夫妻,不图分别在今日。"尚玉听了,忍不住眼泪纷纷地道:"你好好的人,为什么说出这样的话来?"珍姑答道:"我晨间出去,正与金灵子相遇,他施出平生的绝技和我对敌,用金爪法把我抓伤,创及心肺,恐不能活了。但他也被我击着一次仙人掌,虽不至于死,治愈后必成残废。我死之后,那残废和尚就是我的仇人,此怨要你与我报的。"珍姑说到这里,声音慢慢地低下去,两眼往上一翻,呜呼哀哉了。珍姑死了,尚玉大哭一场,把上等衣棺盛殓了,即日舁往南山麓安葬。当尚玉遇见红燕时,珍姑已死了一年多了。

第七十五回　香闺传绝技途杀恶客　禁宫递情牍夜会徐娘

尚玉自结识了红燕，晓得武艺比自己好，便要求红燕助他替珍姑报仇雪恨。红燕慨然允许了。两人一路去打叫金灵子的住处，听说在江西狼山的山麓里，搭着茅篷子在那里静修。尚玉前去见他，那金灵子的一只左臂已经废去，只剩得一只右臂了。可是金灵子虽独臂，斗起来还是甚凶猛。尚玉看看有些抵挡不了，红燕在旁，暗暗发出一支金镖，打在金灵子的右腕上。金灵子"哎呀"一声，右手的刀便抛去，就奋着独臂狠斗。尚玉手里有了器械，究竟占着上风，又被红燕前后夹攻，金灵子不能抵御，回身待要逃遁时，红燕大喝一声，飞剑把金灵子的半个天灵盖劈去，尚玉抢上一步，对准金灵子的前胸只一刀，早已了帐。两人将金灵子的尸首抬入茅篷中，放起一阵火来，并金灵子的死尸也烧得精光。

尚玉报了珍姑的仇恨，红燕和尚玉分别，往西蜀而去。尚玉这时也和红燕一般地飘流江湖，做些安良除暴的勾当。那时通州圆光寺里有个老和尚叫普明的，年纪九十多岁了，还能使得百四十斤的铁禅杖。尚玉不时到圆光寺里和普明闲谈，交情很是深厚。一天尚玉又到圆光寺去，见了普明，寒暄过了，就讲些闲话。尚玉无意中回顾，见禅房中坐着一个秀士打扮的少年，似在那里落泪。尚玉问道："那少年是谁？"普明叹息道："说起那个少年来，话很长咧。据他自己说是青阳人，因打探他那爱妻的消息，从青阳赶到北京来，也着实受些风霜的劳苦。到得本寺，资斧日尽。闻得他妻子也被幽禁了，他心里感伤不过，便在寺后解带自缢。老衲闻得隐隐的哭声，往寺后去看时，正见他在那里吊上去，老衲硬把他救了下来。然老衲已衰败无能了，待替他设法，倒也没有好的机会，此时方在为难咧。"

尚玉听得那少年秀士千里来寻他的妻子，必是个有情的男子。况他的妻子怎会到北方来的？内中当有隐情。于是令那少年秀士出来说个明白。那少年见尚玉相貌不凡，英俊之气流露眉宇，知是非常人，忙行下礼去。尚玉谦让了一会，相对坐下，便问那少年自尽的缘由。那少年还没开口，先扑簌簌地滚下泪来。尚玉安慰他道："你且不要心伤，有甚不好对人讲的隐情，只顾和俺说了，俺可以替你出力，决不推诿的。"那少年谢了，才慢慢地自道了姓名，说是姓程名鹏，字万里，是青阳人。妻子姓徐名翠琴，还不曾娶过门，被县令甘黎棠强选为秀女，献进宫中。前曾辗转托人，送进一封信儿去，终没有回音出来。现今闻得内监们传言，妻子充了宫侍，以拒绝皇上的召幸，被幽禁在深宫里，从此越发信息沉沉、玉人杳然了。程万里说到这里，又不禁痛哭起来。

尚玉奋然说道："专制的皇帝，又有那些贪官为虎作伥拆散人家的夫妇，这罪恶还是那班污吏造成的。皇帝虽尊，他一天到晚蹲在宫里，哪里知道外面的事。"说罢，对程万里道："你要和妻子见面么？"程万里忙答道："那时小可日夜所希望的，只是办不到罢了。"尚玉笑道："俺既许你设法，你但安心住在这里。俺早晚自有佳音给你。"程万里听说，连连叩下头去。尚玉一面把程万里扶起，一面笑看着普明和尚道："被你们出家人说起来，俺又要多事了。"普明也笑了笑，尚玉便起身辞去。

这样过了有半个多月，程万里天天望那尚玉，把脖子也望长了。一天的晚上，猛听得打门声急迫，程万里出去开门时，只见尚玉同了一位美人进来，定睛细看，那美人不是翠琴是谁？两人见面，好似在梦中一样，不知是悲是喜，弄得一句话也说不出来了。还是程万里想着，忙回过来和翠琴向尚玉拜谢。等到两人起身，抬头看尚玉已不知哪里去了。

要知尚玉怎样走了，再听下回分解。

第七十六回 绣褥温馨柳生困粉阵
银蟾清冷娟娜遭情魔

却说翠琴和程万里双双向尚玉跪下去拜谢，等到抬头起来，已不见了尚玉。万里诧异道："怎么他声息也没有，人就不见了？"说犹未毕，普明也走出来，笑着说道："侠客做事，功成不肯自居，都是这样的。"万里见说，和翠琴感激着尚玉，自不消说了。

当下程万里与翠琴、普明和尚三人同进了禅房。普明便向翠琴笑道："姑娘是新从宫中出来，可能把宫闱的情景说给老衲听么？"翠琴说道："我自从进宫到现在，自侍候了几个月皇帝，就被贬入冷宫，于宫里的事，却一点也不熟悉的。大师既要听宫廷琐事，就把我的经过说一遍吧。"普明道："姑娘不说，老衲也要动问了。"于是翠琴说道："我自被选为秀女，进宫时由皇上亲自挑选的。别人都遣发各宫，去侍候一班嫔人、妃子了，只独我在禅室中服侍皇帝。那个禅室，算是皇帝修行的所在。但召幸宫嫔等事，也都在这个禅室里。那时我深恐皇帝要我侍寝，心里终是怀着鬼胎，身边还暗藏着一把利刃，预备到了紧急时候，借此自卫。万一不幸，我就一刀了却残生，以报我的程郎。"翠琴说到这里，斜睨着万里嫣然地一笑。她这时芳心中的得意，也就可想而知。那程万里听了瞪着两眼，似很替翠琴着急。普明在旁，却听得不住地摇头摆尾，津津有味。

翠琴又继续说道："我既侍候皇帝，一天宫中开什么百花酿会，皇帝饮得大醉，强拉了我进禅室，谕令侍寝。我在这个当儿，应许是万做不到的，不答应又怕罹罪，真是进退两难，只好呆立着不动，挨延一会再说。"万里忙道："竟被你挨过的么？"翠琴笑道："他满心的不怀好意，你想挨得过的么？当时我立着不动，皇帝便亲自跳下榻来，生生地把我横拖倒拽地拉上榻去。"万里吓得跳起来道："有这般的野蛮皇帝，后来怎么样呢？"翠琴说道："我在这间不容发的时候，就要用着我那把利刃了。我右手拔出尖刀猛力地刺去，明明是对准那皇帝咽喉的，不知怎样被他让过了，这一刀却砍在他的颈子上，鲜血便直流出来了。"普明听了，抚掌说道："善哉！这叫做皇帝不该死，吃苦了头颈。"翠琴噗哧地一笑，引得万里也笑起来。

翠琴又说道："我这一刀，那皇帝便负痛逃下床去。我想祸已闯大了，横竖活不成，索性追下榻去刺杀了他，我就是死了，也还值一些。正要跳起来去赶，不提防天崩地塌的一响，禅室门倒了，抢进一个雄赳赳的莽男子来，口里嚷着'救驾'，叉开蒲扇大般的手，来把我捕住。我见他有了救星，自知一定无幸，提起刀来，望着自己的颈上便戳。"万里怪叫道："不好了！"翠琴笑道："你莫着急，等我慢慢地讲下去。"普明笑道："那叫一击不中，两击当然不会着的了。"翠琴笑了笑道："我把刀要自刭时，一只右手被那莽男子扳住。他气力极大，我的手便不由自主了，因此引得我的心头火起，一不做、二不休，乘他握住我手臂的一股余势，望那莽男子一刀刺去，他的手腕上着了一刀，也戳出血来了。"普明大叹道："勇哉！勇哉！吾所不及也。"

翠琴笑道："大师不要说笑话，那时我也万不得已，真所谓一夫拼命了。莽男子被我刺了一刀，似牛般地大吼一声，将我的

第七十六回　绣襦温馨柳生困粉阵　银蟾清冷娟娜遭情魔

双手执住，一把刺刀也抛得老远的，不知掷到什么地方去了。我既受缚后，知道皇帝心里定要发怒，把我自然非杀即剐了。谁知事偏出人意料，皇帝似乎还很怜惜我，竟一点也不难为我，只传进管事太监来，将我幽禁在景春宫里，冷冷清清的，意思是想我悔过罢了。我住在冷宫里面，虽暂时脱了虎口，谅那皇帝未必便肯心死。一天，我方独自坐在桐荫树下垂泪，忽见一个老宫人进来，递一样东西给我道：'为了你这件小事，提心吊胆的，不知转了几十个手咧。'我把那件东西拆来瞧时，却是程郎寄给我的书牍。"翠琴说着，笑向万里道："我一见你的笔迹，便想起你的人来。这时伤心惨恻，无论怎样的事，也没有这般可悲了。那时我持着信笺读一句，滴一点泪儿，直到读毕，便大大地哭了一场。"

普明笑道："伤哉！情之为祟也。"万里也笑道："大师为什么只在一旁挖苦人，我就是对你磕几个头吧！"普明哈哈大笑，立起身来说道："走休、走休！以后便是尚玉来救姑娘了，可是不是？咱都知道的了，莫听、莫听，去休、去休！"普明说罢，狂笑着走出去了。万里和翠琴也含笑着相送。

普明去后，程万里回顾翠琴道："我们不如他，这个老和尚才算得洒脱咧！"翠琴点点头，又续说道："我自接你那封信后，要想寄个回音给你；只是宫廷不比得在外，里面规例严密，想来想去，终没有投书的机会。那时我写好了复信，连同你的来书一块儿放在身边。不料皇帝又来召幸，怕我身上带着利器，命宫女们把我的遍身一搜，两封书牍一起被她们搜去。皇帝将书信看了一遍，才晓得我别有所属，于是把我送入昭阳宫。

"这座宫院是最冷落、最僻静的所在，我独自一人居在里面，真是形影相吊、凄凉万状。我本来早经自尽了，为的有你在外，我终希望明天之幸，还有重逢的一日。那天夜里，我正在伤心恸哭的当儿，忽闻檐瓦上有足步声音，我那时又是诧异，又觉得心慌，不由得索索地抖起来。猛见宫门呀的一声开了，走进一个短衣窄袖的丈夫。他对我说道：'你那人儿望得你眼也望穿了，快随俺走吧！'我方要问个明白，那人却不由分说，取出一条裙裢，向我的腰上一套，翻身负着便走。我在他的背上，只觉得耳畔呼呼的风响，好似腾云驾雾似的。这样走了一程，天色已经大明，那人把我放在僻静的树林里，自去弄些东西吃了，两人相对，直到了黄昏。这时我昏昏沉沉的，也忘了饥饿，看着明月东上，那人又负了我疾走。到了这里的寺面前，他就推我进来，不期竟得和你相见。我还当是梦景咧。"万里叹口气道："人生的遇合，本来有天定的，愈是要合，偏是相离。今天的相逢，殊出俺的意料。"翠琴想起了前后离合的经过，不禁也深深叹息。这事且按下不表。

再说严氏父子自专政以来，越发跋扈飞扬，差不多阖朝的大小臣工都在严氏门下。那时权柄最重的，第一个是鄢懋卿，第二个是赵文华，第三个是罗龙文。这三个奸臣在朝列为鼎足，助着严嵩狼狈为奸。三人中尤其是赵文华，笼络的手段又好，钻营的本领可算得第一。他除了趋奉严嵩以外，又拜严嵩的妻子欧阳氏做了干娘。赵文华曾出使过海外，带些奇珍异宝回来献给欧阳氏。那个欧阳氏是贪财如命的人，得了赵文华的珍宝，心下喜欢得了不得，每见了文华，终是眉开眼笑地，口口声声称着孝顺儿子。文华赖着欧阳氏在严嵩面上替他吹嘘，由员外郎开擢，做到了工部尚书，位列六卿。他官职一天天地大上去，作恶也一天天地厉害起来。什么强占民田，强劫良家妇女，种种万恶的事，真可算得是无所不为了。别的不去说他，单讲他卖官鬻爵的造孽钱，也不知积了多少。

文华既有了这许多钱，家里便造起房子来，崇楼叠阁、画栋

第七十六回　绣襦温馨柳生困粉阵　银蟾清冷娟娜遭情魔

雕梁，直筑得和皇宫不相上下。又在这高楼大厦后面，建设了一个极大的花园，什么楼台亭阁、池塘花轩，没有一样不具。那座花园的正中，又建起一座楼台，这个楼台是团团都走得通的，四面八方、千门万户，不识的人走进了这座楼里去了，休想走得出来。楼的花样多了，工程自然非常浩大。它的形式好像古时西国帝王的迷宫，赵文华就称它做走马楼。因骑了马在这楼台的四面去走，横直斜圆，没有一处走不通的。现在人民所盖的楼房，四周团团兜得转的，俗称它为走马楼，就是文华所引出来的。

文华建筑了这座走马楼，楼中还有七十二个精致的房室。每一个室中居住一个美姬，两个美貌的婢女。赵文华每天公事办完回来，就在走马楼的正中厅上设着酒筵。文华南向坐了，令七十二个姬妾在一旁侍饮。酒至半酣，文华便取出七十二个牙签来，令姬妾们随意抽取。这七十二枝签中，有两枝是红头签儿，七十枝是绿头的。抽着了红头签，就命抽着红头签的两个姬妾侍寝。每日是这个样儿。那乖觉的姬妾暗暗在签上做了记认，临取签时自然一抽就着。抽不到的姬妾，只得怨着运气不好，不免就要孤灯一盏，单裯独抱了。讲到这座走马楼，本是赵文华的秘密私第，他还有正式府第在京城里面。府第中自文华的正夫人以下，也还有四五个姬妾，文华有时也少不得要去应酬一会。你想一个人有了这许多美貌的姬妾，无论他有彭祖那么的精神，怕也未必来得及哩。

那时文华有一个外甥，叫做柳如眉的，年纪才得弱冠，却是个风流放诞的少年。这如眉自幼儿便不喜欢读书，所好的是问柳寻花，进出的是秦楼楚馆，总而言之，专在女人面上用工夫就是了。

三月三的上巳辰，京城中的妇女都到郊外去踏青，柳如眉是个著名的游浪子弟，逢着这种春明佳日，他岂肯落后？自然也要去流连胜地、饱餐秀色了。那时他信步翱游郊外，但见仕女如云、春花似锦，粉白黛绿与万卉相争妍，愈显出她们的娇艳和妩媚来。如眉贪着佳丽，恋恋不忍遽去。看看红日衔山，携酒高会的一个一个挈榼回去了。夕阳西沉，牧童归去，鸟鹊返巢。游览的人霎时纷纷都走了，荒郊之中剩下一个探花游宴的柳如眉，在这碧草萋萋、老树槎枒的所在，孤身踽踽独行，怎不要心惊胆怯、毛发为戴呢！如眉越走越是心慌，天上微细的月儿又不甚光明，更兼他性急步乱，连连跌了几跤，跌得他头昏眼花，不辨天南地北，一时走差了路头。如眉狠命地望前乱闯，仍不见城门，心想莫非错了路径么？又走了有半里多路，见一座大厦当前。抬头望去，那巨厦的侧门开着。如眉探首去张了张，却是一个极大的花园，园里的花香一阵阵地直送出来，不由令人心醉。

　　如眉是个得着住处便安身的人，遇见这样一个好去处，又恰好开着园门，他也不管好歹，信步走进园去。到得门内，果然又是一番气象，路上碧草如茵，树木葱茏可爱，高楼峻亭，朱檐碧瓦。草地上每离五步，燃一枝长约七尺的风烛灯，满园中计算起来不下千百盏，照得一座花园大地光明犹若白昼。如眉虽也是个富家子弟，却从来不曾游过这般的住地。他愈看愈爱，慢慢地走进去，竟忘了身入重地了。如眉正走之间，见一座八角四方的琉璃亭宇，亭内纯燃的雪烛。这种雪烛，是外邦进贡来的，遇风不灭，一枝烛昼夜燃着，经年不熄，也不见它短少。据世臣说，那个雪烛是真犀精做成的，夏日燃起来，虽在烈焰之下，也顿觉微风习习，一室生凉了。而且它的光线又明亮，一枝雪烛可抵到平常的油烛百枝，那烛光的耀眼可想而知了。

　　如眉见那座亭中独明，就大着胆子走上亭去。亭内的陈设，都是白玉为几，紫檀作案。椅上一概披着大红的锦披，绯红绣花的垫子，地上铺着青缎的毡子。人走在亭中，好似进了仙人洞

第七十六回　绣襦温馨柳生困粉阵　银蟾清冷娟娜遭情魔

府,世外桃源怕没有这样的精美富丽咧。如眉在亭上徘徊了一会,蓦然听得外有呛咳声。这一咳可把如眉惊觉过来,看亭中的景象,似贵族人家的闺阃,今无故闯入他人闺阃,是有罪名的,不幸捉进官里去,不是弄得一个没下场么?如眉心中一想着,倒有几分害怕起来。再听那足步声,可越来越近了。如眉深怕被他们瞧见,急切中没法藏身,只好进亭后去躲避了。当下如眉走入亭后,侧着头大睁着眼睛,在屏缝内望出去,来的那个人却并不上亭,竟自低了头,匆匆地走过去了。如眉这才放了心,慢慢地待要走出来,回头见亭后有一座楼梯,梯级上都平铺着银缎,向楼上望去,却是珠光宝气满罩一室,哪里是人间楼台,竟是龙王的水晶宫了。

如眉不禁又垂涎起来,暗想道:"进是进来了,横竖没有人瞧见,就上去玩他一个爽快,也算广一广眼界。"主意已定,便一步一蹑地走上楼来。到了楼上,那里的摆设和布置,与亭中又有天渊之别了。只就那壁上嵌着珍珠宝石,先已价值连城了。还有许多的玉石的雕器,什么玉马、玉狮、白玉的虎象等,高有三四尺光景,雕琢的精巧,神工鬼斧,似非近代人所能做得出来。就中有一头白玉的小狸奴,浑身洁白如雪,紫鼻金睛,眼中闪闪地放出光彩。细看它的眼珠,是用真猫儿眼镶成,能按着时辰忽大忽小,倏尖倏圆,确是一件宝物。如眉一样样的展玩,真如身入了宝山,目不暇接了。

正在玩得有趣,猛见身旁的那张古画,砉的一响,自行卷了上去。如眉吃了一惊,不提防悬画的地方突然开出一扇门儿,走出一个盈盈美人来。那美人见了如眉,也好像诧异的样儿,忙回身去唤了一声,早抢出两个使女打扮的丫头。如眉有点心虚,想溜下楼去是万万来不及的了。那两个丫头跑到如眉的面前,娇声喝道:"你是何处来的莽男子?私自窥人的闺阁!俺们告诉了老爷，捉你到有司衙门去。"如眉见丫头带说带笑，料想她并无恶意，便假做着害怕，低声哀求道："小子莽撞，错走了贵府。望姐姐饶恕了这一遭罢！"那一个丫头喝道："天下有这样容易的事么？"说罢，掩口格格地笑个不住。那先前开门出来的美人，向两个丫头丢个眼色，姗姗地进去了。那一个丫头笑道："俺们且莫管他，拖了去见老爷再说。"如眉听了，才有些心慌，只得向她们求情。那两个丫头只当没有听见，拥了如眉，望着那扇门内便走。经过几重闺门，就见一个香房，绣幙珠帘，鸭炉中焚着兰麝，牙床锦帐，陈设的精美可算得生平目所未睹。那两个丫鬟将如眉直推到里面，见刚才开门的美人含笑坐在床前。如眉忽然地计上心头，向那美人的面前扑地跪下，流下两行眼泪，求她释放。那美人噗哧一笑，把如眉轻轻地扶起，令他在一旁坐了，徐徐地询问了姓名和年岁。那美人笑道："既来则安，你就在这里暂住几时吧！"于是不由分说，命丫头们排上酒盅来，和如眉对面坐下。美人亲自替如眉斟酒，两人有说有笑的，渐渐地亲热起来。

这时如眉方知这座花园是赵尚书的私第，那美人是赵尚书的第十九个姬妾，芳名唤做娟娜，青春还不过花信，出落得玉容如脂、肌肤如雪，真好算得是人间尤物了。如眉色胆似天，眼对着这样一个美人，还管他什么赵尚书，乐得饮酒对花，过他赏心的境地。两人正在唧唧哝哝、情趣横生的当儿，忽听得门外一阵格格的笑声，拥进六七个娆娆婷婷的美人儿来。见了娟娜和如眉对饮，一齐笑说道："好呀！赵姨娘倒会作乐咧（娟娜姓赵，与文华同姓。府中凡是姬妾，通称姨娘）！"娟娜见众人都瞧着她，不由得红晕上颊，一面令丫头看座，添杯盅，让那七个美人儿入席同饮。如眉见粉白黛绿满前，脂香扑鼻，弄得头都闹昏了，只觉浑沉沉的，正不知应酬谁的好。三杯之后，那娟娜便给如眉介

第七十六回　绣襦温馨柳生困粉阵　银蟾清冷娟娜遭情魔

绍；指着那个穿青衫的道："那个是吴姨娘。"又把樱唇一撅，瞧着那穿紫罗衫的道："那位是秦姨娘。"又指着碧衫的道："这是罗姨娘。"又指着穿淡红衫子、梳双宝心髻的道："这个是洪姨娘。"又指着自己身畔穿浅湖色衫的说道："这位是常姨娘。"又指着那个衣大红衫的说道："这便是沈姨娘。"又回顾右边穿秋香色衫子的说道："这是苗姨娘。"如眉一一点头，心里暗自寻思道："俺的舅父真好艳福，这里却藏着许多的美人儿。怪不得城内的府第中，早晚不见他的影踪了。"众美人欢饮了一会，各自纷纷散去。那洪姨娘临走时，回眸向着如眉嫣然地一笑，把个如眉的魂灵儿直笑上了半天去了。

是夜，如眉和娟娜双双携手入了罗帏，共游巫山十二峰去了。第二天上，便有罗姨娘差了丫头来，请柳如眉到她的房中去饮宴。娟娜明知她也想鼎尝一脔，但这时自己私下干的事，又不能阻挡她，只得听如眉前去。谁知接二连三的，明天秦姨娘来请如眉了，后天又是常姨娘，这样地一个个地挨下去，如眉好像入了群芳之中，那娟娜却弄得冷月照窗，孤衾独宿。这一气，就慢慢地成了一病。

要知那娟娜和如眉怎样，且听下回分解。

第七十七回　雪藕冰桃嘉王宴仙春　交梨火枣瑜妃进铅丹

冷月凄凉，香魂欲断，隔帘花影，疑是倩人。那个赵姨娘娟娜，满心想和柳如眉双宿双飞，偿她愿作鸳鸯不羡仙的素志。万不料春光易泄，被秦姨娘、吴姨娘、洪姨娘等撞破。一个个都是年少佳人，谁不爱那风月的勾当？于是吴姨娘把柳如眉邀去饮宴，明日苗姨娘请柳如眉去看花。此来彼往，弄得个柳如眉应了东顾不得西，虽说是左拥右抱，却也有些疲于奔命。尤其是那个洪姨娘，芳名叫做湘娘，是吴县人，年纪要算她最轻，容貌也推她最是漂亮。说起话来，那种莺声呖呖的娇喉，先已令人心醉。柳如眉在群芳当中，和湘娘最是亲密，差不多你恋我爱的，形影不离起来。旁边的吴姨娘、沈姨娘、常姨娘、罗姨娘、秦姨娘、苗姨娘等，这六个美人儿，谁不含着一腔酸意。娟娜是不消说了，她是个起头人，倒落在最后，芳心中的气忿和嫉妒，真有说不出地愤恨。由是郁闷恼恨交迫起来，把个玲珑活泼的赵姨娘弄得骨瘦支离、病容满面了。

如眉明知她是为着自己，一时又舍不得艳丽娇媚的洪湘娘。只有偷个空儿，难得去探望一下。娟娜见如眉来瞧她，自己高兴得了不得，好似获着一样异宝般的，病也好了四五分。哪里晓得如眉心在洪湘娘身上，和娟娜说话，也是心不对肺地胡乱敷衍了

第七十七回　雪藕冰桃嘉王宴仙春　交梨火枣瑜妃进铅丹

几句，多半是前言不搭后语，冬瓜去拌在茄子里。娟娜是何等聪敏的人，早已瞧透了八九分，心里一气，眼前立时地昏天黑，哇地吐出一口猩红的鲜血来，恰好吐在如眉的衣袖上。这时如眉也觉得良心发现，不由得垂下几滴眼泪来。再看娟娜时，已呜咽得不能成声了。如眉见这样的情形，料想是不容易脱身了。这天的晚上，算睡在娟娜的房里。那不知趣的洪湘娘，还叫丫头来叫过如眉好几次，只气得个娟娜手足发颤，拍着床儿痛骂："贱婢好没廉耻！"那来叫如眉的丫头被娟娜骂得目瞪口呆，半晌不敢回话。只悄悄地溜回去，把娟娜大骂的情形一齐告诉了洪湘娘，还加些不好听的秽语在里面。俗语说得好："撺掇的尖嘴丫头。"洪湘娘被那丫头一顿地挑拨，不禁粉脸通红，也恨恨地说："那人自己也是偷汉子，难道是当官的么？俺明天叫姓柳的不许到她房里去，看她有什么法儿来和俺厮拼。"

那如眉其时见娟娜发恼，忙将话安慰她道："你是有病的人，应当要自己知道保养，怎么这般的气急，万一恼动了肝火，还是自己多吃苦。"娟娜听了，深深地叹口气道："俺这病是生成的死症，只怕是不中用的了。俺终算和你是前生的冤孽，今世已把身子报答你了，这怨结谅来可以解开。但俺如死后，你能念生时的恩情，在俺坟上祭奠一会，化几吊纸钱，俺已受惠不浅了。"娟娜说到这里，忍不住伏在枕上，抽抽噎噎地哭了起来。如眉和并头睡着，一手紧紧地搂着她，再三地向她劝慰。一面还拿巾儿，轻轻地替她拭着眼泪。娟娜越想越是伤心，含着泪说道："俺是个上无父母、下无兄弟姊妹的人，自十七岁上进了赵府，到现在依旧是伶仃一身。生时做了孤女，死后还不是做孤魂么？将来俺的骸骨，正不知葬身何处，冷月凄风，绕着一抔黄土，有谁来记得俺呢！"说罢，泪珠儿纷纷地落下来，把衣襟也沾湿了一大块。如眉倒也没话好慰藉了，只好陪着她垂泪。两人哭了一会，娟娜觉得神思困倦，就在如眉的怀里昏昏沉沉地睡去。待她一觉醒来，早已红日三竿，柳如眉不知在什么时候已起身走出房去了。

娟娜想起那个洪湘娘来，料如眉一定是到那里去的，心中气愤不过，便在榻上要待挣扎起来，和洪姨娘去厮闹。两个丫头见娟娜面白如纸，气喘汗流，神色很是不好，忙来劝住道："姨娘不要这样，还是等养好了病再说。"娟娜哪里肯听，勉强起得床来，已喘得坐不住娇躯，只得重又睡下。养息了一刻，又要挣起来，这一次可不比前一回了，竟鼓着勇气，两个丫头左右扶持着，身体儿颤巍巍的，一步挨一步地走出房去，沿着楼台，慢慢地望着洪湘娘的寝室中来。

丫头搀着娟娜到得洪湘娘的房门前，湘娘的丫头一眼瞧见，慌忙回身去报知，娟娜已一脚跨进门口，看见柳如眉和湘娘正在执杯共饮。最叫娟娜触目的，是湘娘坐在如眉的膝上，两人脸儿对脸儿厮并着，一种亲密的状态，谁也见了要眼红的。何况如眉是娟娜口里的羊肉，被洪湘娘生生地夺去，心内已是万分懊恼的了，还要做出这样的丑状来给她目睹。任你是最耐气的人，到了这时也无论如何忍不住了。当下娟娜只看了柳如眉一眼，冷冷地说了声："你好……"这句话才脱口，娟娜的香躯儿不知不觉地昏倒下去。两个丫头支撑不住，三个人一齐扑在地上了。如眉和湘娘见了这样的情形，都大吃一惊，也忙着立起身来，帮同丫头们把娟娜扶到了榻上。如眉去倒了一杯热水来，慢慢地灌入娟娜的口中。可是娟娜此时银牙紧咬，星眸乍阖，鼻息有出没进的，好像有些不妙的样儿。如眉回顾湘娘道："赵姨娘的病体甚觉危急，还是叫丫头们送她回房吧！"湘娘点点头，正要吩咐丫头们动手，忽觉娟娜粉脸逐渐变色，双脚一挺，呜呼哀哉了。

娟娜的两个贴身丫头见娟娜死了，不由得嚎啕大哭。湘娘娇嗔道："你们不料理把她的尸身舁回去，却要紧在这里痛哭了。

第七十七回　雪藕冰桃嘉王宴仙春　交梨火枣瑜妃进铅丹

万一闹出去被老爷知道了，那可不是玩的。"两个丫头本来怀恨着湘娘的，如今娟娜已死，一口不平之气正没处发泄，被湘娘把话一打动，那个年纪大的丫头也翻起脸儿，向湘娘说道："你倒好说太平话。俺家姨娘活活给你气死了，连哭也不许哭么？"湘娘听说，忍不住心头火起，娇声喝道："好不识高低的贱婢，你们姨娘自己病死的，却干咱什么事？你敢来诬陷吗？"说着伸出玉腕，只把那个丫头一掌，打得那个丫头眼中火性直冒，掩着脸儿索性大哭大骂，那年纪小的丫头也帮着骂人。湘娘的两名丫头当然要加入战团，于是丫头对丫头谩骂。骂得不爽快，就实行武力主义，四个丫头扭做一团。柳如眉见她们闹得太厉害了，上前相劝，也休想劝得住。

湘娘因被丫头骂了一顿，气得脸都发青，心上愈想愈气，也呜呜咽咽地哭着道："咱们到了赵府里来，谁也不敢得罪一句，现在反被丫头来糟蹋了。"湘娘哭着，想起身世，更觉感伤了。那四个丫头兀是扭着，一头哭一头乱撞。一座闺阁中霎时闹得乌烟瘴气，一片的啼哭声不绝。隔房的姨娘都闻声来瞧，还当做是什么一回事。那时榻上卧着一个死人，房内哭的哭、打的打，弄得柳如眉立又不是、坐又不安，劝是更劝不住了。那吴姨娘、秦姨娘、常沈两姨娘、苗姨娘、罗姨娘等，也都纷纷走过来，看了这种情形，又好气又好笑。又为了洪姨娘霸占着如眉，大家心里本和她有些不睦。既见娟娜死在榻上，倒又觉替她可怜起来，不禁微微地叹息。那丫头等只顾着寻闹，也没人去劝她们，也忘了榻上还有死者。只有柳如眉心里暗暗地着急。

大家正议论纷纷，不提防门外靴声橐橐，走进一个紫裳微髭的中年人来。那些姨娘见了，便一哄地散去，房中剩下了柳如眉和湘娘，并四个厮打的丫头。那中年人是谁？正是那位尚书赵老爷了。四个丫头见赵文华进来，忙释了手，各人撅着一张嘴一言不发地立在旁边。这时把个柳如眉吓坏了，浑身不住地打战，要想做得镇定一些，越想镇定越是发颤，只好硬着头皮走上来，低低叫了一声："舅父。"赵文华对他瞧了一眼，也不说他怎样会到这里来的，也不去答应他，管着自己走进房内。一眼看见榻上直挺挺睡着娟娜，不觉怔了一怔，一手拈着髭说道："赵姨娘怎会死了？怎样却死在这里？"湘娘绯红了脸，哪里还答应得出来。幸得那个丫头，屈着半膝禀道："赵姨娘方才还是很好的来玩耍，和洪姨娘讲了一会话，忽然倒在地上死了。"赵文华见说，回头看柳如眉，早已影踪没有，想是乘间溜走了。文华又冷笑一声道："如眉这厮，你们怎样认识他的？"这一问可把丫头们问住了，洪姨娘是自己心虚，更觉回对不来。文华察言观色，心下明白了八九分，当时也不说穿，便立起身来，负着手踱出去了。不多一会，就有府中的老妈和家人等，忙着把娟娜的尸体抬出去草草地盛殓了，安葬在东郊的荒地上，算是了结。

又过了几天，京城的长安街上，发现一个被人杀死的无名尸首。有人认了出来，就是那著名的探花浪子柳如眉。如眉的母亲闻得儿子被人杀在路上，哭哭啼啼地去哭诉他兄弟赵文华，要求缉凶雪冤。文华答应了，传牒各衙门捕捉凶手，闹了一个多月，凶手的影儿都不曾拿获的。这件暗杀案，只好暂时搁起。晦气了柳如眉，白白地送了一条命。人家说：那是如眉淫恶的报应。到底怎样，终成一个疑问罢了。

再说世宗皇帝，自那天宫中开百花酿会，醉后和张皇后大闹了一场，还下谕把张皇后废去。廷臣见了那道谕旨，要想上章阻谏，却不见世宗临朝，无法奏陈。原来世宗帝当夜被宫侍翠琴戳伤了头颈，所以不能听政了。众君见不着皇帝，只得循例散朝，那个张皇后也就此废定了。

世宗养了几天伤，总算复原，于是又要提议册立皇后的事

第七十七回　雪藕冰桃嘉王宴仙春　交梨火枣瑜妃进铅丹

了。那时众嫔人中，除了杜嫔人生了皇子进封贵妃之外，如阎嫔人、卢嫔人、沈嫔人（碧霞）、韦嫔人、仇嫔人、王嫔人、郑嫔人等，也都诞了皇子。但这七人里面要推王嫔人最是宠幸，卢嫔人和阎嫔人稍次。世宗帝主张立后，以杜贵妃的希望最高。王嫔人听了，想杜嫔人和自己同时选进宫来，此刻她生了皇子，便晋为贵妃，自己也生有皇子，排起名分不在杜贵妃之下，因不免起了一种竞争心。况皇后位居中宫，领袖着六宫，为天下国母，这个位儿谁不想上去坐一坐？休说是王嫔人了。杜贵妃的心里，以为这皇后是稳稳的了。想自己做了贵妃，她们只不过是个嫔人，名分也越不到那里后去。后来闻得王嫔人在私下竞争，并贿赂了中官，在宫内传颂王嫔人的德容。杜贵妃怕真个被王嫔人得了手，忙也去贿通中官（人有职分的太监），替她宣传盛德。由是内监宫人就此分出两派来：得到王嫔人贿的，竭力地赞成王嫔人；得着杜贵妃钱的，自然要说杜贵妃好。两下里互相赞扬，你说你的、我讲我的，渐渐地各存了意见。初时只双方暗斗罢了，末了索性大张小闹，竟明争起来，由口头争执一变而为武力上的争闹。当时两面的太监头儿各约集了党羽，择定日期，在西苑的碧草地上斗殴了起来。

大家正在死命相搏，恰好世宗帝辇驾回宫，见内监这样的不法，那还了得么？立时传谕，传总管太监王洪问话。王洪早已知道了这件事，把为头的太监十二名缚见世宗帝，鞫询斗殴的缘故。内监们晓得赖不去的，将王嫔人和杜贵妃私下竞争的话，老实直供了出来。世宗帝不听犹可，听了不禁大怒道："立后自有朕的主张。她们敢在私下预争，并礼仪都不顾了。这样的嫔妃，怎能做得皇后，看朕偏不立她两个。"过了几天，册立皇后的上谕下来，却是册立的方侍嫔。

这位方嫔人（方通判之女），是世宗帝在拈花寺选中的，与

明宫十六朝演义

张废后（张尚书女侄）同时被选进宫，经世宗纳为侍嫔。自杜贵嫔等进宫，这方侍嫔便不甚宠幸了。但论起资望来，方嫔人进宫最早，为人也端庄凝重。世宗帝册立她为皇后，自是不错的。唯那位杜贵妃，因到口的馒头被一班内监们闹糟了，心里很是懊丧。

其时是嘉靖二十九年，道一真人邵元节病死，荐他的徒弟陶仲文自代。陶仲文上书，说京师的城西常有仙气上腾，必有仙人降凡。世宗帝信以为真，令陶仲文去找寻。第二天仲文就来复旨，说是仙人已找到了，但是个女的。世宗帝大喜，立刻驾起了辇舆，去迎接仙女。道上旌旗招飘，侍卫官押着甲士一队队地过去，最后是一座龙凤旗帜的銮驾，銮驾上端坐着一位女仙。銮驾直进东华门，趋大成殿，到水云榭停驾。仲文领了那女仙谒见世宗帝，礼毕赐坐。那女仙便娇声谢恩。世宗帝听了她那种清脆的声音，先已觉得和常人不同了。再瞧她的容貌，只见她生得粉脸桃腮，玉颜雪肤，头戴紫金道冠，身穿平金紫绢袍，腰系一根鸾带，足下登着小小的一双蛮靴，愈显得她媚中带秀，艳丽多姿。世宗帝大喜道："朕何幸获见仙人！昔日汉武帝造柏梁台，置承露盘，未见有仙人下临，朕今胜似汉武帝了。"说罢哈哈大笑。于是下谕传六宫嫔妃，在御苑侍宴。又命司膳局备起酒筵大宴群僚，并庆贺仙人。

那时正当炎暑，一轮红日悬空，好似火伞一般。看看夕阳西坠，御苑中已齐齐地列着筵席。世宗帝令内侍燃起雪烛来，顿时一室生辉，清风袅袅。这时众臣陆续到了，就在御苑的落华轩中赐宴。世宗帝自同那位仙女洪紫清、羽士陶仲文在涵萼榭中设席。宫嫔妃子一字儿排列了，在一边侍宴。酒宴之上，雪藕冰桃；碧水轩中，沉瓜浮李。那轩外的众臣，欢呼畅饮。世宗帝和洪紫清、陶仲文等，也喝得兴高采烈。酒阑席终，已是月上三更

第七十七回　雪藕冰桃嘉王宴仙春　交梨火枣瑜妃进铅丹

了。众臣谢宴散去，世宗帝令各妃嫔回宫，陶仲文辞出，那位仙女洪紫清，是夜便在紫云轩侍寝。

到了次日，上谕下来，册立洪紫清为瑜妃。就把紫云轩改为宜春宫与那瑜妃居住。瑜妃又教世宗帝炼丹：系用将成人的少女，天癸初至，把它取来，和人参蒸炼，呼做元性纯红丹。谓服了这种丹药，可以长生不老的。世宗帝最信的是这句话，即传谕出去，着各处的地方官，挑选十三四岁的女童三百名，送进宫中听瑜妃使用。经过三个月后，瑜妃炼成了红丹十丸，献呈世宗帝，每日晚上人参汤送服。哪里晓得世宗帝服了丸药下去，竟能夜御嫔妃六人，还嫌不足。陶仲文又筑坛求仙，什么蟠桃、琼浆、火枣、交梨，凡仙人所有的食品，无不进献，世宗帝越发相信了。瑜妃又说："众大臣中，唯尚书赵文华具有仙骨，可命他佐真人（称陶仲文）求仙。"世宗帝听了，下谕赵文华留居御苑，帮着陶仲文炼丹。这样的一来，赵文华的势力顿时大了起来，平日出入禁宫，和自己的私第一样。

严嵩见文华权柄日重，圣宠渐隆，不觉大怒道："老赵自己得志，忘了咱提携他的旧恩么？"这话有人去传给文华，文华微笑道："皇上要宠信俺家，也是推不去的，万一要砍俺的脑袋，俺只好听他把头颅搬场。这都是各人的幸运，和严老头毫不相干的。"严嵩耳朵里听得赵文华"有不干他的事"的话，直气得胡须根根竖起来，拍案大怒道："咱若扳不倒赵狗儿这厮（狗儿，文华小名），誓不在朝堂立身了！"由是，严嵩把赵文华恨得牙痒痒的，时时搜寻他的短处，授意言官，上章弹劾。世宗帝方在宠任文华的时候，无论弹章上说得怎样的厉害，他一概置之不理。

偏偏严嵩不肯放松，令一班御史天天上疏，连续不绝。疏上所说的，都是文华往日作恶的事实，什么强占民妇、霸夺良田，私第盖着黄瓦、秘室私藏龙衣等等。世宗帝虽是英明果断，经不

明宫十六朝演义

得众人的攻击，看看弹劾赵文华的奏疏堆积得有尺把来高，世宗不免也有些疑心起来。最后都御史罗龙文上的一疏，说赵文华出入禁苑，夜里私卧龙床，实罪当斩首。世宗帝看了这段奏章，倒很觉得动心，便慢慢地留心赵文华的形迹。可是宫中的内侍、宫人，无不得着赵文华的好处，在世宗帝面前，只有替文华说好话，没一个人讲他坏话的。

世宗帝是何等聪敏的人，已瞧出他们的痕迹来，知道内监、宫人必定和文华通同的；否则无论是一等的好人，终有几人说他好，几人说他坏的，哪里会众口一词的，这样齐心呢？所以从那天起，世宗帝细察赵文华的举动，终瞧不出他的一点破绽。

因为世宗生疑，已有内监报知赵文华，文华格外小心敛迹。任世宗帝有四只眼八只耳朵，也休想瞧得出他的坏处来。这样地过了半年，那叫日久生懈，世宗帝于疑心于文华，逐渐有些忘了，文华也狐狸的尾巴要显出原形来了。

有一天晚上，世宗帝召幸阁嫔人，不知怎样地触怒了圣心，气冲冲地望着宜春宫来。皇帝幸宫，照例是有两对红纱灯，由内侍掌着引道的。这天世宗帝匆匆出宫，乘着月色疾走，内监们忙燃了红纱灯，急急地从后赶来。世宗帝已早到宜春宫前了。进了宫门，勿听里面有男女的笑语声。世宗十分诧异，便放轻了脚步，蹑手蹑脚地进去，只是妆台上红灯高烧，绣榻上锦幔低垂。世宗帝揭起锦幔来，见榻上睡着一对男女，两人拥抱了在那里闹玩，那女的是不住地吃吃笑着。世宗帝看了不禁大怒起来。

要知榻上是什么人，再听下回分解。

第七十八回　奸相抄家珠光宝气　玉人来苑银杏红增

却说世宗帝在宜春宫外，听得里面有男女的欢笑声，就轻轻地蹑将过去。到绣榻面前，蓦然地揭起罗幔来瞧时，见一个宫侍和小内监搂着在那里闹玩。一看床前巍然立着世宗皇帝，吓得两人滚下榻来，和狗般地伏在地上，叩头同捣蒜一样。世宗帝大怒，喝道："这里是什么所在，容得你们这般胡闹？洪娘娘瑜妃什么地方去了？"宫侍和小内监见问，不由得目瞪口呆，半晌回答不出来。

世宗帝益觉疑心，正在恼怒的当儿，忽见瑜妃姗姗地来了。世宗帝看她云鬓蓬松，玉容带着红霞，娇喘吁吁的，似急迫中受了惊恐的样子儿。瑜妃见了世宗帝，行过了礼，徐徐地说道："臣妾嫌宫中尘浊，方才到玉雪轩去清静一会儿，却不知不觉睡着了。听得内侍来报知，忙忙地赶来，致劳陛下久待了。"世宗帝见说，也不去和她辩驳，只点点头，是夜就宿在宜春宫中。自后，世宗帝对于这位号称仙女的瑜妃，不免也有些疑心起来。

光阴如箭，又是秋尽冬初，江上芙蓉，开来朵朵。御苑中芙蓉花是西林的异种，有红白紫三色。每到芙蓉开放的时候，世宗帝便和嫔妃们饮酒对花，相与谈笑。吃得高兴时，还和嫔妃吟诗联句，做些半通不通的歪诗，也算为好花点缀。

那天世宗帝饮罢，带醉往那涵春宫去了。这涵春宫的嫔人，就是从前的萍儿。哪里晓得这天晚上的涵春宫里，忽然闹起什么鬼来，内侍宫人逃得一个也不剩。世宗帝见他们这样的胆小，只得出了涵春宫，重行回到宜春宫来。这时宜春宫的宫侍、内监都已睡在黑甜乡里，万万想不到世宗帝会临幸的。当下世宗帝走进宜春宫门，见闱门半掩着，推将入去，里面只燃着一枝绿烛，光景很是黯淡。世宗帝知道瑜妃已经睡了，便故意咳嗽了一声，把榻上瑜妃惊醒。只见绣幔中似有两人的影儿，世宗帝随手揭开幔帐瞧时，这一瞧大家都呆了。原来瑜妃同着赵文华两人一丝不挂地挨在榻上发怔，正在上不得、下不来进退维谷的当儿，恰好世宗帝揭开幔帐来。瑜妃吓得只是索索地抖着，赵文华也不觉惊得和木鸡一般了。世宗帝心里十分大怒，便放下了幔帐，愤地向绣龙椅上一坐，只一言不发。等瑜妃和赵文华穿好了衣服，走下榻来，跪在世宗帝面前不住地叩头求恕。世宗帝冷笑了一声，霍地立起身儿，竟自出去了。

赵文华知道这事不妙，逃又逃不了，两人相对着，除了痛哭之外，真是一筹莫展。过了一会，果然见两名太监进来，不管三七二十一，似沙鹰拖鸡般地，将文华一把拉了便走。这时的瑜妃已哭得和泪人儿一般，正不知自己是怎样了局。但这个瑜妃，就是陶仲文去找来的女仙洪紫清，怎会和赵文华鬼鬼祟祟地干出那样的勾当来呢？

原来瑜妃便是从前和柳如眉相恋的洪姨娘。那时赵文华瞧破了他们的情形，暗地里伤人将柳如眉杀死在道上。他杀了柳如眉之后，本来也要把洪湘娘了结的，不知怎样，他想利用起湘娘来，私贿通了羽士陶仲文，拿湘娘更名为洪紫清，只说是城西的仙人，把湘娘献进宫去。世宗帝是个好色的君王，管她是真女仙

第七十八回　奸相抄家珠光宝气　玉人来苑银杏红增

假女仙，当夜就临幸了，册封她为瑜妃。那瑜妃感念文华不杀之恩，在世宗前替他吹嘘，说什么文华身具仙骨，可令他求祷仙丹。世宗帝方宠信瑜妃，自然听从，于是把赵文华宣进宫来，命他留居御苑。赵文华得了这样一个机会，当然和瑜妃藕断丝连的，少不得要旧调重奏起来。那天世宗帝见宫侍和小内监在绣榻上闹玩，正是瑜妃和文华在朵云轩私叙的时候。及至宫人悄悄地去报知，瑜妃慌忙赶来，已被世宗帝瞧出了形迹，心上早已疑云阵阵了。事有凑巧，世宗帝从涵春宫回来，赵文华和瑜妃真是做梦也想不到的。

其时世宗帝把赵文华亲自勘讯一过，将这些隐情一齐吐露了出来。瑜妃进的元性纯红丹，也是赵文华教给她的春药方儿，并不是仙丹。这样一来，连那个素号神仙、为世宗所崇信的道士陶仲文，也一并弄到西洋镜拆穿了。世宗帝不由得愤怒万分，立刻将赵文华和陶仲文下狱。一面把鸩酒赐给瑜妃。那瑜妃到了这时，谅也逃不出这重难关的了，只得痛哭了一场，端起鸩酒来一饮而尽，过了一刻，毒就发作起来，七孔鲜血直流，一位如花似玉的美人儿，两脚一挺，在地上滚了几滚，已呜呼哀哉了。瑜妃死后，赵文华在狱中听得这个消息，知道自己一定不免的了。当下央了一个和严嵩最亲近的鄢懋卿，再三地向严嵩求情认不是。终算严老儿念前日旧情，替文华从中斡旋，把个怒气勃勃的世宗帝，居然气恨消了一半，只拿赵文华判了个迁戍的罪名。这道谕下去，看是赵文华要远戍千里，实在他并不到什么戍所，暗中去贿通逮解的人，在路上将赵文华放走。文华便是星夜悄悄地回来，收拾了金珠细软等物，把姬妾大半遣散了，只带了两名最宠幸的爱姬，潜回他的原籍，享福去了。

那时刚正不阿的海瑞已做到了吏部主事。他见严嵩父子朋比作奸，眼中哪里看得过，就和御史杨继盛联名疏劾严嵩。世宗帝读了奏牍，以有几句话说，似乎是讥着自己，不觉大怒起来。严嵩倒不去追究，转把杨继盛与海瑞诏逮下狱。都御史邹应龙心上气愤不过，也上了一本，说严嵩阴有不臣之心，家中的室宇都盖着朱檐黄瓦，和皇宫一样。世宗帝是器重邹应龙的，常常赞他的忠勤。这时看了他的奏章，心下不免有些疑惑，想要微服出宫，临幸严嵩的私第，借此去看看真假。

哪里晓得宫中的内侍已将这个消息秘密传给严嵩，吓得严嵩走投无路，连夜雇了匠人把厅堂上的雕龙凿去，黄瓦朱门一齐涂黑了。室中的许多陈设都搬到内堂密室里，外舍草草地摆了些屏风桌椅之类，什么古玩金珠，概行潜藏起来。明朝的功臣家中，大门本来朱漆的，还是太祖高皇帝所赐。自严嵩怕皇帝疑他，把朱户改为黑门，都下的大臣私第统更了黑色了。自后官吏的宅第和百姓家没什么区别了。得到世宗帝幸严嵩的私第，见阖室统是黑色，无所谓黄瓦朱檐，还当邹应龙是有意陷害严嵩，反而越信任严嵩了。世宗帝既倚严嵩为左右手，朝廷大事多任严嵩去办理，世宗帝不过略略咨询罢了。又不时到严嵩的私第中去和严嵩饮酒对弈，往往深夜才行回宫，由严嵩亲自掌着纱灯，送世宗帝还西苑。这是常有的事，君臣相习，也没有什么猜嫌的了。

一天的黄昏，世宗帝忽然想起了冷宫里幽居的徐翠琴来，命内侍去宣召。不一刻，翠琴经内侍宣到。世宗帝恐她暗藏凶器，着老宫人向翠琴的身上一搜，搜出了程万里的情书和翠琴的回信。世宗帝读了一遍，只点点头，令将翠琴仍禁在冷宫里去。谁知过了几天，内监来报：翠琴失踪了。世宗听说，令内侍们四处查询，连御河、荷塘、鱼池、水亭中都打捞过了，终没有翠琴的影踪。世宗帝很是诧异，还亲自去验看一会，见宫门深扃，窗户高峻。翠琴如要跃下来，除了跌死之外，没有别法可想的。显见得宫监侍女，有放走的嫌疑。于是把看守宫禁的内侍两名、宫女

第七十八回　奸相抄家珠光宝气　玉人来苑银杏红增

　　六名，一并交给总管太监。总管太监便亲加拷问，宫监们死也不肯承认。总管太监只得回奏世宗。

　　世宗帝蓦然记起宪宗帝时也有嫔妃失踪的事，或者本领高强的人进宫来盗去的。当下立召武宗时的护驾旧臣前来询问。其时护驾官李龙、侍卫官郑亘、右都督王蔚云、蒙古卫官爱育黎、殿前指挥马刚峰、将军杨少华等一班人多已死了，只各人的儿子袭着爵，也有在外郡做武官的，也有不做官的，他们后辈对于那时的旧事，一点也不晓得的。后来被内监查出一个人来，想读者也还记得，你道是谁？就是正德帝时女护卫江飞曼。她还住在京中，年纪已有五十多岁了。世宗帝知道她尝赴南昌，盗过一回刘妃，技艺是很好的。由内监将江飞曼召来，世宗帝令她在禁宫里查勘了一转。飞曼也瞧不出什么形迹，只说有本领的人，似那宫墙那般高度，可以越得过的。世宗帝叫她面试。飞曼就显出少年时的身手，两脚在地上一顿，轻轻地一耸，早已飞上宫墙了。看得宫监们都咋舌不置。世宗帝才相信那翠琴确是被人盗去了。随即赏了江飞曼，飞曼谢恩退去。

　　世宗帝因翠琴失踪的缘故，心里老大的不高兴，又值严嵩请的病假，世宗帝就了便服，往严嵩的私第中去。到了相府面前，世宗帝是走惯的了，家人不及去通报，任他自己进去。因世宗帝怕外间招摇，声称和严嵩是旧交，家人们都不知道他是皇帝。这天世宗帝带了两名小内监，直入严嵩的府中。一路走将进去，到了二堂还不曾遇见什么人。世宗帝便望严嵩的书斋中走来。见斋中也是静悄悄的，连书童也不见一个。世宗帝方要令小内监去通知内室，回头瞧见书斋后面，一扇角门儿开着。这个角门从来不开的，平日把书斋橱掩着，世宗帝还是第一次看见咧。再向角门内看时，里面一个小小的天井，正中是一座小亭，也一般有厅堂轩榭，建造得十分精致。什么雕梁画栋、碧瓦朱檐，望进去俨然是座小皇宫。世宗帝寻思道:"邹应龙谓严嵩私第中盖着黄瓦,或者就指这个所在,倒不曾晓得究竟的,何不进去察勘一会儿?便能知道虚实了。"

主意已定,叫两名小监跟在后面,世宗帝自己在前,慢慢地踱将进去。到得那个小厅上,但见左右列着石狮、石象,都不过和黄犬似的大小。厅的四周,白石雕栏,云砖砌阶,镌着狮虎等纹。堂中是紫檀的桌椅、玉鼎金炉,摆设异常的讲究。世宗帝看了,埋头自语道:"怪不得人家说他私宅犹若皇宫了。"又见壁上的名人书画极多,书画上的署中,不是义儿就是弟子,大半是六部九卿。世宗帝暗暗记在心上。游过了外厅,走进去是第二进的后厅,却是珠帘双垂,里面的笑语声杂沓,听上去十分热闹。世宗帝跨上台阶,掀起珠帘,不禁吃了一惊。原来那座后厅上,正中设着龙案宝座。座上高高地坐着一个冕冠衮龙袍的小皇帝,御炉内香烟缥缈,案旁列着绣衣大帽的小侍卫。宝座背后,六名绿衣太监,也不过十三四岁。还有两个女童,张着曲柄黄盖侍立。严嵩和他的妻子欧阳氏及尚书鄢懋卿、翰林王广、侍郎罗龙文等,雁行儿列坐在案旁。殿前却是玉阶丹陛、金碧辉煌,那种堂皇的气象,活像一个小朝廷。

这时严嵩和他的家人万不料世宗帝会突然走进来,鄢懋卿眼快,慌忙起身俯伏在地。吓得严嵩手忙脚乱,率领着一群妻女都来跪接,口里连称死罪。世宗帝这时也弄得怔了半晌,忽然想到自己身在虎穴,恐怕激变,便故意装出没事的一般,微笑着把严嵩扶起,命罗龙文、鄢懋卿、王广并严嵩的妻女,都令起身赐坐。严嵩面上惶愧的形状自不消说得了。还有龙案上那个小皇帝和侍卫、宫人,兀是呆呆地在那里发怔。经严嵩把他们喝下来,叫小皇帝也对着世宗帝磕头。严嵩在旁战颤颤地禀道:"这是愚臣的幼孙严鹄,居家无状,真是该死。"世宗帝不待他说毕,忙

第七十八回　奸相抄家珠光宝气　玉人来苑银杏红增

笑说道："小孩子们闹玩玩，做得什么真来。卿是朕的股肱，这点小事何必放在心上。"说罢吩咐严鹄起身，去换了衣服。又回顾严嵩道："卿乃朕的老臣，素知卿是忠心的；但恐被廷臣谏官知道，未免就要蜚言四起了。以后卿不要使小孩们这样闹玩，免得被人指摘，起君臣间的嫌疑。"这一片话，说得严嵩真是感激涕零，跪着再三地叩头拜谢。世宗帝命严嵩的家人们都回避了，叫设上筵席来，和严嵩、鄢懋卿、罗龙文、王广等，相与其饮。严嵩的心上，终觉有些局促不安，及见世宗帝谈笑自若，心早宽了一半，便也开怀畅饮。

这一桌酒宴，直吃到三更多天，世宗帝才起身，严嵩亲自执灯相送。世宗帝只叫小内监掌灯，拿鄢懋卿和罗龙文两人在后相随。两人不知世宗帝的用意，很高兴地陪侍着，一路进了皇城。到得乾清门口，值班侍卫跪列接驾，世宗帝突然沉下脸儿，喝令把鄢懋卿、罗龙文两个拿下。鄢懋卿和罗龙文齐声说道："严嵩不法，臣等不悉底细，实是冤枉的。"世宗帝冷笑道："你们两人既推不知道，为什么也坐在那里？为什么不预为告发？"说得两人哑口无言，低头就缚。因为世宗帝这时已知罗龙文和鄢懋卿是严嵩的党羽，深虑自己走后，他们三三两两地人多好商量，致弄出了大事来，所以先把鄢懋卿和罗龙文带走，使严嵩势孤，不至生变。当下侍卫缚了罗、鄢两人。世宗帝又下谕，派锦衣校尉十二名，率禁军两百人，连夜去逮捕严嵩父子，校尉等领了旨意，飞也似地去了。

做书的趁这个空儿，把严嵩家的小皇帝来叙述一下。那做小皇帝的严鹄，是严嵩的幼孙，也是世蕃的儿子。世蕃有三个儿子，大的严鸿，次的严鹤，最幼的就是做小皇帝的严鹄。严鹄下地，门前有白鹤往来飞鸣。严嵩以为瑞征，心里十分欢喜。又尝替严鹄推命，一班术士都说他有九五的福分，将来必登大宝。严嵩听了，尝拈髯自笑道："光严氏的门庭，想不到在孺子身上。"严鹄到十二三岁，已然自命不凡，口口声声称孤道寡，以是家里的人，概呼他为小皇帝。严嵩见他孙儿志向很高，就替他制起冕冠龙服，辟了一间密室，作为上朝的金銮殿。又去雇了十几名男女童子，充做小太监和小宫人。严嵩每日领了爱孙，到密室中来坐殿上朝。鄢懋卿、罗龙文、王广等几个无耻的小人，要讨严嵩的好，甚至一般的俯伏称臣，三呼万岁。严鹄年纪虽小，居然做些皇帝的架子，引得严嵩和欧阳氏等都大笑起来。严嵩天天同严鹄在密室中做皇帝，他这样闹着，外面人是不知道的，就是家中婢仆人等，也不许他们进密室去。那天却天网恢恢，欧阳氏领了她媳妇进来，忘了把密室门带上。又因严嵩在密室中，仆人们乘间都去躲懒，由世宗帝直闯进来，一个也不曾去通报，恰好世宗帝逢个正着。严嵩谓这个孙儿光耀门楣，不料几乎因他而灭门，只做了几年的关门皇帝。

那时严嵩送世宗走后，世蕃从外面回来。严嵩把世宗闯入密室、瞧破机关的话讲了一遍，还说皇上很是宽容，倒反加一番的安慰。世蕃见说，顿足说道："糟了、糟了！你做了一世的官，连这点进出也不晓得么？他这安慰你，明明是不怀好意。他身在咱们家中，恐一时激变，不得不暂为忍耐，又将好言安了你的心，使你不疑，他就借此脱身。你怎么会放他走的？你想皇上是个心多猜忌的人，他肯轻轻放过你么？"严嵩听了世蕃的话，惊得目瞪口呆，半晌说道："还有鄢懋卿和罗龙文两人，送皇上回宫去的，待他两个回来，再探消息吧。"世蕃大声道："你真在那里做梦，他令鄢、罗两人相送，是调开你的羽翼，罗、鄢两人此刻怕已在狱中了，还能回来咧！再过一会，眼见得缇骑到了。"严嵩忙道："可有什么样计较？"世蕃道："咱们手无寸铁，只好束手待擒，再别谋良策吧！否则靠几个家将和他去厮斗，横竖不

第七十八回　奸相抄家珠光宝气　玉人来苑银杏红增

中用的，转落了谋逆的痕迹。现在不加抗拒，只推在小孩子身上，倒还可以强辩一下哩。只怪我不在家，不然断不会放他走的。"说犹未了，门外呐喊一声，如狼似虎的校尉早率领禁卒赶到，把严嵩阖门大小家口一百三十三人，连同严嵩父子，并严鸿、严鹄等一并捆绑起来。只有一个严鹤，被他预先逃走了。

第二天早朝，众臣纷纷上章弹劾严嵩父子。邹应龙主张将严嵩抄家。世宗帝准奏，即命应龙办理。邹应龙奉谕，带同锦衣校尉，把严嵩家产概行检点一过，录登册籍，备呈皇上圣览。总计严府库中，金银不算外，珍珠宝石、羊脂玉器、白璧珍玩之类，正不知其数。应龙忙忙碌碌的，足足抄查半个多月，才算理清，自去复旨。

那时世宗帝把严嵩父子，亲加讯鞫。严世蕃卖官鬻爵、私通大盗，被廷臣查着了实据，世蕃无从抵赖，只得承认了。严嵩却没有别的赃证，只不过纵子为非的罪恶。于是由世宗帝提笔亲判：严嵩褫职；世蕃交结海盗，贿赂公行，迁戍边地；还有那鄢懋卿、罗龙文、王广及世蕃的儿子严鸿、严鹄，当然也和世蕃同迁戍所，家产一例抄没。世宗帝处置严氏父子的罪名，也算轻极了，廷臣窃窃私议，很是愤愤不平。

当世宗帝提讯严嵩时，见他家属中有一个雪肤花貌的美人，盈盈地跪在丹墀下面。世宗帝看在眼里，私嘱内监荣光，去把那美人暗自送进宫中。到了晚上，世宗帝便往杏花轩来瞧那美人，见她黛含春山，神如秋水，姿态婀娜，容光焕发，果然生得艳丽如仙。世宗帝看了，不觉意乱神迷，微笑着向那美人询问姓名。那美人一头行礼，口里称着罪女，自言是严嵩的女儿月英。当夜世宗帝在杏花轩中召幸那严月英，虽说是极尽欢娱，但那月英终觉不高兴。世宗帝再三地诘询她。月英垂着珠泪，要求世宗帝额外开恩，把严嵩从轻发落。世宗帝点头允许了，那月英才眉开眼笑，不似那天气愁容苦脸了。严嵩得这一路后援，那罪就此轻了一半。谁知严世蕃偏不争气，和罗龙文等竟闯出一桩大祸来。

要知世蕃闯的什么祸，且听下回分解。

第七十九回　戚继光威镇三边地　仇总兵戮尸汴梁城

却说严嵩去职，率着眷口自回他的分宜。那时严世蕃和他两个儿子严鸿、严鹄，并党羽鄢懋卿、罗龙文等，奉旨充戍边地。世蕃却贿通了逮解官，竟潜回京师，把私宅中藏着的珍宝，捆载了几十车，星夜奔归家乡。严嵩才得到家，世蕃也从后赶到。于是择吉兴工，在家大建舍宇。又出重金招募有勇力的工人，声言搬运土木，实是暗暗招兵。府第中蓄着死士三百名，叫做家将。这些死士都是绿林著名的大盗，经世蕃收在门下，差不多无恶不作，横行乡里。

一天，袁州的参议卢方乘轿经过严氏私第，夫役们正在搬运砖石，把官道也阻了起来。卢方的家仆上前叫他们让道，恰值府中的家将们出来，见乘轿的是个官人，便一齐大喝道："什么的鸟官，要咱们让路给他？识事务的快绕道他去，不要吃了眼前亏吧！"卢方待要和他们争执，那些如狼似虎的家将不管三七二十一，砖石泥土似雨点般打来。卢方见没理可谕，只得把轿退了回去。

但卢方吃了这个亏，心上气愤不过，便去谒见御史罗镜仁，说严氏父子在家大兴土木，借名招工，实是私蓄勇士，谋为不轨。罗镜仁正告假家居，他和严氏本来素有仇怨，听得卢方的话,匆匆进京,上疏奏闻。世宗帝看奏疏,不禁大怒道:"朕于严嵩父子也算得格外成全了,他却这样不法。"于是立即下谕,着袁州州尹将严嵩父子逮逋解进京。

这一番不比那一回了,世宗帝命把严嵩和严世蕃交给刑部尚书勘讯。正值徐阶掌管刑部。从前徐阶未达时,被世蕃在当庭叱骂,并喝令侍役把徐阶乱棒打出。徐阶有这口怨气在胸中,如今犯在他手里,就不问皂白,略一讯鞫,便入奏世宗,谓严世蕃私蓄死士,阴存不臣之心是实。只这一个罪名,已足够世蕃受用了。上谕下来,判世蕃弃市,严嵩发配。可怜这行将垂老的严嵩,只得踉跄就道。后来世宗帝万寿,遇赦回来,家产荡然,向亲戚处依食,被人驱逐出门。茫茫无归,到那看坟的石廊中居住。又当雨雪霏霏的时候,严嵩日夜不得饭食,饥饿了两天,竟饿死在荒丛中。严嵩在未成进士时,有相士走过,说他异日官至极品,列位公侯,但是最后的结果,必患饿死。严嵩笑了笑道:"既做了这样的大官,还愁饿死么?"所以相士的话,他也不甚放在心上,不期今日果然应了。乃知人的好恶,在乎收成,中年的富贵,算不得数的,到了暮年的结局,才能分出善恶咧。

世宗帝杀了严世蕃,又把严氏的党羽,如鄢懋卿、罗龙文、王广三人,一并判了纹罪。余如万寀、项充、胡世赖等,均行下狱。以后万寀等一干人多半死在狱中。还有那位道士陶仲文,为了赵文华的事,也被连累下狱,其时在狱病死,世宗帝重又懊悔起来。

忽报鞑靼俺管入寇大同,转往古北口,此时已兵到通州了。世宗帝听了大惊道:"俺答进兵这般迅速,边将们却在那里干些什么?"当下忙召众大臣商议,立即集京城人马,严行戒备;一面下檄外郡勤王。这道诏令一颁发,各处的兵马纷纷北来,最著名的如大同总兵仇鸾、保定参将王文山、巡抚杨守谦、山西总兵

第七十九回　戚继光威镇三边地　仇总兵戮尸汴梁城

夏珪、安庆都金杭星坡、义乌义民戚继光等，都领了所部军马，入卫京师。这许多兵马当中，算仇鸾最是没用，戚继光最为勇敢。

那戚继光是义乌人，生有大志，平日间不轻言笑。又尝排石列阵，引人进他的阵中，那人只觉得天昏地暗、风雨骤来，吓得在阵内狂叫起来。继光将他导出石阵，那人四顾，仍是些石头，东三西四地乱堆着，瞧不出什么特异之处。继光笑道："这就是从前诸葛武侯困陆逊的石子阵。看看是些乱石，却按着五行八卦。不识得阵图的，误走在死门、杜门、惊门上，就有风雷云雨阻住去路。无论你是一等的好汉，休想走得出去。"大家听了戚继光的话，无不相顾骇诧。由是一乡中的人没有一个不敬重他。

那时听得鞑靼人寇，皇帝下诏勤王，戚继光便攘臂大呼道："大丈夫立功在今日了！谁愿立功沙场的，跟俺打鞑靼去！"一声号召，从他的不下千人。戚继光见这些人多不曾上过阵，对于行军上大半是不懂什么的，单就步伐说起来也不能整齐。但要训练起来，怕鞑靼已饱掠北去了，还来得及么？更有一桩最困难的事情，有了人没有兵器。戚继光没法，只得东奔西走地去找刀枪。忙了一天星斗，刀不及百把，枪只有二三十枝，而且大半是锈坏的，不能行军用的了。戚继光在急迫忧愁中，忽地被他想出一样特别军器来，是拿山中的淡竹，去了枝叶，把头上削尖，强硬的枝干留着用刀削出锋头来，好像狼牙棒一般，又轻巧、又锋利，击起人来比铁蒺藜还要厉害，那削成的竹尖猛然戳在人身上，居然也能透衣甲。戚继光有了这件东西，不由得大喜道："这是天助俺成功了。"于是率领着千余的民兵，竟奔通州而来。一路上带走带行操练，待至通州相近，这一千多名民兵已是步伐整齐、进退有方了。戚继光见自己的计划能一一如意，这一高兴真是手舞足蹈了。一面就颁布军令道：闻鼓者进，鸣金者退；不准抢掠，不许扰乱，违者斩首。令下之后，有一个民兵私取了乡人一枚萝卜，被戚继光瞧见，大怒道："俺令出如山，你敢违背么？"即拔出刀来把那个民兵砍下头来，向军中号令。这样一来，全军为之肃然。

一日，到了通州，和仇鸾等相晤。仇鸾因戚继光是个平民，很瞧不起他，令继光膝行入见。继光大怒道："乱世时候，大家为国出力，谁是该搭架子的？"于是便自引一军去扎在城外，不和仇鸾合兵。巡抚杨守谦知道继光是个英雄，私下着人把牛酒等物去犒赏他的民兵。

第二天，俺答领兵搦战。杨守谦大集各路军马，问谁敢出去应战？那些参将游击都怕俺答势大，不敢出应。独戚继光挺身上前道："某虽不才，愿引部兵出战。"杨守谦大喜，便授给戚继光令箭一枝，吩咐道："今天和鞑靼第一次见阵，切莫折了锐气。"继光领令出营，统了一千名民兵，正要出去交锋，那官军见继光的兵士都拿着竹器，身上负了黄布袋，好似爬山樵夫的样儿，不觉一齐笑了起来。仇鸾以戚继光不参谒他，心里本有些不舒服，这时瞧着继光的兵士形状萎靡，手中又无军器，因勃然大怒道："似他那样的兵士，可能出阵冲得锋么？那天山西的兵马要比他强壮得十倍，还杀得片甲不回，他这种没用的人出去，明明是送死去了。"杨守谦然勃作色道："人不可貌相。戚继光既口出大言，谅必他有些来历。万一不能取胜时，咱们后军接应他就是了。"仇鸾不好阻挡，眼睁睁地看着戚继光领了兵士，耀武扬威地出营去了。这里守谦自统部卒在后声援。

那戚继光率着千多民兵蜂拥出。鞑靼兵见了，都大笑道："汉人想是饿了，却令几个老弱兵来试刀了。"话犹未了，继光一声令下，兵士持了竹枪飞也似的冲锋过去。俺答忙挥兵抵敌，不提防戚继光的兵士从黄布袋内摸出石子，乒乒乓乓地一阵乱掷，

第七十九回　戚继光威镇三边地　仇总兵戮尸汴梁城

只打得鞑靼兵头破血流。石子过去，接着是竹枪上来，刺尖锋利，打在人身上血肉狼藉。戚继光命兵士只望人丛打入去，拿竹枪四面横扫，扫着的肚腹刺开，流血倒地死了。一般鞑靼自进兵以来，沿途势如破竹，未曾逢到敌手，本骄惰万分的了。他们眼光中看来，当汉兵个个酒囊饭袋；不图继光的兵士有这样地凶狠，这是他们做梦也想不到的。又见汉兵使的兵器既非狼牙棒又不是铁蒺藜，打人戳人却十分厉害。大家疑继光兵卒是有妖术的，不待主将下令，众鞑兵已回身狂奔，自相践踏。戚继光乘胜挥动兵士，拿竹枪横排成阵，一字从后追逐。逃得慢的都被竹枪戳破肚皮，走得快的算逃了性命。杨守谦在后望官军大胜，便下令铁骑向前、步兵在后。鞑靼的人马狂命地奔走，戚继光也尽力地追杀。俺答领了败兵正在走投无路，又被杨守谦的马军赶到，一阵的冲杀，杀得鞑靼兵七零八落，各自弃械逃生。还有跌在潭中河内的，都活活地淹死了。这一场好杀，把俺答三万多兵马杀剩六七千人，立脚不住，连夜出了古北口，遁往塞外去了。

戚继光大获全胜，得了鞑靼兵的器械马匹无数。杨守谦鸣金收兵，亲自对戚继光慰劳一番，并杀牛宰马大犒三军。仇鸾见戚继光成功，自觉无颜，悄悄地领了本部人马，回他的大同去了。杨守谦劳军已毕，一面捷报奏闻：通州鸾兵已退，京师解严。杨守谦入都觐见，世宗帝也奖励了几句。论功行赏，以戚继光功劳最大。因系义民，授为参将，令统兵五千追逐俺答。又拜杨守谦为征虏大都督，率兵五万，出师大同。

杨守谦奉谕，即日誓师起程。到得大同，戚继光已和俺答见过两阵。俺答增了人马卷土重来，都被戚继光杀退，并夺回明军的老营，占领敦煌九处。俺答屡打败仗，锐气尽消，那些鞑靼兵马见了戚继光的竹器兵士不战而逃。时塞外的人马称继光部为"戚家兵"，遥望得"戚"字的帅字旗，鞑兵便相顾惊骇道："戚家兵来了，咱们快走吧！"就一哄地散了。

俺答没奈何，只得率着部族民兵来作最后的一战。继光知俺答的兵马犹作困兽之斗，若没有奇兵恐遭挫败。他到了第二天发令，命自己的民兵冲锋，各人手里拿着一个纸包，一见了鞑兵就把纸包打去，官兵却在后掩杀。那纸包里面尽是化开的石灰，一经打将过去，纸包破了，白雾纷飞，将鞑兵的眼目迷了起来，各自去擦眼睛，哪里还有心厮杀。官兵发声喊，和猛虎扑羊似地上去。鞑兵抵挡不住，大败而走。俺答喝止不及，也只好回马狂奔。不提防戚继光从斜刺里杀来，和俺答交马。继光一枝点钢枪真是神出鬼没，俺答虽然勇猛，这时已无心恋战，虚掩一刀拨马落荒而走。继光哪里肯舍，把马加上两鞭，那马便泼刺刺地赶上去。要知戚继光的那匹坐骑是有名的，叫做桃花胭脂马，疾行起来一日可以走八百余里。塞外虽多骏马，怎及得继光的神骏。不上半里多路，看看已将赶上，继光从袋中摸出一件东西来，好似捕鱼网似的，只望空中一撒，唬啷的一声，将俺答连人带马牵住，奋力一拖把，俺答倒拖下马来。继光也一跃下马，想去缚俺答时，不期俺答力大，双手望上一挣，早把绳索拉断了一半。继光眼快，一手执住俺答的右臂，两人就在草地上厮打起来。正揪着各不相让的当儿，那面的鞑兵都骑着快马，三十骑飞也似地赶来救援，继光只有单身，又和俺答揪着不得脱身，其时危急万分。幸得继光的卫兵驰到，一拥上前，七手八脚地把俺答横拖倒拽地拉着走了。鞑兵赶至，刚刚只相差得一步，给继光兵士擒着走了。接着继光的民兵又到，鞑兵自度兵少，不敢来抢，眼看着汉兵唱起凯歌得胜回去。

戚继光又获了大胜，还擒住鞑兵主将俺答，自来杨守谦军中报功。守谦大喜，手抚着继光的背道："将军立功疆场，功在国家；将军镇边，胡奴自然丧胆。中流砥柱，唯将军是赖了。"继

第七十九回　戚继光威镇三边地　仇总兵戮尸汴梁城

光逊谢了一会。杨守谦便令戚继光留镇宣府，自己押着俺答班师回京。不多几时，上谕下来，擢戚继光为宣大总兵官，节制两处人马，随时得便宜行事。

这道旨意颁到，别人都不在心上，边地人民齐声欢呼，把个仇鸾气得一佛出世、二佛涅槃，想自己从前笑他是个鄙夫，如今反要受他的节制了，那不是长人做了矮人么？那时仇鸾部下有个幕府，叫做柳广地的，本来是个桂林的苗种，辗转流入汉族中，也就充了汉人。讲到柳广地的为人，奸刁谲猾，想出来的计划没一样不是断桥绝路的。当俺答初寇大同，仇鸾不敢出敌，忙向柳广地问计。柳广地笑道："胡人所爱的是金珠，你只要肯贿他多少金银，叫他到别处去，没有办不到的。"仇鸾大喜，便令柳广地为使，到俺答的军中，将仇鸾的意思向俺答述了。俺答索金五万两、米三百石，仇鸾一一如命送去，还和俺答订了密约。这件事除了柳广地之外，只有三五名心腹家将知道，其余连仇鸾的妻妾也不使她们晓得的。那时仇鸾满心要陷害戚继光，因自己是严嵩的门人，如今严嵩已经革职，少了一个后援，对于势力上当然敌不过戚继光的。继光职分既在仇鸾之上，又有杨守谦竭力的保举，仇鸾弄得没法摆布了。于是召那柳广地进署，托他想个计策扳倒戚继光。柳广地点头答应了，便去和继光的亲随缔了交，两下里异常的莫逆。

继光有个护印的亲随被继光痛笞了一顿，心里气愤不过，出来和别的一个亲随讲起，把继光恨得牙痒痒的。恰好给柳广地听见，忙上去安慰了他几句。那护印的亲随见是同伴的朋友，和柳广地也一见如故，由是柳广地又与那个护印亲随交好起来。

一天。柳广地做得愁眉苦脸的，似乎担着莫大的心事。那个护印亲随不知柳广地的奸计，问他为甚不高兴。柳广地摇摇头道："说也是办不到的。"那护印亲随发急道："既是知好的朋友，说出来又有什么要紧。"柳广地叹口气道："咱有一个爱女,今年及笄了,还不曾出阁,却被鬼魅迷惑住了。看看迷得要死,咱眼下着急得了不得。后来有人说道,只要武官或巡抚的印信把来镇压一夜,鬼魅就不敢来了。但这颗印信又到什么地方去找呢?"那护印亲随不知柳广地是仇总兵的走狗,就脱口答道："要武官的印信倒有,不识我们老爷的印信可能用不能用?"柳广地大喜道："若得你们老爷的印信去镇压一宵,那还有什么话说?即使有十个鬼魅也吓走的了。"护印亲随拍着胸脯道："这事包在兄弟身上,给你办到就是了。"柳广地谢了又谢,那护印亲随立起身来去了。不多一刻,果然把宣大总兵官的印信取来交与柳广地,道："这是紧要东西,关系很重,你用了之后须立时送还,切莫多延时日!"柳广地答应了,怀着印信欢欢喜喜地去见仇鸾道："此番可以扳倒戚继光了。"

仇鸾大喜。第二天上,借着催粮的名儿,向总兵官署中去请印。戚继光命取印信时,只剩一个空盒,不觉大惊,急召那个护印亲随。护印亲随只得老实供了来,谓是某亲随的朋友借去了。又唤那亲随诘问,回说那人是仇总兵署中的幕府。戚继光听了,心下已明白了八九分,也不责那亲随。一时没印可用,只好托病不视事,慢慢地设法取回印信。那仇鸾却一步都不放松,天天差人来催索,气得个戚总兵几乎眼中发出火来,又不好向仇鸾说明,恐他传扬出去。镇臣失了印信,至少褫职,办个失察的罪名。

其时戚继光幕下有个幕宾叫做徐渭字文长的,浙江山阴人,工文词、善书画,是个有名的才子。戚继光慕他的才学,便罗致在幕下,继光行军剿寇颇得文长的臂助。当下戚继光将仇鸾骗去印信的事和这位徐文长先生商议,徐文长沉吟了半晌,拍案说道："有了!有了!"便附着戚继光的耳朵轻轻说了几句。继光欣

第七十九回　戚继光威镇三边地　仇总兵戮尸汴梁城

然说道:"此计大妙！俺就依着做吧。"

这天的晚上，总兵官署厨下失火，各处的属员都率领着兵士和衙役前来救火，仇鸾也和十几名亲兵在署前巡逡。只见戚继光捧着印盒从署中直抢出来，手忙脚乱地把印盒递给了仇鸾，继光又回身进去了。仇鸾在急迫中忘了所以然，待继光进去不出来了，仇鸾猛然省悟道:"上当了！他印信已失去的了，如今将空盒授给了我，当场又不曾启视，这护印的责任就在我的肩上。等一会儿火熄了，叫我怎样拿空盒交上去？这分明是要加罪在我身上了。"仇鸾想着，又和柳广地去计议。广地顿足道:"你怎么会接受它的？现在除了把印信放在盒中，没有别法。"仇鸾不得已，将总兵官的原印安置在盒中。其时火已救熄，仇鸾进上印盒，戚继光亲自验看，见印已有了，心里暗自好笑，又大赞徐文长的妙策，面上却不露声色地慰劳了仇鸾几句。仇鸾自知开着两眼吃毒药，只有责着自己冒失罢了。

这场闹印的事过去了，蒙古人又来寇边，直扑大同，要求索还俺答。仇鸾慌忙地又使柳广地和蒙人商量，情愿贿金十万，令蒙人退兵。蒙人假意允许了，待仇鸾的金珠送到，仍率兵攻城。仇鸾大惊，亲自作书责问蒙人部酋那颜。谁知这封书信被戚继光的哨兵获得，进呈继光，继光将原信固封了，连夜赍入都中，交与兵部尚书杨守谦。守谦看了大怒，把仇鸾通敌的事据实上闻。世宗帝即下谕，将仇鸾褫职解京。

圣旨到大同时，仇鸾已经得病死了，家属扶丧回汴梁而去。钦使扑了个空，正要上疏奏闻，不料俺答因在狱中供出，前次入寇古北口、掳掠通州是仇鸾所指使的。世宗帝听了，这一怒非同小可，颁谕汴梁守吏，把仇鸾戮尸，家口悉行就地正法。汴梁官吏接到谕旨，立时将仇鸾的满门逮捕。一面掘起仇鸾的棺椁，开棺取出尸首来，却一点也不曾腐烂的，看上去竟面目如生。行刑吏砍下尸身的头颅，尸腔中竟会流出鲜血来。当时目睹的人很为诧异，都说仇鸾应该要受王法，遭身首异处的罪名。这且按下不提。

　　再说世宗帝自罢严嵩为相，便令徐阶入阁。正拟整顿朝纲，忽然章圣皇太后驾崩。世宗帝大哭了一场，即日发丧举哀，丧仪十分隆重。哪里晓得章圣太后的梓宫未曾安葬，昭圣太后又复崩逝了。世宗帝也按例给昭圣太后（孝宗张皇后）发丧，不过没有章圣太后（兴王妃蒋氏，世宗之生母）丰盛罢了。世宗帝迭遭两场大丧，不免哀伤过甚，圣躬就不豫起来。

　　要知世宗帝能痊愈否，且听下回分解。

明宫十六朝演义

（下）

许啸天 ◎ 著

吉林出版集团股份有限公司

第八十回　花月琴声名士追芳踪　山水诗韵美人殉痴情

却说世宗帝圣躬不豫，朝廷的大事都由徐阶相国一人主持，好似武宗时的杨廷和一般，确算得是调和鼎鼐、燮理阴阳了。

讲到这位徐相国，本是吴中人，二十一岁入了翰苑，慢慢地升擢到现在，居然位列公孤（明有三公三孤，为太师、太傅、太保，少师、少傅、少保），那时徐相国的家眷还在吴中，于是派了几名得力的家人，把那位相国夫人去接进京来。相国夫人魏氏很相信敬佛的，自到了京中，每日到各处的寺院中进香，还带了她那位小姐眉云，母女两个各乘着青布小轿，往来那些庵庙寺院。就是在吴中的时候，也没有一天不是这样的。魏夫人这般好佛，徐相国极其不赞成，然也没法去禁止她。

其时吴中有三个名士，第一个是人人所知道的唐寅（字伯虎，号六如），第二个是祝允明（枝山），还有一个叫做文璧（征明）。这三位名士一样的文采风流、学问渊博，可惜他们都不在功名上用功，只喜欢吟风弄月，干些寻花攀柳的勾当。尤其是唐伯虎，最是放诞不羁。他又工诗善画，每一绝出，吴中闺秀争诵一时。那般放荡的侯门姬妾往往借着求画为名，暗底下免不得蓝桥偷渡。所以唐伯虎在吴中艳情的事迹很多，都是和那些大家闺秀通书联句，情诗艳词正不知呕尽了多少心血。

有一天上，那魏夫人同了眉云小姐进香净坛寺，顺道游一会虎丘。谁知冤家路窄，偏偏那个风流才子唐伯虎同了文征明、祝枝山、徐昌谷等一班名士也在那里徘徊吟哦。魏夫人领了这位千娇百媚的眉云小姐走过他们的面前，把这几位风流名士眼都看得花了。因眉云小姐一副玉容的确生得落雁沉鱼、艳丽无俦，吴下的美人中算得是首屈一指了。唐伯虎看了又看，真觉得越看越爱，便舍了众人悄悄地跟在后面。一阵阵的翠袖余香，弄得自命不凡的唐伯虎神迷意乱，几乎连走路也走不明白了。魏夫人和眉云小姐见背后有人相随着只是不离左右，疑是市井浪子，忙叫仆人打过轿来，母女两个上了轿，飞也似地回去了。唐伯虎直待瞧不见了轿子的影儿，兀是呆呆地立着。文征明远远看见，心里十分好笑，轻轻地蹑将上去，在伯虎的肩上一拍道："红日快要斜西了，你还痴立在这里做甚？"这一拍把唐寅大大地吃了一惊，回顾见是文征明，不觉也好笑道："美人、名马是人人喜欢的，你不看见方才的美人儿，只怕夫差的西施也不过这样了。"说罢大家笑了一阵，也就各自走散了。唐寅独自一个踽踽地回去，心上还恋着那美人，真要算念念不忘了。他到了家里，呒笔挥毫，把美人的艳笑貌闭目静静地意会出来，画成一幅玉容，早晚相对着咄咄书空，废寝忘餐。

五月的五日，吴中风俗在湖中竞赛龙舟。到了那时，仕女如云，都来看水上竞渡。唐寅也没精打采地信步到得湖畔，见十余只龙舟雁行儿排列着，舟中数十壮男雄赳赳地持着划桨，在那里等待着。只听得画角一声，十几艘龙船一齐用力划水，那龙舟在水面上好似出洞的蛟龙，昂首摆尾地向前飞驶。看着驰了半里多路，内中一艘黄龙的船儿猛然地一个翻身，全船像倾覆似的望前直泻出去，在这间不容发的银涛骇浪中已超过了后面的龙舟，飞般地驰去了。这里有一艘青龙金头的龙舟倒也不弱，他们见黄龙

第八十回　花月琴声名士追芳踪　山水诗韵美人殉痴情

舟争了先去，那舟上划桨的壮丁大家吆喝一声，施展出一个蛟龙扰海势，舟身由浪中倾了转来，蓦然地船首往下一沉，龙尾朝上一翘，泼鹿鹿地在水上直追过去。那划水的桨声好似狂风骤雨，訇訇如狂涛奔骤，龙舟进行的速度比前增加了数十倍，早越过了同行的龙舟，向前追逐那只黄龙舟去了。余下的红龙舟、黑龙舟、蓝龙舟等也一齐使劲追赶，哪里追得上。遥见青龙舟已迫着了黄龙舟，两只船儿厮并着划回过来。这时舟在水上如同飞箭离弦，眨眨眼已驰到了出发的所在，相距约有十来丈光景，青、黄两舟雌雄未判。大家不甘心，狠命向前竞争，两舟此时紧紧相并着。正在千钧一发的当儿，青龙舟上嘚哨一声，百十片划桨奋力在水中只几十下，舟身似高山倒泻瀑布银浪光涌，竟飞驰在黄龙舟的前头，超过半只船身。这时岸上看的人不由得齐声喝彩，那掌声和轰雷也似的响起来。黄龙舟上的人都发急起来，但听得一声呐喊，龙船往河边斜泻过去，全身倾翻在湖中。几十名男士都覆在水里，龙舟便头轻脚重骨都都地沉下水中去了。其时青龙舟占了优胜，已经停住了，后面的十几艘龙舟也赶到了。大家七手八脚把黄龙船内的众人一个个地捞救起来，幸得他们这班划桨壮丁大都识得水性，倒一个也不曾淹死。只不过船上的花彩等等被水浸过，颜色褪下来，湖水都染红了。

那天的竞渡，知县太太领了家人雇了一只大船在湖边泊看。船头上设了一把太史交椅，那位太太端坐在船上瞧看。一班划龙舟的认得是本县的县太太也在那里，大家格外划得有兴。青龙舟胜了黄龙舟，几十个壮丁得意洋洋地向知县太太讨赏。那位太太吩咐仆人，每名赏给白银五钱。青龙舟上的人得了赏钱，自然欢欢喜喜地去了。不期黄龙船上的众人因争不着锦标，反把船都翻了，心上已有些气愤；又见青龙舟上得着赏金，越发觉得不快活。一唱百和将青龙船上的人拦住了，定要和他们分肥。青龙舟

明宫十六朝演义

上的壮丁本来是无业的游民，多是巴有事、愁太平的一类人物，忽见黄龙船上来与他们为难，怎肯低头忍气？大家你一言、我一语地斗起劲来，三句不是路，拔出拳头便打。街上瞧热闹的人，怕事的纷纷走避，唯有那些店肆他们是走不了的，深恐他们打起来，忙上前去竭力地解劝。

打总算停止了，大家互扭着到县太太的船上来评理。众哄着拥上船去，轰隆地一声响，把县太太的坐船踏翻。太太和家人仆婢都跌入水中。岸上立着保护的差役连连喝着叫救人，一面将为首厮打的人锁了。众人把县太太救起，已是浑身淋漓，似落汤鸡一样了。况这位县太太又胖得了不得，五月里的白罗衫子被水湿透了，都贴牢在肥肉上，翘起着一双乳峰，真是好看煞人，引得看热闹一班无赖哈哈大笑。县太太涨红了紫膛脸儿，几要没地自容了。亏了衙役去唤了几乘小轿来，那县太太跟跟跄跄地上了轿，丫环、仆妇坐轿在后，蜂拥着去了。还有衙役们将肇事的游民锁着，带往县署中去不提。

再说唐寅看了一会龙舟，负着手在河沿踱了一转，觉得薰风拂拂，吹人欲懒，心上很是没趣。正要去找文征明、祝枝山等，才回身走得几步，突然空中坠下一样东西来，拍的打在头上，甚是疼痛。便抬起头来要待发作，只见朱楼数幢、碧窗半掩，窗沿上凭着一个美人儿，秋波盈盈地睨着唐寅嫣然地一笑，就缩身进去了。唐寅被她这一笑，愤气早已消得无影无踪。又觉得那美人十分面善，蓦然记起那天虎丘的美人，还不是她是谁？再俯身看那地上掉下来的东西，却是一柄牙骨锦云的折扇。扇上题有诗句，簪花妙格，书法非常的秀媚，分明是闺中人的手笔。那一面画着一幅晴云岚霭，上款是"眉云大姊雅正"，下款署着"妹丽云绘题"。那画儿虽不见得好，笔法却含有古意。唐寅是个中能手，自然判得出好坏来。他方在把玩得爱不忍释，陡觉衣袖上有

第八十回　花月琴声名士追芳踪　山水诗韵美人殉痴情

人轻轻地牵了一下。唐寅回过身来,见是一个双鬓垂发的丫环,粉脸微泛红霞,掩口微笑道:"咱们小姐拜上相公,适才得罪了尊驾,甚是惭愧。那把扇儿可否赐还了?他日自当相谢!"唐寅听了那丫环的说话伶俐、珠喉清脆,不由得暗暗羡慕道:"强将手下无弱兵,主人是天上仙眷,侍儿自然是人间尤物了。"想着便笑答道:"你们小姐贵姓?"丫环道:"姓徐。"唐寅笑道:"这扇儿上的题款可是你家小姐的芳名么"?那丫环微微把脸儿一侧道:"闺中人的名儿咱不便对相公说,相公也不必问她。"唐寅笑了笑,收了扇儿,将自己的一柄换给了她。那个丫环持着扇儿匆匆地去了。唐寅昂了头儿向窗上望了一会,不见美人的影踪。回顾河畔绿水茫茫、泉声杂沓,便点头叹息,徘徊半响,玉人杳然,只得一步懒一步地自回。

不到半个月,这河隔岸小楼一角,双扉对启,一个少年的士人不时倚窗流览,江上帆影扶疏,水鸟往来掠着湖波。那士人忽然伏案吟哦,很觉自得。每到月上黄昏,便焚起云檀,盘膝抚琴。一阕未终,对楼碧窗呀的开了,一个雪肤花貌的美人似借着玩月,来听士人的抚琴。那士人见了美人,不由得心花怒放,施展他平生的本领,格外弹得好听,真是琴韵悠扬、令人神往,大有此曲只应天上有的概况。这弹琴的士人不消说得,是六如唐寅了;那个美人,不是徐家的眉云小姐是谁?

这样一天天地过去,光阴流水,转眼深秋,篱边黄菊落英,江上的英蓉隔岸。这个时候,吴中的士大夫多往胜地看花,携榼高会,任情题咏、互相唱和。唐寅也邀着文征明、祝枝山、徐昌谷等一班人终日玩山游水,到处吟诗留句。

一天黄昏,唐寅方从文璧那里豪饮归来,微带醉意,忽见那天索扇儿的小鬟笑嘻嘻地走过小桥来,到了唐寅的小楼上,把个纸封儿望着桌上一丢,格格笑着,飞般地下楼去了。唐寅把纸封

明宫十六朝演义

折开来瞧时,却是一张紫兰花的薛涛笺。笺上书有词儿两阕,左边的角上写着"求正吟坛"四字,字迹娟秀,尤令人可爱。唐寅便把词儿朗声诵读道:

碧窗秋露冷如冰,素月半帘明。白云依旧,夜色凉深。何处步云行? 虫声懒,草霜轻,不胜情。湖畔琴韵,楼下吹箫,梦回乍醒。
　　　　　　　　　　——《诉衷情》

人生悲秋无限,韶华去难见。山水重重,遥瞰天远。院落沉沉,人声寂寂,图书仙馆。叶凋残萧瑟,柔情似水,佳人肠断。
　　　　　　　　　　——《撼庭秋》

唐寅读罢,点头自语道:"词虽做得草率,还不失初学的门径。待俺也书一阕答她。"就提笔写道:

绿窗朱户,小楼听微雨。意无聊,炉火温香醑,江边候信潮。 花香含粉黛,寒雨打芭蕉。清深有谁知?恨迢迢。
　　　　　　　　　　——《女冠子》

晴窗明,绿杨前,倚花边。燕掠水,日如年,风袅袅,香阵阵,望婵娟。 花儿好,满庭院,蝶流连。山起云,柳锁烟。松涛急,湖水碧。
　　　　　　　　　　——《不尽言三字令》

唐寅写完,仍把原封封固了等那个小鬟来取。

第二天的晚上,那小鬟果然来了,笑着问:"词儿可曾改好

第八十回　花月琴声名士追芳踪　山水诗韵美人殉痴情

了么？"唐寅也笑道："早已封好了，不过俺的文字很粗俗，请你们小姐莫要见笑！"说着把纸封递给她。那小鬟也不回话，只向着唐寅的手里攫了纸封，下楼渡过小桥去。从此以后，那小鬟做了牵线的红娘，这样的朝往夜来，眉云小姐的香闺中渐渐有了唐寅的足迹。从前的琴音吟声都是隔河相应的，现在却是一对璧人并肩倚窗对月唱和了，其时无限的快乐也就可想而知。

不图好事多磨，徐相国打发家人来接着进京。魏夫人忙着收拾东西，那位小姐却和唐寅在那里分别。两人依依不舍，相对着涕泪纵横，连那个小鬟秋香也在一旁替他们垂泪。唐寅和眉云小姐正哭得伤心叹绝，忽然魏夫人走进绣房来，吓得眉云小姐花容失色，唐寅更是无地自容。两人不约而同地齐齐跪在魏夫人面前，把个魏夫人弄得怔了过去，半晌做声不得。又见眉云小姐哭得婉转娇啼，好似一朵带雨梨花，看了真叫人又怜又爱。魏夫人虽然心上动气，到底是亲生的女儿，膝下又没有第二个人，事到其间，不由得深深地叹了口气，一手把眉云小姐搀扶起来；回头叫唐寅也起身了，吩咐秋香立即送他下楼去，不许在这里逗留。

唐寅如逢了特赦的犯人，又似丧家狗般地随着秋香匆匆地下楼。到了楼梯口，兀是回转来瞧那眉云小姐，只见她玉颜带晕，泪盈盈地倚在妆台边，只顾俯首弄带。这时的唐寅，真是一步三回顾，心里好不难受。唐寅走后，魏夫人怕眉云小姐郁出了病来，所以并不多说什么，只令眉云小姐赶紧料理好了，准备明日起程。

到了次日，江畔两只青篷的巨艇解缆启行了，正是徐相国的官眷进京。唐寅眼睁睁地瞧着心上人北去，他怎舍得，便待雇舟追踪前往。正值文征明、祝枝山、徐昌谷三个孝廉公进京会试去，四人在一块儿也扬帆北上。不日到了都下，文征明等自去筹划赴试。唐寅一心只有眉云小姐身上，暗暗打探徐相国的私第，在东安门外被他寻到了。但侯门似海，没法可以通得消息。幸得魏夫人相信佞佛，不时带了眉云小姐往各处寺院里进香，唐寅远远地随着，和眉云小姐相逢，大家心中会意，就是不能说话。又经那个小鬟秋香替他们两个设法，偷偷地在相府后花园叙会过几次，终及不来吴中那时的快乐。眉云小姐因此愁眉不展，忧容满面起来。

女孩儿家一到了长大，都该有几分心事的，休说是眉云小姐了。魏夫人知道她女儿的红鸾星动了，便在徐相国面前屡屡提起眉云小姐的姻事。徐相国说："一时没有相当的人材，且暂过几时再讲。"哪知是年的文征明官星照命，在三千举子中竟占了魁首，又联捷入了词林。少年登第，这得意自不必说了。那时的老师便是徐相国。榜发之后，新科翰林都去参谒老师。徐相国见自己的门生一个个是少年英俊，不由得眉开眼笑，私心中就触起了择婿之念。于是送出了众门生之后，忙回到内室与魏夫人商量，说起众翰林都是少年高才，尤其是那个姓文的同乡人，更来得才貌双全。魏夫人听了，一口就极力地赞成。徐相国便使人去打探，知文征明中馈尚虚。徐相国大喜，于朝见时在驾前将文征明保举了一下。不多几天上谕下来，授文征明为翰林院待诏，少年学士益显得翩翩风流。徐相国召文征明到了私第，面许婚姻。文征明不知有唐寅的隐情在里面，见宰相的小姐肯配给自己，又兼徐相国是老师，自然十二分的愿意。

谁知徐相国和文征明师生两人在内堂谈婚姻的事，凑巧被乖觉的小鬟秋香听得了，忙去报告眉云小姐。眉云小姐闻得婚姻两字，先已触目惊心，她和唐寅本早订有白首之约，但在老父面前又不好明言；正在千愁万虑的当儿，听说老父替她择定了佳婿，是个少年翰林，不觉芳心中一动，便挽着秋香懒懒地走下楼来。在屏风背后悄悄地偷瞧了一会，见文征明蓝袍玉带、云锦乌纱，

第八十回　花月琴声名士追芳踪　山水诗韵美人殉痴情

那一种潇洒出尘、文采风流的气概正不亚于唐寅，或者胜过几分咧。大凡女子的心理，羡慕虚荣的多。眉云小姐初见唐寅，觉他风仪俊美、举止隽雅，意谓普天下的男子没有比唐寅好的了，以是一意倾心，誓必嫁他。如今眼见得那个文征明又胜过唐寅，而且是少年登科。若嫁给了他，不是一位翰林夫人么？眉云小姐一头想着，又偷瞧了几眼，觉得那文征明的品貌真是愈看愈爱看，越瞧越胜过唐寅。又想他外貌这般丽都，内才一定也不差，否则怎样会金榜题名。今世能和这样一个美郎君做夫妇，那才算得不枉一生，也不辜负我的花容月貌了。眉云小姐呆呆地沉吟了半响，低低叹了一声，仍然没精打采地扶着秋香上楼去了。

这里徐相国翁婿两个欢笑畅饮，酒到了半酣，徐相国向文征明索要聘物，文征明从腰间解下一双玉燕渔舟来，很郑重地奉给徐相国。徐相国笑道："天缘巧合，不可无诗。敢求珠玉一章，以作团圆的预庆。"文征明笑了笑，命家僮取过文房来。文征明要显他的才学，研墨呦毫，略一思索，便飕飕地写道：

珠翠飘灯画小舫，箫声引凤月映窗。
佳酿还须花前醉，玉洁冰清燕一双。

徐相国读罢，赞不绝口，忙叫侍婢持向闺中，呈给眉云小姐。过了一会，那侍婢拿了还聘下楼，却是一股羊脂玉的钗儿，晶莹洁白，似汉代的佳品，外有云笺一纸，簪花妙格，书着和诗一章。徐相国和文征明看上面的诗儿，也是七绝一首，写道：

碧水舟轻趁急流，十弯九曲落花江。
堤边垂有丝丝柳，系住穿帘燕一双。

徐相国看了笑道:"珠玉在前,献丑极了!"文征明谦逊了几句,就起身告别。

　　光阴流水,又过了半月。那时的唐寅天天来相国府第中刺探眉云小姐的消息,想俟小鬟秋香出来,趁个空儿和眉云小姐晤会。他对于徐相国把眉云许给文征明的事却一点也不曾知道的。因为这时的祝枝山和徐昌谷会试名落孙山,早已匆匆南归,只有文征明身登仕版。唐寅是个傲骨天成的,见征明登第,就不大愿意与他相见。征明所谓贵人多忙,自然无暇去访唐寅了。这样一来,两下里就此隔膜起来,弄得音讯都不通了。

　　有一天上唐寅又到相国的后园,正见秋香两眼红红地走出来,见了唐寅忍不住流泪满脸的,呜咽得说不出话来了。唐寅忙道:"你怎的这样伤心?"秋香含泪答道:"俺家小姐死了,你不知道么?"唐寅大惊。

　　不知眉云小姐怎样死的,且听下回分解。

第八十一回 皇帝昏愦三更驾鹤 海瑞廉洁两袖清风

满园的梨花都含着悲意,斜阳射在黄墙上惨红如血,被风吹皱的一池碧水,似美人盈盈的秋波含着珠泪要下堕的样儿。那时秋香颤巍巍地说道:"俺家小姐已于昨天的晚上死了。"这死字才得出口,把个唐寅听得几乎昏倒在地上,举头瞧那四面的景色,觉得没有一样不可悲的!便很凄惨地问道:"你家小姐怎么死的?患的什么病儿?却死得这样快!"秋香一面弹着泪珠儿,呜咽着说道:"还不是为了你么,否则也不至于死咧。"唐寅惊道:"真的为俺死的么?"秋香叹了口气道:"说起来话长,咱也不愿意讲它,实在也不忍讲。咱的小姐留有绝笔遗书,你自己去瞧吧!"说着就贴身取出一封信儿,递给唐寅。

唐寅接在手里不住颤着,只见信上写着一行"六如知己亲启"六个大字。又把那封信拆开来,里面写着蝇头小楷道:

六如知己者如览:

一别吴江,再逢燕地。两意缠绵,双心怆恻。夫以家庭受制,难缔鸾凤之俦。月老无情,未定鸳鸯之谱。古云君子,本淑女好逑;昔者相如,调求凰之曲。忆曩者,小楼并肩对语,促膝共谈,相偎相依,情犹水乳,至怜至爱，义若芝兰。素手携来，金钩鸣乎罗帐；玉藕挽处，春心动于衾中。云雨巫山，入襄王之好梦；潋滟逝水，会神女之阳台。斯情斯景，宁堪为外人道乎？

讵知好事不长，偏来磨折，老父书至，于是乎屏当而北行焉。幸君多情，追踪北来，虽别离黯然魂销，不久复重续旧。竟谓从此天长地久，作永远之欢娱，将来得冰人之一言，即可偕老白首矣。孰之祸事之来，有出人意料者，老父毅然为选佳婿耳。彼人者，新进学士，翰苑才人，尔雅温文，少年俊美。相偶固不辱没，亦堪称一对璧人。无知吾之与君，已订约在前，岂容改志于后？然坚守吾约，则违父母之命；苟顺亲情，则负君矣。就事而论，两不可背；以情而言，乌能独从。转辗思维，进退皆难，追本寻源，是吾之命薄耳。

嗟乎六如！今且别矣。红颜如花，其艳不永，是古人已先为吾言之。盖吾欲从君，则遗羞老父，世将詈为无耻，留丑名于千古；进而从父，则君必百志俱灰，遂至磨折以终。我不杀伯仁，伯仁为我而死，吾心岂忍出此乎？吾计之熟矣，不幸事急，赖有三尺白绫，作吾护身之符，身既属君，则唯有一死报君耳。噫！吾之死期至矣！

吾死之后，君幸无悲，天下多美女，以君之才，能奋力上进，掇高科，取杏紫，犹拾芥耳。身登仕籍，则区区如薄命人者，何患不得，届时恐嫌其多且烦也。虽然，果有此日，君志得意满，志高气扬，而薄命人则夜台孤眠，尝风餐露，白杨枫树，绕吾荒丘，谁复有忆及斯薄命人者乎？悲已！顾君有情人也，倘能金榜题名，洞房花烛之夜，三呼吾名而稽首者，吾死亦无憾矣。

第八十一回　皇帝昏憒三更驾鹤　海瑞廉洁两袖清风

　　更有一言，为君告者：秋香小婢，事吾多年，情同骨肉，君如情深念吾者，而纳秋香而列诸妾媵，吾之所愿也。则君见秋香，犹对吾无异。要之彼一孤女，伶仃可怜，得君援之，亦属功德，而吾心亦从斯安矣。别矣唐郎，幸自珍摄！薄命如吾，不足怜惜，祈君毋过哀，致吾在九泉因此而增吾悲，亦所以增吾之罪孽也。呜呼！不谓花亭相府后圃有花芳亭，为六如眉云幽会地一见，乃成永诀。纪念之言，遂为谶语。吾忆及是，吾心伤矣。悲已哉！夜漏三更，春寒多厉，吾书至是，泪湿云笺者数重，吾乃不忍书矣。

　　妹徐眉云绝笔

　　唐寅一边读着，真是一字一泪，到了读毕，那眼泪已和黄梅时的霖雨一般连绵不断，视襟上早湿了小半幅，掩泪回顾秋香道："不料你们的小姐真个为俺而自尽的。此后俺的希望已绝，从今当披发出山，不复再染红尘了。"秋香也呜咽着说道："唐相公莫说这样的话，叫人听了伤心。俺家小姐在毕命的隔日也再三嘱咐，寄语相公不要灰心自伤，致增小姐的罪孽。"说罢，已哭得回不过气来。唐寅也哭得抬不起头，几乎失声大哭。

　　正在相对着和楚囚似地对泣，伤心人遇着了伤心人，两人越哭越觉悱恻，不提防园门的小阁上忽然有个娇小的声音，很清脆地叫道："秋香姐！老夫人唤你了。"秋香听了，忙收泪回身，一面擦着眼儿，三脚两步地去了。唐寅独是一个，呆呆地立在园门口，似发呆般地在那里出神。那边走过看园门的老仆，见唐寅在门口发怔，当他是个市井的轻薄儿，便上前将唐寅一推，道："请你走远些儿，咱们里边有事，要关园门了。"说罢也不等唐寅回话，"砰"的一声，竟自关上了园门，门里咭咭咕咕地走了。

明宫十六朝演义

　　唐寅在园门前木立了半晌，只得长叹了一声，一步懒一步地回他的寓中。方在咄咄书空、万分凄寂的当儿，忽见文征明垂头丧气地走进来。两人相见，略略寒暄了几句，文征明劈口就说道："奇事都是我遇见的，你可知道我又逢着一桩怪事吗？"唐寅因自己有心事，便淡淡地答道："什么怪事"？文征明拍着膝盖说："就是那徐相国的女儿，承相国亲许我的婚姻，不知怎样的，今天据相府里的仆人来报知，说他家小姐昨天晚餐还好端端的，黄昏忽然死了。不是令我莫明其妙吗？"唐寅见说，不由得吃了一惊道："你所说的，敢是那徐阶老相国的女儿么？"文征明道："你想有几个徐相国。"唐寅蓦然地立起身来道："那可糟了！"文征明诧异道："要你为什么也这样着急？"唐寅不等他说毕，从袖里探出那封眉云小姐的绝命书来，望着案上一掷道："你且看了就能明白。"文征明把信从头至尾慢慢地读了一遍，带读带叹地摇头晃脑，读至"徐眉云绝笔"，不觉目瞪口呆、做声不得。唐寅便把在吴中时与眉云之经过详细说了。文征明叹道："我若早知道，就不致允许她的婚事了。这样一来，倒是我害了你们了。不过书中眉云小姐嘱咐你纳秋香为妾，这件事我必成全你的。"说着起身去了。

　　那时徐相国听她女儿无故自尽，悲痛叹绝。但不知眉云为什么要自尽，传秋香并侍婢等诘询，终得不到头绪。后来魏夫人从无意中吐出吴中的事儿来。徐相国大怒，立刻把秋香拷问起来，方知眉云已私和唐寅订了婚约。徐相国恨恨地说道："这贱婢该死，她自己没福去做现成的夫人，还可惜她则甚？"于是命草草殓葬了，一面密谕左右，令逮捕唐寅。风声播进了文征明的耳朵里，忙去通知唐寅预先避去；又亲往相府，求徐相国把秋香见赐。

　　徐相国和魏夫人一商量，以为眉云小姐已死，膝下又无儿

第八十一回　皇帝昏愦三更驾鹤　海瑞廉洁两袖清风

女,秋香为人很是伶俐,服役府中也多年了,不如收她做了义女,仍嫁给文征明,做眉云小姐的替身。徐相国将这层意思对文征明说了,征明不好不答应。因秋香虽是婢女,经徐相国收做义女,立时变了小姐身份了。过了几天,秋香便正式嫁给了文征明。结缡的那天,廷臣都来贺喜。大家不知道其中底细,齐说相国小姐的艳丽和文翰林真算得一对璧人。世宗皇帝闻得徐阶的女儿嫁与文征明,特赐征明龙凤金锁一具,彩䌷百端,黄金五百两,绣袍一袭。翰林夫人徐氏(秋香)赏贡花一对,凤钗两双,碧玉龙纹玉簪一对。又御制燕尔新婚诗二十四首赐给文征明夫妇,一时传为佳话。

只苦了个唐寅,弄得麻绳缚蛋——两头脱空。文征明的初意,想把秋香要来送与唐寅的,万不料以假作真,依旧拉在自己身上,倒几乎无颜去回复唐寅了。唐寅晓得了内里的情节,只有叹息一会,也不去见文征明,竟嗒然南归。自后唐寅在吴中不似从前狂妄了,他闲下来时把书画自遣。流传到了现在,他的书画很有价值,和祝枝山、文征明、徐昌谷并称吴中四才子。这且不提。

且说世宗帝嘉靖三十年所立第三个方皇后又崩,世宗帝悲感之余,于方皇后的丧仪十分隆重。方后梓宫安葬永陵,世宗帝还亲自执绋送至大明门,经群臣的跪请才含泪回驾。是年便册立杜贵妃为皇后,这是世宗帝第四次立后了。

日月流光,韶华不居,其时的方士陶仲文已死了多年,世宗帝又记念那仲文起来,经中官把仲文的儿子陶世恩、侄子陶仿,徒弟高守忠、申世文等这一班术士,又陆续召进宫。世宗帝令旧日的醮坛重行修筑起来,谕令陶仿、陶世恩均上坛炼丹,以申世文、高守忠祈禳灾祸,拜求上天甘露。

那时世宗帝的诸子也都长大了,只阎妃所诞的皇子载基已死，谥号哀冲太子。王妃所诞的皇子载壑才册立东宫七天，便一病死了，谥号庄敬太子。世宗又改立杜贵妃所出的皇子载垕为太子，并封载圳为景王，载㙺为蓟王，载塸为威王，载𡊠为均王，载㙑为颖王。那时朝中大臣以徐阶为其中翘楚，统率百官、总掌朝政。好在世宗帝常患病痛，对于朝事本来不大顾问，悉听徐阶主裁。

到了嘉靖四十四年的冬上，忽然圣体违和，渐渐卧床不起。有时于朝政大事万一免不来的，只好勉强倚榻裁决。但每到时候坐得久了，就觉得眼前发黑，神志不清。在这时的太医院和司医监正一会儿验脉搏，一会儿进汤药，真是忙碌得了不得。世宗帝吃了药下去，仍如石沉大海，一点也不见效验。而且睁眼开来就见有一团黑气在榻前滚来滚去，把个胆大心豪的世宗帝吓得心惊胆战，半夜里往往叫醒过来，叙述他所见的怪象。一般宫侍内监等都信为真话，于是宫中传说发现了什么黑煞，须得建醮祈祷。世宗帝召陶世恩等面谕，令施五雷正法镇压妖邪。陶世恩等奉谕，便去招了几十个方外道士，在宫中叮叮咚咚地铙钹喧天，实行做起法事来了。其实宫中何尝有什么黑煞？不过世宗头昏目眩，体虚心悸，眼中发暗，望出去好似一件鬼物，这叫做疑心生暗鬼了。

世宗帝因药石不灵，又想到了仙人的丹汞，命陶世恩等昼夜煅炼，炼成了一种仙药名唤九转还元丹，由陶世恩、陶仿、申世文、高守忠等把玉盘盛了金丹三粒上献世宗，谓吞丹之后可以立除痼疾。世宗帝大喜，倚身在床，取过玉盘中的丹药来瞧时，见金光闪闪、香气馥郁。世宗帝不待把丹化开，随手往口里一丢，咽地咽下肚去。谁知服了金丹，到了半夜光景，世宗帝忽然从榻上直跳到榻下，竟似发了狂一般。太监等慌了手脚，忙去奏报杜皇后及六宫嫔妃等，都齐集榻前，又飞召阁臣如徐阶、高拱、郭

第八十一回　皇帝昏憒三更驾鹤　海瑞廉洁两袖清风

朴等诸人入内。众人见世宗帝这样的情形，徐阶说是药饵投错了。内监将世宗帝服丹丸的事细细讲了一遍，又说："未吞金丹以前语言很是清楚，自吞丹丸就此牙关紧闭，弄得说不出话来了。"徐阶听了大怒，即命把陶世恩、陶仿、申世文，高守忠等四人暂行系狱，再行惩办。

世宗帝似这般地又闹了三四个月，看看又是冬尽春初，是世宗嘉靖四十五年了。世宗帝的病体一天不如一天，内外臣工进内请安，只略略点一点头，既不能说话，听闻也失了知觉，唯眼睛还有些瞧得见罢了。是年春月的中旬，徐阶循例入觐，见世宗帝形色不好，面已带青，双耳变紫，眼见得不中用的了。徐阶传谕，速召东宫载垕。不一刻太子载垕来了，一眼瞧见世宗帝容色改换、白沫满口，父子间的天性发现，不由得大哭起来。徐阶顿脚道："现在岂是哭的时候，快替皇上料理大事要紧。"于是徐阶就即草了遗诏，呈给世宗帝过目。世宗帝在这时哪里还能看什么诏书，只拿在手里含含糊糊地往旁边一瞥，就算看过了。那诏中的大意，无非说"朕承皇兄（指武宗）托付社稷之重，兢兢然励精图治，图国运之日昌。惟以多劳获疾，遂以误信长生之方，修短天成，宁能赖乎丹汞之术。由是小人群进，共为草药之呈；方士相逞，乃以邪气为惑。致令士民失望，贤者退避；杖史谏之臣，自蔽言路。兹以今建始，旧日获罪者悉行召用，褫职诸吏开复原官，而政令之不便者，尽行罢之"云云。这道谕旨完全是世宗帝自罪。假使这位英睿骄傲的世宗不是在昏憒的当儿，怎肯这样的说法，只怕拟诏的大臣早就头颅离了腔了。

是夜的三更，世宗帝人事不知，嫔妃又复齐集，徐阶等都来榻前听受遗命。太子载垕更是痛哭流涕。哭了一会，世宗帝忽然两眼一瞪、双足一挺，气息回不过来，呜呼哀哉了。载垕和群臣及嫔妃等大哭了一场，便由徐阶传出遗诏，召集群臣宣读既毕。

看看天色破晓，徐阶、高拱、郭朴即扶载垕登位，是为穆宗，改明年为隆庆元年，追谥世宗为肃皇帝，庙号世宗。又尊生母杜皇后为孝恪皇太后，立妃陈氏为皇后，以徐阶为上柱国右丞相，高拱为吏部尚书兼谨身殿大学士，郭朴为工部尚书兼文华殿大学士，并大赦天下。前监禁谏官御史杨继盛、罗文炳已死，奉旨开复原官，追荫其子爵禄，吏部主事海瑞这时也系狱里，今释出，擢为吏部侍郎。

海瑞出狱，见新君登极，想起昔日的弊政，欲竭力地整顿一番，所以递疏上去就是弹劾上柱国右丞相徐阶，说他擅专朝政、扼止言路。由是触怒了徐阶，把海瑞调任外省。不上几个月擢为都御史，巡抚江南。海瑞奉命，就便衣赴任。到了江南，把那些贪婪的官吏一一将姓名记了下来。一至任上，拿这些官劾的劾、革的革，差不多去了一大群。江南的属吏一闻到了海瑞的名儿，无不望风畏惧，相戒不敢为非。海瑞既廉明，又善断狱，江南的人民都呼他作"海青天"。

时上元县有个著名的恶讼叫做冯如冈的，为人奸险谲诈。一县的人上他个徽号唤作"马熊"，谓熊和虎般能噬人的意思。又同县有个土豪叫侯馥堂的，他自己虽不是善人，对于冯如冈的行为却很不赞成的。有一天上，如冈和馥堂在绅士家祝寿，两虎相逢当然不能相容的。馥堂便使酒骂座，把如冈往日的劣迹似数家珍一样，一头讪笑，一头大骂。如冈只做没有听得，持着酒杯，欢饮自若。馥堂见挑拨不动，骂了一会也就罢了。第二次馥堂又在河边遇见了如冈，正当炎暑天气，馥堂方脱得赤条条的在河中洗澡，待得起身，恰好冤家路窄，一眼瞧见了如冈。馥堂拍着肚皮，戟指顿足大骂，如冈却一点也不生气，只含笑向馥堂遍身打量了一下，负着手自去。馥堂还带笑骂道："冯如冈的混厮，你看爷爷的玉体，敢是替你的妻子女儿媳妇们择汉子么？"这句话

第八十一回　皇帝昏愦三更驾鹤　海瑞廉洁两袖清风

说得路上的行人一齐哄笑起来。如冈并不惭愧，反而仰天哈哈大笑。如冈在平素是不肯轻易让人的，一枝笔尖更来得厉害。不论什么案子，碰在他冯如冈的手里，没理可变有理，确是个僻处县邑的恶讼（俗名刀笔师爷），如今被侯馥堂几番辱骂竟会忍气吞声了。若是那些乡人这样地糟蹋如冈，不是被他捆送县署，就是使你株连讼事，少不得家也破了。于是大家知道如冈也是惧怕凶狠的。

街市上的众人方纷纭议论着，不到半月工夫，上元县忽然出了一桩命案，是妇人谋杀亲夫。谁知那妇人到了县堂上，坚说丈夫不是他谋杀的，是侯馥堂来强奸她，她就大喊起来，她的丈夫闻声赶入，侯馥堂急了，顺手取了案上的菜刀，把她丈夫赵狗活活地斫死。县令见供，将侯馥堂拘案。馥堂便极口呼冤，且要求强奸和杀死赵狗的证据。县令问那妇人，妇人朗声说道："侯馥堂来强奸我时下衣已经褪去，我见他小肚上有一点红痣，还长着很长的黑毛，是我瞧得很清楚的。"县令叫验着馥堂的小肚上，果然有粒小小的红痣。这样一来，把个馥堂的口堵住，再也强辩不出来，只好俯首承认。县令就录了口供，作为定案。馥堂以强奸不遂、刀杀本夫，依法拟斩。

这案申详上去，正逢海瑞巡查案卷，见了上元县的详文，沉吟半响，拍案说道："这案尚有疑窦，据文中谓侯馥堂腹下的痣并不甚大，说在强奸急迫恐惧的当儿，那妇人何以瞧得这般仔细？分明有隐情在内，非俺亲鞫不可。"于是行文上元县，命解人犯来省重行勘讯。

不多几天，上元县押着人犯到了。海瑞当即坐堂，先带那妇人上来。海瑞和颜悦色地说道："你当日侯馥堂强奸你时，是在晚上么？"妇人答称："是。"海瑞又道："馥堂推你房门时，你知道是馥堂么？"妇人摇头道："那时因房门前暗黑，不曾瞧得明

759

白。"海瑞微笑道:"难道你房中没有燃灯吗?"妇人道:"灯在房门的桌上,他蹑手蹑脚地进来,只能瞧得他的背面,却未看见他的脸儿。直走到近床前,才知道不是丈夫,我就吓得喊起来了。"海瑞道:"这样说来你睡在榻上,离灯是很远的,所以你看不清他的面目,是不是?"那妇人应了一声:"是。"海瑞突然把惊堂木一拍,变色喝道:"你这淫妇,谋死了亲夫,还敢诬攀他人,希图逍遥法外。左右给俺夹起来!"妇人大叫:"青天大老爷,小妇人是冤枉的。"海瑞冷笑道:"你方才自己说的,睡在床上距离灯光是很远的,馥堂又是背灯而来,你连面目都瞧不清楚,他腹下的红痣又是很细小的,你何以独能瞧见?这显系有人指使的了。"这一片话说得那妇人哑口无言。

海瑞令把那妇人用刑,那妇人似杀猪般地喊起来。一时熬刑不住,只得老实供道:"赵狗是奸夫刘健三杀死的,侯馥堂确是诬攀。"海瑞喝道:"你和侯馥堂有甚怨恨,却要陷害他致死?"那妇人垂着眼泪说道:"健三杀了赵狗,便去求教那讼棍冯如冈,是如冈教我这样说的。"海瑞听了,立把妇人收监,命往上元县提冯如冈和刘健三来省。如冈还要狡赖,被那妇人当面质证。如冈图赖不得,就历叙与侯馥堂结怨,心想中伤他终没有机会。一天在江畔见馥堂赤身入河洗澡,瞧见他脐上的小痣。恰好刘健三来相商,以是教他强攀馥堂,以报复私怨。海瑞怒道:"好刁滑的杀才!"令左右重责百杖,将冯如冈立毙杖下。一面传刘健三上堂,也没法抵赖,直认杀人不讳。于是海瑞提笔判刘健三和那妇人论抵,侯馥堂薄责释放,冯如冈已死勿论。这桩案件判毕,吴江的人民齐声传颂海瑞是个活阎罗。上元县的县令却为了这案撤职。

那海瑞做了五六年的外任官,到卸任时依旧是一肩行李、两袖清风。他临行时百姓谁不零涕,还攀辕去挽留他。海瑞因上命

第八十一回　皇帝昏愦三更驾鹤　海瑞廉洁两袖清风

难违，只得向人民安慰一番，匆匆进京。穆宗皇帝也知道海瑞正直廉明，授为礼部尚书。那时朝中的群臣都有三分惧怕他，连太傅高拱也畏海瑞刚直，做事不敢过于放肆了。

那位穆宗皇帝英明更过于世宗，廷臣相戒，兢兢地不敢蒙蔽。到了隆庆二年，穆宗皇帝选备六宫，在宫侍中选了三人，又选了四个大臣的女儿。这样一来，宫闱便闹出一件天大的祸事。

要知怎样的祸事，再听下回分解。

第八十二回　旧雨重逢宸妃投井
　　　　　昙花一现穆宗宾天

却说穆宗是世宗的第三子（载垕），他做东宫的时候很是聪敏，世宗本封他为裕王的。有一天上，世宗帝见中宫失火，登高嘹望。裕王载垕忙牵住世宗的衣袖避往暗处，世宗问他做什么？裕王禀道："时在黑夜，天子万乘之尊，不可立于火光下，被人瞧见了，恐有不测。"其时裕王还只有五岁，世宗见说，喜欢裕王颖慧，从此便存下了立他做太子的念头。恰好庄敬太子载壑又殇，世宗下谕继立裕王载垕。及至世宗崩逝，载垕接位，是为穆宗，时年纪已三十岁。穆宗在东宫册妃李氏，生子翊釴，三四岁就夭折。李妃痛子情切，不久也谢世了、穆宗又册继妃陈氏，生子翊钧、翊铃。登位之后立陈氏为皇后。翊钧立为东宫，翊铃封为靖王。尊杜贵妃（穆宗为杜贵妃所出）为孝恪太后，故方皇后追谥为孝烈太后，张废后追谥孝贞太后，陈皇后追谥孝洁太后（世宗凡立四后，陈后、张后、方后俱逝，惟杜后尚在）。

时余姚王守仁已逝，穆宗追念他的功绩，封新封侯，谥号文成。又下旨将陶世恩、陶仿、申世文、高守中等一班羽士，概行斩首。又加三边总制戚继光为大将军，晋武毅伯。这时徐阶忽上本乞休，穆宗帝挽留不住，赐田三百顷、黄金万两，作为养老俸禄，擢徐阶子徐弼为光禄卿，袭荫父爵。徐阶拜辞出都，还乡后

第八十二回　旧雨重逢宸妃投井　昙花一现穆宗宾天

又六年病终。这里穆宗帝以张居正为大学士，高拱为内阁大学士，徐贞吉为文渊阁大学士，李春芳为户部尚书。

那时君明臣谨，天下渐有承平气象。北番（蒙裔）遣使求和，进贡珠宝，请释俺答回国。俺答为番奴部酋，世宗时被戚继光擒获，囚在天牢中将有十多年了。穆宗谕边抚王崇古与北番订约，岁入朝贡，才把俺答释回。穆宗又选立六宫，以宫侍王氏、李氏、阮氏封为嫔人。又册立锦衣卫杭瑷的女儿，尚书梁宽的女儿，侍郎江叶田的女儿，均为贵妃。这三位嫔人与三位贵妃都很贤淑，一般的知书识礼，就是那位陈皇后也很谙大体，所以宫闱中倒十分和睦。穆宗帝天天享着快乐的光阴，真好算得是和融雍穆了。

那北番的部酋俺答自回国后，把部族整顿一回，还一心想报复被囚的仇恨。俺答的儿子巴勒图中年夭死，遗下一个孤儿叫做巴罕那吉。俺答见那吉已经弱冠，便替他在部族中聘下一房妻子，即日迎娶过门。胡奴本不识什么吉日良辰，也没有日历的，下了聘物就可以迎亲成婚了。

那吉的妻子是番部头目杜纳乌拉西的爱女，小名叫花花奴儿。生得神如秋水、脸若芙蕖、杨柳蛮腰、凝脂玉肤，在北番有第一美人之称。杜纳乌拉西对于花花奴儿异常的疼爱，说她诞生时香气绕室，终日不散。人家都谓花花奴儿必然大贵，杜纳乌拉西越发当她掌上明珠样地看待。寻常的族中少年向杜纳乌拉西来求婚，一口被他峻拒道："俺的女儿不做皇后皇妃，至少也要做个夫人，岂肯嫁给常人做妻子，你们快绝了那妄想吧！"人家听了杜纳乌拉西的话，就再也不敢来求亲了。俺答闻知，便遣使和杜纳乌拉西说了，给他孙儿巴罕那吉求婚，杜纳乌拉西见是部酋的命令，又是俺答的孙儿，将来俺答一死，那吉继位，自己女儿怕不是个部酋夫人么？当下便允许了，请奉来人回报俺答。俺答

明宫十六朝演义

大喜，于是整备些牛皮、鹿皮、虎皮，并牛羊百头为聘仪，杜纳乌拉西收受了，也回过礼物，是一匹高头的青鬃马，算是与巴罕那吉做坐骑的。等到把花花奴儿娶过门来，那班亲戚族人以及部中的人民兵卒，谁不赞一声新娘的美丽。巴罕那吉也唇红齿白，戴着金边纬帽，穿了箭袖的绣袍，愈显出英姿奕奕，不让汉时的温侯吕布（人称温侯，封号也）。这一对璧人在红氍毹上，盈盈地交拜，把亲友们看得出了神，啧啧赞美声不绝。

蒙古风俗，三朝新娘进谒翁姑，又去参灶祭灶神也，都是新娘独自前去，新郎不和她偕往的。那时花花奴儿参过了灶，又去拜见了阿翁巴勒图的遗像及阿姑那马氏，再后去参拜祖翁俺答。俺答见花花奴儿貌丽如仙、风姿绰约，不由得兴勃勃起来，忙亲自把花花奴儿扶起，一手牵住她的玉臂细细地打量一会，看那花花奴儿穿着银红的绣服，外罩青缎氅衣，头上装了燕尾金凤宝髻，粉颊上垂着两行秀发，瓠犀微露，笑窝带晕，玉容的娇嫩瞧上去似吹弹得破的，觉得白里透红，妩媚中含有几分妖冶，再加上她一双勾人魂魄的秋波，真是看了荡人心志。俺答愈看愈爱，忍不住拉她的玉臂向鼻子上乱嗅。俺答嗅着花花奴儿的玉臂，引得花花奴儿一面缩手，一面俯着头格格地笑了起来。

俺答见花花奴儿一笑，好似一朵海棠被风吹得倾体倒身，在那里婆娑起舞，益得她的婀娜娇艳了。俺答这时怎的还忍耐得，便转身轻轻地将花花奴儿抱在膝上，花花奴儿待要挣扎，俺答力大，紧紧地把她揪住。花花奴儿脱身不得，只有倚在俺答的襟前吁吁地娇喘着。俺答其时早已情不自禁，便一手钩住花花奴儿的香颈，一手搂住她的纤腰，霍地立起身来，把花花奴儿抱进后帐去了。

再说巴罕那吉娶了花花奴儿，俊男美妇天缘巧合，那吉当然是心满意足了。谁知花花奴儿进大帐去到他祖父那里去谒灶，自

第八十二回　旧雨重逢宸妃投井　昙花一现穆宗宾天

晨至午不见出来。那吉正当燕尔新婚，恨不得打做了一团的时候，忽地叫他离开了半天，不是比吃奶子找不到娘还难么？那吉看看花花奴儿还不出来，知道定要吃了午膳才回来，害得那吉中餐也咽不下了，只在帐篷前踱来踱去，一会探首遥望，一会儿又回身走到帐后，返个身又走了出来。那吉坐立不安地直等到红日斜西，仍没有花花奴儿的影踪。那吉诧异道："俺的祖父和母亲也不晓事，将来住一起的日子多咧，何必要在此刻留住她做甚？"说着令小校到大帐面前去探望，回来说不见什么动静。那吉没法，谅花花奴儿想是进了晚餐来的了，只得再耐性等着。

金乌西坠，玉兔东上，又是黄昏了。花花奴儿依旧消息沉寂。那吉走进走出地在帐中忙了好半天，远看见灯光闪闪，疑是小校送花花奴儿回来了，就飞也似地迎上前去，却是往山中打猎的民丁，不觉满心失望，一步懒一步地回入帐中。过了一会，远处灯光又见，那吉大喜道："此番定是她回来了。"立刻叫小校也燃起灯来，一路迎将上去。待至走近了一瞧，原来是巡更的兵士。那吉心里没好气，把那几个巡兵痛骂一顿。那巡兵无故挨骂，正是丈二和尚摸不着头脑，看他是部主的孙儿，不敢得罪他，大家诺诺地退下，自去巡更。那吉一口气骂回帐中，算那小校晦气，被那吉骂的骂、打的打，和疯狂似的见人就寻事打骂。

这样地挨延到了三更多天，非但花花奴儿不来，连送他去的两个小校也影踪不见。那吉忍不住了，叫燃起大灯来，由小校掌着，往大帐中来探听消息，到了帐篷门口，那吉是走惯的，管帐篷门的把门开了，让那吉进去。那吉匆匆进帐，先到他母亲的房里，一问花花奴儿还是上半天来的，行过礼就回去了。那吉道："怎么还不见她回来？"他母亲道："那么你祖父那里留她，否则想是顺道到她的母家去咧。"那吉听了，忙到他祖父的帐内去探望，又不敢进去，只在门口向那亲随询问。回说晨间看见的，这时想已去了。那吉见说，飞奔地回到自己帐里牵出那匹青鬃马来，也不挂鞍，就飞身上了秃鞍马，加上一鞭，腾云驾雾般赶到他的岳家。

杜纳乌拉西是不睡觉的，还独自在帐中看书，蓦见他的东床新婿匆匆地半夜里到来，就起身接他进帐。那吉不好说来寻妻子的，推说打猎经过，天色晚了，马也走乏，所以暂时息足的。说罢便行告辞。杜纳乌拉西知道他们新夫妻恩爱方浓，不便强留，只令巡卒护送。那吉苦辞不了，只得和四名护卒上马同行。那吉在路上私下探那护卒道："姑奶奶来未？"护卒笑道："姑奶奶自在你姑爷家里，她怎肯回来？"那吉点点头。一路到了自己的帐前，便打发那四名护卒回去。独自下马走进帐中，见小校们都倚在门儿上打盹，里面静悄悄地声息毫无，知道花花奴儿是不曾回来的。走向房中一瞧，果见绵幔高卷，连个人影也没有。

那吉便没精打采地坐下，寻思道："花花奴儿母家是不去的，俺母亲的那里又没有，莫非祖父把她留着么？祖父是七十多岁的人了，不良的念头想是不会有的，可是他要留着孙媳妇儿做甚？"转想不要花花奴儿走岔了路吧？但是有小校跟随着。那么被强盗劫去了么？那吉一个人胡思乱想，忽见刚才替自己掌灯到大帐里去的两个小校，同了日间护送花花奴儿的两名小卒一齐走进帐来。那吉忙立起来问道："你们新夫人没有同来么？"两名护送的小校答道："新夫人被部长爷留着，要明天回来。"那吉跳起来道："为什么要留她过夜？你这两个狗才不会同了新夫人一块回来的吗？"两名小校半跪着答道："部长爷爷的吩咐，谁敢违拗？"那吉没话驳他，挥手叫他们退去。

这一夜，那吉孤伶伶地睡了，真是凄凉满眼，几乎要哭了出来。好容易挨到了鸡声远唱、东方发白，那吉一骨碌爬起来下榻，草草梳洗过了，也不带小校，竟独自入大帐里，见了他母

第八十二回　旧雨重逢宸妃投井　昙花一现穆宗宾天

亲，把祖父留住花花奴儿的话说了。他母亲皱眉道："你快去接她出来，恐你祖父别有用意了。"那吉听了，越发着急，乘了一股火气向他祖父的帐中走去。到了门前，被几个民兵拦阻道："那吉！你来找新夫人的是不是？"那吉应道："是的！"民兵笑道："部长爷有命，无论谁人不许进去。"那吉道："却是什么缘故？"民兵笑道："部长爷和新夫人此刻正搂着睡得浓酣哩。"那吉不听犹可，一听到了这句话，不由得怒火上升，鼻子里青烟直冒，顿足大叫道："天下有这样的事么？俺那吉就是死也要进去的！"吓得那些民兵慌做一团，颤巍巍地向那吉哀求道："小部主且暂息怒，都是小的们多嘴不好，这时你若声张起来，不是害了小的们么？"

那吉被民兵一阵的求苦，心早软下来，只是一股醋意鼻子里兀是酸溜溜的，一时哪里会得消灭。当下也不进帐去，恨恨地仍到他的母亲房中，把他祖父霸占孙媳妇气愤愤地讲了。他母亲听说，也呆了半晌做声不得。那吉拍案大怒道："俺答这老贼，他如做出那种禽兽行为来，俺不把他一刀两段，今生誓不为人！"说罢去壁上抽下一口剑来，回身待要去杀俺答，给他母亲那马氏一把抱住，垂泪说道："儿快不要如此！你父亲只有你一点骨血，倘你这样莽莽撞撞地前去，他万一变下脸来，现在兵权都握在他手里，儿虽勇猛，到底寡不敌众的，还是慢慢地想法图他不迟。"那吉被那马氏一说，不觉提醒过来，将剑归了鞘口，叹口气道："依母亲的主见，怎样办理呢？"那马氏道："你肯听你母亲的话，如今只做没有这件事一般，看他怎样把你打发。况天下美女多得很，何必定要那花花奴儿，甚譬花花奴儿死了，你又有什么法儿？"那吉怔了一会，起身一语不发地自回他的帐中。

其时恰巧家将阿力哥进来，见那吉闷闷不乐，便笑着说道："小部主为什么这般不高兴？不到外面去打猎玩玩？"那吉长叹道:"谁有兴儿去玩这劳什子。"阿力哥笑道:"咱看小部主有什么心事么?"那吉低声道:"不要去说起,俺连人也要气死了。"阿力哥故意吃惊道:"这是为何?"那吉便把祖父强占他妻子的话,细细说了一遍。阿力哥奋然说道:"那是笑话了,他竟做出禽兽的事来。别的可忍,这事也可以忍耐得么?"这一激把那吉激得咆哮如雷,大叫道:"俺非把这老贼宰了,方出得俺这口怨气!"阿力哥忙劝,道:"小部主既有这心意,且从缓计较,包你去这口气。"那吉大喜道:"你有什么法儿,可以杀得老贼?"阿力哥附耳说道:"咱乘个机会把新夫人盗出来何如?"那吉道:"就是盗了出来,老贼也不肯放过俺的。"阿力哥道:"拼着大家没分,将新夫人进献给明朝的皇帝。咱们便投降了明朝,统他个一千八百人马,杀出关来,打得他一个落花流水,你道怎样?"那吉拍手大笑道:"这计大妙!俺们准备这样办吧!"两人计议好了,阿力哥出帐自去。

第二天的晚上,阿力哥提了一方牛腿,一大坛香醪,笑嘻嘻地走来道:"咱们大家醉他一饱,夜里就好干事。"那吉笑了笑,两人就走进帐中,摆上酒来开怀畅饮,酒到了半酣,阿力哥起身说道:"时候到了,咱们去干了再来。"说着取出夜行的衣服换好了,悄悄地开了门,和飞鸟般的一瞥就不见了。

那吉便独斟独饮。约有四更天光景,忽见那阿力哥满头是汗地走进来,背上负着一件东西。那吉知道他已得手了,急急地叫醒了小校,备起一头健驴,并牵出那匹青鬃马来,两人匆匆上马,那吉回头对小校道:"俺有紧急事儿远去,你们须好好地看守着篷帐。"小校答应了。那吉和阿力哥两骑一前一后,尽力往前奔驰。走不上几十里,天色已经大明。阿力哥说道:"白日里奔路,身上负着人走起来很不方便,还是觅个所在,暂行躲避一下的好。"那吉答应着,两人把马勒慢了,四处找那隐蔽的地方。

第八十二回　旧雨重逢宸妃投井　昙花一现穆宗宾天

可是沙漠地方，除了喇嘛殿喇嘛宫之外，庙宇很少。两人寻了半响，在石棚瞧见一所汉人的故寨，有三四个穷困的蒙民在那里居住，不过聊蔽风雨而已。那吉与阿力哥下骑走进寨中。几个贫民见那吉衣服丽都，想来是贵族公子，便殷勤出迎，还进些马乳牛羔。那吉和阿力哥两人就蹲在地上饱啖一顿，借过土炕，由那吉把阿力哥负着的包袱解开。只见花花奴儿星眸微阖、朱唇半启，看她似昏昏沉沉地像睡醒过来而酒未醒的一般。那吉叫阿力哥去打了半盏马乳来，慢慢给她灌下。花花奴儿咽咽地咽了，那吉仍把她包好。

两人在寨中挨到天色薄暮，又复一同上马向关中疾驰。直到是日的五更，已到了居庸关前。恰好关官传谕开关，放商贾通行。那吉一马当先，冲进关去，被关吏瞧见，以那吉服装是蒙人，便拦住问道："你往哪里去？进关做什么？"那吉便把自己来投降明朝的话对关吏说了。关吏忙去报知关官。关官见事情重大，就亲自下关，带了那吉、阿力哥两人去见守关御史胡溶昌。溶昌也不敢做主，又同了那吉、阿力哥去见边抚王崇古。崇古见了那吉和阿力哥，低头沉吟了半响，令暂在馆驿中居住，一面飞章入奏。廷臣听得这个消息，都主张拒绝他，独张居正力持收容。穆宗帝说道："外夷来归应招纳他，以示天朝大度优容。"众臣见穆宗帝也这样说，大家自然也没得讲了。

不多几天，由边抚王崇古派了五十名护兵护送一辆朱绋绣幌的高车，车内端坐着塞外第一美人花花奴儿，两旁随行的两位大将，一个青骢马、绣袍、戴大纬帽的，就是那吉，还有一个短衣窄袖、骑着一匹健驴，是阿力哥。两人和花花奴儿一路到了都下，先投兵部衙门，谕令馆驿安息。次日的早朝，兵部侍郎何茂澄带了那吉入朝觐见，奏陈了来意，又献上美人。穆宗帝大喜，授那吉为殿前指挥，又授阿力哥为游击。即令更换服色，着内监两名接美人进宫。穆宗帝谕毕，正要卷帘。徐贞吉大学士忙跪下奏道："关外女子系在草野，不宜贸然入宫。"穆宗帝道："卿可无虑，朕自有处置。"群臣不敢再陈，只得散朝。

那两名内侍奉旨，驾着安车到馆驿中接了花花奴儿。车进宫来，穆宗帝闻报，命在春深柳色处召见。内监引了花花奴儿谒见穆宗帝，花花奴儿便盈盈地行下礼去，俯伏着不敢抬头。穆宗令内侍把她扶起来，细看花花奴儿，的确是个沉鱼落雁的美人，遍身蒙装更显出浓妆淡抹异常妩媚。穆宗帝自有生以来哪里见过这样的美人，不觉暗叫一声："渐愧！朕枉为天子，六宫嫔人一个也及不上她。"于是这天的晚上，穆宗帝便在万春宫中召幸花花奴儿，一夜恩情胜过百年夫妇。

第二天上，穆宗帝下谕，封花花奴儿宸妃。那时的宠幸，远在六宫之上，宫中的嫔妃谁不含着妒忌？那里晓得蒙古侍卫官中（明朝设蒙古侍卫十人，为英帝时北归携来之蒙人。武宗时有蒙卫爱育黎，历朝遂成为规例），有个名努亚的，从前和花花奴儿是旧相识。花花奴儿进宫，努亚正在值班，两人见面，花花奴儿未免不能忘情，往往在宫中私晤。不上几时，宫内太监宫人及六宫嫔妃无不知道，所懵懵不觉的只有一个穆宗皇帝了。

光阴荏苒，忽忽已是隆庆五年的冬月。一天，穆宗帝祀农坛回宫经过漱玉轩，蓦见花花奴儿方和蒙古侍卫官努亚相搂着低语，一种亲密和秽亵的状态真令人不堪目睹。穆宗帝不禁怒火中烧，喝左右校尉把努亚拖出去立时砍了。花花奴儿与努亚两人不知穆宗帝来了，正在相亲相爱、神魂飘荡的当儿，突然抢进五六名校尉，和黄鼠狼抓鸡似地将努亚横拖倒拽地牵出去了。花花奴儿这时如当头一个晴天霹雳，惊得手足无措，回顾穆宗帝立在门前，怒容满面。花花奴儿慌了，晓得事已弄糟，便霍地立起身来，把银牙咬一咬，索性大着胆子冲出门去。那漱玉轩旁本来有

第八十二回　旧雨重逢宸妃投井　昙花一现穆宗宾天

一口眢井，名叫漱玉泉，是通玉泉泉脉的。花花奴儿跑到了井前，"扑通"的一声跳下井中去了。穆宗帝因怜爱花花奴儿，并无杀她之心，不提防她会自己去寻死的。花花奴儿投入井中，把穆宗帝大吃了一惊，忙令内侍和侍卫等赶快捞救。等到将花花奴儿拖起来，见她的头已在井栏边磕破，脑浆迸出，眼见得是香消玉殒了。穆宗帝不觉顿足叹息，也流下几滴泪来。一面谕知司仪局，命依照贵妃礼从丰葬殓。

穆宗帝自宸妃花花奴儿死后，终日郁郁不欢，短叹长吁，十分凄凉，又在宸妃投井时吃了一个惊吓，不久就染成一病，渐渐沉重起来。到了隆庆六年的春上，遽而驾崩。遗诏命太子接位。那时朝廷大臣自有一番忙碌。

要知新君怎样登位，且听下回分解。

第八十三回　春色九重神宗继大统　珠帘半卷刘女侵中宫

却说穆宗晏驾，遗诏命张居正、高拱、高仪等扶太子翊钧接位，是为神宗皇帝。改明年为万历元年，追尊陈皇后为孝安太后，晋贵妃李氏为太妃，后来尊为孝定太后。追谥穆宗为孝庄皇帝，庙号穆宗。以张居正为大学士晋太师，高拱为太傅兼华盖殿大学士，高仪为吏部尚书兼武英殿大学士。神宗皇帝继统，立妃王氏为皇后，册郑氏为贵妃，以刘秀媛为晋妃。

郑贵妃是侍郎郑扬的女弟，刘秀媛是刘馥的女儿。刘馥山西人，本是个古董商，往来塞北等地。蒙古王裔贫乏的便把些古物出来卖钱，刘馥随意估价，值百的说二三。蒙古贵族子弟是毫不懂得的，任刘馥胡闹说一会罢了。因此刘馥逐渐富有起来，不到十年功夫，居然富甲一郡。恰好神宗在东宫选妃，刘馥和中官冯保在暗中结连，把自己的女儿秀媛送入京中。但是只相去得一步，神宗已册立了王氏。幸冯保百般的转圜，又将秀媛送进宫内。神宗帝见秀媛丰资绰约，便也纳为侍嫔。这时神宗登位，秀媛也立为妃子。不上几时，神宗又纳郑扬的女弟做侍嫔，进宫比刘秀媛来得后，现在郑妃的封典转在刘秀媛之上，秀媛当然十分不高兴，私下不免有了怨言。又和冯保密计想抑止郑贵妃，一时却弄不出个计较来。

第八十三回　春色九重神宗继大统　珠帘半卷刘女侵中宫

秀媛还有一个妹子秀华，芳龄才得十七岁，容貌却比较秀媛更来得出色。冯保便献计，把秀华也带她进宫，故意打扮得妖妖娆娆的，时时在园亭楼阁中姗姗地往来，或是在花荫徘徊，有时坐在树荫下低唱，这样的有一个多月。一天神宗帝游览御苑，见绿荫中似有个美人的倩影，神宗帝心下疑惑，便负着手慢慢地向树荫中走来，那个美人噗哧地一笑，竟自缩身进那竹林去了。神宗帝觉得那美人甚是艳丽，惊鸿一瞥就不看见了，他心上怎肯舍去？就循了一带的竹径追踪前去，瞧见那美人还盈盈地前走着。神宗帝跟在后面，足音橐橐地作响。那美人似已知道神宗在后跟着，脚步较前走得更快了。神宗帝也放着快步追上去，那美人忽地走进春华宫去了。

这春华宫是晋妃刘秀媛所居的。神宗帝追进宫门，只见晋妃独人默坐着，却不见美人的影踪。这时晋妃起身来迎接，神宗帝笑说道："方才进来的美人儿到什么地方去了？"晋妃忙跪下禀道："那是臣妾的妹子，新自那天进宫来，臣妾未曾奏明陛下，万祈恕罪！"神宗帝随手把她扶起，口里笑道："朕不来罪你，快叫你的妹子出来见朕！"晋妃奉谕，命宫人去请刘小姐。不多一会，但听得宫鞋细碎，刚才进去的美人已袅袅婷婷地站立面前，行下礼去。神宗帝一面拦住，还赐她坐下，回顾晋妃道："她唤什么名儿？"晋妃答道："小名叫做秀华。"神宗帝笑道："好名儿！秀媚华丽，真名副其实咧。"秀华听了，粉脸就微微地红起来，愈显得她妩媚冶艳，真是令人爱煞。神宗帝忍耐不住，伸手牵了她的玉臂，涎着脸道："卿今年多大年龄？"秀华低垂蝤蛴答应了声："臣妾菲年十七。"神宗帝点点头，和晋妃搭讪了几句，自出春华宫去了。

晋妃等神宗帝走后，急召中官冯保进宫，告诉他皇帝已将上钩，俺们须预备以后的进行。又嘱咐她的妹子秀华，要留心那个郑贵妃，得间在皇帝面前指摘她的坏处，俺们姊妹两个早晚要扳倒郑贵妃。又令冯保暗暗去打探那郑贵妃的行动，随时来报告消息。晋妃那种计策，用得着两句古话，叫作"设下窝弓擒猛虎，安排香饵钓鳖龙"了。你想他们三四个人合算一人，任郑贵妃有三头六臂，也休想逃得出他们的掌握。所以不多几时，就闹出一桩宫闱疑案来。

原来晋妃的妹子刘秀华也曾读书识字，而且善画花卉。当她就傅的时候，是在他姑表亲任芝卿家附读的。两人因有亲戚关系，又是同学，自然格外比别人亲热一些。芝卿小秀华两岁，生得双瞳如漆、齿白唇红，一派的天真烂漫，人人见了喜欢他的。秀华的母亲以芝卿是自己姑娘的儿子，也另眼相看。芝卿那时只得十三四岁，虽说童子无知，也对于秀华甚觉相爱。每天秀华回去，芝卿一手提着书包，和秀华手挽手地，直送她到家中。一年三百六十五天，没有一天不是如此的。他们年纪一岁岁地大上去，情窦渐渐开了，两下就起了一种爱恋之心。在秀华母亲的意思，把秀华配给任芝卿是亲上加亲，心上也很愿意的。秀华探出了她母亲的口风，私底下去告诉芝卿，两人暗自庆幸。

秀华到了十五岁上就撤了收包，是年的春季里又患起病来了。芝卿得知，也去对自己的母亲说了，谓表姐病中嫌寂寞，日间去陪伴她，讲些笑话给她解闷。芝卿的母亲是爱子情切，又知道秀华将来便是自己的媳妇，平日本也欢喜秀华的，于是芝卿的要求就一口答应下来。芝卿很高兴地跑到秀华家里，坐在秀华的床前扯东拉西地说些故事给秀华听。诸凡递汤授水，都是芝卿一手担任的，秀华由是也非芝卿不欢。芝卿到了晚上回去，秀华便闷沉沉地睡了，连口也不大要开了。待到天色微明，就问芝卿来未？回说是没有，秀华便泪盈盈地不做声了。晨餐之后，芝卿才来，可怜秀华已问过五六遍了。有时秀华的母亲要她女儿欢心，

第八十三回　春色九重神宗继大统　珠帘半卷刘女侵中宫

等秀华问芝卿时假意说已来了，推说在外面，浇花咧；一面却打发了小厮去唤芝卿速来。秀华听说芝卿在外面心就安了一半，自然而然地眉开眼笑了。过了一刻，芝卿真个走进来，秀华也不暇细诘，两人就唧唧哝哝地讲他们缠绵的情话了。似这样的足有三个多月，秀华病还没有痊愈，芝卿的母亲却着急起来。以芝卿天天去伴秀华，书却没心思读了，便吩咐芝卿仍去读书。秀华见芝卿不来了，强迫她的母亲去唤芝卿，不一会小厮来回话："任公子读书去了。"秀华见说，又呜呜咽咽地哭了，那病也加重了几分。秀华一病足有一年多，直到十六岁的暑天，忽然能够起床步行。芝卿读书的功课完了，依旧和秀华来谈笑。

光阴流水，又是一年，芝卿的母亲正要提起芝卿和秀华的婚事，突然地京中来了使者，奉着晋妃的命令接秀华入都。秀华见是她姐姐来接她，不好过于违她的意旨，便对芝卿说了，随着使者乘了绣车起身。芝卿还来相送一程又一程的，只是恋恋不舍。秀华也巴不得芝卿一块儿进京，但是办不到罢了。芝卿和着秀华一路谈谈说说，转眼已三十多里。秀华垂泪道："相送千里，终有一别。你家中母亲要挂念的。就此止步吧。"芝卿哪里肯舍，不觉也滴下泪来。两人哭哭啼啼的，倏忽间又是十里了。秀华苦苦地劝芝卿回转，芝卿只是不应。

正在推让着，蓦听得背后骡声噗噗，两个小厮骑着骡子追赶上来，大叫："任公子！老夫人命你回去。"芝卿不得已，只得和秀华分别了。由小厮让出一头骡子，两小厮共骑一头，一头芝卿骑了。三人骑骡回来，秀华的绣车也疾驰而去。芝卿一步三回顾地直等秀华的车子瞧不见了，才含泪自回。秀华坐在车上，想着了芝卿就哭。晓行夜宿，兼程进京，秀华在路上差不多没有一天不是哭得和泪人儿一般的。到了都中，进宫去谒晋妃，姐妹见面自有一番的快乐。

明宫十六朝演义

秀华入宫，虽然天天游乐林园，心上总觉得郁郁不欢。晋妃又使宫人们导着秀华游览各宫，她这意思是把秀华当做了香饵，去引诱那个神宗皇帝。一天秀华在御苑中看花，恰好被神宗帝瞧见，就悄悄地跟在她背后。秀华已看出神宗帝不怀好意，却不知道他是皇帝，所以三脚两步地逃进春华宫里。神宗帝随她进宫，晋妃便叫秀华出来见驾。秀华没法，只得硬着头皮走出来，行过了礼。神宗帝把她打量了一遍，见秀华妩媚入骨、艳丽多姿，比较晋妃，直同小巫见大巫，神宗帝不由得暗暗喝彩。

是夜神宗帝在永宁宫召幸秀华，尚寝局的太监捧着绿头签儿竟到春华宫来宣秀华。秀华不肯领旨，经晋妃做好做歹、连吓带骗，不怕秀华不答应。秀华随了太监到得永宁宫前，颤巍巍地不敢进去，被宫侍们拥她进宫，替她打扮一会，卸去外衣，扶上绣榻去。这时的秀华真是心惊胆寒，芳心兀是必必剥剥地乱跳，玉容红一阵白一阵的，好似上断头台的囚犯，香躯不住地发战。那些宫人们又都在一边窃窃地好笑，弄得秀华越发无地自容了。待自锦帐下垂，宫侍们退出，绣榻上只有秀华和神宗帝两人，秀华吓得缩在那里一动都不敢动弹。神宗帝倒是个惯家，晓得初近男子的女孩儿家多是怕害羞的，所以也格外地温存体贴。秀华到底年纪还轻，更兼在情窦初开的时候，过不多一会也就有说有笑了。神宗帝见秀华娇憨不脱天真，也万分地怜惜。一宿无话，第二天上神宗帝即册立秀华为昭妃，一时宠幸无比。

晋妃见她妹子得宠，心里说不出的喜欢，私和冯保种植势力，权威就一天天地大了起来。那时神宗帝的王皇后性情很懦弱，为人温和谦恭，神宗帝甚是敬重她。明宫的规例，朔、望嫔妃须朝皇后，晋妃却不去朝见，又嘱昭妃也不去参谒。王皇后心中虽不高兴，但终是容忍下去，并不露一点声色。

一天，晋妃和昭妃在御苑轩中侍宴，恰好皇后凤舆经过，神

第八十三回　春色九重神宗继大统　珠帘半卷刘女侵中宫

宗帝命她停舆入席侍餐。当时王皇后下舆搴帘进轩，对神宗帝行了个常礼，正要落座，回顾见晋妃、昭妃坐着不动，连立也不立起来。故事妃子在皇后面前，无论晋位到了贵妃也是没有座位的。皇后不赐坐，妃子不敢就坐。现在晋妃和昭妃当着皇帝面似这般无礼，王皇后怎能容忍得下，不禁变色离席，拂袖登辇回宫去了。神宗帝知道皇后生气，向晋妃说道："你们也太大意了，她终算是个皇后，不应对她这样放肆。"晋妃听了就垂下泪来，昭妃更是撒娇撒痴的，珠泪盈盈、呜呜咽咽地哭起来了。神宗帝见两个妃子都哭了，弄得没好意思，只得低低地安慰她们。晋妃、昭妃始各收了泪，仍旧欢笑侍宴。

那王皇后回到宫中，心内愈想愈气，便伏着妆台在那里饮泣。忽然杜太后有懿旨，召皇后去赴宴。王皇后不好违忤，草草梳洗了，乘辇往寿圣宫。杜太后见皇后眼儿红红地，忙问皇后为甚啼哭？王皇后也不隐瞒，把晋昭两妃无礼的话老实告诉了太后。太后大怒道："以下欺上，连纲常也没有了。"传谕内侍，立宣神宗帝和晋妃、昭妃进见。内侍奉了懿旨，来御苑中宣召神宗帝及两妃。神宗帝正在欢饮，听了内侍来传谕太后相召，只得领着晋昭两妃往寿圣宫来。杜太后一见便大声喝道："不肖逆子纵容妃嫔、酒色荒淫，难道忘了先帝遗言么？祖宗立业艰辛，不图在你手中断送。俺如今不必定要你做皇帝的，你敢再这样做出来，看俺在近支宗派里立与你看。"这一片话把神宗帝说得诺诺连声，跪在地上抬不起头来。后面昭妃和晋妃吓得俯伏着打战。杜太后指着两妃怒道："你这两个贱婢狐媚皇帝，别人难你不得，看俺能够打你不能。"说罢令官侍看过鞭子来，每人责打二十鞭。宫人就来褪两妃的上衣，神宗帝见太后真个要褪衣行刑，觉得太不像样了，跪在地上只代昭妃、晋妃苦求。杜太后也不欲太过，就改口道："你既替她们求情，刑罚却不能减的。"回头叫宫侍，将两妃隔衣各责二十鞭。可怜昭妃那样的娇嫩身体儿，怎禁得起二十下鞭子，虽说是隔着衣服的，已打得双泪交流，几乎哭出声来。杜太后叱两妃退去，晋妃和昭孔姐妹两个才敢含泪起身，一路垂泪回宫。

神宗帝侍候杜太后宴毕，回到春华宫中，见昭妃也在那里。两妃瞧见神宗帝进来，分外哭得伤心了。神宗帝一面抚慰晋妃，一面把昭妃拥在膝，上低低地附耳说道："今天都是皇后的不好，她去寿圣宫挑拨，因此太后发怒，才把你们责打的。但是太后是朕的生母，她要怎么样，就是朕也拿她没法。皇后这口气却是很容易出的，将来捉着了错处，朕可以废去她的。你且莫悲伤，致苦坏了身子。朕终替你报复就是了。"昭妃听了，顿时破涕为笑，一手擦着眼泪，倾身倒在神宗帝的怀里，故意娇声说道："皇上肯替臣妾做主，臣妾虽死也瞑目的了。"神宗捧着昭妃的粉脸嗅了嗅，笑道："痴丫头，什么死不死，你这样的年纪，哪里说得到个死字。"昭妃把粉颈一扭道："不幸太后要臣妾们死，那不是只好去死么？"神宗帝笑道："这可有朕在着，决不容你们去死的。"晋妃在旁接口道："到了那时，怕不由皇上做主了。似方才的挨打，皇上只有看了太后摆布，为什么不阻挡一下呢？"神宗帝被晋妃一句话驳得没有口开，忙搭讪着说道："据太后的意思是要褪去你们的上衣行刑，不是朕阻拦下来的？"晋妃还要说时，昭妃恐她姐姐言语上触怒了神宗帝，便把别的话岔开去。

那天神宗帝废皇后的话原是安慰昭妃的，即使真个要废去王皇后，上有杜太后，也不由神宗帝作主的。昭妃却当做了真话，还时时去探听王皇后的行止，说她诅咒皇上、怨恨太后等，种种诬蔑王皇后的话常来搬给神宗帝听。神宗帝也不过付之一笑，连怒容也没有一点。昭妃倒忍不住起来，每到神宗帝来临幸她的当儿，便实行枕上告状，并催促神宗帝废去皇后。

第八十三回　春色九重神宗继大统　珠帘半卷刘女侵中宫

一天，神宗帝带醉进宫，昭妃又提起那句话来。神宗帝已有了几分酒意，不觉勃然变色道："皇后是天下的国母，岂是容易废去的？不比你们妃子，要立便立，要废就废。如果废去皇后，非有天大的错事做出来，哪里好胡乱废去？朕若做了出来，上有太后要责难，下有廷臣们谏阻。别的都不去讲它，异日在历史上面先有许多批评，朕怎肯做那失德之君！你快把这念头打消了吧！"昭妃被神宗帝一顿抢白，好似兜头淋了一勺冷水，颈子也短了半截，泪汪汪地呆立在一旁，做声不得。还是神宗帝叫她侍寝，才勉强卸妆登榻，忍气吞声地去奉承那位皇帝。从此昭妃把个热辣辣想做中宫的心就冷去了大半，对于神宗皇帝也不似以前地欢笑承迎了。知道做皇帝的大都是无情的，喜欢是爱妃，厌了就是冤家。由是不免旧调重提，渐渐想到了在家时相怜相爱的任芝卿了。

因为普通女子第一是爱虚荣，无论什么都打不破它的。昭妃进京的辰光和任芝卿依依不舍，恨不得把心挖出来大家捏做了一堆。及至入宫，也还不时想着芝卿。她这颗芳心遥遥牵持着家里的情人，得些空儿，便去珠泪偷弹，向她姐姐说要回去。晋妃终用温言安她的心。后来经神宗帝召幸，封了昭妃，眼界立刻高了起来，以为嫁给芝卿不过一个平民的妻子，哪里及得到做皇妃的威风呢？这样一来，把任芝卿早抛撇在脑后，再也想不着什么恩深义重、鲽鲽鹣鹣的话了。自被杜太后毒打，昭妃心上已有三分悔悟，渐知做妃子的难处，还是做常人的妻子快活。怎经得起神宗帝用甘言一哄，谓将来要废去皇后。昭妃的心重又热起来，甚至生了做中宫的妄念，巴不得神宗帝立刻实行。岂知神宗帝在醉中把真情一齐吐露，昭妃听了，方知废后的话神宗帝完全是假说的，自己受了他的欺骗了。思前想后，便转想到芝卿身上，觉得他年纪又轻，品貌又俊秀，言语的温存、举动的体贴，实在天下男子当中少有的。昭妃越是想着芝卿，愈觉神宗帝的没情可厌了。

　　适值任芝卿北来，央托中官寄个信息与昭妃（即刘秀华），那个中官恰好是冯保。当下冯保怀了芝卿的信，竟来永宁宫见昭妃，把遇见芝卿的事细细讲了一遍，又谓幸而撞在他手里，万一落在郑贵妃羽翼们的掌握中，那不是糟了吗？昭妃点头谢了冯保，并笑着说道："相烦的事正多，这可要拜托你的了。"冯保笑道："都包在咱的身上就是。"说着辞别自去。这里昭妃拆开芝卿的信来，书中大半是怨恨之语，说昭妃贪恋富贵，忘了旧情。昭妃读毕，泪珠儿已点点滴滴地流个不住，顿足咬牙，只恨她的姐姐。因这事全是晋妃要扳倒郑贵妃才弄假成真的。

　　再说任芝卿自送秀华登程，回来狠狠地哭了一场，弄得他茶饭也无心吃了，一天到晚，和神经病似地独自去坐在书房里，一会儿大笑，一会儿又痛哭，忽然又放声大哭起来了。这样地闹了有十多天，饮食只喝些粥汤，要叫他吃饭，比吃药还要难过。一个人能有多少的精神？经得这般地糟踏。不上一个月，已是面黄肌瘦，不像个人了。好好的少年变成这个样儿，朋友亲戚们见了，几乎不认识芝卿了。芝卿一天不如一天，就病倒榻上，休想支持得起身。他母亲只有这个儿子，急得求神问卜、请神禳鬼，闹得一天星斗。芝卿的病还不曾见效，他母亲倒快要同他走一条路了。芝卿平日是很孝他母亲的，知道自己太不爱惜身体，致令老母亲忧心，于是便耐心调养，病渐有了起色了。哪里晓得祸不单行，一天的清晨，芝卿扶杖起来散步，蓦见他的母亲一个倒栽葱跌在地上，一动也不动了。

　　要知芝卿的母亲怎样，再听下回分解。

第八十四回　接木移花冯保雪旧憾
　　　　　　帷灯匣剑张怿刺昏君

　　却说任芝卿见他的母亲忽然跌倒在地上，吓得一身冷汗，忘了自己有病，忙撇了杖来扶持。谁知病后乏力，脚骨一软，也扑倒在地。芝卿一面挣扎起来，一手把他的母亲搀起，慢慢一步步地扶入内室。芝卿的母亲怕芝卿病后急坏，故意强打精神，不肯就榻上去睡，经芝卿苦劝，他母亲才勉强去倚在榻上。谁知一睡到床榻，立时觉天地昏暗，头眩眼黑，身体不住地打起战来了。芝卿心慌，扶杖挨到门外，叫隔壁的小厮去邀了一个大夫来。一诊脉，说是体虚受惊，须用调和安心的药剂，当下书了方儿。芝卿仍令那小厮去撮了药来，亲自煎好了给母亲服下。

　　到了天色傍晚，芝卿的母亲神气已经清爽了许多，芝卿心里才得放心。但是母子两个成了一对的病人，一时很觉得不便当，由芝卿去叫了邻人王妈妈来帮着料理些杂事。芝卿家里本来有一个老妈妈的，在请馆的时候，书房中还有一个馆童。自芝卿染病、西席先生辞去，馆童被西席带走。芝卿的母亲见芝卿久病，家中想缩省些用度，把老妈妈都回复了，所以只剩得母子两人了。

　　秀华的母亲闻得芝卿的母亲有病，便亲自来探望，姑嫂相见无非论些家常。秀华的母亲忽然眼圈儿一红，又要提起秀华了，被芝卿的母亲在她手上搭了一下。秀华的母亲心上明白，就也止住不说了。哪里晓得芝卿见了秀华的母亲，连带着想起了秀华，心里早已十分难受，眼泪几次要滚出来，怕被他母亲瞧见，竭力地忍着。秀华的母亲已看出了芝卿的情形，随意和芝卿的母亲讲了几句，便起身别去。那时芝卿的病渐渐痊愈，他母亲的精神也恢复了原状。芝卿向他母亲提议，要进京去探秀华的消息。他母亲不好过于阻拦，只得料理芝卿动身，又雇了一名小厮给他作为路上的伴当。

　　光阴如矢，不日到了京中。芝卿去借了一个寓所住下了，便天天往各地茶坊酒馆。先从结交内监入手，初时结识了几个小监，于宫中的情事多不大明了。后来由小监代他介绍，又和那些中官认识。不知怎样的，居然和冯保订了交谊。芝卿探询宫中妃嫔，冯保一一告诉出来。芝卿知道秀华已册为妃子，晋封昭妃，他这一股酸气真是直透顶门，当夜回寓写了长长的一封信，托冯保带入宫中递给昭妃。

　　昭妃接读了芝卿的书信，哭得气也郁不转。想芝卿是为了自己北来的，如今身羁深宫，不能和他见面，抚心自问，觉得很对不住芝卿。想来想去，只有召冯保进宫和他商量，要想与芝卿叙一叙旧情。冯保沉吟了半晌，点头说道："且看个机会，咱自有好音。"昭妃大喜，谢了冯保，叮嘱他赶紧设法；并令冯保预去安慰芝卿，免得他望眼欲穿。冯保答应着去了。

　　自冯保去后，有三四天没有回音，昭妃连脖子也望长了。正在闷闷不乐，忽见她姐姐晋妃很高兴地走进宫来说道："好了！郑贵妃今天可被人拖倒了。"昭妃没精打采，淡淡地问道："却为什么缘故？"晋妃笑道："大约是她恶贯满盈了，不知哪里弄来了一个陌生男子，在她的宫中坐谈，恰巧被皇上撞见。现在那男子还被侍卫绑在宫门前咧。"说着一把扯了昭妃，同往永春宫去。

第八十四回　接木移花冯保雪旧憾　帷灯匣剑张怿刺昏君

穿过承云殿，便望见永春宫前一列齐地站着五六个侍卫，两名武士拥着一个少年。昭妃仔细一打量，不禁倒退了几步，两手索索地打战，眼眶中簌簌地流下泪来。晋妃不懂昭妃为甚要垂泪，正要问时，昭妃把晋妃衣袖上一拖，姐妹两个同回到永宁宫中。昭妃一头掩着泪，呜咽着说道："郑贵妃宫中的那个男子就是任家表弟，你怕不认识么？"晋妃吃了一惊道："任家表弟，不是叫做芝卿的么？"昭妃应道："正是的！"原来晋妃自幼儿进宫，那时芝卿不过五六岁，如今芝卿已经成人，晋妃怎会认识呢？这时昭妃把自己和芝卿的事约略告诉了晋妃。晋妃皱眉道："他既进京来找你，又是谁将他带进宫来的？"昭妃说道："我曾叫冯保设法的，想是他又转委别人，把宫名记岔了，固此弄出这件事来的。"晋妃道："但事已这样了，不能眼看表弟去砍头颅，须得想个良策去救他出来。"昭妃着急道："又有什么计较呢？"晋妃回顾一个内侍道："快去请冯中官进来，俺有事儿和他商议。"内侍领命，匆匆地去了。过了一会，内侍来回报："冯中官奉有紧急上谕，此刻出城去了。"晋妃奋然说道："冯中官不在那里，这事可就糟了。这样吧！拼着俺的性命，去皇上面前说明了。倘能挽救得转最好，万一不成功，俺也听死就是。"晋妃说着，头也不回地竟向永宁宫而去。

昭妃要待阻拦，芝卿已在千钧一发的时候，除了晋妃是没人去救的了。如其不阻挡她，不幸触怒了皇上，那可不是玩的。昭妃左右为难，只是呆呆地立在永宁宫的门前发怔。想了一刻，究竟骨肉关心，晋妃此去吉凶还没有决定，自己眼睁睁地瞧着晋妃去冒死，心里终觉不安。一人到了急中，就会生出智来。昭妃其实急得和热锅上的蚂蚁一般，忽然被她想着了，蓦地立起身来道："姐姐去直认芝卿是表弟，皇上不信也是枉然的。倘犯了圣怒，姐姐必是无幸，芝卿也休想活得成。可是姐姐承认得表弟，我难道不能去承认么！索性姊妹两个都去承认了，皇上如变了脸，要死大家死在一块儿，倒也很干净的。"主意打定，也急急往永春宫来。

那时晋妃方跪在神宗帝的面前涕泣禀陈。神宗帝因郑贵妃宫中有了外人，心上十分大怒，晋妃的话哪里肯相信，还当郑贵妃贿嘱出来的，否则晋妃也不是个好人。神宗帝心中疑云阵阵，正要喝骂，见昭妃急急地走进来，"噗"的一声和她姐姐并跪在地，还没有开口，眼泪同贯珠般下来了。神宗帝冷笑道："你们为什么都跪着？想替郑妃求情吗？"昭妃垂泪禀道："臣妾自己也有罪，比郑贵妃更要重上几倍，怎敢代她人求情。"神宗帝诧异道："你有甚罪名？本和你不相干的，何用你着急？"昭妃俯伏说道："因郑贵妃宫中的男子是臣妾的表弟，他私下来探望臣妾姊妹，却走差了地方，致遭陛下谴责。这都是臣妾等大胆，敢引私戚进宫，闹出这样的事来。不过臣妾等违犯祖训（太祖高皇帝祖训中，有后妃私戚不奉谕旨一概不得入宫一条），虽死不足惜，至诬害了郑贵妃，衷心自觉抱愧。所以臣妾等特向陛下陈明，并来请死！"说毕失声痛哭，晋妃在旁也不禁哭了起来。还有那个待罪的郑贵妃，其时正百口难辩，得晋妃、昭妃两人前来替她声明，她芳心中的感激自不消说得，由感激中忍不住也哭了。好好的一座永春宫霎时哭声并作，一室中满布着了惨雾愁云，就是铁石人到了这时，也要被这些燕语莺啼般的娇声哭软了。何况神宗帝是个风流好色的皇帝，平日又是怜惜昭妃的，被她这样的一片陈诉，把神宗皇帝的气早消了一半，便伸手把昭妃拉起道："既是你的表弟，是朕错怪郑贵妃了。"说着令晋妃也起身了，叫侍卫放了芝卿，由内监把芝卿带进来。

芝卿见了神宗帝只是发抖，哪里还敢抬头。晋妃和昭妃在一旁着急，想要告诉芝卿只管放大胆陈说，又不好开口。神宗帝便

第八十四回　接木移花冯保雪旧憾　帷灯匣剑张怪刺昏君

问芝卿道："你姓什么？唤什么名儿？是哪里人？"芝卿见问，虽说脑子已吓昏了，对于地方和姓名却是不曾忘记的。于是颤巍巍地一一答复了。神宗帝听说地方和姓名与昭妃所陈相符，疑心已完全冰释。就命内侍传一名侍卫进来，把芝卿带出宫去。临走时又盼咐道："今天的事是晋妃、昭妃求的情，姑且饶你初犯。可速还故乡，倘以后再私行进宫，定按国法。"芝卿得了性命，连忙磕一个头，随着侍卫出宫去了。昭妃见芝卿获赦，心下暗替他欢喜。这时见侍卫押了出去，满心的柔情离恨眼见得不能叙谈，真是哑子吃黄连说不出的苦处。又不知芝卿到底怎样进宫来的？怎的会到郑贵妃的宫中去？这个疑团一时却打不破它。后来才明白过来，这事还是冯保一个人做的。

原来冯保和那郑贵妃素来是有怨恨的。冯保几番要陷害她，终难找到机会。恰巧昭妃托他设法把芝卿去带进宫来，冯保领了芝卿悄悄地进了宁安门，经过永春宫时忽然想起了郑贵妃的仇恨，以为芝卿横竖不认识路径的，便指着永春宫命他进去。自己却三脚两步地回到紫云轩中，见神宗帝方倚栏垂钓，冯保上去半跪着把郑贵妃宫中有生人的话禀明神宗帝。神宗帝听了大怒，掷下钓竿，亲自向永春宫中来看。

那芝卿大着胆走进永春宫去，宫人们都很诧异地把他拦住，问他是做什么的？芝卿不知道这里是郑贵妃，便一言不发地望内直冲。宫人们一齐哗噪起来，内侍们听得也过来盘诘。芝卿只说瞧刘娘娘。宫人们说此地不是刘娘娘的宫里，芝卿哪里肯信，硬说有人指点领我来的，怎会弄错？问他是谁领你来的，却又说不出名儿来。其实芝卿除了冯保领他到永春宫之外，第二个地方他就不认得了。宫侍说这里不是，芝卿回想出去也是没处找寻的，又不知道昭妃居的是哪一宫，还是就在这个宫里找吧。所以他只往里直钻，不管它是不是，进去了再说。宫人和内监们哪肯放他进去,两下一争闹,里面的郑贵妃听见了,便问是什么人?宫女回禀:"有一个莽男子,自谓要找刘娘娘,却走错了地方,强要到这里来找。对他说不是此处,他又不肯相信,以是内监和他争闹起来了。"

郑贵妃听得是个陌生男子来寻找刘妃的,他能够独自进宫来,想必内中有暧昧的事情了。郑贵妃和刘家的晋妃、昭妃原是冤家对头,巴不得你有错事我捉,我有坏处你拉,大家在暗中斗得很是剧烈。这时郑贵妃要想弄些晋妃或是昭妃的错处,借此可以推翻她们了。当下命宫侍们将那男子宣进来,郑贵妃亲自向芝卿盘诘,问他和刘妃怎样认识的?此刻怎样会进宫来?芝卿正要回答,不提防宫门外靴声橐橐,赫然走进那位神宗皇帝来。郑贵妃心下大喜,以为神宗帝来得凑巧,正好把那个男子令神宗帝亲自勘问一番,如询出刘家两妃的暧昧事来,不怕晋妃昭妃不受贬罚。

哪知郑贵妃笑吟吟地迎接上去,忽见神宗帝将脸一沉,喝令内监把那男子拿下了,回头对郑贵妃冷笑了几声,怒气勃勃地坐了下来。郑贵妃弄得她丈二金刚摸不着头脑起来。神宗帝大声喝道:"这个男子是你何人?可老实说了,朕决不难为你的。"郑贵妃听了神宗帝的话,才知神宗帝是误会了,把那男子当做自己的私人了。于是忙跪下禀道:"此人是来找刘娘娘的,和臣妾并不认识。"神宗帝怒道:"他找刘娘娘,怎上你宫中的?还要推赖到别人身上去吗?"

郑贵妃见神宗不肯相信,深悔自己多事。又恍然大悟道:"我上了当了!这明明是刘家姐妹使他来陷害我的,我太糊涂了,不把他打出去,反唤他进宫来。今日这不白之冤,如何辩得明白呢?"郑贵妃正在呆呆地发怔,见晋妃走进宫来。郑贵妃仇人相见,眼中几乎冒出火来。又听得晋妃在神宗面前陈述,承认那男

第八十四回　接木移花冯保雪旧憾　帷灯匣剑张怿刺昏君

子是她的表弟。郑贵妃不禁暗暗叫声"惭愧"，心内已宽了一半。不多一刻，昭妃也来了，两妃跪着同求，口口声声说不要连累了郑贵妃。郑贵妃这时感激晋妃姐妹，自不消说得。神宗帝将芝卿释放，这场风潮终算平息，郑贵妃的受冤也得洗刷明白。由是郑贵妃对于晋妃和昭妃不似从前般的冰炭了，两下里竟和睦起来。

是年的郑贵妃和王嫔人各人生了一个皇子，王嫔人所诞生的赐名常洛，郑贵妃所生的赐名常洵。神宗帝诞了皇子，百官自然上表朝贺。那时神宗帝虽然糊涂，有杜太后把持着，不敢十分放肆。朝廷有张居正为相，边地守将如戚继光、李成梁辈，都是一时的名将相，外犯的侵略稍稍敛迹。神宗帝以为天下太平了，便终日游宴宫中，不临朝政，群臣奏事看不见皇帝的面，只由中官传达而已。这且按下。

再说徐州的杨树村中，有一个少年叫做张怿的，性情亢爽，好替人家鸣不平，江湖上很有名气，都称他为"玉金刚"。因张怿的身材魁梧，仪容却甚是俊美，齿白唇红，面如冠玉，所以有玉金刚的徽号。张怿自幼儿失恃。他的父亲张纪常也做过一任兖州通判，后来慢慢地升擢，做到了大理寺丞，不久又出抚袁、永诸州。正值神宗帝采办花石，太监张诚奉旨经过袁州。知府杨信箴竭力地要讨好，馈了张诚三万两。张诚大喜，便使人讽示张纪常需索馈金，美其名叫做"路金"。张纪常的做官，比不得那杨信箴任意去剥削小民，张纪常却清廉自持的，哪里来有这许多的银两。但碍在张诚的脸上，勉强凑了五十两，着一个家人送去。张诚接来一看，见名帖上写着"程仪五十两，望哂纳。"张诚把名帖和银子一齐掷于阶下道："张纪常这厮装穷，咱却不希罕这点点。"说罢怒冲冲地进后堂去了。张纪常的家人拾起银帖，踉踉跄跄地回来，据实告诉了一遍。纪常也怒道："俺因他是内廷中官，留些面子给他，将俺的俸金送去。张诚那厮倒这样无礼，俺就一文不名,看他有甚摆布。"这话有人去传与张诚,张诚恨恨地走了。不到三个月,上谕下来,将张纪常内调,授为吏部主事。

那郑贵妃自产了皇子,神宗帝晋了郑贵妃封号,是"端淑"两字。廷臣都不服道:"王嫔人诞的皇长子,未曾得有封号,郑贵妃似不应晋封。"张纪常也上一疏,更觉力持大体、语语金玉。这神宗帝晓得什么国体不国体,下旨逮张纪常下狱。群臣凡进言的,褫职罚俸,不计其数。张诚闻得纪常下狱,贿通了狱卒,把张纪常鸩死狱中。

纪常的女儿绣金小姐一得到他父亲的噩耗,大哭了一场,自缢而死。剩下了张怿一人,越想越悲恸,直哭得死去活来,咬牙切齿地要去报仇。当下张怿草草地殓了他的妹子绣金小姐,星夜入都,去收他父亲的灵柩。幸得张纪常生前的好友周小庵御史往狱中收殓了纪常,厝柩禅檀寺内。张怿到了京中,遍访他父亲的故旧,遇见了周御史。周御史亲同他到禅檀寺中领了灵柩。张怿哭谢了周御史,扶柩回到了徐州原籍安葬。张怿料理父亲的丧事毕,静心在杨树村守制,并习练些武技,预备替他父亲复仇。但他只知仇人是昏皇帝,不曾晓得张诚是鸩死他父亲的大仇人。

光阴如流水般过去,匆匆又是三年了。徐州杨树村中茅室内,一个美少年方按剑伴灯夜读,那茅屋门突然呀地自辟,走进一个披发垂肩的女郎,樱唇微启地向那少年笑道:"你几时北行了?方才俺父亲回来,说京师因皇上好久不临朝政,人心很是慌乱。又听得关外的建州满人已进兵定了辽东,声势赫赫,关中谣传满洲人将入寇山海关,不识这消息是真还是假的?京都的乱象或者是有的,你要行事,可以趁此时去干了。"那少年霍地立起来道:"莫管它真伪,咱明天起身就是。"女郎笑了笑,回身去了。

第八十四回　接木移花冯保雪旧憾　帷灯匣剑张怿刺昏君

那少年是谁？正是张怿。女郎是徐州有名侠士罗公威的女儿。张怿尝在罗公威处学艺，和公威的女儿碧茵姑娘认识，两人感情日深，暗中已订为夫妻，只要张怿大仇报得，他们就好实行结婚了。因碧茵姑娘是无母的孤女，她父亲罗公威爱碧茵如白璧一般，凡碧茵姑娘要怎样，公威没有不答应的。至这层婚姻问题，公威更其不管了，任碧茵姑娘去选择她的如意郎君，公威只在旁边指示罢了。现在碧茵姑娘爱上了张怿，公威很是赞许，他两人的婚事就此订定了。第二天上，张怿便单身就道，随带一剑之外，别无长物。碧茵姑娘也来相送，儿女情长，少不了有一番地叮嘱。张怿的报仇心急，马上加鞭，兼程进京。不日到了都下，择一处僻静的寺院住下了。日间只在热闹的市廛上游戏，晚间就去探皇宫的路径。

那时京中人心惶惶，"鞑子杀来了"这种谣言喧聒耳鼓，街巷小孩子都是这样乱喊乱叫。有人说这是一种童谣，识者早知不是吉兆。这个当儿，经略宋应昌正奉谕出师，往剿倭寇。京师留戍军纷纷调动，一队队的人马出德胜门，街道上的步伐声和马蹄声昼夜不绝，人民越发不安。在这风声鹤唳、草木旨兵的时候，忽然禁中又传一种惊人消息，是神宗帝被刺驾崩。人民不知虚实，人心越觉较前慌乱起来了。

要知神宗怎样被刺，再听下回分解。

第八十五回　建翠华迷香听玉笛　游琴台醉酒杀金莲

金炉焚香，碧筒斟酒，翠玉明珰的美人娇笑满前，那种脂香粉气真个熏人欲醉，席上的檀板珠喉听得谁也要魄荡神迷。神宗帝拥着郑贵妃金樽对酌，众嫔妃唱的唱、舞的舞，一时娇音婉转，如空谷啼莺，余韵袅袅、绕梁三匝。此情此景并此佳曲，几疑天上，不是人间了。神宗帝拥抱了艳妃，坐对着许多佳丽，怎不要玩迷声色。正在笑乐高歌的当儿，忽见树荫中一道白光飞来，直扑到席上，郑贵妃眼快，叫声"哎呀"，身躯往旁边一让，伸着粉臂去挡那白光。神宗帝却不曾提防的，被郑贵妃身儿这样的一倾，因酒后无力，不由得连人连椅往后跌倒。神宗帝倒地，郑贵妃也支撑不住，恰好扑在神宗帝的身上。接着便是"哗啷"地一响，一口宝剑也落在地上，猩红的鲜血飞溅开来，吓得一班嫔侍、宫人、内监都不知所措。外面的值班侍卫听得霁玉轩中出了乱子，一齐吆喝着抢将入来，见灯光影里有个人影儿一闪，转眼就不见了。众侍卫大嚷："有刺客！"便蜂拥地向那树荫中追去。

这时皓月初升，照得大地犹如白昼。一个侍卫喊道："檐上有人逃走了！"喊声未绝，一枝短箭飞来，中在那侍卫的头上，扑地倒了。内中有两名侍卫，一个叫徐盛，一个唤做丁云鹏，都

第八十五回　建翠华迷香听玉笛　游琴台醉酒杀金莲

能飞跃腾起的，两人就纵上屋檐，月光下见一个黑衣人飞也似地，已逾过大殿的屋顶去了。丁云鹏一头尽力追赶，一手在衣囊里掏出哨子，嘘嘘地吹个不止。这种哨声是他们宫中遇警的暗号，也是叫喊帮手的意思。那前殿的侍卫早听得了哨声从大殿的顶上吹来，知道屋上有警，于是能跳跃的便纷纷上屋，霎时来了五六名，都向殿后赶来。

原来张怿自到了京中，日间休息，夜里进宫探视路径。这天的晚上，张怿又跃入御院，瞧见神宗皇帝拥着一个美人，两旁粉白黛绿排列几满，大家欢笑酣饮，快乐之状真不知人间有忧患事了。张怿看了，不禁愤火中烧，暗骂一声："糊涂虫！你还在那里酒色昏迷，眼见得死期到了！"想着潜身下了屋檐，缩在树林深处。时霁玉轩中灯烛辉煌，张怿觑得亲切，把昆吾宝剑对准了神宗帝咽喉掷去，只听得"哎呀"一声，神宗帝和那美人一并倒在地上，轩中立刻就鸟乱起来。张怿见已击中，忙飞身上屋。这时檐下脚步声杂，一个侍卫嚷着檐上有刺客，张怿回头射了一箭，正中嚷喊的那个侍卫，翻身倒了。转眼噗噗地跳上两个侍卫，各提着钢刀大踏步赶来。

张怿无心和他们交手，只顾向前狂奔，听见背后哨声响处，面前的屋上又来了五六个短衣窄袖的侍卫，当头把张怿拦住。张怿见前后受敌，深怕众寡难御，便施展出鹞鹰捕鲸的解数，忽地一个踊身，翻过大殿的屋脊，竟飞跃出宫墙，落在平地，竭力地奔驰。那些侍卫怎肯相舍，在后紧紧地追逐。徐盛扬手一镖，打在张怿的腿上。因走得太急，腿里受着苦痛，几乎倾跌，又给地上的草根一绊，翻斤斗跌了有四五尺远，慌忙爬得起来，脚下软绵绵地，走路就缓了。侍卫们又不肯放松，张怿料想走不脱身，咬一咬牙，拔出了腰刀，大喊一声，挺刀来斗。徐盛、丁云鹏也舞刀相迎，五六名侍卫一拥上前；还有前殿、中殿、大殿、宫门前、御苑中的那些不会腾跃的侍卫,已从偏殿上兜了过来,向前助战。于是把张怿团团围在中间,你一刀、我一枪的,任你张怿有三头六臂、浑身是本领,也逃不走的了。张怿奋力苦斗,一个失手,被丁云鹏劈在左腕上,豁啷地把刀掷在十步外。张怿慌了,挥拳乱打,徐盛又是一刀剁着了张怿的左肩,接着又被侍卫一枪刺着了大腿。张怿吼了一声,和泰山般倒了下来。徐盛、丁云鹏和五六个侍卫七手八脚地向前把张怿按住。其时大殿上的甲士也赶到,将张怿牢牢地捆了起来。众人擒住了刺客,由丁云鹏去御苑中禀知皇上。

那时神宗皇帝和郑贵妃扑倒地上,郑贵妃用手去挡那白光,粉臂上被剑擦着,叮地掉下去,在神宗帝足骨上刺个正着,鲜血直冒出来。内监宫侍们慌快搀起神宗帝和郑贵妃,一面忙着去宣太医进来,替神宗帝敷了伤药,裹上一幅白绫,又给郑贵妃也在臂上敷好了。大臣走后,神宗帝觉得脚上疼痛,行走很是不便。郑贵妃的臂上只擦去些皮肤,还不算重创。

神宗帝定了一定神,忽然大怒道:"禁阙之地敢有贼人行刺,那还了得吗?"正要传谕去召总管太监,恰好侍卫官丁云鹏来禀道:"刺客已获住了。"神宗帝命押上来,侍卫们拥着张怿,在石阶前令他跪下。张怿哪里肯跪?徐盛怒道:"到了这时,你还倔强么?"说着就侍卫的手中拉过一把仪刀来,向张怿的腿弯上砍了两刀。张怿站立不住,翻身坐倒在地。神宗帝含怒说道:"你姓甚名谁,受了何人的指使,胆敢到禁中来行刺朕躬?"张怿朗声答道:"俺坐不更名、行不改姓的,老爷张怿便是!因和你有不共戴天之仇,自己要来行刺的,没有什么指使不指使。"神宗帝要待再说,郑贵妃在旁道:"此人似有神经病的,不必问他,推出去砍了就是。"神宗帝道:"且慢!他敢这般大胆,内中谅有隐情。"吩咐侍卫把张怿交刑部严讯回奏。徐盛、丁云鹏奉谕,

第八十五回　建翠华迷香听玉笛　游琴台醉酒杀金莲

横拖倒拽地拉了张怿便走。张怿大叫道："俺既被擒，要杀便杀了，把俺留着做甚？"徐盛和丁云鹏等也不理睬他，将张怿押到刑部衙门，自去复旨。

那时神宗皇帝嫌御苑中的地方散漫，命中官冯保在西苑的空地西边建起一座极大的园林来。这座御园四围的宫墙都用大理石堆砌成功的，自大门直达内室一重重的纯用铁栅，屋顶和园亭的顶上尽护着铁网。园中的奇花异卉种植殆遍。正中一座唤做玉楼的是郑贵妃的寝室，玉楼旁边一间精致的小室题名"金屋"，是神宗帝和郑贵妃休憩之所。屋内设着象牙床、芙蓉帐、翠帏珠帘，正中一字儿列着云母屏。真是银烛玳筵、雕梁画栋，虽嫦娥的广寒宫、龙王的水晶阙也未必胜过咧。当这座园落成时，神宗帝亲自题名叫做"翠华园"。又派了内监向外郡搜罗异禽珍玩，送入园中。

那些太监奉旨出京，有的驾着大车锦幔绣帘，黄盖仪仗，声势煊赫。有的特制一只龙头大船，船上都盖着黄缎的绣幔，名叫"采宝船"。一路上笙歌聒耳、鼓乐震天，所经的地方官吏迎送，略有一点不如意，不论是知县府尹以至司道巡抚，任性谩骂。强索路金多到十余万，少也要几千。地方官吏不胜供给，只好向小民剥削。人民叫苦连天，怨声载道。

就中差赴云南采办大理彩纹石的太监杨荣，性情更是贪婪无厌。官府进食非熊掌鹿脯不肯下箸，所居馆驿须锦毡铺地、绫罗作帐，凡经过的街道市肆一例要悬灯结彩。其时正值酷暑，杨太监怕太阳炙伤了皮肤，勒令有司路上搭盖漫天帐，延长数十百里，必此县与彼县相衔接。杨荣坐着十六名夫役舁的绣帏大轿从漫天帐下走过，沿途不见阳光还嫌不足，又命差役五六名各持了大扇，步行跟着大轿打扇。那漫天帐是用红绿彩绸盖成的，每县中只就这帐篷一项已要花去五六万金了。可怜有些瘠苦的小县分,哪里来这许多钱去奉承这位太监老爷,但又不敢违忤,没奈何,只把小百姓晦气了。

当杨荣过石屏县时,三日前令使者通知石屏知县,叫他照各县的办法,搭盖漫天帐,打扫馆驿,供给饮食等等,一切务求奢华。这石屏县是有名的枯瘠地方,又当蝗灾之后,官民都穷得了不得。石屏知县黄家骧接到了杨荣太监的命令,要比圣旨还厉害,怎敢不依呢?可是县中实在穷得很,咄嗟间哪里来这些巨金?别的县分中还可以在国库银子上支挪一下,待事后再设法弥补,独有石屏县中连仓库银子都没有分文,用甚的钱去供给?黄家骧在急中生智,和百姓们去商议,富户每家假银若干,小康的假银若干,至少的平民公摊也要每家派到纹银一两。这样的一来,百姓齐到县堂上来噪闹,谓灾荒连年,贫民饮食也不济,那一两纹银又从何处而来?况剥削了人民的膏血去供给一个太监,尤其是不值得。黄家骧见动了众怒,便都摊在杨荣身上,亲自出来慰谕众百姓道:"人民的艰苦俺作父母官的岂有不知的道理,俺恨不得典质了所有来救济你们百姓,无奈自己也穷得要死,叫做有心而无力,也是枉然的。现在又奉着这样的上命,俺是个小小的知县,怎敢违拗他?你们百姓如其不肯出钱,等杨太监来时,你等自去求他就是。"众人见黄知县说得有理,齐声说道:"知县老爷是明白的很爱我们老百姓,这都是那个杨太监不好,他若到我们这里来,我们只向他软求便了。"众人说罢,一哄地散了去。

光阴驹隙,眨眨眼到了第三天了。日色将亭午,众百姓齐集了四五千人,在十里外等着杨荣。大众立在片瓦无遮的广地上,人又众多,头上烈日似火伞般逼下来,一个个汗流浃背,直热得气喘如牛。看看正午,远远地听得锣声震天,喝道声隐隐。众百姓嚷道:"来了!来了!"这时知县黄家骧也率着县丞及阖署胥

第八十五回　建翠华迷香听玉笛　游琴台醉酒杀金莲

吏，立在烈日中等候。不多一刻，四骑清道马如飞般驰来，大叫："石屏县何在？"黄家骧忙上前应道："下官便是！"那马上的人喝道："杨总管快到了，须小心侍候。"黄家骧诺诺连声答应。众百姓见了这样情形，心上已个个不服道："他不过是杨太监手下的清道夫役，知县职虽小，也是朝廷命官，却容得夫役们来吆喝么？"

正在议论纷纷，杨荣的前导仪仗已经到来。但见绣旗锦帜、白麾朱幡，竟似公侯王爷的排场，哪里是太监的行径？一对对的执事仪仗过去，是两百名亲兵。后面五十名穿锦衣的护卫，护卫过去，便是四十八名蓝袍纱帽、骑着高头大马的官儿，看上去品级还在知县之上。骑马的官儿后面是白袍红带、戴宽边大凉帽、掮豹尾红缨枪的亲随，其实就是皇帝的侍卫了。有句古语，叫做"在京和尚出京官"，休说是出京的太监。自然任他在外横行不法，谁来管他？即使是英明的皇帝也管不了外面的事，何况神宗是糊涂昏愦的皇帝。台官上的奏疏他一概置之不理，就是有几个忠直的御史上章弹劾太监，往往忤旨下狱。所以杨荣辈在外闹得天昏地黑，没人敢多嘴的了。这位杨太监也越弄越胆大，私用仪仗差不多和銮辇一样，连金爪、银钺都齐备，只缺得驮宝瓶的御象没有，其余的没有一件不全。什么金响节、红杖、金炉、白麾之类，是外郡所无的东西，都是杨荣盗出来私用的。那时把个知县黄家骧看得呆了，暗想人家怪不得要称他做皇帝太监，原来竟摆起皇帝仪仗来了。这黄家骧是三考出身，由翰林改授知县，于皇帝的銮辇仪仗都曾目睹过，因此看得他只是发怔。

那杨荣的前导仪仗过尽了，最后是两骑黄衣黄帽的武官，算是杨太监跟前的亲信人。他见石屏县在那里迎接，既未布置灯彩，又不搭盖漫天帐，便把黄家骧喊到了面前，高声大喝道："杨总管的命令你难道不曾接到吗？"黄知县忙打拱答道："接到的。"那黄衣官儿又喝道:"那么你为何不奉行?"黄知县陪笑说道:"不是卑职违命,实是本县贫瘠得很,无力备办,只委屈些杨总管了。"话犹未毕,只听得"啪"的一响,马鞭已打在黄知县的背上,接着又喝骂道:"好大胆的狗官,你有几个头颅,敢违忤俺杨爷的口命!"黄知县吓得不敢回话,低着头垂着两手一语不发。黄衣官儿冷笑了两声,策马过去了。

后面便是杨荣所坐的十六人大轿。轿的四围垂着大红排须,绣幕锦披、黄幔青幛,轿顶上五鹤朝天,杠上双龙蟠绕,俨然是一座鸾舆。舆中端坐着一位垂发秃额的老太监杨荣。黄知县忙上前参见,却不行跪拜礼。杨荣不禁大怒。因他进石屏县地界时不见盖搭彩棚,心里已老大的不高兴;及至到了市上,又不见百姓挂灯结彩,心下十分动怒;这时见黄知县只行个常礼,满肚皮的忿气再也忍不住了。探头向四面瞧了瞧,见空场上聚集着许多百姓,以平日每到一处,人民总这样聚欢的,倒也不放在心上,只向黄知县大喝道:"咱们到贵县来,贵县连一点场面也没有。莫非小觑咱么?"黄知县躬身说道:"怎敢小觑总管?实是敝县贫瘠,只求总管见恕吧!"杨荣怒道:"咱素知石屏是鱼米的地方,你却来咱的面上装穷,看咱打不得你么?"说罢,回顾左右道:"给咱拿下了!"这句话才出口,轿后暴雷也似的一声哄应,早抢过五六名紫衣黄帽的随役来,把黄家骧两手捆住。杨荣又喝道:"石屏县可恶极了,先与咱打他一百鞭!"左右又嘎地应了一声,走过两名执鞭黑衣皂冠人来,一个将黄家骧按在地上,那一个举鞭便打,黄家骧叫喊连天。

正在这个当儿,聚着观看的百姓大家都有些愤愤不平,由那为首的人发了一个暗号,把预备着的降香一一燃着了,各人双手捧了香,齐齐的一字儿跪在杨荣的轿前,高叫:"石屏县的百姓替黄县尊请命!"人多声众,好似雷震一般,杨荣看了,益发大

第八十五回　建翠华迷香听玉笛　游琴台醉酒杀金莲

怒道："你这瘟知县倒好刁滑，却串通了百姓想来压倒咱么？看咱偏要办你！"说着令左右将黄家骧带在轿后，十六个轿夫吆喝一下，三十二条腿走开大步飞也似的抬着杨荣进城去了。那班百姓见黄知县和囚犯般地绑在轿后，众人也跟着轿儿进城。

　　杨荣到县署下轿，升坐大堂，令传本邑的千总、营副进见。千总黄翰鸣是黄知县的兄弟，闻得家骧被绑，正领着几十名营兵来探听消息，见杨荣传他，就便衣进谒。杨荣含怒道："本县的官吏倒自大得很，做了一个千总，连官服都不上身了。"黄翰鸣听了，到底是个武举出身，心里已有些动气，便冷冷地答道："俺不知杨爷到来，不曾预备的。"杨荣大声道："咱的传檄你没有瞧见么？"黄翰鸣道："俺是武官，只晓得上司的兵符，不知什么檄不檄。"杨荣大怒道："你道咱不能管得武官么？"喝令将黄翰鸣拖下打军棍一百。左右叫应着，方要来褪黄翰鸣的衣服，不提防外面的营兵大噪起来，不问三七二十一，直入大堂拥了黄千总便走。待到杨荣命家将去追，黄翰鸣已经去远了。杨荣大叫："反了！反了！咱非杀一儆百不可。"说罢唤过家将，把黄知县推出去斫了。

　　家将拖着黄家骧下堂，外面许多的百姓执香跪在县署前苦求。杨荣咆哮如雷，令众家将出去把那些百姓赶散。家将们领命，提着藤鞭，向人丛中乱打。黄知县泪流满面地哀告道："情愿杀了卑职，莫害手无寸铁的好百姓！"众人民听了个个愤气冲天，大嚷一声，一哄地拥进县堂来。为头的是个白须的老儿，伸手先抓住了杨荣。家将们也呐喊一声，各挺着器械来争，众百姓也抢了刀枪互相对敌。县堂上成了战场，大家混打了一阵。那些假充侍卫和家将们一古脑儿不满三四百人，百姓有五六千名，以一打十，就是飞天的本领也双拳不敌四手。杨荣所带的一班人一个个被众百姓打得头青脸肿，四散逃命。众人打走了那些狐群狗党,又把杨荣的轿子也拆了。大家鸟乱了一会,那白须老儿放下杨荣,来想教训他几句。不料杨荣有了几岁年纪,吃不起惊吓的苦痛,给那老儿在他的领圈上一抓,丝绦扣紧了咽喉,一命呜呼哀哉了。众人见打死了杨荣,晓得祸已闯大,便发声喊,各自滑脚,逃得无影无踪了。

黄家骧由家人出来放了绑,看见大堂上直挺挺地睡着杨荣的尸首,只叫得一声苦,不知所措。杨荣的家将随员亲兵等望得众百姓散去,才敢陆续走拢来。见他们主人杨太监已死在地上,大家狐假虎威、吆吆喝喝地向黄家骧痛骂,又把这位知县老爷绑了起来。黄家骧也自知性命攸关,只有束手待死,家眷们都哭哭啼啼地,县署中顿时一片的哭声。忽听得县署外喊声起处,几百名兵丁直奔入来,将杨荣手下的家将又一阵打走了。后面黄翰鸣赶到,大叫:"哥哥!俺们这官儿不要了,快收拾了大家走吧!"黄家骧到了这时也没得话说,只好听了他兄弟的话,吩咐家人们打叠起细软什物,驾了一辆骡车,匆匆地开了东门,回他的家乡去了。

这里杨荣的家将把杨荣草草地盛殓了,一面去报告云南府尹。巡抚王眷飞章入奏民变,谓打死太监杨荣,知县黄家骧、千总黄翰鸣均不知下落。王巡抚明知黄知县逃走的,那叫做官官相护,也是杨荣作恶太甚,人人忿恨的缘故。神宗皇帝见了这奏疏,不由得勃然大怒道:"杨荣死不足惜,纪纲为什么废到了这样地步?"于是下谕,令云南府尹捕为首的按律惩办。圣旨到了云南,当然雷厉风行,立时把石屏县为首的几个百姓当即捕住正法不提。

神宗帝下了这道上谕,怒气未息,恰好刑部侍郎夏元芳入禀:谳讯刺客张怿,直承行刺不讳,并无指使的人。神宗帝见奏,命将张怿凌迟处死。夏元芳领谕,把张怿从狱中提出,验明

第八十五回　建翠华迷香听玉笛　游琴台醉酒杀金莲

　　了正身，便押同刽子手赴校场将张悱处斩，并支解尸体毕，自去复旨。张悱凌迟的消息传开来，京中的人民才知神宗帝被刺是确有的事，不过未曾致命，只略受微伤罢了。都下的人言藉藉，渐渐四处都知道了。徐州也传到，罗公威在城中听得这个噩耗，恐他女儿伤心，回来并不提起。谁知过了三四天，杨树村中的人也都讲遍了。大家议论纷纷，都讲张悱可惜，说他是个英俊的少年，不幸为父复仇死于非命。一传两、两传三地到了碧茵姑娘的耳朵里。她正伸长着脖子，天天盼望张悱的好音，看看过了三四个月，竟消息沉沉，料想他候不到机会，然芳心中终觉十分不安。这天闻得村中人说着张悱行刺被获的事，碧茵恐怕还有讹传，可是心里已必必地跳个不住，便草草地梳洗好了，走到村前的鲁如民家里去探个真假。

　　这鲁如民是徐州的掾吏，于官场中的消息自较别人来得灵通。碧茵姑娘见了鲁如民，笑着叫了一声："鲁伯伯！"就问他京中张悱行刺的事。那鲁如民见问，先叹了口气道："不要说起，张悱倒是个有为的好男子，现在为了父仇，已被凌迟处死了。"碧茵姑娘听了，立时花容变色，忙问几时正法的。鲁如民道："这还是十几天前的事。听说张悱黑夜入宫，一剑刺在皇帝的身上，却不曾刺死的，反被侍卫们获住了。上谕命凌迟处死，据说尸骸到今还暴露着呢！"碧茵姑娘听罢，哇地吐了一口血来，噗地昏倒在地上。吓得鲁如民叫喊不迭，由如民的妻子赶出来把碧茵姑娘扶起，一面将热水灌下去，什么掐唇中、拎头发，忙了一天星斗，碧茵姑娘才得悠悠地醒转来，只是掩面痛哭。鲁如民知道碧茵姑娘定和张悱有密切的关系，当面不好说破她，只用好话安慰了几句，令妻子牛氏送碧茵姑娘回家。

　　牛氏去后，罗公威从城中归来。碧茵姑娘见了她父亲，忍不住顿足大哭道："张悱死了，连尸都没人去收，不是很可惨的么？

万不料孝子有这样的结局，苍天也太没眼睛了！"说罢又哭。罗公威叹道："人的生死是前定的，不过张怿的死似乎很觉可惜！他学得一身的好武艺，不曾显身扬名，就这样的死了，我算空费一番教授的心血。但人既已死，不能复生，你也不必去悲伤他，还是保重自己身体要紧！须知我这副老骨头要靠在你身上的了。"碧茵姑娘含泪答道："父亲体恤，女儿岂有不知？可怜张怿身首异处，露尸暴骨，叫女儿的心上怎能容忍得下？必进京去把他的尸骨收回来葬殓了，女儿虽死也瞑目的。"公威说道："你是个女孩儿家，单身如何去得？"碧茵姑娘答道："这却不打紧，古时的女子常独行千里，人只要有志，没有干不来的事。至于报仇一节，等父亲天年之后再谈。"公威不好十分阻拦，又不放心他爱女孤身远去，便毅然说道："你既决意要去，我还很健，不如同你去走一遭吧！"碧茵姑娘见他老父肯同去，不觉破涕为笑，忙忙进房去收拾了些衣物，父女两人把家事托了邻人张妈，便匆匆登程进京。

不日到了京中，张怿的尸体已有人替她收殓了。那人是谁？便是误进宫阙、死里逃生的任芝卿。原来芝卿被释出宫，胸臆中一口怨气一时哪里肯消，当时就匆匆地回到山西。他的母亲已经去世，芝卿大哭了一场。葬殓已毕，把家中所有一并典卖干净，得了些现银子，仍然进京。终日痴痴呆呆地往来各处，希望遇着一个机会，再和秀华昭妃见面。及至见张怿凌迟无人收尸，芝卿叹道："我恨无这样的本领，也跃进宫去和秀华晤叙一面，就死也甘心的了。想姓张的要去行刺，当然也有说不出的隐情，和我好算得是同志。现在他暴尸在那里无人顾问，我就替他盛殓了吧！"谁知芝卿起了这一个恻隐之心，倒得着极好的报恩。

那时罗公威父女见芝卿已收殓了张怿，问起来和张怿并无交情的。罗公威很赞芝卿仗义，碧茵姑娘尤其感激芝卿。大家一

第八十五回　建翠华迷香听玉笛　游琴台醉酒杀金莲

谈，方知芝卿是为了未婚妻被选做了妃子，弄得鸳鸯分离，终日逗留京师，倒是个多情的少年。公威以芝卿孤身无依，便收他做了义子，同回徐州。后来罗公威死后，碧茵姑娘替张怿复仇，芝卿得夫妻完聚。这是后话，暂且不提。

再说神宗帝命冯保在六个月中把一座华园构造成功，把爱妃、选侍等都迁入翠华园中天天弦歌酒宴，昼继以夜，丝竹箫管，往往达旦。郑贵妃又工吹笛，酒至半酣，便按着宫商悠悠扬扬地吹将起来。神宗帝听得心旷神怡，直喝得酩酊大醉，差不多没有一天不是如此。这时正当酷暑，神宗帝觉得玉楼和金屋中都太热，携了郑贵妃的手，共上翠华园的楼台极顶。那园中最高的一座楼台，本名摘星楼，神宗帝恶他是亡国之君所取的（纣有摘星楼），就改名叫做琴台。这座楼台中的布置也是银屏玉栏，四面临风。热天到了这里，自觉暑气全消、凉爽非常。

一天，神宗帝在琴台上豪饮，众宫侍歌舞侑酒。正在兴高采烈的当儿，选侍中有个名唤金莲的，生得娇小玲珑，神宗帝平日很是怜爱她。这时金莲因婆娑曼舞失足倾跌，指爪划在郑贵妃的粉脸上，立时起了一条绽痕，鲜血滴将出来。神宗帝大怒，以为金莲有意抓破郑贵妃的玉容，乘着酒兴把金莲只一脚，由琴台上直掼到园中的地上。

要知金莲的性命怎样，且听下回分解。

第八十六回　东林党狂儒流碧血　白莲教妖人遣泥孩

却说神宗帝醉中一脚把选侍金莲踢得掼下楼去，吓得那些宫人侍嫔一个个花容失色，索索地只是发抖。神宗帝还余怒未息，把酒杯玉盏等掷了一地。郑贵妃再三地婉劝，才含着怒扶了郑贵妃，一颠一跛地回玉楼安寝。那时神宗帝自被刺伤足，走起路来右腿变了跛足，常常引为恨事。

第二天起来，闻得选侍金莲死了，很为诧异。郑贵妃把昨夜酒后脚踢金莲的事约略说了一遍，神宗帝听了，懊悔不迭道："朕怎会醉到这样地步，你也不在旁阻拦的么？"郑贵妃笑道："那时谁敢阻拦，怕也和金莲一般了。"神宗帝笑了笑，便亲自去瞧金莲，只见她头颅粉碎，脑浆迸裂，玉容已模糊得看不清楚了。神宗帝长叹一声道："这是朕负了你了！"说罢不觉也流下几点眼泪来，吩咐司仪局，从丰依照妃礼厚殓。从此以后，神宗帝饮酒不敢过醉。每到兴豪狂饮的时候，郑贵妃就把金莲死的经过说出来，神宗帝即释杯停饮道："朕决不再负金莲，宫中也就没有第二个金莲了。"说时便凄然不乐。

光阴如箭，忽忽数年。其时宰相张居正逝世已久，边将如戚继光、李成梁也先后俱逝。明廷的朝政也一天不如一天了。当在申时行为宰相的时候，尚能护内调外，没有什么事儿闹出来。及

第八十六回　东林党狂儒流碧血　白莲教妖人遣泥孩

至申时行致仕,沈一贯入阁当国,就闹出这党案来了。因沈一贯的为人,自恃才高,傲视同辈,朝中的名臣故吏一个也不放在他的心上。这时神宗帝还未立储,长皇子常洛年龄已经弱冠。神宗帝虽有立他为太子的心意,就中都被郑贵妃梗阻,强迫着神宗帝要立她自己的儿子。皇长子常洛本是王嫔人所诞,郑贵妃也生了皇子,取名常洵。朝廷众大臣的主见,当然提议立皇长子常洛。神宗帝也以为废长立幼,见议后世,弄得犹疑不决。郑贵妃在旁昼夜絮聒,神宗帝只含糊敷衍过去,终不曾把立太子的这件事实行。似这般一年年地挨下去,以致闹出了不少的是非来。

不知怎的,郑贵妃嬲着神宗帝立福王(郑贵妃诞子常洵时封福王)的话被一班大臣,知道了,便一齐着急起来道:"皇上废长立幼,吾辈身为大臣如不力争,留传到了后世,历史上少不得留个骂名。"于是御史孙丕扬、侍郎赵南星、主事高攀龙、学士邹元标等,纷纷上章谏阻。无奈这位神宗皇帝除了元旦临朝受贺之外,平日足迹不履正殿,众大臣虽有奏疏也无法传达,即使呈了进去,神宗帝也无心去看它,不过一个留中不报罢了。

那时文选司郎中顾宪成草了请立太子常洛的奏牍,其中语涉郑贵妃,谓"郑氏蒙蔽圣聪,希图废长立幼"云。宪成草好了疏,贿通冯保,把章奏夹在阁臣白事折的里面。神宗帝对于外来奏疏概置不阅,只命阁臣代阅了。有紧要的事儿,摘录在白事折上,由中官送呈批答,这样的十余年来已成了一种牢不可破的习惯。所以神宗帝深居宫中,但看阁臣的白事折,其他奏牍照例是不闻不问的。这天神宗帝见白事折积得多了,随批阅几种,忽地发现了顾宪成的奏疏,忍不住翻阅了一遍,不由得大怒起来道:"朝廷立储自有祖宗成规,顾宪成何得妄测是非?朕岂肯背却祖训废长立幼,遗后人讥评?"说罢命查究这奏疏是谁呈进来的。冯保在旁叩头道:"此疏本留阁中,想是奴婢取白事折,误夹在里面的。"神宗帝点点头，含怒说道："顾宪成无礼，若不惩他，恐廷臣将蜚语迭兴，朕必不胜其烦。"于是在原疏上批了"褫职"两字，交阁臣办理。自宪成去职，如高攀龙、邹元标、赵南星、孙丕扬等，也纷纷辞职，不待批，竟自挂冠走了。

这顾宪成、高攀龙辈学术本习王阳明一派，狂妄不羁，逐渐自成为一派（顾、高皆无锡人）。去职之后，在无锡故杨时书院开堂讲学，一时士人相附的很是不少，号称为"东林党"（时改杨时书院为东林书院，顾宪成主其事）。因为当时儒林很多赞成顾宪成和高攀龙的，附党的人日多，势力也日渐广大。朝廷六部九卿，半是东林党中人。他们的主旨当然和顾宪成一鼻孔出气，专一攻讦郑贵妃，弹劾宦官，保护皇长子常洛。东林党党人有任言官的，便俟隙奏劾大臣，章疏连绵不绝，朝廷大臣闻得"东林党"三个字，人人胆寒心惊。首辅沈一贯见东林党十分厉害，多半是顾宪成、高攀龙的一类人物，自己处在孤立地位，未免岌岌自危。于是密令御史杨隽杨一清孙、翰林汤宾怡也建树起一个儒党来，一时科道中人也有许多归附沈一贯的，时人号为"浙党"。两党比较起来，顾宪成、高攀龙的东林党潜势力自然大于浙党，凡科道中人附入东林党的，一登仕籍，就替己党张声势，任意上疏参奏阁臣。浙党科道儒者，也将以其人之法还治其人之身，两相抵制。日久，东林党的势力蔓延入了齐、楚、晋、豫各地，江淮士人尤多趋向东林党的，淮抚李三才为首领，作东林党的外援。朝中东林党的潜势力又进了一层。结果两党各上章交攻，互论是非。

神宗帝见奏牍日多，两党互讦的奏疏堆积三四尺，神宗帝阅不胜阅，头也被他们缠昏了。从此把两党的奏章一概搁置不问，唯兰台奏疏纠劾廷臣，立即批答，也大半奏准。这样一来，言官疏劾廷臣，疏才上去，那被纠劾的人不待上命便弃官竟去。廷中

第八十六回　东林党狂儒流碧血　白莲教妖人遗泥孩

规章杂乱,群臣无主,处事也各不一致。每有一建议,各举各的各行所事,好好的明朝朝仪,至此弄得败坏不堪。纪纲日堕,亡国的征兆已见。

后来南北科道、东林党和浙党攻击得到了极点,至于无所攻讦了。东林党人捏造一种谣言,谓郑贵妃将谋死太子常洛,立己子常洵。并写成无数的简帖,昏夜张贴京师各门。内监揭了简帖进呈大内,神宗帝也闻知了,拍案大怒道:"贼子闹得这般可恶?"下谕严究发简帖的党羽。司仪郎沈令誉以嫌疑被捕,由刑部侍郎李廷机承谳,辞连东林党中人。逮侍御胡宪忠、翰林黄思基、主事陈骏、员外郎赵思训、大理寺丞何复等一百三十七人下狱。李廷机一概刑讯,黄恩基、赵思训等诬服,并株连言官多人。又捕高僧达观,也再三拷掠,又逮捕多人下狱。尚书赵世卿见案情愈闹愈大,永远牵连下去,将无停止的时日,便上书讽沈一贯,叫他从中主持。沈一贯也觉冤戮的太多了,不免良心发现,在神宗的面前竭力维持,总算勉强结狱,只杀了袁衷、徐有明等几个观政进士。大狱结后,统计前后两案,东林党人死者三百六十余人,浙党死者相等,也算得明朝未有的巨案了。

神宗帝见都下谣言日盛,人人说郑贵妃谋太子,便召沈一贯进宫,亲自书了手诏,立皇长子常洛为储君。沈一贯奉谕退出。郑贵妃已得宫监密报,自己本想做太后的,听说立了常洛,自然要来争执。神宗帝和郑贵妃在枕席爱好的当儿,曾答应她立常洵为太子,如今突然变卦,郑贵妃怎肯罢休,娇啼婉转地要神宗帝收回成命。神宗帝正色道:"国立长子是祖宗的成规,朕怎敢因私废公,受人讥评。"郑贵妃不依道:"皇上曩日有言,必立福王常洵的,天子无戏言,如何可以赖得?"神宗帝笑道:"那时朕和你开玩笑,岂能作真?况皇长子年龄已经弱冠,天下人谁不知道。万一废长立幼,廷臣议论倒还罢了,倘因此人心疑虑,激出乱子来，不是以小误了大事么？"郑贵妃见神宗帝意志坚决，不由得放声大哭，一头撞在神宗帝的怀里，立时要寻死觅活。神宗帝令内侍们把她劝开，郑贵妃索性倒在地上打滚，大哭大喊，口口声声要册立福王，否则情愿死在皇帝面前。神宗帝眼见得郑贵妃这样撒泼，也触恼了性子，霍地立起身，直到光华殿召集群臣，命把立储之意速行布告中外。一面着尚书赵世卿、大学士杨廷珪持节往迎太子常洛，正位东宫。

诸事已毕，神宗帝才缓步回宫。大事既定，郑贵妃知道争不回来，也只好死了这个念头。哪里晓得群臣意还未足，以福王自受封后，年将弱冠，留在京中有许多不便，应令即日就藩。这章疏一上，郑贵妃怎舍得母子远离，于是又在神宗帝面前哭闹，弄得神宗帝打不定主意起来。吏部侍郎夏静安将这件事密白两宫，李太后忙召郑贵妃入见，把她大骂一顿。郑贵妃不敢回话，忍气吞声地回宫。次日皇太后传出懿旨，催促福王常洵就藩。郑贵妃没法，只得任得福王启程。故事皇子赴封地，母妃不能随行的。福王临行向郑贵妃辞行，母子两人哭得气也郁不转来。经内侍们相劝，福王始含泪出宫，向河南就藩去了。

福王就国后，宫中的大殿角上发现木人三个，上书皇帝、太子、李太后的生辰，木人身上有钉四十九根，大约是苗人的一种魔法。神宗帝看见了，心中怒气勃勃，追究置木人的主使。司理王日乾奏称，木人系道士孔学所制，孔学与郑贵妃宫中的内侍姜田稼私下串通，居心要谋太子。神宗帝见奏，怒不可遏，甚至御案推倒，命速逮孔学刑讯，孔学死不承认。尚书叶向高禀道："王日乾也是都下无赖，夤缘中官获职。若穷诘此事，小题大做，反使得小人得逞了。"神宗帝听了，恍然大悟道："非卿一言，几乎又兴大狱了。"由是将木人一案搁置不提。

时四川宣慰使杨应龙和他的儿子杨朝栋占据险要，拥兵称

第八十六回　东林党狂儒流碧血　白莲教妖人遣泥孩

叛。应龙本宋代杨业后裔，抚治西蜀苗人，颇著威望。后来被妖人李贽所惑，遂起叛意。那李贽曾做过一任知府，他自己说得异人传授，能呼风唤雨、撒豆成兵，在鄂西一带倡言传道，名叫白莲教。鄂抚刘光汉见李贽举止妖异，下令驱逐出境。李贽立不住脚，奔到蜀中，也假传教为名，四处招摇。宣慰使杨应龙有个爱女妙姑忽然被妖邪蛊惑，白昼赤体嗷叫，似与人交接一般。应龙只有这个女儿，平日爱如掌珠，一朝患了奇疾，急得走投无路，悬重金征医：有能治愈妙姑的，立赏黄金千两，并把妙姑赘他为婿。

这个消息传播各地，谁不愿得千金和美妇？上门自荐的也不知多少，都没甚效验，妙姑的病反越重了。那时李贽被鄂抚赶走，正没处容身的时候，便来见杨应龙，当日设坛建醮、焚香请神，居然把妖邪驱去，妙姑就醒了过来，不似前几天的裸卧嗷闹了。杨应龙大喜，立给李贽千金。待要拿妙姑嫁他，李贽辞谢道："俺已是世外之人了，要金帛女子也没用，只求赐俺一所小宅，得修炼传道就够了。"应龙连声答应"容易"，立命土木工人在蜀西建起一座大厦来。正厅上供一尊白眉真人，大约就是白莲教的祖师了。大厦落成，李贽就在那里传教，又替那些人民治病，倒很是灵验，四川的愚夫愚妇都称李贽为活神仙。李贽每天坐了八人大轿游行街衢，百姓迎道跪拜，好似神佛一样的尊崇。杨应龙也常常和李贽交谈，两下很觉投机。李贽也不时邀应龙高饮，醉后自炫他的本领，能千里外搬取财物，剪羽毛可以代弓矢，撒豆能够变兵，裁纸可成骏马。杨应龙深信他的话说，帮着他四方传扬。

不到一年，江淮荆楚教徒遍地，愚人纷纷来归，统计不下十万人。李贽便劝应龙起事，应龙心动，暗中和他儿子朝栋商议。朝栋跳起来道："天下有这样的奇人肯来相归，是天助我了。"应

明宫十六朝演义

龙意决，私下密遣兵卒把守要隘，于八月中秋举旗起义，拥众二十万，声势十分浩大。李贽为军师，筹划一切。他见军中少硬弓，就连夜捏成泥人千百，各给纸剪一把。李贽念念有词，吹口气，许多泥人就不见了。到了晚上，泥人纷纷回来，布囊中满贮着羽毛，李贽令将羽毛堆积成了小丘，略一眨眼，化了千万枝硬弩强矢，应用时和真的一般无二，也可以杀人射击，比真弓还灵便不少。应龙越发相信了。

其时江淮南北谣言纷兴，相传有妖人剪鸡羽的怪事：夜间但闻鸡声一鸣，忙燃烛去瞧，那鸡身上已剪得光的了。日久人家知是妖术，畜鸡的人持着犬羊血俟在笼畔，一听得鸣声，拿犬羊血泼去，砰的一响，落下一个持纸剪的泥人来，长不过三四寸，形状似垂髫的童子。这法术一破，剪羽毛的事渐寝，又换了剪人头发的妖法：民家妇女晚上睡醒，往往失去青丝。于是民间大忧，半夜互相惊起，鸣锣走告，谓妖人来剪头发，弄得妇女们晚上不敢睡觉。经有人指点，谓妖术最怕污秽。妇女们听了，各人把亵带缚在髻上，剪刀的风潮，至此才得平息。

后来越闹越厉害了，美貌妇女无故失去。在失去的时候，不论白日或是黑夜，家人坐着谈笑的当儿，转眼座上已空，人就去得无影无踪了。可是杨应龙的营中，妇女却成日价多起了。应龙性好淫，又是厌故喜新的，一个少妇共枕三四次就要厌弃。不论暑寒，妇女们不准著裤，只穿一件长袍，尽裸下体。到了厌弃时把那些妇女赐与兵卒，稍违他的心意，即用尖刀刺妇女下身，碎割片片，垂毙乃止。到了应龙高兴时，令众妇女在营前裸体笑逐，又令赤身列成雁行，使兵士削圆头箭，互相较射，以中阴者为胜。妇女负痛扪体嗷叫，应龙看了拍手大笑。似这般地颠倒淫乱，人心涣散，败象已经呈现出来了。应龙还是不悟，作恶如旧。杨应龙的儿子杨朝栋，尤其是淫恶无论。至于那个李贽，也

第八十六回　东林党狂儒流碧血　白莲教妖人遣泥孩

借着传教的名儿，见美貌妇女便留住不放，本夫畏惧他的势力不敢和他计较，只暗暗地记恨罢了。四川的人民受杨应龙父子的蹂躏，怨愤冲天，被害的人家大都敢怒而不敢言。

其时有个无赖阮小二，他的妻子也被应龙霸占去了。小二忿怒叫骂，应龙的党羽将小二捕去打了二百鞭，才释放了，命小卒三四人对着小二轮奸他的妻子。小二气愤填膺，便纠了同党百人暗俟在杨应龙的营后，乘夜大喊杀人。应龙正和诸妇女淫乐，听得喊杀之声，不知来兵的多少，忙叫左右张号。不到一刻，朝栋引亲兵五百名杀到，应龙又自营中杀出。人马愈杀愈多，阮小二不过百人，怎能敌得应龙的大队。转眼百人杀得干干净净，只逃走了一个阮小二。事后应龙查点人马，也被杀伤不少，不觉大怒道："区区几个贼人也敢来太岁头上动土，一不做、二不休，索性杀了府尹，占了城池，倒也不过如此。"

朝栋听说，便踊跃争先，率领了一千苗兵直杀入永宁。知府马知忠不及防备，被苗民乱刀剁死。游击柳成美、参将罗成闻得府署有警，忙忙点起本部人马赶到西门，正遇朝栋的苗兵。朝栋见柳成美带兵前来，就大吼一声，挺一枝浑铁点钢矛，飞马杀将过去。柳成美挥刀来迎，罗成赶至舞刀助战。朝栋一枝矛左右轮动，好似旋风一般。成美臂上刺着一矛，拨马便走，罗成抵敌不住，也只好策马落荒而逃。朝栋乘势大杀一阵，官兵死伤大半，柳成美死在乱军之中，罗成身负重伤，逃回建昌。

四川巡抚王如棠上疏告变。神宗帝看了奏疏，回顾沈一贯道："小丑跳梁，不早剿除，今日养成巨患，该守土督抚咎有应得了。"沈一贯点点头。神宗帝命一贯拟旨：知府马知忠、游击柳成美既死勿议，参将罗成迁戍，巡抚王如棠褫职，总督罗兆铭贬级。一面以李如松为讨贼大将军，统兵十五万剿平川乱。哪里晓得李如松浮躁轻进，被杨应龙父子诱入重地，四面围杀，几乎全军覆没。败耗传到京师,神宗帝大怒,即将李如松拿办。以刘綎为大都督,调齐四省(陕、甘、绥、贵)兵马,即日出师。

刘綎初任大同总兵,因征寇有功,改授都督兼五城兵马司,为人勇冠三军,每战必身先士卒,平时布衣粗食,甘苦和小兵相共,不分将卒。惟行起兵来号令严明,违者斩以徇,不留一点情面,所以军纪肃然。当他在宣府的时候,不过做了游击,出兵上阵很具大将的风范。总兵戚继光常说他有大将之才,几番保荐他,改授参将。那时蒙人不时寇边,刘綎领兵迎战,持着一口九环的大刀,重有七八十斤,舞起来呼呼有声,口里大呼陷阵。胡兵见了纷纷倒退,所向无敌。由是"刘大刀"的名儿远震关外,蒙人一见刘綎,便相顾惊走道:"刘大刀来了!"此番奉台往征四川,大军浩浩荡荡地杀奔前去。

杨应龙素知刘綎能军,更兼猛勇,心上早已有些胆寒。独有杨朝栋却年轻不知厉害,摩拳擦掌地准备迎敌。忽探马来报,刘綎大军离永宁只有四十里了。

要知两军胜负如何,再听下回分解。

第八十七回　五岭关杜松斩贝勒
　　　　　　　千秋鉴魏朝奸保姆

却说刘綎统着王师，不日到了永宁，离城三十里下定寨栅，一面下令副指挥岑范、李齐、慕容孙等各营紧排鹿角，要防敌劫寨。那边杨应龙闻得刘綎的大兵已经，嘱咐他的儿子杨朝栋、义儿杨奉，伪将军舒寿、彭毓灵等小心巡城。到了晚上，杨应龙亲自登城嘹望，见明军营中火光烛天，一字和长蛇一般，刁斗声不绝。应龙看了，打个寒噤道："王师的声势到底和常军不同的。"又回顾诸将道："你们瞧刘大刀的人马多么整齐！"杨朝栋大声道："父亲莫长他们的锐气，俺家的兵马不见得弱于他，只恐鹿死谁手，正不能决定。"杨应龙道："话虽这样说，总是仔细了的好。"朝栋不待应龙说毕，便欲领兵出城前去劫寨。应龙慌忙阻拦道："刘大刀这厮不比别个，他在边庭镇守十年，现在的官儿还是枪刀头上争得来的，可算是一位能征惯战的勇将。如今率师远来，难道会不预防咱们去偷他的营寨么？你快休妄动，待咱们和军师商量了再说。"

说罢下城回署，朝栋与诸将也陆续到来。应龙一迭连声地命请军师来商议军情。小军去了不多一会，李贽带了两名亲随，掌着大红纱灯、骑了高头骏马到帅府前。下马进署，应龙和朝栋降阶相迎，三人携手进了大堂坐定。诸将参见过了，应龙便发言道:"咱门自把朝廷的李如松杀败,此刻又换了个刘大刀来了。咱闻得他是一员名将,倒要留神一下。不识军师可有什么妙计破他?"李贽举手笑道:"主帅无须担心,明日敌人如来搦战,且先试他一阵。我看日中黑子出现,这血光之灾当应在敌人身上。不出三日,包管杀得他片甲不回。"杨应龙大喜道:"全仗军师帮助了。"是夜计议已定,准备次日和明军交锋。

再说刘綎下寨后亲自巡视了一周,进帐坐在虎皮交椅上按剑看书,直至天交五更才朦胧睡去。辰初时候,诸将进帐致候,刘綎草草梳洗了,全身披挂。升帐点卯已毕,便问:"今天和贼人见仗,哪位将军出马?"副将何兆威应道:"末将愿打头阵。"刘綎点头,即发下一枝令箭,叮嘱道:"何将军领人马五千,先去刺探兵力如何,但不可折了锐气。"何兆威领会,自去点齐人马,顶盔贯甲,耀武扬威地去了。刘綎又传指挥马进忠、慕容孙进帐道:"两位将军可引兵马三千接应何先锋。"马进忠和慕容孙去了,刘綎自己率同李齐、岑扬,押着大队观阵。

那何兆威领了五千人马,直抵永宁城下搦战。城上杨朝栋领了三千人马,左有杨奉,右有舒寿,一声炮响,城门大开,三骑马并肩飞出,兵丁一字儿排列。双方射住了阵脚,何兆威暗暗喝彩道:"杨氏父子到底是武官出身,兵士齐整,不像个乌合之众,怪不得李如松要败在他们手中了。"想着便一马当先,大骂:"杨应龙逆贼!朝廷有何亏负了你,却据城造反?看俺天兵下临,不束手早降,更待何时?"杨朝栋大怒,也不回话,正要挺矛出马,舒寿已舞刀跃马,直取何兆威。两马相交,双刀直举,战有三四十合,杨奉忍耐不住,飞马出阵助战。明军阵上慕容孙拈枪而出,敌住杨奉。四骑马驮着两对战将,团团儿打着战。杨朝栋见杨奉、舒寿不能取胜,大喝一声,舞动钢矛,驰到了战场上,一矛向何兆威刺来,兆威不及避让,右腿上着了一矛,负痛败下阵

第八十七回　五岭关杜松斩贝勒　千秋鉴魏朝奸保姆

来。舒寿哪里肯舍，紧紧赶来。明军阵上马进忠一骑飞出，救回何兆威，抢抢抵住舒寿。舒寿心中大怒，暗自骂道："你这厮会救他，俺就擒你也是一样的。"

这时舒寿手中的大刀飘飘如泼瑞雪，只见白光闪闪，瞧不出一点儿破绽来。刘𬘩在阵上远远地望见，便问岑范道："贼兵中有这样的能手，叫什么名儿？"岑范未曾回答，李齐是李如松的旧将，接口应道："此人名舒寿，还有一个叫彭毓灵，都是贼中有名的勇将。前次李将军（指李如松）一半败在妖法，一半是吃亏在他们手里的。"刘𬘩惊道："贼人有妖法的么？倒不曾预备破它的东西。"说时忽见马进忠翻身落马，军士忙去抢了回来。刘𬘩大怒，便待亲自出马，岑范早跃马直奔舒寿。那边杨朝栋刺伤了何兆威，回头来帮着杨奉双战慕容孙。一个失手，被扬朝栋轻舒猿臂，把慕容孙活捉去了。李齐要去抢救，哪里还想来得及。恼得个刘𬘩咆哮如雷，这时再也忍不住了，就把乌骓马一拍，竟取杨朝栋。

那慕容孙已由杨奉拥入城中，朝栋正在得意洋洋，见刘𬘩一马飞出，细看他生得黑脸如锅底，两道浓眉分八字，乌盔玄甲，坐下乌骓马，手提九环大刀，威风凛凛，又是和常人不同。杨朝栋心内寻思道："他们说的刘大刀，此人只怕就是了。"

杨应龙在敌楼上观战，认得是刘𬘩亲自交锋，忙令军士飞马下城，通知杨朝栋，那黑汉正是刘大刀，须要格外小心了。杨朝栋自恃勇猛，怎把刘𬘩放在心上。他仗着钢矛奋力一矛刺去，刘𬘩架开，还手一刀劈来，朝栋不知厉害，用矛去迎时，觉得刀碰在矛上来势十分沉重。朝栋在马上连晃了几晃，才有些吃惊道："刘大刀果然凶狠的！"欲想回马，身在阵上万万不能下台，只得硬着头皮，拼死力战了有七八合，累得头昏耳鸣，出了一身冷汗。正拟策马逃命，刘𬘩手敏眼快，一手拖住了朝栋的马缰，只向前一带，朝栋坐不住马鞍，翻身扑将过来，被刘綎和提小孩般地一把掷在地上。明兵齐上，七手八脚地捆了朝栋便走。贼兵也想来救，都吃刘綎拦住了，一个也不敢上前。这边岑范战不下舒寿，李齐来跃马相助。舒寿力战两将，全无惧色。

城上杨应龙见儿子朝栋被擒，急得双足乱跳。彭毓灵和杨奉双马齐出，刘綎挡住了两将厮杀。杨应龙忙叫请军师，李贽赶上城头，口中念念有词，泼刺刺地一阵大风向明兵阵上刮来，吹得士卒皆睁不开眼。李齐知道妖法来了，忙拨马先逃，岑范也拍马回阵。舒寿无心追赶，勒马自归本阵。刘綎正大战两将，见黑风陡起，恐怕有失，虚晃一刀，策马便走，一面传令鸣金收兵。彭毓灵和杨奉晓得刘綎勇猛，不敢来追，双方各自罢战。

刘綎回寨计点人马，受伤的五六人，惟折了指挥慕容孙，及何兆威、马进忠受伤。擒了贼将杨朝栋，算来还不十分吃亏。刘綎盼咐何、马两将且去后帐休息，令左右推上杨朝栋来。朝栋立着不肯下跪，刘綎笑道："你到了今日还要倔强么？"喝令打入囚车，待擒到了杨应龙，一并解上京去。朝栋破口大骂，刘綎只做不听见一样。过了一会，杨应龙遣使前来，要求刘綎将朝栋交换慕容孙。刘綎沉吟了半晌，对来使说道："准如你主将之意，来日各便衣相见，互换败将就是了。"使者领谕，自去回报应龙。当下刘綎点鼓，大集诸将。何兆威、马进忠等不过一些轻伤，这时仍上帐听令。刘綎说道："俺要破应龙，就在明日的机会上了。"因把应龙提议交换被擒将官的话对诸将宣布了一遍，又接着说："俺知应龙一心在儿子身上，他便衣出阵，后方虽有预备，城上必然空虚。俺们趁这个时候暗袭北门，薄城进去，再从南门并力地杀出来。贼兵疑飞将军从天下来，定要自相践踏。那时俺领兵攻入，前后齐上，怕他不败。这永宁也唾手可得了。"诸将听了，无不摩拳擦掌，跃跃欲试。刘綎即下令，岑范、李齐各引

第八十七回　五岭关杜松斩贝勒　千秋鉴魏朝奸保姆

步兵五百人，悄悄去袭它北门。马进忠、何兆威各在离营三里处去埋伏，听得鼓响，挥兵杀出。分布已定，一宿无话。

次日起来，点鼓传将方罢，忽报贼兵已便衣列阵相待。刘𫇭点点头，命千总仇勇先率便衣兵百人也去列在阵上，刘𫇭却故意迟了不出，以便两路兵马得安然达目的地。这样地过了好一会，刘𫇭方同着五名亲随捧了两面大鼓在阵前放下，小车拥出杨朝栋来，杨应龙也命将慕容孙推出阵前。两方各一声鼓响，杨朝栋和慕容孙各自跑回本阵。谁知慕容孙与朝栋打照面时，扬手一镖打在朝栋的额上，翻身跌了个斤头。明军阵上，一声鼓罢，咚咚地连续打起鼓来。杨应龙见儿子着了一镖，心上正在忿怒，要想挥兵杀过阵去。那时刘𫇭已经回马，阵上只剩得一百个兵丁同擂鼓的几名亲随。彭毓灵狐疑道："刘𫇭战又不战，一味令军士擂鼓，其中必然有诈。"舒寿也说道："他此刻回进营去，定然披挂冲杀出来了。"

说犹未毕，果见刘𫇭顶盔袭甲立马营门前，却并不出兵。杨应龙大疑，正待令探马去哨探，猛听得城内喊声大震。杨应龙惊道："咱中了贼人奸计了。"忙令兵士火速进城。马进忠已从左边杀来，何兆威从右方杀来，刘𫇭自引大军与慕容孙直扑南门。杨应龙抵挡不住，人马自相践踏。彭毓灵护了杨朝栋，舒寿保着杨应龙，大败进城。当头正遇李齐、岑范杀来，应龙前后受敌，无心恋战，急急地逃到帅府，意欲保护了家属，同出西门逃命。等得家人齐集起来，府门外明兵已团团围住。舒寿被绊马索绊倒，给明兵获住，杨奉死在乱军之中，彭毓灵见大势已去，自刎而死。杨应龙惶急万分，知道必难幸免，便和他儿子朝栋、妻子彭氏、媳尤氏等一齐自缢而死。不到一刻，明兵攻进帅府，杀散余党。刘𫇭入署，令出榜安民。一面收了人马，将杨应龙等尸身解下，俟上命定夺。当即草疏报捷。兵士又押舒寿进署，刘𫇭忙亲替他释缚,用好言抚慰,并置酒给舒寿压惊。舒寿感刘𫟼义气,自愿投降。不日上谕到来,命将杨应龙父子戮尸,大军即日班师,所有将士回京听候封赏。刘𫟼领旨,如律戮应龙父子尸首毕,下令旋师。

日月如梭,大军晓行夜宿,不日到了京口。刘𫟼觐见,神宗帝奖谕了几句。第二天下旨,刘𫟼授大将军,晋封子爵。李齐、岑范、慕容孙等各授为将军。马进忠、何兆威均擢都指挥,仇勇加游击,舒寿以副将隶刘𫟼部下,有功再行赏。

四川既平,神宗帝和诸嫔妃等在宫中大开筵宴,庆贺得胜。正在兴高采烈,忽接山海关守将总兵刘禹锡飞章入报:建州卫满人努尔哈赤统了建州部属攻破了叶赫,略取辽东,现在兵进抚顺关,明兵屡败,请朝廷速选强兵猛将以御外侮。神宗皇帝看了这封奏牍,不觉惊得目瞪口呆,半响做声不得。还是内监王进在旁说道:"满人既如此猖狂,陛下宜临朝召集文武大臣,筹议御敌的办法。"神宗帝见说,才如梦中苏醒过来,连连叫冯保出去传命。王进知神宗帝这时神经错乱了,自己就充着冯保,出宫宣召大臣。原来自张居正死后,冯保勉强挨延了几年,终觉孤立无援,被廷臣们一再地弹劾。神宗帝命他赴南京闲居,此时奉谕赐死已有六七年了,你想还有什么冯保,不是神宗帝昏了么?

原来建州的满人,自努尔哈赤独立,部落一天兴盛一天,努尔哈赤便招兵买马,养精畜锐。初时尚劫掠塞外,渐渐并吞那些小部落。不到十年,那些大部落也纷纷投顺。至明朝的万历四十四年,努尔哈赤见部落已十分广大,势力强盛,便老实不客气,不待明朝的封典,竟自己做起皇帝来了。建元叫做天命,也就是满清开国的第一个太祖。努尔哈赤既据位称帝,还仗着他人强马壮、明朝气数衰颓的当儿,常常来寇边地。不过不敢进迫内地,只就交界的地方纵兵饱掠一会,便收兵回去。边廷将吏大都好偷

第八十七回　五岭关杜松斩贝勒　千秋鉴魏朝奸保姆

安的，见满兵不来相逼，乐得眼开眼闭，任他掳些财帛，横竖是百姓晦气。这样的一来，满人的胆子愈弄愈大，连年所掠得的金银，积草屯粮，兵力日渐雄厚，便率领着强兵猛卒先寇辽东，进兵抚顺。

警报传来，京师人心惶惶。这时神宗帝临明华殿，召集文武大臣商议出兵的要政。丞相方从哲主张进兵痛剿，众臣也并无异议。神宗帝即以杨镐为兵部右侍郎，总督兵马经略辽东，刘𫘧为副都督，即日出师。这道旨意下来真是雷厉风行，谁敢怠慢。怎奈明朝的武政久已不修，兵卒多半老弱，未曾出兵，先已倒了锐气。杨镐见士兵羼杂不能临阵，传令大兵暂行屯驻，要挑选一番再行进兵；一面向朝鲜、叶赫两处征兵。可是京师风声日紧，人民一夕数惊。神宗帝下谕，王师火速进剿。兵部尚书黄嘉善奉到了皇帝催兵的飞敕，哪里还敢延缓，当即令飞骑赍红旗赴边，令杨镐进兵。

这种红旗是明朝的旧制，恐将师在外君命有所不受所以拟定一种红旗，上盖有御宝，中绣火珠三颗，并书着"万急如律令"的字样。边将接到了这张红旗，无论如何困难也要拼死进兵。倘仍按兵不动，红旗再发。依旧不肯进兵，红旗三颁。到了第三次红旗颁至，将帅再按兵坐视，是该将帅已有变心，兵部就要奏闻，下旨拿办了。从前太祖高皇帝的时候，徐达北征，李善长为兵部尚书，七颁红旗，令徐达进兵。徐达只是按兵不动，善长忙以徐达有变上闻，太祖惊道："徐达与朕相交患难，决不至有二心。红旗乃紧急要命，岂可连发七次？"于是谕令兵部，此后非至万不得已时，不得滥发红旗，并载在祖训中。自永乐以后，红旗从未用过。现在到了这位万历皇帝时代，转是重翻旧调，破历朝未有的规例。这也是明朝将亡的预征了。

当下杨镐在山海关驻兵，接到兵部的红珠火旗，知道上命紧急,看来不能挨延,只得召集了诸将开军事会议。刘綎首先言道:"边卒多年劳苦,士无战心;各处强行凑集的兵丁又多未上过战场,连队伍也齐不起来,怎好出兵打仗?"杨镐说道:"这叫做君上有命不好不遵,就使兵士不堪一战,也只有拼死去干他一下吧!'众将听了,各自默默无声。杨镐便发令:命副都督刘綎带领人马一万五千,前去会合朝鲜人马,由宽甸绕至兴京,看满兵营帐移动,即从东路攻入,截住他的归路。刘綎领令去了。杨镐又命开原总兵马林率领铁骑三千、步兵一万,督同金台人马越过铁岭,攻打满人的北路。马林领命,自和副将刘遇节、程贝引兵去了。杨镐又命辽东总兵李如柏上帐,盼咐道:"你可领大兵三万绕道亚骨儿关,直捣他的老巢。但那里路途多是羊肠鸟道,人马难行,宜昼夜兼程而进,莫误了时程。"李如柏领命,统了大军自去。杨镐又命山海关总兵杜松领兵一万五千名,由抚顺关沿浑河攻取西路。杜松领命去了。这四路兵马约二十多万,杨镐号称五十万,并定在春尽四路兵马在满洲二道关会齐,进攻赫图阿勒。杨镐自己统着中军徐徐地东进。

是年为万历四十六年。蚩尤旗见(蚩尤旗,星宿也,似彗星而尾形似旗,见者其处必遭刀兵祸乱),光芒射四方,长可数十百丈;彗星亦现,地震东南。都下士人逆料,出兵必是败征。

单讲山海关总兵杜松,平日勇悍善战,塞外称他为"杜黑子"。因他交锋时掳起两臂,乌黑如漆,持着金刀乱杀乱斫,胡兵十分畏惧他。时大兵出关,天空纷纷飘下一天的大雪来,兵马艰于行走,已误了出师路程。那杜松急于立功,率同本部人马在风雪满天中踏雪进行。天寒地冻,路有滑冰,人马往往跌倒。杜松不顾,兼程如前,兵士已有怨声。看看出了抚顺关,越过五岭关,已到了浑河。那里有满洲皇帝努尔哈赤的长子大贝勒岳勒托和八贝勒皇太极对河守着,遥相呼应。

第八十七回　五岭关杜松斩贝勒　千秋鉴魏朝奸保姆

那时大贝勒岳勒托见明兵冲过五岭关来，便在河南岸把人马摆开，舞刀跃马，立在阵前。杜松正督兵疾驰，忽听得喊声大起，前队兵来报：满洲兵拦住去路。杜松大怒，喝令兵士扎住。自己立马横刀，前来观阵。但见满洲兵人马雄壮、衣械鲜明，黄盖下一员大将锦袍黄挂、纬帽乌靴，相貌很是威风。杜松高声叱道："你是哪一路人马，敢阻挡天朝大兵？"岳勒托应道："俺满洲皇帝陛下驾前大贝勒岳勒托便是！你是明朝哪里的无名小卒？留下头颅来放你过去！"杜松听了，不由得心头火起，也不再说，舞刀直取岳勒托。岳勒托也挺刀相迎。两人拼命地大战，双刀并举，都舞得和旋风一般。战有三四十合，杜松奋起神威，大喝一声，一刀把岳勒托劈在马下。明兵一拥上前，乱杀了一阵，只杀得满洲兵走投无路，刀下逃得性命的多半落水死了，一千五百名满洲兵杀得一个也不剩。对岸的八贝勒皇太极见自己的人马失败，岳勒托阵亡，只叫得一声苦，又不敢渡河来救，眼睁睁地瞧着杜松在南岸耀武扬威。这里杜松割了岳勒托的首级，饬飞骑去杨镐军中报捷。杨镐又将捷音上闻。神宗皇帝听得杨镐出兵，西路已经得胜，不觉不喜。下谕擢杜松以将军记名，宫中大开筵宴庆贺。

那时宫廷中的腐败一天不如一天。东宫太子常洛的郭妃已诞了皇太孙，赐名由校，就是将来的熹宗皇帝。太孙的乳母客氏，是定兴县人，丈夫叫做侯二，不幸早殁，客氏十八岁便成寡妇，遗腹儿又不满一岁，随着侯二做阴间父子而去。客氏十九岁进宫乳哺皇太孙，她正青春少艾的当儿，怎能够孤帏寂处，不免有伤春之感了。谁知事有凑巧，司礼监王进有个义儿魏朝，本是京师的无赖，因巴结上了王进，在司仪处充当奔走的小监。其实魏朝并未净身，王进却含含糊糊地把他留在属下。这也是明朝气数垂尽，自有三合六凑的事发生出来，将明朝的一座江山，断送在他们几个妖孽的手中。

　　这客氏方琴挑无人，魏朝正有求凰之心，两人在平日间终是眉来眼去，渐渐地心心相印。有时魏朝在无人处遇见了客氏，便摩乳抚腰的常常逗引她，客氏也不过一笑罢了。过了几时，值魏朝调到了千秋鉴，这千秋鉴是专管宫女、内侍死亡的，地方很是幽僻。一天恰好客氏经过，魏朝见四面无人，一把搂住了要客氏接吻。客氏将魏朝一推道："空有丈夫相，也和我们一般的，却发什么雌性？"魏朝见话，知道客氏有意，便微笑说道："你莫小觑了咱，焉知咱是没有须眉气的？"说罢，轻轻把客氏拥在榻上，慢慢地替她解开罗襦。这时客氏已娇躯无力，只是格格地笑着。正在深情旖旎、半推半就时，魏朝已刘阮步入天台。客氏吃了一惊，一时娇怯怯地说不出话来，心上明白魏朝是不曾受过宫刑的。两人在千秋鉴的室内情话絮絮，讲得十分得趣，不提防一个人抢将入来，吓得魏朝和客氏缩做一团。

　　要知进来的是谁，且听下回分解。

第八十八回 红颜刃仇秀华成眷属 阉竖缔爱魏珰偕鸳俦

却说魏朝和客氏正在千秋鉴中打趣，不提防魏忠贤直抢入来，报告慈宁宫的宫侍云娥仰药自尽，神宗帝命魏忠贤到千秋鉴，召太监去检视收殓。魏忠贤一口气跑入来，见室内寂无一人，待要高声呼唤，回顾榻上，幔钩荡动，忙去揭开蚊帐，不觉倒退了几步。魏朝见是忠贤，才得放心，于是慢慢地走下榻来。客氏眠在榻上，把锦被蒙着脸儿，羞得她不敢抬头。忠贤只做没有瞧见一般，把神宗帝的谕旨宣布一遍。魏朝便随着忠贤同至慈宁宫，循例收殓好了，回到千秋鉴时，客氏已经走了。从此以后，客氏每天到千秋鉴来和魏朝缠绵爱好，俨然是夫妇了。

这时神宗帝有了几岁年纪，索性居在深宫里，又因左足被刺客所伤（张悮行刺，中神宗帝足），行动很觉不便，连明华殿也难得登临了。这且按下。

再说徐州杨树村的罗公威忽然一病死了，任芝卿便帮着料理丧事。碧茵姑娘直哭得死去活来，芝卿再三地慰劝，自己也披麻带孝的循礼含殓。芝卿尝认公威做了义父，当然依着子女例一般上孝守制。看看过了三年，碧茵姑娘和芝卿商量，卖去产业，择了一块地皮，替他父亲公威安葬好了，便收拾起家私什物，同芝卿北去。

不日到了京师，碧茵姑娘是个女子，不好住什么庙宇，由芝卿去选了一所民房住下。人家当芝卿和碧茵姑娘是一对少年夫妇，哪里晓得他们各自有意中人的，两人虽同室相处，却是各不侵犯，而且并说笑也不常有的。碧茵姑娘自到都中，天天夜出晨归，去探宫廷的路径。芝卿没有什么本领，终日唯向大街小巷游览而已。碧茵姑娘报仇心急，和芝卿讲起张怿的事来便咬牙切齿的，一会儿又流下泪来。

有一天上，碧茵姑娘惨然对芝卿说道："俺家从明日起要与你长别了！"芝卿惊道："姑娘为什么说这样的话？"碧茵姑娘叹口气道："俺自张怿死后，心志俱灰，此身同于枯木，又似孤雁，永无比翼之时了。但俺也不作如是想，只愿老父相佑，报得大仇，俺就心满意足了。现下俺已把宫中的路径探明，前去取仇人的头颅。先将你那秀华救出来，再去刃那仇人。可是不幸不中，和张怿一样身被仇人所获，不是和你要长别吗？"芝卿忙安慰道："姑娘心诚，自然神灵见护，怕不马到功成！"碧茵姑娘略略点头。这天晚上便换上紧身衣靠，插上宝剑，飞身向皇宫中去了。

芝卿独坐着无聊，拿出平日的诗稿来，在灯下吟哦解闷。约有三更多天，猛听得檐瓦乱响，碧茵姑娘已负着一件东西跳下地来，叫芝卿帮着解下，只见她粉脸儿上溅满了血渍。芝卿正要问话，碧茵姑娘说道："俺大事已妥，你快打开布裹来，看弄错没有。俺们明天清晨就要出京的，否则万一给他们查获，岂不白费了心血。"芝卿见说，把绣袱打开，里面端端正正地睡着刘秀华。芝卿又惊又喜，见秀华星眸紧阖，尤是好睡。碧茵姑娘笑道："她还受着俺的熏香味儿，所以不容易醒转来。"说着去取了一杯冷水来，在秀华韵脸上轻轻地噀了几口，秀华打个呵欠，开眼见地方有异，吓得跳起身来，回头瞧见了芝卿，不由得一怔，半晌才说道："我们这是在梦中么？"芝卿一面扶她下榻，微笑着说

第八十八回　红颜刃仇秀华成眷属　阉竖缔爱魏珰偕鸳俦

道："哪里有这样的好梦，人家为了救你，几乎被侍卫所伤。"秀华见说，回面打量一转，指着碧茵姑娘道："敢是这位姐姐来救我的。"芝卿道："怎么不是。"秀华忙向碧茵姑娘行下礼去，慌得碧茵姑娘还礼不迭道："这算什么，俺自己要报大仇，不过便中效些微劳罢了。"于是互询了姓名，芝卿将被释出宫，老母逝世，收殓张怿，认罗公威为义父，及碧茵姑娘报仇，救援秀华，前后细细讲了一遍。

秀华听了，扑簌簌地垂下泪来道："你却这样的多情，我真负了你了。"芝卿说道："这都是你姐姐的不好，咱决不见怪你的。"两人絮絮唧唧，情话缠绵，把个碧茵姑娘看得悲从中来。想自己当年和张怿也是这般地情深义厚的，现在弄得人亡鸾拆，忆念昔日，怎不心伤！芝卿和秀华久别重逢，又是珠还合浦，不啻破镜重圆，他们两人自有说不出的快乐，还去管什么碧茵姑娘。碧茵姑娘触景伤情，只在暗陬偷弹珠泪罢了。

天色微明，鸡声远唱，碧茵姑娘起身草草梳洗了。芝卿和秀华香梦正酣，碧茵姑娘喊道："芝卿！快起来料理走吧！此刻是什么时候，却还这样的安心！"芝卿听了，慌忙从榻上直坐起来，秀华却娇羞满面地低垂着粉颈，似乎十分惭愧。碧茵姑娘知趣，故意望外面转了个身，秀华手忙脚乱地穿好了衣服，由碧茵姑娘替她梳了个长髻。芝卿辞去了房主，两女一男三个人雇了一辆骡车，把衣物等放在车上，扬鞭款段出了都门，回他们的徐州去了。到了杨树村中，就碧茵姑娘家中住下。芝卿和秀华这时总算有情人成了眷属。碧茵姑娘却自去筑了一所茅舍，终年在茅舍中茹素讽经，直到七十多岁无疾而逝。芝卿那时也死了，由秀华为她收殓安葬。墓上题曰："贞烈女子罗碧茵墓。"

再说神宗帝深居简出，大臣们多不能见到御容，一班新进臣子只闻得上谕，至于皇帝是怎样一个面貌，谁也没有瞧见过。就是内廷的嫔妃，不大得宠的也经年地不得一近天颜。从前的昭妃（刘秀华）、晋妃（刘秀媛）神宗帝多么的宠爱，如今却撇在一边，弄得两位刘妃和进了冷宫一样。因为神宗帝晚年只爱一个郑贵妃，若王皇后、王贵妃（诞太子常洛者）一年中在元旦朝见一回。此外逢到什么佳节，或宣王皇后赏节，帝后同饮几杯，余下就不常叙面。好在两宫李太后、陈太后已先后崩逝，神宗帝没了管束，越发比前放肆了。

　　那天神宗帝酒醉，扶了郑贵妃一步一颠地回到玉楼。恰好碧茵姑娘纵进宫墙来，在玉楼的窗槛上倒身下去，正对着神宗帝所坐的地方。碧茵姑娘见了仇人，眼中几乎冒出青烟，便拨出了宝剑，飕的一剑刺去，直戳在神宗帝的胸前，血光飞处，神宗帝斜倒椅上，喊也喊不响了。郑贵妃方背身立着，内侍宫人眼见着白光一耀，神宗帝冒血而倒，便一齐嚷了起来。郑贵妃吓得回身不迭，众人慌乱着把神宗帝扶起身来，早已双眼发呆、气息奄奄，胸口的鲜血还是骨都都地冒个不住，一把宝剑寒光闪闪地落在地上。郑贵妃浑身不住地打战，叫嫔妃们帮着将神宗帝的衣襟解开，只见前胸深深地一个窟窿，把内侍宫人都看得吓呆了。郑贵妃泪流满面地说道："你们呆着做甚，还不去请太医院来替皇帝诊视么？"内监们如梦方觉，两个内侍抢着去召太医。郑贵妃又命宫女去报知王皇后及各宫嫔妃。不一刻太医来了，王皇后和王贵妃并六宫嫔妃陆续到来。太医诊过了脉搏，知道脉已下沉，看来不中用的了，便屈着半膝，老实禀知了王皇后。皇后和六宫嫔妃听说皇帝已危，个个娇啼婉转地泪珠纷纷滚滚，都哭起来了。大家哭了一会，还是王皇后有主意，忙令司礼监王进传出谕旨，召集左辅宰相、六部九卿等，火速进宫商议大事。

　　王进带跌带跑地赶出宫去，在侍事处选了一匹快马，往各大臣的私第一一去通知了。王进事毕回宫，大臣如方从哲、朱赓、

第八十八回　红颜刃仇秀华成眷属　阉竖缔爱魏珰偕鸳俦

赵世卿、越嘉善、赵兴邦等，已先后入宫。那时太子常洛、皇太孙由校也立在旁边痛哭。神宗帝已不能说话，只拉着太子常洛的右手、宰相方从哲的右手点头示意，两眼就往上一翻，双脚一挺，呜呼哀哉了。王皇后、皇太子、皇太孙、嫔妃、大臣无不痛哭失声。方从哲便收了眼泪朗声说道："皇帝既已宾天，咱们一味地恸哭也不是事体，大家且议正事要紧。"众臣听了，都各止哭。由方从哲领头共至华明殿上，先拟草诏，传位与太子。又草了正位的诏书，以便颁布天下。

诸事方毕，天色已经破晓，方从哲命司仪处在奉天殿上撞钟擂鼓，召集各部官吏，一面扶太子常洛登位，是为光宗皇帝。改明年为泰昌元年，追尊神宗帝为孝显皇帝，庙号神宗。晋王皇后为孝端皇太后，生母王贵妃为孝靖太后，郑贵妃晋太妃。册妃郭氏为皇后。侍嫔李雅云为庄妃，李飞仙为康妃，刘嫔人为贵妃，赵氏为选侍。封方从哲为太师、左国柱，摄行丞相事；赵世卿为吏部尚书，兼华盖殿大学士；赵嘉善原任兵部尚书，兼任文渊图大学士，加少师衔；朱赓为谨身殿大学士；赵兴邦为武英殿大学士，兼礼部尚书。又擢左光斗为都御史，给事中杨涟为吏部侍郎。下诏免人民赋税，罢神宗时弊政。又下谕停止采取矿税，罢江浙织造局，罢云南采宝船，停止山西采人参等，百姓免其充役。

诏书颁发后，天下欢声雷动。大家以为新君登极、旧政革新，天下颇有望治之心。哪里晓得这位光宗皇帝别的都还不差，就是好色太过。他那两个妃子，一个庄妃，一个康妃，庄妃称东李，康妃称西李。西李便是李康妃，出落得玉肤花貌、婀娜多姿，光宗帝十分宠幸。其时的孝端皇太后、孝靖太后又相继崩逝，郭皇后又病殁。光宗帝因丧母、丧妻，悲伤过度，就此染起病来了。

明宫十六朝演义

那郑贵妃虽晋了太妃，心里还是不足，又见孝端、孝靖两太后逝世，满心要想做太后。李康妃也为了郭皇后已死，自己想光宗立为皇后。一个想做太后，一个想徽皇后。两人都一厢尽愿，暗暗地结连了魏朝，从中设法。魏朝在光宗帝在东宫时已经侍候有年，很得皇上的信任，于是在光宗帝面前竭力替郑贵妃和李康妃进言。光宗帝还算明白，对魏朝说："先帝未曾立郑贵妃为后，这时遽然晋为太后，朝臣不要议论吗？"魏朝正色道："陛下但宸衷独断，臣下何能强回圣意？"光宗帝没法，又被李康妃在耳畔絮聒着，一时打不定主意起来。只得扶病临朝，把立郑贵妃的谕旨先行向大臣宣布过了，命阁臣颁发。

宰相方从哲本来是个混蛋，晓得什么的纪纲仪礼，正要把上谕缮发，恰好侍郎孙如游听得这个消息，忙来见方从哲道："某闻朝廷将晋郑太妃为太后，相公意下怎样？"方从哲答道："这是上命下来，自然只有照办。"孙如游变色说道："相公不顾现在的声名，难道并后世的唾骂也不顾么？"从哲诧异道："皇上有旨，干某什么事？"如游大声道："郑贵妃为先帝宠妃，未见册立为皇后，今上无端晋为太后，朝廷封典，从此堕尽，名器也滥极了，还做他什么鸟官，大家只鸟乱苟且一回就得了。况公为当朝首辅，这事相公不谏，谁来多嘴？后人不是要骂相公么？"方从哲听了恍然大悟，向如游连连作揖道："多承见教！某即刻入宫去谏阻，公等可联名上本就是。"孙如游大喜，辞了方从哲，当夜草奏，次日进呈。

光宗帝那道尊郑贵妃为皇太后的手谕虽已下了，心上不由得懊悔起来。又被方从哲面陈历朝制度，谓未有妃子在隔朝进尊太后的，开立国所无之例，将为后世讥评。光宗帝见奏，心里越觉不安了。第二天，侍郎孙如游、御史左光斗、尚书孙永高等又纷纷上疏，请晋郑贵妃为太后的成命立即收回，方从哲又把那道上

第八十八回　红颜刃仇秀华成眷属　阉竖缔爱魏珰偕鸳俦

谕循例封还。

郑贵妃自迫着光宗帝下了晋太后的谕旨，便天天伸长着脖子希望着内阁发表。一天过了，消息沉沉。接连了十多天，影息毫无。郑贵妃有些不耐烦了，令魏朝到内阁中来打听。方从哲说道："皇上现拟收回成命，所以不敢宣布。"魏朝听了，忙去报知郑贵妃。郑贵妃含怒道："天子无戏言，怎么中途可以变更的？"于是又来见光宗帝，把方从哲的话向光宗帝质问。光宗帝也不回答，只把孙如游等的奏疏一古脑儿递给那郑贵妃。郑贵妃看奏牍中无非是说些祖宗的成规、朝廷的礼仪，每一句都打着郑贵妃的心坎，不禁老羞变怒，把奏章一抛，便气愤愤地回宫去了。

那李康妃见郑贵妃的事成画饼，自己的当然也不能成为事实，眼见得这皇后是别人的了。大凡女子的量器最小，民间的正室和簉室常有许多的争执与区别，簉室往往想扶做正室，都是为的名分关系。如今堂堂一个皇后，谁不想染指？就是李庄妃也未曾不想，但没有李康妃那样热烈罢了。康妃要做皇后，她除了百般地献媚光宗帝外，没有第二个妙策。光宗帝本是好色的，又兼宠爱李康妃，虽在病中，于床笫间欢爱仍然没有少减。一个人在患着痼疾的时候又要淫欲，到底是人身，能有多少的精神？因此不到两个月工夫，光宗帝的病症日渐沉重起来。看看一天不如一天，大臣多劝光宗立储。

其时的皇长子由校已很长大，光宗帝自己晓得病入膏肓，下谕立皇子由校为太子，即日正位东宫。时鸿胪寺丞李可灼进红丸一枚，谓能治不起的绝症。光宗帝巴不得病愈，便吞了李可灼的红丸，第一次果然略有起色。等到第二丸再进，光宗帝当夜就觉头昏眼花，忙召左柱国方从哲、大学士杨涟、御史左光斗等盼咐后事。及至方从哲等进宫，光宗帝已拆舌不下、言语含糊，只手拍着太子由校，连说几个"唉！唉！"就此气绝驾崩。

方从哲等正要扶太子正位，回头不见了太子由校。从哲吃了一惊，急同杨涟、左光斗等去寻那皇太子时，却被太妃郑氏拦去。那郑贵妃的意思是要大臣拟遗诏的时候，诏中谕令尊郑贵妃为太皇太后，把她的名分定了，才肯放太子由校出来。方从哲等又不好进宫去搜，又不敢擅自专主，真急得走投无路。御史左光斗便给郑贵妃道："太妃的要求廷臣自当照办，但不见太子怎可定得遗诏？必由太子出来亲自署名，这诏书方得有效，然后颁发出去，天下应无异议了。"郑贵妃究竟是个妇人，不知左光斗哄她，就领着太子由校出来。左光斗一眼瞧见，乘郑贵妃不防，一把拖了太子便走，口里大叫道："方太师！杨尚书！速即太子登位，早定大事要紧。"杨涟、方从哲等应声出宫。大家一哄地拥着太子出宫，郑贵妃方知受欺，忙叫魏朝、魏忠贤、李进忠、王进等一班阉竖上前来夺。抚远侯朱靖攘臂大喝道："谁敢夺太子的，俺就请他尝尝拳头滋味。"话犹未了，王进就一个上前，吃朱靖飞起一脚，把王进直踢到了丹墀下面。李进忠继上，也被朱靖打倒。魏朝和魏忠贤乖觉，见朱靖是武将出身，气力又大，谅是争不过的，各自缩回去了。还有那些附和的小太监见魏朝、魏忠贤退下，他们怕吃苦痛，也就一哄地逃散了。朱靖见众人不来追夺，不由得哈哈大笑道："俺在战场上千万军马也不怕，何防你们几个小丑。"说罢就踏步走出去了。

那方从哲、杨涟、左光斗等一班大臣已扶太子由校正位，是为熹宗皇帝。改明年为天启元年，追尊光宗帝为孝贞皇帝，庙号光宗。尊谥郭皇后为孝元皇太后，郑太妃为太皇太妃，李康妃、李庄妃、刘贵妃一例尊为太妃。册立张氏为皇后。又封方从哲为上柱国，晋太师太傅兼武英殿大学士，加伯爵；左光斗为吏部尚书，加少师衔；杨涟为礼部尚书，随同首辅入阁办事。以朱靖为成国公，赵世卿、赵嘉善均授为供奉大臣，赐紫金玉带，得封章

第八十八回　红颜刃仇秀华成眷属　阉竖缔爱魏珰偕鸳俦

白事。又以史继阶为吏部侍郎，沈潅为右都御史，贾继春为左都御史，王永江为大理寺卿。大赦天下，免各郡厘税。

当光宗登极时，大革弊政，罢采运等工程，人民都赞他英明，怎奈在位不久。万历神宗皇帝在位苛刑暴敛，百姓又嫌他太久（神宗在位凡四十八年，不临朝政者二十五年，内外蒙蔽，人民怨之。光宗帝英明神武，在位不满四月，人民颇为悼惜）。好的皇帝，寿便不永，这也是明朝的气数将尽的缘故。

那时熹宗登位，正大封功臣、颁发遗诏的当儿，忽然内监来禀道："太皇太妃自缢了。"众大臣都吃了一惊，熹宗尤其是不悦。因他第一天登基就闹出这样的事来，不是太不吉利么？原来郑贵妃想做皇后不到手，太后又成画饼，所以气得自缢了。当下熹宗帝下谕，令将郑贵妃照平常妃子例安葬了，并颁旨葬神宗帝后于定陵，光宗帝后于庆陵。梓宫起行时直出中门，绕东安门，过西直门，再出德胜门达于陵寝。那时熹宗帝亲自扶了梓宫，遍体缟素，步行相送。朝中王公以下文武辅臣，一例青衣素冠，执绋随驾。灵车所经的地方，人民都香花灯烛迎祭光宗皇帝，对于神宗帝却连神位也不供设。君民的情感由此可见一斑了。

熹宗帝葬了两朝帝后，把光宗帝的庄妃（东李妃）、康妃（西李妃）一并令迁入哕鸾宫。这哕鸾宫是最冷僻的地方，庄妃和康妃两人孤帏寂处，悲感欲绝，后来便酿出极大的秽史来，后话暂且不提。

再说自熹宗登位，那客氏是熹宗的乳母，当然要欣膺荣封了。熹宗便亲书铁券给客氏，进禄为奉圣夫人。魏朝和客氏有密切关系，由客氏将魏朝引荐熹宗。熹宗帝因魏朝对答如流，善侍色笑，命他掌了司礼监。魏朝又带引魏忠贤觐见，熹宗帝不问好歹，命魏忠贤留在宫中侍候。

这魏忠贤是明朝宦官中的巨憨元恶，做书的应该把他的来历

明宫十六朝演义

叙述一下。忠贤本姓刘，名进忠，是肃宁县人，性很聪黠，就是目不识丁。以是专政的时候，奏牍须请人读给他听，再讲解一番，才能酌夺。读奏牍的人把紧要事都抹去，弄成以奸蒙奸，因此断送了大明天下。忠贤又好嗜酒、精骑射，也很有胆力。弱冠时和人赌博，亏负太多了，索债的户槛皆穿。一天众债主把忠贤困住，要他偿还负金。忠贤急了，持刀解衣把肾囊割去，掷众人的面前道："你们要咱的命拿去！"吓得那些债主一个个抱头逃走。从此以后，大家不敢和忠贤要钱。忠贤割去肾囊，便去投在沈潅的门下做一名亲随，沈潅又把他改名忠贤，荐与魏朝。这时魏朝掌权，忠贤也做了熹宗的近侍太监。那魏朝仗着宠信，和客氏双双飞宿，毫不避人的耳目。日子久了，熹宗渐渐知道，索性下一道上谕，钦赐客氏和魏朝成婚。这样的一来，廷臣都骇诧万分，又不敢上疏阻谏，只大家嗟叹一回罢了。到得客氏魏朝结婚的一天，阖宫宫侍内监纷纷地向客氏道喜，羞得个客氏红霞上颊，只是掩着口微笑。不一会儿，司礼高唱吉时到了，由宫女扶了客氏，内监拥着魏朝，在光华殿上双双交拜。正在兴高采烈，忽然后宫失起火来。

要知后宫怎样失火，再听下回分解。

第八十九回 君臣不识丁邻邦腾笑
妃嫔尽受娠今古奇闻

巍巍的高楼都被无情的烈火燃着了，却照得内外宫殿到处通红。火光熊熊中夹杂着必必剥剥的爆烈声不绝，喊声和啼哭声闹成了一片。只见黄瓦朱檐、金碧交辉、画栋雕梁的殿庭一座座地坍倒下去，一霎时化做灰烬了。这时宫中的内侍宫人大家豕突狼奔地乱窜，中殿、内殿的侍卫忙着提桶搬梯，奋力地扑救。一会儿，外殿侍卫也赶进来了，还有五城兵马司、殿前指挥等，督着御林军帮着来救火。到底人多手脚快，一座火城似的宫殿渐渐被水灌熄了。熹宗帝却立在琴台观看，一迭连三地叫内监去救人。那些内监自己也慌了手脚，还会救什么的人。幸得一班侍卫猛勇，在火中抢救宫人，多半从火窟中拖出来。火势熄灭后，总管太监王安颤兢兢地前来禀道："宫殿各处都无恙，只一座哕鸾宫烧毁了，两位皇太妃不知下落。"王安说罢，不住地叩头，似恐怕熹宗要见罪，俯伏在地上不敢起来。谁知熹宗帝反笑嘻嘻地说道："康太妃和庄太妃都没有影踪么？倒是烧死了的干净。"王安听了，真觉出人意外，反弄得瞪着眼说不出话来了。魏忠贤在旁说道："这时还乱哄哄地，或者有不曾查到的地方，王总管宜再去查勘它一下才好。"熹宗帝点点头，王安乘势起身，出殿查询去了。

明宫十六朝演义

　　原来哕鸾宫的火起,是李康妃放的火。康妃的纵火,起因在刘昭妃(秀华)的失踪。当神宗皇帝被刺时,碧茵姑娘趁乱负了昭妃飞奔出宫。在这乱纷纷的当儿,竟没人留心到那个昭妃。晋妃虽是知道的,昭妃是她妹子,别人不追究,她怎肯说出来。其中还有一个人晓得昭妃失了踪的,就是那李康妃。其时康妃做着东宫选侍,对于宫中的事倒极其留神。神宗帝临终,东宫太子(光宗)率同妃子选侍都来侍候,李康妃也在其内。她举眼一瞧,神宗帝诸妃中独不见了昭妃。及至光宗嗣位,康妃将这话向光宗提起,当即追查昭妃,晋妃刘秀媛怕累到自己,就畏罪自尽了。后来昭妃的近身宫侍讲出来,在昭妃失踪的前一天,有个女贼(指碧茵姑娘)从屋檐上跳下来,和昭妃、晋妃密谈了半晌。第二天神宗帝遇刺,那女贼乘乱负了昭妃走了。李康妃听在耳朵里,暗赞那女贼的手段敏捷。

　　光宗帝驾崩,李康妃失势,被熹宗帝贬她居了哕鸾宫。这康妃是快乐惯的,叫她怎能过得寂寞的日子?不多几时,和外殿的侍卫官邹元龙发生了暧昧情事。因康妃:迁宫时,元龙在旁督领内监,与康妃不免眉来眼去,两下就勾起情来。是夜邹元龙恃着他飞跃的本领偷进哕鸾宫中,和康妃私聚。康妃是个水性杨花的少妇,正苦着孤裯独抱,一见了邹元龙,好似枯鱼得水,恩情自倍逾常人。但每天终是这样偷偷摸摸地似嫌太不爽快,由康妃生出一个计较来,叫邹元龙在哕鸾宫内纵起一起烈火,两人乘此机会,一溜烟逃出宫去了。只苦了那个李庄妃,同她的七龄幼女一齐烧死火中了。

　　那时的魏朝和客氏既成了正式夫妻,两人自由出入宫禁,在宫中终是伴着熹宗帝游乐。那个魏忠贤在旁边渐得熹宗帝的信任,几乎夺宠魏朝。忠贤又密求牛医,替自己补好了生殖器,和常人一般地能够伸缩。这补肾的法儿,是用驴肾削去前后,取它

第八十九回　君臣不识丁邻邦腾笑　妃嫔尽受娠今古奇闻

的中心，由魏忠贤窃了宫中的鸾胶把驴肾胶结起来。这鸾胶为外邦所进，以胶接物并无裂痕，与天生成一样的。忠贤接好了生殖器，也知痛痒。据医生说，还能养育子女，就是忌酒罢了。由是忠贤得间便勾引客氏，客氏见忠贤年纪比魏朝轻，面貌又比魏朝漂亮，就恐他无须眉气，和初遇魏朝时同一心理。忠贤知道客氏必疑自己是个阉寺，所以不大亲热。一天清晨，客氏在后苑灌花，被忠贤从背后蹑足上去，一把搂了柳腰便走。客氏正待叫喊，回头见是忠贤，也就忍住不喊了。忠贤将客氏抱到牡丹亭上，客氏带喘带笑道："俺当是谁？却是一个赚背贼。"忠贤也笑道："咱哪里是赚背，这叫做赚面。"说着勾住客氏的粉颈，甜甜蜜蜜地亲了个嘴儿。客氏吃吃笑着，一手掠那鬓丝，低低地说道："雌鸡儿也想化雄么？"忠贤涎着脸，歪着头颈，斜睇了眼睛，拍拍胸脯道："你当咱不如魏朝吗？"说时按倒客氏，初试他的利器。客氏在忠贤的背上轻轻打了一下道："你们这班阉竖，原来都是冒充的。"忠贤笑了笑道："谁不是冒充？魏朝那厮还娶妻子咧。"客氏瞟了忠贤一眼，于是两人又笑谑了一会，各自散去。从此忠贤和客氏打得同火般地热，转把魏朝抛撇在一边。熹宗帝也亲近忠贤，渐疏魏朝。熹宗帝每天临朝，忠贤便立在龙案旁代熹宗帝裁答。

这位熹宗帝自幼儿便不喜欢读书。神宗帝立太子，光宗帝已二十二岁，第二年就诞熹宗。熹宗帝到了十岁，神宗帝只昏昏瞀瞀地躲在后宫寻欢作乐，哪里想得到皇太孙的读书问题。光宗帝自己还在武英殿就讲筵，也没有功夫去顾儿子。幸得郭妃想到，入奏神宗帝，令皇太孙在武英殿太子讲筵上附读。神宗帝准奏了，下谕拜夏寿祺太史为皇太孙的师傅。这夏老先生是有了年纪的人，精神又衰颓，他又不想升擢，终身做个老翰林罢了，故对于皇太孙的讲授不过是敷衍了事。熹宗帝只要有得游戏，读书算

明宫十六朝演义

是挂个名儿而已。光宗帝登位，熹宗就武英殿的讲筵，也是三日不到两日的，什么太傅、侍读、侍讲，实在等于虚设。

光宗帝嗣位后三个多月便逝世了，熹宗帝时已有十六岁了，西瓜般的字识不满一担，平日听政下谕草诏，一古脑儿由宰相方从哲去拟稿，草稿拟成了再读给熹宗帝听，又须讲解一番，熹宗帝才得明白。应该酌改和意思不对的地方，仍须从哲再起草稿，再读再讲。一纸草诏、半张上谕，往往三番五次地窜改涂抹，弄得颠倒不通。又有翰林们所进的文稿，熹宗帝本一窍不通的，却要近臣读与他听了，硬拿自己的杜撰文言及似通非通的语句参加进去。一篇很好的文章经熹宗帝瞎指摘一回，就此变了一种不可思议的文辞，叫至圣再世也读它不懂的了。那班翰苑学士虽有锦心绣口、龙筋凤髓的文才，放在这熹宗帝手里，好似张天师被鬼迷，有法无用处，很好的文章被熹宗帝弄得七牵八扯。翰苑词臣又不敢擅移皇帝的御书，只好任他不通。颁发出去，朝野人士皆看得笑不可仰，往往闹出笑话来。

有一次上，江西抚军剿平寇乱，上章报捷，疏中有"追奔逐北"一句。熹宗帝是一字不识横划的。左右近臣如柳楚材、江焕升、何费等人也多半是"打牛皮鼓——不通又不通"的人物（打鼓声谓噗通，谐不通也）。何费看了疏上的"追奔逐北"，便提起笔来改为"逐奔追比"。又讲给熹宗帝听，谓逐奔，追逐逃走也；追比，追求其赃物也。又说江西抚军不通，错用辞句。熹宗帝听了大怒道："身为大臣，并这点点也弄不清楚，莫非他欺朕不识字吗？"当时命将抚军挂误贬俸。大学士顾恺在旁忍不住好笑，再三地替熹宗帝解释。熹宗帝还是不相信，把奏章一掷道："听你们去怎样办罢。"

那时廷臣如方从哲、赵世卿辈以李可灼进红丸案被嫌去职，杨涟、左光斗入阁，每代熹宗拟诏，大家很怕他麻烦，大臣人人

第八十九回　君臣不识丁邻邦腾笑　妃嫔尽受娠今古奇闻

头痛。自魏忠贤得宠,所有奏事因忠贤也目不识丁,嘱廷臣等一概面陈,忠贤得口头批答,大臣算脱了读疏讲解这罪孽。熹宗帝本来怕的是文绉绉,如今一例口述,乐得省事了许多。至外郡的章奏由忠贤令阁臣挪留,待散朝后忠贤自赴阁中,把外郡奏牍袖归私第,命进士李实、李天升两人慢慢地讲读过了,忠贤记着,再入宫面奏。若较小的事儿,忠贤随手叫李实批答,竟然不必上闻。忠贤所好的是记忆力,外省奏疏多至数十百起,但经讲解一过,便牢牢记在心上,一会儿进宫去面陈,一样也不漏落的。君臣大家不识字,这样一天天地混过去,魏忠贤的权力一天大似一天,朝廷大政都由他一个人包揽。

那时有扶余、琉球、暹逻三国入贡。扶余进的紫金芙蓉冠、翡翠金丝裙等,琉球贡的是温玉椅、海马、多罗木醒酒松等,暹逻献的是火浣绒、吉里赛布、兜罗呢锦、五色水晶围屏、三眼鎏金鸟枪等。每月派使臣两名,奉有表章,所书的都是汉文。这是天朝的规例,凡小国进贡上邦,疏上须用上邦的文字,否则就是不敬(唐李青莲尝醉革吓蛮书,其时以蛮文相往来,为蛮邦不敬天朝之意,故唐以蛮文作答,晓以利害,蛮乃惊服)。当使臣跪在丹墀,上呈表章,例由内侍接取,递上御案,皇帝看了便加慰几句,令大臣陪同使臣,往仁和殿或光明殿赐宴。宴毕,使臣谢宴,皇帝在谨身殿召见,又勉励一番,赏赐使臣珠玉并贵重品一二事。使臣谢恩退下,仍由大臣陪至馆驿安息。翌日,使臣再入朝觐见皇帝辞行,皇帝又赐他国王绵缎宝玉等物,使臣叩头辞出。大臣相送,抵朝门止步,或送出乾清门,再由四品以下的朝士陪了使臣,直送至德胜门外。使臣扬鞭自去,朝士回来复旨。那却是向来的旧规,还是太宗皇帝所定的。

这时内侍接了使臣的表章,递上御案去,放在魏忠贤的面前。忠贤怎样识得,他一时急中生智,忙把表章转呈给熹宗帝。

熹宗帝在使臣们跟前不好露出丑态来，就假意看了半响，忽然大怒起来，将表章一掷道："外邦小国好没道理。"说罢拂袖退朝。那六位使臣弄得丈二和尚摸不着头脑。其实熹宗帝也不知表章里说些什么，魏忠贤便去拾起表章，命给事中刘永看了。刘永把三国进贡的意思大略说了一遍，忠贤即令刘永和员外郎傅宽邀那使臣入了馆驿。一面经魏忠贤面陈熹宗，重行下谕召见。熹宗帝向使臣慰谕了几句，着左光斗陪了使臣赴明华殿赐宴，使臣辞出。饮宴既罢，使臣要入宫谢宴。左光斗说道："皇上有旨，朔日谨身殿觐见，今天请至馆驿休息吧！"使者谢了，自往馆驿。

那六位使臣中，琉球的两个使臣算最刁滑。他们见熹宗帝看了表章，向地上掷去，不知是什么意思，就悄悄地去向驿中的小监打探，方才晓得熹宗是不识一丁的，把进贡的表章当做了什么交涉奏疏看待，所以发起怒来。及至魏忠贤进宫禀明，熹宗帝懊悔道："他们既是好意前来，为甚你们不早说。"魏忠贤不好回答，于是代熹宗帝传谕出去，在谨身殿召见。那琉球使臣听了小监的说话，不由得忍不住的好笑，便将熹宗不识字的缘故对暹逻、扶余两国的使臣讲了，大家听得大笑不止。次日熹宗帝召见使臣，六位使臣的举动已没有昨日的谦恭，而且脸上似乎露出骄傲的气概。熹宗帝却全不觉得，照例赏赉奖谕。使臣们草草谢了恩，匆匆辞朝下来。左光斗心下明白，知道使臣们已探得熹宗帝不识字，眼光中不免看轻熹宗帝。光斗送使臣出乾清门，一路听见他们操着土语，互相嘲笑。左光斗是稍谙琉球言语的，辨出使臣许多的轻薄话，心里十分难受，面上也觉没有光彩。巴不得到了乾清门，仍由给事中刘永、员外郎傅宽两人接着，自来陪送使臣，左光斗即回官来复命。

从此以后，外邦传言开来，谓明朝天子是目不识丁，连表章都瞧不来的。这样你说我谈，不多几时，各岛国也晓得了，说得

第八十九回　君臣不识丁邻邦腾笑　妃嫔尽受娠今古奇闻

个熹宗皇帝竟然半文也不值。自那年起，外邦各国大都停止了贡献。熹宗帝是含含糊糊地，管自己的事也来不及，休说海外的岛国了。外邦纷纷离心，明朝的势力日渐孤立，衰颓的现象至此益发显明了。

那宫廷中的淫乱也日甚一日。起先的时候阉宦里面不过一个魏朝，仗着熹宗固宠，和宫妃侍嫔们任意淫乐，甚至夜卧龙床，白昼宣淫。熹宗帝还是睡在鼓里，一概置之不问。现在又添了一个魏忠贤，忠贤更引进党羽倪文焕、阮大铖等，也冒充太监入侍宫庭。于是大家瞒着熹宗帝，奸淫宫侍、调谑嫔妃。那些终年得不到召幸的冷落选侍遇着了这样的机会，真是久旱逢着霖雨，乐得沾润。嫔妃宫女们只知图欢寻乐，想不到珠胎暗结，肚腹一天天膨胀起来。内侍外臣纷纷窃议，朝野丑声四播。熹宗帝仍旧是聋子一般。魏忠贤见事儿闹大了，怕熹宗帝得知，便命大肚的嫔妃宫人只推说有病，躲在宫里寸步不出，等到小孩下地，由小监接着，都去抛在御河里。

魏朝眼睁睁看着忠贤横行胡为，心下非常地气不过，又不敢在熹宗帝面前多说话。其时忠贤和客氏勾搭魏朝已有点风闻，就是不曾亲眼瞧见过。客氏对于魏朝也慢慢地冷淡下去，魏朝愈觉心疑。一天的晚上合当有事，魏忠贤和客氏方在秋色轩欢会，恰好魏朝奉谕往春华宫去经过那里，听得里面有笑语声，似很稔熟的。魏朝心下一动，再仔细立着一听，那笑声明明是客氏。魏朝诧异道："她到这里来做什么？"想着便轻声轻脚地蹑进去。

这秋色轩是从前光宗皇帝暑天午酣的所在，也设着牙床几案，收拾得十分精致。光宗帝宾天，那座静雅的秋色轩变做了冷僻地方了。忠贤和客氏令小监把轩中打扫洁净，做他们幽会的佳境。因秋色轩不经人迹，谁也想不到忠贤、客氏会在里面取乐寻欢的。今天无巧不巧，被魏朝辨出了声音，竟大胆冲将进去，正

明宫十六朝演义

见客氏同魏忠贤一丝不挂地搂在榻上。魏朝这一气，几乎气得发昏章第十一，怒冲冲地大踏步赶到床前，将魏忠贤的发髻一把揪住，横拖倒拽地拉下榻来。忠贤这时吓昏了，两手护着头发，口里和杀猪似乱叫。客氏见是魏朝，起先还有些胆寒，旋觉忠贤为着自己受这样的苦痛，心中老大地不忍，便咬一咬银牙，也顾不得什么羞耻，竟赤身走下榻来，狠命地将魏朝的右臂扳住。魏朝向客氏唾了一口骂道："无耻的淫妇！还敢来帮奸夫打咱吗？"客氏也不回话，只拖了魏朝的右手，在无名指上尽力咬了一下，痛得魏朝直跳直嚷，手里一松，被忠贤撒开他的左手，把魏朝的衣领扣住，挥拳便打。魏朝本没甚气力，因拉住了忠贤的发髻，所以占了上风，一经给忠贤挣脱，身体就活泼了，更兼忠贤把子很好，魏朝怎敌得他过？被忠贤迭迭摔了两交，气得魏朝咆哮如雷，大叫："反了！反了！忠贤逆贼，咱家带你进宫，你此时得志便忘恩负义了么？"忠贤手里和魏朝扭打，一面也大声回骂。

两下里这样的大闹，声达后宫。这时宫中的内侍、太监、宫侍、嫔妃都闻声来瞧看热闹。忠贤愈打愈觉起劲，打得魏朝在地上乱滚。客氏忘了自己不曾穿衣服，还指手划脚地把魏朝的坏处一齐搬出来讲给宫侍嫔妃们听。众人见客氏粉汗盈盈、青丝散乱，一身玉雪也似的皮肤，加上两只红润柔嫩的一对香乳，说一句话那粉乳便颤动一下，引得众人个个掩口匿笑。客氏方知有异，再向自己的身上一看，对魏忠贤一瞧，原来两人都没有衣裳遮蔽，直是纤毫毕露。羞得客氏把双手护了下体，赶忙缩身不迭，三脚两步地回到榻上穿好上下衣服，倒反不好意思再到众人的面前来了。但魏朝和忠贤兀是打个不休，只得硬着头皮走出来相劝。

要知两魏打得怎样，且听下回分解。

第九十回　十万貔貅血染沙漠　六宫粉黛玉殒红罗

却说魏忠贤自恃勇力，把魏朝揪着乱打。魏朝吃不起疼痛，不由得狂叫起来。又有瞧热闹的嫔妃嘻嘻哈哈的喧笑声，把沉寂的宫廷霎时闹得沸盈翻腾，声达内宫。这时熹宗帝已拥了冯贵人就寝，被魏朝的喊声和忠贤的喝打声惊醒过来，忙问宫外什么事噪闹。宫侍们不敢隐瞒，把两魏相殴禀陈。熹宗帝命传魏朝和忠贤进宫。那时客氏已穿好衣服，正要出来相劝，宫女奉谕来召两魏。魏朝听了拖着忠贤便走，忠贤也扭了魏朝。两人随了宫女进宫，忠贤却忘了自己一丝不挂。客氏很着急，忙回身取了衣服，想替忠贤披上。待等到出秋色轩时，忠贤早已走得远了。客氏没法，只得捧了衣裳追去。

两魏扭扭结结地走进瑞春宫（冯贵人所居），大家才放了手。那魏朝的一领外衣被忠贤扯得粉碎，指头又吃客氏咬伤，便噗地跪在熹宗帝面前，连哭带诉地说忠贤和客氏欺他。忠贤因看见魏朝的衣服果然百衲粉碎，忙向自己身上一看，不但碎衣服没有，竟连布丝都不系一根。忠贤这一惊，吓出了一身冷汗，想这样赤体跪在皇帝面前，算什么样儿？心里不禁着急。恰好客氏捧着衣服进来，魏忠贤急急地取了件外衣披了，仍去跪在榻前。待魏朝哭诉完了，忠贤自有一篇辩论。两人你一言，我一句的重又争吵起来,魏朝说忠贤霸占他的妻子,忠贤说魏朝的对食(阉寺娶妇叫做对食)也不是正式的。谓客氏本侯二的妻子,应该大家可以结欢,不限定一人独占。魏朝怒道:"咱的对食是皇上钦锡,怎说不正式?"忠贤也怒道:"你既正当,客氏为甚又爱上了俺家?"魏朝被忠贤塞住了口,气往上冲,眼瞪筋暴地又要厮打,忠贤也摩拳擦掌地不肯让步。两个太监在皇帝面前吃醋争闹,熹宗帝一点也不动气,反而呵呵大笑。有这样无礼的内监,自有这种呆鸟的皇帝,君臣间的礼节威仪至此扫地以尽了。

熹宗帝笑了一阵,看两魏争执着呶呶不休,一时不好袒护是谁,倒弄得这位熹宗皇帝难做人了。冯贵人在旁低低说了几句,熹宗帝连连点头,便向忠贤和魏朝说道:"你们两人口头相争,都是空洞,朕也不左护右袒,只叫老姥姥自己来讲吧(皇帝的乳母,称为老姥姥)。"客氏这时低着头,默默地立在一边,听得熹宗帝提着了她,就姗姗地走过来跪在忠贤的身旁。熹宗帝笑着道:"姥姥听见么?朕命你在他们两人当中择定一个,自今天起,不得再有争执。"客氏见说,嫣然一笑,故意跪上一步道:"皇上的恩典,肯赐民妇再嫁成婚,就感激不尽。"熹宗帝大笑道:"这样说来,你是要换新鲜人儿咧。"说着令魏朝退去,并准客氏和忠贤成婚。忠贤喜出望外,叩了个头,挽着客氏亲亲热热地并肩出宫去了。只苦了那个魏朝,被忠贤白打一顿,又失却客氏,真是陪了夫人又折兵了。

谁知第二天上,忽然谕旨下来,把魏朝迁戍凤阳。这样一来,直气得魏朝一佛出世、二佛涅槃,又不敢忤旨,只得垂着眼泪出宫往就戍所。那解差到了半途上,蓦地将魏朝绑了,狞笑着说道:"魏总管叮嘱的,不必送你到戍地。俺们也是奉的上命,你死了莫要见怪。"魏朝听了,方知迁戍的上谕是魏忠贤矫旨做的鬼戏,但自己势力不敌,只有向解差苦求饶命。那解差当做没

第九十回　十万貔貅血染沙漠　六宫粉黛玉殒红罗

有听见似的，把魏朝拖到石梁上，"噗通"地一声，推落水中去了。一个万般作恶的阉竖，以毒攻毒，丧在大江，葬身鱼鳖腹中，这不是天的报应么？

这里魏忠贤和客氏奉旨结婚不提。做书的乘这个空儿，把杨镐进兵抚顺的事来叙述它一下。再说杨镐兵出山海关，命辽东总兵李如柏出兵鸦鹘关，山海关总兵杜松从抚顺进浑河，开原总兵马林统叶赫兵出三岔口，辽阳总兵刘绖领朝鲜兵出宽甸口。这四路兵马约定在满洲境二道关会齐，进攻赫特阿勒城。杨镐自己统着大军东进，偏偏逢着天时不好，雨雪连天，塞外人马难行，沙漠中结了滑冰，马脚践踏在上面，往往连人带马翻倒。由是兵进迟缓，把预定的会师期限被满洲人探知，也派人马四路阻拦。明师弄得首尾不能相顾，七零八落地不得齐集。有的在半道上败走，有的中满兵的埋伏。等到大兵到二道关，四路人马接不着力。满兵倒倾国而来，一战大败明军，几乎全军覆没。

原来那四路人马，山海关总兵杜松急于立功，领着兵马直抵抚顺关，越过五岭关先到浑河，和满洲的大贝勒岳勒托交战了一场，斩了岳勒托。大兵渡过浑河，满洲八贝勒皇太极势孤，抵敌不住，大败而走。杜松性急躁进，连夜驱兵飞追。将至苏子河地方，正遇满洲二贝勒代善统着建州铁骑并步兵两万、鸟枪队三千迎将上来，让过了八贝勒皇太极，满洲兵一声呐喊，把杜松的人马团团围住。杜松便大喊一声，挥起大刀左冲右突。满洲兵越围越厚，杜松虽勇，到底寡不敌众，又被满兵的鸟枪队乒乒乓乓地一顿乱射，明军纷纷落马。杜松身中五枪，血流遍体，兀是奋力死战。忽然风嗖地一枝冷箭飞来，正中杜松的咽喉，翻身堕马。明军见失了主将，各自弃戈抛甲而逃。代善喝令大队并力向前，这一阵大杀，明兵大半死在刀剑下面，逃出重围的要想渡河，竹筏已被满兵焚去，后面又有满兵追来，王师赴水逃遁，都在河中淹死了。有几个逃得回来的,不过三四百名,而且多半身受重伤。这一路兵马算已了结。

还有开原总兵马林,统了叶赫兵出三岔口,正遇代善大兵绕道过来。马林猝未防备,兵不甲、马不鞍,见了满兵,各自往后倒退。马林喝止不住,连斩了两员队官。兵士冲动了大队,一时哪里立脚得牢,索性一哄地走了。游击麻岩奋勇上前,大呼陷阵。代善下令放箭,矢如飞蝗,麻岩被乱箭射得和刺猬一般,死于阵中。马林拼死抵敌,蓦然马失了前蹄。代善部下大将扈尔赫一马驰将过来,手起刀落,把马林砍做了两段。

第三路兵马刘𬘩,统了朝鲜人马,自宽甸口进马家寨。满兵一见刘𬘩的旗号就嚷着:"刘大刀来了!"一路上所向无敌,被刘𬘩连破十二寨,进兵三百余里。满洲皇帝努尔哈赤闻得各寨的败讯,不由得拍案大怒,命额驸巴古特、三贝勒阿拜、四贝勒汤古台、六贝勒搭拜、贝勒巴布泰、巴鲁(官名)恒古穆特等等,各领满洲铁骑三千,分六路出兵,务必擒住刘𬘩。众人领命,纷纷统兵而去。其时二贝勒代善、八贝勒皇太极率领从骑来会。由代善着兵士取出掠来的明军衣甲暗暗地乔装好了,假充明师杜松的人马,赚进刘𬘩的营中,大杀起来。刘𬘩下令,兵士不许乱动,第一营被代善杀得落花流水,三营四营的人马因刘𬘩镇住,代善几次冲突不入。贝勒巴布泰在刘𬘩的后寨放起火来,霎时间各营一齐着火,兵士大乱。刘𬘩提刀上马出营来看时,劈头遇见恒吉穆特,刘𬘩舞动九环金刀,大喝一声,穆特措手不及,被刘𬘩一刀斩于马下。明兵呐喊一声,一齐冲出营来。代善叫兵士只远远地围住,把长枪手立在前排,短刀在后。枪刺马上人,刀砍马脚。刘𬘩败马冲出,都被乱箭挡住。自辰至申刻,刘𬘩屡次突围,终被刀枪所阻,并强弩射回。看看天近黄昏,刘𬘩回顾,只剩得三四百骑,自己也人困马乏。

第九十回　十万貔貅血染沙漠　六宫粉黛玉殒红罗

满洲兵愈逼愈近，箭如飞蝗般射来。刘綎身中数箭，兀是奋力死斗。怎奈满兵围得和铁桶似的，重重叠叠，休想杀得出去。刘綎知道万万不能脱身，仰天叹道："俺领军半生，不谓今日死在这里。"说罢大叫了三声，拔出剑来只向颈上一抹，鲜血直冒，一个倒栽葱倒撞下马来。这时八贝勒皇太极、贝勒巴布泰、三贝勒阿拜、四贝勒汤古台、额驸巴古特纷纷提刀跃马，一齐吆喝一声，把明军杀得如斫瓜切菜，只恨不曾生得翅膀，逃得慢的都被满洲兵杀死。这一场好杀，王师个个魂销胆落。

明朝的四路兵马已结果了三路，还有辽东总兵李如柏一路，由清河出鸦鹘关。闻得马林等兵败消息，吓得李如柏不敢出兵，把兵马停在模特里河口，结营自固。正在进退维谷的当儿，恰好杨镐的大令颁到，着李如柏即日将兵马撤回，终算四路人马这李如柏的一路获全回来。

那时杨镐兵败的音耗传到京师，都下风声鹤唳，人心惶惶，谣言盛兴，谓满洲人已杀进山海关来了。山海关的警报也和雪片般地飞来，廷臣一个个交头结耳，议论纷纭。这位神宗皇帝虽昏昏瞀瞀地躲在宫里，接到了这样紧急奏疏，倒也有些着急起来，忙召集了群臣筹议对付的方法。右辅方从哲保御史熊廷弼为辽东经略使，即日出师。

熊廷弼奉了上谕，点起了十五万大军，誓师祭旗起程。神宗帝因步履不便，派宰相方从哲代为告庙祭祀。又发出内帑若干，犒赏兵士毕，熊廷弼统了大军浩浩荡荡地杀奔山海关，和满洲兵一场的交战，把满洲兵直赶出抚顺去。捷报到京，神宗帝加熊廷弼为辽东都督兼经略使，谕令坐镇其地。那时熊廷弼在边地筑敦煌、造象台、建警钟、置镇市、通商贾、训练兵士、筹赀集饷、修筑城池、开垦荒地，将冷僻的一个省分布置得井井有条，所以边地获安宁者两年。

明宫十六朝演义

谁知熊廷弼做御史的时候，和御史冯三元、大学士顾慥、尚书姚宗文等不睦。当时前经略辽东杨镐已被熊廷弼逮解进京，有旨谕斩。辽东总兵李如柏见事机急迫，连夜出关投满洲去了。杨镐正罪，杨镐的叔父杨渊怪廷弼不肯保奏杨镐，反把他械系进京，心里很忿恨。于是结连了顾慥、冯三元、姚宗文等，上疏参劾廷弼，谓廷弼是一个庸材，在边地假名增税，勒索小民，声言筑城御敌，实是误国欺君。神宗帝大怒，诏下熊廷弼于狱。左辅杨涟上疏挽救，才下旨革熊廷弼职，以袁应泰为辽东经略。满人闻得熊廷弼去职，又来边地扰乱，掳掠边民，百姓怨声载道。袁应泰恐怕开了边衅，任满人在边地怎样的闹去，他一味地装聋作哑，把满洲人的胆量放大了，渐渐踏进了疆界来了。

神宗帝崩逝，噩耗传到了塞外，满人乘明朝国丧，大掠辽东金鸡镇而去。神宗宾天，光宗帝接位不到四个月又崩，熹宗帝嗣位，是为天启元年。满洲的皇帝努尔哈赤闻得明朝迭换皇帝，知道新君继统，人心未宁，便令大将扈尔赫、统领马尼刺率满兵侵略辽东。袁应泰出兵拒敌，被满兵杀得大败。努尔哈赤接得扈尔赫的捷报，又令二贝勒代善领铁骑三千夜袭辽乐。那袁应泰是个书生出身，晓得什么的军事，致被代善乘虚而入。明兵未曾防备，见了满洲人马如龙似虎，吓得不敢迎敌，只顾四散逃命。袁应泰从梦中惊觉，慌忙披衣起身，叫左右提灯前导，还文绉绉地搭他经略的架子。不期马尼刺领着健卒正从右面扑来，袁应泰见眼前火把照耀通明，人马都穿的短褂、缚着腿、扎了头，雄赳赳地尽是满洲兵了，慌得应泰拨马便走。左面又是满将齐齐克杀来，应泰回马投南而走，正遇着二贝勒代善。袁应泰一时着了慌，只领了三十余骑，策马望北而逃。拼命地狂奔了一程，看看将到北门，远远瞧见城门大开，袁应泰把马加上两鞭冲出城去。耳畔听得喊声大震，火把一字儿排开，当头冲出一员大将，正是

第九十回　十万貔貅血染沙漠　六宫粉黛玉殒红罗

扈尔赫。袁应泰大惊，要待回马，已是不及。扈尔赫追上，一刀斫于马下。余骑呐喊一声，各自逃散了。

扈尔赫挥兵进城中，来会合代善、马尼剌等军马。这时经略署前人马四面云集，喊杀声连天，御史兼辽东巡抚张铨、守道何廷魁、监军崔儒秀皆纷纷应敌。怎奈满洲的兵马已到处都是，马尼剌等又分四面杀来。巡抚张铨见大势已去，在马上自刭。监军崔儒秀死在乱军之中。守道何廷魁又是个文官，眼见得被满洲兵冲落马下，吃马脚践踏得和肉泥一般。明兵这时无了主帅，各自逃走。

代善进了经略署，一面出榜安民，一面着大将扈尔赫领了得胜军顺流进取沈阳。扈尔赫令投降的明兵扮做袁经略部下的败兵，赚开城门，满洲兵一拥而进，就此大杀起来。沈阳总兵贺世贤、参将陈世功、副将陈策、游击童仲揆，并石砫（县名，属于四川，为川中土司）土管秦邦屏（秦邦屏为四川土官，从征沈阳，死于军中。后女将秦良玉帅师勤王，即秦邦屏妹也）、副总兵尤春发等仓卒集兵御敌。满洲兵锐气正盛，明军纷纷倒退。贺世贤奋力苦战一昼夜，力尽自杀。陈世功和陈策为敌兵砍死。又有游击童仲揆、四川土官秦邦屏还想冲出重围去求救，满兵放箭射来，童仲揆中箭而逃，复行十余里，堕马气绝。秦邦屏身被十二枪，首中雕翎五枝，下马持刀僵立在城门口，尸体屹然矗立不倒。满兵只当他是不曾死的，大家遥遥围定呐喊，不敢近前。

时二贝勒代善的大兵也到了，部兵忙去报知扈尔赫，由扈尔赫亲自来看，也觉有些疑惑，又禀知二贝勒代善。代善带了亲兵三十名，蜂拥来到城边，见秦邦屏瞋目横眉，挺刀要和人厮杀的样儿，但身体只是不动。代善诧异道："这是什么缘故？"叫左右取过雕弓，嗖的一箭射在秦邦屏的脸上，邦屏仍立着不动。代善大疑，回头向扈尔赫说道："不要是死的吧！"于是令兵士上前，方知邦屏已经气绝身冰，死得多时了。代善听了，不由得毛骨悚然道："这是忠烈之气不泯，所以尸身不倒。从前金兀求破潞安州，那州尹陆登自刎，尸首也屹立不动。经兀求祝祷一番，才得把尸体舁去。咱们要夺明朝天下，应该尊敬忠烈之臣，待咱们也来祭祷一会罢。"说毕，令军中设起香案，代善恭恭敬敬地拜了四拜，扈尔赫以下都来叩头。代善吩咐用上等棺、木，照将军礼葬了秦邦屏，大家便列队进了沈阳。代善亲自书表，上闻满洲兴京。

那时满人既定辽东，陷了沈阳，文武守臣多半殉难。败耗飞达北京，熹宗帝是不识字的，哪里会知道外面的事。魏忠贤又好偷安，把外来的羽毛章奏一概挪没，不肯上言。尚书杨涟见辽东紧迫，与大学士顾慥、左光斗等封章密白成国公朱纯元，由纯元入宫面奏熹宗。熹宗帝大惊，急召廷臣商议，又把魏忠贤痛骂一顿。忠贤因此忿恨左、杨诸人，后来终被魏忠贤所谗。其时辽东已失，廷臣还议赴救，杨涟又举熊廷弼，仍以廷弼为辽东经略使，巡抚张铨殉难，以参议王化贞继任巡抚。熊廷弼奉命，再赴辽东。

熹宗帝在宫中又闹出很大的惨剧来。初时，光宗皇帝的庄妃、康妃一死一逃后，还有一个赵选侍居在永寿宫内，官里内监、宫女都尊她为赵太妃。这赵太妃性情极其严厉，嫔妃们见了她，个个畏惧她的。客氏和魏忠贤结缡后，两人形影不离，当着宫侍内监调笑浪谑，毫不避忌的，独有见了赵太妃，虽在嘻笑的当儿，立时就垂手敛容，不敢十分放肆。一天，客氏从后宫出来，忠贤乘她不备，忽地拥住了接吻，客氏惊慌娇嗔，宫人们也都拍手哄笑。恰好赵太妃走过，听得笑谑声，一眼瞧见忠贤，太妃顿时沉下脸，把忠贤骂出了英明殿；又将客氏责骂了几句，羞得客氏满面通红，低头一语不发。太妃犹愤愤不息，喝散宫女

第九十回　十万貔貅血染沙漠　六宫粉黛玉殒红罗

们，便含怒去见熹宗，痛斥魏忠贤无礼，并谓客氏是妖孽，应当驱逐出宫，不准逗留禁阙。熹宗帝听了，不过唯唯而已。过了一会，忠贤、客氏入见，熹宗帝把两人埋怨了几句。客氏和忠贤心里恨着赵太妃，不多几天，矫旨把赵太妃赐死。裕妃张氏与熹宗帝张皇后同时册立的，和客氏不睦，赐红绫缢死。还有熹宗帝最爱的冯贵人，劝熹宗逐忠贤、客氏，又被忠贤矫旨赐绫。熹宗帝查究，推说冯贵人自缢的。又有李成妃也很得熹宗帝宠幸，客氏心上妒忌她，忠贤又伪传上命赐死。又张皇后性静婉明察，魏忠贤心畏皇后，密令客氏俟张皇后的间隙。值张皇后怀娠临盆，客氏从榻后系住张皇后的头颈，皇后母子同时气绝。宫人们虽目睹，不敢声张，客氏伪说皇后是诞子难产死的。从此熹宗终不得子，竟至绝嗣。客氏又设计谋毙了胡贵人，假说是暴疾死的。一时六宫粉黛都被客、魏杀尽。

要知后事怎样，且听下回分解。

第九十一回　云拥香车客氏淫宫阙　泪洒斑竹魏阉乱朝纲

　　天交五更，寒露侵衣，一阵阵的钟声，从这浓雾弥漫中，冲破了沉寂的空气，传遍了皇城的内外。这时的乾清门前，霎时间热闹起来，那班象简乌纱、幞带金冠、锦袍乌靴的朝臣，一个个循着御道，在这昏濛的天气中走着。旧例皇城里面，廷臣们五鼓上朝，都在昏黑中摸索，不准燃灯的。只首辅冢宰，可以掌一盏小小的纱灯。独有那位奉圣夫人客氏，却是与众不同。她每天晚上和魏忠贤寻欢作乐，直闹到二更多天，才命八个太监，燃起四对的大红纱灯，由宫中直出乾清门。早有她的仆从婢女们接着，似群星捧月一般，一路蜂拥着回她的私第。到了五更，听得景阳钟响，仍由那八名太监，掌了大红纱灯引导。后面列着旌旗黄盖，红仗仪刀，云炉金钺，白麾金爪，望去和御驾一样。仪仗之后，便是明晃晃地一列排的荷兰晶灯（时荷兰已通贡明朝，献晶灯百盏。熹宗赐客氏二十盏，备夜来进出宫闱之需），把那条铺着黄缎的御道，照耀得如同白昼。最后便是灯晶彩羽、流苏玉坠的一辆高毂绣帘的凤辇，辇上端坐着那个奉圣夫人客氏。真是仪从煊赫、仆侍如云了！

　　那些朝中的大小臣工、王公巨卿，大半是客氏的党羽。他们每天入朝，在朝房里望见远远的灯光灿烂，如皓月流星，就知道

第九十一回　云拥香车客氏淫宫阙　泪洒斑竹魏阉乱朝纲

　　奉圣夫人客氏来了，于是大家在御道上等候。距离客氏的车辆，约有十来步远近，众人早已齐齐地跪列下来。也有叫太夫人的，有称圣母娘娘的，有唤圣太太的，有三呼千岁夫人的，又有叫姐姐圣夫人的，也有叫干娘的，有唤义母的。口里这样呼着，身体都和狗般地俯伏着，比较迎接圣驾还要齐整。客氏坐在辇上，见御道上黑压压地跪了一地，一片的呼唤，震人的耳鼓，客氏不觉嫣然一笑，在这众声杂沓中，辇儿便直向奉天殿上去了。

　　众官员见客氏的车辆过去，也一齐起身，一哄地回到朝房。须等奉圣夫人进去了好一会，才见奉事太监等出来列班，侍从内侍清殿。清殿是由四名太监、四名侍卫，掌着灯向殿庭各处照看，以防刺客。清殿即毕，钟声再鸣，鼓声继起。鼓声初罢，王公们先进殿列班，次及六部九卿，再次是侯伯武臣、御史大夫、主事郎中等。文东武西，一品大臣在殿内，二品以下三品以上的，都列在檐前丹陛上，三品以下五品以上，一概排列阶下，五品至八品，挨次列在滴水檐前以外。

　　群臣排班已罢，就听得内殿唵唵的呵道声，四对红纱灯，一闪一闪地从内庭御道上出来，这就是皇帝来了。这时殿前的掌事监，把似篾竹扎成的鞭儿，在殿前拍了三下，那就叫做静鞭。"静鞭三下响，文武两边排"，即此鞭是也，亦旧说部中天子上朝之套语也。熹宗帝乘着銮辇到了殿前，下辇上殿，由内监扶持上了宝座。文武百官按着班级朝见，三呼已毕，六部九卿循例赐座。武官参将以上，六部九卿，皆得赐茶。三孤三公，例不上朝，必待天子有旨相召，并咨询军国重事等，方共同入朝。还有大元帅而晋公孤衔的，和三公三孤相似，往常朝议是不到的。

　　熹宗帝上了宝座，御案旁设着一个凤座，就是奉圣夫人客氏坐的。其时客氏待百官朝参过了，才姗姗地出来，坐在那凤座上，和熹宗帝一同听政。无论是内政外事，有碍到魏忠贤的地方，客氏便随时驳斥。御案右边，又设着绣墩，是魏忠贤所坐的地方。熹宗帝自己是不识字的，虽坐在上面听政，也和木头人差不多。平常政事，不交阁臣的，都是魏忠贤口头批答。这样地一来，朝政大权竟掌于阉宦了。

熹宗帝退朝，客氏也随着銮辇回宫。大家一路上嘻嘻哈哈，全没一点君臣的仪节。有时客氏和忠贤，就在熹宗面前干他们的媟亵行为，熹宗帝只是嘻嘻地发笑。看到高兴的时候，君臣们索性互戏一会。宫中的内侍太监平日也看惯的了，也不算什么。客氏等到戏谑完了，重行掠鬓梳髻，涂脂抹粉，十几个宫人在旁侍候着，搽胭脂的、抹油的、添香的、侍中进花的，大家忙碌得不得了。客氏妆饰既毕，随了熹宗帝，或是看花，或是饮宴。直闹了将近三更，又去和魏忠贤密聚一番，方叫宫监们掌灯，回她的私第去。

她到了私第中，又须再整云鬓、重插花朵，卸去了绣服，更上晚妆。自有沈㴶、倪文焕、崔呈秀、许显纯、田尔耕等一班人去侍候她。崔、沈等几个人算是客氏的外夫，进一步讲是她的男妾；还有贾继春、胡仲持、李明、赵福铿、阮大铖等。别有一所私宅，叫做安乐窝。客氏回至私第时，如其不卸妆的，宫女们便晓得她要到安乐窝去，暗暗地吩咐司事内监，预备了车辆等待。统计起来，客氏的丈夫，魏忠贤、沈㴶、阮大铖、倪文焕、贾继春等之外，宫中有卢太监辈，宫外又有罗文彦等，一时也算不清她究有几人。所以都中人士，称客氏为武则天第二。

那时客氏在宫内专权，嫔妃们没一个不受她的使唤。熹宗帝也宠信客氏过甚，宫中大小事务，一古脑儿由客氏掌管。其时宫中的淫乱，真是历朝以来所未有的。就是朝廷的大政，半是客氏主持，一半听魏忠贤作主。宰辅叶向高虽在阁中列着首席，犹如是熹宗帝的做皇帝，一般是个傀儡。在这个当儿，塞外的满洲人

第九十一回　云拥香车客氏淫宫阙　泪洒斑竹魏阉乱朝纲

又来寇边，边抚王化贞从参议擢到此职，他是书生出身，却喜欢纸上谈兵，又依附着魏忠贤，便上书自述，谓只要精兵六万，可以一鼓逐走满人、克复辽东。因那时辽东已失，明朝所恃不过辽西。

当熊廷弼奉旨再为辽东经略使，到得山海关，辽东陷落。经略袁应泰、巡按御史张铨、守道何送魁等，兵败殉难。熊廷弼见大势已去，就屯驻兵马在山海关，慢慢地再图进行。偏偏那个不识事务的王化贞大言炎炎，谓能打退满洲人、恢复失地。魏忠贤接到他的奏牍，也不交廷臣处议，竟矫旨令王化贞出兵。王化贞奉谕，就和那满洲人开战，两下一接触，只杀得王化贞大败，总兵刘渠被满洲将军扈尔赫立斩阵前。王化贞吓得浑身发抖，不但临阵不去指挥，竟连压阵也不敢了，便抛了令旗，回马先逃。兵士无了主将，各自弃戈狂奔。满洲人似潮涌般杀过来。明兵只顾逃命，哪里还敢对敌。这一阵被满洲兵杀得落花流水，六万人马，死的死了，投降的投降。王化贞败走九十余里，回顾敌军不来追赶了，才收集残败人马。总计伤卒残兵，已不满两万。王化贞叹口气道："俺悔不该夸了大口！如今兵败将亡，怎样去见得关中的同僚？"话犹未了，喊声又起，满洲兵分四路杀来。王化贞慌忙上马，满洲兵早已团团围住，化贞急向西落荒而走。当头闪出一员大将，喊声如雷，正是满洲额驸巴布泰，舞动三角钢叉，拦住去路。化贞见不是势头，便一跃下马，卸去身上的绣袍，只穿着一领短衣，混入小兵中走脱。王化贞和丧家狗似的，只领得三十余骑逃进关中。六万王师，逃回来的不满三千人，好算得全军覆没了。

熊廷弼闻得化贞败归，顿足骂道："庸愚的匹夫！妄出大言，贻误国家，罪非浅鲜！"说罢，人报王化贞求见。熊廷弼命带化贞进帐，化贞见了廷弼，放声大哭。廷弼冷笑道："当初你不是说六万人可逐满兵，何至有今日的败绩？"王化贞嗫地跪在地上，只求廷弼救他。熊廷弼慨然道："现在辽东、辽西并失，也没有别的法子好商量。就目下计较，我这里只有六千人马，你赶紧带兵出关，驱逐人民进关，焚去房舍，以免资敌就是了。"王化贞领了人马出关，一面上疏报告败讯，却把这次的兵败都推在熊廷弼身上，说他按兵坐视不救，以至寡不敌众，被满洲兵所困，遂有此败。熹宗帝不辨是非，悉听魏忠贤的处断。不日上谕下来，逮王化贞和熊廷弼进京，经三法司提勘。刑部侍郎许显纯，是魏忠贤的门生，于讯鞫时候竭力袒护着王化贞，把熊廷弼判了斩罪，传道九边，号令军中；王化贞定了遣戍，却并不到戍所，不过在刑部门前悬了一张牌示罢了。

消息传到了外郡，各镇武官个个胆寒。由是逢到战事，大家你推我让，谁也不敢尽心干事。这又是明朝亡国的一个大原因。都御史魏大中、吏部侍郎顾大章、大学士左光斗、尚书杨涟、都给谏周朝瑞、大理寺卿袁化中等，无不替熊廷弼呼冤，纷纷上章弹劾魏忠贤，辞连客氏。顾大章疏中，有"速将王化贞正法，严惩魏忠贤，以谢天下"一语。魏忠贤得疏，唤崔呈秀朗诵了一遍，又细细地解说给他听了，魏忠贤大怒。幸得熹宗是不识字的，还不至谴责。当下矫旨，把杨涟、左光斗、魏大中、袁化中、顾大章、周朝瑞等六人，逮系入狱。又令御史乔南坡、都金事田尔耕、侍郎许显纯，上章纠劾杨涟、左光斗等六人曾私袒边将、卖放杨镐诸事，谓"杨镐虽已见诛，当时杨涟、左光斗实得重贿"云。

这弹章上去，魏忠贤也不遣人过目，即匆匆往阁中，着倪文焕拟旨，将杨涟等令许显纯勘讯。显纯便提左光斗、杨涟先行严鞫，滥施酷刑。杨涟和左光斗只连呼苍天，别无半句供词。许显纯设法，又提顾大章、周朝瑞、袁化中等三人，也用严刑拷打，

第九十一回　云拥香车客氏淫宫阙　泪洒斑竹魏阉乱朝纲

终不肯屈招。最后许显纯传魏大中上堂，笑着对大中说道："你若能拿杨涟与左光斗攀倒，俺便设法脱你的罪名。"魏大中说："你若能释去我的桎梏，我就照你的意思招供。"

显纯叫左右去了大中刑具，大中霍地跳将起来，朗声说道："杨左两公乃是忠义之臣，不似你们这班逆贼。我岂肯诬攀，受后世的唾骂？"说罢向北拜了几拜，一头望殿柱上撞去，脑浆迸裂地死了。许显纯毫不在意，只命署役把魏大中的尸首移去，以大中病死上闻。袁化中和周朝瑞听说魏大中死了，两人一个自缢，一个在石级上触死。顾大章在隔狱大叫："周、袁两公慢行，俺也来了！"说毕，提起狱中的铁铐来，向着自己的头上一击，已是呜呼哀哉了。顾大中、周朝瑞、袁化中、魏大中等四人死后，魏忠贤还余怒不息，密嘱狱卒，将毒药置在食物里面。左光斗吃了，七窍流血而死。狱卒又把杨涟用绳捆起来，取铁沙袋压着他的胸口，以石头夹住他的头颅。弄得杨涟求生不能，求死不得。这样的三天，因此杨涟口鼻出血，叫嚎两昼夜，气息始得奄奄，翌日毙命。六人当中，要算杨涟死得最苦。后人就称他做"六君子"。

这场大狱之后，叶向高见朝事日非，自己也有些不安于位，便上疏乞休，有旨不许。谁知六君子的冤案才了，又是一件大狱兴了起来。

那时御史李应升，于六君子的冤死很是愤愤不平，就拼死上章，说魏忠贤有七十二大罪。忠贤见疏，不禁咆哮如雷道："死不尽的囚徒，还要来讨死吃？"这话被崔呈秀得知，他要迎合魏忠贤，当夜修疏劾李应升谤议朝廷。应升是东林党的健将，崔呈秀疏中，把东林党人也牵扯在内，如苏抚周起元、御史周宗建、黄遵素、员外郎周顺昌，并致仕的高攀龙、赵南星等七人，都列名罪魁。魏忠贤矫旨，逮高攀龙等进京。

消息到了苏中，高攀龙第一个知道，便吩咐他儿子世儒道："京师缇骑将至，你到了那时，把我的手书与他。他们见了，就会自去的。"世儒口里答应，心下却很疑惑。等到次日起来，世儒四处寻他父亲不见，赶到后园，才见他父亲已投到荷池中死了。过不上几天，缇骑果然来提高攀龙。世儒将遗书上呈，钦使拆开来瞧时，却是攀龙绝命的谢恩折。缇骑因高攀龙已死，只得空手而去。其他如赵南星、周起元、周宗建、黄遵素等，都不愿受阉竖的酷刑，纷纷在半途上自尽。

缇骑又到吴中，来逮前员外郎周顺昌。顺昌在吴，颇负人望。此时罢官家居，乡中父老极其敬重他。人见缇骑要系顺昌，市民大噪起来，谓："周公顺昌犯了什么国法，把他械系进京？"缇骑瞪目道："你们这班鼠辈，晓得什么！魏总管的命令下来，谁敢违忤？"百姓越发大叫道："我们只当是皇帝的旨意，不料是魏阉捏造的！"众人说着，一个个摩拳擦掌，要打缇骑。这时众人的里面，有五人最是激烈，一个名杨念如，一叫颜佩韦，还有沈杨、周文元、马杰等。这五人首先倡言道："今天来提周公顺昌的，是魏阉的奸党，我们快打他一个爽快，算替忠良出口气！"声犹未绝，千人哄应。于是将那班缇骑你一拳、我一脚地，立时打死了两人。余下的两个，一人躲在厕中，被众人拖出来打得血流被面，不一会也气绝了；还有一个缇骑，要紧逃走，跳墙失足跌伤，众人把他掷在枯井中。完全逃得性命的，只有两名，身上已受了重伤，带跌带爬的，去诉知苏抚毛一鹭。一鹭也是魏忠贤的党羽，听得缇骑被伤，正要派兵前去。那些百姓已经赶来，人多手杂，抚署的大门被众人推倒，轰然的一声，吓得毛一鹭往坑厕中乱钻。众人闹了半天，寻不到毛一鹭，大家才慢慢地散去。

那时乡中的父老，晓得打死缇骑，这件事就闹大了。于是由吴中的士人，聚集三四百人，各人手捧着一柱香，齐齐地跪在苏

第九十一回　云拥香车客氏淫宫阙　泪洒斑竹魏阉乱朝纲

抚毛一鹭署前，要求上疏代周顺昌辩白，并请把殴打缇骑的那件事，证明缇骑蛮横，犯的众怒。毛一鹭闻得署外人声嘈杂，又疑是百姓的聚众，慌得他只是发抖。经幕宾徐芝泉将一鹭从暖阁中直拖出来，道："外面的士人们在那里求你，你为什么这般害怕？"一鹭没法，硬着头皮走将出去，向众人说道："列位且暂行散了，周老员外的事，总由咱一辈子承当就是。"众人见毛一鹭答应了，方各自散去。哪里晓得毛一鹭面上虽这样说，暗中却密逮周顺昌入署，用重枷械系了，连夜亲自押解进京，连他官儿也不要了。等到关中的百姓知道，追赶早已不及。

毛一鹭入都，将周顺昌交给刑部，由许显纯通知忠贤，忠贤即委显纯承审，把周顺昌、李应升两人，严刑拷打。顺昌的五指并臂肉并脱，顺昌闭目咬牙，一语不发。李应升呼着"大行皇帝陛下"，半句也没供词。许显纯等得不耐烦了，叫左右拿周顺昌、李应升打入牢中，私下命狱卒，以生漆黄炭和入食物里面。顺昌与应升吃了变做哑巴，任许显纯捏成供状。顺昌诬他纠集乱民、抗拒天使，应升加了一个谤议圣上的罪名，两人即定了'罪。魏忠贤矫旨，把周顺昌、李应升两人依法腰斩。又逮颜佩韦、杨念如等五人，一并斩首。今吴中有五人墓，即葬颜佩韦等五人者。这道旨意下来，京师的人民没一个不替周顺昌和李应升呼冤。吴中的百姓，尤愤愤不平。当周李两公就刑的那天，天日为昏，百姓的哭声震野。悲惨的情景，真是目不忍睹！

魏忠贤杀了周顺昌、李应升两人，及杨涟、左光斗、魏大中、袁化中、顾大章、周朝瑞等六人，一般地惨遭冤死。以是后人称周顺昌、李应升、高攀龙、赵南星、黄遵素、周起元等，为冤狱中的"七君子"，与前案左光斗等"六君子"，可算得前后辉映。明廷经这两巨案后，保身的贤臣多半去职，恋栈的官吏也相戒箝口。只有魏忠贤的党羽，大家狼狈为奸，通同作恶，将外间的事，无论是紧要的奏疏、告急的疏牍，被魏忠贤一古脑儿隐蔽起来。

那时川中奢崇明父子作乱，贵州水西土目安邦彦响应，被巡抚王三善、总督朱燮元讨平。山东徐鸿儒率同白莲教匪，举旗起事。鸿儒在万历年间，与党徒开堂受徒，集众三四万人，济南全境响应。天启二年，鸿儒拥众十余万，自号"天魔军师"。百姓们受邪术的蛊惑，一倡百和，声势日渐浩大。又有深州人王森，能放迷香。闻着香味的人，就模模糊糊地随着王森入党。不到三个月，居然也称王道霸，占城夺池起来。

抚军赵彦统兵平徐鸿儒，都金事徐谦辈，皆定乱的功臣，因不肯在魏忠贤处纳贿，朱燮元、赵彦、徐谦等三人不但无赏，反而贬职。王三善为国捐躯，以尝得罪魏忠贤，也得不着丝毫的荫封。而且外部桩桩乱事，魏忠贤和崔呈秀等大家遮掩得和铁桶相似，熹宗帝躲在宫中，一点儿也不曾知道。因此各处的盗贼蜂起，文臣既不肯出力，武将又多方规避，跳梁小丑竟横行一时。魏忠贤无术调遣将佐，索性眼开眼闭，把外郡的事概置不问。横竖熹宗是个目不识丁的皇帝，虽有紧急奏疏放在他眼前，也只当没有这回事一样。非经魏忠贤命人朗诵讲解，谁也不敢多嘴。忠贤以熹宗可欺，自然乐得偷安。

这样地一来，明朝祸乱相寻，便永无宁静的一天，直到了亡国，盗贼还是遍布天下，那都是魏阉一人所养成的。魏忠贤既是这样的刁顽误国，稍有心肝的人，谁不切齿痛骂？岂知偏有那些没廉耻的疆吏，还舐痔吮痈，百般地献媚，弄出了种种怪事来。

不知是怎样怪事，且听下回分解。

第九十二回 遗臭逆宦奸象遍天下 争雄丑类饥氓据山林

讲到那些疆吏,都竞争着献媚魏忠贤,什么金珠宝玉,一时进献的人太多,转觉没有什么希罕了。其时适值魏忠贤四旬大庆,外郡官吏恭献寿钱,多至十几万的,最少也要几千。大家竭力想讨好,挣出了一身大汗,不料魏忠贤连正眼都不觑一觑。白花花的银子堆积如山,他似没有瞧见一般。在这当儿,有个翰林庶吉士江宽的,他知道忠贤对于那种金珠宝玉,已有点看得厌了,所以不大放在心上。于是他就独排众议,便去呕尽心血,寻章摘句的搜索枯肠,撰成了一篇叫做《万年赋》。赋中的文词典丽还在其次,单说词句间的歌功颂德,把魏忠贤的功绩,直说得他上匹三皇、中拟五帝,又口口声声称他为魏公。谓三代以下,没有第二个人比得上他了。这篇《万年赋》献将上去,忠贤自己虽不识字,经倪焕文等一班人看了,一句句地解释给他听,把个魏忠贤喜得眉开眼笑,咧着嘴儿再也合不拢来。

天下的事,本来相反的。大凡越是俗不可耐的人,他越是好风雅。魏忠贤目不识丁,心上却喜欢缔交斯文。从前他的假孙魏勋死了,强着御史徐景渊书碑铭。景渊不肯下笔,因此恼了忠贤,矫旨将景渊迁戍极边。又另花了五百两,请名士吴如侨书成碑纪,去竖在他假孙的墓前。这时魏忠贤正苦无人替他揄扬功德，见了江宽的《万年赋》，自然乐得手舞足蹈。立命把这篇文辞，制成了一册《万年录》，征求天下文人的颂词。一班在野的文士挖心呕血，著成各种诗词歌赋，说得个魏忠贤前无古人、后无来者。一时士林讥这些文人无耻，引为翰苑的大辱。

自江宽们的文字厄运之后，又有浙江巡抚潘汝桢，见江宽小小的一篇《万年赋》，竟得魏忠贤青眼，一月三迁，由庶吉士擢为礼部尚书；就是著诗词歌赋的文人，也无不获重赏。潘汝桢因垂涎江宽，深恨自己落后，便想出一条计划来，连夜上疏，请在浙江西湖给魏忠贤建生祠，谓"西湖为浙中名胜，魏公功德浩大，应建立生祠于名胜区域，以为万世瞻仰。且留此古迹，俾胜地、生祠，两垂不朽"云。忠贤得疏大喜，当即下谕褒奖。潘汝桢接到谕旨，择吉大兴土木。鸠工庀材，居然建起忠贤的生祠来。到了落成的那天，这座生祠果然建得讲究。但见雕梁画栋，金碧辉煌。自祠外直至大殿，一例是白石砌阶，石上都镌着龙纹凤篆，精致细腻，虽皇宫也不过如是。全祠的壮丽，胜过原有关、岳祠十倍。浙中人士来瞻仰生祠的，不禁万人空巷，谁不啧啧赞叹！以谓奸恶如魏忠贤，竟能在胜地立祠，与关、岳共受万世香烟，那天也无眼睛了！

哪里晓得，自潘汝桢作俑，盖建忠贤生祠大获嘉奖，各省的官吏一个个相将仿效。如湖广巡抚姚崇文给忠贤建隆仁祠，陕西巡抚祝童蒙建祝恩祠，安徽知府瞿吉鹏建崇德祠，通州督漕李道建怀仁祠，昌平知府刘预建彰德祠，密云巡抚刘诏建崇功祠，江西巡抚杨廷宪建隆德祠，庶吉士李若林建永爱祠，山东登莱巡按李嵩建报德祠，大同巡抚王占建嘉德祠，扬州督漕郭尚友建沾恩祠，河南巡抚郭宗光建成德祠，山西巡抚刘宏光建报功祠，济宁巡按李灿然建昭德祠，河东建褒勋祠，北京庶吉士吕保建隆恩祠，御史秦玮建懋勋祠，工部郎中李朴建戴爱祠，大理寺丞马真

第九十二回　遗臭逆宦奸象遍天下　争雄丑类饥氓据山林

元建普惠祠，侍郎廖云中建德馨祠，尚书贾景耀建成德祠，尚书汪文简建嘉善祠，吏部主事曹衷建怀勋祠，靖宁侯王陆程建高惠祠，北京崇文门外，奉敕建盖宏勋祠。

通共建许多的生祠，要算奉旨敕建的宏勋祠最是巍峨高峻了。那祠中殿宇，大小凡二十四间，正中的大殿周围占地三四亩，高约百余尺，真是建筑得碧瓦朱檐、金椽红墙。大殿之上，雕龙佛龛中，端坐魏忠贤的生像。像以檀木镌成，遍身涂金。头戴紫金冠，身袭绣花锦袍，足蹬乌靴，形状威仪。就是木像的相貌，和魏忠贤毫忽无二，像上须眉毕具。太监无须，魏忠贤则否。远望过去，栩栩如生。

当造像的时候，为了像上的胡须有无，一般献媚的走狗也曾起过一番争执。据士大夫说，魏忠贤是宦官，照例不能有须；同党的阉竖，坚持须有胡须的。两下里各执一理，不肯相让，以是打了起来，同去见魏忠贤。忠贤听了，对众人笑道："你们都是替咱出力的，大家自己人，何必要弄得破脸？但依理上讲起来，咱的像上，是应该没须的。不过将来流传到孙子手二里，他们见了祠像，就可知道咱是宦官出身，不是遗笑后人吗？"众人见说，唯唯退去。第二天各祠的木像上，一概都生了须了。那崇文门外祠中的木像，自较别处格外精致，容貌毕肖忠贤，木像的肚腹中。五脏六腑悉用金银打成的，头上一顶珠冠，粒粒和黄豆般大小，脑门上正中一颗大珠，精圆如龙眼，夜里自能放出光彩来，灿烂耀目，价值连城。像的绣袍上，也四面缀着金珠。两旁铸真金罗汉十八尊，每尊重四十八斤，算是忠贤生像的陪衬。及罗汉铸成，京师金店中的赤金，被忠贤的党羽搜刮一空，说来也真是骇人听闻！

魏忠贤在外面这样的横行胡干，坐在上头的熹宗皇帝却一点也不曾觉察。最好笑的是什么钦赐、什么敕建，一古脑儿是魏忠贤在那里捣鬼。熹宗帝只知和嫔妃们笑乐欢宴，对于外事，完全同事不干己似的，都委那魏忠贤去干，熹宗帝连讯问也不问一问。忠贤也偷安隐蔽，把外省的盗警灾荒、民变等事，都瞒着不令熹宗知道，熹宗帝以为天下太平，昼夜淫乐。又经客氏在其间导淫，一个人能有多少精力？弄得肥白壮健的熹宗皇帝，渐渐面黄肌瘦，呛咳不绝，眼看得成了虚痨之症了。

　　光阴逝水，转眼是天启七年，熹宗帝的痨瘵症见春益剧，竟至卧床不起。看看一天沉重一天，熹宗帝自知病入膏肓，便令召信王由检进宫。信王由检为光宗帝刘妃所育，熹宗之弟也。熹宗帝含泪说道："朕病已成沉疴，早晚不起。倘朕逝世，弟就承继大统吧。"信王也垂泪谦逊。熹宗只摇手，命信王退去。到了明天的辰刻，熹宗帝已不能说话，牵了张皇后的右手呜咽不止。懿德张皇后已逝，此张皇后为懿安皇后，即前张贵妃。又过了一会，熹宗帝两眼一合，呜呼哀哉了。熹宗在位七年，寿只二十三岁。

　　这时由张皇后的懿旨，飞谕宣信王。哪知魏忠贤闻得熹宗帝驾崩，忙邀崔呈秀、倪文焕等商议，要想乘乱篡位。又听知信王由检已将继位，就嘱田尔耕暗藏利器，并领甲士十余人，潜进乾清门，预备刺死信王。

　　这个消息被信王的心腹近侍探得，急急地去报知信王。信王吃了一惊，待不进宫，又不好违张皇后的命令。于是身披重铠，带了干饼进宫，以代食品。当信王入乾清门时，由勇士张岱佩剑相护。信王慢慢地踱进宫门，忽然一个黑衣人，骤起飞剑刺来。张岱眼快，慌忙拔剑一隔，叮的声响，匕首落在地上。黑衣人回头欲走，被张岱赶上，揪住衣领，宫监们并力齐上，将黑衣人捉住。信王偕了张岱，仍入大门，一眼瞧见熹宗帝直挺挺地睡在榻上，张皇后在旁痛哭，宫中太监不过两人侍候在侧，其余的宫人

第九十二回　遗臭逆宦奸象遍天下　争雄丑类饥氓据山林

内侍都不知道哪里去了。这时满室里现出凄凉的情景，信王也不由得鼻子里一酸，噗欷欷地流下泪来。张皇后见了信王，也哭得和泪人儿一般。信王便对熹宗拜了几拜，下谕召大臣钱龙锡、李标、来宗道、杨景辰等入宫。

宣读遗诏毕，由钱龙锡等扶信王出宫，登奉天殿受贺，是为思宗，改明年为崇祯元年，即世称崇祯皇帝，又称怀宗，清朝定鼎，追尊为愍帝。尊熹宗张皇后为懿安皇后，册王妃周氏为皇后，一面替熹宗发丧。以龙锡为大学士，李标为吏部尚书，温体仁为华盖殿大学士，钱谦益（牧斋）为吏部侍郎，杨景辰为礼部尚书，来宗道为兵部尚书。又册立田氏为贵妃，袁氏为桓妃。大赦天下，罢熹宗时苛政。

魏忠贤心下胆寒，上疏求去，有旨不许。又擢张岱为殿前护驾将军，系乾清宫门前的黑衣刺客上殿，崇祯帝亲自勘问。那刺客低头不肯吐实，侍卫执鞭痛笞，那刺客大叫道："你们不必用刑，俺行刺不成，只把咱杀了就是。"崇祯令将刺客逮交刑部侍郎许显纯，连讯不得确供，也不说姓名。许显纯没法，只得据情上闻，崇祯谕将刺客磔尸，其余无庸追究。朝中大臣，多疑刺客是魏忠贤所遣。员外郎钱元悫、吏部主事史躬盛及御史杨维垣，上章劾魏忠贤，凡十二大罪，为期君、蔑后、灭伦、弄权、欺祖宗、擅削藩封、污蔑先圣、侵轧时贤、滥赐名爵、夺边将功、剥削民财、卖官鬻爵等等。崇祯帝阅疏大怒，正要下旨查办，忽见魏忠贤匆匆地进来，噗地跪在崇祯帝面前，捧着崇祯帝的双足，放声大哭。崇祯帝因想起了熹宗帝临终时的情形，不禁也潸然下泪。过了一会，崇祯帝收泪，取过杨维垣劾魏忠贤的奏疏来，令内监诵读。谁知熹宗旧日的太监大半是不识字的，把疏牍捧在手中，两眼只是发瞪。崇祯帝见了这种怪状，不觉勃然变色。一手夺过那内监手里的奏章，亲自朗诵一遍。吓得魏忠贤汗流浃背，伏在地上，爬不起来。崇祯帝便喝退魏忠贤，气愤愤地进宫，唤过司礼监王承恩，着令即日清宫。

承恩是信邸的总管，为人忠诚干练，很得信王宠任。信王登极，便授王承恩为司礼监。承恩奉谕清宫，将各宫嫔妃宫侍、内侍太监等，逐一验视一过。见未宫内监十六名，有娠宫女二十一人。承恩入陈崇祯帝，即究诘那些内监，都是客氏和魏忠贤家的仆人，宫女也是忠贤私第中的姬妾，一经有孕，便送进宫中，想学古时吕不韦的故事。崇祯帝听了，顿时怒不可遏，立命逮系忠贤入狱。又叫把客氏传来，崇祯怒道："先皇卧病，你们这班淫娃逆奴，在宫中任意胡为，实是罪不容诛！"说毕，喝宫侍们行杖，老宫人等不敢违旨，平日又受客氏的凌虐，巴不得她有这一日，所以用起杖来，也格外加重。可怜客氏这样的雪肤玉体，怎能受得住廷杖？不上几十下，已是鲜血殷红、染遍罗衣。初时还能呻吟，到了百下光景，但听得娇声一呼，香魂一缕，杳杳渺渺地归地府去了。崇祯帝打死了客氏，余怒尚是不息，又命王承恩率领锦衣校尉十六名，速逮客氏和魏忠贤两家的家眷，一并桎梏入狱，着交刑部勘问定罪。其时客、魏两姓的戚属，在朝做官的很多。还有魏忠贤的党羽，如许显纯、崔呈秀、倪文焕、阮大铖、武月明、田尔耕、魏广征、徐美如、赵泗水等，也都革职听勘。客氏的党羽赵舒安、魏元升、黄化臣辈，当然和魏党一样受罪。

可笑魏忠贤的假子叫魏良卿的，已经封为宁国公，世袭伯爵；良卿的两个兄弟良栋和翼鹏，一个加太子太保，一个加少子少师。良栋不过十二岁，翼鹏还只得两龄，居然做他的太师太保了。真是乳臭未干，竟膺荣封，岂不笑话？这时十二岁的太保、两龄的少师，概行逮系入狱。那两岁的少师经乳母带他进狱，一头呀呀地啼哭，还一口一口的吸着乳。魏忠贤在旁看了，忍不住

第九十二回　遗臭逆宦奸象遍天下　争雄丑类饥氓据山林

流下泪来，回头对崔呈秀说道："这样幼稚的小孩，也叫他来受牢狱的痛苦，这真应着伴君如伴虎的那句话了！"崔呈秀长叹一声道："俺从前劝你早举大事，你却不听，现在可怎样？"忠贤见说，低头一语不发，过了半响，也叹口气道："乾清宫前的所谋不成，咱已知有些糟了。"崔呈秀摇头道："到那时你才想到，可惜迟了三月，已来不及了。"魏忠贤与崔呈秀的话，被管事太监王永秀听见，便去报知王承恩。承恩又转奏崇祯帝，崇祯帝越发忿怒，即手谕王承恩，将魏忠贤和客氏两家的家属，不等刑部勘问，一齐由牢中提出，按例凌迟处死。魏忠贤这时虽说获罪，宫中羽党尚多，早有小监秘密前去通知，忠贤自知不免，当夜在狱中自缢而死。等到王承恩来提人犯，魏忠贤已高高地悬在梁上了。于是把客氏的家属戮首磔尸外，尚有许显纯、崔呈秀两人，是忠贤党羽中的罪魁，由刑部定了腰斩。倪文焕、赵泗水等，迁戍的迁戍，褫职的褫职，朝中奸党为之一清。天下无不称快。

但这位崇祯皇帝，虽然英明果断、励精图治，怎奈明朝的大数已尽、元气大伤，泰山倾倒下来，仗这区区一木，哪里支持得住？又兼天灾迭兴，人祸继起。陕西延安府蝗虫为灾，田禾都被食尽，百姓大饥，甚至人人相食。奸民王嘉胤乘势倡乱，举手一呼，从者几千人。那些百姓以为束手饥死，不如为盗。这样的一来，饥民多半从贼，大家弃了家室，奔入山林，盖茅舍作屋，斫木代凳，削竹为兵器，实行他们打家劫舍的勾当。那班官府往日太平无事，于武备一点也不修。军士也十九是老弱残兵，除了张口吃粮外，不能上阵交锋。况武将们在靖平的时候，专一私扣军粮，当兵的一贯钱还没有二三百文到手。年青力壮的人，谁肯再来充迄苦役？无非是些做不动的衰翁，凑凑数目罢了。一到有事，顾自己的命还来不及，休说叫他们去剿那亡命强凶、不畏王法的贼寇了。以是贼盗横行，官兵不曾交手，先已弃戈逃走了。

明宫十六朝演义

凡盗贼所走的地方，见钱夺钱，见米掠米，甚至奸淫妇女，杀戮小孩。富有的人家遇着了贼人，不但钱财俱失，那贼盗抢了金钱衣物，掠了妇女，又放起一把火来，连房舍也要烧去了，才大家呼啸着回山。这些盗贼初时不过打劫过往客商，或村庄市镇，后来渐渐地占城夺池，打破了县城，任意放火抢劫。一县的官吏，自令尹以下，一古脑儿杀却。城中经他们的掳掠，就成十室九空，所过庐舍为墟、奸杀焚掠的惨祸，真是从古以来所未有。

  这许多的盗贼中，要算陕西的一路贼兵最是厉害，贼首就是王嘉胤，是个杀人不眨眼的魔君。他领了几千名贼人，东抢西掠，到处横行无忌。一般安分的良民，见盗贼日众，官兵不敢进剿，大家一样受盗贼的苦痛，倒不如从贼的为乐了。这样的一来，百姓纷纷从贼，王嘉胤的部众由五六千变做了五六万，声势慢慢地浩大起来。过不上两三月，陕西地方几乎成了贼窟。巡抚王有明剿贼吃了一个败仗，只得飞章入告。崇祯皇帝接到奏疏，不觉大惊道："贼势养得这样的猖狂，方行进剿，焉得不败？朕不知这班食禄的守吏，于地方责任，却担负些什么？"说时气愤愤地命钱谦益草诏，颁示各镇剿贼；一面着这巡抚王有明、臬使赵良臣、副总兵颜炳彪、都佥事魏惕安、知府柳元颖等，进京听勘。

  那时各镇奉了谕旨，勉强出兵剿贼。就中有个总兵左良玉，他部下有两千多人，练得个个本领不弱，上阵打仗，一勇直前，都是不怕死的好汉。当下左良玉统了他部下的精壮的人马，往陕西剿贼，劈头就撞着了王嘉胤，被良玉一阵地痛击，打得贼兵落花流水，四散狂奔。良玉正杀得起劲，忽见贼军喊声起处，闪出一员猛将来，大喝一声，犹若巨雷。

  要知猛将是谁，且听下回分解。

第九十三回　兵燹天灾繁华成瓦砾　　寇警妖异村镇尽荒丘

却说左良玉正奋力追杀贼兵，不提防贼阵中杀出一员猛将。青衣碧褛，蓝面紫唇，发若砾砂，头缠黑布，腰系大红褡膊，赤足草鞋，袒胸攘臂；那胸前和膊上都生着黑毛，有寸把的长短；手握钢背金刀，睁开铜铃似的怪眼，大吼一声，好似暴雷一般。那猛将抡起金刀，大踏步望左良玉面上斫来。良玉忙用画戟架住，觉得来势十分沉重。那猛将见一刀斫不着良玉，已急得咆哮如雷，手中的刀接二连三地乱斫。良玉也竭力迎敌。两人一步一马、短刀长枪，各显身手，真是敌手相逢，大战了百合，不分胜败。良玉部下的副将吕瑗、游击曹守仁，一齐跃马而出，要待助战。那猛将大叫道："姓左的！你有本领，咱和你斗个三百合，谁要人帮助的，算不得英雄好汉！"良玉听了，便喝退曹守仁和吕瑗，把画戟紧一紧，抖抖精神，拼死恶战。那猛将毫不畏怯，将金刀舞得闪闪霍霍，金光四射，全没一点儿破绽。左良玉也暗暗喝彩道："贼人中有这样的好武艺，可惜他不肯归正！"良玉一头想着，右手舞戟对抗，左手偷偷地抽出腰间的九节金鞭，乘那猛将一心对敌的当儿，蓦然飞起一鞭，正打中那猛将的右肩。只打得他狂嗷一声，口里哇地吐出一口血来，虚晃一刀，回身便走。良玉纵马追赶上去，那猛将却飞也似的抢入贼阵，眨眨眼已不见了。良玉驱兵追杀，贼众又复大败。

　　这时官兵人人争先，杀得那些乌合的贼兵走投无路，三停中有一停弃戈请降。良玉杀散了余贼，计点降兵，不下三千余人。良玉便亲自挑选一过，强壮的编入曹游击部下，老弱的一例遣散。还有战时擒获的，也有五六十名，都是著名的巨盗，就是收编了他们，日久仍是要叛去的。良玉即下令把擒得的五六十个猾盗，尽行枭首示众。王嘉胤吃了一个败仗，方知道官兵的厉害。因群寇抢城夺池，到处横行，官兵见贼就逃，从来不曾逢到过劲敌，所以那些贼众把官兵看得和木偶土像一样，一些儿不放在心上。今天碰着了左良玉的人马，一个个刀枪并举，争斗有方，只许官兵冲杀贼人，不准贼人越过雷池半步。官兵们近的刀剑斫，远的长枪戳，能守能御，贼兵是乌合，哪里敌得住左良玉经过久练的强兵？这样一阵厮杀，寇兵已魂丧胆落，远远望见了左良玉的旗帜，大家就索索地发抖，呐喊一声，撒下了器械，各自逃命。

　　王嘉胤被左良玉杀败，领了残卒，向西狂窜。正遇着明军督司曹文诏，统了所部虎羽军，也来剿贼。文诏文武全才，在边地屡立战功。王嘉胤不知厉害，见曹文诏当头拦住，背后又有左良玉追来，便舞起大刀，奋勇前来冲阵，和文诏交锋。只得三合，文诏一声大喝，刺死了王嘉胤。贼兵大乱，左良玉恰好引兵杀来，前后夹攻，贼众死伤八九。唯有王嘉胤手下的那员猛将，却举着大刀，被他杀开一条血路，同了三十余骑，逃往山东去了。

　　陕西贼势渐平，山东又复乱起。地方久旱，禾皆枯死，更遭蝗虫的嚼食，百姓籽粒无收，饥寒交迫，群起为盗。奸民高迎祥，拥众三千人，四去劫掠。贼首李闯，尊高迎祥为闯王，自为闯将，到处焚掠惨杀，人民大受其害。时王嘉胤已诛，部下无所归依，都被嘉胤手下的猛将，把败残人马收集起来，也有一二千

第九十三回　兵燹天灾繁华成瓦砾　寇警妖异村镇尽荒丘

人，连夜来附闯王高迎祥。那个猛将到底是谁？就是将来的八大王张献忠。当时献忠受了左良玉的鞭伤，时时要想报仇，自投在高迎祥部下。迎祥爱他勇猛，每次上阵，都叫他去冲锋，东冲西撞，无人敌他（张献忠历史，记于下回）。

还有闯将李闯，字自成，陕西米脂县人。幼年不喜读书，好射箭骑马，勇力过人。又善饮酒，五斗不醉，醉必持刀杀人。市镇上的人见自成酒醉，都很畏惧他。一天自成在酒楼豪饮，和县役毛四结识。两下谈得很投机，就结义做了兄弟。毛四以自成闲着没事，把他荐在县中，充当一名差役。自成在县署里做事，乘势欺诈乡民，到处勒索陋规，手头就逐渐宽裕起来了。恰好县中新到了个名妓，与自成同姓，芳帜标的"一盏灯"，容貌儿很是妩媚，举止也极其妖冶。自成见了一盏灯李氏，不禁魂飞魄荡，当夜强着要李氏留髡。鸨儿惧怕自成凶横，只得勉强答应。谁知县役毛四也看上了一盏灯李氏，每天到李氏的妆阁中去混闹。那自成经留宿后，岂能轻轻地放弃？便假意喝醉了酒，和一盏灯歪缠。县中的富家子弟，听得李自成常往一盏灯家里来缠扰，吓得他们裹足不前。好好的一个妓女，弄得门前冰静水冷，鬼也不敢上门。

鸨儿恶李自成蛮暴，悄悄地贿通了县中书吏，借着事故，将自成重责了五十鞭，并令人劝自成，勿再至一盏灯处。自成大怒，悻悻地去找一盏灯李氏讲话。走进门去，瞧见毛四坐在那里。毛四见自成来了，起身招呼。自成忽然变下脸儿，向毛四大声道："今天县尹打了俺五十鞭，不是你撺掇出来的么？"毛四诧异道："我和你是知交，怎肯累你受刑！你莫冤枉了好人。"自成想了想道："这话也有理。俺明天且慢慢地打听了再说。"于是命设上筵席，叫一盏灯出来侑酒，自和毛四开怀畅饮。席散，毛四辞去，自成又宿在一盏灯家中。到了次日起身，竟扬长出门去了,也不摸半个钱来。那鸨儿把自成恨得牙痒痒地,一时却没奈何他。

过了一天,自成将鸨儿贿嘱书吏、责打五十鞭的事,被他打听着了。就邀了毛四,同到一盏灯家里,仍照往日的置酒对饮。自成狂喝了几杯,酒醉心头事,霍地拔出明晃晃的一把尖刀来,大喝道:"这是什么地方,俺老子也花钱来玩的!你们为什么贿通了书吏,使县尹来打俺五十鞭?俺今天便不和你们甘休!"说罢,又取出两封银子,向桌上一丢道:"你们不要当俺是白玩的,银子有了,那可恶的鸨儿,可要吃俺两刀子,才肯饶她!"自成一头说,一头握了尖刀,大踏步要去找那鸨儿,把个一盏灯慌做一团。毛四在旁,知道自成的脾气,他说得出是做得到的,万一酒后失手弄出人命来,可不是作耍的。于是毛四忙把自成拖住道:"你且忍耐了,咱叫鸨儿来赔礼就是。"那一盏灯也颤巍巍地跪在地上哀求着。自成这才坐下了,由毛四唤鸨儿出来,对自成叩头服罪。自成趁势把两眼一睁,大声骂道:"你可知罪么?"那鸨儿连声应着。自成将桌上的银子,望地上一掷道:"那么这银子你且拿去了!"鸨儿再三地不受,毛四才言道:"李大爷赏给你的,你不取敢是嫌太少吗?"鸨儿被毛四这么一说,只得拾起银子,谢了自成,往后面去了。等到散席,已有三更多天气。一盏灯料想自成必要留宿的了,哪里晓得这天自成竟不住宿,和毛四说说笑笑地回衙中去了。

第二天的清晨,自成忽同毛四雇一乘青衣小轿,到一盏灯李氏家中,拖了李氏便走。鸨儿见不是势头,哭哭啼啼地拦住了门口,不放自成出去。自成大怒道:"你昨天晚上已收了俺的身价银子,却不许俺领人么?"鸨儿吃了惊道:"昨日统共两封,只五十两银子,李大爷说赏给我的,怎说是身价银子了?"自成笑道:"俺不是官家子弟,岂有平白地赏你五十两起来?你自己在那里

第九十三回　兵燹天灾繁华成瓦砾　寇警妖异村镇尽荒丘

做梦!"当下不由分说,将鸨儿拉在一边,迫着李氏上了轿,飞也似的去了。鸨儿哪里舍得?待要出门去追,毛四上前劝住道:"这姓李的是野蛮种,你和他去计较,是占不着便宜的。还是自认了晦气吧!"鸨儿大哭道:"我半生仗着这义女为生的,现在给他强劫了去,叫我怎样度日?"毛四说道:"那也是没法的事,你若再和他多说几句,连那五十两也要没有着落了。"鸨儿听说,怔了半晌,叹口气回到里面,收拾起什物,垂头丧气地回扬州去了。

自成强娶了李氏,就在县署旁租了一间房屋,给李氏居住。县役毛四在娶李氏时,曾帮忙过自成,自成也很感激他。两人的过从,越发比前莫逆了。但毛四对于李氏,本来不能忘情。李氏又是个水性扬花的妇人,常常同毛四眉来眼去,引得个毛四心神不定,不时借着探望自成,暗中和李氏勾情。不到半个月功夫,毛四与李氏早打得火热。只要自成不在家,毛四就悄悄地来和李氏相会。日子久了,自成已有些察觉,便半聋半痴地装做不知道一般。毛四嫌偷偷摸摸地不畅快,密令书吏,将自成差往外省公干。毛四和李氏两个,好似夫妻样的,天天双宿双飞。及至自成公毕回来,客闲了没几天,又有什么公事,要往山西去走一遭。自成虽不愿意,只是不好违忤。从此自成在外的时候多,家里终是毛四替他主持的。

有一次上,自成奉差往兰州。出得城来,想起了一把护身的腰刀忘在家中。其时盗贼蜂起,途劫很多,有些本领的人,行路都带着器械自卫的。自成匆匆地回来,见大门不曾上闩,推得进去,里面静悄悄的。自成心疑,就蹑手蹑脚地到了内室,房门深深地闭着,房中却有笑语声。自成在门隙内一张,正见李氏和毛四拥在一块儿,谈笑饮酒。毛四一手执了酒杯,送到李氏的面前。李氏微微沾了樱唇,便俯着粉脸,把香口中的酒去送在毛四的嘴里。两人亲密的状态，真要艳羡煞人。李氏更是媚眼斜睨、瓠犀微露，那身躯儿软绵绵的，倚在毛四的肩上。毛四勾着她的玉臂，嗤嗤地嗅个不住。李自成看了这种情形，不由得心头火起，也不及打门，提起脚来只一脚，轰隆地一响，那房门直坍下来，吓得李氏由毛四的肩上倒仆在椅中。毛四也不曾提防的，惊得连酒杯也摔在地上。这时自成也直抢入来，向壁上掣下那口腰刀，望毛四斫将过来。毛四要避也避不去，急忙掇起一把椅儿，去架自成的刀。谁知自成用力极猛，这一刀剁在椅上，把椅儿劈做了两半。刀口顺着势下去，正好将毛四的左臂削去。毛四痛倒在地，身体乱滚。自成抢上一步，踏住毛四的胸脯，一刀戳在毛四的胸前，尖刀透达背心，鲜血望上直冒，眼见得毛四已不活了。李氏吓得花容惨白，跪着只是求饶。自成一面拉起李氏道："俺已杀了毛四这厮，你且起来给俺侑酒。"李氏见自成并无杀她之意，胆子就比前大了。这时做出一副柔媚的姿态，百般地奉承自成。自成谈笑欢饮，命李氏去了衣裙，又饮了几杯，嘻笑调谑，备极绸缪。李氏以为自成忘了前嫌，渐渐地放肆起来。正在这当儿，蓦见自成取过腰刀，狞笑着说道："你喜欢和毛四寻乐，俺来成就你们的好事吧！"李氏未及回答，自成的刀尖已搠入了李氏的下体，向上一挑，噗剌的一声，把李氏倒削做两半片了。

　　自成杀了毛四和李氏，知道自己犯了罪戾，便打叠起细软，一口气奔出大门，直向甘肃奔走。到了天色黄昏，已离城七十多里了。这样的晓行夜宿，不日到了甘肃。正值甘督王为国在那里招兵，自成投效，为国爱自成勇猛，收做亲随。过不上几个月，又擢督署护卫官。

　　那时正嘉胤举事，陕中饥民大半响应。王嘉胤被曹文诏杀死，部众星散。陕中盐枭高迎祥率盐民抗税，打死官兵二十余民，陕抚陈浩谟饬总兵梁廷栋往剿。迎祥听得消息，招集盐民准

第九十三回　兵燹天灾繁华成瓦砾　寇警妖异村镇尽荒丘

备抵抗。迎祥的侄儿高栖是个陕中的孝廉，为人很有才智，迎祥就命高栖在军中策划机务。这时高栖献计道："官兵远来，如不杀他一个下马威，一朝被他得势，可就难破了！"迎祥点头，即着高栖去布置一切。

总兵梁廷栋统着部下的一千五百名马队，并步队三千，飞驰而来。当经过黄土冈时，游击程枚谏道："冈南树林深密，须防贼人有埋伏。"梁廷栋笑道："跳梁小丑，哪里能有这样的高见？你们只顾往前进行吧。"程枚不敢多说，便挥兵过冈。刚刚走得一半，猛听得一声号炮，贼兵分四路杀出。官兵不曾防备，慌得四处逃窜。梁廷栋闻前队遇伏，喝令后队缓进。兵士已走滑了脚，一时停止不住。待到闻令驻队，忽然喊声大起，斜刺里两队兵马杀出，左有高栖，右有牛金星。廷栋急分兵迎战，后队兵马又大乱起来，却是高迎祥自引大队贼兵杀到。官兵立脚不住，大败而去。

梁廷栋虽是个久经疆场的宿将，到了此时，靠着他一个人镇定，没甚用处，兵士已不听命令，各自抱头乱窜，游击程枚战死在乱军中。梁廷栋见兵伍失律、喝止不住，贼兵又四面冲杀，只得下令退兵。高迎祥见官兵大队移动，大叫军士们速进。高栖立在土冈上，摇旗指挥，霎那间贼兵似潮涌般过来。官兵自相践踏，死者无算。牛金星领着一支人马把梁廷栋围在垓心，部将祖大寿高声道："主帅不要心慌，但随末将杀出去就是。"当下大寿在前、廷栋在后，两人左冲右突，正要杀出重围，忽听得一声呐喊，兵士便厚了许多，一重重地休想杀得出去。廷栋顿足道："吾不听程游击的良言，此番性命不保了！"说毕拔出剑来，想要自刎。祖大寿忙夺住道："主帅是三军司令，今如一死，三军无首，益发不成功了。"说时手指着高冈上的少年道："此人执旗指挥，围困俺等，看俺先诛了他！"于是拈弓搭箭，嗖地一箭射去，不偏不倚,正中冈上的少年,便一个倒栽葱,滚下冈子去了。贼兵没了这扇旗儿指点,不知梁廷栋从哪一方杀出来,弄得头绪毫无。祖大寿乘着这空隙,护了梁廷栋杀开一条血路,往西北角上逃脱了。

高迎祥见廷栋逸去,鸣金收兵。牛金星擒住副将柳沈翰,沈翰不屈,被迎祥所杀。护兵又舁了高栖过帐,迎祥细看他的伤处,是一矢贯在脑门,势已奄奄一息了。迎祥急命请医疗治,医士把箭簇拔去,高栖两眼往上一翻,竟气绝死了。迎祥因这次大胜官兵都是高栖的策划,高栖一死,迎祥好似丧了一只右臂,不觉感伤不止。那梁廷栋败回,当然卸职听勘。亏得巡抚陈浩谟竭力替他保奏,才令祖大寿署了总兵,梁廷栋革职留任,带罪立功。那高迎祥自败了梁廷栋,声势大振,附近的流贼,都来归顺迎祥。

甘肃盗寇矮老虎,率党羽三千人,在峰山一带,据寨作乱。官兵屡战屡败,甘督命李闯自成为统领,引劲卒五千,往剿矮老虎。自成果然猛勇,奈官兵都是未经战阵的,一旦上阵,队伍不齐,手足俱颤,被矮老虎大杀一阵,五千兵马只剩得两千几百名。自成知道兵败,归必见罪,因那时国家多事之秋,军令严重如山,主将败还决难保全首领。由这个缘故,自成和先行官高杰商议道:"如今兵溃丧师,回去不得了,横竖是一死,不如领了所部,前去落草吧。"高杰踌躇道:"咱有家属在甘肃城中,甘督闻咱变叛,家眷定遭杀戮。"自成笑道:"那还来得及,乘此刻败讯未曾到甘,你可悄悄地回去,连夜将家属盗出,俺在这里等候你就是。"高杰见说,真个去接了家眷,回至军中。又向自成问道:"咱们现在去依谁好?"自成道:"俺有个舅父高迎祥,近据陕中,势力浩大。俺们前去,万无一失的。"高杰大喜,便和自成领了二千几百名败兵,往投迎祥。迎祥见自成勇壮,即授为右

第九十三回　兵燹天灾繁华成瓦砾　寇警妖异村镇尽荒丘

将军，以张献忠为左将军。

这两位恶魔聚在一块儿，一般地杀人不眨眼的。每到一处，不论人民、军官，不分玉石，一概杀戮。所以经过的地方，城市顿为丘墟。献忠又喜放火，城池打破后，一边抢劫，一边四处放火，直烧得满城通红。男女老幼，痛哭的声音，远闻数里。献忠恶他们烦噪，下令闭门屠戮，阖城惨杀，见人便斫。杀到尸积如山，血流成渠，城中的河道被人血泞住，水流尽赤，淤塞不通。献忠策马巡视，方才抚掌称快。李自成攻城，终不及献忠的迅速，往往落后。等得自成赶来，献忠已杀得差不多了。有一次上，献忠进攻白水，自成在后监军。献忠领的铁骑，赶起路来和风驰电掣一般。白水县尹陈悚闻知贼兵到来，急令闭起四门。陈悚亲自上城守御，怎奈城内兵少，献忠攻城又力，不到半日，西门已破，陈悚堕城而死。献忠率兵进城，正在大肆掠劫、放火焚烧，忽探子来报，监军李自成离此只有十里了。张献忠怒道："咱拼死的把城攻下了，他倒来趁现成么？"吩咐左右，把四门紧闭起来。献忠在城中闭门搜杀，妇女有美貌的，就任意奸淫。李自成领兵到了城下，见各门关着，大叫开门。城上献忠的部将回说道："张将军有令，城内正在杀戮，不许有别的人马进城，必待城中杀尽了，方可开门相纳。"李自成听了，勃然大怒，便要令兵士攻城。牛金星在旁阻止道："献忠的部下锐气正盛，咱们仗他抵御官兵，也是不可少的。倘若和他翻脸，万一他去助着官兵来与咱们作对，那不是自掇石头压脚吗？"自成听了，觉得牛金星的话不差，就耐着气守候。直至献忠杀得城中男女老少，十去其八九了，才命左右开城放李自成的兵马进来。从此自成和献忠，不免生了一种意见了。

其时为崇祯五年，满洲皇帝努尔哈赤已死，第八皇子太极继位。转眼是天聪六年了（努尔哈赤，明天启七年卒），明崇祯帝以袁崇焕为边关督师，抵御边寇。副都督毛文龙初在东江，部下有十万多兵丁，实力很是不小。满洲进兵寇边，有毛文龙这一路兵力，着实受些牵制。哪里晓得袁崇焕一到，第一步就要把毛文龙的兵丁改编。文龙因江东荒岛完全是自己独立经营出来的，便有些不愿意受崇焕的节制。袁崇焕恨毛文龙藐视，将文龙赚入寨中，叱武士缚起来，立时斩首。毛文龙部下的兵丁都替文龙抱着不平，就是边民也无不说毛文龙是冤杀的。崇祯只当没有听见，把江东毛文龙部解散。只为袁崇焕一些儿私愤，杀了副都督毛文龙，满洲军马少了个牵制，遂得直寇边疆，这也是明朝国亡的定数了。

这崇祯皇帝登基五年，外省的灾异迭见，真是笔不胜书。记得崇祯继位的一天，半空中有声，似雷非雷，又似炮声，群臣无不惊惧。以新天子御极，大家吓得不敢做声。元年的四月，有大龙三条，在睢宁城外狠斗。龙血四飞，犹若红雨，人民房屋都飞往半空。这样斗了半天，一龙堕地，长数十丈，腥膻闻数里，龙身尚能转动，浇水便跳跃不止，过了十多日，嗷叫自毙。人民割肉煎油，可以燃灯，光明胜常油十倍；但不能说是龙油，否则霹雳立时就要击下来了。又天津洪水暴发，水里有高十丈的大人，穿着白衣，戴着白帽，形状和庙里的白无常似的，两眼光芒四射，足大二尺，手巨如箕。顽童们把石块投去，大人啾啾作声。过了三天，方没入水中。又五月有大星出东方，周围光耀十丈，大约如斗。黄昏出现，五更星忽化作五颗，变时有爆裂声，火星四射，落在人民的屋宇上，就此火烧起来。后来那颗大星竟一更变化一次，或一更变化两三次；每化一次，总得落些火星下来。一天，那颗星蓦地和雷般大响了。

要知那星怎样作响，且听下回分解。

第九十四回　朵朵金兰献忠杀四川　滔滔洪水闯贼淹西乡

却说那颗大星，一天忽然响了起来，半空里好似雷鸣，人民吓得四散躲藏。那里响了一会，轰然的一声，堕在地上，化了长数十丈、大百余围的一块巨石。房舍屋宇，一时压碎了不少。又蒲城县中，农人王小山家，园中瓜果都结成人头形，眼鼻口耳，历历如绘，只是面目没一个不作愁眉痛哭的状态，识者早知是不祥之兆。

又河北小儿，偶在荒地上游戏，见一个衣败絮的人，突额陷睛，面有白毛，长约数寸，口角流涎，臭不可近。众小儿不知他是个尸怪，大家取了一根木棍，在后追逐，白毛人飞步狂奔，直窜入破棺中，忽忽不见。众小儿大哗，市人闻声来瞧，听了众小儿的话悦，以为棺中有人出入，必是僵尸无疑，日久必至噬人。于是一倡百和，把那空棺升到空地上，待揭去棺盖时，棺中满贮着白毛。见风四处乱飞，掩蔽天空，好似下雪一般。众人看得目瞪口呆，也不识它是什么怪异。谁知过不上十几天，河北的病疫大作，叫做羊毛疫。患着的人，但觉鼻管中微微闻到了羊骚气，连打几个寒噤，就此气绝了。当时谣传，谓染羊毛疫的，系食茄而起。有人将茄子切开来验看，果然茄子的腹中，有微细的羊毛无数。人民由是相戒不敢食茄。那些患羊毛疫的，也有一种治法，如其人觉得鼻孔里微有羊毛骚的气味时，在未打寒噤之前，急将两手的中指第二节，以刀剖开，细视有羊毛三四茎，用箝箝出，病就可愈。倘闻得羊骚味后，已打过几个寒噤，那是受病已深，不可医治了。就是依法割开中指来，羊毛必然变了黑色，即使箝出，人也不中用的了。

又太原民李良，男体化为妇人，和田中的农夫，在稻田里交接，受娠后生下一个小孩，却是阴阳两体的。不到三天，李良和小孩同时死了。又宣城的城门，忽然流出血来，猩红有腥膻气，一昼夜不止，护城河的水都变了赤色。又京师的城门，夜有哭声，好似少妇啼哭一般，人民相顾惊怪。又凤翔地方，山中有大鼠，小如狸，大如犬。初入村镇，只偷食人家的鸡鸭之类，逐渐能啖大畜了。牛马若被鼠瞧见，群鼠一哄上前，大的啮牛足、牛头，小的钻进牛腹中，直待吃尽了腹中的五脏六腑，才由里面咬出来，再吃外面的皮肉。日子久了，乡村中的牛马鸡犬羊豕都被大鼠食罄了，便乘夜到百姓人家，来偷小孩吃，后来竟白日吃人。村人集队噪逐，往往被鼠钻入腹中啮死。

又浙江一带，夜里天天鬼哭，声如老枭，极其悲哀。凡流贼将到的所在，隔夜先有鬼兵经过，也一样地披甲持矛，形迹俨然生人，也有骑马的，马蹄声得得不绝。但一经看的人多了，鬼影便自行消灭，时人称为阴兵。又柳城鬼皆夜啼，人民不能安寝，大家焚烧冥锭，便有无数的鬼影来攫锭箔。又京中人民畜了雄鸡，羽毛都变了赤色，长大至五六十斤，识者说是鹫，所见之处，必至亡国。

崇祯三年，湖北天雨红雨，又雨白鱼，重有十余斤。又雨白米，米皆腐臭，不能煮食。襄阳天忽雨豕百余头，重只五六斤。蜀中天雨黄牛，人民因争抢牛，自相残杀。又乾清门奉天殿上，有大鸟堕地上，化为披发的厉鬼，侍卫追逐，鬼哭出乾清门，到

第九十四回　朵朵金兰献忠杀四川　滔滔洪水闯贼淹西乡

皇城墙下，转眼不见。又杭州有少妇，产一黑眚，下地便能步行。产妇惊死，黑眚奔出门外，骤长丈余。沿路攫小孩乱嚼，被人民击毙，流黑血斗余，滴入河中，河水变黑，居民汲饮，瘟疫大起，死者遍身发黑。只要饮大黄汁一碗，呕黑水一斗便愈。然等到大家知道治法，人已死得不少了。

这些怪异，都在崇桢初年、熹宗末年所发见的。做书的说到这里，怕读者嫌太麻烦，还有许多怪事，只好不讲了。

再说张献忠和李自成，同在高迎祥的部下，两雄相遇，当然不能久安的。过不上几时，献忠便自引本部人马，奔到陕西的米脂县，和他结义弟兄杨六郎、一片絮、满天星、大石梁、金罗汉、铁牛精、白水獭、掠地虎、马猴等，称"结义十弟兄"。占据了米脂的十八寨，献忠自号"八大王"。

讲到张献忠，是陕西延安人（肤施），他的父亲张禄，本贩马出身。当献忠未生的时候，有一段神话直传到如今，且把它记出来。肤施地方有一所东岳庙，东岳神很是灵显。其时有个秀才罗自颖，学问很好，只是文章憎命，屡试不第。罗自颖以贫困的缘故，就在东岳中，设帐授徒，夜里便假僧房，食宿都在庙中。一天将要五更，罗自颖便急起溺，经过后院，听得大殿上有呵殿站班的声音，自颖十分诧异，忙到大殿的佛龛后面张望。见大殿上灯火辉煌，衙役雁行儿排立着，案上高坐着冕冠衮服的帝君，旁立蓝脸赭须的判官。静悄悄地过了一会，听得那帝君发言道："将天煞星带上来！"声犹未绝，衙役牵上一个黑面赤发的厉鬼来，赤足跪在案下。帝君说道："命你往投张禄家中，不得延误时刻！"厉鬼应声，忽然不见。罗自颖看得明白，心里吃惊道："天煞星下凡，人民必有一番浩劫。"想着蹑手蹑脚的潜回寝所。第二天上，罗自颖向村中去探问。果然有个张禄的，昨夜生了一个儿子，自颖便暗暗记在心上。

877

明宫十六朝演义

　　光阴荏苒，转眼是天启二年，张禄的儿子已有十二岁了，由他的母亲杨氏，送到东岳庙中来附读。因乡村地方识字知书的人是很稀少，难得有个秀才先生在村中教书，一村的孩子都要送到秀才先生处来读书的。张禄的儿子进书塾时，罗自颖把他仔细一瞧，不禁吓得毛骨悚然。原来那孩子的相貌和那天殿上所见的天煞星一般无二，也是黑颜赤发，双目炯炯有光，形容十分可怖。当下那孩子拜了罗自颖做先生，自颖替他取名，叫做献忠，从此张献忠天天来塾中读书。他的性情异常顽皮，动不动和同学们厮打。献忠天生力大，塾中的学生，没一个不见他畏惧。献忠见人家怕他，越发横行无忌了。罗自颖知道他是天煞星转世，心上要想设法打死他，以救遭劫的生灵。但自颖一起这个念头，晚上就有人在他耳边叫道："张献忠是来应劫数的人，切莫要难为他！"自颖听了，吓得心胆俱战，由是便善视献忠，不敢和以前般地捉弄他了。

　　献忠到了十七岁上，他父亲张禄往顺庆四川属贩马。驱着五六十匹高头骏马，经过顺庆街上，中间一匹马忽然下起粪来，恰好在一家土豪的门间。那土豪怒张禄有意糟踏他，喝令张禄把马粪吃尽。张禄再三地哀求，愿把街上的马粪扫除了，然后焚香请罪。土豪不肯答应，就唤出一班恶奴来，将张禄捉住了，强把马粪灌入口中，把个张禄弄得奄奄一息。回到家中，又气又恼，不上几天，竟死在顺庆寓中。张禄的同伙回来，把这件事告诉献忠的母亲杨氏，杨氏哭哭啼啼地叮嘱献忠，要替他父亲报仇。献忠听在耳朵里，就和金罗汉等结义十弟兄，在十九岁的那年，闻得王嘉胤作乱，献忠同了铁牛精等九人，去依附嘉胤。嘉胤被曹文诏所破，献忠等又去投奔高迎祥。以与李自成不睦，自引了三千多人，和结义的兄弟九人，奔回米脂，据十八寨称王。

　　于是献忠议往顺庆，给他的父亲复仇。先把陕西肤施的人

第九十四回　朵朵金兰献忠杀四川　滔滔洪水闯贼淹西乡

民,把来开刀。十个杀星,各领了三四百人,向各村各镇,见人便斫,连延安的官吏家眷,也一并杀个干净。惟有逢着姓张的人,献忠认是同宗,一概赦宥。还有献忠的先生罗自颖,献忠念他五年教授的恩典,也算不曾杀的。余下的不分男妇老小,一古脑儿杀却。这样地杀了一阵,大家会军在一起,命左右开了酒坛,猜拳行令的狂饮起来。酒到半酣,献忠笑着说道:"咱欲替老子报仇,如今咱的老母也死了,倒不曾问得仇人的姓名,这时就杀到顺庆,从哪里去找仇人?"众人见说,也都踌躇不答。忽左右进道:"锅中热酒,把酒器没在锅内,酒和水一起混合,须要另开一坛了。"白水獭性急忙说道:"你们只拿锅中的水取来,把一锅的水喝尽,酒自然也在肚里了。"白水獭说得无心,献忠听了大悟道:"咱们不知仇人是谁,现在不管他是顺庆,是汉中,但把四川的人一齐杀完,仇人当然也杀在里面了。"金罗汉拍手大笑道:"这话有理,俺们就这样干吧!"席散,分兵四路,杨六郎、大石梁为第一路,金罗汉、一片絮、满天星为第二路,白水獭、铁牛精为第三路,献忠自和马猴、掠地虎等为第四路。分拨而定,由华阳等处,一路杀人。

其时的四川地方,人民奢华已达极点,淫风之盛,为从来所未有。妇女的装束,光怪陆离,见所未见。平常人家的女儿,衣必绫罗,食必膏粱,衣服的炫奇,争艳斗胜,愈出愈奇。富家女儿把衣裳做成和舞龙凤狮象,或蝴蝶花朵。又用水晶琢成方圆的花朵,背涂摆锡,光明如镜,也去缀在衣上,月光下走过,那晶光一闪闪的,远望过去,真是霞光万道,几疑是月宫天仙下凡。后来衣角上又行一种金铃,数十颗或数百颗,富有者遍身缀满了金铃,走起路来,叮咚作响,很是好听。当时有咏四川妇女诗的,中句云:"十万金铃护娇躯,令人一步一魂销。"由这个诗上看来,蜀中妇女太奢侈,也可见一斑了。还有妇女的裙子,多半是用白罗的裙上以红丝碧线，绣成风流的诗句。那些大家闺秀都请名士宿儒，撰成香艳的诗词，一首首的绣在裙上。系了这种裙，盈盈地在市上经过，大家无不注视绣裙，赏鉴裙边的文字。有几条最佳的绣裙，诗儿又新颖，绣工又精致，系在身上，谁不喝一声彩？士人们所说的"石榴裙下诵艳诗"，就是指绣裙的佳妙和讲究。

绣裙以外，便是研究裙下的双勾了。那时川中的女子，最考究的是一双纤足，真是裹得那足儿纤不盈指，又瘦小，又尖柔。当年的凌波，怕也及她不上咧。而且所着的绣鞋，其时流行一种高底，厚约三四寸，系用檀木雕琢成的，里头藏着降檀雕就的兰花或梅花，高底下面开个小孔，恰好漏出一朵梅花，妇女们穿在脚上，每跨一步，足底下便漏出一朵梅花。又有在鞋底内置香末的，底上的小孔却雕成花形，香末漏在地上，也成一朵朵的花儿，这个名儿，就叫做"步步娇"。川中的乞丐，拾了妇女们脚下漏出来的降檀，去烧煮食物，一时四野香气四布，烟阵迷漾。那檀香是高贵的香类，专烧与人佛的，怎经得妇女们脚下的践踏，再去燃烧，岂不要秽气冲天？四川人民的遭劫，一半也是妇女们太糟蹋得厉害了。总而言之，国家将亡，奇出异样的事，自会有人做出来了。有人说："川人奢靡太甚，淫风过炽，因而上干天怒，降下这张献忠来，杀尽四川。"

闲文少叙，言归正传。再说张献忠分四路杀到蜀中，时四川自奢崇明乱后，守吏大半是尸位素餐的，一听得贼兵大至，文的慌做一堆，武的携眷逃命。有几处的武官，甚至借着贼盗的名儿，纵兵放火打劫，所以当日有"强盗官兵"的名儿。献忠一路占城夺池，势如破竹，三日中连下十七城，官民都为丧胆。那些守城的人马，谁还有心交战？竟一窝蜂地呐喊一声，各自开门降贼去了。张献忠迭陷平武、新津等二十二县，长驱直入，不日到

第九十四回　朵朵金兰献忠杀四川　滔滔洪水闯贼淹西乡

了成都，下令屠戮。杨六郎、大石梁等杀奔南路，献忠自杀东路，一片絮、满天星、金罗汉等杀西路，马猴、掠地虎等杀北路，白水獭、铁牛精等杀戮中路。五路人马，各处焚掠戮杀，男女老幼，见人即杀。

献忠在成都大杀了半月，便架起大舟，一路顺流杀下。经过洞庭湖时，向洞庭君占休咎。初占不吉，再占如前，三占大凶。献忠怒不可遏，叱左右毁洞庭君像，凡大殿上神像，都被他打得粉碎。下令解缆启行，船到中流，大风忽然骤至，大舟翻覆二十余艘。献忠益发大怒，自己驾了巨艨，往来驶行，几乎颠入水中。献忠命驶船近岸，大骂道："风大不叫咱渡江咱就不用船只了。"当下命兵丁将大舟连结起来，把所杀的男女尸首，一齐搬到船内，上铺硫磺等引火物，乘风烧着。数千艘火船，任其随风摆荡江中，绵亘九十余里。到了晚上，火光映在江上，满天尽红，远照百里。这样地焚烧了三四昼夜，火犹不息。献忠弃了船只，仍回到成都，自称大西国王。

那时李自成在陕西，任意劫掠。陕抚孙传庭领铁骑剿贼，闯王高迎祥大败，被孙传庭围住。迎祥冲突不出，与伪都督刘哲，为孙传庭擒住，解往京师，下旨磔死。自高迎祥死后，贼众没了主脑，于是拥李自成为闯王，退守陕北，据万山丛中，依险自固。孙传庭因地势不熟，不敢轻进。自成便率了部属，和新来相附的紫金梁、扫地王等，进扑西乡。令尹伍应元招养民兵三千名，登城守御。自成密使军士，堆石成垒，乘雨薄城。应元忙命民兵缚巨木于城上，用壮丁十余人，舁木下击，贼兵死伤数百名，大喊溃散。自成大怒道："西乡一个小县，还这样难攻，休说是争天下了。"说着亲执大刀，督兵攻城。一面暗在城下掘地道进去，却被伍应元觉察了，急引河水护城，水灌入地穴，自成的掘洞兵丁都淹死在穴中。自成咆哮如雷，限兵士即日破城。牛金星进道:"西乡城小,伍应元那厮守备得法,强攻是没用的。我看西乡东首,正临石河江,若将石河江上流堵住,灌水进城,哪怕城内不自乱么?"自成大喜,便依了牛金星所说。那石河江上的水势很急,狂泻进城,霎时哭声大震,落水死的不计其数。应元在城上望见,知道大势已去,就望北叩了个头,自刎在城墙边。

自成人马进城,一面放了河水,下令屠城。唯年少美貌的妇人,却并不杀戮,由自成亲选了美女四十名,余下的都赏给了部下将士。是日贼中大吹大擂,欢饮着得胜酒。大家正吃得高兴,猛听得城外喊声大震,贼兵吃了一惊。

不知喊声是什么,再听下回分且解。

第九十五回　迁怒幺麽辕门堆死鼠　殃及泉下室内污艳尸

却说李自成破了西乡，正在和诸将欢饮，忽听得城外喊声大震，左右报孙传庭率兵追来了。自成听说大惊，慌忙起身离席，飞上秃鞍马，望北而逃。牛金星挟着大刀，从后赶上，保着自成出了北门。幸得官兵不曾知道，只围住东西两门。其时城中贼兵没了指挥，不觉大乱，自相践踏。县署门前，百姓放起火来，接应城外的官兵。孙传庭已打开西门，大军一拥而入，贼兵不知所措，纷纷溃散。扫地王和紫金梁引了三十多骑，也逃出北门。贼兵哄然逃窜，争出北门，势如潮涌一般。孙传庭部下游击周顺源，领了一千五百名步队，也赶到北门来追杀，贼兵无心恋战，各自抱头逃命。这时扫地王等只顾向前狂奔，追上了李自成，一直望冷僻小路而走。那周顺源大杀了一阵，自知兵少，恐中贼人的埋伏，即勒兵不赶。

自成等逃了一程，见官兵不来追赶，喘息方定，收了败残人马，计点起来，共损失马步兵士千余名，伤者不上百名。自成正要整队西进，忽探马来报，方才攻城的官兵不过两千多人马，由游击周顺源统带，并非孙传庭亲至。自成听了，不禁顿足道："咱们上了当了！"忙传报事的人，早逃得不知去向。原来是官军中奸细所假扮的，故意说是孙传庭到了，以煽乱李自成的军心，官兵好乘势攻城。谁知自成胆小,真的被他们吓得逃走不迭。及至听了探马的报告,才如梦初醒,恨恨地说道:"咱们这许多人马,反被他一二千人杀败,不是要惭愧死人吗?"说罢待要回军再去攻城,牛金星劝道:"西乡不过一个小城,何必用这样全力?不如弃了它西进,将来养精蓄锐,再图报复不迟。"自成沉吟了半晌,于是下令进取西安不提。

再说张献忠据蜀称王,归附他的流贼倒很是不少,势力就一天天地浩大起来。可是献忠生性残忍,虽然拥众称王,他的贼性却仍旧不改。每择美貌妇女多人,令卸妆侍寝。

有一天的三更,献忠正拥着艳姬熟睡,猛听得鼠声嘈杂,把献忠的好梦惊醒。献忠大怒,亲自起身,持刀寻觅鼠子,一时又找寻不着,气得献忠咆哮如雷,下令道:"兵士们尽力捕鼠,每人须交鼠十头。如不满者,均杀无赦!"这个令儿传到营中,兵士们又惊又骇,于是大乱起来,有掘土挖石的,有推墙倒壁的,有哄入百姓人家,挖板锄地,大捕鼠子。村镇市廛中的房屋,都被献忠的兵士拆得梁倒椽脱,砖翻瓦乱,大家拼命地搜寻鼠子。那些人民,半夜中给兵丁们打门进去,毁橱拆床,到处捕鼠。这一夜,城中人声鼎沸、火光烛天,百姓从睡梦中惊醒,都站立在门外发抖。兵士们却麇集房室中,把地砖尽行揭起,一面找了捕鱼的网儿,将舍宇的四面罩住。十几个兵丁向着地穴壁隙中,用竹帚呐喊驱逐。大小鼠子不得安身,一齐逃窜到穴外,都投入网内,吃兵士们乱棒一顿打,尽数死在网上了。这样地大闹了一夜,天色破晓,兵士们各囊了死鼠,来辕门缴令。一霎时间,辕门前的死鼠犹若山丘,自大道前直堆到甬道外面。统计死鼠,不下千百万头。献忠命搬往荒场中,燃火焚烧,臭气触鼻,令人作呕。

献忠又在川中开科取士,着伪学士严锡臣为主试官,共录取

第九十五回　迁怒幺麼辕门堆死鼠　殃及泉下室内污艳尸

七百余名。献忠令掘大坑，深三四丈，将录取的士子尽推进土坑，立时活埋。并自为武科典试，下谕习武的人民，皆可投考，中者赏千金，授职千户。那时热心功名的武秀才，听说有这样的好机会，又贪他重赏，便纷纷报名投考。献忠传集了考武的士人，先令使刀弄枪、射箭等等，前后互较气力。中式者立在红旗下，不中式的立即斥退。这一场考试，取得武举人三百六十余人。献忠叫士兵牵了健驴三百余头，令三百多个武举人人骑一头，那健驴的尾上都系有纸炮无数。于是使众武举骑驴排队，兵士持铳后随，献忠一声令下，兵士把驴尾上的纸炮燃着，乓乓之声大作。驴子受惊，向前奔走。兵丁又把铳在驴后乱放，并鼓噪呐喊，向驴追逐。群驴吓得屁滚尿流，在空地上乱跃窜突，骑驴的武举都从驴背上直掼下来。后面的马队拥上，只一阵地践踏，可怜那些武举官倒不曾做得，身体已先踏做肉泥了。献忠看得高兴得了不得，自己也策马狂驰，在人体上乱践一会，才缓步回营。

　　统计张献忠的所为，大都类此，其惨酷和残忍，流贼当中，可算他是个魁首。李自成已算得残暴的了，倘与张献忠比较起来，似乎还逊献忠一筹。你想献忠的为人，厉害不厉害？

　　再说李自成进取山西，正值山西大旱，民不聊生。一般略具勇力的百姓，早已投身绿林。残弱的无所得食，便去掘些树皮草根充饥。后来连草木也吃完了，万分没法，只得杀人为粮，先食子女，再食妻子。自己的家里吃完了，便往外面去抢食。

　　你想山西饥荒到这个地步，并人食人也带抢带夺，还有什么的官府治吏？所以李自成的兵马一到，好似入了无人之境，竟一个官兵也没有碰见，安安稳稳地进了山西城。只见城中尸首满堆道左，百姓十室九空，街道上都是些粼粼白骨。自成因没有什么可以抢掠，只得回出了山西，向各地一路劫掠过去。由河南辗转到了江南，直趋六安，从六安攻入凤阳，沿途放火，焚毁市廛和民舍。又把凤阳所葬的皇陵，也一并焚去。

自成闻得凤阳多唐宋人的古墓，墓中大都有金珠宝贝等殉葬品物。于是下令在山麓草地、树木荫茂的地方，不论新旧的遗冢，一概发掘。兵士在郊外掘着一处坟墓，棺木异常的长大，棺中有玉鼎、玉碗之类，尽是秦汉时的玉器。自成大喜，由是掏坟更比前起劲了。

一天，在凤阳的城郭东墙下掘到了一个地穴，地穴里面四周用白石砌成墙壁，探首下去，隐隐尚有火光。兵士不敢下去，忙来报自成。自成亲往看了一会，对兵士们说道："这是从前王侯或帝王的古墓，其中定有宝物。谁敢下去，每人赏五百金。"兵士们听了，便燃起火把，发一声喊，纷纷走入穴中。过了半晌，由一个兵丁上来说道："穴内有两扇石门，紧紧地闭着，却推不开它。"自成令多下去几十个兵丁，各拿着石锤铁耙等等，前去攻打石门。轰然地一响，石门打开，里面万弩齐发，兵丁射倒的很是不少。自成大怒道："死人的巢穴还这样厉害，咱们活人反弄不过他么？"当下令兵士张了蛮牌下去。走进石门，正中是一所大殿，建造得画栋雕梁，十分精致。大殿的佛龛内，坐着一个檀木雕就的女神，望上去眉目如生，栩栩欲活。兵士们也无心瞧看。转过了佛龛，后面又有一重石门，却是半开半闭的。待推进石门去时，猛听得砉的一响，十几把锋利的快刀，齐齐的劈将下来。兵士们幸亏躲避得快，但有两个人已被刀截做四段了。这时进石穴的兵士渐多，自成同了牛金星、扫地王等，也亲自走下石穴来，吩咐兵丁用铁棍架住了门上的铁板，那飞刀就不能下来了。大家走进殿后，见是一并排五间平房，屋顶上挂着一盏大灯，火光尚闪闪不绝。那灯底通着下边的油缸，缸大约七八石，三缸以竹筒连绾着，缸中的油，点去得一半多了。那五间平房的

第九十五回　迁怒幺麽辕门堆死鼠　殃及泉下室内污艳尸

后面，还有一间精室，兵士们推进内去，却并无机械设置。室内但觉阴气森森，寒冷逼人，犹如严冬。四周所陈设的，是石凳、石榻、茶灶、药炉，无不齐备。正中一座石台，石台之后是用白石凿成的一座莲花台。台旁雕栏石柱、龙凤飞蟠，雕琢异常的工细。莲瓣的顶上，架着雕龙纹的石棺，长约丈余，宽大逾于寻常。

自成一面在石室内浏览了一周，命兵士舁下那口石棺来，直抬到石室的外面。那些兵士们不知石棺内是什么宝贝，大家锄的锄、锹的锹，七手八脚地一顿乱打，火星四迸，石棺未曾动得分毫。自成诧异道："那白石怎么那样结实？"说着就石棺四周细看，见棺盖的沿上凿着两个石筍，两边镶合拢来，似石锁般扣住，所以不易打开。自成沉思了半晌，如有所悟，把锄头轻轻地向石筍上一点，啪地响了声，那石棺盖就漏出一条缝来，兵士们再并力向前，将石棺的盖儿舁去。里面显出一口铜棺，沿石棺都铺着水银，那铜棺已被水银逼得成了铜绿色了。自成又命将铜棺打开来时，大家不觉吃了一惊。原来棺内卧着一个鲜衣浓妆的女尸，头戴紫金凤冠，身披绣龙锦袍，肩垂流苏，罗裙鸾带，俨然是个皇后打扮。面目娇艳如生，一双盈盈的秋水含笑嫣然，真是万种媚妩。哪里是什么死尸，竟是一个月貌花容的美人。李自成的为人，本来是个好淫嗜杀的强盗，他自有生以来，从未见过这样的佳丽，不由得馋涎欲滴，呆立着好一会说不出话来。那时一班兵丁，忙着夺取棺内的金珠玉器。就中有一对白玉琢的狮子，光洁晶莹，白腻如脂，大约是最贵重的殉葬品了。兵士们大家争执，把一只玉狮堕在地上，跌去了一个尾巴。宝物落在这些伧夫手里，也算得玉狮的厄运了。自成被他们的闹声惊觉过来，再看那女尸，实在越看越爱。便令牛金星押着兵士们，将女尸舁往城内署中，自己就走出石窟去了。

当自成回到署内，小兵已抬着女尸进来。自成命安置在内室的榻上，一面叫厨役摆起筵宴，一个人独酌独饮的，喝一杯酒，回头向那女尸瞧看一下，越喝越起劲，也越是看得高兴。这样地喝了有数十大觥，自成已有几分酒意，忍不住走到榻前，把女尸身上的绣衣罗裙慢慢地解去，露出雪也似的一身玉肤来。触在手上，细腻柔滑，无论什么没有这样的柔腻，所惜的就是少一口气息，玉体冷冰冰的，未免减色一点。自成这样抚摩玩弄，不由得情不自禁起来，便把那女尸一搂，生死异途，居然做了一出鸳鸯同梦。正在这个当儿，忽见女尸的口中微微露出一缕金线来。自成不知就理，伸手把金线一牵，牵出一颗精圆莹洁、光润可爱的明珠，约有龙眼般大小，光彩灿烂，眼见得是粒稀世的奇珍。自成方取在手里把玩，猛见那女尸的玉容变易，由白转黄，黄又变成紫色，莹洁滑腻的玉肤也变做了暗黑色了，口角眼鼻都流出淡紫色的血水来。自成吃了一惊，还用手握女尸的玉腕，玉腕应手脱下。霎时间一个艳丽如生的香躯，立刻腐溃得不成模样了。

　　自成看得目瞪口呆，怔了半响。恰好牛金星进来白事，自成只好披衣下榻，便将女尸的变异对金星说了，又将明珠递给金星瞧看。牛金星说道："这叫夜明珠，是无价之宝，不知从哪里来的？"自成说是女尸口中的。金星说道："怪不得尸首要腐溃了，须知珍珠是能保身的，虽千百年可以使得死尸不腐。一经把珍珠去掉，那尸体着了空气，自然要腐化开来了。"自成见说，连连磋叹，懊悔不迭，可是已来不及了。当下由自成唤两名小兵将腐烂的尸体收拾起来，去置在铜棺内，仍埋入石窟，石窟上还立了一块石碑。到了现在，听说那块石碑的遗迹尚在。但这石窟中的艳尸，究竟不知是哪一代的皇后。有人说是唐朝的，也有说是宋朝的。总说一句，逢着了李自成，算这死了几百年的死尸晦气，无端地被他糟踏了一回。且按下不提。

第九十五回　迁怒幺麽辕门堆死鼠　殃及泉下室内污艳尸

再说督师袁崇焕，自杀了毛文龙，组织边地戍卫，备满兵入寇。哪知毛文龙部下有两个勇将，一个叫孔有德，一个叫耿仲明，这两人很替毛文龙不平，便暗暗地去约通了满洲兵，密使部兵做了乡导，引满兵入龙井关，从大安口直达遵化州。警报到了京师，崇祯帝大惊，忙召周道登、徐光启、梁鸿训、成基等一般大臣商议。成基主张诏颁边师入卫，并荐前尚书孙承宗为督师，以御外侮。崇祯一一依了，命徐光启草诏，一面召孙承宗入朝。诏书才得颁布，遵化州失守的警报又到，崇祯帝急得没了主意。幸亏孙承宗致仕在都，即时奉谕入觐。崇祯帝即拜孙承宗为兵部尚书，兼中极殿大学士，着令视师通州，承宗受命，带了随从一十五人，飞奔出京。到了通州，总兵杨国栋、巡抚解经传，都出城迎接。承宗一一慰谕过了，亲自挑选精壮，整备糗饷，和解经传、杨国栋等，协力守御，把一座通州城安排得十分巩固。

这时召集边兵、入卫京师的诏书，已到各处。督师袁崇焕、宣大总兵桂满、江西巡抚吕之中，统了大兵，纷纷勤王。满洲的太宗皇帝，却迭破了蓟州、顺义等地，警耗和雪片般飞来。京师风声鹤唳，人心惶惶不安，崇祯帝也愁眉深锁，彻夜不眠。正在焦急万分，忽报满洲兵星夜退去了。

不知满洲为甚退兵，再听下回分解。

第九十六回　风月无边田贵妃制曲　鬓钗留影吴三桂惊艳

却说满洲兵攻陷蓟州，京师风声异常地紧急，把个崇祯皇帝急得和热锅上的蚂蚁一般。忽报边关袁督师亲统大军，与总兵祖大寿、宣大总兵桂满军，已抵北通州了，崇祯帝听了，心上略觉宽了一些。又有内监求禀，满洲兵已偃旗息鼓地退去了。原来满洲的太宗皇帝，见明朝势力尚盛，又见大兵云集，就是夺了京师，也是四面受敌的。于是在蓟州、顺义各地，纵兵大掠了三四日，竟满载归去了。

满兵退去，京都就此解严。袁崇焕便驻兵城外，入觐崇祯帝。崇祯帝慰勉了几句，崇焕退出。到了次日，方要整备率兵回边，突然的上谕下来，召崇焕在谨身殿见驾。崇焕忙进朝，三呼礼毕，崇祯帝勃然变色道："朕待你不薄，你为什么通同满洲，私联仇敌？"崇焕未及回答，崇祯帝早掷下一封书来。崇焕拾起瞧时，掠得目瞪口呆，做声不得。崇祯帝叱令锦衣卫将崇焕逮系入狱，候旨定罪。大学士温体仁、侍郎成基等，闻得袁崇焕系狱，正不晓得他犯了什么大罪。及至仔细一打听，才知是满洲人的反间计，暗下贿通了宫中的太监，捏词为袁崇焕勾通，并冒充崇焕的口吻，写成密书，约满洲即日进兵。内监将伪书传进宫中，崇祯帝看了，不问皂白，便把崇焕系了下狱。消息传到了关

第九十六回　风月无边田贵妃制曲　鬓钗留影吴三桂惊艳

外,满洲太宗听说崇焕下狱,不禁大喜道:"袁蛮子去职,咱们又少一个对头了!"

那时侍郎成基连上七疏,援救崇焕,崇祯帝才有些转意。不料魏忠贤的余孽御史史范、佥事高捷,也进疏劾崇焕,卖国求荣,欺君罔上。崇祯帝本来疑心未已,见了这种奏疏,自然触起他的怒气来,立即传谕,把袁崇焕凌迟处死。这道旨意下来,谁不知道袁崇焕是冤枉的?只是不敢多言,致累及自己。史范等又说前宰辅钱龙锡是袁崇焕的座师,曾私祖崇焕,所以崇焕敢擅杀副将都督毛文龙。又谓私结满洲,钱龙锡实是主脑。崇祯帝这时深信史范、高捷的话,竟传旨逮钱龙锡进京。可怜这位致仕的老宰相,年纪已七十余岁了,龙钟就道,进京听勘。成基等见事儿逐渐闹大,株连至前任宰相,当然忍耐不住了,便纠集了六部大臣,联名上疏,代钱龙锡辩白,前后共九十余人,凡上奏牍十七次。崇祯帝也觉有些心动,把置钱龙锡的大辟的廷议改了长系,结果将钱龙锡成了定海。一场冤狱,总算了结。

其时天下纷乱,萑苻遍地,外侮频来。这位崇祯帝自登基后,差不多没有一天不在忧虑焦急之中。批阅政事,往往终宵达旦,辛苦勤劳,至于极点。明朝开国以来,要算崇祯帝最是劳瘁了。

崇祯帝有两个妃子,一个是袁妃(袁淑妃、晋贵妃),一个是田贵妃。贵妃陕西人,父名宏遇,迁居扬州。宏遇诞贵妃后,钟爱异常。扬州本多歌妓,宏遇亲选能鼓琴的妓女,纳做侍妾,并令侍妾教贵妃鼓琴。又请了宿儒,使贵妃读书识字。田贵妃的为人,自幼就聪明绝伦。十二三龄时,已能吟诗作赋,每成一篇,总是秀艳典雅,传诵一时。宏遇性情很是任侠,结交名士高人,几遍天下,当时称他做小孟尝。田贵妃到了十七岁上,已是无书不读了,更兼她的雪肤花貌、玉立亭亭,那种妩媚婀娜的姿态,当时看见的人,谁不赞一声好?

那年恰值信王(崇祯帝未继统时,封信王)选妃,结宏遇的故交,把贵妃送入信邸。信王见田贵妃生得端庄纤妍,就纳为侍姬。其时信王妃周氏是苏州人,性婉淑贞静,和田贵妃相处,倒很投合。后来信王又纳了一个侍姬袁氏,容貌虽不如田贵妃,举止还算幽闲,与田贵妃同侍信王,一般地宠幸。及至信王继了大统,周妃册立做了中宫,田氏晋了贵妃,袁氏晋为淑妃,宠遇也不相上下。

怎奈此时天下多事,内乱外患,闹得不可开交。崇祯帝忧心国事,终日宿在御书房里,一个月中,进宫不到一二次。幸得田贵妃善侍色笑,崇祯帝每次入宫,总是愁眉不展的,但经田贵妃的婉言解释,崇祯帝便眉开眼笑,忧虑就此尽忘。因这层缘故,崇祯帝对于田贵妃,也爱逾他妃,虽在警报迭至,军事倥偬的时候,终忘不了田贵妃,往往偷个空儿,进宫和田贵妃谈笑解闷。

田贵妃又有小慧,常变移宫中的冠服旧制。无论什么东西,被田贵妃更制过,便觉美丽悦目,令人可爱。崇祯帝见她更易,胜过旧时,也不加责问。如皇帝的珠冠,本来用珍珠与鸦青石连缀成的。田贵妃把珍珠易去,缀上珠胎,再嵌上鸦青石,戴在头上,便觉光彩灿烂,鲜艳无比。还有宫禁中的灯炬,系更缕金匠所制,望去果然美观,光线却不能映照到外面来。田贵妃拿那灯的四周,各缕去了一块木桃形,绷上轻细的宫纱,灯光就四澈,一室通明。从前皇极殿达宫门,御道上是露天的,炎夏烈日,严冬风雪,皇上往来,必张黄盖。田贵妃以为不便,命宫监们搭起竹架,上复棕叶,翠绿葱茏,既可以避风雨,又不失雅观。崇祯帝看了,很赞贵妃的敏慧巧思。

它如宫中的月洞门小径,只能两人并行。一到了秋夏之交,草木茂盛,蔓延开来,路径被草掩没。清晨经过,草上的露珠沾

第九十六回　风月无边田贵妃制曲　鬓钗留影吴三桂惊艳

　　人衣履，殊感不快。宫监将长草刈去，不到几天，又是这样了。一至秋深，黄花遍地，都垂倒道上，人们走路践踏得稀烂，石地上弄得腻滑难行，而黄花受了摧残，也甚不雅观。田贵妃见御驾经过，太监预为清道，那不是麻烦得很么？当下田贵妃亲自指挥，以杨木做为低拦，高约尺余，护在小径两旁。从此石径上十分清洁，再也没有残叶乱草碍人步履了。宫中旧例，贵妃所乘的凤舆，都是小黄门昇的。田贵妃却换了宫婢，崇祯帝点头不止，谓田贵妃知礼。

　　崇祯帝在闲暇时，令老宫人们说宫中的故事。讲到玉珍妃殉节一段，崇祯帝听到惨然不乐。田贵妃侍侧，即呼宫女爇香，鼓琴替崇祯帝解忧。贵妃的琴技很工，调弦和韵，高弹一阕，忽而鞺鞳如奏大乐，忽而幽细如鸣鸣笙簧。一阕既终，余音袅袅，绕梁不散。崇祯帝击节称叹。一天，崇祯帝突然问道："卿琴艺高超，系受谁人的指授？"田贵妃半跪答道："是臣妾庶母所亲授。"崇祯帝似不甚相信。田贵妃是个乖觉的人，恐皇上疑心她有暧昧之行。过了几天，向崇祯帝乞恩，召庶母进宫叙晤。崇祯帝即为下谕。

　　贵妃的庶母王氏是扬州著名的花魁，贵妃的父亲宏遇以三千金替王氏脱籍，纳为箙室。王氏为人也很聪颖，奉谕进宫，田贵妃就令她当着崇祯帝，亲鼓一阕。但觉琴音嘹亮，低时如出谷鸣莺，高时若暴风雷雨，又若行舟大江，江潮澎湃，波涛似万马奔腾。正弹得热闹时，徒闻砉然一声，犹如裂帛，接着是叮地一响，如空山击着清磬，幽远弥长，直彻霄汉。这一声过去，便戛然而止，万声俱寂，而耳畔似依稀尚有风雨之声。听得个崇祯帝神形如醉，不知不觉地呆了过去，半晌才回复原状，还连连称赞是绝技。便命重赏了王氏，又着内监两名送她出宫。后来国亡，田贵妃已逝世。王氏常对人讲宫中的情景，什么银床金炉，皇上赐她抚琴，坐的锦龙绣椅，玉案上置着八宝瑶琴，御炉中香烟缥渺，直透珠帘。那种富丽华美的所在，坐在那里，几乎疑入了天阙。又说田贵妃的宫内，无一处不是绮罗锦绣，满眼是珠光宝气。初践其地，令人眼花缭乱，行坐不安，正不知置身在怎么地方了。王氏讲来，有声有色，听的人目瞪口呆。所谓野老谈故国遗事，真有兴亡今昔之感咧。

这田贵妃不但工琴，又能谱曲。不论旧调新声，经贵妃谱成曲儿，令宫人们低声轻唱起来，便觉得格外地悠扬动听。崇祯帝令贵妃把宫中的故事制成新曲，每至开筵夜饮时，田贵妃亲为按拍，宫女们曼声而歌。宫内故事多悲哀幽怨的事实，宫女们歌来苍凉凄惋、悱侧缠绵，崇祯帝听了，免不得执杯欷歔，凄然垂涕。宫人们一面唱着，也为声泪俱落。霎时宫中满罩着惨雾愁云，使人不忍卒听。田贵妃见崇祯帝动了愁肠，恐他伤心太甚，便令宫女易韵变节，改歌霓裳艳曲，凄楚哀音一变而为绣靡佳曲，所谓檀板金樽、浅斟低唱，那歌声的清越绝响，又觉得聆声悦耳。崇祯帝不禁也笑逐颜开，欢然饮畅起来，因笑着对田贵妃说道："卿之歌曲，能令人忽喜忽悲，听的几乎做了傀儡，任你在股掌上搬弄着，要他笑就笑，要他哭就哭，所谓笑哭都由曲中来。足见歌曲的一道，入人之深了。"田贵妃也笑道："上古之时，本以乐立国，春秋必鸣大乐，以乐能移风易俗，惩恶劝善，正因为入人之深的缘故。"

崇祯帝点头叹息。于是令田贵妃制成百曲，颁布各地，令人民儿童歌唱。曲中大旨，无非是导人于善。在崇祯帝的意思，欲借歌曲，以挽救当时的颓风。谁知道这种歌曲流行开来，一般人民和儿童都唱得悲感苍凉，音韵出于商声，大似纣时靡靡之曲，遂成亡国之音。因为五音中宫、商、角、徵、羽，算商声最是凄凉，也是最动听。妇女大都喜欢商声，这也是性之所近了。识者

第九十六回　风月无边田贵妃制曲　鬟钗留影吴三桂惊艳

知道这商音流行，柔而不振，柔近乎阴，所以妇女好之。但是阴盛则阳衰，自然非佳征。又有人说，商声去而不返，必有大变。哪里晓得不仅变乱，还要亡国咧。

崇祯帝爱听田贵妃的新曲，常常同她临幸万岁山、千佛崖。又登秋水一色处，即今之北海。崇祯帝徘徊远眺，不由得慨然叹道："天下不靖，灾荒频年，百姓流离，哀鸿遍野，朕犹筵歌酒宴。从今日起，宜力加节俭，以济灾民，也是好生之德。"田贵妃听了，立即卸去艳服，更了淡抹轻妆，并收拾钗钿，及连年赏赉的金珠，共得三千余金，令中官赍往京畿灾赈外，充作赈资，崇祯帝深嘉田贵妃贤淑。

那时田贵妃父宏遇，官右都督副将军，性极好客，一时众望所归，名士英雄，趋之若鹜。田将军仗义疏财，名满天下。宏遇便在城西盖建起一幢大厦来，占地几百亩。所谓甲第连云，殿阁巍峨，楼台百尺，都是画栋雕梁，丹饰粉垩，精致无异皇宫。单讲他那一座花园（京师有田皇亲花园，遗迹犹存），在都下已算得独一无双了。园中亭台山石、花草林泉，无有一般不全。阖园的四周，尽栽翠柏苍松。红楼一带，在绿树荫浓中隐现。这种景色，多么雅致。

宏遇为建这所别墅，怎么打样儿、看模型，足足闹了有两个年头，才得造就。到了落成的那天，宏遇便大张宴席，悬彩挂灯，沿街还搭彩纳的凉篷。从德胜门起，直到花园面前止，五彩滨纷，备极壮丽。一天到晚，灯火辉煌，照耀犹如白昼。街上皆燃灯树，光澈十里，天空也被映得通红，远处的人，还当是火警咧。那时满朝的大小官吏，自宰辅以下，谁不要讨好皇亲？一时致送礼物的、道贺的，皇亲府的门前车水马龙，热闹非凡。田宏遇和他儿子田云岫，忙着应酬迎送。府门前鼓乐喧天，正厅上细乐杂奏，还是霓裳羽曲、南昆北剧，应有尽有。最后的内宅，都是一般王公大臣的官眷。扮演的歌剧，也都是十七八岁的妙龄女郎。

说到这班唱歌的女郎，也很有来历。因安徽的巡抚李留云（李是南京的落第举子），闻得田皇亲好义，千里相投。田宏遇见留云文章超俊、谈吐风雅，倒也甚是器重他，并在首辅温体仁面前，竭力替留云揄扬。体仁召见留云，相谈之下，十分投机。过不上一个月，上谕下来，放李留云为徐州通判，三月擢淮扬知府，半年升湖南守道。待到田宏遇别墅造就，李留云已做了安徽巡抚兼承宣使了。李留云感田宏遇推荐的功绩，时思报酬。侦知宏遇雅好声色，又值他别墅落成的当儿，便以三万金购置艳姬二十四名，组成一班女子歌剧。那二十四名艳姬，均是秦淮一带的歌妓，不但是技艺超群，就是姿容也都出落得如花似玉、秀丽非常。田宏遇家中正大设筵宴，恰好李留云的歌妓班送到。田宏遇见二十四名歌妓，一个个艳色如仙，自然喜欢地了不得，又得乘此娱嘉宾，真是一举两得。所以除照单全收外，赏给李留云的来使纹银三百两。又亲自写了一封谢书，再三的向李留云道谢。

使者去后，田宏遇便唤歌妓的班头来，询了剧目脚本，即刻令在内室扮演起来。那歌妓班的班头谢氏，是个半老徐娘，专一出入亲王府第，教授姬妾们唱歌的。谢氏的父亲谢龟年，当年在晋豫一带编歌度曲、开堂授徒的，是个数一数二的乐师。她的丈夫杨云史，是武宗时著名乐师杨腾的四世孙，秦淮地方，颇有盛名。所惜他年逾而立时，就一病逝世。这谢氏本家渊源，又经她丈夫杨云史的指授，对于南昆北曲，习得无一不精；腹中有四五百出名剧，尽是现代孤本。于是承袭了她父亲和丈夫的衣钵，悬牌教授女徒，声誉远播。亲王大臣都请她教授家中的侍姬，年需薪金五百两。在那时这个数目，也算不得少了。好在那般亲王大臣有的是钱，并不在这点点上计较。况且既爱好声色的王公大

第九十六回　风月无边田贵妃制曲　鬓钗留影吴三桂惊艳

臣，金钱是不能可惜的了。

还有一层，这谢氏虽是乐师的妻子，却生得雪肤花貌，婀娜多姿。只讲她一张脸蛋儿，又白又嫩，红润中带几分细腻，笑起来嘴角上微微显出两个酒窝儿，愈见得妩媚动人。尤其是她那双黑白分明的秋波，伶躏敏活，若向人瞟一眼儿，真是连魂儿也被她勾去。因有这个缘由在里面，那些亲王大臣你争我夺，三百五百，大家请她去教姬妾。其实是醉翁之意不在酒，不过借个教曲子的名儿罢咧。谢氏也善侍色笑，很是知趣。当朝的亲王们，没有一个不喜欢她的。这时谢氏受了安徽抚台李留云的聘请，到田皇亲的府中来充班头，教授歌剧。田宏遇见谢氏佳人半老，风韵犹存，更兼她一种应酬功夫又好，田宏遇早已觉着这个歌妓的班头，是与众不同的，心里就暗暗注意。当下谢氏奉了田宏遇的盼咐，自去指挥一班歌妓。

那时田宏遇父子，在外面招呼来宾，大排筵席，开怀畅饮。其时来宾当中有一位少年英雄，姓吴名三桂，是辽东人，原籍高邮。他的父亲吴襄，现任着京营兵马都督。田宏遇和吴襄很是莫逆，由是知道三桂的为人。讲到这吴三桂，相貌魁梧，人品俊逸，说起话来声如洪钟，平日间举止洒落，谈吐极其高超。因他的父亲是个武职，三桂当然承袭家学，对于行兵上的方略，熟悉如流；就是文才，也还算过得去。田宏遇自己是武将出身，常常和三桂论兵，见三桂对答敏捷，所论皆洞中窍要，心下很是器重他。每对吴襄讲起，说他少年练达、智勇兼备，他日前程正未可限量。吴襄见人家颂誉他的儿子，不禁喜得眉开眼笑，口里虽谦逊着，心下却十分得意，于酒酣耳热的时候，便拈髭笑道："三桂是吾家的宁馨儿，将来光耀门庭，荫封祖宗，当胜似老夫！"说罢哈哈大笑。三桂自己也颇自负不凡。就是满朝文武大臣，都对吴襄说："三桂英勇有为，异日必当跨灶。"这样的人赞许，把个吴三桂直捧到了半天上去,他的声誉就一天一天地高了起来。不上一年,盛名雀噪,都下无人不知道吴三桂是个后辈英雄。三桂在田皇亲的门下走动,田府中以一班门客,见田宏遇还这般器重三桂,大家的眼光自然都注在三桂一人身上,都当他是一位大英雄看待。

那天田宏遇新舍启钥,大宴群僚,三桂也高坐在席上。酒到了半阑,田宏遇一时高兴,叫堂下止乐,令左右吩咐二十四名歌妓,一例浓妆,来席间替嘉宾侑酒。这句话一出口,侍役飞也似地进去了。不多一会,歌妓的班头谢氏出来给田宏遇请了个安,领着一群美眷,盈盈地走出后堂。席上的众宾但听得珠帘一响,那一阵非兰非麝的香味儿,从那边射到鼻孔里来。那些宾客的眼睛面前觉得一亮,精神都为之一振。再看这一班歌妓,一个个生得袅袅婷婷,眉目如画。这时席上的欢笑声和谈天说地声,立时停止起来,万声杂沓的大厅上,霎时鸦雀无声。大家睁着光油油的两只眼珠儿,齐齐地去盯在那些美人的脸上。田宏遇只说声:"斟酒!"这一声又高又是响亮,冲破了厅上寂静的空气,把众宾都吃了一惊。尤其是人人称他英雄的吴三桂,他正瞧着一个歌姬出神,也被田宏遇的唤声惊过来。只见那二十四名歌妓姗姗地走到席上,便轻舒玉臂,执壶斟酒。

要知后事如何,且听下回分解。

第九十七回　落花有意艳姬钟情　春水长流英雄气短

珠灯万盏，把一座大厅照耀得和水晶宫相似，画栋雕梁间，都悬挂着千丝的绀彩，远远地望进去，花团锦簇，谁说还是人间？只怕月殿桂府，也不过这样的了！这时堂下的乐声忽止，厅上的管弦丝竹却悠悠扬扬地杂奏起来，那班艳丽如仙的美人，花枝招展般地往来替宾客们斟着酒。一会儿便徐开娇喉，循着乐声，莺啼鹃鸣地轻歌一阕，那种缠绵婉转，如击玉、如鸣清磬的歌声，把厅上的几百个嘉宾都听得心迷神醉、目瞪口呆。那主人小孟尝田畹（宏遇），很殷勤地向宾客们执杯欢饮。这样一来，总算将众宾客的灵魂，从九霄云外追转，大家定了一定神，重行欢呼豪饮起来了。只有那位少年英雄吴三桂，依旧是呆怔怔的，时时对着歌舞队里的一个艳姬瞧看。那艳姬也凝睇三桂，还做出一种似笑非笑的姿态，弄得个血气未定的吴三桂，身虽在席，魂儿早已缠绕到那美人的裙边去了。

讲到那个美人，就是安徽巡抚李留云馈与田皇亲的二十四名歌妓中的一人，姓陈，芳名一个沅字，鬻歌秦淮时，更名叫做圆圆。这陈圆圆本是太原人，确是个世家闺秀。她的祖父，做过一任侍郎，父亲是太原名孝廉。圆圆下地不到周岁，陈孝廉便染痼疾，一病不起。圆圆的母亲就矢志柏舟，抚养这圆圆成人。光阴逝水，圆圆已是十八岁了，出落得脸似芙蕖，腰同杨柳，冰肌玉骨，妖娆婷婷，真有绝代的芳姿。圆圆的母亲夏氏，出身也是名门，识字知书，兼工琴棋，又善画山水。她见圆圆聪颖绝伦，把自己生平的技艺，尽情传授给了女儿。圆圆也一学便就，所谓举一反三，简直要胜过她母亲了。夏氏以圆圆聪慧，自然格外痛爱，人家掌上的明珠，恐未必有她那样的怜惜。但有时终对圆圆说："女儿颖悟过人，又具如此花容玉貌，天生美人只怕福泽太薄。愿汝父在阴间祐你，莫应红颜薄命那句话儿，我死也瞑目了！"夏氏说到这里，便惨然不乐。圆圆听了，几乎流下泪来，又恐他母亲伤心，故意强颜欢笑，把她的话支岔开去。这样的寡母孤女，守不到半年，夏氏忽然罹了时疫，大限难逃，含着一泡珠泪，握住圆圆的一只玉臂，溘然长逝了。

夏氏一死，圆圆一个弱女，弄得举止无措，一天到晚，只知掩面哭泣。隔壁的陈姥姥，虽和圆圆同姓，却不是同宗的。她见圆圆孤弱，就插身进来，帮着圆圆买棺治丧，草草如仪，又替她典了祖产，卜地安葬，诸事料理妥当。圆圆的心上，十分感激那个陈姥姥，陈姥姥也时时来照顾圆圆。姥姥有一个儿子，年龄和圆圆相若，生得蠢笨如牛，出门不知南北，在家不辨菽麦，除了吃饭、下便之外，一点人事也不晓得的。姥姥只有这个儿子，钟爱倒也无异夏氏之于圆圆。姥姥自谓对于圆圆有殓母的恩典，托人转告圆圆，要求圆圆嫁给他的儿子。圆圆想姥姥太不自量，也不去得罪她，只用婉言谢却。

谁知圆圆在家守孝，还不到三个月，山西流贼大起，百姓奔窜，豕突狼奔。陈姥姥乘这乱世时代，挟了圆圆逃往秦淮，以三百金将圆圆售去。出三百金的人，是个著名的乐户。他见圆圆生得雪肤花貌，真是钱树子是赖了。当圆圆张帜的第一天，便有泗水公子愿以三千金代圆圆脱籍，怎奈鸨妇贪心正炽，欲依圆圆为

第九十七回　落花有意艳姬钟情　春水长流英雄气短

一生吃着，区区三千金，哪里能够填得她的欲壑？一场好事，中道阻断。这也是陈圆圆应该要历许多磨折，才能留得芳名，与后人论长道短，否则英雄美人的情史，又从哪里着笔呢？

陈圆圆悬牌应歌，芳誉日盛一日，大江南北，醉心圆圆的坠鞭公子，正不知多少。金屋藏娇的一时颇不乏人，一者是鸨妇所索太奢，第二是圆圆选择过苛，鸨妇愿意了，圆圆抵死不从；圆圆瞧得上眼的，又都是江淮名士，富于才而贫于资，只能卜一夕之欢，实无买珠之力。这般耽误春光，转瞬又是两年，圆圆已二十岁了。恰好巡抚李留云来秦淮搜罗美貌的歌妓，见了圆圆，惊为尤物，立给鸨妇二百金，载圆圆而去。鸨妇满心的不愿，只是抚台大人的命令，不敢不从，惟有吞声忍气罢了。

李留云在各地的楚馆秦楼，把个中翘楚，一古脑儿搜刮起来，凑成二十四名，组就一班歌剧，送往田皇亲的府中，充作侯门的歌姬。这样一来，田宏遇果然享尽艳福，只苦了那些吟风弄月的名士，平日出入花丛，虽不获身亲香泽，也藉此发泄牢骚，望梅止渴。现在经李巡抚一网打尽，别的不去说他，单就醉心圆圆的一班士人，所谓枇杷门巷，樱花依然，玉人已杳，怎不令人望洋兴叹，生人面桃花之憾呢！这位李抚台，真要算得煮鹤焚琴，大杀风景了。

再说陈圆圆在田府的席上侑酒，见众宾客中有个武生打扮的少年，神采奇逸，相貌不凡，坐在嚣嚷的俗类当中，俨然是鹤立鸡群；那个少年，也频频回顾，两人在大庭广众之间，居然眉目传情、红丝暗牵起来。可惜的韶光不住，眨眼三更，酒阑席散。田宏遇令歌妓们进内，自己和他儿子两人，便起身送客。嘉宾纷纷离席谢宴而散，独吴三桂却留连不忍遽去，勉强立起身来告别。回头见屏风背后，似乎隐隐立着倩影，益令三桂恋恋不舍，几乎要一步一回头，效那长亭送别时了。陈圆圆自那天席上见了三桂之后，芳心中就留下一个痕迹，由是对三桂往来，终是十分注目。那吴三桂也似不约而同地，心上时时牵记着圆圆。他进出田皇亲的府第，更比前来得亲密了，差不多一日两三次，人家当三桂和田畹公子有密切关系，哪里知道三桂别有所恋。

其时明朝的武将人才很缺，大学士温体仁与大宗伯董其昌，上疏请开恩科，征拔武将。崇祯帝也以内乱日炽，满清常来寇边，老尚书孙承宗已衰年致任，如祖大寿辈又潜降了满洲，此时总督三边，只靠一个经略史洪承畴。承畴虽称得是个将才，怎奈兼职太多了，顾了山海关、辽蓟诸地，又要去管登莱、天津等军务，又须去参与山陕的战争；又命他督师淮扬，进兵安庆，克复凤阳诸府；又要提防浙闽海口，以御倭寇——这许多的重要大事，恃着洪承畴一人去办理，任他有经天纬地的才学，百战百胜的能耐，也有些顾此失彼的了。有这种种的原因，温体仁和董其昌的主张，正合了皇上的圣意。于是下谕颁布四方，着一般武艺高强的士子，不论马上步下，长枪短刀，只要有一艺之长，都可以考试的。

这道圣旨行到了外郡，各处习武的举子纷纷北来应考。在这当儿，田畹便劝吴三桂也去赴试。三桂日夜地想念着陈圆圆，哪有心思去取什么功名？怎经得田畹的激劝，又替他在董其昌跟前竭力揄扬。到了应试的日子，崇祯帝命董其昌为主考官，田畹为副考官，曹腾蛟为检阅。三人奉了上谕，都全身披挂，齐齐地到御校场来。那时天下的武生，已是人山人海，只等检阅令下来，大家摩拳擦掌的，准备争取锦标。这天的吴三桂，也扎靠紧身，打扮得整整齐齐，威风凛凛地立在那里。他父亲吴襄率领着京营中三百名劲卒，在校场的四围照料弹压。检阅官曹腾蛟下令校技，那数百名武举陆续进场，一个个的献技已毕。董其昌点了名儿，记着一二三等级数。武举之后，便是武生，也一个个的试

第九十七回　落花有意艳姬钟情　春水长流英雄气短

讫，主考官宣布休息。午后又经一场复试，试过之后，那些武举、武生始各自散去，只要明日望发榜就是了。第二天上，武榜张挂出来。武举中的头名，是马宝；武生头名，便是吴三桂。其他如吴问如、周遇白、马壮图、马雄图、董国柱等，也都是膂力过人，弓马精熟。由董其昌把取中的人名上达，崇祯帝御笔亲点，以马宝为蓟州副总兵，周遇白、马雄图、马壮图、董国柱、吴问如等，一例授指挥职，令赴洪承畴处着承畴分发各要隘驻守。吴三桂授为游巡使，即在京营，都督吴襄部下供差，有功再行升赏。

那时吴三桂新捷高魁，又授显职，少年得志，越发觉得目空一切了。田皇亲府中的陈圆圆，闻得吴三桂已授职京营，更起了一层羡慕之心。那三桂因在他父亲的部下供职，虽说是在家为父子，授事为君臣，而比较别个将士，当然要一点面子。所以他授职以来，差不多一个月中没有三两次到营。终日在田皇亲府中，借着讲论学问的美名，实在是为了陈圆圆罢咧。

日月流光，又是冬尽春来，恰值田皇亲的花圃里碧桃盛开。田畹便大张筵宴，请同僚至府中赏花。到了那天，皇亲府门前车马接踵，自有一番的热闹。酒到了半酣，田畹提议，佳日无多，高会良朋，不可没有点缀，应请来宾们各咏七绝一首，并不限定题目，悉以眼前的即景，随意吟咏。众宾客听了，大家齐声道好，尤其是那班墨客骚人，三杯下肚，正诗兴勃勃的当儿，有了这命令，恰中下怀，便各自铺纸润毫，摇头摆尾，在那里拈韵押字地哼了起来。吴三桂是不谙诗韵的，呆怔怔地坐在席上，似乎不好意思，就起身离席，负着手闲步各处。只见园亭的东偏一带，碧桃如锦，望去又像一片的彩云，映着日光，在山中出岫。三桂赏览了一会，一步步地沿着桃林，向东南上走去。正南的松林下，却是一座很大的假山，山下是个三丈圜圆的一口石池。池中的金鳞跳跃，五色斑斓，十分可爱。池边围绕着白石的卍字栏杆，来宾当中，也有倚栏在池边观鱼的，也有散步林木荫深处，摘寻诗句的。三桂无心看这些景色，仍傍池慢慢踱过去，转过了假山，路便折而向西。三桂本来借此解闷，原没一定的方向，所以就循着园路，往西前进。路的两边尽是千红万紫的花草，芳香馥郁，令人胸襟为畅。这条西向的道上，又有一条小径，可以折向东面的。那小径比较低去尺余，须拾级下去，人立在径中，两旁的花木高出人顶，人在里面行走，外面是瞧不见的。三桂不禁赞道："好一个幽僻的所在！"说着就循小径，向前约走了有三百步，是一所棕叶盖成的八角小亭，亭上设有竹椅床榻，都是湘竹编就的，又光滑，又美观，想是暑天纳凉时所用的。经过这座小亭，又有一个石池，也一般的石栏圜着，距离石栏半尺许，便是一座石台。台上凿着石椅石墩，上达碧瓦斜披，匾题着"钓鱼台"三字。钓鱼台的右偏，又有一条石径，光洁润滑，三桂就绕过了石台，竟望那石径上走去。

　　走完石径，一字儿立着五间楼房，朱扉碧窗，极其幽雅。三桂走得脚顺，不问东西南北，早已走进楼房的下面了。只见室中陈列的都是古董玉器，香炉鸭鼎，金盆玉壶。照形式上看起来，不像什么客室，大约是田畹自己游息之所了。三桂展玩了一遍，再跨进第二室去，那摆设越发精致了。壁上悬的名人书画，琴剑丝竹，无一不具。案上玉狮喷雾，金灯银缸，备极华丽。三桂正细看名人遗墨，偶然回顾，见对面室中珠帘下垂，不知是什么地方，索性游一个爽快，竟回身向着第三室走去。一手才掀起珠帘，便觉一阵香气直扑鼻管。再看室中，金漆箱笼堆列，镜架倒影，绣帘中隐隐露出牙床来。三桂到了这里，才知是女子的闺闼，不觉如梦方醒，寻思道："俺怎么似这般糊涂，倘被田皇亲撞见，叫俺有何面目对他？"想着忙转身搴帘，要待出去，不防

第九十七回　落花有意艳姬钟情　春水长流英雄气短

帘外已姗姗走进一位美人来，急得三桂走投无路。躲避又来不及，只好硬着头皮，冲将出去。一揭帘儿，两下里打了个照面，那美人见是陌生男子，也呆了一呆。三桂已瞧得清清楚楚，不由得木立着发怔——原来那美人正是三桂日思夜想的陈圆圆。圆圆骤见了三桂，初时很为惊骇，此刻见三桂木鸡般的，立得一动不动，两眼连神也定住了。圆圆心里暗暗好笑，不禁看着三桂，低头嫣然一笑，盈盈地搴帘走进去了。三桂这时也目眩神迷，不知不觉地那两条腿儿也随了圆圆走进房中。

两人互相羡慕，隔墙相思已久，今天英雄美人第一次叙首，这机会岂肯轻轻放过？于是由圆圆请三桂坐下，并亲自去倒了一杯香茗来，递给三桂的手中。三桂一面接茶，眼看着圆圆一双玉腕，白嫩得和粉琢一样；尖尖的十指，真是雨后的春葱，娇柔细腻，无论什么东西，总比不上她那样的娇嫩。三桂看得心痒痒地，这时恨不得把她捉过来，尽兴捏她几下。圆圆见三桂慢吞吞地接着茶盏，两只眼珠只管骨溜溜地看着自己的手上，很觉不好意思起来，忙垂手立在一边，低垂着粉颈，不住地抚弄她的带子。三桂在未见圆圆以前，好似有满腔的心事，在心上人的前面一吐；及至和圆圆见了面，反觉得没话可说了，搜索枯肠，想不出什么话来。正是拿了一部廿四史，不知从哪里说起。还是陈圆圆到底在秦淮名列花魁，对于应酬谈吐本是她们的惯技，当下便搭讪着，向三桂问长问短。三桂虽说是个男子，因心里迷乱已到了极点，和圆圆一问一答，转有些生涩涩的。这样的两人讲了一会，渐渐地得劲起来，不到一顿饭功夫，两人已并坐在一块儿，唧唧哝哝地谈起情话来了。

三桂一头和圆圆说着，一手紧紧握住她的玉腕，觉得柔软温馨，滑腻如脂，荡人心魄。圆圆却浅笑轻颦，故意缩手不迭，三桂哪里肯放？引得圆圆吃吃地笑了。这一笑不打紧，直把个自称英雄的吴三桂，顿时骨软筋舒，几乎坐不住身了。

　　两人正在甜蜜的时候，不料田宏遇忽地掀帘进来，见了这种形状，心里怎样会不气？立即就放上脸儿，吓得三桂和圆圆都慌急不知所措。田宏遇大喝道："长白（三桂表字）！咱不曾薄待于你，还当你是个有为的青年，谁知你是个好色之徒，不成器的禽兽。算咱瞎了眼珠，结交你这种人面兽心的败类。好，好！咱此时也不来得罪你，快快替咱滚了吧！"这几句话，说得吴三桂面红耳赤，心下似小鹿撞的，十分难受。你想三桂平日很是自负的，今日被田宏遇一顿的当面训斥，他怎肯低心下气？况事已弄到这个地步，还顾他怎么脸儿不脸儿！于是也老羞变怒，大声答道："俺三桂是顶天立地的男儿，明人不做暗事，俺和圆圆本是旧识，在未进你门以前，俺已和她结识的了。今天偶然相逢，叙一会儿旧情，于你也毫无损益的。而且圆圆原本歌妓，谁能禁止她不再结识别人？"说罢三脚两步地走出房门，悻悻地竟自去了。

　　田宏遇对圆圆冷笑了两声，也怒冲冲地回到园中客厅上。其时宾客已大半散去，宏遇叫仆役们，连声说道："打轿！打轿！"

　　不知田宏遇坐着轿去做甚，且听下回分解。

第九十八回　金屋无人皇亲遣丽质　河桥肠断经略梦香魂

却说田宏遇怒气勃勃地连声叫打轿过来，尚有未散的宾客和那些家仆们，不知宏遇为什么要这样的大怒。田宏遇的为人，平日和蔼谦恭，喜怒不形于色的。这般忿怒的样儿，不但许多门客从来不曾看见过，就是一天到晚服侍宏遇的家役们，也还是第一次逢着。所以大家议论纷纷的，一时很觉得诧异。当下宏遇匆匆地登轿，不住地催着夫役们快走，一路上如飞地望了西直门走来。到了大宗伯府门前，宏遇喝令停舆，很忙迫地跨下轿来，也不待门役的通报，竟自走进府中，向书房里来找董其昌。恰好其昌上朝回府，在那里披阅公牍。

宏遇一见了其昌，就气愤愤地把书案一拍，倒使其昌大吃一惊，正要动问，宏遇已指天画地的大声说道："老董！你看天下有这样的衣冠禽兽么？怕咱的眼睛儿瞎了。"说着，将府中开筵赏花，三桂调戏陈圆圆的事，带骂带喘地说了一遍，越讲越气，咬牙切齿，又要打椅击桌的大骂起来。董其昌听得明白，忙相劝道："老兄的气度，素来是很宽大的，怎么今天为了一个歌女，要气到这般地步？那也未免太不值得了！"

宏遇此时火气一团，直往上冲，要想对其昌来诉说，借此出出气的，万不料其昌兜头就浇一勺冷水，把宏遇的无名火先熄去一半。便睁着眼向其昌说道:"据你的话,难道三桂这种行为是应该的?"董其昌笑道:"你结交了半生的朋友,连这点点风色都瞧不出来,也是枉然了。你看朝廷许多大臣,哪一个是可靠的?将来一旦有变,却去依谁?似吴三桂这样的人,你莫瞧不起他,异日必有大为。咱们结交他还来不及,怎么反去得罪他,以致结下仇恨?倘然三桂得志,岂不是一个大大的隐患?"宏遇听了其昌一席话,好似当头一个霹雳,弄得目瞪口呆,半晌才慢慢地说道:"那么依你又怎样?"其昌正色道:"目今朝廷,晨不保夕,咱们正宜结识英雄的时候。就俺说起来,你回府去,赶紧遣人去请三桂到来,置酒向他谢罪。至酒酣耳热的当儿,即令歌女圆圆出来侑酒,使他见色忘怨,你就把圆圆乘间贻赠给他,那不是前嫌尽释了么?"宏遇摇头道:"咱既已和他翻脸,此时便去邀请,只怕他未必肯来。以后的事且等过了几时再谈吧。"

宏遇说毕,起身辞了其昌,上轿回到府中,想起三桂的为人,觉得他实在可恶;又回想其昌的话,虽不无见地,究有些近于袒护三桂。况这种好色之徒,将来能否成得大事,还在不可知之列,咱又何必去空交无益之人。宏遇想了一会,打定主意,不再和吴三桂往来。其实宏遇一半也舍不得陈圆圆的缘故。

再说吴三桂自那天从田皇亲府中气愤愤地出来,一口气回到家里,闷闷地坐在那里,连茶饭都无心吃了。这样地过了几天,思念圆圆的这颗心,比从前更进了一层,只苦的美人已归沙吒利。俗言说侯门深似海,任你三桂想得头昏颠倒,也没人来怜惜你的。有时万分无聊,便悄悄地至田皇亲府花园的后门,徘徊一回儿。但见碧波滚滚,依然长流,佳人却是消息沉沉,只得长叹数声,嗒然而归。

其时满洲兵寇边急迫,警报络绎不绝。洪承畴方进兵安徽,邀击李自成,陈奇瑜又自重庆被张献忠杀败,辽蓟总兵唐其仁也

第九十八回　金屋无人皇亲遣丽质　河桥肠断经略梦香魂

吃满兵打得落花流水。崇祯帝敕总兵祖大寿往援，祖大寿见满兵势盛，竟带了他部下三千名步队，杀了唐其仁的首级，投奔满洲去了。崇祯帝闻报大惊，急召廷臣商议。大学士杨嗣昌力荐吴三桂出镇边地，说他是个将才。崇祯帝听了，巴不得有人荐拔奇才，便立即下谕，授误三桂为副总兵，往驻山海关，以御外侮。

圣旨下来，第一个兴高采烈的，是老将吴襄，见他的儿子得膺边疆重职，真是说不出的欢喜。还有许多同朝的官吏，及亲戚朋友，都来替三桂父子道贺。吴第中便大排筵宴，款待来宾，酒热灯红，大家猜拳行令，开怀畅饮。只有吴三桂一人愁眉不展的，似有什么重忧一般。人家不晓得内心的情节，还当吴三桂初担重任，心里忧惧，所以郁郁不欢。独有大宗伯董其昌，却知道吴三桂的心事。酒到了半酣，董其昌含笑向三桂耳边轻轻说了几句，三桂连连起身，对董其昌打拱作揖。待至酒阑席散，其昌告辞去了。

光阴流水，转眼三天，三桂赴任的期日到了。他好似没有这件事一样，绝口不提。吴襄倒弄得着急起来，忙召三桂到营中，诘问他为什么违延上谕，万一皇上见罪，谁敢担当？三桂听说，只唯唯诺诺，并不说出缘由。吴襄这时真是丈二和尚，摸不着头脑了。直到第五天上，董其昌匆匆到都督府中来，见了三桂，便微笑说道："大事已替你说妥，咱们走吧！"于是一把拖了吴三桂，竟向田皇亲府中走来。早望见田宏遇已领着几名家丁，远远地前来迎接。三桂见了宏遇，自觉有些惭愧。宏遇似毫不介意，而且比从前更来得谦恭了。三人携手进了皇亲府，大厅上筵席已设。宏遇让三桂上坐，三桂哪里肯依？争让了一回，由董其昌上坐，三桂边席，宏遇下首主座相陪。酒到了三巡，宏遇回顾家僮，不知说些什么，家僮飞奔地进去了。一会儿家僮出来复命，就听得屏风背后环瑕声丁冬，弓鞋细碎，走出一位如花的美眷来。三桂因有前日的嫌疑，不敢在席上放肆，只好微微地偷眼瞧看。谁知不看犹可，一看之下，不由得浑身惊颤，好像铁针逢着了磁铁似的，两眼盯住了，再也转不过来。你道那美人是谁？正是三桂思想得茶饭不进的陈圆圆。

那圆圆姗姗地到了席上，宏遇叫她和三桂并肩坐下，吓得个三桂几乎直跳起来，慌忙侧身避位，被田宏遇一手按住道："都是自己人，将军何必见外？快坐下了，好痛痛快快地饮酒。"三桂不得而已，重又坐了，但是终有些不安的样儿。田宏遇一面执着酒杯，笑对三桂说道："将军受皇上寄托的重任，将来保社稷、定寇乱，立功卫国，前途的希望正大。就是老夫，年虽古稀，也要托庇将军咧。"宏遇说时，指着圆圆说道："她是个无依的孤女，老夫衰颓之年，留她无用，敬以托之将军，幸无过于见却。"三桂听说，正是出人意外，转弄得回答不出话来，好半息才起身说道："老皇亲年已古稀，正应留此婵娟，以娱暮景。小将自愧无德，终蒙老皇亲谬奖推爱，那是万万不敢领受的！"田宏遇见三桂推辞，待要起身答话，董其昌便掺言道："这是田皇亲的一片诚心，望将军不要过谦！"说毕也不由三桂作主，吩咐田府的家役，昇进一顶青绸的绣舆来。早有田府的丫环，扶了陈圆圆登舆，一声吆喝，如飞地抬往吴三桂的都督府中去了。这时的三桂又喜又忧，坐在席上，举止无措的，连应酬都有些乖方起来。董其昌料得三桂心神不宁，故意笑着说到："将军已醉了，咱们一起告便吧！"田宏遇尚要挽留，其昌给他丢了个眼色，宏遇会意，只得拱手相送。其昌同了三桂，走出田府，对三桂说："玉人已属将军，幸好自为之！老夫也要作别了。"说着头也不回地走了。

三桂看着其昌远去，方回身大踏步奔回都督府来看圆圆。三桂的母亲李氏，正在和圆圆谈话，恰好三桂跨进门来，李氏便道："这女子是田皇亲府中的，此时却送到我家来做甚？"三桂就

第九十八回　金屋无人皇亲遣丽质　河桥肠断经略梦香魂

把田皇亲推崇自己,并贻赠歌妓的话,细细讲了一遍。李氏只有三桂一个儿子,平日异常地钟爱。日前听得三桂授了副总兵,早晚要出镇边池,李氏不禁悲喜交集:喜的是儿子膺了荣封,悲的是母子将要远离。这时又见三桂说田皇亲慕他威名,馈赠爱姬,把个李氏听得嘻开了一张瘪嘴,再也合不拢来。惟有三桂结发妻卢氏,听说三桂纳了美姬,立刻就变下脸来,一个翻身,掩面回房去了。三桂那时魂灵儿都不在身上了,还去管什么卢氏,便勉强和他母亲敷衍了几句,即携了圆圆的玉腕,并肩进了后堂,自往翠云轩中,寻他们的乐处去了。他们两地相思,直到今日才算得天从人愿,成了眷属。英雄美人,得偕燕好,此中的况味,自有说不出的快乐。

吴三桂自得了陈圆圆,把出镇边地的重务已抛在九霄云外,但谕旨的期限已过,三桂恐皇上加谴,索性密嘱兵部侍郎谢廷宇,替他请了病假。从此一天到晚和圆圆守在一起,真是形影不离,衣食相共。两人你怜我爱的,恨不得打成了一片。

其时大宗伯董其昌听得都中谣传,谓田皇亲遗美姬给吴三桂,致三桂沉湎酒色,置国家大事于不顾了。又有人说,吴三桂是个有为的青年,应当令他远驻边地,备尝艰辛,使他知道疾苦,俾将来晓得爱国卫民,不当遗美人与他,因此使三桂纵情声色,贻误国家,罪非浅鲜!董宗伯见众议纷纭,不觉大惊道:"俺竭力把圆圆成全三桂,乃是希望他忠心为国、以御外侮的意思,哪里是叫他拥美人,在家淫乐,这不是俺害了他么?"当下回到家中,走进书斋,研墨润毫,写成一封书信道:

> 长白将军阁下:
> 多日不晤,甚念!近想将军,美人新宠,其乐可知也。曩者,将军名冠武榜,凡知将军者,无不为国家庆

> 得人。老夫虽耄愤,不禁为国家、也为将军喜也。故廷臣之于将军,推崇备至。曾几何时,而朝廷任将军之谕下矣。夫朝廷以兵权付将军者,冀将军赤心保国,内而扫除妖氛,外而力殄强梁,使明代之江山转危为安,则将军不啻手造明代,其功业勋德,尚可得而计耶!顾将军志不在此,乃与田畹争一歌妓,甚至废寝忘食。老夫以将军乃英才也,不忍使将军困于情网,而坏国家柱石,故不惜三寸舌,为将军作说客。讵知事成而后,将军不图铭感而思报,反纵情声色,沉缅于曲部之中。嗟夫!在今日之世,岂尚是人臣恋歌妓时耶?刻厉王以褒姒而亡国,夫差悦西施而吴灭。儿女情长,则英雄气短,此尤不能不为将军虑也。陈圆圆者,一秦淮之歌妓耳,路柳墙花,人人得而攀折者,而将军爱之,适足以辱将军而已。幸将军以国家为重,体朝廷宵衣旰食之心,为保国安邦之策,青史留名,万年传诵。苟不然者,以堂堂须眉,不为国家效忠,而终年消磨岁月于情天孽海之中,彼项羽自刎乌江,前车犹可鉴也。万一蹈斯覆辙者,不仅将军之不幸,亦国家之不幸也!回头彼岸,惟将军筹而三思之!

董其昌写罢,又自己读了一遍,随手加封,命家役将信送往都督府去。

那时三桂和圆圆正在后圃中饮酒看花,兴谑欢谐。忽见婢女持着一个信封进来,三桂忙接过手里,见信封上写着"吴将军长白谨启"。三桂不知道是谁写给他的信儿,便一手拆开来,和圆圆并肩观看。读罢,对着圆圆笑道:"董老头在那里发牢骚了。"话犹未了,圆圆蓦地立起身儿,噗地跪在三桂面前,珠泪盈盈地

第九十八回　金屋无人皇亲遣丽质　河桥肠断经略梦香魂

说道："董宗伯为将军利害计，为国家安全计，似非去贱妾不可；将军欲显身扬名、卫国保民，也决计非把贱妾杀了或是剐了。恐蜚短流长，人家总要说是将军留恋女色，抛撇国事的了。这样看来，为了贱妾一人，累了将军威名，也贻误将军进取之心，那不是叫贱妾罪上加罪吗？若果将来两败俱伤，不如贱妾先死在将军的面前吧！"陈圆圆说到这里，霍地立起身来，向着庭柱上一头撞去。这一来把吴三桂吓得心胆皆裂，慌忙将圆圆一把扯住，轻轻地抱在膝上，低声安慰着道："你不要心里气苦，俺的主意很是坚决的，无论他们怎样地说着讲着，俺拼了这副总兵不要了，终是和你伴在一块儿的。况且俺千辛万苦地弄你到手，怎肯听了闲言，无端地把你抛撇？那是无论如何办不到的。老实说一句，俺的头可断，海可枯，石可烂，我们两人的情意，是万万不会分离的！"三桂说着，取过董其昌的书信来，狠命地一顿乱撕，撕了一会，又掷在地上蹬了两脚，狠狠地说道："这老悖没来由，枯井生波的，写这样劳什子的信来。俺不看他成全俺两人的功劳，早就赶往他家中，把他一剑斫了。"圆圆见三桂正言厉色地说着，对于自己确是一片诚心，不觉破涕为笑，一头倒在三桂的怀里，一面撒娇撒痴的，要三桂设誓给她听。可怜一位雄心勃勃、自命不凡的大英雄，被陈圆圆迷惑住了，什么父母妻子、富贵声名，一古脑儿看做了浮云一般，哪里还放在心上？从此三桂死心塌地地伴着陈圆圆，再也想不着"功名富贵"四个字了。

再说闯王李自成攻陷安徽凤阳，焚了皇陵，屠戮百姓。这警耗传到了京中，崇祯便素服避殿，设祀祭奠，并俯伏地上，放声大哭道："朕居位无道，天降厥凶，致令泉下列祖列宗，遭贼的蹂躏。朕死无颜对太祖高皇帝，更何面目见先哲贤人？"崇祯帝带诉带哭，越哭越是伤心。那旁边侍祭的大臣，如魏藻德、钱谦益、孔贞运、贺逢圣、薛国观等，以及内侍宫监，无不涕泣得不可仰视。乾清门满罩着愁云惨雾，祭台上的红烛，光焰都成了惨绿色，似也在那里伤心一般。这时殿外忽然一阵狂风，把祭祀所燃的红烛尽行吹灭，就是案上列着的历代祖宗皇帝圣像，也都被狂风打落在地，群臣无不失色。崇祯帝叹口气道："天屡降灾，贼盗四起，国恐将不国！狂风把祭烛吹熄，分明是不祥之兆无疑。"说罢拂袖回宫。过了一会，内殿传出谕旨来，着洪承畴督师剿贼。

这旨意颁下，洪承畴方视师天津，闻命即移檄江淮，调总兵左良玉、边大绶两支人马，一出东，一出西。承畴自统大军，直扑正面。自成的人马，都原是些乌合之众，怎经得左良玉的一路人马，个个是精壮的大汉，只一阵地乱砍乱杀，自成大败而逃。被左良玉和边大绶，四面围将上去，把自成所有的精锐，几乎杀个干净。自成只领得十八骑，死命地冲出重围，逃往河南一带去了。这里正在大杀贼众余孽，安徽将告肃清，忽然上谕下来，召洪承畴火速进京。承畴不知是什么紧急军情，及至到京觐见，方知是满洲的太宗皇帝，改国号为大清，以天聪十年为崇德元年。清太宗因征察哈尔，顺道攻入大同、宣府一带。巡抚张凤翼上疏告急，崇祯帝立召洪承畴面谕，并拜为经略史，令即日出师，往援宣大。洪承畴奉谕退朝，回到自己的私第中，命家人们设起香案来，祭过了祖宗，又唤齐妻妾子女，一一和她们诀别。这时阖家大小，惊慌骇怪，不知洪承畴是什么用意。

讲到这位洪承畴，本是明朝一个名士，于军事上的知识，很是高深，至于文章学术，也可以称得上选。通说一句，似洪承畴这般人物，在明末时代，已算得是数一数二的了。洪承畴掌着帅印，出入戎马之中，他自以为儒将风流，常以古时的名将自诩。他的生平，也没有过于失德的地方，只是好的声色，所以家里的三妻四妾，一个个貌艳如花。在承畴原可以优游家居，安享他的

第九十八回　金屋无人皇亲遣丽质　河桥肠断经略梦香魂

闺房艳福。怎奈国家多事之秋，承畴既膺了督师的重任，不得不东征西剿，驰骋疆场，以致家中的艳姬美妾，香衾辜负，大有悔教夫婿觅封侯之概了。那日洪承畴和家人诀别时，他有个爱妾曹氏，芳名唤做阿香的，为承畴最钟爱了。当承畴应召进京时，一夜宿在馆驿中，见阿香姗姗地走进来，见了承畴盈盈跪下地去，垂泪说道："妾今要和相公长别了！"

不知阿香为什么作别，且听下回分解。

第九十九回　铁马金戈洪承畴鏖兵　　雪肤花貌文昌后迷敌

却说洪承畴在馆驿中，见爱姬阿香花枝招展似的走了进来，向承畴垂泪叩头道："贱妾要与相公长别离了！"承畴听说，大惊失色，忙伸手去拉她，忽然不见。洪承畴大叫怪事，警醒过来，却是南柯一梦。他从榻上一骨碌地爬起来，听谯楼正打着三更，案上的灯火犹半明半灭。承畴一面剔亮了擎灯，细想梦境，谅来决非佳兆。又想阿香是自己心爱之人，奉谕剿贼，转眼已是半年多了，家中好久不通消息，莫非阿香有怎样长短么？承畴在馆中胡思乱想的，翻来覆去，休想睡得着。看看东方发白了，远远地村鸡乱唱。承畴便披衣起身，草草地梳洗好了，唤起从人，匆匆上马。

这时洪承畴的归心如箭，真是马上加鞭，兼程而进。不日到了京中，一口气驰回私第，家人们见主人回来，自然排班迎接。承畴也无心和他们兜搭，三脚两步地跑入内院。见阿香方斜倚在一张绣椅上，一个小环轻轻地替她捶着腿儿。她见承畴进来，也不起身相迎，只把头略略点了点，嫣然微笑。承畴这时细瞧阿香的玉容惨白，病态可掬，不觉吃了一惊，急忙向阿香问道："你脸色上很是不好，敢是冒了寒了？"阿香摇摇头道："没有什么病，不过胃口不大好，吃不下饭就是了。"承畴说道："可曾延医

第九十九回　铁马金戈洪承畴鏖兵　雪肤花貌文昌后迷敌

没有?"说着便挨身坐在阿香的旁边,一手拥了她的纤腰,嘻开着嘴,怔怔地望着阿香,等她回答。阿香把头扭了扭道:"那是妇人家常有的小病,羞人答答的,怎好去对医生说?"承畴弄得摸不着头脑,笑着说道:"什么病不能对医生说?医者治疗百病,有甚害羞?"阿香也笑了笑,附着承畴的耳朵,低低说了一句,那粉颊上不由得绯红起来,把头倾倒在承畴的怀里。承畴忍不住哈哈大笑道:"我当是什么绝症,倒害得我满心的不安。你早说明了,我就不至这样着急咧!"原来洪承畴是三十五六岁的人了,家里妻妾满室、婢仆如云,所令他愁闷的,就是膝下尚虚。现在听得阿香说,腹中已有七个月身孕,把个承畴乐得手舞足蹈,哈哈地笑个不住。笑得阿香满脸通红,在洪承畴的身上,连连地拧了一把道:"你总是大惊小怪的,被人家听见了,又算什么?"洪承畴更笑得打跌道:"这不是瞒人的事,将来早晚要被人知道的,怕他怎么?"两人正在嘻笑着打趣,忽见外面的门役飞也似的跑进来道:"曹公公求见。"承畴见说,慌忙叫阿香回避了,自己出去迎接。司礼监曹化淳昂着头跨进二门来,一眼瞧见洪承畴,便带笑说道:"老洪,你倒好安闲自在。皇上有旨宣你去议事,快跟了咱走吧!"承畴惊道:"皇上怎会知道我在家里?"曹化淳笑道:"天下事要人不晓,除非不为。你方才策马进了天安门,恰好被王承恩看见,便去奏知皇上。皇上在便殿中等得你不耐烦了,才命咱来召你的。"洪承畴这时不敢怠慢,随着曹化淳去觐见崇祯帝。三呼礼毕,崇祯帝把宣大的警报给他瞧看,并谕令即日督师,经略宣大。

　　洪承畴领旨出来,心里虽然不高兴,但皇命不好违忤。只得没精打采,一步懒一步地回到家中,和妻妾等垂泪诀别。阿香忍不住说道:"相公往昔督师剿贼,终是很起劲的。此番奉谕回来,怎么说出这样的话来?"洪承畴叹口气道:"你们哪里晓得,因为边地的人马，大半是战败的老弱残兵，上起阵来，经不起一战，就要各自逃命的，不比江浙诸镇的人马，训练得既极纯熟，去剿那乌合的贼兵，当然有几分可以把握。如今满洲方兵强将勇的时候，倘统了这些残兵和他去抵敌，不是自己送死吗？此番督师出兵，眼见得是凶多吉少。万一祖宗庇佑，得安然回来，那是不必说了；不幸兵败塞外，或是被敌人所擒，我身为将帅，膺君命重任，岂肯觍颜降敌？那是只有一死报国了。可怜异地孤魂，不知谁来收我的骸骨哩！"承畴说到这里，那声音渐渐带颤，潸然流下泪来。那些姬妾们听了承畴的话，都好像承畴有死无生的了，大家一齐呜呜咽咽地哭了起来。经略府中，顿时惨雾腾腾，涕泣声不绝。大家哭了一会，还是阿香止泪说道："相公未曾出师，俺们这样哭泣，算怎么一回事？况吉人自有天相，安知相公此去，不马到成功？"说着勉强做出欢容，去劝慰承畴。众姬妾也各自收了眼泪。由承畴吩咐厨下，安排起筵席，和妻妾们团团地坐了一桌，算是饯行酒。承畴心上有事，只顾一杯杯地喝着，直吃到了月上三更。承畴已喝得酩酊大醉，经阿香搀扶了，踉踉跄跄地进房安寝。

第二天起身，洪承畴梳洗好了，胡乱吃了些点心，那兵队中的将校，已来问候过好几次了。承畴没法，重又进内向阿香再三地叮咛了一番，叫她安心保养身体，等自己得胜回来，不论育的是男是女，总替她开筵庆贺。又说小儿下地时，必须差一个得力家人报信给他，好使他放心。阿香含泪应诺。承畴这才出来，走到后院的屏风后，忽又回进房去，见阿香已哭得和泪人儿一样，承畴百般地安慰她，还在袖中抽了一幅罗巾来，轻轻地替阿香拭泪，又温言慰谕了几句。外面的云板乱鸣，校场中炮声隆隆，将士都已等得久了。洪承畴虽是舍不得分离，到了此时，不得不然，只好硬着头皮，走出堂前。仆役们牵过一匹乌骓马来，洪承

第九十九回　铁马金戈洪承畴鏖兵　雪肤花貌文昌后迷敌

畴跨上雕鞍，亲随们加上一鞭，如飞地望着校场走来。

到得御校场中，军士们见主将来了，便齐齐地吆喝一声，承畴上了将台，演武厅前，轰轰的三声大炮，诸将一字儿排着，都来参见了。承畴一一点名已毕，就发下一支令箭，命总兵曹腾蛟为先锋，带领三千人马，昼夜兼程而进。第二道令，命刘总兵姚恭领兵二千，为前队接应。洪承畴自己和总兵马雄、田遇春、唐通、李辅国、李成栋、王廷梁等，统着五千名劲卒，向大同进发。

晓行夜宿，不日出了居庸关，转眼已到汗陵河地方，离大同只有四十余里了。早有军事探谍，前来报道："先锋官曹总兵，已和清兵开过一仗，经姚总兵驱兵助战，大家混战了一场，未分胜负。"洪承畴听了，令再去探听，一面下令，军马前进至三十里下寨。正行之间，先锋曹腾蛟和副总兵姚恭，及大同总兵吴家禄、副总兵李明辅，宣府总兵郑醉云、王国水，副总兵陈其祥，副将王翰，游击曹省之、夏其本、项充、王为蔚，指挥杜云、马杰、仇雄、黄宜孙等，都骑着马，远远地来迎接。洪承畴一一接见了，并询近日间的军情。曹腾蛟禀道："清兵此番入寇，号称三十万，实数当在十五万以上，分为四路进取。东路一支人马，是清朝郑亲王齐尔哈朗；南边一路，是武英郡王阿济格；北面一路，是肃郡王豪格。目前同咱开战的西路兵马，是睿亲王多尔衮带领着的。这多尔衮，人称他为九王爷，英勇过人。四路人马，以这西路为最厉害。"曹腾蛟说罢，洪承畴点点头，腾蛟便退在一边。于是一行人马仍向前进，至离清兵大营三十里下寨。

忽小校报道："距寨前一箭之路，有清兵的旗帜发现。"洪承畴听了，挥手令小校退去，随即点鼓升帐。众将参见已毕，承畴朗声说道："刚据军事探报，谓清军放哨，前来窥探咱们大寨。俺料清兵疑我远来疲乏，当然急于休息。今夜彼军必出我不意，潜来劫寨，这倒不可不防。众位以为怎样？"众将齐声应道："大帅用兵如神，所料自是不差。"洪承畴略一颔首，回顾总兵吴家禄、李明辅说道："宣大两处，现共有多少人马？"吴家禄躬身答道："敝镇所领，旧额本有七千五百名。自去年出征额喀尔沁蒙古属，兵卒伤亡过半，至今不曾补足。目下实数，只三千四百名了。还有李总兵明辅、郑总兵醉云、陈总兵其祥、王总兵国永等，部下兵士三四千人或五六千人，通计马步两哨不满两万五千人。"洪承畴不觉叹口气道："边卒连年苦征，人马疲劳，既不补足新军，又不令疲卒休息。执政权的但知饱己囊橐，糈饷有无，概置弗问。有变则第知飞檄征调，岂知士心怨愤已甚，一朝爆发，其势将不可收拾。难怪那些官兵，要叛离从贼了！"

承畴说时，连连嗟叹，帐下的将士，也个个怒形于色。这样的默然半晌，承畴突然厉声说道："今清兵众而我兵寡，强敌当前，吾辈身受国恩，职膺荣爵，势不能束手待毙。列位可有什么良策？"这一句话，把帐下的诸将问住了，各人面面相觑，做声不得。过了好一会，总兵曹腾蛟拱手说道："末将等愚陋无知，愿听大帅指挥。"洪承畴微微地笑了笑道："今夜最紧要的，是防敌人劫寨，俺们宜预备了。"众将哄然应道："末将等听令。"洪承畴便拔下一支令箭来，唤总兵吴家禄吩咐道："你引本部人马，去伏在大寨左侧，听得帐中鼓声炮声并作，即领兵杀出。"又命总兵郑醉云领本部人马，去埋伏大寨右边，听见炮声，拥出并力杀敌。又令副总兵李明辅引本部人马，去伏在寨后，接应吴郑两总兵。又命总兵王国永、陈其祥上帐，吩咐道："敌人驻军的地方，那里唤做锦云栅，栅的左右，有旧土垒数处，为从前武宗皇帝征蒙古时所筑，两人各引本部人马，乘着月光，衔枚疾走，到那土垒旁埋伏。却令兵卒暗暗哨探，见清兵出发，待到其走远，你两人急扑入清军大寨。杀散敌兵后，占了寨棚，由王将军驻

第九十九回　铁马金戈洪承畴麕兵　雪肤花貌文昌后迷敌

守，以防敌兵来争；陈将军可领本部人马，从敌军背后杀回，倘遇见败下的敌兵，宜尽力杀戮，无令集队。切记！切记！"又命副将王翰昐咐道："距此二十里有一座土冈，虽不甚高，下面可以埋伏人马，你领了一千，去等在那里。见敌兵败下，俟其过冈及半，便挥兵杀出。"又令指挥仇雄、马杰引兵两千名，去伏在十里外之查家沟，敌兵若败，必往那里逃走，切莫放他过去！又令游击夏其本、王为蔚两人，各引兵一千名，去守在锦云栅的北面，多设旌旗，以疑敌兵，并绝他的归路。又令指挥黄宜孙、杜雄，各领兵五百名，去埋伏查家沟南面，预备挠钩套索，以擒敌人的马军。又令游击曹省之、项充，各引骑兵五百名，往锦云栅东面驻屯，多置强弓硬弩，见敌即射，阻他的后队援兵。又令总兵马雄、唐通，各引大刀队步兵五百，伏在寨内。敌人劫寨，必定是铁骑先行冲入，那时大刀队尽力砍他的马足。又令总兵王延梁，引步兵百名，各藏小纸炮一串，见敌兵铁骑冲营，即燃炮投去，以惊敌人坐骑。

洪承畴分拨已定，自和总兵李辅国、白遇春守寨，专等敌兵到来；又令先锋营总兵官姚恭严守寨栅，只准强弓射敌，不得妄动。这时气坏了总兵曹腾蛟，高声大叫道："咱蒙大帅不弃，职任先锋，今日逢到了大家出力的时候，为什么使咱落后？"洪承畴笑道："将军莫要性急，还有一处最重要而功绩也最大的地方在着，只怕将军未必能去。"曹腾蛟挺身说道："为国宣劳，虽蹈汤火尚然不怕，哪有不能去的道理？大帅未免太小觑咱家了。"洪承畴正色道："将军果然能去，是最好没有了！"说罢，抽出一支令箭，递给曹腾蛟道："你引本部骑兵一千兵，也要衔枚疾驰，至三更时分，必可抵横石堡了。那里是敌兵屯粮之所，你却多带火种，去烧他的粮草，一经得手便引兵杀出。这是第一件大功劳，务宜小心从事！"曹腾蛟领命，自去点齐人马，欢欢喜喜地去了。

　　再说大清兵马分四路来攻，把一座大同城直围得和铁桶相似。四路人马，算睿亲王多尔衮的一路最是骁勇厉害，还有东路郑亲王齐尔哈朗，南路武英郡王阿济格，北路郡王豪格，这三路人马，也都十分勇猛。那时睿亲王多尔衮闻得明朝救兵已到，领兵的主帅是经略洪承畴，于是多尔衮便召集众将，秘密讨论。多尔衮说道："俺素闻洪承畴是明朝唯一的将才，文韬武略，无一不精，今日来此督师，俺们大家要小心一下才好。"说犹未了，贝勒莽古尔泰大叫道："九弟何故长他人志气？咱们自行兵以来，和明军交战，哪一次不是如同摧枯拉朽？现在只一个洪蛮子，咱们难道就见他害怕了么？"多尔衮说道："不是说咱怕他，那姓洪的委实诡计多端。从前十贝勒巴尔泰在蓟州中他的埋伏，几乎被明兵擒住。前车之鉴，五哥，咱们还是谨慎一点为是！"莽古尔泰自恃勇力，一时哪里肯听，而立刻要领兵出去，和洪承畴去见个高下，多尔衮再三地劝住，贝勒巴布海也竭力阻挡。莽古尔泰只是要出战，多尔衮无奈，忙去邀请肃郡王豪格、武英郡王阿济格、郑亲王齐尔哈朗等，来营中商议军情。

　　不多一刻，肃郡王等，各人骑了一匹快马，带同五六名护兵，陆续来到多尔衮营中。相见已毕，多尔衮把贝勒莽古尔泰坚欲出兵去抗洪承畴的话，细细讲了一遍。武英郡王阿济格说道："如欲出战，也未尝不可，乘明军远来、立寨初定的当儿，俺们悄悄地前去劫寨，那叫做攻其不备，杀他一个下马威也是好的。"莽古尔泰拍手大笑道："好计、好计！正合咱的意思，准这样的办吧。"多尔衮摇头道："这个计较，怕未必见得是好。须知洪承畴这厮，是个久经疆场的名将，连这点也会不防的吗？"莽古尔泰大怒道："老九总是这样的多疑，你如此胆怯，将来怎样夺得明朝的天下？还是偃旗息鼓地逃回去吧！"说得多尔衮哑口无言。

第九十九回　铁马金戈洪承畴鏖兵　雪肤花貌文昌后迷敌

当下由郑亲王齐尔哈朗征求将士的意见，清军因屡胜明兵，早已骄气逼人，自然是主张去劫寨的人多。

齐尔哈朗见众口一词，下令将士预备出发。把人马分为三路，第一路贝勒莽古尔泰和巴布海，引兵一万五千去劫寨；第二路肃郡王豪格与贝勒布巴拉图，为第一接应；第三路齐尔哈朗自己率同睿亲王多尔衮作后队援兵；又命武郡王阿济格与章京图赖，驻守大寨。调度已罢，看看天色已晚，军士饱餐一顿，贝勒莽古尔泰的第一路，早已和风驰电掣般去了。第二路肃郡王豪格恐莽古尔泰有失，忙领兵随后去接应。郑亲王齐尔哈朗也统着大队出发。

那莽古尔泰鼓着一股勇气，飞奔杀入明军大寨，见是一个空营，才知中计。慌忙挥手叫退兵，后面兵丁和潮涌般进来，马队被步兵拥住，一时退不出来。明军寨中，连珠炮响，王廷梁命兵士燃了纸炮，望前乱抛，那马受惊，狂跃起来。清兵步队都被践踏得叫苦连天。总兵马雄、唐通各领步兵，持着大刀来砍马足。正值清兵铁骑乱窜，将马雄和唐通，并一千名步兵，踏得稀烂如泥。李成栋见势头不好，忙令长枪队倒退，幸得寨外总兵吴家禄、郑醉云左右杀到，李明辅从后面杀来，清兵大败，莽古尔泰落荒而走。正遇总兵陈其祥杀回。莽古尔泰心慌意乱，转身望东而逃。忽见一员大将，银盔锦袍，执着令旗在那里指挥。莽古尔泰知是洪承畴，便不敢投东，又折回从北面而逃，正遇着豪格的人马，巴布海也单骑赶来。正走之间，又逢着副将王翰大杀一阵。豪格催促残卒，向正西而进，希望齐哈尔朗的人马救应。忽然半途上夏其本、王为蔚左右杀出。清兵惊得魂胆俱碎，弃戈抛甲而逃。又遇指挥仇雄、马杰两人并力杀到，莽古尔泰夺路而逃，却被杜雄、黄宜孙的伏兵伸出挠钩套索来，把马上的将士一齐搭去。

豪格与莽古尔泰、巴布海等鞭马疾驰，越过土冈，见一队人马驰来，莽古尔泰魂不附体。细看方知是齐尔哈朗和多尔衮的人马，因被明兵游击曹省之、项充领弩手射住，以致不得救应。三路人马合在一路，垂头丧气地回去，又见武英郡王阿济格和章京图赖狼狈奔走，报告大营被明兵夺去。多尔衮大叫道："罢了！罢了！这洪蛮子果然厉害。咱们回去，整顿人马再来报仇。"

那清兵败回，这里洪承畴大获全胜，一面鸣金收兵，检点人马，损伤不及千人。惟总兵马雄、唐通被马踏死，还有烧粮的曹腾蛟，因身入重地，给清军活捉去了。洪承畴叹道："这是俺太莽撞轻敌，害了曹总兵了！"当下大犒将士，设宴庆贺得胜，又修成表章，飞马进京报捷，并下令休兵三日。

一天晚上，洪承畴因多喝了几杯酒，不免又忆起了心事，便领着两名小卒，出寨去闲步。但见月白风情，万籁俱寂。忽听得琴声悠扬，远远地顺风吹来，异常的清越。洪承畴不觉诧异道："塞外荒地，哪里来的古乐？莫非沙漠之地，也有高人遁隐着么？"洪承畴似顿触所好，不禁信步循着琴声走去。瞧见野外一个小小的帐篷，那琴声便从篷中发出来的。承畴慢慢地走近篷去。那篷门是半掩的，篷内灯光闪闪。由灯光下望去，正见一个绝色的佳人，舒开春葱般的十指，在那里鼓曲。

不知那美人是谁，且听下回分解。

第一百回 孤帐桐琴佳人歌一阕
绣枕鸳梦才子事三朝

笳声凄惋，刁斗清寒，素月一轮，高高地悬在天空，使快乐的人们见了这样清辉皎洁的月色，不由得兴趣勃勃。曾学过诗词的，还要哼上几句，点缀这可爱的明月哩。同一的月儿照在寄旅人的身上，就觉得凄清满目，不免要动故乡之思了。这时的月光影里，有三个人行走着。那前面穿着锦袍玉带、幞头乌靴的，正是明经略洪承畴，领了两名亲随，踏着月色在一座小帐篷前，侧耳倾听。帐篷内正发出悠扬的琴声来，铮钬之音，如击碎玉，如鸣银筝，把个军事倥偬的洪大帅听得神迷意荡。忍不住推门进帐篷去。只见一个雪肤花貌的丽人，在帐内盘着双膝，坐在锦绣的毡毯上，轻挑玉指，弹着一张古桐琴，声韵铿锵，令人神往。

那丽人见洪承畴蓦然地闯了进来，不觉吃了一惊，承畴也弄得呆了。两人相对怔了半晌，那丽人把承畴上下一打量，见是明朝装束，身披蜀锦绣袍，头戴浑银兜鍪，足登粉底朝靴，面白微须，相貌清秀中带有威武，就形式上看起来，决不是个下级将士，谅必是明朝统兵的大员了。丽人将承畴看了一会，现出惊骇的样儿，又似恍然如有所悟，便含笑着起身，让承畴坐下，又亲自去倒过一杯热腾腾的马乳来，双手奉给承畴，并笑问将军贵姓。这时承畴已身不由主，一面去接马乳，也笑着答道："下官姓洪。"那丽人听见一个"洪"字，似又呆了一呆，忙带笑说道："莫非是此次督师来关外的明朝洪经略么？"承畴因她是个女子，就老实告诉她也不打紧。当下随口应道："正是下官。"那丽人听了，现出似笑非笑的姿态，在洪承畴的眼光中看去，只觉万分的可爱。

这位洪经略，生平所喜欢的是女色，他尝自诩为中原才子，必得一个绝色的美人为偶，才得心满意足。家中那个爱姬阿香，虽也有十分姿色，但是万万及不到丽人的秀媚冶艳。心下暗想，世间有这样的尤物，我洪某能娶她做个姬妾，娱那暮年的晚景，这才不枉一生咧。洪承畴默默地想着，借着灯光，再把丽人细细地一看，见她是旗装打扮，头上饰着珠额，鬓边微微垂下一缕秀发，梳的是个盘龙扁髻，两条燕尾乌云也似地堆着。那粉脸儿上施着薄薄的胭脂，红白相间，望去又娇嫩又是柔媚。真是双眸秋水一泓，黛眉春山八字。更兼她穿一件盘金秋葵绣袍，脚下登一双尖头的蛮靴。衣须人袭，人赖衣装，因此越显得伊人如玉、袅娜娉婷了。洪承畴越看越爱，瞪着两眼，只瞧着那丽人一言不发。那丽人被承畴看得不好意思起来，不禁嫣然一笑，慢慢地把粉颈低垂下去。承畴见她那种娇羞的样儿，越见得妩媚动人，竟有些情不自禁，便大着胆伸手去握住她的玉臂，那丽人忙缩手不迭，承畴也自觉太卤莽了，心里很是懊悔，于是凝了凝神，喝马乳，搭讪着和那丽人闲话。那丽人口齿伶俐，对答如流，承畴暗暗称奇。回顾几上的桐琴，承畴本来是个内家，此时不免有点技痒，就起身走到几前，略略把弦儿一挑，声音异常地清越。

大凡嗜丝竹琴筝的人，遇着了良好乐器，没有一个肯放过的。承畴见琴音浑而不激，知道是良琴无疑，便也坐倒在毯上，拨弦调音，弹了一阕。那丽人等承畴弹毕，笑着说道："琴声潇洒，不愧高手！"承畴谦让道："姑娘神技，俗人哪里及得？"说

第一百回　孤帐桐琴佳人歌一阕　绣枕鸳梦才子事三朝

罢起身请那丽人重弹。那丽人不好推辞，只得坐了下来。弹了一段小曲，把宫商较准了，才轻舒纤腕，玉指勾挑，弹得如泣如诉，如怨如慕。听得承畴连连赞叹。那丽人一笑罢弹，盈盈地立起身来，和承畴相对着坐了。两人谈起琴中的门径来，渐渐地讲得融洽，互相钦慕，大有相见恨晚之概。

那丽人忽然笑道："如此良夜，又逢嘉宾，无酒未免不欢。"说着走入篷后，唤醒那个侍女。丽人自己也忙着爇炉温酒，又弄些鹿脯羊烩，蒙古人的下酒菜出来，置在洪承畴的面前。那丽人亲自替洪承畴斟酒，自己也斟了一杯，两人慢慢地对饮着。承畴的酒量，原是很好的，差不多一二十杯毫不放在心上。那丽人见承畴酒兴甚豪，吩咐侍女换上大杯来。侍女便去取出一双碧玉的高爵，能容酒半升光景。丽人满满地筛了一杯，笑盈盈地奉给承畴。承畴这时被美色迷惑住了，接过酒来咽都咽都地喝个干净。这样的接连喝了五六杯，承畴已饮得半酣了。那丽人也喝了几杯，酒气上了粉颊，桃花泛面，由娇嫩的玉肤中，似红云地一朵朵透将出来。只见她白里显红、红中透白，愈比未饮酒时娇艳了。

洪承畴坐对美人，所谓秀色可餐，越饮越是起劲。那丽人一面劝酒，又顿开珠喉，击着玉盅，低声唱着侑酒。承畴其时兴致勃勃的，已经忘形，丽人只顾斟酒，承畴尽量地狂饮，直吃到明月三更，已喝得玉山颓倒，烂醉如泥了。承畴醉倒帐篷内，那外面的两名亲随因等得困倦了，倚在帐篷的竹篱下，呼呼地睡着。东方现了鱼白色，寒露侵人，那名亲随忽然惊醒过来，赶紧起立，望着帐篷内瞧时，里面空空洞洞，哪里有洪承畴的踪迹？两个亲随一齐吃惊道："咱两个怎会瞌睡到这个地方来？主人又到哪里去了？"两人骇诧了一会，便慌慌张张地奔回大寨来。

到了寨中，那个侍候承畴的护兵，一见两个亲随回来，忙问主人在哪里。两个亲随当他说玩的,也就应道:"主人吃大虫背去了。"那护兵正色道:"谁和你讲玩话,方才各总镇纷纷的进帐探询机务,俺回说大帅昨晚出去,还不曾回帐。他们听了,兀是在那里焦躁哩!"那两名亲随听了护兵的话,心下将信将疑的,忙三脚两步地赶到帐中,左右侍仆异口同声说道:"主人没有回来。"那两个亲随这时方才见信,便把昨夜随着承畴踏月,帐篷中遇见了一个美人,主人进去,和那美人谈笑欢饮,自己在门外侍候,不觉睡着了。待到一觉惊醒,帐中已不见了美人和主人,所以赶紧奔回来探听的。众侍仆见说,都吃了一惊,大家议论纷纭,有的说那美人必是个妖怪,主人或者被她迷死了;有的说美人是敌人的间谍,主人遭了敌手了。

众人这样的窃窃私议,那外面陈其祥、李辅国、王国永、吴家禄等一班总兵,却都等候得有些不耐烦了。看看日已亭午,仍不见洪承畴点鼓升帐,那警骑的探报,直同雪片般飞来,急得众将领一个个抓耳揉腮。大家都说洪大帅也太糊涂了,军情这般紧急的时候,怎么可以一去不回,岂不误了大事?总兵王国永大叫道:"督师的人又不在寨中,令又不发,万一敌兵乘机掩至,咱们不是束手待毙吗?"国永这一叫,把大众提醒过来,便你一句、我一句的,在帐外争噪起来。那两名跟承畴出去的亲随,只躲在帐后暗暗着急。日色斜西了,军中巡柝号乱鸣,转眼要掌上灯号了,这位洪大帅的消息沉沉。那清兵已离明军三十里下寨,战书投来,催索回书已经两次,怎奈洪承畴未曾回来,又没有交托代理的,军机要务,各总兵不好擅专,只哄在帐外哗噪。

这样地闹到了黄昏时分,还是总兵吴家禄见洪承畴依旧不见,心知有些不妙,急召服侍承畴的左右亲随至帐外,家禄亲自诘询。那两个亲随不敢隐瞒,把承畴散步野外、遇见丽人的经过细细讲了一遍。家禄听了大惊,半晌顿足道:"你这两个奴才,

第一百回　孤帐桐琴佳人歌一阕　绣枕鸳梦才子事三朝

大帅既出了岔儿，何不早说？几乎误了大事。"说着，喝侍兵把两个亲随各捆打五十背花，暂时拘囚；一面点鼓，传集诸将，把洪承畴失踪的话，对众人宣布了。诸将听罢，各各面面相觑，做声不得。吴家禄朗声说道："目下军中无主，军心必行涣散，应即由众人推戴一个人出来，暂时维持一切，摄行督师的职权，众位以为怎样？"众人齐声称是。当下经总兵王国永为首，共推吴家禄为总兵官，代行督师职务。吴家禄谦让了一会，随即升帐，点名已毕，把清军战书批准来日交战。一面令参议处拟了奏稿，将洪承畴失踪的情形，差飞马进京奏闻。这且按下了。

再说洪承畴喝得酩酊大醉，连人事都不省了。及至酒醒，睁眼看时，见自己睡在一张绣榻上，锦幔绣被，芳馥之气触鼻。承畴不觉大吃一惊，一骨碌爬起来，向外面一望，有四名蓬头侍女，打扮得十分秀丽。她们见承畴已醒，便姗姗地走进来，两名服侍着承畴起身，还有两名忙去煎参汤、煮燕粥。等洪承畴走下榻来，什么盥漱水、梳洗具，都已在镜台前置得停停当当。承畴弄得莫名其妙，草草漱洗毕，侍女抢着进汤递粥。承畴还不曾知道自己在什么地方，便胡乱吃了些茶汤，一头吃着，就问侍女们："这里是什么所在？俺记得昨天晚上在帐篷内饮酒的，还有一个丽人相伴着。此刻丽人哪里去了？俺怎的会到这里来？"承畴说时，内中一个侍女只是掩口微笑，承畴益发摸不着头脑了。还有一个侍女笑着说道："你已到了此地，还问他则甚？"承畴正要诘问，那一个年龄稍长的侍女道："你且不要忙，咱替你说了吧。这里是芙蓉沟，咱们都是大清皇帝宫里的宫人。"

洪承畴听了"芙蓉沟"三字，早叫声"哎呀"，连手里的茶盏也落在地上，脸儿顿时变色，身体不住地打颤道："俺着了道儿了！"说罢就昏了过去。那些侍女们慌忙扶持着他，一个附着承畴的耳朵，高声叫喊；又有一个，竭力的替他掐着唇中。大家七手八脚地忙了一会，承畴方才悠悠地醒转。原来这芙蓉沟，是清朝的属地，承畴自己落在虎穴中了。

洪承畴苏醒了过来，回忆到昨夜的情状，和美人对饮，不知怎么模模糊糊，会到这个地方来。那个美人当然是清朝的奸细了，但不知清朝的皇帝，要赚自己来做什么？又想起了家中，和阿香恋恋不忍离别的情况，她还希望自己此次出师告捷，奏凯回去，一家团聚。如今身羁异邦，不知阿香分娩没有，万一已经产育了，又不知是男是女。倘阿香闻自己被人所赚，堕入牢笼，不知她要怎样地悲伤咧。承畴越想越觉伤心，举首满眼凄凉，忍不住放声大哭起来了。那些侍女们见承畴这样的悲痛，便上前再三地慰劝。那年龄最长的侍女，还低低地对洪承畴说道："经略也不要感伤了，既来则安。咱们万岁爷是个宽厚仁慈的主子，比明朝昏愦庸劣的暴君，至少要胜上十倍！咱们万岁爷决不会难为经略的。"那侍女说犹未了，洪承畴已听得怒气上冲，只听得"噼啪"一下，侍女的脸上早着了一下，打得她粉面上现出五个指头印儿，哇地一声哭出去了。

洪承畴又气又恼又是悲伤，索性拍案打桌的高声号哭。正哭得呜咽欲绝的当儿，似肩上有人轻轻的把他勾住，接着伸过一只纤纤的玉腕来，替自己徐徐地拭着眼泪，觉得她那幅罗巾上，有一股荡人心魄的香味儿，直射进自己的鼻管。洪承畴只当是侍女又来捣鬼了，待要抬起头来发作，眼前只觉光儿一闪，细看替自己拭泪的不是别人，正是昨夜帐篷里的丽姝。承畴蓦见了那美人，好似他乡遇着了故人，又似奶孩见了乳母，分外来得亲热，恨不得把心里的苦处一齐掏出来交托给她，那两行热泪不知不觉扑簌簌地流下来了；又想起自己被赚到此，都是那美人的狡计……想着看那美人一眼，说一声："你害得俺好苦！"不禁又号啕痛哭起来。那美人含笑着娇声细语地说道："那都是咱的不好，

第一百回　孤帐桐琴佳人歌一阕　绣枕鸳梦才子事三朝

望经略千万看咱的薄面，不要见怪，咱就感激不尽了！经略是个聪敏不过的人，须知咱此番的欺骗，也有许多苦衷在里面。但若照情理上讲起来，咱于经略方面，实在抱歉极了！素闻经略豁达大度，哪一件事看不穿？想对于咱种种得罪经略的地方，必能见谅的。况经略正在壮年，他日的前程，未可限量，那么经略应该保重自己的身体；倘然过于悲伤，弄出那病儿来，不但使咱心上不安，就是经略也自己对不住自己的。谁不知道经略是中原才子，咱们万岁爷也久闻经略的大名，要想把经略请来，倾衷吐肚地畅谈一下，以慰向日的渴望。怎奈千里相暌，天各一方，经略是明朝的大臣，万岁爷是大清的皇帝，在从前虽是尝通过朝贡，现今却成了敌国，两下里要想见面聚谈，势所必然是为不到的。于是不得不然，想出一个最后的计较，把经略邀请到这里来，总算叨天之幸，竟告成功。惟咱对经略，却未免成了罪人，咱只求经略海涵，饶恕了咱吧！"那美人说在这里，声音已是呜咽了。一双盈盈的秋水中，珠泪滚滚，一头倒在洪承畴的怀里，便抽抽噎噎地哭将起来。

这时洪承畴已止了哭，被那美人滔滔汩汩的一片甘言，说得他心早软了。及至见那美人也哭了，那种娇啼婉转，粉颊上泪痕点点，好似雨后樱花，不禁动了怜惜的念头。便伸手轻轻地把那美人扶起来时，已哭得和泪人儿似的，一头仍倒了下去。洪承畴待要再去扶持时，猛然地想着这不是美人计么？咱不要被她迷惑了。承畴心里一个转变，立刻就把脸儿一沉，霍地将那美人推开道："你不用在俺的面前做作了。俺身既被赚到此，惟有束手待死吧。你说要俺和清朝皇帝相见，俺堂堂天朝大臣，去对那鞑靼俯伏称臣，那是万万做不到的！老实对你说了吧，倘要俺投诚清朝，除非是海枯石烂，日月倒行。"洪承畴说毕，把两只眼睛闭得紧紧的，任凭那美人怎样说法，他只做不曾听见。那美人知道承畴打定主意，只得叹了口气，懒懒地走出去了。

自那日起，承畴便咬紧牙根，预备绝粒，无论山珍海味摆在他的眼前，他只闭了两眼，连觑都不觑。这样的过了三天，真是滴水不进。承畴觉身体疲乏，有些坐不住起来，索性去静睡榻上等死。看看到了第四天上，洪承畴已是支持不了，浑身软绵绵的，开眼便觉昏天黑地、耳鸣目眩，心里一阵地难受，不由得垂下泪来。光阴流水，转眼是第五天，承畴饿得奄奄一息，连哭都哭不动，眼中的热泪也流干了，去死路不过一筹了。

在这个当儿，忽见那天的美人，又姗姗地进来，望着承畴的榻上一坐，附身到承畴的耳边，低声说道："经略何苦如此？你难道不想回去了吗？昨天豫亲王的营中解来十几名俘虏，内中一人，自称是经略府的纪纲。据说经略的五夫人已诞了一个贵子，遣他特地来报喜信的。还说经略府中，大小均安宁的，经略也可以安心了。"承畴这时虽然奄卧在榻上，到底不是染的重病，不过饿得没了气力，心上是很明白的，他听了那美人说五夫人诞了儿子，承畴的心上不觉一动。因阿香是他第五房姬妾，美人能讲出他的见证来，谅不是说谎的，于是把眼睛略略睁开了，便有气无力、断断续续说道："俺的家人在哪里？"那美人笑了笑道："经略想是要见他么？"承畴点点头。那美人说道："这里的规例，是不能召外仆进来的。经略真个要和纪纲说话，须得到外面去。可怜经略已饿到这个样儿，怎么走得动呢？咱劝经略，还是进点饮食的好。倘你这般地糟踏自己，消息传到京里，不是叫你那几个夫人要急煞了么？"美人说着，走下榻去，倒了热腾腾的一杯参汤来，叫侍女们帮着扶起承畴。那美人将汤把香唇试了试冷热，擎着杯儿，送到承畴的口边。承畴这时被那美人句句话打中了心坎，又记念着阿香，急急地要见那仆人，一询家中的情形，所以美人劝他进食，便不再拒绝了，把一杯参汤，竟一口一口地

第一百回　孤帐桐琴佳人歌一阕　绣枕鸳梦才子事三朝

呷下肚去。那美人见承畴已有了转意，就忙着递茶献汤，亲自服侍着承畴。到了晚上，终是和衣睡在承畴的身旁。这样的过了有四五天，承畴的精神已慢慢地复原了。他本来是个酷嗜女色的人，早晚对着如花似玉的美人，怎能支持得住？由是不上几天，两下里已打得火热了。

一天，洪承畴忽然想起那个家人，定要那美人领着他出去。那美人答应了，经侍女们捧进一包衣物，美人便叫承畴改装起来。承畴见包中衣服，却是些茧衣外褂、红顶花翎之类，并不是明朝衣冠，坚持着不肯穿着。那美人笑道："咱们这里，似你那样的装束，是不行的。"

不知承畴改装否，再听下回分解。

第一百一回　血滴玉盘李闯醢常洵
　　　　　　　文绣莲瓣崇祯贬田妃

却说那美人哄着洪承畴去看家仆，强着承畴改装。承畴犹豫不肯答应，那美人不由分说，早唤进两名侍监来，扶洪承畴坐下了，取出一把小刀来，刺刺地将承畴顶发剃去，结了一条辫儿，垂在脑后。洪承畴心下虽然不愿，但自思寄身异邦，不得不受人家的支配，于是又脱去了绣袍，穿上天青的外套、黄缎的马褂，腰里悬了荷包，戴了大红晶顶的纬帽，尖头的朝靴，颈中又套了一串朝珠。打扮已毕，承畴忙向着衣镜上一照，伊然是个满洲人了。看了再看，自己也觉好笑起来。那美人立在旁边，见洪承畴换了一个样儿，掩着口只是格格地笑个不住。笑得承畴面红耳赤，挨在房里，死也不肯走出去。经外面的侍卫官来催促了好几次，内监在门口高叫："仪仗已备了，请洪大人登车。"洪承畴诧异道："俺自去看俺家的仆人谈话，要他们这样忙着做什么？"那美人笑道："那是这里待遇邻邦大臣的规例。到了那里，你自然会知道的。"

洪承畴没法，只得随了侍卫，出门上车，见车前旌旗麾钺等一对对的列着，好似郡王的车驾一般，不知是什么意思。走了半晌，那车辆愈行愈速了，终不见停车。承畴心下疑惑，便问那侍卫道："俺只要大营中去看俘房，怎么还不见到？"那侍卫答道：

第一百一回　血滴玉盘李闯酾常洵　文绣莲瓣崇祯贬田妃

"此次被咱们掳得的明朝官吏很多，正不止大人的仆役一人，现在已迁往白堡城去了。"承畴听了，暗暗吃惊道："白堡城不是清帝的行宫么？俺到那里去做甚？"承畴其时已不由自主，任他们拥车前进。在路上经过清军的营垒不知多少，都是旗帜鲜明、刀枪耀目。这样一程一程地进去，直达白堡的行宫面前停车。早有祖大寿、陈如松、白广恩、范文程、田维钧等，一班明朝的降将，都立在宫前相迎，洪承畴还觉莫名其妙。众人待承畴下车，不等他动问，便一哄拥了承畴入宫。

走进了盘龙门，便是一个大殿，殿额上写着"天运"两个大字。到得那大殿上，就有内监屈着半膝禀道："上谕众官留步，只召洪大人进见。"祖大寿等见说，一齐止步，分列两边，让洪承畴独自一人进去。洪承畴见了这种形式，心里弄得必必地跳个不住，但势已骑在虎背上了，只好硬着头皮，跟了那内监，向甬道中进去。经过了端谨殿，由一个小监递上一叠手本来，如肃郡王豪格、郑亲王齐尔哈朗、贝勒莽古尔泰、睿亲王多尔衮、豫王多铎、贝勒巴尔海、武英郡王阿济格、贝勒巴布泰、额附克鲁图、贝勒代善、大学士雪福庚伦、贝勒慕赖布、章京冷僧机、庆王阿巴泰、贝勒巴布台等，这一大群亲王贝勒，都来迎接洪承畴，承畴一一和他们招呼了。众人让洪承畴前行，大家蜂拥着，好像群星捧月似的，一路慢慢走着。又过了仁寿殿，远远已瞧见仁极殿上银帘深垂，丹墀上列着雪青绣衣、白边凉帽的二十四名侍卫。殿内静悄悄的，鸦雀无声。

洪承畴跨上丹墀，就听得殿门的银帘响处，已高高地卷起。大殿的正中，露出金漆紫泥的龙案，四边金龙抱柱，案的两边列着十六名内侍。上面绣龙宝座中，高高的坐着清朝的太宗皇帝，那种庄严威武的气概，令人不寒而栗。承畴到了此时，不知不觉地屈膝跪下，俯伏着不敢抬起头来。殿上传下一声赐坐，便走过两名内侍，把洪承畴掖起扶持上殿，至金龙的绣墩上坐下。承畴一面谢恩，偷眼瞧那太宗皇帝，见他生得面方耳大，两颊丰颐，广额高颧，目中有神，俨然是个龙凤之姿、帝王之貌。承畴看了，暗暗称叹。那太宗皇帝却霁颜悦色说道："朕久慕先生才名，今日幸得相见，望先生有以指教！"洪承畴见说，弄得惶悚不知所措，额上的汗珠和黄豆般大小地直滴下来，半晌才跪下顿首道："下臣愚昧，荷蒙陛下赐恩，不加斧钺之诛，臣虽万死，也不足报陛下于万一！"太宗皇帝听了大喜，忙令内侍扶起洪承畴，传谕笃恭殿赐宴。承畴又拜谢了，退下殿来，由肃郡王、郑亲王、武英郡王、豫王、睿亲王、大学士雪福庚伦等一班亲王大臣，奉了上谕，赴笃恭殿陪宴。承畴下殿，身上的冷汗已湿透了朝衣，知道清朝的皇帝对于自己格外优遇，因此心里也异常感激。

及至宴罢，循例要进宫谢恩。其时由内监传旨，皇上在勤政殿宣洪经略大人入觐。洪承畴领旨，跟着那内监向勤政殿来，那班亲王大臣却在笃恭殿上候旨。承畴到了勤政殿，谢宴毕，太宗仍命赐坐。承畴叩头起身，蓦见太宗的身边还坐着一个黄龙绣袍、金额流苏的美人，想必是皇后了。承畴慌忙又行下礼去，只听得上面莺声呖呖的说声："赐坐！"又清脆又是尖利，把殿上沉寂的空气冲破，直传进承畴的耳朵里，觉得这声音非常稔熟。承畴忍不住微微地斜睨过去，不由得大吃一惊，身体只是发颤，低头伏在地上，再也不敢起身。那皇后却嫣然一笑，太宗皇帝命内侍把承畴扶起，在绣墩上赐坐。这时承畴已汗流浃背，坐在绣墩上，很是局促不安。那皇帝见承畴那种惶悚的样儿，不禁掩口微笑。太宗皇帝便向承畴温言慰谕了一番，接着就问些关内的风俗民情、山水地理及明朝的政治状况。洪承畴原是明末的才子，所谓无书不读的。太宗有问，承畴必答，真是知无不言、言无不

第一百一回　血滴玉盘李闯醢常洵　文绣莲瓣崇祯贬田妃

尽，把个清朝的太宗皇帝直喜得笑逐颜开，回顾文皇后说："朕要夺明朝江山，非洪先生襄助不可。朕的有洪先生，可谓如鱼得水。卿这番功劳，真非同小可！"文皇后听说，一味地微笑着，一双盈盈的秋水，时时向洪承畴瞧看，看得个洪承畴只顾低下头去，不敢仰视。太宗皇帝咨询了一会，才命承畴退去，暂在馆驿中候旨。又令亲王大臣等，也各自归第。太宗皇帝谕毕起身，携了文皇后的玉腕，一同回宫。

洪承畴退归馆驿，身上好似释了重负，想起了他被赚时的经过，不由得连连吐出舌头来，半晌缩不进去。第二天，太宗皇帝圣旨下来：拜洪承畴为体仁殿大学士，参与机宜，并赏戴双眼花翎，钦赐宝石顶。入朝照三孤例，免行跪拜礼，常朝得赐茶，出入准带卫士两名，随驾得骑马，乘舆照亲王例，准赐银灯红仗一对。汉人受清朝这样的殊宠，自清朝入帝中国以前，不过洪承畴一人。一时边地的明臣，听得洪承畴大获宠幸，谁不羡慕？所以后来明朝的臣子，大半投诚清朝，就是这个缘故。但是洪承畴被赚入满洲，那赚洪承畴的美人是谁？洪承畴见了文皇后，为什么要吓得抬不起头来？做书的乘洪承畴已投诚清朝，膺了荣封的当儿，把这个葫芦先来打破了，免得读者扑朔迷离，是非莫辨。

原来当洪承畴受命经略、督师大同的消息传到了满洲，那个太宗皇帝晓得洪承畴是中原的才子，韬略精通，有心要收他做个臂助，急召亲王大臣，秘密商议。多半主张设计把洪承畴擒住，然后劝他归降。太宗皇帝说道："这姓洪的不比寻常之人，万一到了事急，他就自尽，或者擒来之后，他却不肯投降。那又怎么办呢？况且他又善于用兵，手下很有几个勇士猛将，这擒住他这句话，又谈何容易？"说着召明朝降将祖大寿等上殿，太宗皇帝说道："卿等和洪承畴同殿为臣，可知他平素所喜而最所嗜的，是什么东西？"祖大寿忙跪下禀道："承畴尝自命为风流才子，他生平所嗜好的，就是声色两字，所以他家中姬妾盈庭，一个个都是艳丽如仙的。"太宗皇帝点头道："这样说来，必须有绝色的女子，设法把他迷惑住了，然后再慢慢地劝他归降。"众亲王大臣，齐声称是。可是一时既没有绝色的女子，就是有了，又怎样去迷惑承畴？这种望天想驾云的话，不过是空说罢了。

太宗皇帝退朝回宫，因心里有事，脸上自然不大好看。那位文皇后在旁，便含笑问道："陛下有什么不快乐的事，这样的坐立不安？"太宗皇帝摇头道："这事和你说了，也是无益的。"文皇后正色道："陛下有难为的事儿，臣妾理当分忧。且说了出来，看臣妾有计较也未可知。"太宗皇帝被文皇后催迫不过，便把想罗致洪承畴的话，大约说了一遍。又道："此人嗜色如命，可惜没有绝色去引诱他。因为姓洪的是个才士，于关中的地理民情、政治风俗，无一不晓。朕要取明朝天下，须得他襄助，才能成功。"

那文皇后听了，沉吟了半晌，忽然微笑道："这姓洪的只怕他未必好色吧？"太宗说道："这话也是一个明朝臣子讲的，和承畴是一殿之臣，当然千真万真的。"文皇后道："如他是的确好色的，臣妾倒有个计较在这里，惟须陛下允许了，任臣妾做去，不消三个月，保你把姓洪的取来，与陛下相见。可是不知道这洪承畴现在什么地方？"太宗皇帝说道："承畴此刻方视师大同，和本朝的兵马对垒。卿如能生致承畴，或使他投诚于朕，无论卿怎样的去做，朕无有不依的。"文皇后嫣然笑道："陛下此话当真？"太宗皇帝正色道："国家的大事，怎好相戏？"文皇后道："陛下既应许臣妾，明日臣妾必亲赴大同了。"太宗皇帝说道："卿只要办得到就是，但这件事交卿去做，须得秘密小心，千万不要弄巧成了拙，那可不是玩的！"文皇后点头道："臣妾自理会得，陛下尽管可以放心。"太宗皇帝大喜，当即召额驸克鲁图，悄悄地叮

第一百一回　血滴玉盘李闯醢常洵　文绣莲瓣崇祯贬田妃

嘱他，暗中保护着文皇后起启，潜赴大同。克鲁图领旨，自去料理。

到了次日，文皇后只带了一个小宫人和额驸克鲁图，乘着骡车，昼夜兼程，不日到了大同。时洪承畴统着大军，正和清军交战。一场大战，把清兵杀得大败。肃郡王豪格、武英郡王阿济格、睿亲王多尔衮、郑亲王齐尔哈朗，都弄得狼狈逃命。文皇后便在明营的附近，建了一个帐篷。每天到了月上黄昏，就焚香正襟，铮铮钶钶弹起琴来。那一天的晚上，恰好被洪承畴听得，循声寻到帐篷内，见文皇后生得花容月貌，不禁心迷神荡。两人谈谈说说，由论琴谈曲，至于相对欢饮。文皇后施展她狐媚的手段，将洪承畴灌得酩酊大醉。一声暗号，额驸克鲁图从后帐直跳出来，不问皂白，一把挟起了洪承畴，跃上日行八百里的良驹，似腾云驾雾般地，一昼夜将洪承畴直送到芙蓉沟。

芙蓉沟离白堡城五十里，白堡城离赫图阿拉百里。文皇后见大事已经成功，和小宫人慢慢地从后赶去。到了芙蓉沟时，正值洪承畴大哭的当儿，文皇后便扮得妖妖袅袅的，想去迷惑洪承畴，被承畴闭目拒绝。文皇后弄得没法，恰好明军中没了将帅，给清兵杀得大败，俘虏的人很是不少，就中一个俘囚，自称是洪经略的家仆。豫亲王多铎奉旨前来助战，知道文皇后赚洪承畴的事，于是把那个家人送到文皇后的地方。经文皇后细细一盘诘，供出洪承畴的第五个爱妾已生了儿子，那家人是特来报信的。文皇后听了，不觉高兴起来道："有这个机会，咱可以笼络洪承畴了。"当下重又来看洪承畴，故意将家事打动承畴，说得洪承畴顿萌思乡之念，果然渐渐地回心过来。文皇后哄他去见家人，强迫洪承畴改了装，竟驱车去白堡，引他入觐太宗。

洪承畴时已势成骑虎，不得不听人摆布了。文皇后又赶入宫中，令太宗格外做得威武，使洪承畴因惧而知感，自然而然地虔心投诚了。承畴见了太宗，果然如文皇后所料，几乎感激涕零，竟尽尽愿愿地俯伏称臣。及承畴在勤政殿二次召见，一眼瞥见了文皇后，吓得承畴浑身发颤。原来那皇后不是别人，正是月夜赚自己，曾在芙蓉沟同衾共枕的丽人。承畴到了这时，方知太宗皇帝爱自己之深，甚至不惜牺牲皇后。你想承畴怎会不感知遇之恩呢？从此便死心塌地的归顺清朝了。太宗皇帝又赐洪承畴建造学士府第，又赠美姬十名，以是承畴倒也乐不思蜀起来。当他初次召见后，忙回到馆驿，传那个被掳来的家人时，左右回说："那家人往文皇后盘诘一过，随即遣他回北京去了。"文皇后想承畴见了家仆，询问起家中的情形来，以致心念家事，未免降志不坚，故特地不令他主仆相逢；当文皇后哄承畴去看被俘的家人，是骗他出降，其实那个家人早已到了北京了。

不提承畴顺清。再说李自成自凤阳败回陕中，只有十八骑相随，弄得势孤力尽，自成不胜愤恨。又值天寒，风雪蔽空，李自成奔得人困马乏，走进一所荒寺里暂息。回顾猛将小张侯道："俺今日一败涂地，你可在神前占卜一下。吉的俺们再进，凶的大家散了伙吧！"小张侯真个掷了三个阴阳交，三掷三吉。小张侯跳起身来道："咱愿死从将军了！"说罢，唤过他的部将，吩咐道："咱誓从闯王，虽死不悔，你等以为怎样？"部将齐声说道："悉听将军指挥！"小张侯大喜，于是保护着李自成，大家扮做商贩的模样，由湖北郧阳潜入河南。正当河南大饥，人人相食，小张侯到处号召，一时饥民从者千百成群，不到两旬，得众十万人。李自成的势力又大盛起来，即日便统众进次河南。时福王常洵（为郑贵妃所出，光宗之弟）就国河南，闻得闯贼兵至，急和巡抚严其炯，驱百姓上城守卫。兵民哗噪乞饷，福王不应。致仕大学士吕维棋劝福王散仓济民，福王变色道："你为什么不捐些家产去养兵，却只顾向俺来絮聒？"维棋长叹道："殿下惜此区

第一百一回　血滴玉盘李闯醢常洵　文绣莲瓣崇祯贬田妃

区,一朝城破,危巢宁有完卵?只怕悔也晚了!"这几句话说得福王怒气冲天,喝叫左右将维棋乱棒打出。

原来这福王是郑贵妃所育,为神宗皇帝最喜欢,终年赏赉极多;还有郑贵妃的私蓄,也都给了福王。他在河南,豪富可算得天下独一了。福王虽这样的有钱,性情却异常鄙啬。兵到了城下,叫他取些军糈,还是一口回绝。那李自成也闻得福王富有,令兵丁竭力攻城,并下令道:"城破之日,凡福王邸中所有,任凭将士取舍。"又把车轴铁辕,雇铁工铸就了大铁管,管中灌入火药,以代巨炮轰城。药线既燃,轰然一声,烟雾蔽天,对面不见。铁管因之炸裂,城墙丝毫未伤。时河南城内绝粮,兵士多不肯守城,围住了福王府鼓噪,福王紧闭着双扉不睬。李自成见铁管炸裂,谓铁工铸得不结实,将铸铁工们一齐杀了,雇工再做。铁管厚约两寸许,铸就后,仍实火药令满。燃火一发,声似巨雷一般,远震五十余里,城外地上下陷三四丈,沙石飞空,城墙坍倒了五六丈,白烟迷漫。巡抚严其炯督兵民抢堵塌倒的城阙,李自成已挥兵来争,前仆后继,转眼城上立满了贼兵,其炯死在乱军之中。

李自成跃马先进,兵丁一拥进城,大家的目的只在金钱,便一齐望福王邸中杀来。福王常洵这时才着急的了不得,一手一个拖了两名爱姬,想往后门逃走。李自成早已走到,前后门团团围住。这小小的府第,怎经得贼众攻打?一霎间前后门齐破,贼兵呐喊一声,抢将进去。李自成在后指挥,令将福王缚起来,严刑追迫金珠钱物。福王熬不住极刑,只好照直吐露。自成命贼兵依了福王所指的地方,前去搬运。府门前的钱帛,顿时堆积如山。李自成笑道:"他一个人要藏着这许多的东西,怪不得河南地方要贫穷了!"又回顾福王,见他身躯肥壮,不觉怒道:"河南的百姓一个个瘦得骨瘦如柴,你这厮为甚独肥?"说着叫贼目剥去福王上下身衣服，用尖刀刺出心来拿银盘接着，把血掺在酒和鹿血里，分饮众贼将，唤做"福禄酒"。又把福王一块块地脔割了，剁咸肉醢，和贼众蒸食，称为"肥羔羊"。

　　李自成割食福王的噩耗传到京师，崇祯帝潸然下泪道："贼盗横行，骨肉受殃，都是朕的不德所致。"说毕，痛哭回宫，廷臣弄得面面相觑，悄悄地散去。崇祯帝回到宫内，兀是流泪不止。田贵妃在旁，便竭力的慰劝，崇祯帝勉强收泪。正要起身赴御书房去阅奏疏，忽然拭过眼泪的罗巾掉在地上，崇祯帝俯身去拾时，一眼瞧见田贵妃的纤足上闪闪地发出光来，崇祯帝因田贵妃的莲瓢瘦不盈指，平日很为喜欢，不时拿它来把玩解忧。这时见履上有异，忙仔细定睛瞧看，见绣履用明珠缀成，所以有光；鞋面上还绣着五个字道："臣延儒恭献"。崇祯帝看了，勃然大怒，向田贵妃喝道："你身为内廷嫔妃，为甚交通外臣？"田贵妃不及回答，崇祯帝已唤内侍把田贵妃拖将出去。

　　不知崇祯帝要把田贵妃怎样，且听下回分解。

第一百二回　云鬟珠兰宫中憾秋扇
　　　　　　　荒村古墓棺内走龙蛇

　　却说崇祯帝自登位，屈指已经十五年了。这十五年中，宰辅屡更，至大学士温体仁致仕，杨嗣昌入相（嗣昌为边帅杨鹤子，父子剿贼，先后误国），因颠顿被御史徐镜仁弹劾，下诏系狱。崇祯帝拜周延儒为大学士，参与军国大事，并总督天下兵马。明朝宰相，威权的重大，历朝没有比延儒更胜的了。崇祯帝也很敬重延儒，每逢到奏对的时候，崇祯帝终是下位拱手，温言慰勉，还连连向延儒作揖道："朕以无道，致令天下大乱，今敬以明代江山托先生，幸先生无负朕所托！"慌得延儒俯伏不迭，涕泣垂泪道："臣敢不尽心以报陛下！"

　　时清兵正破辽蓟，败信传到京师，崇祯帝惶惧不知所措。朝廷大臣如姚明恭、张四知、魏藻德、蔡国用、方逢年等一班腐儒，又都懦弱不足道。崇祯帝万分没法，谕令周延儒督师出御清军。延儒的为人也胆怯如鼠，逗留通州，犹豫不进，这样地挨了三个多月。清军统兵的是豫王多铎，在各地饱掠一番，满载归去。周延儒见清兵已退，谎言是自己所打退的，便择吉班师回京。崇祯帝本视延儒中流砥柱看待，闻得获胜归来，自然喜欢得了不得。又派尚书曹黄宣、吕端敏等，远远地出城去迎接。延儒骑马直进皇城，至九级坛前下马，进了乾清门，上奉天殿觐见。

崇祯帝亲自步下丹墀，延儒要待行礼，崇祯帝一把拉住道："卿为国家宣劳，功盖日月，朕的列祖列宗且在地下感激，以后无须对朕行这样大礼。"说罢即命在承仁殿赐宴。延儒谢恩毕，自去赴宴。宴罢，上谕下来，晋周延儒为崇义侯，加公爵。一时的宠幸，阖朝无出其右。那时崇祯帝的崇奉延儒，也就可想而知。哪里晓得延儒献给田贵妃的绣履，恰好被崇祯帝瞧见，便怒田贵妃私通外廷臣子，立时下谕将田贵妃贬入安华宫，叫她僻处自省。田贵妃被贬，含着两行珠泪，凄凄惨惨地进冷宫去了。

崇祯帝既谴责了田贵妃，余怒未息。这件事廷臣已微有闻知。锦衣卫骆无野上疏劾延儒拥兵不进，清军自退，冒认军功的弊窦，一齐和盘托出。崇祯帝阅奏，不觉大怒起来，又以延儒进献绣履，心上本来很是鄙薄他，怎经得骆无野的疏上，说得延儒误国欺君，简直是个阿谀小人。于是传旨，宣周延儒入见。崇祯帝痛与斥责，吓得延儒免冠磕头，额角碰在地上，蓬蓬有声，一头零涕认罪，血流满脸。原来磕头太着力了，把额皮磕碎，弄得流血不止。崇祯帝看了，怒气早平了一半，反生一种悯恻之心，叫周延儒起身，念他侍朝有年，准免迁戍，令免职归田。延儒奉谕，好似丧家狗一般，急急忙忙，抱头鼠窜地出京去了。

崇祯帝自贬了田贵妃，虽还有一个袁妃，但宫中却比前寂寞了许多。那个袁妃，又不如田贵妃的善侍色笑。在田贵妃未被贬时，逢到崇祯帝有忧患不乐的时候，终是以温婉的言词，再三譬喻劝解，崇祯帝往往破颜一笑，忧虑尽释。现在田贵妃被禁，崇祯帝惚惚如有所失，心上常常念及田贵妃。惟令旨已出，为威信关系，当然不能出尔反尔地收回成命。幸得田贵妃有个女弟，闺名唤做淑英的，芳龄还只有十七岁，却出落得玉肤莹肌，相貌异常地娇艳。这位淑英姑娘因她的姐姐晋了贵妃，她也不时进宫，后来索性留居在宫中了。及至田贵妃受贬，淑英姑娘也跟了她姐

第一百二回　云鬓珠兰宫中憾秋扇　荒村古墓棺内走龙蛇

姐，去幽居在冷宫里。到得无聊时，便来御园中玩耍一会儿。田贵妃有了她的妹妹相伴，倒也不甚孤寂。

有一天上，崇祯帝同了袁妃，往游瀛台，见稻香院里，一个丽人在那里打着秋千。崇祯帝只当她是后宫的宫女，细瞧她生得眉目如画，玉容带媚，那种娆娆婷婷的姿态，不减于田贵妃。崇祯帝把淑英姑娘召到面前，细细地一询问，才知她是田贵妃的女弟。崇祯帝继统以来，国家多故，对于六宫嫔妃，大半未曾充备，不过虚悬名位而已。今天见了那淑英姑娘，不由得心中一动。即命袁妃退去，自己携了淑英姑娘的玉腕，两人并肩着游行花丛。其时兰香满院，蜂蝶过墙，正当春明的天气，花香袭人。崇祯帝一手牵着淑英姑娘，亲折了一朵珠兰，替她簪在鬓上。宫女们在旁看了，一齐跪倒给淑英姑娘叫贺，羞得个淑英姑娘粉颊通红，低头蜷蛴，几乎抬不起头来。崇祯帝微微地对淑英姑娘笑了笑，双双偕入玉樨轩中。是夜崇祯帝就在轩中，临幸淑英姑娘。自经此一度团圞云梦，谁不知道淑英姑娘已服侍过皇上？终不能荣膺贵妃，至少也是个选侍了。谁知崇祯帝因国事蜩螗，忧心如焚，把临幸淑英的事早已抛置脑后。这样的一天又一天，田贵妃也以为她女弟当受封典，哪里晓得始终是消息沉沉，弄得淑英姑娘上又不上，落又不落。如要出宫适人，怎奈已恩承雨露，当然不能私行遣嫁。讲到嫔妃，又不曾册封过，真是冷落悲秋，伤感欲绝。除了和她的姐姐深宫僻处、相对零涕之外，其中的痛苦，向谁去诉？

过不上几时，河南开封被围，忽得到解围的消息。崇祯帝与周皇后对饮赏花，袁妃侍侧，崇祯帝似觉郁郁不欢。周皇后已经会意，乘间进言道："田贵妃出居深宫，多时不见，今可宜她侍宴。"崇祯帝默默不言，周皇后便代传上谕，往安华宫召田贵妃。不多一会，田贵妃姗姗地来了。行礼已毕，崇祯帝见她玉容瘦损,华颜较前减折了许多,不禁为之垂泪。田贵妃更是哭得呜咽凄楚。很快乐的席上,变成了愁云满罩。还亏得周皇后在旁劝说,田贵妃才收泪起身,提壶斟酒。周皇后把田贵妃手中的金壶攫过来道:"这是宫女们的事,你何必那样自卑?"田贵妃一笑就坐,由是后妃间感情渐深,至于亡国,不曾有过龃龉。崇祯帝的与田贵妃,宠爱也一如旧日。只苦了那个淑英姑娘,崇祯终想不起她。田贵妃屡次要想起及,见崇祯帝的心境日坏,举止也大异从前,稍拂意思,便要喝骂鞭挞。外郡的警信,差不多一日数起,不是这里被围,就是报那里陷落。贼势浩大,边廷烽烟,连年不息,把个崇祯皇帝急得犹如热锅上的蚂蚁似的,一天到晚短叹长吁,书空咄咄。田贵妃知皇上忧劳国事、心力交瘁,哪里有什么闲暇管宫廷琐事?这样的耽误下来,淑英姑娘却始终不曾受着册封的。后来闯贼进宫,还干出一段惊人的事儿来,那是后话不提。

再说李自成攻陷河南,杀了福王常洵,声势大振。自成又进围开封,退而复进,四次乃陷。陕抚汪乔年谕米脂县令(米脂为李闯故乡),发掘自成祖墓。县令边大绶奉了汪乔年的命令,往各处探询,都不知道自成的祖墓在那里。经大绶私下探访,获住了李自成的族人,严刑拷问。那族人熬刑不过,自愿做个乡导,边大绶大喜。当即带了胥役和工人,携了铁锄之类,竟往李家村的西土山畔。这族人指着山麓中的一座荒坟,说是自成的祖父母与父母合瘗的地方。边大绶喝令工人,锄头铁耙一齐动手。顿时掘开坟土,露出了垂朽的棺木来。大绶命开棺验视,连破三具,尽是些粼粼白骨。到了第四棺中。尸身并未溃烂,衣服整齐。尸体上一条鳞甲密密、似龙非龙的东西,金光遍体,头生双角,只是两眼还未睁开,被日光曝得俯伏不能动。边大绶叫工役,以铁钳烧红,向着那蛇身刺去,泼刺地一声响亮,青烟直冒,蛇身跃

第一百二回　云鬟珠兰宫中憾秋扇　荒村古墓棺内走龙蛇

起十丈，堕下地来，约有孩臂粗细，长可三丈余。黑气四射，触鼻即倒，工役被毒气所侵，死伤六七人。边大绶忙领众工役刀锄齐上，才把那条金甲蛇打死。于是用巨瓮置石灰，投蛇瓮内，呈解人省。由边大绶修了公文，述明掘墓的经过。

汪乔年看了呈文，皱眉说道："边县令所掘的坟，是李自成祖父母的，还不是他始祖的寝穴。听说自成的历代宗祖，共瘗一处，棺椁有十六具，墓中有铁灯两盏。昔有仙人点他的墓穴，又作两句谶语道：'铁灯发光，李氏为王。'这样说来，没有铁灯的不是李自成的祖墓。"当下汪乔年仍令幕下，把呈文驳回，谓李自成祖墓不止四棺并葬，还须再加寻觅发掘。边大绶奉谕，又饬了差役，四处去访寻，终不曾得到头绪。因这掘坟墓的事，非叛逆不道的祖坟，是不能任意发掘的。边大绶深恐掘错了，那就要弄出事儿来，可不是玩的。只得上复汪抚台，回说寻找不到。汪乔年执定不相信，回顾左右道："陕人既有'铁灯光，李氏王'的谣言，谅非无因的，边令寻访不着，待俺自己去找去。"

汪乔年的为人，憨直而有胆力，做官的声名很是不差。乔年要发掘李自成的祖墓，实在他进京觐见时，受崇祯帝的密谕，所以不达目的不止。那时汪抚台便带了三四名亲随，两个得力的家丁，连夜潜赴米脂。边大绶闻得那汪抚台亲到，忙率着部属出城迎接。汪乔年叮嘱大绶，不许声张以致走漏风声，使李自成知道，必派人防护，进行就棘手了。边大绶领命，真个密不透风，分头寻觅。汪乔年又找了著名的堪舆家，向米脂的西山地方，周围细勘有无龙穴。这样明访暗寻，双方并进。不到几天，有一个堪舆家报告来，在西山的乱冢丛中，寻到一所佳穴，虽说不定有皇帝之气，但穴间四面皆石，煞气极盛，子孙当为盗首。乔年见这堪舆家的话说，很有些和李自成的行为相符，就领了工役人等，到堪舆家所指的地方察看。墓冢都已深陷地中，露在地上的，只有石钵大小一类坟顶，恰巧是十六座。原来李自成家世代清寒，祖宗的棺木无地可埋，一起抛在乱葬丛里，胡乱搬些土泥掩了，就算是安葬了。年深月久，棺木下陷，人家不疑是坟墓，所以无论如何打听不着了。

汪乔年见墓顶数目与谣相同，吩咐工役开始发掘。第一个坟，据说是李自成的始祖，棺内的尸骨已尽行消灭了，阖棺都是红色的蚂蚁，整千盈万的，正不知哪里来的。第二、三、四具的棺打开，棺中满贮着清水，水里有无数的金色鲫鱼，一闪闪随水游泳。棺破水泻，卿鱼被土石阻住，不得游出，立时涸死。还有其余的棺内，有虾蟆，有小子了。最奇的是一对白色的鸟儿，口吐白雾，也从棺中飞出。汪乔年令工役噪逐，乱石纷投，追至百步外，白鸟中石落地，折翅而死。又有一具棺内，是一只兔儿，大如野獾，初见日光，尚能跳跃，转眼自毙。开到最后一棺，据说是李自成的曾祖，也就是葬在龙穴正中的。当锄及墓门时，有白蚁无数，纷纷飞出，半晌方得飞尽。再开掘进去，棺前有木菌两朵，形似擎灯。菌上火光熊熊，好似烧着一盏铁灯一般。其实那火光是地气所致，并不是真火。汪乔年看了，不禁大喜道："这才是闯贼的祖坟，和儿童的谣言，确是符合的。"说着令工役并力发掘。好一会工夫，始全棺毕落。棺上一条巨蛇，护着棺身。那蛇生得青鳞白斑，秃尾锥头，遍身盘绕着，棺木都被遮掩了。工役等见蛇体很大，吓得呐喊一声，往后奔逃。蛇被喊声警觉，忽然一响腾空而起。汪乔年见蛇来势凶恶，拈弓搭矢，只一箭射去，正中蛇的左目。那蛇长啸一声，似空山老鹳的鸣声，眨眨眼蛇便飞空，不知飞到哪里去了。

汪乔年瞧不见大蛇，着工役开棺。棺盖一启，众人又齐齐地吃了一惊。只见棺内的尸首完整，面目焦黑，眼珠赤色，大若龙眼，突出在眼眶外面。脸和身上都生青色细毛，茸茸似绿茵，风

第一百二回　云鬟珠兰宫中憾秋扇　荒村古墓棺内走龙蛇

吹微微作动。尸的手脚指甲，长已四五寸，蜷旋如勾，又似龙爪。尸脑有小穴，穴上遮有白翳。翳经空气，闪耀不定。汪乔年亲自执着铁锥，把脑门里的白翳刺砍，轰然作响，犹如巨雷。汪乔年惊得面如土色，工役尽奔。巨声过去，尸脑中飞出一条赤色的小蛇，长约四尺，粗不到一寸。头上有角，颔下有须，腹生四足，尾似棕叶，两目灼灼有光，俨然是条龙形。那赤小蛇飞到了棺外，腾起数十丈，向红日乱咋，大有吞噬日光的气概。惜飞起不过数十丈，便坠下地来。又复腾空，对着红日怒目。这般地三起三堕，跌倒了地上乱滚，转眼就化做了一堆血水。这时汪乔年和一班工役，看得目瞪口呆，半晌说不出话来。赤小蛇既自化红水，众人始敢上前。汪乔年令将尸骨舁出，积薪在尸旁，燃火焚烧起来。臭恶气味，莫可名状，十里外犹能闻得腥味。乔年见诸事已毕，把所有的棺木一古脑儿焚毁了。又使堪舆家镇了穴道，才领着工役等，回转县署。令尹边大绶照例接待，汪乔年因时世不靖，连夜赶还省中。一面修疏，把掘墓毁尸的事，据实上闻。

时李自成方围襄城，上谕令汪乔年往援。乔年奉旨，统兵赴襄城。城内粮饷已尽，甚至杀老弱的民兵充饥。守城的是致仕御史韩进辉与知州庞茂公，竭力死守，众心不懈。自成挖土成穴，灌火硝百担，要待燃火轰城。进辉命军士担水进穴，火硝着水，火不得燃。自成正在恼恨，忽报米脂祖墓被巡抚汪乔年发掘，并言有龙飞出。李自成顿足大骂，势必回兵攻陕，杀乔年以泄掘墓之仇。于是令兵士奋死扑城，襄城于是日为自成攻破，屠戮人民官吏，阖城无一得免，虽鸡犬不留一只。

自成屠城方罢，又报汪乔年领兵来援襄城了。自成跳起来道："报俺祖宗尸骨暴露之恨，就在今日了！"说毕，大驱兵马迎接上去。那汪乔年赴援襄城，在半途上闻得襄城已经失守，方拟退兵。忽见对面尘土飞扬，人喊马嘶，知道贼兵来迎，只得将人马摆开。列阵方已，自成领了贼众，似风卷残雪般驰来。乔年部下诸将见贼势汹汹，人人面现惧色。汪乔年恐贼兵硬冲阵，下令射住阵脚。李自成骑着高头乌骓马，挺身当先。望见敌阵上的帅旗大书一个"汪"字，自成把鞭梢遥指着，回顾贼兵道："掘俺祖坟的就是此人。你等给俺把他擒来！"说罢直跃上前，贼兵马军齐上，势如潮涌，锐不可挡。汪乔年挥兵抵敌，官兵哪里遮拦得住？被贼兵的马队冲得七零八落，四散奔走。汪乔年领着五百名劲卒，及勇将孙盛、徐芳突围而出，望西疾驰。自成大喝一声，军士放箭，一刹那间，万矢齐发。汪乔年和孙盛、徐芳两指挥，都被乱箭射死于阵上。自成叫斫下乔年的首级来，破脑吸髓食之，谓是泄恨。

自成破了襄城，杀了陕抚汪乔年，又连陷了项城，杀总督傅宗龙；又破商水、扶沟，攻陷叶县，将军刘国能遇害。自成累克诸城，声势越大，流贼如"曹操"、"万里眼"、"老回回"、左金玉等，都来依附自成。

讲到自成的用兵，每到一处，攻城不下，便集诸将计议。众口纷纭，莫衷一是的当儿，自成却闭目瞑坐，听众人献议。听到后来，择众人中最是两全的计划，立决立行，从来无丝毫犹疑。又兵丁分黑白大队，黑衣兵都骑马执大刀，临战时以便冲锋；白衣兵是步队，一例手执长矛，随在马兵的后面。若与官兵相遇，马兵疾驰出战，看看人马将乏，下令马兵退后，步兵挥长矛冲出，勇不可挡。倘步兵再不能取胜时，即挥动马兵复出，马步兵混合力战。马步兵仍难取胜，命分左右后退。拥铜铸大炮直出，炮内实火药并铁子，轰然一发，千百人可以立毙。于这时马步两兵，挥左右并上。这种野战法所向披靡，真是战无不胜哩。

要知贼众横行怎样，且听下回分解。

第一百三回 玉石俱焚藩王殉难
琴剑飘泊义士拯危

月冷风凄，夜色溟濛中，都现出一种凄凉的景地。荒草萋萋，磷磷的鬼火往来犹如游萤。村舍中的屋民都已死亡流离，断垣败墙里面，难得有凄楚的哭声从破壁中透了出来，真是呜咽怆恻，叫人听了酸鼻。道上的碎石，处处染满了碧血，折臂损头的尸体，东横一个、西倒几人，白骨粼粼，随地皆是。似这样的惨象，就是铁石人见了，也是要下泪了。

那时正是闯贼李自成屠戮了叶县，村舍市镇尽成荒丘，百十里相望，朝不见人烟，夜不闻鸡犬。似这般地浩劫，翻开历史来，只怕要算是第一页咧。李自成既屠了叶县，又分兵往屠扶沟，直杀得尸横遍野、血流成渠，十室九空，道上寂无人迹。自成尚以为未足，又屠了商水，进兵南阳。唐王聿镆（太祖高皇帝子柽之七世孙）和总兵猛如虎，登城拒守。

讲到这位唐王，也有一段很香艳的情史在里面。聿镆的为人，性情很是柔弱，一切的言辞举动温文妩媚，极类女子；更兼他的丰姿俊秀、仪容翩翩，往时乘车上市，那些小家碧玉都要倚窗窥视，见了这美貌的王孙，谁不艳羡？只恨自己没法去侍奉这样的隽逸丈夫罢了。唐王既生得这般漂亮，害得南阳的无郎小姑，真是如醉如狂。唐王每同了邸中的仆役出游，一般小女儿几

明宫十六朝演义

演掷果的故事,所以当时的名士柳三三尝作《南阳纪事》诗:"绿柳紫烟春色好,路人争说看唐王。"当时唐王的风仪,于此可见一斑了。

其时南阳城西,有一家做编篱生涯的张小二,因家景清寒,和他老妻女儿早晚工作,编好了竹篱,由小二担着去卖,一天赚得一二百文,一家三口并一只小黄犬,也终算勉强度得过去。不到几时,张小二忽然一病死了,剩下母女两人,孤苦相依,赖着十只指头儿,一针针地刺下来胡口。张小二的妻子马氏自小二死后,把她的女儿碧桃越发看得她和掌上明珠似地,连风吹都要怕肉痛的。穷人养娇儿,这话的确不差。但碧桃姑娘的性儿很聪敏,什么绣花刺绢,没有一样不是精工绝伦。凡碧桃姑娘所绣的东西,拿到市廛上去,总是比别人的卖得快。那些市侩甚至交相争夺,因此索碧桃姑娘绣物的,几乎户槛为穿。

有一天上,碧桃姑娘方绣余倚窗闲眺,恰好唐王聿镆从楼下经过。这碧桃姑娘已是双九芳龄,正在伤春的时候,骤然看见唐王那种风度翩翩的样儿,不由得芳心姑醉,怔怔地伏在窗上。那手中的一幅罗巾,不知不觉地掉下楼去,不偏不倚,正落在唐王的背上。唐王忙伸手取下那方罗巾来,见巾上绣着一朵芙蓉,旁边一头高冠的雄鸡,是含高官锦衣(鸡称锦衣公子)荣归之义,却绣得栩栩如生,的确是神针妙手。唐王细看了半晌,知道是闺中人的手迹,便抬起头来向楼窗一瞧,果然见一个妙龄女郎,看了唐王嫣然一笑,粉颊儿微微泛着红霞,蜻蜓低垂,掩窗进去了。唐王就把罗巾纳在袖中,竟自回邸,倒并不把这件事放在心上。谁知碧桃姑娘自经见过了唐王之后,芳心中深深印着,时时去倚窗眺望,终不见有那天美少年经过。

光阴逝水,转眼春去秋来,黄花遍地。南阳的士大夫,都效那载酒看花、持螯赏菊,纷纷到城西的金谷圃中,置酒高会。唐

第一百三回　玉石俱焚藩王殉难　琴剑飘泊义士拯危

王也常常偕着一班墨客骚人，往菊圃中游赏，还借此哼几句五言七古，点缀目前的佳景。那金谷圃距离碧桃姑娘的家中，只不过一箭之路，到圃中去的，都要经过碧桃姑娘的楼下。王孙公子，舆马相接。碧桃姑娘也倚楼窗，瞧看热闹。蓦见那个美貌公子，也在众人丛中，不禁芳心一动，把香躯斜靠在窗口，一手支着腮儿，只是呆呆地幻想。唐王和众士人饮罢席散，各自归去。唐王也跨了一头小驴，背后跟了两名卫护，一路慢慢地游览回邸。

那时夕阳西垂，暮鸦还巢，烟锁池塘，好似一幅天然的晚景图。唐王骑在驴背上，不觉见景生情，口里还低声吟哦，正在寻觅佳句，举手瞧见窗楼上的美人，只顾对着自己发怔。唐王因她呆得可笑，忍不住回头微笑。哪里晓得这一笑，碧桃姑娘在窗楼上瞧得十分清楚，她以为唐王的笑是有情于己，忙也回眸还了唐王一笑。唐王却控驴径过，毫不在意。碧桃姑娘是有心的，从此便短叹长吁、早思暮想的，不免郁闷出一场病症来，渐渐地弄得卧床不起，一病奄奄。碧桃姑娘的母亲马氏，心下异常着急，一面请大夫给她调治。医生说她心事太重，定有什么忧虑系念着，倘若要这病痊愈，非将心病释去，是万不能见效的。马氏听了医生的话，就再三向碧桃姑娘盘诘，碧桃姑娘只是不肯实说。

到了后来，看看病势一天沉重一天，马氏哭哭啼啼的各处求神拜佛，又去盘问她的女儿。碧桃姑娘自己也知道病状已危，想来是隐瞒不住了，便将遇见唐王的事，细细地讲了一遍。马氏皱眉道："这件事可就难了！南阳地方的王孙公子很多，不知你钟情哪一个？"碧桃姑娘喘着气道："休管他哪个，总之南阳城中，没有再比那人好的了！"马氏听了，四下去询邻舍亲朋，都说除了绰号唤做"小潘安"的唐王，端的没有第二人了。马氏见说，把舌头吐了出来，半晌缩不进去。因此匆匆地回来，对碧桃姑娘说道："好儿子！此去已打探明白了，你所钟情的那个人，是帝

明宫十六朝演义

王贵胄，邸中的姬妾，正不知有多少，岂少你这样一个人？如其是平常百姓，做娘的还可以替你去设法，现在他们自己人做着当今皇帝，休说你老子是编篱的贫民，就使是一二品大员，只怕也未必高攀得上。好儿子，你还是死了这条心吧！"碧桃姑娘听了，好似兜头浇了一勺冷水，浑身冰了半截，只装做没有听见似的，闭上眼睛，一语不发。

这样地又挨过了几天，碧桃姑娘的病症越觉得沉重，连说话的舌头都僵了。马氏彷徨无计，坐在床边上，泪盈盈地哭又不敢哭响，两只眼泡哭得红肿，像个胡桃。碧桃姑娘嘴里虽不能说话，心上都是很明白的，要哭时泪已枯了，睁睁地瞧着她母亲马氏苦笑了两声。母女两个厮守着竟然寸步不离。直到了三更时分，碧桃姑娘忽然神气清醒起来，泪汪汪的向马氏说道："女儿的病，看来是不中用的了。可怜母亲枉自辛苦了一场，万不料白头送了黑头，说来也真是伤心！但是女儿这条心，始终不能放怀，那叫做因爱致死。既已为了他丧了性命，倒不能不给他一点消息。"说着就绣枕下面摸出一个小小的纸包来，递给马氏道："女儿横竖是垂死的人了，母亲须要把这包儿去送给那人，好叫他知这女儿是为他而死的。"碧桃姑娘说到这里，一口气回不过来，两眼往上一翻，竟昏死过去。吓得马氏大哭小叫，掐唇提发，闹了好一会，碧桃姑娘方才悠悠的醒转，可由是昏昏憒憒地，气息奄奄，知觉已失了。

马氏呜呜咽咽地哭到天明。在碧桃姑娘病未沉重的当儿，见她母亲这般悲恸，自然要劝住她的。这时碧桃姑娘自己也顾不了，任她母亲哭得力竭声嘶，再也不能安慰她的母亲了。马氏又哭了半天，见她女儿仍然这般昏迷，便取了碧桃姑娘交给她的纸包儿，一路问着唐王的府第。有人指示了她，马氏就放大了胆，向唐王的邸中走将进去。被管门的仆役阻住，盘诘来历。马氏指

第一百三回　玉石俱焚藩王殉难　琴剑飘泊义士拯危

手划脚地说了一遍，弄得个管门的摸不着头脑，不许马氏进去。马氏不禁大怒起来，随手只一掌，打得那门仆火星直冒。门仆大骂："哪里来的疯妇，到王门上来撒野？"于是把马氏扭住了，要想撵她出去。马氏死也不肯，乘势倒在地上，大哭大叫地闹个不住。王府中的仆役闻声都赶了出来，大家做好做歹地劝马氏出去。因她究属是个妇人，不好过于为难她。这马氏哪里肯受劝，哭声反而越发较前闹的响了。

这样地一闹，惊动了府内书斋的唐王，亲自出来诘问，马氏坐在地上，见内厅走出一个鲜衣华服、风度翩翩的官人来，心想那人必定是王爷了，就霍地从地上爬起来，扑地跪在唐王的面前，把自己女儿怎样堕下罗巾，被王爷拾去，第二次倚窗，又见拾巾的王爷经过，对了窗上微笑，害得她女儿染成了相思，目下奄奄待毙，要求王爷大发慈悲，一救她女儿的性命。说罢，伏在地上放声大哭；又从衣袋里掏出那个纸包来，双手呈上。唐王听了马氏的一番话说，蓦然忆起了拾巾的事儿来。回想那天从金谷秋圃中看菊回来，在驴背上确曾见一个女郎瞧着自己发怔，难道天下真有这般的痴心女子么？唐王一头想着，一手把马氏的纸包接过来。拆开瞧时，见又是一幅同样的罗巾，巾上泪痕斑斑，系拿猩红的鲜血，咏成七言两首。唐王便慢声吟那诗句道：

侬亦风流自爱才，凭窗绣凤数年来。
终缠绮孽楼头望，剩有香魂绕碧梅。
深夜几疑蝴蝶梦，颠狂舞柳岂亲栽？
新愁犹忆憾秋菊，莫道相思付劫灰！

一笑春风逸趣生，天涯消息不分明。
空吟竹影香闺月，愁拨琵琶碧草行。

明宫十六朝演义

> 颠倒梦魂浑如醉,风流终负玉郎情。
> 红丝难缔成惆怅,何日嫦娥弄玉笙?

诗的上首,题着"唐王殿下",署名是个"碧"字,却写得歪歪斜斜的,似已乏力书不动了。

唐王读罢,不由得吃了一惊,暗想她怎么会知道俺是唐王,又想这种女子,也可算得是痴情极了。于是笑着向马氏说道:"承你的女儿这样多情,可惜俺邸中侍姬已充,安插不下了,只好辜负你的女儿了!"马氏见说,忙磕了个头,流涕说道:"王爷的恩典,可怜民妇只有一个女儿,不幸死了,将来民妇去依靠何人?还求王爷救民妇女儿的性命吧!"说毕,放声大哭起来。唐王见马氏哭得悲伤,心早软了一半。想世间上的事,真无奇不有,自己的女儿染了病,却寻到俺的邸中,没来由要把女儿送俺,不是叫俺很为难了吗?又读那诗句,觉得她情意缠绵、词义怆恻。唐王这时也有些心动了,以为这样的多情女子,是天生的情种,俺既拒绝了她,应当要亲自去安慰她一番,使她知道俺不是个无情人,那么她虽死也不至怨俺了。唐王打算已定,便令马氏起身,微笑着说道:"你且不要悲哭,俺就和你看你的女儿去。"马氏听了,立时转悲为喜,收了眼泪,侍在一旁。

唐王吩咐家仆,备起几匹马来,领了四五名健仆,及两名侍卫,一齐上马,叫马氏在前引导,一行人望着城西进发。眨眨眼到了马氏家门前,由马氏引到她女儿的房内,家仆侍卫都站住门前侍候。唐王独自走进房去,马氏向碧桃姑娘叫道:"好孩子,你醒一醒吧,你那个王爷来了。"碧桃姑娘正在昏昏沉沉的当儿,一听她母亲的话,两眼微微地睁开来,看见一个美丈夫坐在榻前,正是那天驴背上的心上人。碧桃姑娘自己是在梦中,瞧了又瞧,看了再看,忍不住一阵心酸,哇地一声哭出来了。唐王坐在

第一百三回　玉石俱焚藩王殉难　琴剑飘泊义士拯危

床沿上，仔细看那碧桃姑娘，见她玉容憔悴，面庞儿比在楼头时已消瘦了许多，青丝散乱，却不减她的妩媚；又见她抽抽噎噎地哭得似雨后芙蓉，愈增娇艳。唐王一手把着她的玉臂，低声地安慰。碧桃姑娘越哭越是伤感，几乎又哭到咽不过气来。唐王倒被她哭得没话可以慰劝，呆呆地瞧着一声不则。俗话说，女子的眼泪是最厉害的东西，无论你是坚韧钢铁，也要被她哭软了的，何况唐王究竟不是铁打的心肠，因对碧桃姑娘说道："你只顾安心调养好了，俺决不负你的。"碧桃姑娘才止住了哭，唐王自回邸中。从此，碧桃姑娘的病一天天的减轻，不到半个月工夫，已能起床步行了。

　　光阴似箭，过了两个月，碧桃姑娘的精神，这时早经复原。于是要她母亲马氏，向唐王去提议前事。唐王感碧桃姑娘情深，便把她迎归邸中，并给马氏赡养费二千金。碧桃姑娘自进了唐王府，唐王爱她善侍色笑，宠幸逾于他姬。那王府中婢仆，以碧桃姑娘是个编篱的出身，大家很瞧不起她。及至见碧桃姑娘处事和蔼，众人又都赞她一声好。府中大大小小，没有一个不和碧桃姑娘要好的。

　　谁知花好不长，唐王纳碧桃姑娘还不到半年，李自成率贼众进攻南阳。唐王取出私财百万，大犒军士，又召集了新兵四千，与总兵猛如虎竭力守城。哪里晓得召集的新兵，多半是些无赖游民，暗下通了贼线，乘夜偷开北门，贼众就一拥而进。猛如虎领了部众，拼死巷战，到底寡不敌众，贼兵矢如飞蝗，把猛如虎射得同刺猬一样，死在路上。那唐王闻得贼已进城，要想逃走时，邸外贼众已围得铁桶相似，喊杀声震四野。唐王知道不能脱身，忙召集邸中的姬妻和王妃周氏商议大计。这时碧桃姑娘泪盈盈地立在诸姬丛中。唐王高声说道："今已事急，俺是决不从贼的，只有身殉了。你们速速各自谋逃生去吧！"话犹未了，碧桃姑娘首先应道:"王爷尽忠,妾辈自应尽节。"说毕,一头望庭柱上撞去,脑浆迸裂地死了。唐王只说了声"好",接着小监报道:"王妃自缢了。"唐王连道了几个"好"字。一霎时美妾艳姬,纷纷投井的投井,自缢的自缢,莺莺燕燕,转眼都一个个玉殒香消。唐王点头微笑,随后自己从壁上拔一口霜锋宝剑来,待要望着颈子上抹去,那外面的贼兵早已打破了大门,似潮水般涌将进来。唐王的剑锋方刺着咽喉,剑靶被贼兵夺住,叮的一声,剑已掷在地上。贼众七手八脚地一顿乱缚,把唐王捆住了。其时王府中已如鼎沸,丫环仆妇的哭声盈耳。

唐王有个儿子慈耀,年才十三岁,还在书斋中念书,闻得贼兵杀进邸中,吓得他大哭起来。在这危急万分的当儿,那教慈耀读书的西席先生,叫做黎崧的,仗着一把朴刀,从外面直抢入来道:"王爷和王妃,此刻都已尽忠了。咱们快走吧!"说着一把拖了世子慈耀,如飞般地往后园便走。那时花园的铁门也被贼兵撞破,恰好杀进园来。黎崧大喝一声,一手挟了慈耀,一手舞刀,望贼中乱杀乱砍,好似发狂差不多,贼兵都向后倒退。黎崧杀开了一条血路,护着了世子慈耀,只望前狂奔。贼众在后追赶,强弩射来,黎崧身中六矢,还负着慈耀,死命地奔走。这样的一口气赶了四十余里,后面的追兵渐远,喊杀声隐隐可闻。黎崧负了慈耀,走上一座土冈,遥望贼兵,已距离得很远了,才放下慈耀。黎崧已是精疲力尽,眼前觉得一黑,哇地吐出一口血来,翻身昏倒在地上了。

慈耀本来已惊得目瞪口呆,这时见黎崧呕血倒下,越发慌得走投无路,一屈膝坐在黎崧的身边,嚎啕痛哭。不料李自成的部下大将牛金星,领兵从土冈下经过,听得哭声,一哄地跑上山来,不管三七二十一,把慈耀四马攒蹄地捆了。黎崧僵倒在地上,被贼兵一顿乱踏,践得肚破肠流,死在冈上。慈耀吃贼兵抬

第一百三回　玉石俱焚藩王殉难　琴剑飘泊义士拯危

下冈去，凑巧副总兵马雄，领了四五十名败卒，退到土冈面前来，见马步贼众，抬着唐王的世子慈耀，便挥军士退下，自己一马当先，挺枪杀进贼队中，把舁慈耀的贼兵杀散。背后五十名步卒，一齐上前去夺。

不知马雄救得慈耀否，再听下回分解。

第一百四回　细语莺声三桂杀贤妇
　　　　　　雕弓翎羽永福射闯王

却说唐王的世子慈耀，经义士黎崧拼死力相援，终算出险。黎崧护慈耀到了土冈上，自己也力乏气竭，倒在地上，口里直吐出血来，把个慈耀急得只是痛哭。讲到这黎崧，本是溧阳人，十六岁就入泮，以为不难飞黄腾达。谁知文章憎命，久困场屋，弄得一贫如洗，以是流落江湖，飘零惟有琴剑。那时恰值唐王入觐，见了黎崧人品端谨，文章华美，便延他到南阳邸中，教授那世子慈耀。黎崧感唐王知遇，誓必相报。现在唐王阖门殉难，黎崧抱着一腔义愤，想保全唐王一脉，便挥刀大呼，护慈耀出了重围，自己竟至力尽昏厥。偏偏慈耀又逢到贼兵，大家一阵的乱踏，可怜把一个忠烈义士黎崧，活活地践做了肉饼。及至聿键登位，追赠黎崧封典，慈耀还亲自至祭。聿键（亦袭爵唐王）为聿镆之兄，时因罪锢凤阳，后郑芝龙等拥之正位，即隆武帝。今野史稗乘，多指系唐王聿键之子，或言聿镆之子，误矣。盖慈耀乃聿键之犹子也。但这是后话，暂且不提。

当下副总兵马雄，见世子慈耀被贼众执住，上前奋勇争夺，杀散了异慈耀的贼众，抢过慈耀来。贼将牛金星是李自成的岳丈，为人骁勇善战，凶残无比。他瞧见慈耀被劫，拍马亲自来追。马雄深怕众寡不敌，慌忙马上加鞭，挟了慈耀，和五十名步

第一百四回　细语莺声三桂杀贤妇　雕弓翎羽永福射闯王

卒风驰电掣般地逃走了。牛金星追赶不上，方才自回。那马雄救了慈耀，把他送往成国公朱勉的府中避难去了。

再说吴三桂自获得陈圆圆后，终日沉湎酒色，对于国事，简直丝毫都不放在心上。那时还是温体仁当国，便荐举吴三桂出驻辽蓟。上谕下来，命吴三桂即日出京。三桂一时舍不得离开圆圆，才疏告了病假。大宗伯董其昌致书三桂，苦苦劝导，三桂只做充耳不闻。三桂的妻子卢氏，小名叫做玉英，也知书识字，倒是一个贤妇。她见三桂迷恋着圆圆，不但寸步不离，甚至弃官不为、违逆上命，眼见得荒职欺君的罪名是逃不了的，不幸被朝臣参上一本，这颗头颅少不得要和颈子脱离的了。这位卢氏夫人是读书达礼的淑女，怎肯隐忍不谏？因乘圆圆不在三桂旁边的时候，把大义规劝。三桂听他夫人说得义正辞严，心上也自觉惭愧，弄得不好回答。及至一见了圆圆，将他夫人的话说，又都抛到脑后了。夫人以三桂不听良言，异日必自后悔，平时于言语之中带讽带谏，谓美色是祸水，可以亡国破家，万万不可受其蛊惑；否则身败名裂，可以立待。三桂见说，终是默默地不做声。

谁知卢夫人的话，被圆圆的侍婢听得，就一五一十地去告诉了圆圆，还加些不好听的言语在里面，把个陈圆圆气得玉容铁青。等吴三桂进房，圆圆便一头倒在三桂的怀里，号啕大哭。三桂忙问怎么事这样悲伤，圆圆撒娇撒痴地说道："妾承将军的青眼，不以蒲柳之姿见弃，无如他人不容贱妾侍候将军。妾请将军见恕，今后当削发入山，虔心修道，期在来生，再报将军的德惠吧！"圆圆说时，泪随声落，待到说毕，从衣袖内掏出一把金绞的小剪来，望着万缕青丝上剪去。慌得三桂忙伸手去夺住，乘势把圆圆抱在膝上，一面安慰她道："你且不要这样地烦恼，是谁欺负了你？俺立刻就给你出气。"圆圆收了眼泪，冷笑一声道："莫说得嘴响，等一会儿狮声一吼，只怕金刚要变了菩萨了。"三桂听了，知圆圆是讥讽他惧怕妻子，不禁勃然变色道："俺哪里是畏惧她？平时她总是唠唠叨叨的，俺不和她计较，不过留点颜面与她罢了。"圆圆故意拿粉颈儿一扭，看着三桂道："你如其真个不怕，贱妾也不至于被她鱼肉了！妾在当初，谓将军是个英雄，所以不惜败节相从。倘使知将军力不能庇一个爱姬，空有虚誉，那时贱妾虽至愚，也将不倾心于将军，以自蹈苦海了！"这几句话，激得三桂直跳起来道："玉英贱婢！太不识好歹，待俺和她算帐去！"说着回身便走，圆圆急忙扯住三桂的衣袖道："将军何必这般急，此刻你没来由地跑去，不是去碰她一鼻子的灰么？看来还是忍耐着，将来慢慢地设法图她就是了。不然弄假成了真，又要怪贱妾搬嘴饶舌了！"

三桂哪里肯听，心头愈加火冒，眼中几乎出烟。一手洒脱了圆圆，一口气奔到他夫人的房里，把妆台拍得和擂鼓一般，大骂："贱妇！俺不曾薄待了你，你为什么去欺压圆圆？"卢夫人见三桂杀气腾腾的一副样儿，明知是受了圆圆的唆使，但自己问心，未尝得罪圆圆，也从来没有龃龉过，怎说去欺压她呢？想着正要回话，三桂不等她说出，早伸手啪的一下，打在夫人的脸上，接着就是一顿的拳足，打得个卢夫人摸不着头脑，忍不住放声大哭道："我自进你家的大门以来，自己想也不会有失德的地方。如今有了那妖狐（指圆圆），你便忍心来糟踏我么？你既这样薄幸，我活着也没甚生趣，倒不如死在你的手里吧！"夫人说罢，一头望着三桂撞去。三桂向房边一闪，卢夫人扑了个空，险些儿倾跌了。要想回过身来，三桂已怒不可遏。这时夫人的云鬓已被打散，三桂趁势把她青丝扭住，飞起左脚，只一靴脚踢去，卢夫人的小肚子上，踢个正着。你想纤纤的弱质，经得起这一脚的么？可怜踢得夫人捧着肚子，只是往地上蹲下去。因她还怀着三个月的身孕，这时却蹲在地上发哼。吴三桂冷笑道："你方才

第一百四回　细语莺声三桂杀贤妇　雕弓翎羽永福射闯王

撒泼，此时又装腔给谁看？"说着又是两脚，踢在夫人的腰肢上。卢夫人狂喊了一声，鲜血吐了满地，两眼一翻，挺手躺脚地离了痛苦的尘世，往生极乐国去了。三桂见他夫人倒地不动了，回顾丫环仆妇道："你们不要去搀扶她，看她诈死到几时。"说罢，出房到圆圆那里去了。

这里那些仆妇们晓得卢夫人已受伤不轻，因碍着三桂，不敢插嘴。等三桂走后，大家七手八脚地把夫人去扶起来时，哪里还扶得她动？细细地一瞧，原来已气绝多时，不过身体还略有点温暖罢了。一班丫环仆妇吓得慌做了一团。内中一个仆妇，忙去报知吴太夫人。太夫人听了大惊，急急地扶着两个丫头，一拐一瘸地亲自前来瞧看。见卢夫人已口鼻流血，手足冰冷，眼见得不中用的了。吴太夫人垂泪问道："怎的会弄到这个样儿？"丫环们将三桂殴打的情形，约略述了一遍。吴太夫人大怒，叫把三桂唤来，气愤愤地说道："我这个媳妇，是很贤淑的。你却听了狐媚子的教唆，活活地把她打死了。难道没了王法吗？"三桂很倔强地应道："孩儿既打死了她，准备偿她的命就是。"吴太夫人越发大怒道："你为了个妖妓，甘心身蹈法网了。我却偏要那狐媚子来抵偿！"太夫人越说越气，盼咐仆妇去把圆圆拖了来，一面叫看过家法。那圆圆装做蓬头散发的，满眼流着泪，噗地跪在太夫人面前。吴太夫人指着圆圆骂道："你这淫婢，狐迷了三桂还不算，又撺掇他打死结发妻子。好好的一个贤妇，断送在你手里了。现在我就替我那贤媳妇报仇，也打死你这个妖淫的狐媚子！"太夫人说着，唤掌家法的使女："给我重重地打这妖妇！"那丫环使女们，眼看着三桂不敢动手。吴太夫人看了这种情形，怒气再也按捺不住，夺过使女手里的鞭子，没头没脸地望着圆圆乱打。圆圆两手捧着粉脸，伏在地上痛哭。太夫人骂道："妖狐精！你恃着脸儿媚人，却把人也害死了，还舍不得受刑么？"太夫人一头说着，把圆圆的玉腕拉开，瞧准着她的粉脸打去。圆圆急忙闪避，因用力太猛了，将太夫人也一齐牵带过去。太夫人到底有了年纪的人，被圆圆这一扯，一个倒栽葱跌倒下去，恰好伏在圆圆的身上。许多的婢女们慌忙把太夫人扶起，气得太夫人高声痛骂，仆妇们忍不住都掩口发笑。吴三桂见圆圆兀是坐在地上饮泣，待要上前去搀她，被太夫人喝住。圆圆索性放声哭了起来。太夫人怒道："淫婢子还敢撒野么？"说时又要拿鞭去鞭她，忽听外面人声嘈杂，家人们嚷道："老太爷回来了！"三桂听说，便回身出去迎接。

不多一刻，吴襄慢慢地从外面踱了进来，由三桂陪了他父亲，同入后堂。还没有坐定，吴太夫人已扶杖出来。见了吴襄，大声说道："逆子已打死了媳妇，相公待怎么办哩？"吴襄吃了一惊，忙问怎么打死的。吴太夫人将三桂迷恋陈圆圆，无故打死妻子的话，怒气勃勃、指手划脚地说了一遍。吴襄听罢，霍地立起身来道："杀人偿命，律有专条。逆子自取其咎，罪有应得。咱们既是知法犯法，莫叫台官弹劾，咱们还是自己去出首的好。"说毕，一把拖了吴三桂，竟自出门投刑部衙门去了。这里吴太夫人指点婢仆，把卢夫人的尸体舁到了堂前，料理收殓。陈圆圆见没人去睬她，就独自哭回房中去了。

吴襄将他儿子三桂送入了刑部，侍郎汪煦不敢擅自专主，在第二天早朝，奏明崇祯皇帝。崇祯帝下谕，令汪煦勘讯明白，按例惩办。那时大宗伯董其昌听见吴三桂因杀妻下狱，便四处替他奔走，设法挽救。时宰相李建泰是董其昌的门生，经其昌托他转圜，建泰当然一口答应。到了第十三天上，汪煦录吴三桂的口供，系因愤杀妻，当下据实上奏。崇祯帝本恶吴三桂受命不赴、逗留都下，这时吴三桂犯了国法，方要下旨严惩，只见大学士李建泰奏道："三桂虽然有罪，其才略尚有可取。值此国家用人之

第一百四回　细语莺声三桂杀贤妇　雕弓翎羽永福射闯王

际，望陛下开恩，暂恕他的罪名，令赴边关拒寇，带罪立功，以赎前愆。"崇祯帝沉吟了半晌，御笔批道："吴三桂凶暴杀妻，本应坐罪；姑念年轻误犯，着以副总兵留任，出镇山海关，带罪立功，无得违忤！钦此。"

这首上谕下来，吴三桂得释放出狱，垂头丧气地回到家里，被他父亲吴襄痛骂了一顿。接连是董其昌来了，劝三桂即日遵旨出京，否则罪上加罪，就不能挽回了。三桂唯唯听命。其时都下谁不知道吴三桂杀妻的事，幸而卢夫人的母族没甚势力的，只好忍气吞声罢了。然人人说三桂贪色无义，迷恋陈圆圆，殴死结发妻。平日以大英雄、大豪杰称许三桂的，一变而讥三桂是个没出息的了。就是最倾倒三桂的皇亲田畹（宏遇），也弄得瞧不见三桂了。三桂内受父母的责骂，外遭亲友的讥评，又有董宗伯一日三次，前来催促他出京。三桂到了这时，心上虽舍不得圆圆，无如在京已四面楚歌，即使强行挨延着，也觉乏味得很，势不得不离去都门了。于是过了几天，亲自去部中领了文书，即日辞陛出京。在三桂的意思，想把陈圆圆带去，惟碍着向例，武官上任不得挈带眷属的；况有董其昌从中阻挡，吴襄也不许他携带圆圆，吴三桂万分没法，只好把携眷的念头抛开。

到了起行的那天，陈圆圆还坐着一乘小轿相送。一声号炮，画角齐鸣，吴三桂统着五千名步兵、一千马队，耀武扬威地离了御校场，浩浩荡荡地望山海关进发，陈圆圆直送到四十里外。参军王为慰向吴三桂催促，三桂不得已，吩咐将圆圆的小轿停住。吴三桂自己跳下马来，两人相对，默默地你看着我、我看着你，这样的好一会，说不出半句话儿。还是圆圆强装做笑容，说了声"将军保重"，"重"字还不曾吐出，眼圈儿一红，声音就呜咽了，三桂也忍不住纷纷流下泪来，两人越哭越是恋恋不舍。王为慰再三敦促，喝令小轿折回。两名轿夫听了参军的号令，一声吆喝，抬起了陈圆圆的轿子，飞也似的回转城中。吴三桂呆呆地瞧着，直等陈圆圆的轿子望不见了，方才懒洋洋地上了马，领着军队，往山海关去了。

再讲那个闯王李自成，陷了南阳，破了禹州，进兵来袭开封。开封巡抚高名衡、副将陈永福，登城坚守。周王恭枵时就藩开封，见贼兵围城很急，城内又乏粮饷，便立刻捐金三百万，作为军糈，又开谷仓，赈济贫民，城内欢声大震，相誓死守。周王又飞章进京告急。崇祯帝阅了奏疏，惶惶莫决，又没有将才可供遣使，只有前督师孙传庭被逮系狱，这时实在无计可施了，就把孙传庭从狱中提出。崇祯帝亲加慰谕，命他领兵往援开封。传庭奉旨，连夜统兵起程。怎奈逢着了大雨兼旬，道路泥泞难行，器械也多半发锈，马匹草料受了霉湿，吃下肚去，马瘟大作，骑兵营马匹死伤过半，行程越发迟缓了。

李自成领了贼众，围困开封两月，城仍不下。自成大怒，命贼兵在城墙下掘了大坑，灌了火药百担，燃火轰城。一声霹雳，火星乱飞，尘烟障天，火药却倒轰过来，把贼兵轰死了三四千人。自成大惊，又命将所铸的红衣大炮取来，向城上轰击。轰然一响，大炮炸裂，贼兵又死了无数。自成大怒，令把大炮装好了，拿美貌的妇女，剥去衣裈，赤身倒坐在炮口，翘着一双金莲，对准了城门轰去。但听得天崩地塌的一声，火炮轰出，城门击去了半边。自成下令抢城。巡抚高名衡督着兵丁，慌忙放下千斤闸来。贼兵又多压死闸下，有破头流脑的，有五脏崩裂的。贼众见不能得手，仍旧败退下去。

李自成恚恨万分，把鞭梢指着城上骂道："咱若破了城池，定杀得你们不留鸡犬！"正在高声谩骂，不提防副将陈永福，乘自成不备，暗暗拈弓搭矢，嗖的一箭射去，不偏不倚，中了自成的左眼。自成大叫一声，从马上直翻下马鞍。陈永福急忙开城杀

第一百四回　细语莺声三桂杀贤妇　雕弓翎羽永福射闯王

出，来捉自成，已被贼兵抢救去了。自成左目受创，因箭头有毒，眼眶红肿起来。经医生拔出箭头，连同眼珠一齐拔出。从此自成的左眼便成了盲目，而且溃烂不止、疼痛欲绝，一天到晚，只睡在床上，不能起来处理军情。自成没法，只有弃了开封，下令退兵。高名衡见自成退去，开城令人民担柴取水，以资军用，一面令警骑刺探贼兵消息。自成虽然退兵，心里却咬牙切齿地发恨。过了两天，左眼的肿处略消。忽报开封城门大开，百姓多出城采樵。自成听了，从榻上跃起道："火速还兵！报咱射目之仇。"说罢，令贼众衔枚疾行，一日夜行三百里来袭取开封。

要知开封怎样陷失，且听下回分解。

第一百五回　花影隔帘倒乱鸳谱
　　　　　　　　哀声满野折断雁行

　　却说开封巡抚高名衡闻得贼兵猝至，忙命兵士闭城，并引黄河之水环绕城壕，使贼兵不得近城。李自成领兵赶到，见沿城四面是水，连炮火都不能攻他了，自成咆哮如雷，独眼中几乎迸出火星来。正在这个当儿，忽报军中获了奸细，自成叫绑上来，却是一个长不满三尺的矮人。自成怒喝道："你唤什么名儿？谁使你来探谍军情的？从实讲来！"那人磕了个头道："小人名宋献，字献策，并非奸细，乃是来助大王破城的。"自成大笑道："胡说！咱这里强兵猛将正不知多少，围城三次，不曾攻下。你这个阘茸的相貌，有多大本领，敢信口狂言？"宋献正色道："这是军事，岂可妄谈，自蹈罪戾？"自成说道："那么，你且讲怎么破得此城？"宋献答道："小人在本处卖卜，略晓阴阳，兼知地理。如今城内引水自固，大王只消堵住上流，把河水倒灌入城去，不出三天，这城还怕它不破么？"自成大喜，命牛金星把宋献看管着，待破城之后放他；一面命贼兵决水。不到半天工夫，但听得河水汹汹，好似万马奔骤，直向城中灌去。
　　高名衡正亲巡城，猛见白浪滔天地滚来，要待搬土去抢堵时，哪里还来得及？霎那间满城是水，平地水深丈余，急得名衡连连顿足，不知怎样是好。城内民兵大乱，号哭之声连天。副将

第一百五回　花影隔帘倒乱鸳谱　哀声满野折断雁行

陈永福保了周王恭枻，驾着一艘小舟，爬山逃走。等到贼兵起来，周王、高名衡、陈永福等已经走远了。后来陈永福们降了李自成，暂且不提。

当下自成已驾了大舟，由城头上冲入城内。这时百姓多蹲身在屋顶上，弄得逃也没有逃处，只好束手待擒。贼中规例，围一日城破不杀，两日杀三分之一，三日杀三分之二，过了三天，就得屠城无赦。现在自成已三围开封，前后凡七个月才算攻下，自成已恨极的了；又兼围城时伤了一目，变成独眼龙了，因此恨上加恨，自然要屠城的了。于是自成乘船进城，先把屋上的百姓，一个个地捆绑起来。可怜城中已绝粮三天，都饿得面有菜色。贼众缚好了人民，杀散了官兵，方在上流去了堵塞，水势立刻退尽。自成下令，将所缚得的百姓，男子不论老幼，一概斩首；女子择年轻美貌的留在帐里侍寝，年老的妇女发给各营，替兵士们涤洗执爨。又把周王邸中的宫人侍女一并捕来，自成选了几名最美丽的，其余的都派与帐下的兵士。又将仓库打开，令贼众任意取舍。

这样的闹了十几天，忽警骑报到，京中遣孙传庭领兵来援开封了。自成听说，吃了一惊，道："孙老儿不比别人，倒要留神他一下的。"即派马文宗为先锋，自己领了大兵，前去迎敌。谁知孙传庭已得知开封失陷，便按兵不敢轻进。过了几天，陈永福领败兵来依传庭，谓周王偕高名衡，星夜往浙江去了。传庭闻贼兵势大，越发觉得胆怯。讲到孙传庭的为人，倒是个身经百战的名将，从来不肯出兵退缩的。这时逢到了李自成，不知怎样会畏首畏尾起来，致令贼众威势日盛，酿成后来的大患，岂非天数么？那自成也怕孙传庭多谋，他见传庭不进，便也驻兵自守，两下对垒，经月不战。

贼军中本无饷糈蓄着的,一个多月不动兵,弄得无处劫掠,贼营就要乏食了。自成恐军心变乱,被孙传庭所乘,忙召牛金星、宋献策(即宋献,时已释出,经自成拜为护军参议)商议粮饷的救济。宋献策笑道:"急救的方法倒有一个,不知大王能行不能?"自成大喜道:"参议的妙计,咱没有不从的。"宋献策道:"大王军中,所多的是妇女,千百成群地豢养着,一旦有起事来,宁不累赘?莫如效那好生之德,把那些妇女一并释放了。但她们身虽得脱,仍旧无家可归,值此乱世,任她们漂流各处,早晚要落在匪人手里,不是弄巧成拙吗?依在下的愚见,将这般妇女,无论老少,一古脑儿用布袋装了,叫士兵们弄到市上,听人购买,每袋卖钱两吊,或是米谷五斗。那没有妻子的人,出两吊钱可得妻子,大王也积少成多,军中不愁没有粮饷了。"李自成听了,拍手笑道:"这个计较很好,咱们就立刻去办吧!"当下派了牛金星为监督,命妇女们缝就布袋万只,把老少妇女一齐装入袋内,抬往市中,悬榜招买,每人五斗或钱两吊,即可取得布囊一个。这样的一来,不曾取妻的,都负钱担米,到市中来换妻子。不过置在布囊内的妇女,瞧不出她的面貌和年龄,又不能开了布袋拣选的,由是弄出不少笑话来。

有一个少年男子,出两吊钱取了一个布袋,很高兴地负到家里。及至解开布囊来瞧时,不禁目瞪口呆,做声不得,原来囊中是一个七十多岁的老妪,把来做祖母还赚年长,休说是做妻子了。那少年没法,只好自认晦气罢了。又有一个少年,也买了一个布囊,当场在市上打开,是一个五十多岁的老妇人。那少年怔了半晌,又去购了一只布囊来。及至打开布囊,仍然是一个老太太,而且年纪比方才的老妇人更大了。那少年满肚的懊丧,恨恨地说道:"俺是来取妻子,不是来认祖母和母亲的,要了这些老

第一百五回　花影隔帘倒乱鸳谱　哀声满野折断雁行

太太去养老吗？"说罢回身便走，引得市上的人一齐大笑起来。兵士们见那少年逃走，吆喝一声，飞步追上，一把扭住了那少年，高声骂道："你这个混蛋！既出钱买了妻子，为什么不把她带去？"那少年给兵士一拖，早吓得面色如土，颤巍巍答道："俺不要这样老妻。"兵士也笑道："你嫌她老，难道别人就不嫌她老的么？况且这是你的运气不好，自己去拣来的，不能怪着别人。倘多和你一般的，嫌着年老，就撇下了管自己一走，叫那些老妪，孤伶伶地去依靠谁呢？"那少年没法，只得领了两个老妪，哭丧着脸儿，唉声叹气地回去。市上的人，又大家笑了一阵。

　　还有一个老翁，老年丧偶，便也出了两吊钱，想买一个老妻回去，以慰暮年的寂寞。谁知打开布袋来，倒是一个娇娆的美人儿。那老翁不禁喜出望外，笑得一张瘪嘴，几乎合不拢来。哪里晓得那美人儿也嫌那老翁年纪太大了，心里十分不愿意。恰好旁边一个美少年，买着了一个老妪，在那里发怔。美人便悄悄地对那少年丢了眼色，两人一个撇下老妪，一个撇了老翁，手携着手，很亲热地走了。那老妪明知自己配不上那个少年，只呆立着不做声。独有那个老翁却不肯相舍，忙三脚两步地赶上去，拖住那美人儿说道："你是咱买了，已是咱家的人了，怎么跟着别人，敢是想逃走不成？"那少年听了，不等他说毕，把两眼一睁，高声喝道："谁是你的人？哪个是你买的？"说时指着那美人道："她是俺的妻子，是俺刚才买来的。你这样大的年纪，还要冒认人家的少妇，不是妄想么？"那老翁气得火星直冒，大喝道："怎么话！这少妇是咱家买来的，怎说是你的？青天白日，容得你这样胡赖么？"那少年怪叫起来，大骂："你这个老悖，好没来由！俺的妻子，你想胡赖人家的，倒说俺是胡赖！你这一把年纪，难道是活在狗身上的？"那老翁被少年一顿羞辱，越发咆哮如雷。

一老一少,为了一个女子,两下里由斗嘴而进至殴打,大家扭住了一团。

旁观的人,围绕了一大群。那少年撇下的老妪,这时也走过来了。少年看见,便指着那老妪向众人说道:"列位请看那老头儿不是无理么?他自己买了这位老太太,嫌她老,见俺的少妇,他忽然说少妇是他买的,硬要把俺的妻子认做是他买得的。列位试想想,俺肯甘心的么?"众人见说,又把那老妪打量一下,都来向老翁劝道:"老相公,你就平一点气儿吧!即使那少妇真个是你老相公买得的,你已有了年纪的人,要她来也没甚用处。就是那少妇,也未必愿意跟着老相公的。况这位老太太,恰好和老相公是一对,以老配老,天凑姻缘,足够娱老相公的晚景。何必定要那少妇呢?"那老翁见众人都帮助着那少年说话,气得胡须根根倒竖,一手扭住那少年,一手拖住了少妇,把头摇得和鼓似的,嘴里不住地说:"反了!反了!少妇是咱家买来的,是咱的人了,怎么来混赖咱家的?世上没有公理了!"众人见劝不醒那老翁,如要劝那少年弃了少妇,让给老翁,这是当然办不到的了。

那少年被老翁拉着手臂不得脱身,不由得也心头火起,便蓦地把老翁一摔,一面去搀了那少妇,趁势将老翁一推。老翁立脚不稳,一交倒在地上,挣扎起来,死命地望着那少年一头撞去。众人见老翁来势凶恶,忙七手八脚地把他拉住。老翁被少年摔了一跤,撞又撞不着,气得他手脚也发了抖,面皮铁青,说话连舌头都僵了,兀是指天划地地说着,颈子涨得很粗,青筋根根绽起,口边上的涎沫四溅开来;又因舌头僵了,说话更其含糊,别人也不知道他说些什么,倒把闲着的人,看了老翁这种怪相,都忍不住哈哈大笑。那老翁吃众人阻止,不许他去打少年,弄得发

第一百五回　花影隔帘倒乱鸳谱　哀声满野折断雁行

起急来，瞪着两只昏花的老眼，大有遇人即噬的气慨。

正在难分难解的当儿，恰好游巡官马文宗经过，望见众人围如堵墙，疑是什么人闹事，便分开了众人，走上前去。那少年眼快，早已瞧见一个军官装束的挨进人丛来，忙迎将上来，对着马文宗深深地唱了个喏，把自己买得一个少妇、老翁要冒认她的话，从头至尾，很安详地讲了一遍。马文宗点一点头，接着询问老翁，那老翁已是气急败坏，哪里还说得清楚？又兼操的闽浙口音，马文宗是山西人，益觉听不懂了。那老翁只顾滔滔不绝，文宗也不去理他，回顾那少妇道："你心上怎样？"那少妇指着少年道："他既买我来，我自然是他妻子了。"文宗听说，把手一挥，是叫他们走的意思，那少年和少妇便高高兴兴地走了。那老翁待要去追，被文宗伸手拦住道："你这老儿好没分晓！人家取了少妇，干你甚事？"又指着老妪道："快领了她回去吧！"老翁哪里肯听，还待倔强，引得文宗性起，霍地拔出霜雪也似的一把宝剑来，大声喝道："你不走吗？"老翁这才慌了手脚，不知不觉地双膝跪倒。文宗叫起身速去，老翁不敢违拗，只得领了那老妪，抱头鼠窜地走了。那班闲人又大笑了一场，谓那老翁不识时务，一样地领着老妪走路，能够早听了众人的相劝，就不至于出这个丑了。

又有一个老儿，是个员外打扮，也出两吊钱，买了一个布囊，心里想弄个美人儿，把来纳做簉室。当下命家仆解了布囊，里面果然是位俊俏佳人。那知趣的仆人口里向老主人道贺，喜得那老员外眉开眼笑，万分的得意。不料那美人忽地跪在地上，呜呜咽咽地哭将起来，一边哭着，口中不住地叫着舅父。老员外听了她的呼声，眯了花眼，定睛细看，不觉喊声："哎呀！"忙把那美人扶起来。原来美人不是别个，正是自己的外甥女儿，也就是未婚的婚妇（旧习，表姊妹和表兄弟可以结婚。今则因血统关系，虽婚不生效力）。老员外一团高兴，到此冰释。

这布袋美人（是那时一种名称）买的人很多，得着佳妇淑女的也有，买着半老徐娘和龙钟老媪的也有。他如兄弟买得姊妹，老父买得女儿，子买妻得母，翁买妾获媳，种种酿成的笑话，一时说不尽许多。

李自成卖去了这些妇女，得银数十万两，米一千余斛，充作了军饷，又可支持一月了。光阴白驹过隙，转眼半个多月。李自成见孙传庭的兵马不进不退，想自己和他对垒，徒耗糈饷。要待望别处发展，进恐非传庭敌手，退又怕官兵来追，正是进退维谷、左右为难了。于是和宋献策等密议，设法进兵他邑。宋献策说道："传庭老于军事的人，我们的营寨若一移动，官兵必趁势袭剿，那时军心一乱，就不易收拾了！"自成说道："那么怎样才得妥当？"牛金星说道："依咱的意思，主帅可领兵先行，咱们随后慢慢的进发，就不患官兵来追赶了。"自成如言，当夜便率同劲卒五千名，向确山疾驰。传庭闻报，见贼兵大本营不动，未敢轻易追逐。牛金星待自成去远，乘夜驱兵潜遁，及至孙传庭觉察，贼营内不过悬羊击鼓，贼众早已遁走了。

自成兵进确山，陷了汝宁，擒获崇王由樻并弟由樽。由樽是英宗的第六子，见泽的第六世孙，出封汝宁。时守汝宁的是监军孔会贞、总督杨文岳，督兵登城死守。李自成令设云梯千架，一声鼓响，三军齐上。文岳率兵拒杀不及，孔会贞忙领家将来救应，贼兵已经入城。杨文岳与孔会贞，亲自挥戈巷战。贼兵越来越多，杨文岳力竭被擒，孔会贞受伤堕马，也给贼兵擒住了。

自成既破汝宁，令推崇王由樻上前。由樻吓得面容失色，愿拜伏投诚。独由樽不应，并破口大骂。自成怒道："你身已受缚，

第一百五回　花影隔帘倒乱鸳谱　哀声满野折断雁行

还敢倔强么？"喝左右推出去砍了。由樽回顾由楥，高声说道："哥哥，兄弟要和你长别了！"这一声又悲怆又惨痛的呼唤，就是石头人也要下泪，何况由楥到底是同胞兄弟，又不是甘心降贼的。因此忍不住走下阶陛，一把抱住了由樽，放声大哭起来。由樽更哭得回不过气来。自成大怒，叫随行的亲兵用皮鞭将由楥打开。左右拖着由樽，带拽带推地出去了。不多一会，小兵捧着一个血淋淋的人头进来。由楥看了，大叫一声，昏倒地上。杨文岳和孔会贞认出首级是崇王兄弟由樽的，不禁义愤填胸，顿足痛骂自成："逆贼！擅杀帝胄。俺生既不能啖贼肉，死必为厉鬼杀贼！"自成听了狞笑道："你这样的求死，咱偏使你慢慢地死。"说罢，命先把杨文岳绑出城外，架起九级钢管的大炮来，装入火药和铅丸，燃着药线，对准了文岳的前胸，轰然的一炮，打得杨文岳的前胸变成了血肉模糊的一个窟窿，心肺五脏，都流了出来。

孔文贞在城门上瞧见，大叫："先把咱杀了，和杨总督一块儿去！"李自成叫把孔会贞拖到草地上，将会贞倒伏在炮门口。轰的一声，一个忠心耿耿的孔监军，只弹得肤肉崩裂，肠胃纷飞。自成坐在马上，拍手哈哈大笑。由楥目睹这种惨酷的情形，掩面不忍瞧看。

自成杀了杨文岳和孔会贞，下令屠城。可怜汝宁的百姓，只杀得男哭女啼，惨呼声达四野。那些贼兵分头杀掠，只有美貌的女子，赦宥不杀，被贼众驱入帐中，任意寻乐。贼寨内的妇女大都不着衣裙，但披玄色的轻纱，遮掩着上下体，就轻纱中望去，仍然纤毫毕露。其时汝宁城中，道无行人。夕阳西垂，即已鬼声啾啾。兵燹之后，又继以大疫。

崇王痛弟惨死，一面私自收殓，又不敢公然去祭奠。悄悄地叮嘱小校，把由樽的棺木，暂厝在荒寺里。崇王偷个空儿，往柩前去痛哭一番，并暗暗祝告道："弟如英魂有灵，护兄出得虎口，早晚与你复仇。"说罢叩头起身，竟自出寺，也不再回贼寨，便一口气狂奔出城。是夜星月无光，一路上阴风淅淅。崇王急急地逃走，倒也忘了畏惧。正走之间，忽听脑后啼声大起，火光乱射，却是贼兵追来了。崇王心慌，几乎惊倒在地。

不知崇王走脱否，且听下回分解。

第一百六回　热泪流红悲诔一篇文　青磷闪碧悖语数行书

却说崇王由樠黑夜遁出贼窟，向前狂奔，也不辨什么路径了。不防背后喊声大作，贼目孙文宗领了五十名铁骑来追。崇王一时慌急了，忙望着路旁土地祠内躲避。那神祠又是年久失修的败寺，四处无可藏身，只得向神座下面一钻，蜷体俯伏着，连气都不敢喘一下。转眼孙文宗赶到了，令左右进祠搜寻，吓得个崇王遍身颤抖。那贼兵几次到神座下来照看，都被阴风吹熄了火把，瞧不清楚神座下的东西。那照看的兵士，见瞧不到什么，又被冷风吹得毛发悚然，回说找不到人。孙文宗吩咐出祠去追。崇王伏在神座下，但觉阴风飒飒，似有迷雾相护。待到贼兵出祠，崇王爬出神座，叩了个头，飞身往西而走，口里默默地说道："吾弟保佑，今已脱险，求你再护我一程。"说犹未了，旋风骤起，似在前引路。崇王随了旋风飞奔，一口气跑了六七十里。天色已渐渐破晓了，崇王略为觉得困倦，坐在道旁树下休息了一会，起身再走。时左良玉驻兵襄阳，崇王饥餐渴饮，竟奔襄阳，投入左良玉军中暂避，按下不提。

再说李自成破了汝宁，大肆屠戮，及至闻崇王潜逃，孙文宗追赶不着，不觉大愤，便连夜兵进承天。副使张凤翥、巡抚宋一鹤、总兵钱中选、知府王玑、县令萧汉，都协力守城，誓以身许国,有"城亡人亦亡"的宣言。宋一鹤在承天很有政声,就是县令萧汉,人民也称他作"萧青天"。所以城内的百姓,齐声说道:"父母官如殉城,我们小民也自愿同归于尽。"李自成围城,三四日不下,便引兵退去。人民启城采薪,奸细乘间混入城内,到了半夜大开东门,贼兵蜂拥入城,民兵大乱,自相践踏。诸将一面迎敌,一头保护着宋一鹤杀出西门。一鹤大呼道:"疆吏有保土之责,城陷则殉城。我岂畏死,致为人唾骂?"说罢,奋力杀进城去,和贼兵巷战。时总兵钱中选中箭落马,被乱马踏死,知府张凤翥自尽,知县萧汉遭擒。宋一鹤也被贼众围住,乱箭并发,一鹤身被七矢,面着枪尖,直透脑后,血流满身,大叫三声,自刎而死。贼兵畏他忠烈,不敢近前。贼将杨永裕获知县萧汉,李自成说道:"他是个好官,不要难为他。"杨永裕领命,囚萧汉在荒寺中,是夜萧汉也自缢而死。

仁宗皇帝的灵寝,也在承天,守陵巡按李振生跪迎自成,还请发掘陵寝。自成听了,才叫贼兵下锄,猛听得显陵内一声响亮,好似天崩地塌,山谷皆震,贼兵惊死了三四十人,吓得自成不敢再掘,并派贼卒四人看守,一面也居然出榜安民。

那时自成声势益振,杀流贼罗汝才(绰号曹操)、左金玉、老回回(名马守殷)、千里眼(名贺一龙)、袁时中等,并得贼众二十余万,迭破荆襄诸郡。初时闯贼陷城,必杀戮奸淫,焚掠一空。到了河南既得,贼众不下百万,牛金星、宋献策、顾君恩等,都劝自成收拾人心。自成也自以为雄霸天下,渐萌建号立国之心。于是由众将举李自成为新顺王,以襄阳作根据,改名为襄京;封牛金星为右丞相,宋献策为左丞相;定军营凡五,营驻卒二十万;立战征队,封二十二将,以顾君恩为都督新顺大元帅,杨永裕为副都督,孙文宗为中军之帅;设府尹、州牧、县令,建设六部——居然做起开国皇帝来了。

第一百六回　热泪流红悲诔一篇文　青磷闪碧悖语数行书

再说流贼张献忠，既扰东南，又走蕲水，星夜进攻黄州，下令黄州士人，自投者有赏，隐避者杀阖门。那些士人惧献忠的残暴，不得不出迎。献忠又下令道："士人出西门，平民出东门。"又命贼兵埋伏在东西两门，瞧见士人和平民出城，贼兵呐喊骤起，围住士民，见一个杀一个，不到半天，城内的四十多万百姓，杀到一个都不留。只有美貌的女子不杀，驱入营内，昼夜宣淫。献忠又沿江进攻，袭破汉阳，进逼武昌。太祖高皇帝七世孙楚王华奎，时就藩武昌，闻得张献忠自称西王，来攻武昌，忙集文武商议。长吏徐学颜说道："王邸富有多金，宜先出十万犒赏将士。"楚王怫然说道："我有犒赏城中老弱，不如另募新军了。"遂不听徐学颜的话说，当日竖旗招兵。值此乱离之世，兵民本来不分，盗贼被官兵剿败的，也都来投新兵。所以募兵不到三天，已有五六万众。楚王又无军事知识的，不管新兵是乌合之众，只要人多，自以为足拒流贼了。献忠兵到，围住武昌，楚王驱兵出战，军士都哗噪不肯向前。楚王正在设法，参将崔文荣，与致仕大学士贺逢圣、长史徐学颜，再三地对众晓谕，甚至声泪俱落，新兵始稍稍出战。崔文荣的部兵，却是个个争先、人人奋勇，一场血战，杀贼五六千名。献忠大愤，亲自在城下擂鼓，督贼兵攻城，限半日攻下。城外前仆后继，城内矢石如雨，崔文荣竭力督战，贼众无隙可乘。这样地闹了半天，官兵贼军，死伤各尽千人。谁知楚王新招的兵士，内有流贼的羽党，煽乱众心，竟开城应贼。献忠部将孙可望一马当先，抢入城中，恰遇参将崔文荣，两人交马，贼兵如潮涌般进城。文荣无心恋战，回马便走，不提防濠边的贼兵拽起绊马索来，文荣翻身落马，便拔出腰刀，向着颈中一刺，血溅袍袖，倒地死了。

随后张献忠进城，缚楚王华奎，系在树上，命将藩邸的嫔妃姬妾，对着楚王奸淫。前大学士贺逢圣、长史徐学颜闻得城已攻破,逢圣自戕,学颜自经。楚王府金宝不下三四百万,都被张献忠掠取,当场散给兵士。又改武昌为天授府,修葺楚王宫殿,作为王府,就铸西王印绶,开科取士,得进士二十人,张姓状元一人。其他的人民,一概杀戮,尸首投之江中,尸体蔽江,顺流而下,江水尽赤,淘涛为阻。

献忠取得的张姓状元,年只十九岁,美丽如好女,献忠十分喜欢他,饮食起居,寸步不离。这样地过了十几天,献忠突然对左右说道:"咱那个新状元,可算得才貌兼备,咱实在爱他不过,将来怕被人夺了去,叫咱怎样放心得下?不如把他杀了,使咱好撇去这条念头。"说着,唤令新状元进帐,献忠亲自动手,把他脔割成了六块,置入瓮内,藏在帐后。又把二十名进士也一个个地杀了,掘个泥潭掩埋,上竖石碑,大书:新进士二十名,西王张立。又命绑了楚王,装入布囊,沉入西湖(中国西湖凡六,此其一也)。

那时武昌失陷,警耗传入京师。崇祯帝闻楚王被溺,又大哭了一场,谕知兵部,调兵赴援。兵部尚书任逢龙,飞檄总兵左良玉率部剿贼。左良玉因河南失陷,正苦无处容身,接到上谕,集总兵方国安、常安国各统部众,分水道陆路,双方并进。

李自成听得张献忠袭取武汉,自称西王,铸印录士,和自己几分庭抗礼起来,便致书于献忠道:"曹操(罗汝才)、老回回(马守殷)、千里眼(贺一龙)、左金玉、袁时中等,都已见诛,现在屈指算来,早晚要砍你的头颅了。"张献忠得书,又气又畏自成势大,只得备了金珠数十车,往献李自成。自成收了金珠,立斩来使。张献忠大怒,方要起兵和自成拼死,忽报总兵左良玉领兵杀到。献忠仓卒出战,被左良玉杀得大败,连夜逃往长沙。左良玉复了武昌,飞章告捷,崇祯帝阅奏大喜,下旨加左良玉为右都督,方国安、常安国各擢将军。

第一百六回　热泪流红悲诔一篇文　青磷闪碧悖语数行书

　　作书的乘这个空儿，把洪承畴的事，再结束一下。原来洪承畴被满州文皇后所赚，投顺了清朝，他当时部下的将士，如总兵吴嘉禄、王国安等，只知道承畴失踪，是遭敌人的暗算，不曾晓得承畴降清。清军又乘军中无主，由武应郡王阿济格，肃郡王豪格，豫王多铎，郑亲王齐尔哈朗，贝勒巴布达、巴布海，睿亲王多尔衮等，率着劲卒，一阵地掩杀，明兵抱头四散，无心迎战。总兵吴嘉禄等阵亡，白遇春、陈福祥两总兵降清，其余副将游击，多半被擒投诚，二十万大兵，逃散的一小半，死伤的一半，还有一小半便投顺清军了。清军乘胜进兵，宣府日危，大同陷落，关内震骇。幸得清军并不进迫，只任意掳掠一会，恐明朝大军会剿，因此把掠得的轻重饷糈，人民的金银宝物，装载了五百多车，绵亘六七十里，一路唱着凯歌，满载归去了。

　　崇祯听得宣、大兵马败耗，及洪承畴失踪的消息，只当洪承畴是为国尽忠了，崇祯帝倒很为震悼，当时下谕，赐祭十六坛，并命设立专祠，春秋祭奠。承畴子才诞生六月，以国学记名，封承畴公爵，谥号着礼部拟颁，子孙世袭公爵。又赐承畴家中丧葬金万两，派大学士李建泰、尚书方逢年两人，为承畴主埋葬事。又谕令翰林院撰成祭文，崇祯帝亲临吊奠，由大礼官开读祭文，词意哀切，一时随驾大臣以及亲王等，无不为之垂泪。他那祭文，尝载稗史，其文曰：

　　呜呼洪卿，智冠三军。沙场血战，昼夜不分。忠心贯日月兮，义高乎云天；为国而捐躯兮，碧血犹留膻；事迹表史册兮，名当题诸凌烟；万古不磨灭兮，豪气奠于山川。哀卿济世才兮，英毅掌握师干；拒侮定内乱兮，解人民之倒悬；是国家砥柱兮，冀朝野相周旋！嗟天之不佑兮，悲君臣之无缘。折朝廷股肱兮，殆气数之使然？怜卿遗孤雏兮，血泪沾润衣颤。风凄凄而月冷冷兮，幸无痛乎重泉；雪霏霏而云惨惨兮，其是羽化而登仙。魂缈缈兮，遗恨河边；沙漾漾兮，魄化杜鹃。叹国事之蜩螗兮，朕心如困重闱；患莦苻之遍地兮，卿盍骑鹤而归！於戏！月落霜凋兮，夜色生寒；微星隐约兮，更漏敲残。卿灵不昧，魂祈来飨。哀哉！痛哉！

那篇祭文，读得非常地凄楚悲怆。待到读罢，崇祯帝忍不住放声痛哭，把几年来的郁愤忧愁，一齐涌上心头。越哭也就越觉得感伤，文武百官，侍礼下臣，宫监侍卫，个个泣不可仰。尤其是洪承畴的几个姬妾，都哭得哀痛欲绝。一座经略府中，顿时罩满了惨雾愁云。大家正哭到难解难分的当儿，经内侍入白周皇后和懿安皇后（熹宗张后），深怕崇祯帝感伤太过，由周皇后乘着銮舆，领了田贵妃与袁妃，向崇祯帝再三地慰劝，终算把崇祯帝劝回宫中。

那时朝中的大小臣工，见崇祯帝这样优遇洪承畴，谁不艳羡？都说是异数。谁知过不上几个月，塞外传进消息来，谓洪承畴并不曾死节，实已投顺清朝了。崇祯帝听了，不禁懊悔不迭，当即下谕，把赐给洪承畴的爵禄谥号一一褫夺；又命毁去专祠，将承畴的家属一齐逮系进牢，家产一例入官。这样的一来，都下把这些事情当作了笑话讲，气得崇祯帝连话也说不出来，足足嗟叹了三四天，还是恨恨不已。

是年李自成破了襄阳，自称新顺王，并草成伪檄，颁行各处。二月的朔日，崇祯帝视朝，接到李自成的伪檄，见上面写道：

新顺王李，诏尔明臣一体知悉：

第一百六回　热泪流红悲诔一篇文　青磷闪碧悖语数行书

昔汤武兴义师而有天下，周武假伐罪以承殷祚，乃知得天下者，首在顺天而得人心。众志归，则天大事定焉。今而明朝，久席泰宁，废弛纪纲。君非甚暗，孤立而炀蔽恒多；臣尽行私，比党而公忠绝少。贿通官府，朝廷之福咸日移；利入戚绅，闾左之脂膏尽竭。公仆皆肉食纨绔，而倚为腹心；宦官皆龁糠犬豚，而借其耳目。狱囚累累，士无报礼之心；征敛重重，民有偕亡之恨。朕本起自布衣，目击憔悴之形，心感民痛之痛。黎庶日沉水火，宁忍袖手坐视？地方频陷灾荒，自应起而拯援。普天率土，咸雁困穷；易水燕山，未甦汤火。是仁人成切齿痛痕，而忠义者之攘臂以起也。

朕上承天心，下顺民意，以十万雄师，效吊民而伐罪。维尔君若臣，未谕朕意，兹以直言正告，尔能体天念祖，度德审几，朕将加惠前人，不鄙异数。如杞如宋，享祀永延；有室有家，人民胥庆。章尔之孝，章尔之仁。赓嘉客之休声，绵商系之厚禄。今其诏告，允布腹心。君其念哉，罔怨恫于宗公，勿贻危于臣庶；臣其慎乎，尚效忠于君父，广贻谷于身家。勉哉！檄到如律令！

崇祯帝看罢，颜色惨变，把那道伪檄，传视廷臣。众官都面面相觑，半晌说不出话来。崇祯帝叹道："君非亡国之君，臣都是亡国之臣了。"说时不由得潸然泪下，垂涕回宫。过不上几天，田贵妃又病死，崇祯帝越发觉得悲伤无聊。

时外郡纷纷失陷，警信传入京师，络绎不绝。当自成未僭号之前，督师孙传庭进兵阌乡，夺还宝丰，杀伪州牧陈可新；攻破唐县，贼众家口都被传庭杀个干净。贼兵闻之，哀声满营，誓与官兵死战。传庭又复了郏县，李自成亲统大兵来迎，传庭设伏，中途出击，李自成抵挡不住，大败而逃。总兵高杰本是自成的先锋，很熟悉贼中的情形，这时隶传庭部下，连战皆获胜，又败左金玉、千里眼旧部，用贼攻贼的法儿。李自成儿子李过率兵作战，三战三北，李自成立脚不住，败走襄阳。

贼兵行军，不多携辎重，大都沿途掠食。孙传庭进围襄阳，贼兵因此乏食，杀老妇童子，暂充食粮。自成见军心不稳，恐怕闹出内变来，忙召牛金星、小张侯（名刘宗敏）、顾君恩、杨永裕、白旺等，商议进取的良策。牛金星主张进兵河北，直捣京师；杨永裕谓往袭河南，顾君恩抗声说道："河南势处下流，非成大事之地。若进取河北，直捣京师，倘不幸失败，官兵大军云集，咱们退无所归，不是成了瓮中之鳖吗？依咱之见，不如先取关中，秦关百二山河，已得天下三分之二；然后再取山西，直向京师，大事就不难图了。"

自成听了，很以为然。方要进民关中，值天连朝大雨，孙传庭军中也乏起饷来，兵士大噪。李自成乘势掩袭，孙传庭大败，退走河北。李自成兵进潼关，恰好逢着孙传庭也整兵向潼关，两下一场厮杀，孙传庭败走。贼兵夺获督师的大纛旗，扮作官兵，赚进潼关。一只虎李过，进陷华阴。孙传庭败屯渭南，李自成领兵赶来，把官军围住。监军杨暄与督师孙传庭，都战死阵中。自成长驱直入，由潼关进攻西安。城破，缚秦王存枢（太祖子樉九世孙）。存枢畏死，投顺了自成。自成占据了秦王宫殿，宫内王妃嫔人都投井自尽。巡抚冯师孔以身殉城；孙传庭妻张夫人听得贼兵进城、传庭战死，便也自缢而死。总兵白广恩先锋、总兵陈永福，恐自成记他射目的仇恨，不敢出降，经自成设誓折箭，永福才领兵投诚。自成又统兵攻榆林，总兵汪世钦等死节。贼兵又陷宁夏，屠庆阳，杀韩王直堵，并破西宁，陷甘肃，一时三边尽

第一百六回　热泪流红悲诔一篇文　青磷闪碧悖语数行书

入贼手了。

这时自成即僭号称王,又颁檄各地,京师大震。崇祯帝忙和众臣计议,大学士李建泰请以家资助饷,亲出督师。崇祯帝大喜,向建泰再三地奖谕,又赐与金节上方剑,准其便宜行事。临行的那天,建泰戎装跨马,由崇祯帝亲为执辔,直送出京城。李建泰才离得京城数十里,忽警报到来,山西失陷。建泰是山西人,闻得家乡被焚,财资一古脑儿入了贼囊,助饷之说,不免成了画饼。建泰见家已破,不敢再进,日只行三十里,到了保定,就此病倒了。

那时风声日紧,李自成又陷了太原,晋王求桂、巡抚蔡懋德死节。张献忠走长沙,被左良玉杀败,献忠又陷了重庆,杀瑞王常浩。崇祯帝阅报,大惊失色。

要知各郡怎样陷落,且听下回分解。

第一百七回　为国求糈皇亲装穷汉　守城拒寇将士效忠臣

却说张献忠被左良玉杀败，弃了武昌，竟奔长沙，据桂王宫殿，开科取士。又陷新喻、分宜，到处焚掠淫杀。江督吕大器，和左良玉会合，大破张献忠，献忠引败兵入夔州，陷重庆，瑞王阖室自尽。时四川土司、女官秦良玉，与众部议决，誓死守石砫。献忠屠四川，屡次犯石砫，都被秦良玉据守要隘，奋力击退。讲到这位女将军，是石砫土司秦邦屏的胞妹，生得非常娇艳，但婀娜中带着英爽之气，上阵杀贼脱尽脂粉恶习。熹宗时清兵寇沈阳，秦邦屏战死，秦良玉攘臂而起，誓与她哥哥报仇。川督魏君威代良玉奏请，仍统邦屏的部众，以良玉为石砫女官。清兵寇辽、蓟，进逼通州，崇祯帝下诏令各部勤王，秦良玉引士兵八千人，入卫京畿，和清兵交战，斩获独多。清兵既败退，崇祯帝论功行赏，秦良玉也偕勤王的诸将入觐。崇祯帝见她是个女子，刚毅的气概，端的不减须眉，由崇祯帝亲加奖勉，封良玉为将军、世袭文官。又赐御制褒奖诗四首，其中的一首道：

蜀锦征袍手制成，桃花马上请长缨。
世间不少奇男子，谁肯沙场万里行？

第一百七回　为国求糈皇亲装穷汉　守城拒寇将士效忠臣

当时乱事略定，秦良玉仍引所部，回她的四川。这时张献忠陷成都，杀戮得酷烈，为千古以来所未有。川中数百里，道无行人，真是十室九空、炊烟绝断了。独于石砫地方，却不敢犯，可算是秦良玉一人所保全的。一时女将军的英名，传遍海内。这且按下。

再说李自成攻陷太原，杀了晋王求桂，又进兵代州，京师戒严。崇祯帝惶急不安，昼夜不进内宫，批答奏牍往往通宵达旦。阁臣如范景文、魏藻德等，也坐守终夜。三鼓以后，内廷太监还捧着黄封到阁，外郡的警报不绝，上谕颁发更无时无之。时天津总兵徐标自保定入觐，崇祯帝召见，徐标叩头奏道："臣自江淮入津，道经各地，数千里荡然一空，城郭村镇不见人烟，房舍只剩得四壁，蓬蒿满目，鸡犬不闻。沿途所见田亩，未曾见一个耕田的人。外郡已弄得变成丘墟了，陛下将怎样治天下？"崇祯帝听了，忍不住流下泪来，随即下谕，设坛祭阵亡将士，并殉难的忠臣和亲王。宫中召僧众做佛事超度幽灵，兼祈太平。又令徐标师剿寇，徐标忙免冠顿首道："仓库空虚，就是有兵，无饷也是要内乱的，怎能督师剿贼？"崇祯帝默默地半晌，令徐标退去。第二天上，由内宫发出珍宝锞银万两，着徐标收领，暂充军糈。徐标奉谕，颁了兵饷，出兵往保定去了。

这里崇祯帝亲自撰了一张助饷诏书，词句非常地哀痛，令内监徐高悬挂各门，并命向勋戚大珰，劝谕助饷。嘉定伯周奎是皇后的父亲，家资不下三四百万，徐高领了上谕，劝周奎为皇帝首倡，助饷若干。周奎性情最是鄙啬，听了徐高的话，忙推辞道："不瞒徐公公说，家乡连年荒歉，收成不好，近日来并肉食也不进门，阖门啖蔬度日，哪有闲钱助饷？"徐高大怒道："你是皇上的外戚，坐看着国家垂亡，还这般的吝啬；其他的大臣巨珰，是不消说得，更要推脱得干干净净了。"周奎没法，只得勉强捐万金。太康伯张国纪（熹宗张后的胞兄）、皇亲田畹（田贵妃的父亲）、永宁伯袁化（袁妃的兄弟），经徐高往谕，上奏各捐万金。内监曹化淳、王之心、王永祚等，家资都有千万，只捐助两万、三万不等。

　　那一班大臣和历代后妃的勋戚，深怕朝廷勒捐，故意把朱漆门墙刷黑，墙垣及砖瓦，弄得七歪八竖，表示房屋颓圮，无力修葺。又令家人姬妾，蜀锦绌衣，珠钏金珰，一齐改去，改作荆钗布裙。皇亲们的衣服，也多半改穿布衣，甚至花露败絮；所着的靴，非破头即没底，帽儿的敝败，连系发丝网都改作了绳头了。一时穷形极状，丑态毕露。凡往时锦绣罗衣，今日尽变作了鹑衣百结；而雕梁画栋的皇帝府第，顿时现出断垣败墙来了。更有那些王公大臣，也改扮得和乞丐相仿佛，五更上朝，一例穿了敝败的朝衣，大摇大摆地踱进乾清门去。不知道他们官衔的，只道是江湖歌道情的丐者。又有坐着八人大轿、绣帏珠帘的夫人小姐，从前向庵堂寺庙去进香，轿前轿后跟满了卫士家人和婢女佣妇，招摇过市，吆喝声不绝。如今这八人的大轿已经绝迹，艳妆的夫人改穿布衣，乘坐着二人舁的青衣小轿，与平常百姓，没有什么分别了。又有几个狡猾的皇亲，在自己的府门前，设起一个古玩摊来，把不值钱的竹刻器具，并破碎白玉人佛，估价求售，售下的钱，就去市上买米佐餐。又在府第的门上，大书着此房贱售，立待主顾，及祖产抵银、田庐出卖等字样。崇祯帝见入朝的皇亲大臣都是敝衣败履、形状怪异，不觉又是好气又是好笑，明知他们在那里装穷，不过叹口气罢了。

　　谁知徐标到了保定，督师西进，偏偏又吃了一个败仗，被闯贼打得落花流水，几乎全军覆没。自成乘胜，进攻代州，总兵周遇吉因众寡不敌，退守宁武关。遇吉立脚还没有定，自成已领兵追到。周遇吉便召集部下诸将，用大义激劝，说得声泪俱落。诸

第一百七回　为国求糈皇亲装穷汉　守城拒寇将士效忠臣

将个个摩拳擦掌，誓杀贼寇。遇吉见众志可用，当即分兵四路，各率领五百人登关守御。遇吉又舁了红衣大炮上关，向贼中轰击。自成命妇裸体列在关下，关上的大炮轰然一声，从后炸裂，死伤官兵多人。周遇吉大惊，急令兵士往各寺搜罗僧众数十名，也裸体立在关上，再把大炮燃着，果然轰了出去，贼兵死伤了无数。急得自成咆哮如雷，亲自督兵攻城了，遇吉率兵杀下关来，战不上一刻，回身便走。自成挥兵追赶，到了关下，不提防伏兵齐起，一顿地混杀，贼兵大败，死伤的又近千人。自成忙传令退兵，遇吉已领兵上关去了。等到自成统了大队来救，关上的擂木石炮和雨点般打下来，自成不敢进攻，只得下令休息。一面召集牛金星、白小旺、小张侯等一班骁将，商议取关的良策。宋献策说道："宁武高峻，咱们仰攻上去，大是吃亏。不若在关外围困，使他们粮草断绝，民兵自乱，那时不攻自破了。"自成也觉得没法，只得听了宋献策的话，把宁武关围得水泄不通。

这样地过了半个多月，遇吉见宣、大各处的救兵不来，关内粮食又尽，知道此关终久是要破的，但自己誓死力守，至力竭时以身殉关就是了。那部下的诸将，也没有一个不视死如归，甚至杀马屠犬充军粮，将士并无半句怨言。还有关内的百姓，自愿抽拔壮丁，帮同守关。又命小孩妇女，在荒地山麓中掘取树皮草根，以作食粮。到底是众志成城，虽然绝粮，大家极力支持，又守了一个多月。那宣府、大同的监军，都是胆小如鼠的太监，任宁武怎样的告急，他们还是拥兵不救。周遇吉尽心死守，可算得百法俱穷了。

这时关内连草根树皮也食尽了，并鼠雀也没有半只。遇吉问诸将说道："贼兵围困不去，俺们坐着等死，不若出战。"诸将跃起道："愿听将军指挥。"遇吉便令兵士穿了掠得的贼兵号衣，改扮得与贼无二，只前胸缀一条红布，作为暗号。装束已定，一声令下，官兵开关杀出。自成恃着兵多，巴不得关内出战。及至两个交锋，官兵和贼兵衣装分辨不出，贼兵大乱，自相残杀。官兵在贼军中左冲右突，贼兵大败，退走二十余里下寨。计点人马，死伤不下万人，又失粮饷辎重数十车。遇吉得了饷糈，士气为之一振，准备次日再行杀贼。第二天上，遇吉一马当先，杀入贼阵。贼兵认不出谁是官兵、谁是自己的人马，混杀了一阵，贼兵又复大败。

这般地战了三天，贼兵伤亡无数，自成恼得拔剑斫石道："咱如攻不破这座宁武关，从此再不将兵了！"时宋献策进计道："官兵少我十倍，众寡相去悬殊，他们所恃以取胜的，就是衣服和我们混杂罢了。现要破他，只消在交战的时候，我们的兵士一齐去帽为号，便辨认出戴帽的是官兵，大家见有帽的杀去，不愁官兵不败。"自成见说得有理，暗令小张侯向各营密传号令。第四天开战，周遇吉领兵复出，两军才得混杂，李自成的军中嗦哨一声，贼兵都脱去帽儿，只望有帽的杀。官兵被他们辨出，区区四五千人，哪里挡得住十万贼兵，因此大败奔逃；遇吉阻挡不了，也只好驱众进关。那后面的贼兵如潮涌般上来，遇吉待回身抵御，已万万来不及了。

贼兵扑进关内，分头放火抢掠，人民哭声震天。周遇吉还领着诸将，奋力巷战。贼兵愈来愈多，箭和飞煌般射来。遇吉身中十二矢，血流遍体，兀是持枪不倒。贼众一拥上前，把遇吉擒住。诸将见总兵被擒，拼死奔救。遇吉的家属还登上屋顶发石抛瓦助战，贼兵遭砖石打伤很多。李自成大怒，命兵卒放起火来，周总兵的一门妻小都葬身入火，为国尽忠了。统计守关八十日，周总兵被执，骂贼遇害，部下大小将佐凡四十三人，竟无一人降贼，就是五千名兵丁，除了交战以外，余下的三四百名羞与贼伍，相约着投河自尽，河水为之阻塞不流。自成不觉叹道："咱

第一百七回　为国求糈皇亲装穷汉　守城拒寇将士效忠臣

所经的城池关隘，倘都和这周将军的部下一样，咱怎能纵横河南，占据秦晋？"说罢，令杨永裕去余烬内捡出周总兵家属，及诸将的遗骸，与周遇吉的尸身，一并用上等棺木安葬。

自成自破了宁武关，一路长驱直入，竟陷大同，杀代王传济。总兵朱三乐、巡检卫景瑗，都被李自成擒获。三乐大骂逆贼，自成亲提大刀，把三乐斫作两段。卫景瑗也不屈，向石柱上一头撞去，血溅满身，被贼兵救护。自成叹道："卫巡检是忠臣，须好好地看待他。"于是将卫景瑗留在馆驿内，由牛金星遣人劝降，卫景瑗只是闭目不应，到了半夜，便自缢而死。自成闻报大怒，杀看守的兵士十六名，命从丰葬殓卫公。

次日自成进兵保定，御史金毓峒及一门妻妾十三人，都投井自尽。督师李建泰，时方在保定养病，听得说贼兵进城，忙扶病起身，衣冠出迎。自成得了保定，又驱军至宣府，监军太监杜勋和宣府百姓私约，俟自成兵到，便开城投降。时巡检朱之冯独自带了两名亲随巡城，见兵士都伏在城垣上，贼兵屯驻城外，双方并不交战。原来杜勋约定出降，与自成前锋小张侯，在那里商议降后的酬劳，所以大家罢兵，只要议事妥当，就开门放贼兵进城了。朱之冯明知杜勋等通贼了，见城墙边上架着大炮，朱之冯吩咐守兵道："你们且燃炮轰贼，这一炮必可死贼兵数百人，贼兵死，我死也无恨了。"守兵和人民不肯燃火，朱之冯令亲随取过火种，待要自己去燃，民兵群起，竭力挽住朱之冯的手臂，不让点燃。朱之冯愤极了，夺过民兵手中的刀，大声说道："你们不许我杀贼，那么就杀我吧！"说毕把刀向颈上一刎，鲜血直流，倒地死了。过不上一会，号炮响处，城门大开，杜勋穿着蟒袍、腰系蟒袍，出城迎拜。李自成骑着高头大马，昂然进城。

第二天又驱兵向居庸关进发。守关总兵唐通、太监杜之秩，也出关纳降。自成进居庸关，攻破昌平，太监高起潜逃走，总兵李守漋战死。自成大掠民间，又焚去十三陵亭殿。贼兵分头出掠，又掠通州各地。

警耗传到了京师，崇祯帝升殿，召王公大臣，议却贼的良策，群臣默默不声。半晌，崇祯帝掩面垂泪。忽军报又来，崇祯帝忙启视，不禁变色，推案进内去了。众大臣俟候谕旨，直至日色亭午，方由内监谕令各大臣退去。及至黄封到阁，才知昌平已经失守了。昌平地处天堑，大有一夫当关、万夫莫入的概况，怎奈太监高起潜等，竟毫不设备，贼兵一到，只管各人逃命。是夜李自成统兵，直进卢沟桥，进犯平则门，又围彰仪门。崇祯帝急下草诏，加吴三桂为平西伯，命率所部勤王；又命京师三大营出屯齐化门外，以拒贼兵，襄城伯李国桢统率三营，昼夜巡逻；又命太监王承恩，为京师辽蓟兵马总督。

时京城外贼兵焚杀竟夜，火光烛天，哭声震地。京师内外城雉堞，凡十五万四千余，守城的残兵只有五六万人，每墙三垛立兵一人，尚且不敷，又多半是老弱病卒，又乏糇饷。崇祯帝万分无奈，发内帑铜钱，分给兵士，每名不过百钱，兵士怨声不绝，守城也益发懈怠了。襄城伯李国桢，进内奏陈，拟向公侯捐粮米，上谕令照办。谁知国桢奔走到天明，各亲王大臣捐米不满五百石，当即分给兵士，一时又没有釜锅可炒。国桢不得已，亲往城中店肆，买饭为食。

这样地过了两天，贼兵攻城愈急，内外哭声大震。自成命用大炮射城，守兵击死的不计其数。守兵大半不愿守城，都睡在雉堞旁歌唱。李国桢匹马进内城，直入乾清门，守门太监和侍卫上前阻拦，国桢大声道："今天是什么时候了，君臣见面已不可多得，还要作什么威福！"说罢放声大哭，内监才放国桢进宫，见了崇祯帝，便叩头大哭着："兵卒都已变心，睡卧城下，这一人起身，那一人又睡下，这样看来，怕大事已休了。"崇祯帝也流

第一百七回　为国求糈皇亲装穷汉　守城拒寇将士效忠臣

泪不止，于是传旨，驱内宫太监侍卫等，登城守卫，计得二千余人，命太监曹化淳督领。又收括宫内后妃的金钗钏珠，约有二十万金，分赏城内兵士。

正在分配着，忽警骑内监入报，城外三大营已哗溃，十分中六分降贼，其余的都逃散了。李国桢大惊，崇祯帝也惊得呆了。君臣怔了一会，相对大哭了一场。国桢含泪出宫，督兵守城。城外三大营的军械，尽被自成兵劫去，中有大炮十二尊，可纳火药百斤。贼兵得了大炮，向京城轰击，炮声隆隆，内外皆震，人民惊惶嚎哭。崇祯在宫内听得炮声不绝，身如坐了针毡，终日咄咄书空，一会儿哭，一会儿大笑。内侍太监更不知所措。礼部尚书魏藻德，奉前大学士李建泰表章入奏，是劝崇祯帝御驾南迁。崇祯帝大怒，把奏疏往地上一掷道："李建泰已降贼，还有颜面来朕处饶舌吗？"魏藻德不敢回说，俯伏叩头而退。又有大学士范景文、御史李邦华、少詹事项煜等，也上疏请皇上南迁，并谓愿奉太子，先赴江西督师。崇祯帝大喝道："卿等平时经营门户，为子孙万代计；今日国家有事，就要弃此南去吗？朕城破则死社稷，南迁何为？"众臣听了，作声不得，只好各自退去。

那时山海关总兵吴三桂奉到勤王的诏书，怕李自成势大，不敢进兵，又不好不奉诏，当日下令，大兵十五万人，向京师进发。日只行三十里，故意迟迟缓进。三桂的计划，是挨延时日，待到各处的援兵齐集，兵力较为雄厚，再和李自成交战，那就不怕他了。谁知行抵丰润，京城失守的警耗已到，三桂见大势已去，索性屯兵观望，且待看风做事，这且按下。

再说京城贼兵围困，力攻平则、德化、西直三门，太常卿吴麟征，架万人敌大炮，往南直门下击，死贼兵数千，城上守兵也误伤了数十名。当炮发时，轰然一声，如天崩地塌，守兵惊惧溃散。贼兵也架炮轰城，西直门射塌丈许，吴麟征亲率内官，垒土堵城，一面驰马进大内，报告贼兵攻城急，兵士乏饷，势将逃散。方至乾清内，宦官守门，不准外吏进内。吴麟征仗鞭乱打，夺门而入。得到午门前，恰好逢着礼部尚书魏藻德，对吴麟征说道："兵部已筹有巨饷，公可不必慌忙了。"说时挽了麟征竟出。麟征仰天痛哭，为之失声。

　　时内监统领曹化淳暗通贼兵，议献京城。
　　要知京城怎样陷落，且听下回分解。

第一百八回　巾帼将军云英争父骨
　　　　　青楼侠女曼仙鸩奸酋

却说李自成围了京师，城内人心惶惶，朝不保夕。崇祯帝也坐立不安，终日短叹长吁；周皇后和懿安皇后，及六宫嫔妃，无不以泪洗面。那时报警的内监进出大内，络绎不绝。太监统领曹化淳见京营兵马溃散，知道大势已去，便和内监王之心，密议献城出降。守城的内官都受了曹化淳的煽惑，在城上发炮，尽去弹药，只把硝磺装在炮内，向空燃放。曹化淳还恐伤了贼兵，挥贼退去，然后发炮。

这样地勉强支持了几天，李自成命贼众在彰仪门外，席地铺了红毡，自成盘膝坐在毡上，手握着藤鞭，招谕城上的太监道："你们速即献城，咱进城断不难为你们。如其执迷，一朝攻陷，咱就要杀戮你们鸡犬不留！快去劝那昏皇帝，还是早日让了大位给咱吧！"城上的内监听了自成的话，一个个面面相觑，作声不得。这天晚上，就有十几名小太监，偷偷地缒出京城，投自成营中去了。第二天的清晨，降贼太监杜勋缒进城中，直入内庭，劝崇祯帝下诏逊位。崇祯帝大怒，叱退杜勋。杜勋出宫，到处散布流言，城内人心益觉浮动。献城之说，喧传耳鼓。兵部尚书张缙彦得了这个消息，一面想入宫奏闻，守宫太监不肯放入，张缙彦气愤愤地出了乾清门，要待亲自去巡城，又被内官们阻住。缙彦便大哭着下城，竟自去钟楼上自缢了。这且按下。

再说张献忠陷了重庆，分掠荆襄各处。他闻得李自成北去，越发横行无忌了。那时张献忠攻陷衡州，守备沈至绪调兵御贼，正在集队，献忠的人马骤至，沈至绪不及防堵，被献忠一拥进城。至绪督兵巷战，献忠喝令放箭，至绪身中九矢，大呼倒地。贼众刀枪并下，把至绪剁死，载在车上，又向城中大掠一番，才满载出城而去。

沈至绪有个女儿云英，芳龄十九岁，倒是个将门之女，习练得一身好武艺，更兼知书识字。这时听知她老父阵亡的噩耗，不禁放声大哭，哭了一会，奋然收泪说道："父死国是忠，俺殉父是孝，待俺和逆贼拼个死活就是了。"说罢，唤贴身的婢女芙蓉，召集她父亲的残兵，计点人数，不满百名。云英便汰去伤残和老弱的，选得壮健的二十名，垂泪向那二十名兵士磕头道："俺父为国尽忠，尸骸被贼掠去，须列位将军助俺，得夺回父尸，虽死无恨的了。"二十名士兵见云英这样的纯孝，个个心怀义愤，誓共杀贼。云英大喜，当即进内，去了钗钿，换了装束，额上抹一幅白绫，素服青裙，腰佩宝剑，娆娆婷婷地走出外厅。四名婢女也一例戎装，各执着雁翎刀，在后拥护；二十名健卒，列队前导。

云英骑了一匹银鬃白马，手挺点钢枪，督队疾驰出城，正遇着牙将贾万乘。万乘居沈至绪部下，所以认得云英，忙问："姑娘带兵到哪里去？"云英含泪答道："父被贼创，尸骸不获，俺寻老父的遗骸去了。"贾万乘听了，不觉攘臂说道："姑娘孝思可佩，但人数太少，咱所部百人，愿助姑娘杀贼。"云英下马叩谢道："得将军相助，何患逆贼不授首！"于是由贾万乘招集了百名劲卒，随着云英，风驰电掣般地出了衡州城，向前赶上去。

时贼众已过了石家寨，在玉龙潭扎营休息。云英赶到石家

第一百八回　巾帼将军云英争父骨　青楼侠女曼仙鸩奸酋

寨，天色已近黄昏，遥望贼营中，灯火连天，绵亘三十余里，刁斗声不绝，巡哨的兵士往来如云。贾万乘道："贼众犹未安睡，咱们宜在此暂住。"云英说道："正要他不曾安息，俺们仗一股锐气前去，捣乱他的营寨；成功便退，切莫贪功，以致众寡不敌，被贼所乘。"大家计议停当，云英一马当先，贾万乘同随，一百二十个兵丁呐喊一声，一齐冲进贼寨，逢人便杀。云英一杆铁枪好似出海的蛟龙，向着人丛中搅去。贾万乘的那柄铁锤，也如流星赶月，飞舞得神出鬼没。但见贼营中人人倒退，因在暗夜，贼众不知官兵多少，又是仓卒迎敌，人不及甲、马不配鞍，各人自相践踏。贼兵右寨将军孙可望，究竟老于军旅，喝令军士不准乱动。云英望右营中冲突几次，都被强弩射回。万乘要待冒矢践营，云英阻住道："贼兵多俺百倍，他十二寨已被我攻破六塞，可算是侥幸极了，俺们趁他们自乱的时候，赶快进城吧！"说毕，命兵拥了粮车，装入她父亲至绪的尸体，率领着百余名劲卒，飞奔回城。那贼营内除了右寨按兵不动，及张献忠的大寨和前后四营不曾杂乱外，其余张欣所统的六塞，贼兵互相在暗中厮杀，等到弄得明白，五万大军已杀伤了大半。

张献忠方在帐中醉卧，听得左营内喊杀连天，疑是官兵劫寨，忙披挂上马，手提九环大刀，亲自前来救应。其时寨外火把照耀犹同白昼，张献忠见寨内人喊马嘶，似杀得很是厉害，却不见有人杀出。再定睛细辨，才知自己人在暗中扑杀，并无官兵的影踪。献忠把兵士喝住，时前锋张欣已杀昏了，回顾寨外火把通明，还当是官兵的援军，便骑了秃鞍马，横刀杀出寨来，见献忠立马麾下，大声吆喝，这才住手。献忠大怒道："你们这样混杀，可曾杀得一个官兵？"张欣定了定神，回说"时才确有官兵劫寨，因暗中分不清楚，以致自己人杀起来了"。献忠越怒说："似你这般湖涂，怎能行得兵来？"说罢手起刀落，将张欣斩于马前。贼众都吃了一惊,异口同声说有官兵劫寨,又有探马来报,见百来个官兵劫了沈守备的尸首,飞奔望城中去了。张献忠咆哮如雷道:"只百来个官兵,会被他连踹六寨,不是吃人笑话吗?"于是把六寨的人马检点一过,杀死和受伤的人,十人中倒有五六人。献忠怒不可遏,下令把六寨的军官,一齐绑出去砍了。幸得孙可望来了,向献忠再三的阻挡,一面派铁骑一千名,去追赶官兵。正在这个当儿,忽报吕大器领了五万健卒,从水路杀来了。献忠见说,急忙下令迎敌,把追赶云英的人马立即调回。所以云英和贾万乘,率着一百二十名劲卒,得安然回城,不曾折损一人一骑。也是那云英纯孝感天,得逢凶化吉。

云英进城,令紧闭四门,由贾万乘督兵守城。云英回到署中,将她父亲的尸身暂停在大堂上,当即阖门挂孝举哀,又备了上等棺木,循例收殓。一切井然,无不如仪。又择了个吉日,安葬灵柩。诸事草草停当,又向贾万乘拜谢相助之功。

其时贼兵被吕大器杀败,窜向荆州道上去了,衡州地方逐渐安静如常。一时衡州人民都颂沈云英的功德,又说她是个孝女。湖广巡抚王聚魁闻得云英杀贼的经过,替她具疏上闻。圣谕下来,封云英为女将军,贾万乘擢副总兵;又着云英仍统她父亲的部众,以便杀贼立功。王聚魁还代贾万乘执柯,向云英求亲。云英感万乘相助杀贼的恩惠,又知道他是一位少年英雄,已是慨然允许。王聚魁大喜,命择日令贾万乘与沈云英结婚,一段美满姻缘,谁不赞一声佳偶天成?

再说张献忠奔入荆州,州尹马端叙忙出城迎接。献忠进署坐定,闻得荆州多美貌歌妓,传谕马端叙,选美妓进献。端叙不敢违拗,亲自往楚馆秦楼中搜罗,得艳姬十六名,送进署内。献忠细细打量了一遍,只拣中两名,其他的十四名,分授给部下的将士。献忠所选的两名歌妓,一个名琼枝,一个名唤曼仙,是吴江

第一百八回　巾帼将军云英争父骨　青楼侠女曼仙鸩奸酋

人,都生得神如秋水、脸同芙蓉,那种娉婷的姿态,端的好算是花中翘楚。献忠吩咐:"备酒,咱要和美人同饮几杯。"不多一会,酒已排了上来,献忠便令琼枝侑酒,还迫着她唱歌。琼枝愤然起身,把酒杯望着献忠掷去道:"我虽是妓女,岂肯给贼侑酒!"说罢往外便走。献忠大怒道:"贱婢不识好歹,待咱宰了你下酒!"话犹未了,已霍地拔出腰刀来,在琼枝的粉领上剁了一刀,鲜血直冒。琼枝大骂:"逆贼,你只有杀人的本领,我却是个不怕死的,任你怎样,要我从贼,情愿断头!"张献忠见琼枝倔强,当即亲自动手,一刀斫了琼枝的首级,叱左右脔割成为片片,就在厅前烹煮了,把肉喂犬。

献忠的帐中,本来畜养着几十条金毛的大犬,犬身高三尺,遍体的毛和金丝一般,形状十分凶恶,吠鸣时声音很是响亮。献忠烹啖人肉,余下的都把来喂犬。那犬吃过人肉,双眼发赤,齿长出唇外三四寸。见了生人,便怒眦啮齿,耸身搏噬。献忠在酒醉的时候,往往将劫得的人民,使和犬斗。十几条恶犬,一听献忠的唤使,似虎吼般地奔将出来,向生人乱扑乱咬,不多一会,那人已被犬啮得体无完肤,血肉四飞,献忠看了抚掌大笑。又有掠得来的妇女,因不善宣淫,即把她赤体推入犬柙,顷刻被犬食得罄净。每到了晚上,献忠把犬放在帐前,帐外再列卫士,自昏达旦,以防行刺。有一次上,贼将中有个叫野白狼杨娘子的,日里受了献忠的指责,晚上进帐行刺,不提防呼地一声,跳出十几条猛犬来,把野白狼的两腿咬住,野白狼大叫倒地。献忠从梦中惊醒,卫士已纷纷赶入,将野白狼斫为肉泥。从此以后,献忠对于那凶恶的猛犬越发寸步不离了。

这时杀了琼枝,将肉喂犬,眨眨眼,一个玉雪琢成的美人,都葬身在犬腹中了。献忠又回顾曼仙,狞笑道:"你可惧怕吗?"曼仙把翠袖掩着脸儿,低声答道:"俺的胆也惊碎了。"献忠笑道:"这样说来,你愿意给俺酒了?"曼仙正色道:"妾得侍奉大王,侥幸万分了,还有什么不愿意?"献忠大喜道:"那才说得不差!来、来,替咱斟上一杯!"曼仙含笑执着酒壶,筛了满满的一杯,双手奉给献忠道:"大王饮这一杯,祝大王千岁!"献忠一饮而尽,曼仙又筛上第二杯道:"大王请饮个双杯。"献忠饮了半杯,笑说道:"成什么鸟的双,就是咱和你两个罢了!这半杯应该是你饮的。"曼仙也不推辞,饮了那半杯残酒,又给献忠斟上。这般的左一杯、右一杯,把献忠灌得酩酊大醉,踉踉跄跄地挟着曼仙同归后帐。这一晚上,一个杀人的魔君,拥着娆娆婷婷的美人,自有说不尽的欢爱。

献忠自有了曼仙百般献媚,奉承得他手舞足蹈,因生平焚掠奸淫,杀戮半天下,从来不曾尝着这样温柔的滋味,所以被曼仙迷恋住了,终日在后帐欢饮取乐。献忠拥着曼仙,有七八天不升帐处事,外面官军已围得铁桶相似。警骑进帐禀白,被献忠割去耳朵,第二个入报,献忠叫左右凿去报者眼睛。又有一个探子,很鲁莽地抢进帐中,恰好献忠捧爵狂饮,听了探子报称官兵围城,献忠怒道:"蠢狗,你来败咱的豪兴吗?"便放下酒杯,将探子割去舌头,攈出帐外。方才坐定,又有两个探骑入报,献忠命左右凿了报者的牙齿,又削去鼻头,喝令退去。不到半天功夫,二十几名警探,个个变成削耳剔目,断指割舌,缺唇折足,斫臂锯胸,竟没有一个全形的。随后的兵士探子,吓得不敢进去禀报。

献忠朝朝暮暮地淫乐,忽然他那十几条狰狞恶犬,不知怎样的七孔流血,死得一头也不剩。献忠大怒,叫把管理豢犬的和守帐的侍兵,一齐杀了。又想起那犬七孔流血,定是受毒死的,军中必有谋害自己之人,由是献忠便事事留神,帐外卫兵重重,防备有人行刺。一天,献忠已喝得半醉,歪歪斜斜地走进帐后,见

第一百八回　巾帼将军云英争父骨　青楼侠女曼仙鸩奸酋

曼仙正在那里独酌。献忠笑道："美人倒很会作乐，不许咱喝上半杯吗？"曼仙听了，忙盈盈地立起身儿，筛了个满杯奉给献忠。献忠见杯中火光闪闪，不觉有些心疑，就把那杯酒一推道："美人可先饮了半杯。"曼仙被献忠一推，杯儿一倾，酒便溢出，溅在地上，火星四迸起来。献忠大惊道："酒里怎么有火？"曼仙强辨道："酒烫得过热了，应当是这样的。"献忠笑道："那么你可先喝了给咱看！"曼仙不好推辞，只得一口呷下，又斟了一杯递过去。献忠待要来接，合该恶贼命不当绝，他才接酒在手，还没有饮下，曼仙已是酒毒发作，挨身不住，仆地倒了。献忠不晓得曼仙受毒，赶忙撇了酒杯，俯下去搀曼仙，见她口鼻中都流出紫血，已呜呼玉殒香销了。献忠益觉疑惑，唤过一个近侍来，令他把壶内的酒喝了，谁知不饮犹可，饮了下去，也一般地流血倒地死了。献忠大怒道："原来这贱婢子想要谋死咱家，那天毒死咱的爱犬，怕不是她吗？"于是叫左右将曼仙拖出帐外，献忠喝声醢了，霎时乱刀齐下，把一个轻颦浅笑的美人儿，立刻剁得稀烂。献忠还怒气不息，下令拿城中所有的歌妓，尽行杀了。又命传那州尹马端叙进帐，不由分说，只一刀结果了性命。

这时吕大器已围住荆州，昼夜攻打。献忠杀了州尹，听得城外炮声震天，问左右道："谁在那里开战？"左右禀道："官兵攻城，已好几天了。"献忠怒道："怎么不报咱知道？"左右不敢回话，献忠便气愤地出帐，提了大刀，亲自去巡城，正见伪将军孙可望和伪先锋小张侯，在东门和官军拒战。猛觉天崩地塌的一声响亮，官兵轰倒了城垣，从烟雾迷漫中抢进城来。献忠见不是势头，飞身上马，不管自己的人马和官兵，奋力地杀出一条血路，一口气奔出了北门，更不辨方向，飞也似的加鞭逃走了。

献忠一昼夜狂奔了百余里，背后孙可望、小张侯、白旺、杨永裕等，引着败残人马，陆续赶上。大家喘息方定，问这里是什么地方？部下回说是黄风寨，由大路走去，越过青牛江，就可直达涪州。献忠计点人马，还有四万余，下令向涪州进发。那涪州却一点也不曾提防，被献忠兼程赶到，一拥而进，兵不血刃，得了涪州。

州尹素知献忠凶暴，早已逃得无影无踪了。献忠又令悬了榜文，招考士人，凡知书识字不应试者，一例斩首。这道榜文一出，涪州的士人，争先恐后地应试。自署外甬道，直至大堂暖阁，士人拥塞得满坑满谷。献忠叫兵士围住了众人士，逐一点名，每点一人，即杀一人，从辰至午，杀戮士人共三千七百九十五名。那些士人因应命赴试，都携着笔砚而来，这时被杀，手里还握笔挟策，死状犹觉可惨。献忠意尚不满，又下令，能赋一诗的赏百金，授为进士；只要能握笔作书的，立赏五十金。各地士人闻命疑惧，多不敢赴。有一个贫士，献颂德诗一首，献忠即赏给百金。这样的一传一、十传百，贫士又纷纷争赴，献忠命士人们能诗的列在左边红旗下，不能作诗的列右边白旗下，却暗遣兵丁，在士人背后装置大炮，轰然地一声，硝焰四射，铅丸乱飞，打得那些士人焦头烂额、断臂折足，呼嚎声和哭声震达四野。献忠命将这班将死未死、残废不全的士人，一齐驱入河中，一时河水为之停滞不流。涪州的士人，竟被献忠杀得绝迹。

献忠见没处找人民寻恼，下令离去涪州，又召集了泸州的贼众，陷了重庆，仍回川中。又在成都，大杀绅士，杀平民，两川之地，数千里无人烟。又自称为"西王"，改元大顺，封孙可望为大元帅，总督兵马。封刘文秀抚南将军，李镇国西安将军，文能奇征北将军，温自让为总兵官。又命伪宰相严锡命撰文祭天，献忠亲自登坛，锡命唱礼。时献忠南面而立，严锡命说道："祭天应北面行礼。"献忠只作不曾听见，锡命便高声喝道："请西王北面行礼！"献忠大怒，叱武士扭严锡命下坛，刖去了双足，依

第一百八回　巾帼将军云英争父骨　青楼侠女曼仙鸩奸酋

然叫锡命上坛读祭文。读毕,严锡命喝行礼,献忠只长揖不拜。严锡命又喝道:"大礼须三跪九叩首。"献忠不听,锡命高声喝跪,献忠又大怒起来。

不知献忠怎样,且听下回分解。

第一百九回 晨聚暮散朝士尽蜉蝣
　　　　　　　柳翠花红国丈庆耄耋

　　却说严锡命受了张献忠的伪职，便事事和献忠相反，又故意抗命，激怒献忠。这时锡命在坛上唱礼，强喝着献忠下跪，弄得献忠大怒起来，拔佩剑要杀锡命。孙可望谏道："今天是大王祭天吉期，不应杀人，还是逐他出去吧！"献忠见说得有理，喝令将严锡命乱棒打出。锡命被逐，不由得仰天大笑，但双足已经献忠刖去股骨，不能步行，只得伏在地上，一步一爬地回家去了。献忠祭坛已毕，乘车还署，在道上见一小孩，长得粉琢般。献忠觉得可爱，令左右抱到了车前，竟带回署中。献忠抱着那小孩玩了一会，叫把小孩的衣服脱去，露出雪花也似的一身的肉来。献忠越看越爱，着亲随去找了一名琢花的匠人进署，命他用火烙，将那小孩的遍身烙作卐字纹，赐名唤作"锦孩儿"。谁知烙不到一半，那孩子已经炙死了。献忠怒匠人的技艺低劣，即把匠人掷在炉中炙死，谓替锦孩儿报仇。原来那小孩是伪总兵温自让的幼子，闻得被献忠灼死，咬牙切齿地痛恨，又大哭了一场，悄悄地领了所部六千人，投关外去了。后来引清兵复仇，射死献忠——这是后话了。

　　当下献忠听说自让逃走，忙派铁骑追赶，不及而还。又下令搜捕两川的太医，共得七百四十四人，献忠即铸成了铜人百个，

第一百九回　晨聚暮散朝士尽蜉蝣　柳翠花红国丈庆耄耋

铜人遍体都点有穴道，外置布幕，召太医按穴下针，如其刺错了穴道，针不得入，献忠便把针还刺太医之身，任其叫号流血，献忠引为笑乐，名曰给铜人出气。

不言献忠在两川称王，再说明廷中的诸臣，在贼兵未围京城以前，已半年多没有领着俸金，一班大臣们平日卖官鬻爵，就是十年没有俸金也不妨事，只是苦了闲职清苦的官吏，如翰林院、大理寺、光禄寺、工部、户部、员外郎中、给事中、御史、兵部、礼部等属员，都已穷困得不得了。他们皇亲大臣装作贫穷，这许多的官员却倒是真穷。又值乱世的时候，京中也米珠薪桂，各官员弄不到官俸，又不能不吃喝，只好典衣质物，暂为糊口。有几个最贫困的官吏，连朝衣也没有第二件；而留着上朝穿的，已破蔽到不能典卖了，还当它是宝贝一样。又因穷困的缘故，家中婢仆多已走散，甚至看门执阍的小僮都用不起了。

最苦的是未带眷属的官吏，尤其是翰林院，职使本来清苦，所得的俸金不敷用度，以是多不敢挈眷，寓中不过一个老仆，或是小僮，日间烹茗执炊，晚上司爨铺床；及到饔餐不济，僮仆们是势利小人，怎肯伴着你主人一块儿受苦？自然逃之天天了。那一班穷苦的翰林，上朝时穿着官冠，俨然像个太史公，一到了退朝下来，卸去身上的衣服，露出了敝破的短衣，于是执爨担水、劈柴煮茗，都是自己动手的。又有几个翰林，实在穷得极了，晨间上朝下来，换了衣巾，到街上去测字看相，赚几个钱下来，暂度光阴。也有不会测字的，替寺院里的和尚抄录经典，借此骗口饭吃。

其时有个某公进京去勾当，在卢沟桥相近，雇了一乘坐轿，说明抬到京城，给脚步金银子二钱。那两个抬轿的轿夫，形容举止不像下流做仆隶的，某公本来有些疑心，又听那两个轿夫一头抬着走路，一边刺刺地谈讲，某公凝神细听，两个轿夫所谈的，

1005

都是精深的《易》理，而且论得异常地精确。某公听了半响，心下十分惊骇，但究不知两个轿夫到底是何等样人，大略审度起来，必是流落京华的斯文人，决计不是寻常的平民。抬到了京城，某公除给轿金外，又给了八钱银子，算是一种赏钱。那两个轿夫不禁喜出望外，谢了又谢，高高兴兴地去了。某公本生性好奇，见两个轿夫去后，便慢慢地随后跟着，看那两人到哪里去。经过好几条街，两个轿夫把轿子交给了轿行，竟自往石头胡同，走进一个公寓中去了。某公也走进公寓，见那轿夫所住的门上，大书着某太史寓。某公怔了一怔，又想这两个轿夫，或者是某太史的仆人，也未可知。又转念两人的状貌，实在不像个庸仆，某公想了一会，万分忍耐不住，就借着同乡的名义，竟投刺谒见某太史，及至两下见面，大家都弄得呆了，半响作声不得。那个某太史，更其惭愧得无地自容。你道是什么？原来所谓某太史的，正是方才抬轿的轿夫。他见了某公，依稀有些面熟，仔细一想，知道他是适才坐轿的人，不觉惭愧满面，低着头半句话也说不出来了。

　　某公心里老大地不忍，便问："足下职任清贵，为儒林之宗，怎么自卑若是？"某太史见说，不禁叹口气道："公是长者，就是直言，谅也无害。咱们做这清苦的翰林，平时已入不敷出，往往帽破衣敝，没钱置备；如今天下大乱，盗贼蜂起，国家库藏空虚，连支发军饷不够，哪有余金来发给咱们文官的俸金呢？统计朝廷已七八个月不给俸金了。咱们穷官，怎禁得起许多时日的延搁，衣笥所有，早已典质一空了。但既没有分文的进款，每天的食用是万万省不得的。咱们读书的人，到了这种柴荒米贵的当儿，文字是不能充饥的，又不能当衣穿，典质没人要，出卖不值钱，所谓乱世文章，不及太平时的败纸，怎样能够过得下去？只好纠了一个意旨相合的同寅，大家放出些力气，换些钱来，也就

第一百九回　晨聚暮散朝士尽蜉蝣　柳翠花红国丈庆耄耋

可以度过去了。可怜！咱们堕落到这样的地步，也是不得已啊！"某公听了，不由得肃然起敬道："足下以斯文道学，人谓力不能缚鸡，而足下竟能自食其力，真是先贤所不及了。"某公说罢，起身告辞。某太史相送出外，并嘱某公严秘其事。某公别了某太史，匆匆择了寓所，便命寓役送五百金至太史寓，自己勾当完毕，见京师风声日紧，即起程南归。及至到了南方，和人谈起某太史的事来，无不为之叹息。

当时的朝臣，朝聚暮散，大家不过尽一点人事罢了。最可怜的是一班穷官，把上朝视作到卯一样，每天五更，循例入朝排班，一经退班，便各人去干各人的工作。那些尸位素餐臣子，身虽在朝，心里早已暗自打算滑脚了。他如稍具忠心的范景文、邱喻等几个朝廷重臣，到了这时，任你赤胆忠心地为国设谋，也觉得一筹莫展了。至于崇祯帝所信任的中官内宦，如曹化淳、王之心、王则尧等，昼夜在那里密议献城。

其时是崇祯十七年的三月十六日，李自成命贼兵攻打平则、西直、德化、彰仪等门，炮声震天，彻夜不绝。崇祯帝在宫内听得炮声隆隆，不由得叹口气，回顾周皇后道："贼兵众多，城内守备空虚，这区区的京城，只怕早晚难保的了。"说罢，潸然泪下。周皇后也零涕不止，袁贵妃在一旁，更哭得呜咽凄楚，引得侍立的宫女一齐痛哭起来，连那些内侍太监也不住地掩泪。崇祯帝忽然收泪，向宫女内侍们说道："你们事朕有年，今日大难临头，朕不忍你们同归于尽。快各人去收拾起来，赶紧逃生去吧！"内侍和太监们大半是曹化淳和王则尧的羽党，一听了崇祯帝的吩咐，便争先抢后，各人去收拾了些金银细软，一哄地出宫散去。只有宫女们却不肯离去，就中有一个魏宫娥、一个费宫人，两人跪下齐声说道："奴婢们蒙陛下和娘娘的厚恩，情愿患难相随，虽死无怨。"崇祯帝惨然说道："你等女流，犹是忠义之心。那班

明宫十六朝演义

王公大臣，往时坐享厚禄，到了贼兵困城，不但策略毫无，甚至弃朕而遁。这都是朕之不明，近佞拒贤，豢养这些奸贼，如今悔也莫及了。"崇祯帝说到这里，放声大哭道："不谓朕倒做了亡国之君，自愧有何面目去泉下见得列祖列宗！"说罢顿足捶胸，嚎恸欲绝。周皇后也伏在案上，凄凄切切地和袁贵妃相对着痛哭。这时满室中只闻涕泣声音，一种凄惨的景象。今人言之，犹为鼻酸。帝后嫔妃，大家痛哭了一会，周皇后含泪说道："事到这样光景，陛下不如潜出京师，南下调兵，大举剿贼，或者使社稷转危为安。"崇祯帝不待说毕，即收泪含怒说道："朕自恨昏聩，致弄到这个地步，还到哪里去？哪里有替国家出力之人？总而言之，朕已死有余辜，今日唯有以身殉国就是了。"

正说之间，忽见永王、定王（定王名慈炯，永王名慈炤，慈炤为田贵妃所生，慈炯是周皇后所诞）两人携着手，笑嘻嘻地走了进来。时永王九岁，定王七岁。两儿子见父皇、母后都哭得双眼红肿，不觉感动天性，也哇地哭出来了。崇祯帝瞧着这两个皇子，心上一阵地难受，又扑簌簌地流下泪来，便伸手把弟兄两个拥在膝前，垂泪说道："好儿子，贼兵围城，危在旦夕，你父是快和你们长别了。可怜你们为什么要投在帝王家里，小小年纪，也遭杀身之祸？"崇祯帝说时，声音哽咽，已语不成声了。周皇后失声哭道："趁此刻贼兵未至，陛下放他两个一条生路，叫他兄弟两人暂往姜父家里，他年天可怜儿，得成人长大，有出头之日，也好替国家父母报仇。"说到仇字，周皇后早哭得咽不过气来，两眼一翻，昏倒在盘龙椅上。宫上嫔妃们慌忙叫唤，半响，周皇后才悠悠醒转，就拖住定王，搂在怀里，脸儿对脸紧贴着，抽抽噎噎地哭个不住。

崇祯帝一头拭着眼泪，起身说道："此时只管哭也无益，待朕把这两个孽障，亲自送往国丈府中，托他好生看待，也给朱氏

第一百九回　晨聚暮散朝士尽蜉蝣　柳翠花红国丈庆耄耋

留一脉香烟，想国丈当不至负朕重托。"说罢，一手一个，拉了永王、定王，要想出宫。忽见内监王承恩慌慌张张地进，来道："大事不好了！贼兵打破外城，已列队进了西直门。此刻李将军国桢正激励将士守卫内城，陛下快请出宫避难吧！"崇祯帝听了，面容顿时惨变，带颤说道："大事休矣！"于是对王承恩道："卿速领朕往国丈府去。"承恩领命，在前引导，君臣两个携了永王、定王出宫，周皇后还立在门口，很凄惨地嘱咐定王道："儿啊，你此去有出头之日，莫忘了国仇大恨，你苦命的母亲，在九泉伸颈盼你的啊！"崇祯帝不忍再听，见定王哭了出来，急忙把他的小手一顿道："国亡家破，今天还是哭的时候吗？"定王吓得不敢出声，永王到底年纪略长了些，只暗暗饮泣。父子三人和王承恩出了永定门，耳边犹隐隐闻得周皇后的惨呼声。崇祯帝暗暗流泪，却把头低垂着，向前疾走，一头走一头下泪。到得国丈府门前时，崇祯帝的蓝袍前襟，已被泪沾得湿透两重了。王承恩道："陛下少待，等奴才去报知国丈接驾！"说罢三脚两步地去了。

　　崇祯帝木立在国丈府第前的华表，左手携了永王，右手执着定王。好一会不见王承恩回报，崇祯帝便耐不住，携了两儿子，慢慢踱到国丈府第的大门前，但见兽环低垂，双扉紧扃，静悄悄地连看门人也没有一个。崇祯帝就在大门缝内一瞧，见里面悬灯结彩，二门前的轿车停得满坑满谷，丝竹管弦之声隐隐地从内堂透将出来。崇祯帝诧异道："国已将亡，外亲休戚相关，周奎怎的还在家作乐，难道王承恩走差了府邸吗？"崇祯帝正在疑惑，只见王承恩气得脉孔赤紫，喘着说道："可恶！周奎这厮在家做八十大庆，朝中百官都在那里贺寿。奴婢进去时，被二门上的仆人阻拦，奴婢说是奉圣旨来的，才肯放过奴婢。到了中门，又有个家人出来阻止，奴婢说有圣旨，那家奴回道："今天国丈寿诞，无论怎么要紧的事儿，一概不准进内！'奴婢再三地央求他，他竟出恶声了。奴婢万分无奈，只得高声大叫国丈接旨，叵耐周奎那厮，明明在里边听得，却故意装作不听见似的，反叫恶奴出来，把奴婢乱棍逐出。"崇祯帝听说，不由得大怒道："有这等事？周奎也欺朕太甚了！"说着命王承恩前出，崇祯帝和两个皇子随后跟着。

到了大门前，大门不似方才的虚掩着，早已被家人们上了闩。王承恩这时气愤已极，一顿的拳打足踢，将国丈府的大门打得和擂鼓似的。打了好一会工夫，只听得内有谩骂的声音，忽地大门开了，跳出一个黑脸短衣的仆人来，倒把崇祯帝吃了一惊。那仆人破口大骂："有你娘的鸟事，要这样打着门？"王承恩喝道："圣驾在此，奴才敢撒野？快唤周奎出来接驾！"那仆人睁着两眼，大声道："圣驾你什么鸟？咱们奉了国丈的命令，不许有人罗唣。你再纠缠，咱可要喊人出来，捆你送到兵马司里去了！"王承恩气得咆哮如雷道："周奎这老贼目无君上，待咱家进去和他理论去！"说罢向大门内便走。那仆人将王承恩的领上一把揪住，望门外只一推，王承恩立脚不住，直出大门的阶陛外，霍地站起来再要奔上去，被崇祯帝拖住道："走吧！还与这些小人争执什么！"王承恩气愤愤地说道："奴婢拼着这条性命不要了！"说犹未毕，"蓬"地一声，那仆人合上门闩去了。崇祯帝叹口气道："承恩呀，你不用这样气急了，这都是朕太宠容小人之过，还有何说！事到今朝，朕也不必再去求救他了，快回去了吧！"说着君臣两人，同了两个皇子，垂头丧气地一路走回宫来。耳边厢听得炮声震天，喊声和哭声闹作一片。崇祯帝仰天垂泪道："朕何负于臣，他们却负朕至此！"一边叹气，匆匆地回宫。

经过庆云巷时，猛听得前面鸾铃响处，尘土蔽天，崇祯帝大惊道："贼兵已进城了吗？"王承恩也慌了手脚，忙道："陛下且和殿下暂避，待奴婢去探个消息。"说时早见三十骑马疾驰而来，

第一百九回　晨聚暮散朝士尽蜉蝣　柳翠花红国丈庆耄耋

要想避去时也万万来不及的了。人马渐渐走近，马上的人一个个打扮得鲜衣美服，正中一匹高头骏马，马上坐着一位官员，不是别个，正是皇亲田宏遇（名畹，贵妃之父，即赠圆圆于吴三桂者）。田宏遇见了王承恩，拱手微笑，一眼瞥见了崇祯帝在旁，慌忙滚下鞍来，行礼不迭。崇祯帝阻拦道："路途上很不便，田卿行个常礼吧！"田宏遇领命，行过了礼，便问陛下携同殿下，要到哪里去。崇祯帝见问，先叹了口气，将自己托孤的意思，约略讲了一遍；又说周奎十分无礼，欺朕实甚。田宏遇听了，也觉周奎太嫌可恶，便正色说道："陛下既有是意，将两位殿下交给了臣吧！"崇祯帝大喜，回头唤过永王、定王，吩咐道："你两个随了外公回去，须小心听受教导，万事顺从，孝顺外公就与朕一般，千万不要使骄任性，须知你是已离去父母的人了，不比在宫里的时候。你弟兄第一勤心向学，切莫贪玩，朕死也瞑目。"崇祯帝一面嘱咐，一头把袍袖频频拭着眼泪，两个皇子也齐声痛哭起来。崇祯帝咬了银牙，厉声说道："事急了，你弟兄就此去吧！"说毕回身对着田宏遇揖了三揖道："朱氏宗祧，责任都拜托卿家了！"宏遇慌得不及还礼，只噗地跪在地上，流泪说道："陛下要托于臣，臣受陛下深恩，怎敢不尽心护持殿下，以报圣上于万一。"崇祯帝道："这样朕就放心了！"

原来，田宏遇这时锦衣怒马、仆从如云，也是往周皇亲那里贺寿去的，此刻遇到崇祯帝，把永定二皇子托他，把贺寿的豪兴打消，即令家人让出两匹马来，扶定王和永王上马，自己也辞了崇祯帝，一跃登鞍，家人蜂拥着，向田皇亲府去了。

崇祯帝立着，含了一泡眼泪，目送二皇子疾驰而去，直待瞧不见了影儿，才嗒然回头，与王承恩两人，在道上徘徊观望。王承恩禀道："时候将要晚了，陛下请回宫吧！"崇祯帝凄然说道："朕的心事已了，还回宫去做什么？"王承恩大惊道："陛下乃万乘之尊，怎可以流连野外？"崇祯帝流泪说道："贼已破外城，杀戮焚掠，可怜叫朕的百姓无辜受灾，朕心实有所不忍。朕愿在此，等贼兵杀到，朕与百姓同尽吧！"王承恩哪里肯舍，只是涕泣哀恳。崇祯帝忽然问道："这里算什么地方最高？朕要登临着，一望城外的黎民，被流贼蹂躏得怎样了？"王承恩见有机可乘，忙应道："陛下如欲眺望外城，须驾还南宫，那里有座万岁山——煤山，仁宗皇帝时，建有寿皇亭在山巅，登亭可以望见京师全城。"崇祯帝见说，即同王承恩走回宫来。其时日色已经西沉，暮鸦喳喳地哀鸣，夹杂着凄楚的哭声，顺风吹来，尤觉凄惨。

不知崇祯帝上万岁山怎样，且听下回分解。

第一百十回　喋血深宫凄凉悲亡国　伤心月殿遗恨感煤山

月色昏蒙，寒风凄冷，京城外的火光，惨红如血。一阵阵的嗷啼声和啼哭声，惨不忍闻，夹杂着炮火声和喊杀声，昼夜不绝。崇祯帝扶着王承恩，踉踉跄跄地回转南宫。到了万岁山上，倚在寿皇亭的石栏边，遥望城外烽火烛天，哭喊呼嚎声犹若鼎沸，兵器声就马啼声，隐隐可辨。火光四处不绝，照耀满天通红，眼见得贼兵正在那里大肆焚掠，繁华的首都变成了一片焦土。这时天空月光，被浓云遮掩过了，越觉大地黝黑，举目都现出一种凄惨的景象。崇祯帝凄然下泪道："黎民何罪，惨遭荼毒？"说时回顾王承恩道："朕心已碎，不忍再看，卿仍扶朕下山吧！"于是君臣二人狼狈下山，匆匆入乾清门。到了乾清宫中，崇祯帝便提起朱笔来，草草书了手谕：着成国公朱纯臣，提督内外军务，诸臣夹辅东宫（太子慈娘）。书竟掷笔长叹。

这时王承恩已出宫探听消息去了，崇祯帝回顾，只有一个小内监侍立在侧，当即命将朱书持赴内阁。那小内监捧着上谕至内阁时，阁臣已走得一个不见了，小内监把谕旨置在案上，回身顾自己逃命去了。

十七的那天，廷臣已不上朝，只范景文等几个大臣，还勉强进宫侍驾。君臣相见，都默默不作一语，唯相对着流涕而已。半响，崇祯帝挥手令范景文等退出，自己负手踱到皇极殿上，俯伏在太祖高皇帝的圣位下，放声痛哭，直哭得泪湿龙衣，声嘶力竭，也没内侍宫人来相劝。崇祯帝孤伶伶地一个人，愈想愈觉感伤，索性倚在殿柱上，仰天长嚎起来。崇祯帝独自嗷哭着，由清晨哭到日色斜西，泪尽血继，实在哭不动了，才收泪起身，走到承仪殿中，呆呆地坐着发怔。这样地坐了一会，不禁神思困倦起来，便斜倚在绣龙椅上，沉沉地睡去。忽见一个峨冠博带的人走进来，提了一支巨笔，在殿墙上写了个斗大的"有"字，掷笔回身竟自走了。崇祯帝正要叱诘，蓦然寒风刺骨，一惊醒来，方知是梦。崇祯帝定了定神，离了承仪殿，步入后宫，细想梦景，必非吉兆。

　　时周皇后和袁贵妃等，也彻夜未眠，见崇祯帝进宫，忙迎接出来。崇祯帝瞧见皇后贵妃都蓬首垢面、神形憔悴，不由得叹了口气，因把梦境说了一遍。大家胡乱猜测，魏宫人在旁说道："'有'字上半大非大，下半明不明，是大明残破的意思。"崇祯帝听了，变色不语。

　　正在这当儿，猛听得门外脚步声杂沓，两个内监气喘汗流地进来禀道："太监曹化淳已开城降贼，陛下宜速急出宫躲避。"说罢三脚两步地走了。崇祯帝还在疑惑不定，见襄城伯李国桢汗流满面地抢进宫来，叩头大哭道："逆阉献城，贼已陷了内城，陛下请暂避贼锋，臣率所部，与贼巷战去！"说毕飞奔地出去了。崇祯帝也慌忙出宫，到奉天殿上，想召集众臣，计议善后。四顾内侍宫监，多已逃得无影无踪了。崇祯帝没法，只好自己走下殿来，执着钟杵，把景阳钟当当地撞了一会，又握着鼓槌，将鼓咚咚地打得震天价响。然后走上宝座，专等众臣入朝。

　　谁知等了半晌，不但廷臣不来，简直连鬼也没有半个。崇祯帝长叹一声，下了宝座，回到后宫，恰好王承恩气极败坏地进

第一百十回　喋血深宫凄凉悲亡国　伤心月殿遗恨感煤山

来，大叫："贼进内城，此刻焚掠惨杀得不知怎么样了。陛下快请移驾避贼！"崇祯帝愀然说道："事已到了今日，朕还避他做甚？你去午门外嘹望着，见贼人进宫，便来报朕知道。"王承恩含泪叩了个头，匆匆地出去了。崇祯帝就在宫内，召集后妃嫔人等，都聚在一起。崇祯帝命宫女取过一壶酒来，自斟自饮，连喝了五六大觥。时太子慈烺侍立在侧，崇祯帝回头说道："你还在这里做什么？快逃命去吧！"太子见说，对崇祯帝和周皇后跪下磕了三个响头，凄凄惨惨地哭出宫门去了。崇祯帝一头流着泪，把脸儿向着外，只作不曾看见。眼眶中的泪珠，却点点滴在酒杯中。崇祯帝端起酒杯，一饮而尽。

这时周皇后和袁贵妃，并公主昭嬛，环坐在崇祯帝的旁边痛哭，宫女嫔人也环立饮泣。崇祯帝垂泪叹道："大势去矣！"又对周皇后道："卿可自己为计，朕不能顾卿了。"周皇后起身说道："臣妾侍奉陛下，已十有八年，从不曾听臣妾一言，致有今日！"说罢大哭进内。过了一会，宫女报娘娘自尽了，崇祯帝不觉泪落和雨点一般，半晌回顾袁贵妃说："你为什么还不自尽？"袁贵妃含泪起立道："妾请死在陛下之前！"说毕即解下鸾带，系在庭柱上，伸颈自缢。谁知鸾带断了，袁贵妃直堕下地，竟悠悠地苏醒转来。崇祯帝忙就壁上拔下一口剑来，向袁贵妃连砍几下，方才昏去。又将所御的嫔妃，砍倒了四五人。

崇祯帝要待回身出宫，昭嬛公主一把拖住崇祯帝，纷纷落泪，哭个不住。昭嬛公主是芳龄十五，生得雪肤花貌，袅袅婷婷，玉容异常地娇艳。这时哭得和带雨梨花似的，崇祯帝不禁起了一种怜惜之心，又不忍留着这样的美人儿受贼人蹂躏，便哄昭嬛公主道："你瞧外面贼人来了！"公主忙回头看时，崇祯帝乘公主不备，把袍袖掩了自己的脸儿，随手只一剑砍去，正斫在公主的肩上，鲜血直冒出来，惨呼一声，翻身扑倒，卧在血泊里挣扎。崇祯帝欲待斫第二剑，奈两手颤个不止，再也提不起来。眼睁睁地看着公主花容惨变，鲜血骨都都地冒个不住，那种呻吟的惨状，令人目不忍睹。崇祯帝掷剑叹道："你为什么生在帝王家？"说着硬着心肠，掩面出宫。

时王承恩来报外面的乱状，崇祯帝叫在前引路，手提一杆三眼枪。君臣两人出了中南门，正逢着一群逃难的内侍，崇祯帝便也杂在内侍当中，直向东华门而走。时东华门犹未攻破，守城的内监见一群宫监拥来，疑宫中有了内变，便喝令放箭，把一群内监射得四散乱窜。崇祯帝被众人一冲，一时立脚不住，倾跌在地。慌忙爬得起身，足上的朱履已脱去了一只，头上雁翎冠也不知落到什么地方了。再回头又不见王承恩，崇祯帝没奈何，只得赤着一只脚，一步高一步低地往齐化门走来。

成国公朱纯臣的赐第，本在齐化门内，崇祯帝便走到成国公的府中，管门的喝住道："国公爷的吩咐，现在乱世时候，非经国公爷的命令或令箭，一概不许放入。"崇祯帝听了，叹息徘徊，木立了好一会，才回身离了国公府，随着一群难民，望安定门走去。

到了城门前，只见门上锁有一把很大的石锁，不提防守门的兵士赶来，挺着一杆长枪，望人丛中乱掷。众人一声呐喊，回身便走，崇祯帝也只好回头反奔，因走得太慌忙了，把头上束发的簪儿掉落地上，网结脱开，弄得头发打散。崇祯帝将待折回北去，恰好逢着贼兵进城，难民四散狂奔，难民的后面，就是守城的败兵。败兵被贼兵追得急了，好似丧家狗般地，狼奔豕蹿，人多势大，直同潮涌一样地冲下来。崇祯给众民兵一拥，连跌了两个跟斗，七跑八磕地爬起身来，衣襟已经扯破，脸上抹满泥土，手指擦碎，鲜血淋漓。崇祯帝到了这时，已走得脚酸腿软，头昏目眩，自己便抱定了必死的宗旨，一盘膝去坐在大街的石级上，

第一百十回　喋血深宫凄凉悲亡国　伤心月殿遗恨感煤山

一边喘息，还不住地把袍袖拭着泪。正在这当儿，难民中忽然抢过一个人来，噗地跪在地上，抱住崇祯的双膝，放声痛哭。崇祯帝定睛看时，原来是王承恩，不觉叹口气道："朕和你倒还得见面。"承恩收泪说道："贼兵前锋已离此不远，李将军率着卫兵在那里死战，陛下请回宫去，免落贼人之手。"崇祯帝觉也有理，于是由王承恩搀扶，一步一挨地仍回到南宫。

王承恩想扶崇祯帝进宫时，崇祯帝叹道："朕不愿回宫了，且到万岁山上去休息一会吧！"承恩没法，只得搀了崇祯帝，上得万岁山，在寿皇亭面前的一块大石上坐下。君臣默对了半晌，崇祯帝蓦然想起了慈庆宫的懿安皇后来，忙问王承恩说道："朕出宫时太仓猝了，未曾通知张皇后，你可领朕谕旨，谓贼人进城，必然蹂躏宫眷，令张娘娘赶紧自裁了吧！"王承恩领命，三脚两步地下山去了。

这张皇后是熹宗皇帝的中宫，熹宗宾天，张皇后退居慈庆宫，崇祯帝继统，便封为懿安张皇后。张皇后的为人，性情温婉，且很持大体，严于礼节。熹宗的时候，客、魏当权，六宫嫔妃无不受客魏的谗害，就是张皇后一人，没被他们陷害。因张皇后举止严正，不轻言笑，熹宗很是敬惮，客、魏也惧怕张后，不敢中伤。有时客、魏两人正和宫人们嘻笑浪谑，虽熹宗帝也不甚畏避，独闻得张皇后驾到，立刻敛容屏息，做出十二分的规矩来。但张皇后对上虽持礼严肃，遇下却极宽洪，些微小过，并不过于苛究，所以阖宫的宫侍内监，没一个不敬服她的。崇祯对于张后，谊属叔嫂，敬礼实无异母后。到了朔望，崇祯帝终是亲往慈庆宫，朝谒张皇后。张皇后以有叔嫂的嫌疑，便令宫人垂了珠帘，崇祯帝在外拜揖，张皇后却隔帘回拜，只受半礼而已。三数语后，即退入宫中，崇祯帝也格外敬重。张皇后偶感小恙，崇祯帝遣嫔人问疾，日必数起。张皇后病愈后，便上疏谢恩。明宫历代后妃，谢恩用奏疏的，只有张皇后一人。因张皇后退居慈庆宫，自谓身是寡鹄，终岁不肯轻出宫门，是以谢恩把奏疏相代。

当下王承恩领了上谕，经慈庆宫宣谕，由慈庆宫的宫女传谕进去。不多一刻，宫女泪盈盈地出来说道："张娘娘已领旨自尽了。"王承恩听了，回身出宫，自往万岁山来复旨。

崇祯帝在万岁山的寿皇亭上，远远听得喊杀连天，金鼓声不绝，接续着一片的男哭女啼的，忍不住遥望了一会。默念城破国亡，君殉社稷，自己万无生理，不如趁无人的地方，寻个自尽了吧！主意打定，举目四顾，见寿皇亭的旁边，一株梅树，杈枝生得并不甚高，就解下身上的鸾带，爬上亭边的石柱上，把丝绦系在枝桠上。正要引颈自缢，忽然转念道："朕既以身殉国，不可默无一言。"想罢将胸前衣襟反过来，啮碎小指，血书数行于襟上道：

> 朕德薄匪躬，上干天怒。登极十有七年，逆贼直逼京师。虽朕之不明所致，亦诸臣之误朕也。朕死无面目见列祖列宗于地下，自去冠冕，以发覆面，任贼分裂朕尸可也，切勿伤百姓一人！

崇祯帝写罢，看着那株梅树，垂泪叹道："这树是朕所手植，不谓今日做了朕绝命的伴侣了。"说罢不觉凄凄凉凉地哭了起来。其时喊杀之声渐近，崇祯帝便含泪爬上石扶栏，把头颈套进了丝绦，双脚一登，身体早已离空，高高地悬在树枝上了。

王承恩出了慈庆宫，急急地上山来复旨，到了亭上，不见了崇祯帝，忙出亭四望，毫无影踪。正在惊疑，蓦然抬起头来，见崇祯帝已悬在亭旁的树枝上，不由得大叫一声，昏倒在地。半响苏醒过来，急急地爬上石栏，要想去解救时，觉得崇祯帝的身上

第一百十回　喋血深宫凄凉悲亡国　伤心月殿遗恨感煤山

已冷得和冰一般，舌头吐出唇外三四寸，鼻孔和眼中都流出血来，知道气绝已久，谅来不中的了。承恩越想越是凄楚，捧着崇祯帝的双足，捶胸顿足地痛哭了一会，又自恨道："这都是咱走得太慢了，以致皇上不及救援。"想罢又哭，哭着又转念道："做了堂堂的皇帝，还得着这样的结果，休说咱们是一个太监了。"王承思想到这里，觉得天下万事皆空，眼前的境地更觉无一样不是空的。于是收泪止了哭，向崇祯帝拜了几拜，又深深地磕了几个头，含泪说道："陛下请略等一等，奴婢王承恩也来了。"说罢解下一根汗巾来，待爬上石栏去系时，回想自己是个太监，怎好和皇上并肩对缢？便重又跳下石栏，把汗巾系牢崇祯帝的脚上，又在下面打了一个死结，将头伸在结内，身体望下一蹲，就勒死在崇祯帝的脚下。

再说宫中自皇后、贵妃自缢，皇上出南宫而去，内监们走得半个也不留，所剩的只有一班纤纤弱质的宫女。她们都是十三四岁进宫，从不曾出宫门一步，到了乱哄哄的时候，叫她们往哪里去走？这时内中的魏宫娥，还有一个费宫人，两人在宫门前大声叫道："外城内城皆陷，贼人如若入宫，俺们女流必遭贼人的污辱，有志的姐妹们，速即各自打算吧！"说毕，魏宫娥就飞步上了金水桥，耸身跃入御河自尽了，费宫人也跳入后苑的井中。那时一班宫女，个个泪珠盈腮，纷纷地各寻自尽，有投河的，有悬梁自缢的，有解带勒死在榻上的，有触庭柱死的，有把剪刀自己刺死的，刹那之间，黛痕脂香，都香销玉殒。统共自尽死的宫人，凡三百七十九人，真是胭脂狼藉，花凋满地，说来也可怜极了。

这天是三月十八日，晨间天色溟蒙，密云如墨。到了傍午，内城遂陷，贼兵蜂拥进城。城内霎时鬼哭神号，男哭女啼。过了一会，天色略放光明，却飘飘地下起雪来。这时李自成由齐化门进城，左有内监杜勋，右有降将汪之信，军师宋献策、伪丞相牛金星、大将白旺、护驾贼将王宾，明降将刘承裕、杨永裕，总兵白广恩、陈永福，前呼后拥地随着自成进城。先锋小张侯一马当先，最后是副元帅李严，在后督队。明襄城伯李国桢犹率兵巷战，正遇前锋小张侯，两人交马，战到三十多个回合，国桢大喝一声，一刀劈小张侯于马下。李自成大惊，忙令贼兵四面围裹拢来。在这小巷中，怎禁得起许多的人马，拥挤得身体也不能展动了。任李国桢有三头六臂，到了此时，也英雄无用武之地。又兼寡不敌众，贼兵丛集如蝟，国桢弃了大刀，拔出宝剑来，连斫死数十人，宝剑也斫得变成了缺口。国桢弃剑，又用手格杀数人，欲待夺刀自刎，贼兵已一拥而上，把国桢紧紧绑住。国桢已力竭神疲，口里犹大骂逆贼，贼兵抽刀待剁，李自成忙喝住道："此人忠勇绝伦，咱家很是爱他，暂把他囚禁了，慢慢劝他投降，切莫难为了他。"说罢，便策马进宫。

不知自成进宫怎样，且听下回分解。

第一百十一回　脂粉酬功血溅青罗帐　忠义报主泪洒绿杨天

却说京城失陷的那天，天上雨雪霏霏，李自成头戴毡笠，衣袭缥衣，骑着高头乌驼马，金鞭令旗，洋洋地坐在马上，前呼后拥地一路进城。到了承天门前，自成忽顾将士说道："咱若能享大明的天下，一箭射中那个'天'字！"说罢抽出一支羽翎，搭上雕弓，飕的一箭，却中在'天'字的下面。自成变色，宋献策在侧，抚掌笑道："箭射'天'字的下面，正是得'天下'的预兆！"自成转嗔为喜道："军师的话不差，咱得平分天下也就够了！"说着下令清宫，一面缓步进宫。

一行贼人到了奉天殿上，终不见崇祯的影踪。自成吩咐牛金星出榜各门，有献崇祯帝者，赏千金，封万户侯；藏匿不报者，磔市曹，戮全家；三日后仍不见踪迹者，阖城俱戮。这张告示一出，京城中的百姓就此大乱起来，"寻崇祯，寻崇祯"的声浪，遍满街巷。

其时内宫的昭嬽公主，被崇祯斫了一剑，倒卧在血泊中颤抖，适巧内监何新进宫，见了公主弄得浑身是血，娇声惨呼，心上老大地不忍，便匆匆地负了公主，往皇亲府中去了。还有那个袁贵妃，自缢时堕地复苏，吃崇祯帝斫了两剑，却都砍在肩上，不曾致命，一时痛昏了过去，过去了好半息又苏醒过来。宫人柳

明宫十六朝演义

娥恐贵妃受贼人的蹂躏，就拼死扶起贵妃，慌慌忙忙地出了后宫，往民间躲避去了。待得李自成进宫，嫔妃们死的死了，逃的逃了，六宫八阙，已弄得寂无一人。那费宫人投入后苑的井中，不料那座是久枯的眢井，里面滴水俱无，费宫人跳进井内，却是不曾死的，被净宫的贼目窥见，用钩镰将费宫人勾出，细瞧她的面貌，玉容憔悴，不减娇艳，于是拥了费宫人来见自成。自成也爱她美丽，正要命左右带入后宫，忽见李严禀道："敬求大王，将这美人赏给了小将吧！"自成听了，心里虽是不愿，因李严是自己部下的第一功臣，沙场血战，几番危难中救出自成。现在攻破京城，不日可以称孤道寡，假使没有李严，哪里来的今日？况且自成和李严又有金兰之谊，有这两层问题，自成不得不把美人让给李严——哪里晓得这样的一来，竟送了李严的性命咧！当下由李自成唤过左右，令将那美人送往李副元帅的帐中。李严听说，忙向自成称谢。

原来这李严是河南的武秀才，为人疏财仗义，专好结交天下英雄，把他父亲所遗的百万家资，都被李严荡尽。又因他平日喜欢济困扶危，时人取一小绰号，叫作"小侠客李严"。有一年上，河南大饥，田稼颗粒无收，李严便禀邑令，要求开仓赈济。令尹胡孔孺是个贪鄙的龌龊小人，见了李严的禀单，立刻召李严进署，当面训斥一顿，并对李严说道："你有钱谷，只顾自己赈济，本县的包谷是不能动的。"李严受了令尹的斥责，气愤愤地回到家里，搜刮家资和田地房产，共得三四万金，如数充作赈款。那些受惠的贫农，人人颂扬，口口声声说"李公子活我"；又闻知胡知县不肯开仓济贫，大家齐声谩骂，把个胡知县气得胡须根根倒竖，竟谓是李严一人所唆使出来的，满心要寻李严的过处。恰好李严的家中来了三四个外方的侠士，闻得李严的盛名，望门投来，李严也殷勤招接，设宴款待。正在宾主尽欢，不料胡知县派

第一百十一回　脂粉酬功血溅青罗帐　忠义报主泪洒绿杨天

了十几名防兵，把李严捉将官里去，还把席上的四名侠士获住了两个；那两个幸手脚敏捷，飞身上屋，才脱了网罗。于是向县里去一打听，方知胡知县做的圈套，他听说李严那里到了几个外方人，就密嘱地甲刘二出首，控告李严私通绿林大盗，又派遣兵士，逮捕李严到案。那两个侠士得了这个消息，心里十分大怒，连夜赶到邻县，真个和盗魁一枝花通同，带了三五百个喽兵，扮作商人模样，一个个身藏暗器，混进县城。到三更时分，放起一把火来，众喽兵呐喊一声，杀入县署，把胡知县一门老小，杀得一个也不留。又将牢门打开，救了李严和两个被累的侠士，又拿狱中所有亡命，一并释放了。斫开城门，蜂拥出城。

李严见事已闹大了，恐省中调兵下来，自己势力不敌，当下和众人计议，索性一不做、二不休，大家劫掠些金银珠宝，往投李自成军中，不愁他不收留。主意已定，李严急急地收拾起细软物，领一班好汉，来投自成。那时李自成正要进取河南，前锋小张侯已屯兵在河南交界地方，专等自成令下，就好进兵。李严等见了小张侯，说明来意，小张侯方苦地理不熟，见李严是河南人，正好叫他做个向导。不日李自成率大兵随后到来，命小张侯火速进攻。小张侯有了李严诸人替他画策，李严又每战必身先士卒，一路上势如破竹。及至开封府下，自成论功行赏，小张侯才把李严引见自成。自成也素闻李严之名，两人交谈之下，大有相见恨晚之慨，于是当筵结为兄弟，以为同宗。后自成榆林一战，几乎被孙传庭督师所擒，亏了李严奋死保着自成杀出，以是自成和李严的情感，又比前深了一层。自成兵进潼关，占城夺池，无一非李严的计划，汗马功劳，实居全军的第一。今番破了北京，自以为大功已成，眼见得那日身登九五，将来大封功臣，李严至少要列土分茅，何况他只要一个美人，自成当然不好不允他。

李严得了这样一个玉骨冰肌的美人儿，心里高兴得了不得，忙忙地赶回营中，要想去享受那美人的艳福。当时便高坐堂皇的，叫把美人带上来。费宫人盈盈地走到李严面前，也不行礼，竟一倒身坐在椅上，呜呜咽咽地哭起来了。李严见费宫人哭得似带雨的海棠一般，不觉万分的怜惜，忙走下座来，一把搂住了费宫人，涎着脸安慰道："美人不要伤心了，你有什么不满的事，对俺说了，俺无不依你。"费宫人故意把李严一推道："我乃皇上的长公主，玉叶金枝，岂同路柳墙花，请将军尊重！"

李严这时闻得费宫人身上一阵阵非兰非麝的香味，早已神思飘荡、身不由自主起来；又听费宫人自称是个公主，越发心痒难搔，便拱手唱诺不迭道："美人原来还是公主，小将冒昧，多有失敬了！"说罢待去拉费宫人的玉臂，觉得触手腻滑，柔如无骨。李严半世在戎马中出生入死，何尝见过这般的美人，因此害得他心神如醉，举止乖谬。费宫人自度落在贼手，必然难免，就装出娇笑的样儿，很和婉地说道："既承蒙将军见爱，人非草木，谁能无情？不过身为公主，天潢贵胄，不同小家碧玉。将军果有成心，须择吉日举行花烛，然后共入洞房。倘要我形类苟合，草草成事，我宁死将军之前，不愿遗羞于祖宗。"李严见说，点头微笑道："公主的话有理，俺都可以依得。"说着传命出去，收拾起一所民房，立刻挂灯结彩，一面禀知自成，今夜便要实行成婚。

到了晚上，贼窟中霎时灯火辉煌，鼓乐喧天。一班贼将纷纷来替李严贺喜，李严也设筵庆贺。贼营内大小将士，每六人赏筵一席，大家猜拳行令，欢呼畅饮。大营的正中，挂起一幅和合图儿，李严浑身穿得花团锦簇，摇摇摆摆地做起新郎来。由民间抢得来的妇女，扶着费宫人，凤冠龙袍地立在红氍毹上，和李严盈盈交揖。合卺礼成，三声大炮，送入洞房。过了一会，李严又来陪着众贼嘻笑豪饮，酒阑席散，众贼辞别，李严已喝得五六分酒意，七磕八碰地走进新房，连呼："公主在哪里？俺和你饮上三

第一百十一回　脂粉酬功血溅青罗帐　忠义报主泪洒绿杨天

百杯！"说犹未了，费宫人姗姗地出来，这时已卸去凤冠，梳上一个高高的云髻，鬓边插了一朵碗口大的绢花，身上穿了一件银红的小袄，淡湖的裤儿，轻妆淡抹，愈显得艳丽多姿。李严醉眼矇眬，带笑说道："俺在外面多延了些时候，有累公主寂寞了。"说时将费宫人搂在怀里，不住嗅着粉脸，又笑说道："夜已深了，咱们睡觉吧！"费宫人低头一笑，婉转说道："今天是将军的喜期，他年夫妻偕老白头，还希望早生贵子，应该多饮几杯合卺酒儿，怎么和急色似的，不怕侍婢们见笑吗？"

费宫人说到这里，便层层泛起红霞，娇羞不禁，越觉得妩媚可人了。李严哈哈大笑道："俺就依了公主，快斟上合卺酒来！"费宫人亲自替李严斟酒，殷勤相劝，把个李严直乐得心花怒放，一手挽住了费宫人，再三地抚摩她的粉颈。费宫人却若即若离，引得李严意马心猿，只顾一杯杯地狂饮。费宫人笑道："将军洪量，这小小的杯儿，吃得很不爽快，可叫她们换了大杯来饮。"李严此时酒已有了十二分，又兼这如花似玉的美人儿当前，自然愈喝愈高兴，盼咐侍女们拿大杯来。费宫人含笑着筛了满满一大杯，一手搭在李严的肩上，一手擎着杯儿，媚眼微斜地把脸儿和李严的脸厮并着，低声说道："将军饮了这杯，等一会儿鸳鸯交颈，分外有兴。"李严大喜，就在费宫人手里伸着头颈，把口凑在杯儿上，咕嘟咕嘟地饮个干净。费宫人又筛了一杯，将香躯倚在李严的怀里，笑着说道："将军饮个双杯儿。"李严那时已经头重脚轻，醉态模糊地见酒便喝，一手还狠命地拥着费宫人的纤腰。费宫人趁势一杯杯地筛个不住，李严也毫不推辞，接连又饮了五六大杯，酒涌上来，实在有些支持不住，说话也含糊不清了。

费宫人知道他真个醉了，便唤侍女们把酒筵撤去，自己扶着李严到绣榻睡下。李严虽喝得酩酊大醉，口里兀是说是呓语，一

明宫十六朝演义

手抱了费宫人的玉腕，死也不放。费宫人见他烂醉如泥，轻轻地将李严那只手握住，挣脱手腕，又把罗帐垂下，自己到了妆台边，草草卸了晚妆，换了一身秋色的短衣，按一按头上的云鬟。其时，侍候的婢女都退出房外，各自去安睡了。费宫人四顾无人，随手合上了门，拴了闩儿，又叠上两把木椅。布置已毕，轻轻地走到窗前，打开窗子，只见一轮皓月当空，大地犹如白昼。这时约莫有三更天气，万籁俱寂，刁斗无声。费宫人不禁悲从中来，泪珠滚滚沾衣，忍不住噗地跪在窗前，低声默说道："国亡君崩，大势已去，贱妾所以冒称公主，不过要替皇上报仇泄恨。愿陛下在天之灵，护佑贱妾杀贼！"说罢起身，缓步回到绣榻面前，揭起罗帐，低唤了两声李将军，不见他答应。

费宫人到了此时，不觉柳眉倒竖、杏眼圆睁，霍地在衣底拔出一把晶莹锋利的尖刀来，一手掀开罗帐，觑得亲切，对准着李严的咽喉，一刀刺将下去，一口七八寸长的尖刀尽行没入贼颈，鲜血直冒出来，溅了费宫人一脸。李严大叫一声，从榻上直跃起来，重重倒下去。费宫人狠命地捺着刀把，半点儿也不敢放松。李严睁着两眼，恨不得把费宫人吞噬到肚里，可是喉管已被费宫人割断，受创过重了，任你李严怎样地勇猛，受着这般痛苦，手足都已乏力，只身体还能挣扎。过了一会儿，上身已不能动弹了，那两只脚却不住地颠簸，越颠越缓，渐渐地慢了下去。只见李严将眼睛一瞪，脸儿一苦，挺直双脚，呜呼气绝了。

费宫人骑在李严的腹上，双手握着刀把，竭力地使着劲儿，这时觉得李严的身体，比方才冷了许多，料想是死了，这才释手跳下绣榻。到妆台前鉴了鉴自己的脸儿，玉容上溅满了鲜血，于是掏了出一幅罗巾，慢慢地拭去血迹。忽听门外脚步声杂乱，接着是一阵的捶门声。原来费宫人的一刀刺下去时，李严一声大吼，那侍候的妇女都从梦中惊醒过来，又不敢打门询问，只悄悄

第一百十一回　脂粉酬功血溅青罗帐　忠义报主泪洒绿杨天

地报知外室的卫兵。卫兵听说，慌忙跟着那婢女进来，细听房内寂无人声，就门隙中张望时，月光下见倩影幢幢，费宫人正拭着粉脸上的血迹。那卫兵知道有异，便举手捶门。费宫人闻得捶门声急促，想是外面的贼人听见了，看来自己终不免一死，就把银牙一咬，回身走到榻前，拔出李严颈子上那把尖刀，望着粉颈上便刺，猩红染衣，顿时昏倒椅上，一个玉琢粉成、袅袅婷婷的美人，已玉殒香销了。

那门外的卫兵打了半响的门，不见开门的声音，大家忍耐不住，呐喊一声，把房门打落。叠着的木椅，往门外倒了出去，一个卫兵的头颈被木椅撞伤，负着疼痛，虎吼一般地抢将入来。蓦见罗帐低垂，帐上都是殷红的血迹，众人齐齐地吃了一惊。忙掀开罗帐看时，瞧见李严已血迹模糊，直挺挺地睡在榻上，一摸身体，冷得和冰块一样。于是大家怪叫起来，回顾那个公主，一动不动地坐在椅上。再近前细看时，只见玉容惨白，头颈里插着一把尖刃，那鲜血兀是点点滴滴地流个不住，鼻管中气息已早绝了，吓得那些卫兵慌作一团。

正在鸟乱的当儿，恰好小张侯巡逻经过，听得室中的惊扰声，辨出是李严的私第，便带了两名巡兵，走进门来。这时内外的室门都已大开，外室连鬼也没有半个，内房却人声嘈杂。小张侯是个老于世事的人，初进京城时被李国桢一刀劈落马下，他立时装死，免了再砍第二刀，趁李国桢和其他贼兵厮杀的当儿，一骨碌滚进贼兵丛中，拣了一条性命。此时一瞧这个情形，知道里面一定出了岔儿，忙三脚两步地赶将入去。卫兵们见了小张侯，齐声说道："张侯爷来了，李爷已被人刺死哩！"小张侯听说，也大吃一惊，急问是谁刺死的。众卫兵把听见李严的吼声，及至赶进来，还瞧那公主在月光下立着的话说了一遍："等到打开房门，这公主死在椅上了，不知光下的女子影儿，是鬼是人，可弄不清楚了。"小张侯道："胡说！人间哪里会有鬼？这分明是那个女子先刺死了李爷，再行自到，那是毫无疑义的。"说罢令卫兵们看守着，自己带了两名巡兵，飞般地奔到大营，把李严被刺的事，禀知李自成。

　　自成正拥着美人，饮酒笑谑，并对那美人说道："咱不久要登大宝了，到了时候，封你做个贵妃可好？"那美人掩口微笑道："怕俺没有那种福气。"自成大笑道："那讲什么的鸟福气！当初咱在陕西，不是朝饿一顿、夜吃一饱的吗？真个穷得了不得。现在那把金龙交椅，眼见得是咱的了，你想一个人可以断得定的吗？那时谁不骂咱是个没出息的小子，岂知咱有今天的一日？"自成说毕，不由得哈哈大笑，那种得意的丑态，恐怕有十八个画师也画不相似。美人听了自成的一番扬眉吐气的话，也就顺水推船地道："大王能常念往事，可谓君子不忘旧了。"自成笑了笑，又把大拇指翘着说道："话虽这样讲，咱能一路直捣北京，势如破竹，一半也是那结义弟兄的力量。他不但勇冠三军，简直智谋俱备，确算得咱手下一员虎将。大凡争天下的雄主，全恃辅助的谋士良将。从前明朝朱太祖，开有一代的国基，还不是徐达、常遇春、邓愈、汤和、李文忠等一班人的力量吗？"

　　自成愈说愈得意，到了兴高采烈时，不禁手舞足蹈起来。忽见小张侯形色仓皇走进来道："不好了，李爷被那公主刺死了！"自成正要端正杯儿去喝酒，听了小张侯说李严被刺，心上吓了一跳，乒乓地一响，把酒杯也惊落在地，忙道："李爷怎么会被那女子刺死的？"小张侯答道："底细情形，俺也不曾明白。大约是李爷醉酒失了知觉，才遭毒手；否则一个纤纤弱女，何能刺死李爷？"自成大怒道："那贱人现在哪里？给咱拿来！"小张侯道："那女子也自到了！"自成益发大怒。

　　不知自成说些什么，且听下回分解。

第一百十二回　拔须炙鼻蠹民现怪象　凿睛敲齿贼将施酷刑

却说李自成听说刺死李严的女子，已经自到死了，直气得咆哮如雷道："好厉害的贼婢，丧咱一员猛将。快给咱把那女子的尸首，立刻碎尸万段，方出咱胸中的恶气！"小张侯领命自去分裂了费宫人的尸身，弃在野外，却有无数的鸦雀，围绕着费宫人的尸体。京师的人民无不称奇，又怜她忠烈，便偷偷地替她买棺安葬不提。

再说那李自成见小张侯去了，又传命把李严的遗骸，以王公礼厚殓了，在京城的西山择一块吉地埋葬。当举殡那天，贼营中满营的将士，都涕泣相送。李自成自己也步行在柩前执绋，许多流贼里面，倒要算李严的结果最不差咧。

那李自成自李严被刺后，对于携来的女子，就异常地防范。在侍寝之前，遍身须搜检一过。安睡的帐外，令卫卒持械环立，直至次日自成起身方罢。

原来自成因费宫人被李严要去，心中正闷闷不乐，忽然小张侯又献进一个美人来，自成把她细细地一打量，竟要胜过李严的那个美人十倍，自成不觉大喜过望。到了晚上，命那美人在旁唱歌侑酒。正喝得高兴时，突然得着李严的凶耗，吓得自成心惊胆战的，对自己跟前的美人儿，不免也生了疑心，忙叫左右向那美人身上一搜，并未带什么凶器，自成那颗心才慢慢地放下，一面盘诘那美人的姓名。谁知那美人不是别个，正是镇守山海关的平西伯吴三桂的爱姬陈圆圆。

　　陈圆圆怎会到自成营里来？当吴三桂奉命出京，他父亲吴襄不许他携眷上任，三桂没法，只得将陈圆圆留在京中，自己孤伶伶地起程，往山海关去了。李自成兵进通州，崇祯帝诏颁天下义师勤王，又加吴三桂为平西伯，他带领边关劲卒，即日进京。时三桂部下也有大兵十五万，他听得李自成拥兵百万之众，怕自己不能和他对敌，一路拖延时日，只日行军三十里。到了丰润，已得京城失陷的消息，三桂索性停兵观望不前。自成兵破外城，三桂的父亲吴襄正做着京营都督，京营溃散，吴襄被擒。三桂的母亲闻得吴襄遭擒，就又一气而绝。那时都督府中，鸟乱得一天星斗，吴老夫人一死，老都督又做了房囚，府中剩了一个柔媚无骨的陈圆圆，除了啼哭之外，一点事儿也不懂得，任凭那些家人仆妇，把府中所有，大家争夺得赤脚地皮光。更有那些刁滑的仆人，把言语恐吓圆圆，又用甘言哄骗她，允许送她出京城，往吴三桂那里。陈圆圆正苦自己是个没脚蟹，没有爬处的当儿，听了仆人的话，自然感激到了万分。那仆人见圆圆中计，老实不客气，行第二步的要求，谓："你要我送到吴将军那里，须和我真个销魂。否则千里迢迢，谁肯为你受这样苦痛？况且贼兵已经进城，一旦被掳，恐今生永远不能与吴将军见面了。"陈圆圆被仆人带骗带恫吓的言语说得芳心犹豫不定，那仆人明明欺她是个女流，乘势搂住圆圆，做他巫山的好梦。圆圆满心望那仆人真的送她到三桂那里，万不料那仆人原是图个欢娱，岂有真心对待？且在昔日，圆圆本是禁脔，仆人们休想染指，现在趁这乱世，乐得尝她几天温柔乡的滋味。

　　这样地过了两天，京师内城攻陷的声浪，早已传遍了街巷。

第一百十二回　拔须炙鼻蠹民现怪象　凿睛敲齿贼将施酷刑

圆圆深恐落在贼人手中，忙向那仆人催促，那仆人还是一味地敷衍。哪里晓得这个仆人坐享禁脔的事，又被别一个仆人知道，便也大着胆，把圆圆霸占起来。圆圆剩得伶仃一人，又是弱不禁风的，哪里能够抗拒？势所必然地只好屈从。那先前的仆人见美人被同伙占去，心里老大的发愤，仆人和仆人，两下里为了一个陈圆圆，也争风吃起醋来了。两人你一言、我一语的，由斗口而至于动武，未了各人执了快刀，演一出尖刀相会。那两个仆人在外面泼醋，刀来刀往地狠斗，不防都督府中的小厮癞儿，年纪已有十六七岁了，正在情窦初开的时候，平日对于这位小夫人圆圆本已垂涎三尺，只是有主仆的名分，不敢放肆。如今见两个仆人都和那圆圆私通，自己也要想凑个空儿，尝一尝天鹅肉。这时趁两个仆人在那里打架，，癞儿乘势溜进内室，扭住了圆圆在榻上歪缠。正在得趣的当儿，不期那仆人和仆人两个斗了一会，刺得满头满脸都是鲜血，也没有人去劝他们，两人斗到无法解决的时候，互相扭着，一面谩骂着，到内室见圆圆，叫圆圆下个判断，到底喜欢谁；谁是不喜欢的，就立刻用刀刺死，不得有怨言。

两人约定了，一齐跨进内室的月洞门时，正见那小厮拥着圆圆寻欢。两个仆人齐齐地大怒，飞步抢将入去，把那小厮儿从榻上直拖下来，双刀并下，一顿的乱扎，可怜那个又癞又丑的小厮，只为想尝禁脔，顷刻做了刀下之鬼，终算也为了圆圆，才送了这条小命。两仆人杀了癞儿，争着在圆圆面前，叫她说一句到底喜欢谁。两人不住地问着，各人仰着脖子，只等圆圆答复，便好动手。弄得圆圆转做了难人，不能说谁是喜欢，谁是不喜欢。怎禁得两人逼迫着要她说出来，圆圆没奈何，只得说道："谁送俺到山海关去，就算他是好的。"两个仆人听了，齐声说是情愿送夫人前去。这样一来，你说愿送，他也说愿送，又是一场没结果。两下争了半响，各人仗着尖刀，又动起手来，吓得圆圆缩在床角里，只顾索索地发抖。

两人正争执得不可开交，外面小张侯的卫兵，一路挨户劫掠过来。到了都督府门前，知道做官的家里一定有钱，兵丁们呐喊一声，蜂拥进府。一直冲到内室，见两个家人在那室内狠斗，兵丁们不管三七二十一，一人赏了一刀，两个仆人直挺挺地杀死在地。都为了圆圆一人，又丧了两条性命，假使他们两人不争风吃醋，早就逃走了，何至被贼杀却。这不是圆圆的害人吗？

兵丁杀了仆人，一面搜劫财物，蓦见榻上伏着一个女子，拖下来一瞧，见她出落得面似秋月、眼若明星，端的是绝色美人。兵丁们大喜，便拥了圆圆去见小张侯，由小张侯进献与李自成。自成是个好色如命的悍贼，见了圆圆那种轻颦浅笑的姿态，早已魂散魄迷，随即开筵和圆圆对饮。忽报李严被刺，自成也生了疑心，及至向圆圆一盘诘，方知她是吴三桂的爱姬。自成听了，不禁吃了一惊，暗想吴三桂为当代豪杰，现在拥有大兵，咱要掳了他的爱妾，他必领兵前来报仇，那可怎样是好？想到这里，忙召牛金星和宋献策进帐，把这层情形和两人说了，要待将圆圆仍旧送归。宋献策说道："三桂虽是英雄，但好色太过，今把他爱姬暂时留着，正好牵制三桂。况他父亲吴襄也已成擒，目下可逼他致书三桂，劝他投降大王，那时再送回他的爱姬不迟。"自成见说，连声道着有理，下令推俘囚上来。便有杨承裕押着吴襄、李国桢等进帐，自成故意拔出刀来要斩吴襄，吴襄原是畏死的老贼，见自成仗刀欲劈，吓得大惊失色，两手颤个不住。牛金星在旁，做好做歹地劝住自成，一面密告吴襄，令他作书招三桂来降。吴襄只要保得性命，满口应承，当场写了一封家书，由自成派了小校，星夜送往吴三桂的军前。

这里自成命将吴襄领往馆驿中安息，又使宋献策来劝李国桢投诚。国桢慨然应道："要我投降不难，须依我两件事：一、皇

第一百十二回　拔须炙鼻蠹民现怪象　凿睛敲齿贼将施酷刑

帝、皇后的遗体，宜照礼成殓安葬；二、太监杜勋和曹化淳两人，应斩首沥血以祭皇帝。"宋献策回报自成，自成笑道："第一件是人臣应尽之礼，当然依得；第二件，李国桢是个忠勇的良将，咱杀了杜勋等两个卖国求荣的阉竖，而获一忠义之臣，有甚不值？这也可以依得。你去回复李将军吧！"宋献策来见国桢，把自成允许的事，约略说了一遍。国桢欣然同了献策，谒见了自成，自成亲加慰谕。国桢辞出，往东华门去殓崇祯帝、周皇后及懿安皇后。

原来自成进了京城，下令搜寻崇祯帝，到了第三天上，才发现崇祯帝的尸体在万岁山上煤山，自成命用双扉，舁崇祯帝和周皇后尸身，往东华门外搭了芦席棚子，遮在上面。这里李国桢备了朱漆的梓宫，将帝后安殓起来。崇祯帝戴翼善冠，衮玉，渗金靴。周皇后凤冠，龙袍，循例殓毕。又殓了懿安皇后，去和熹宗合陵。崇祯帝后的梓宫，安葬在思陵。李国桢又哭祭了一番，恰好自成遣了将校，把曹化淳、杜勋两人，械系着押到。国桢咬牙切齿地骂道："你这两个卖国的逆贼，今天落在俺手里，可饶你不得了！"两人低头不语，国桢便攘臂捋拳，拔出尖刀来，亲自动手，把曹化淳当胸一刀，剜出心肝，杜勋也一般地收拾了，将心肝置在盘内，在帝后的灵前致祭。待到祭罢，国桢叩头大哭道："臣力已尽，自愧无能保国，使社稷沦亡，这样的庸臣，还活着做甚？"说毕提起那把剜心的尖刀，向着自己的颈上一刺，鲜血四溅，翻身倒地。那一旁侍候的贼兵，急急地来抢救，已来不及了。于是飞骑进城报知自成，自成大惊道："可惜一个忠臣，咱不能用他。"当即命小张侯去备了棺木，厚殓国桢。又命宋献策选择吉日，准备登极。

其时忽听得帐外人声嘈杂起来。自成叫左右去探问，却是马军获了一个官员，自称是国丈周奎，要来面见自成，兵士们不去理他，周奎还大摆架子，高声喝骂。兵士大怒，把周奎的两手绑了，拔他的胡须。周奎骂一句，兵士们拿他胡须拔去几茎，越骂得响越拔得起劲，周奎不住地骂，兵士也不住地拔，拔得周奎满嘴是血，痛得怪叫起来，嘴上的须儿也拔得半茎都没有了。周奎平时最爱他的胡须，常常自谓为美髯的，今日被士兵拔得颔下变了牛山濯濯，心里又气恨，双手又被绑着不能动弹，便索性望着地下一倒，大哭大叫地闹个不住。自成闻报，令将周奎推进帐中，杨承裕和周奎本是冤家对头，承裕的投贼，一半是遭周奎的谗害。所以一听得周奎就获，正是冤家路窄，报仇的时机到了。因自成攻陷京城时，杨承裕首先赶到国丈家中去捕周奎，早已逃得鬼也没有半个，不知怎的，会给马兵们获着了。而且别人不识他是国丈，还是周奎自己承认出来的，大约也是他恶贯满盈了。

马兵拥周奎进帐，杨承裕在旁看时，却不认得了，谓这个不是周奎，等到仔细一瞧，才看出来是真的。因为周奎的胡须给兵士们拔去，以是承裕见了，竟分辨不出。后来定睛看出形容举止，知他改容是没了须儿的缘故，当下向自成禀道："周奎身为国丈，往时卖官鬻爵，家资富可敌国，此刻被虏，着他助些军饷也好。"自成见说，对周奎说道："你听见了吗？人家说你家里很有钱，叫你补助军饷，你自己肯拿出多少？"周奎磕了个头道："大王莫听奸人的谗言，可惜国家穷得连俸金也不发了，做官的哪里会有钱？"自成怒道："咱也知道朝臣中算你最富，你还要狡赖吗？"喝令左右："给咱倒悬起来！"

帐下的卫兵一声吆喝，如狼似虎地把周奎吊在木桩上，自成亲自执着藤鞭，在周奎的背上尽力抽了一下道："你可从实说来！"打得周奎和杀猪般叫喊着，忙哀求道："请大王饶了下官，尽然捐饷五万，算是赎罪就是。"自成暗笑道："只打了一鞭，便有五万，打上十鞭，不是要五十万吗？显见得这厮放刁，他不是

第一百十二回　拔须炙鼻蠹民现怪象　凿睛敲齿贼将施酷刑

真个无钱。"想着又是一鞭，打得周奎泪流满面。他是外戚国丈，安富尊荣惯的，哪里受得起军营中的藤鞭？连连说尽愿助饷，又加了五万。自成仍然不足，于是藤鞭抽了一下，周奎招出几万，直增到现银三百万，实在说没有了，周奎的身上已打得皮开肉绽，话也说不动了。自成怕他死了，没处去要钱，便令兵士押着周奎，到了他别墅的后园，一缸缸的金银掘将起来，足有三四百万，其他珠玉宝石更不知其数。周奎眼睁睁地瞧着家藏所有都被取去，不觉眼前一黑，大叫一声翻身栽倒。兵士们忙去扶持他，只见周奎两眼向上，牙齿紧咬，已是呜呼哀哉了。

　　自成得了周奎的许多金银，知道明朝的大官吏都是有钱的，因密询杨承裕，承裕又说出内官王之心、宁远伯贾敦谨、尚书吕岱等一班人来。自成叫捕获王之心，命助饷五百万。王之心本是很狡谲的，因说自己是个宦官，皇帝国库尚这样穷法，宦官随着皇帝走的，哪里有饷储蓄。自成见他嘴硬，吩咐用刑。王之心只是熬刑，任你打得鲜血直流，仍是咬定牙关不说。李自成笑道："这阉竖狡猾不过，非得用咱制的刑具不可。"说罢令看过刑具来，却是两只铜管，做得很是弯曲，还有一只炉子。兵士将炉子烧着了，拿两只铜管，通在王之心的鼻孔里，一端置在炉子里面。那铜管渐渐地烧红了，一缕热气，直达鼻内。王之心忍不住，大声喊痛，兵士们不去睬他。过了一会，铜管上下煨得通红，塞在鼻内的一端炙在鼻上，咻咻地作起响来，痛得王之心倒在地上乱滚，兵士们将他一把执住，身体儿休想动得分毫，硬生生跪在地上听炙。这个刑法，是李自成亲自监工制造的，名儿叫作"红烟囱"。王之心被炙得万分忍耐不住了，只得招了出来，献出金子二百万，银子五百余万，珠玉等物无数。还有曹敦谨、吕岱等，也用这个法子，又献出金银各三四百万。自成大喜，重赏了杨承裕。

这时自成登极的日期快要到了，京中无聊的文人，居然上书劝进，书中云"比尧舜而多武功，迈汤武而无惭德"。一时略知廉耻的人，谓文人出此，贻羞士人。自成得了劝进书，益发兴高采烈。到了登极那天，自成带了贼将小张侯、杨承裕、白旺等，贼相牛金星、贼军师宋献策等，耀武扬威地进了承天门，直至奉天殿上。把钟撞了一通，那些无耻的文武百官，宰相如魏藻德、尚书刘名扬，武臣如都督吴襄、五城兵监王焕、将军仇宁，皇族如成国公朱纯臣，外戚如周凤兰、张国纪等，觍然冠服上朝。自成见百官齐集，便摇摇摆摆地升了御座，百官正要俯伏三呼，蓦见自成两眼一白，大叫一声，跌下御座来。文武百官以及随从侍卫，慌忙上前争援，扶起自成，半晌方才醒来，连连咋舌摇头喊着："厉害！厉害！"宋献策、牛金星忙问缘故，自成指着殿中说道："咱方坐上御座，就有身长丈余，穿着白衣的人，把铁锤狠命地击来。这把什么的鸟交椅，只怕不是咱们坐的了！"于是就坐在殿旁，草草地受了朝贺。

自成将百官的姓名，令宋献策录了，然后指名某人献银若干，如其短少，便把他逮下，命侍卫凿去他的眼睛一只。又命成国公朱纯臣助饷十万，朱纯臣大惊，只得搜刮家中现金。不满十万，自成狞笑道："你缺乏饷银，咱也叫你缺一样儿！"喝令侍卫敲去朱纯臣的牙齿五枚，敲得朱纯臣血流满口，自成反哈哈大笑不止。那时朝臣没有一个不要献出金银，稍有短少，便要凿目割耳，敲齿割鼻咧。

要知李自成闹到怎样地步，且听下回分解。

第一百十三回　愤争红颜思引狼入室
　　　　　　　忍弃白发为揖盗开门

却说李自成据了京城，自己尊为皇帝，只是不敢升坐御座，百官朝见，都在偏殿。又命改是年——崇祯十七年为永昌元年，传谕诏工匠铸永昌钱，字迹模糊不辨。又命熔去重铸，依然铸不清楚；再命三次铸钱，还是不成。自成大怒，令把金银铸成每重斤余的大饼，中穿巨孔，共熔铸成四十三万七千五百六十枚。又命铸永昌玺印，屡铸不成，自成怒不可遏，令将国库中的所有玉石金银铜铁各印，一齐销毁了，愤气方得略平。

那时朝中的诸臣，没有一个不受鞭掠扑笞。自成使宋献策录名，按着官级献银。一品大臣及王公外戚，每日献金银各一斗；二三品的，挨次照减。违忤者或是凿去眼睛，或是敲去牙齿，或刳去鼻头，或摘去耳朵。不到旬日之间，满朝文武大臣，个个弄得只眼缺鼻，独耳破唇。那几个敲去牙齿的廷臣，于陈述时无齿漏风，言语未免含糊，自成嫌他们讲话不明白，令侍卫割去舌头。又有剜鼻的说话嗡嗡不得响亮，自成着割去剜鼻者的臂肉，为代补缺鼻。还有凿去眼睛的，上朝时候，自成嫌他独眼难看，又疑心是学着自己——自成亦独眼，一目于陷河南时所创——便叫侍卫去剜了罪犯的眼珠来，替独眼的补上。以致血流满脸，眼不曾补好，痛倒要痛死了。

自成见补眼的仍补不成，索性把那只好的眼睛也剜去了，弄得独眼的成了盲目，退朝下来，只好摸索回家。可怜那些朝臣一再的受刑，满朝人除了牛金星等一班贼党之外，凡是投诚的大臣，竟没有一个是五官周整的，都被自成糟蹋得变作五形不全。好好的朝堂，好像是一所残废的病院了。到了后来，百官都不敢再去上朝，大家闭门不出。自成见没人朝参，不觉大怒，命小张侯按着所录的姓名，一个个地逮系了来。一般贼兵见残疾的人就捉，独眼缺鼻的官员，铁索郎当，络绎道上。

京师的百姓，当作一桩新鲜事儿看，还指指点点地说道："某官员是第一个迎贼入城，如今可变作瞎眼了。"又一个说道："某官员也是投顺贼兵的，现在连鼻头也没有了，那是不忠的报应了。"众人议论纷纷，听得那班残废的官员人人低着头，含羞无地，心里虽是十分懊丧，却已来不及了。

当贼兵攻陷外城的当儿，吏部尚书蔡国用、侍郎程国祥、大学士范景文，三人相约：贼若破城，即行投河自尽。第三天上，内城由太监曹化淳献门，贼兵一涌而进。三人闻得贼兵已经进城，自然要行践约了。侍郎程国祥、深怕蔡国用和范景文不能如约，自己独死未免太不值得，便唤仆人吩咐道："你可到范相公的家中去探视一会，看看范相公此刻在家里做些什么，立即来报我知道。"仆人领命，去了半晌回来说道："小人到范相公那里，见相府中正闹得乌烟瘴气，一家哭声大震，听说范相公已投河殉节了。"程侍郎听了，倒抽了一口冷气，觉得自己若偷生，岂不愧对亲友？抚心自问，也无颜见地下的范景文。想到这里，就咬一咬牙，决意投河自尽。于是一口气奔到了河边。时春寒正厉，侍郎寻思道："就这样跳下去，无乃太冷！"因脱去了靴儿，坐在河边，先把脚伸在河中试探一下，觉得水寒刺骨，忙缩足不迭道："这股寒冷，怎样可以投河？"就赤足步行回家。不料他的妻

第一百十三回　愤争红颜思引狼入室　忍弃白发为揖盗开门

子罗氏，闻得侍郎投河殉难，忙也引带自缢。及至侍郎不忍寻死，回得家来，侍郎夫人倒气绝多时了。

程侍郎见夫人自缢，悲愤交并，暗想我难道不及一个妇人吗？不如也自缢了吧！想罢即取带打结，悬在床档的旁边，先定一定神，才顿足切齿地把颈子套进了带结中，双脚一缩，身子还不曾悬空，觉喉中如有物阻塞着一般，又气急又是难过，幸得吊得极低，慌忙脚踏实地，去了带结，心想自缢也是极受罪的一件事。思来想去，一时终筹不出死法，只得回身出来，叫那仆人到蔡尚书国用府中去，看蔡相公死了没有，立刻回报。仆人如飞的去了，不一刻回来说到："蔡老爷和夫人小姐及几个爱姬，正团团地围了一桌，在那里大嚼咧。"程侍郎听说，不由得哈哈大笑道："俺晓得老蔡未必不肯死，且去看他去！"说着便着好了鞋袜，匆匆地跑到了尚书府，一直冲进大门，高声叫道："老蔡，你还不曾死吗？"

蔡国用方面南高坐着欢呼畅谈，听得有人唤他，不觉吃了一惊，忙举头看时，见是侍郎程国祥，顿然记起相约投河殉难的事来，不禁满面含羞地起身说道："不瞒老哥说，我因决计自尽了，现在和家人设宴诀别。你来得正好，大家喝上几杯，死了也好做个饱鬼。但不知范相公怎么样了？"程侍郎苦着脸答道："俺也为了这件事。听闻说老范已经践约自尽了。那么我们偷生，怎样对得住老范呢？"蔡国用变色道："景文果然死了吗？"程侍郎正色答道："谁和你开玩笑？方才俺从他们家门前经过，见大门上高高地悬幡哩！"蔡国用呆了半晌，毅然说道："死吧，死吧！我们且饮上几大觥！"说时邀程侍郎入席，亲自斟了一杯递给了程侍郎。于是你一杯、我一杯，已喝得有些醉醺醺了，程侍郎带醉说道："老蔡，时光不早了，俺看早晚横竖是一死，趁贼兵还没有杀到，俺们践了老范的约吧！"蔡国用没法，只好跟着程侍郎，两人一前一后,同到门外的河滩边。但见洪流滚滚,道上已半个行人都没有,只隐隐地闻得远处喊杀连天,火光不绝。程侍郎说道:"老蔡,你可听见吗?贼人正在焚掠杀戮,俺们可以下去了。"蔡国用皱着眉头道:"那你先下去吧!"程侍郎哪里还答应得出,两人你推我让,都不肯先行投河。末了,两人手搀着手,慢慢地从沙滩走下河去。由浅入深,河水才没到脚踝,蔡国用的两脚已发颤,口里连声说道:"不好!不好!"程侍郎也停住脚步,不敢再走。两人立在浅水滩上,索索地只是发抖,面上惨白得没了人色。

正在进步不得的当儿,忽然见蔡国用的爱姬莲娘从府中飞奔出来,莺声呖呖地向蔡国用说道:"你倒舍得去寻死了,撇下我们到哪里去?快起来吧,我们要死一块儿死去!"蔡国用见说,"哇"地一声哭出来了,回顾程侍郎道:"让你去留芳百世,做个忠臣,咱可不愿意寻死了!"说罢,带跌带爬地走上岸去。程侍郎也忙回身跟了蔡国用登岸,重行进了尚书府。莲娘还不住地骂个不住,蔡国用一声不则的,和程侍郎换去了身上的湿衣,一面叫烫上酒来,两人对饮解寒。三杯下肚,蔡国用叹口气道:"好好的人,为什么无端要去寻死?古人说得好,蝼蚁尚且贪生,好死不如恶活。倘我们也和老范似的真个去跳在河里淹死了,还能够这样的对饮吗?"程侍郎也叹道:"说他做甚,只算俺的内人晦气罢咧!"蔡国用诧异道:"尊夫人已殉节了吗?"程侍郎道:"倒不是吗?"因把他夫人闻知自己投河,便自缢而死的话,约略说了一遍,蔡国用也为之嗟叹不置。两人对饮了一会,才尽欢而别。哪里知道两人投河又止、畏死偷生的事,被仆人们传播出来,弄得京城的士大夫没有一个不晓得,大家当作一桩新闻讲,一时传为笑谈。

那时崇祯皇帝殉国的消息,传到了吴三桂的军前。三桂拥着

第一百十三回　愤争红颜思引狼入室　忍弃白发为揖盗开门

大兵，却怕李自成势大，只是按兵不动。正在观望不前，忽报李自成遣使来到，吴三桂吃了一惊，当即命左右传进帐中。使者礼毕，呈上吴襄的书信。三桂拆开来看时，见上面写道：

长白吾儿知悉：今吾君已逝，新主登极。汝自幼稚得膺荣爵，不可谓非一时之侥幸。顷者明祚凋残，天命已定。识时务者俊杰，自当及早弃甲来归。奈何犹自恃骄军，拥兵观望乎？大丈夫须顺天循时，择主而事，当不失通侯之赏，亦所以成孝道之名。苟执迷不省，则父遭惨戮，家属受屠。既不能忠以报君，又不获孝以护父。臣节有亏，身名两败，祈三思之。书到之日，宜即遵行，慎无踌躇，自贻伊戚也。此嘱！

三桂读了他父亲的手书，半晌犹疑不决。要想投诚，恐被世人唾骂；如其不降，又怕自成势盛，自己敌他不过。正在犹豫不定，又报京师有都督府的仆人求见。三桂急命唤入，那仆人叩了个头起身，三桂忙问道："京中怎么样了？"仆人禀道："都中自闯贼攻破城垣之后，到处焚掠杀戮，不论官民，除了殉节的大臣府第不曾蹂躏外，其余无一幸免。"说到这里，三桂喝住道："别的不用你说，俺只问你家中怎样了？"仆人答道："都督府已被贼兵劫掠得不成样了"。三桂不待那仆人说毕，接口问道："人口都无恙吗？"仆人垂泪答道："太老爷给贼掳去，太夫人因此急死……"那"死"字才吐得一半，三桂带怒骂道："混帐！谁来问你太老爷、太夫人？俺问的是陈夫人可安？"仆人吓得屈了半膝，颤巍巍地答道："陈夫人已被闯贼掳往营中去了。"三桂失惊道："这话当真吗？"仆人哭丧着脸答道："那是小人亲眼看见的。"三桂听罢，蓦地从腰间拔下那宝剑来，"啪"的一剑，将案桌斫去一角,直飞出丈余外,又咬牙切齿地恨道:"闯贼!李自成你这逆贼!俺吴三桂和你势不两立了!"说罢"呛啷"的一声,将宝剑掷在地上,帐下将士都齐齐地吃了一惊,三桂怒气冲冲地拂袖进后帐去了。这时部下的诸将,个个惊疑不定,正不知三桂是什么用意。还有那李自成差来的使者,见三桂这种情形,知道有些不妙,又回想至吴三桂的父亲吴襄,现拘留在自己军中,谅吴三桂断不致忍心弃父,会有什么变卦出来,所以放大了胆,在营中安心等候回书。

到了下午,吴三桂便点鼓升帐,大集诸将,商议道:"闯贼现居神京,逼死皇帝,这样大逆不道的流贼,还敢挟俺投诚,未免欺俺太甚。列位可有破贼的良策?"说罢,将吴襄的手书传观诸将。时帐下总兵郭壮图、马宝,副总兵胡国柱、马雄,参议夏国相,谋士孙延龄,副将高大节、吴琛等,看了吴襄的劝降书,大家默默无言。独参议夏国相说道:"将军欲讨闯贼,虽是名正言顺,怎奈吴老将军软禁贼寨,宁非投鼠忌器吗?"三桂愤愤地说道:"本爵(三桂时封平西伯,故云)君国之仇未复,岂能复顾私情?况古有大义灭亲,昔项羽欲烹太公,汉高祖犹言分我杯羹。今日本爵尽忠不能尽孝,那也顾不得许多了。"说罢则传自成的使者上帐,喝令刀斧手推出斩首。夏国相谏道:"两国相争,尚不斩来使,遑论草寇的走狗,何足污我斧钺?"三桂点头说道:"参议之言有理,命割去使者的耳鼻,令回去报知自成:义师不日到了,叫闯贼准备肉袒请降就是了!"使者抱头鼠窜地连夜回京中去了。

这里三桂选择吉日,慷慨誓师,口口声声为国驱贼,说得声泪俱落,将士人人流涕,个个义愤填膺,都当三桂是真个忠君爱国。哪里晓得他这样地愤兴义师,还是为了一个美人陈圆圆,却假着君国大仇的名儿,利用军心,也算狡猾极了。又命夏国相起

第一百十三回　愤争红颜思引狼入室　忍弃白发为揖盗开门

草作了一篇讨贼檄文，颁行各处。檄文道：

闯贼李自成，以么麽小丑，荡秽神京。日色华光，豺狼突于禁阙；妖氛吐焰，犬豕据乎朝廷。逼帝后于泉台，填小民于沟壑。绝无惠德，只事淫威。本夜郎自大之心，窃天子至尊之位。又复穷极悍恶，昼夜宣淫；更旦逞尽贪残，日夕抢掠。于是神州赤县，变成棘地荆天；嗟我首都京华，化为妖坎贼窟。

本爵身膺边陲之寄，心怀君国之忧。悲象魏凌夷，愤枭首残虐。爰兴义师，藉除暴逆。凡我官吏，尔侪军民，当知国家厚泽深仁，自应报本；亲睹闯贼凶悍惨酷，群起诛奸。挥逐日之戈，奏回天之功。顺能克逆，诚志所孚，义声所播，一以当百。试看禹甸之归心，仍是朱家之正统！

吴三桂颁了檄文，又大集诸将商议道："本爵此次为国复仇，义师一举，天下响应。但在直捣京师的当儿，第一要兵力雄厚，俾得一鼓逐贼，然后择皇族近支，重立明祚。不过这句话谈何容易？现在贼人拥百万之众，俺如没有相当的实力，只怕未必能够成功。"诸将齐声说道："将军忠忱为国，义师所经，势如破竹，何患贼兵不灭？现下寡众虽悬殊，所谓一以当十，丑类自是不敌。"三桂摇头道："不是这样讲的，俺已筹得熟了。目今建州方在兴盛的时候，他们也曾受过明朝的恩典，俺将致书与建州皇帝，晓以大义，向他借一旅之师以平国乱，谅他们也不至于见拒的。"夏国相道："建州现在方强盛，虎视眈眈，正苦没有机会。今若借他们的兵马定乱，他们以为有机可乘，倘乱定之后，将军对于这些兵强将勇的建州人，又怎样地处置？这引狼入室的计划，犹之饮鸩止渴，还是不干得好。"

吴三桂因志在夺回陈圆圆，把关系利害毫不计及，一心要向建州借人马，听了夏国相的话，便微笑答道："参谋远虑果然不差，但俺去借建州的兵马，将来乱定，权还在我。以俺的意思，至多把辽蓟两处作为酬谢他就是了，还怕他争皇帝做吗？俺主旨已定，列位且退，待俺借到了建州人马，再同心戮力地讨贼去！"诸将听了，都面面相觑，半晌作声不得。夏国相私自叹道："吴将军不听好言，他日必有后悔的一天。"当下吴三桂不听夏国相的谏劝，连夜修成一封书信，差了一个专使，往建州借人马。

其时清朝的太宗皇帝已经宾天，太子福临接位，年纪还只有九岁，由皇族多尔衮做了摄政王，一切朝中的大事都是摄政王一个人独断独行的，福临不过是个傀儡罢了。至于其他的亲王大臣，只有官职而无权柄的，谁敢说半个"不"字？原来，清朝的英明皇帝即清太祖努尔哈赤共有十四位皇子。这十四人当中，除了八皇子皇太极（即太宗）已嗣位做皇帝外，就中最是英毅有为的，要推九皇子多尔衮了。那多尔衮的为人，外貌似极诚恳，胸中却是机诈百出，在满洲旗人当中，的确算是个杰出的人材了。当英明皇帝未逝世时，诸王子里面最喜欢的是多尔衮，满心要立他做个太子，又恐蹈了废长立幼的覆辙，所以始终不曾定夺。英明皇帝死后，多尔衮还不过十四五岁，虽说是聪明伶俐，到底年龄幼稚，做不出什么能为来，所以这个皇帝的大位，终被八皇子皇太极占去。但皇太极死后，这大位应该是多尔衮的了，他却不要做皇帝。

若知多尔衮为甚不要做皇帝，且听下回分解。

第一百十四回　鸟语花香九王爷窃玉　剑光灯影文皇后奸情

却说太宗皇帝的文皇后,是科尔沁部博尔济吉特塞桑贝勒的大女儿,芳名唤作玉姑。她虽生长在关外的沙漠地方,却出落得桃腮粉脸,一双盈盈的秋水,两道弯弯的蛾眉,衬上她朱砂也似的樱桃小口,轻盈一笑,显出深深的酒晕。更兼她身材袅娜,柳腰纤纤,芳容的妖娆,体态的妩媚,娉娉婷婷,端的是月里姮娥、洛水仙女,因此在关外赫赫有名,都称作第一美人。她还有个妹妹小玉姑,生得和她姊姊一般的婀娜妩丽,年纪才十三四岁,已是明艳秀媚,玉骨冰肌。看见的人,谁不赞一声"好一对姊妹花,正不知谁家郎君得消受这样的艳福咧"!

那玉姑到了十八岁上,吉特塞桑贝勒把她许配给叶赫部的世子德尔格勒做了妻子。吉特塞桑贝勒只顾着门楣问题,以为自己是科尔沁部,和叶赫部缔婚,同是皇族,门当户对,也算不辱没了自己的女儿。老贝勒是这般着想,倒不曾顾到女婿一层,配得上玉姑配不上玉姑,只含含糊糊地允了婚事。及至迎娶过去,第一夜洞房花烛,玉姑偷偷瞧瞧她那个丈夫,不觉吃了一惊,芳心里一阵地难受,早扑簌簌地掉下泪儿来。因那德尔格勒世子,生得又黑又肥,身体胖得长不满三尺,状貌臃肿得不成个模样儿,两只骨溜的眼睛,深深地凹在眶内,鼻孔撩天,嘴唇斜缺,倒翻着一对耳朵，颔下蓬松的茅柴胡须，说起话来，又哑又破碎的喉咙，加上他一张天生奇丑的面孔，分外见得讨厌。你想玉姑有关外第一美人之称，后来连洪承畴经略都要被她迷得神魂颠倒，现在嫁了这样一个丑陋的丈夫，怎不叫她心酸落泪呢？

偏偏那个不识趣的德尔格勒见玉姑珠泪沾襟，当她是别母离亲暗自伤心，所以做出十二分的温存样儿，再三地向玉姑慰劝道："你不要这样伤心，哭坏了你的身体使咱心痛。你如若想念你的母亲，咱明天一块和你到岳家去，咱们两个就在科尔沁部玩它几天再回来不迟。"玉姑见德尔格勒装出又似笑又似哭的一种怪相，笑起来张开血盆般的大口，那副嘴脸真可恶极了。心中一恼恨，伸手把德尔格勒一推，回过头去忍不住呜呜咽咽地痛哭不住。德尔格勒自觉没趣，但娶着了这如花似玉的美貌娇妻，心下实在快活地了不得，休说是玉姑不去睬她，就连打他几个嘴巴子，他也是情愿的。玉姑一味地哭着，德尔格勒只是一味地向玉姑歪缠，由黄昏直闹到三更多天。玉姑知道逃不出这个关口，只得叹了一口气，起身卸装安寝。德尔格勒自然异常巴结，忙着替玉姑脱衣换带，还跪在地上给玉姑褪去了蛮靴，更了罗袜，诸事收拾停当，夫妻始双双共入罗帏。

第二天的清晨，德尔格勒极早便起身，吩咐卫兵备了两乘绣幔的大轿，摆起了全副仪仗，六十四名亲兵，和玉姑上了轿，往科尔沁部岳家来。吉特塞桑贝勒与老妻祖祜儿福晋，闻报是新姑爷来了，忙叫家人悬灯结彩，安排酒宴。将近晌午，一骑马飞奔前来说道："新姑爷的舆从离此只有一箭多路了！"吉特塞桑贝勒吩咐大开中门，自己和祖祜儿福晋站在门前迎接。不多一会，锣声当当不绝，接着是一阵地喝道声，便见仪仗一对对地到来，都排列在大门外的两旁，六十四名护兵拥着两乘绣幌珠帘的大轿，直抬到二门前停下。六十四名护兵，齐齐地吆喝一声。

第一百十四回　鸟语花香九王爷窃玉　剑光灯影文皇后奸情

这里吉特塞桑贝勒家的卫兵，也列在两边，自大门前起，直立到中门止，一个个鲜衣华甲，刀枪如霜。他们见叶赫部的护兵吆喝一声，科尔沁部的卫兵也一声威武，算是答礼。那轿面前珠帘，也随了这声吆喝声慢慢地卷起，早有科尔沁部侍候着男女厮仆，直抢到了轿前，男仆扶着新姑爷下轿，女婢已拥了玉姑，和群星捧月似由祖祐儿福晋接着，众婢女嘤咛一声，蜂拥般地进内室去了。

吉特塞桑贝勒便也迎接新姑爷德尔格勒进了中门，翁婿相见，行了一个拘腰礼。这是满洲最尊敬的意思，非接待贵客是不行的。翁婿行礼已毕，家役们已排上宴来。吉特塞桑贝勒让德尔格勒上坐，自己在侧首陪。又命将叶赫部随来的卫兵人员一概在外厅赏赐筵宴。正厅上，翁婿两人谈谈说说地开怀畅饮，那玉姑经祖祐儿福晋和众婢专把她迎入内室，玉姑也不及说话，一头倒在她母亲祖祐儿福晋的怀里，抽抽噎噎地哭了起来。祖祐儿福晋弄得摸不着头脑，忙把她爱女向怀内一搂，很亲密地问道："好儿子，什么事要这样伤心？你只管说出来，有母亲替你作主。"玉姑益发哭得凄惨，含泪说道："父亲配得好亲事，你不去看看那人的嘴脸是怎样儿的！"

祖祐儿福晋听了，不禁诧异道："叶赫部的世子，人家不是说生得很雄俊的吗？俺此刻倒没有留神瞧看他。"母亲正在说话，忽女婢报新姑爷来谒岳母了。祖祐儿福晋见说，便起身出房，见吉特塞桑贝勒同着一个又黑又矮的丑汉，一路说笑着进来。那丑汉穿着遍体华服，非但不见一些好看，反而越显出他的丑陋来。祖祐儿福晋料得那丑汉就是自己的大女婿了，心里寻思道："怪不得玉儿要伤心了，看他这副尊容，的确难看得很。俺家这样如花似玉的好女儿，去配这样一个丑汉，不是要使亲戚朋友们见笑吗？"祖祐儿福晋心下一气，霍地回进房中，不肯出去见礼。经女婢仆妇的相劝，衵祜儿福晋哪里肯听？后来吉特塞桑贝勒亲自入内劝驾，又譬喻一番，衵祜儿福晋没得推却，只好勉强出来，和她女婿德尔格勒相见了，连半句话也没有攀谈，只不过见了个礼，就顾自己进房去了。吉特塞桑贝勒又陪着德尔格勒到了外厅，重行入席欢饮。

等到酒阑席散，德尔格勒起身告辞。照例新女婿上门，岳家要留他盘桓几天的。这时因衵祜儿福晋不喜欢这个女婿，吉特塞桑贝勒也并不款留。谁知玉姑却依在衵祜儿福晋怀里，死也不肯回去了。衵祜儿福晋附着她粉耳低低说了几句，玉姑才含泪出房。只见她妹妹小玉姑一跳一跳地进来，看着玉姑笑道："姊姊还要跟了那丑汉回去吗？"衵祜儿福晋忙喝道："油嘴的丫头！姊丈也不叫一声，什么丑汉不丑汉！"小玉姑瞪着两只小眼睛，偏了小嘴儿，把头一侧道："什么姊丈，俺家放马的黑奴，要比他好看多呢！"一句话说得一班婢女仆妇，都掩口吃吃地好笑。衵祜儿福晋待要去扭小玉姑的粉腮，她已三脚两步地跳走了。玉姑听了她妹妹小玉姑的话，不禁又触动愁肠，直哭得仰不起头来。衵祜儿福晋又极力地劝慰着，玉姑只等拭去眼泪，匆匆地上轿回去。

光阴驹隙，转眼三朝。蒙人的俗例：女儿嫁了人，三朝要归宁探父母的。玉姑挨到了三朝，便独自坐了一顶小轿，带了四名护兵，回到母家；一面打发了轿夫和护兵回去，并由婢女传出话来，叮嘱那叶赫部跟随来的护兵说道："回上你们姑爷，俺家姑娘须盘桓几天回去，你们不必派人来接，俺家自会送姑娘回来的。"护兵领命，自和轿夫抬了空轿回叶赫部去了。从此玉姑住在母家，一过半年多，平日和她妹妹小玉姑说笑解闷，再也想不到回夫家了。那叶赫部的世子德尔格勒，也曾派人来接过几次，终是空轿打回。末了，那德尔格勒再也忍耐不住了，便亲自来接

第一百十四回　鸟语花香九王爷窃玉　剑光灯影文皇后奸情

玉姑回去。衵祜儿福晋不好阻拦，只得任玉姑回家。但过不上半个月，玉姑又回到母家了。她一经到了母家，就想不着回去，必定要德尔格勒发急，亲来追着她回去。才算到夫家去住上十日八天，至多半个月，又要想到回母家了。德尔格勒有时不许玉姑归宁，她就寻死觅活，弄刀系绳，吓得德尔格勒不敢阻挡。

由是玉姑归宁，经了整年不回去。初时德尔格勒亲自来接，还跟了他就走。到了后来，任德尔格勒咆哮如雷，玉姑索性不去睬他了。要她自己想回去就回去，她自己不愿意回去，任叶赫部的老部主金特石来劝她，都不中用的。德尔格勒知道这个娇妻终久是收不服的，只恨自己生得太丑陋了些，难得闺中人的欢心。德尔格勒心里一发狠，竟悄悄地跑到莽葛尔山中，披发修道去了。玉姑闻得这个消息，好似罪囚脱去了身上的镣铐，觉得浑身轻松了许多。于是很高兴地天天和妹妹小玉姑，到别尔台山的围场中去打猎。

这别尔台山，在科尔沁、叶赫、玛赛别、建州卫四大部落交界的所在，地面一半是科尔沁部的边域，却算得个公共的围场，山上的狐兔野鹿等兽类最多。叶赫、建州、玛赛则三大部的王孙公子，常常带来了护兵到山下来打围的。那围场也算得是一处贵族猎场，因往常的平民是不许到这里来打猎的。玉姑和她妹妹到这里来打猎，一半也是含着择婿的意思。

有一天上，事有凑巧，恰好建州的八皇子皇太极领着一班侍卫，驾着鹰犬，到别尔台山来打围。打了半晌，山下蓦地跳出一只白兔来。皇太极弯弓一箭射去，正射在白兔的尾巴上，那只白兔一蹶一跳地望前直奔。皇太极控着怒马，连连加上两鞭，向前追赶。转过山坡，那白兔被山石一绊，撞倒在地，皇太极跳下马来，伸手待去捉时，那兔儿颠了两颠，爬起来翘着尾巴又逃走了。皇太极扑了个空，因用力太猛了，几乎向前倾跌，连忙使一个鹞子翻身,双脚才得立稳。忽听得山坡下面莺声呖呖地有人喝彩,把个皇太极胀得满脸通红。抬起头来向山坡下瞧看,原来是一群粉白黛绿的美人儿,也在那里打猎,就中有两个美人,一个有二十来岁,一个约有十五六岁,一般的生得玉雪花貌,身上都是贵族打扮;其余穿的虽也富丽,终不及那两个来得华贵,大约是婢女了。

　　皇太极倚在马旁,那两只眼睛好似定了神般的,呆呆地只是发怔。那个二十来岁的美人,骑在银鬃马上,忍不住把罗巾掩着朱唇,斜睨着皇太极嫣然地一笑。这笑真是千娇百媚,看得皇太极身体酥麻了半边。那美人便娇滴滴吩咐婢女道:"俺们回去了吧!"这一声在皇太极的耳朵里,真好似出谷的黄莺,真叫人魂荡神迷。那美人说了这一句,旁边的婢女就围绕着如飞地出了围场去了。皇太极哪里舍得,忙也跨上了雕鞍,疾驰地从后追来。看看一群女子走进一座皇府中跳下马来,那年长的美人又回头来瞧着皇太极一笑,姗姗地进二门去了。皇太极直等到瞧不见了影儿,才嗒然兜转了马头,懒洋洋地回到围场,也无心打猎了。一路回到盛京,急急打发人来打听,方知那美人是科尔沁部吉特塞桑贝勒的格格,已经嫁给了叶赫部的世子了。皇太极听说,不由得冷了半截,半晌说不出话来。从此,皇太极的脑海里,深深有了那美人的印象。

　　是年因叶赫部帮了明朝攻打清朝的盛京,松山一战,明兵大败。清朝英明皇帝班师回来,迁怒叶赫部,亲统大兵往征,一场血战,打破了叶赫部。恰好皇太极做了先锋官,他一打进叶赫部,带着士兵大肆劫掠,部下的兵士掳了一个美人来献,那美人自称是科尔沁部的格格来此探视亲戚的。皇太极出来一瞧,见那美人正是那天打猎遇见、早思夜想的心上人。原来那时正逢着叶赫部部主金特石六旬大庆,世子德尔格勒虽已出家,玉姑的翁媳

第一百十四回　鸟语花香九王爷窃玉　剑光灯影文皇后奸情

名分还在，所以由吉特塞桑贝勒叫他女儿玉姑前来拜寿。正在寿筵大张，鼓乐喧天，忽报建州人马已漫山遍野地杀来了。叶赫部主金特石，慌忙下令张号集队，准备御敌。外面清兵已团团围住，玉姑因此不及逃回母家，也被困在里面。清兵攻破城堡，玉姑带了两名婢女从后宫逃走，仍被清兵获住，送到皇太极的营中。皇太极这一喜，好似天上凭空掉下一件宝贝来，这一夜就在军营的大帐内和玉姑成就了好事。其间的欢爱自不消说得。

第二天上，皇太极派了亲信侍卫送玉姑回科尔沁部，一面禀知英明皇帝，一面饬人向吉特塞桑贝勒求婚。吉特塞桑贝勒见叶赫部已亡，建州正在强盛的时代，自己女儿早晚要醮人的，既有了这个机会，正是求之不得，便一口答应下来。这里英明皇帝很爱皇太极英武，所有要求自然无有不允的，当即派使臣下聘，择日替皇太极迎娶。过门之后，一双两好，皇太极和玉姑爱情的深笃，真是到了十二分。及至英明皇帝驾崩，皇太极恃着威权，居然据了大位，就封玉姑为孝庄文皇后。那时睿亲王多尔衮还只有十四五岁，皇帝是他第八个哥哥，又因他年纪还小，常常出入宫禁，并不避嫌的。皇太极自从做了皇帝（即太宗），又纳了两个美貌妃子，对于文皇后不无分爱，又以军国事繁重，常宿御书房内，一个月进宫不上七八次，又要顾及妃子，待文皇后的爱情，渐渐不似从前地密切了。

那文皇后是个爱风流的美人，她见太宗皇帝这般冷淡，春花秋月，少不得起一种香衾辜负的怨怼。于是触景生感，见她小叔多尔衮也生得眉清目秀、齿白唇红，不免生了爱慕之心。多尔衮方在情窦初开的当儿，见他嫂嫂这样多情，岂有不领略的道理。叔嫂间起初只眉来眼去，两下到了情热百度、不可遏止时，就在幽宫冷殿偷偷地去偿他们的心愿。但似这般鬼鬼祟祟的，文皇后终嫌不能畅所欲为，便声言出宫去打猎，在外面择了两名镶黄旗的美貌子弟，扮做宫女混进了晋福宫（文皇后时居晋福宫），从此就天天行欢作乐，好不有趣。

万不料事机不密，被多尔衮冲进宫来撞见，不觉一缕醋意由脚跟直冲到脑门，怒冲冲地走出宫去。文皇后见事情弄糟，忙亲身行到宫外，一迭声地叫："老九（多尔衮是英皇帝第九子）！你回来，俺和你说话商量咧！"多尔衮一面走着，一面摇头道："没有什么商量，没有什么商量！"急得文皇后三脚两步地赶上去，将多尔衮一把扯住衣袖，狠狠地瞪了一眼道："老九！你真的这样硬着心肠吗？"这句话才出口，文皇后早已呜咽起来了。多尔衮忍不住笑了笑，两人手搀手进了宫，吩咐宫女和那两名侍候的少年，一并退出宫外。那些宫女们只听得内室中一会儿嬉笑声，一会儿哀恳声，唧唧哝哝地从午后直闹到深夜。忽然文皇后唤了两个亲信宫侍进去，不多一刻，传出一口宝剑来，令将两个宫娥立刻赐死。这两名宫娥，就是镶黄旗的少年子弟所改扮，只有文皇后亲信宫人知道的。

不知文皇后为什么要杀那少年，且听下回分解。

第一百十五回　风扫残雪三桂夺圆圆　　露滴金枝睿王娶嫂嫂

却说睿亲王多尔衮，人家都称他作九王爷，为人精明强干。在十二三岁时随着英明皇帝出兵打仗，已能运筹决算，策划军机。所以英明皇帝非常的喜欢他。当太宗继统时，多尔衮年龄还幼小，时常出入宫阙。到了十六七岁，竟和文皇后勾搭上了。叔嫂两个，蓝桥暗度，十分秘密。但太宗皇帝见多尔衮材略超群，每每派他去出征，不能常常和文皇后聚在一块，把个少年风流的文皇后弄得望穿秋水，好容易盼到多尔衮回来，亲热得不多几时，多尔衮又要奉命出征去了。这一次出征和明朝军马大战，建州人马吃了两个败仗。及至一打听明督师的主帅，知道就是号称中原才子的洪承畴。太宗皇帝听了连连扼腕叹息，又极力赞许承畴，意思是想叫那洪承畴来投诚自己。与众亲王郡王、文武大臣筹商良策，终想不出两全的法儿。后来被文皇后听得，就自愿担任去赚洪承畴，居然被她大功告成，生生地把洪承畴弄到建州。不过承畴虽投降了清朝，太宗皇帝对于文皇后爱情却越发比前淡薄了。文皇后也明知其中的缘故，只有自怨自艾，想到了伤心时，便抽抽咽咽地痛哭一会。哪知多尔衮自接了征伐大权，也不大有闲工夫进宫，文皇后怎肯香衾独抱？便悄悄地向外弄了两个少年进宫，暂时遣她的寂寞。

明宫十六朝演义

其时多尔衮的威权日渐张大，公卿大夫、亲王贝勒，多半是他的党羽。大凡朝中出了杰出的枭雄，自有那些蝇蚁去附他的腥膻，因此朝廷内外杂事、一举一动，多尔衮无不知道。文皇后有了两个面首的人，早有他的心腹内侍去秘密报知。多尔衮听了，不禁起了醋意，便乘文皇后不备，昂然冲进宫去。好在多尔衮是走惯的，无须请旨和宣召等手续。当多尔衮跨进晋福宫门，正值文皇后和两个少年在那里调笑。多尔衮一眼瞥见，就心里明白，料定那宫人是男子改装的，这鬼把戏原只好瞒过太宗皇帝，怎能瞒得过多尔衮？所以他脚步也不停，回身便走。文皇后到底心虚，忙把多尔衮喊住，还要想遮掩一下，被多尔衮一口就道破，文皇后没得抵赖，心里着起急来。

文皇后的宫女从窗隙中偷看，见多尔衮仰着脖子坐在绣椅上，眼瞧着屋顶，不住地把头乱摇。文皇后斜靠在椅旁，嘴里咕咕咕咕地说了半晌，多尔衮依旧摇头。一会儿，文皇后忽地坐在多尔衮的膝上，伸出雪藕也似的手臂，搂住多尔衮的头颈，附耳说了一会。只见多尔衮把文皇后一推，要立起身来走的样儿，文皇后真急了，蓦地跪在多尔衮的面前，将头搁在多尔衮膝上，珠泪盈腮地哭了。这时见多尔衮微微一笑，霍地从腰间拔出佩着的宝剑，一手递给文皇后，宫女看到这里，不觉手脚发颤，正不知多尔衮授宝剑与文皇后做什么。旋见文皇后握着宝剑，回头向宫女门外低低地唤了一声，就跑进两名亲信宫女。文皇后命她传出剑去，着那两个改扮的官娥立刻自到。文皇后一头盼咐着宫女，她一双盈盈的秋水，兀是含满了一泡眼泪。宫女领了懿旨，捧了宝剑出去。过了好一会，进来回禀两宫娥已领旨了。文皇后点点头，皱着蛾眉说道："他们两人的身体又怎么办呢？"多尔衮笑道："叫他们乘着昏夜，丢掉在御河里就是！"文皇后听说，心里老大地不忍，但一时也没有什么法儿，只得叮嘱了宫侍们，依了

第一百十五回　风扫残雪三桂夺圆圆　露滴金枝睿王娶嫂嫂

多尔衮的主意去做。文皇后自杀了两个侍候的美少年，宫中更觉比前凄寂了。幸得多尔衮知趣，便天天进宫来和文皇后欢聚，两人的情热一日高似一日，竟然双宿双飞起来。

那时二贝勒代善已死，代善的长子恭郡王慕赖海本来恨他父亲的大位被皇太极占去，自己稳稳的一个皇太子弄得落了空，心上如何不气？以是慕赖海在私底下也结党缔群，要想把皇帝的名分夺它回来，只是凑不到机会罢了。他平日最是愤恨的，就是他那个九叔多尔衮。因慕赖海常想掌握兵权，以为一旦有了兵马的实力，便不难举事了。似慕赖海那样的庸才，怎能和多尔衮争竞？结果兵权被多尔衮夺了去，慕赖海这一气，几乎气得发疯。这时多尔衮和文皇后的秽行，传得盛京都遍，没有一个人不晓得，所不曾知道的只有太宗皇帝一人。慕赖海听得多尔衮已有疵可寻，不由得直跳起来道："咱若不趁此机会报仇，还更待何时？"及至转念一想，满朝里尽是他九叔父的党羽，自己一个没势力的挂名郡王，就使明知多尔衮秽迹昭彰，又拿他怎样呢？思来想去，忽然记起一个人来，那人是谁？便是那肃郡王豪格。

豪格是太宗皇帝的义儿，为人极勇敢多智，在建州也要算数一数二的人物。太宗继统后，不时和明朝开战，豪格领了建州人马，居然独当一面，立下的疆场功劳，很是不小。太宗皇帝见豪格英勇，早存下了立储之心。豪格听到了太宗的口吻，知自己将来的希望很大，由是战必身先士卒，建州的武将当中，谁不赞一声肃郡王忠勇绝伦？太宗也越发喜欢他了。哪里晓得天不由人，是年的文皇后忽然怀起娠来，在太宗皇帝倒还不甚放在心上，那个肃郡王豪格可就急坏了，深怕文皇后生了儿子，自己的宠幸必被夺去。偏偏到了文皇后临盆，竟一举是雄，把个太宗皇帝乐得眉开眼笑。其实这个种子，是太宗皇帝的亲骨血还是多尔衮的遗种，局外人却弄不清楚，便是太宗皇帝自己，也一般的懵懵懂懂。只有文皇后的心里,或者是明白的;但她如其不说出来,怕连多尔衮都没有头儿呢。

　　光阴逝水,文皇后所诞的太子,转眼是弥月了。到了那天,满洲的亲王、郡王、贝勒、贝子、和硕亲王、蒙古王公及满汉文武大臣,都联袂进宫,替太宗和文皇后叩贺。太宗皇帝传谕,亲王、郡王、蒙古王公、贝勒、贝子在勤安殿赐宴,满汉文武大臣在义恭殿赐宴,太宗皇帝自己和文皇后在晋福宫设宴相庆。这天的盛京地方,凡街巷通衢,没一处不是结彩悬灯,商民一例休息一天,鼓乐庆祝。下午文皇后升坐坤宁宫(满洲皇后升坐坤宁宫,是日必行大赏罚。汉族皇后行大赏罚,则升坐凤仪殿,平时无故不得乱坐),犒赏宫女内侍及亲王大臣,均有赏赉。其时满汉王公、大小臣工,无不欢呼畅饮。就中满肚子不高兴的,只有一个肃郡王豪格。太宗皇帝哪里知道他的心事,还叫豪格随着,驾起了銮辇往太庙行礼。礼毕回来,由礼部拟名,定了一个"福"字。太宗皇帝见太子相貌魁梧,啼声洪亮,又值武英郡王阿济格打胜了明军,满载珠玉金宝班师归来,太宗皇帝更觉乐不可支,便笑对文皇后说道:"这孩子福分很不差!"正在说着,礼部恰好拟呈一个"福"字,太宗皇帝大喜道:"巧极了,这样就赐名'福临'吧!"

　　日月和穿梭般过去,福临渐渐长大起来,眨眨眼已经九岁了。太宗皇帝对于豪格虽然宠爱不衰,而于立储两字,却绝口不提。豪格也肚里打算,面上丝毫不露一些形迹。在这个当儿,朝臣里面有要讨好文皇后的,暗中主张上疏,请太宗皇帝立储。消息传播出来,豪格急得和热锅上的蚂蚁一般,想不出用什么手段去抵制它。事有凑巧,适当恭郡王慕赖海要报多尔衮的仇恨,亲自来访谒豪格。豪格和慕赖海既有兄弟的名分,又是同师读书,从前缔交十分莫逆,后来豪格授了武职,慕赖海被多尔衮挨去,

第一百十五回　风扫残雪三桂夺圆圆　露滴金枝睿王娶嫂嫂

两人的交谊就一天天地疏远了。现在豪格听得慕赖海来了，忙亲自去迎人，两人携手进了书斋，略为叙了几句闲话，豪格命家人摆上宴席，就一杯杯地对饮起来。

酒到了半酣，慕赖海先把言语试探豪格道："兄弟近来闻人传说，皇上将有立储的意思，老哥可曾知道吗？"豪格见说，正触他的心头事，更兼在酒后，听了慕赖海的话，不觉冷笑一声道："皇帝既有了亲生的太子，那是应该立储的，还有什么话说？"慕赖海故意惊诧道："这是什么话儿？老哥是皇上的长子，倘果然实行立储，除了老哥，还有谁呢？"豪哥越发气愤，胀红了脸，悻悻地说道："俺不过是徒有虚名罢了。你和俺是兄弟，怎么也来讥笑俺起来？"慕赖海正色道："兄弟怎敢讥笑老哥？老实说一句，你老哥不过拥个虚名，那么谁好算个实在？"豪格见慕赖海说话有因，忙改笑道："那福临不是皇上实在的儿子吗？"

慕赖海听说，缩一缩头颈，做了一个鬼脸，鼻子里嗤地笑了一声，又喝了口酒，才徐徐地说道："老哥不要在那里装傻了，九叔的事，难道不曾晓得吗？"豪格被慕赖海一提，不禁红了脸道："俺听是也听见过好几次了，只是听说的都半真半假，究竟怎样，却不能断定它。"慕赖海笑了笑，方要开口，忽地向四下里一瞧，见豪格身旁立着三四个亲随，慕赖海就忍住不说了。豪格会意，便挥手令左右退去，慕赖海才低低地将多尔衮和文皇后的秽史，一五一十地和盘托出。豪格听罢，直气得拍案大叫："俺若不杀这灭伦的淫贼，还有什么面目立在天地之间？"慕赖海慌忙起身，掩住豪格的口道："老哥莫这般焦躁，要防隔墙有耳，这厮的党羽极多，哪一个亲王府中没有他的奸细？倘风声泄露，老兄和兄弟的脑袋就怕要不保了。"豪格这才忍气坐下，两人对酌密谈。直到了鱼更三跃，慕赖海方行辞去。

第二天的五更，亲王大臣循例入朝排班，朝参既毕，只议了些寻常政事，谕旨令散值。亲王大臣纷纷地散去，只有肃郡王豪格却随驾左右，竟跟着太宗皇帝进御书房去了。到了午晌，肃郡王退出，御书房内传出上谕，命内侍备辇进宫。左右的内侍见太宗皇帝怒容满面悻悻地登辇，大家吓得一个个怀着鬼胎，静悄悄地随辇进宫，连气都不敢喘一喘。

那太宗皇帝的銮辇方经过德正殿，早有一个内监气急败坏、七跌八撞地奔出来，一直跑到御槽中，口称有急旨宣召近臣，匆匆地选了两匹关外有名的骏马，骑了一匹、牵了一匹，飞般地出大清门去了。不到一刻，便见那起先选马的内监跟在后面，前头一匹马上，正是睿王多尔衮，跑得面红气喘，兀是不住地加鞭，但看地上尘土飞扬，八只马蹄缭乱，风驰电掣似地奔向大清门而去。那些值日的官吏和侍卫，见了这种情形，料想朝中必有变故，皇上这样地飞召睿亲王进宫，不为军情紧急事儿，定要戮杀亲王或大臣，那可是不言而谕的。果然睿亲王多尔衮进宫还没有一会工夫，就见内宫跑出八九名内监来，脸上都现出慌慌张张的样儿，各人奔向御槽内，手忙脚乱地各自要一匹马，有几个连鞍也不及配好，飞身上了秃背马，扬鞭飞驰出大清门去了。

那时侍卫官长努勒梅，是个老于掌故的人，他瞧出内监这般忙迫，料非佳事，急下令传集通班侍卫戎装侍候，以防不测。六百名侍卫，不论日班夜班，一齐集起队来。点名方罢，道上马蹄声络绎不绝。只见郑亲王齐尔哈朗、英武郡王阿济格、恭亲王慕赖海、豫亲王多铎、肃郡王豪格、贝勒慕赖布、阿巴泰，满达海、汤古巴、巴布泰、巴布海、阿拜、莽古尔泰、搭拜、德勒格拉、岳立台，贝子阿达礼、罗尼洛、度艾、济尔顿、博勒和、齐喀、屯礼托达、密度礼，大学士希福刚林、冷僧机，章京图岸巴、梅勒章京礼巴，蒙古亲王克鲁图南，汉大臣范文程，大学士洪承畴，都督祖大寿，将军祖大远、祖大弼、陈光新、耿仲明、

第一百十五回　风扫残雪三桂夺圆圆　露滴金枝睿王娶嫂嫂

孔有德、尚可喜等,都形色仓皇、汗流满面地纷纷在大清门前下马,蜂拥地进去了。

众亲王大臣到得内廷的温恭殿前,早有内监传谕娘娘懿旨:亲王大臣在此候旨。众人听说"懿旨"两字,知道宫内有了变故。原来内监去宣召时,并不说明什么,只说皇上有急旨,火速宣亲王大臣进宫。七八名内监分头传谕,那些亲王大臣正不知有什么紧急大事,距离较远的退朝回去,朝衣还不曾卸去,一听得有旨宣召,随即上马赶进宫来。这时众大臣呆怔怔地立在温恭殿前,不识是吉是凶,各人都狐疑不定。忽听得靴声橐橐,睿亲王多尔衮手捧着诏书出来,高声叫诸臣跪听遗诏。众亲王大臣听得"遗诏"两字,一齐吃了一惊,大家面面相觑,作声不得,只好俯伏在地。多尔衮便朗声诵道:

　　朕不幸暴病不起,所遗大位,着太子福临继统,众卿可协共辅,勿负朕意。至朝廷大政,可令孝庄文皇后会同睿亲王多尔衮协商办理。钦遵!

多尔衮读罢语书,众亲王大臣才知太宗皇帝已经驾崩。想适才上朝,皇帝还是好好的,怎的一眨眼就会宾天了?众人你瞧着我、我瞧着你,半句话也说不出来。多尔衮便大声说道:"大行皇帝既有遗诏,俺们就遵诏办吧!"说毕即返身进宫,扶着九岁的太子福临登了宝座。多尔衮首先跪下,众亲王大臣到了这时,也不由自主了,只得循例三呼万岁。于是改明年为顺治元年,封赏功臣,大赦罪囚。追谥太宗为孝睿毅皇帝,庙号太宗,尊文皇后为皇太后。又由太后传出懿旨,尊叔父睿亲王为摄政王。这样的一来,朝事由睿亲王一个人把持,遇事独断独行,亲王大臣都钳口结舌,一句话也没得说处。

明宫十六朝演义

一天,忽报明朝的平西伯有使者到来,多尔衮看罢大惊道:"原来明朝的皇帝已被流贼逼得殉国了!"于是命使者退去,多尔衮便召集亲王大臣,把明崇祯殉国、平西伯吴三桂借兵定乱的事,对众人说了一遍;又道:"值此明朝无主的当儿,咱们拿代定国乱为名,乘间以图明疆,你们意下以为怎样?"亲王大臣齐声应道:"悉听王爷处断!"多尔衮大喜,当即打发吴三桂的使者回去,并吩咐道:"俺此番统兵入关,专为你国驱贼定乱。你可回复吴平西,叫他带了轻骑,来关前迎接俺的大兵就是。"使者叩头起身,星夜进关来报知三桂。

这里多尔衮以豫王多铎为先锋,肃郡王豪格为中队,留郑亲王齐尔哈朗辅幼主,自己和武英郡王阿济格、大将扈尔赫等,点起二十万大兵,辞了太后,浩浩荡荡地望关前进发。晓行夜宿,不日到了山海关,前锋报明军驻扎关前。多尔衮正要使人探问,早见一队人马素服剃发,直奔多尔衮的军前,正是平西伯吴三桂。当时进营见了多尔衮,三桂自愿为大兵前驱,多尔衮便递一支令箭给三桂,命他带明军作为乡导。三桂奉了令箭,率着所部向前疾进,多尔衮统了清兵随后进关。一路斩关夺锁,攻破贼兵城邑,势如风扫残雪。

看看兵过通州,李自成在京中闻得三桂的大兵已进通州,忙下令收拾起金珠宝物,共载七百多车,预备兵败时逃入陕西;一面亲领贼兵,出京迎敌。两军相遇,正在大战,蓦然清兵拥出。李自成的贼兵从未见过这种装束,一声呐喊"妖兵来了",各自抛了戈矛,回身逃命。李自成大败,退走五六十里。

多尔衮兵不血刃进了北京,又分兵两万交给三桂,令追赶贼兵。李自成也恐三桂来追,和牛金星等商议抵御。恰好三桂人马赶到,贼兵一见满洲人马,回身便走。牛金星大叫:"事已急迫,速弃陈圆圆,以缓吴三桂的追逐!"李自成听了,还有些恋恋不

第一百十五回　风扫残雪三桂夺圆圆　露滴金枝睿王娶嫂嫂

舍，正护着陈圆圆鞭马疾驰，被吴三桂赶上，亲自带住陈圆圆的丝缰，李自成趁势逃脱。吴三桂夺得圆圆，便收军不赶。九王多尔衮闻吴三桂逗留不进，恐他回京有变，急督促三桂统兵西进追贼。这里多尔衮就在北京定都，并令飞骑出关，迎幼主进关，在北京接位，又命多铎领大兵进取江南。

当多尔衮燕京定都，满洲亲王大臣都疑这大位必是多尔衮自己的了，不期他迎接幼主进关，第一个先俯伏称臣，他这开国的功勋可就不小了。那时满汉大臣提议酬功的办法，汉臣中有知道多尔衮和皇太后暧昧事情的，主张皇太后下嫁给摄政王。这议论一出，汉大学士钱谦益竟上书奏请。多尔衮读了表章，正合私意，忙进宫和皇太后密议，觉得这办法很为美满，于是下旨准奏。好在那班满洲王公大臣，都不懂得礼节和廉耻的，任听多尔衮怎样的做去。哪里晓得清朝开国，已留下这极大的污点了。

要知太后怎样下嫁，且听下回分解。

第一百十六回　浅笑轻颦玉人装半面　银筝渔鼓少主宴三更

龙凤旌旗，白旄银钺，一对对地经过了。一阵地鼓乐喧天，绿衣黄带，戴大凉帽的侍卫，列着队前进。侍卫过去，便是黄盖紫伞，龙头幡、丹凤旗，金爪、立爪、卧爪、金钺、仪刀、红杖、青灯，日月珍珠旗、朱雀玄武旗、青龙旗、白虎旗，曲盖，日月掌扇、龙凤掌扇，功德旌、褒功旌、双龙赤帜、双凤青帜，豹旗、虎旗、狮旗、象旗、风雨旗、雷电旗，龙凤大纛，这一面大纛算是押队。大纛旗之后，是掮豹尾枪的侍卫官，黄衣黄裤，金带碧靴，状貌都异常地严肃。黄衣侍卫列着队伍过去，随后是锦衣内监，捧着宝瓶、金盆、金唾壶、金水盂、金交椅、金鼎、金盒、金烟袋、金提壶等，分作四人一排，很整齐地走着。接着是二十四名宫女，列为十二对，红杖四对，金纱灯两对，红纱灯两对，珠拂尘两对，金提炉两对，炉中香烟缥缈，御道上寂静无哗。这时只见六十四名内监拥着金碧銮辇，辇中坐了摄政王多尔衮。跟着銮辇的是一座又高又大的凤辇，用一百二十名内监拥护在凤辇的四围，凤辇上端端正正地坐着珠冠凤帔、雪肤花貌的皇太后（即文皇后），满朝的相卿、亲王贝勒以及各部大臣，都步行随辇。

那一天是皇太后下嫁的吉辰，凡銮辇凤辇经过的地方，大街

第一百十六回　浅笑轻颦玉人装半面　银筝渔鼓少主宴三更

小巷都悬灯结彩，露天盖起了彩棚，自午门起直达摄政王府第门前，地上均铺着黄沙。护卫的羽林军，五武一步兵，十武一马兵，街衢上站立得满满的。闲人杂民，事前已驱逐走了，道上静悄悄的，只有几个鲜衣佩刀的武官，在那里彳亍往来。等到了銮辇和着凤辇过去，才由摄政王府中传下一道谕旨来，令羽林军马散队。

摄政王多尔衮迎太后到了府中，经宫女们扶皇太后下了凤辇，由亲王贝勒的眷属福晋格格们，迎接太后进了凤仪轩。献茶进点地休息一会，忽听得堂上鼓乐齐奏，内侍跪报吉时，宫女们扶持皇太后出堂。摄政王多尔衮已貂袍龙衮地立在红缎毡上，宫女扶皇太后并立了，盈盈交拜。大礼行毕，宫女们献了合卺杯，亲王、贝勒都在堂前叩贺，摄政王和太后受贺已罢，方才送入洞房。又有一班亲王大臣的官眷来新房中叩贺，皇太后心上万分地快乐，吩咐一声："赏！"早有宫女们抬过宫中带来的金珠宝玉等，分赏给亲王大臣的眷属。那些福晋格格及满汉大臣的夫人们，一齐谢恩退出。其时摄政王府中大开筵宴，异常的热闹。摄政王多尔衮亲自出来应酬。这喜宴直闹到三更时分，众亲王大臣才谢宴散去。摄政王多尔衮自回他的新房去陪伴太后，两人对饮了几杯合欢酒，酒兴初浓，携手入帏。这一夜中，多尔衮和皇太后新婚旧爱，欢娱自不消说得。第二天早上，多尔衮入朝谢恩，皇帝下谕晋多尔衮为父皇摄政王，与皇帝并肩听政，同受百官的朝贺。从此多尔衮和皇太后做了名分的夫妻，享他们鱼水之乐。暂且按下了。

再说吴三桂奉了多尔衮的命令，督师追逐李自成，夺回陈圆圆。自成率着败残人马逃回陕西，吴三桂不舍，仍统兵西追。在半途上接到了多尔衮燕京定都的消息，帐下部将一齐放声痛哭，弄得个吴三桂进退维谷，越发不敢妄动。忽又接到多尔衮第三道飞檄，令进兵西安，追击李自成，三桂只得督师再进。

李自成已势穷力竭，一听吴三桂兵到，弃了西安，连夜走商雒出潼关，窜扰荆襄。吴三桂赶至，下三秦，破了河南，复了荆襄。自成败走辰州，转奔黔阳。时贼兵乏粮，四出掠劫，黔阳四境鸡犬为尽。明川广总督何腾蛟方屯兵黔边，闻自成被吴三桂击败，便统兵夹攻，大败李自成于罗公山。自成领了十余骑上山奔避，山上有玄帝庙，自成进庙谒神，忽然中恶倒地。那时正值乱世，乡民多筑堡自卫，见山上来一绣甲金盔的大汉，腰佩宝剑，手执画戟，倒卧庙中，乡民不认识是李自成，还当是绿林的盗首，于是发一声喊，蜂拥上前，一顿地锄头铁耙，击死自成。那跟来的卫兵要想上山救援，也被乡人击散。众人民昇了自成的尸身往见总督何腾蛟，腾蛟亲自验看时，自成头颅已被锄碎，血肉模糊，无可辨认，及见身上的衣甲都绣五爪金龙，龙尽眇一目，方知为李自成。因李自成只有独眼，所袭的衣裳靴冠都绣金龙，那龙都是独只眼以肖其形。腾蛟又命搜自成的身上，得宝玺一颗，系金玉镶成，文曰"永昌之宝玺"（自成称帝，建号永昌，曾铸永昌钱），由是证实确是李自成的尸身无疑。一个残酷凶悍惨无人道的贼首，至此才死于非命。

又有流贼张献忠，占据四川，自称大西国王。闻得自成死，知自己也将不保，便选美女百人，昼夜淫乐，淫不遂意，即命蒸食。众妇女恐慌万分，百般献媚，献忠以淫乐太过，渐成瘵疾。又欲进窥西安，令部将孙可望守蜀，自己扶病进兵。东进盐亭，正与吴三桂的清兵相遇，未及交锋，贼兵惊走。献忠单骑逃奔，到了凤凰坡，伏兵骤起，箭和飞蝗般射来，献忠身中数十矢，坠马而死。陆沉中原的两大贼酋，这时算先后毙命。

吴三桂既剿平李自成，杀了张献忠，下三秦，定河南，破荆、襄、楚、豫，这功绩已很不小。清廷怕他拥兵助明，忙下一

第一百十六回　浅笑轻颦玉人装半面　银筝渔鼓少主宴三更

道谕，封吴三桂为平西王，着赴云南就藩。吴三桂到了这时，虽犹拥大兵，却惧怕多尔衮，把明朝的仇恨撇在九霄云外，竟俯首帖耳去安然就藩。及清廷削夺他的兵权，才懊悔不迭，急攘臂起事，可是清朝已打平各处，天下大定，任吴三桂有多大能力，已不能恢复了。

在清兵初定燕京的当儿，部下诸将有痛哭相劝的，三桂执定说九王必不负我，终至坐失时机。三桂的庸碌无能，真令人可恨。当吴三桂追袭李自成最急迫的时候，自成气愤不过，把三桂的父亲吴襄立斩于军前。三桂痛哭，誓必报仇。后来将陈圆圆夺回，拥着美人昼夜宴乐，把不共戴天的父仇绝口不谈了。经多尔衮飞檄督促，才勉强统兵西进，足证三桂痛哭誓师，只不过为了一个美人陈圆圆罢了。所以其时奉旨就藩云南，乐得去安闲自在。三桂到了云南，又纳了个爱姬小蛾，小蛾的容貌和圆圆可称得是伯仲。

三桂自二次夺回陈圆圆，对于爱情，反远不如从前。这是什么缘故？就中有两个道理，一则是三桂有了小蛾，于圆圆不无分爱；第二是三桂闻圆圆被掳，觍颜从贼，心里大是不满。三桂的为人，所坏的是自信太甚。他引清兵入关，以为多尔衮是可靠的，断不至于负约，以是多尔衮得很从容地定都燕京。自陈圆圆被李自成掳去，三桂以圆圆对自己爱情极其浓厚，未必肯失身于贼，因此一心要夺她回来。及至把圆圆夺回，只见她玉容憔悴，娇艳已不如往昔。三桂意圆圆必思己太切，才愁虑到这个样儿，心上转倍加了一层怜惜。谁知贼中有个婢女细柳的，在贼营中专一服侍圆圆，这时从贼中逃回，孤身无处投奔，仍然依赖旧主。圆圆因和细柳在贼中相依日久，也不忍舍她远离，就把她收作侍女。这个细柳很有几分姿色，三桂不时和她调笑，讲讲谈谈，将圆圆与李闯的情意竟和盘托出。三桂听说，把爱圆圆的热度，十

明宫十六朝演义

分中减去了五六，而且言语里面常常含讽带讥，弄得圆圆心里不安起来。

原来圆圆被掠入贼中，一点没有悲态，反面含笑逢迎。李闯王见了圆圆，也几乎神魂颠倒，昼夜不离左右。自成本是厌故喜新的，无论怎样的美妇，三四天后，便弃如敝屣；独有对于圆圆，始终没有弛爱。圆圆和自成调笑浪谑，形状的秽亵，往往丑态毕呈。自成有侍姬二十余人，自圆圆擅宠，把众侍姬抛撇不顾，那些侍姬们个个恨得什么似的。圆圆又唆着自成，无故将侍姬们扑责，不到半个月，二十多个侍姬一半死在杖下，一半乘隙逃走。自成越发欢爱圆圆，甚至白昼宣淫。圆圆也爱自成强壮，极是撒娇撒痴，迷得个自成昏头昏脑，足有三个多月不理军事。圆圆又笑自成独眼，常闭了左眼，百般仿效，自成也觉好笑。一天，自成大宴诸将，叫圆圆侍酒。圆圆却作了个半面装，盈盈地走到席前，引得诸将哄堂大笑。自成大怒，问为什么这样装束，圆圆笑道："大王只有独眼，自然只好看半面。"诸将听了，又齐齐地大笑起来。自成忍耐不住，气得跳起身来，向圆圆打了两个嘴巴。想自成那样蒲扇般的手掌，打在圆圆又娇嫩又柔软的脸上，顿时红肿起来，便含泪痛哭回房。自成心上很有些懊悔，忙亲自去慰劝她。这时圆圆已哭得好似带雨梨花，宛转娇啼，自成分外地怜惜，一面好言安慰，一面把圆圆拥在怀里，好容易圆圆才止住了哭，定要自成陪她不是。所谓英雄难过美人关，这样一个强悍的贼酋，居然屈服在圆圆手里。从此圆圆常常装作半面，自成只是一笑罢了。怎样呼作半面？就是涂脂抹粉只搽半面，那半面不但半点脂粉也没有，简直脸也不洗，头也只梳半边。一个美貌的佳人，变作了阴阳面孔，自成虽是不高兴，然也无可奈何。

那时四月里的天气，已十分酷热，圆圆把轻纱缀成了斗篷，

第一百十六回　浅笑轻颦玉人装半面　银筝渔鼓少主宴三更

浴后披着轻纱，斜倚在躺椅上纳凉，被自成瞧见了，不觉大喜道："这才是一幅太真出浴图呢！"由是便不许圆圆穿上，一天到晚终是披着轻纱，随时随地可以宣淫。

那吴三桂听了细柳的话，一缕酸气几乎冲破了脑门，知圆圆的憔悴并不是思念自己，是被闯贼蹂躏到这样的，于是三桂对待圆圆，终是淡淡的。圆圆生性是爱风流的，如今见三桂宠幸小蛾，自己常常孤衾独抱，少不得憾遗秋扇，嗟怨自己的命薄。三桂又在酒后和小蛾调笑，见圆圆姗姗地走来，三桂指着圆圆戏呼道："强盗美人来了！"圆圆听得，明知三桂讥自己从贼，心里一气，珠泪扑簌簌直滴下来。经三桂提出"强盗美人"的名儿，府中大小侍婢仆妇都私下相呼，圆圆也亲耳听见过几次，因自己正在失宠，没有置喙的余地，只好饮泣忍受。这样一天天的过去，圆圆的环境也日渐恶劣，终日自怨自艾，遂引起她一种抛弃红尘的念头。这且不提。

再说自崇祯帝殉国的噩耗传到了江南，明致仕大吏如江督吕大器、御史史可法、总督马士英、总兵黄得功、副总兵高杰、进士黄淳耀、巡抚祁渊、大学士高宏图、都给谏刘宗周一班故臣，都齐集魏国公徐宏基府第，共谋继立。马士英和诚意伯刘孔昭，以福王由崧是光宗帝嫡侄，伦序当立。时福王避难凤阳，经马世英等迎立。史可法力争，谓不应乱立福王。众故臣不听，竟以福王告庙，建号嗣统，是为弘光帝，并在南京修葺旧殿，以马士英为大学士，史可法为体仁阁大学士，吕大器为兵部尚书，高宏图为文渊阁大学士，刘宗周为吏部尚书。

朝仪初定，马士英擅权，遇事独断，与史可法意见不合。马士英进了谗言，把史可法调了外任，令督师江北。史可法临行的时候，俯伏午门，痛哭叩头而出。马士英自史可法去后，益发专横，又密承弘光帝旨意，杀太子慈烺。南宁侯左良玉尚在，闻得

明宫十六朝演义

马士英杀了太子,不禁义愤填膺,即亲统所部自汉阳渡江,传檄以讨马士英。谁知天亡明祚,左良玉才过九江,忽然患起病来,旧日驰骋疆场受伤太甚,这时一齐并,发呕血斗余,一病不起。所有部下的将士,也霎时星散。那马士英在朝,专一排挤同僚,凡才出己上的,必设计除去,以致人心渐离,如吕大器、高宏图等,都自行辞职。

马士英又选江南美女三十名,令学习歌唱,献进宫中。弘光帝大喜,日夜在宫内宴乐。又命召淮安伶人进宫演剧,弘光帝自己也习练戏剧,使伶工教授,步履唱白,务按拍节。弘光帝的资质本极聪颖的,不到一个月,已能歌剧数十出,便袍笏登场,高歌一阕,句唤"串戏"。又择歌妓中容貌最艳丽的,芳名玉儿,弘光帝封作玉妃,其余的尽封为侍嫔。相传弘光帝壮健若驴马,每饮火酒助兴,夜御美女十人,还嫌不足。江南女子大都纤弱,由马士英下谕选秀,日进美女十人,多半被弘光帝淫毙,死后弃尸御沟。御沟本和大河相通,女尸不系寸缕,顺流浮下,有经父母瞧见的,抱尸在河边痛哭。这样的传扬开来,江南人民知道马士英选秀的事,人人愤恨,怨声载道,民心因此渐去。弘光帝却一点也不知,仍居深宫,日事淫乐,和玉妃侍嫔特设夜宴,笙歌彻夜不停。

这时清廷派豫王多铎收复江南。豫王兵进镇江,总兵王国栋开门迎降。金陵风声渐紧,马士英还匿了军报,不使朝臣们得知。多铎兵围扬州,史可法竭力地拒守。多铎致书史可法,叫他弃明投诚,史可法复书拒绝。多铎大怒,率兵士死命相扑,并架大炮轰城,把城墙轰去一角,清兵从破垣中拥入。史可法见事已急,慌忙跑入督署,自缢在钟楼下面。多铎自进攻扬州,屈指已九十余日,所以怀恨极了,下令闭门屠城,把城中的百姓杀得鸡犬不留。满人进关,虽也到处杀戮,要算扬州地方屠戮得最惨,

第一百十六回　浅笑轻颦玉人装半面　银筝渔鼓少主宴三更

不论男女老小，见一个杀一个，连杀十天，真是尸横遍野、血流成渠。总兵黄得功、高杰，抚台祁渊，致仕大学士高宏图，尚书刘宗周，也都殉难。

故都督刘仁佑阖门议尽节，自仁佑以下，妻子江氏，子如义、如仁，女沐英，媳李氏、秦氏，甥女毛淑娟、甥婿王文靖，外甥毛馥，外孙成龙，以及婢女、仆人、庸妇，一门计四十三人，尽行投江。自尽之前，恐尸身流散，便把绳儿连缀起来，系成一串，一个个地挨次下水。后来经人捞起尸体埋葬时，捞得了一人，觉得还有尸身在河里，索性拖将起来，一连共得尸身四十三具，一时目睹的人无不为之咋舌。又有一个樵夫，平日砍柴度日，清兵进城，樵夫忽然大哭回家，对他的妻子吕氏说："俺采薪三十年，只知皇帝姓朱，现在却换了妖人来了，好好的人，哪里穿这种冠服？"说罢又哭。第二天上，便一口气跑上山巅，从上面直坠到地下，脑浆迸裂地死了。又如一个秀才，蓦见了清兵，愤愤地说道："我读书到如今，自黄帝制衣冠起，相传今天，没有见过这种服装。"说着便狂奔着回家，闭门绝食，竟自饿死了。

那时清兵破了扬州，进取金陵，势如破竹。金陵既陷，弘光帝星夜逃往芜湖。马士英出降，豫王多铎也知道马士英的奸恶，命把他倒悬起来，下面堆着干柴，柴上燃着了火，慢慢地烧着，马士英大叫无罪，也没人去睬他，不到一刻，已是熏熟了。多铎陷了金陵，又进芜湖，弘光帝不及逃走，被清兵获住。多铎令械系进京。

不知弘光帝怎样见害，且听下回分解。

第一百十七回　花落江南轻舟载美人
　　　　　　　　色空滇北冷寺栖芳踪

　　却说豫王多铎获了弘光帝，把他械系进京。其时摄政王多尔衮正和顺治帝临朝，听说是捉了南朝的皇帝，自己在从前是明朝的属国，现在居然高坐堂皇地提讯起来，于情理上似乎讲不过去；且朝中明朝的降臣很多，更有许多不便的地方，于是授意大学士希福刚林转知刑部大臣，把弘光帝监禁起来。到了第二天早朝，刑部大臣上奏：南朝的皇帝在夜里三更天忽然急病死了。多尔衮听了，只点一点头。不一刻上谕下来，命将弘光帝用王侯礼从丰殓葬，又谕明朝故臣如欲致祭，准其如仪，以尽君臣之谊。这种举动，正是多尔衮的狡诈处，既以之收服人心，也借此察视降臣对于故国的心理。

　　那道上谕下来，凡明朝旧臣如洪承畴等一班人，眼睁睁地瞧着故国君王死于非命，不能稍与援救，在自己的良心上觉得咽不下去，所以大家三三两两的，都到弘光帝灵前去叩首致祭，甚至有放声痛哭的。左右密报多尔衮，多尔衮知道这班降臣于故国之心未忘，由是对于汉臣，无论怎样的忠诚，终不觉有些疑惑，因此明朝的降臣，大半被疑见杀，获得善终的没有几人，不过这是后话了。

　　再说江南的如皋地方，有一个才子冒辟疆的，别号巢民，为

第一百十七回　花落江南轻舟载美人　色空滇北冷寺栖芳踪

人仗义疏财，喜欢结交朋友，家里又甚豪富，资产的丰厚真堪敌国，江南地方都称他作"冒半天"。凡是萍水相逢，或是闻名急难相投，无不有求必应。一时结交遍天下，朝中亲王大臣都折节下交。说起"冒辟疆"三字来，连妇孺也知道的，就是古时的孟尝君，想也不过如是了。这冒辟疆不但是座上客常满、樽中酒不空，便是闺中姬妾也很不少，而且个个都是绝色，所谓"室贮金钗十二、门迎珠履三千"，这两句堪以赠冒辟疆而无愧的了。那时吴中有四大美人，一个叫顾秋波，一个叫李蕙兰，一个叫马湘君，还有一个就是董小宛。这四个美人，端的是花中魁首，汉水神仙。她们都爱慕冒公子是风流才子，先后委身相事。吴中美人，可算被冒辟疆搜罗完了。

佳人才子，有情人成了眷属，羡慕冒公子的果然有人，妒忌冒辟疆的倒也着实不少。时秦贼入江南（崇祯犹未殉国），陷六守，焚凤阳皇陵。有仇冒辟疆的，去贼中报告，谓冒氏富甲天下，美姬盈室。贼首通天晓遣人向冒辟疆索军饷百万、艳姬十人，否则将踏平江南。冒辟疆听了大怒道："俺有财当助官军之饷，不济贼粮。"说罢拂袖而入，贼使悻悻而去。冒辟疆即致书江南抚台祁扬名，请捐五十万，令速召各镇兵剿贼。

那祁扬名是个寒士出身，得任封疆未久。他在贫困的时候，尝钟情于歌姬马湘君，自恨无力为之脱籍；及至祁扬名显达，想了此一桩夙愿，不料已被冒辟疆捷足先得，因此常常引为憾事。此时接到冒辟疆的书信，以为有机可乘，便亲自降尊谒见冒公子，谓愿调兵剿贼保全公子的性命财产，但求和马湘君相见一面。

冒辟疆听了，已知来意，不觉慨然说道："区区一个侍姬，何必劳公挂齿，公既爱之，晚生即以马湘君相赠就是。"祁扬名大喜，连连称谢拜出，心里还疑冒公子相戏，暗想人家一个爱

明宫十六朝演义

姬，任冒公子怎样的豪爽，岂有一言就把爱姬相赠，怕天下未必有这样的呆人。祁扬名一路默默地呆想着回到署中，只见一个美人，盈盈地迎将出来，细看正是昼夜所梦想的马湘君。祁扬名这一喜非同小可，方知冒公子言出行随，性情的豪爽，果然名不虚传。原来冒辟疆送祁扬名出门，即唤过两名得力家丁，打起一乘小轿，把马湘君如飞般地送往祁抚台的行辕，等那祁扬名回去，玉人早已到署多时了。这时祁扬名的感激冒辟疆，自不消说得。第二天上，便飞檄各镇，调齐人马，一昼夜夺回二十四寨，贼兵败走湖北，江西九江赖他保全了。

到了崇祯帝殉国，弘光帝南京嗣位，马士英当国，闻得冒辟疆豪富，就矫旨要他助饷。冒辟疆痛明社沦亡，立捐三百万金。马士英见冒辟疆这样慷慨，又闻得他家中有个美人叫李蕙兰的，并指名强索。冒辟疆只得把李蕙兰送去，到得中途，蕙兰竟投河自尽。马士英大怒，又遣使来索董小宛。时冒辟疆的四美人，顾秋波已病卒，冒公子所最宠爱的，就是一个董小宛了，怎肯听马士英取去？于是四处去钻门路，幸得冒公子多财广交，终算把董小宛保住，一场天大的祸事，无形销灭，可是冒辟疆的家产，也就此中落了。

古人说美色是祸水，能亡国破家，这句话真是无上的名论。冒公子为了一个爱姬，几乎倾家荡产；哪里晓得一波未平、一波又起，因这董小宛的缘故，又弄出一桩祸事来了。当豫王多铎兵下江南，冒辟疆家里已是门可罗雀，从前的门客也大半星散。辟疆家的房舍本来栋宇连云，楼阁巍峨，自经几番波折，把巨厦尽行典卖了，和董小宛迁居在一别墅中。那别墅名唤水绘榭，榭后有一座花园，建筑得精致异常。美人才子逍遥自在，过他闲适的光阴，优游林泉，倒也十分快乐。不过冒辟疆家虽不丰，济困扶危的豪侠气却并不因此改变。

第一百十七回　花落江南轻舟载美人　色空滇北冷寺栖芳踪

有一天上，一个营镇的督粮差官闻名来投冒公子，见面便哭拜在地，垂泪要求救援。冒辟疆忙扶起那差官，问是什么事儿，那差官又磕了个头，才涕泣说道："三日前载粮赴南通州，在江中遇风浪颠覆，回去必受军法。素闻冒公子疏财仗义，能济人之急，以是踵门求救。"冒辟疆问饷约多少，差官答道："须需三千金。"辟疆叹道："你若三年前来相求，休说这区区数目。现在俺自已也很拮据，哪里能接济于你？"那差官再三地央求，辟疆沉吟半晌道："瞧你的运气吧！俺今天方遣仆人向某太史借三千金以充用度的，倘能如愿回来，俺当悉数相馈。"那差官拜谢，是夜遂留在冒家。约有三更光景，听得门外异物声大作，冒辟疆唤起那差官道："你的命运还好，某太史恰付三千金，快运往舟中，回去复命吧！"差官感激涕零道："公子大德，小人只取半数，留半为公子自己应用，小人已受惠多了。"冒辟疆正色说道："军中饷是生命，若有短少，还是坐罪。俺在就地，虽穷迫犹可设法；你是军人，千里从戎，缓急谁来怜悯？既许你相援，你只顾携去就是！"那差官恭恭敬敬地磕了两个头，载银自去。后来冒辟疆贫困，忽有大将来相谒，自称弟子。辟疆自揣生平虽交遍天下，门墙桃李极盛，却不曾收过武弟子。及至见面，又不认识的。那大将军忽然长跪叩拜，拜罢，自陈是昔年失粮的差官，蒙公子相援，后以军功得晋爵大将军。冒辟疆恍然大悟。大将军便迎辟疆入行署，馆里尤觉丰盛。大将军又命门客伴辟疆游玩各处，这样的盘桓了半年，辟疆坚欲辞归，大将军亲自相送，至三十里外才别去。到了家中，只见甲第高耸入云，婢仆往来如织。辟疆忙问家人，方知都是大将军所置办了，特地赠给辟疆的。总计冒辟疆一生似这般事迹，也笔难尽述，都是他那时施惠于人，今日受人的报答，不上几年，依旧富甲一郡，那不是仗义扶危的好处吗？后话且按下不提。

明宫十六朝演义

再说豫王多铎定了江南，闻得吴中美女极多，要想搜罗几个进京，好供将来自己的受用。于是饬人四下寻找。有和冒辟疆结怨的，暗暗到豫王的行辕中告密，谓冒辟疆家中美姬最多，豫王听了大喜。但以满洲亲王去强占民间的良家妇女，声名未免不雅。适巧太湖巢匪作乱，豫王便指冒辟疆私藏巢匪，令官军往水绘榭去搜捕。早有署中书吏与冒辟疆有交情的飞报辟疆，叫他逃走，辟疆星夜逃到通州，留下眷属，被豫王捕去。冒辟疆悄悄使人往豫王府中刺探消息，得知豫王要夺他爱姬董小宛，无故陷他罪名。冒辟疆大怒，正要设法挽救，不料豫王忽奉诏进京，调洪承畴来督理两江。等到冒辟疆赶来，豫王已一叶轻舟，载了美人北去了。冒辟疆因爱姬被夺，心中不舍，也兼程进京，不日到了都下。好在都中士大夫半多故交，当即缮成诉状，赴刑部控豫王霸占有夫之妇。刑部大臣冷僧机和豫王多铎本有郎舅关系，听得外面风声不佳，私下报知豫王。豫王也闻汉御史赵谷臣将上疏劾奏，知道这姓冒的有些来历，心里已是胆寒，忙去和谋士商议，被他想出一条恶计来，把那董小宛载人毡车，乘夜献进宫中。时顺治帝年已十六年，由皇太后指婚，册立科尔沁克图亲王的女儿董禄氏为皇后。大婚不到一月，皇帝和皇后反目。顺治帝正嫌皇后貌寝，心里万分的不高兴，一见豫王进献一个美人来，真是体态轻盈，芳姿秀媚，不觉喜出望外。当董小宛进宫的消息传出去，气得冒辟疆目瞪口呆，什么诉状劾奏都是不中用的了，只好垂头丧气地南归。

那顺治帝得了董小宛，见她媚锁春山，常常啼哭，玉容虽日渐憔悴，却不减娇艳，因此天天去瞧董小宛，呆呆地坐一会儿，就悄然自去。这样的一天又复一天，朝中忽然摄政王多尔衮薨逝，顺治帝也十分震悼，辍朝三日，算是举哀。这三天中，顺治帝足迹不履小宛的那里，小宛觉得这位皇帝也十分多情，芳心中

第一百十七回　花落江南轻舟载美人　色空滇北冷寺栖芳踪

蓦地起了一种感想，以为要替冒公子报仇，非结识皇帝的欢心不可。主意打定，第四天上，顺治帝匆匆地来看董小宛，小宛便笑脸承迎，顿改了往日的常度。顺治帝自然欢喜，当夜即行召幸，次日便封小宛为董鄂妃。从此宠幸小宛，甚至寸步不离。

谁知好事不常，偏偏那皇后董禄氏见顺治帝船封爱妃，弃自己犹如敝屣，心里就起了一种醋意，竟不顾好歹，悄悄地去奏知皇太后，谓皇帝年轻，迷恋汉女，荒废朝政。皇太后听了自然大怒起来，立刻召顺治进宫，当面训责了一顿，顺治帝诺诺地退去。太后又把董小宛召到面前，细细地打量一下，冷笑几声道："好一个狐媚子，你是哪里来的妖妓，胆敢扰乱宫禁，狐媚皇帝？"董小宛见问，自己原拼着一死，倒也豪不畏惧，把豫王强占、私献进宫的话，朗朗说了一遍。太后听罢，心里越发愤怒，一则愤皇帝擅立妃子，居然独断独行起来；二则恨豫王私进汉女，迷惑皇上。于是下了一道懿旨，宣豫王多铎进宫，也被太后痛骂一顿，当即传谕，将董鄂妃送往玉泉宫去，永远不得召幸。内监们奉谕，打起一乘软轿，把董小宛纳进轿内，抬往玉泉宫去了。顺治帝听得把董小宛幽禁玉泉宫，心里异常地懊丧。

这玉泉宫在西山，是一所清净的冷宫。董小宛在这冷僻的所在，只影单形，凄凉万分。转念自己的身世，不觉悲从中来。又想到自己本名门闺女，堕落做了歌妓，幸得冒公子多情，拯拔出了火坑，方期相偕白首，中道又逢魔障，身入陷阱，却遇见了多情的皇帝，位晋贵妃，知道此生可以安享到老。万不料做了皇帝，还不能庇一个妃子，无怪冒公子不能保全爱姬了。董小宛独自一个想来想去，竟然想到红颜薄命，所遇皆非。渐渐觉得红尘可厌，心镜空洞，慢慢地转念到修道的念头上去了。

顺治帝自董小宛出宫，终日咄咄书空，笑一会、叹一会的，神经似乎有些错乱起来。有一天晚上，明月当空，大地如昼，顺治帝忽然唤过两名小太监，悄悄地跑到西山玉泉宫去，和董小宛相叙。两人见了面，也不悲哭，大家相对着痴笑了一会，半晌，董小宛说道："人生万事皆空，倒不如还我本来面目。"顺治帝听了，也抚掌大笑道："好，好！咱们再见吧！"说着竟自出宫下山，犹隐隐听得董小宛在山上娇声叫道："陛下有心，五台山上再行相见。"顺治帝也不去睬她，匆匆地自回宫中。

那侍从的两名小监，看了这种情形，好似丈二和尚摸不着头脑。内中一个小监，忙忙将这事去报知皇太后。太后恐皇上因此想痴了，秘密盼咐内监到玉泉宫去放起一把火来，连董小宛和许多的宫人侍嫔一齐烧死在西山之上。玉泉宫被焚，董小宛烧死的消息传到顺治的耳朵里，不禁拍手大笑道："好！好！"从此便不言不语，也不进饮食。小监慌忙去报知皇太后，皇太后急急地自己来看，顺治帝还是个呆呆地不开口，依旧抚掌笑道："好！好！"皇太后没奈何，只得命宫监等小心服侍，自己回到宫中，觉得对于董鄂妃的事，忒过于激烈了，致弄得个皇帝不痴不癫。

皇太后想到这里，心上也有些懊悔起来。又因摄政王多尔衮已死，更无可以商量的人了。太后正在烦恼，忽然被她想起一个人来。那人是谁？就是大学士洪承畴。那洪学士和皇太后从前也有过交情的，洪承畴出督两江，是摄政王和他拈酸，所以把他远调到南方去。此时摄政王逝世，皇太后深宫孤居，不无寂寞，这时又因皇帝的事没人可以商量，由是想起了洪承畴来。当即传出懿旨，令大学士苏克萨哈代督两江，调洪承畴星夜进京觐见。上谕下去，真是雷厉风行，苏克萨哈克日出都，往调洪总督进京不提。

再说吴三桂自就藩云南，以为位极人臣，一切饮食起居，无不穷奢极欲。又在云南潘府后面大兴土木，建造起一座花园来，名叫"赭玉园林"，日久和小蛾宴乐园中，笙歌通宵达旦。又因

第一百十七回　花落江南轻舟载美人　色空滇北冷寺栖芳踪

费用浩繁，任意增加税赋，强捐硬索，一班小民叫苦连天。朝中谏臣章疏迭上，顺治帝方要付朝臣议处，忽然宫中发生了董小宛的风波，就此将这件事搁起，吴三桂遂越发肆无忌惮了。部下将士见吴三桂不理政事，自己安富尊荣，忘了众将的血战功劳，军饷不时短缺，藩府中却非常奢侈，部下以是逐渐离心。还有一个形影相吊、秋扇遭捐的陈圆圆，春色恼人，画楼寂处，叫这样一个风流放诞的陈美人，怎不要怨恨咨嗟？由怨生愤，也渐萌一种遁世之想。

一天，三桂在赭玉园林大集宾客，召徽班女伶入园演唱，一时觥筹交错，履舄杂陈。正兴高采烈的当儿，蓦地见陈圆圆扶着一个婢女披发进园，走到三桂座前，噗地跪在地上，垂泪说到："妾身侍奉王爷已将数载，蒙王爷不以蒲柳见弃，此生无可报答，只有俟之来世。今妾身已勘破红尘，请从今日起，望王爷赐一所草堂，他日骸骨得蔽风雨，妾身于愿已足了。"说罢由袖中抽出一把金绞剪来，嗖嗖地几剪刀，把万缕青丝纷纷剪断地上。三桂待要阻住，眼见得来不及了。这时三桂心里也不免有些感动，顾不得座上的宾客，一把搂住圆圆，忍不住滴下泪来。圆圆更呜呜咽咽，哭得悲哽欲绝。三桂一面扶起圆圆，并再三向她慰劝，圆圆一味地痛哭，任三桂怎样地抚慰着，圆圆只是不作声。直到酒阑席散，宾客各自散去，三桂便亲自扶着圆圆进了绣闼。两人共入鸳帏，重修旧好。这一夜的温存缱绻，自不消说得。

及至日上三竿，香梦初回，三桂睁开眼来，枕上不见了圆圆，便打了个呵欠，起身笑道："怎么这样起得早？"连说几句，不见圆圆答应，揭帐瞧时，房内静悄悄地不见圆圆的影踪。三桂就高唤了两声，婢女们飞奔地进来，三桂说道："陈夫人到哪里去了？"侍婢见说，怔了半晌说不出话来。三桂心疑，忙披衣下榻，命侍女仆人向各处园林中一找，哪里有圆圆的影踪？听侍女们说，自昨夜陈夫人进房安睡，不曾见她起身出房的。三桂叫唤各处的管门人来诘问，方知花园门开着，三桂顿足道："圆圆果然走了！"说时即召集健仆，立刻分四路去追寻。不多一会，有个仆人来回报，陈夫人找到了，在离此半里多路的栖云寺中。那座寺院，本久经荒芜的，只有西楼一角，隐现于丛林碧树中。圆圆到过这栖云寺里，所以认识。此时遁迹荒寺，香草美人和木鱼石磬、佛像心经结起不解缘来了。

不知圆圆怎样结果，且听下回分解。

第一百十八回　北风凛凛海道奔黑夜　疑云阵阵噩梦惊深宵

碧树浓郁，万翠丛中隐隐有红墙一角。墙内黄瓦朱檐，小楼半楹，遥望疑是九重宫阙。小楼的纱窗半阖，鱼声隐隐，直从窗中透出，使人到了这样清寂的所在，往往萌出尘的冥想。那小楼里幽居参经的，是个抛撇红尘的美人儿，就是人人所知道的陈圆圆。

这时林中野鸟飞翔，石泉水声潺潺。忽听得远远地蹄声得得，有十多骑人马如飞而来。当头的一位官员，朱顶花翎黄马褂，龙蟠箭衣，腰右荷囊，左佩宝剑，足登乌靴，风采甚都。那官员策马到了荒寺面前，把鞭儿授给侍从，霍地跳下马来，三脚两步进了寺门，一口气走上小楼，口里还不住地叫道，"沅娘，沅娘！你真的舍了俺走了吗？"陈圆圆正在诵经，听得有人呼她小名（圆圆小名沅娘），略略回眸瞧了一眼，见是吴三桂，便依旧垂了粉颈，只顾自己讽经。三桂叫她，只作不曾听见一般。三桂走到了楼上，就在窗口上吩咐侍从都在楼下等候，自己就挨近圆圆的身边坐下。他见圆圆只是不睬，忍不住把经本一把拖过来，却是救拔苦厄的大悲咒。圆圆没了经本，无可再诵，不觉冷冷地说道："王爷已有了新欢，早弃旧爱，妾身既已脱离红尘，正无须王爷来假慈悲，快打马回去，新人冷静了，去陪伴要紧！

妾身是天生的薄命，荒寺栖止，终了残生，已是万幸了。"圆圆说到这里，声音带颤，不由得凄怆起来。

三桂听了圆圆的话，无非含着酸意，忙起身深深唱了个喏道："以前的事，都是俺的不好，请你看昔日之情，饶恕了俺。从今以后，俺决计不再这样了，种种要求你海涵。现俺备了一匹空鞍马，俺和你并马回去吧！"圆圆收住眼泪，正色说道："天下无不散的筵席，王爷的确是一片诚心前来。无如韶华易老，岁月如流，以色容人者，他日色衰爱驰，终有相弃的一日，倒不如无边苦海，及早回头的好！王爷但请早还，妾身宁伴野草苍松度此光阴，倘要妾身回去，是万万办不到的。王爷如其是不放心的，即请斫了贱妾的头颅去！"圆圆说时，便伸手去抽三桂的佩剑。三桂忙按住了剑鞘，那两条腿软绵绵的，不知不觉跪倒了尘埃。圆圆这时丝毫没有转意，见三桂跪着，她故意掉头坐下，仍然去诵她的经卷。三桂细察圆圆的意志决绝，那粉脸的严肃连霜也刮得下来，谅想她伤心太甚，一时非人情可动，只得等她愤气稍平，慢慢地劝她就是。想着便没精打彩地立起身来，叹口气道："沅娘，俺终不能忘情于你！此时俺暂为忍耐着吧！"说毕懒洋洋地下楼，跃上金鞍。回顾圆圆，还是埋头讽诵。三桂点头道："从来说女子的心肠比须眉来得残忍，这句话俺今天才相信了。"

三桂回到蒲府，第二天就派了四名使婢来服侍圆圆，又替她在荒寺旁边盖起一所尼庵。那庵堂共是屋宇五楹，一轩两厢，一楼一大殿，殿上塑慈航道人全身，高九丈，旁塑龙女善财，左厢是弥勒阿难，右厢是金刚伽蓝。轩中作为客室，陈设古玩，悬挂书画，琴棋弓箭无不俱备。小楼一楹，是圆圆的寝室，绣幕珠帘不减藩府闺闼。至建造的精致，画栋雕梁，大殿上玉阶丹陛，碧牖朱檐。楼后小圃植四时花木，辟畦栽竹，凿沼养鱼。布置得清静，是华丽中含着幽雅。三桂的对待陈圆圆，也算一番苦心了。

第一百十八回　北风凛凛海道奔黑夜　疑云阵阵噩梦惊深宵

　　到了庵宇落成的那天，三桂就折柬邀客，滇中缙绅大夫到者踵趾相接，尤其是那些官员的眷属，闻得是吴平西王的爱姬出家，往日素知平西王有个宠姬叫陈圆圆的，是绝美人，耳名既久，谁不要想瞻仰一下？得了这样的好机会，当然争先恐后，滇地城里城外，大家来瞧热闹，几乎万人空巷。那时庵中粉垩得金碧交辉，殿宇巍峨，佛像壮丽。众人见了这般精致的尼庵，已是生平目所未睹，啧啧的传赞声不绝于耳，都说平西王的如夫人出家，到底和寻常的妇女落庵不同。大凡妇女们等到环境恶劣，逼迫得无地容身，才萌剃发的绝念，如稍有余地，断不肯走这条路的。所以削发为尼的妇女，大都是困苦不堪，从没有圆圆那样地富贵出家，好好的王爷夫人不做，却来度那梵声鱼音的清苦日子，把来放在常人眼中瞧去，益发觉得可异了。于是三三两两，议论纷纷。

　　三桂这天却十分得意，打叠起了全副精神，在大殿两厢及客轩中，亲自招呼来客。茶罢，三桂向缙绅们说了建庵的缘故，只推说圆圆生性好佛，特为筑此茅庵，以从她的心愿。众绅士听了都绝口赞扬，三桂也万分快乐，便拱手请绅士们赐个庵名。众绅士大家推让了一会，又讨论了半晌，由一个年龄稍长的缙绅，崇祯年间也做过一任督粮道，这时就起立躬身道："昔日慈航证果成道，相传是四月十九日；今王爷的夫人悟真皈依的吉期，恰当四月十九日。下走等深望陈夫人早证大道，也和慈航道人一般，那么就取个'证慈禅庵'吧！"说罢，众绅士一齐哄然附和。

　　三桂大喜，方要叫左右看过笔砚来题名，忽见服侍圆圆的近身小婢从小楼上带跌带爬地哭嚷下来，口里不住地喊着："夫人不好了！"三桂吃了一惊，忙问什么事这样惊慌？小婢垂泪说道："陈夫人已自尽了！"三桂和众绅士听了，都惊得目瞪口呆，急急地三脚两步奔上小楼，只见圆圆高高地悬着。三桂大踏步抢将进去,飞身上椅解下圆圆来,却已气息毫无,玉体如冰了。三桂这时也顾不得怎样了,一把搂住圆圆的尸体放声恸哭起来。众人见了这种情形,也个个摇头叹息。三桂哭了一会,唤过那服侍的四名使女,含怒说道:"陈夫人自尽,你们都在哪里?"使女齐齐地跪禀道:"夫人在自尽之前将小婢们一概遣出房外,半晌不见夫人的声息,才撬开门儿进去,见夫人已自缢死了。"三桂长叹一声,吩咐左右将圆圆以王妃礼盛殓了,即日安葬在栖云寺的松林下,并建石碑,大书"陈姬圆圆之墓"。后人到此凭吊,有七绝一首道:

青苔碧瓦短墙边,古墓倾颓犁作田。
陈姬风流伴野草,空教游客话当年。

三桂葬了圆圆,命将那座茅庵扃闭起来,至今茅庵的遗迹犹存,落得后人几声嗟叹罢了。

再说明朝自江南袭破,弘光帝被擒遇害,大臣多半殉节。时唐王聿键在福建登位,是为隆武帝;鲁王以海,据浙江绍兴,号称监国。降清将领李成栋率兵围杭州,大破明兵,进军萧山,和钱壮武战于瓜沥,败退铜鼓山,绍兴震动。鲁王以海见孤城难守,从海道夜遁舟山。清兵又围舟山,郑之龙请降,舟山陷落,清兵械系鲁王送往京师,半途遇害。清兵又破福建,擒住唐王聿键,杀死于军中。唐王弟聿𨮁,由顾元镜等扶立广州,是为绍武帝。清总兵李成栋攻破了广州,获绍武帝聿𨮁,即斫了韦𨮁的头颅送往京师。时只有桂王由榔即位于肇庆,是为永历帝。清总兵李成栋反正,张献忠骁将孙可望降明,明军声势大盛起来。

这时吴三桂在云南声势日盛一日,清廷异常地疑惑。靖南王耿精忠、平南王尚之信和平西王吴三桂,清初称为三王。这三位

第一百十八回　北风凛凛海道奔黑夜　疑云阵阵噩梦惊深宵

就藩的汉人，都拥着兵权，清廷不时遣人监察。吴三桂的兵力最盛，而且有通明的嫌疑，清廷削藩的风声非常紧急。吴三桂部下的诸将，人人替吴三桂担忧，参议夏国相忙来见三桂，把清廷撤藩的消息大略讲了一遍。

三桂正迷恋着小蛾，将此事抛撇在一边，蓦然听了夏国相的话，好似兜头浇了一桶冷水，半晌说不出话来。这样地怔了一会，才慢慢地说道："倘清廷真个下旨撤藩，那可怎样是好？"夏国相道："清廷虽加王爷王爵，但疑王爷的心理却一点也不曾消除的。倘稍为可以指摘，便一道上谕下来，使王爷迅雷不及掩耳，这倒不可不防。想为自固起见，第一要扩充实力，万一有变，好预备抵御了。内顾既已无忧，再外结耿、尚两王，以便有事互相呼应，这外援一层，也是极紧要的。"吴三桂见说，连连点头道："参议的计较有理，俺这几天精神很坏，烦参议代俺去办理就是。"夏国相领命，辞了三桂，自去料理不提。三桂自己，只和小蛾豪饮歌舞，穷奢极欲，云南的人民怨声载道。

那夏国相奉了命令，在各处要隘布防一切。外面哄传吴三桂将叛清，清廷闻得三桂调兵遣将，深恐一旦不测，西南必致糜烂，于是急下一道上谕下来，令三桂移师关东，一面密嘱豫抚图海，中道邀击三桂。那谕旨道：

> 平西王吴三桂剿平闯逆，南征北讨，劳勚懋著。朝廷论功褒赏，特封为平西王，留镇云南。当此西南大定，该王郁处滇中，谅非素志。着该王即日移师关东，藉资镇慑。该王任事忠奋，应奉命即行，无负朝廷寄托之重。切切凛遵。钦此！

吴三桂接到了上谕，行又不是，不行又违旨意，又觉进退两难起来。参议夏国相说道："朝廷谕旨已下，如其违命，清廷即兴师征讨，有所借口了。现下不如乘明永历帝被清兵逼迫遁往梧州的当儿，咱即出师相助，看清廷的动静再定行止吧！"三桂大喜，便派马保为先锋，统兵两万，出兵夹击永历帝。瞿式耜等尽节，永历帝守不住梧州，黑夜走永昌府，三桂的兵马也乘胜进迫永昌，一面推说出兵，徘徊观望，不肯移师关东。

清廷已窥出三桂的心理，知道他终久是要变心的，又密谕图海，收夺三桂的兵权。图海得了上谕，私下和左右商议道："吴三桂赖以雄视一方的，就是拥有兵权。我如夺他，必然激出大变来，朝廷不是要加谴于我的吗？"这时有个中军冯壮士，应声答道："某有一策，保管吴三桂三军瓦解。"海图听了大喜道："你若能有良策，咱当不吝重赏。"冯壮士攘臂说道："吴三桂坐滇中，剥吸民旨，百姓人人共愤。某愿以三尺龙泉刺杀三桂，那时他军中蛇无头而不行，还怕他不一鼓平荡吗？"图海欣然道："计是好的，只是要慎重做去，不可太鲁莽了，以致弄巧成拙。"冯壮士点头应允了，星夜扮作一个贩药的客商，偷偷地混进了云南城。

时清廷削藩声浪越高，云南地方由夏国相防范着，搜查行人十分严密。冯壮士暗藏利刃，天天在王府前后巡视，那吴三桂却躲在赭玉园中笙歌夜宴，一个月中难得有一两次外出。壮士候了四五天，得不到一些儿机会。有一天晚上，冯壮士又到藩府花园门前伺三桂，抬头见园门外有一棵大樟树，树干正斜倚在园墙上。壮士暗叫声"惭愧！有这样一个机遇，为甚要在门前呆等？"想罢飞身上树，抱在枝干上，向园内一望，恰恰对着园中的玉雪亭。这天晚上，三桂携着爱姬小蛾和十几名侍姬，正在亭上夜宴，卫士保住在身后侍立。

讲到这个保住，是河间人，练得一身的好武艺。三桂在园林

第一百十八回　北风凛凛海道奔黑夜　疑云阵阵噩梦惊深宵

大宴宾客，小蛾侍侧，三桂命她唱歌，却没有良好的琵琶。内中一个宾客说道："俺有一只琵琶，是数百年前的古物，可惜现在家中，否则倒可一试。"保住在旁应道："咱愿替王爷去取来。"那宾客笑道："俺家中离此有五十多里，又藏在密室中，就是俺家中的仆人也没处找寻，何况是你？"保住竭力请行，当即向宾客问明了室宇的样儿及藏琵琶的所在，忽地跳上屋顶，身轻似燕一般，一点声息都没有。去了不多一刻，见屋檐上似有飞鸟下地，保住已含笑上亭，双手捧着一只琵琶，对宾客说道："幸不辱命，琵琶已取到了。"那宾客忙看时，果然是自己藏在密室的，不觉失色赞叹。三桂命将琵琶给小蛾弹唱，端的弦音清越，与寻常的琵琶不同，听得座上的宾客个个心迷神往。从此三桂对于保住，越发比前宠任，进出命他随在左右护卫。因三桂自引清兵进关，人心都很愤恨，三桂自己也略略有些觉得，怕被人暗算，坐卧皆有勇士保护着的。

在宴玉雪亭的隔夜，三桂饮得酩酊大醉，踉踉跄跄地扶入罗帐，醉眼朦胧中觉得自己居半山，脚下拥着云雾，遥瞰山中翠柏苍松浓绿欲滴。三桂便信步下山，只觉山麓中一个美人，生得桃腮杏眼，看着三桂微笑。三桂这时身不由主地向着那美人走去，猛听得大吼一声，一只斑斓的大虫望三桂的头上直扑下来。三桂大吃一惊，吓出一身冷汗，开眼醒来，却是南柯一梦。三桂这时也不再睡，听谯楼正打三鼓，便把梦境和左右说了。众口一词说猛虎是恶人，须慎防暗算。三桂见说，便令保住带了利器随在左右。

这夜在玉雪亭夜宴，正喝得兴高采烈，忽见一道金光直向三桂身上飞来，保住眼快，忙抽刀一格，只听当地一声，一把宝剑堕落在席前；接着亭阶上跳出一个大汉来，手执明晃晃的尖刀，望三桂刺来。其时亭上顿时鸟乱起来，早有保住挺刀把那大汉迎住，两人一来一往在玉雪亭上斗着，三桂已避往亭后，挥卫士一拥上前，将大汉擒住。三桂当即升座，亲自鞫讯，问他的姓名，受谁人的指使。那大汉郎声说道："俺叫冯壮士，来替国家除贼，俺若杀了你，自然富贵封侯。今日大事不成，任你斫杀就是了！"

三桂听他的语气，似受清廷的遣使，便吩咐拖大汉出去斫了；一面召夏国相、胡国柱、郭壮图、马雄等一班将佐，大开帐前会议。吴三桂首先说道："本爵忠心佐清，不料清室不谅，反加疑忌，甚至派遣刺客俟本爵的间隙。似这样下去，早晚是要破脸的，列位以为怎样？"胡国柱答道："王爷请兵入关时，某等原阻谏王爷休要引狼入室，今日悔悟，可已迟了。"三桂叹口气道："那事经过去，也不必谈它了，只筹眼前的办法。"夏国相说道："王爷目前如要自保，非举旗起义，索性大作一番不可。倘终年低首人下，从前的贺人龙就是榜样（流贼贺人龙，降明擢总兵，被明廷见疑斩首）。"吴三桂踌躇说："话虽如此，但举义的行为目前还不到这个地步。俺们这时且暗中慢慢地筹备起来，看势头不好，起事未迟。"三桂一生，误在犹豫不决。他此时如能听诸将的话说，举旗起叛，雄据西南，坚垒自固，一国之君，尚足有为；万一不幸，裂土分茅似宋时的契丹，未尝不可立国。怎奈三桂迟疑因循，待清朝大兵四集，安排既定，三桂被迫得无可奈何，始率众起事。可是清廷已布置妥当，正如瓮中捉鳖，任你吴三桂拥百万之众，也当不起四面受敌，那时想到当日诸将的良言，悔自己不用，今日还有何说！这是后话，按下不提。

再说三桂等诸将散去，独自一个坐在堂上。回想自己剿平李自成，收复秦楚，于清廷也很有一番汗马功劳。而且清朝的天下，还是自己去请清兵入关，才把大明江山断送。弄到最后的结果，不但不能安享荣华，反遭清廷的监视，想来想去觉自己实在不值了。三桂呆想了一会，叫左右排起香案，设了怀宗的灵位，

第一百十八回　北风凛凛海道奔黑夜　疑云阵阵噩梦惊深宵

亲自素服致祭，祭罢俯伏在地上，放声大哭起来。三桂这时良心发现，正哭得万分感伤，忽报清廷又有圣旨到了。

不知圣旨说些什么，且听下回分解。

第一百十九回　新仇旧恨清帝入空门
　　　　　　　　燕唱莺啼吴藩登大位

　　却说吴三桂听得清廷有旨，忙把怀宗的神位撤去，迎接钦使进内。开读谕旨，是催促三桂移师关东。那钦使读罢圣旨，笑对三桂说道："皇上很记念王爷，不日还要召觐哩！"三桂唯唯。那钦使便起身告辞。三桂送出了大门，钦使自进京复旨去了。这里三桂急召诸将商议，谓清廷步步相逼，现已事急，应怎样对付它。诸将都劝三桂起事，弄得三桂好似九头鸟拾着帽儿，正不知戴在哪一个头上好。正在犹豫不决，忽飞骑报到清廷顺治皇帝暴崩了。三桂听了，不由得大吃一惊。暗想清帝方在年少，怎么忽尔崩逝，其中定有缘故。这时帐下诸将听得顺治帝驾崩，都劝吴三桂乘朝廷无主举旗起义，三桂依旧犹豫不定。

　　做书的趁这个空儿，把顺治皇帝叙一叙。原来顺治帝自董小宛出宫，偷偷地到玉泉宫去过一次，后来皇太后把玉泉宫焚去，顺治帝闻得小宛焚死，终日呆呆痴痴地，一会儿笑，一会儿哭。皇太后弄得没法可想，下谕把洪承畴从江南召回京来，将皇帝的情形告诉他，承畴也觉束手无策。那顺治帝却越发闹得厉害了。想自己为一国之首，还不能庇一妃子，心里愈想愈气。旧恨新愁一齐涌上胸中，到得伤心的时候，索性大哭了一场。看见宫女内监，便大声叱骂出去，静悄悄地独自一人默坐着呆想。

第一百十九回　新仇旧恨清帝入空门　燕唱莺啼吴藩登大位

　　这样地闹了两个多月，一天的晚上，蓦地哈哈大笑起来，笑了一阵，就把宫门闭上了。宫女们不敢进去，只在外面侍候。听得顺治帝在里面负着手踱来踱去，忽研墨吮毫疾书，又掷笔大笑一会。笑不多时，又哭了起来。三更以后，室中已寂静无声，宫女内监也都睡熟了。酣睡初起，已是红日照窗，还不见室中声息。内监们有些心疑，轻轻地在宫门上一推，门却是虚掩的。就中一个胆大的内监蹑手蹑脚地进去。四面一瞧，不见了皇帝，再向御榻上一看，哪还有皇帝的影踪？吓得那内监怪叫起来，霎时宫人内监拥满了一室。有几个稍有头脑的内监说道："且不要这样慌张，或者皇帝临幸别宫，或者往皇后那里。咱们分头去寻过了，再去报知太后就是。"众内监宫女见说得有理，一哄地散去，各人分头去寻皇帝。谁知直到好久，到处找遍了，只是没有皇帝的踪迹。内监们才有些心慌起来，忙去报知皇太后。

　　皇太后听了，急急地驾了凤辇亲自到宸寿宫来瞧看，见皇帝平日的服用器物仍旧在那里，单单不见了皇帝。皇太后也急得泪珠滚滚。这时皇后以及各宫嫔都知道皇帝失踪，大家拥在宸寿宫内议论纷纷，也有哭的，也有叹息的。在这众声杂沓的当儿，忽见一个妃子在皇帝的御榻上找出一张东西来，上面潦潦草草地写着几行汉文。那妃子不识汉文的，便呈给皇太后。皇太后也不识汉文的，下谕宣洪学士进宫。

　　不到一会，洪承畴跑得满头是汗地走进宫来。见了皇太后行过了礼，太后把皇帝潜遁的话大略说了一遍，又把那张字递给承畴。承畴看时，却是顺治帝传位的诏书，不觉大吃一惊道："皇帝不回来了。"因把那张诏书一句句解释给太后听了，诏中说道：

　　　　朕以冲龄践祚，忽忽十有八年，德薄才疏，毫无政
　　绩。上负祖宗创基之苦心，下失臣民望治之本意。所幸

元臣辅导之功,得歼贼殄叛,享今日太平之乐。然清夜默思,愧据神器,抚心不无内疚。此朕所以弃国而去也。矧富贵浮云,人寿几何?朕已彻悟禅机,遁出红尘,尔等无庸悬念。至于大位,自不可久虚。朕子玄烨,为佟佳妃所出,聪敏颖慧,克承宗祧,着令继统即皇帝位。内大臣鳌拜,大学士苏克萨哈等,皆先皇股肱之臣,忠心为国,亦朕素日所信任,堪以辅佐嗣皇帝,庶不负朕寄托。祈各凛遵无违!钦此。

皇太后读了诏书,半晌做声不得。还是洪承畴禀道:"皇帝既有诏书留着,只有照办。"一面飞召苏克萨哈来京(时苏克萨哈代洪承畴出督两江);一面派亲王外戚秘密寻访皇帝踪迹,万一找不到,只有扶太子嗣位。但目下皇帝失踪的消息,切不可泄漏出去,否则必酿出乱子来的。太后见说,只得含泪点头,叫洪承畴拟旨,召苏克萨克。又下谕立皇长子玄烨为太子,以便嗣统。又密宣郑亲王、和硕亲王、贝勒、贝子等进宫,令秘密访寻皇帝,不得在外声张。又把是日的管门内监及侍候皇帝的宫女内侍一齐监禁起来,以防走漏风声。又将总管内监宣来,经太后痛骂一番,即行革职留任。并吩咐嫔妃宫人,不许传扬出去。皇太后待诸事妥当,自和洪学士回慈宁宫。直到三更多天,方由两名小监掌着碧纱灯导,洪承畴出宫。那些亲王贝勒奉了懿旨,自去找寻皇帝。

再说那天晚上,顺治帝写好遗诏,倚榻假寐了一会,所以宫女们听得室内已寂静无声。鱼更三跃,顺治帝一觉醒来。悄悄开了宫门,见宫人内侍都已酣睡如雷,便一口气跑出宸寿宫。只见星辰满天,月光微微的一线,被云遮没了,一望宫外,很是黝黑。顺治帝也不管什么,沿着御道,越过跨虹石桥便是御苑。时

第一百十九回　新仇旧恨清帝入空门　燕唱莺啼吴藩登大位

守苑的内监也已睡了，还有一两个值班侍卫在苑外踱来踱去。顺治帝恐怕惊动他，就悄悄地走到御苑西门。幸得苑门没有落锁，出得御苑，不辨天南地北，脚下七高八低地走着。看看到了皇城门前，城门早已下键了。顺治帝喝叫开门，守门官见他仪表非凡，疑是内宫的近侍，忙开门让他出去。这样地经过外城，也不曾阻拦。

顺治帝这时也不打算到哪里去，低头只顾向前直走。其时天将破晓，寒露侵衣，身上略略觉得有些寒冷。又走了半晌，天色已是大明。晨曦初上，照大地犹若黄金。顺治帝惘惘地只望着丛林深处走去，猛听得当当的云板声激荡耳鼓，如晨钟清磬，把顺治帝惊觉过来。抬头瞧时，见一个癞头和尚，眇一目，跛着一足，挑了一副破香担，担上悬着一幅墨龙。左手云板，右手木棰，走一步打一下。

顺治帝见那和尚来得蹊跷，就立住了脚问道："你那疯和尚，在这荒山野地走来走去干些什么？"那癞和尚听了，举手答道："俺在寻俺的师父。"顺治帝说道："你师父叫什么？"癞和尚指着担上的画道："你不见俺那幅画吗？俺师父唤作龙空和尚，在圆寂的那天，对俺说道：'我将投生尘俗，有墨龙一幅，未画双睛。待过三九之年，你可下山去打寻，有人替你画上点睛，那就是我的后身到了。'"说罢，又从香担内取出破衲一袭，拂尘一柄，念珠一串，紫砂钵一个，都递给顺治帝道："这是俺师父的遗物。"

顺治帝检视破衲、拂尘、念珠、紫砂钵等物，好似是自己的旧物，心上不由得起了一种感动，叫癞和尚在担上取出一枝秃笔来，向那幅黑龙添上眼睛。果然，那龙有了眼睛，张牙舞爪，大有驾云上天的气概。癞和尚看了，慌忙跪倒在地下，不住地磕头道："师父到今天才来，几乎想煞俺也。"顺治帝被他一叫师父，心里顿有所悟，便脱去身上的箭衣，披了破衲。笑对癞和尚说道:"你看三十年故物,今日还我本来面目。"癫和尚笑道:"忽去忽来,忽来忽去。来来去去,都是幻梦浮云。去即是来,来即是去,无非浮云幻梦。"顺治帝大笑道:"是哪里来?是哪里去?什么幻梦浮云,实是无什么幻,更无什么的梦。幻是更非幻,梦亦更无梦,都是濛濛空空。"癫和尚抚掌道:"阿弥陀佛!西方路上有莲台,无叶无枝雪玉堆。"顺治帝道:"色是空兮空是色,碧云拥护踏风来。"癫和尚笑道:"好了!好了!女菩萨等候多时了。"顺治帝道:"哪里的女菩萨?"癫和尚合掌闭目笑道:"玉泉宫的女菩萨,师父难道忘了吗?"顺治帝笑道:"真的吗?"和尚笑道:"似真似假,似假似真;真真假假,假假真真。"顺治帝大笑道:"好!好!"于是那癫和尚挑起香担,顺治帝拿了拂尘、念珠,托了紫钵,师徒两个上清凉山去了。

后人见清凉山(五台山上),于月白风清的时候,常有一对璧人徘徊于碧树绿荫中,如迫近瞧看便忽然不见。时人咏清凉山诗,就中有一首七绝道:

　　　　绿杨香草气如兰,倩影双双夜漏残。
　　　　古刹红墙留古迹,梵声艳影两清寒。

相传清凉山上的倩影,一个是顺治帝,一个是董小宛。夕阳西垂,暮色苍茫中就可以见两人携手往来山麓,俗人指为仙迹。

那时清廷的诸亲王,四处找寻顺治帝,毫无影踪。皇太后也无可如何,只得召洪承畴进宫。商议了半天,当即拟成遗诏。一面宣传出去,谓顺治帝暴崩,召集亲王大臣,奉皇太子即位,改明年为康熙元年。谥顺治帝为世祖皇帝,尊佟佳氏为太后,晋皇太后为太皇太后。

顺治帝暴崩的消息传播开去,一时议论纷纷,很多揣测之

第一百十九回　新仇旧恨清帝入空门　燕唱莺啼吴藩登大位

辞。当时专制帝国，就是耳闻目睹也不敢直道。到了乾嘉时代，才稍有人吐露出来，但也不能直书，不过假名记载罢了。在康熙帝嗣位后，太皇太后想起小内监跟顺治帝往西山，董小宛有"清凉山再见"的一句话。于是同了八岁的小皇帝（康熙继统年只八龄），驾着銮辇临幸清凉山。到了清凉寺了，有一个癞和尚，闭着一只眼，歪斜着嘴，浑身的泥垢足有三四寸厚，坐在石阶上扪虱。见太皇太后和康熙帝进寺，也不知道迎接行礼。太皇太后问他的话，三句不答两句。再和他说话，却是耳朵聋的。太皇太后问了他半晌，仍然没有头绪，只得和康熙帝游玩了一番。见山色如黛，松声盈耳，流水潺潺，怅望了一会儿，扫兴而归。

光阴如箭，转眼这位康熙帝已有十二岁了，居然临朝听政。批答奏牍，虽元勋老臣也为折服。而对于政事尤为明察，朝中大小臣工都凛凛自守，不敢有非分之行。这时因三藩变叛的风声日紧，康熙翻阅旧谕，见有命平西王吴三桂率师出镇关东一节。便召内大臣鳌拜问道："平西王吴三桂，至今犹坐镇滇中，这上谕是几时颁发的？"鳌拜奏道："三桂拥有重兵，先皇曾有谕旨，令他移镇。三桂挨延不应，本应削藩逮问，恐一旦激变，所以因循未敢实行。"康熙帝怒道："目下天下日渐太平，使外藩坐拥大兵，终非朝廷之福。宜设法解除他们的兵权，自应从移师入手。他如不听，只好出兵征剿一途了。"鳌拜顿首称是。康熙帝便亲下手谕，着平西王吴三桂即日移师关东，如再迁延，是藐视国法。又命豫抚哈铭、总督蔡毓荣、云南抚台鲁镜元，暗中秘密戒备，提防三桂有变，立即会师征剿。

那道上谕下来，吴三桂接着，忙召诸将商议。夏国相攘臂大叫道："王爷如今日再不自决，只好束手待毙了！"吴三桂见清廷相煎过急，使自己不得不然。正在迟疑的当儿，恰好总兵郭壮图从外进来。听说清廷钦使来催促移师，不禁大怒道："咱们若移师关东,是就死地去了,这如何使得。咱们横竖有将来的一天,不如今天干了吧!"说罢,拔出佩剑来,把钦使飞起一剑,挥作两段。吴三桂大惊道:"斩了钦使,这祸可不小了。"夏国相说道:"事到了这样,骑在虎背上,就干他一遭。"郭壮图大叫,"反了吧!反了吧!"一声吆喝,胡国柱、高大节、马雄、马宝等一齐叫道:"反了!"于是各人纷纷上马,调兵的调兵,布置的布置。霎时风声传扬开去,吴三桂反叛的声浪,宣传得无人不知。豫抚哈铭这时已接到密旨,一面布防,一方面命总兵何文雄,统兵进剿。三桂的部下,以胡国柱为先锋,领兵抵御。一场鏖战,清兵大败。胡国柱星夜追逐,连破清军四十四寨、二十三城,军声大震。总督蔡毓荣亲统六师来战,被夏国相伏兵中道,骤起邀击。清兵又复大败,蔡毓荣夜遁贵州。夏国相追踪进兵,贵抚孙叔雍开城迎降。三桂大兵进了贵州,蔡毓荣驻屯不住,只得退守桂林。

吴兵一路进军,势如破竹。不到一年,云贵及两广,凡永历帝旧有的地方,以前经清兵攻陷的,此时都归了三桂。时孙可望已降清被杀,靖南王耿清忠在福建响应三桂,平南王尚之信也起事粤中。三桂兵克四川,一时声势日振。这时部下诸将见地段渐广,看着大事已很有希望,便大家商议好了,上疏劝进。三桂再三地谦让,末了推辞不得,择日筑坛即皇帝位,国号曰周。改是年为利用元年,以夏国相为宰辅,胡国柱为大将军,郭壮图为左将军,马雄为右将军,高大节为总兵官。其余大小将士都按级封赏。

这样一来,清廷大震。急将总督蔡毓荣革职,以前豫抚图海为征西大将军,赵良栋为副,任傅宏烈为参军,张勇为先锋。大兵浩浩荡荡,杀奔云南而来。其时张勇欲先取两粤,傅宏烈独谓不可,赵良栋也附从宏烈,张勇很是反对,弄得个老于戎行的图

第一百十九回　新仇旧恨清帝入空门　燕唱莺啼吴藩登大位

海，被他们争得没了主意。傅宏烈说道："云南是吴三桂巢，擒贼擒王，破敌必先捣其巢。云南若一有失，周军全功尽弃，各省必率众来救。那时俺们领兵，从间道进攻，取两粤和川中无异反掌。羽翼既除，还怕三桂飞到天上去吗？"图海见说，毅然说道："傅参军的议论有理。"当即下令，进扑云南。

这时，夏国相方驻兵琼崖，听得云南被困，匆匆地引兵回救，清兵抵挡不住内外夹攻，暂退五六十里下寨。图海急和傅宏烈、赵良栋互相计议道："吴三桂军马锐气正盛，俺们和他力敌，终非他的对手。为今之计，只有先去他的外援，使他军心涣散，然后云南不难一鼓攻破。"傅宏烈笑道："三桂外援不过耿、尚两王罢了。倘能除得此二人，三桂势孤，自破之不难了。"图海抚掌道："俺正为这个缘故，筹思了好几天，却没有良策。"傅宏烈奋然起立道："耿、尚两人虽已响应三桂，其志并不甚坚，只须有人说以利害，保管他弃了三桂来降。某不才，愿凭三寸不烂舌，说耿、尚两人投诚如何？"图海道："参军忠忱可嘉，只是太嫌冒险。万一不成，那不是枉送了性命？"傅宏烈笑道："人谁不死，某就死在耿、尚手里，也为国而死，又有什么悔恨。"说毕便退入后帐。

第二天上，傅宏烈只带了两名亲随，辞了图海，先往福建去说靖南王耿精忠。那耿精忠是耿仲明的孙子，父名继茂。清兵进关，耿仲明血战保定，身中六枪，得反败为胜。顺治帝定鼎，封耿仲明为靖南王。仲明病死，继茂袭爵。不多几时，继茂也死了。耿精忠统了他祖父的部众，仍袭靖南王的封号。吴三桂云南起事，约精忠援助，精忠便在福建变叛起来。

不知傅宏烈怎样说降耿精忠，再听下回分解。

第一百二十回　水尽山穷永历遁缅甸
　　　　　　　吟梅嚼雪明事结全编

却说傅宏烈到了福建，便去谒见耿精忠。耿精忠也素知傅宏烈是个名士，在清廷任职，谅他前来必做说客无疑。于是命点鼓升堂，传集大小将校，一例顶盔贯甲，弓上弦，刀出鞘，戈戟森严，旌旗耀目。将佐自厅前起直排到二门外，两旁雁行儿立着，一个个精神抖擞，显出十二分的威武来。布置妥当，才命大开中门，传傅宏烈进见。

傅宏烈故意旁若无人地昂然直入，到了大厅上，只见耿精忠高高地坐着，傅宏烈忍不住哈哈大笑道："傅某千里闻名来见足下，不谓足下的肚量这样狭窄，却把某当作蒋干看待，只怕足下未必及得周公瑾咧！"说罢也不行礼，回身便走。耿精忠忙走下座来，一把挽住宏烈道："先生且莫生气，咱们有话慢慢地好讲。"当下将宏烈让进了书斋，两人重行见过了礼。耿精忠笑道："闻先生任事清廷，很是重用。此番不远千里，敢是到咱这里来做说客吗？"宏烈正色说道："某和王爷虽是同乡，自幼到今，不曾会过一面。只闻威名，知王爷是个识时务的俊杰。今王爷掌握重兵，身膺荣封，不安然坐享富贵，转去依附吴三桂。要知三桂本是豺狼，只可与共患难，不可共太平的。但看他自迎清兵进关，首先剃发投诚，既忘明朝恩典，甘事两朝。这是良臣择主而

第一百二十回　水尽山穷永历遁缅甸　吟梅嚼雪明事结全编

事，且勿论他。不期顺了本朝未久就拥兵称叛，显见他是个反复小人。况且据云南，又是四面受迫的地方，目下只消两广一破，三桂孤居云南，眼见得成了瓮中之鳖。王爷扶助三桂，事成也不过位列封侯，或者还不如今日；倘一旦失败，那就不可说了，王爷少不得与共休戚。为了一个痛痒不关的吴三桂，弄得戮首赤族，身败名裂，不是太不值得吗？本朝以恩德加入，处处能够包容。如王爷弃了三桂，仍归本朝，朝廷断不见罪，某可以家口担保的。孰是孰非，请王爷度势量力而行，某愿听指挥。"说到这里，宏烈便停住不说，瞧着耿精忠，等他的回答。耿精忠被宏烈一番话说，句句打动了心坎，不觉叹口气道："本爵附和三桂，原不是出于本心。那时经平南王尚之信遣人向本爵关说，谓清朝的三藩都是汉人，屡遭朝廷的猜忌。削藩之声已传遍都下，三桂一败，平南王和本爵自然唇亡齿寒，因此不得不替他响应。现在见三桂处事横暴，人民嗟怨。看他的大势决然无成，本爵这时也有些懊悔了。但不知平南王的心里怎样？"傅宏烈奋然说道："王爷放心，平南王那里，某可以保他投诚本朝。"耿精忠说道："平南王若无异言，本爵自当照办。"

傅宏烈大喜，当日和耿精忠双饮通宵。到了次日，便辞了耿精忠，往粤中来见尚之信。宏烈先把耿精忠已愿降的话细细讲了一遍，尚之信答道："靖南王如弃吴三桂顺清，俺这里随着靖南王进行就是。"宏烈见说，即和尚之信约定期日，重又回到福建，将举事的时候说定了，匆匆回报图海。

到了那天，平南王尚之信、靖南王耿精忠同时竖起清朝的龙旗，去了吴三桂的利用年号。早有警骑飞禀三桂，三桂听了大惊道："耿、尚两人反复，孤的羽翼已被剪去，大事可就难成了。"说罢，抚膺痛哭起来。夏国相在旁劝道："陛下不必焦躁，事在人为，即使没有耿、尚两王相助，从前明太祖孤身起义，难道就不能干大事了吗？"说得吴三桂破涕为笑。

其时永历帝败走桂林，被清总兵李成栋所逼，又败奔梧州。正在人心惶惶，忽报李成栋有个爱姬，小名珍珠，却是明末的宫人。成栋袭破通州便掠得这个珍珠，成栋见她生得雪肤冰肌，惊为天人。那珍珠虽从了成栋，心却不忘明朝。每见成栋红顶花翎回第，珍珠终把话嘲笑他。

成栋进陷桂林，珍珠忽然问道："明帝哪里去了？"成栋说在梧州。珍珠说："将军在清，北讨南征，不过做个总兵，何不反正明朝，博个忠臣的佳名。"成栋叹道："俺非忠于清廷，其实也有不得已的苦衷。"珍珠正色道："将军弃故国而降异族，妾身虽微贱，不愿做遗臭万年的姬妾。"说时霍地抽出尖刀来，望粉颈上只一抹，鲜血直射成栋袍袖。成栋忙挽救，已香销玉殒，尸身仆倒尘埃了。成栋顿足嗟叹，并恨恨地说道："俺一心顺清，转送了一个爱姬，此憾怎样消得？"呆了半夜，奋然跃起道："俺堂堂丈夫，不及一个女子吗？"于是立即传令，改竖起明朝的旗帜，称为反正军。又命取戏班的衣冠袍挂，换了明装，上疏请永历帝回驾。这样的一来，自桂林直达贵州，凡九十三城，依旧仍归明疆。

清廷闻得李成栋反正，派大将塔哩布进兵征剿。一场鏖战，清兵败走，明军声势再振。不料李成栋因胜骄兵，被清军深夜来袭。李成栋不曾提防，弄得人不及甲、马不配鞍，成栋领了三十骑从后营逃命。这一阵好杀，明军二十万逃的逃走，杀的杀死，投降的也很不少。成栋只身逃脱，自觉无颜回见永历帝。当即披发改装，锡杖芒鞋，做了云游的头陀，入四川峨嵋山中，不知所终。

李成栋败走，永历帝守不住肇庆，率着一班亡国余臣，仍回梧州。不多几天，梧州又被清兵围困，只得再奔永昌。那时驾前

第一百二十回　水尽山穷永历遁缅甸　吟梅嚼雪明事结全编

群臣，多半是尸位素餐，如庞天寿、丁楚魁、孙崇绮、马吉翔等，一听清兵到来，除了和永历帝逃奔外，真是一筹莫展。只有一个瞿式耜还死守困守梧州，何腾蛟又在湖北被杀，郑成功也死在台湾，子郑经继立，明军声势日衰。

永历帝在永昌，糈饷渐尽，嫔人宫女都饿得互相对泣。大家又勉强支持了几天，忽报吴三桂前锋马宝离永昌已不远了。那时驾前的明臣听得这个消息，各自挈了家属，悄悄地逃命去了。第二天上，马宝的人马围住永昌府，城市人心惶急。其时随驾的，不过一个镇国公沐天波和刘金景等数人。马吉翔倡议道："吴兵锐气甚盛，我又无粮草兵马，万万不能与敌。此去离缅甸不远，不如投奔于他。且缅主世受吾明厚恩，穷迫往投，谅他不致见拒。"永历帝听了，觉今此也没有别路，只得草草收拾了，开城出奔缅甸。宫中嫔妃都啼哭相随，还有几个忠心的内侍，饿得路都走不动了，也竭力跟随。永历帝急得逃出虎口，见人多累赘，深怕吴军来追。由马吉翔握在车辕上，把奄奄一息的嫔人内侍，纷纷推堕车下。一时哭声遍野，哀惨的情形目不忍睹。

永历帝车驾离了永昌，疾驰向缅甸进发。缅酋罗平南闻明朝的皇帝驾到，忙召各头目计议道："现在明帝被清兵追逼到咱这里来。如把他收留，清廷必加兵于咱，咱们这点点小去处，怎敌得清朝的大军？倘是拒绝他，在自己的良心上似说不过去。"众头目齐声说道："咱们暂且把他留住了，万一清廷有什么举动，咱们立刻将他们君臣献出就是了。"缅酋见说，一面下命迎明朝君臣就馆，一方面去打听清廷的消息。

那时缅甸的风俗极其奇特。永历帝初到异邦，见了这种情形，心里异常地难受。过了几天，忽闻瞿式耜的噩耗，永历帝大哭一场。正在感伤，又有人密报，谓缅甸酋听知吴三桂人马将进攻缅甸，缅甸酋将缚明朝君臣送往三桂军前，令永历帝速即逃走。永历帝听了大惊,欲待要走,又没粮饷。方在疑惑不定,猛听得馆驿门外一声呐喊,抢入几个缅甸兵来,喝叫明朝的皇帝出来,咱们和他有话说。镇国公沐天波见不是势头,挺身大喝道:"皇帝乃万乘之尊,岂轻易见你?"缅兵大怒道:"亡国的庸臣,还要逞威吗?"说罢一拥进馆,沐天波仗剑拦住,尽力抵挡,怎经得缅兵势大,不到一会,沐天波已被砍倒在地。缅兵潮涌般进来,内侍宫监还想阻拦,奈赤手空拳,都吃缅兵砍翻。一霎间,给缅兵杀死的男女不下三四十人。缅兵才把永历帝拥了出来,绳穿索绑地缚住。内侍王化声还破口大骂,缅兵一阵的乱刀顿时剁作肉泥。永历帝这时一言不发,惟眼看着皇后周氏不住地流泪。

缅酋缚了永历帝,命缅兵头目押着永历帝后,竟至吴三桂的军中。时左右大臣已鬼也没半个,只有六七个内监还跟着,死也不去。马宝接着了永历帝,急派护兵六十名逮解至滇中。吴三桂闻得永历帝到来,自己和清廷已经破裂,初意要想留住永历帝假名号召,于是左右拥永历帝进见。三桂正高坐堂皇,蓦然瞧见永历帝进来,不觉良心发现起来,欲待下座来迎接,方走出案前,永历帝高声说道:"吴三桂,认识朕吗?"三桂听了,好似当头一个霹雳,两条腿软绵绵的,忍不住跪倒在地。永历帝朗朗地说道:"你引清兵进关,断送了大明天下。到了今日,敢自己拥兵称尊,似你这样不忠不孝的人,有何面目见得地下的先皇?"这一番话,说得三桂汗流浃背,俯伏地上,半晌不敢起身。帐下部将以及左右亲随,无不变色。经夏国相劝,永历帝出居馆驿,三桂伏在地上,几乎不能起立。左右把他扶起,三桂兀是怔了半天,做声不得。这样地呆了好一会,心神才定。由是三桂起了杀永历帝之心。恰好夏国相进来,回报永历帝已暂留馆驿,吴三桂勃然说道:"孺子可恶!孤如不杀他,终觉心上不安。"说罢,唤过一名亲随,三桂解下佩剑,附耳说了几句。第二天驿卒来禀,

第一百二十回　水尽山穷永历遁缅甸　吟梅嚼雪明事结全编

永历帝已驾崩驿中。永历皇后见皇上被杀，当即悬梁自尽。内监七人都投水的投水，自到的自到，死得一个不留。明朝遗裔，到了此时，诸王已死丧殆尽了。只有郑成功的长子还占据台湾。郑经死后，弟克塽继起，被清兵夜袭，克塽大败，自投江中而死。清廷收了台湾，又赐平南王尚之信自裁，杀靖南王耿精忠，明代旧臣也杀戮得半个不留。这是后话。

那时各处义兵已多半平定，清廷专力对付吴三桂。夏国相、郭壮图先后受伤病殁；马宝被图海擒住，斩首示众；高大节又在川中自杀；孙延龄中箭受创，流血过多气塞而死。三桂的部下诸将，死伤过了大半，清兵又四面逼迫。忽报武定失守，三桂正在惊疑，又报曲靖陷落，接着报罗平失陷。四处兵败的警耗迭二连三地报来，警骑络绎不绝，帐下将士都惶惶不宁。三桂直急得和热锅上的蚂蚁一般，忽闻脚步声杂乱，又有两个警探，一报宣威陷落，一是报绥江兵败的。急得吴三桂不知所措，大叫一声跌，倒在盘龙椅上。左右慌忙叫唤，叫了好一会，见三桂手脚渐渐冰冷，牙齿紧咬，两眼上翻，已呜呼哀哉了。这时左右顿时杂乱起来，还是御前尉马雄有主意，急出殿对众人宣谕道："皇上已经驾崩，现值大兵临境，大位不可久虚，速即扶嗣皇帝正位要紧。"众人听了，觉得马雄的话说有理，于是忙忙地扶出吴三桂的长孙世璠登了帝位，改是年为永熙元年。因为忙迫的时候，对于礼节都极草草。世璠虽名称继了大统，竟连冠服也没有齐备。只用三桂旧日衣服，装饰得非明非清，怪状百出。

这时清兵已破了石云寨，直逼云南城下。马雄上城去巡逻，被流矢射中左眼，贯穿脑后，死在城墙边。兵士飞报世璠，吓得个世璠抖作一团，半句话也说不出来。忽报清兵攻进西门，侍卫官杨颙开东门投诚。吴世璠听了，慌忙走到后院，一把拖了爱姬云娘，七跌八撞地逃出后门，杂在百姓队里想要逃到南门，给乱

明宫十六朝演义

兵一阵冲散。世璠身上着了两枪，右脚又被刀伤，勉强挨了一程，见路旁有一座山神庙，荒落得碧草没胫。世璠支持不住，只得走进山神庙内，一倒头便睡在神前的拜台上，身上疼痛难忍。正在矇眬的当儿，见一个蓬头跣足的少妇走进庙来。细看是爱妾云娘，两人相见抱头大哭。蓦然三四个壮丁抢将进来，把云娘横拖倒拽地牵出去。吴世璠眼睁睁地看着爱妾被人劫去，心里一阵地难受，一口气回不过来，竟死在拜台上了。后来有一个跟吴三桂的小兵从山神庙里经过，见了吴世璠的尸身，不觉起了一种恻隐之心，就将世璠的死尸负到土山边，掘地替他埋葬。

清兵进了云南，一面出榜安民，一面飞奏清廷。上谕下来，在云南设立官职外，谓吴三桂已死弗论，着将停着的灵柩即日安葬。其时清廷康熙皇帝已经大婚，大学士洪承畴已卒，太皇太后即太宗文皇后还在，虽说是六十多岁的人，望去不过三十许人。那时明朝诸王和遗臣，多半歼尽了。有未遭擒戮的，也埋姓隐名，只好再图机会，天下渐觉太平。康熙替太皇太后庆祝万寿。到了那天，自然异常地热闹。大小臣工都上疏庆贺，太皇太后在登殿受贺时，忽地掉下泪来。康熙帝不知太皇太后为什么事伤心，忙跪在地上再三地叩问。方知太皇太后见康熙帝给她祝寿，不免抚孙忆子，想起那顺治帝弃国，至今没有消息。于顺治帝五台山一言，还是牢牢地记着。康熙听了，急传出谕旨去，命内侍驾起了銮辇，康熙帝亲自奉着太皇太后，驾幸清凉山。

那时正当春初，碧草如茵，桃红似锦，清凉山麓，浓翠欲滴，花香满谷。康熙帝和太皇太后的銮辇一直到了山下，由内侍舁过黄缎绣幔的凤舆两乘，太皇太后和康熙帝改乘了凤舆。两边侍卫拥护着上山，至清凉寺前停舆。时寺中众僧稀少，只有师徒两人。一个徒弟就是那年所见的癞头和尚，还有一个是八十多岁的老僧，须发如银，状态龙钟。见了太皇太后和康熙皇帝，只打

第一百二十回　水尽山穷永历遁缅甸　吟梅嚼雪明事结全编

个和南，便自退去。太皇太后同了康熙在内外大殿、各处禅室中游览了一会，觉并无顺治帝和董鄂妃的踪迹。又望山林幽壑看了些风景。但见林木荫翳，修篁夹道，山花欲笑，瀑泉琤琮。一路观着山景，回到山门前。猛见一个黄衣和尚，约有四十上下年纪，紫钵竹杖，朱拂芒鞋，广额丰颐，目如朗星。见了太皇太后，打个问讯道："荒山野寺，何幸得太后光降，敢是来找那出家的菩萨吗？"太皇太后听得和尚说话有因，随口答道："正是寻出家的皇帝，和尚可曾知道？"那和尚笑了笑道："皇帝怎会出家，出家的哪是皇帝。这里只有出家修行的菩萨。"太皇太后道："什么叫出家的菩萨？"那和尚大笑了几声，把手指着林木深处说道："瞧啊！那不是菩萨来了。"太皇太后和康熙皇帝循着和尚所指的地方瞧去，却毫无影踪，回过头来已不见了那和尚。

正在惊诧的当儿，远远望见树林丛中，一个身穿团龙箭衣、白面无须的中年人，头上并不戴帽子，足登乌靴。看他匆匆地向树林中走去，细辨状貌，正是顺治皇上。太皇太后叫声"唉呀"，康熙帝也瞧得亲切，慌忙飞步赶去，太皇太后也扶着宫女在后紧随。康熙帝于顺治皇上弃国时已有八九岁了，自己的父亲相貌还依稀认识。这时越追越近，愈看愈像。康熙帝不禁失声叫了一声："父皇！"那中年人的脚步好似较前快了许多。康熙帝虽竭力追赶，渐渐地距离得远了。看看那中年人走入树林丛中，康熙帝也赶到丛林内，太皇太后随后也到，却不见了那个中年人。因这丛林是个山凹，只有一处进出口，没有第二条歧路，不知那中年人从哪里遁走的。

其时只有山岚迷漫，松涛盈耳，春风袭袭，鸟声叽喳。再望穷谷中，云烟苍茫，流瀑奔茫，哪里有什么人迹。这时侍候的宫人内侍及护驾侍卫，都拥满了一谷。康熙帝怔了半晌，惆怅出谷。到了谷口，又徘徊了好一会，不由得嗟叹几声。看太皇太后

明宫十六朝演义

时也已泪珠盈睫，倚着一株老松怅望良久，才扶着宫女出谷。太皇太后还依恋不忍遽去。直到了夕阳西斜、暮鸦归林，康熙帝方奉了太皇太后，乘了凤舆下山。到得山下，仍改乘銮辇，由内监侍卫蜂拥地护着辇车回宫。太皇太后坐在銮辇中，一路上还不住地洒着眼泪哩。

那时有个名士叫作吴梅村的，咏康熙帝奉太皇太后到清凉山寻顺治帝，那诗道："双成明靓影徘徊，玉作屏风璧作台。薤露凋残千里草，清凉山下六龙来。"又咏顺治帝显示形迹道："登崖望远柳丝丝，流水年华昼夜驰。休道禅心归也未，从今返国终无期。"又见董小宛情影，有名士题诗清凉寺壁上道："妩媚窈窕气如兰，豆蔻相思意亦欢。好似汉江神女迹，相逢只作画图看。"还有康熙帝三游清凉寺，三下江南；侠盗窦尔墩行刺，巡幸塞外，剑客犯驾，征服噶尔丹；卫玉妃秽乱宫廷，三立太子，三废太子；雍王结纳喇嘛，暗收血滴子，气走侠客甘凤池；雍正篡位，年羹尧征西藏青海，杀年羹尧；吕四娘行刺，雍正帝失头颅；乾隆三下江南，兆惠征回部献香妃，和坤弄权进宝妃；侠客闯宫禁，英雄闹水阁；大臣当茶役，皇帝作囚徒等等紧要节目。因限于篇幅，又系清代的事实。只好留在《清宫历代风月史》中发表。这部明宫十六朝，做书的就算收场吧！正是：

    千秋豪气归书卷，四照山光入酒杯。
    沧海横流谁砥柱，风尘且听说书来。
    拼将心力著文辞，赢得旁人笑我痴。
    写出悲欢幻如梦，聊借哀怨化情诗。
    狂吟吾是浪漫客，闲坐纵论亦入时。
    窥透世间齐苦乐，挥来兔管纪蛛丝。